The Last Cavalry

当代蒙古族作家
朋斯克老先生的收官之作

在狼烟四起的年月，在伊和塔拉草原深处，
一场场生死较量逐步拉开了序幕……

最後的騎兵

朋斯克／著

内蒙古出版集团
内蒙古人民出版社

图书在版编目(CIP)数据

最后的骑兵/朋斯克著. -呼和浩特:内蒙古人民出版社, 2013.10
ISBN 978-7-204-12427-5

Ⅰ. ①最… Ⅱ. ①朋… Ⅲ. ①长篇小说-中国-当代
Ⅳ. ①I247.5

中国版本图书馆 CIP 数据核字(2013)第 240462 号

最后的骑兵

作　　者	朋斯克
责任编辑	侯海燕
封面设计	宋双成
出版发行	内蒙古出版集团　内蒙古人民出版社
地　　址	呼和浩特市新城区新华大街祥泰大厦
印　　刷	内蒙古爱信达教育印务有限责任公司
开　　本	787×1092　1/16
印　　张	36.5
字　　数	860 千
版　　次	2014 年 1 月第 1 版
印　　次	2014 年 1 月第 1 次印刷
印　　数	1-4000 册
书　　号	ISBN 978-7-204-12427-5/I·2472
定　　价	48.00 元

如出现印装质量问题,请与我社联系。
联系电话:(0471)4971562　4971659

目　录

第一回　力大技强布顿扎那获胜　心黑手毒美津师团杀人

伊和塔拉大草原背靠着八百里腾格里山，这里原始森林郁郁葱葱，左有鬼谷，右有魔峡，深不可测。陡峰峭壁、悬崖危岩耸立，都很难攀登。自然岩洞密如蜂窝，阴森森地窥视着，显得很恐怖，因而亦称窟窿山，连最高处也有洞，又叫窟窿峰。汹涌澎湃的达赖河横穿其间，还有一大段称为妖怪漩涡的地带，日夜喧嚣，奔腾不息。

王府市地理位置在这个大草原腹地，是经过这里的铁路公路大干线交通枢纽和重要支撑点。诸多因素和条件，使伊和塔拉大草原的军事地位和战略价值显得特别重要，形成了兵家必争之地。

所谓人杰地灵，这里居住着一个很了不起的青年摔跤手布顿扎那，是元朝宫廷武士的嫡系后代，生得虎背熊腰，力大无穷，相貌堂堂，威风凛凛，满脸连鬓大胡子，使人望而生畏。根据传说，几千年前蒙古草原上有一个特别结实的小男孩，名字叫搏克。他喜动不喜静，总不闲着。蒙古包前后，牲畜棚圈附近，经常出现他扛举小牛犊的身影。瞅，他又把小牛犊扛起来了。小牛犊一天比一天重，他的力气也一天比一天大。小牛犊终于长成了大牛，他仍然能把大牛扛起来，膂力超人，成了头等摔跤手。远近的蒙古人听到他的故事以后，把摔跤也称为搏克。他就是布顿扎那的始祖，也可能是蒙古摔跤的祖师爷。几千年的岁月流逝，未能消磨摔跤运动之光彩，赞歌依旧浑厚深沉，仪式仍然古朴神圣。伊和塔拉大草原是蒙古族摔跤摇篮之一，搏克的优良传统源远流长，活动至今不衰，其中心是布顿扎那武士家族。远在忽必烈汗时期，丞相伯颜主持召开的大型那达慕会上，布顿扎那的祖先巴图阿尔斯朗在一千零八十八名摔跤手参赛的大比武中，夺得了头名搏克，荣获九九八十一件奖品，满载而归。北元时期，布顿扎那的又一个祖先道克辛伊尔博斯参加上都敖包大祭，再次以头名搏克荣获九九八十一件奖品，胜利凯旋。像这样大型摔跤比赛的冠军获得九九八十一件奖品，人人羡慕，个个称赞，没有不夸奖的，靠它可以成暴发户，发家致富呀，计有九头牛、九匹马、九峰骆驼、九只绵羊、九只山羊、九尺布、九斗炒米、九块砖茶、九瓶酒。奖品为何如此丰富？这和蒙古历代统治者对摔跤活动的重视有密切关系。一代天骄成吉思汗不仅喜欢摔跤，而且善于摔跤。有一次他在寻找丢失马匹的时候，在野外初次遇见了著名的摔跤手木华黎，他们俩以蒙古人的风俗习惯互相问安致意，漫谈中了解到双方对统一蒙古大业观点一致，皆大欢喜。紧接着二人进行了摔跤比赛，成吉思汗获胜。这充分说明成吉思汗本身就是很厉害的摔跤手。他经常利用摔跤来提高军队的战斗素质，克敌制胜。他的家奴蒙力克有七子，想密谋暴乱，他发现后派弟弟别勒古台等三个摔跤手，把他们都杀死了，肃清了内部隐患。自此以后，成吉思汗在摔跤比赛中选兵点将就成为了惯例，他的弟弟别勒古台就是这样被提拔上来的，场场得胜，回回夺魁，人称“特仑搏克别勒古台”。后来，别勒古台在某次战斗中被敌军俘虏，他有超人的膂力，双臂竟然能把囚车挣裂摔碎，杀出一条血路突围。成吉思汗大喜，重赏了这力敌万夫的弟弟，并且封赏大片牧场，尊称阿巴嘎旗，是"叔叔的领地"的意思。别勒古台逝世以后，当地人民深为怀念，从火葬场捡回来骨灰装进金龛祭祀，其中有一块未烧化的颈骨，粗大得惊人，可以伸进拳头，从此能想象出他生前多么魁梧高大。以后的很多年，成吉思汗在征服欧亚二洲的历次战斗中，广泛利用、发挥摔跤的威力，如他的忠诚将领合撒尔、哲别、苏别额等人，都是大名鼎鼎的摔跤手。成吉思汗经常观看摔跤比赛，选拔冠亚军编入蒙古近卫部队，就是皇亲国戚和高级将领的随从人员，也都是由摔跤手组成的。

布顿扎那家族的武术就是在这种环境和社会风气中得到繁荣发展的。他的列祖列宗都是元朝宫廷武士，由于职业关系，在战斗中总结了经验教训，检查出蒙古族摔跤的不足和缺点，为了使它更加科学、完善和实用，有必要进行取其精华、去其糟粕、提高战斗性、剔除娱乐性的改革工作。改革就这样开始了，但是说起来容易做起来难，这个过程特别艰苦、曲折、复杂，差不多每项措施都遭到很多人的坚决反对，有的人脸红脖子粗地和他们争论，有的人尖酸刻薄地讽刺挖苦他们，有的人理直气壮地质问他们，说什么"大逆不道呀，你们是元朝宫廷武士的后代，嫡系子孙，不能心血来潮，任性胡来，随便改动祖制是要不得的。蒙古摔跤从古到今历来都是手对手、脚对脚的，不能用手抓腿，更不能拳打脚踢，你们怎么都改过来了，非驴非马，四不像，呸"，到了布顿扎那这一代，更是成了积极改革者，他虽然没有文化，一个大字不识，但是接触面广，见闻多，自有主意，对上述言论逐一反驳道："孤陋寡闻，少见多怪，不用说别的，就说外蒙古，同样都是蒙古人，而且边界相邻，距离很近，但是他们的摔跤和内蒙古不一样。首先服装不一样，他们没有战裙，没有肥裤，更没有套裤，光着大腿穿三角裤衩，打扮有点像日本相扑。其次摔法也不一样，外蒙古也像日本相扑允许抓下半身，可以拉大腿扯小腿拽脚脖子，把对方摔倒在地。还有国际古典式、自由式摔跤，欧美柔道，中国武术等更是五花八门，千奇百怪，什么动作都有，我们为什么不可以学习改进。蒙古族摔跤本来是武术的一个种类，连拳击动作也应该吸收。有人告诉我西洋有一种职业摔跤，比赛分男女单打、车轮战，没有级别，也没有固定规则和比赛时间，一般为二十分钟到六十分钟一场，参赛者可以拳打脚踢，抡起来甩下去，任意殴打，直到对方认输为止。最近几年，女摔跤手的登场更是一大奇闻，她们身穿摔跤衣，在场上拼命厮打，为了夺取高额奖金，有时甚至拉扯得一丝不挂还是不肯松手，惨不忍睹。蒙古摔跤是军事技术，根据战争需要必须不断加强提高，这样才能立于不败之地。"

对上述言行，很多人是不服气的，但是青年摔跤手布顿扎那奇招制胜，场场必赢，这却是有目共睹、远近皆知的事实，他们就不吱声了。布顿扎那不仅善于蒙古摔跤，还会古今中外各种派系的武术，花样翻新，层出不穷，人们称赞他的格斗擒拿技术比牛毛多，比羊绒稠。虽然如此，不幸的是他的生活却很艰难，贫困潦倒，总是过着饥寒交迫的穷日子。为此，对他很不错的一些老牧民，翻来覆去地劝道："狡兔有三窟，聪明人会多种多样的谋生方法，你兼学别的吧，单靠武术是不行的，是越走越窄的小路啊，混不上饭吃。现在不像古代，没有宫廷武士的俸禄，没有九九八十一件奖品，平时没有任何收入，过个三年五载遇到摔跤比赛才有点赏，微不足道，不顶用，快干其他的活。"布顿扎那自高自大，放不下架子，哼哈着根本听不进去，只是练武，别的什么也不干。人是铁饭是钢，天大的好汉不吃东西也受不了啊，生活逼着这个单身汉在大草原上到处流浪。某日，他走到荒漠中一座孤独的蒙古包旁，看见一个慓悍的大姑娘，抡着巨斧修理车轱辘。

长途跋涉过来的年轻人布顿扎那端详着吃了一惊,他平生第一次看见如此浑身充满膂力的女性,便十分小心谨慎而且极有礼貌地问路。女强人也看出这彪形大汉不同一般,就示威性地拿起奶桶、粗车轴指示方向,像摆弄柳条一样轻巧。虽然有好男不和女斗的俗话,但是布顿扎那毕竟是个后生,看见她如此耀武扬威的挑衅态度,火冒三丈,作为一个男子汉大丈夫岂能示弱,顺手倒拔出埋地三尺的拴马石桩,指点着反问是不是这条,像挥舞皮鞭一样省劲。

当年蒙古草原民风朴素,没有那种男女授受不亲等封建礼教束缚。显示实力的斗争逐步升级,最后两个人比起武来。从表面上看来真是遇到了强劲对手,拼搏了很长时间,谁也赢不了谁。其实不是那么回事,这小伙子和大姑娘摔跤尝到甜头了,胸脯揉搓乳房,小腹顶着耻骨,浑身又麻又酥,得到了最大快乐,觉得很舒服,他就想这样继续摩擦下去,不打算结束摔跤,失掉亲密接触的机会。这样,布顿扎那只是停留在老一套的传统动作上,并不施展他们家族研究创新出来的新、奇、怪、绝招数。两个人在摔跤的过程中慢慢产生了爱意。这样大约过了一个多小时,不早也不晚,偏偏也在这时候,大姑娘的母亲捡完当燃料用的干牛粪回来了,大声怒喝斥责女儿:"越大越不像话,和一个小伙子摔跤成啥样,不怕别人笑掉大牙?"这一对青年男女只好撒手。原来,这老妇女也是摔跤世家,她很喜欢这虎背熊腰的愣后生布顿扎那,但是对他无家无业到处流浪存在着疑虑,打算让这青年人在自家蒙古包住宿十天半月,详细了解一番再说。她没有想到事情的发展出乎意料,当天半夜,这老妇女突然被女儿的大声呻吟惊醒了,听见她尖锐叫唤,呼喊疼痛。不用仔细倾听,立即明白女儿和布顿扎那睡在一起了。老妇女听着那些细微的动静,哭笑不得,叹了一口气,只好罢了,什么也没说。生米已经做成熟饭,她老人家没有别的办法,第二天上午只好正式宣布招为养老女婿。这一对力大无穷的青年男女,过了一年生下了十八斤重的男孩,起名为哈尔巴拉,翻译过来是黑虎的意思。又据传说,哈尔巴拉还没有满月就哇哇哭着蹬腿甩胳膊,摇篮上的生牛皮带全断了,左邻右舍皆惊呼曰:"此儿非凡人也!"布顿扎那有了老婆孩子,还是没有改变旧习气,只是练武,不去放牧。这一对青年男女接着又生了次子察干巴拉、三子呼和巴拉,因为人口增多,而且饭量都很大,生活越来越困难了。白头发的丈母娘也劝道:"老虎越来越少,老鼠越来越多,人活在世上不在力气大小,而在谋生方法呀!"他还是不听,光顾练武,不去放牧,并且极其严格地教授训练三个儿子,声称"子不教,父之过"。这家父子四人的武术不断得到了提高,他们把列祖列宗担任元朝宫廷武士时期开始改革创新的绝招,不断充实加强,发展完善,无事不施展,施展必成功,格打擒拿技术登峰造极,简直是所向无敌,号称"特仑巴特尔搏克家族"。

光阴似箭,日月如梭,很快过去了十多年。在这期间日本关东军侵占铁路公路大干线,在王府市成立伪政权,组建蒙古军一、二师六个骑兵团,又派遣所谓装甲机械化的美津骑兵师团监视指挥,煽动什么复兴蒙古、高度自治等等。其实日本骑兵没有什么了不起,它的主要装备是有几十辆92、94式超轻型快速坦克,吨位低,装甲薄,火力弱,没有炮,只有7.7毫米和13毫米重机枪,绰号小豆豆、大豆豆,经常在王府市外城大街和郊区耀武扬威地横冲直闯,犯下了很多罪行。

这一次,软硬兼施、威胁利诱并用,拉拢四面八方很多盟旗的封建王公、贝勒贝子、贵族台吉、牧主官僚、散兵游勇、土匪恶霸等等形形色色人物,在王府市外城东北面郊区敖包山、王陵、汗庙附近,召开了大型那达慕会,要宣扬什么"王道乐土,日蒙亲善,相互提携,一德一心,共存共荣"的思想。

正当布顿扎那披挂上阵准备夺取冠军的时候，突然传来了惊人的消息，说是这个日本关东军美津骑兵师团中来了“横纲”级相扑手岩峰太郎，要参加本次摔跤比赛。这是特大号新闻，吸引了所有人的注意，人们好奇得很，议论纷纷。岩峰太郎果然出头露面了，肥胖得可怕，白花花一大堆肉，足有一头小牛重。王府市和伊和塔拉大草原上的蒙汉族老乡，首次看见如此庞然大物，瞠目结舌，都发呆了。这个东洋力士并不闲着，腆着大肚皮迈四方步放八楞屁蹓跶着，窥视几天以后，狂妄地发表谈话宣称：“原来，内外蒙古的摔跤服装大不相同，除了上身穿的皮制坎肩以外，别的都不一样。外蒙古摔跤手脖子上不挂五色彩带，腰间没有层层战裙，不穿肥大的摔跤裤，更没有套裤，只穿了皮子缝制的三角裤衩，光着整个大腿，特别像我们日本的相扑。我去外蒙古摔倒过他们，不是我的对手。但是美、英各国的很多学者专家，假考证得出错误结论，胡说什么相扑既不是日本独有的运动，相扑之源亦不在日本，历史最长久的应该首推蒙古相扑——摔跤，日本的相扑即源于蒙古。岂有此理，我不相信这些造谣，这回把内蒙古的摔跤手也赢了，叫他们倒在我的脚下，五体投地。看谁厉害，用活生生的事实来证明日本相扑是正宗，是根本。嘿嘿，这正是，战胜外蒙相扑家，压倒内蒙摔跤手，嘿嘿！”

本次大型那达慕会，摔跤当然也是主项。到了比赛时候，摔跤手的出场又有一番别开生面的情景，专门邀请的一些年老长辈引吭高歌，大造声势。这些邀唱手们别具情调的歌声拉开激战的序幕，双手扶在单腿跪坐的两名助手肩上的摔跤手便跳跃而出，如同雄鹰展翅，威风凛凛，并且很有礼貌地频频向观众挥手致意。紧接着，激烈的战斗开始了，顷刻间你争我夺，左盘右旋，手脚并击，竞争达到了高潮。蒙古摔跤每次出场都是八至十二名搏克，他们分头对赛，优胜者把对手摔倒后再把他扶起来，再跳着鹰舞来到主席台前记名，并且顺手抓一把在台前桌上的奶食、糕点、糖果等，一边撒向人群和天空，一边自己吃着跑回原地休息，等待着再次出场拼搏。一般在第九轮上才能产生冠军，有时势均力敌会出现相持几个小时甚至几天不分胜负的僵局。蒙古摔跤不分级别，凡是进入摔跤场的搏克都同样对待，大个可以和小个赛。对此合情合理的解释是：这项运动是武术，属于军事技能，在战场上狭路相逢、拼命搏斗时，谁能顾得上分身高体重呢，仇人相见分外眼红，厮杀就是。一跤定胜负也是如此，打仗不能留有余地，一刀一枪立即结果。再就是摔跤既然形同搏斗，可以互相抓对方的肩膀，也可以互相搂腰抱头，还可以钻进对方腋下，按自己最顺手最方便的办法攻击对方，使之失利。抓的方式和部位也比较自由，摔跤衣、腰带都不限制。不计其数的技术表明，不管千变万化，但主要还是以手脚的动作为主。经验丰富、技术熟练的搏克，往往不用多大力气，利用对手的惯力和破绽，就能巧妙地把他摔倒。

蒙古摔跤手布顿扎那和日本相扑家岩峰太郎，从第一天起过关斩将，连连得胜，扶摇直上。第七天上，他们二人争夺冠亚军的比赛开始，人山人海，几万名观众拥挤着，空气闷热。布顿扎那出场了，跳跃着鹰舞，八面威风，脖子上挂着五色彩带，既厚又旧，说明他是多年的头等搏克。上身穿着嵌有铜钉的香牛皮摔跤衣，腰系希力布格、浩力埋其、来泊尔等有诸多名称的层层战裙，是蓝、红、黄三种颜色组成的，蓝色为青天，红色为太阳，黄色为大地。下穿肥大的摔跤裤子，并且穿着套裤，上绣各种民族形式图案。脚上是翘尖牛皮靴，为了防止脱落，左一道右一道捆绑着结实的皮带。布顿扎那是没有文化的粗人，听不明白说不清楚很多大道理，更不晓得国内外抗日形势。在他简单的头脑里，老是转转着奖品、奖品、奖品。像这次一千零二十四名摔跤手参赛的那达慕大会冠军，能得九九八十一件奖品呢。家里如此之穷，孩子嗷嗷待哺，家人眼巴巴地盼着他呐。参赛之前，家中老少都喝奶茶度日，把全部食品都奉献给他了。现在，他结束了鹰舞停顿一下，仔细观察岩峰太郎，只见这个日本相扑家不怀好意地坏笑着，十分傲慢，叫嚷着什么："战胜外蒙相扑家，压倒内蒙摔跤手。"布顿扎那当然听不懂这个家伙说些什么，但是看见他系着兜裆布、光着屁股、含胸腆肚的古怪样子，有点恶心，还憋不住笑。

岩峰太郎还在那里耀武扬威，看样子没把布顿扎那放在眼里，其中最主要的原因是：这个家伙块头太大，如果要过秤的话，两个布顿扎那才能抵得住一个岩峰太郎的体重，所以他就目中无人。按比赛规矩，双方对峙了一会儿，突然，日本相扑手猛虎扑食般冲了过来，企图凭借自己的体重优势击败对手。布顿扎那是大名鼎鼎的武术家，搏斗技术高强，只见他略微闪躲一下，很快避开了岩峰太郎的冲击，右手顺势卡住对方粗大脖颈，左腿一个大绊子，上下同时猛使劲，只听见咕咚一声，岩峰太郎歪斜着身体倒下去，狗吃屎般砸在地上。这一回合，不过十几秒钟。根据蒙古摔跤的规矩，岸峰太郎的膝盖以上全部落地，就像躺下了，彻底大失败。但是这个日本相扑家要无赖，叫嚷着什么他们的章程守则之类浑话，又扑了上来。观众看见巨齿獠牙的岩峰太郎像喇嘛庙里金刚一样高大，布顿扎那的头才到对方下巴颏。但是这个蒙古摔跤手武艺绝伦，相扑家还没有来得及施展手脚，闪电般转到他背后，搂腰仰身过桥摔，岩峰太郎肚皮朝天，又直挺挺地躺下了。接连失败后，岩峰太郎恼羞成怒，瞪着布满血丝的眼睛，满脸横肉歪扭着第三次扑了上来。可能是总结了上两次栽跟头的经验教训，觉得先下手为强，一点不顾比赛规矩，每个招式尽施杀手。但是布顿扎那攻势防御，藏而不露，正在捕捉着第三次打败相扑家的机会。岩峰太郎连扑三次，硬是没有碰着布顿扎那的身体，当他再次扑上来时，布顿扎那抬手上步直闯中门，使了一招"膝盖顶撞兜裆布"，只听见啊呀一声，岩峰太郎向右弹起一人来高，摔了大腚蹲。当他龇牙咧嘴爬起来要再反扑时，场内观众看着这个家伙狼狈样子，那高兴劲就不用提了，欢声如雷，经久不息。等平静下来以后，就听见蒙古军长莫尔根在麦克风前大发雷霆，高声大嚷，火头是针对日本军美津骑兵师团的，气急败坏地喊道："够了，够了，我现在正式宣布：蒙古人布顿扎那胜利，夺得冠军。日本人岩峰太郎失败，降为亚军。蒙古摔跤一次定胜负，这是铁规，你们不仅没入乡随俗，却反客为主，欺行霸市，连输了三次还挣扎，还耍赖，还纠缠，还不认账，太坏了！"

这次，布顿扎那夺得冠军，领上九九八十一件奖品，满载而归。从此威震腾格里山南北、达赖河左右，提起他的大名来，如雷贯耳，谁人不知，哪个不晓。有人说他不仅是内蒙古四十九旗的冠军，连外蒙古五十七旗也没有对手，堪称举世无双。但是丢脸出丑的日本关东军美津骑兵师团不放过他的，怀恨在心，咬牙切齿，一直在策划着报复办法。某日，兴师动众派来不少编辑、记者，后边还跟着那个被布顿扎那连续摔倒三次的"横纲"级相扑家岩峰太郎，宣称要采访、搜集、整理、出版这个武术世家的秘传绝技。

蒙古军军长莫尔根对此是深恶痛绝坚决反对的，但是现在是日本人的全盛时期，偷袭珍珠港，占领新加坡，在太平洋战场上全线胜利，所向无敌，似乎已经建立了所谓大东亚共荣圈。如此形势下，他敢怒不敢言，只好勉强地跟着过来应付。出乎意料之外，布顿扎那却坚决拒绝了，正义凛然，大气磅礴，挺着胸脯说："祖宗规矩不可违，只教儿子，不传姑娘，更不用说外国人了，没门。"

美津骑兵师团长也过来了，他假惺惺地笑道："大和民族和蒙古民族同祖同宗同文，是一家人，应该不分彼此。七百多年前元朝忽必烈皇帝派遣的远征军涉洋渡海，遇见台风翻船十万官兵被俘，后与日本女人结婚生儿育女，繁殖大量后代，充满了北海岛、本州、四国、九州等岛屿，我们是亲人哪；再说日文的‘の’与蒙文中的‘の’同形同音同义，这种惊人的巧合怎么来的？为什么百分之百的相似？答案只有一个，就是一个祖宗的子孙，谁也不能做别的解释，此乃天意也，来，开始介绍！”

布顿扎那一言不发。

美津骑兵师团长以前认为强权之下必有顺民，岂知碰上硬茬子。他们开始下毒手了，这家大人不明不白相继死亡，一个接一个离开人世，悲惨之极。布顿扎那风葬到某处沙丘中，慢慢变成了一堆白骨。民间传说他竟没有肋条，前胸后背骨头连成一片，原来是整块的，呈缸形。一只西伯利亚种灰母狼在骨架里起窝下崽三年，说明多么粗壮结实。美津骑兵师团的特务、杀手、浪人的血腥罪恶，引起了广大牧民们的仇恨，义愤填膺，没有一个不咒骂的，他们当中流传着悼念布顿扎那的《草原的挽歌》，唱道：

在广阔无边的荒漠草原上，
秋风萧瑟，景色凄凉；
一堆堆牛粪火哟时明时暗，
一曲曲马头琴声伴着悲唱。

剪断九十九根马尾往琴上安装，
弹奏对布顿扎那的朝思暮想；
熬尽三百六十个白天和黑夜，
歌唱摔跤手的无限荣光。

草原大力士威武刚强，
满脸胡须身强力壮；
走遍内蒙古没有对手，
躲、闪、拧、钩举世无双。

我们的搏克赛过大象，
甩、绊、撇、驮无人敢挡；
数不完的对手前翻后仰，
点不清的观众称赞夸奖。

战胜日本相扑家威名远扬，
惊动关东军美津骑兵师团长；
下毒手暗杀了布顿扎那一家，
茫茫的草原黯然神伤。

缓慢的木轮车哟吱扭发响，
野火燃烧过的宽甸灰烬飘扬；
你究竟在哪条路上流浪，
走到那孤独的蒙古包旁。

起伏的沙漠像黄色的海洋，
波涛伸向无边的远方；
何处是当年风葬的坟场，
满眼风吹草动、冷月寒霜……

第二回　智勇双全哈尔巴拉显能
多方谋生兄弟三人活命

布顿扎那夫妻和丈母娘相继死亡的时候，那个还没有满月就能哭断摇篮上生牛皮带的男孩哈尔巴拉快要成年了，带着察干巴拉、呼和巴拉两个弟弟，逃到汗庙当了属民。汗庙在王府市东北三十多里，是莫尔根王爷的家庙，主祭远祖成吉思汗。哈尔巴拉人小心眼多，早就摸透了日本人的心理状态，他们不仅向东南方天皇陛下遥拜，还向这里的喇嘛庙中特设的成吉思汗铜像叩头，祈祷武运长久。所以在一般情况下不敢加害这兄弟三人，因为他们是汗庙的属民，小鬼子迷信得很呐。哈尔巴拉想的是得到宗教保护，他就这样不停地思前想后，考虑这研究那，逃避过了大灾大难。对以后的生活他也颇有信心地说："这里有草养畜，有水捞鱼，有山打猎，有树砍柴，取不尽用不完哪，只要什么都干，饿不死冻不坏，能过温饱日子呀！"他不光是说，更主要是做，很快当上了汗庙的牧马人，什么样的烈马都能套、驯、骑。无数的事实证明，小子大大超过老子，他要脱离开单练武术的狭窄小路，走多种经营的宽敞大道，流亡此地就是为了得到汗庙这所掩蔽部。

这时候风云突变，这里原有日本关东军装甲机械化美津骑兵师团三个联队，蒙古军一、二师六个骑兵团，后来不远处又来了国民党嫡系东西线部队。针对上述情况，共产党八路军领导的特别加强的主力部队——独立骑兵团也过来了，在附近捕捉战机。这一带可谓集结重兵，大有一触即发之势。哈尔巴拉看在眼里、放在心上，悄悄议论道："嘿嘿，我们这里正在发生着新的《三国演义》呐，嘿嘿，早晚必有大战，所谓逐鹿草原，不知谁胜谁负，等着瞅吧！"原来，这后生不仅像他父亲布顿扎那一样膂力过人、武术超群，而且在智谋方面还比老子强一百倍，简直不能比，因此备受周围年轻人的拥护和尊重，经常有一群小伙子跟着他转，言听计从。后来他们惊讶地发现，哈尔巴拉不知怎么学会了蒙古文，无师自通，自学成材，不仅认识掌握了蒙古文十二个字头，还更进一步反复阅读翻译成蒙古文的《三国演义》，真是咄咄怪事。

有人叫着他翻译过来的汉文名字，好奇地问道："黑虎兄弟，你看上瘾啦，老是翻这闲书，究竟有什么用处呀？"

哈尔巴拉笑着回答："看三国，学计策嘛！"

"学计策有什么用？"

"嘿嘿，用处大啦，计策也叫智谋、兵法。力气大、搏斗技术高、枪打得准，只不过能战胜十个八个人，智谋多兵法好，就能战胜十万八万人，差一万倍呢，这就叫运筹帷幄之中，决胜千里之外。"

哈尔巴拉文武双全，智勇兼备，成了牧民们议论的话题，不少白发老人竖起大拇指，嘴里发出"啧啧"赞叹声，夸奖道："青出于蓝而胜于蓝，后来者居上呀，小子比老子强多了，布顿扎那走的是单练武术的狭窄小路，哈尔巴拉走的是多种经营的宽敞大道。古人云：将相本无种。这后生有出息，将来可能成大器，不信等着瞅吧。”

哈尔巴拉、察干巴拉、呼和巴拉兄弟三人当汗庙属民以前，对喇嘛教有关的事务半点也不知道，这回可增加各种知识，大开眼界，什么都懂啦。这里的历代王爷与别的旗大不相同，宗教信仰很淡薄，虔诚程度比较差。附近周围的很多小旗都有十座八座庙，喇嘛众多。伊和塔拉旗面积大人口多，居内蒙古四十九旗之首，却只有一座汗庙，而且规模不大。从名称上也可以看得出来，它是打了很多折扣，竖立摆放或悬挂着木雕、泥塑、油画的佛祖释迦牟尼、黄教创始人宗喀巴等近百种佛像，主祭的却是蒙古大汗，正殿当中是元太祖成吉思汗的铜铸坐像，处于首位，故称汗庙。距离不远的敖包山南侧，便是莫尔根王爷列祖列宗的坟地，汗庙还要按时定期烧香诵经叩头献供，处处显示出家庙的特点。这里的喇嘛念的是从藏文翻译过来的蒙文经卷，共计有《甘珠尔》、《丹珠尔》、《颂迪经》、《黑白依古佛经》、《药王经》、《长寿福经》、《福寿经》等十七种之多，长条木板封面，黄红色布包裹，叠放整齐，妥善保存。

汗庙的老活佛圆寂已经两年多，外号“小白脸”的大喇嘛寻找转世“灵童”，取得旗扎萨嘎莫尔根王爷批准同意后，前往青海省塔尔寺祈求活佛转生的方向定位、“灵童”降生年月日。得到启示后，“小白脸”大喇嘛立即派人登记所指示方位里年岁相同的男性儿童作为候选人，并且在暗中调查这些儿童的父母名字，有多少座蒙古包，主要家具有哪些，大小牲畜数量，都作详细记录，千里迢迢第二次前往青海省塔尔寺禀报，再由塔尔寺的活佛把报上去的“灵童”候选人名单一一写在纸签上，外面用蜡封好放进金瓶内，接着诵经摇晃，首先第一个摇晃出来的“灵童”就是认聘的转世活佛，塔尔寺这才复信通知。这对汗庙来讲是件大事，丝毫不敢怠慢，立即报告执政的莫尔根王爷，召集大会当众宣读公布塔尔寺下达的法旨，之后行九九聘礼迎请小活佛登庙坐床。此举非同寻常，很不简单，举行了很隆重的仪式。

这天阳光明媚，汗庙的全体喇嘛们都穿好节日的法衣，起早集合在寺院大门前不断诵经，香烟迷漫，锣鼓喧天，长短号齐鸣。迎接来的小活佛才五岁，没有经过如此热闹非凡的场面，脸上显出害怕的样子，张嘴要哭，母亲紧紧地抱着他坐在黄色大轿里，不敢出头露面，很怕孩子出什么洋相，失掉尊严。父亲在大轿后边跟着，也许是兴奋或劳累的原因，脚步踉跄。开路的喇嘛高举佛牌，敲锣打鼓，蒙古语叫“布热”的三支大喇叭，高音粗调齐声吼叫，十里外都能听得见。他们后面是五光十色的各种彩旗、屏障，阳光下令人眼花缭乱。汗庙“小白脸”大喇嘛等上层人士，还有蒙古军军长莫尔根王爷、副军长莽斯、参谋长哲别、联合谍报队长扎萨嘎，以及两个师六个团的头头们，形成了庞大的队伍前来接驾。这时汗庙门前，敖包山下，达赖河铁路、公路、钢铁大桥旁边，人山人海。正当五岁小活佛的坐轿走到山门附近，众人跪下叩头，其中也有人伸长脖子目不转睛地就近仔细瞻仰小活佛的风采。此刻坐床仪式达到了高潮，锣钹齐鸣，短号、牛角号、海螺号劲吹，“小白脸”大喇嘛即朗读青海省塔尔寺佛旨，正式宣布小活佛坐床就此成为汗庙第八世葛根。在众喇嘛的又一次诵经结束后，伊和塔拉旗王爷、旗长兼任蒙古军长的莫尔根讲话，吹捧抬举小活佛神通广大，法力无边，能够辟邪驱灾，保护民族，赐福群众。最后由众多的大小艺僧们头戴各种假面具，身穿不同服装，手执多样法器，连续跳一天查玛舞表示庆祝，至此坐床仪式全部结束。

查玛会是颇为隆重而庄严的，汗庙大院红墙内，旗幡林立，各种颜色的彩带迎风招展。喇嘛们身披袈裟，头戴鸡冠帽，全体出动，人人上场，各显其能。其中诵经喇嘛齐聚台阶之上，端坐法垫，手拿各种法器集体朗诵，和声音调伴奏着长号短螺，粗犷豪放，铿锵有力，震撼四方，响彻云霄。这时王公贵族、军政大员、富豪牧主们被请到汗庙主楼二层阳台上，与小活佛一起观看欣赏。成千上万各族平民百姓聚集在院内广场周围瞅热闹，觉得十分红火，虽然年年如此，他们总是回回满意，因为这里的文化娱乐活动太少了，几乎可以说没有。

哈尔巴拉、察干巴拉、呼和巴拉兄弟三人表现不错，在庙会期间重活脏活都能干，不怕累不怕苦，以力大无穷出了名，受到了不少喇嘛的好评。尤其值得夸奖的是：哈尔巴拉放牧的汗庙的马群没有损失一匹，普遍长了膘，活蹦乱跳到处撒欢。最厉害的是，在这次坐床仪式小型那达慕会上，又是这个老大哈尔巴拉初露锋芒、乍显身手，连续摔倒僧俗选手多人，夺得了冠军，看样子快要被封为汗庙的搏克啦。为此，“小白脸”达尔罕采取手段拉拢他们兄弟，另赏了一只老羊，半斗炒米。哈尔巴拉对此无动于衷，开始长出连鬓大胡子的脸上没有一点感动的样子，老是挂着霜，冷冰冰的。他把那只老羊杀了，剁成大块放进锅里炖，再放进炒米煮成肉粥，然后派二弟察干巴拉用那种特大号坛子打了十多斤酒，接着又派三弟呼和巴拉把汉族好朋友刘青山、王府马倌完达尔夫请来，他们要大大改善一顿。这消息传得快，伊和浩特的特木尔、楚鲁小兄弟俩也来了。草原上的牧民穷，生活方式简单，要求条件低，这就算是最盛大的宴会了。十来个年轻人将大块肉粥、大碗烧酒吃喝着，高兴极了，想说什么就说什么。但是他们从来没有离开过伊和塔拉大草原，见闻有限，谈话的内容总是围绕着王府和汗庙。老二察干巴拉干活偷懒，却能吃能喝，满脸通红，夸奖道：“好心有好报，汗庙的达尔罕看见我们干得好，摔跤奖品以外又发赏了，改善一顿，不赖，不赖，这个‘小白脸’大喇嘛是个好人。”

老大哈尔巴拉闻言勃然变色，沉下脸教训道：“二弟，吃了一块膻羊肉，喝了几口土豆酒，就不知东西南北了，一只老羊、半斗炒米算什么，我们不怕苦不怕累，饥寒交迫，替汗庙放马，就得这点？你看错了，达尔罕不仅不公平合理地给我们工钱，反而狗眼看人，不相信我们副业收入，怀疑是偷的抢的，正在暗中监视呢。针锋相对，我们也调查他的丑事烂事，给他说出去，好事不出门，坏事传千里，很快就臭了。你要明白，‘小白脸’大喇嘛对女人挥金如土，他勾搭上了王府市外城的良家妇女，送了一对金手镯，那值多少钱？诱奸了巴嘎浩特的几个牧民姑娘，每人一匹绸缎，哼！小的不放过，老的也不饶，这回又惦记上准浩特的大牧主婆塔尔根寡妇了。‘小白脸’不管什么女人，美的丑的，瞎子秃子，都揽过来，像个见了脓血的绿头苍蝇！”说得大家都哈哈大笑。

蒙古名字叫孟根巴干的汉族好朋友刘青山有点不相信，疑惑不定地说：“‘小白脸’引诱大姑娘小媳妇，这是千真万确的，我也听说过，但是要和准浩特的大牧主婆塔尔根寡妇通奸，这不大可能。那个女人比达尔罕大十多岁，并且长得丑，臃肿肥胖，像个装满东西的麻袋，四四方方，浑身脂肪！”

哈尔巴拉笑起来，说道：“耳听为虚，眼见为实，我给你一个参观的机会，大牧主婆塔尔根寡妇很会享受的，想要在蒙古包底下修火炕，找过我一回，我说不会，这回你去修，晚上藏起来悄悄听动静看热闹。达尔罕在这方面不偷懒，天天去那里。紧锣密鼓，可能勾搭上了，你快去看看老牛吃嫩草，有意思！”

刘青山很愿意看这种新鲜玩意儿，但是又半信半疑，摇头否定：“这个青年大喇嘛，又兼着蒙医大夫，利诱勾搭上的多了，挑挑拣拣，怎么会要比他大十多岁的丑婆子？这为的是啥？真有这事?”

哈尔巴拉一语道破了其中秘密,笑道:“这很简单,达尔罕为的是钱、财、物,他打算通过这外快,挥金如土,里外勾结蒙古军、日本美津骑兵师团、国民党嫡系东西线部队的头面人物,到处有关系,八面玲珑,这多合算,一点不赔本,嘿嘿!他年龄小却很狡猾!”

刘青山为了搜集“小白脸”的材料,还是去了。费了一番心机,做好了一切准备。他假装修火炕,在这座蒙古包底下挖通了地道,直接爬过去卧底了。黄昏以后,蒙医大夫达尔罕急忙来了,钻进塔尔根寡妇的蒙古包里,先是装模作样地号脉把诊,检查身体,这里摸一摸,那里捏一捏,接着开始肆无忌惮地动手脚,一点顾虑都没有。老寡妇多少有点羞耻之心,克制着自己使出很大力气从达尔罕的怀抱中挣脱出来,擦了擦沾着口水的嘴唇,变得庄重起来,严肃地说:“‘小白脸’,你我是有身份地位的人,应该自尊自重,并且我比你大十多岁,自古道长嫂如母,这成什么事了?”

年轻的大喇嘛紧紧抱住了这老年寡妇,连咬带啃,气喘吁吁,哼哼唧唧地说些什么。胖寡妇起初怒不可遏,两眼冒火,使劲扇了达尔罕一个耳光,显出神圣不可侵犯的样子。但是很快软化了,满脸通红,粗重地喘气,停止了抵抗。达尔罕年轻力壮,奸淫了不计其数的妇女,连自己都搞不清楚有多少,说自己性经验特别丰富,精通房中术,炕上工夫高强,能满足任何一个女人,使她们终生难忘。原来他用的假阴茎,为了不伤身体,每次用这来代替。

就这样,哈尔巴拉为首的一群小伙子,掌握了“小白脸”大喇嘛的劣迹,悄悄传播着。但是达尔罕也没有闲着,不断调查哈尔巴拉三兄弟。这方面有人说好:“这兄弟仨有来历,原来是元朝宫廷武士的嫡系子孙,是名扬内蒙古四十九旗、外蒙古五十七旗的布顿扎那的儿子,搏斗技术高强,了不得。受日本兵迫害,兄弟仨偷跑出来,当了汗庙的属民,多可怜,不保护他们,天理难容。”有人说坏:“很可疑呀,这兄弟三个小小年纪,却都长成金刚般彪形大汉,食欲惊人,饭量可怕,狼吞虎咽,就靠老大那点工钱,饿不死就不错了,不可能富,现在正相反,住的是里外三新的温暖的蒙古包,穿的是结实耐久的袍子和靴子。吃喝更不赖,可能是吃手扒肉、黄油焙子和奶子茶,要不怎么能身强力壮红光满面?哪儿来的钱?是不是偷的抢的?现在伊和塔拉大草原上哀鸿遍地,硝烟四起,日本美津骑兵师团,蒙古军一、二师六个团,国民党嫡系东西线部队,各种名称的土匪绺子,还有共产党八路军领导的特别加强的主力部队——独立骑兵团,都来争夺铁路大干线,老百姓苦极了,战乱造成的灾难呀!他们兄弟三人是不是乘虚活动,和哪个部分兵匪勾结起来了?”

“唔,唔,唵吗呢叭咪吽!”“小白脸”大喇嘛有点惊讶,漂亮的脸上涨红起来。第二天上午,他骑一匹黄骠马,跟着两个侍候的小喇嘛,不辞辛苦地来到哈尔巴拉的牧马点。此行目的有二:第一是调查这兄弟三人和兵匪有什么牵扯和拉拢;第二是顺便了解他们是不是元朝宫廷武士的嫡系子孙,到底有没有祖祖辈辈秘密传下来的格打擒拿的搏斗技术。

远远望见汗庙牧马点上哈尔巴拉的蒙古包了,好看呀,雪白无疵,宽敞明亮,亭亭玉立,就是安放在内城王府,也当之无愧,毫不逊色。一个低收入的下人,是如何购置的?形迹可疑。这个年轻的大喇嘛虽然占有很多财富,却也贪婪无止境,翻来覆去地再三端详这座美观、大方、崭新的中型蒙古包,他想据为己有。

这“小白脸”大喇嘛欣赏着这座中型蒙古包正在胡思乱想,看见哈尔巴拉又是很感意外,一年多不见，他发育得更强壮了，二米多高的身体，慓悍魁梧，很像八百里腾格里大山深处的黑熊，给人极其深刻的印象。大喇嘛怀疑地东张西望，沉下脸来厉声喝道：“现在我看不透想不明白，你们哥儿仨的生活为何如此这般好？啥钱？来历不明啊？”

哈尔巴拉轻蔑地笑了，说道：“实话实说，不掺半点假，我们兄弟三人身强力壮，胃口都很大，能吃能喝。现在放马的工钱，再加上三年五载才能得到一次的摔跤优胜奖品，都不够填牙缝的，我为了养家糊口，饿不死冻不坏，早就另想他法了，哈哈！”

达尔罕显出不信任和瞅不起的混合表情，嗤之以鼻，讽刺挖苦道：“就凭你这个小样，一无本钱二无权力，能想出什么良计妙策，简直是胡说八道瞎咧咧！”

哈尔巴拉不慌不忙地指着蒙古包内铺的三条狼皮褥子、兄弟三个身上穿的狼皮坎肩，还有外面木轮车上晾晒的十多条狼皮，笑道：“别看现在伊和塔拉大草原上各种各样番号的兵匪多如牛毛，我是既不捞取官军油水，又不窝藏土匪的赃物，凭自己本事过日子，练武、放马又打狼，三者都不误。狼身上好东西多啦，吃它的肉强身，喝它的血壮骨，擦它的油治伤，卖它的皮值钱。我这是多种经营、广开门路，什么都干，走的是宽敞大道。”

这个青年喇嘛是怀疑成性的人，不相信地反问道：“嘿，你吃老虎心、豹子胆啦？八百里腾格里山中有数不清的三种狼，特别是白狼，那是狼神啊，你赤手空拳怎么打的？莫非是私藏军火？”

哈尔巴拉又粗犷地大笑了，说道：“窍门满地跑，就看找不找。打狼的方法多种多样，一言难尽，我捡最近用过的说说，三种狼各占地盘，互相撕咬，报复成性，残忍狠毒，结下了深仇大恨，我针对上述情况，略施小计，以毒攻毒，从中得利。狼下的崽，我把它们偷过来交换着放，它们上当受骗，全吃了。哈哈，这下挑起了狼群大战，互相疯狂报复，死了二十多只。”

“唔，唔，共计打了多少？”

“加上用其他方法打的，差不多半百啦。”

达尔罕硬的不行来软的，笑道：“原来如此，怪不得，黑虎兄弟聪明，脑袋好使，练武、放马又打猎，善于多种经营，左右逢源，南北进财，这是阳关大道啊，比你老子布顿扎那强多了，高明一百倍，简直不能比，不过我还要追根到底问一问，难道你们兄弟三人老是吃狼肉？顿顿吃，天天吃，月月吃，也不换样，岂不腻味了？”

“多方谋生，吃的东西也是多种多样，我们还吃过各种野鼠和有毒蛇肉，嘿嘿！”老大哈尔巴拉开心地大笑，接着讲了一段他们兄弟三人吃老鼠、毒蛇、鸟类的故事。

这摔跤手家族住的蒙古包地址不错，依山傍水，风景优美。但是令人烦恼的是他们家经常受野鼠的侵扰，偷吃食物，咬碎衣服被褥，还有一次把刚刚饲养的小猫崽咬死了，这使他们仨很生气，老三呼和巴拉还哭了。老二察干巴拉挥着拳头说：“再养猫吧，养只大猫好，一物降一物，唯有它们才能治服鼠类！”老三呼和巴拉举双手赞成，因为他特别喜欢猫且讨厌老鼠。

出于意料之外的是，没过两天，老大哈尔巴拉从汉族好朋友刘青山那里牵回来一条小黑狗，虎头虎脑，威武雄壮，浑身没有一点杂毛，好像黑色绸缎一样发亮，惟有两道眉毛是白色的。兄弟三人很喜欢，都叫它是“四只眼”。它刚刚离开母亲的怀抱，想家想小弟兄们，蔫头耷拉脑袋，闹情绪的样子。为了安慰它，老二和老三天天喂它山鸡、野兔和鱼肉。老大批评道：“不要老给它吃肉，惯坏了，懒、馋、贪、占、变，它就不捕捉野生动物了。”老二和老三又搂着白眉毛黑狗睡觉，给它盖上老羊皮袄。老大又批评道：“老是热着，它就不打冻了，更不能出去捉野生动物。”

老二和老三明白老大的意思，就是对小狗不要太娇生惯养，否则它会失去搏斗能力。

起初的时候，白眉毛小黑狗对这新家很不适应，吃饱了四爪卧地，下巴扶在前爪上，眯着眼睛，显示出很难过的样了。年龄最小的老三呼和巴拉看着于心不忍，只好经常逗它玩，使它散心解闷，有时在它的尾巴上拴住红布条，它来了兴趣转着圈捉，捉又捉不到，着急地吼叫。慢慢的这条白眉毛黑狗开始变了，长得更加壮实，每天晚上就来了精神，经常是神秘诡诈地在蒙古包内外活动，半夜时候不断听到它咔哧咔哧咀嚼老鼠的声音。白天它捉到老鼠并不立刻咬死吃掉，而是放到沙漠上玩耍，老鼠跑远了，它捉回来再放，就像玩皮球一样捉弄老鼠，玩够了才津津有味地吃掉老鼠的胃肠，把老鼠肉奉献给这兄弟三人。后来，老鼠再也不敢到他们家里来侵扰了。

原始森林中飘荡着浓郁的松树清香，小鸟在荫蔽的枝叶间跳来跳去，发出悦耳的鸣唱。外号叫"四只眼"的白眉毛黑狗更加活跃起来，它的狩猎阵地也悄悄转移了，这兄弟三人发现它经常在树林中转悠，一会儿欢快地爬上这棵树瞭望，一会儿又跳下来蹲在那棵树下观察，玩耍得特别高兴，本事也越来越大，有时它贴伏在粗枝上纹丝不动，静静地窥视着鸟巢，终于采取行动了，把鸟蛋含在嘴里跳下来送给主人。有几次它差点摔下来，多亏那双利爪，一下抓住了树枝。它的谋生方法越来越多，在这同时又能捕捉各种鸟类叼回家里。这样，地上跑的，空中飞的，都不放过。由于有这些山珍野味的补充，白眉毛黑狗茁壮生长，很快变成庞然大物，勇猛异常。但是，它的生活最近有了变化，以前是昼伏夜出，并且很少在家里吃东西，现在完全改过来了，晚上睡懒觉，早晨大吃二喝饱餐一顿，这才窜进密林中。傍黑回来时浑身湿漉漉的，就像掉进达赖河大漩涡中挣扎出来的一样，不知道它干了些什么。专管白眉黑狗的老三呼和巴拉，眼光敏锐，观察细致，早就发现了这种蹊跷现象，起初以为是密林中露水打湿的，以后又看到它疲倦之极，劳累不堪，疑心大起，决心来个跟踪暗察。这天早晨，呼和巴拉迈着轻轻的脚步，远远跟在直奔山林而去的"四只眼"，看见它显出小心谨慎的样子，在一片开阔地蹲了下来。这是很大的绿色草坪，小草不高，毛茸茸的像一块绿毯，一些粉、白、蓝、红色的小花掺杂其间，星星点点，煞是好看。

白眉毛黑狗在草地上打了个滚，很快站起来抖了抖身子，完全换了一副搏斗姿态，双目圆睁，怒视前方。使这个老三小兄弟感到意外的是，在它面前出现了一条又粗又长的大白蛇，足有茶杯粗，头部高翘，身子几乎立成一根棍，嘴里吐出火焰般的红舌，不断向"四只眼"示威。

白眉毛黑狗的尾巴也已经高高翘起，胡子倒立如一根根钢针，嘴里露出长长的獠牙，发着低沉的怒吼声。大白蛇摇晃着头部旋转一圈，猛地向狗扑来，像箭一样快。"四只眼"迅速跳到一边，又停立在那里，双眼放出蓝光，紧紧地盯着大白蛇的一举一动。只见蛇躬起身子又向狗靠近，到了最近的地方把头部直立起来，准备再次发动攻击。白眉毛黑狗也不示弱，瞅准机会跳跃起来向蛇的尾巴扑去。蛇头非常灵活，闪电一样斜窜就要咬住狗腿。"四只眼"不简单，这一次纵身跳跃上树。这时又粗又长的大白蛇已经怒不可遏，张嘴吐芯怒视着黑狗。

白眉毛黑狗可能是吃腻了老鼠、小鸟和禽蛋，想换换口味吃蛇肉，但是它没有想到这个家伙却如此不好对付。大白蛇果然狠毒，报复心切，不肯擅自罢休，顺着树干悄悄爬上来，眼看蛇嘴就要咬住狗腿。"四只眼"也是能守能攻，纵身跳跃到了地上，没等白蛇回头，它又急蹿上树，双爪在蛇身上一阵乱挠抓后又跳下来。不过它再没有敢贸然行动，蹲在草坪的一角窥视着。大白蛇吃了亏，只好昂头吐芯向狗示威，它们僵持下来，就这样时战时停，一直持续到晚上，双方才结束斗争。不知不觉一天过去了，白眉毛黑狗拖着疲惫的身子往家走去。老三呼和巴拉小兄弟心地善良，大受感动，差点掉了眼泪，熬大块骨头和肉，给它改善了生活。呼和巴拉想着给“四只眼”增加力气，看看第二天它怎么去迎战？

第二天的搏斗更加激烈，看样子双方都失去了耐心，有好几次白蛇就要缠住黑狗，且喜这条狗的四肢十分有力，后腿往后一蹬便甩开了。大白蛇一招不成改用连环战术，像旋涡一样转着圈要扑上来咬住黑狗。黑狗的全身被汗水湿透了，显出气力不支的狼狈样子。老三呼和巴拉又气又急，挥起挂铜锤的弯弯短棒，一个箭步冲上去。脚步声惊动了白眉毛黑狗，它走神刚转头，就被又粗又长的大白蛇缠绕住了脖子，这力量很大，勒紧再勒紧不断勒紧，黑狗的眼珠子几乎要突出来。这个老三更急了，扔掉了挂铜锤的弯弯短棒，抽出角把上装饰着红珊瑚绿松石的特大号纯钢蒙古刀，要刺杀大白蛇。就在这时候，黑狗吼叫一声，施展力量把白蛇的头颅咬碎弄断了。白蛇缠绕的身子也随之瘫痪散开。持续多日的生死搏斗到此结束，白眉毛黑狗大获全胜。就这样他们的食物丰富极了，每天饭桌上有野兔肉、山鸡肉、黄羊肉、豺狼肉、老鼠肉、鸟雀肉，这回又增加了蛇肉。

生活越来越好，哈尔巴拉进山狩猎，以逸待劳，就地取食，不仅烤各种各样野生动物吃，也烤蛇肉吃。这个超重量级摔跤手出身的彪形大汉，平常饭量惊人，总是吃不饱，处于半饥饿状态，现在可满足了，大块吃肉，大碗喝汤，满嘴冒油，日子美滋滋的。这仅仅是开始，哈尔巴拉这小伙子贼精，由此深入摸底又进一步发现：八百里腾格里中有多种多样的蛇，不下三四十种，但是主要分两大类：一是无毒蛇，遍及各地，到处都有；二是有毒蛇，主要集中起窝在魔峡深处原始森林中一座叫蛇岩的悬崖陡壁石缝内。此处地势险恶，紧密接连着有名的大漩涡地带，易守难攻，成了天然的堡垒和屏障。毒蛇生活条件好，得天独厚，没有比它们更安全的了，食物来源丰富之极，爬在岩石夹缝内很容易捕捉鸟雀吃，下来又能找到各种野鼠，泅水则捞着鱼虾吃。因为天敌少，繁殖很快，大有四处蔓延之势。哈尔巴拉兄弟三人因为贫穷饥饿，什么都敢吃，就是不敢吃毒蛇肉。有一次，哈尔巴拉捕捉十来条毒蛇都打死了，但是没有抛弃，带回来扒皮准备蒙马头琴和四胡头。一时没注意，老二察干巴拉把蛇肉拿出去擅自喂了狗。这只白眉毛黑狗大喜过望，高兴地摇晃着尾巴全部吃掉了，不过它很聪明，咬断蛇头丢开不吃，竟没有中毒，活蹦乱跳地跑来跑去。这等于替兄弟三人试验过了，他们连毒蛇肉也开始吃了，津津有味。

“小白脸”大喇嘛听着暗暗吃惊，但是装出不重视的样子，轻描淡写地说：“我对你们兄弟三人，特别是老大哈尔巴拉多方谋生的能力深表赞赏。常言说得好：民以食为天。在这乱世里，饿不死活下去，就是最大的本事，聪明，聪明，很聪明。以前说过多遍，不妨再重复一遍，光凭多方谋生这一点，就比你们死去的老子布顿扎那强多了，乃至强一百倍。饿得走不动道了，再大的英雄好汉也不顶用，人是铁饭是钢嘛。汗庙内外传说纷纭，就是不知道哈尔巴拉的武术到底如何。上回是得了摔跤冠军，但是以后呢？能不能百战百胜，是侥幸性地偶然赢了，还是真有本事？另外，我有蛇伤解毒药，内服外敷，保治保好，你们是汗庙的属民，为本寺劳动出力流汗，应当保护！”

哈尔巴拉考虑了一会儿，决定露一手，因为没有搏斗对象，他用三匹准备杀掉的病马表演。他首先抓住性格暴躁的黑马直立的鬃毛，一个扫荡腿就将黑马绊倒在草地。其次，他狠狠地拳击铁青马的脖子，马的头部向后挫得这样厉害，颈椎骨断了，当场昏迷。紧接着，身体特别结实的枣红马，也被哈尔巴拉一个侧面拳击而折断了两根肋骨，被打倒而不能站起来。

“小白脸”大喇嘛大惊，他诡计颇多，心中一动，计上心来，和颜悦色地拉拢着说道：“哈尔巴拉呀，你膂力过人，智谋超群，是个难得的人才。只要别走歪道邪路，不久的将来就有百分之百的希望，得到刚刚请来的转世托生的小活佛的慧眼的赏识，被封为汗庙的摔跤手，这是一定的，不用发愁。生死由命，富贵在天，吃香的喝辣的的好日子，很快就要来到。”

哈尔巴拉并没受宠若惊，他站得高看得远，反复考虑的是兄弟三人不重蹈那条单练武术的狭窄小路，走多种经营的宽敞大道，尽快脱离饥寒交迫的贫困生活。更主要的是多结交有正义感的蒙汉族青年朋友，攥成一个拳头。人多力量大，紧要关头能扛住兵灾匪祸。适者生存，只有随机应变才能活下来呀。这个草原武士人小志气大，想方设法多挣钱维持全家三口人的生活，打的灰狼和黑狼越来越多，据说是有七八十只，得了“狼主”外号，名声在外，人人夸奖，个个称赞。此后不久，就在庆祝请来转世托生的小活佛坐床仪式那达慕会上夺得冠军的基础上，被封为汗庙的摔跤手。

第三回　狼窝探险青年猎人除害
有恩必报汉族朋友引路

哈尔巴拉连连大出风头的时候，同放一个马群的汉族好朋友刘青山的父亲刘惠被白狼咬死了。这可气坏了哈尔巴拉，第一次提出要去打白狼。察干巴拉、呼和巴拉两个弟弟当时还小，都吓哭了。左邻右舍闻讯也大惊失色，急忙过来劝阻，其中有一位白发苍苍的牧民额尔敦老汉说道："老朋友刘惠是命该如此啊，在劫难逃啊，你千万不要轻举妄动，太岁头上扬土，白狼亦称雪狼，那是狼神啊。别看你得了'狼主'的外号，过去打的都是灰狼和黑狼，现在胆大包天竟想去惹狼神，罪过啊，造孽啊。你父母双亡，举目无亲，要是有了一差二错，谁养活你两个年幼无知的弟弟，一失足成千古恨，再回首已百年身，悔之晚矣，唉！"

哈尔巴拉不听劝阻，说道："怎么不能打？我问过好些人，王府市外城贵族私塾老师包云卿先生，蒙古名字叫那斯图，是一位饱学之士，他说能打，有元代诗为证：

紫塞风高弓力强，
王孙走马猎沙场；
呼鹰腰箭归来晚，
马上倒悬双白狼。

现在正是狼下崽的时候，只要逮住狼崽，就算揪住了公母白狼的心肝尖，它们跑不了，狼不毒子！"

像哈尔巴拉这样贫穷的猎人，老是在八百里腾格里山中狩猎，本身就是苦差事。首先要闯过饥饿关，解决吃饭这头等大事，因为怕机灵的白狼发现，采取严格的保密措施，白眉毛黑狗"四只眼"是不能领了，全靠自己的本事利用双手去争夺。一要谋生二要消灭红眼白狼，都是很困难的。但是这个满脑子智谋计策的强壮青年人并不发愁，随机应变伸手就能够捡到食物，吃蛇就是其中一项。蛇烧着吃最好，扒了皮的蛇身上抹一层盐面，缠在棍子上放到篝火上烧烤，直烤得黄焦焦的，咬一口喷香。用辣椒做红烧蛇段，是他的最高手艺，把蛇切成段过油上辣椒，那是别种手把肉的味道了，能把胃口调动起来。吃蛇容易捉蛇难，登山钻沟的寻找，确实是费尽力气，但是为了填饱肚皮，就不能怕累怕苦了。哈尔巴拉好像是蛇的克星，蛇只要见到他就不敢动。他差不多爬遍了陡峰悬崖，哪里有什么蛇，哪里蛇最多，都了如指掌，有一次还遇到了野猪大战群蛇的惊险场面。

那天，哈尔巴拉来到一个叫蛇坡的地方，这里树木很少，遍布着扁形的石头，形成了大大小小的石板，底下就是蛇窝，天热时候它们都躲进去纳凉，爽快以后才纷纷出洞，有的盘在树上，有的卧进草中，好像是在集会。哈尔巴拉平时不到那里去，因为他的主要任务是打红眼白狼，捕蛇只是为了充饥，在蛇坡边缘上随便捉住几条就行。他还经常能看到，蛇能缠死小狍子，有的还能捉鸟，最后越来越凶，发展到敢和野猪较量。那一天，他刚走到蛇坡附近，就听见前面传来哼哼唧唧的声音，他仔细观察发现一群野猪走过去了。好家伙，它们用长长的嘴巴把石板拱翻，连连嗷嗷叫唤着。这下惹祸了，蛇坡上咕噜噜咕噜噜的声音此起彼伏，那是蛇群发出的挑战的信号。千奇百怪的事情发生了，蛇坡上布满了大小长短不等的蛇，它们齐刷刷地几乎都成直立状，像个小树林，全部吐着红红的芯子，嘴巴下一鼓一鼓的。转瞬间群蛇扑向野猪，这个青年猎人看到的是野猪身上爬着蛇，四条圆柱般的腿上缠着蛇，有的蛇试图用尖锐的牙齿咬野猪，但是咬不透那又厚又硬的皮；有的蛇想勒紧猪的腿把它缠倒，而那腿像树干一样牢固结实，尽管蛇用尽力气还是没有一点用处，野猪好像一点感觉都没有。一条最长最粗的蛇王可能是经验丰富办法多，找到了进攻的突破口，竟然钻进这头领头公野猪的肛门。公野猪又吃惊又疼痛，刺耳地嗥叫着往大石板坐下揉搓，蛇王立刻毙命。狂怒的公野猪回头大嘴咬住蛇王拽出来，吧唧吧唧咀嚼着。它可能是发现蛇肉很好吃，吃了这条又粗又长的蛇王以后，又把缠在前腿上的另一条蛇咬住津津有味地吞咽下去。其他野猪见状，也都跟着一条接一条地大嚼，边吃边发出哼哼唧唧的声音。蛇群死伤无数，它们那种猖狂气焰被打下去了，惊慌中四散逃窜，有的躲进石板底下，有的钻入深草丛中。野猪们吃出滋味来了，开始用嘴巴挨排拱翻石板，隐藏的蛇群便成了野猪的佳肴美餐。

这一场恶战持续了两个多小时，野猪们吃饱了，撑得哼哼唧唧地，好像唱着胜利的凯歌，在那头面目狰狞的公野猪的带领下，慢慢走下蛇坡。这一带恢复了平静，那些蛇再也不敢明目张胆地示威游行了。外号“狼主”的哈尔巴拉虽然经历多见识广，但是目睹了这一场惊险的搏斗，感慨万千，想道：世界上的万物竟如此复杂多端，你争我夺，弱肉强食，互相残杀，充满了仇恨，真是不可思议。

话虽然这样说，怜悯、叹息、悲哀、慈善、多愁、善感等等，毕竟不是哈尔巴拉的本性，他是强人，以牙还牙，以齿还齿，他要打死那只红眼白狼，为汉族好朋友刘青山报仇雪恨。这样，青年猎人哈尔巴拉凭着高超的分辨、追踪野生动物脚印的本事，在鬼谷、魔峡交接处的悬崖陡壁间，很快找到了红眼白狼洞。红眼白狼真是邪门啦，怪不得被这一带蒙汉族老乡迷信为“狼神”，修庙立祠，祭祀上供，点烛烧香，享受富贵，名声在外，不知道它是怎么预感到这一天要出大事，就在哈尔巴拉找到这里来以前，红眼白狼开始了大迁徙，一窝狼崽都转移了，就剩下了最后一只。刚刚被哈尔巴拉逮住，那只几乎有小牛一样高大的红眼白母狼也赶到了。哈尔巴拉一点都不害怕，气不喘心不乱，脸色都没变。这个喜欢冒险生活的粗犷摔跤手，左手抱住白狼崽，右手用特大号纯钢蒙古刀的锋利尖刃不断剜白狼崽的皮肤，刺激它连续嗥叫。这是对红眼白母狼的挑战，逼迫它拼命扑过来搏斗一场。但是，突然发生的奇异古怪现象，连这个积累了丰富经验的“狼主”也大感意外，只见这嘴脸狰狞的红眼母白狼，蹲在那里拱起两只前爪作揖。原来，它是慈善的母亲，那可怕的眼睛里闪着亮晶晶的泪光，正替狼崽求饶呢。哈尔巴拉虽然这样想，但是他深知不能心软可怜它，何况它可能是咬死汉族老大爷刘惠的白狼呢。不过，他没有先动手攻击它，红眼母白狼这种颇有礼貌的样子，引起了他强烈的好奇心，他要接着看它如何动作。果然，它狡猾诡诈的行动，花样翻新层出不穷，保持着不近不远的距离、不快不慢的速度，往这条洞深处走，好像当向导领路，走几步回一次头，神秘莫测地抬起下巴往前指点。随着光线越来越黑暗，哈尔巴拉的那股冒险精神越强烈了，点燃了用白桦树皮做的火把跟着走，想道：这就是一条死窟窿也不怕，白狼不敢扔掉狼崽跑出去，哼，枉费心计。原来，八百里腾格里山的鬼谷、窟窿峰、魔峡一带，有数不清的洞，这些洞有大有小，有深有浅。有的洞中有洞，盘旋交错，只能找到进口，却找不到出口，称这样的洞为死窟窿。某年，有一个青年牧民寻找走失的牛，闯进死窟窿，再也没有走出来，连尸体也没有找见。这些复杂的洞中，有时发现腐朽破碎的棺材，是哪个朝代人？为什么洞葬？没人知道。哈尔巴拉现在钻的这条洞深极了，九曲十八弯，大洞套小洞，主洞套支洞，走了很长时间还是不到头。又走了一段，红眼母白狼突然挨着卧牛大石般的黑东西，人一样站立着，又拱起两只前爪连连作揖。

哈尔巴拉紧握着特大号纯钢蒙古刀准备拚刺，同时看清黑东西原来是一口很大的棺材，样式古怪，油漆剥落，分辨不清是什么颜色，从裂缝内暴露出里面发白瘆人的骨架，骷髅龇牙咧嘴，狰狞至极。接着看见红眼母白狼从棺材里拱出一口小缸，摔碎了，八锭银元宝散落出来，红眼母白狼又一锭锭拱着往他前面推。哈尔巴拉产生了错觉，认为自己眼花了，揉搓着再看，是真的，心里一阵狂喜。在这短暂的瞬间，对怀抱中的白狼崽产生了怜悯之情，正在拱银元宝的红眼母白狼也似乎变得慈眉善眼。他想道：咬死刘惠老大爷的不是它，这是好心的白狼呢。但是他是聪明人，很快清醒过来，放开狼崽可能上当受骗，红眼母白狼要是叼着跑掉，自己必然迷路，干渴饥饿，会倒毙在这条死窟窿里。

哈尔巴拉开头做得很对，白狼没敢扑过来，也没敢逃走，乖乖地把他引出洞。但是所谓智者千虑必有一失，后来他却疏忽了，天真地想道：白狼赠送厚礼是为崽求情，自己一下发了横财，作为男子汉大丈夫也得讲信用懂义气，于是毫不犹豫地把狼崽放开了。

白狼轻轻叼起来并不逃跑，不断回头招引。哈尔巴拉更迷惑了，美滋滋地想："可能又要送什么礼物，这只白狼不坏，有良心，知恩必报。"于是跟着它往草丛走。突然咔嚓一声响，不知哪个猎人什么时候埋在这里的特大号铁夹开闸了，重重地夹在哈尔巴拉的右腿上，要是没有很厚的香牛皮靴和多层裹脚布，连骨头都粉碎了，这个超重量级摔跤手打了个趔趄。

这是借刀杀人之计，真毒呀！果然，白狼不再是可怜兮兮的样子，而显出吃人的本性，张开血盆大嘴，暴露着锯齿形獠牙，纵身跳跃，离地一丈来高，腾空扑过来，其冲刺如此强而有力，竟搧起了一股腥风，能把身体衰弱的人刮倒。哈尔巴拉完全明白了，红眼母白狼软硬兼施，原来是包藏祸心，想要他的命，不由得火冒三丈。他是武术世家，又是善于狩猎的"狼主"，有的是对策，这回反击红眼母白狼的姿态很特别，并没有立正站着，而是半蹲着，双手紧握特大号纯钢蒙古刀把，锋利的尖刀朝前向上。这种刀法太厉害了，以逸待劳，充分利用红眼母狼那股冲刺力量，把它从咽喉割到腚根，来个大开膛大剖腹，诡计多端的所谓"狼神"到底敌不过更厉害的"狼主"，一二声嗥叫，三五个跟斗，登时气绝身亡。"白狼眼红心黑，我也只好手狠了。"哈尔巴拉生气地骂着，一个飞刀抛过去，把正在蠕动的狼崽捅死了。

哈尔巴拉是何等机灵的青年人，把八锭银元宝深深埋藏起来，对谁都没说，回去后大讲特讲的只是和红眼白狼斗智斗勇斗力气的惊险故事。

刘青山听了这不平常的经历，又仔细检查了被打死的红眼母白狼的尸体，真得动了感情，搂住哈尔巴拉的脖子号啕大哭起来，叫着他的翻译过来的名字，说道："黑虎兄弟，你真够意思，真够朋友，冒着生命危险为我报仇雪恨，永远忘不了啊，我一定要答谢这个恩情。"

哈尔巴拉比他的汉族好朋友小十岁，年方十八，刚刚成年。但是因为他们家族的血统关系，却长了满脸连鬓大胡子,又黑又密。所谓嘴上有毛办事牢靠,他心眼多着呢,用一句文言来讲,就是城府很深,现在摇了摇头说:“这不一定是咬死老大爷的那只,我现在开了杀戒,索性继续打下去,叫红眼白狼断子绝孙,方解心头之恨。”

刘青山更是感动了,解释道:“我没有来得及对你讲,父亲被这只红眼母白狼扑倒以后,往它的前胸上捅过一刀,你看这伤疤,没错。知恩不报不如禽兽,我一定要重重答谢,绝不食言。”

哈尔巴拉从此以后发现,刘青山不只是说说而已,真的是有所行动,没过十天半个月,这个蒙古名字叫孟根巴干的汉族朋友,提了一瓶烧酒,还有煮熟的山鸡和野兔,在牧场上与哈尔巴拉边吃边喝边唠嗑。刘青山又说道:“黑虎兄弟,你冒着生命危险为我报仇雪恨,永远忘不了啊,我想引你走上光明正大之路。”

哈尔巴拉从这老是重复的话里听出有事,便试探着想问道:“嘿嘿,我现在不是学乖了吗?不仅仅是练武,还放马、打狼,什么都干,所走之路不是越来越窄,而是越来越宽,这不是光明正大之路?”

刘青山正色道:“不对,这只不过是谋生方法多了点,算不上什么光明正大之路,还差得远着呢,天上地下,相差十万八千里,简直不能比,唉!”

哈尔巴拉觉得自己猜对了,其中一定有什么重大事情,便更进一步又问道:“那你说的是什么?别留半截话。”

“唉,就怕你太年轻,不能守口如瓶。这事说来话长,一言难尽。现在八百里腾格里山下,伊和塔拉大草原上,兵匪横行,什么日本兵、蒙古军、国民党部队、土匪绺子,杀人放火,抢男霸女,你谋生方法再多,也过不好日子呀,这都是明摆着的事。小改小变不行,需要大改大变。今天就算开个头,慢慢再说吧。”刘青山到此为止就保持沉默了,什么也问不出来。

事后,哈尔巴拉再三打听,也没有摸着底。又过了十天半个月,他突然想到了关于三爷的传说,啊,伊和塔拉大草原上人人皆知的故事,自己怎么就忘得一干二净呢?三爷之一就是刘青山的爷爷呀。说起来他们这个家族不简单,交际多见识广,况且又是汉人,关内关外都有亲戚朋友,他的话大有来历。

这里的所谓三爷不是兄弟三人,也不是排行老三,而是指王爷、刘爷、猴爷三个,这有点稀奇古怪。一八五四年,这个旗莫尔根王爷的祖父巴图在北京任九门提督,可能是相当于现在的城防司令。他有恃无恐,仗着自己是皇亲国戚,官大权重,行止无状,好酒贪色,闹得实在不像话。尤为甚者,他违反蒙古草原上千百年来传统的生活习惯,竟养起了猴,并将其视为宠物,不论骑马或坐轿,猴不离肩,招摇过市,滑稽可笑。由于他高官厚禄,能买得起国内外很多的不同种类的猴来玩,豢养头数越来越多。这种行为太反常了,成了丑闻,被讥讽为“耍猴王”。巴图亲王置之不理,还讲了一套似是而非的道理,笑道:“古书上有记载,常系猕猴于马坊的,辟百恶消千病,令马不着疥。孙悟空的官号弼马温,就是避马瘟的谐音。所以,蒙古骑兵养猴预防战马生病乃名正言顺也。”这样他老人家振振有词,大玩特玩,十分开心,却害苦了汉族刘猴倌。群猴模样各异,习惯不同,连抓带咬,破坏捣乱,差点把他折磨死。不受苦中苦,难得甜上甜,刘猴倌经过几年磨炼,积累了极其丰富的养猴经验,终于成了这方面的专家。他驯猴有方,喂猴得法,群猴无病无灾,活蹦乱跳,深得巴图王爷的赞赏,不断给增加工钱。据说刘猴倌的俸禄比七品县太爷还多,于是王府内外戏称刘爷,本来名字自然消失了。驻京蒙古王公对此深恶痛绝,义愤填膺,群起而攻之。但是最高统治者满清道光、咸丰、同治等三代皇帝就是不问罪。原来,巴图亲王虽然劣迹弊病甚多,却能一好遮百丑,他力大无穷,弓马娴熟,武术高强,更可贵的是敢于冒险,打起仗来不要命,身先士卒,冲锋陷阵,是著名的悍王,深受万岁爷的宠爱,所以老是护着他。果然,他不负圣望,就在以后的十年中,他协助清朝钦差大臣僧格林沁,又立下了多次大战功。第一次是一八五四年,全部歼灭太平天国北伐军,生擒其主将林风祥、李开芳等人。他在驰骋疆场、喋血奋战之际,仍旧身不离猴。猴子成群结队,当然不能全部携带,只挑选了其中最喜欢的白猴。白猴火眼金睛,活泼伶俐,善解人语。此次战役之后,猴倌刘爷带着它到各个营地巡回表演,伴唱道:

蒙古官兵真英勇,
盘马弯弓箭法精;
土黄号衣黑头巾,
灭贼保清显威风。

白猴动作惟妙惟肖,十分有趣,受到广大官兵们热烈欢迎。第二次是一八五八年,大败入侵大沽口的英法联合舰队,打沉"海鹭鸶号""破风号""呼潮鸟号"三艘军舰,击毙近两千人,英军司令贺布也受了伤,仓皇溃退,逃往上海。白刃格斗中,白猴协助巴图王爷一臂之力,抠瞎了英国海军陆战队长的双眼。为此,满清元帅钦差大臣僧格林沁也大加称赞,欣赏不已,戏称猴爷。从此王爷、刘爷、猴爷鼎立,名声在外,广泛流传。第三次是一八六五年,僧格林沁、巴图率领的清朝大军从四面八方围攻山东邹县捻军根据地,大肆屠杀,白莲池一带成了废墟,官书上记载说:反复轰斩,尸体垒垒,如山堆积,深谷填满,除残肢断骨不计外,其可以数者约十万具。战况惨烈,随军娱乐白猴血染尽赤,洗涤三月不净。所谓骄兵必败,一八六五年可就惨了,僧格林沁率部在山东曹州菏泽县属高楼一带进攻捻军。这位常胜将军目空一切,狂妄至极,不听颇有谋略的副帅巴图亲王的再三劝阻,中了诱兵之计,穷追不舍,最后陷入重围,全军覆没,钦差大臣僧格林沁战死。巴图亲王负伤多处,筋疲力尽,险些被俘。刘爷急中生智,忙令他假装成患重病的耍猴人,用木轮小车推着,自己打扮成伙伴,吱吱扭扭地日夜兼程赶路。猴爷在深山密林中,攀树登崖捧回野果禽蛋奉献给王爷充饥解渴,终于脱离了战场,安全返回京城。刘爷和猴爷对王爷有了救命之恩,从此一步登天,飞黄腾达,住在驻京王府深宅大院之内,衣锦食美,富贵荣华,不亦乐乎,人们在背后戏称他们为桃园结义三兄弟。蒙古草原就不同了,民风朴实,人们心地单纯,盲目迷信,这个事件经过添枝加叶,大肆吹捧,编成了玄之又玄的神话,说是西天如来佛派来孙悟空搭救云云,遂成为带有浓厚宗教色彩的故事,王爷祭祀祖先的汗庙里还精心绘制了白猴救主的壁画。

最后巴图王爷告老还乡时仍带着刘爷和猴爷,由于他俩功高劳苦,待遇不变,日子过得真是优哉游哉。刘爷深通猴道,用讲故事形式写出来的经验之谈《猴经》,传下来至今还被孙子刘青山珍贵地保存着,很怕丢失,抄写了多种副本。

以后的日子很不好过,局势紧张,兵荒马乱,末代王爷莫尔根顾不上这玩猴的事了,庞大的王府后花园内,那种动物早就绝迹,刘爷的儿子刘惠、孙子刘青山,多年以前已经离开内城自谋生活,莫尔根王爷早就把他们忘在脑后了。不用说什么俸禄,就连一只绵羊、半斗炒米也不赏赐。但是这个粗矮结实的车轴汉子刘青山能耐大着呢,能放牧牛、马、骆驼、羊等四种牲畜,能种各种庄稼，什么都会，挣钱孝敬父亲刘惠，养活妹妹刘秀英，日子过得很滋润。再就是在抄写祖父遗作《猴经》的过程中提高了汉文水平，接着又轻而易举地学会了蒙文。因为他蒙古话说得很熟练，学这种拼音文字就方便多了。刘青山算出了名啦，啥活儿都能拿得起放得下，又会写两种文字，蒙古话、汉话都说得呱呱叫，没有一个人不竖起大拇指夸他的，都说他一百零八种行业样样精通，到处吃得开，过日子错不了，美好的生活在后头呢。但是很遗憾，到现在为止，王府市和伊和塔拉大草原上没有一个大姑娘表示愿意嫁给他。

刘青山都二十过了头，三十有奔头，成了大龄青年了，还是光棍一个。这下可急坏了刘惠老汉，经常不断求人说媒。几年过去了，几乎没有任何进展。以后查出了原因，原来主要是嫌刘青山脸上有不深不透的浅白麻子，老是有些妇女对此嘀嘀咕咕，说三道四，把事情都耽误了。刘惠老汉失望之极，想不出什么办法，连连唉声叹气，愁得快要生病了。正在他老人家束手无策的时候，伊和浩特德高望重的牧民额尔旦老汉来了，拎着一条煮熟的羊腿和三斤高粱烧酒笑嘻嘻地问候。他俩是最好的朋友，又是儿女亲家。他俩的老伴各自在怀胎儿子特木尔、女儿刘秀英的时候，喝得酩酊大醉的这两位蒙汉族长者，便指腹为亲定下了婚约。所谓好马一鞭、好汉一言，到现在没变。老牧民额尔旦这次也没有白来，酒过三盅、肉过五块以后，便大发牢骚痛骂了那些嚼舌头说闲言碎语的妇女，接着说他要做主把从小失去父母的外甥女阿拉坦花嫁给刘青山，不过有一条必须做到：刘青山得起个蒙古名字叫孟根巴干，这是金银相配、白头到老的象征。刘惠老汉闻言大喜，立即吆喝过来刘青山跪下叩头认亲，并且起了蒙古名字叫孟根巴干，和未婚妻阿拉坦花配合。终身大事就这样定了，简单得出人意料。刘惠老汉抓紧时机，立即送去家里仅有的黑牛、白马作为聘礼。从此以后家里不再叫刘青山了，就叫蒙古名字孟根巴干，说明和阿拉坦花的婚姻是金银相配，十分合适，乃少有良缘也。并且再三询问这个独生儿子，如此这般处理是否妥当？刘青山高兴得浅白麻子脸上笑开了花，没有提出异议，表示没有意见。因为他特别相中了那个胖姑娘，粗胳膊粗腿，丰乳肥臀，浓眉大眼，一笑一个酒窝，可招人喜欢啦，更主要是泼辣能干，家里家外的活儿都能拿得起来放得下，能挤奶，会制作各种奶食品，善于骑马，有放牧各种牲畜的经验，吃苦耐劳，论起主持家务，优点都数不过来。但是刘青山在兴高采烈的同时又产生了顾虑，一怕自己脸上的浅白麻子，二怕自己比阿拉坦花大十来岁，要是姑娘听别人说长道短变了心咋办？机不可失，时不再来，千万不能错过了。婚礼早着呢，缺东少西，准备这个，操办那个，少说也得一年半载。这样长时间内，谁能说准，不如自己想方设法把事情办了，生米做成熟饭，结实牢固耐久，别人再破坏也办不成，这是刘青山动脑筋想办法的结果。不要小看这个浅白麻子，一个麻子一个心眼，鬼得很哩。他是个眉头一皱计上心来的人，很快有了良计妙策，他要截住胖姑娘试一试，估计八九不离十，差不多能成。原来，阿拉坦花为了谋生在王府市内城当了丫环，十天半个月请假回伊和浩特一次，探望额尔敦老两口子，和年龄还小的堂妹斯琴玩耍。刘青山熟悉了阿拉坦花走的羊肠小路，就在那偏僻的拐弯地方，有一处过去看瓜人搭的小窝棚，已经废弃了，周围荒无人烟，就在那里放牧着马群等待好了，谁也不会发现，真是神不知鬼不觉，天赐其便。刘青山这个粗矮结实的车轴汉子美滋滋地想着好事，又一次面显喜色，浑身燥热，喘气也粗了。这也难怪他，别看他本事大能耐绝，关里关外都有熟人朋友，天南海北也能办成事，就因为脸上长着不多不少的浅白麻子，还没有亲近过女人呢，颇有一种神秘的诱惑。

果然在那天傍晚，阿拉坦花骑着一匹枣红母马轻声哼哼着蒙古民间小调，顺着这条羊肠小路向王府市去时，被刘青山截住了。这个大龄青年骑着一匹大白公马，赶着汗庙的马群正在附近牧放，身穿深蓝色蒙古袍，腰扎红绸带，脚蹬翘尖香牛皮靴，显出雄赳赳气昂昂的样子。如果不仔细观察，谁也看不出他那满脸的浅白麻子。在这样没有第三者的环境中，未婚夫妻邂逅相遇，真是一件惊喜的事，其激情可想而知，用不着遮盖掩饰，两人差不多同时叫唤起来："阿拉坦花！""孟根巴干！"两匹马交头接耳互相闻着气味，两个人面对面深情地看着对方，紧接着他俩都下了马坐在看瓜人废弃的小窝棚门口促膝谈心，肩靠肩身挨身，连体温都彼此传过来。

第四回　玩弄手段记者暗设圈套　扫荡迷雾好汉光荣参军

哈尔巴拉根据上述情况坚持认为蒙古名字叫孟根巴干的刘青山，是那位有名的猴倌刘爷的孙子，到处都能拉上关系，玩得转，耍得开，活动起来了，所以他说的不是空话假话，而是大有来历。但是还没有来得及摸清底细，又出事啦。

"小白脸"大喇嘛达尔罕在情妇塔尔根寡妇那里过夜，睡到拂晓前回来，被一群看不清啥颜色的狼前堵后追，全靠黄骠马拼命冲出一条血路。这匹马回到寺院终因伤势过重而死亡，达尔罕年轻力壮，骑术高强，平安脱险。他为了自身和汗庙大小牲畜的安全，三番五次找莫尔根要求发一支枪，他认为这位王爷兼任蒙古军军长，所属二个师六个团骑兵，全是用日本三八式枪武装起来的，解决这点等于九牛拔一毛，毫不费力。没有想到莫尔根吝啬之极，不知从军火库的哪个旮旯里找出来一只红锈斑斑的老套筒枪交给了他，子弹也不多。大喇嘛虽然是个青年人，但是出入官场，混迹军界，对各种步枪、马枪、手枪的性能特点颇为熟悉，这次大失所望，悻悻而归。回到庙里把这只汉阳造老套筒枪交给牧马人哈尔巴拉，叫他脱产不干别的，专门打狼。哈尔巴拉很有办法，在鬼谷、魔峡交界处出入口，修了一座很隐蔽的住宿兼射击用的地堡，四面八方都有枪眼，视界开阔，能攻能守。这是咽喉要地，卡住了三种狼必经之路，他以逸待劳，从这里打冷枪狙击，又打死很多狼。这一天，他到汗庙附近的伊和浩特安排两个弟弟的生活回来，远远看见地堡左侧绊腿放着一匹小白马。什么人敢闯进这魔鬼峡谷？莫非是日本兵、蒙古军到这里游山玩水？或者是国民党东西线部队派遣的特务偷偷活动？还是零散土匪要抢夺他的老套筒枪？在这乱世什么事都可能发生呀，不对，到了门口听见一个女人小声唱歌呢：

正月里整十八，
妈妈要把大姐嫁；
想起小弟心难受呀，
宁死不进别人家……

哈尔巴拉很感意外，只见里边有一个穿黄呢子日本军制服的青年女人，长筒红漆皮靴，刺马针闪闪发亮，宽宽的武装带上挂着俗称"王八盒子"的日本手枪，男式短分发，白净的瓜子脸，佩戴钻石戒指、金耳环及小巧玲珑的坤表，丰满高耸的胸前吊着很大的照相机，珠光宝气，富贵典雅。哈尔巴拉记忆力好，想起来了，就在不久前，他在庆祝汗庙刚刚请来的转世小活佛坐床仪式的那达慕会上，连续摔倒强悍的摔跤手多人，夺得了冠军，又一次大出风头，吸引了几千名僧俗观众的注意，他们热烈欢呼，使劲鼓掌，啧啧称赞，都夸奖他是将门虎子。在这次那达慕会上，就是这个漂亮女人，听说是南京汪精卫政府《新中华民国报》北平版驻蒙古军记者，对哈尔巴拉特别欣赏，频频拍照，连连鼓掌，情有独钟。今天她单独来这里要干什么？只见她妩媚地笑道："小弟,不要误会,我是随军记者蔓苔萝花,蒙古族,你叫我大姐好了,久仰大名,如雷贯耳。我准备全面采访你的传奇性的冒险事迹,写成文章发表在报纸上,使你威震蒙疆,扬名平津,誉满京沪,好吗?我以后差不多天天来呢,嘻嘻,怎么样,欢迎吗?”

哈尔巴拉没说话,他不懂什么登报出名之事,对此毫无兴趣。相反,他长期的练武、驯马、打狼等冒险生活所养成的粗犷性格,有时过于外向不加掩饰。这个军官模样的青年女人高高隆起的乳房,肥大扭动的臀部,老是进入视线,弄得他心慌意乱。

随军女记者是情场老手,观察敏锐,早就发现了这后生贪婪的眼光,心中暗笑。她虽然是耍笔杆子的文人,却特别喜欢野味,换句话来讲就是喜欢追求刺激。此处无声胜有声,心中产生了温柔的涟漪,甜蜜地想道:别看是虎背熊腰的大汉,毕竟才十八岁啊,比自己小十多岁,更主要的是他可能从来没接触过女人,干干净净。老牛吃嫩草,这正是她希望的,所以利用自己记者职业上的方便明察暗访,打听到了哈尔巴拉的一切,这回找上门来。她下了如此大的功夫,其实是要引诱玩弄这年轻人,要平生第一次品尝大力士的味道。但是她并不点破,妩媚地笑道:“自古以来,英雄好汉都使用有名的武器,你拿的竟是老套筒,太次了,欲善其事,先利其器嘛,这不行,不像话,递过来,瞅瞅!嘻嘻!”

哈尔巴拉腼腆地笑着把那只擦得锃亮的汉阳造递过去。

“你使的是爷爷枪,老掉牙了,嘻嘻!”蔓苔萝花顺势挨过来,丰满高耸的乳房紧紧贴上了这年轻人宽厚得像一堵墙的胸脯,使劲揉搓起来,没完没了。

哈尔巴拉红着脸躲开了,他还不会对女人动手动脚,规规矩矩,老实得很。

这一对邂逅相遇的青年男女,并不是老守着简易地堡等待打狼,为了生计有时也出去狩猎飞禽走兽。这一天他俩在山沟里转悠,密密的原始森林中很静,只听见蚂蚱沙沙的声响,还有蝈蝈吱吱叫唤。走下一个山坡,刚要进沟底,突然有一头鹿慌慌张张地跑过来,它身上的肌肉在不停地抖动,走不动了,距离这两人只有十几米远。哈尔巴拉只要扣动扳机,它就没命了,但是这个青年猎人又发现鹿的背后紧紧跟着三只西伯利亚种灰狼。他俩急急忙忙躲进大树根部深草丛中,仔细观察着事态的发展,并没有开始射击。这三只西伯利亚种灰狼配合默契,围追堵截,一只狼紧随其后,另一只狼跑到前边堵住去路,还有一只狼在旁边打穿插。它们的头部都长长地耷拉着,眼睛里放射出贪婪的绿光。那头鹿在山谷里左拐弯右逃避,累得身上已经是汗水淋漓的,失掉了继续逃跑的能力,停下来摇晃不停,四条腿直打哆嗦,最后趴在地上,就等着死了。

这时候,哈尔巴拉做好了充分的思想准备,先消灭三只狼,然后再打鹿,看来今天收获是不会小了。他先不忙着开枪射击,等着这三只西伯利亚种灰狼扑倒鹿开始吃肉时再动手,目标集中,一颗子弹能打中两个。三只狼也不忙着吃肉,卧倒在不同侧面,形成了三角状位置,张嘴瞪眼窥视着鹿。过了一会儿,这头鹿很不容易恢复点体力,刚想要站起来,身体稍微动一点,三只狼毫不怠慢,迅速敏捷地扑上去把鹿咬死了。

哈尔巴拉刚想要扣动扳机,突然发现原始密林的阴影中闪了一道幽灵般白光,冲出一只体壮如牛的红眼白狼,扑向三只灰狼。它的动作勇猛异常,强健有力,好斗善战,仅仅几个回合就把三只灰狼咬得浑身是伤,嗥叫着逃跑了。红眼白狼不亏“狼神”这个绰号,真正是名不虚传,鬼得很哩,它咬跑了三只灰狼以后,并不过来吃现成的死鹿肉,而是躲在一棵两人都抱不拢的粗大松树背后偷偷窥视着,神秘诡诈,形迹不露。这里是绝对死角,开枪射击是根本打不着的。对此，哈尔巴拉向随军记者蔓苔萝花说道:“我们割点鹿肉拎着回去吧，不必在这里傻等了，红眼白狼的视觉、听觉、嗅觉都是很厉害的，已经发现了我们在这里打埋伏，不会冒险出来挨枪子的，嘿嘿!”

这个摩登女郎脸红了，丰满得像两座小峰一样高耸的胸部一起一伏，艳笑着对着哈尔巴拉的耳朵悄声细语:“嘻嘻，小弟，还有一件重要事一定要办，千万不能丢掉，如果是公鹿的话，把鹿鞭割下来给我，嘻嘻……”

哈尔巴拉听不懂，诧异地问道:“什么鹿鞭？哪块肉?”

蔓苔萝花被逗得哈哈大笑，开心极了。

又过了两天以后，他俩情况有了很大改变。主要原因是这位随军女记者还真够意思，最使哈尔巴拉高兴甚至感动的是，她赠送给他一只带有近千发子弹的崭新的日本造九七式狙击步枪，上面有瞄准镜，真是宝贵的新式武器呀！人巧不如家伙妙，这回他很快用这只装瞄准镜的狙击步枪连续打死两只西伯利亚种灰狼。他那百发百中的枪法使蔓苔萝花更加喜欢。紧接着，哈尔巴拉又学会了照相，蔓苔萝花几乎是手把手地教这小后生从不同角度拍摄了她站在两只灰狼尸体旁边的相片，留作纪念。在这以后不久，哈尔巴拉在窟窿峰后边岩洞中发现了黑狼窝，逮住了五只崽。他杀掉四只，把留下的一只吊在地堡附近歪脖子树上。他俩深居简出，静悄悄地监视了半天，等到傍晚才看见一只黑狼在危崖的阴影下一闪即逝，都来不及瞄准，真鬼呀。

蔓苔萝花还是妩媚地笑着，紧贴着哈尔巴拉的耳朵窃窃私语:“小弟，黑狼嗅着崽的气味跟踪到附近转圈呢，要报杀子之仇。今天晚上风高月黑，半路上我被截住怎么办？我就住这里吧，就凭我们的交情，你一定能同意。”

哈尔巴拉又听见这种调情的话，心里躁动，直喘粗气，犹豫了一阵，结巴着说:“大，大姐，我，我送你回去。”

蔓苔萝花轻轻叹了口气，显出很失望的样子，什么也不说了。

这些天为了不暴露目标，特别是怕狡猾的白狼发现，他俩都没有骑马，现在步行钻过鬼谷的一条又深又长的窄沟，两边有笔直陡峭的悬崖，因为是一线天，黑得特别快，朦胧一片，什么都模糊了。更主要是羊肠小路崎岖不平，卧牛大石到处皆是，穿着笨重长筒皮靴的蔓苔萝花，走路困难，很快就落后一大段，哈尔巴拉只好或站或坐耐心地等待。隐蔽在崖缝的黑狼很有捕杀经验，知道女人攻防能力很差，专门袭击蔓苔萝花，突然纵身跳跃，带股腥风扑过来。但黑狼估计错了，蔓苔萝花是随军记者，经历过很多危险事件，并没有惊慌失措，就地一滚，闪过了黑狼的獠牙，但是却没有躲开它的利爪，内外裤全被撕扯得稀烂破碎，她急忙举起日本造“王八盒子”手枪猛烈射击，因为她跌倒后姿势不对，胳膊施展不开，瞄准不上，全没有打中要害，弹夹却空了。负了伤的黑狼更加疯狂地再次扑过来，张开血盆大嘴就要咬断她的喉咙。说时迟，那时快，超重量级摔跤手哈尔巴拉在这里显示了惊人的膂力，从后面冲上去把黑狼活活掐死了。

蔓苔萝花这回真的不能走了，只好返回来进到地堡里面。她突然发现这慓悍、强壮、结实的小后生正色迷迷地盯住自己的下身。她随着对方的视线往下看，不由得开心地大笑，原来在危险情况下分散了注意力，不知道自己内外裤全被黑狼利爪扒碎剥净了。

哈尔巴拉欲火如焚，这回完全失去了自控能力，不顾一切地扑上去。

哈尔巴拉大逞雄风，果然厉害。生活方面也是如此，大高个儿，超过二米的身体，一百多公斤重量，慓悍强壮，敏捷有力，很像八百里腾格里大山中的黑熊。一顿早餐吃了二十颗鸡蛋，中午吃了一只黄羊，头、蹄、下水、心、肝、肺全吃光了，什么也没剩。对这种超常惊人的现象，随军女记者喜欢得不行，抱了又抱，吻了又吻，摸了又摸，还准备要拍照他各种姿态的相片，全身的、半身的、正面的、侧面的，说是都要照相，肌肉突出，充满膂力，显示男性健康美。哈尔巴拉是聪明人，心计颇多，正要开始准备拍照的时候，他忽然想到这若留下把柄，铁证如山，抵赖不掉，后患无穷，千万不能拍照，于是他假装失手的样子，把这台贵重的照相机在卧牛大石摔得粉碎。蔓苔萝花毕竟是很喜欢哈尔巴拉的，不痛不痒地说了几句，并没有责骂他，还推心置服地说服动员他到蒙古军一、二师六个团或国民党嫡系东西线部队去当兵，由她推荐介绍，没有不成的，很快能办妥。哈尔巴拉对此深恶痛绝，立刻拒绝了，骂道："日本美津骑兵师团、蒙古军及国民党部队，暗中拉拉扯扯，勾勾搭搭，都是强盗，他们把我父母都杀了，我和他们都有深仇大恨，刀枪见面。"

过了几天，随军女记者玩够要走了，依依不舍，还掉了几滴惜别的眼泪。狙击步枪、近千发子弹、全部狼皮、大把钞票都留下了，可谓仗义疏财，挥金如土。

又过了很长时间。某日，哈尔巴拉偶然在王府市外城十字街头，听见报童使劲叫卖："看新中华民国报，八百里腾格里山中白马红装巾帼英雄，神枪手，单人独马打遍西伯利亚种灰狼和阿拉斯加种黑狼！新中华民国报！"

哈尔巴拉紧张起来了。他本来胆子大着呢，天不怕地不怕，但是就怕暴露那个事，急忙买了一张，因为不识汉文，只能是看着报纸上的相片发呆。整整一版都是随军女记者一个人，耀武扬威地站在灰狼和黑狼尸体旁边。文章里说些啥呢？哈尔巴拉心里发虚，在大街中巷小胡同老是听别人议论。很快明白了，文章里她老是替自己吹牛，说能耐超群，本事出众，对哈尔巴拉连提都没提，一句也没说。不过，她想大出风头却适得其反，被揭了老底，很多人都当成了笑话。好事不出门，恶事传千里，成了不胫而走的丑闻，都骂道："撒谎撩屁，这个臭婊子一定是领着很多的蒙古兵打围的。她和日本军骑兵师团长美津，蒙古军军长莫尔根，国民党嫡系东西线'虎威'、'鹰扬'等部队头头陈秃子、熊岳，军统局特务戴励志都睡过觉，是个破鞋烂袜，川岛芳子第二，哼哼！"

哈尔巴拉虽然知道了报纸上的文章没有提到自己，思想压力却一点没有减轻，气愤地想着："我父母是日本关东军美津骑兵师团长、蒙古军莫尔根军长派特务暗杀的，旧仇未报，新恨又生，这回遇见了臭婊子蔓苔萝花，事情很明白，不是她杀我灭口，就是她在日本军、蒙古兵、国民党部队中的姘夫杀我解恨，四面八方全是仇人，陷入了重围。不能束手待毙，需要杀出一条血路。"

哈尔巴拉着急起来。这个后生是颇有智谋的，不停地动脑筋想办法，很快算计好了：蔓苔萝花和三种反动军队头头都勾搭上了，毒蜘蛛一样布下了密密麻麻的黑网，甩掉是很不容易的，必须有强而有力的团体保护。找谁呢？只有一条路，就是投奔共产党八路军。听说在伊和塔拉大草原的边缘地带，有他们特别加强的主力部队——独立骑兵团也在活动，但是他们现在在哪儿呀？找不见寻不到，这可咋办？在这山重水复疑无路的时候，仿佛石火电光一闪，他突然来了灵感，联系到了那次打死红眼母白狼以后，和蒙古名字叫孟根巴干的刘青山的一段不平常的对话，他语重心长，大有来历啊，这位肝胆相照的汉族好朋友，是不是当了八路军独立骑兵团的密探呀？还有经常来这里的杂货小商贩李志坚，每次都回避着他和刘青山交头接耳窃窃私语，看样子并没有谈生意讲买卖,好像是调查研究这一带日本兵、蒙古军的情况,这可是了不得的大事呀。最初,哈尔巴拉怀疑他俩是不是与土匪绺子有什么勾结?这里不仅兵多,匪也不少,三人一帮,五人一伙,自立番号,各有地盘,为非作歹,行凶作恶,什么"大黑塔""二蛮子""神枪手""好汉阿拉""没耳朵李小",多啦!他以后认识到自己这种估计完全错了。半年以前,另一帮土匪"五狼八虎"绺子的"线头"到这一带探听虚实,刘青山一时性起,抡棒子打倒,挖地三尺埋了。这样可以肯定,他俩大概是八路军独立骑兵团的密探。因为这事和哈尔巴拉的命运息息相关,他特别注意起来,简直目不转睛地盯着。过了不长时间,李志坚来这里和刘青山商量什么事。几乎在这同时,哈尔巴拉突然发现远处地平线上骑马驰骋过来一群蒙古军官兵,气势汹汹。来着不善,善者不来,是不是要抓李志坚呀?他急忙过来通风报信。刘青山、李志坚二人并不知道外面发生的严重情况,悄悄说着话正在包装一箱洋药、绷带。哈尔巴拉进来都没有顾上多说话,领着李志坚跑到鬼谷的悬崖陡壁、危岩歪峰之间,接着又钻进茅草掩盖的一条很隐蔽的自然岩洞内。苍茫的暮色中传来了一阵阵狼嗥,它们可能是闻到人的气味,馋得发慌,蠢蠢欲动。喘息方定,李志坚注视了哈尔巴拉一会儿,问道:"你为什么冒着生命危险搭救我?"

哈尔巴拉笑了,回答说:"真人面前不说假话,实不相瞒,我早就想投奔你们共产党八路军领导的独立骑兵团了,现在正是踏破铁靴无处寻,找到全不费力气,这种机会百年不遇、千载难逢。以后要变成一家人了,岂有袖手旁观之理?打虎亲兄弟,上阵父子兵嘛。"

李志坚笑了,但还是守口如瓶,滴水不漏,继续注视着,反问道:"你怎么知道我是共产党八路军领导的独立骑兵团的?"

"反对日本军,反对蒙古兵,又悄悄购买治疗刀伤枪伤的药品,你和刘青山大哥一定是共产党八路军领导的独立骑兵团的密探,错不了。"看样子,哈尔巴拉很相信自己的眼力。

李志坚还是不交底,脑袋摇得像他的小货郎鼓,又反问道:"我就不能是国民党嫡系东西线部队的?你是不是看错了?"

"这个,我也仔细想过了。前个月,刘青山大哥打死'五狼八虎'绺子的'线头',挖地三尺埋了。土匪是国民党嫡系东西线部队的左膀右臂,串通一气,狼狈为奸。看说的不如看做的,这个事比啥都使人相信,是不是呀?"

李志坚往下什么也不说了,继续用审察的眼光注视着这个虎背熊腰的大汉。这工夫,刘青山也急急忙忙赶来了,连连说蒙古军搜索官兵走了,这次要是没有哈尔巴拉半路相救,李志坚很危险,恐怕难逃毒手。接着二人回避着哈尔巴拉在一边低声商量了一阵,最后通知说正式接受他参加独立骑兵团,并且郑重其事地告诉他:从此以后他已经不是普通牧民了,是中国共产党领导的八路军独立骑兵团侦察连的侦察兵,就是他常说的密探,必须严格遵守三大纪律八项注意。

哈尔巴拉梦寐以求的就是这个,现在圆满实现了愿望,高兴得跳起了他的职业性摔跤方面的鹰舞。但是他是精明人,关心的是更现实更具体的事,进一步问道:"参加八路军独立骑兵团,分配到侦察连几排几班?啥时候走呀?服从命令听指挥。"

"你不走啦,天时地利人和,就在这里搞地下工作,和刘青山同志一模一样,就是你常说的独立骑兵团的密探,具体单位是侦察连,俗称老八连。以后要和我单线联系,你的任务主要是搜集日本兵、蒙古军、国民党部队三方面的军事情报,及时传递,这不难。最要紧的是:万一落到敌军手里,不能暴露党的秘密,不能出卖同志,不能当叛徒。记住了没有?"

“嗯，记住了，记住了，全记住了，千刀万剐也不说。”哈尔巴拉下了最大的决心，咬牙切齿地说。

“这是对你的千嘱咐万叮咛，必须牢牢记住，刻骨铭心，念念不忘。话就说到这里吧，现在伊和塔拉大草原上鬼哭狼嚎，风声忒紧，部队伤病员又眼巴巴地盼着这些药品，此地不宜久留，我连夜就走，二位多加保重。”

话音刚刚落下，又传来狼群的嗥叫声，比刚才厉害多了，此起彼伏，遥相呼应，使人毛骨悚然。哈尔巴拉考虑了一下，最后下了决心，从自然岩洞深处把那只狙击步枪拿出来，交给李志坚道：“漆黑的夜里钻八百里腾格里山的鬼谷、魔峡，成群结队的三种狼会把你撕成碎片，带上这个吧。回到部队以后，请团首长们发给神枪手，你不能来回带这种长家伙，地下工作者最好发手枪。”

刘青山在旁边愣住了，他第一次看见这种带望远镜的新式步枪，少见多怪，眼睛瞪得那么老大，浅白麻子脸兴奋得通红，惊问：“啥家伙？还带着千里眼，咋得的？”

李志坚却很内行，立即认出来了，一点都不差地说道：“日本造九七式狙击步枪，很准呢，还有这么多子弹，崭新锃亮，连点锈都没有，物以稀为贵，宝贝呀，怎么搞到手的？”

哈尔巴拉这回是感到意外了，诧异地反问起来：“你对这枪怎么这样熟悉？”

刘青山大笑了，介绍道：“你刚刚参军，有所不知，李志坚同志是独立骑兵团的老后勤，各种药品，粮草服装，武器弹药，什么都抓，成了枪械专家，能认能使一百零八种长短枪呢，嘿嘿。你说说怎么得的这枪？”

哈尔巴拉在这里动了脑筋，编起了小故事，说道：“前些时候，日本兵和蒙古军派人进山打狼，其实是散心解闷，顺便做些皮褥子，有一个单独行动的日本美津骑兵师团的特务，很可能是杀害我父母的凶手，我把他收拾了，喂了狼群，啃得干干净净，只剩下了骷髅和骨头架子，我就得了这只宝贝枪，还有这么多子弹，这回送给独立骑兵团，就算见面礼吧，一点小意思。”

李志坚很高兴，在敌占区活动，这回没带枪，现在挎上狙击步枪，趁着黑夜的掩护急忙走了。

哈尔巴拉、刘青山二人没有想到的是：过了几个月第二次接头的时候，李志坚带回来一只二十响驳壳枪，交给哈尔巴拉说：“团首长表扬你呐，说你是苦大仇深、觉悟很高、文武双全、智勇兼备的侦察兵，将来大有希望，这是奖给你的，好呀，好呀！”

哈尔巴拉多次见过十响驳壳枪，知道叫“自来得”，二十响驳壳枪却第一次见，叫不上名来，只是喜欢地抚摸着，怕走火伤人，连枪机都不敢拉，笑道：“这可能叫二十响自来得，嘿嘿！”

刘青山也高兴得哈哈大笑，说：“这种枪是宝贝，我好像还听见过有别的叫法！”

李志坚搞独立骑兵团后勤供应工作多年，整天和武器弹药打交道，成了这方面的专家，对各种各样的长短枪太熟悉了。这回不仅给哈尔巴拉教使用方法，还教如何拆卸安装、排除故障，并且进一步介绍道：“这是德国造世界名枪，正因为如此，名称繁多，叫盒子炮、匣子、驳壳枪、自来得、快慢机、二十响等等。正式名称是：一九三二年式毛瑟全自动冲锋手枪。半自动手枪是单发，勾一下打一发子弹。全自动手枪是连发，如果勾住扳机不放，二十发子弹都能打出去。在近距离内敌众我寡情况下，能扫倒一大片，威力强大。说实在话，别看我们独立骑兵团是特别加强主力部队，这种枪并不多，发给你有什么意图，我现在也看不清说不透，慢慢才能明白。”

哈尔巴拉很高兴，又一次跳起了他摔跤职业方面的鹰舞。别看这青年人长相慓悍，动作粗犷，心眼比头发丝还细，他把这只德国造毛瑟式全自动二十发冲锋手枪藏到隐蔽、干燥、容易拿出来的地方，肩上又挎起了那支老掉牙的汉阳造套筒枪，笑道："不会伪装，就不能当侦察兵，更不能当地下工作者，嘿嘿！"

李志坚是陕北老红军，见识多，经验丰富，表示赞同，补充道："说得对，说得好，用一句文人的话来讲就是：生存是第一位的，发展是第二位的，只有生存下来，才能得到发展，这才是真理。"

第五回　密报军情老大光荣立功　野蛮成性败类可耻丧命

哈尔巴拉当了侦察兵以后，眼观四路耳听八方，时时处处注意着日本美津骑兵师团，蒙古军一、二师六个团，国民党嫡系东西线部队的动向，看在眼里记在心上。这是他工作性质决定的，另一方面，他也怕随军女记者蔓苔萝花一时反悔，来个杀人灭口。她的姘夫情人，出于嫉妒来报复，明枪易躲，暗箭难防，千万不能粗心大意，所以他经常东张西望，左右兼顾。他是很想离开这里去骑兵独立团的，但是领导没有这个意思，别无他法。再说，他真的远走高飞了，留下两个未成年的弟弟怎么生活？谁来照顾？这样他默默无言，什么要求和意见都不提，任劳任怨，埋头苦干。这几个月成绩不错，独立骑兵团领导很满意，他搜集到了不少有用的军事情报，都迅速及时地送出去了，一次也没有遇到麻烦。

又过了一段时间，王府市和汗庙内不断传来关于蔓苔萝花的各种死亡消息，不胫而走，一传十，十传百，最后差不多人人皆知了，很有吸引力，很有刺激性，很吓人，有人说她病故，有人说她自杀，有人说她在争风吃醋的大火拼中被害，还有人说她被日本特务机关活埋了。原因是日本帝国在太平洋战争中败得稀里哗啦，联合舰队被消灭光了，塞班岛、威克岛、硫磺岛、冲绳岛都丢了，本土挨炸，东京大火，眼看要彻底完蛋，她就使出狡兔三窟之计，和国民党东西线部队内的军统特务眉来眼去，进一步勾搭起来，这极大地激怒了正在垂死挣扎的日本美津骑兵师团特务机关，从而下了毒手。甚至有人说她是苏联、蒙古双重国际间谍，功成名就北返途中被截身亡等等。众说纷纭，扑朔迷离，莫衷一是，不知所终。哈尔巴拉在这头绪杂乱繁多死讯中，很难辨别真假是非。但是有一点可以肯定：随军女记者蔓苔萝花死了，在这个世界上永远地消失了，从此对自己构不成任何的威胁，免除了后顾之忧，可以放心大胆地去当共产党八路军领导的独立骑兵团侦察连的侦察兵。

哈尔巴拉松了一口气，觉得很舒畅。某日，他路过王府市外城土墙西门，看见聚拢着很多的日伪军人。市内居民和郊区农牧民也围成圈看热闹，人头攒动，你挤我拥，就像开那达慕大会那样红火。这引起了哈尔巴拉强烈的好奇心，骑马站在里三层外三层的观众外边看。他是本地人，熟悉情况，很快明白了，原来是在驯那匹名声在外的黑色悍公马。它虽然是蒙古军的一匹军马，到现在为止谁都没有骑过，一点用处都没有，却有惊人的横踢乱咬的劣迹。据说，它伤过一名将军、三名上校、五名中校、六名少校、十名上尉、二十四名中尉、三十名少尉和一百名士兵，谁都怕它，今天不知出于何种目的，竟摆上了驯马擂台。远远看见铁丝网那面主席台上，蒙古军军长莫尔根指手画脚地叫嚷着什么，神气活现。旁边坐的是日本关东军美津骑兵师团长等军官，他们都垂头丧气，强颜欢笑，掩饰不住惊慌、焦虑和不安。这两天他们就要奉命撤退，实际上是仓皇逃跑。别看老是吹嘘什么赫赫战果，形势却急转直下，德国、意大利失败了，墨索里尼被绞死，希特勒自杀，世界主要大国提出要日本无条件投降。更直接的威胁是苏联、蒙古宣战打过来了，招架不住呀。莫尔根却幸灾乐祸，继续叫嚷，说的都不清楚，只有一句话通过人群的喧哗传过来："谁要是驯好这匹黑色悍公马，赏银元一百块！"这很简单的话，却引起了很大的反响和轰动。所谓"重赏之下，必有勇夫"，何况这是马背上的民族聚居的地方，数不清的青壮年们都跃跃欲试了。但是蒙古军官兵们披着虎皮狼皮，距离黑色悍公马又近，谁也抢不过他们。这样，一、二师官兵争先恐后地上去好多人，贪财心胜本事却很差，他们都失败了，一个比一个狼狈，有的鼻青脸肿，有的头破血流，有的拐胳膊瘸腿，全都"披红挂彩"。莫尔根军长气得暴跳如雷，抓过来扩音器破口大骂道："狗娘养的臭崽子们，被摔得屁滚尿流，横躺竖卧，龇牙咧嘴，唉哟哼哼，叫苦连天，真正是丢净了蒙古骑兵的脸面了。我们是圣祖成吉思汗的子孙呀，这不是成了天大的笑话和丑闻，岂有此理。本王现在再次郑重宣布：不管蒙古军官兵或是普通农牧民，谁要是驯好这匹黑色悍公马，赏银元二百块。双数表示吉祥如意，怎么样，谁敢上？"

场内军民全听清了，一片惊叫声，口哨声，间或有人发出呻吟声。市内老百姓和郊区农牧民还没有人来得及上场，坐在主席台右侧的日本关东军美津骑兵师团马术教官金泽次男跳下来，大摇大摆地往前走。这个家伙快要成丧家之犬了，还是放不下臭架子，冷笑着讽刺挖苦道："嘿嘿，蒙古骑兵都是土包子，没见过世面，对各国马术情况什么也不晓得，不明白，所以什么也不会，就知道跑直线，跑圆圈，叫人瞅不起、笑掉大牙。"

垂死挣扎想出风头的美津骑兵师团马术教官金泽次男大话说尽，小命也玩完了，捋胳膊挽袖子上去，和黑色悍公马搏斗了几回，还没骑上去，就被踢中心窝，怪叫一声跌倒在地，再也没有醒过来，见天照大神去了。出了人命啦，满场观众都被镇住了，吓得目瞪口呆，连一点声音都没有了。日本帝国虽然垮台了，所谓虎死威风在，美津骑兵师团长也不肯老实，端起歪把子轻机枪要扫射黑色悍公马。

蒙古军军长莫尔根见状，也气红了眼睛，平端着一把美式汤姆生冲锋枪，对准了日本美津骑兵师团的一群东洋马，眼看要打。随着他这架势，蒙古军军部警卫连官兵也端起了机枪、冲锋枪，目标竟是主席台上的美津师团长等日本军官，局势十分紧张。莫尔根却临危不惊，大喝道："什么时候了，还想欺负人，你打死我的一匹蒙古马，我就打死你们的一群东洋马，剩下两条大腿如何溜之乎也？嘿嘿，我什么都清楚，你们师团中有一个军官，名叫清津小龟，还是个战斗英雄呢，因为在一次酒醉以后用战刀戳死了一匹东洋马而被判处死刑。所以你们师团中悄悄流传着一首歌：

军马居首军犬次，
饮食远比士兵强；
军用鸽子虽渺小，
军人连它都不如。

这个意思就是说：一匹军马很贵重，值一千多日元，而一个士兵只需要花一分五厘钱明信片，招之即来，来之就用，要多少有多少，所以宁可死十个士兵也不能死一匹军马。这回我就真要杀死一群，让你们骑兵变成步兵，老牛破车疙瘩套，速度最慢，岂能逃脱苏联红军、蒙古机械化骑兵和中国土八路独立骑兵团的追击，死路一条。"

美津骑兵师团长为首的日本军官们，本来就心惊肉跳魂不附体，现在更是气馁了，胆怯了，没敢动手,连连“马鹿,马鹿”地咒骂着,以官衔大小为顺序,一个跟一个灰溜溜地退出会场。在当前战败仓皇逃跑的形势下,他们不敢得罪蒙古军,恐怕又多出一个敌人。

哈尔巴拉、刘青山等侦察兵对此眼明心亮,早就看透了:日伪军的矛盾、纠纷、摩擦由来已久,屡见不鲜,近来更是变本加厉,严重恶化。原因很简单:日本就要无条件投降了,所以再没有什么可怕的了,走狗敢于反抗主子,并不奇怪。

莫尔根军长在众多的军民面前和日本美津骑兵团长吵架动武,占了上风,脸上增光,便得意洋洋地叫嚷:“我这不是一时性起瞎说,我最讲信用,不管是现役军人还是普通牧民,谁要是有能耐驯好这匹黑色悍公马,就赠送给他,另外还要赏银元五百块,驮着牵走。不断增加奖金,怎么样,够意思吧?”

这时候,哈尔巴拉不声不响地走进去了,迈着超重量级摔跤手坚定有力的步子,就像八百里腾格里山中黑熊一样慓悍粗壮,给人极为深刻的印象,这引起了全场欢呼:“嘿,嘿,我们的赳赳武夫出场了,一定能胜利!”

“嘿,嘿,狼主,狼主!”

浑身闪耀着锦缎样光泽的黑色悍公马,真正吓人那,甩了一下垂地的长鬃毛,环眼圆睁,嘴吐白沫,人立起来用前蹄猛踢。所谓技高人胆大,熟能生巧,精于搏斗武术的哈尔巴拉以闪电般的速度躲开了,并且一个扫荡腿把黑色悍公马绊倒在地,好像不费吹灰之力。等到它怒气腾腾地跳起来时,哈尔巴拉用鹞子翻身的动作,稳稳当当地骑在它背上,不管它嘴啃地尾巴朝上,或者后腿支地身子立起来,怎样变化尥蹶子方式,使出什么花招,也甩不掉这个当过牧马人的虎背熊腰的大汉。也许是因为他太重,也许由于黑色悍公马刚才吃过苦头,胆战心惊,终于气力不支渐渐老实了,它大汗淋漓,四条腿哆嗦着,任凭哈尔巴拉摆弄,被驯好了。

哈尔巴拉在响彻全场的又一片欢呼、鼓掌声中,走上主席台领取奖金,惊慌失措的日本军官们抬着金泽次男的尸体都走光了,看他们的样子一个个面如土色,狼狈不堪。这里只剩下蒙古军长莫尔根、副军长莽斯、参谋长哲别、联合谍报队长扎嘎以及六个团的正副团长们。哈尔巴拉在无意中听见了这个蒙古族军阀的很重要的几句话:“美国扔下两颗原子弹,苏联又出兵打过来了,机械化部队的前锋已经绕过八百里腾格里山迅速前进,日本人很快就要无条件投降了,用不着为它们卖命当炮灰,这年头有实力便有一切,保存住蒙古军一、二师六个团人马,是为最高上策。至于将来后路,不必发愁,此处不养爷,自有养爷处,怕个屌。美津骑兵师团这次从鬼谷、魔峡间逃跑,要是遭遇共军独立骑兵团的伏击,我们按兵不动,见死不救,这叫坐山观虎斗,两败俱伤,对我们有利。怎么样?非凡的决策。”

哈尔巴拉喜出望外,兴奋异常,通过李志坚立即送出去这个最有价值的军事情报。在这同时,他拿着那把俗称二十响驳壳枪的德国造毛瑟连发战斗手枪,埋伏在美津骑兵师团必经之路旁的岩石和深草丛中,等日军黑压压地撤退过来时,他有恃无恐,不慌不忙地选择好目标开始狙击。仅仅打了两枪,弹无虚发,第一枪把日本相扑家岩峰太郎的脑袋揭了盖;第二枪把美津骑兵师团长左胸打穿窟窿,然后趁着大混乱利用地形地物撤退了。由于哈尔巴拉送出去的军事情报准确无误,中国共产党领导的独立骑兵团和苏、蒙军装甲机械化部队配合作战,消灭了这个经常吹牛自称天下无敌的美津骑兵师团主力,战果辉煌。

其实日本鬼子的这个部队装备不强,主要武器是有几十辆92、94式超轻型快速坦克,吨位低，装甲薄，没有炮，火力弱，只有大口径重机枪，绰号小豆豆、大豆豆，不断在王府市外城大街和郊区耀武扬威地横冲直闯，犯下了很多罪行。但是和苏联红军重坦克交战时不中了，被击毁了三分之二。为了缩小目标逃跑，同时又怕蒙古军参战，假作人情，把剩下的十辆轻型坦克全部赠送给莫尔根了。这位王爷大喜，到处吹牛说蒙古军成了装甲机械化骑兵，空前大胜利。其实他们这次大耍滑头避战，却也没有捞到别的什么太大好处，也摊上了灾难，伤筋动骨，损失惨重，被赶走了五百多匹军马，交到俗称老八连的侦察连手里。赶马的策划者就是哈尔巴拉，方式方法很特别，一点都不费劲，具体来说不是赶而是领，他骑着那匹横踢、乱咬、猛蹬、死尥蹶子出名的凶狠无比的黑色悍公马在前面驰骋，马群全都不敢怠慢，争先恐后跟着奔跑，不知道是怎么回事，很奇怪。对此，第一次和哈尔巴拉见面的侦察连连长苏和巴特尔、政治指导员巴图乌力吉、副连长额尔恒特古斯都竖起了大拇指，赞不绝口，夸奖哈尔巴拉是文武双全、智勇兼备的侦察兵，呱呱叫。还给他吃了一顿煮黄羊手把肉，表示慰劳。哈尔巴拉虽然与他们是初次见面，这三个干部的名字和身体特征差不多全记住了，其中还有一段有趣的小插话呢，老是逗引哈尔巴拉发笑，使他念念不忘。政治指导员巴图乌力吉介绍连长苏和巴特尔是“苏老二”，副连长额尔恒特古斯却说成“额老大”。哈尔巴拉不明白，反问为什么这样叫？巴图乌力吉笑着解释道：“我们老八连干部战士打成了一片，关系特别好呀，无拘无束，没有顾虑，他们不按职务大小，而是根据个子高低叫开了，不说不笑不热闹嘛，何必改过来，嘿嘿！”哈尔巴拉听了这话仔细观察，果然如此，连长苏和巴特尔短小精悍，副连长额尔恒特古斯高大魁伟，差一大截，他也忍不住大笑起来。

新参军的哈尔巴拉立了大功啦，投递情报，消灭了日本骑兵的主力，又亲自打死了美津师团长和相扑家岩峰太郎，接着缴获蒙古军的膘满体壮的五百多匹军马，他的贡献最大，光荣加入了中国共产党。但是人们常说的乐极生悲，可能是有某种道理的。正当他挖出八锭银元宝和五百块银元交党费的时候，引起了严重的误会，俗称老八连的侦察连内为数不少的人怀疑他是不是日本关东军美津骑兵师团或国民党军统局派来的特务杀手？要不就是蒙古军联合谍报队乔装打扮潜伏下来放长线钓大鱼的。这样，对哈尔巴拉历史的专案审察几乎进行了半年，这才下结论消除了各种各样的猜疑甚至诽谤。坏事变好事，这也为将来提拔重用哈尔巴拉打下了坚实的基础。对内查外调的事这小伙子不知道，情绪没受到任何影响，依旧生龙活虎般干得挺欢。

陕北老红军李志坚是这个特别加强主力部队独立骑兵团后勤处主任，经常来这一带购买药品和医用器材。俗话说天有不测风云，这里突然发生了重大事件，后勤主任和两个侦察兵与苏军违反纪律官兵发生了一次不大不小的矛盾冲突，后果很严重，出了五条人命。腾格里山麓地形地貌特别复杂，最容易隐蔽，李志坚、哈尔巴拉、刘青山三人处理又迅速及时，除了他们以外，谁也没有看见这血淋淋的场面，这件事就算悄悄压下去了。

经过是这样的，日本天皇宣布无条件投降前后，苏联红军以坦克为前锋的机械化步兵占领王府市并且在这里驻扎了比较长的时间。大部队平安无事，就是不断有零散人员出外骚扰，三五成群，酗酒闹事，抢劫民财，强奸妇女，引起很大恐慌。

这里独立骑兵团虽然和苏军装甲机械化部队配合作战，消灭了日本关东军美津骑兵师团的主力，是共同对敌的兄弟部队，但是心怀戒备，保持警惕，并不驻扎在王府市城内，而是在八百里腾格里山中驻扎，并且派出很多侦察兵刺探苏蒙军的情报，对此有十四字的方针：害人之心不可有，防人之心不可无。这一天，哈尔巴拉、刘青山、李志坚三人发现了一个蹊跷现象，一小队苏军官兵竟强占了郊区牧主婆塔尔根寡妇的那座富丽堂皇的大型蒙古包，把这家老少都赶到很远的地方。对此，侦察兵们大感不解，议论纷纷，都认为：这些家伙不住生活条件好的王府市内外城享受，却跑到这里鬼鬼祟祟活动，一定要搞什么不可告人的勾当，需要密切监视。过了几天，他们就明白了，也放心了，原来不是要搞什么破坏活动，而是用十轮大卡车拉来了十多个日本妇女，要把这里当成妓院。她们都穿着日本军装，是随军妓女还是护士或者是无线电报务人员，就不得而知了。哈尔巴拉、李志坚二人对此深恶痛绝，连连破口大骂着就不理不睬，显出由他们胡闹去的样子。

后来，苏军中的坏分子贼胆越来越大，竟敢在太岁头上动土，这一次成帮结伙组成扇状包围队形，追赶着刘青山的妹妹刘秀英过来了，很快就要被堵在孤零零的一座小型蒙古包内惨遭轮奸。这三个侦察兵一直是跟踪监视，对如此无法无天的暴行，忍无可忍，决心要采取自卫反击措施，但是具体方法并不一致：刘青山准备冲上去拼；李志坚主张鸣枪吓跑他们就算了，好赖是友军，千万不要轻举妄动，鲁莽从事，防卫过当，会闯祸惹乱子。哈尔巴拉不同意这两种行动，说刘青山是“左倾”冒险，盲目蛮干，寡不敌众，要吃大亏。说李志坚那是右倾妥协，软弱无力，自我暴露，放虎归山，后患无穷。这时候，刘青山气得说不出话来了，紧握着枪的手剧烈地发抖。李志坚也是火冒三丈，怒目横眉地注视着这些歹徒，恨不得撕碎了他们。但是他的思想顾虑主要是：他们是友军呀，不同于日本兵、蒙古军和国民党部队，打起来不合适，所以犹豫着不敢动手，面显难色。

“看我收拾他们，斩草除根，对这些坏人、歹徒、败类分子，不能心慈手软。他们就像疯狗一样，打也咬人，不打也咬人！”哈尔巴拉斩钉截铁般只说了这一句话就开始行动了，他施展出当猎人练成的匍匐爬行的硬功夫，充分利用遍地皆是的深草和卧牛大石，很隐蔽地提前赶到了那座蒙古包门前。等到那些家伙们淫荡地叫嚷着过来时，哈尔巴拉手中的这把德国造二十响毛瑟全自动冲锋手枪突然发挥巨大的威力，采取了点射、扫射就把这五名苏军全撂倒了，一个也没有活下来。他不仅枪法好射击准，处理尸体的办法也很高明，为了不留证据，都没有埋葬，全喂狼了。这里有的是三种狼，饥肠咕噜，饿得成群结队到处游荡，视觉嗅觉都高度灵敏，岂能错过这美肴佳餐，很快啃得精光，只剩下骨头架子，什么痕迹也没有留，很像被庞大狼群袭击咬死吃光了的样子。这三个侦察兵伸张正义，坚持真理，严惩邪恶，总算替受害的蒙汉族群众出了口气。事后，他们不能隐瞒，先斩后奏，如实报告了全部经过，并且把缴获的俄式步枪、转盘冲锋枪、手枪都上交独立骑兵团。

团长兼政治委员阿拉玛斯、副团长巴雅尔、参谋长庆格尔泰、政治处主任邓志刚等蒙汉族领导干部闻讯甚感意外，大大吃惊，呆了好长一会儿，他们一致认为防卫过当，造成了这样的案子。人命关天，事态特别严重，需要严肃认真对待。但是经过深入细致地反复调查研究讨论，最终没有处分这三个人，只是进行了几次批评教育，这就算最典型的大事化小、小事化了了。当时国内外形势也是不允许的，苏联红军开始撤回国了，不能对他们说，需要严格保密，避免造成恶劣影响，把两军关系搞坏。另外更直接和主要的是：国民党嫡系和杂牌部队大炮轰飞机炸，全面内战就要爆发，顾不上别的了。

哈尔巴拉又回到汗庙马群上来了，理由是腾格里山中的三种狼经过他跟踪追击，大为减少，不必为此专设一人狩猎了，兼职消灭就行，还是经营马群要紧，避免兵匪抢劫。“小白脸”大喇嘛达尔罕在寺院养尊处优享清福，不了解外面情况，也就同意了他的意见。其实哈尔巴拉另有打算，接触的人多，活动范围大，才能获得有价值的军事情报呀，不能独居空山守株待兔。

第六回　武术超群惊服八连军人　墓碑林立突现记者孤坟

夕阳落到遥远的地平线那边，晚霞渐渐消失，暮色开始笼罩着广阔无垠的草原，视界越来越模糊了。一阵阵寒风袭来，柳条瑟瑟发抖，草梢摇摆不定，有时发出像吹口哨一样尖锐的声音。

哒，哒，哒，杂乱的马蹄声由远而近，沙化退化的牧场上，出现了六十多个穿蒙古袍子的骑士，互相之间保持着一定的距离，旋风般向前驰骋着，很快接近了这个巴嘎塔拉西北边的孤零零的牧马点。为首的一个骑铁青马的中年人，离着老远嘘了一声，喊道："从伊和塔拉来的马倌哈尔巴拉、刘青山，在这里吗？"

很小的简易帐篷的阴影下，隐蔽着两个人，准备着随时冲刺，突出快要形成的包围。哈尔巴拉在前面牵着那匹名声在外的鬃毛垂地的大黑悍公马站着，听了这话犹豫起来了，挥手制止了就要翻身上马的伙伴刘青山。

刘青山很听哈尔巴拉的话，放松了黄骠马的缰绳，把左脚香牛皮靴翘尖从镫口抽下来，小声说："是不是我们那边……"

"不用跑了，碰碰头看看，就是遭遇了红胡子土匪，我们也不怕，他们都很迷信，脖子上挂着萨格沙佛像，祈祷刀枪不入。很顾虑神鬼报应，听说是汗庙马群，连动也不敢动。"

刘青山表示同意，说道："他们不像土匪，指名道姓，可能是我们那边派人来了，胆小办不成大事。见面再说。"

这六十多人很快在帐篷和马群周围采取警戒态势，密布岗哨，如临大敌，为首的那个骑铁青马的中年人来到跟前，朦胧中仔细看了哈尔巴拉的长相，如释重负，感到放心地叹了口气，说："虎背熊腰，慓悍强壮，满脸连鬓大胡子，力拔山兮气盖世，一点都不错，总算找到啦。"

"你们是？"哈尔巴拉小心地盘问着。

"真人面前不说假话，我是独立骑兵团参谋长庆格尔泰，带领老八连第四排前来接应你们归队，马上准备出发，昼伏夜出，隐蔽行动。"中等个子介绍自己说，他脸色白净，穿戴整齐，显出精明强干的样子。

"唔，原来是这样，因为我就是老八连的，连首长我都认识，怎么一个也没来？由你亲自带队？"哈尔巴拉的怀疑还是没有解除，盘问到底："上回，巴图乌力吉指导员介绍时候还讲过一段笑话，说老八连干部战士打成一片，关系特别好，一点不拘束，没有任何顾虑，他们不按职务大小，而是根据个子高低，叫连长苏和巴特尔是苏老二，副连长额尔恒特古斯却成了额老大，嘿嘿，这样我都记住了，他们怎么一个也没有来？还有，对这一带特别熟悉的李志坚同志，怎么没来？"

"他们，唉，一言难尽，路上慢慢对你们说吧。我虽然是后调来的，因为在团部，比你们知道得多，唉！"庆格尔泰长吁短叹。

刘青山问："怎么走法，赶着马群？"

"你是刘青山，蒙古名字叫孟根巴干？对了，就是赶着走，可能没收呢，解决军马不足问题。不义之财，取之何妨。哈哈，这方面你们是老干将了，把蒙古军的五百多匹军马都赶过来了，一点就透。"

哈尔巴拉再没有说什么，很快拆卸简易小帐篷驮到马上。刘青山也把锅碗瓢盆装进两只垫草的扁箱里，驮到另一匹马上，却又忍耐不住，接着问："到团里归队以后，不回来了？"

"可能是那样，"庆格尔泰老是说可能，没有肯定地答复，"所以为了你们家属的安全，要悄悄走，神不知鬼不觉的，越秘密越好。"

黄昏以后风势大作，呜呜怪响，天空飘浮着大片黑云，遮住微弱的星光，什么都看不清了。在黑暗的掩护下他们向东出发。一个加强的排赶三百多匹马是很容易的事，每天晚上强行军，差不多走一百五十多里，天亮时候找了块洼地宿营休息。这个第四排全部化装成牧民，都没有穿军装，一色蒙古袍。这里有肥大、袖长、颈高、旁襟的特尔利克，有吊面皮袍，各色各样，复杂繁多。

这个打扮成牧民的侦察连的服装够多样化复杂化了，要啥样有啥样，如果没有他们形影不离的刀枪手榴弹，谁也认不出他们是当兵的。这个第四排不简单，战斗经验丰富，为了防空和保密，白天不行军，睡到中午才起来。这一天吃完饭，多才多艺的副排长把第四排四个班的六十多名侦察兵集合起来，围成圆圈席地而坐，宣布要开展文化娱乐活动，说唱《草原的挽歌》，这无疑是给单调乏味的行军生活带来了乐趣，大受欢迎，爆发了热烈地喝彩和鼓掌声。

这个兼任文化教员的副排长，拉起马头琴连说带唱："话说布顿扎那，他虽然是元朝宫廷武士的嫡系子孙，有擒龙缚虎的技术和力气，仍然填不饱肚皮，生活逼迫他到处流浪。这一天走到伊和塔拉大草原的荒漠地带，一座孤零零的蒙古包旁——"

故事刚刚开头，团参谋长、正排长领着昨夜摸黑碰头接应的地下工作者过来了。这是大白天，侦察兵们才看清了哈尔巴拉的模样，厉害呀，虽然年方二十，却长了满脸连鬓胡子，典型的彪形大汉，威风凛凛，真有力敌万夫的样子。

哈尔巴拉虽然这等慓悍强壮，瞧不起他的却大有人在，一个擅长武术长得五大三粗的侦察兵嗤嗤嘲笑着小声讽刺挖苦："只不过是外强中干的纸老虎罢了，虚有其表，要是打起交手仗来，屁也不顶，哼哼！"

旁边的另一个侦察兵正色批评道："对自己人不要这样叫，纸老虎说的是帝国主义和反动派。听说哈尔滨，嘿嘿，说错了，是哈尔巴拉，在抗日战争时期就立了两次大功。第一次是送出去准确情报，使我团伏击歼灭日本关东军美津骑兵师团的主力。又是他埋伏狙击，亲自打死了美津师团长本人和相扑家岩峰太郎。你看这枪法，百发百中，弹无虚发。第二次是在这同时，把蒙古军的五百多匹马赶来，全部交给了我们，我现在骑的这匹枣红马就是其中之一，是有很大贡献的同志，别瞎说。"

就在这时候，四排正排长兴高采烈地宣布道："同志们，注意啦，告诉大家一个好消息，团参谋长和我们共同研究决定，在行军途中，临时任命哈尔巴拉同志担任老八连的武术教员，从现在起在白天隐蔽休息时间内传授格斗擒拿的技术。"

这实在是出乎侦察兵意料，哄哄地大笑声响彻了这片盆地。他们觉得有点滑稽，哈尔巴拉是彪形大汉，力气肯定也不小，但是他是个土生土长的土包子，给这些上过刀山下过火海的侦察兵们教什么呢？这正像给元朝大将哲别讲授弯弓射箭之法，可笑极了。于是，刚才讲怪话的金刚一样的大个侦察兵带头，互相挤眉弄眼扮鬼脸。

团参谋长庆格尔泰是何等精明的人，早就看出了侦察兵们都不服气，笑道："先不忙，有始有终，等把布顿扎那的故事讲完了，再教武术。"

四排副排长听了这话，又接着说唱《草原的挽歌》。英雄爱英雄，好汉惜好汉，侦察兵们对布顿扎那家族的悲惨遭遇深表同情，有的还掉了眼泪。

紧接着就开始练武术了，刚才冷嘲热讽的那个五大三粗的侦察兵，嗔怪哈尔巴拉不知道天高地厚，癞蛤蟆上菜板假装滚刀肉，竟敢到这里当什么武术教员，真是胆大包天，应该给他来个下马威，给点厉害瞅瞅，杀杀他的邪气，便挥拳向哈尔巴拉脸部砸去。真是忙者不会，会者不忙，只见哈尔巴拉不仅熟练地运用防守动作，躲开了这沉重地打击，在这同时成功地进行两个反措施，左手闪电一般拿住了侦察兵肘部的要穴，右手借用侦察兵冲过来的力量一翻腕，叭嚓一声，把这个金刚一样大个侦察兵摔倒在地，右臂差点脱了臼，痛得爬不起来。旁边的另一个身高二米的侦察兵生气了，嗷嗷叫唤，跳跃着拳击步点，凶悍地直扑哈尔巴拉。说时迟那时快，哈尔巴拉的双手已经分别捏住了侦察兵两臂上的动脉，又是一个翻腕，这个一百多公斤重的侦察兵，被甩到五米开外的地上。

在场的观众也都是侦察兵，以搏斗为职业，可以说都是精通武术的专家，所谓外行看热闹，内行看门道，有人指出哈尔巴拉不简单，有背景，有来历，原来他把蒙古族摔跤、汉族武术、南洋柔道、日本相扑、欧美拳击融合在一起了，兼而有之，刚才那人就是被打击了麻筋。这简直是个奇迹，不可思议。很多侦察兵不同意这看法，提出了反对意见，理由很充足，哈尔巴拉既不是留洋学生，又没有当过日伪军官兵，只不过是莫尔根王爷祭祀祖先的家庙的属民，其实也就是变相奴隶，并且从来没有出过伊和塔拉大草原，他怎么能学会那些？

正在侦察兵们疑惑不定议论纷纷的时候，团参谋长庆格尔泰高声大嚷："同志们静一静，我接着讲《草原的挽歌》的结束语，也就是尾声，不多，就一句，哈尔巴拉就是元朝宫廷武士的嫡系后代，大名鼎鼎的摔跤手布顿扎那的长子，这就叫远似天涯，近在咫尺，明白啦？"四排正排长也笑道："踏破铁鞋无处寻，找来全不费工夫，哈尔巴拉就是《草原的挽歌》主人公的长子，他们弟兄三个，老二察干巴拉，老三呼和巴拉，都小那，还未成年，嘿嘿！"副排长也插了一句："我今天说唱《草原的挽歌》，目的性特别强，就是因为要介绍哈尔巴拉，哈哈！"这六十多名侦察兵差不多愣了几秒钟，这才明白过来是怎么回事，掌声四起，欢呼如雷，有的还跑过来与哈尔巴拉紧紧握手甚至热烈拥抱。庆格尔泰见状大喜，进一步鼓动道："侦察兵们，还得学呀，从实战出发，锻炼出一套更过硬的本事。"

看来，俗话说的"老虎也有打盹的时候"，还是颇有道理的，就像侦察连第四排这样身经百战的英雄集体，也被什么东西钻了空子，吃了大亏啦。事情经过是这样，他们从伊和塔拉、巴嘎塔拉两大草原交界处往东出发的第三天晚上，也就是操练武术的第二个黑夜，四个驮子上的八条口袋挨着出了窟窿，里边的粮食漏得稀里哗啦，因为风大，又夹杂着马蹄声，谁也没听见，天亮时候才发现一粒未剩，这就揭不开锅啦，无米可下。在这人烟稀少的荒漠草原上没处觅食，人是铁饭是钢，不吃东西谁能受得了，大家不免一阵紧张。但是这个千锤百炼出来的老部队，急中生智，很快想出了打黄羊、狍子、野猪、山兔等临时充饥的办法，渡过了难关。

侦察连第四排的干部战士们，差不多全体动手收拾这些野生动物了，有的扒皮，有的剁肉，有的支锅，有的捡干草牛粪，准备烧肉。因为驮箱中水不多，不敢煮肉吃。他们生火的情况也有点特殊，因为没有火柴，更没有什么打火机，用的是古老传统的取火工具火镰。戴在左侧腰带上，挂着一种蒙古语名称叫勃勒的刺绣上引出一股带子，垂到下面的部分打结分成两支，一支有蝴蝶结，下缀两束丝线穗儿，一支用来拴火镰。火镰是生铁铸成的，为了在冬天拿着不冻手，大半装在牛皮套子里，套上饰有各种花纹图案，小半露在外面，尖端有既不太锐又不太钝的钢刀，捡两片天然火石，把火线放在中间夹住，拿在一只手里，用另一只手中的火镰刃子一击，迸出火星，就可以把火线点着。要是抽烟，直接把火线安在装好烟的小锅上就行了。如果生火熬茶、煮肉或取暖，还要把火线放在干粪上，用嘴吹出火苗，再用干粪把柴薪点燃，可见打火镰也得有点技术才行。好吸烟的战士们每天打个不停，正像民歌中唱的那样："生铁火镰打白线，从早打到晚点灯。"伊和塔拉大草原上长一种单株草本植物白蓓，上面灰色净刺，叶子多有绒毛，最容易燃烧，火绒就是用它揉搓成的。这是一种原始古老的取火方法，比钻木取火略有改进。活动在这一带的独立骑兵团便采用它取火，每个班、组都有专人带火镰。

吃手扒肉的时候，这里别有一番情趣，刀光闪闪，好像展开一场白刃战，激烈搏斗。原来这六十多名干部和战士，每人除了有一把长军刀以外，还有一把短蒙古刀，吃肉时候切成大块用尖插着往嘴里放，代替了筷子。这些蒙古刀种类繁多，造型各异，大小不等，除了可宰杀牲畜、扒皮、剔骨、吃肉以外，也是佩饰。如果不戴蒙古刀，多被妇女瞅不起。蒙古族银匠最拿手的技术就是做刀，刃用好钢，柄用牛角或红木做成，实用而美观。鞘中有孔，可插象牙或驼骨筷子。鞘上有环，环上坠着丝线带子，另一头也有环，可以挂在腰带上。编有蝴蝶结下垂穗子部分，还挂着圆形饰银，上面有花纹，中间嵌着红珊瑚或绿松石，也有用绸缎刺绣的。刀鞘是木头的，外包白银、黄铜或红铜，上刻狮、虎、豹等图案。象牙筷子的大头一端还套着银束子。民间传说饭菜若被下毒药，象牙筷子可以试验出来。碗袋是装木碗、铝碗、搪瓷碗或缸子的，用结实耐用的布缝制，口子折叠起来穿细绳，一头缝扣挂在皮带上。行军打仗宿营时候吃炊事员做的饭菜，就是用自己随身携带的碗筷和刀子。还有一种奇怪的现象，独立骑兵团各直属队和八个连队分别执行任务，都带着大把大把的供香，这并不是他们封建迷信搞什么祭祀去烧香叩头，而是站岗放哨轮流值勤计算时间用的。他们虽然是特别加强主力部队，各个单位中没有几个戴手表的。以上是老三件，第四件是鞭子，早就消失淘汰了。团部下令明文禁止带鞭，因为马匹是无言战友，绝对不能虐待体罚，违犯者要受严厉处分。这一点和伊和塔拉大草原上的牧民成了鲜明的对照。牧民们扬鞭催马，显示威风，他们斜挎在高头大马上，左手叉腰，右手执鞭，抖擞精神，说鞭子是骑马用的，没有鞭子就说不成骑马。自古说得好："快马加鞭，鞭子能使马跑得更快。"鞭策牲畜，吓唬村里的狗，用处多了。鞭子又是装饰品，有用熟皮条夹杂红绿皮革编结而成的，能出鳞纹、万字、吉祥结等图案，坠着几层细皮条穗子；有用三股熟皮条拧成的很长的鞭子，末梢接下来截皮筋做的细鞭梢，把粗端绑在红柳杆上，会抽的能发出很大的叭叭的响声，不会的不仅抽不响，还有可能被鞭梢抽瞎了自己的眼睛。以上说的是熟皮马鞭，"挥动鞭儿响四方"，就是唱的这种鞭子。又有一种有柄无鞭的，只有一根光棍藤条或竹棒，有三尺多长。一头用绿皮子缠紧绑牢，另一头用熟皮做个环儿提在手里，俗称藤条马棒。不管鞭子有多少种类，如何美观高级，反正在独立骑兵团绝迹了，完全被淘汰了，代之而起的是夏秋两个季度使用的蝇甩子，不少干部战士们拿在手中驱赶蚊虻。这些害虫在水草丰美的达赖河畔、原始森林茂密的八百里腾格里山中，多得吓人，就像烟雾一样大片飞来，叮得人浑身疙瘩，马匹摇头晃尾巴，片刻不得安宁，所以就使用了蝇甩。蝇甩有两种，一种是整条牛尾，看起来最简单丑陋。另一种用短藤条作柄，再用黑白二色马尾编出锯齿、鳞纹、十字等图案，套在柄的末端固定住。很长的马尾起到驱赶蚊虻的作用。

侦察连第四排的装备中，就包括上述这些小东西。他们这回通过打猎活动顺利地解决了生活上的困难，顿顿手扒肉，吃得满嘴冒油。但是有利也有弊，由于这次意外事故，严格到极点的武术训练也随之停下来。四个班的六十多名侦察兵们有了空闲，又开始分析判断捅坏粮食口袋是谁干的？有的说是树枝刮破的，有的说是岩石碰坏的，有的说是饿急的马匹过来啃伤的，甚至有的说是国民党军统稽查处或蒙古军联合谍报队派遣的杀手悄悄跟踪，不敢明打，偷偷摸摸搞破坏活动。特别是那个联合谍报队，能干出来，该特务杀手组织是无形的，没有公开的队伍，没有公开的办公地址，秘密、分散、隐蔽在军部和一、二师六个团内，鬼鬼祟祟，单线联系，这一点与国民党军统稽查处和独立骑兵团侦察连大不相同。上述议论都属于胡乱猜测瞎估计，在道理上说不通，检查结果真的都不是。到底破坏分子是谁？好像此案没法查更没法破了。

副排长过来了，他既不慌又不忙，叫侦察兵们在这方面别费脑筋了，不如干点别的什么。他最后颇有点神秘兮兮地说：那个虎背熊腰的武术家哈尔巴拉，领着团参谋长、正排长、刘青山他们调查此案去了，很快会水落石出真相大白的。侦察兵们本来就莫明其妙，现在听了副排长这没头没尾的话，就像大雾天在八百里腾格里山中迷了路。但是这种大惑不解的状态很快结束，什么都暴露无遗。落日以前，他们四个满载而归，牵马上驮着两只浑身长满白毛的狼，三角眼犹如燃烧的火焰一样发亮，狰狞之极，獠牙往外斜露着呈锯齿状。这白狼真正吓人，好大的个子呀，从鼻尖到尾梢足有两米多长，体重二百多斤，慓悍粗壮，几乎像小牛一样高大。看哪，团参谋长庆格尔泰还抱着一只崽，白绒绒一团，眼睛就像两滴血般通红，虽然小却很瘆人。这个小崽怕光怕声，哼哼唧唧地往这团参谋长怀里靠拢。庆格尔泰和正排长、刘青山他们情绪都很高，兴致勃勃地让哈尔巴拉介绍。

这个武术教员再三推辞，很谦虚地说："八条粮食口袋是被白狼咬破的。八百里腾格里山到处是大小深浅不同的自然岩洞，密如蜂窝，因此也叫窟窿山，成了俗称'狭㹀'的狼的世界。更使人奇怪的是，这里有三种不同的狼，有西伯利亚种灰狼，有封冻结冰的白令海峡上过来的阿拉斯加种黑狼，当然最可怕的是本地腾格里种白狼。伊和塔拉大草原上的蒙汉族老乡都不敢惹，认为白狼得道成仙变神啦，这就名声在外，不仅王府市外城有座白狼庙，铁路、公路大干线上还有白狼车站。白狼也确实厉害，不仅力气大，诡计也多。就拿这次来说，白狼深思熟虑算计出来了，就是咬死了几匹军马也来不及饱餐一顿，却惊动带枪的人自己吃亏，所以就想出来捡着吃洒在路上的粮食的办法，一点风险都没有，多狡猾呀。智谋往往比力气更有用，这就是人们迷信白狼的主要原因。说到这里，有的同志可能怀疑白狼能吃粮食吗？狼行千里总吃肉，这话只能说是基本上是对的，并不全面，白狼饥饿的时候，青草和绿叶也吃得怪香的。正因为杂食，什么都吃，肚皮老是饱和着，浑身才充满了力气。但是白狼再有能耐也不顶啦，我在这回跟踪着脚印找到洞逮住了白狼崽。猎人跟踪动物，和我们侦察兵追击敌人差不多，说起来有点意思。一行又一行，像散撒的炒米粒，那是豆鼠和松鼠的脚印。间隔一段地方，有个小小的土丘，当中不留任何痕迹，地遁而行，连一点脚印都没有，那是鼢鼠。尖角瓣脚印，那是麋鹿。像横手掌贴上去的脚印，那是黑熊。像撒开指夹摁上品字形三个爪窝的脚印，那是狼。俗话说的射人先射马、擒贼先擒王、打狼先抓崽很有道理，这是要害，就算揪住了公母老白狼的心肝尖，它们嗅着气味过来了，拼命要搭救狼崽，狼不毒子嘛。但这是一条死路，硬闯枪口，万无生理。”

四排正排长见哈尔巴拉到此为止不讲了，好像再往下没有什么可说的，便补充道：“这公母老白狼都是武术教员打的，他不仅精通搏斗，枪法也绝啦，登峰造极，简直是没法形容，要不怎么能狙击打死日本美津骑兵师团长和相扑家岩峰太郎。现在又创造了奇迹，同志们过来找找，弹着点在哪儿？就是找那两颗子弹打穿的洞。”

百闻不如一见，听了这话，六十多名侦察兵中不少人来了，翻来覆去检查，就是找不见那子弹孔。这就奇怪了，是怎么打死的？侦察兵们正诧异时，团参谋长笑着介绍道：“这两枪既不是迎头枪，也不是后背枪，那样就把稀有珍贵的白狼皮糟蹋掉，不值钱了。第一枪打的是公白狼，就在它张开血盆大嘴的瞬间，一勾扳机，炸子从喉咙眼打进去，五脏六腑穿了透明窟窿，从肛门戳出去。第二枪打的是母白狼，更是准确，就像大姑娘绣花一样，没有一丝差错，炸子从右眼打进去，从左眼睛穿出来。公母两个老白狼一二声嗥叫，三五个跟斗，便没命了。这两种打法，牧民们叫哲别枪，就是说达到了成吉思汗的射箭名将哲别的水平。这是当兵的毕生追求，是一种最高荣誉，是功夫和技术的尖端，用现在的话来说是神枪手或特等狙击手。勤学苦练到这种程度，在最凶恶的野兽面前也有恃无恐，在敌强我弱的形势下，也能杀出一条血路，突破重围。”

侦察兵们恍然大悟，这回全都去看了，说的千真万确，连一点皮都没伤着，怪不得找不见弹孔。这一下他们服了，七嘴八舌地夸奖哈尔巴拉，不仅是伊和塔拉大草原的武术家，同时是神枪手，特等狙击手，全才呀，一边表扬着热烈地鼓起掌来。

刘青山大笑着补充，他的蒙古话说得很流利很熟练，说道：“同志们还拉下重要的一条，哈尔巴拉的骑术了不得，也可以称伊和塔拉大草原第一，谁也比不上。大家看看他骑的那匹鬃毛垂地的大黑公马，那是蒙古军中最难驯的悍公马，连踢带咬又尥蹶子，谁也骑不了，它踢伤过士兵、尉官、校官、将官，最后把日本关东军美津骑兵师团的马术教官踢死了。大摆驯马擂台的莫尔根军长一时性起，竟当众宣布声称：谁要是驯好这匹悍公马，就赠送给他，另外赏银元五百块。哈尔巴拉上去没费吹灰之力，就把它驯好了，名利双收，哈哈！”

庆格尔泰也大笑着下了结论：“军事过硬，三大技术惊人！”

哈尔巴拉这小伙子谦虚谨慎，不好意思了，长着连鬓大胡子的脸臊得通红。

对哈尔巴拉的介绍够多了，从各个角度各个方面都说透了，说全了，就是没提打死苏联红军中五个败类分子的事。这可能是因为属于高度机密，谁都不敢说；再可能是知道这事的人太少，连后来的团参谋长庆格尔泰都没听说过。

他们已经离开伊和塔拉大草原，走进巴嘎塔拉草原深处了。某日，哈尔巴拉单独走上宿营洼地附近稍高的土坡观察地形地物，突然发现了随军女记者蔓苔萝花的坟墓，周围有许多的石碑，高高低低，大大小小，青石、麻石、大理石、汉白玉的，上面有蒙文楹联、匾额，阴刻阳篆，看来是很多人怀念旧日交情而作的伤心之笔，有的好像是从汉文直接翻译过来的。这些诗词的作者的共同特点是，小心翼翼地回避着，都没有署真实姓名。

天长地久有时尽，
此恨绵绵无绝期。

雨雪纷飞连大漠，
独留荒冢向黄昏。

自古美人同名将，
不许人间见白头。

清明织成雨如纱，
废墓犹在草还青。

惊梦纠缠整三年，
花君孤坟几吊唁；
生离死别难分辨，
秋风落叶掩泪痕。

野草闲花，无可奈何人已去，
小路断径，几时能见她归来。

哈尔巴拉在这座孤独的坟墓旁站立片刻，不知不觉暗暗发笑起来，想到敌伪军政官吏们真无聊，吃饱了撑的没事干瞎哼哼，自作多情无病呻吟，说得玄而又玄，别人看着莫明其妙，不知道是什么意思。蔓苔萝花不就是一个性欲要求特别强烈的淫荡女人吗？换句土话来说就是大破鞋，别的都谈不上，给她搽脂抹粉涂口红美化没有用。

这一带人烟稀少，走了几天没有遇到一个人，何况伊和塔拉大草原沙化退化极其严重，缺草少料，向外转场的畜群太多。牧民们都说那里“牲畜腿长能走千里路，牲畜嘴大能吃百家草”，就是远远望见的也不怀疑他们。第六天晚上，到了巴嘎塔拉草原和达兰哈尔山交界处，从当地农牧民口中了解到敌情很严重，就在这十来天，独立骑兵团就抓到了国民党嫡系东线部队主力六十三团派来的很多谍报人员。这一带还有叫“大黑塔”的小股土匪，奸淫烧杀，无恶不作。

刘青山听了，愤愤地说：“这挨枪崩的灰货，跑到这里来了。”

“你知道他？”庆格尔泰问。

哈尔巴拉答复道：“‘大黑塔’是伊和塔拉大草原上有名的惯匪，和军警矛盾很大，他不仅打伤了稽查处长载励志，还把警务科长‘其努瓦’打伤了。后来同伙‘神枪手’被捕蹲王府市大狱，‘二蛮子’投降蒙古军，‘大黑塔’在那里待不下去，脚底下抹油——溜到这里了。”

庆格尔泰把马群固定在山脚，留下四排放牧，他自己领着哈尔巴拉、刘青山继续前进，路上说：“我们到团部研究分配工作，还研究下一步军事行动，哈哈，要是换上别的同志，就不用这样费事，我直接就可以通知，可是你们就不一样，都是有功之臣，重要人物呀。”

“唉，什么功也没有，就是介绍哈尔巴拉参了军，那不算什么，黑虎兄弟原来基础特别好，都是他的功,我是跟着他干的,白吃饱。"刘青山笑着说。

"不,不,孟根巴干同志,你太谦虚了,我是以后调来的,听阿拉玛斯团长、巴雅尔副团长、邓志刚主任介绍,你们俩在抗日战争时期就立了两次大功,第一次是送出准确的情报,使我团伏击歼灭了日本关东军美津骑兵师团主力,还把美津师团长也打死了;第二次是把蒙古军的五百多匹军马赶过来了,对吧? 哈尔巴拉同志,你怎么老是不吱声,半路上闷闷不乐,好像在闹情绪,是不是家庭观念太重,舍不得离开两个弟弟啊?"

哈尔巴拉勒紧了鬃毛垂地的大黑悍公马的缰绳,迟疑着叹了口气说:"唉,不是那么回事,咋说好呢?"

"有话直说,不要有顾虑!"

"我总觉得,不应该为没收汗庙的这三百匹马,把我们两个侦察兵从长期潜伏的敌占区撤下来,因小失大,不合算,唉!"

"还是上级领导站得高看得远,要相信这一点,要服从命令听指挥!"

第七回　活捉贼头迷惑愚蠢警察　智擒匪首欺骗糊涂特务

哈尔巴拉再不说话了，刘青山也跟着沉默起来。又走了好几个小时，接近团部所在地土城梁。突然，从一块危岩后面传出拉开步枪大拴声音的同时，有一个显嘶哑的粗嗓门喝问道：“口令！”

庆格尔泰出来执行这次任务半个月了，口令时刻在变化，当然是答不上，他没有别的办法，只好说出自己的职务和名字。但是这没起任何作用，团直属队的这个站岗放哨的战士认真得很，对参谋长顶撞起来，强硬地喊道：“我们不管是谁，对不上口令就不行，你们三个下来，把缰绳放在胳膊肘里牵着马拍着手过来，快！”

庆格尔泰叹了口气，无可奈何地说：“唉，我们是自己人呀！”

对方的声音更粗野了，继续吆喝：“住口，连口令都对不上，谁和你们是自己人，冒充了咋办？拍着巴掌过来，快！”

他们仨知道说下去没用，便高举双手使劲拍打着巴掌过去了。出乎意料的是这里埋伏着一个班流动哨。对方认出庆格尔泰以后态度软下来了，有的解释道：“最近十来天，团直属队和八个连队，抓住国民党嫡系东线部队主力‘虎威’六十三团派来的便衣特务杀手十多人，都是来打黑枪狙击暗杀的，我们必须提高警惕！”

为首的一个班长模样的人却很仔细，到了哈尔巴拉跟前看了看，立刻倒退了两步，怀疑地质问道：“好凶恶的长相，狰狞可怕，你是干什么的？啊？”

庆格尔泰代答道：“他俩是伊和塔拉汗庙的马倌，被我团没收了马群，需要很好交代政策，进行解释，妥善安置，是不是？”

流动哨不便久留，很快离开了。

独立骑兵团团部驻扎在这个山头上叫土城梁的小村里，大约有一百多户人家，蒙汉族群众各占半数，它的附近并没有什么古建筑，得了上述名称是因为村中有一座蒙奸的土围子，四角有炮台，还有过枪械，当地老乡又叫“响窑”，抗日战争时独立骑兵团解除了它的武装。这土围子炮台顶有固定哨，他们经过两道查问才进去了。里面好宽敞哟，当中六间正房，东西各有两间厢房，都是青砖灰瓦。在这穷山沟里，颇有点气派。庆格尔泰进去很快就出来了，笑容满面地说：“他们正开党委会，暂停了，马上接见，说明很重视呀，小伙子们，要雄赳赳气昂昂地，表现出精明强干的样子，给领导良好的印象，记住了没有？”

哈尔巴拉仍然是一声不吭，刘青山却笔嘻嘻地说：“遵命！”

他们一同进了团部会议室。这是利用过去那蒙奸的客厅改造而成的，墙上挂着有布罩的军用地图，还可以看到旁边脱落得残缺不全的字画。下面摆满了八仙桌、太师椅、绣龙墩、屏风等老式的家具。

政治处主任邓志刚是漂亮的小伙子，大叫大嚷道："啃，啃，你们都长高了，粗壮了。特别是哈尔巴拉，不是你那满脸连鬓大胡子，简直认不出来。就像古典小说里形容描写的那样，身高一丈，腰阔十围，真有力拔山兮气盖世的样子，厉害，真正厉害，啃，啃！"

团长兼政治委员阿玛斯向一个胖乎乎很严肃的领导干部介绍着，巴雅尔副团长，你认识一下吧，这就是我们经常念叨的两个同志，日本投降时候，帮助独立骑兵团消灭了美津骑兵师团的主力。哈尔巴拉同志埋伏起来狙击，还打死了美津师团长本人和相扑家岩峰太郎，报了阶级仇民族恨，真是大快人心。在这同时，还把蒙古军的五百多匹军马赶过来送给了我们。那次伏击战结束后，经过多方面的考察，是我和老邓介绍入的党，还各记了一大功。当然，他也有错误，在这以后防卫过当，把苏联红军中的五个坏分子全杀了，一个不留。人命关天，非同儿戏，我们对其进行了多次严肃的批评教育，他们仨都作了深刻检讨，表示痛改前非。说起哈尔巴拉的家史，很有意思，他是元朝宫廷武士的嫡系子孙，是武术世家呀，祖祖辈辈精于此道，要打起交手仗来，恐怕没人比得上，你听过《草原的挽歌》没有？唱的就是他的父亲的悲惨遭遇，现在我来用粗嗓子哼哼：

在广阔无边的荒漠草原上，
秋风萧瑟，景色凄凉；
一堆堆牛粪火哟时明时暗，
一曲曲马头琴声伴着悲唱。

剪断九十九根马尾往琴上安装，
弹奏对布顿扎那的朝思暮想；
熬尽三百六十个白天和黑夜，
歌唱摔跤手的无限荣光……

老团长气力不足，歌词也没记全，唱了两段停止了。刘青山却高兴起来，刚才那股拘束劲儿早就消失了，接着唱下边的几段。他是在伊和塔拉草原上住了几代的汉族人，蒙古话说得滚瓜烂熟，吐音咬字清楚准确：

草原大力士威武刚强，
满脸胡须身强力壮；
走遍内蒙古没有对手，
躲、闪、拧、勾举世无双。

我们的摔跤手赛过大象，
甩、绊、掀、驮无人敢挡；
数不清的搏克前翻后仰，
说不完的观众称赞夸奖。

战胜日本相扑手岩峰太郎，

惹怒了美津骑兵师团长；
下毒手暗害了布顿扎那，
伊和塔拉大草原黯然神伤。

缓慢的木轮车哟吱吅发响，
野火燃烧过的宽甸灰烬飘扬；
你究竟在哪条路上流浪？
走到那孤独的蒙古包旁。

起伏的沙漠像黄色海洋，
波涛伸向无边的远方；
何处是当年的坟场，
满眼风吹草动，冷月寒霜……

巴雅尔点点头微露笑容，邓志刚噼哩叭啦鼓掌，庆格尔泰趁着这个机会说："你们继续开会吧，我领他俩去吃饭、休息。"

阿拉玛斯和这三个领导干部交换了一下眼光，笑道："不，不要走，一会儿我们在这里一起吃饭，一起睡觉，现在一起开个会，这会就叫党委扩大会吧！"

"我们参加党委会？"刘青山怀疑自己听错了。

邓志刚哈哈大笑道："实不相瞒，这些天一直是反复深入地研究一个重大而持久的军事行动，决定由你们二人唱主角，这回你们来得正好，不参加怎么行，介绍情况，研究方法，商量对策，事多着呢。"

"不是为了没收三百匹马？"

"不，不，不是，我们不打算没收这三百匹马。"

这两个青年坐下来，刘青山带着他用冬青树根雕刻的特大号烟斗，很快填满抽起来；哈尔巴拉没有这方面的嗜好，低头想着什么。

党委会开始了。

阿拉玛斯介绍说："这半年来，我们独立骑兵团直属队和八个连队的干部战士学习过《抗日战争胜利后的时局和我们的方针》、《蒋介石在挑动内战》、《关于重庆谈判》、《国民党进攻的真相》等很多文件；另一方面，和他们嫡系装甲机械化的'虎威'六十三团打了大小二十多仗，损失不小，老八连，也就是侦察连的正副连长、政治指导员等干部战士先后牺牲。事实深刻地教育了我们，对形势的认识更清醒了。归纳起来就是简单一句话：坚决进行自卫反击，粉碎国民党反动派的军事进攻。但是具体怎么反击，就大有文章了，需要由我们动脑筋想办法，硬打蛮干还是智斗计取？正面拼搏还是迂回侧击？现在虽然已经有比较成熟的作战方案，还想听听两位新归队的同志的意见，怎么打得更好？保存自己，消灭敌军，小本得大利？"

刘青山使劲擂了一下老式八仙桌，说："路上听参谋长介绍，我们团流行着这句话：'打仗要打嫡系部队，吃手扒肉要碎骨吸髓。'我看这很对，先把A城的国民党嫡系装甲机械化的'虎威'六十三团干掉，他们就没有牙齿了。我在行军途中从老八连第四排了解到，这半年的连续战斗，连长苏和巴特尔、政治指导员巴图乌力吉、副连长额尔恒特古斯等很多干部战士先后牺牲，这个仇是一定要报的，血债要用血来还。”

“唔，唔，刘青山同志是主张先消灭国民党嫡系部队主力，叫他们失掉进攻能力。接着说，说全了，说透了。”副团长巴雅尔很严肃，胖乎乎的脸冷若冰霜，简直又看不出一点笑意了。

刘青山气鼓鼓地继续说：“我们一直在伊和塔拉大草原腹地王府市附近搞秘密活动，刚刚归队，知道的东西太少。在那边听蒙古军军部和第一、二师的家伙议论纷纷，说长道短，我明白一点，国民党嫡系东西线部队的主力是‘虎威’‘鹰扬’两个装甲机械化步兵团，所以提这样意见，把虎牙、鹰爪拔掉敲落，就不能伤人了。”

“哈尔巴拉同志的意见呢？”阿拉玛斯一直关心注意着这个文武双全、智勇兼备的侦察兵。

哈尔巴拉想了一会儿，这才说：“我们独立骑兵团是特别加强主力部队，有高度机动作战能力。国民党嫡系东西线‘虎威’‘鹰扬’两个步兵团，装甲机械化程度再高，火力再强，比较起来还是处于劣势，在山地和沙漠上很难和我们进行决定性的较量。将来麻烦可能出在蒙古军一、二师六个团的兵马上，他们人数比我们多，也都是六条腿，而且都是蒙古人，对山川草木、地理环境都特别熟悉，纠缠起来很麻烦，所以我的意见是拔掉虎牙、割断鹰爪前要砍下马腿！”

“那么，你和刘青山的意见不一样啰，先打杂牌部队，后打嫡系部队。”漂亮小伙子邓志刚说。

哈尔巴拉说：“对，就是这个意见，杂牌蒙古军一、二师六个团，被国民党分而治之，各自西东，一个个吃掉现在正是时候，接着再对付嫡系东西线装甲机械化部队，我们说打就打，说走就走，他们连马屁味都闻不着，一点办法都没有。”

阿拉玛斯表示赞赏，笑道：“哈尔巴拉这后生言之有理，将来麻烦可能出在蒙古军一、二师六个团骑兵身上，换句话说，我们的心腹之患是莫尔根、莽斯、哲别、扎萨嘎。国民党嫡系东西线部队主力是缅甸远征军，装甲机械化程度高，火力很强，他们瞧不起蒙古军，也瞧不起我们，认为骑兵是淘汰的兵种，很快就要从地球上消失了。其根据是：日本投降以后，驻扎在东京的美军骑兵第一师连一匹马都没有，完全彻底地机械化了，官兵军服的袖了上只有画着马头盾牌的符号。二战初期，波兰骑兵手执长矛向德军坦克冲锋，全世界媒体都为之哗然，这种堂吉诃德式的进攻当然要失败，落下了全军覆没的悲惨结局。国民党的军官们太愚蠢了，抓住一点，不及其余。不管骑兵这兵种将来如何，在当前的伊和塔拉大草原战场上，却能左右局势，决定胜负，扭转输赢！”

“有没有别的更好的作战方案？”政治处主任邓志刚继续启发。

哈尔巴拉、刘青山都不说话。

阿拉玛斯等了一会儿，笑道：“这回我应该给你们交底了，不管是蒋介石的嫡系部队，还是杂牌部队，消灭一个团或一个师，甚至一个军，都不能伤筋动骨。必须抓住牵动整个战局的关键性环节，重点突破，从而粉碎国民党的进攻。作战方案已经上报批准，叫你们多发表意见，主要是想听听反映，集思广益嘛，下面宣读文件就明白了。”

哈尔巴拉、刘青山急忙凑过来，仔细听团长兼政治委员阿拉玛斯念这份题为“建立巩固的伊和塔拉根据地”绝密文件，其中提到：“过去几个月内，国民党破坏停战协定，在绥远、山西、冀南三处向解放区大举进攻，被我军粉碎后，又在调动更大兵力。在东北，美帝国主义援助他们经过陆、海、空三路运兵，并攻占了被我军解放的山海关等很多要地。严重的斗争已不可避免，为了粉碎国民党的新的进攻，我们决定拦腰切断横贯伊和塔拉草原的铁路公路大干线。它的战略战术价值是很明显的，东面国民党统治区的枪械、钢筋、水泥、布匹、棉花，西面国民党统治区的粮食、面粉、草料、煤炭、木材、肉食、皮革，都是依靠它运输，互通有无，补充接济，否则不能独立自给自足，因此军区党委同意你们的作战方案，在适当时机挺进该地，依靠八百里腾格里山天险，建立巩固的伊和塔拉根据地，长期掐住几十万国民党部队的后勤供应，使其孤立无援，被各个击破。但是需要说明，那里是蒙古军一、二师六个团的老巢穴，防守很严密。同时，国民党嫡系东、西线部队为了使各个地区的急需军用物资畅通无阻，在王府市进驻了军统稽查处，还有编制庞大的特务队，日夜监控。摆在你们面前的困难是很多的，任务是很艰巨的，为了避免打草惊蛇，一般情况下不要且战且进，在全团出动以前，可以秘密派遣侦察连前去，在王府市内外化装埋伏伺机动手，采取里应外合等战术，减少阻力，为独立骑兵团主力挺进到伊和塔拉草原腹地创造有利条件。”

“明白了没有？”

“明白了。”哈尔巴拉答应着，他的心情很复杂，既高兴又紧张，就要打回老家闹革命呀，那里的形势会起翻天覆地的变化，这是好事。不过任务更加重了，自己熟悉情况，就得眼观四路耳听八方，羊粪大的事也要放在心上，尽量使部队不受损失。果然不出所料，副团长巴雅尔又进一步说着：“一般明白可是不行，要彻底明白，你们肩负着重大责任呀！”

团长兼政治委员阿拉玛斯停顿了一会儿，严肃起来了，清理了一下嗓子，郑重地宣读第二个文件：“兹根据侦察连连级干部损失较大，并且将要执行新的重大任务情况，特此任命原团参谋长庆格尔泰为该连连长，侦察兵哈尔巴拉为政治指导员，侦察兵刘青山为副连长。怎么样，出乎意料吧？”

哈尔巴拉、刘青山二人都没有想到这一点，目瞪口呆了，半晌不吱声。

巴雅尔副团长又插话道：“掐断铁路公路大干线，也叫卡脖子战术，还可以叫一个石头打三个鸟的战术，是很高明的，但是在上次党内传达文件时，老八连有的党员搞不通，说什么马上打过去得了，老八连先去，团直属队和七个连队后去，又化装埋伏，等待时机，多麻烦，用不着费这两遍事，等等。对此要加强教育，不搞声东击西，硬打进去是不行的，国民党嫡系东、西线部队为了保护这条战略后勤供应线，蒙古军怕失掉老窝，就有了共同利害关系啦，勾结起来阻击我们，恐怕连伊和塔拉大草原的边儿都靠拢不上，所以还是采用出其不意、攻其不备的打法，这是个上策，上上策。”

“那就得研究老八连三百多人怎么进去、化装、潜伏、吃饭、住宿等具体问题了，不简单！”刘青山才缓过劲来了。

邓志刚笑道：“方向由我们定，方法由你们出，这回看连长、指导员了，新官上任三把火嘛。”

“不要等闲视之，事情麻烦了，环境复杂，任务艰巨，要往坏处着想，好处努力。在不久的将来，你们这个俗称老八连的侦察连，要和国民党军统稽查处、蒙古军联合谍报队正面较量了，针锋相对，你死我活。三方面力量纠缠扭结在一起，拼杀搏斗，要出新的《三国演义》啦，祝你们成功！”阿拉玛斯团长不无担心地说。

正说得热闹，团部小灶的炊事员端着方形木盘进来了，上面放着六个粗瓷大碗，冒尖盛着热气腾腾的荞面饸饹，葱花辣椒，就像绿叶配红花，煞是好看。阿拉玛斯摇头苦笑道："夜宵就吃这？"

"别的粮食没有了，明天才能接上。"炊事员诉苦。

"吃不消哟！"

参谋长庆格尔泰却哈哈大笑："团长不必为此发愁，把剩余的物资全部推销给我们摔跤手好了，他饭量大得吓死人，在路上有一次吃了整整一只小黄羊肉，最后把羊腿骨一掰两半吸骨髓，看这力气。喂，炊事员同志，拿两个空碗来。"

"好，好，三分之二倒给你。"漂亮小伙子邓志刚过来了。

巴雅尔严肃地说："我这碗饸饹大半归你，小半归我，就算慰劳千里迢迢来这里负担重大任务的两位同志，哈哈！"

阿拉玛斯也往空碗里拨着，并提醒着说道："边吃边谈，不要跑题。"

哈尔巴拉吃了三大碗饸饹，突然得到了灵感，急忙走到当中，说："团首长，想出办法了，我们老八连三百多名干部战士，可以化装成牧民，拉着毡包帐篷，赶着牛、马、骆驼走进伊和塔拉，逢人说自己是从各地到巴嘎塔拉转场的，那里的土匪闹得凶，没法活。"

刘青山提出异议："军用毡包帐篷可能有，那么多的大牲畜上哪儿找去？"

"你有所不知，我们团有很多牲畜呢，是抗日战争时期没收的这个山头的土围子蒙奸的，分散在达兰哈尔山各个村庄放牧，归拢起来够用了，就怕这么办，不能叫国民党军警宪特信任。"邓志刚说。

阿拉玛斯表示同意："对呀，这不能不考虑。"

哈尔巴拉是个眉头一皱计上心来的人，又想出了新办法，叫唤起来："刚才还听说，在我们赶来的汗庙马群附近，有一小股叫'大黑塔'的土匪活动，过去和军统稽查处有过狗咬狗的矛盾，还打伤过大特务戴励志、警务科长'其努瓦'，这回叫他们来抢，然后全部逮住，拿过去邀功请赏，咋样？"

"这是个法子。"巴雅尔连连点头，表示同意，脸上很严肃。

阿拉玛斯又考虑了一会儿，终于下了决心，说："就这样定，事不宜迟，先下手为强，你们三个新任连长、指导员、副连长立刻上任。党内已经传达过了，这回在全连宣读文件，进行动员，更换服装，归拢牲畜，准备行动。"

再次传达文件后，一些干部战士还是认识不清这次特别行动的战略战术意义，说没有必要，作用不大，脱裤子放屁白费两遍事，不如冲锋陷阵直接打过去，干脆，痛快。团、连领导进行多次说服教育后，他们的思想刚刚搞通，又遇到了牲畜一时赶不过来、毡包帐篷凑不全、牧民服装短缺等具体事项。但是这个独立骑兵团是特别加强主力部队，家底厚实，联系广泛，能力很强，这些困难都解决了。另外，又怕小股土匪绺子的头头"大黑塔"本人不敢来抢马群，侦察连新任政治指导员哈尔巴拉再次想出了生擒活捉这个家伙的绝招。报告阿拉玛斯、巴雅图、邓志刚等团首长以后，他们是同意批准了，但是又摇头叹息苦笑，有的说："唉，战争时期嘛，兵不厌诈，只好出此下策了。"有的说："这真是无可奈何的事，缺德！"原来，这个从伊和塔拉大草原腹地流窜过来的土匪头子"大黑塔"特别好色，据说他有蒙古族、汉族、回族、朝鲜族、俄罗斯族等五个老婆，根据六六顺的封建迷信传说，他正在寻找日本女人当第六个老婆。说来凑巧，土城梁附近一个小村庄中，住着一个被日本关东军美津骑兵师团遗弃的慰安妇。哈尔巴拉、刘青山就准备利用这个军妓。当然，对她并不交底，以拆洗、缝补衣服，烧火做饭为理由，接到专搭的一座蒙古包里。俗话说好事不出门，坏事传千里，这里有日本军妓的消息不胫而走，很快被“大黑塔”听到了。他惊喜若狂，按捺不住，便骑着马挎二十响驳壳枪神气活现地过来了，领着全部喽啰，八面威风，得意洋洋地唱道：

我明采花，
暗采花，
宁教花下死，
做鬼也采花……

有一个贴身保镖壮着胆子，嬉皮笑脸地向这匪首说：“大当家的，不管是明采花，还是暗采花，差不多都是偷偷摸摸，勾勾搭搭，这回来如此众多人马干嘛？嘿嘿！”

“大黑塔”脾气暴躁，一听就恼了，吹胡子瞪眼睛骂道：“肏你妈，馊主意，坏点子，别看这是孤零零的牧马点，也得抖抖威风吓唬住，日本娘们才乖乖地伺候你，和你睡觉，跟着你走。强扭的瓜不甜。何况附近有共军特别加强的主力部队——独立骑兵团，必须人多势众，以防不测，哼！”

这个家伙很有经验，选择了太阳快落山的时候过来，这是为了搞淫秽活动方便。他翻身下马把缰绳扔给另一个随从，粗野地高声大嚷：“日本小娘们在哪儿？怎么不出来迎接？他妈的！”

出头露面的是侦察连四排的一个战士，是个瘦小干巴其貌不扬的青年人，装成胆小怕事的老实牧民模样，小心翼翼地说：“禀告老爷，敬启者，日本女人害臊不敢出来。”

“哟嗬，她并不是什么黄花闺女，一个日本慰安妇，就是随军妓女，千人骑万人跨，破货烂货贱货，装什么贞洁烈女，哼！”

日本军妓听了这话，踢开门走出来，恶狠狠地叉腰站着破口大骂。看样子她在伊和塔拉大草原上混的时间长了，也可能是受过专门训练，蒙古话说得流利极了，吆喝道：“咋着，是你来找的，不是我去请的，缺金子缺银子，鸡巴卵子可不缺，姑奶奶并不稀罕，滚回去。”

真是一物降一物，杀人不眨眼的“大黑塔”看见这日本泼妇鲜艳的和服、鼓鼓的乳房、丰腴的大腿、肥胖的屁股，眼睛都发直了，张着嘴口水往下流，一个劲儿傻笑着说软话：“太太，我真心实意喜欢你，刚才那是开玩笑，嘿嘿！”

“呸，不要捡着好听的捧着唠，我不是什么太太，是日本妓女，美津骑兵师团的慰安妇。”

“不，不，是太太，是夫人，我们这里自古道：不进窑子当不了太太，不当土匪做不了大官。我们俩是龙凤再生缘，不久的将来被蒙古军招安，飞黄腾达，贵不可言！”“大黑塔”气喘如牛，欲火似焚，控制不住自己，也不管众多的喽啰围着看热闹，动手往蒙古包里拉拉扯扯。

日本军妓这回完全变了样，较硬兼施，飞了一个媚眼，淫荡地浪笑着往“大黑塔”脸上唾了口水，小声骂道：“馋猫，这样性急，忙什么，早晚还不是你的！”

“姑奶奶，我受不了，忍不住，快，快点！”

本来就半推半就的日军“慰安妇”扑哧笑了，叫唤道：“哟，嘴还怪甜的，变成姑奶奶了，还叫什么？嘻嘻，色鬼淫魔！”

"叫干妈也行!"魁梧粗壮的"大黑塔"生拉硬拽,在众喽啰的哄笑和吹口哨声中,把她拖进了蒙古包。这里空空荡荡,只有一张小床,一口大柜。土匪头子火烧火燎般着急脱衣服。说时迟那时快,隐蔽在大躺柜中的哈尔巴拉龙腾虎跃般跳出来,还没有等"大黑塔"明白过来,立刻被扭住双臂捆成一团。日本军妓魂不附体,尖叫着跑到蒙古包外面去。哈尔巴拉在这同时把土匪头子的德国制毛瑟式二十响全自动手枪也夺过来。他有两把这样的驳壳枪了,双手执枪机头大翘着,顶住这个家伙的脑门厉声吆喝:"擒贼先擒王,把你逮个正着,反抗就毙了你,快叫外面的几十个喽啰全部缴械投降,他们不投降也要你的命,脸朝黄土嘴啃泥,脑袋就得开窍!"

"是,是,斗胆敢问好汉,何处人士,大名尊称?"

"我们不是好汉,是从伊和塔拉大草原腹地转移牧场过来的马倌,受你们欺负吃你们亏太多了,有压迫必有反抗,我们忍无可忍,这才动了手。"

"大黑塔"被缚住双臂动弹不得,裤带也未系,狼狈不堪,他哆嗦着叫众多的喽啰缴械投降。那些匪徒们贪生怕死,看见匪首被生擒活捉,谁也不敢反抗,都乖乖交枪了。"大黑塔"接着点头哈腰求饶:"诸位好汉,高抬贵手,宽大处理,我是知过必改,洗心革面,重新做人,嘿嘿。"

到了连部,哈尔巴拉高兴地对着庆格尔泰连长说:"给国民党军统局驻王府市稽查处、伊和塔拉旗公署警务科送这样的礼物,转场到王府市附近放牧,没事了。"

有一个当地的老牧民,神色慌张地接近哈尔巴拉,悄悄告密道:"长官,斩毒草要除根,不要留下后患祸害我们呀!'大黑塔'是抓住了,他手下的喽啰也缴了枪,但是他有蒙、汉、回、朝鲜、俄罗斯五个老婆呀,今天勾搭上的第六个日本窑子娘们,刚刚上床,就不算数了。这五个匪婆齐心协力,共同养育着胡子头的一个宝贝独生儿子,家里抢劫来的财物和牛马骆驼羊不计其数,这倒不要紧,全部没收过来,就怕她们埋藏着枪支弹药,大批枪支弹药,君子报仇十年不晚,将来有朝一日死灰复燃,兴兵作乱!"

最后一句话引起哈尔巴拉的高度重视,他立即翻身上马,领着侦察连第四排六十多人直奔匪巢而去,他要采取迅速的行动捣毁贼窝,收缴武器和赃物。因为这里隐藏的只不过是"大黑塔"的五个不同民族的老婆,全是妇女儿童,哈尔巴拉估计不会发生什么战斗。但是事实证明并非如此,当侦察连第四排从两面包抄合围过去时,山沟里烟火立即熄灭,并且开枪射击显示出了顽强的抵抗状态,火力密集而且弹着点相当准确,有两名侦察兵负了伤。这个重量级摔跤手出身的政治指导员勃然大怒,满脸连鬓大胡子根根竖立,命令两挺轻机枪从不同角度射击,形成交叉火力掩护,他匍匐前进到近处,连续扔了十多颗木柄和柠檬式手榴弹,火光闪烁,硝烟迷漫。战斗进行到中午时分,五个不同民族娘们儿的枪声逐渐稀疏直至完全停止。侦察兵们也不打了,准备冲上去活捉俘虏。就在这个时候,从沟底跑出一个骑高头大马的人,直向山口逃去,驾驭熟练,技术高超,速度很快,就要越过包围圈了。侦察兵们很感意外,虽然射程远,都端起枪开始要打。哈尔巴拉拿着大倍数的德国造望远镜观察了一下,很是惊讶,急忙喊道:"不要打,不要打,是五六岁的小孩,奇怪,那么点娃娃,骑术高超,不迷方向,了不起!"

四排长眼光敏锐,也看出来是很小的儿童,啧啧称赞道:"没错,是红胡子头目'大黑塔'的独生宝贝儿子,年龄小骑术好,有两下,不简单!"

哈尔巴拉从侦察兵手里接过来有瞄准镜的日本造狙击步枪,勾动扳机独发子弹就打中了高头大白马的脑袋,连同五岁男孩一起跌倒在地。这乳臭未消的小娃娃既倔又犟,不啼哭也不求饶，抬起下巴挺着胸脯站着，颇有一股视死如归的精神状态。好几个侦察兵被感动了，面对这顽固不化的五岁男孩，显出诧异和怜悯的样子，不知道说什么好，长吁短叹起来。

哈尔巴拉眼圈也红了，可能是想起了在家受苦受难的两个弟弟，对四排的侦察兵们吆喝道："这小男孩才五岁，不能打，更不能杀，交给这一带没有子女的老人抚养，再给点财物和牲畜。人心是肉长成的，这娃娃长大懂事以后，慢慢会变好的！"

此时打扫战场的侦察兵们发现，蒙古、回、朝鲜、俄罗斯四个不同民族的女匪全被打死，剩下的是一个汉族女匪，并不是五岁男孩的母亲。她腹部受重伤流血过多，侦察兵们解下绑腿给她包扎伤口，抬到马上打算送到团部医院抢救，谁也没有想到这个匪婆更是穷凶极恶，口吐秽言脏语，骂不绝口，并且从马鞍上滚落下来，拒绝治疗。她伤势本来很严重，哪里受得了如此三番五次折腾，终于气绝身亡。别的都不在话下，唯有五岁小男孩骑暴躁烈马突围一事，成了奇闻，不胫而走，传遍了独立骑兵团直属队和八个连队的干部战士，这些马背上长大的骑士们也很惊奇。

侦察连化装成转移草场的大牲畜群牧民，前往伊和塔拉草原腹地王府市附近，得到伪旗公署警务科、国民党军统局稽查处的正式批准，接着潜伏下来，伺机动手。这项工作本身就是很复杂的，经过反复多次准备、检查和练习，可以说一切就绪，就等着开始行动了，用指战员们的话来说，他们都变成了演员，扮得还真像，看不出一点破绽。但是独立骑兵团党委没有放松，把紧急编印出来的题为《兵败后勤》的小册子分发给侦察连宣读讲解，使三百多名干部战士提高了对掐断铁路公路大干线重要性的认识。小册子举的都是外国有名战役的例子，对这次特别行动很有启示，其中写道：

> 透过漫长的人类战争史，我们不难看出，智谋依仗于一定的物资基础。这是一条真理，遵循它就能克敌制胜，违背它就要受到历史的惩罚。法俄战争开始以后，拿破仑军队曾所向披靡，仅用一个多月，就占领了大片俄国土地。但是战争继续到八九月份，俄国盛暑时节来临，由于法国士兵不习惯大陆性的酷热，加之用水不便，许多人马因中暑不战而亡。尤其是粮秣药品缺乏，供给不上，而且随着部队的推进，后勤供应每况愈下。据记载，从涅曼河到维也纳五十多公里的行军途中，就有一万多匹战马因疲劳过度且吃不上草料而死。推进的部队除了凭抢劫可以得到一点粮食之外，后方供应中断，加之不断遭到俄罗斯军队的袭击，因而精神颓废，战斗力锐减。夜晚到处可以听到士兵痛苦的呻吟。当年九月十四日，拿破仑率先锋部队攻入莫斯科。进城以后，这支褴褛疲乏的军队就像一群饿狼，疯狂地猎取食物。由于俄国实行了坚壁清野，拿破仑军队四处搜集毫无所获。十一月六日，俄国冬天的第一场暴风雪向这支七零八落的部队袭来，由于没有防寒物资，使拿破仑的军队吃尽了苦头。军营里到处是垂死的惊恐的哀号，每遇一匹马倒下，饥饿的士兵就蜂拥而上，争夺着死马肉，甚至互相残杀。十二月上旬，严寒又一次袭来，滴水成冰，法国部队既无粮草，又缺冬衣，士兵冻死冻伤的情况不断发生，加上俄军步步紧逼，拿破仑无法摆脱失败的阴影。到了十二月中旬，这支疯狂一时的六十万大军，只剩下两万多残兵败将，其余的不是在俄国监狱里受折磨，就是在冰冷的异乡永远安息了，拿破仑也几乎是只身逃返巴黎。
>
> 第二次世界大战期间，梦想称霸世界的希特勒，在侵占了大半个欧洲以后，在一九四一年六月又将魔爪伸向苏联。他的如意算盘是"八个星期吞并俄国"，因此他根本

没有准备防寒的军需物资。使希特勒始料不及的是,除苏军的顽强抵抗以外,刚进入七月就阴雨连绵,泥泞的道路使德军"闪电战"的步伐受到了无情的迟滞,德军只得受烂泥的摆布。祸不单行,这年冬天来得又比往年早,十月十日晚就下了一场大雪,十一月三日又来了寒潮,地上结了薄冰,十三日的气温下降到摄氏零下八度。纳粹德军越来越感到冬天的可怕。由于天气寒冷,燃料常常被冻结,坦克发动困难,连枪炮也成了严冬的俘虏。十二月四日,气温降到摄氏零下四十度,德军彻底畏缩在严冬面前,失去了战斗能力。高级将领们惊呼:"我们的步兵战斗力已经到了尽头,装甲兵也无能为力,整个德军到了山穷水尽的地步。"希特勒被这突如其来的打击搞的蒙头转向,丧心病狂地叫嚷:"坚持,坚持,勿再后撤。"莫斯科城已近在眼前,已有一个营的兵力突入郊区的希姆基,用肉眼便可望见克里姆林宫的尖顶。希特勒鼓动部下,又打气说:"坚持坚持再坚持,作最后一击,就可以凯旋了。"但是这最后的一击,最后的一点力量,又从何处而来呢?那些幸免于死的德军身穿夏季服装,既无防寒帐篷,又无取暖设备,两脚冻得穿不进靴子,双手肿得合不拢,他们先是在冰天雪地中发抖,然后一个接一个、一批接一批地见上帝去了。德国坦克集团军司令长官古德里安哀叹:"冰雪把我们打垮了,英勇的部队的一切牺牲和煎熬都归徒劳,德国遭到了可悲的失败。"

一九四二年夏季,德意联军在非洲展开咄咄逼人的攻势以后,"沙漠之狐"隆美尔的兵团所向披靡,迫使同盟军节节败退。他的装甲部队旋风般地推进到尼罗河三角洲,只要滚滚的坦克部队再向东推进一天,亚利山大港开罗城便唾手可得。然而,由于后勤供应发生梗阻,远离前线的欧洲大陆补给当局所提供的燃料、弹药不是姗姗来迟,就是杯水车薪无济于事。其他军用物资供应也濒于匮竭,因此德军的战斗力大大下降,就连对盟军仓促组成的阿拉曼防线也攻不下来。"沙漠之狐"对此坐卧不安,他深知如果不继续保持强有力的进攻势态,盟军就可能稳住阵脚,卷土重来,结果必将功亏一篑。就为这个他亲赴意大利与墨索里尼当局谈判物资供应问题,讨价还价中提出:务必在九、十月份将六万五千多吨的作战物资运到北非战场,否则他将被迫撤出那里。希特勒和墨索里尼很明白北非战略地位的重要,为了确保隆美尔的优势,减少他的后顾之忧,轴心国在罗马成立了一个完善的后勤供应机构,直接负责向北非战场提供补给。同时,新建和调集了一批运输船只,利用地中海的有利航线,为隆美尔输血打气。不料,英军统帅蒙哥马利识破了隆美尔的意图,他把英国空军的主力调到地中海,严密封锁了意大利通向北非战场的运输线。英国空军频繁出动,对意大利港口和轴心国的运输船只进行了毁灭性的轰炸,致使码头设施被破坏,装卸中断,大部分运输船只也葬身于地中海。英国空军轮番猛烈轰炸像一把止血钳子,死死卡住了德意的血脉,使这两国的军队既无进攻之力,又无防御之能。如此棘手的后勤供应,把本来就忧心忡忡的隆美尔冲击得心竭力衰,不久便重病缠身,只好告假回国休养,由斯徒梅将军接替了他的指挥。一九四二年十月二十三日,阿拉曼战役打响了,盟军的排炮和轰炸机大显威风,以雷霆万钧之力向德国部队砸去。而斯徒梅将军苦于弹药储备有限,且因供应中断,始终不敢进行炮火反击。这样,盟军仅用一个回合便重创了德、意两国军队主力,并在次日击毙了总指挥斯徒梅将军。希特勒闻讯大惊,立即敦促隆美尔重返前线,企图靠他挽回败局。但是隆美尔赶到战场后,目睹的竟比他想象的还要糟,物资濒于匮竭,弹药只够三次配发量,每辆车的油料仅有三百公里量。巧妇难为无米之炊,靠如此有限的物资,“沙漠之狐”也是无能为力了。十一月一日,盟军发起总攻,四日德军防线被突破,盟军的坦克滚滚而来,层层分割,各个击破。在面临如此凶险的情况下,隆美尔不顾希特勒要他坚守的命令,督军后撤。逃跑时,德、意两军的大部车辆和火炮又因油料以及零部件缺乏被迫抛弃路旁,几乎全军覆没。经过这次惨痛的失败以后,隆美尔深有感触地说:“在现代战争中,后勤补给可以决定胜利和失败。”

饥饿之岛,乃太平洋中瓜达尔卡纳尔岛之别称也。那是座可以让人类活活饿死的岛屿,在腊包尔东南方向,顺着所罗门群岛大约走一千多公里的地方,就是该岛。对于知道战争史的人来说,在那里曾经发生过饿死很多人的悲惨事件,证实了后勤供应的极端重要。一九四二年五月,日本海军联合舰队最初想在这座岛上修建一个飞机场,企图用以切断美国本土和澳大利亚的联系,进而当做进入新喀里多尼亚、斐济、萨摩亚的基地。不料,八月七日这个飞机场刚刚修完,美军就登陆了,以后进行了长达半年的攻防战,由于物资供应和战斗能力的差别,日本的后勤补给陷入了悲惨的境地。三万一千三百五十八人的守岛部队,饿死近二万人。日本陆军步兵一二四团旗手小尾靖夫少尉日记中记载原文:“一九四二年十二月二十七日,今天早晨又有几名官兵升天了。到处都是横躺竖卧的尸体,落满了嗡嗡飞叫的苍蝇。仿佛我们达到了人类肉体的极限。还有一口气的人全是面如土色,头发薄得像婴儿的胎毛。人们都发着呆,体内似乎是没有了养分,只剩下了长胎毛的力量。瘠瘦型的人只剩下了一把骨头,肥胖型的人一个劲儿膨胀得暄暄软软。就连镶金和假牙都脱落了,牙床已经腐烂不堪。我第一次知道牙齿也是有生命的。接近极限的肉体的生命日数,统计的结果分别如下,这一非科学、非人道的判断是决不落空的:能站立的,还活三十天;能起身坐着的,还活三个星期;躺着起不来的,还活一个星期;躺着解小便的,还活三天;已经不会说话,还活两天;眨不了眼睛的,明天就是寿终之日。啊,本来就有‘人生五十年’这句话,我仅以二十二岁就了结一生吗?一九四三年一月一日,元旦了,我还有几天的生命呢?给还活着的全体官兵分配了最后的粮食,只有两块干面包和一粒金米糖。我们向北方祖国的天空再三遥拜以后,吃下去了。路旁,手拿空饭盒就那么死去的士兵,已经腐烂了,身上爬满了蠕动的蛆虫……”

这本油印的薄薄的小册子,解决了大问题,侦察连的三百多名干部战士们恍然大悟,明白了下一步行动的重要意义,这是名副其实的掐脖子战略战术呀,人不吃饭不行,马匹没有草料不行,枪炮没有弹药不行,汽车和坦克没有燃油不行,烧的煤炭、穿的防寒棉衣,当地解决不了,这一切全靠铁路公路大干线来运输,互通有无,只要交通断绝,什么都没有了。原来如此,是谁学的世界各国的各种各样兵败后勤的经验教训,不仅学得好,而且用得更好,还编印成小册子念给大家听,知道了,全知道了,干部战士、有文化的知识分子、没有文化的大老粗,人人皆知。

新任政治指导员哈尔巴拉听了这些话大笑起来,不厌其烦地把他们再次召集在一起,反复深入讲解指导,说道:“一知半解,不深不透,浅白麻子。掐断铁路公路大干线的地方,为什么选择伊和塔拉草原腹地,而不在A城B市C镇郊区?这是因为那些城市附近人口密集,交通方便,容易调动大兵团边战边修,不像偏僻边远的王府市。这里缺吃少喝又没住处,大部队过不来,小部队修不了,一刀两断,万劫难复,可以说是最要害、最脆弱、最难防守的地方,因此我们选择了它,就在这里动手,听明白了没有?"

"听明白了,全明白了!"战士和班排长齐声吼叫。其中在上次归队途中对哈尔巴拉发难的那个五大三粗善于搏斗的侦察兵叫喊声最响亮。他现在是全心全意拥护哈尔巴拉了,连半句不服气的话也不说,更不用说反对了。

哈尔巴拉满意地笑了笑,拉着又问道:"我们兴师动众,花费了这么多人力、物力、财力,投入的本钱不少,不可能仅仅完成一个任务,最好的猎人能够一箭双雕,大家说说还有没有第二个任务?"

"没有了,没有了!"很多战士说。刚才那个五大三粗善于搏斗的侦察兵也补充道:"没有了,这一个任务就够繁重、艰巨、复杂了,不可能有第二个任务!"

哈尔巴拉又一次大笑道:"怎么样?说对了,一知半解,不深不透,浅白麻子,有第二个任务,也许比第一个任务更繁重、艰巨、复杂呢。此地驻扎日蒙古军一、二师六个团人马,国民党招降后改称新编骑兵第一师,下辖两个旅六个团,莫尔根拒不执行改番号,他处心积虑大搞民族分裂活动,当前是高度自治,将来三蒙统一,想独立建国。且莫小看他,暗中和美帝国主义勾勾搭搭,敢于对蒋介石不理不睬,软磨硬抗。所以消灭蒙古军是第二大任务。在伊和塔拉建立巩固的根据地,大的方面有利,小的方面也有很多好处,背靠八百里腾格里山,其中有鬼谷、魔峡等千沟万壑,生长着茂密的原始森林,有数不清的岩洞、打不完的大小野兽,宿营隐蔽,就地取食。南接达赖河沼泽地区,遍地稀胶泥,装甲机械化部队寸步难行,是开展运动战、游击战的好地方,经过千挑万选,最好!"

又过了几天以后,哈尔巴拉、刘青山带领化了装的侦察连干部战士赶着马群返回伊和塔拉大草原。虽然二人与土匪的搏斗中都受了伤,浑身青一块、紫一块,脸上也结着血疤,不过精神愉快,情绪高涨,每人都背着一只磨掉口的三八式马枪,前面还押着几十个被捆成一团团的歪眉斜眼的大小匪徒,弄得沿途牧民们惊讶不已,哈尔巴拉捋胳膊挽袖子说:"我俩是汗庙马倌,转移牧场到巴嘎塔拉被土匪抢啦,幸亏遇见各地也到那里转场的大牲畜群的牧人们,暗中串连,齐心协力,收拾掉这些家伙,一起跑出来了,险哪,差点人财两空。"

庆格尔泰等人装作是其他地方的牧民,随声附和着说:"那边红胡子,也就是土匪,猖狂得很,拉人、抢马、杀牛、宰骆驼,活不成了,这才成群结队跑到这边来。"

这话是确实的,在他们背后相隔几里远就有一个又一个大牲畜群,足有几十群,毡包帐篷林立。牧人们说得差不多都一样,有的心有余悸,有的愁眉苦脸地诉着苦:"真是绝处逢生啊,我们这些各地来转移牧场的牛倌、马倌、骆驼倌暗暗联络好了,趁着大股土匪还没来到,一起动手,把他们抓住了。"

"押到哪儿呀?"

"交给伊和塔拉旗公署警务科,要求格外开恩,允许我们在王府市近处放牧。"

"啊呀,那一带草原沙化了,牲畜吃什么呀?"

"那比挨土匪枪崩好得多,说啥也回不去了。"

第十天上午,这些缕缕行行的大牲畜群,终于到了离王府市三十多里的汗庙附近。哈尔巴拉、刘青山二人把马群固定在敖包山后面，领着化装成牧民的庆格尔泰，进汗庙见达尔罕。这里是伊和塔拉旗王爷、旗长兼蒙古军军长莫尔根家庙，不仅看守历代王陵，还要主祭他远古祖先成吉思汗，规模大，面积广，汉、藏、蒙各种样式的建筑都有。他们三人走了好几个地方，最后在大仓找见这个执事大喇嘛，他正和外号叫“其努瓦”的塌鼻子警务科长商量储存军需粮秣的事。达尔罕看见哈尔巴拉、刘青山领着一个陌生人走过来，俊俏的“小白脸”上就露出诧异和不满的混合表情，喝问：“哼！你俩不在外面找水草丰美的好地方放牧，抓马群膘情，回来作甚？啊？”

哈尔巴拉装出大惊小怪的样子回答：“禀告大喇嘛，敬启者，出事了！”

“啊？出了什么事？”

“到巴嘎塔拉草原转场放牧，碰上了土匪，把马群抢了！”哈尔巴拉还是故弄玄虚。

这简直是晴天霹雳，震得达尔罕手足失措，掌中玩弄的珊瑚顶玛瑙鼻烟壶吧嗒掉到砖地上，粉碎了。躺在暖烘烘热炕头狼皮褥子上，正摆弄鸦片烟具的警务科长“其努瓦”也慌了，抓住枕边“大镜面”驳壳枪，一下子跳起来，扇动着塌鼻子，气咻咻地哼哼：“红胡子，红胡子……”

哈尔巴拉心中暗笑，继续说：“警务科长，大喇嘛，听小的从头禀告，在巴嘎塔拉抢我们的土匪是‘大黑塔’。”

“他？他？这红胡子头，打伤戴处长和我，跑到那里去了。”“其努瓦”警务科长十分惊讶。

“我们不能窝窝囊囊地挨枪呀，小的和刘青山趁着大股土匪还没有来到，暗中联络好了其他地方来转移牧场的牧民们，一起动手把‘大黑塔’等几十个家伙被抓住了，这就是外地牧民当中出力最大的人，叫庆格尔泰。”

“抓住红胡子头目‘大黑塔’太好了，这个家伙不仅打伤了戴处长，还把我下边打断了，可恨可恶，仇深似海，这回千刀万剐，凌迟处死，出口恶气！”“其努瓦”高兴地狂叫着。

“科长大人，‘大黑塔’等几十个土匪抓住了，就在外面，一会儿押过来，路上还打死了几个。我们和其他地方来的牧民们，再不能在那里待下去，只好赶回来，请科长大人格外关照，允许在近处郊区放牧。”刘青山也说。

庆格尔泰也趁机凑过去，解开随身携带的包袱，拿出金戒指、银大洋、红珊瑚、绿松石等东西，双手献给塌鼻子“其努瓦”，点头哈腰地说：“这是红胡子头‘大黑塔’的赃物，恳救警务科长大人笑纳，允许我们在周围郊区放牧。”

“送不送礼，小事一段，就凭抓住和我们有血海深仇的‘大黑塔’这一点，就应该恩典了，我是军长的老友，参谋长的老子，又是警务科长，说话算数，批准你们在王府市周围郊区放牧，高枕无忧，好日子！”“其努瓦”看着这些金银财宝，眼睛都发亮了，说话也来了劲儿，又突然吆喝起来：“来人！”

“是！”一个穿黑制服扎白绑腿的警察过来了，拿着三八式步枪笔直地立正。

“快马加鞭回王府市内城，报告莫尔根军座、哲别参座，再到外城报告戴励志处座，就说抓住了红胡子头目‘大黑塔’。接着到警务科传达我的命令，派人把那几十个家伙押进大狱去。”

事情总算很顺利，化装成从各地转移牧场的牧民的侦察连干部战士，就这样在王府市近郊潜伏下来了。七天之后，还去看了土匪“大黑塔”等人被处决的热闹场面。

第八回　偷放蝙蝠智斗警务科长　盗走细粮计骗仓库主任

在这以后不久，达尔罕大喇嘛害怕被处决的“大黑塔”的手下人报复，又把哈尔巴拉从牧场上叫回来，派他打更护院。

哈尔巴拉离家后一直惦记着两个弟弟，今天得空，急忙回家看看。这些年来，兄弟三人的生活，全靠他独力支撑。严峻的磨炼，使这个才二十岁的青年学会了很多技能，会驯马、放牧、打猎、种地，什么都能拿得起来，成了远近出名的多面手。他回家以后对两个弟弟说道：“嘿，‘小白脸’大喇嘛怕‘大黑塔’的漏网匪徒来报复，都吓破了胆，再一次不叫我放马了，这回要派我到他们住的汗庙深宅大院里巡夜，你们俩看看这个差使咋样？上次怕狼，这次怕红胡子土匪。”

老二察干巴拉十八岁，好结交这一带流里流气的青年兵痞、流氓喇嘛、懒汉、酒鬼等社会渣滓，沾染了很多坏习气。他对哥哥在抗日战争时期秘密参加独立骑兵团，立功入党，这回当了侦察连政治指导员等事情，一点儿都不知道，现在高兴起来，手舞足蹈地说：“好了，好了，警务科长和大喇嘛，都看得起你了，以前是摔跤手，这回又巡夜，就算汉庙的炮手啦，真是个美差，威风、轻巧、自在，赏的东西又多——”

“听大哥的！”十六岁的老三呼和巴拉看不惯二哥那种贱样，低声吆喝着。

察干巴拉不管这些，乐得嘻嘻笑，接着又胡说八道：“——哥哥，看样子，这回谁都知道你是英雄好汉啦，使劲干，露两手，很有可能当蒙古军的军官老爷呢，就凭我们祖祖辈辈秘密相传的搏斗技术，就凭我们老虎一样强壮的身体，就凭我们的超群出众的力气，肥吃肥喝好生活，将来都娶个媳妇，养儿育女，多好！就不用干这重活脏活累活了。哥哥，我也看出来了，你是和蒙古军、军统稽查处、旗公署警务科斗气呢，对着干呢，这可不好，鸡蛋碰石头，将来受苦受难呀，光棍不吃眼前亏，何苦的。”

“瞎扯！”呼和巴拉对二哥不满，怒目横眉地说。

察干巴拉果然不争气，从狼皮褥子上站起来，准备去伊和浩特找对他很有诱惑力的胖姑娘娜布琪。走到门口，他回头说道：“哥哥，我是个睁眼瞎，连十二个字头都念不下来，不像你能看懂蒙古文《三国演义》啦，什么都用心眼，使计策，斗智谋，玩花招，其实没用，好好给汗庙卖力气吧！”

“什么屁话！”呼和巴拉忍不住了，吆喝起来。

察干巴拉走了以后，哈尔巴拉叹了口气，放低声音对呼和巴拉说：“三弟，你二哥越长大越没出息，简直不像话了。听说，他经常去吉达家里巴结，想和这个‘孛’的妹妹定亲，吉达这个神汉，社会关系复杂，是蒙古军参谋长兼第二师师长哲别的堂弟，装神弄鬼，造谣惑众，是个封建迷信职业者，势利眼，能看得上他吗？不能。察干巴拉没有立场，思想觉悟低，嘴头子不严实，什么也别对他说。另外,你和特木尔参军的事,经过党支部研究,已经正式批下来了,你的编制在连部,先当一个时期武术老师,好好教,到了紧要关头,有很大用处,我们祖辈传下来的搏斗技术,都是为打仗准备的。快动手了!”

“快动手了?”老三惊喜地问,“这里有蒙古军部和第二师四、五、六三个团,还有军统局稽查处、旗公署警务科,我们一个老八连能行吗?”

哈尔巴拉摇手制止住了他说话,先到外面观察了一会儿,听了听动静,这才走进来,放低声音说道:“现在形势是这样,A 城 B 市的国民党嫡系东西线部队,对这个铁路公路大干线的交通枢纽联结支撑点王府市,看在眼里,放在心上,很想一下子扑过来抓到手里,但是这只不过是一厢情愿,单相思,实际上是很不容易办到,这是因为一方面战线分散,兵力不足,另一方面他们和这里地方民族主义势力尿不到一个壶里去,整天讨价还价,吵嘴骂街,简直闹翻了天,莫尔根、莽斯、哲别、扎萨嘎等家伙能量不小,野心很大,手下不仅直接掌握蒙古军军部和一、二师六个团人马,还想趁火打劫,在这里搞什么高度自治闹分裂独立活动,所以一直是保存实力,不改番号,不听调遣,连进驻这里的军统局稽查处也指使不动,软硬都不吃。但是他们这种一不叫嫡系部队进来,二不出去卖命的小算盘快拨不动了。蒋介石对这种吃官饷当山寨大王的做法很恼火,正在威胁利诱施加压力。最后,团部指示我们老八连就钻这个空子,等蒙古军军部和第二师四、五、六等三个团出去,立即动手掐断铁路公路大干线。”

呼和巴拉有点怯生生地问道:“我有两件事不明白,第一个,独立骑兵团直属队和七个连队,为什么不一下打过来,偏偏叫孤零零的老八连在这里化装潜伏?受罪?”

哈尔巴拉笑道:“这是老问题了,解释过多次。是这样:我们是特别加强主力团呀,是真正的精锐部队,如果硬往这咽喉要地打过来,就引起国民党嫡系东西线部队,杂牌蒙古军一、二师的惊慌失措,勾结起来使出全力阻击我们,因为他们有了共同的利益,那就坏事啦,完不成掐断铁路公路大干线任务了。这叫出其不意、攻其不备。”

“哦,我明白了。第二个,总说这里王府市怎样重要,如何关键,我看它咋也比不上东边 A 城和西边 B 市,人家那里多大呀,一百多万人口,好肥的白肉块不去吃,偏到这里啃骨头,奇怪。”

“你不懂,在这里有八百里腾格里大山的天险,能站得住脚,进可以攻,退可以守,可以打持久战。同时距离东西面大城市远,国民党嫡系部队没有后勤运输保障,不容易打过来。再就是正好在当中,一个石头打三个鸟,费力小效果大。举一个最简单的例子,这条铁路公路大干线被掐断,西面的粮食运不过来,东面就做不上饭,揭不开锅盖,整天喝西北风,饿得扛不起枪,就不战自败啦。”

呼和巴拉搔着头边听边想,觉得自己一下明白了很多道理。

哈尔巴拉看着三弟那副全神贯注的认真样子,心里感到很欣慰,总算把他带大了,懂事了。他接着说道:“形势就是这样,国民党嫡系装甲机械化的‘虎威’步兵六十三团等部队,又笨又慢,在达兰哈尔山连连扑空,被动挨打,吃不开了,只好向杂牌蒙古军部和第二师求援。莫尔根、哲别再软磨硬抗,最后还得去。等大狼出了洞,就掏狼窝抓狼崽,这就快了。你这个武术教员好好练吧,先提高自己,才能教别人。”

呼和巴拉听了这话,忽地跳起来,在蒙古包中心拉开了架势。

哈尔巴拉说："我们秘密传下来的搏斗绝招，比牛毛多，比羊绒稠，没有三年五载是学不全的，列祖列宗从打仗的角度出发，把蒙古族的摔跤技术发展了一步，自成一派。在娱乐场上给军阀官僚、王公贵族们开心解闷，没有什么用，最要紧的是保存自己战胜敌人，无事不施展，施展必成功！"哈尔巴拉接着讲了他们家族武术的部分秘窍："交起手来要看准对方的关节、要害部位、麻筋打击。这很管事，轻的失掉抵抗能力，重的昏迷过去，甚至死掉。第一，人的关节主要有脖关节、肩关节、肘关节、手腕关节、指关节、脚腕关节；第二，要害部位主要有头部、喉部、胸部、肋部、腰部、腹部、裆部、太阳穴、耳后穴；第三，麻筋主要有肘部麻、腕部麻、虎口麻、手背麻。这些都很不好找，经常练才能拿得准。来，我教给你。"

老三好奇地问道："先等一等，大哥，你是不是因为武术高强，才当了老八连的政治指导员呀？"

哈尔巴拉笑着说："武术再高，也只能打赢十个八个敌人，必须学会打败成千上万人的本事。"

"什么本事那么厉害呀？"

"我说的是兵法，现在叫战略战术，不打 A 城，也不打 B 市，拦腰切断，掐住铁路公路大干线，叫国民党部队四面八方都垮台，这就是兵法，比武术厉害多了，哈哈！"

"哦，我明白了，怪不得，原来是这样，你是从《三国演义》上学的吧。"

第二天早晨，达尔罕大喇嘛派人把哈尔巴拉叫回去了。这个年轻的大喇嘛出入官场，混迹军界，和蒙古军军长莫尔根、参谋长兼第二师师长哲别、军统稽查处长戴励志、警务科长"其努瓦"称兄道弟，志得意满，平常是不把哈尔巴拉放在眼里的，但是这回要用上他了，便放下架子，皮笑肉不笑地说："你是汗庙的摔跤手，为本寺争取过荣誉，这回保护住马群，又抓回红胡子头目'大黑塔'，立了功劳。在佛门重地打更护院，这是有意抬举你，干好了，有重赏。从今日起，要更加小心谨慎，严防盗贼。"

哈尔巴拉的长着连鬓大胡子的脸上的表情是很恭顺的，立正站着故意放大声音喊道："是！"

达尔罕大喇嘛拧起了眉毛，俊俏漂亮的小白脸抽动着显出了不悦之色。他是个脾气很大的人，要在以前遇到这种情况，张嘴就骂，动手就打，这回却很客气，叹道："唉，哈尔巴拉，你呀，长相傻大黑粗，性子也是够野蛮的，小点声嘛，这不是在山沟里打三种狼、草原上赶马群，内有幼年的葛根活佛，外有我汗庙的大喇嘛主持，嚷嚷啥？"

有一次，哈尔巴拉背着那只从"大黑塔"那里缴获的磨掉口的三八式枪，打了一夜更，天大亮才回来，遇到早起去念晨经的达尔罕大喇嘛，他心神不安地问道："外面，有什么风声？"

"平安无事。"

年轻的大喇嘛喜形于色，把哈尔巴拉叫到跟前，神秘地说："凡夫俗子是不懂的，我虔诚地占卜算卦，挑了又挑，这才选中了你，年方二十，身强力壮，正合适。接着又向阿优喜佛祈祷，给你附了神力，嘿嘿，所以才保住了马群，抓回红胡子头目'大黑塔'，这是有来历的，佛法无边呐。"

"原来是这样。"哈尔巴拉识破了对方编造的谎话，暗暗发笑。

"你不再是汗庙的一般属民了，正在拿着大枪打更护院，是管事的。庙顶上的瓦比台阶上的石头亮，衙门里的官比毡包里的牧民强，你要管教那些烧火、做饭、挑水、扫院的下层喇嘛和属民，他们又馋又懒，炒米吃净了，酸奶喝净了，骨头啃净了，吃肉像狼一样，干活像羊一样，磨磨蹭蹭。”

“白天我要睡觉，没工夫。”哈尔巴拉回答道。

“唔，唔，是的，养足精神才能打更护院，好好吃，美美睡，你有功，亏待不了你们兄弟三人。”达尔罕大喇嘛讨好地说道。

庆格尔泰、刘青山发现了一些事，在一次秘密碰头的时候，对哈尔巴拉说：“‘小白脸’确是莫尔根、莽斯、哲别、‘其努瓦’的狗腿，也是戴励志的爪牙，阴阳两面，软硬兼施，很坏，应该好好教训。”

“不，不能因小失大，要分清主次。我们重点打击对象是：王府市内外城的蒙古军部和第二师三个团人、伪旗公署警务科、军统稽查处——就是国民党的嫡系和杂牌武装力量。达尔罕大喇嘛狗仗人势，欺压属民和下层喇嘛，当然要清算，不过那也得在以后。”

刘青山的气消了点，转了话题：“我们老八连是化装成远道来的各地牧民，带着毡包帐篷、赶着牛马骆驼等大牲畜到了此地，所以住宿不成问题，食品也比较充足，就是没有细粮，最近出了病号……”

哈尔巴拉想了想，很有把握地说：“这好办，蒙古军军部和第二师四、五、六团的第二仓库，都在这汗庙大仓，大米白面都堆成大垛，我们老八连不能老是干嚼炒米，也应该改善一下，特别是病号。”

“这可不行，小不忍则乱大谋，恐怕会暴露目标。”庆格尔泰连忙劝阻。

刘青山哈哈大笑着从旁边插话：“连长，你不了解，我们指导员有勇有谋，胆大心细，说没事就没事，主要是这个军用粮秣仓库由‘其努瓦’警务科长兼职管理，因为他是兼任第二师师长的哲别参谋长的老子，这个家伙贪污盗窃，损公肥私，手下人也跟着吃里爬外，混账一团，丢了一半也搞不清楚，放心吧，出不了事。”

哈尔巴拉看了看前后左右，冷笑道：“趁热打铁，今天晚上戳他们军用粮秣仓库，叫蒙古军的狐群狗党放血。庆格尔泰同志回去掌握连队，刘青山同志留在这里，悄悄去把我三弟叫来，我们三个足够对付这些家伙。”

呼和巴拉来这里以后，哈尔巴拉小声对他俩说：“你们就在这里躲着，有动静就扔一块石头。”

“大哥，你要干什么？”

“不用打听，一会儿就明白。”

刘青山和老三蹲了好长时间，还是不见哈尔巴拉回来，等绕过去看时，只见他光着膀子攀一棵老树爬上殿檐，抓蝙蝠正往袖筒里装。

呼和巴拉很奇怪，大惑不解地问道：“大哥，这有什么用？”

“嘘，小点声！”哈尔巴拉颇为神秘诡诈地摇头，示意他俩去放风，自己继续去抓蝙蝠。

刘青山、呼和巴拉两个怕看守第二粮秣仓库的哨兵发现，警惕地观察着周围。不大一会儿，哈尔巴拉拎着蒙古袍回来了，他抬头看了看倾斜到八百里腾格里大山西边的落日，又指着红墙东北角两间空无一人的小佛堂，说：“快钻进去，躲避起来，快！”

这次行动受到了干扰，不得不往后推迟了一会儿。原因是年逾古稀的“其努瓦”警务科长淫欲大发，正从“军中乐园”叫来了他所喜欢的妓女，一边逗弄一边饮酒取乐。

哈尔巴拉、刘青山、呼和巴拉三人看了这出丑恶场面，气愤异常。半夜时候他们从布满蜘蛛网的窗户再次爬出来，又溜进“其努瓦”住的房间外屋仔细倾听，屋里传出打呼噜的声音，哈尔巴拉机警地蹲下，把门坎下边的一块砖抠下来，接连放进去十多只蝙蝠，再原样堵得严严实实的，一点也看不出破绽来。果然，消停了片刻，紧接着按哈尔巴拉事先周密考虑精心安排的那样，这间布置得很高雅、别致、清洁的小卧室内，就传出来各种各样不可思议的怪异的动静了。不知道这个老大哈尔巴拉是怎么学会和掌握的，偷偷放进去的这十多只蝙蝠个个发挥了破坏捣乱作用，在这里闹翻了天。原来，这些蝙蝠是被堵塞住了耳朵和嘴的，完全失去了感觉，就像没头苍蝇一样到处乱撞，飞着碰上什么东西，就一下掉在地上，用两个爪子紧紧抓着半天不起来，屋里越来越热闹，样式很讲究的油灯打翻在地，黄铜蜡台摔成两半，古色古香的瓷器全部破碎。黑呢子警官服沾了臭尿屎，栽绒褥子一片油渍。八仙桌上交插的青天白日旗，还有蒋介石像、文件表格都遭了殃，全部离开了原来的位置，七零八落。刚才调戏军妓累垮了的“其努瓦”警务科长，突然醒过来了，出了一身臭汗。他身体本来就很坏，又患过梅毒，鼻子往下塌陷着，睡也睡不好，做着一连串噩梦，他很快想到被枪毙的仇人“大黑塔”，是不是他的鬼魂来讨债索命呀？“其努瓦”吓得屁滚尿流，大声惊叫道：“有鬼呀，有鬼呀，来人！”

深山中狼嗥，寺院里人哭，同样很瘆人，特别是正掌握警察大权的“其努瓦”本人又叫又嚷，这动静就大了，汗庙立刻乱成了一团，比“满锦”大锅里滚开的肉粥沸腾声音还乱，仓库保管员光着脚丫子跑过来了，会计敞着怀跑过来了，哨兵提着枪跑过来了。负责这里警卫的蒙古军第二师六团三连长更狼狈，上面光着膀子，斜挎着美式汤姆生冲锋枪，下面穿了一条极为鲜艳的花花裤子，原来他正偷偷和这里年轻的女喇嘛——“查布干赤”睡觉，摸黑穿错了，上气不接下气地问道：“何，何事惊慌？”

先来的那个会计，正患着肺气肿病，干咳嗽答不上来。过了一会儿，这才结巴着说：“报告三连长，警务科长大人卧室内，什么东西兴妖作怪，八成是‘大黑塔’成了厉鬼啦，凶多吉少，唉唉！”

“救命啊！”“其努瓦”从里面绝望地呼号着。

蒙古军第二师六团三连长发了一抖，对周围越聚越多的士兵和喇嘛吆喝道：“快，快进去！”

“门，门从里边插着，推，推不开！”仓库保管员着急得快要哭了。

“救命啊！”

达尔罕大喇嘛正和守寡的富婆偷情，距离远，得到消息晚，姗姗来迟，现在听着这声嘶力竭的哭喊，也发了一抖。他忽然看见了在人群中的身材魁梧、满脸连鬓胡子的彪形大汉哈尔巴拉，急中生智，端起架子喝道：“哼哼，你是这里打更护院的，怎么还不动手？”

哈尔巴拉趁着混乱，早就从粮秣仓库拿了很多大米白面，交给刘青山带领的侦察连部分干部战士带走了。现在看着热闹的他觉得很有趣，正在暗暗发笑。听了吆喝，装出若无其事的样子，很平静地问道：“怎么动手？”

达尔罕大喇嘛吓坏了，发着哆嗦说：“‘大黑塔’生为强盗，死为厉鬼，缠住哲别参谋长的令尊大人了，救命要紧，踹破门进去。”

“这行吗？”

仓库会计秃着舌头酸溜溜地教训道:“人命关天,救人要紧,立功建业,始于此时,哈尔巴拉呀,你力气大,脑子小,是个笨人,我们蒙古军第二师六团三连长和执事大喇嘛都发号施令了,你怎么还不动手?”

哈尔巴拉抡起粗壮得像车轴一样的胳膊,推开拥挤不堪的士兵和喇嘛们,掖了天蓝色蒙古袍的前后摆,往前走了几步,抬起右脚往卧室门踢去。他真是有超人的男性膂力,那扇厚厚的松木门连嵌在砖墙上的框框一起,稀里哗啦倒下去了,卷起了一股呛人的灰尘。

士兵和喇嘛们,看着黑洞洞的卧室,听着里面不祥的噗噗声,都倒退两步,谁也不敢进去,大眼瞪小眼,七嘴八舌地叫嚷:“佛爷保佑,参谋长的令尊大人没气了!”

“警务科长遇难了!”

“快进去!”

“点灯!”

“唵嘛呢叭咪吽!”

蒙古军连长自己不敢进去,看见别人也不敢进去,只好装腔作势来掩饰自己的怯懦,大喝道:“哈尔巴拉,当官的有难,在下的效劳,你倒成了木头桩子,胆小鬼!”

哈尔巴拉拿着手电进去了,发现警务科长因惊吓过度昏倒地下,大小便失禁,臭不可闻。这间乱糟糟的卧室,成了蝙蝠的天下,乱飞、乱撞、乱抓。接着进去的是蒙古军连长和汗庙的大喇嘛,抬起这个塌鼻子的家伙,小心翼翼地放在炕上,又是灌药,又是换衣服,又是抓蝙蝠,一直忙到天亮。

第二天上午,“其努瓦”恢复了平常那种神气的样子,披上一件国民党警官的黑呢大衣,和几个上层喇嘛商量了一阵,把哈尔巴拉叫进来,哼着鼻音说道:“哈尔巴拉,你的名字用汉话翻译过来是黑虎,一啸群山百兽惊,是兽中之王,实际上你也是至勇的巴特尔,降妖除怪镇魔打鬼,又立了大功,本科长奖给你美国标准面粉两袋,整二百斤。另外,和汗庙大喇嘛们恳谈过了,起初打算保送你到我儿子管辖的蒙古军第二师当个排长什么的,但是汗庙不撒手,就算了。你是布顿扎那的长子,武术超人,摔跤出众,年幼的葛根活佛封你为汗庙搏克,又拿着大枪打更护院,这回本科长出资为你长工钱,长三倍,让你们兄弟三人好好生活。”

达尔罕大喇嘛玩弄着很别致的江西瓷鼻烟壶,插话道:“葛根活佛虽然年幼,慧眼明察秋毫,以前封你为汗庙的摔跤手。这回警务科长大人也爱才惜才,不埋没英雄好汉,出资帮助你大长工钱,长三倍,了不得呀,你要为蒙古军、为汗庙效犬马之劳,祝愿阿优喜佛爷保佑所向无敌,压倒一切。现在又赏赐你摔跤衣一件、香牛皮靴一双、肥羊一只、炒米一斗,以资鼓励。”

哈尔巴拉领了赏。等他回到自己蒙古包的时候,天晚了,三弟呼和巴拉担心地问他怎么这时候才回来。哈尔巴拉回答说:“蒙古军参谋长兼第二师师长哲别的老子,看中我啦,串通大喇嘛,都给我发了奖,又答应给我长工钱,长三倍,由军用仓库出资帮助。”

二弟察干巴拉高兴得手舞足蹈,连连说道:“这可好了,这可好了,哥哥出息,巴结上大人物,两个弟弟沾光,我们有指望啦!”

“这可不好,这可不好,大哥,他们要利用你干什么坏事呀,要小心,千万别上当受骗!”三弟呼和巴拉忧心忡忡,很是不安。

第九回　施展拳术跤王打败兵痞 玩弄把戏劣僧暴露罪恶

这几个月以来，哈尔巴拉的名誉地位都有了显著提高，保护马群，抓回土匪头，特别是救了警务科长，很多人都对他另眼看待。“小白脸”大喇嘛为了自己生命的安全，更是笑容满面，经常给他点奶食品、砖茶、布匹什么的，用这点小恩小惠拉拢他，夸奖道：“我们蒙古军参谋长兼第二师师长哲别的令尊大人对你很器重，赞不绝口，要送你当军官。但是你是汗庙的巴特尔，我没答应。你平常什么也不用干，横草不拿，竖草不动，油瓶倒了也不扶，没人敢说你，你只要严防盗贼就行了，嘿嘿！”

“是，遵命！”哈尔巴拉的长着连鬓大胡子的脸上显出特别恭敬的样子，心中却暗暗发笑。

紧接着，蒙古军部第二仓库的管理人员和二师六团三连在这里执行警卫的官兵经常来找他，和他套近乎、拉关系、送礼物，都说他是真正的男子汉、大丈夫。

过了很长时间，呼和巴拉来找大哥，悄悄对他说：“庆格尔泰连长让你再搞点粮食，粗粮细粮都行，最近，老八连粮食有点紧张。”

哈尔巴拉的浓黑的眉毛跳动了一下，轻声笑道：“这次不能再放蝙蝠了，得想另一种办法，蛤蟆嘴里放咸盐！”

紧接着，汗庙又出了一件怪事。有一天晚上，一个肥胖的仓库哨兵路过正殿上了锁的朱红大门旁边的时候，听见里面有老头的咳嗽声。哨兵吓得魂不附体，急忙报告兼任军用粮秣仓库主任的“其努瓦”警务科长。这事又闹大了，很多哨兵、喇嘛手执冲锋枪、步枪、棍棒、斧头、火叉等哆里哆嗦地前来探听。

“怪，很怪，世风日下，汗庙异兆多端，唉！”有一个年老的哨兵发着抖说。

另一个中年哨兵胆战心惊地张望着，叹道：“有神佛的地方也有妖怪，唉，况且，必是……”

“佛爷保佑！”患肺气肿的老会计听到了正殿内发出来的苍老的咳嗽声，可能是因条件反射的关系，想说什么也没说出来，只是剧烈地咳嗽。

警务科长也听见了，吓得倒退了两步，结巴道：“明明，明明是锁着呀，唵嘛呢叭咪吽。”

达尔罕大喇嘛喝的烧酒全变成了冷汗，挥了一下手很是威风地叫嚷：“快进去呀，你们快进去呀！”

这些全副武装的哨兵和手拿棍棒的喇嘛们，就像庙里的泥塑、木雕、油画、铜铸的佛像，大眼睛瞪小眼睛，面面相觑，谁也不敢动。

“阿优喜佛爷保佑！”警务科长“其努瓦”又听到了从正殿内传出来的使人毛骨悚然的苍老的咳嗽声音。

达尔罕大喇嘛没有别的办法，把一大串西藏式锁头的钥匙交给了哈尔巴拉，提高声音吆喝道："养兵千日，用兵一时，你现在是汗庙的摔跤手，又是打更护院的，是胆子和力气最大的人，快冲进去！"

就在蒙古军第二师六团三连哨兵和喇嘛们为"镇妖除怪"乱成一团的时候，老三呼和巴拉领着侦察连几十个战士，又一次溜进军用粮秣仓库，扛走了很多粗细粮。由于"其努瓦"为首的管理人员本身就大量贪污盗窃，所以是不可能调查清楚的。

这时候正是一九四六年春末夏初。埋伏在这里的侦察连搜集到不少机密。团部根据他们提供的最新军事情报确认：独立骑兵团活跃在A城后背地带，成了国民党嫡系东西线部队的大包袱，卸不下，甩不掉，派出主力"虎威"六十三团作战，装甲机械化程度很高，却爬不动山地，走不了沙漠，行动笨拙，进度缓慢，虚张声势，到处扑空挨打，一个失败接着另一个失败，因此进一步对莫尔根、哲别、扎萨嘎等威胁利诱，施加压力，严令他们出去作战，虽然这三个家伙十分反感，但是又扛不住，不去是不行了，正在寻找各种借口拖延。所以王府市很快变成空城一座，侦察连利用这个机会动手，拦腰切断铁路公路大干线。

四月初，蒙古军部和第二师四、五、六团在出发前召开小型那达慕会，其中主要设摔跤、射击、赛马三项比赛，所谓男人三技。据说是为了检阅一下自己的实力，对手是伪旗公署职员、警务科警察、军统稽查处特务杀手、市内居民、郊区农牧民、汗庙喇嘛等等。蒙古军历来占有很多好马，去年投降国民党成了新编骑兵第一师以后，又装备了大量美式武器，乘骑打枪方面谁也比不上，抢到了第一。摔跤方面也遥遥领先，他们的搏克布尔固德是金刚一样的大汉，既有一股蛮力气，又有很多绝招，是伊和塔拉大草原上的常胜将军。这次又把旗公署警务科警察、军统稽查处特务队的杀手们摔得叽哩咕噜地满场子乱滚。这样他就连战连胜，扶摇直上，好像所向无敌。

观众们都期待着哈尔巴拉出来降伏他。

又一轮摔跤开始了，搏克们跳跃起鹰舞来。站在附近的人们从旁边帮助邀唱手呐喊助威，那种传统的"搏克塔拉拜"的吼声，响彻了王府市内外城上空，观众们往前拥挤着，围成了直径一华里的内三层外三层的大圈子，简直是人山人海，水泄不通。

布尔固德为了震慑人心，威胁搏克，上面没有穿香牛皮摔跤坎肩，更没有围层层战裙，下面也没有穿肥裤、套裤，浑身上下只是穿那种蒙古军的黄色制服、黄色马裤、红漆皮马靴。这是典型的虎皮狼皮，谁都胆战心惊，很怕得罪了他后受到打击报复甚至杀害。只见这个老兵痞气势汹汹地在场子中心走来走去，迈着四方步叫嚷着，狂妄至极，声音很大，谁都能听得见，他喊道："这回是谁啦？要是怕摔破脑袋，用羊毛、驼绒包严实了再过来，千万别摔扁了，回家老婆看着不满意偷汉子，别人笑话，嘿嘿！"

"别看你是丘八，也不能这样横行霸道，口出不逊，张嘴骂人。"有的市民说。

一个放骆驼的牧民也说道："老兵痞，吹得怪响的，腾格里山的石头牛车拉不完，达赖河的流水马勺掏不尽，伊和塔拉大草原上的搏克之王哈尔巴拉，比你强一百倍。"

"对，对，完全对，这话有理，绝对正确，说到点子上了，等着瞧，一会儿哈尔巴拉上来，最好把这个家伙摔得头破血流，屁眼朝天，再也爬不起来！"另一个拿铲子的羊倌发火了。

伊和浩特的牧民额尔旦老汉的大儿子特木尔，也就是与老三呼和巴拉一起被批准秘密参军的那个青年后生要上场了，从单腿跪坐的两名助手肩上拿开手，跳跃着雄壮的鹰舞，在邀唱手的歌声中进入会场。

蒙古军部的搏克布尔固德，看着这一轮穿着简陋的多层蓝布坎肩的对手，嗤之以鼻，竟傲慢地骂道：“昨天的蛋，今天的雏！”

“狗仗人势，张嘴骂人。”特木尔气愤地回骂着。

两人交上手了，周旋了几个回合，一时谁也占不了上风。布尔固德虽然在体重、力气和技术上占有压倒的优势，但是小青年特木尔像一条滑溜的鱼，抓不着摸不住，老兵痞有几次凶狠地扑过来，都被特木尔很机灵地躲开了。这实在出乎周围成千上万名观众的意料，谁也没有想到这个十八岁特木尔，竟能和蒙古军的天字第一号摔跤手较量十来个回合。到了十多回合上，布尔固德趁着特木尔闪躲那股劲，右脚一伸，接着从后面凶狠地猛击一拳，就把这年轻人绊了个嘴拱土，引起了满场叹息声。

这个老兵痞确实是个厉害手，上下左右，浑身都有招数，下面几轮里交手的几个搏克，更不行了，都没过几个回合，被摔得前仰后翻，手脚险些弄断。

额尔旦老人看着大儿子背上青红浮肿的伤痕，愤慨地说：“布尔固德是个灰家伙，在日本人手下当兵时候横踢乱咬，现在投降给国民党也欺人太甚，就算你后台硬、力气大、技术高，也不能这么狠啊！”

二儿子楚鲁很愣，插话说：“他不用神气，汗庙小葛根活佛的摔跤手哈尔巴拉力气更大，技术更高，甩、绊、拧、闪、勾，更厉害，一会儿就要和他较量了！”

接着一轮和这个恶霸搏克比赛的是，用汗庙牧马人做掩护的侦察连副连长刘青山。他没有一点退缩的样子，准备好了迎战。布尔固德正在那里耀武扬威，看见刘青山根本没放在眼里，显出很是瞧不起的样子，稍作停顿，紧接着气势汹汹地扑过来，使出了以往开场时惯用的“急三枪”，这就是踢、撞、顶。刘青山敏捷地招架住这几招，还反击了两下。布尔固德根据刘青山轻巧灵活的样子，不再费力气了，他先来了个漂亮的内勾，看见刘青山没有来得及躲开，心中暗暗发笑。随后一翻身，右脚顶住刘青山的腿，使劲往前一掀。这一招是很厉害的，伊和塔拉草原上很多体重二百来斤的搏克，都被他掀到老远的地方。

“嗬咿，刘马倌小心点，蒙古军的摔跤手使出绝招来了。”

果然，刘青山很重地跌倒了，碰到一块石头上，鼻子里流出了一摊血，脸也磕破了。

“这小子不是东西！”

“每回都下毒手，真可恶！”牧民们气愤地骂着。

“看吧，汗庙小活佛的摔跤手哈尔巴拉上来以后怎么样？”有人把希望寄托在这方面了。

到了最后一轮决赛时，哈尔巴拉出场了。谁也不知道他真正的身份，都说他是汗庙小活佛的摔跤手。他身材魁梧，腰圆膀阔，好像八百里腾格里大山西部原始森林深处一头健壮的大熊，这架势就给人很深刻的印象，引起了牧人、市民、喇嘛们的一片欢呼。他在这次摔跤竞争中，是连胜多场过来的，但是这场冠军赛怎么办？胜了可能会招来一大堆麻烦，因为布尔固德是蒙古军第一号搏克。不过他又想，不能败，千万不能败，应该趁机露两手亮亮相，将来打起仗来，人们知道他是独立骑兵团侦察连政治指导员以后，会大长革命部队的威风，大灭蒙古军的志气，再说，也为负伤的刘青山、特木尔出口气，狠狠教训一下这个为非作歹的老兵痞，叫他吃点苦头。

布尔固德从观众此起彼落的呐喊中，从哈尔巴拉的可怕架势上，知道遇上了强劲对手，不敢怠慢，拿出全套本事来迎战，用尽平生之力去搏斗。就在布尔固德猛虎扑食般过来时，哈尔巴拉在对方神经中枢狠狠一击，使这个蒙古军头等摔跤手浑身一阵麻酥，就像中了电一样，立即失去抵抗能力，被摔倒在地，这真是会者不难，难者不会，简单、干脆、快速、敏捷，转眼之间就完事。

围观的人们顿时欢呼叫喊成一片，刘青山高兴得大叫着："漂亮，漂亮，高超的技术，奇特的摔法，连战连胜，所向无敌。"

"伊和塔拉大草原上第一个英雄好汉！"化装成牧民前来看热闹的侦察连长庆格尔泰也呐喊助威了，引起一片鼓掌声。

观礼台上开始动乱，有的欢迎，有的反对。其中一个穿着华丽红缎蒙古袍的姑娘也热烈地鼓着掌，她叫琪琪格，是A城农学院高材生，专攻畜牧业，今年二十二岁，身体长得健美挺拔，脸色红润，明眸皓齿，神态高雅，端庄而美丽，举止十分文静。在旁边站的是她父亲那斯图，是王府市内城贵族私塾先生，汉名叫包云卿，是个闲散王公，老伴早已身故。这里的王公贵族和有钱人家为了学习汉文，把他从遥远的喀喇沁旗请到王府市内城教学多年。他为人乐善好施，仗义疏财，慷慨大方，常常救济衣食无着的贫苦牧民，在附近几个旗县里德高望重，颇有点名气。他把哈尔巴拉仔细观察了一番，对独生女儿赞叹道："这个后生啊，别看是庙奴，相貌堂堂，威风凛凛，不仅膂力过人，而且不惧怕蒙古军的强权和暴力，真有胆气啊。"

琪琪格习惯地整了整金丝眼镜，也目不转睛地看着远处的哈尔巴拉，很感兴趣地说："阿爸，我注意这个搏克很久了，最主要是技术超群，他把蒙古族摔跤、汉族武术、东洋相扑、西方拳击、南洋柔道都糅合在一起了，很难得的。"

老学究那斯图从青年时候就在王府市内城和王子公孙、少爷小姐们打了多年交道，反反复复从《百家姓》教到"四书五经"，是个典型的冬烘先生，没见过大世面，当然是赶不上受过新式大学教育的琪琪格了，不懂也不信女儿那些话，摇头道："《蒙古秘史》里就有记载：从圣祖成吉思汗时期起，蒙古族男人必须学会三大技术：骑马、射箭、摔跤三者缺一不可，代代相传，精益求精，达到炉火纯青的地步。刚才我注意看了，哈尔巴拉果然是根基深厚，出手不凡。但是他是汗庙的属民，即变相奴隶，从来没有出过伊和塔拉草原，听说才二十岁，怎会知道那些外国东西。"

"阿爸，这正是问题的要害呀！我们这个民族能人很多，遗产丰富，可惜的是学术方面的东西都没记载文献，任其埋没失传。达官显贵们利欲熏心，官场角逐，争权夺利，是不管这些的。"

老先生那斯图同意了女儿的看法，叹了口气说："哈尔巴拉年少技高，很有可能得了名师传授。英雄空有惊人艺，生不逢时其奈何，这回被莫尔根他们发现，如果沦落到蒙古军中去当兵就完了，荆棘满路，鬼哭狐鸣，可悲也夫，可叹也夫！"

知道内情的人告诉道："你们父女俩隐居王府市内深巷，钻研学问，教授门徒，无暇顾他，只知其一，不知其二，哈尔巴拉是元朝宫廷武士嫡系后代，大名鼎鼎的搏克布顿扎那的长子，祖辈秘密传下来的格打擒拿技术比牛毛多，比羊绒稠，厉害呀！"

"唔，唔。"那斯图老先生感到意外地惊叫起来。

这工夫，哈尔巴拉消失在攒动的人群中，琪琪格若有所失，轻轻叹了口气。

由于汗庙的摔跤手哈尔巴拉夺取了冠军，主席台上蒙古军军长莫尔根不高兴了，胸脯在黄呢子将官军服里起落，面部肌肉痉挛，公骆驼一样鼓起的眼睛充着血，大声说："坏，坏！"

绰号"迈德尔喇嘛"的军统局驻王府市稽查处长戴励志并不放过这个机会，嘻嘻笑着挖苦道："军座，多年来，你们蒙古军的摔跤手就像马群里的公马一样总是走在头里，这回可是惨败了，有损于虎狼之师的威风，嘻嘻！"

女特务陈蔓莉也冷笑着旁敲侧击，讽刺说："军座，堂堂的蒙古军，竟败于喇嘛寺庙之下，既难看又不好听，嘿嘿，大煞风景！"

莫尔根军长知道这两个特务头子奚落他，火气拱到嗓子眼上，嘴角冒出了白沫，但是又不便发作，哼了一声，把气撒到达尔罕头上，训斥道："'小白脸'你不要忘记，汗庙是我的家庙，祭祀远祖成吉思汗，多少年代以来又看守我先人陵墓，难道我就管不了你们？对这个哈尔巴拉，我也够意思了，他驯服了那匹踢死日本美津骑兵师团马术教官的黑色悍公马以后，我把那匹马赏给了他，另外又赏五百块银元。他没有适可而止，竟敢太岁头上动土，摔倒了蒙古军的第一号头等搏克，哼，你也够坏，对庙奴管教不严，无法无天，犯上作乱，亵渎军威！"

"小白脸"就在戴励志、陈蔓莉等军统特务头子面前挨了训，丢了面子，正找不到合适的话说，忽然心生一计，便假装出诚恐诚惶的样子，恭恭敬敬地说："尊贵的王爷，您是富贵场中人，不知道佛家天机，转世坐床的小活佛在封哈尔巴拉为汗庙摔跤手的同时，祈祷阿优喜佛授予他神力，镇妖除怪，有万夫不当之勇！嘿嘿！"

"唔，唔。"这个蒙古军最大的头子吃惊啦，他是喇嘛教虔诚的信徒，迷信神佛，听了这话就矮了半截，不往下说了，瞪大了淡黄色的眼睛，贪婪地打量着远处的哈尔巴拉，不知道打什么坏主意。

过了两天，兼任蒙古军第二仓库主任的警务科长"其努瓦"骑着铁青色走马，挎着"大镜面"驳壳枪，神气活现地来到了汗庙，先走进后殿向年幼无知的小活佛叩了头，然后找见"小白脸"大喇嘛，提出莫尔根军长看中了搏克哈尔巴拉，要出大价钱招募他到蒙古军中去当兵。

大喇嘛知道这回是扛不住了，往鼻子眼里塞了一小撮暗褐色烟末，把玛瑙壶恭恭敬敬端过来，笑嘻嘻地说："禀告警务科长大人，加强蒙古军军力，消灭灾祸蔓延，是义不容辞的责任。但哈尔巴拉在寒寺屡建奇功，是个不可多得的人才，价钱不可不好好讲，蒙古军准备出多少钱？"

"其努瓦"警务科长祖籍是外旗蒙古人，说话夹杂一些汉话，伸出瘦骨嶙峋的大巴掌，耸动着塌陷的鼻子，口齿不清地哼哼："海河边上羊儿肥，天山脚下马儿快，五匹好军马，哈哈，五匹好军马。"

狡猾的达尔罕善于推卸掉责任，和一些上层喇嘛们商量，问道："此事如何？"

年老的德木齐喇嘛嘿嘿坏笑着摇头了，油腔滑调地说："警务科长大人之言差矣，平民和奴隶们常说，蒙古军一、二师六个团的马匹吃光了伊和塔拉的草，喝净了达赖河的水。有那么多肥胖撒欢的军马，就出五匹？嘿嘿，笑话！"

"再加五匹军马咋样？"

"少，少！""小白脸"大喇嘛摇头晃脑，"再说，汗庙也有几千头只大小牲畜啊，就是缺少哈尔巴拉这样文武双全的英雄好汉。"

买卖奴隶的交易，第一次是没有谈妥。快到伏天的时候，莫尔根军长忽然想出了一个鬼计，哈哈大笑着对这个警务科长说道："这个'小白脸'是色鬼淫棍，风流成性，这回可跑不出我的套马杆子，哈尔巴拉就要成为我们蒙古军的搏克啦，你快去，拿这几个慰安妇——就是随军妓女换人，哈哈！"

"其努瓦"警务科长第二次到了大喇嘛的住宅，嬉皮笑脸地说："高僧在上，敬禀者，我们蒙古军一、二师六个团有不少慰安妇——就是随军妓女，其中有三名小姐看破了红尘，一心想削发为尼，也就是当‘查布干赤’，遁入空门，在汗庙从善而终。莫尔根军座可怜她们沦落异乡，坠入火坑，遭受皮肉之苦，准许了她们的恳求。这三个小姐，有沉鱼落雁之容，闭月羞花之貌，婀娜多姿，妙趣横生，一笑千金，而且出污泥而不染，没有梅毒、淋病，用她们换摔跤手，如何？”

达尔罕听说要送来几个年轻美貌的妓女当“查布干赤”来换摔跤手，心中一动，眉飞色舞了，但是又不知想了些什么，迟疑着说：“这，这似觉不妥，她们都是汉人，不懂蒙古语，念经诵文，习俗随礼，诸多不便，有伤教化！”

“啊呀，‘小白脸’，她们陪蒙古军官兵睡觉多年啦，怎么不会说呀，呖呖唧唧，莺歌燕语，十分动人。这回明白了吧，买卖公平，等价交换，僧侣无欺，摔跤手哈尔巴拉兄弟三人就得归蒙古军了。”警务科长把事情办妥了，高兴得哼哼着塌陷的鼻子大叫大嚷。

第十回 诱入歧途特务丧命狼口 重操旧业猴倌大显其能

酷热的西南风差不多刮了一整天，卷起了一股又一股沙尘，空气是滚烫的，使人窒息的，到了傍晚它才停下来。蒙古包底层卷起来的裹毡空隙内，开始透进来凉爽。

那条被粗重的铁链拴住脖颈的白眉毛黑狗，长成凶恶的模样，个头足有小牛高大。蹲在东北边荫凉地方，虽然耐不住热伸着舌头急促地喘着，却恶狠狠地盯着蒙古包内一只极为粗壮的黑毛公猴，喉咙里发出低沉的怒吼声。黑毛公猴个大力不亏，也很厉害，它并没有惊慌失措，拽紧了一头拴在门框上的皮带，跳到蒙古包木架上张牙舞爪，拉开了拼搏的架势。

主人位置上坐着汗庙的马倌刘青山，其实就是独立骑兵团侦察连副连长。这个当年巴图王爷的猴倌刘爷的嫡亲孙子，入乡随俗，起了蒙古名字叫孟根巴干，就是平常叫的人不多罢了。人世沧桑，他不仅没有能够继承祖业当猴倌，连牧马人的行当也不过是个掩护。现在，他若有所思地看着白眉毛黑狗，眼睛一亮，突然想到了好主意，计上心来。

耍猴人吕律坐在客位，他是个鬼头鬼脑的中年汉子，半个月以来一直玩弄黑毛公猴。叮当敲锣，乒乓甩鞭，逼它穿花衣、戴丑帽、跳摇摆、装巫婆。玩意儿简单，实在难看。更可恶的是，这个家伙老是说着那种旅蒙商腔调的蒙古语明察暗访，打听这一带从外地转移草场过来的牛、马、骆驼倌当中，有没有隐藏着共军密探等等。

冤家仇人，狭路相逢，这回是共产党独立骑兵团侦察连副连长，碰上了国民党军统局驻王府市稽查处特务队杀手，二者明争暗斗，软硬兼施，使出浑身招数，互相套话摸底，一时胜败难分。

刘青山的蒙古名字为什么叫孟根巴干，因为他的未婚妻叫阿拉坦花，有点金银相配之意。她现在在王府市内城当丫环，今天很不容易请假出来，准备着晚上甜蜜的聚会，全被吕律这个南方蛮子搅黄了，很坏。她气不打一处来，用那种蒙古腔调的四声不分的汉话，很不客气地说道："耍猴的，你还是回城吧，我们今天晚上去看马群呢，要锁上蒙古包的门。"

这是很明显的逐客令了，胖姑娘撵人啦，但是这面目可憎的吕律却无动于衷，涎着青皮脸，笑嘻嘻地说："孟根巴干，阿拉坦花，这不要紧，我一个人住就是了，又不是小孩，怕啥。"

胖姑娘阿拉坦花缺乏社会经验，汉话又说不好，对这种无赖汉是没有一点办法，愁眉苦脸地不吱声了，心里憋气又窝火。

刘青山却有的是对策，有人说他脸上浅白麻子一个坑一个心眼是不假，成功地使用了刚才想好的毒招，故意装出惊慌不安的样子，说道："我们这里住不得呀，这条'四只眼'被狂犬咬过，现在眼睛里布满了红丝，嘴吐白沫子，也快要疯了。传染上这种病，别说喇嘛大夫，就是天上神医也治不了。人命关天，我们担当不起呀。"

阿拉坦花被这毫无根据的话吓了一大跳，搞不清是怎么回事，但她是聪明姑娘，很快明白了，原来这是吓唬赖着不走的吕律呐，于是也将计就计装出慌慌张张的样子，说："白眉毛黑狗顶风站着流口水呐，看样子快疯了，但是现在用很粗的铁链拴着，不要紧吧？"

"啊呀，它吐出来的沫子全是毒，顺风溅到人身上就要疯。它舔过的盆碗、搔过的家具都不能碰，防不胜防，这简直是大灾大难临头呀，我们家不幸，飞来横祸。"

两个人接着唉声叹气。

吕律听了这简短的对话，心里发怵，再也坐不稳了。认为虽然没有调查到有价值的情报，但是必须离开这危险区，便收拾了东西，虚伪客套了几句，牵着黑毛公猴上路了，它脖颈上闪亮的小铜铃叮当响。

刘青山手提挂着黄铜疙瘩的弯弯棒，蒙古话叫"保鲁"，骑马站在外面指路。吕律是外地人，这里的蒙汉族老乡叫他"南方蛮子"，新来乍到，什么都糊涂着呢，刘青山告给他的是钻沟壑很容易迷失方向的羊肠小路，更可怕的是那里有三种狼出没，成群结队。太阳落山时候他进了鬼谷南口，八百里腾格里山中光线阴暗，很快什么都模糊一片了。气氛恐怖，给人一种不祥的预感。轻风凄凉地吹着，在蚊子、瞎蠓、小咬的哼哼声中，偶尔传来猫头鹰一两声瘆人的叫唤。黄昏以后，视觉、听觉、嗅觉都很灵敏的黑毛公猴首先发现大祸临头，尖声哀啼着跳跃不止。走崎岖不平的山路累得正在龇牙咧嘴大喘气的吕律大为吃惊，连忙瞪大眼睛东张西望，浑身立刻哆嗦了，渗出了冷汗。糟糕，遇到西伯利亚种灰狼啦，还是一群呀，前后左右闪烁着很多绿幽幽的邪光，还可以听见磨砺牙齿的吱吱声。他这回再不能伪装了，左右手急忙同时动作，从腰间抽出美式手枪和中正剑。还没有来得及举起来，五六只灰狼从不同角度一起扑过来，领头的大个灰公狼凶恶地跳跃腾空。好厉害呀，不用连咬带抓，就是它掀起的那股腥风，也能把吕律冲个大跟斗。就在这生死关头，黑毛公猴显示出了非常的搏斗能力，又尖声哀啼着挣脱开皮带猛地一跳，竟不偏不倚地骑在领头的大个儿灰公狼的后背上，舞着爪子使劲抠它的眼睛。大个儿灰公狼冷不防，吓得东歪西斜趔趄了两下，接着回头呲牙，翻身打滚，倒立尥蹶，张嘴嗥叫，都无济于事，最后它拉了摊稀屎，驮着黑毛公猴一溜尘土跑了。趁着这空隙，吕律开枪打了多发子弹。原来这军统杀手名不符实，不仅胆小怕死，射击技术又不高明，只是打伤了几只狼。这更加激怒了它们，呲着獠牙再次扑过来，很快把吕律压倒、咬死、撕碎、啃光了，只剩下一堆堆白花花的骨头。这无疑是成了一件好事，军统稽查处特务队的杀手们，再也不敢到腾格里山脚下单独活动了，这里成了三种狼的聚居的危险区，为侦察连的潜伏提供了保护。

那只黑毛公猴却一点也没有吃亏，骑在大个儿灰公狼后背上尖叫着出大力抠，竟把这狼的一对眼珠子全挖出来了，血淋淋地抓在爪子里。瞎公狼疼痛难忍，像没头苍蝇一样乱跑乱窜，最后吐血累死在鬼谷南口东侧。老猴也识途认路，它这才跳下来，顺着狗叫声爬到刘青山的蒙古包里。这工夫，正在等待未婚夫的阿拉坦花不知不觉打了一个盹，突然被粗重的铁链拴着的白眉毛黑狗的吠叫声惊醒了，紧接着听见一阵刷刷的轻微动静，起初以为是钻进了野鼠，仔细一听并不像，大概是刘青山回来了，她掀开被子坐起来，小声笑着吹燃铁架底下的火种，点上了牛油灯。微弱的光线刚刚缓慢地伸展开，她立即看到门左边站着浑身黑毛、又矮又丑、塌鼻子黄眼睛的家伙，不怀好意地瞪着她。阿拉坦花突然受到惊吓，尖锐地叫喊了一声差点昏迷过去，等到看清是那只黑毛公猴，这才缓过劲来了。

夜深人静，听得见从很远的地方传来的急促的马蹄声，越来越近，原来这才是刘青山。他在西南面一棵孤零零的歪脖子榆树底下，遇见了侦察连政治指导员哈尔巴拉。他俩这不是偶然碰上的，而是有秘密约会，小声交谈了很长时间，有几句话传过来："副连长呀，向你学习，向你致敬，你这回用了借狼灭敌之计，神不知鬼不觉干掉了军统特务杀手，他们想探听出老八连埋伏的秘密，更是没门！"

侦察连副连长刘青山很高兴，他今天办了三件很顺心的事。第一件是通过野狼消灭掉了阴险狡猾的吕律，他是军统局驻王府市稽查处特务队的杀手，血债累累，不杀他天理难容。第二件是顺便缴了一只训练有素的黑毛公猴，这也算大胜利中的小插曲，活蹦乱跳，好玩极了。第三件是又要和未婚妻阿拉坦花共度良宵过夫妻生活。这是第二次了，千万别像第一次那样失败。刘青山想着这些感觉浑身发热，脸上发烧，很惭愧，觉得自己已经三十来岁了，连自己老婆都满足不了，算什么男子汉大丈夫。他有点难堪的搔着剃光了的喇嘛头。刘青山在那回因为是第一次，再加上心慌意乱且又紧张，没过多长时间，都在外边射精了。阿拉坦花叨咕着脏，擦拭了一遍又一遍，也没有弄干净，今天晚上千万可别这样。刘青山担心地想着，情不自禁钻进阿拉坦花的被窝里去。这个胖姑娘也很喜欢未婚夫刘青山，不讨厌他脸上的浅白麻子，早就准备好了，浑身没有穿一件衣服，脱得光溜溜地，高高低低，圆圆滚滚，柔软如脂肪。刘青山兴奋之极，鲁莽地爬上去。

除此以外，在内城当丫环的未婚妻这回又送来了情报，准确知道一年一度的军事演习又闹腾起来了，虽然一半兵力不在此地却也不停止，王府市内外城的蒙古军部和第二师四、五、六等团全部出动，他们头戴当地蒙汉族人民叫"铜帽子"的日本式钢盔，身穿黄色军服，与国民党嫡系部队所谓中央军的打扮有很大区别，还配备着很多轻重机枪和各种口径大炮。更主要是有三辆94式、七辆92式共计十辆快速超轻型坦克打头，基本上能和骑兵步调一致走到一块了。这种坦克微乎其微，小得不能再小了，绰号大豆豆、小豆豆，是全世界各国坦克中孙子辈的，装甲薄火力弱，没有大炮，只安装13毫米和7.7毫米重机关枪。出过这样的笑话，抗日战争时期在缅甸，中国军队的一个送饭的炊事员，驾驶着十轮大卡车，在山路拐弯处把日本兵的这种超轻型坦克撞下了万丈深崖。这位厨师因为耽误了众多官兵吃饭，使他们饥饿难忍影响作战，差点被押送军法处判刑，好多人说情这才被救出来了，幸免于难。就是这样不顶用的家伙，日本关东军美津骑兵师团在投降前夕，为了卸掉包袱轻装逃跑，竟假作人情"赠送"给莫尔根了。这位王爷大喜过望，从此到处大吹大擂，说蒙古军成了装甲机械化骑兵。装模作样容易，实际训练操作起来难，从一、二师六个团内挑选出来的汽车驾驶兵，开起坦克来很不顺手，不是掉在沟里就是陷进烂泥塘，难以自拔，事故百出。这回歪歪扭扭地走在最前头。

某日，天气晴朗，风和日暖，蒙古军部和所属第二师四、五、六三个团两千多人马，排成长长的纵队行进在沙化退化极其严重的伊和塔拉荒漠草原上，黄沙滚滚，迷漫上空，但是这并没有影响官兵的情绪，他们兴致很高地唱着什么军歌：

热河狂风卷尘沙，
察南高原牧草香。
挥师进军下张北，
夜袭长城无阻挡。
神速攻占张家口。

铁骑驰骋青旗扬。
一二两师六大团，
披荆斩棘向前闯。
归绥包头已陷落，
蒙古自治显辉煌。

莫尔根军长听着乐了，笑容满面的对着兼任第二师长的哲别参谋长说道："这本来是日本关东军美津骑兵师团经常唱的歌曲，旧瓶装新酒，我们扎萨嘎队长拿过来翻译成蒙古文，简单改动了几个字，便成了流行歌曲，你看如何？"

哲别哈哈大笑，因为扎萨嘎是他的独生儿子，心中不无得意，夸道："不错，不错，有助于发扬我们蒙古军威，就是说大长自己志气，大灭敌人威风，我们蒙古军本来就是既有武功又有文采的。"

莫尔根更乐了，在那匹著名大白马上挺起腰来，豪情满怀地说："蒙古军既有武功又有文采，并非始于今日，早在元朝时期的大都北京，就出过远近皆知、遐迩闻名的轶事趣谈，大都上演元曲《西厢记》，舞台上的张生到了第三本第三折，看了莺莺小姐的书简，相思病好了，高兴得说起了蒙古话，'小姐骂我都是假，书中之意，看我今夜花园里也波哩、依罗哩。'翻译过来就是我去呀、你来呀的意思。听了这段话可以想象，蒙古话在当时的大都北京多么流行，就连元曲《西厢记》的剧作家和表演者都会说了，影响深远，妇孺皆知，老少背诵，哈哈，这从侧面反映出了蒙古军的威力。"

《青旗》报编辑兼记者毕其格西正在附近，他是大学文科生，对此很内行，闻言连忙点头表示同意，为了表现和炫耀自己，大声附和道："军座学识渊博，通晓古今，所言极是，蒙古语对北京方言的影响大了，比如北京方言'吃呀喝呀伍的'、'车子伍的'，就带着蒙古语的味，有黏着语的特点。蒙古语属阿尔泰语系，是一种黏着语，在名词词根的后面有表示数、格等附加成分，也称尾缀。根据元音和谐律表示复数尾缀不是'特'就是'得'。如车子的复数读'特勒格伍特'，青年们读'扎鲁楚伍得'等等，北京方言中的'伍的'可能就是从这儿来的。这种用法的引申自然变成了一类的、什么的。说净吃烂梨伍的，就是说连吃了几个烂梨、烂苹果、烂香蕉一类的或什么的，这就和蒙古语中的固有的用法不尽相同了。这种现象不是借词，是汉语音素的吸收和融合，够特殊的了。"

周围的官兵们都听不懂他说些什么，觉得很滑稽，都情不自禁哈哈大笑起来，有的笑得骑不稳差点跌下马来。

毕其格西在一片笑声中很不好意思，臊得满脸通红，尴尬地在那里发呆。

莫尔根军长对此很恼火，吆喝了一声制止了哄笑，说道："说得对，不要闹。这充分证实，没有元朝的强大兵力坐镇，北京官民谁肯乖乖地学蒙古话，他们对此很反感哩，宋朝遗民刘辰翁填写《柳梢青》词为证，他悲哀地写道：

铁马蒙毡，
银花洒泪，
春入愁城，
笛里番腔，
街头戏鼓，

不是歌声……
哈哈，编辑先生，你学究味十足，书生气太重，说起来咬文嚼字，官兵们都听不懂，真是秀才遇见兵，有理讲不清，不如来一个一刀见血的，一听就明白。”

这位编辑兼记者毕竟是文人，头脑转得快，马上改腔换调说：“我讲一个元朝的笔记小说，是描写蒙古官吏暴政的，题目叫《赛很》。当时法律规定，凡是蒙古人在汉族居住的地方做官，都要配备翻译。不管上上下下，大事小情，都要翻译经手，因而他能够得到贿赂。只要当上两三年翻译就能发家致富。有一个粗劣野蛮的蒙古汉子，因为身经百战，所以当了大官，但是他对民情非常不熟悉。在他当北京留守官员的时候，几十户人家欠了有钱和尚的六七万缗钱不肯偿还。和尚公开说要去官府告状，欠债的人们大为恐慌，都过来贿赂翻译，祈求延期还债。翻译诡计多端，阴阳怪气地说：‘你们所欠的债是高利贷，是不可计量的，现在虽然可以稍微拖延一些时间，但是最终免不了还得偿还。假如你们一个个能够重谢我，我可以为你们把他弄死，杀人灭口，永不讨债！’欠债的人都欢天喜地答应了。和尚不知内情，理直气壮地递上状纸，跪在地上听候发落。翻译在暗地里偷换了状纸，翻译成蒙古话说道，‘长久天旱不下雨，和尚想要用自焚来感动上天，救助百姓。’昏庸的蒙古大官听了很高兴，拿起笔写了“赛很”。于是，他手下的侍从武官多人驱赶和尚出去。这个出家人猜不出是怎么回事，想问个究竟，侍从官回答：“赛很是蒙古话，就是好的意思，公文已经批下来了！”不一会儿，把和尚推出城门外，那些欠债的人早已准备好了干柴垛，一起把和尚推上去，从四面点着了火。和尚高喊冤枉却逃不掉，竟活活被烧死了。”

莫尔根军长听罢，高兴得笑逐颜开，放开喉咙哈哈大笑，声震附近周围，挥起鞭子豪言壮语：“这就是了，留守，留守，用现在的话来讲，也不过是驻北京留守部队队长，官并不算大，却有生杀之权，因为他的后台是强大的蒙古军。不过这留守太次了，昏庸糊涂，受人摆弄，滥杀无辜，该撤职查办。”在这方面，元朝丞相伯颜最好，有伟大人物的气魄和风度，有诗为证：

剑指青山山欲裂，
马饮长江江已竭；
雄兵百万下江南，
干戈不染生灵血。

他们说说笑笑行军，路过牧民村伊和浩特时，发生了一种令人费解的奇怪现象，十多只军用犬突然不听口令了，停下来围着刘青山住的蒙古包吠叫。门口那白眉毛黑狗，虽然被粗重的铁链拴住脖颈动弹不得，但是面对着多于自己十倍的军用犬，毫不示弱，勇敢地跳跃着怒吼，企图从铁链中挣脱出来拼搏。

莫尔根军长看出来了，这十多只军用犬并不针对白眉毛黑狗，而是别有所图，他大惑不解了，颐指气使地吆喝道：“怎么回事？这座蒙古包里到底有什么东西？”

一个扎宽宽的子弹袋、挎德国造二十响驳壳枪的卫兵，消息灵通，好像知道全部底细，投主子所好，说着刘青山的蒙古名字大声回答：“报告军座，汗庙的马倌孟根巴干养着一只猴子，就在这座蒙古包里，嘿嘿！”

“什么？”莫尔根先是很感意外地沉默了，接着又高兴起来，眉飞色舞地说：“孟根巴干？养猴？真没有想到，牧民当中出了这样的能人，难得难得，与昔日先王有个猴倌遥相配合，此乃逢凶化吉、转危而安、吉祥如意之先兆也，殊堪嘉奖，好极了。”

前拥后护的众多的副官、卫兵、随员、马夫等都是溜须拍马之辈、阿谀奉承之徒，不约而同地都来迎合，拣好听的捧着唠，一片歌功颂德的声音。有的说：“伊和塔拉大草原上，八百里腾格里山下，人杰地灵，牧民们特别聪明，脑子好使，一点就透，一学就会，啥都能干，这就说明王爷教民有方。”有的说：“王爷洪福齐天，有这样多的忠良臣民全力辅佐，何愁蒙古复兴大业不成功，将来贵不可言。”

莫尔根军长听了这些甜言蜜语，眉飞色舞，变得慷慨激昂起来，说道：“啊，惭愧之极，无地自容。如此健忘，实乃乱世多事，戎马倥偬之过也。孙悟空恕罪，有恩不报非君子，本王改日定能以礼相待齐天大圣的子孙后代。”

刚才那个卫兵虽然是个五大三粗的丑陋汉子，心眼颇细，见识较广，听说过关于猴子搭救巴图王爷的传说，知道莫尔根军长对此感恩戴德，便顺杆子往上爬，又投其所好，进一步迎合道：“报告军座，常言说得好，人为万物之灵，猴乃千物之敏，此言并非虚假，千真万确，此猴了不起呀，本事大着呢，听说是这么回事，嘻嘻，一言难尽。在我们伊和塔拉大草原上要猴的南方蛮子吕律，不走阳关大道，偏钻阴间小路，在八百里腾格里山鬼谷南口东侧，被狼群扑倒咬死啃得一干二净。嘻嘻，这只黑毛公猴却很厉害，不但没有被狼群咬死，反而骑在领头的大灰公狼后背上突破重围，还抠出了它的一对眼珠子，逃到汗庙马倌孟根巴干的蒙古包门前，这真是杀出了一条血路，名副其实的狼口余生，嘻嘻。”

这位王爷、旗长兼军长的大人物更乐了，开心地大笑道：“哈哈，有意思，趣味性很强。猴子为了自卫和狼群搏斗，可能是真的。因为八百里腾格里山中窟窿多，成了狼的世界，有大个本地种白狼，还有小个西伯利亚种灰狼和阿拉斯加种黑狼，各自成群结队，祸害人畜，猖狂得很。狭路相逢的可能性是有的，你不是瞎编？撒谎尥屁？”

“报告军座，是真的，汗庙的马倌孟根巴干发现这只猴子的时候，它的前爪抓着抠出来的大灰公狼的一对眼珠子，屁股沟里沾着狼毛，嘻嘻！”

莫尔根军长越发高兴了，又白又胖的圆脸简直像开了花，灿烂极了，大笑着说：“齐天大圣孙悟空的子孙后代，个个都不是孬种，它们本事过硬，善于搏斗，名不虚传，快叫孟根巴干牵出来，让官兵们开开眼界，见识一番，哈哈！”

土皇帝轻轻一句话就重要无比，重如八百里腾格里山，谁也不敢怠慢，卫兵们接二连三地吆喝传话，这才是真正的一呼百诺。

刘青山机灵得很哪，从蒙古包的门缝内不仅看见了一群嘴脸狰狞的军用犬，还听见了附近官兵们高谈阔论的内容，全明白了，大大放下心来，看来侦察连在这一带潜伏活动没有暴露，如此这般大惊小怪是黑毛公猴引起的，这就容易对付了。他从小熟读祖父刘爷的大作《猴经》，是可以称得起这方面专家学者的，已经清楚了解这只智勇双全的黑毛公猴的本事，眉头一皱计上心来，抽出蒙古刀削尖一只竹筷交给了它，并牵了出来。它的怪模怪样逗得周围的蒙古军部官兵们哈哈大笑。

莫尔根军长却不笑，他对猴子别有一番感情，十分欣赏，用肥胖的手指指点着，赞不绝口。

也许是自发行动，或者是有人暗中操纵，十多只军用犬低沉的吼声突变为狂吠，龇着长长獠牙从四面八方窜过去。黑毛猴的动作和上次遭遇狼群时候差不多，又是尖声啼叫着挣脱开皮带跳起来，窜到蒙古包的门框上边，挥舞着前爪子向进攻的军用犬作一些莫明其妙的动作。白眉毛黑狗在旁边跳跃着狂吠助威，粗重的铁链哗啦哗啦响。十多只军用犬并没有把它放在眼里，不屑一顾，仇恨都集中在黑毛公猴，认为它在挑衅，都怒不可遏了，疯狂地往上跳跃，锐利的爪子从裹毡上撕下了团团绒毛。

"嗷——"领头的军用犬长嗥一声败退下来。不知道它负了什么伤，在地上顶着鼻子翻滚呻吟，痛不欲生。接着上去的第二、第三只军用犬也是如此，用前爪捂着嘴脸怪声哼哼，狼狈不堪。其余的八九只军用犬都胆怯了，气馁了，再没有敢冲上去的，蹲在很远的地方，耷拉着鲜红的舌头急促地喘粗气，真正进入避战状态。黑毛公猴洋洋得意，雄踞在蒙古包门框上边的裹毡上，目光炯炯地环顾着，神态颇为骄傲，似乎无敌于天下。白眉毛黑狗也好像放心了，躺在那里再没有叫唤，懒洋洋地不想动弹。

莫尔根军长大喜，但是仍然架子十足，威风凛凛地喝道："孟根巴干，你是伊和塔拉大草原上的普通牧民，第一次接触齐天大圣孙悟空的子孙后代，它为什么如此这般听话，并乖乖地接受你的指挥？它是拿什么武器伤了军用犬？如实说来。"

刘青山是搞地下活动多年的侦察兵，经验丰富，知道不能因小失大，这个事必须原原本本地说，不说也能查出来，说出小的才能瞒住大的，便假装出恭恭敬敬的样子说道："王爷在上，敬禀者，小的虽然是第一次见到猴子，但是对各种猴子的脾气秉性，就像对牛、马、骆驼、羊那样熟悉，因为爷爷在北京养过猴群多年，深通猴道，他老人家的遗作《猴经》，我反复读过多次。刚才它拿的是削了尖的一根竹筷子，用得好，不偏不歪，捅了军用犬的鼻孔，嘿嘿！"

"什么？什么？你是汉人？是当年老猴倌刘爷的孙子？久违了，原来你仍然住在伊和塔拉大草原，本王对此一无所知，惭愧呀，今日邂逅相遇故人后代，实乃不幸中之大幸也。你怎么起了蒙古名字？有没有汉名？怪不得我老是听不见，唉！"莫尔根军长通晓多种语言文字，汉话说得更是好极了，也知道刘备摔孩子收买人心的故事，显出很感动的样子说着，又白又胖的圆脸憋得通红，眼泪夺眶而出，悄悄流下来，嗓子都发抖了。

"入乡随俗，为了叫起来方便，起了蒙古名字叫孟根巴干，有汉名，叫刘青山。"他说着看见这位王爷怀旧哭泣的样子，心中发了一抖。

莫尔根军长掏出讲究的手绢擦了擦布满血丝的眼睛，沉默良久。他的吩咐是出人意料的，大声说道："就叫孟根巴干好了，大吉大利，发财进宝，叫下去。什么六青山、七青山的，都不合适。刚才我亲眼目睹了齐天大圣孙悟空子孙后代的本事，善于搏斗，机智勇敢，不同寻常，从此可以看出，搭救我祖父的传说并非谬误，我情不自禁热泪盈眶。有恩不报非君子，乃衣冠禽兽也，我要效法祖父，豢养一群猴子，同时要对得起姓刘的汉族老朋友。你给汗庙放马收入不多，看这穷得像'巴达尔沁'的贫苦样子，衣不遮体，食不果腹，算啦，别当马倌啦，重操旧业，到我的内城王府后花园当猴倌吧，亏待不了你，生活错不了，嘿嘿！"

这种决定和宣布太突然，连莫尔根的最亲信的助手参谋长哲别都感到惊讶，别人更是瞪大了眼睛，张大了嘴巴，合不拢了。

刘青山闻言大喜，无意栽柳柳成荫，好事呀，便痛快地答应了，他愿意进内城王府，主要是充分利用这种条件侦察军事情报和核心秘密。前不久，老八连政治指导员哈尔巴拉当了蒙古军头号摔跤手，也在这里，现在他俩正好配对成双，堪称左膀右臂，如果紧密配合，共同行动，何愁大事不成。还有一个值得高兴的是，他的未婚妻阿拉坦花在内城王府当丫环，距离近能经常见面，这简直公私兼顾，两全其美。

几个月以后，就在内城王府后花园深处，修起了一座颇具规模的猴山，猴倌就是刘青山。莫尔根王爷独揽军政大权，就算这一带的土皇帝啦，要啥有啥，何况铁路公路大干线横贯伊和塔拉草原，交通运输方便，便从南方买来了十五六只猴子豢养起来。这一天，莫尔根早早睡醒了，脸色阴沉，心事颇重地对大福晋娜仁、二福晋萨仁姐妹俩说："扛不住蒋介石的命令呀，我们蒙古军军部和第二师四、五、六三个团人，将来不久就要出发和共军特别加强的主力部队独立骑兵团打仗，保存不住实力，伤筋动骨，得不偿失，这是赔本买卖呀，很不合算。听说后花园的猴山早就修好了，买来的十五六只猴子也训练得差不多，走吧，看看去，以后就没有机会了。"

他们一行到达时，刘青山很快过来迎接，吹了几声口哨，扯开嗓子喊猴，只见钢筋网笼罩的假山顶峰和半腰丛林里，五六只白面猴子尖叫着跳跃出来，上蹿下跳，你追我赶，或蹲或立，或援木荡枝，神态各异。唯有一只丑陋不堪、面目可憎的白面公猴，个头很高，足有小老头大，健壮敏捷，居高临下，东张西望，一对"火眼金睛"不怀好意地监视着这些不速之客。

莫尔根军长身穿国民党部队少将衔的黄呢子制服，威风凛凛地问道："不是有二十来只猴子吗？怎么才出来这些？"

"它们分三个种类，分三个小群，互相防备，这是其中的一个小群，头目就是这只闹事的白面公猴，总是先跳出来捣乱。"刘青山从眼角看见在这里当丫环的未婚妻阿拉坦花含情脉脉地看他，讲得更来劲了。他从小听过很多关于猴子的故事，长大以后又熟读祖父的遗作《猴经》，可以说是这方面的专家，无所不知，又介绍道："现在是秋天了，到明年开春为止，是母猴的发情期，也是公猴的武力夺权的季节，打胜的当猴头，打败的什么也不是了，在一边灰溜溜地躲着，连屁都不敢放。当然，也不是打一回就行，而是拼命打几回，最后才分胜负，嘿嘿！"

人越来越多了，都站在附近观看。那只长相丑陋的白面公猴看见穿得花红柳绿的王府女眷，受到了刺激，面对着她们大搞猥亵动作，羞得丫环们捂着脸尖叫着。高贵的正副二位福晋当然不能那样，假装没有理会，背转过脸欣赏着把小猴倒抱在腹下的母猴，庄重之极。

莫尔根军长开心地大笑道："嘿嘿，不深不透的浅白麻子猴倌不错呀，猴群膘情十足，也就来了精神，将来一定能兴旺发达，来个四世同山。你接着要卖力气饲养呀，等我再来参观时，只能增多，不能减少，要牢记这点。"

从汗庙来王府念经的"小白脸"大喇嘛，这时也在人群中，他看到白面公猴猥亵女眷们的情况，邪欲顿起，老是偷看胖姑娘阿拉坦花的肥大的屁股，眼睛都发直了。侦察兵出身的刘青山是何等机灵的人，早就发现了他的丑态，心里暗暗算计着报复措施和办法。等到人们都走散以后，他锁好猴山钢筋笼的门，走出内城到外城大北街荞面饸饹馆吃饭，又和哈尔巴拉碰了头，悄悄说道："蒙古军投降国民党，改成新编骑兵第一师，但是他们坚持原来的番号和名称，又不想参加内战当炮灰，正消极对抗呢，暂时出不去。"

哈尔巴拉点头表示同意，也小声说："我当他们的摔跤手很有用呢，养在军部吃香的喝辣的，更主要是能够眼观四路耳听八方，探听到重要军事情报。可以肯定，胳膊拧不过大腿，他们早晚还得出去应付一下。"

不久，猴倌刘青山向莫尔根军长及家属发出了口头邀请，说最近一段时间内，猴群头目之间要大打出手，如果经常光临，一定能看到更热闹的场面。这时候，莫尔根正忙着呢，焦头烂额，一方面对近在眼前的国民党军统稽查处抗拒，反对他们调兵遣将；另一方面和远在千里的老部下第一师加紧联络，策划应付对策，心力交瘁，没有闲心去参观猴戏。这样，每天去后花园打发穷极无聊日子的只有正副福晋、大小王储和丫环们。

刘青山指点着白面公猴，请她们多加注意。它的身体比同类伙伴结实得多，脾气也暴躁，犹如一团烈火，几经搏斗之后成了这一群的霸主，什么都随着它。近邻关的是那只打败过公狼和军用犬的黑毛公猴，现在脱离了卖艺生涯，又有好几只母猴陪伴，显出自足者常乐的样子。它冷眼看着白面公猴对同类的蛮横态度，大不以为然，但是也不管闲事，整天闭目静坐，好像是努力恢复近期同时拥有几只母猴所造成的劳累和亏损。不料白面公猴认为它软弱可欺，经常张牙舞爪着进行挑衅。这一天，白面公猴在钢筋网内转圈，对黑毛公猴不断尖叫。但是久经搏斗的黑毛公猴还是不加理睬，连眼睛都懒得睁开，好像在那里打盹。白面公猴趁它没有防备，从钢筋网的漏洞中伸出右爪，抓住对方身上的黑毛狠狠揪下一大撮来。养精蓄锐的黑毛公猴再也忍耐不住了，愤怒得浑身黑毛根根挺立，走来走去伺机反扑。占了便宜的白面公猴得意洋洋，东蹿西跳地向黑毛公猴纠缠，连咬带抓，使出全部招数，采取了连续进攻的态势。但是它忘乎所以，勇气有余，谨慎不足，右爪食指不知怎么被咬住了，急忙往回抽，有丰富搏斗经验的黑毛公猴好像很明白伤其十爪不如断其一爪的道理，哪能撒嘴，使劲一口，白面公猴惨叫着踉跄几下，重重地摔倒了，含着被咬断的爪子，在满是鹅卵石的地上滚来滚去，血不断从它嘴里流出来。

这可忙坏了刘青山，跑到王府佛堂，请来了在那里念经的汗庙的"小白脸"。他是颇有名气的蒙医大夫，包治内外科，立即捆住白面公猴止血敷药。刘青山虽然忙得很，却偷偷观察周围一切，看见这"小白脸"又对阿拉坦花不时挤眉弄眼，更是恨得咬牙切齿，下定决心要狠狠报复一下。

过了半个月以后，刘青山这个浅白麻子后生手疾眼快，趁着达尔罕喝得酩酊大醉沉睡之际，偷出了他脱下的贵重的喇嘛衣冠，拿到猴山穿上了。最近，驯猴更有成绩，观众可以随便进入钢筋网攀登山顶和岩石，直接逗弄猴群娱乐。刘青山利用这种方便条件，进里面在石凳石桌前坐下来，连连吧嗒嘴弄出响声，嚼着红枣喝凉水。三个不同种类的二十来只猴子，从各个角落窥视着这个大吃二喝的喇嘛，眼馋嘴馋抓耳搔腮。刘青山假戏真做，过了好长时间，留下一瓶烈性烧酒和十多颗红辣椒，扬长而去。这里只有黑毛公猴不受诱惑，虽然不能说它独具慧眼，但是可以称得上老奸巨猾，蹲在大岩石裂缝内晒太阳，纹丝不动。上次打架被咬断爪子的白面公猴，本来就是个带头闹事的家伙，当然不肯错过这大好时机，偷觑了一下给它吃过苦头的黑毛公猴，见对方靠壁休息，闭目养神，无意抢食，它就放心啦，怪声吼叫着吓退另一群的头目青臂公猴，霸占石凳石桌，开始就灌了半瓶二锅头，吃掉一颗红辣椒。这下它倒了血霉，口腔、喉咙、胃肠同时受到了前所未有的强烈刺激，它受不了，撕烂嘴皮打滚，扯破嗓子尖叫。周围的猴子们惊慌不安地探头探脑，都显出爱莫能助、无可奈何的样子。

又一天上午，暂时扛住国民党作战命令的莫尔根军长，心里多少舒服了一些，为了减轻烦恼，领着正副福晋、大小王储和众丫环，前拥后护地又到后花园来了。他听说刘青山把猴群训练得可以直接挑逗，发生了浓厚的兴趣。在这里临时兼任兽医的"小白脸"大喇嘛听说王爷光临，也只好到场。

一只望风看动静的老猴，看见人群接踵而至，突然吱吱尖叫着报警，立即有五六只白面猴子从树枝间窜出来，准备溜走。也许是它们发现过来的人群并无恶意，便恢复常态停下来，有的心怀戒备，注意观察；有的互相追逐，嬉戏玩耍；有的严肃端坐，理毛搔痒；有的倒挂身体，悠然摇晃。小猴亲昵地用前肢搂抱着母猴腰间，身子就像贴在上面，任凭跳跃也掉不下来。莫尔根军长从黄呢子将官制服衣兜里掏出一块饼干扔过去。一只白面母猴敏捷地接住了，但是它疑心颇大，不知道是什么食物，没敢张嘴就咬，犹豫了一会儿，放到鼻子底下嗅了嗅，这才贪婪地咀嚼起来。上行下效，别人也都掏出果干、奶豆腐之类食品纷纷扔去。正副二位福晋都有点害怕，壮着胆子往前走，遇到猴群挡路，大福晋娜仁急忙拿出食物给它们，前面的猴子毫不客气，抓到就跑远了。后面的不甘落后，吱吱尖叫着也过来分食，一只白面小猴突然向二福晋萨仁扑来，她再三拍巴掌摊手都没有用，它突然抓住萨仁直立起来。众人都惊叫了，以为二福晋要遭殃，不料它还算客气，把爪子伸进萨仁的绿缎子蒙古袍衣兜里摸了又摸，大概是怕她有诈，私藏了食物不肯尽给。最后什么也没找见，才悻悻而去。另一只白面小猴更乖，悄悄从大王储衣兜里偷红枣，它自以为得计，抓了一把，东张西望，贼快地跳上树去。它那忐忑不安、鬼头鬼脑的样子，引起人们一阵哄笑。猴群分到的食物都是干货，特点是酥脆，它们咀嚼着发出很大声音。丑陋的白面公猴就大不相同，它吃过大亏，上过大当，存有戒心，不来分食，一直是不怀好意地端详着人群中的达尔罕，先是怀疑，接着愤怒，因为前不久喝烧酒、吃辣椒的刺激太强烈了，记忆犹新，满腔仇恨终于不可遏止，突然爆发了。白面公猴居高临下迅速跳跃到没有防备的“小白脸”身上，把他扑倒在地，紧接着前爪抓，后爪蹬，牙齿咬，头部顶，把达尔罕弄得浑身是伤，体无完肤，小白脸上出现多道血印，喇嘛袍子被撕成碎片，连喊救人。

刘青山其实是这出小闹剧的真正导演，心里最清楚，觉得特别解恨，白面公猴把这好色大喇嘛掐死才痛快呢，因此他见危不救，虚张声势，光吆喝不去用鞭子抽，拖延了时间，使达尔罕受够了洋罪。这时候，在岩石缝里蹲着晒太阳的黑毛公猴打抱不平了，用闪电一样快的速度扑到白面公猴背上，又是使劲一口，其牙齿锋利尖锐，咔嚓一声，把整个左耳咬下来了。白面公猴痛苦地啼叫着，捂起鲜血淋漓的脑袋逃之夭夭。

第十一回　不识抬举替身胡作非为 野心勃发王爷上串下连

莫尔根军长的家族历史和现实情况是这样的，距离现在四百多年以前，元太祖成吉思汗的嫡系后代朝克图台吉，最先投降了努尔哈赤。满洲皇帝大喜，立即授予朝克图台吉“汗”的称号，并且把自己弟弟庄亲王未满十六岁的女儿下嫁给这个年逾古稀、白发苍苍的蒙古王爷为福晋，使他得到了“和硕亲王”的爵位。朝克图台吉的子孙后代，都得到了清朝皇帝的重禄厚恩，世袭了王位。对这个伊和塔拉旗的王爷，除了结亲的原因之外，历代的最高统治者也有另眼看待他们的地方，在打败李自成、吴三桂、林丹汗、噶尔丹等多年战斗中，都起到了左膀右臂的作用。后来，莫尔根的祖父巴图是清朝大帅、钦差大臣僧格林沁的助手，更是立下了所谓的“汗马功劳”。一八五八年，英法联军进攻大沽口，僧格林沁、巴图二位王爷严密部署兵力，作了坚决的抵抗。他俩在指挥当地炮台猛烈还击的同时，把近万名精锐的蒙古骑兵埋伏在要塞后面，防备敌军强行登陆。此役战绩震惊中外，打沉英国“海鹭鸶号”“破风号”“呼潮鸟号”三艘军舰，打死打伤英法联军官兵近五百名，并且打伤了英国海军司令贺布。在这以后，巴图王爷在镇压太平天国的北伐军和捻军战斗中，也卖了很大的力气。

因为莫尔根是清朝皇亲，占有的地盘在内蒙古四十九个旗里是比较大的，统治的人口也多。他的社会关系复杂，财产比别的旗雄厚，在A城、B市、C镇等地都有大量房屋，牛、马、骆驼、羊不计其数，但是主要动产和不动产还是在本旗王府市。清朝初期，莫尔根王爷的祖先定居这里，放弃蒙古包住进土屋，名曰“板”，继而筑城称为“浩特”，即王府市之前身也，地处伊和塔拉草原腹地，乃A城之锁钥，B市之襟带，漠南之屏藩，漠北之门户，自古形成兵家必争之城。康熙皇帝亲征噶尔丹，大军凯旋驻此，对当时王爷曰：“尔等所守，城小壕窄，势难御乱，宜于城外建筑层垣，以资捍卫，寇自不敢窥视也。”王奉圣旨，用黄色黏土胶泥夯修外城，基础为花岗石，经过碾压比混凝土还结实，墙高二丈九尺五寸，顶宽二丈五尺，底宽三丈五尺，四面计有十六处加宽加厚瞭望台，这里也是安放大炮的地方。东、西、南、北各开一门，门上建城楼一座，南城门名“清河”，北城门名“镇谷”，东城门名“安漠”，西城门名“定峡”，皆用蒙汉两种文字刻写于一块长方形的汉白玉之上，悬砌于每座门洞的上方正中。近处是俗称“马道”的土墙斜坡，土墙上可以并驾齐驱三个骑兵。土墙下四面各建有水闸，将雨水排泄流入护城河内。在护城河与城门对处都有桥。每座城楼对面又都建有箭楼，均突出五丈，它可以控制左右两面土墙下的活动，起着护卫的作用。在四个土墙角又建一组两重七楹式的角楼，以青砖砌白灰建筑的高大厚实内城为核心，这两座城墙成回字形，四面分为东、西、南、北四条大街，由此也便自然地将外城分为四大地块，而每个地块内又分出中巷和小胡同，总称为四条大街、二十条中巷、三百六十条小胡同，计有十万多间房屋。其中有经营杂货、牲畜、牛羊猪肉、粮食、柴草、煤炭、皮毛、黑白铁、木工、砖瓦、酿酒、饭馆、旅舍、车马大店、运输、摊贩、蔬菜等行业将近十万蒙汉族群众。这一切最主要的支撑点是铁路大干线，随着它的建成和畅通无阻，王府市面日趋繁荣，人口逐渐发展，在当时当地来讲，也算规模不小的大城市啦，难怪附近几百里的牧民们称它为“小北京”。几百年以来，水磨青砖灌白灰砌的高大厚实的内城不仅是王府，而且是中央核心，是严格地按照一品封疆大吏的公馆制度建立起来的，其规模宏大，布局严整，结构奇巧，是当时内蒙古四十九旗、外蒙古五十七旗王公府第所不及的。内城南门的对面建有大照壁一座，中央上方嵌有“北疆屏藩”石刻字碑一块，城门前有石雕巨型狮子一对。在石狮左右建有“钟亭”“鼓亭”各一座，稍南毗邻是东西守卫房和辕门，门口各竖着一支高杆，过年过节悬挂御赐黄龙绣旗。辕门和大照壁前面平坦的地方，便是过去有名的小校场，是蒙古军习武练兵之处。以后扩编成一、二师六个团，容纳不下这么多人马，改建外城西门外大校场。小校场内修建了白狼庙、野戏台子、小市场，变成俗名“小天桥”的卖艺、杂耍、摊贩、占卜算卦之地。进入内城南门不远首先到大堂，然后依次通过二堂、三堂、四堂，以至最后的五堂，从南到北都在一条轴线上建筑。由此主线再分为左右方向，按顺序建有各种办事机构的房舍，如印章堂、兵马行、庶务房、户籍司等等。亲王府第共有一百零八间房屋，在深宅大院内相应地建有隔墙和通道，接近内城北门还建有小型后花园一处。民国以来对这里进行了多次修缮，新增添了假山、砌岩、人工喷泉、奇花异木，花样翻新、景色宜人。随着铁路公路大干线的进一步改善和畅通，伊和塔拉大草原的形势不断变化，各地王公、贵族、官僚、政客、兵痞、土匪都纷至沓来，这里成了藏污纳垢的地方，曾先后驻扎过伪旗公署、盟政府、日本关东军美津骑兵师团、蒙古军部、蒙疆联合自治政府、国民党新编骑兵第一师部暨第二旅等乱七八糟的军政机构。前面说过的五堂即后院，这里就是莫尔根王爷和家属们起卧之所，院中皆以方砖铺地，理石成阶，当中耸立一座阁楼式大殿，门高窗阔，檐下则迴廊曲绕，宛若迷宫，是莫尔根这位土皇帝读书、看报、听收音机、办公的地方。

由于和皇帝结亲，这里的王公贵族在服装方面有严重的满清化倾向，穿的朝服按等级有严格的规定，其配偶也根据丈夫官衔的大小穿得各不相同。官帽形同斗笠，上覆红缨，尖端安有顶子，缀着花翎，可以反映职务的品级。拧掉顶子摘掉花翎就是罢官。莫尔根的列祖列宗对清廷忠诚达天，官运亨通，历代都是戴红顶子的亲王，牧民们讽刺说是用人血染成的。再因为娶的清朝皇室的格格，生下来混血儿女，牧民们又嘲笑说是杂种王爷。大小官吏的朝服上都接着马蹄袖，清末民初以后很少见了，除了隆重的集会庆典，配上有顶子的帽子，才接马蹄袖以外，基本绝迹，普通牧民更是早就取消了。

莫尔根王爷年龄很小的时候，就有人替他大吹大擂制造舆论了，说他生于虎年虎月虎日虎时，是天上星宿下凡，不同寻常，将来不是成为“治世之能臣”，便成为“乱世之奸雄”等等。他接人待物办事，果然和别的王爷大不一样，引起了国内外诸多人士的注意和惊奇。第一件事是他主办的考试，十八岁那年刚刚执政不久，他突然心血来潮，宣称要考他属下的文武官员，答得好有重赏，奖金三千块银元。一问三不知，当然要处分，赏罚分明。这简直是晴天霹雳，王府内外那些协理、管旗章京、军务梅仁、印务梅仁、参领、佐领以及闲散的贝勒、贝子、一二三四等台吉们，都吓得浑身冷汗，魂不附体。他们大部分虽然粗通蒙文，却昏庸糊涂，对世事茫然无知，少部分连十二个字母都认不出来。他们怕保不住顶戴花翎，怕撤职查办，怕丢掉俸禄，一个个寝食不安。有一位臃肿肥胖的管旗章京胸无点墨，是个文盲，外号“睁眼瞎”，为此忧心忡忡，夜不成痳，突然倒地身亡，可能是脑溢血或心肌梗塞致死。年高德劭、资历颇长的协理，悄悄向莫尔根建议道："小王爷，消息传出去以后，人心惶惶，死人了，这考试就免了吧，没病没灾，太平就好。"

莫尔根先是勃然大怒，但是不知道他想了些什么，接着态度缓和下来，笑道："考是要考的，不用笔试，当面口试总可以吧，如何？"

考场很滑稽，不伦不类，五十多名大小官吏和贵族，按地位和年龄分列成六排，盘腿坐在有吉祥如意图案的栽绒地毯上，前面摆着细长条桌，每人都有大碗酒肉。在一片啜吸和咀嚼声中，小王爷觉得很好玩，哈哈大笑，说道："本王在学生时期接触和结交了众多的中外人士，这些朋友出自求知或善意的好奇，差不多都问过一个问题，你们猜猜问的是什么？"

这些不同职务和年龄的众多的贵族们觉得小王爷的话很可笑，这就像伊和塔拉大草原一样漫无边际，谁能猜得出来，但是又不敢笑，只好憋着沉默不语。

小王爷莫尔根这回严肃了，正色道："猜不出来难怪你们，出题正式考试以后答不上可原谅不得，索性直接交底告诉你们吧，在座参加考试的都是蒙古人，中外朋友们问的就是蒙古，我考的也是这个蒙古。蒙古，蒙古，是什么意思？就这一个考题，没有第二个，答得好有奖金，三千块现大洋。重赏之下必有勇夫，来呀，谁回答考题？"

这些贵族老爷们都傻了，大眼瞪小眼，张嘴结舌，面面相觑，谁也说不出什么来，喝酒吃肉都停了，难堪、尴尬气氛笼罩一切，人人脸上都挂上了愁容。蒙古这个名称天天说，当时觉得最简单不过了，现在才发现实在是太复杂，艰涩难懂，到底是什么意思呢？小王爷亲自监考，千万不能瞎猜乱说，于是越发没动静了，只有粗重的喘息声传过来。

莫尔根对此沉闷场面颇为不满，清理了嗓子吆喝道："咋着，都装聋作哑了？对此，本王自有良策，点名发言，第一排第二名协理官，你地位最高，资格最老，阅历最多，应该是能解答的，现在由你来打头说清楚蒙古这个名称的含义，讲！"

协理叩了一个响头，直起腰来，显得从容不迫，没有点紧张的样子。他是小王爷的近亲和长辈，有恃无恐，颇有倚老卖老的神气，架子十足地用留着很长指甲的手抚摸了一下八字胡，慢条斯理地说："小王爷在上，禀告者，下官孤陋寡闻，学识浅薄，但是对如此重大的事情，岂能漠不关心，略知一二，我们民族古代南邻金国，东接高丽，高丽者铜也，为了和他们区别，起名蒙古，蒙古就是银子的意思，金、银、铜三角对立，嘿嘿！"

"牵强附会，生拉硬扯，不对。"十八岁的小王爷变了脸，连一点笑意都没有了，紧接着对第一排第三名"其努瓦"梅仁吆喝："该你了，本旗最大的武官，旗兵统领，应该对答如流，你讲讲蒙古的含义，是什么意思？"

"其努瓦"梅仁除了能打仗这个优点以外，别的全是劣迹，尤为突出的是好色，宿娼嫖妓患性病塌陷了鼻子，说话就不清楚了，现在连忙叩了几个响头，瓮声瓮气地说："对这个考题，下官明白，全明白，太明白了，蒙古就是我们民族的名称，来历是借用汉语猛虎，表示自古以来英勇善战，蒙古就是猛虎的谐音，哈哈，答对了，三千块现大洋拿到手了，变成了我的，哈哈，发了横财，不赖。"

小王爷拍案喝道："呔，道听途说，没有根据，不能成立，三块现大洋都不值，你好色好财，太贪了。唉，文武大官尚且如此，中下级小吏可想而知。本王很失望，万般无奈只好打扰汗庙老活佛了。神通广大法力无边的老活佛，请解答考题。"

坐在第一排第一位的老活佛年迈体衰，身患多种疾病，正在闭目养神，闻言睁开双眼，微露笑容，合并双掌做祈祷状，念念有词地说：“蒙古，蒙古，此乃喇嘛教至尊达赖、班禅两位大师所赐之名称，乃叩头朝拜之意也。”

小王爷气得两眼冒火，怒视着老活佛冷笑道：“真是三句话不离本行，篡改历史，混淆是非，颠倒黑白，岂有此理，亏你说得出来！”

老活佛大窘，面有愧色，从此一言不发，只顾闻玛瑙壶里的鼻烟。

小王爷着急起来，索性不顾什么顺序了，眼光瞄在最后六排末尾座位上几个青年人，又清理了一下嗓子，威严地吆喝了一声：“莽斯，你答考题。”

被点名者是二十岁左右的车轴汉了，面如锅底样黑，粗壮结实，浑身充满了男性膂力。原来他是协理的大儿子，小王爷的同窗学友，任旗兵管带职务，可能是相当于现在的营长。只见他与众不同举手敬礼，像操场上喊口令一样大声叫嚷道：“报告王爷，说起来一言难尽，可能持续很长时间，但是简单扼要，长话短说。蒙古民族起源于公元前九千年至一万年间，在漫长的岁月里，以蒙兀、猛骨、蒙古等诸多名称生活在额尔古纳河为中心的广大草原，那里接近寒带，冰天雪地，取暖、煮食、照明都离不开火。据我所知，蒙古这个名称出自对火的崇拜和祭祀，乃是永不熄灭的火或我们的火的意思。起初这只是以额尔古纳河为中心的广大草原的人民的名称，后来逐渐扩大，形成民族和国家名称。这种解释有根有据，有形有影，我认为八九不离十，差不多。”

“好！”小王爷拍案叫绝，喜形于色。这个土皇帝的夸奖非同一般，文武官吏都惊呆了，面面相觑，暗暗称奇，有一个印务梅仁悄悄咋舌道：“啧啧，莽斯不愧是到洋学堂受过新式教育的，果然与众不同，厉害。”

这一下考场活跃起来了，热闹异常，第六排末尾座位上一个穿军装的青年人，显得短小精悍，未经点名站起来，双腿合并，长筒皮靴后跟上的刺马针铿锵作响，他是军务梅仁“其努瓦”统领的独生儿子，名字叫哲别，也担任旗兵管带职务，同样举手敬礼，大声说：“王爷在上，敬启者，莽斯管带说的话只供参考不可全信。我们民族最早生活在额尔古纳河一带，以后扩展到斡嫩河、克鲁伦河、色楞格河周围广大草原，多条河流千回万转，封冰积雪，白装素裹，好像是银河。我们民族热爱这水草丰美的家乡，遂起名为蒙古，顾名思义，是银河的意思，报告完毕。”

小王爷又来了劲，他毕竟是刚刚成年，淘气又顽皮，手舞足蹈，再次喊了一声“好！”考场哗然，大小官吏都笑了，虽然不敢说，但是意思是很明显的，这两个青年军官说的完全不一样，一个说的是火，一个说的是水，到底是谁的对呀？正在这时又有一个年轻人开始要说考题答案了，吸引了众人的注意力。他既不是官吏，又不是军人，而是汗庙派出去到外地参观学习的喇嘛达尔罕，他到沈阳实胜寺、北京雍和宫、山西五台山、青海塔尔寺、西藏拉萨等地刚刚回来。小王爷开玩笑说他是云游各地的“巴达尔沁”，这次是点名叫他来考试的。这外号“小白脸”的喇嘛说：“禀告王爷，莽斯、哲别二位管带说的不一定对，蒙古不一定指的是水和火，而是指的永远的中心、长久的中心，换句话也可以说是保持中心。是什么中心？第一，可能是对外宣告永远以孛儿只斤、乞颜部落黄金家族为中心。第二，也可能是告诫教训子孙后代莫走极端，忽左忽右，要不偏不倚，永远抓住中心，长久抓住中心！”

“好！”小王爷的第三次赞赏又引起了考场哗然，不少官吏和贵族们又笑了。莫尔根可能是看见考试收到了预期的某种效果高兴了，并不生气，态度和蔼地反复询问还有没有新的答案，看见没人说话，大笑道："我知道诸位官吏和贵族们心里想的，都等着我这个主考的王爷发布标准答案，但是很遗憾，本王不比莽斯、哲别、达尔罕三人知道得多，半斤八两，相差无几。这次考试只不过是敲敲警钟，引起高度重视，提醒你们不要忘掉老祖宗。不过，本王还是有一定的识别能力的，三位带胡子的老年人答得漫无边际，不能发奖；三位不带胡子的青年人答的贴点边儿，可以发奖，以资鼓励，每人一千块现大洋，莽斯、哲别、达尔罕你们仨前来领奖，哈哈！"

散会以后，大小众官吏和贵族老爷们都卸掉思想包袱轻松愉快地回家，以为没事了。慢慢才发现并不是那样简单，这次考试还包括另一层含义，小王爷一次又一次下令，免去了年老的协理的职务，提拔他儿子莽斯取而代之。"其努瓦"梅仁下台了，儿子哲别当了旗兵统领。汗庙老活佛高高在上，什么也不管，他的同胞弟弟达尔罕成了掌握实权的执事大喇嘛。旗里官吏和牧民们无不惊讶，私下悄悄议论说："小王爷厉害，一箭三雕。"

莫尔根的这些非凡举动行为，以后被潜入汗庙勾结"小白脸"达尔罕的日本特务认为有利可图，为莫尔根上下奔走，和莽斯、哲别二人一起保送到日本东京士官学校学习深造。毕业归来，莫尔根更是狂妄自大，以蒙古民族的救世主自居，便开始酝酿所谓高度自治，赴南京请愿，直接向蒋介石提出申请，遭到拒绝后恼羞成怒，先秘密后公开和日寇加紧勾结，组建蒙古军一、二师六个团，并且出任军长。到此为止，莫尔根的野心远远没有满足，他的最终目的是建立蒙古国，就为这和侵略此地的日本关东军美津骑兵师团发生了多次大大小小的纠纷和摩擦，险遭杀害。

莫尔根军长手下的毒参谋、坏幕僚、狗头军师多着呢，经过了几次惊险事件以后，为了确保主子的生命安全，心有余悸地纷纷献计献策。某日来了很多人，蒙古军副军长兼第一师长莽斯开头说道："当今世界，拯救蒙古民族于水深火热之中者，除了莫王再没有第二个人了，所以有的日本人恨你，有的国民党人恨你，有的共产党人恨你，成了众矢之的，必欲除之而后快，了不得呀，小王爷多加保重，珍惜千金之躯，深居简出，是为上策，上上策——"

莫尔根不以为然地打断了这个忠心耿耿的部下的话，哈哈大笑道："这不是把我软禁起来了，等待处理的军政大事比牛毛多、比羊绒稠，不出头露面怎么成？交给谁办？怕死什么也干不了，岂有此理，这简直是因噎废食，不行。"

看来，这些文官武将们来这里以前共同策划过的，互相配合，众口一致，蒙古军参谋长兼第二师师长哲别，接着恭恭敬敬地说："小王爷在上，敬禀者，对此下官和众人商量过，王府、旗公署、军部内当然是可以自由行走，随便进出，因为这是王府市城中之城——内城，核心堡垒区，双保险，固若金汤。走出内城就危险了，因此小王爷应当听取金玉良言，深居简出，是为上策，上上策——"

莫尔根又打断了哲别的话，大笑道："小监狱改成大监狱，多谢你们宽大处理，哈哈，不过这活动范围也未免太小了，与外界隔离，所谓偏听则暗，兼听则明，又道是耳听为虚，眼见为实，慢慢我就糊涂了，什么都不知道，难以决策，这如何是好？"

莽斯是莫尔根的近亲，和哲别同为同窗学友，左膀右臂，说话就没什么顾忌，这回也哈哈大笑道："小王爷少安毋躁，且听下官慢慢禀告：我们为您物色好了替身，长相身材一模一样，左看像右看像，怎么看也像，遇到行军打仗、上主席台检阅之类场合，就让替身装扮成您。您老人家穿便服戴大墨镜退后二线观察，眼观四路耳听八方，不怕打冷枪、暗杀、劫持、投毒之类恐怖行动，岂不万无一失？”

莫尔根闻言大喜，连连夸奖这是绝妙好计，心中忧虑一扫而光，立即把替身叫来仔细观察端详，果然像，像极了，丝毫不差。这位军长被逗得捧腹大笑，很开心地说：“世界上竟有这样咄咄怪事，如此这般巧合，可谓天造地化，神仙佛祖安排，你叫什么名字？何方人氏？说说话，我听听是什么口音。”

此人是卓盟的汉化的蒙古贵族包继成，会说两句蒙古话，接着再说就没词了。莫尔根表示愿意采纳部下的合理化建议，留下他当替身。包继成这个小子流氓习气十足，没有文化，缺乏教养，毫无知识，不会说蒙古话，但是他的面貌、体型、神态、动作都酷似莫尔根，谁也分辨不出来。小王爷本人及属下文武官吏对此极为满意，就这一点足够了，一好遮百丑，以假乱真，可以保证安全。那点毛病好办，不说话就是了。这样，包继成过起了养尊处优的日子，吃香的喝辣的，身穿将官服，腰插左轮枪，住在王府市内城一所小公馆内，每天对着特别大镜子和墙上挂的莫尔根的各式各样上百种照片进行模拟，有时哲别、扎萨嘎都亲自来指导，甚至小王爷本人也来示范动作，教给他如何装腔作势，举手投足。他们的一致要求是不仅形似，还要神似。过了几个月，包继成果然功夫见深，大有成效。某次开什么大会上主席台，不用说远处蒙古军官兵和市民、农牧民，就连坐在台上的三个团的正副团长们，也没有认出来这个冒充的假军长，都对他毕恭毕敬，点头哈腰。莫尔根对此兴奋异常，大为开心得意，重赏了包继成。谁知道这个家伙竟不识抬举，开始胡作非为起来。他反正没事，差不多每天都去蒙古军妓院大嫖特嫖，还白吃白喝，分文不给。“军中乐园”的老鸨和妓女们都是下流发贱的家伙，对此却欢天喜地，打情骂俏，淫笑浪唱，曲意奉承，说包继成不带卫兵突然来到是“微服私访”，说他不说话是“贵人话语迟”，把他捧到天上去了。流氓分子包继成没有到此罢休，得寸进尺，他竟敢挖小王爷的墙角，偷这位土皇帝的情人。王府市外城十字路口大商号“绸缎布匹庄”老板的独生女儿甄珍小姐正在北平读大学，现在正放暑假在家，高贵典雅，亭亭玉立，别有韵味。外面盛传这位风流浪漫的女大学生和小王爷有私情，包继成野心勃勃，打算拿这位富家小姐当试验品。这不像逛窑子，风险很大，极不容易，他确实费了一番心思。为此找了很有名的中年媒婆赏了十块大洋，要她把甄珍小姐领到这所小公馆来。媒婆没有认出假王爷，不过她多少有点奇怪，笑道：“多谢小王爷恩典，您这是见我贫穷劳累，产生了同情之心，觉得可怜兮兮的，找理由赏钱。召唤甄珍小姐还用费事吗，打个电话就过来了。常言说得好：有钱的不和有权的斗，有权的不和亲王斗，谁敢不听您的。何况，小王爷和小姐早就有了云雨之情，嘻嘻，久别胜似新婚，如胶似漆，如鱼得水。”

所谓人约黄昏后，她俩准时来了。甄珍小姐虽然和莫尔根军长幽会过多次，这回也没有认出来是假的，但是对圆桌上摆的各种食品不太满意，比起前几次太差太土气。不过她很快释然了，这可能是换了房子没来得及准备，关系不大。甄珍小姐很矜持，不亢不卑，严肃地说：“一夜情变成了多夜情，没完没了，该结束了，这是最后一次。”

包继成看出来自己装得不错，没引起疑心，暗暗高兴，怕露出破绽，一句话也不说，只是庄严地微笑着摇头，架子拿得十足，使两个女人肃然起敬。

甄珍仍然很矜持，因为媒婆没走，她不能太主动，降低了身份。包继成看出了这点，他淫心顿起，欲火如焚，哪能控制得住，贪婪地把两个女人都拉过来坐在左右腿上，动手抚摸……

这种不要脸的招摇撞骗和宣淫，是保不住密的，何况这里有蒙古军联合谍报队、伊和塔拉旗政府警务科、警察特务到处活动，很快有人告密了，情报传到哲别、扎萨嘎二人处，他俩怒气冲天，立刻到小王爷那里告状，哲别咬牙切齿骂道："这不识抬举的家伙，竟敢如此，情节严重，影响恶劣，杀一儆百！"

扎萨嘎捋胳膊挽袖打算马上抓人处决，火冒三丈地叫嚷："败坏军座名誉，降低蒙古军威信，对如此民族败类可杀不可留，千万不能手软，邪他姥姥的。"

莫尔根对此有一种完全不同态度，最初看见包继成如此像他，十分惊讶迷惑，百思不得其解，以后经过多次谈话、盘问，接着讯问仍然健在的老人，终于明白了十之八九是他父亲先前王爷偷情搞出来的私生子，原来如此，这真是丢人出丑的事，说不得。从此以后他对包继成亲如兄弟，恩宠有加，连续增加工资，不断赏钱赐物。这回又拒绝了哲别、扎萨嘎他们的处决办法，大笑道："刀下留人，包继成不可杀，留下有用，需要时把他请出来。小不忍则乱大谋，后患无穷啊。对他控制使用，采取如下措施：甄珍小姐嫁给他，既然睡过觉啦，不必再装神圣的贞洁烈女。生活待遇优厚，当然从此以后把他软禁、管制、监视起来，不能乱走乱惹祸，哈哈！"

黄金家族的一幕丑剧就这样被掩盖起来了。

去年八月，莫尔根的蒙古军和日本美津骑兵师团矛盾虽然加剧，但是听到他们无条件投降以后，念及过去"合作"之情，就在他们要被苏蒙联军和八路军独立骑兵团包围歼灭之际，不仅没有从背后捅一刀，反而网开一面，悄悄把他们残部放走了。为此，这个师团的代师团长感动得送来了伪蒙疆币十万元，银洋一万元，轻型坦克车十辆，说小王爷是当今世界少有的忠义之士。莫尔根对这泪迹斑斑的日文信看了一眼，无动于衷，漫不经心地烧掉了。他当时心慌意乱，走投无路，一时不知咋好了。所谓"三春去后诸芳尽，各自须寻各自门"，又道是"狡兔有三窟"，他在这以后采取了多方面拉拢关系的方针。

莫尔根通过军统特务戴励志、陈蔓莉留给他的秘密电台人员，给蒋介石发电报，要求亲往重庆，面报蒙情。这回很痛快，顷刻接到蒋介石复电，对他来渝表示欢迎，指示可乘坐西面 B 市东西线部队飞机前来。莫尔根大喜过望，认为趁此机会又可以再次谋求实行内蒙高度自治，遂留下所谓左膀右臂莽斯、哲别俩分别管辖掌握蒙古军一、二师六个团部队，自己带着心腹亲信扎萨嘎到 B 市换乘飞机，于当日下午抵达重庆，在机场上受到军统特务戴励志、陈蔓莉等人拿着戴笠的名片迎接。陈蔓莉是哲别的老婆，和他生下了儿子扎萨嘎，与莫王的关系又不清不白，外边传说是他的姘妇，总之是一家，自不必说。戴励志在抗日战争时期在伊和塔拉大草原上做过地下工作，和这位王爷关系匪浅，正为莫尔根和蒋介石暗中勾结活动时，被日本关东军美津骑兵师团的特务机关发现，准备要逮捕，莫尔根通风报信把他放跑了。戴励志对此感激涕零，不敢忘怀，这次莫尔根抵渝后，他对他们招待颇为殷勤，备受礼遇。两三天以后，戴励志的堂兄国民党军统特务头子戴笠，从南京乘飞机返回重庆，同莫尔根会晤。莫尔根向他报告了日本投降、伪蒙古政权垮台和各盟、旗、市、县当前的情况。

戴笠对别的好像漠不关心，迫不及待地询问了蒙古军编制、人数、防地、装备以及是否容易集结掌握，是否能立即出动进攻八路军等事项。当他听到蒙古军一、二师六个团人马完整无损地保存下来，并且集中驻扎在王府市内外城和周围防御工事时，兴奋异常，举手加额表示祝贺，立即大摆宴席隆重招待。

第二天，国民党军事委员会办公厅主任和蒙藏委员会蒙事处处长等人前来探望。莫尔根到此认为已经和国民党正式挂上了钩，便开始了政治活动，分别向国民党中央党部、组织部、监察院、陆军总司令部、军政部、外交部、国民政府主席侍从室等有关院部进行拜访。是时，国民党所派遣的接待人员和内蒙古毗邻有直接关系的兴安、辽北、热河等省主席，也分别来访问莫尔根打听情况，并提出“互相搞好关系、彼此合作、消除隔阂”的意见，握手言欢，表面上看来十分融洽。

一九四五年九月三十一日是难忘的一天，不管怎么样，莫尔根总算见到了这位久仰大名、如雷贯耳的中国最高领袖。过程是很繁琐、麻烦、气人的，在两三天以前由交际处送来通知，告诉时间前往应召。这天被召见的人很多，必须在侧室里等候，挨到轮次再被点名入内，第一次会见就是如此费事。

蒋介石的态度不冷不热，用审察的眼光注视着莫尔根。他只是关心蒙古军的番号、编制、人数、驻地、装备，别的什么也不感兴趣，在这一点上和他手下的特务头子戴笠是一模一样的。

莫尔根不敢表现出一点厌烦，克制着自己，极其顺从地又一次报告道：蒙古军一、二师六个团人马，完整无损地驻扎在王府市内外城及周围防御工事中。

蒋介石听罢，笑逐颜开，倍加赞赏，夸奖道：“莫王贤弟，你是真正的军人，唵，深通为将之首，保存住部队，避免损失，这是根本，唵，你们蒙古军一、二师六个团有万名官兵，唵，你是军长啦，副军长、参谋长是谁？两个师师长又是谁？他们怎么没来？我很想也见见他们，唵，消灭共匪，戡乱建国是头等大事啦，唵，别的都不在话下，唵唵！”莫尔根是何等机灵的人，虽然和蒋介石第一次见面并且只是交谈了几句话，却把这位中国最高领袖瞅透看准认定了，原来他对自己历来一贯主张的内蒙古实现高度自治不闻不问，早就忘在脑后了。蒋介石关心和注意的只是蒙古军一、二师六个团部队，准备把它投入内战，在打共产党八路军的过程中两败俱伤。莫尔根对蒋介石这种借他人之手排除和消灭异己的做法，听说过无数次，这回真正是当面领教了，想到这里他气不打一处来，但是这里是陪都重庆，而不是伊和塔拉大草原上的王府市，他万万不能发脾气，只得恭恭敬敬地说：“蒙古军有一万多人，副军长莽斯兼任第一师长，参谋长哲别兼任第二师长，他俩都亲自管辖和掌握六个团部队，怕有什么一差二错，不敢擅自离开，是我自己带着秘书过来的。”

蒋介石的干瘦的脸上显出满意的笑容，又改了称呼，宣布道：“好啦，莫王仁兄，你机遇不错，不枉此一行，我同意接受改编你的部队，定名为国军新编骑兵第一师，唵，人数过少，不能称军，简称新一师，下辖两个旅六个团。人数过少，不能称军。唵，唵，现在是军事戡乱剿匪时期，服从作战需要，根据各大战区统一部署，你属下的一、二旅就得分开驻防两地啦，唵，一个可以在老地方王府市内，铁路公路大干线支撑点，重要的交通枢纽，兵家必争之地，不可不防，唵；另一个要赶赴远在千里之外的 C 镇，与 A 城 B 市遥相呼应，你拿我的手令到国防部报到，呈递编制表，后勤补充，装备更新，还要领取经费资金，这一切的中心是接受作战任务，唵，唵！”

莫尔根哪里受过这种窝囊气，简直是火冒三丈，努力克制住了，愤愤地想道：这位中国最大独裁者真正是名不虚传，不许他说话，更不采纳他的意见，一切都自己说了算，既定方针，就在这片刻三言两语，就决定了蒙古军和他本人的命运，天理难容。他迟疑了一下，白胖的脸涨红了，勉强微笑着双手捧交了题为《陈述内蒙古危机严重状况及措施办法三项》的意见书。这是他和随行的扎嘎连夜苦思冥想编写出来的，为了引起蒋介石的注意和重视，渲染夸张甚至无中生有地说：“外蒙古军队占领了内蒙古大部地方，如果迫于苏俄之指使，希图实现其统一民族、收复失地之宣传而久留不去，或由农业地方退至牧业地方而不复北，则内蒙古将被外蒙古所占有，此可虑者一也；就算撤兵北归，趁机将牧业地方之人口、牲畜、帐幕、财物尽行胁裹而去，使内蒙古名存而实亡，变未可知，此可虑者二也；苏俄及外蒙古纵不采取上述两种办法，则在内蒙古进行其赤化之工作，或与八路军相结合，造成荒谬之组织与事实，使我将来无法收拾办理，此可虑者三也。中央对此应采取三项紧急措施，首先催促苏俄及外蒙古按期撤退；其次组织蒙古宣导团开展工作，使内蒙古全体民众仍旧内向，不为外力所动摇；第三，中央再为发表准许内蒙古高度自治的文件，特派官员组织内蒙古高度自治筹备委员会，强化扩编蒙古军一、二师，再增加三、四师番号，保留其原来名称，以反对苏俄及外蒙古侵略。”

蒋介石草草看了一遍，浮光掠影，他对这种危言耸听的话似乎早有准备，不为所动，对三项要求逐一加以否定，最后带着恫吓威胁的口气说：“莫王仁兄，你在抗日战争时期的处境和做法，我是了解和体谅的。不过，在目前还有一些人对你过去的一切情况不甚洞悉，唵，因而对你产生了不谅解，唵，成见很深，说你闲话的不少。你对这种刺激，应该逆来顺受，不加计较，权且忍耐一时，徐图将来，唵，唵，关于如何解决内蒙古问题，要从长计议，慢慢商量，因为那里位居我国北部边陲，一切落后，易受外来的诱惑或威胁。尤其是现在，唵，抗日战争胜利伊始，接受繁忙，百废待兴。在今后一个时期，安内攘外，戡乱建国，更是忙碌紧张。关于你所提出的内蒙古实行自治的问题，中央暂时无暇顾及。我现在特别委你为国军新编骑兵第一师中将师长，唵，唵，下辖莽斯的新一旅，哲别的新二旅，整顿人马，加强装备，训练队伍，即日出发剿共，此乃根本大计，别的都不在话下，唵，莫王仁兄，驰骋疆场，建功立业，前途光明，唵，唵！”

“总统明鉴，保留蒙古军的名称番号，对安定内蒙古人心、提高号召力、加强兵源、扩大队伍更为有利。何况我们缴获日本关东军美津骑兵师团坦克十辆，共有 94 式三辆，92 式七辆，已经成了装甲机械化骑兵，坦克掩护骑兵，骑兵保卫坦克，紧密配合，协同作战，横冲直闯，所向无敌，独霸塞北大草原！”

蒋介石根本不管那十辆微不足道的日式坦克，态度更加冷淡，站起来表示结束了谈话，这等于下逐客令了，极不耐烦地摆了一下手说：“中华民国只有一个军队——国军，坚决反对并且不允许众多杂乱的番号存在，唵唵！从此以后你们不要叫蒙古军了，中央给你们定名为新编骑兵第一师，下辖两个旅六个团，唵唵，就是这样番号。”

莫尔根头上好像被泼了一盆凉水，浑身发冷，悻悻而归。

第十二回　军长横行展开多方外交　杀手霸道大摆擂台伤人

莫尔根军长乘兴而来，败兴而归，几乎一无所得，回到寓所极不愉快，脸色阴沉，长吁短叹。

扎萨嘎知道了大致情况后，气愤地说："军座，您是蒙古民族的英明领袖，一贯采取的多方外交是正确的，在那边和苏俄、外蒙古拉拉扯扯，到这边与国民党吹吹拍拍。但是谁都知道对蒋介石这人不能抱过多希望，向他要求内蒙古高度自治等于与虎谋皮。因此根据您的指示，我已经和美国人勾勾搭搭，初见成效，远交近攻，美国人好多了，我看他们将来能帮助蒙古民族，是真正的靠山。"

莫尔根精神为之一振，在蒋介石那里碰了钉子带来的灰心丧气抵消了不少，连连打听一些细节，高兴得眉飞色舞，紧接着又迫不及待地把扎萨嘎派回王府市去了，要他用最快的速度和"蒙古青年同盟"人员进一步商讨，提出内、外、布利亚特三蒙统一的建国大纲来递交美国。这还不罢休，当天晚间找来了陈蔓莉，密室会谈，单独和她商量如何与美国人进一步勾结的方法步骤。莫尔根很信任陈蔓莉，认为她虽然是军统大特务，但是成了他的情妇，宝贝儿子扎萨嘎实际就是他的，长大以后委以重任提拔成蒙古军联合谍报队长。这样，他们母子俩全是自己人了，不会三心二意，所以不对陈蔓莉保密，反而找她来商量，趁机幽会。没有不透风的墙，哲别早就听到这有损于他参座声誉的丑闻，全不在意，一笑置之，因为他已经勾搭上了莫尔根的同胞嫡亲妹妹高娃小姐，如胶似漆，如鱼得水，黏糊得很，觉得自己并没有吃亏。另外，哲别在外面的艳遇多了，似乎不计其数，因此他想得开，得到了心理平衡，认为不过如此而已，没有什么可憋气的。

陈蔓莉和莫尔根就是在这种情况下通奸的，无所顾忌，几乎是明目张胆，何况现在哲别不在重庆。陈蔓莉径直走进密室以后，对外面偷窥着，又倾听了一会儿动静，这才偎依过来，媚笑着肉麻地说："军座，您是蒙古民族的中心人物，受到各方面的关心和注意，举世瞩目，可以说一举一动都被人监视着，因此也有所不便，这些天花街柳巷的高级交际花都不能接触，怕被新闻报刊界曝光，憋得够戗，新婚不如久别，我来慰劳您，嘻嘻！"

两人得到了最大满足，完事以后，陈蔓莉甜甜蜜蜜地低声细语："军座，您也是我的老公，扎萨嘎是您的种，千真万确是您的儿子，小王爷。儿子先回去了，这很好，您也快回伊和塔拉大草原上的王府市内城吧，那里很保险，深居简出，多用替身包继成出头露面，您在幕后操纵、指挥、掌握好蒙古军一、二师六个团人马。和美国朋友联系的事情，您就派儿子扎萨嘎负责吧，他有秘密组织蒙古青年同盟的全力支持，还有我给他出谋划策，错不了。军座您迅速离开这虎穴狼窝，是非之地，这里充满了尔虞我诈，勾心斗角，互相倾轧，成了绞肉坊。"

这个淫荡的浪女人说话很准确，莫尔根的私生子扎萨嘎在各方面的大力支持和帮助下，给蒙古军和美国之间拉起了皮条，很有成效。当年冬天，美国学者拉铁摩尔来王府市会见莫尔根，这个王爷对他说："您是知道蒙古事情最清楚的人，希望您在美国宣传蒙古的现状，早日结束内、外蒙古及布利亚特蒙古三个部分长期分裂的状态。"

拉铁摩尔回答说："蒙古的事情我是知道的，但是美国人和美国政府不知道，得慢慢来，特别是内、外、布利亚特三个蒙古统一建国，事关重大，不能性急。关于此事，扎萨嘎先生曾经代表您嘱托过我，牢记在心，一定努力去做。"

拉铁摩尔回国以后，曾给莫尔根来过一封英文信，主要内容是确定进一步联系的地址、办法。

莫尔根立即让扎萨嘎代他写了一封复信，恳请拉铁摩尔在国际上广泛宣传蒙古的事情。紧接着，蒙古青年同盟的其他头头和骨干分子们，在莫尔根的支持和鼓励下，相继给拉铁摩尔写信，请他向美国政府建议，想方设法把布利亚特蒙古、外蒙古从苏俄控制下分离出来，和内蒙古三结合，提交联合国讨论承认成立单独国家。

在美帝国主义直接扶持和操纵下，蒙古青年同盟得到了加强，这个团体人员众多，机构庞大，经费充足，还通过扎萨嘎给莫尔根送来了法币钞票二百万元。莫尔根对此大加赞赏，夸奖道："我们不仅有了自己的军队——蒙古军两个师六个团人马，还有特务组织联合谍报队。值得高兴的是，又组成了政治团体蒙古青年同盟，其中有各个地区的蒙古人。内蒙古高度自治是起点，最后宗旨是三蒙统一建国，可谓任重而道远。为此我送一幅蒙文对联给你们，是伟大的圣祖成吉思汗的语录：

不怕路远而不走，只要走就能走到，

不怕物重而不搬，只要搬就能搬动。

还有另一条办法，问问美国人，以后我们就直接联系好了，不要通过国民党政府，如何？"

扎萨嘎积极得很，眼疾手快，立即和美国新闻处的特务马滋联系上了，得到了肯定的答复。

马滋办事更绝，为了更进一步拉拢莫尔根，在A城特意接洽了一架美国飞机，请他到大洋彼岸华盛顿商量此事。莫尔根丢不开军队，又怕其中有诈，没有去。事后，马滋很惋惜地说："我花了一百二十两黄金雇了这架飞机，并且请一位空军上尉驾驶，安全可靠，莫王却不去，真是遗憾，战争形势急转直下，以后恐怕再没有机会了。"

高度自治申请未批，蒙古军番号取消，降格成师，六个团部队拆开自西东，简直是七零八落，实在不成样子。莫尔根、莽斯、哲别、扎萨嘎等人对此怀恨在心，坚持不改蒙古军番号，抗拒到底。但是由于在经费、武器、粮食、服装等方面处处依赖国民党的供应，又不敢闹翻，阳奉阴违，口是心非，采取两面手法维持现状。纸里包不住火，南京方面对他们的活动早有察觉，很为不安，立即派军统局稽查处进驻王府市外城督促监视。于是这两家一面握手言欢，背后互相倾轧，矛盾日益加剧。莫尔根军长怕遭到军统特务杀手的暗害，除了极特殊情况外，一般都派出替身应付。包继成坐在主席台上一言不发，什么也不管，偶尔装腔作势地清理嗓子、点头、摇头或微笑，威严极了，谁也看不出来。连外号叫"迈德尔喇嘛"的稽查处长戴励志都被欺骗得百分之百地相信，见面鞠躬敬礼，满面笑容，好上加好。又过了一段较长的时间，在王府市的莫尔根、哲别、扎萨嘎扛不住各种压力，勉强答应蒙古军军部和第二师四、五、六团出去作战，但是又以需要补充兵力、武器、弹药为借口，无限期拖延着。莫尔根军长和汗庙"小白脸"大喇嘛对哈尔巴拉兄弟三人的交易，就是在这样背景下进行的，实质是招兵买马扩充实力。

蒙古军军部和汗庙搞交换的第二天，哈尔巴拉先进了商店毗邻的外城，接着又进了戒备森严的内城，路上一直是形迹不露地观察地形地物。王府市地大、人多、物杂，这里有穿绸缎蒙古袍的王府官吏，有穿黄色制服的蒙古军军部和第二师四、五、六团官兵，还有穿黑制服白绑腿的旗公署警务科警察。

"其努瓦"警务科长正擦拭着"大镜面"驳壳枪，从玻璃窗内看见哈尔巴拉被叫进去了，对他还客气，让了座，招呼当勤杂的一个警察端上奶茶，哼哼着塌鼻子说："本科长兼任蒙古军第二仓库主任，上次在汗庙闹鬼，是你救了我，有恩不报非君子，对你多加关照才是，你现在成了蒙古军军部的头等一号摔跤手，但是要听我的，嗯？"

"是！"

"摔跤、比武、上擂台的事有几回呀，不多的，顶要紧的是当好一个保镖，遵守军纪，保护军座，眼观四路，耳听八方，要多动手，多跑腿，时时刻刻注意军座的安全，得到他老人家的喜欢和重视就好办了，飞黄腾达，升官发财。"

"是！"

"从今天起，你要饲养军座的黑走马，喂十条狼种军犬。那匹马是用八百块银元买来的呀，日行三百里；那些狼狗是军统局稽查处戴励志处长赠送的礼物呀，咬住人宁死不撒嘴。犬马都有了膘，你就能得到军座青睐，升官发财不费吹灰之力。"

"是！"

哈尔巴拉从此在内城王府开始养马喂狗了。他干啥都有绝招，没几天工夫就把那匹看见生人又踢又咬的黑走马驯服了，听他吆喝一声，就吓得直打哆嗦。那些看见生人就成群窜过来乱撕乱咬的狼种军犬，只要他挥一下手，就夹着尾巴蹲在角落里不敢动。为这件事，这个警务科长把哈尔巴拉叫到住处，哼哼着塌鼻子千嘱咐万叮咛："黑走马和狼种军犬都是军座心爱宠物，一定要注意，无论如何可别惊动。要是军座知道了吓唬它们之事，按违犯军纪处置，那就担当不起呀，白白断送自己升官发财的机会。"

"其努瓦"为了报答哈尔巴拉在汗庙救命之恩，还把察干巴拉、呼和巴拉也叫到军部大伙房干轻活儿，一个专管挑水，一个专管烧火。令人窒息的生活像浑浊的达赖河水一样，慢慢往前流着，这样的生活又过了半个月。在这期间，哈尔巴拉又进一步知道这个反动骑兵队伍内部很多骇人听闻的事。蒙古军军长莫尔根经过调查，摸到了很多使他极不满意的不良现象，简直气得火冒三丈，难以平息，不仅破口大骂、动手打人，并且在《青旗》报上发表文章，指责教训起来，写道："我们蒙古军一、二师六个团官兵素质很差，严重败坏，有极其恶劣的滑坡下跌趋势，必须立即扭转纠正，否则后果不堪设想。总结归纳起来有十大缺点错误：部分新招降的马贼出身的官兵，对立正、正步走等等基本训练，产生了对抗性情绪，抵触很大，牢骚满腹，怪话连天，说什么这些枯燥、单调、机械、笨拙、装饰性的动作，打起仗来不顶用，纯粹是摆样子，战斗根本不能靠这些花架子。这是蒙古军正规化的绊脚石，大障碍，必须严肃认真对待，按破坏军容军纪处理，绝不手软。新编官兵如此，旧有的原来官兵也不理想，只能远距离狙击，不能近距离肉搏；只能白天作战，不能晚上袭击；单纯依赖重武器，炮轰出动坦克，缺乏骑马冲锋、军刀劈刺的勇敢精神；中下级军官的作战指挥思想低下拙劣，没有包围歼灭敌军的打算和准备，仅仅是击溃或打跑，这就算很大的胜利，简直叫人笑掉大牙，伤其十指不如断其一指，连这点军事常识都不懂；射击技术很差，二十岁上下的新兵还不如进出八百里腾格里大山的猎人，出现过一个连浪费两千多发子弹打死一个敌军的战例，有时候打起仗来，战斗组织发生混乱，官兵互相找不见，就像狩猎一样自行其是各干各的；连级军官的指挥水平实在低劣笨拙，不会穿插分割，不会各个击破，不会吃掉敌军有生力量，就知道下卡子，分散兵力、平均把守，有的部队纪律太坏，贪小便宜吃大亏，得不偿失，在战场上捡洋捞放弃了打仗；死了人就眼红，大开杀戒，不顾捉活的，助长了敌军拼命抵抗，增加了我军伤亡。"

接着又出了点子搞野营演习，包括饥饿训练，地点在王府市外城西面十公里处的腾格里山魔峡嘴，时间为一个月，除了军事科目爬山、游泳外，还有采集野菜、打鱼、捕鼠、夹兔、逮黄羊、套狍子等活动。他们出来时候只带点炒米，这是蒙古民族从成吉思汗以来的传统食品，先用当地特产散糜子经过蒸煮后再爆炒，用石碾加工成米，呈金黄色，口感香脆，是出征时携带的上乘食品，但是很快要吃光了。在这个阶段，后勤部门故意少发别的食物、咸盐、日用品，使官兵们饥饿、干渴、风吹、日晒、雨淋。与此同时，蒙古军军部野战医院的一个外号叫"神农氏"的汉族军医过来了，他给莫尔根军长配过有神奇功能的壮阳药，因此得到赏识被安排到这里。他祖辈是王府市外城有名的中医大夫，认识伊和塔拉大草原上千百种野生植物，不仅能叫出名来，而且还知道有没有毒，对人的身体是否有害，能不能吃，营养价值如何。莫尔根军长知道他这特长，点名叫他出来当了这次饥饿训练的指导官，边采、边教、边吃，提高官兵们死里逃生的能力。这个家伙好像接到了圣旨，最初受宠若惊，接着表现出有恃无恐的样子，大摇大摆地到了野战演习场地，挺着肚皮训话，再三保证有吃的，不要恐慌。

"神农氏"很卖力气，讲得嘴冒白沫，口水四溅，就这样用三结合办法边采、边讲、边煮，搞示范动作，这还觉着不够，从每个连队抽人集中起来办班训练采野菜骨干，企图以少带多，推而广之。可惜事与愿违，适得其反，很多官兵对此严重不满，骂骂咧咧，说什么扛枪打仗，要吃细粮，谁他妈的要野菜拌糠。果然，他们宁可饿得筋疲力尽，动弹不得，也不吃野菜，竟出现了绝食现象。有的官兵则不吃亏，擅自跑到农牧民家中大吃二喝，甚至有的偷盗家畜宰杀后来改善生活。

蒙古军军长莫尔根为了彻底清除上述弊病，在分别视察第二师四、五、六团部队演习时，对什么都不满意，怒不可遏，大发脾气，连续打肿了七十二个官兵的嘴巴，完全是日本军队的那一套法西斯作风。他妹妹高娃小姐自称是新派人物了，劝道："哥哥，时代正在变化，你应该取消旧式体罚和肉刑，灌输民族主义教育，发扬光大蒙古传统的好勇斗狠的尚武精神。"

这个伊和塔拉草原的土皇帝虽然收敛了一些，仍然凶恶残暴，草菅人命，抓回来开小差的士兵，就毒打致死。他怀疑一个随身马夫与自己情妇有暧昧关系，就把这狗腿子秘密杀掉。他的迫害不仅局限在士兵，对一些军官也是野蛮镇压的。这一年春天，蒙古军第二师五团一连长和军统局稽查处特务队小头目烧香叩头、破指饮血拜了把子，成了金兰结义兄弟，并且接受了对方赠送的国民党流通券纸币六万元，不久却神秘地失踪了，可能是被蒙古军联合谍报队暗杀了。对全旗人民的压迫剥削更残酷，他们生活在水深火热之中，痛苦地唱道：

龙年的七月天啊，
伊和塔拉的五畜怎么样？
蒙古军一、二师六个团啊，
征敛苛捐杂税怎么样？

蛇年的七月天啊，
伊和塔拉的五畜怎么样？
军统稽查处特务队啊，
挖坟盗墓怎么样？

龙年的七月天啊，
伊和塔拉的五畜不兴旺，
蒙古军一、二师六个团啊，
征敛苛捐杂税像发狂。

蛇年的七月天啊，
伊和塔拉的五畜不兴旺，
军统稽查处特务队啊，
挖坟盗墓像发狂。

奇怪的是，在传唱这首流行歌曲时，又出现了不同寻常的传单，题目叫《报应》，没有署名，不知出自何人手笔，共计出了八期，都是手抄或油印的，内容主要是讲挖坟盗墓受到恶性报应的故事。谁都可以看出来这是针对军统局驻王府市外城稽查处特务的，是在严重的警告他们，为非作歹，神怒鬼怨，最后一定会得到惩罚性的报应，绝没有好下场。《报应》不定期出现，断断续续。第一期刊登了报应现象之一：盗墓者患上了恶疾。汉广川王刘去极是汉武帝的近亲，盗墓时把坟穴中跑出来的白狐狸左足打伤了，结果是当晚回家就觉得左脚不对劲，红肿起来生了烂疮，一辈子没痊愈。第二期报应现象之二：永久伤害。苍梧地方的王士燮的墓，一年四季云雾腾腾，笼罩其上，一般盗墓者不敢挖掘。那时当官的温放之认为这是旁门左道，偏偏要打开看看里面到底有什么鬼怪。破土开棺发现没有多少东西，大失所望，但是在回来的路上因坠马活活摔死了。第三期报应现象之三：上吊自杀。杭州的靠盗墓发家致富的朱某精于此道，见识多阅历广，看见过各种各样的鬼怪，如紫僵、白僵、绿僵、毛僵等等，一生盗墓不计其数。后有神人托梦警告曰："汝发家取死人财，破棺弃尸，恶贯满盈，再不悔改，必将杀汝！"朱某惊极，虽有所收敛，始终不撒手。后发一巨墓，内有石质大棺材，很沉重，六七个人根本扛不出来，请来附近寺庙有秘招的和尚帮助后才成功。但是却因此出事了，和尚竟然被墓穴中怪物一块一块撕吃了，寺庙找不到人，以为是朱某杀害的，到官府去告状，朱某因此而倾家荡产，悔恨交加，在狱中上吊自杀。第四期报应现象之四：丢掉江山。楚霸王项羽盗秦始皇陵，被刘邦抓住了把柄，大造舆论，列为十大罪状之一。自古以来视盗墓为恶行，属于奸事之列，很不得人心，从此威信扫地。在这以前，刘邦不是项羽的对手，现在经过如此这般引导之后，老百姓对项羽很反感，疾恶如仇，再不信任了，他的内部也发生了分裂，打了一连串败仗，终于无颜见江东父老，在乌江自杀。第五期报应现象之五：子孙不兴旺。说的是曹操，当时正是中国历史上疯狂盗墓的年代，从军人到老百姓，多以此谋生。曹操在军中设立了中国历史上第一个专营盗墓的机构。汉文帝刘恒的小儿子刘武的墓，首当其冲被挖掘了。其陵墓豪华，陪葬甚丰，曹操亲临现场，破棺露尸，掠取大量财宝。凭着这些不义之财扩大军队，挟天子以令诸侯，曹操终于夺得了汉家天下。但遗憾的是，曹氏连头带尾仅兴了四十六年的帝王运，就被司马氏推翻了。第六期报应现象之六：官司缠身。唐玄宗李隆基当皇帝时，有一个很有名的外戚叫韦坚，地位显赫，能力颇强。玄宗皇帝很赏识他，擢升为陕西太守、水陆运史。兴修水运本来是一件利国利民的好事，但韦坚办糟了，吃力不讨好，因为在开凿河道时破坏了很多民冢，众怒难犯，变得不可收拾，玄宗皇帝为了平息民愤，就把韦坚杀了，当了替罪的牺牲品。第七期报应现象之七：回头是岸。也是玄宗当皇帝的开元年间，有一个叫知春的盗墓贼，组织了十个人的团伙在濠寿一带作案，掠夺奇异文物、金银财宝无数，但是团伙中人员相继暴病死亡，医治无效。杨知春认为这是墓主显灵，急忙把盗来的东西送回墓中，并且用泥土沙石掩埋，紧接着主动向官府自首，结果善有善报，杨知春得以善终。第八期报应之八：战事不利。从中国盗墓史来看，以军人身份出现的盗墓者很多，破坏极大，就是在现代也不乏见。为什么如此？这与军人胆大和手持各种各样武器有恃无恐等等有很大关系。民国初年，盗窃清东陵的首犯孙殿英，时为国民革命第六兵团十二军军长。他是发财了，但是在军事上连连失利，从来就没有打过一次胜仗，最后兵败被俘死在狱中。

哈尔巴拉在王府市内城见闻到了这些传单内容，他初步断定是莫尔根手下的文职人员所为，从侧面攻击驻王府市外城碉堡楼的军统特务，矛盾激化了。后来，有一件事证实了他的分析判断，差不多就是这样，就连蒙古军的第一号人物莫尔根都公开写文章骂他们，何况别人。某日，莫尔根、哲别二人突然分别收到了稽查处的讣告，上面说国民政府军事调查统计局局长戴笠先生，于三月十七日在南京近郊空难中不幸殉职，享年四十九岁，特邀请您参加今天下午十四点举行的追悼大会，敬希光临参加，表示沉痛悲伤之情。

留守王府市内外城的莫尔根、哲别二人每天处理着蒙古军和地方上的大小事情，实在是没顾上打听别的，因此这方面消息很闭塞，现在各自看着突如其来的“死亡通知书”，大感意外，先是愣了一下，接着互相看了看，都哈哈大笑起来，得到了报复性的快感。

莫尔根捧着肚皮直喘粗气，大笑着骂道：“活该，活该，善有善报，恶有恶报，不是不报，时候未到，时候一到，一定要报，哈哈，痛快，痛快，还有这等好事，淋漓之极，这是最大的报应，使人心情舒畅。不过，话又说回来，这太突然了，难道陈蔓莉女士不知道？事先没有告诉你？奇而怪哉！”

哲别气得大骂：“这事陈蔓莉不知道，稽查处对她也保密，没有告诉她。他妈的，这帮特务杀手、挖坟盗墓贼，自以为很聪明，其实是最蠢！我不去了，不参加戴笠的追悼大会，就算死了一条疯狗！”

莫尔根被戴笠的死讯逗乐了，心花怒放，还是继续大笑着说：“参座有气，不去罢了，不必勉强，我也不去了，但是庞大的蒙古军连一个代表也没有派，说不过去，就叫我们大笔杆子秘书先生走一趟，时间不会太长，一会儿就回来，送个花圈和挽联就得了，不赔本！”

“送挽联？写什么？”哲别不解地问。

“早就想好了，上联是流芳百世，下联是遗臭万年，横幅是奸雄，如何？文如其人！哈哈！”莫尔根心广体胖，乐观豁达，还是张嘴乐着。

蒙古军部的那个大笔杆子、秘书兼《青旗》报编辑记者，是这次去稽查处的蒙古军唯一代表，他是个迂腐酸臭的知识分子，大不以为然，摇头晃脑说：“军座，在这种场面，写上带刺骂人的话，恐怕不太合适。唉！”

莫尔根勃然变色，厉声训斥道：“老夫子，你的书生气又上来了，我们对这特务杀手头子够客气的，难道蒙古军官兵对他的死要三跪九叩，放声大哭？岂有此理！”

身兼秘书、编辑、记者三职的大笔杆子，没出门就碰了不软不硬的钉子，提不起精神来，蔫头耷脑地走了。黄色军用越野大吉普车上拉着花圈挽联，驶向外城十字街头那座高大的碉堡楼。

会场中心悬挂戴笠巨幅照片，长条挽联，黑纱白花，四周充满花圈，庄严肃穆，悲凉之极。蒙古军的秘书先生没有身份地位，缺少官衔名誉，既不受重视也得不到欢迎，孤零零地没有人搭理他。这里最大官儿外号“迈德尔喇嘛”的戴励志处长，对他连眼皮都没抬，随便哼了一声就算打了招呼。大笔杆子看见再没有人接近他，心里不是个滋味，自认为两头受气倒了大霉，再不想待下去了，转了整个会场一圈，看了别人送的花圈和挽联，也未等仪式开始他就回来了。莫尔根军长是很难伺候的，对此又不满意。秘书摸透了主子的脾气，只好投其所好顺着来，把刚才看到的主要几幅挽联写出来双手奉献给莫尔根，他有过目不忘的记忆能力，对此并不费力。这位军长又转怒为喜，正好有了和别人仔细对照比较的机会。只见上面写道：

雄才冠群英　山河澄清仗汝迹
奇祸从天降　风云变幻痛子心

忧乐系心头　忠诚报国　铁石同坚　岂明名和利
死生置度外　壮烈杀身　风云变色　乃可歌与泣

誉满天下　谤满天下　乱世厉行春秋事　是非尚待后人评
生为国家　死为国家　平生具有侠义风　功罪盖棺犹未定

流芳百世
遗臭万年

莫尔根军长看罢又是开怀大笑，说道：“这四幅挽联就数最后一幅我送的好，别看借用现成词句，简单贴切，一针见血，刺中了要害。他们自己写的以上三幅嘛，扯鸡巴蛋，都是擦脂、抹粉、吹牛，为自己树碑立传！”

哈尔巴拉在内城王府潜伏，看得见，听得清，国民党嫡系和杂牌部队之间矛盾冲突更加尖锐复杂化了，这是天大的好事。某日，他又听到莫尔根军长的副官对警卫连长说：国民党东西线部队司令长官，正催促蒙古军部和第二师，迅速前去达兰哈尔山和共军独立骑兵团作战。晚上，他正想把这个情报送出去，却被莫尔根军长叫去了，通知他和副官、随行的警卫人员、特务杀手，收拾行装立即准备动身。他脱离不开内城蒙古军部了，只好让三弟呼和巴拉去王府后花园，秘密告诉了伪装猴倌的刘青山副连长。

第二天早晨莫尔根军长带着这个最近要来的摔跤手，坐上通往 C 镇的火车出发了，留下傀儡替身包继成应付无关紧要的局面。这位王爷为什么偏偏喜欢哈尔巴拉呢？主要是看中了他是身强力壮、腰圆膀阔、满脸连鬓胡子的彪形大汉，体重二百多斤，武术高强，精于搏斗，堪称格、打、擒、拿之王，要是打架动殴交起手来，没人比得上他。莫尔根军长年轻气盛，到外地经常和国民党军警宪特挑衅寻事,这回出去就是打算叫哈尔巴拉充当打手。

这位绰号“哈热黑斯”的王爷本来是个花花太岁,很会风流的,这回到了C镇却一反常态,寻花问柳的时间很有限,和兼任第一师师长的副军长莽斯秘密会谈过程却无限长,足足有一个星期。在这当中,哈尔巴拉既是侍从又是警卫,和莫尔根不能距离太远,也不能太近,大部分时间就在客厅门外立正保镖。起初半个多月什么也没听见,里面门窗关得很严实,风雨不透。后来天气渐热,快要结束密谈的前一天更热,厅内又没有电扇,闷得像笼屉一样,连空气都好像凝固了,何况莫尔根、莽斯两人都是胖子,受不了,大叫大嚷着打开了门窗,这样里面细小动静都清清楚楚,听得见莫尔根慢条斯理地说:“就这么办,第一师三个团人别动,不出去作战;第二师三个团人呢,奉命作战是假的,搞到大批武器是真的,就是到了达兰哈尔山,也不卖力气,他们想弄虚作假,坐山观虎斗,借别人之手消灭异己,两败俱伤,哼哼,没门!”

“别拿我们蒙古军当傻子,我们也会玩心眼哟!”面如锅底,像黑煞星一样的莽斯开心地大笑,紧接着又放低声音说:“不过,我们蒙古军一、二师六个团,分驻两地,终不是长久之计。”

“十六字方针:留在当地,训练部队,忍辱负重,等待时机,唉!”莫尔根长叹了一口气。

蒙古军军长莫尔根和副军长秘密串联之后,在哈尔巴拉等警卫人员陪同下,回到了王府市。他下了火车和前来迎接的以哲别为首的军官们寒暄几句,骑上高头大白马往回驰骋,参谋长和这里三个团的正副团长们前拥后护,警卫人员成群结队,沿途市民肃静回避,显得八面威风。莫尔根看着外城土墙周围、大门两侧、街道要冲、十字路口又在修建一批又一批钢筋水泥做的明碉暗堡,满意地点头,表示赞成。

“奉军座钧令,正在加强加厚内外城防御工事!”哲别说。

六团副团长操着满口鄂尔多斯口音说道:“王府市内外城固若金汤,真正称得起蒙古复兴基地。”

四团团长是喀喇沁人,说话大舌头,有点像旅蒙商人,笨拙得很,立即插话表示同意,说道:“炮楼和碉堡全部是钢筋水泥的,内外城坚固无比,哈哈,高枕无忧矣!”

莫尔根没有笑,肥胖的脸阴沉可怖,挥着藤马棒,指着远处大校场上拥挤不堪的人群,大为诧异地问道:“那是干什么?”

哲别咬牙切齿地说:“南京国民党军统局,不,现在改称保密局了,他们本部派来了一名副处长,兼任武术教官,要训练、加强稽查处特务队。这个家伙狂妄自大,目中无人,连日摆擂台,和我们这里的摔跤手比武呢,竟敢把我们蒙古军的前搏克布尔固德的腰椎骨压断了,造成了恶劣影响,坏透了!”

“肏他邪奶奶的!”莫尔根勃然大怒,骂了一句脏话,再没有说什么,进了内城王府。

哈尔巴拉在蒙古军部阴森森的大厅内忙碌了半天,请假领着当伙夫的两个弟弟走出内城。二弟察干巴拉没有出息,到饭馆酗酒去了。哈尔巴拉叹了口气,和三弟呼和巴拉出外城往自家蒙古包走去。他要安排家务只不过是个借口,最主要还是为了和在这一带化装埋伏的侦察连接头,研究下一步行动。各种迹象表明,现在快到决定性时刻啦,就要执行首要任务掐断铁路公路大干线。这是压倒一切的大行动,比较起来,消灭蒙古军及军统稽查处特务、警察都是次要目标。

哈尔巴拉这个彪形大汉算计着这些,一边仔细观察周围的情况。沙化退化的伊和塔拉大草原一片荒凉，耀眼的阳光把北面八百里腾格里山最高点窟窿峰照得一片金黄，外城土墙下，达赖河畔，搭起了数不清的毡包和帐篷，很多淡蓝色的炊烟悠悠地直线上升。这一带还有一辆又一辆带棚木轮车及旧式套骡子的暖轿车。草地上绊放着各种毛色的蒙古马，不时发出长长的嘶鸣，脱光了毛的骆驼蹒跚走动着。原来这是看军统稽查处副处长兼拳术教官武林摆擂台摔跤，附近牧民、农民也来了很多，加上市内住户，观众达到数万人。

老三呼和巴拉忧心忡忡地告诉大哥：本届所谓摔跤会开了五天，那个从南京军统局本部来的稽查处副处长，不仅摔伤了楚鲁、特木尔、完达尔夫、刘青山等很多人，连蒙古军部前摔跤手布尔固德的腰骨也拧断了，引起了各个方面的严重关注。哈尔巴拉路过会场旁边时，这天的摔跤活动结束了，远远看见一个恶棍模样的军统特务杀手，叉着腰在空地上站着大声叫骂。很多做劳工的人在那里平地、修理栅栏、垫台子，一个个面黄肌瘦。有的劳工扛不动很粗很重的大木头，摇晃着要倒下去，那个监工的特务杀手就挥起藤棒乱打。哈尔巴拉看着这些家伙骑在草原人民头上作威作福的样子，不由得怒从心上起，咬了咬牙，暗暗下了决心，发狠地想道："等着瞧，我一定要打败这个国民党保密局的特务杀手，大灭稽查处的威风，大长老八连的志气，这才是真正较量的开始，比上次摔倒蒙古军部头号搏克布尔固德强多了，影响也大得多。"他虽然这样想，但是表面极为平静，不动声色地领着三弟呼和巴拉回到自己住的蒙古包。晚上，莫尔根军长的亲信副官来了，说道："军座和参座命令你明日上场摔跤，养兵千日，用兵一时，约法三章：第一，只许胜不许败；第二，要想方设法使稽查处拳师负伤，最好弄成残废，让了尝够苦头，丢尽脸皮；第三，胜则晋升军官，授少尉衔，在军部警卫连任排长职务，败则戴手铐脚镣蹲大狱，一言为定！懂啦？"

这个副官走了不久，警务科长"其努瓦"骑马挎枪神气活现地来了。哈尔巴拉知道，莫尔根、莽斯、哲别、扎萨嘎等人是地地道道的民族主义者，伪蒙疆时期和日本关东军美津骑兵师团闹别扭，现在与国民党东西线部队搞摩擦，一心一意追求什么"蒙古高度自治"，恨透了进驻王府市外城碉堡楼的军统特务杀手，决心要拿这个新来的武林出口恶气。"其努瓦"警务科长则完全不同，他是老派旧式人物，当过王府武官梅林、日伪旗公署警务科长，现在又重操旧业端起了老饭碗。他搞不清这里复杂的关系，在他糊涂的脑子里认为：吃哪家饭就干哪家事，既然都是国军，儿媳妇陈蔓莉也是军统特务，何必为区区小事伤感情。这样，裤裆里放屁——弄两岔去了。他说道："算啦，算啦，本科长和稽查处几位处长共同商量过了，输给他们算啦，不要丢了军统局老朋友的大面子。当然啦，败给武林教官的时候不要太容易，要多摔一会儿，最后才败，这样对蒙古军和你自己，也不太难看，两全其美！嗯，就这样，到时候有赏就是了，重赏，不是一般的赏，我敢打保票，立字为据！"

哈尔巴拉送走了警务科长"其努瓦"，只见呼和巴拉坐在那里发呆地看着大哥，眼睛里转起了泪花。

哈尔巴拉沉着冷静地说道："三弟不必担心。当然，这事有很大风险，不过，我自有主意，不入虎穴，焉得虎子，一定会摔倒武林的。你给庆格尔泰连长、刘青山副连长他们报个信。"

第二天上午，哈尔巴拉到了比武场地，只见这里人山人海，好不热闹，都争着抢着看哈尔巴拉和武林比武。只见这个拳术教官在擂台上大摇大摆踱着步，叫嚷着哈尔巴拉的名字，一副杀气腾腾的样子。他每场都赢了，摔倒摔伤了这里十几个最出色的摔跤手，连蒙古军军部前摔跤手布尔固德的腰椎骨也拧断了，觉得自己不可一世，敞开了前襟，露出剥毛猪皮一样白花花的肥肉，凶恶地吹胡子瞪眼睛，据说他有五百多斤重，活像一口大公猪。他又一次叫嚷的时候，哈尔巴拉分开人群，紧走两步，一纵身跳上了台子。这个新来乍到的稽查处副处长正在那里耀武扬威，忽然看见跳上来一个威武强壮、满脸连鬓胡子的彪形大汉，不由得倒退两步。

哈尔巴拉技高人胆大，迈着超重量级摔跤手特有的坚定有力的步伐，明亮的大眼睛内流露着笑意，几乎是耳语般低声揶揄道："教官老爷，你坏透了，浑身是毒，我特意过来惩罚你，要小心狗命，非死即伤，嘿嘿！"

武林从这四声不分的蒙古腔调的汉话里及眼神和表情上，看出了明显的轻蔑、讽刺和嘲笑，发了火，来了脾气，鼻子下边的希特勒式的小胡子直往上蹿，露出獠牙，怪声怪气地骂了一声"老蒙古笨牛"，就动手了。

哈尔巴拉的体重不如对手，差不少呢，这些天侍候莫尔根军长，行动不自由，生活不规律，睡眠不充分，体力没有很好恢复，这是明显吃亏的地方，但是他刚中带柔，柔中带刚，勾、绊、闪、拧、拍、抛、压、扑等传统动作以外，还有数不清的令人莫明其妙的技巧，浑身都是绝招，打得军统特务杀手眼光缭乱，施展不了手段。越到后来越不中了，只有招架之功，没有还手之力，呼哧直喘，直像要爬蛋的大公猪。

在主席台上看热闹的"迈德尔喇嘛"载励志、女特务陈蔓莉等家伙，都慌了神啦，因为武林是保密局本部有名的拳术教官，到这里刚刚上任稽查处副处长，要是有一差二错，没法子交代，于是坐立不安了，向"其努瓦"警务科长使眼色，打手势。

这里，以莫尔根、哲别为首的蒙古军军部和第二师四、五、六团的所谓高级军官们，与他们大不一样了，有的面现喜色，有的鼓掌表示高兴，甚至有的吹口哨、怪声叫好，大有幸灾乐祸的样子。

警务科长"其努瓦"老糊涂了，还是摸不透这两大集团的内部勾心斗角的底细，看见戴励志、陈蔓莉都发慌了，对他使眼色、打手势，不敢怠慢，走过来一边拉扯，一边声嘶力竭地叫嚷道："嘿，哈尔巴拉啊，昨天我对你说啥啦，怎么不听话？"

哈尔巴拉顾不上考虑别的了，抽出手来轻轻推了一下，老得成了棺材瓤子的"其努瓦"冷不防，哪里架得住这个，重重地跌在台子上，顿时中风不语了，嘴歪眼斜，口吐白沫，塌鼻子动弹，抽搐成一团，不像个人样。

蒙古军的参谋长兼第二师师长哲别，本来是想借此机会看军统特务头子的笑话来发泄私愤的，这回看见老子的惨状，怒不可遏，"虎"地跳起来，紧握着象牙柄军刀大喝了一声："警卫连，快！"

头戴黄色钢盔的蒙古军军部警卫连官兵，从摔跤台两侧分别横贯而入，企图上台逮捕哈尔巴拉。

坐在主席台上的莫尔根军长在这次事件中是同情哈尔巴拉的，认为没有一点罪，准备保护这个大名鼎鼎的搏克，但是他碍于"其努瓦"、哲别、扎萨嘎祖孙三代人的大面子，勉强忍下这口气没有表态，这就算默认了，却苦了哈尔巴拉。

气氛特别紧张了，老三呼和巴拉着急起来，连声叫唤："大哥，别赛了，下来吧！"

老二察干巴拉不知在哪儿喝了酒，醉醺醺地，不满意地大叫："得二等也不少奖啊，争个什么呢，得罪了警务科长，又得罪了人家特务队教官，两头不够人，不合算。”

被武林摔伤的特木尔、完达尔夫等人都捏了一把汗，七嘴八舌嚷嚷：“不要摔了，不要摔了！”

只有被拧断了腰骨的蒙古军的前摔跤手布尔固德不吱声，躺在担架上，脸色铁青，咬牙切齿。他是专为看这场夺冠军的决赛被抬来的，等待着哈尔巴拉为他报仇雪恨。

特木尔的父亲额尔旦是正直善良的老牧民，吓得面无血色，哀求道：“唉，哈尔巴拉啊，别争那口气了，算啦，输给教官老爷吧！”

说时迟，那时快，就在这紧要关头，哈尔巴拉施展出了他的又一个绝招，利用武林扑过来的凶恶劲儿，顺势一拽，一翻身就将武林驮到背上。在几万名观众惊讶的叫喊声中，他吆喝了一声，就把这个五百多斤重的庞然大物，从肩膀上摔到台底下去了。他使的力气那么大，台子又那么高，下面石块又那么多，这个军统稽查处新任副处长，怪叫了一声，再也不吭气了。

事后没过多长时间，题目叫《报应》的传单又出了第九期，报应现象之九：跌个半死。说军统稽查处挖坟盗墓，破棺露尸，天理难容，教官武林受重伤致残。

第十三回　误饮药酒女大学生受害 恶贯满盈谍报队长负伤

保密局本部拳术教官武林，经过很长时间抢救，醒过来了，性命算保住了，但是成了残废。他恨之入骨，咬牙切齿地骂道："这个老蒙古兵狗胆包天，竟敢下毒手，枪毙！"

其实，用不着他嗥叫，"其努瓦"的儿子哲别指挥蒙古军军部警卫连一个排官兵，如狼似虎地冲上台子，把哈尔巴拉捆绑起来。

"你们说话不算数，反复无常，我犯了什么罪？"哈尔巴拉的质问打中要害，蒙古军参谋长兼第二师师长哲别脸上的横肉动了一下，不怀好意地龇了龇牙，几乎是附着哈尔巴拉的耳朵，低声道："你摔伤了保密局本部拳术教官，有助于发扬蒙古军威，我当然记功晋级发奖，但是你为什么把我父亲打倒，造成重伤致残，狗奴才，这还了得，要造反？"

哈尔巴拉冷笑道："稽查处特务队教官武林摔伤了蒙古族摔跤手，又把蒙古军部前摔跤手布尔固德的腰椎骨也拧断了，成了残废，你为什么不敢管？"

"他，嗯……"哲别找不到话说。

十多个士兵跑过来，把哈尔巴拉推走了。化装成牧民前来观察动静的侦察连干部战士，还有几万名观众骚动起来。连长庆格尔泰大叫道："你们凭什么抓人？这是在大校场上摔跤，不是到你们蒙古军大营、军统稽查处碉堡楼公馆打架，你们还讲不讲理？自古以来没有这样的事情。"

"放开哈尔巴拉！"在内城王府花园用猴倌职业掩护的副连长刘青山喊道。

"太欺负人啦，放开，放开！"呼和巴拉也喊。

莫尔根军长本来是特别同情哈尔巴拉的，爱惜这种人才千载难逢，但是碍于"其努瓦"、哲别、扎萨嘎祖孙三代人的大面子，不便袒护，现在看了台下观众的动乱情形，思想来了一百八十度大转变，生气了，坐不稳第一把交椅，抽出美式左轮手枪，大声怒喝："咋着，不识抬举，你们要造反？暴动？"

青年牧民特木尔喊："放开哈尔巴拉！"

牧马人完达尔夫叫道："你们替国民党出气，拿蒙古人开刀！"

莫尔根军长看见诈唬不动，真的要动手了，眼睛里充了血，破着嗓子喊："警卫连，架机枪，准备战斗！"

小个子参谋长哲别更凶恶，握着象牙柄军刀把往前走了两步，抽出半截子来，瞪圆了眼睛，气势汹汹地对着怒潮澎湃一样的人群，喊道："咋股子事？外城居民和郊区牧人，都大吵大嚷起哄、闹事、捣乱，你们初生牛犊不怕老虎，哼！这就调我们蒙古军第二师四、五、六团镇压。这不是诈唬你们，不是，老子说得出来就干得出来！"

王府马倌完达尔夫在人群中怒喝："捆绑摔跤手，镇压市民和牧人，你们比腾格里山魔峡中黑熊还坏，比鬼谷中白狼更狠，放开！"

老三呼和巴拉挥着拳头，从台下痛斥着敌人："你们说着蒙古人的话，干着国民党狗的勾当！"

"快放开我哥，要不我拼啦！"老二察干巴拉也大声喊，气得跳脚蹦高。

哲别把象牙柄军刀全抽出来，挥了一下，怒气冲冲地大喝："轻重机枪，准备射击！"

大学生琪琪格也正在观礼台上。她趁着国民党军警思想注意力分散的机会，巧妙地撒了一把传单，红、绿、白各种颜色的纸张像鲜艳的花朵飘进会场，人们纷纷捡起来看着，标题是："坚决粉碎国民党反动派的军事进攻！""彻底揭露蒙古军军部和一、二师六个团的大阴谋、大骗局！"

从上次摔倒蒙古军军部头等搏克布尔固德的那场比赛以后，琪琪格成了哈尔巴拉的最热心的观众之一，为他高兴，为他担心，简直和她的身份地位很不协调，这个青年摔跤手的形象，老是浮沉在脑海，可以说是魂牵梦萦了。这又是为什么呢，他和自己有哪些共同点呢？她暗暗问过自己，得不到准确的答案，最后想到这是读了一些中外武侠或骑士小说潜移默化所致，不禁哑然失笑了。这次情况完全不同了，她确认哈尔巴拉虽然穿着蒙古军的黄色制服，但从连续摔倒"其努瓦"、武林二人，造成重伤等情况看，是一个富有正义感、不畏强暴、敢作敢为的年轻人，可钦可佩，自己有责任营救他。这样，她走到了父亲跟前，尽量压抑着内心的激动，平静地说："阿爸，这太不像话了！"

"岂有此理，岂有此理！"汉名包云卿的那斯图老先生气得说不出话来，花白胡子瑟瑟发抖，又说道："连那块'复兴蒙古'的遮羞布也不要了，暴露无遗！"

"我们应该想办法营救这个摔跤手！"

"怎么营救？"

"阿爸，我们分头去活动，您找莫尔根、哲别两个，他们小时候是您的学生，怎么也得给点面子，我找同学高娃小姐，就这么办吧！"

"好的！"

琪琪格在主席台的右侧找到了这个蒙古军军长的嫡亲妹妹。她俩虽然是A城农学院的大学生，但是走的是两条完全不同的道路：琪琪格立志钻研畜牧业，对"官"字侧目而视，一心一意想繁荣发展草原经济，在学术上有了很高造诣，并且思想进步，政治觉悟高，是学生会主席，多次领导反饥饿、反迫害、反内战的学生运动，秘密加入中国共产党，以后被国民党军警宪特联合通缉，才由组织安排离校返回家乡。高娃想走的是贵妇人、官太太的路，架子十足，态度傲慢，一天换三次贵重衣服，这回她表现出自高自大的样子，抬起了下巴，勉强打了个招呼："花君，您好！"

"您好！"琪琪格尽量压抑着自己的厌恶情绪，微笑着点点头。

"有什么事吗？"高娃小姐的兴趣在漂亮青年军官上，见着他们才情绪高涨，这次忙着要走，对琪琪格却懒得说说笑笑。

琪琪格习惯性地整了整金丝眼镜，彬彬有礼地说："高娃，刚才发生的事太不愉快了，摔跤场上无父子，动武拼力气的事，难免有一差半错，把优胜的搏克抓起来，情理难容，成为天下丑闻！"

"夸夸其谈，过甚词句，这个奴隶出身的士兵不听话，犯上作乱，殴打参谋长的父亲使其身受重伤，就应该严办，杀一儆百，这有什么不可以的，我们的畜牧业专家，你的心太好啦，过于善良，管这么多闲杂事情干什么?"

"不,高娃小姐,这还是次要的,违犯蒙古草原上千百年来的传统规矩,把优胜的摔跤手明目张胆地抓了起来,这对蒙古军一、二师六个团的军心,对莫尔根王爷的德政影响,有百弊而无一利,你应该明白事件的严重后果,还是对您哥哥说说情,不能这么办。"

在农学院得了"大洋马"绰号的王爷小姐,高大而美丽,脾气也不小,现在烦了,生气地说:"我不管,没有这种闲心,你自己去说!"

琪琪格通过高娃营救哈尔巴拉的尝试失败了,她父亲那斯图老先生在那边也没有取得丝毫进展。刚才,琪琪格在主席台右侧和高娃小姐的对话,被扎萨嘎少爷偷听到了不少,他是哲别和军统女特务陈蔓莉生的儿子,又有私下议论说是莫尔根军长的种,反正大有来头,是高贵的公子。他一直追求琪琪格,如醉如痴。这次为了讨得琪琪格的喜欢,他耀武扬威地走过来,挺着胸脯叫嚷道:"花君,美丽的姑娘,我算佩服您啦,愿意拜倒在您的石榴裙下,为您效劳是我最大的幸福,请吩咐!"

琪琪格看着这个联合谍报队头子张牙舞爪的样子,心底燃起了一股怒火,柳叶眉竖起来,俊俏的脸上显出凛然不可侵犯的样子,质问道:"你太放肆了,出言不逊,什么意思?"

扎萨嘎忙施了九十度鞠躬,赔笑道:"啊,花君,您真是艳若桃李,冷如冰霜啊,这样更能使人爱慕、倾倒!请不要误会,我刚才说的意思是,释放我们蒙古军军部摔跤手哈尔巴拉乃区区小事也,何足挂齿,我保下来啦!"

琪琪格微露笑容,这才点点头说:"很好,那就劳您驾啦!"

扎萨嘎兴冲冲地走到军长莫尔根、父亲哲别、母亲陈蔓莉三人那里,低声交谈了好长时间,返回擂台前边来,用生硬发涩的蒙古话说道:"保密局稽查处诸位先生息怒,台下父老兄弟们消消气,刚才我向军部说情啦,这是误会,全是误会,汉族拳术、蒙古族搏克,都是动武出力气的事,免不了流血负伤,嘿嘿,我爷爷和武林先生,经过抢救和治疗,都已恢复健康,没什么大事。我本人现在代表蒙古军军部郑重宣布,嘿嘿,释放哈尔巴拉,他是好样的,最有格打擒拿技术的武术家,天下第一,举世无双。"

化装成牧民的侦察连干部战士、市内居民、菜农和郊区庄稼汉,又在台下怒吼起来:"你说的话比鲜奶还香甜,办的事比腐肉还恶臭,快放开哈尔巴拉!"

"快放!"

"马上放!"

这个联合谍报队长狞笑了一声,往后摆了一下手,蒙古军军部警卫连的十多个官兵,推着被解开绑绳的哈尔巴拉走上了台子,衣服都被撕破了,后面跟着穿鲜艳旗袍的半老徐娘陈蔓莉,正甜言蜜语地说些什么。

化装的侦察连干部战士和牧民群众们,交头接耳议论起来:"这个老妓女一样的娘们,还会说蒙古话,是个什么人?"

"陈蔓莉!"

"保密局稽查处副处长,特务杀手,嘿嘿,是蒙古军参谋长兼第二师长哲别的老婆,也是国民党东线部队主力'虎威'六十三团团长陈秃子的嫡亲妹妹。扎萨嘎就是她生的,又有人说是莫尔根王爷的种,关系可是复杂啦。在日本关东军美津骑兵师团侵略伊和塔拉时期,军统局派她过来了，嫁给了哲别，想通过她策反蒙古军。这女人果然达到了目的，和哲别、莫尔根都睡了觉，从那时候开始就和蒙古军、国民党之间拉皮条！”

这个女特务到了擂台前边，做作地笑着，秃着舌头用很不流利的蒙古话说：“诸位，扎萨嘎刚才宣布释放哈尔巴拉，我们说话是算数的，这不出来了，大家看看，摔跤手好好的。”

老三呼和巴拉看着衣服破烂的哈尔巴拉，气得奋不顾身地冲上去，骂道：“你那是屁话，就像骆驼嘴里喷出来的粪一样恶臭。我们大哥身上带着伤，脸上流着血，怎么是好好的？”

“劈成两半！”生得短粗矮胖的小个子参谋长哲别，像凶神恶煞一样咧着嘴骂了一声，又抽出象牙柄军刀来。

陈蔓莉假装出着急的样子，连忙挡住了丈夫，浪声浪气叫嚷着：“诸位，请原谅，哲别参谋长是军人，嘿嘿，赳赳武夫，办事难免粗鲁一些，诸位，请不要见怪。”

在化装的侦察连干部战士、几万名各族人民群众愤怒抗议下，蒙古军军部和军统稽查处没敢下毒手，被迫释放了哈尔巴拉，但是这个搞地下活动的侦察连政治指导员，从此遭了大难啦，被剥夺了所谓“蒙古军摔跤手”称号，打发回王府干最苦最累的活：驯马、制骆驼、杀牛、垛墙、搬石头，哈尔巴拉明显地消瘦起来，以前在蒙古军部大伙房烧火挑水的两个弟弟察干巴拉、呼和巴拉，现在反过来偷偷救济哥哥。有一天晚间，呼和巴拉端着一大碗硬炒米，刚走过王府暖香阁后面，被正在解手的警务科长“其努瓦”看见了。那次他被哈尔巴拉推倒在摔跤台上，口吐白沫，中风不语，虽然经过多方治疗有所痊愈，但是拖拉着腿行动不便，成了残废。他对此恨之入骨，现在仇人相见，分外眼红，暴戾地吆喝起来：“来人哪，有贼！”

穿黑制服扎白绑腿的警察们跑过来，呼和巴拉被抓住了，前拽后推地押到了这个警务科长跟前。“其努瓦”刚喝完酒，睁着通红的眼睛看了看，怒喝道：“深更半夜，绕着墙角的阴暗溜走，干了什么恶事坏勾当？”

老三挺起了腰，态度不亢不卑，说：“我是给大哥送炒米来的！”

“拉下去打五十黑鞭子！”凶暴的“其努瓦”的塌陷的鼻子动弹了一下，布满红丝的眼睛瞪得贼溜圆，大大发怒了，歪斜的嘴里流着白沫，又喝道：“堂堂的王爷府，又是旗公署、蒙古军军部，难道是要饭讨米的地方吗？端着破碗跑来跑去，成何体统，拉下去打，连那个无法无天的暴徒哈尔巴拉也拉过来打，打五十黑鞭！”

这回，哈尔巴拉和三弟被打得遍体鳞伤，浑身青一块紫一块，没有一个完整的地方。之后，他们的境遇越来越坏，吃的是猪狗食，干的是牛马活儿，隔个几天就挨一回毒打。

在这一段时间内，在王府市附近牧区分散化装埋伏的侦察连，再也沉不住气了，庆格尔泰连长三番五次通过在王府后花园当猴倌的刘青山副连长，给哈尔巴拉捎口信，叫他马上离开这里。

哈尔巴拉坚决不同意，严肃地答复道：“不行，不行，千万别为我提心吊胆的，没有生命危险，不过是皮肉受点苦。连这点罪都受不了，跑出去暴露目标就坏大事啦，功亏一篑，前功尽弃。我在内城王府有好处，老是听到新消息，这里纷纷议论：国民党嫡系东西线部队司令长官，对杂牌蒙古军一、二师六个团人威胁利诱，送来了十万光洋，叫他们两边齐出动，打我们独立骑兵团主力。驻防王府市内外城的蒙古军部和第二师三个团人，看着白花花的银子动了心，答应马上倾巢出动，要快点派人到达兰哈尔山，给团首长报告这个军事行动。”

一天晚间黄昏时分，哈尔巴拉喂完马，绕到前院进一步了解到蒙古军部和第二师四、五、六团出发的时间。他立即出了内城准备通风报信，在胡同口遇见从那里走出来的琪琪格。她身穿银灰色的轻纱蒙古袍，腰系浅绿色宽绸带，金丝眼镜、手表、漆皮短筒马靴都闪闪发亮，给人一种飘然欲仙的感觉。她看见哈尔巴拉，主动走上前讯问他的近况，两人默默地走了一段路，琪琪格叹口气说："我听到了对你的迫害，深表同情，唉，哈尔巴拉啊，我多次看过你摔跤，在这方面你很有学问，高深莫测，人人惊服，但是现在处境很不利啊，你应该远走高飞，脱离这狼窝虎穴，如果有什么困难，我尽力给予帮助，野火烧不尽，春风吹又生，未来充满着光明和希望！"

哈尔巴拉粗通蒙文，翻来覆去看了几遍翻译过来的《三国演义》，但是汉文一个大字不识，现在听着这个读书人外旗口音夹杂汉话的蒙古语，想：世界上还有这样漂亮的姑娘，真美啊，但是像她这样一尘不染的上层人物，脸是白的，心是黑的，为什么主动和自己说同情话呢，也许可怜他？不，这是有钱财、有名望家庭出身的阔气的大学生，一定是拿他开心、套话。于是他冷笑了一声，讽刺地说："高贵的小姐，别嘲笑、戏弄我了，请高抬贵手，叫我走吧，你的深情厚意，我实在是担当不起呀！"

"你是这样理解的？"琪琪格不由得停止脚步站下来。

"没有别的理解法。"哈尔巴拉粗鲁地说着大踏步走了。

琪琪格在原地停留了片刻，闷闷不乐地回到家里。这是典型的书香人家庭院，位置在外城一条小胡同内，青砖小墙，乌黑油亮的角门，卵石铺的甬道，两边种着花草，西边偏房是佣人住的。三间青砖瓦顶正房，西间屋住着那斯图老先生，里面挂满了字画条幅，书架上叠放着很多装匣子的、带套子的线装书，各式各样的砚台墨盒散发着香味。东间屋平常空着，琪琪格放寒暑假期间回来住。这回在A城搞学生运动被国民党当局通缉离校，她回来待了将近三个月。几天以前，突然接到通知，指示她秘密前往A城，和党组织恢复关系，接受重要任务。因为这两天要走，屋里显得很零乱，炕上放着带帆布外罩的皮箱、挂小锁的旅行包、装在盒里的小提琴、带食品的网兜及准备带走的皮面洋装英文书。这个大学生略坐片刻，还是解除不掉心中淡淡的忧愁，怅然若失，索性拿起这把意大利小提琴拉伊和塔拉的名曲《草原的挽歌》。随着手指的跳动，使人伤感的缠绵悱恻的音调，在静谧的秋夜中荡开来，形成了一种极为悲凉的气氛。

老学究那斯图先生听到动静，从西间屋走进来，注意地看了看这独生女儿，关心地说："琪琪格，我看你这些天精神恍惚，不大愉快呀，是不是在我们那个阔亲戚高娃小姐那里受气了？"

"不，不，"琪琪格轻蔑地笑着说，"不和她一般见识，我们这个远房亲戚是庸才，不，是蠢材，她上大学是为了混文凭镀金，不是为了深造学业，为蒙古草原做出贡献。她梦寐以求的是嫁给高官显贵，当阔太太、夫人。"

"是的，她是地地道道的膏粱子弟，绫罗绸缎其表，粪土糟糠其实，不足为训，不过——"这个老学究停顿了一下，对独生女儿开始说教了："儒家提倡的中庸之道是极有道理的，要讲究不偏不倚，莫走极端。你参加了什么学运，被A城农学院当局认为害群之马除了名，得不偿失，太不应该了。这回去和他们商谈，最好去继续上学。另外，还有一件重要的事，男大当婚，女大当嫁，你对自己终身大事也得斟酌考虑啦，我看见扎萨嘎这个狼崽子不怀好意，张牙舞爪，飞扬跋扈，庸俗卑鄙，有事没事老是围着你转，纠缠不休，坏，很坏，尽早彻底摆脱他，一刀两断，断绝关系。从几个月以前开始，外旗有一个小王爷提亲，摆起家谱来，和我们是姑舅亲，他叫巴特尔，二十三岁，留洋学生呢。"

“小王爷?!”琪琪格厌恶地摇了摇头。

“时风更易，沧海变田，王公贵族也在变啊，最早，我们的祖先也是当过王爷的，现在不是变了吗？人家小王爷巴特尔也不想当官，专心致志研究语言文学，通晓好几国话哩，你看看这近照。”

琪琪格用不屑一顾的神情对那个顾影自怜的白面书生的相片看了一眼，还给了父亲，扬声笑了：“阿爸，您了解自己女儿还有很大一段距离啊！阿爸，实话实说，我这次出去干的营生对家里有很大风险，您出去躲躲吧，千万不要在城里，最好到牧区，比如汗庙附近的伊和浩特、巴嘎浩特等等，地点由您定。不出去可不行，这关系到生命安全，不能麻痹大意。”

那斯图老人过惯了平静淡泊的生活，讨厌新环境的吵闹杂乱，起初不肯，以后挡不住独生女儿的再三劝说，雇了个佣人看家，自己还是出城到草原上去了。

琪琪格心事已了，轻松愉快，就要出门远行了。这一天，琪琪格的中学时期的三个女同学珊丹、胡达古拉、伊热胡相约而至，她们仨都穿着当时女学生流行的新潮服装：白衬衣、黑裙子，邀请道：“花君，快穿上这白衣黑裙，同学们正等着你哪！”

琪琪格虽然这两天就要远赴A城，但是也很愿意和老同学们聚会玩玩的。她能说会道，善于交际，长得又漂亮，明眸皓齿，笑着说：“搞什么活动？登腾格里山，还是游达赖河？”

三个同学拍着巴掌蹦跳，喊道：“花君历来神机妙算，但是这回也猜错了，不是游山逛水，而是大吃二喝，主要是请您。”

素有“外交家”之称的琪琪格很会随机应变，放声大笑道：“正好，过两天我要远走高飞，我来请客。”

她们仨又拍着巴掌蹦跳，喊道：“又猜错了，王府高娃小姐包办酒席，破这点费，花这点钱，对她来讲是九牛一毛。”

琪琪格也穿上了白衬衣黑裙子，这虽然是极普通很平常的布料衣服，她穿起来就与众不同，高贵典雅，别有风韵。三个同学围着团团转，品头评足，赞不绝口，七嘴八舌道：“琪琪格同学不仅仅是花君，乃花神、花妖也！”四个人说说笑笑走出这青砖灰瓦的独家小院，便看见门口停着一辆画着带翅膀飞马的军用黄色吉普车。琪琪格很感意外，略有吃惊地问道：“蒙古军的车子?”

不知道为什么，珊丹突然流露出忸怩难堪的样子，抢先答复道：“出钱、找地方、办酒席、派车子，全由我们阔同学高娃小姐包办。”

琪琪格听了这话便解除了怀疑，因为高娃是蒙古军军长莫尔根的嫡亲妹妹，一手通天，要啥有啥，这并不奇怪。但是又让琪琪格出乎意料的是，这辆画着“飞马”的黄色军用吉普车，并没有在饭馆酒家林立的外城十字大街停下，风驰电掣地驶进了戒备森严的内城。琪琪格第三次发生了怀疑，大惑不解地问道：“怎么跑进这里来了?”

又是珊丹多少有点不好意思地别转过脸看着窗玻璃，声音少许发抖，胆怯心虚地说：“高娃小姐别出心裁，要的是家宴，独特风格，同时她不愿意出外走路，嘻嘻，她还安排家宴酒席上全是女人，没有一个男人，嘻嘻!”

琪琪格听了三番五次的解释，便再没有怀疑。

画着“飞马”的黄色军用吉普车绕过蒙古军军部，到了一座没有任何标记的神秘的大院门口停下了。女宾们对此漠不关心，都不知道这是联合谍报队的秘密接头地点。

高娃小姐听见车喇叭响，率领众多女士出来迎接。她本人身材高大，体格健壮，外号“大洋马”，还是个很不错的运动员呢，现在穿着大红大绿，珠光宝气，显示出富贵人家那种傲气。她不看别人，专对琪琪格很有礼貌地微笑着，半文半白地说：“啊呀，花君光临，有失远迎，恕罪恕罪。喜逢十五，良辰美景，同学聚会，共同赏月。花君是A城农学院高才生，著名的畜牧业专家，屈尊来到敝处，不胜荣幸！”

对这位王爷小姐的话谁也不敢说三道四，只能笑脸恭听，但是另一位王爷的近亲某小姐却能翻脸直说，不满意地责备道：“姑奶奶，别咬文嚼字了，我都听不懂，都是乡亲和同学，拿什么穷酸架子！”

说得高娃小姐颇为尴尬，她瞪那女人一眼，接着请琪琪格坐在主席位。随着美味佳肴的逐渐上席，高娃环顾在座的二十多位来宾、太太、夫人说：“这里没有手扒肉，也没有马奶酒，但是山珍海味，南菜北肴，应有尽有，彻底改变了伊和塔拉大草原上传统的宴席习惯。不仅饮食如此，音乐也有新变化，不拉四胡马头琴，不唱短调长调民歌。现在酒过三巡，菜过五味，我们大家洗耳恭听花君演奏小提琴，欢迎！”

在这些小姐、太太、夫人们一片欢呼和鼓掌声中，那位珊丹女士从隔壁房内端过来方形盒子，打开盖子是一把意大利提琴，熠熠生辉。琪琪格看见如此情景，不便推辞，就调弦定音熟练地拉起了老幼妇孺皆知的名曲《草原的挽歌》。她拉的实在是太好了，小提琴时而高亢，时而低沉，时而缠绵，时而悱恻，动人心灵，催人泪下，有几个女人竟掩面哭泣起来。演奏之后，珊丹使眼色示意这些女宾们轮流敬酒。琪琪格虽然没有干杯，也没有大口喝，却挡不住众人纠缠劝酒，只得多少呷一口。这样过了一会儿，积少成多，她就要酩酊大醉了，满面通红，杏眼迷乱，脚步踉跄，东倒西歪。

高娃小姐见状大怒，劈头盖脸训斥众人道：“花君酒量有限，你们这样逼她干什么，不停地敬酒、劝酒、灌酒，谁也受不了，不懂规矩，缺乏礼貌，没有教养，一群牲口！”

珊丹赔笑道：“花君多才多艺，受到大家尊敬、爱戴甚至崇拜，轮流献杯喝醉了。这没关系，她也像您一样，身材高大，体格健壮，抵抗能力强，我来伺候，等酒醒了以后再送回去，你们走吧，丝毫不用挂念，不用惦记。”

女宾们七手八脚把琪琪格抬到里屋床上，这才一个个走散了。夜深人静，什么都听不见，珊丹变得鬼鬼祟祟，讪笑着仔细反复地观察了一会儿，放慢放轻脚步走到另一间房屋门口轻轻打了一个口哨，随着长筒马靴刺马针铿锵发响，蒙古军军部和一、二师六个团中的神秘人物扎萨嘎少校趾高气扬地走进来，嘴里不干不净地哼唱着什么淫秽小调，声音很大，旁若无人：

我明采花，
暗采花，
宁教花下死，
做鬼也采花……

他贪婪地看着躺在床上的琪琪格，大喜过望，舔了舔干燥的嘴唇，跃跃欲试，但是又不无担心地问道：“吃了麻药了吗？”

珊丹点点头，埋怨说道：“这是大阴谋大骗局，幕后策划指挥的是你，最大的受益者是你。跑腿操办的是我，低级下流，没有什么收入和报酬。上当受骗的是高娃小姐，花钱当冤大头，两眼漆黑，什么也不知道。花君是最大的受害者，没有一点爱情，昏迷状态中不明不白地失去了最宝贵的处女红。她现在喝醉了，又被灌了麻药，没有一点抵抗能力，受您任意摆布，迷奸强奸，不过也得快点，一会儿药劲过了就不好办了，快点！”

扎萨嘎少校用不着珊丹来催促，他紧张、匆忙、慌乱地脱掉琪琪格的内裤，接着又心急火燎地脱掉自己的衣服，一丝不挂地站着，在珊丹的讪笑下野兽一样扑过去。

珊丹在旁边站着一边拍照一边骂道：“流氓、色鬼、淫棍，人家是处女，第一次，快点，药劲消失就麻烦了，坏了大事。”

扎萨嘎完事后到了洗澡间正在淋浴，忽然听见乒的一声枪响，他十分震惊，浑身滴着水跑步过来看，只见琪琪格在卧室中央站着，大气磅礴，神圣不可侵犯，左右手同时紧握着从衣架上挂的武装带皮套中抽出来的扎萨嘎的两把左轮手枪，其中一把枪口冒着几缕青烟，是刚才把珊丹打死了，脑袋被揭了盖，躺在血泊中。这个联合谍报队长手无寸铁，毫无抵抗能力，就在他夺门而逃的瞬间，琪琪格甩手又是一枪，是对准扎萨嘎的心脏部位打的，偏了那么一点点，只是打穿了左肩膀。他流血过多，浑身虚脱，脚步踉跄，东倒西歪地跑到了蒙古军部野战医院。这一下，王府市内外城的军警宪特都被惊动了，乱成了一团，急急忙忙过来时，琪琪格早就没影了，不知去向。这是伊和塔拉草原上最近发生的天字第一号大案件，虽然进行了三番五次大搜索，也没有找见。内外二城高大厚实，八道门都有双岗，她怎么跑出去的？是不是躲藏在什么地方？谁也说不清。却不知琪琪格早就有了最坏的打算和准备，万不得已时就钻城墙流水洞。她就这样脱险了，还缴获两把最新式的左轮手枪及一架照相机，在这同时把珊丹拍照的那些底片全部烧掉了。

第十四回 反对军统兵痞发动事变 利用空隙八连领导暴动

一个月以后，蒙古军军部和第二师四、五、六团全部出动到达兰哈尔山，参加对那里独立骑兵团的作战，莫尔根、莽斯、哲别、扎萨嘎等家伙，对国民党一直采取“不能硬扛，可以软拖”的策略，就是说枪械弹药要领，十万光洋要拿，但是要尽量避战躲战，保存实力。其实，这种方法顶多只能实现一半，不能完全行得通，主要有两方面原因：一是有军统稽查处特务队督战；二是那里独立骑兵团经常捕捉战机，主动出击。这种情况很不妙，半个多月来遭到了很大损失，伤亡好几百人。更使莫尔根烦躁不安的是：蒙古军一、二师六个团都是三三制编制，就是说每个团三个连队，人数过少。这样他们第二师五团在八月七日那次争夺三角标高地的激烈战斗中，寡不敌众，被那里独立骑兵团以七个连队的优势兵力打败了，一时采取守势，分头撤退。其中一部分士兵，趁着大混乱集体枪杀军统稽查处督战的特务队，发动了兵变。他们本来就对国民党特务杀手恨之入骨，这回正好找到了动手的机会。另外一个重要原因是：蒙古军消息特别灵通，不知怎么听到了戴笠摔死的消息，觉得特别解恨，一不做二不休，需要雪上加冰再添霜。这样，大约有两百多名士兵，脱离了硝烟弥漫的战场，回头窜进伊和塔拉大草原。稽查处长戴励志外号“迈德尔喇嘛”，就是弥勒佛的意思，心广体胖，平常总是笑嘻嘻的，这回完全变了样，气得暴跳如雷，恨不得一口吞了这些士兵。但是他一时想不出应付办法，只好和蒙古军头头们研究对策。莫尔根、哲别、扎萨嘎等人，在会上大骂督战队贪生怕死，却对蒙古军作威作福，逼出乱子。他们反对镇压，极力主张去宣抚招安。内外交困的戴励志、陈蔓莉，只好同意了他们提出的办法，派稽查处会说蒙古话的小特务前去谈判。这个家伙在八百里腾格里山东侧赶上了哗变士兵。因为这里地势极高，找不到一点水源，深山峡谷之间酷热难耐，干渴的士兵们正在杀军马喝生血，着急得红了眼睛，看见了小特务两句话也没说，一刀劈成两段。第二次，莫尔根军长的亲信副官，带着大米、白面、罐头、烧酒、香烟等物品出动了，在王府市东北一百多里的地方赶上了他们。这个副官带兵多年，诡计多端，封官许愿，连诱带骗，把一半人领回了第二师，但是剩下的五团三连原三排长“二蛮子”为首的一百来人，始终不服，宣称和军统稽查处誓不两立，只要他们特务队在蒙古军督战，死也不归队，接着气势汹汹地扑向王府市。

这时候，王府市内外城兵力很单薄，被哈尔巴拉摔伤致残的拳术教官武林、警务科长“其努瓦”两人在这里留守，变成了难兄难弟，听说前线打了败仗兵变了，吓破了胆，十万火急地征集了四百多名市内居民和郊区牧人，在外城土墙周围加深加宽大壕沟从达赖河引水灌。

哈尔巴拉立即把这紧急情况通知了侦察连连部，准备动手。他也被赶到城郊来了，拿着当地铁匠打的笨重的方形铁锨，掖起蒙古袍前后摆，和人民群众一起挖壕沟。他的公开身份是王府奴隶，社会地位最低，但是在这里干活的人，差不多都认识他，谁不知道这个青年摔跤手啊！

最先认出他的牧马人完达尔夫惊呆了，过了好大一会儿，定了定神，这才迟疑着说："年轻人，你不是哈尔巴拉吗？唉，你这被伊和塔拉草原上人人夸奖、个个赞扬的力士，怎么和我们一起受苦呢，瞅，你的满脸连鬓大胡子长了，身上像小山一样鼓起的肌肉少了，可怜的，是怎么回事呀？"

第二个认出他的老牧民额尔旦哭起来，泪水顺着沾满尘土的脸往下流，滴在油垢的蒙古袍子上。他也不擦，哽咽着说："腾格里山下最好的摔跤手，达赖河边最有力气的小伙子，伊和塔拉大草原和王府市的牧人市民都知道你，都想着你，是不是上次摔伤了军统稽查处拳术教官和警务科长，得罪了当官的老爷们，挨罚啦？"

哈尔巴拉的长着连鬓大胡子的脸上，显出了感动的样子，点了点头。他受罚来干苦役的消息，很快传遍城防工事工地。很多民夫同情他，对他的遭遇愤愤不平。到了晚上，有的人送来了炒米、奶豆腐、奶皮子，有的人送来了烟叶、砖茶、烧酒，还有的人送来了毡子、皮褥、棉袍。他虽然野营露宿，却什么也没收，都退回去了。哈尔巴拉一直注视着达兰哈尔山的战事，虽然每天劳动很累，他总是找机会探听消息，这些天他从多方面获悉：蒙古军军部和第二师四、五、六团打了败仗，又发生兵变，什么也顾不上。王府市内警察特务杀手不多，空城一座。于是他立即秘密和庆格尔泰进一步联系，说条件基本成熟，我们早已盼望的切断铁路公路大干线的日子到来了，马上集合好整个侦察连队。

形势十分紧张，一部分贫穷的市内居民和附近牧人，不分昼夜挖掘壕沟，每天只能吃一些窝窝头、硬炒米等粗劣的食物，体力消耗大补充少，走路都摇摇晃晃，连一点力气也没有了。军统稽查处特务队留守的一名火夫，看到这些心中不忍，偷偷送了剩余的馒头和大米饭，没提防被武林发现了。这个被哈尔巴拉摔伤致残的特务行动头子，就为这点残羹冷饭勃然大怒，把伙夫捆起来毒打了一顿。很多民夫敢怒而不敢言，就用消极怠工、破坏工具等方法来反抗。

老得要成了棺材瓤子的警务科长"其努瓦"，也被哈尔巴拉摔伤致残，得了中风不语症，刚刚痊愈，但是他是个官迷，不仅不辞职，反而又兼任了城防工事工程总监工，一瘸一拐地领着几个警察走动着，看不顺眼就过来殴打一顿。他凭着当多年王府武官梅林、日伪警务科长的嗅觉，一直对哈尔巴拉放心不下，路过旁边时总是歪嘴斜眼注意窥视，他和武林暗中串通好了，准备这次战乱中杀害哈尔巴拉。

这一天傍晚，"其努瓦"神色慌张地过来了，手握"大镜面"驳壳枪，大张着机头，一边哼着鼻音嚷嚷："叛兵就到跟前了，你们要连夜挖壕沟，又宽又深，嗯，快挖，拼命挖。"黄昏以后天阴起来了，青牛皮一样发黑的云层遮住了星光，对面不见人。王府市外城土墙周围，传出铁锨镐头的叮当声及疲倦的民夫们粗重的喘息声。监工的警察、特务杀手打的手电，在各处鬼火一样闪烁，这些家伙们惊慌失措地大喊大叫："肏妈人家的小子们，吃饭像狼一样，干活像羊一样，磨磨蹭蹭的，叛兵就到跟前啦，快挖，揍死你！"

哈尔巴拉等这些家伙过去以后，在黑暗的掩护下，悄然无声地离开这里，钻进了一片七歪八斜的自然林中，蹲在洼地里。过了不大一会儿，从汗庙方向过来两个人，一个是一排长，另一个是刚刚参军的小青年特木尔。他俩到了这里，定了定神，一排长急忙放低了声音说道："指导员，连长叫我报告你，我们分散化装埋伏的连部和四个排人，已经秘密集结待命，只要一声令下，就可以动手掐断铁路公路大干线。连长还问你什么时候过去？"

"这好办，我通知两个弟弟参军，马上就过去！"哈尔巴拉斩钉截铁般说，"动手时间定在明天晚间二十二点整，要进一步准备好各种工具。根据原定方针：第一个目标是炸掉铁路公路大桥；第二个目标扒开铁路十里远，枕木铁轨不能烧不能扔，都运到八百里腾格里山中妥善保存起来。归根到底就是一句话：要彻底破坏，叫国民党部队永远无法修通！"

"难道就不打王府市了？那才是主要目标，多肥的一块肉呀！"特木尔十分不理解首长的意图。

"攻城占地不是我们的主要目标，但是王府市没有多少兵力，最后可以打进去，破坏蒙古军的明碉暗堡和兵营、仓库。"

"指导员，还有一个很重要的情况，蒙古军军部和第二师的叛兵一百多人，已经进驻汗庙，他们也准备打王府市，要捉住军统稽查处的头头们，为死去的土匪头子'大黑塔'报仇，正和连长谈判呢，人模狗样，他妈的！"

"距离我们这么近，又来谈判，这真是意外情况，说些什么？"哈尔巴拉怔住了。

"狗戴嚼子——胡勒，瞎说什么都是成吉思汗的子孙，蒙古人不打蒙古人，要携起手来一起干！"

"我们老八连的班排长们，对此什么意见？"

"'二蛮子'为首的叛兵们，最近确实打死了很多军统稽查处特务杀手，这是事实。在这种情况下，我们不能动武打叛兵，也不能接受他们，拿不定主意怎么办好。"

哈尔巴拉叹了口气："情况很复杂，很严重，我去一趟吧！"

"对，对，指导员，还是你去定吧！"一排长和新战士特木尔都说，他俩也觉得事关重大，不简单，不好处理。

新战士特木尔又补充道："千匹马是靠头马拢群的，千百只羊是靠头羊引路的，你去就好办了，连长和我们都有这个意思，这不是把那匹踢死过日本骑术教官的悍公马牵来了，您的坐骑，嘿嘿！"

半夜以后，哈尔巴拉骑着那匹著名的鬃毛垂地的大黑公马，到了侦察连集结地点伊和浩特，它是这一带少有的比较大的牧民村，位置在汗庙、王陵、敖包前面，因此发展起来了，有百十来户人家。它背靠八百里腾格里大山鬼谷南口，面临达赖河峭壁岸，前面不远处就是铁路公路大桥，地势极为险要。这里群众基础也不错，就拿额尔旦老汉一家人来说，长子特木尔参军，老伴吉木斯、姑娘斯琴、次子楚鲁等人，都积极为侦察连通风报信，处处掩护着他们的行动。连长庆格尔泰对此评价很高，称之为堡垒户，很多事情对他们也不隐瞒，连部现在就驻在这里。

叛兵头目"二蛮子"头戴黄色钢盔，身穿蒙古军黄色制服，右手放在驳壳枪把上，昏昏欲睡，看见走进蒙古包的哈尔巴拉吃了一惊，慌忙跳起来，结巴着说："这不是，这不是……"

庆格尔泰粗犷地大笑："说对了，他就是先摔倒你们蒙古军摔跤手布尔固德，后摔倒保密局驻王府市稽查处副处长武林的哈尔巴拉。当时是搞地下工作，现在不用藏着瞒着，他是我们独立骑兵团侦察连——也就是人们常说的老八连的政治指导员，共产党员。他的个子像腾格里山窟窿峰一样高，胸脯像伊和塔拉大草原一样宽，胡子像原始森林一样密，嘿嘿，你看着害怕吗，嘿嘿！"

"二蛮子"又拉开架势打起官腔道："我这个人带了一辈子兵，玩了一辈子枪，骑有脾气的骏马，交有力气的好朋友，服啦！"

哈尔巴拉用尖锐的眼光扫了一下，正色道："服不服我个人，是小事一段，你们最要紧的是不能三心二意，当面一套，背后一套！"

"唔，""二蛮子"又吃了一惊，连连点头，"对的，对的。"

"到底怎么样，还是走着瞧，"哈尔巴拉冷笑了一声，不亢不卑地往下说，"所以，先定三条：第一，在很长一个时期内不能接受和改编你们，继续考察；第二，但是根据你们打死了很多军统特务杀手，还要准备打死戴励志、陈蔓莉、武林等情况，可以暂定为朋友，互相不开火；第三，决定明天晚上二十二点动手作战，你们一百来人主攻王府市外城，打开稽查处碉堡楼，活捉武林，接着再打内城！"

"你们老八连干啥？""二蛮子"紧张了，很怕哈尔巴拉把重担子推给他们，在一边看热闹。

哈尔巴拉对庆格尔泰、一排长、特木尔等人使了眼色，哈哈大笑道："我们的任务更重更艰巨更困难，扒掉几十里长铁路公路大干线，炸毁钢筋水泥大桥！"

"唔，八路军变成了扒路军，只流汗不流血，没有生命危险；我们是流血又流汗，说死就死，不公平合理哟，回去给弟兄们传达，他们也不服，唉！""二蛮子"说着气呼呼地走了，这不过装腔作势说谎，其实他是最愿意打王府市的，油水多，那里有大商店、饭馆、妓院，能抢劫、大吃二喝、逛窑子。

哈尔巴拉天亮以前赶回王府市外城跟前，把鬃毛垂地的大黑公马交给一排长牵走了，假装出去解手回来的样子，又和那些民夫一起挖大壕，一边派特木尔把三弟呼和巴拉找来，悄悄布置安排，说道："受苦受难在这里埋伏，这回可盼到头了，明天晚上一定动手，你们留在王府市内外城都不行，通知你二哥也要参军。以前怕他嘴头不牢，什么也没对他说，这回不行了。"

十六岁的呼和巴拉失声痛哭了，哽咽着说："不行了，不行了，前天晚上我二哥喝得烂醉，到吉达'孛'家里和他妹妹娜布琪调情，吉达报告了警察，他被打得很重，现在都爬不起来啦！"

哈尔巴拉大惊失色，拍了一下腰间的两把二十响驳壳枪，连声叫苦："不早不晚，偏偏在这节骨眼上惹了麻烦，耽误了自己，拖住了你，对我也造成了思想负担。"

呼和巴拉看不惯二哥，对大哥却是百依百顺，这回更加着急起来，说道："这可咋好？"

哈尔巴拉沉默良久，叹了一口气，说道："唉，三弟，你二哥误了大事啦，你得留下照顾他，暂时不能随军行动，在王府市内外城待下去也不行，这样吧，照着我这个法子来，趁早离开这狼窝虎穴，越快越好，再晚就来不及了。"

"什么办法？"老三紧张地问。

哈尔巴拉放低声音，对着三弟的耳朵说了几句话。

呼和巴拉点了点头，遵计而行。第二天中午，他在蒙古军军部留守处食堂烧火做饭的时候，吐出事先含在嘴里面的羊血，突然倒下去了。伙房管理排长发现以后，认为他中了瘟疫，很怕传染给别人，就把他和负伤不能动弹的老二撵出来了。这样，患难的兄弟俩总算暂时脱离了风暴的中心地带。出乎意料的是，老二察干巴拉表现很奇怪，就在这样紧急情况下也不抓紧行动，磨磨蹭蹭，拖拖拉拉，好像不愿意离开这充满危险的地方。

老三呼和巴拉早就准备好了，现在着急地吼道："你到底走不走？"

老二察干巴拉虽然负了伤，嗓门更高，叫嚷着："你走你的，管我干什么？"

老三呼和巴拉看出二哥不愿意和他一起走，要单独行动，自己说不动他，只好抛下他先走了，但是放心不下，担心他会出什么事，远远跟踪监视。

老二察干巴拉身上虽然负了伤，但是并不像他说的那样严重，走路轻快，行动自如，和健康人差不多。他还是不慌不忙地走出内城王府，在外城十字大街繁华的商业区闲逛了很长时间，东瞅瞅西望望，不知道这十八岁的小后生看些什么。最后走进一家妇女儿童用品商店，从衣兜里掏出仅有的一块银元购买物品。使店主发笑的是：这个脸上开始长出连鬓胡子的五大三粗的年轻人，买的全是女人用的东西：香皂、香水、擦脸粉、胭脂、小镜、红头绳、描眉笔墨等等。

察干巴拉就这样拖延着，等到太阳落进八百里腾格里大山背后，这才走出外城东门，慢慢到了近郊牧区一座裹着雪白毡子的大型蒙古包跟前。来回走动的几条高大的藏獒都是很凶恶的，但是它们都认识这个老二，摇晃着尾巴表示欢迎，有的藏獒还更亲热地舔着他的翘尖香牛皮靴。察干巴拉对这些藏獒一点都不感兴趣，直接走近这座雪白的大型蒙古包，吹起口哨来，这显然是暗号，朱红小门开处，走出一个穿绿缎子蒙古袍的少妇，亭亭玉立，靠近这个彪形大汉笑道："小弟来了，想姐姐啦？"

原来察干巴拉多次偷偷摸摸来这里，和这个漂亮女人发生两性关系。她的名字叫德利格尔玛，三十岁，比察干巴拉大十多岁，是蒙古军第一师二团团长巴图的妻子，结婚多年没有生孩子，以后检查出女方没有毛病，而是巴图团长缺少精虫。对此夫妻双方甚至老人都很着急，秘密商量决定由德利格尔玛自己选人"借种"的办法，只要怀孕生下孩子就行，巴图团长绝不干涉，更不追究。这真是天下之大，无奇不有。正在物色寻找之际，察干巴拉自投情网了。原来这个老二不同哥哥和弟弟，是个酒色之徒，不仅对吉达"孛"的妹妹娜布琪挑逗调戏，还勾搭上了蒙古军军官太太。现在他又暴露出不懂事的傻样子，大咧咧地笑道："是想姐姐了，抽空来看看，还带来点礼品。"

"哟，果然是小弟诚心实意，还破费买了礼物，是什么稀罕玩意儿呀？"德利格尔玛是团长太太，贵重东西见多了，眼光很高，现在看了这些廉价的不值钱的化妆品，哈哈大笑，笑弯了腰，笑痛了肚皮，讥笑道："啊呀，你这些伪劣低档的东西谁敢往脸上抹呀，把皮肤都烧坏了，变成丑八怪，怎么办？"

察干巴拉着慌了，口吃起来，结巴着问："白花钱了？不能用？"

这位团长太太又大笑起来，在黑暗中伸手往察干巴拉身上抚摸着，啐骂道："看谁用，用还是能用的，下等品，只有小弟这个东西是上等品，有种，嘻嘻！"

两个人互相拥抱着走进蒙古包，里面是阔气的，立柜、对箱、横镜、帽盒、沙发、钢丝铁床、栽绒地毯、新式火炉等一应俱全，显得美观大方。察干巴拉在一对红蜡烛光照耀下，端详着美若天仙的团长太太，淫心顿起，把她压迫在吱吱嘎嘎发响的床上，开始脱衣服扒裤子。德利格尔玛并不拒绝，更不反抗，顺从主动地躺下来。

察干巴拉虽然年龄小，就是这样一个好色之徒。他调戏吉达"孛"的妹妹娜布琪，被"黑狗子"警察毒打了一顿，这是千真万确的，但是伤势并不像他说的那样严重，他是以此为借口装病离开王府市内城蒙古军军部，住到郊区好和这位团长太太见面。对这一切，暗暗跟踪监视的老三呼和巴拉明白了八分，把他气坏了，却没有办法。

第十五回　风高月黑掐断铁路公路　烟飞火蹿烧遍外城内城

哈尔巴拉约定在旧历八月初三晚上起事。黄昏后，天空突然乌云密布，一刹那间雷鸣电闪、风雨交加。这时候，从王府市东北汗庙方向，传来了三下枪声，三颗红色曳光弹从低空掠过去了，这是开始行动的总信号。

哈尔巴拉紧握着磨得锋利的铁锹，往跟前监工的军统特务杀手那边靠近了一步，冷笑着问道："稽查先生，这是什么枪声啊？"

这个特务杀手什么也不懂，他的上司封锁着一切消息，还做着升官发财的美梦。听了这有挑衅意味的话，他发起脾气来，举起鞭子大声喝道："臭苦力，还不快挖大壕，打听起什么打枪的事来了，活活扒了你的皮！"

哈尔巴拉又往前靠近一步，继续冷笑着说："监工老爷，挖是要挖的，不过，不是挖什么护城大壕，是给你们挖坟坑！"

"糟糕！"愚蠢的特务杀手刚想要用黑鞭子抽，忽然看见在黑暗中聚拢过来的人群，知道情况不好，惊叫了一声，急忙要掏美式手枪，但是为时太晚了。

说时迟，那时快，哈尔巴拉挥起磨得锋利的铁锹，一下把这个特务杀手的脑袋劈成两半，把武器弹药夺过来了。几乎在这同时，一排长、新战士特木尔等人在别处也收拾掉了警察特务，夺得了武器弹药。枪声四起，夹杂着喊杀声和惨叫声。约定的时间快到了，从东北方向又传来了急骤的马蹄声。紧接着，侦察连连部和四个排三百来人，飞速驰骋到这里，全体干部战士胜利会师在一起，是离开团主力以后的第一次亮相和大会师，他们很快缴了残余的监工警察特务的武器，疏散队伍，占据地形做好战斗准备。只见哈尔巴拉和庆格尔泰小声交谈了几句，站到高处大声喊道："父老兄弟们，受苦了，受惊了，我们是独立骑兵团的侦察连，俗称老八连，是中国共产党领导的队伍，是各族人民的子弟兵，现在来这里是为了切断这条铁路公路的大干线，粉碎国民党反动派的军事进攻。只要这边卡得紧掐得住，他们就断柴缺米没有饭吃，枪炮没有弹药，马匹没有草料，他们就不战自败啦，换句土话来说，这就叫掐脖子战术。军爱民，民拥军，请大家帮助我们炸大桥、扒铁路，破坏国民党部队后勤供应线，走呀！"

"请父老兄弟不要乱，带上铁锹、镐头、锤子、撬棍，排成一列纵队往铁路方向走！"连长庆格尔泰进一步具体指挥着。

班排长们又给这几百名民夫打消顾虑，分别喊着："乡亲们不要害怕，将来出了事就说是我们老八连逼着干的，把责任推得干净！"

"走，走，越快越好，拖不得。"王府马倌完达尔夫首先响应了，扛着钢镐往铁路方向走，很快又捡起了别人扔下的铁锹，双套家伙，在他的带动和影响下，有不少人陆续跟着走，不久变成了长长的队伍，在黑暗中不见首尾。

侦察连走在最前头，他们本来就准备了不少工具，这回又在外城大壕边补充了逃跑民夫的铁锹钢镐，没有一个人空手。走在队尾的特木尔是刘青山的妹妹刘秀英的未婚夫。多年以前，额尔旦老人与当时在世的刘惠猴倌定下来的这门亲事。这个新战士很活跃，对后面的民夫们动员道："连根炸掉铁路公路大桥，扒开十里长铁路，钢轨和枕木都搬运到八百里腾格里山自然岩洞中存放，为我所用，任务就这样简单。"

"你们八路军，原来是扒路军呀，嘿嘿！"有的民夫开玩笑。

突然，从王府市方向传来步枪、冲锋枪、机枪声，夹杂着很多人的蒙汉话对骂声。新战士特木尔高兴得在马背上大叫大嚷："打响了，打响了！"

"这是什么？"走在民夫队伍最前边的完达尔夫深为不安。

庆格尔泰连长勒转乘骑从前边过来，喊道："老乡们不要惊慌，这是'二蛮子'带着一百来名炸兵，开始打王府市外城了，留守的伪警察和军统稽查处特务杀手，一个也出不来，放心大胆干我们的，炸平大桥，拆铁路挖公路！"

有的民夫叹息着，很为侦察连打抱不平，说道："唉，你们老八连呀，心眼太好了，把肥肉送给别人吃，自己拣硬骨头啃，可惜。"

"不是那么回事，慢慢你们就知道了。"庆格尔泰急忙说了一句，又到前面去了，紧接着下命令道："我带连部、一排、二排炸钢筋水泥大桥，连根毁掉轰平；哈尔巴拉同志带三排、四排和全体民夫扒十里长铁路，挖十里长公路，钢轨和枕木拉进八百里腾格里山鬼谷深处自然岩洞，分散隐蔽堆放，将来用处多啦，千万不能扔掉或烧光，要妥善保管，马上分开行动！"

真是军令如山，话音刚落，庞大的队伍立刻分成两个部分，钻进无边的黑暗中，铁器磕碰声和脚步声也逐渐消失。

政治指导员哈尔巴拉是深入学习研究过铁路大翻身办法的，他带领的两个排人以班为单位分开，又各自带领着不少民夫，统一指挥，分散行动。因为侦察连的最主要任务是破坏铁路公路大干线，他们早就准备好了很多粗绳、木棒、撬蘑菇钉起子、铁锹、镐头。开始行动以后，首先把铁路一边的两条钢轨联结处的蘑菇钉撬掉，接着取掉两块小铁板，只截断一边的钢轨。再从两条钢轨断开处，把二三十根枕木下的垫土挖空刨净，挨次系上粗绳把钢轨和枕木交叉之处捆结实，然后一部分人用木棒或铁棍，把分离开的一边钢轨撬起来，同时用力拉绳子，使整个钢轨和枕木翻个大跟斗。紧接着就越容易了，下一段长长的铁路几乎连续不断大翻身。然后把撬开的钢轨和枕木迅速运进腾格里山鬼谷南口，在很多的自然岩洞中分散堆积存放。当前国民党军队补修铁路最感头痛的是没有钢轨和枕木，要从美国渡洋过海运来，费钱财人力。所以把钢轨和枕木隐藏起来，是最厉害的一招。破坏铁路刚开始时候消耗力气，只要翻过一、二段，就能充分利用钢轨和枕木本身的重量和压力，越翻越轻，越翻越快。据哈尔巴拉的经验介绍，两个排人带领民夫，每小时可以翻六里长的铁路。这种方法的特点是操作简单、动作迅速、破坏规模大、花费力气小。

就这样，伊和塔拉大草原之夜并没有恢复以往那种仿佛是永恒的寂静，在西北面越来越激烈的枪声中，南面铁路公路大干线附近，为了照明和取暖，点燃起了无数堆牛粪火，时暗时亮，延伸到十多里长，像一条蜿蜒的火龙，映红了半边天，构成了这一带从未有过的壮观奇景。

远处不明真相的牧民们正在惊讶不已，从东南钢筋水泥大桥方向，又传来震耳欲聋的爆炸声，紧接着连连响起来了，伊和塔拉大草原不断颤抖着、跳动着，足足持续了一个小时才平静下来。

天亮时候，侦察连终于胜利完成切断铁路公路大干线的战略任务，遣散大批民夫，回到王府市外城土墙下，“二蛮子”为首的一百来名叛兵战斗力并不强，贪生怕死，整整打了一夜，刚刚攻下东门。

庆格尔泰一声令下，侦察连部和四个排的干部战士龙腾虎跃，高声喊着“踏平蒙古军一、二师六个团的老窝！”“迎接独立骑兵团主力到来！”“建立巩固的伊和塔拉根据地！”“长期切断铁路公路大干线！”等口号，也从东、北两门冲进了外城。

军统稽查处的那座占地面积很大的碉堡楼是在外城要冲地带，早就挨打了，楼下弹雨横飞，楼上尘土飞扬，门窗玻璃全部破碎稀烂，有几个地方正在冒烟吐火，但是那个被哈尔巴拉摔伤致残的拳术教官武林拒不投降，指挥着留守这里的十多个特务杀手负隅顽抗。

哈尔巴拉很讲究战术，不去硬拼，地形地物利用得十分好，表现出优秀的指挥员素质和才能，这回沉着冷静地喊道：“连长，你指挥连部和一、二、三排封锁住枪口，我带着第四排上去，这几个特务杀手还敢和我们老八连较量，简直是螳臂挡车。”

正领着几十个侦察兵在外面巡逻的四排长，突然跑步进来急忙说：“报告连长、指导员，有很严重的新情况，这，这可不好……”

“什么情况？”庆格尔泰问。

“‘二蛮子’和他手下的炸兵打进外城以后，不敢打稽查处碉堡楼，躲得远远的，原来是去砸了监狱！”

哈尔巴拉听着沉下脸来，对四排长说：“你去警告他们，左边监狱关着无辜受迫害的各族人民群众，应该释放。右边的复杂了，全是和军统稽查处有矛盾的兵痞、流氓、土匪、惯盗，还有他们自己刷下来的特务杀手，出来是个大祸害，不能砸！”

“不行，已经太晚了，‘二蛮子’这帮家伙，全放出来了。”

“有多少人？”哈尔巴拉严重注意起来。

四排长回答：“一百多人呢，领头的就是那个有名的惯匪‘神枪手’。”

“既成事实，那也没办法，只好采取利用对策了！”庆格尔泰叹了口气。

哈尔巴拉沉思良久，毅然挥了一下手，说：“不，他们是改造不了的，也利用不成。同时，镇压了‘大黑塔’，他的‘二蛮子’、‘神枪手’两个拜把子兄弟，和我们有深仇大恨，誓不两立，趁着他们装备不全，立足未定，一网打尽。”

“那就失掉信用了，他们打死军统稽查处的很多特务杀手，好歹是我们的朋友，不能把事办绝了，灵活一点，应该是控制监视；拒绝改编；各自作战；继续利用，多一个人多一份力量嘛，最少也能牵制敌人，打开局面，等团主力到来以后再说。”

趁侦察连部争论之际，稽查处副处长武林放弃碉堡式楼，且战且退，逃进了内城王府。这里炮楼地堡林立，是核心工事区，一时攻不下来，双方进入了僵持状态，东方显出了鱼肚皮白色，启明星眨着眼睛，天就要大亮了。

庆格尔泰连长宽皮带上插着两把驳壳枪，怒容满面，打算组织一次强攻。就在这时候，从监狱里出来的一些家伙来到跟前，把他们拖住了。为首的就是那个伊和塔拉大草原上有名的土匪头子，绰号“神枪手”，斜插着新缴获的二号驳壳枪，笑嘻嘻地说：“老八连连长，指导员，你们二位领着队伍在王府市郊区埋伏多日，形迹不露，神出鬼没，可钦可佩，今日有缘相会，不胜荣幸。兄弟和‘迈德尔喇嘛’戴励志誓不两立，被投进大狱，遭了大难，他还杀害了我拜把子兄弟‘大黑塔’。兄弟我现在重见天日，全靠老兄们仗义。”

从达兰哈尔山炸出来的大兵头目“二蛮子”，这时也点头笑道：“二位，兄弟快刀斩乱麻，自作主张救出这帮爷们，要为被军统稽查处杀害的‘大黑塔’报仇。这回兵强马壮，打下内城活捉武林，易如反掌。国民党军统局，不，现在好像改成什么保密局了，管他妈的，反正换汤不换药。他们驻王府市稽查处的特务杀手们，现在是连连失败；焦头烂额；内外交困；一筹莫展，不用说还手之力，连招架之功都没有了，他们玩完了。可喜可贺的是，据可靠的消息灵通人士透露：他们的大老板，也就是戴励志的堂兄戴笠摔死了，是在今年三月十七日坐飞机摔死在扬子江边的群山里，距离南京不远。他的职务全称是国民党军事委员会调查统计局局长，简称老板，掌握着全部特务杀手，他的死亡将引起这个机关走向衰落，走向解体，他们完了，全完了，谁也挽救不了，嘿嘿！”

“就是，就是。”“神枪手”拍着二号驳壳枪把，神气活现地插话。

“对，对，对着哩！”其余的人附和着，七嘴八舌齐声嚷嚷，这里有流氓、土匪、杀人犯，穿着各种颜色的杂式服装，挎着口径不一样的长短枪，一个个歪眉斜眼的，都不是个好东西。

庆格尔泰冷笑了一声：“好，到底怎么样，战场上见，看谁打开内城王府？嘿嘿！”

“神枪手”把胸脯擂得山响，说道：“对，对，对着哩，我们和老八连各自有二百多号人，旗鼓相当，看谁有能耐拿下内城，活捉武林。”

突然发生的情况中断了这场谈话，军统稽查处的一个特务杀手打着白旗来到这里，连连点头哈腰。庆格尔泰看着这个刽子手低声下气的模样觉得很滑稽，哈哈大笑起来。特务杀手吓了一大跳，结巴着问道：“哪，哪位是长官？”

庆格尔泰指着身旁的哈尔巴拉，大声说：“我们俩就是！”

这特务杀手才敢注意观察，定睛看了看哈尔巴拉，往后退了一步，畏缩地说：“哦，哦，原来是你呀！”

“怎么着？他就是我们独立骑兵团老八连政治指导员，党支部书记哈尔巴拉，知道吗？”庆格尔泰说。

特务杀手吓得更是语无伦次了，说道：“他，他厉害，大力士，摔跤第一，他——”

“少放屁！”哈尔巴拉打断了这个特务杀手的话，单刀直入地问：“你来这里干什么？”

特务杀手嗫嚅着说：“是武林副处长，还有‘其努瓦’警务科长，派小的来和你们谈判。”

“谈判什么？”

“武林副处长指示，只要你们放下武器投降政府，可以给国军新编骑兵第一师说情，就算立功赎罪，妥善加以安排，绝不食言。武林副处长是保密局本部拳术教官兼特派员，说话占地方，错不了，放心吧，升官发财，指日可待！”

庆格尔泰骂道：“放他妈的屁，武林瞪着眼睛什么也看不见，这真是狐狸甩尾巴转移视线，选不出猎人跟踪追击；豺狼叼茅草掩盖洞口，躲不开牧民烟熏火燎！”

哈尔巴拉断喝一声："把这个特务杀手押下去！"

老兵痞"二蛮子"和土匪头子"神枪手"交头接耳低声咕噜了几句，啮啮牙，露出一副狰狞相，坏笑道："老八连二位长官，且慢，得款待款待他？"

"怎么款待？"

"割舌头、剜眼睛、掏心肝、活扒皮、点天灯、劁老二，办法多啦，数都数不过来，反正我们要为死于非命的拜把子兄弟'大黑塔'报仇雪恨，嘿嘿！"

特务杀手更怕死，吓得魂不附体，面无人色，爬下来叩头如捣蒜，咚咚直响，连喊饶命。

"不行，人民军队没有这种刑法，你们别把当红胡子土匪的那一套封建野蛮的东西带到我们这里。"哈尔巴拉发火了。

"二蛮子"也变了脸，直着脖子叫嚷："可不能老八连自己说了算，我们受过军统局稽查处特务杀手的害，他们杀死了我的拜把子兄弟'大黑塔'，有深仇大恨，这回要出这口气。刚才说的是好话，我和'神枪手'还有二百多个弟兄哪，不能是你们老八连自己说了算！"

正在这时候，侦察连四排长跑步过来报告说：警务科长"其努瓦"领着三四十个警察，保护莫尔根军长的一家老少逃出去了，等发现时已经走远，不知去向。新发现的情况使矛盾在表面上暂时缓和了，于是重新开火进攻内城王府。

"二蛮子"和"神枪手"离开侦察连连部，骂骂咧咧地往外走去。到了没人的地方却交头接耳窃窃私语起来，"二蛮子"说道："万万不能为共军老八连卖命，要留一手，这年头心眼越多越好，油奸溜滑蹭，调皮捣乱横。内城王府是核心工事区，明碉暗堡林立，不好打哟，把这点队伍拼光了，死路一条。再说，打内城王府是得罪莫尔根军长，一条后路都没有了。"

"神枪手"随声附和："老兄高见，干脆不打了，退出去，坐山观虎斗。"紧接着这两个家伙指手画脚发号施令，众多喽啰往后撤退。也就在这个时候，"神枪手"环视着外城的密如网络的大街、中巷、小胡同，舔舔干燥的嘴唇，贼眉溜眼地淫笑道："伙计，你带着队伍先走一步，我留在城内玩两天，嘻嘻！"

"二蛮子"鬼机灵，一听就明白了，啮着大金牙，也淫笑道："干啥？在大牢里憋坏了？这回找老相好的？还是逛窑子？嘿嘿！"

"神枪手"说道："都一样，不掏银子不给钱，谁也不让你干，皮肉生意，卖大炕的，都是如此，见钱眼开，嘿嘿！"

"小心点，别叫共军独立骑兵团老八连的巡逻队发现，逮捕起来戴高帽子游街示众。再说，军统稽查处的潜伏特务杀手也要打冷枪干掉你。唉，我们这是猪八戒端盘子——两头不够人。"

"神枪手"闻言大怒，吹胡子瞪眼睛恶声恶气地骂着，领上十多个喽啰扬长而去，黑暗中传来他的吆喝声："谁不怕我百发百中的枪法？难道他们活够了？活腻了？"

王府市外城很杂乱，治安情况极其糟糕，不仅盗贼偷摸抢劫，卖淫的也很多，公开的有妓院，隐蔽的有暗娼。"神枪手"和手下人刚刚砸狱出来，不了解街道底细，他们准备去逛窑子。这些家伙们粗略地统计了一下，妓院有七八家，蒙古军办的"军中乐园"属上流，于是他们迫不及待地跃马扬鞭去了。

第十六回　狼狈万分杀手逃出王府　跟踪追击八连包围汗庙

自从侦察连领导民夫、哗变士兵掀起了声势浩大的暴动以后，把王府市外城打开了，内城留守人员先后逃走了不少。空空如也的宫殿式建筑物内，只有一些当大官的家属躲避着，一个个面无人色。狼狈万分的武林领着残余的特务杀手，跑到这里以后，兵力也是很单薄，显得寥寥无几。外城街道上的枪声、喊杀声、口号声、马嘶声一阵比一阵紧，吓得这个特务头子坐立不安，差不多隔个几分钟就问外面援军有动静没有？这回听见内城一座炮楼被炸坍的响声，肥大的脑袋上渗出豆粒大的汗珠，沮丧地说："糟啦，外边援军有动静没有？"

蒙古军军部前摔跤手布尔固德被武林压断腰骨，也成了残废，没有随军行动，更不能逃跑，也在这里留守。他对这个特务杀手头子，以前就充满了仇恨，这回更是恼怒地斥责说："老家伙，我看你是吓糊涂啦，怎么老是一个劲儿问这话，外面援军一点动静都没有，哼，说不上什么时候能过来，说句不客气的话，你们军统是走下坡路啦，一蹶不振，上有戴笠局长坐飞机摔下来，粉身碎骨，火化成灰，下有你这武林被哈尔巴拉摔伤致残，折断了大腿骨，成了瘸子，拄着拐棍走路也困难。还有众多的特务杀手遇难，死无葬身之地，唉，完了，全完了！"

"报告副处长，刚才这位所言极是，唉！"军统稽查处一个老年文书连连唉声叹气，眼泪吧嗒吧嗒往下掉，哽咽着说："三春去后诸芳尽，各自须寻各自门，唉，对蒙古军不能抱任何一点希望啦，他们第二师被共军独立骑兵团打败了，军心厌战，发生兵变！"

武林泛着油光的胖脸上又渗出了豆粒大的汗珠，颓然坐在沙发中，眼睛都发直了。

刚才那个年老的文书听着外面的枪声、手榴弹爆炸声、呐喊声一阵比一阵紧，长叹了一口气，喃喃自语："蒙古军士兵哗变还未平息，这回民夫又暴动，王纪国法荡然无存，凶多吉少，此地不宜久留。处座，您看过传单《报应》没有，又出了十期啦，刊登报应现象之十：坠机身亡。内容是恶毒咒骂攻击我们军统局，说什么到处挖坟盗墓，天理难容，后台老板戴笠摔死了。"

轰！轰！内城王府的又一座炮楼倒塌下来，大地都剧烈地颤抖着，硝烟和尘土腾空而起，这个大厅天花板裂了一道大缝，石灰粉末坠如雨下，剩下不多的特务杀手们怕砸坏了自己，连滚带爬地躲到房子角落里去。

蒙古军军长莫尔根的情妇，一个年轻的汉族女人，从小享受荣华富贵，哪里经得起这种惊险，跌跌撞撞地跑到后院去。武林裹着三寸金莲的小脚姨太太，也怕大厅砸坏了自己，扭动着跑不动，总算出去了。

又一个特务杀手从外面跑进来，手里提着一只冲锋枪，上气不接下气，说："报告副处长，大事不好，这才搞清楚，原来罪魁祸首是共军独立骑兵团侦察连——人称老八连。他们在城郊牧区分散化装埋伏多时，乘机发动了这次暴乱，扒铁路、挖公路、炸大桥，接着又攻打王府市外城内城，眼看要冲进来！”

武林直着眼睛发呆了，厚嘴唇动弹两下，好像没有听见。

“报告副处长，外面有四五百人攻内城。他们先是扒铁路挖公路炸大桥，四面八方交通运输完全断绝，接着打王府市外城内城，眼看就要打进来，我们抵抗不住，才剩了几十个人啦。”

“共，共军独立骑兵团老八连有那么多人？”这个特务杀手头子脸上青一块白一块，用恐怖的声调问。

“报告副处长，在外城周围挖壕沟的民夫都跟着暴动，还有砸监狱大牢出来的犯人，蒙古军二师五团的叛兵……”

“天哪！”

“副处长，请行定夺，此地不宜久留！”

“援军有什么动静？”

“哼！”受伤残废的蒙古军军部前摔跤手布尔固德放肆地顶撞道：“你是个胆小鬼，吓得魂不附体，老是说糊涂话，援军没盼头啦，现在天黑得伸手不见五指，三十六计，走为上策！”

“天哪，丢掉这交通枢纽要地，铁路公路运输完全断绝，军用急需物资不能供应，兵败后勤，这是滔天大罪呀，要杀头的。”

“唉！”年老的文书劝慰道，“副处长，留得青山在，不怕没柴烧，只要这些特工人员平安脱险，修复铁路公路大干线，还是不难！”

正在这时候，武林那裹着三寸金莲的小老婆扭动哭嚷着跑进来，干嚎没有眼泪，喘着气说：“副处长，糟啦，蒙古军军长的姨太太投井啦，呜，呜，呜！”

“快！快！”武林恐怖地睁大了眼睛，怒喝：“快领人下去捞！”

裹着三寸金莲的小老婆浑身发抖，像蛇一样扭动着，半步挪不动。特务杀手头子武林本来是喜怒无常、脾气暴躁的一个人，在这众叛亲离的情况下，更是兽性毕露，一枪把这个妓女出身的小脚娘们儿击毙了。派去谈判的特务杀手被打死、铁路公路大干线交通完全断绝、王府市外城失守、内城两座炮楼被炸毁、防守兵力空虚、外面援军不到、莫尔根的姨太太投井自杀，武林觉得大势已去，不得不策划逃走。一个叫梁良的特务杀手，附着拳术教官武林的耳朵窃窃私语：“唉，处座，大厦将崩，独木难支，三十六计，走为上策，跑是对的，但是要注意，千万不可正面突围，要采取迂迴战术，乘其不备，攻其不防，兵不厌诈嘛！”

“如何是好？”武林连连失败，倒了血霉，摆脱不了沮丧的情绪，早已方寸大乱，结巴着问道。

“王府后花园规模大啦，还有一座猴山，为了运输饲料方便，向后面开了小角门，谁也没有发现。现在，吓得丢魂落魄的莫尔根军长家属也在那里避难，可能也打算从这个小角门逃跑，我们正好趁着大混乱，神不知鬼不觉地溜之乎也，嘿嘿！”

武林有气无力地点了点头，就算默认了。焦头烂额的军统特务杀手们看见顶头上司答应了，松了一口气，急急忙忙开始行动，别无出路，只能走王府后花园小角门了。

这下破坏了大事，整个打乱了在这里当猴倌的刘青山劫持王爷家属的计划，使这个侦察连副连长无法动手。原来，刘青山和庆格尔泰、哈尔巴拉暗中商量好了，他继续埋伏在内城王府后花园，来个掏心战术，活捉正副福晋、大小王储。如果成功，莫尔根就不敢扎刺了，有可能乖乖缴械投降。这虽然是过于大胆的冒险行动，却是最有效的。天赐其便，蒙古军长的家属既怕侦察连，又怕军统稽查处，跑到这里来了。刘青山正要动手，情况突变，军统稽查处特务队的杀手们，也跟着跑到这里来了。他们分散开来占据有利的地形地物，东张西望，准备掩护撤退。靠近猴山的就是那个特务杀手梁良，他心眼坏，鬼鬼祟祟窥视，发现了黑毛公猴，他是在八百里腾格里山鬼谷南口东侧狼群吃掉的吕律的铁杆哥们儿，金兰八拜，交情笃深，以皮匠职业伪装，也在伊和塔拉大草原上搜集过情报。对吕律之死不仅有一种兔死狐悲、物伤其类的感情，而且抱着很大的怀疑，一直是认为死得不明不白，有百分之九十的可能是被谋杀的。现在突然看见那只粗壮的黑毛公猴，先是哆嗦了一下，接着发痴发呆，最后终于变了脸皮，用中正剑指住刘青山，骂骂咧咧地问道："孟根巴干，臭鞑子，这只黑毛公猴是咋来的？"

"在八百里腾格里大山鬼谷南口东侧捉到的。"刘青山是侦察连副连长，搞过多年地下活动，经历无数次惊险事件，当然是临危不惊，态度镇静，面不改色。

"妈的，孟根巴干，你这个臭鞑子，撒谎尥屁，不说实话，捅死你！"梁良气急败坏地说。他这并不是瞎诈唬，为了给拜把子兄弟吕律报仇，真的要行凶杀人了。就在这紧急关头，发生了一个奇迹。自古以来传说的义犬救主，原来是不假呀，在附近晒太阳的白眉毛黑狗，突然跳跃起来往前一窜，咬坏了梁良的右臂，四个小窟窿鲜血淋漓，中正剑"当啷"掉在地上。他狼狈不堪地挣扎着用左手掏出手枪来，枪法不好，射击姿势不对，都打飞了。外号叫"四只眼"的白眉毛黑狗伶俐极了，迅速躲进猴山岩石那面，脱离了厄运。

攻击内城的战斗更激烈了，白热化了，一颗重型迫击炮弹在很近的地方轰然爆炸开来，石块迸散，铁片乱飞。刘青山是侦察连副连长，当然不能赤手空拳在这里潜伏，他有两把驳壳枪，子弹很充足，还有几十颗木柄手榴弹，很想趁这个机会马上拿出使用，都被自己否定了，这样过早暴露了自己不对。所以他忍了又忍没有动手，在旮旯里隐蔽着回骂道："妈的，南方蛮子，气壮如牛，胆小如鼠，怕死不敢去打仗，夹着尾巴逃到后花园来打狗，什么东西？"

梁良正为好朋友吕律之死气红了眼睛，现在又挨了臭骂，怒从心上起，恶向胆边生，右手虽然被白眉毛黑狗咬破没有包扎，伤口正咕嘟嘟冒血，却又要用左手射击。

刘青山不能等着挨打，一个箭步跳出来。他比这个特务杀手厉害多了，从哈尔巴拉那里学的格打擒拿技术很高超，拉开架式空手夺起枪来。说时迟，那时快，善于搏斗的黑毛公猴助了一臂之力，尖叫着突然跳跃到梁良的脖颈上骑着，伸出左右前爪同时抠他的两只眼睛。梁良做梦也没有想到刚挨狗咬，又遭猴抓，惨叫着挣扎，那把美式手枪更是打不中刘青山了，歪打正着，却打死了三只猴子。平常总是闹纠纷的三股猴群，这时拧到一块了，真正齐心协力，连那两群为非作歹的头目白面公猴、青臂公猴在内，都同时起哄了，张牙舞爪地扑过来，把梁良压爬在底下，拔头发、抓脸皮、咬耳朵、拧嘴唇、抠眼睛、撕衣服。这被弄瞎了眼睛的梁良撒了手，美式手枪掉在地上，武术更是施展不开，不用说还手之力，连招架之功都没有了，一个劲儿在地上打着滚干嚎。

众猴如此抛弃前嫌共同对敌，王府家眷们高兴得在一边呐喊助威。最后连正副福晋和众丫环们都忘记了危险，不仅伸头探脑，而且站出来看热闹，齐声叫好。大小王储更是年幼不懂事，觉得很刺激很有趣，蹦高拍巴掌。经验丰富的刘青山担忧了，很怕被大帮军统特务杀手发现围攻报复，举起那把夺过来的美式手枪点射，瞎了双眼的梁良立即毙命。这时城墙倒坍，炮弹爆炸，硝烟迷漫，火光冲天，杀声震耳，群猴可能看出大势已去，此地不宜久留，吱吱叫唤着从炸破的钢筋网缺口处四散逃跑了，就剩下了那只颇有资历的黑毛公猴。它算很有良心，不仅没有像别的猴子那样逃跑,还拱着浮土、碎石和落叶对这三只死猴很认真地埋葬起来。特别值得称赞的是:对不属它管辖的异类白面猴、青臂猴一视同仁,都进行覆盖,平等对待。但是它虽然很机灵,毕竟是猴子,看见有的死猴尾巴露在浮土外,被风吹得来回摇晃,误认为复活了,扒出来仔细查看,见毫无动静再埋起来,如此反复折腾多次。正在患难之中的正副二位福晋,被触动了恻隐之心,竟流下了同情的眼泪,众丫环见主子这样善良感人,都不敢怠慢,只好陪着啼哭。

刘青山肩负重任,却不能心慈手软,第二次准备动手要把王爷家眷劫持出去。糟糕的是:不早不晚,留守王府市内外城的警务科长"其努瓦"带着几十个警察过来了,这个塌鼻子家伙喜出望外,笑逐颜开,举手加额合掌顶礼祈祷了一番,遣散阿拉坦花等众多丫环,前拥后护地保卫着正副福晋、大小王储转移了,行动颇为神秘诡诈,不知去向。这样又打乱了侦察连副连长的第二次劫持计划。

刘青山虽然是地下工作者,看见惨淡经营多日的后花园猴山如此颓废,不免产生失落的感情,连连长叹,沉默良久。接着他一计未成,又生一计,使出了最后一招。他拿出隐藏的两把驳壳枪,连同夺过来的美式手枪,共有三把武器了。他双手执枪,左右开弓,轮番打了几下,又扔响了几颗手榴弹,便和阿拉坦花改换声调,虚张声势地大呼小叫起来:"啊呀,共军冲进来了!""冲呀,杀呀,活捉武林!""缴枪不杀,优待俘虏!"这是故意给武林为首的军统特务听的,这些溃不成群的杀手们,果然更加动摇,准备逃之夭夭。就在当天黄昏,武林脱下了国民党军官黄呢子制服,穿了一件不合身的蒙古袍,骑上莫尔根军长的据说是能够日行三百里的黑走马,从内城王府后花园和炸塌挖透了的外城土墙大壕沟跑出去,打算逃到A城或B市。这个特务杀手头子被哈尔巴拉摔伤,残了一条腿,蹬不住镫子,坑洼不平路上马打了一个前失,就把他掀下来,跌伤了另一条腿,两腿俱伤,根本骑不了马,只能用担架抬着走,比套牛的木轮车还慢。这时候又发现侦察连警戒得很严密,有两次差点碰上巡逻队。武林和手下的特务杀手们万般无奈,往东北方向走了三十多里地,到了汗庙。这里最近请来的"转世托生"小活佛年幼无知,还是由原来的"小白脸"大喇嘛掌握实权。这两天他听着王府市内外城的激烈的枪炮声,心惊肉跳。距离这里不远的那个牧主婆塔尔根寡妇比他更害怕,差点吓昏了。现在兵匪不分,都疯狂抢劫,她首当其冲,是块大肥肉,谁都嘴馋流着涎水哪,岂能不恐慌。这样她奔着情夫来了。她明白兵匪都信佛,都是虔诚的喇嘛教徒,轻易是不敢动寺庙的。这样她找到了安全可靠的地方,对达尔罕格外亲热,口口声声"小白脸",喜欢得不行,好像要含到嘴里。

这一对老少男女正在难解难分时候,外面响起了马蹄声、铁器磕碰声,人们慌乱的脚步声也越来越近。"小白脸"大喇嘛吃了一惊,急忙爬起来穿上衣服走到外面来。现在看着这些特务杀手簇拥搀扶着武林进来,疑心自己做了一场噩梦,目瞪口呆不知说什么合适。

蒙古军军部前摔跤手布尔固德这回又倒了霉,途中被一颗流弹打中,用绷带吊着那条胳膊,伤口感染发肿,又冷又饿,正没有好气,对这个宗教上层人物撒气了,挥起了马鞭怒喝道:"秃驴,还磨蹭什么,快给我们找地方休息,熬茶、做饭、煮肉、烫酒!"

稽查处年老的文书连忙挥手制止,说:"别闹,安顿武林副处长要紧,另外还要准备一副担架。"

这个拳术教官的两条腿全折断了,那股威风劲儿早就消失得无影无踪,像散了骨架一样瘫痪在栽绒褥子上,张着大嘴直喘,装出善良的样子说:"长老啊,你和我们关系匪浅,是老朋友了,在患难的时候，更要拉一把，我不会忘记你的好处，滴水之恩定当涌泉相报！”

“就是，就是。”年老的文书从旁边帮腔打气，说道：“外面全是乌合之众，其主力只不过是共军独立骑兵团的一个侦察连，俗称老八连是也，长不了，哼，警务科长早就搬兵去了，援军快来到了，哼！这次暴乱事件罪魁祸首就是哈尔巴拉，这个凶恶的汗庙属民，王府奴才，原来是共军独立骑兵团侦察连的政治指导员，党代表，坏！”

“唔，唔，”“小白脸”大喇嘛露出狰狞的真实面目，恨恨地骂道，“埋伏多年，形迹不露，是最危险的人物，可杀不可留的暴徒。”

武林鞍马劳累，跌伤折断的两条腿又剧烈疼痛，闭着眼睛大声哼哼着，什么也不说。

当天晚间下半夜，随行的二十多个特务杀手，差不多都跑光了，只剩下了不多几个伤号。

侦察连攻破了王府市内城，很快知道了特务杀手头子武林潜逃的情况，立即分头出动搜索，接着围住了汗庙。这时候，拳术教官已经隐藏在正殿禅堂内，先是听到砰砰两声枪响，使人肝胆欲裂的呐喊声又起来了，无数的脚步声传进来，他大惊失色，手中的三只香掉在地上，连忙抓住了美式手枪把。

“小白脸”大喇嘛很快地跑进来，说：“副处长，大事不好，快藏起来，共军独立骑兵团老八连已经发现了你在这里。”

“往哪儿躲避？”这个穷凶极恶的特务杀手头子浑身发着抖。

达尔罕大喇嘛虽然知道希望不大，却装出很卖力的样子附耳低语：“往圣祖成吉思汗铜像后面躲！”

这可是太晚了，冲进来的侦察连干部战士发现了蒙古军长莫尔根的黑走马，挨着房子搜查起来，一边大叫：“特务杀手头子武林没跑出去，就在汗庙，黑走马在这！”

“搜！”

“这个吃人不吐骨头的野兽，就是钻进耗子洞里，也要揪出来！”

武林在成吉思汗铜像后面听得很清楚，知道自己是躲不过去了，肥胖冒油的脸上显出绝望的样子，发着呆，快昏迷过去了。

“小白脸”忙凑过去，低声道：“副处长，不要怕，不要惊慌，天无绝人之路，办法是有的，请您口授我写一封蒙文信，交给共军独立骑兵团老八连连长、政治指导员，晓以利害，封官许愿，就说现在两家和好，将来蒙古军军部和第二师四、五、六团来到，也不追查，嘿，牲畜怕鞭子，叛匪怕官兵，他们不敢轻举妄动！”

这个特务杀手头子定了定神，点点头。“小白脸”费尽力气，写了这封蒙文信，又找不到合适的人，只好硬着头皮自己去送了，在汗庙大院红墙内团团转着找侦察连的领导人，一个哨兵模样的家伙把他领到蒙古军第二仓库，对着穿缎子蒙古袍的两个人行了土匪礼，报告道：“二位头领，这就是汗庙的执事大喇嘛达尔罕，说是有很重要的头等大事。”

原来对方就是老兵痞“二蛮子”和土匪头子“神枪手”，正在大吃二喝，听了这话，抹了抹油嘴，睁开醉眼看了看，好像有些认识，连忙离席让坐，油腔滑调地说：“嘿，这不是‘小白脸’吗？嘿，眼珠子翻在上边，看来是受惊了。”

达尔罕满脸喜色，提高嗓门道：“原来如此，白白担惊受怕了，我早先听说，是汗庙的属民、王府的奴隶哈尔巴拉领着老八连闹乱子，没有想到还有你们的队伍，老八连哪能比得上，乌合之众,不堪一击,不是你们的对手,嘿嘿!”

“嘘——”老土匪头子“神枪手”吹了个尖锐的口哨,对大喇嘛神秘诡诈地说:“你不要小看这个老八连,是独立骑兵团的老班底,所以称老,人数众多,四四编制,也就是说四人为一组,四组为一班,四班为一排,四排为一连,是特别加强主力部队。他们的武器精良,打过多年仗,经验丰富,我们抵不住他们,处处看人家的脸色办事,唉,受欺负呀,气得鼓鼓的。”

“小白脸”大喇嘛无可奈何地叹口气:“完了,完了,全完了!”

兵痞“二蛮子”睁开血红的醉眼,盯了一会儿大喇嘛,放低声音问道:“嘛嘛,真人面前说不得假话,你如实说,到底有什么重要的事,是不是给我们老哥儿俩找年轻美貌的女人,那太好了,哈哈!”

“饱暖思淫欲,我们正想着这事呐,太好了!”土匪“神枪手”在一边帮腔。

“这,这,唉,有别的重要的事,看,这是武林副处长亲自授意,叫我写的信,可怜!”达尔罕从喇嘛袍子怀里掏出那封信,喃喃又叹道:“鸟之将死,其鸣也哀;人之将死,其言也善。”

“二蛮子”和“神枪手”两个家伙都不识字,就叫达尔罕读。这个大喇嘛清理了嗓子刚要念,庆格尔泰、哈尔巴拉等侦察连领导干部带着十多个战士冲进来了。

哈尔巴拉对着达尔罕厉声问道:“你是汗庙的执事大喇嘛,一人之下,几百人之上,现在葛根活佛年幼无知,有事就得找你。特务杀手头子武林骑的大黑走马,在棚子里吃煮黄豆,他本人却找不见,你把他藏到什么地方了,快说!”

“小白脸”涨红脸忙点头哈腰,献媚地说:“举世无双、威振中华的大力士哈尔巴拉啊,正想找您递交武林副处长的手书……”

“什么手书?”

“求和的……”

“哼!求和的?”哈尔巴拉一把夺过来,略微看了看,扯得粉碎,轻蔑地哈哈大笑道:“想得怪美的,什么愿众人饶恕,等回到稽查处,必然改过自新;什么愿众人宽心,等蒙古军第二师三个团前来围剿,必然全力替你们说情,立功赎罪,量材录用,绝不食言,哈哈,干掉他!”

“放他妈的圈屁!”侦察连连长庆格尔泰怒喝,“武林藏在什么地方?”

“小白脸”大喇嘛两面讨好,窃窃私语,说出了隐藏地点。

“走,活活捉住干掉他!”哈尔巴拉带头冲出去,包围住了汗庙正殿,战士们齐声高喊缴枪,躲在成吉思汗铜像后面的那个特务杀手头子,看见情况不好,乖乖地把两只沾满灰尘、蜘蛛网的美式手枪都从窗口扔出来,用可怜的声调哀求饶命。

庆格尔泰、哈尔巴拉他们本来是打算立即进去逮住他并枪毙的,但是受到了“二蛮子”“神枪手”的阻拦。他俩不敢硬来,却嬉皮笑脸地说:“上回,对那个小特务杀手,我们想割舌头、剜眼睛、活扒皮、点天灯,你们不答应,这回对这个大特务杀手,总算可以吧?”

“不行!”哈尔巴拉顶回去。

“怎么不行?你们共产党的政策,不是首恶和胁从区别对待吗?对于大特务杀手武林必须严办,施以酷刑,必须,嘿嘿!”“神枪手”挤眉弄眼。

“胡搅蛮缠,出去!”庆格尔泰怒不可遏,大喝了一声。

“神枪手”又叹了一口气说:“老八连拿我们当外人哟,处处排挤,连这点面子都不给,白白在一起打仗了，流血流汗不讨好！”

哈尔巴拉表面上很平静，手掌却落在宽腰带上两把二十响驳壳枪角把上，大声嘲笑道：“你们这些家伙呀，吃肉像狼一样，打仗像羊一样，进攻王府市内外城不出力，却跑到这里来胡说八道，武林这个特务杀手头子血债累累，当然要他来偿还。但是有两条基本原则：一是由人民军队执行，二是不许你们插手动用封建野蛮的刑法。”

“小白脸”却合掌祈祷，悲哀地喃喃自语：“唵嘛呢叭咪吽，圣地清洁，汗庙内无论如何不能开杀戒。”

叭！庆格尔泰抡起粗壮的胳膊，一个巴掌把这个淫秽喇嘛揍倒了，骂道：“又放你妈的圈屁，什么不能开杀戒，就叫这军统特务杀手脑袋开窍嘴啃泥！”

“不行，把他交给我，我受军统稽查处的害蹲了大狱，我的拜把子兄弟‘大黑塔’又被他们处死，我要解解恨出出气，不能随便处死，成全了他，要千刀万剐，慢慢收拾他，让他受够了罪才能死！”老土匪头子“神枪手”气势汹汹地往前走了两步，嘶哑着嗓门叫嚷。

“怎么着，想要动手吗？”庆格尔泰的手伸向腰间驳壳枪把上，低沉地怒喝：“你这条老狗，出了狱招兵买马，结党营私，吃饱了肉，喝足了酒，就想扑过来咬人吗？”

“神枪手”也抓住了驳壳枪把，恫吓说：“老八连长啊，你嘴要干净点，你妈生下来的时候，是不是没给洗嘴，牙酸口臭的，呸！”

“二蛮子”悄悄走过去，咬着那个土匪头子的耳朵说：“伙计哟，消消气，压压火，好汉不吃眼前亏，人家老八连连部和四个排人都在这里，我们是光棍两条，不能硬拼，要来软的。”

新参军的十八岁的战士特木尔走到庆格尔泰、哈尔巴拉跟前，提醒道：“二位连首长，有这种情况，自古以来在汗庙大院是不能见血的，怕触犯圣主动怒，这是群众影响问题，得想想法子！”

“想什么法子？”庆格尔泰大不以为然。

哈尔巴拉气得骂了一句：“封建迷信，穷讲究。”

“有办法，”特木尔显然是动了一番脑筋，放低声音又说，“拉到红墙大门外！”

哈尔巴拉点了点头，上了正殿的台阶，大声宣布道：“我们老八连是中国共产党领导的人民子弟兵，坚决执行三大纪律八项注意，模范遵守宗教政策，根据自古以来汗庙红墙内不见血的风俗习惯，决定把武林押到外面处决！”

这工夫，庆格尔泰站到正殿窗外又大声喊话：“武林快出来。”

“饶命啊！”从阴森森的正殿里传出哀求的声音。

“血债累累的特务杀手头子，快出来！”特木尔也喊起来。

哈尔巴拉再次催促：“快出来，你们的军统局长戴笠坐飞机摔死了，你到十八层地狱陪他去吧！”

“饶命啊！”武林还是不出来。

“不用费这事，看我的！”“神枪手”拿两把驳壳枪，双手挥舞，就要冲进去了。

“不要动！”哈尔巴拉推倒了这个土匪头子，一脚踢碎窗棂跳到里面，抓住武林的衣领揪出来，拖到红墙大门外，砰砰打了两枪，武林肥胖的身躯倒在血泊里。这时候，特木尔悄悄对哈尔巴拉说：“我刚刚冲进庙里时，把摔跤手布尔固德打死了，杂牌蒙古军和嫡系军统稽查处，不是天天闹别扭吗？把布尔固德和武林的尸体摆在不远的地方，造成互相开枪的样子，挑拨离间他们，岂不更好?”

哈尔巴拉摇头说:“点子出晚了,作用不大。”

但是,特木尔几个人还是把这两具尸体挪在对立面上,这才离开。

第十七回　莫尔根王率部大举进攻　呼和巴拉进城通风报信

侦察连夺得了很多振奋人心的胜利：炸毁大桥、扒掉铁路、挖断公路、攻下王府市内外城、处决罪大恶极的特务杀手头子武林等等。按原定计划，他们等待着独立骑兵团主力打过来。

在这短暂的时间内，侦察连发生了不少有趣的事情，其中流传最广经久不衰的是所谓四大笑话，一个个能使人笑掉牙、笑岔气、笑痛肚皮。

第一个是驯马的事情，说的是解放王府市内外城以后，刘青山不当猴倌了，官复原职，又当上了侦察连副连长。出点麻烦的是他的未婚妻阿拉坦花，说什么也不回伊和浩特当牧民，坚决要求参军当兵，主要理由是怕国民党嫡系军统稽查处、杂牌蒙古军联合谍报队来报复。这说得还很对，但是连队没法安排女兵呀。正在侦察连领导为难之际，阿拉坦花主动提出颇为合理的建议，她说插班排当战士肯定是不可能的，但是放牧备用的军马完全可以。庆格尔泰、哈尔巴拉等人虽然不太愿意，为了照顾刘青山副连长的家属，勉强答应了。出乎意料的是，这个胖姑娘悄悄训练军马，十天半月内就做出了惊人的成绩，侦察连的干部战士们都议论纷纷，猜测不休。在那里放牧的都是横踢乱咬未经调教的生马，很快就被训练熟了，一批又一批送到连队来，其数量之多，质量之高，简直是没有前例。一个妇女骑术再高明，也不可能有那样强大持久的体力，但是怀疑代替不了事实，阿拉坦花这个胖姑娘单独调教出百八十匹军马，这是人所共知的。向刘青山打听过几次，这个副连长就像开玩笑一样，哈哈笑着闪烁其词不直接回答，问得实在急了，又大笑着说："耳听为虚，眼见为实，我介绍了你们也不会相信的，过些日子去看看，才能明白。"

为这事，某一天上午，政治指导员哈尔巴拉、副连长刘青山等人带着战斗中缴获的大米、白面、砖茶、帐篷、雨衣等物品，到阿拉坦花放马点去慰问。这个胖姑娘选择营地显然是得到了刘青山的具体指导，是在鬼谷南口西侧的一个很隐蔽的洼地里，牧场虽然沙化退化得很厉害，好处在于周围岩石耸立、地形起伏、灌木丛生、能躲能跑，这是在战争时期首先应该考虑的，生存才能发展呀，现在更需要特别小心，提高警惕。

到了跟前，刘青山挤眉弄眼，做出鬼脸，指点着哈哈大笑。哈尔巴拉等人偷看到眼前发生的滑稽表演，也笑得几乎要掉下马。天下之大，无奇不有，原来是精通"猴经"的刘青山，竟想出了用猴子驯马的办法，并且传授给未婚妻阿拉坦花，实践证明还很有效果，可以说是以逸待劳、坐享其成。只见胖姑娘阿拉坦花坐在简易帐篷门口小板凳上看热闹，白眉毛黑狗讨好地摇晃着尾巴。石头桩子上拴着一匹野性十足的枣红马，眼露红光，嘴吐白沫，连续不断地尥蹶子，几乎是头朝地尾巴朝天，其动作之猛烈，反复之迅速，使骑兵战士们都眼花缭乱了。可以想象，如果是一个驯马手，他得付出多么大的体力，也可能是累得爬两天。那只经历过多次搏斗的黑毛公猴就不同了，它悠然自得，不慌不忙，稳稳地骑在上面，野蛮的枣红马再发脾气，它一点不在乎。架势也很特别，确切来讲不是骑而是坐，如果它抓着一根短棍的话，就很像汉族古画上的牧童吹笛的样子了。这匹马的体力毕竟是有限的，来回折腾了一个多小时以后，大汗淋漓，四条腿哆嗦着支持不住，终于爬下来。这工夫，旁边参观的阿拉坦花看着条件成熟，把黑毛公猴吆喝回去了。它乖得很哩，竟骑在白眉毛黑狗背上。它们关系良好，配合默契，装扮成驯马的样子大出洋相，把胖姑娘逗得哈哈大笑。她并没有耽误多长时间，急忙解开缰绳使劲拽着枣红马站起来，然后一个鹞子翻身骑上去了。侦察连连部的干部战士们从远处继续观察，发现这匹烈马老实得像一头病驴，被驯好了。

哈尔巴拉大笑起来，夸奖道："副连长的未婚妻立功了，不错，不错，表现很好，暂时留在老八连内利用猴子驯马，就算发挥特长吧，哈哈，不过这不是长久之计，将来团主力挺进到这里，可以在后勤处医院当个护士什么的，这问题不大。就是他俩结婚咋办？"

连长庆格尔泰发愁了，皱着眉头说："有困难，上级党委有明确规定，二八七团，简单来讲就是年满二十八岁、七年党令、团级干部才可以结婚。副连长年龄大党令长，但是级别远远不够，这要请示独立骑兵团党委，老八连党支部没有批准权。"

哈尔巴拉对此不以为然，摇头笑道："从实际出发，特殊情况特殊处理，不能犯教条主义，我看副连长能结婚。他和阿拉坦花定下计策利用狼群除掉军统特务杀手吕律的时候，在内城王府后花园当猴倌的时候，早就生活在一起了，就差没有办婚礼，那只不过是形式，哈哈，先斩后奏。"

庆格尔泰也笑了，说道："讲得有道理，生米做成熟饭了。不过，还是等团主力挺进到这里以后请示报告，不能违犯组织纪律，哈哈！"

副连长刘青山是以后才听说他俩这次谈话的，不由得粗犷地大笑起来，说："不必为此操心，无所谓。动脑筋想办法把心思用到继续掐断铁路公路大干线方面，那是头等大事，哈哈！"虽然这样说，他还是很关心照顾阿拉坦花的，十天半个月就去一次，送粮食、肉食、奶食，更主要是趁机和她亲热一番。这一次又要去了，根据规定，连级干部出外都有一个警卫随行，但是他每次都不带，这次也没带。

哈尔巴拉对此嘲笑着评论道："我们副连长没有官架子，连警卫员都不能跟，什么都自己干，这是优点。但是随着出了两个缺点：第一是在战争情况下，这样单人独马行动不安全；第二是没监督，别把阿拉坦花弄大了肚子，要知道你还没结婚呢，影响不好啊。当事者昏，旁观者清，我这是提醒你引起注意，哈哈！"

刘青山笑声更大，蒙古包天窗上都跌落灰尘，眯着眼睛唱起一出小剧里的歌词："指导员讲的话，永远记在心间！"

这个蒙古名字叫孟根巴干的连队干部，到了牧马点那座孤零零的帐篷以后，和未婚妻阿拉坦花交谈着，拿起望远镜东张西望，仔细观察了一阵。这还不罢休，他把黑毛公猴拴在蒙古包顶上，又解开白眉毛黑狗的铁链任其自由行动。他知道这两个动物都很机灵，能瞭望发现很远处的目标，有可疑之处会立即报警。刘青山安排好了这些，把驮来的米、面、肉、油、奶堆放整齐，对着翻箱倒柜的阿拉坦花，笑嘻嘻地说："你撅着大屁股找什么呢？"

女人掏出能装三斤酒的大瓶，扑哧笑了，说道："这些天，光是你来慰问我了，这回我来慰问你，这是我新酿的马奶酒，尝尝，过几天就有一缸了，慰问整个老八连！"

刘青山兴奋起来，左手接大酒瓶子，右手拍阿拉坦花的大屁股，笑道："美女，好酒，神仙过的日子,哈哈!不过,话又说回来,出来以前连长、指导员警告我啦,说别把你弄大了肚子,影响不好,再说,孩子生下来怎么办?现在是战争时期。"

阿拉坦花赞成道:"对呀,连长、指导员说得有理,真正是站得高看得远。不像你这位副连长没皮没脸,一来就动手动脚,以后别干了,嘻嘻!"

刘青山也嘻嘻笑着从军装口袋里掏出纸盒来,炫耀地说:"有这个东西,我们就不怕。"

"这是什么玩意儿呀?胶皮做的,不少呢。"胖姑娘打开纸盒仔细看也认不出来。

"套上这个不怀孕,弄不大肚子。"刘青山说话都不连贯了……

利用猴子驯马是第一个笑话,还有不少别的笑话。这个侦察连趁着蒙古军兵力空虚之机,第一次解放了战略要地、交通枢纽王府市内外城。从入城到撤出,差不多有十天半个月,在这当中又出了第二个笑话,传遍全连四个排十六个班,每提及此,逗得干部战士们无不哈哈大笑。

四排四班长善乌力吉在扫除文盲运动中,从"睁眼瞎"变成能要笔杆子写决心书的人,连部奖励给他战场上捡到的派克笔。这是很珍贵的礼品,质量好,实用,还有纪念意义。他加倍保护,很怕在行军打仗中丢失,装进口上有细绳的小袋中拴在前胸兜里,成了宝贝。进城以后第三天,四班四组的一个战士兴高采烈地跑进来,蹦高跳跃着对善乌力吉大声嚷嚷:"好消息,好消息,班长,我给你办了一件很大的好事啦,真不错。"

"什么好事?这样欢天喜地?"四班长好奇地问道。

"哈哈,和我一起参军的四班四组的战士宝音阿木奔,在这次巷战中,从军统特务杀手扔掉的背包里捡到了一支笔,交上去连部又给他了,鼓励他一定要摘掉文盲帽子。这是抓两头带中间呀,老八连领导下了最大决心,把那么好的笔送给他,绝啦!"

"啥好笔?动静这样大?"

"啊呀,不说不知道,一说吓一跳,那是原子笔呀,比你的派克笔强一千倍,一万倍,没法比。"

"原子?"善乌力吉班长听说过原子弹,觉得大有来头,不禁愣了一下。

这个战士更来劲了,眉飞色舞地说:"就是原子弹的原子呀,笔中之王,神气了,不醮墨不灌水,老是能写字,可能子孙后代都用不完使不坏。班长呀,我给你介绍,宝音阿尔奔外号叫'记不住',学文化多年,连阿爸的'阿',那里的'那'都分不清,好笔赖笔对他都一样,你就不同,能看报还能写请战书,所以我替你换来了,他也同意换。看,蓝杆黄帽圆尖,小巧玲珑,多漂亮!"

"不好,不好,这不好,自私自利,占同志的便宜,不合适。"四排四班长善乌力吉推辞着,却也挡不住这个战士的再三说服动员,最后还是高兴地交换了。奇怪的是,过了几个月以后这笔写不出字了,查不明白什么原因。连排干部们经过仔细调查研究才摸清底细。为此,副连长刘青山自我解嘲地哈哈大笑道:"搞清了,彻底搞清了,去年——也就是一九四五年,美国制笔行业工人研究成功用重力输送油墨的笔尖,开始在市场销售。他们利用爆炸成功第一颗原子弹的新奇感,大做广告宣传,说什么这种笔是原子时代的笔,起名为原子笔。传到中国以后,今年——也就是一九四六年,上海制笔行业工人也会做了,他们说话声调原子和圆珠谐音,更主要是笔尖是能滚动的小圆珠,就改称圆珠笔,这很正确,名副其实。总而言之,它远远不如派克笔,没法比,吹捧得强一千倍,一万倍,笑话,简直叫人笑掉大牙,我们的知识太缺乏哟!"

紧接着又出了第三个笑话。

侦察连三排一班四组的特木尔巴根，因为家庭出身贫穷，很会过日子，把大部分津贴省下来了。独立骑兵团虽然是特别加强主力部队，但是在战争年代也不例外实行供给制，干部和战士只发点少得可怜的津贴，能买毛巾、肥皂、牙膏、牙刷、针线等日用品，剩下的还可以买点烟叶、火柴什么的。特木尔巴根不仅舍不得花，还怕在打仗或行军中当中丢失，用油布包好缝在裤衩的小兜里，分量重，穿的时间长，松紧带断了，往下坠着很不得劲。现在进了城，他想换一换松紧带，于是请假上大街了。特木尔巴根不大会说汉话，所以没有打听，看准橱窗、货架上摆放的商品，进了一家杂货店。一个青年妇女从柜台那边迎面站起来，很客气地微笑着问道："当兵的大哥，你要买什么？烟叶子还是火柴？"

特木尔巴根是个好战士，严格遵守三大纪律八项注意，态度和谐，说着四声不分的蒙古腔调的汉话，很有礼貌地回答了。但是非常糟糕，他根本不会说松紧带这个词，根据其有伸缩性的特点，他发挥最大的想象力和创造性，说道："老乡，裤衩里能长能短的东西，有吗？"

显而易见，这句话造成了很大的误会，难堪地沉默了较长时间，青年妇女的粉脸由白变红，杏核眼圆睁，柳叶眉倒竖，从牙缝里迸出两个字："流氓！"

特木尔巴根对这个词又不懂，同时他在这工夫竟考虑价格了，闻言大喜，认为六角钱不算贵，但是他还讨价还价，笑容可掬地说："五角最好！"一错再错，由于口音不对，说成"无毛贼好！"

"流氓，流氓，流氓！"青年妇女恼羞成怒，尖声叫唤，差点要哭了。

特木尔巴根看见她着急的样子，不想争了，打算付钱。他于心无愧，脸不红心不跳，接着伸出手来从下坠的裤衩小兜内费力地掏着钱，大咧咧地说："再别嚷嚷啦，六角就六角。"

青年妇女把这句话听成"再不痒痒啦，流氓就流氓"，又看见他掏钱的动作，更是生气了，几乎是声嘶力竭地大叫大嚷："畜生！"

"出身？"特木尔巴根糊涂了，怎么也想不明白，继续心平气和地说："买裤衩里能长能短的东西，还登记出身吗？我是祖辈三代苦大仇深的贫牧呀。"

话音刚落，外面传来一阵哈哈大笑声，原来是侦察连的市内巡逻队听到动静过来了，其中也有汉族同志，憋住笑解释又劝说，那个青年妇女这才明白，终于破涕为笑了。特木尔巴根为此受到了严肃批评，后怕得很，竟变成谨小慎微，再也不敢单独行动了。

最后还出了第四个笑话。

这个俗称老八连的侦察连，可以说是真正为人民服务的军队，时刻遵守三大纪律八项注意，关心群众疾苦。解放了王府市内外城，考虑到这是穷地方，特别是掐断铁路公路大干线以后，交通瘫痪，百业凋零，再不能加重老百姓负担，所以秋毫无犯，更没有杀猪、宰羊、屠牛去大吃二喝，还是过着艰苦朴素的生活。但是连队的政治指导员哈尔巴拉首先建议：老是过这样粗饭劣菜淡茶的日子是不行的，损害消耗干部战士的身体健康，完不成艰巨的战斗任务，必须想方设法改善伙食。他是眉头一皱计上心来的年轻人，很快又想出了到八百里腾格里山打猎的老主意旧点子，挑选了几个特等狙击手成立专门小组，又把自己三弟呼和巴拉分配给他们当向导，强调指出：打猎要经常化、制度化，不是十天半个月就完事，要长期坚持下去。凡是能吃的野生动物都要打，不管大小，不管禽兽，越多越好。

老三呼和巴拉才十六岁，正准备参军，不懂事呢，现在为察干巴拉腐化堕落的事犯愁呢，又不敢告诉大哥，怕枪毙了二哥，心情很苦闷，这回更烦了，嘟哝着讲怪话发牢骚，说道："我们大哥也很怪，受苦受罪的命，端着金碗讨饭吃，进了大城市还愁什么，老八连全体官兵下馆子，到大商店派饭，天天吃香的喝辣的，多美！"

哈尔巴拉生气了，大喝一声道："住口，我们不同于日本关东军美津骑兵师团，不同于蒋介石的'虎威''鹰扬'等东西线部队，不同于蒙古军一、二师六个团，我们是中国共产党领导的人民子弟兵，不能为非作歹，加重人民群众负担。"

呼和巴拉当众受了批评，既不顶撞又不闹情绪，嘿嘿笑着没有吱声。这小伙子不同于二哥察干巴拉，只不过说说而已，并没有消极怠工，出色地完成了任务。他在寻找野兽足迹脚印方面很内行，领着这些特等狙击手，仅仅在一周的时间内，打了山鸡、野兔、狍子、黄羊、豺狼等大小动物三四百只，呼和巴拉自己也打，系在腰带上的细麻绳就是主要的打猎工具，用起来得心应手。拴上活扣放到草丛中，套了很多小动物。所以凡是认识他的人，都竖起大拇指夸奖这个老三有能耐。某日，钻进八百里腾格里山鬼谷、魔峡交接处原始森林中继续打猎。树海深处，阴暗潮湿，人迹罕见，狼嗥狐鸣，是个危险地方。

呼和巴拉离开狙击手们，把马拴在一棵树上，又往前走了一会儿，选择好地方解开细麻绳放套。说时迟，那时快，一头特别粗壮的黑熊突然从距离很近的古树窟窿内窜出来，把他扑倒在地。其实洞里没有崽子，它可能是由于呼和巴拉打搅了睡眠而发怒。糟糕，马枪压在下面拿不出来了，那把装饰着红珊瑚绿松石的特大号纯钢蒙古刀是可以拔出来的，但是爬在这里使不出力量，捅不到黑熊的要命部位，反受其害。怎么办？呼和巴拉的眼睛尖锐得很，就在这光线模糊的角落里，也能看清黑熊毛茸茸身上留下的在树皮或岩石上蹭痒痒的痕迹。他急中生智，立刻决定只可计取不能力敌，于是想出了一连串后来成为笑话的绝妙动作，便开始给这凶恶的野兽用蒙古刀尖搔痒痒，这一招果然发生了神奇的效果，黑熊张开的血盆大嘴闭上了，举起的巨掌放下了，温驯而服帖地站着让呼和巴拉继续持久不断地用蒙古刀尖搔痒痒。事不宜迟，这个老三按着刚才想好的办法，迅速用细麻绳把它的睾丸根拴在树上，紧接着钻出去撒腿就跑，踩在黑熊脚下的马枪还是没拿出来。他就这样赤手空拳打算骑马给狙击手们报信。绝处逢生，快乐极了，几乎要放声歌唱，黑熊似乎愣了几秒钟，又发怒了，咆哮着要从后面追，但是不好，细麻绳拴住了睾丸根，寸步难行。它企图拽断，越拉越紧，睾丸根疼痛异常。纵横交错的树枝，堆积很厚的落叶，还有灌木和荆棘挡着细麻绳，想咬断又找不见够不着，黑熊只能喘着粗气干生气。这工夫，呼和巴拉兴高采烈地跑到拴马的树旁。更糟糕，那匹受惊吓的马，早就扯断缰绳逃跑了，他暗暗叫苦，在这深山老林里，没有乘骑无法追上队伍，再说黑熊扯断了细麻绳追上来怎么办？

真是天无绝人之路，正在这个老三着急的时候，一阵杂乱的马蹄声响起，打猎小组牵着那匹受惊的马过来了，他们都以为呼和巴拉被树枝刮着摔下马受伤了，前来救援。现在遇到这样出乎意料的好事，皆大欢喜，毫不费力地把这黑熊收拾了。事后，有人对呼和巴拉说："老三，你很聪明，对黑熊这样力大无穷的家伙，只可智取，不能力拼。你听说过黑熊拔草塞堵肚皮伤口，一边赶巴嘎浩特的两个猎人的故事吗？"

"知道，我听说过不止一次。"

原来，伊和塔拉大草原上的猎人和牧民们，叫黑熊是黑瞎子、熊瞎子、黑盲汉，实际上它的视力并不差，因为自视天下无敌，喜欢低着头走路，从来不左顾右盼，给人一种瞎目枯眼的印象。八百里腾格里山中没有老虎和豹子，它便成了大王。过去这里的猎人们不敢打，它几乎不受任何侵犯，再加上山多、林密、人稀，自然繁殖很多。打黑熊是一件很危险的事情，一般很少单人独马进行。实在要打，多数都是在黑熊出没的地方，埋伏下来远远狙击。黑熊的皮很厚，生命力很顽强，一枪很难打死。过去，巴嘎浩特有两个著名的猎人，背着燧火鸟枪钻进鬼谷和魔峡犬牙交错的地方活动，很快发现一头五大三粗的黑熊摘山果吃。它站起来有二米多高，乍看像一个穿宽大黑色蒙古袍的草原莽汉，就是脖子太短，魁梧慓悍，凶相毕露，贪婪之极，它把果实累累的树枝扳过来，嘴巴伸上去一捋，一串野果就落在口中。两个猎人自恃枪法好，燧火鸟枪打击面宽，必中无疑，又觉得两个人有帮手，便不害怕了，一起瞄准着同时开了枪，这叫排枪。黑熊突然消失了，他俩洋洋得意地高谈阔论："马匹驮不动这庞然大物，需要回巴嘎浩特套一辆车来拉。"正说话间，突然看见二三十米远的地方深草来回乱晃。这就奇怪了，他俩一时没有反应过来，就使劲叫唤。黑熊听见喊声更加受了刺激，站起来哇哇吼叫着冲过来。他俩拿的是燧火鸟枪，来不及装填火药、铁砂、铅弹，急忙拐转马头连连加鞭落荒而逃。等他俩招呼很多人再返回来，却没有找到黑熊。过了两天在柳条和深草丛中发现了它的尸体，经过解剖检查肚内连一根肠子都没有，全挂在树枝上了。原来铅弹把黑熊的肚皮打开了大口子，肠子流出来。它一边追赶一边拔草往伤口中塞，企图堵住。这是徒劳无益的事，终于气绝毙命。

人们对此议论说："这两个猎人是趁着黑熊收拾肠子的机会跑出来的，要不一个也逃不掉，全被它杀死。现在老三呼和巴拉就不一样了，智斗计取，把黑熊玩得团团转，最后要了它的命，真是有办法的年轻人，不简单，将来必定大有出息，了不起。"

从此以后，呼和巴拉用细麻绳拴住黑熊睾丸的故事，成了俗称老八连的侦察连的第四个笑话。

日子过得很有趣味，但是过了不久，战局又发生了新的变化。在达兰哈尔山打了败仗，发生兵变，又失掉老巢穴的蒙古军军部，别无良策，只好向其所属远在外地的第一师拍十万火急电报，陈说利害，下令出兵。莽斯听说丢了"复兴基地"王府市，心急如焚，火烧火燎般难受，带着第一师一、二、三团立即出动了，日夜兼程赶到达兰哈尔山。这样独立骑兵团主力被其纠缠，一时难以摆脱。而莫尔根带的蒙古军军部和第二师四、五、六团，则腾出手来气势汹汹地扑向伊和塔拉大草原腹地。当时他们两千多人，又以坦克为先锋，立即侵占王府市是没有一点问题。但是莫尔根总是担心莽斯粗心大意被钻了空子，把独立骑兵团放进来，所以大部分兵力布置在大东边警戒，只抽出一个团人配备坦克进攻侦察连。

这里的侦察连方面，老兵痞"二蛮子"、土匪头子"神枪手"的三百多人也成了包袱。虽然他们前前后后收拾掉了很多军统特务杀手，但是又搜罗了不少亡命之徒，为非作歹，欺压抢劫这里蒙汉族人民群众，人人痛恨，个个切齿，影响极坏。十月下旬，刘青山到达兰哈尔山汇报情况回来，传达团部指示：阿拉玛斯、巴雅尔、邓志刚等首长，对侦察连已经取得的战果给予很高评价。由于蒙古军第一师介入，出现了复杂情况，独立骑兵团直属队和七个连队暂时不能挺进伊和塔拉大草原，侦察连必须撤出王府市，尽量避免硬拼，保存力量，在腾格里山麓广大牧区展开游击活动，粉碎国民党嫡系部队和杂牌蒙古军修通铁路公路大干线恢复后勤供应的一切措施。同时把王府市外城、汗庙第一第二仓库中粮食草料，全部转移到鬼谷自然岩洞中隐藏起来，连同上次破坏铁路运来的钢轨枕木分散堆放，彻底坚壁清野，以备将来起用。

侦察连接到团部指示更加紧行动，组织动员市内老百姓和郊区农牧民协助，很快把上述任务完成了，接着就准备撤出王府市内外城。这一天部队刚刚备上马鞍，呼和巴拉骑着一匹光背马赶来了。这个刚满十六岁的小青年迅速发育长大，也要变成两个哥哥那样满脸连鬓胡子的彪形大汉了。他急忙对哈尔巴拉说道："大哥，有情况，昨天天黑以后，伊和浩特来了个年轻女人，叫我连夜来告诉你，蒙古军军部和二师一个团、军统稽查处特务队、伪旗公署警察，都在晚上行军，说是趁黑包围住王府市，天亮以后开始打，这叫什么啦，对，叫拂晓进攻，以坦克为先锋攻城！"

庆格尔泰欢喜地对老三注视了一会儿，夸奖道："老三兄弟不错，智勇双全，像你大哥。"

哈尔巴拉在短暂的几秒钟内，想到了随军记者蔓苔萝花，但是很快否定了，不可能是她，亲眼看见过她的墓地，她已经死去多日了。那么是谁呢？这个侦察连政治指导员警惕起来了，玩弄着二十响驳壳枪的穗带，问道："什么年轻女人？"

"我也说不上，头戴纱巾，大黑眼镜，黄昏以后来的，长相看不清，听说话是个有文化的人，她还叫我告诉你，敌强我弱，情况复杂，不能硬守王府市内外城，快点退出去。接着她留下了这么多传单，很快就走了。"

"谁呢？"哈尔巴拉脑子里一团疑问，排解不开。他接着想到这可能是贵族私塾教学的闲散王公那斯图先生的独生女儿琪琪格，但是又很快否定了，像她那样金枝玉叶般娇贵小姐，凭什么担着血海般干系来给他通风报信呢？况且她不在这里，早就上A城了。不能是她，这是不是军统稽查处的特务头子陈蔓莉设下的什么圈套？

庆格尔泰连长急忙翻阅呼和巴拉带来的大批传单，看见了醒目的标题："热烈祝贺我军独立骑兵团侦察连切断铁路公路大干线""国民党嫡系东、西线部队联系中断，军用物资和生活必需品奇缺，后勤供应瘫痪""杂牌蒙古军部和一、二师六个团正在加紧活动，另觅出路""恶贯满盈，天理难容，军统局长戴笠机毁人亡""稽查处走投无路，到处碰钉，众特务杀手相继毙命。"

"这个女人还说了什么？"哈尔巴拉追问到底。

呼和巴拉答复道："老八连贪多嚼不烂，联络炸兵和砸狱的犯人，背上很重的包袱，保不住秘密，行动有人跟踪，麻烦了。"

也在这里的"神枪手"嗷嗷叫唤："这是军统稽查处女特务杀手陈蔓莉的反间计，其用心何其毒也，抓住她千刀万剐，碎尸万段！"

"不要上小娘们儿的当，我们死也不离开防御工事齐全的王府市内外城，这里固若金汤，什么也不怕！""二蛮子"大声嚷嚷。

哈尔巴拉沉重地叹了口气，对呼和巴拉说："三弟，你快回去吧，照顾好二哥，让他快点养好伤，一起来参军，这段时间内还要照顾好刘青山、特木尔同志的家属。你要处处多加小心，蒙古军和军统稽查处都是吃肉不吐骨头的豺狼，什么样坏事都能干得出来。"

这个老三很想把二哥装成伤重的样子及暗中和反动军官家属勾勾搭搭等等丑事说出来，又怕大哥枪毙了二哥，始终没敢告诉他，只是要求跟着侦察连走。这回老三开始长起连鬓大胡子的脸上，显出倔强的表情，没有一点要回去的样子，说道："大哥，我不回二哥那里去，坚决要求参军打敌人！"

庆格尔泰连长微笑着对呼和巴拉说："好马什么路都能走，好汉什么活儿也能干，就是这个道理，你先回家吧，照顾好二哥养好伤，以后一起来参军！"

呼和巴拉继续要求着:“叫我参军吧,帮助大哥打敌人!”

哈尔巴拉挥了一下粗壮的胳膊,不耐烦地打断了三弟的话,吆喝道:“少废话,快回去!”

呼和巴拉虽然很委屈,还是听大哥的话,回二哥那儿去了。

王府市外城一片紧张的临战气氛。侦察连干部战士们都站着,蒙古马掀蹄喷鼻,高声嘶鸣。哈尔巴拉捋着袖子挥舞着二十响驳壳枪,大声说道:“形势紧,情况急,说话要短,行动要快,现在敌军重兵分进合击包围王府市,东、西、南三面是军统稽查处特务队、伪旗公署警察,北面是蒙古军军部和第二师所属的一个团,我们往北突围,靠拢八百里腾格里山鬼谷南口!”

这时,一个哨兵跑过来报告:“北面腾格里山上空打了三颗黄色信号弹;南面达赖河上空,也打了三颗黄色信号弹!”

庆格尔泰连长分析判断,说:“这是蒙古军军部和第二师所属一个团、军统稽查处特务杀手队、伪旗公署警察等部队,完成包围圈的信号,得赶快行动啦!”

“二蛮子”和“神枪手”表情紧张,交头接耳窃窃私语了一阵,大声说:“蒙古军部和第二师四、五、六团的兵力、火力比我们强十倍,还有坦克,突围出不去,只能防守,王府市外城是第一道防线,民房和商店是第二道防线,内城是第三道防线,走,我们俩出去布置分兵占好各个炮楼、地堡,固守!”

“不行!”哈尔巴拉驳斥道,“你们这叫瘦牛陷进达赖河泥滩,破车顶撞腾格里山岩石,自取灭亡,蒙古军人多势众,有轻重机枪、大小炮、炸药爆破筒、十辆坦克车,还能调飞机来扔炸弹,所以我们要主动出击,不能被动挨打!”

“天哪!”“神枪手”呻吟起来,愁眉苦脸地说:“往北突围?北面是蒙古军部第二师所属一个团人,武器是头等的,坦克拦路,进八百里腾格里山,怎么带这样多的人马?哼,我从小走南闯北,逛荡江湖,知道这个鬼地方,自古以来说得好:腾格里山没水的山,千古飞鸟不沾边,骏马驰过难停站,渴死牛羊干了天。你想把我们都干渴而死?”

“胡说!”庆格尔泰连长也驳斥道,“我们指导员出的主意好,就往北突围,充分利用蒙古军军部和第二师一个团的差错。我们早就侦察好了,第一个差错是,他们没有想到老八连要突围,是拉开攻城的架势过来的,坦克在前面,炮兵在后面,只要冲破一道散兵线,就没有什么阻拦了;第二个差错是,他们没有想到老八连往腾格里山方向突围,各个山口和高地都没有守兵;第三个差错是,他们防备我军独立骑兵团主力打过来,留下两个团在大东面警戒设防,这里只有一个团,嘿,就利用这三个差错,往北冲,靠拢八百里腾格里山!”

“二蛮子”和“神枪手”说不过了,但是心里还不服,撇撇嘴说:“就算冲过去,冲进了腾格里山,喝什么呀?喝马尿?我看呀,到时候马也尿不出来,嘿嘿!”

有些叛兵和越狱犯人哄笑着。

哈尔巴拉发火了,大声道:“这两个家伙瞎说一通,扰乱军心,真是百灵鸟叫一天,招人喜欢;猫头鹰叫一声,招人讨厌。就这么定了,我们往北冲,不是冲进鬼谷和窟窿峰一带,而是冲上南端山头,居高临下,打击蒙古军军部和第二师一个团,上马!”

“上马!”连长庆格尔泰精神抖擞,一跃骑上特务杀手头子武林骑过的大黑走马,只见他腰插驳壳枪、鞍挂弯曲的军刀,一副雄赳赳、气昂昂的样子,大声鼓动喊话:“同志们,朋友们,往北冲呀,我们指导员说得对,十分正确,抢占了腾格里山南面各个山头,不是四面受敌,是居高临下打击蒙古军军部和第二师一个团!"

"指导员,你在后面压阵,我来带队冲锋!"副连长刘青山勒住了马缰绳说。

哈尔巴拉不听,抽出新缴获的东洋军刀,在曙光中闪闪发亮,用洪亮的声音喊话鼓动着:"老八连的战友们,冲啊!我们都是劳动农牧民出身,一定能战胜那些抽大烟、扎吗啡的反动骑兵!"

"冲啊,老八连的战友们,发扬光荣传统,军刀要见血,马蹄要踩肉,打败蒙古军军部和第二师!"

"冲啊,老八连的战友们,要和蒙古军第二师见见高低,决一雌雄!"

近四百匹马驰骋起来了,草原振动起来了,速度越来越快,掀起了冲天的黄沙,像旋风,像洪水,勇猛地向北冲去。大约过了十五分钟,两面开始接触,哈尔巴拉低低地俯在马鞍上,躲过了从侧面扫射过来的坦克车的轻重机枪子弹,注意观察周围形势。现在可以断定:敌我双方开始犬牙交错,坦克车火力威胁就要消除了,要紧的是防备冷枪狙击,在白刃格斗中冲出一条血路。他是带队冲锋的,骑的那匹曾经踢死过日本骑术教官的鬃毛垂地大黑悍公马跑得又快,首先楔进了敌阵。他看见蒙古军三个军官"阿拉阿拉"地喊着杀声,举着军刀同时包抄过来,左边一个先到了,骑着一匹鼻梁上有长方形白毛的高头大洋马,居高临下,气势汹汹,黄色钢盔下面充血的眼睛射出凶光。哈尔巴拉利用自己乘骑蒙古马快速敏捷的那股劲儿,来了一个急转弯,躲过了一个致命的打击,那刀刃呼啸着从左边掠过去了。哈尔巴拉绕到背后,趁着那个家伙还没有挺起身子来,把他劈成了两半。第二个冲过来的蒙古军官惊讶地张大了嘴,却喊不出声音来,三角眼睛叽里咕噜乱转,分明是吓坏了。哈尔巴拉看到这个家伙胆怯怕死的丑态,仇恨加憎恶,咬紧了牙关,虚晃了一刀。蒙古军官不知是计,急忙举刀来招架。哈尔巴拉从小甩套马杆子套烈性马,基础好,参军以后努力学习劈刺,刀法很熟练,他就势改变方向刺进了蒙古军官的心窝把他从马上挑了下去,惊慌失措的高头大洋马拖着缰绳一跳,差点把第三个蒙古军官撞倒。哈尔巴拉也没放过这大好机会,用右腿膝盖轻轻压了一下鞍鞴,使这匹善解人意的大黑悍公马用闪电一样速度赶到了前面,把这个东倒西歪的家伙砍死了。

从后面过来的侦察连冲到了,和蒙古军第二师四团交错在一起,变成了激烈的白刃战,喊杀声、军刀撞击声、步枪射击声、马蹄声响成了一片。在这次战斗中,伪蒙古第二师四团吃了老大的亏。他们错误分析判断了形势,万万没有想到占据王府市的侦察连要突围,更没有想到他们会放弃平坦的草原而向北突围。蒙古军第二师四团采用包围和攻城队形,过于分散了兵力,挡不住用密集队形冲锋的侦察连,包围圈被打破了,裂缝越来越大,简直是不可收拾。哈尔巴拉精神抖擞地挥舞着带血的军刀,一马当先,带着侦察连从缺口冲出去,像一泻千里的洪流,滚滚向前。

稍微靠后的连长庆格尔泰和几个凶恶的敌人白刃格斗中失掉了乘骑,那匹从特务杀手头子武林手里缴获过来的黑走马被砍死了。幸亏他骑术高明,没有摔倒,一下跳在地上,顺手抽出驳壳枪,把那几个红了眼睛的对手全部扫翻在地,紧接着拽过来一匹蒙古马骑上了。他没有立刻突破重围,驾驭着这匹乱蹦乱跳的敌骑,在弹雨横飞的战场中停留了片刻,挥着驳壳枪高呼:"同志们,没有马的赶紧抢马,还要扒掉蒙古军尸体上的大衣,快行动!"他的话启发了第四排部战士,很多被打死了军马的人,都在乱阵中抢马、捡武器弹药、扒军大衣,跟着他过来了。

庆格尔泰在往北驰骋的马背上观察着,看到侦察连主力已经全部占领了腾格里山南端制高点和口子,顿时放下心来,脸上显出了微笑,高兴地说:“冲破包围圈,占领腾格里山南端各个要冲,这次战斗胜利啦!”

四排长也高兴地说:“连长啊,你看,蒙古军第二师四团的机枪、大炮、坦克,不打我们啦,老是往北面山上打!”

这个连长考虑了一会儿,忽然想到了一个主意,喊话道:“同志们,我们扒掉了不少蒙古军尸体上的军大衣,他们看不清啊,一不做二不休,干脆来个奇袭,顺路拐个弯,消灭他们重火力,怎么样?”

“咋消灭?”

庆格尔泰用驳壳枪指点着说:“看,那是迫击炮,那是重机枪,跟前都没有掩护的足够兵力,是按着他们原来的攻城计划部署的,我们冲过去,炸掉迫击炮,夺取重机枪!”

庆格尔泰从容不迫地扶正了头上的黄色钢盔,拍着弯曲的军刀,又说:“我们是假装蒙古军的,穿黄色军大衣,他们看不出来,用中等速度往前,目标是东北方向迫击炮和重机枪射击点!”

侦察连四排接近到五百米远的距离以后,敌军大概是觉察到不大对头,指手画脚地比划着叫嚷起来,一个粗矮的军官拿起了望远镜观察,吓得大叫了一声:“老八连!”附近的重机枪射手急忙要掉转枪口,可是为时太迟,已经来不及了。庆格尔泰看到这情况,立刻拔出了军刀,下达了冲锋的命令。四排用几分钟时间就冲到了跟前,经过一场激战,全部歼灭敌军,炸毁迫击炮两门,夺得了重机枪两挺,随后到山头和连部一、二、三排胜利会师了。

蒙古军军长莫尔根站在王府市西北面一块高地上,了解到这全部情况以后,差点气坏了,嘴里吐着白沫子连连下令,调动了第四团全部兵力向北部进攻,企图一鼓作气拿下腾格里山南端各个山头和口子,可是也太迟了,虽然用密集炮火猛轰了一阵,队伍波浪形往上冲,都被打下来了。在这里的94、92式超轻型十辆坦克,是日本关东军美津骑兵师团投降撤退时留给蒙古军的,莫尔根如获至宝,到处炫耀吹牛,这次动真的用上去了,排成分列式一溜横队,耀武扬威地冲上去,钢铁履带轧轧地响着辗压,很像咬牙切齿的声音。动静虽然很大,实际效果却微不足道,起不了决定性作用,陡坡爬不上去。一辆92式轻型坦克刚刚要越过一个坎坷地段,气力不加,顺路倒退下来,差点滑下山沟。这倒霉的驾驶兵吓得魂不附体,出了一身冷汗,手忙脚乱地转动操纵杆,怎么也挡不住车屁股猛撞在卧牛大石上,薄装甲瘪进去一大块,破坏得丑陋之极,不成个样子。莫尔根军长闻讯大怒,火冒三丈,赶到现场拳头巴掌交加,把驾驶兵毒打了一顿,宣布撤职查办,接着大吼大叫:“开火!”无奈这十辆日式超轻型快速坦克没有大炮,只有13毫米、7.7毫米机枪,火力太弱,遭到蒙古军第二师四团官兵谩骂和讽刺讥笑,大呼小叫起来,说什么的都有,有的扯破嗓子嚷嚷:“你们都是王八,别在这里丢人现丑出洋相了,快滚回达赖河边去吧!”

“老王八,平常养尊处优显威风,好像很了不起,这回显露原形了,什么用处也没有,老王八!”

“缩头乌龟,毬也不顶,快别在这里磨蹭了,快快滚回去!”

坦克兵们进退两难正在生气,岂能受得了这个,从炮塔内探出头来破口大骂。这是个显著的目标,又被侦察连冷枪狙击打死了几个。

第十八回　黑夜上山想法改善生活　白昼下河设计补充给养

侦察连从王府市内外城突围出来了，但是在生活方面发生了很大困难，肉食越来越紧张了。“二蛮子”“神枪手”为首的那些家伙，偷偷屠宰附近伊和浩特、巴嘎浩特牧民的大小牲畜。侦察连不能那样办，主要依靠从达兰哈尔山赶来的那点大牲畜。坐吃山空，越来越少，一时又想不出改善连队伙食的其他妥善办法。一天，老三呼和巴拉又来到这里，他知道连队肉食困难，便出主意说：“老八连的领导和各位同志们，重走老路吧，现在这个驻地伊和浩特，背靠腾格里山鬼谷口，南临达赖河峭壁岸，山珍海味并不缺呀，再去打猎吧，这是第三次打猎。”

连部管理排长表示不同意，说道：“这行不通，我们要想方设法节省子弹，同时打枪又暴露目标，不行！我们从王府市外城、汗庙两个军用仓库中没收粮食，都分散隐蔽在鬼谷自然岩洞中，三年也吃不完，就吃那个。”

“没有油水不行，清汤寡水的，这回我想出了新的办法，不浪费子弹，也不暴露目标，下套、放夹、撒大网嘛！”呼和巴拉说。

庆格尔泰大声喝彩：“对，这是好主意，就这么办。三弟高！”

刘青山也表示同意，哈尔巴拉当然也跟着答应了。

呼和巴拉就临时留在侦察连里协助打猎，一会儿发放各种工具，一会儿出去给牧民打条子借东西，还给连长介绍知识，忙得不可开交。

狩猎曾经是蒙古民族的一种很重要的生产方式，也是有趣的休育活动，同时也是惊险的军事演习，凡是蒙古族男人经受锻炼，当然要通过这一条必经之路。尤其在荒年旱月的时候，牧民们把它看成头等的生活来源，猎取飞禽走兽作为食物的补充，用它们的皮毛做衣服，或出卖交换其他生活必需品。当时蒙古人认为：獐狍、野鹿、豺狼、虎豹都是上天的家畜，只有祭天才能得到赏赐。所以伊和塔拉大草原的牧民们，在出猎以前都要举行专门的祈祷和祭祀，要求上天给予狩猎之福，出有所猎，猎有所获。每年正月初七，还要举行第一次打猎的开始仪式，届时每户一人，集中到事先约好的野生动物较多之处，由一位经验丰富的狩猎长者在高处点燃篝火，用带来的香火和供品祭祀狩猎之神玛尼汗，并且高声朗诵祝词：

身边跑掉的，
把它赶回来，
我的玛尼汗。
扭头逃跑的，
让它再归返，
我的玛尼汗。

眼看走远的，

请给往近拦，

我的玛尼汗。

玛尼汗在牧民和猎人的心目中非常亲切，好像是一位来帮忙的朋友，大家接着这位长者的口气齐声呐喊："呼瑞，呼瑞"，并且把猎具在篝火上象征性地旋转烘烤一下，连连吆喝"阿荣，阿荣"，表示已经驱邪净化了。这时候，早就请来的民间艺人拉起马头琴或四胡，说唱一段《八百里腾格里山颂》和《伊和塔拉大草原赞》，这才正式出发打猎。那位狩猎长者有时还把说书艺人带在身边，如果打不到猎物，晚间宿营休息时让他再说唱一遍。他们认为神和人是一样的，爱听好话，你夸奖他们，才赏给你猎物。狩猎的准备工作，是在一种保密的状态和诡异的气氛中进行。他们闭口不谈出猎的日期，只是悄悄地传递马粪蛋，暗示着什么时候集中。在这期间内，牧民和猎人说话办事都要和气，避免争吵拌嘴，更不能打架动殴。说起野生动物，也不能口出秽言脏话，特别忌讳在家里谈论打猎的事，因为灶王爷爱串门传闲话，怕他透露风声，把它们都放跑了。又怕野兽偷听，尽量避免直呼其名，只用猎人们彼此明白的话来代替，例如叫狐狸为"帽子"，因为它的皮能做防寒帽子，叫犴为"扁角兽"，叫狼是"机灵鬼"，叫熊是"黑瞎子"。

乍看起来，伊和塔拉大草原的牧民和猎人好像是很贪婪的，似乎看见什么野兽都要斩尽杀绝。其实这是一种误会，他们是很讲究狩猎之道的，奖赏既然是上天的赐予，爱护便是下民的美德。什么季节狩猎，什么地方狩猎，什么野兽可杀，什么野兽不可杀，在法律和道义上都有一套严格的准则。据史书记载：忽必烈大汗曾经下达禁止所属各国臣民在每年三月至十月间打猎的命令，违者严惩不贷。其用意在于使每种动物能够大幅度地繁殖起来。几百年以来，在蒙古族人民中形成了良好猎风，一般都忌讳捕杀怀胎、带仔母兽及幼兽。谁要是违背了这条规矩，就被看作是缺德又无能的家伙，受到谴责、讽刺、挖苦和嘲笑。围猎并不是把困在圈内的野兽都要消灭，最后总是以放生大批幼畜和带仔母兽来收场。一旦围猎结束，任何人不得再触犯野兽。过去打猎都禁止斩尽杀绝，围猎十头以上兽群，总要放掉几头。如果全是公兽或不孕、仔辈母兽，也要放生一、二头。一群中只有一头公兽，一定也要把它留下。历史上，蒙古首领成吉思汗及其子孙，曾把野兽当做家畜一样看待，捕捉以后打上火印，作为私有财产的标记放还草原，外人不能随便捕猎。过去打猎多是为了度饥荒补充食物，牧民和猎人的观念中没有囤积居奇和借以发财的思想，加之地广人稀，狩猎有道，野兽便能繁殖发展起来。

庆格尔泰连长是外旗人，对上述知识不太知道，哈尔巴拉指导员也没有来得及讲，这回听老三呼和巴拉介绍以后，对这小后生的博学多闻很是赏识，晚上又去商量打猎的事，因为这事分工让他抓。他拍着呼和巴拉的肩膀笑道："三兄弟，你有希望啊，像你大哥一样有力气、会武术、能摔跤、脑子转得快、智谋多，要不是你二哥受伤没痊愈，需要有人照顾，真想留下你。打猎的事得抓紧，趁着蒙古军军部和第二师还没有发动新的进攻，组织一部分干部战士到山上夹野兔打山鸡，去河里捞大鱼摸小虾，解决老八连油水，总是清汤寡水不行啊，需要改善生活。没有好身体，怎么能打胜仗？"

呼和巴拉听了这话，说："我看老八连同志干劲很足，都说这里有夹子、套子、渔网、鱼叉等等工具，一定能丰收。"

庆格尔泰摆弄着一根挂铜锤的打兔棒，兴致勃勃地说："我也算一个。"

呼和巴拉笑道："那太好了，连长出马，一人顶俩，哈哈，要不你进鬼谷或魔峡打山鸡野兔，你是抛手榴弹的能手，甩起打兔棒来，一定百发百中。"

"不，"庆格尔泰笑道，"我就跟着三兄弟啦，你拿啥我拿啥！"

"连长，说到我打猎，什么都不拿，一会儿走几家蒙古包，借四条口袋，这就够了。"

"口袋？"

"嗯，麻袋也行。"呼和巴拉诙谐地眨了眨眼睛，又说道："别看我们这里牧民经常打猎，打野兔和黄羊，打野猪和豺狼，最近还打了一条大黑熊，可没有打过这种东西。这么着吧，连长你军务在身，就不用去啦，回来以后我再报告！"

庆格尔泰哈哈大笑，兴趣很浓，说："眼见为实，耳听为虚，听介绍还行，三兄弟什么时候出去，我就跟着，当一名副猎手，咋样？"

"今天晚上。"呼和巴拉对着这个好动不好静的连长的耳朵小声叨咕着。

这时候，哈尔巴拉走进来，抚摸着满脸连鬓大胡子，笑道："你们俩真有意思，捉迷藏玩，不用那样保密，野生动物不可能知道，哈哈，那只不过是古代传下来的风俗习惯。"

庆格尔泰回答说："我正向三兄弟学习打猎的知识和技术。"

大约在下午九点钟的时候，庆格尔泰从自己住的蒙古包又去了呼和巴拉那座帐篷，发现这小青年不在，四排的两个战士正兴致勃勃地谈论着呼和巴拉。看见了他，一个说："连长啊，这个呼和巴拉很不错，身体好，力气大，摔跤技术高，什么样烈马都能骑。这些天锻炼的，枪打的也特别准，简直是百发百中，连长啊，我们老八连咋不要他呢？叫他当兵吧！"

"等他二哥养好伤，一起来参军，快啦。"

他们仨正说着，呼和巴拉回来了。在牛油灯的昏暗的光线下，这个后生神情黯然，他是想着没出息的二哥生气呢，又没法对大哥说，心中很苦闷，这回看见侦察连长就笑了，晃了晃借来的几条口袋和一个小铜铃铛，说："连长，我们走吧！"

"这小铜铃铛有什么用？"

"一会儿就知道了。"

他俩走出伊和浩特的蒙古包群，夜色很黑，借着星星的光亮，勉勉强强看得见往腾格里山麓去的弯弯曲曲的小径，西北面的汗庙黑黝黝地蹲在那里，像一头巨大的野兽。不远的地方，侦察连哨兵的手电时明时灭，从密密麻麻的牲畜圈棚附近，传来了军马磕蹄和嘶鸣声音，又走了一阵，庆格尔泰忽然发现他们后面跟着一条狗，就问呼和巴拉说："三兄弟，这是你领来的？"

呼和巴拉轻声笑道："嗯，连长，我们俩干的这一手买卖，全靠这条狗呢，刘青山副连长当猴倌的时候，就领过这条白眉毛黑狗，本事大啦，一会儿月亮出来，它就开始营生。"

庆格尔泰仍然是有点莫明其妙，感到很新鲜，哈哈笑着跟着这个小伙子走。

到了腾格里山南麓，隐约看到王陵一带。下弦月出来了，呼和巴拉把那只俗称"四眼"的白眉毛黑狗叫到跟前，亲热地抚摸了一阵，挂上小铜铃铛，使劲一拍就打发走了，然后对庆格尔泰说："连长，你就在这阴凉的地方抽烟吧，我年轻，腿勤耳朵灵，铃声大响，马上出去到狗跟前。"

"打什么野兽？能打住多少？少了可不中呀，我们这是好几百人的伙食。"庆格尔泰用缴获的钢盔搧着凉风，有点不放心地说。

"少不了，一会儿就知道了，我们这个地方打猎不费事，出来就能逮着野兔、山鸡、黄羊、野猪、狍子、豺狼，前不久就打死过五大三粗的黑熊，不管是啥，能吃就行，老八连生活要紧，这回试试。”

“是啊，团主力被蒙古军第一师一、二、三团缠住了，马上过不来。我们老八连孤军作战，在伊和塔拉草原和腾格里山交界处打游击，兵荒马乱，牧民群众东躲西藏，什么都缺，就得用这个办法来改善生活啦，越多越好，你听，铃铛响了，‘四眼’白眉毛黑狗逮住了一个，我们快去捡。”

他俩向铃响的方向跑去，在朦胧的月光下，庆格尔泰看见那只‘四眼’白眉毛黑狗愤怒地咬着一团大黑球似的东西。看样子，那玩意儿很难对付。咬一口就往后退缩一步，喑哑地叫一声，他挥起驳壳枪正要打那黑球，呼和巴拉制止了，一脚踢进口袋里，满意地吧嗒着嘴说：“好大的刺猬，足有五六斤肉，肥呀，咬一口喷香，解馋。”

庆格尔泰这时候才想起来，小时候一个骆驼倌给他吃过一种手把肉，那肉很肥，黄黄的脂肪足有四指厚，吃起来有膻味，原来那是刺猬肉。但是现在对有些情况还不清楚，就诧异地问道：“活着拿回去？”

呼和巴拉笑道：“连长，你说对了，活着拿回去，给它剃光头，然后抹脖子，开膛掏肚，大卸八块，收拾干净，就炖起来，人们说腾格里山麓牛肉肥，达赖河畔羊肉美，我看刺猬肉更开胃，连长你尝尝就知道。”

“三兄弟，铃铛又响了，快！”庆格尔泰说着往那个方向跑去。这就算开始啦，他俩到天亮时候为止，整整捉了四口袋刺猬，足有五六百斤，牵过来两匹马，驮回去了。

第二天，更多的干部和战士参加了打猎、逮鱼。呼和巴拉捉了一个晚上刺猬，还没有休息好，早晨又提着一连串套子、夹子往腾格里山走去。在敖包山后，庆格尔泰追上了他，叫道：“嘿，三兄弟，怎么还不休息，又要干啥？”

这个老三笑道：“蒙古军的军部和第二师四、五、六团还没动静，机会难得，趁着这个空子，想方设法多搞点肉食，补充补充，增强我们老八连干部战士体质。”

“这种想法是对的，但是你白天黑夜连续干，不休息行吗？别累出毛病来。”

“行，一点事也没有。”

庆格尔泰笑道：“这样吧，昨天晚间我跟着你捉刺猬，挺有趣。这回还跟着打猎。我还有个想法，好好听听你跟着我们指导员、副连长智斗‘其努瓦’警务科长，两次大闹汗庙的故事。什么时候有工夫，找一个地方坐一会儿，给我讲讲！”

“好汉不提当年勇！”呼和巴拉说，“讲那个老黄历干啥，我们就想法子多打飞禽走兽吧，昨天晚间逮住的那些刺猬，这么多的人不够填牙缝的。”

庆格尔泰连长嘿嘿笑道：“干是干，但是不说不笑不热闹，别太沉闷了，嘿嘿，走吧！”

呼和巴拉这回拿着一大卷细铁丝，提了一根带铜锤的打兔棒，蒙古袍的宽腰带上坠着各式各样的夹子，其中有铁的，还有竹片的，领着这个连长又出发了。

前几回打仗的时候，八百里腾格里大山边缘地带热闹过一阵子，现在又恢复了原来寂静肃穆的样子，只有草丛不间歇地飒飒响着，各种鸟雀吱吱叫唤，除了这些单调的声音之外，什么也听不见了。侦察连长庆格尔泰还是第一次单枪匹马进这样险的深山狭谷，加倍警惕，密切注意着一切动静，稍微有点风吹草动，手就落在驳壳枪角把上。这也难怪，蒙古军军部和第二师三个团人就在眼前，同时这是个三种狼出没之地，不能不格外小心。呼和巴拉因为生活逼迫，在腾格里山鬼谷魔峡钻过很多回，都习惯了，一点也不发慌，在一块嶙峋的怪石下坐着，稳稳当当地打开那卷细铁丝，做起套子来。侦察连长拿着打兔棒、夹子、水壶、干粮一类东西，在旁边观察。这个后生一双大手灵巧极了，很快做好了一大堆，然后起身在各个兔径上放起套子来。庆格尔泰紧跟在后面，继续很留心地观察，发现呼和巴拉做的套子活扣儿松紧适当，放的地方好，伪装得也很巧妙，他俩差不多用了两个小时的工夫，把那些套子都放好了。

“三兄弟，能套住吗？”

呼和巴拉低声吹了一下口哨，用粗壮的胳膊碰了碰庆格尔泰，制止了他说话，还未等对方明白过来是怎么回事，就一个箭步冲过去，举起带铜锤的打兔棒，把一只正从窝里跳跃起来的大白兔打倒了。

“啊呀，逮住了一个！”侦察连长就像小孩一样高兴地扑上去捉住了那只正在蹬腿的小动物。

呼和巴拉观察了一下周围地形，把死兔放在一块比较显眼的岩石附近，就在旁边挖起土坑来。

庆格尔泰不解地问道：“三兄弟，埋起来干啥？好不容易才打住了一个，带走吧，这只大白兔有毛病吗？”

“不，不，你把夹子递过来。”呼和巴拉说着挖好了土坑，把开了扣的夹子巧妙地埋进里面，薄薄地盖上了一层浮土，接着用死兔腿按上了一些脚印，又放在岩石附近。

庆格尔泰这才知道了他的意图，问道：“三兄弟，你真有趣，这是准备夹啥呀？”

呼和巴拉的还带着稚气的脸上露出了笑容，说道：“当一个猎人，就像我们老八连的侦察兵一样，耳听八方眼观四路才成。连长，跟前有很多狐狸的脚印，这一带有窝呀，可是那家伙比啥都鬼，套子不容易对付，所以就埋上夹子，上面还按了脚印，我们俩后退着，把踩的脚印也扫净了。”

“哈哈，呼和巴拉不愧是哈尔巴拉的弟弟，办法真多！”

接着呼和巴拉又用那把带铜锤的打兔棒，揍死了一只刚要起飞的山鸡。还用同样的办法，打着了一只横着跑过去的野兔。庆格尔泰打算用驳壳枪射击时，呼和巴拉制止住了他，怕吓跑了狐狸。只见他从柳条间隙里偷偷观察着埋夹子的地方，回头笑道：“别着急，吃全羊先是头蹄下水，大块肉在后面呢。过了一会儿，那些套子就管事了，才会有大收获。快到中午了，我们俩一边吃点炒米奶豆腐，一边盯着那个埋夹子的地方，下午蹓套子，一个接一个。”

吃完了干粮，喝了两口水，庆格尔泰就打起瞌睡来。也不知过了多大一会儿，呼和巴拉用胳膊肘轻轻地碰了他一下，几乎是耳语般地说：“来了！来了！”

庆格尔泰的睡意完全消失了，透过密密的柳条丛，看见一只火红的狐狸，拖着长长的尾巴从草丛中钻出来，探头探脑地窥视着死兔，却又踌躇不前，看样子正在犹豫。

“三兄弟，看我的，你相信我的枪法好了，打眼睛不着鼻子，怎么样？”连长说着回头一看，呼和巴拉却看不见了，他暗暗诧异着，手脚这样快，刚说话间就钻到什么地方了。他怕惊动了那只原地打转转的大火红狐狸，没有动一步，连粗气都不出了，只是静悄悄地从柳条间隙内偷看。人们说狐狸这动物心眼多是不假，它虽然饿得要命，馋得要死，始终没有到放着兔子的岩石跟前，总是来回兜着大圈子，怕中了什么埋伏。有两次像是下了决心的样子，低低地贴着地皮往前爬了几步,又起了很大疑心,连忙再往回窜几步,尖着耳朵翘着鼻子不住地东张西望。庆格尔泰抽出驳壳枪来了,顶上了子弹。他的手枪射击在独立骑兵团里是很有名气的,只要一扳食指就行,他瞄准了一下没打,原因是他觉得很有趣,想看个究竟。反正这条狐狸是跑不了啦,不落夹子就挨枪子,这是肯定的,忙什么。他看出这条大火红狐狸毛厚实,色彩鲜艳,能做两顶大皮帽子呢。尾巴尖都发白了,够狡猾的,万一看出破绽不上去吃,那就给它一枪。不过,他这种担心是多余的,这条老狐狸虽然小心翼翼,却也挡不住饥饿,看着这现成的食物,最后终于冒险了。它到了岩石跟前,咬住兔子刚刚往外一拉,埋在底下的铁夹子叭喳一响,就把它的前爪子夹住了。狐狸张嘴扔了咬住的死兔,使劲挣扎着翻滚起来。这时候,不知道呼和巴拉从什么地方钻出来了,三步并两步冲到了跟前,挥起挂铜锤的打兔棒,立刻就把狐狸揍死了。等到庆格尔泰跑过去时,他早把夹子卸下来。

“三兄弟,你的动作比猴还快,不知道钻到什么地方了,我还想用枪打呢,哈哈!”

“用枪打是最没有办法的事,把珍贵的皮子都糟蹋了。响声太大,还把别的野兽都吓跑,走吧,蹓套子去。”

呼和巴拉说的是真的,仅仅在一个下午时间内,就捡了一百多只上套的死兔。

第三天,侦察连差不多全出动了,去达赖河边打鱼。哈尔巴拉喊着话动员道:“王府市内外城的蒙古军军部和第二师四、五、六团吃亏啦,受损失啦,正在整顿,一时不敢出来,没有动静,我们不要错过好机会,抓紧时间打鱼。连长他们才两个人,就搞了那么多刺猬、山鸡、野兔,还打了一条大火红狐狸,都满载而归,可是这里打住千八百斤鱼,这点玩意儿只够每天喝鱼汤。大家不要怕放不住,这个伊和浩特有个好条件,汗庙、王陵当中有一口深井,开那达慕大会时供给好几万人的用水,深啦,别看现在外面这么热,狗耷拉舌头人出汗,可是井底下都结着很厚的冰,穿着厚棉袄下去都冻得发哆嗦。把这些肉用大抬筐吊着放下去,三个月也坏不了,大家不要怕,加油干!”

这个指导员的号召力是很强的,侦察连干部战士们争先恐后地脱衣下水,粗犷地叫喊着:“干哪!”

“下水呀!”副连长刘青山带头脱着蒙古袍,第一个下水。

年龄最小的战士特木尔一面下水,一面笑道:“干哪,打鱼摸虾捉王八,哈哈!”

老三呼和巴拉也在这里,他发现前些时候遇到的热天又出现了,空中连一丝云彩也没有,烈日暴晒下来地皮都发烫,光着脚走路都烙得慌。这样,有些同志就光顾洗澡了。呼和巴拉就着急起来,对跟前几个战士说:“现在是啥时候呀,蒙古军军部和第二师三个团人,还有军统稽查处特务杀手、伪旗公署警察都正在磨刀,恨不得一口吞了我们。这时候我们应该抓紧时间捞油水,光顾洗澡还行,走,叉鱼去!”

“没有鱼叉呀!”

“河边上有的是,洗澡的同志丢下的。”

这工夫,庆格尔泰连长发现有人洗澡,忍不住发起脾气来,大声喝道:“你们这几个人,真像大少爷呀,不像老八连战士。这一点热都受不了,喘粗气,洗大澡,都给我出来拉网叉鱼。我们才两个人,都打了那么多刺猬、野兔、山鸡,接着还要打黄羊、狍子、野猪、三种狼、黑熊呢!你们想干啥,要屠宰牧民群众的牛、马、骆驼、羊?还是等着我们往嘴里送?快给我出来!”

也就在这个时候，驻扎在附近的炸兵、越狱犯几个头目过来了，“神枪手”歪骑在戴红缨的白马上，冷讽热嘲道：“连长大人嘛，站着说话腰不痛，敢情你是在树荫底下拉大网，晒不着，热不着，你那么能耐，到那面太阳底下去试试。”

“二蛮子”马上接过去这句话，也是嬉皮笑脸地说：“要是不信，连长大人离开树荫，不晒出三两油才怪，你看八百里腾格里大山的窟窿峰，都要冒烟着火了！”

庆格尔泰本来是生了满肚子气，这回更是火冒三丈，觉得这帮家伙打仗时候躲得远远的，分战利品却凑过来，有危险必闪，有便宜必占。他把大网一撂，跳到河岸上直接向他们走过去，打算狠狠训斥他们一顿。

忽然在那边发出一阵尖锐的叫唤声。原来老三呼和巴拉叉着了一条二十多斤重的大鲇鱼，挺着比手指头粗的肉胡子直蹦跶。

庆格尔泰连长转身往那边跑去，一边吆喝着：“谁说这里逮不着鱼，有的是，不光有小个的，还有大个的，这不是，就看干不干，光顾洗澡，连癞蛤蟆也摸不着。出来干，再别洗澡啦。”

哈尔巴拉指导员也在这里，正看着那条二十多斤重的大鲇鱼，对庆格尔泰说：“连长，我们改变一下战术怎么样？”

“怎么改变战术？”庆格尔泰还有气。

哈尔巴拉笑起来，说道：“着急没用，发脾气也不顶用，动脑筋想办法，实干加巧干嘛。我们老八连在这河边上是出大力啦，就是打不上鱼，这样下去也不行，要讲究方法。天气热，先休息一下，洗洗澡。”

“那怎么办？不打了？都下去洗澡？”

“你等我说完哪，天气是热，先休息半个小时，接着起来排干掏尽这大水湾，把水引进附近牧场里。这大水湾水深，天气最旱的时候也有一人深，挖条壕沟排洩出去，下边有干货。”

庆格尔泰听了这些消气了，拍拍手，响亮地笑着说：“这个主意好，灌了牧场又打了鱼，一举两得，一箭双雕，好，听你的，我们就不拉大网、不抡大叉了。”

“二蛮子”还没走，休闲地吹口哨，玩弄着驳壳枪把上的穗带，用怀疑地口吻说：“兴师动众，费了很大劲，要是搞不到鱼咋办？”

哈尔巴拉正色道：“那也没关系，引水浇了一部分沙化退化的牧场，也算为牧民群众办了一件好事，不像你们祸害糟蹋，无恶不作。”

侦察连干部战士听说这个打算后，都认为有理，高兴起来。先是下水痛痛快快洗了凉快澡，接着就拿来铁锨、水桶、草袋、柳条、筐头等各种物品，开始堵截、排洩这从达赖河分流出去的方圆一华里的泡子。这里有开口排水的，有填土堵水的，还有提捅淘水的，干得真是热火朝天。他们这一行动受到了广大牧民群众的全力支持，王府的马倌完达尔夫等很多的人都来凑热闹，人数逐渐多起来，由几百人增加到一千多人，这方圆一华里的大水泡子，架不住这么多人同时动手引、排、堵、截、淘，一点一点变小变浅了，水都流进伊和塔拉牧场中去，等到太阳偏西时候，就剩膝盖来深水。里面的鱼真多呀，比水和泥浆还要多，人们看得眼花了。

特木尔毕竟是个年轻人，一时性起，在泥浆里横冲直闯，两手一摸同时就抓住两条鱼，他还不抓小的，专抓大的，往河岸上扔，一边大声吆喝着：“堆起来，堆起来，这是给老八连改善生活，不能往家拿，这是纪律，规矩，不能违犯！”

哈尔巴拉看着大家在这段时间内忘记掏水了，光顾抓鱼。他就在岸上堆着鱼，大声喊话："同志们，先把水掏干净了，往牧场上倒，给牧民群众办好事，鱼是跑不了的，下面有大的。"

庆格尔泰拿起两个大水桶，站在最深地方淘水往上递，突然身体摇晃了两下，就倒在水里了，等翻身爬起来，变成了大泥人，嘴里喊着："有一条大个儿鱼，咬我没咬住，撞了大跟斗，大个儿的，好厉害，小孩们上岸，小心咬着。"

在水里凑热闹的牧民的孩子们，叫喊着都往岸上跑去。接着抓住的鱼都数不清了，这里面就有不少二三十斤重的大鱼。最后掏干了才发现，泥浆底下爬着一只六七十斤重的大乌龟，撞倒侦察连长的原来就是这个家伙。在人们的哄笑声中，副连长刘青山打趣道："啊呀，叫这老王八咬一口，可不是玩意儿账，入骨三分，好险，好险！"

围猎结束了，捕获飞禽走兽及鱼类不计其数，大获全胜。侦察连连部经过集体讨论研究以后，送给"二蛮子"、"神枪手"的队伍一些，以示榜样，并且警告他们不要屠宰牧民的大小牲畜，想吃肉要出去打野生动物。这根本不顶用，正像庆格尔泰、哈尔巴拉、刘青山预料的那样，这些兵痞和土匪们不理会那一套，继续祸害牧民群众，正应了一句蒙古族谚语："驴耳朵里塞牛粪晃，塞金子也晃。"

第十九回　策反叛部伪军派遣特务　暗施毒计杀手蒙混诈骗

侦察连突围成功，使莫尔根大为气愤，把有责任的军官狠狠处分了几个。不久，蒙古军军部和第二师四、五、六团，军统稽查处特务队，伪旗公署警务科警察，又动用了接近三千人的兵力，从四面八方包围过来，进行多次攻击，企图把侦察连困在沙化退化的伊和塔拉荒漠草原上，一举歼灭。但是都未得逞。庆格尔泰、哈尔巴拉、刘青山三人机智勇敢，善于用兵，不去和优势敌人硬拼，而是采取运动战、游击战的方法，充分利用八百里腾格里大山天险，和国民党嫡系、杂牌部队捉迷藏玩。就这样机动灵活地作战，坚持到了十月底。他们有时候分散袭击，扰乱了大股敌人，有时候集中力量攻击，歼灭小股敌人。最主要的是继续持续不断地破坏铁路公路大干线其他地段，使敌人重新打通后勤供应的计划和企图毫无进展。

十一月初，蒙古军军部在王府市内城召开了一次军事会议，研究所谓"立即消灭侦察连，迅速恢复交通"的具体办法和措施。这次会议是在极端保密的情况下举行的，连军统稽查处都没有人参加。

在这次会上莫尔根声嘶力竭地叫嚷着："诸位，共军独立骑兵团的险恶用心越来越暴露无遗，极其狠毒。他们是想要掐住我们主要输血管大动脉，建立伊和塔拉根据地，要永远切断四面八方的后勤供应。如果得逞，我们蒙古军部和一、二师六个团只能喝西北风，饿死孤城，后果不堪设想。这个侦察连，也就是人们常说的老八连，是来打前站的先遣队，有长远战略目的，不仅为两面作战，牵制我们兵力的一种战术，对此要有清醒的认识。当务之急是：全体官兵，餐风饮露，不辞辛苦，围歼共军老八连，迅速打通生命攸关的后勤供应线，紧接着挥戈东下，消灭其团主力直属队和七个连队，才能永久太平。"

四团团长表示怀疑，摇头道："围歼跟前这个老八连还好办，全部消灭其团主力直属队和七个连队，谈何容易，他们是特别加强主力团，四四制编制，共八个连。我们蒙古军部和一、二师六个团，三三制编制，各三个连，加上军部警卫连，总共十九个连，人数上可以说是势均力敌，旗鼓相当，不好办！现在代替我们作战的第一师，在那边打得相当艰难，损兵折将，叫苦连天，唉，那是我们兄弟部队呀。"

五团团长点头称是，赞成道："此话有理，尤为甚者，共军独立骑兵团阿拉玛斯、巴雅尔、邓志刚、庆格尔泰、哈尔巴拉、刘青山诸人，从军多年，老谋深算，极会用兵，很快声东击西挺进这里开辟什么根据地，掐住我们脖子不放，怎么办？从此伊和塔拉大草原无宁日矣，此乃天塌地陷之大患，这样苦难早就开始了。唉，唉。"

六团团长打了个哈欠，补充道："二位老兄，所见极是，横贯伊和塔拉大草原的铁路公路大干线被破坏得七零八落，长达一百多公里，钢轨和枕木都被转移了，怎么修？"

参谋长兼第二师师长哲别，不想听部下这些话，不耐烦地挥了一下手，训斥道："败家的丧气话，长共军志气，灭蒙军威风，告诉你们，不必过虑，我们蒙古军第一师一、二、三团把独立骑兵团主力缠住了，只等全部干净彻底地消灭了这微不足道的老八连，加强我们复兴基地王府市内外城防，免去了后顾之忧，我们蒙古军部和一、二师六个团便可会师达兰哈尔山，围歼这个共军特别加强的主力部队。"

莫尔根军长习惯于唱压轴戏作结论式发言的，等部下都讲完了以后，他才慢条斯理地说："诸位同仁，为了消灭威胁复兴基地的匪患，准备决一死战，殊堪嘉奖。但是武力讨伐必须与分化瓦解结合起来，两者相辅相成，缺一不可，在这点上我们比军统稽查处略胜一筹。"

哲别的锅刷眉一跳，傲慢地说："军统稽查处那帮混蛋，故弄玄虚，招摇过市，商标倒不少，就是没有干货，这回不叫他们插手。"

六团团长表示赞成，冷笑道："军座和参座高见，对他们严守秘密。军统稽查处那帮狗日的，讽刺我们蒙古军官兵头脑简单，就知道跃马横刀冲锋陷阵，别的什么都不太明白，这回露两手给他们瞅瞅！"

当天深夜，莫尔根、哲别、扎萨嘎在内城王府客厅秘密接见蒙古军联合谍报队零号情报员。他的绰号叫"影子"，大约有二十五六岁，满脸横肉，狡诈的三角眼叽里咕噜地转动着，身体像公牛一样粗壮结实，头戴油污破烂的日本军"战斗帽"，上身穿崭新的蓝色西服，结鲜艳的花领带，下身穿笔挺的黄呢子马裤，长筒红漆皮马靴，打扮得千奇百怪，不伦不类。他就是到东蒙古窃取情报回来的那个家伙。

莫尔根觉得很痛快，蒙古军联合谍报队和军统稽查处分庭抗礼，总之给戴励志一点颜色看看。为了掩饰自己的得意，他狞笑了一声，咬了咬宽厚的嘴唇，打着官腔道："'影子'，看得见抓不住的影子呀，到东蒙古回来了，最近干些什么哪？"

"影子"心中发慌，毕恭毕敬地说："军座，最近我听候上司吩咐，闲着没什么事，练练摔跤、拳击、散打、柔道。"

莫尔根显出赞赏的样子，连声夸奖道："好啊，对一个职业军人和特工人员来说，搏斗本事是很有用的，天天勤学苦练，安时思危。"

"影子"是伊和塔拉大草原有名的大土匪的儿子，从小跟着父亲鬼混，得了这样匪号，就是说像影子一样捉摸不住。他在日伪时期参加了蒙古军当兵，被小个子参谋长哲别看中了，就叫他当了一名马弁。那时像他这样随从人员是很多的，谁也没注意这小兵痞。日本鬼子投降以后，在莫尔根秘密私访蒙古军副军长兼第一师长莽斯，进一步策划所谓"蒙古高度自治"的阴谋期间，这个"影子"和扎萨嘎勾结在一起，成了联合谍报队骨干。

莫尔根对"影子"打量了一番，板着面孔说："'影子'特别行动计划的首要目标就是哈尔巴拉，把他干掉！当然，也不放过庆格尔泰、刘青山两个连长。另外，从很多方面可以看得出来，'二蛮子''神枪手'都是我们的人，够朋友，没有动过我们蒙古军一根毫毛，专毙军统稽查处特务杀手。你到那里以后，想方设法把他们拉过来！"

"影子"肃然起敬，双手下垂，笔挺地站着大声说："是！为党国效劳！"

莫尔根变了脸愤怒地说："说错了，今后必须说为蒙古军服务！"

这个军长点了一支天马牌香烟，喷着圈继续教训："到那里以后，首先要密切注意政治指导员哈尔巴拉，他是个大暴徒，哼，同时是有名的武术家，从这个家伙长期潜伏、形迹不露、乘机叛乱、声东击西等情况来看，也很有智谋，是个危险分子，对我们威胁最大，干掉他。对付这样的歹人，要特别小心，有一句古话说得好：胆欲大而心欲小，智欲圆而行欲方，不要盲目冒进蛮干。对将来作战，不妨设想三种方案：撒下天罗地网，多层包围，聚而歼之，消除心头深仇大恨，是为上策。逼得老八连走投无路，往达兰哈尔山逃跑，靠拢其团主力直属队和七个连队，如虎添翼，是为中策。长期拉锯，奈何不得，任凭其继续掐住我们赖以生存的铁路公路大干线，建立什么伊和塔拉根据地，贻害无穷，是为下策。你到那里以后，为争取实现上策而努力奋斗！"

"是！""影子"又一次肃然起立，双手下垂，毕恭毕敬地说。

莫尔根站起来，举起了泛着白色泡沫的大型玻璃杯奶酒，和这个特务杀手碰了碰杯，大声说："现在正式宣布，经过与我们蒙古军莽斯副军长、哲别参谋长、扎萨嘎队长共同研究决定，特授予零号情报员'影子'上尉军衔。"

"影子"受宠若惊，一下跳起来，长着横肉的脸上显出诚恐诚惶的表情。

莫尔根沉默半晌，咬牙切齿地说："'影子'，联合谍报队一定要搞出名堂来，给戴励志他们瞅瞅，蒙古军在公开、秘密作战方面，都有两下。"

杂牌蒙古军和嫡系军统稽查处之间的矛盾，是如此尖锐复杂而微妙多端。第二天深夜，"影子"被扎萨嘎少爷叫到哲别那里了。这个小个子参谋长拿出恫吓的样子说："联合谍报队和军统稽查处不是一家，是两家，各为其主，你如果双方投机、八面玲珑，就得把命赔上，死无葬身之地，哼！"

"影子"看了看哲别，又看了看扎萨嘎，发现他俩脸色阴沉，表情凶狠，不像开玩笑的样子，吓坏了，倒退了两步，连连说道："参座，我始终没有想违背军座和您父子呀，对蒙古军一片忠心，不过，因为陈夫人在那边，我以为是一家人呢。"

"唉，多年以前，日本关东军派美津骑兵师团在这里，我和莫尔根王爷、莽斯共同组建蒙古军一、二师六个团，军统局就把陈蔓莉派来了，企图策反。但是陈蔓莉出污泥而不染，贤惠善良，把全部情况都告诉了我，帮助做了很多事。她常说：好女不嫁二夫，忠臣不事二主，为蒙古军鞠躬尽瘁，死而后已。你也要这样。"

"是，是，那是一定的。"

扎萨嘎少爷从旁边再三警告："说句不客气的话，你本来是个无声无息地挺而走险的亡命之徒，现在被授予上尉军衔，成了零号特务军官，全靠蒙古军栽培，要为知己而死！"

"是的，是的。""影子"连连点头哈腰。

"妈拉巴子，为军统稽查处卖命死路一条，你知道'大黑塔'为什么挨杀？'二蛮子'为什么炸出去？'神枪手'为什么蹲大狱？全是受了'迈德尔喇嘛'戴励志等人的害，如果打着他们的旗号前去联络，就得玩完。"

"是的，是的。"

这父子俩一唱一和，扎萨嘎少爷又换了一副甜嗓子，笑嘻嘻地说："所以嘛，这是拉你一把，你要为蒙古军效劳，肝脑涂地，虽死不辞。我们蒙古军军部和一、二师六个大团精诚团结，共图蒙古复兴大业，一定能成功。军统稽查处就不同，他们的靠山，大老板戴笠坐飞机摔死了，粉身碎骨，血肉横飞。从今以后，他们的日子不好过了，众叛亲离，树倒猢狲散。"

“是的，是的。”

“就怕你阳奉阴违，口是心非，如果真想效忠到底，嘴叼手枪，乖乖下跪，对天起誓，就说：将来变卦，脑袋开窍！”哲别断喝道。

“影子”这回真的跪下了，嘴里叼着顶了火的手枪，发誓为蒙古军干一辈子。

几天以后的一个傍晚，这个家伙换上了一身褴褛不堪的黄色蒙古军制服，枪口朝下斜背着美式三零步枪，骑着一匹黄骠马，歪坐在鞍桥上，嘴里五音不全地哼哼着淫秽下流的蒙古民间小调，大模大样地往“二蛮子”“神枪手”那帮人的临时宿营地走去。远远看见蒙古包和帐篷群，炊烟四起，人喊马嘶。从达赖河拐弯处洼地里，先是露出一个人的脑袋，接着又传出摆弄枪栓的动静，大声喝道：“站住！”

“影子”眨了眨三角眼，拽紧马缰绳，笑嘻嘻地说：“自己人，自己人，我是来找你们的。”

“啥人？”哨兵看见远处没再过来人，也就放下心来，但还是端着枪大声喝问。

“自己人，自己人，我以前是大东面蒙古军第一师的士兵，反对军统局稽查处特务队的督战，开小差出来投诚的，找来找去才找到你们，很不容易呀。弟兄啊，你把我领到‘二蛮子’和‘神枪手’那里吧，麻烦你啦！”

哨兵又把步枪端起来，警惕地注视着这个穿破烂黄色蒙古军制服的陌生人，继续盘问：“嗯？你是从大东面蒙古军第一师开小差出来，到这里投诚的，怎么不找共军老八连庆格尔泰、哈尔巴拉、刘青山他们呢？”

“影子”脸上的横肉跳动了一下，三角眼叽里咕噜转了转，狞笑着装出不慌不忙的样子说：“我和老八连水火不相容，他们是共军，也不认识他们的三位长官。‘二蛮子’和‘神枪手’嘛，嘿嘿，说起来，还，还有点沾亲带故……”

哨兵不理他了，从蒙古袍宽腰带上抽出一面小旗晃了三下。没过多长时间，过来两个骑马的流动哨兵，把“影子”带走了。

“二蛮子”和“神枪手”正在一座小型发黑的蒙古包内喝闷酒。一个个脸色发灰，眉头紧皱，显出很颓废的样子，还轻声叹着气，眼看要打盹睡觉。“影子”被带进来以后，这两个家伙挺直了身子，睁开朦胧的醉眼。“神枪手”摸索着驳壳枪的角把，嗓子都干哑了，结结巴巴地问道：“这，这，什么人？”

“二位头领，他是从大东边蒙古军第一师开小差出来的，要投诚，说是认识你们。”哨兵报告说。

“神枪手”努力睁大布满血丝的醉眼，很费劲地观察着，却不认识，僵硬的舌头又不听使唤，好不容易说出了一句话：“认识我？”

“我也不认识。”“二蛮子”也摇了摇头。这个家伙灌的酒少一点，发作道：“你，你他妈的，到底是啥人？”

“影子”的横肉脸上满是可怜相，三角眼内流下一串又一串泪水，抽泣起来，哽咽着说：“唉，说起来话长，真是一言难尽哪，我是大东边C镇蒙古军第一师三团的，实在是受不了国民党嫡系东西线部队和军统特务杀手的气，炸出来了。二位和我爸是好朋友啊，他老人家遇难以后，我本来就想投靠你们了，呜呜……”

老兵痞“二蛮子”的酒清醒了一点，摸着八字胡问道：“你的老爹是谁？”

"'影子',呜呜……"

土匪头子"神枪手"本来是烂醉如泥,听了这话就想跳起来,却又瘫痪在那里,费力地喘着粗气,叫唤道:"萨克沙佛爷保佑,你原来是'影子'的儿子呀,他,他可是好样的,脑袋掖在裤腰带上,嘿,顶天立地的男子汉大丈夫,他和'大黑塔'都是我的金兰结义的拜把子兄弟,好朋友,肝胆相照。你叫什么名字?"

"我也叫'影子'!"

"啥?'影子'?"

"我爸是老'影子',我是小'影子'!"

"唔,"老兵痞"二蛮子"这才明白过来了,秃着舌头哼哼哼唧唧地说,"我也知道老'影子'是铁哥们!"

"影子"看见时机已经成熟,顺势就跪下了,流着眼泪说:"二位叔叔在上,小侄在这里叩头啦,请把我收下吧,扶镫提鞭,一辈子侍候你们。"

"我说了算,别说你一个,十个也能收下。""神枪手"挺胸鼓肚地说。

"唉!""二蛮子"长叹了一口气,显出愁眉苦脸的样子道:"小子嗳,你不知道,我们俩现在是臭了,三方不够人,处处都得罪个够。本来是和国民党嫡系东西线部队、军统稽查处作对,后来鬼使神差,和蒙古军部一、二师六个团也有了别扭。这里的共军独立骑兵团老八连更不用提,我们是后娘养的,看不上,信不着,天生的阶级敌人,早晚,唉!"

阴险狡猾的特务杀手"影子",就这样轻而易举地钻进了炸兵和越狱犯队伍,他在这里是很有社会基础的,上面有老兵痞和土匪头子掩护,周围又有很多流氓、盗贼、罪犯等家伙混迹,他简直像八百里腾格里大山鬼谷、魔峡中三种狼一样横行无阻。"二蛮子"和"神枪手"一伙接二连三地抢劫财物、殴打牧民、强奸妇女。为这些事,庆格尔泰、哈尔巴拉、刘青山义愤填膺,勒令"二蛮子"和"神枪手"限期交出坏人来。这两个家伙又推卸责任,拒不承认。这样,本来就对立的两个队伍之间,更是矛盾百出。就像伊和塔拉牧民群众常说的"牲畜缺草又闹瘟疫"那样,坏事接踵而来,蒙古军军部和第二师三个团人、军统稽查处特务队、旗公署警察,得到的情报更准确及时了,像甩不掉的尾巴一样跟随着。侦察连原来四个排人,在连续破坏铁路公路大干线其他的地段过程中,和蒙古军第二师三个团发生过多次战斗,有些伤亡,减员较多。但是炸兵和越狱犯队伍越聚越多,就像绿头苍蝇集合在腐肉上一样,乱串乱走,连他们自己也搞不清楚准确人数。一天深夜,"影子"鬼鬼祟祟地钻进"二蛮子""神枪手"住的小型蒙古包,前后左右窥视了一番,说道:"二位大叔,搞点酒喝咋样?"

"二蛮子"长叹了一口气,说:"小子,别说笑话啦,自从掐断了通往四面八方的铁路公路大干线以后,什么都缺啦,城里受困,牧区也难过,上哪儿搞酒去?"

"有办法!"

"嗯?""神枪手"睡意朦胧的眼睛发亮了,馋得吧嗒着嘴问道:"有啥办法?"

"你不用管我用什么办法,我搞到就是了!""影子"笑嘻嘻地说着,回头向站在门外的马弁喝道:"快到我的住处去,把那些东西拿来!"

不大一会儿,马弁用褡裢装来满满的食品,使这两个家伙眼花缭乱。这里面丰富多样,什么纯高粱酿的烧酒、山西汾酒、北平老窖、各种罐头、精致点心。"神枪手"目瞪口呆地说:"小子,你真有办法呀，在这样交通断绝供不应求的时候，怎么搞到手的?”

“二蛮子”馋得口水流下来好长，但是又忡忡不安地说：“吃的喝的是全了，但是在这个时候喝醉，有了情况连马都上不去，恐怕……”

“对，对，完全正确，就怕这事!”“神枪手”点头表示赞成，却又馋得不行，一双贼眼溜着那些瓶酒、罐头和点心。

“影子”奸诈地笑了笑，装出满不在乎的样子说：“快拉鸡巴倒吧，越是打得凶，越是要吃香的喝辣的，要不然身体挺不住，那才衰弱得上不去马呢，快来!”

“就是，恐怕……”

“少喝多吃还不中，补充补充，快来!”

这两个家伙挡不住再三引诱，就开始吃喝起来了。起初还多少有点顾忌，后来两三壶酒落肚，罐头和点心又刺激了食欲，吃得口滑，简直像八百里腾格里大山中三种狼一样生吞活咽，最后都喝得酩酊大醉，说话都不连贯了。

“影子”是没喝多少酒，头脑很清醒，贼溜溜地观察着这两个家伙。看到时机已到，便装出十分关心照顾的样子，试探着发话道：“你们俩都喝醉了，早早休息吧，小侄在这里，出不了事!”

“二蛮子”瘫痪在铺得很厚的褥子上，喘着粗气说：“‘影子’啊，话不能那么说，你年轻力壮，还得出去查哨巡岗，要多多防备蒙古军部和第二师，那是精锐铁骑呀，严格训练了多年，厉害，背后还有蒙古军第一师全力支援，千万不能粗心大意。至于军统稽查处特务队、旗公署警察，扯鸡巴蛋，根本不放在眼里!”

“影子”心中暗暗发笑，却又装出满不在乎的样子，用蒙古袍盖住脑袋便睡，一边喃喃地咕噜道：“小侄在这里，出不了事，放心大胆休息好了。常言道：进蒙古包睡觉身体好，上五台山叩头福气高，嘿嘿!”

“神枪手”昏昏欲睡，这时候却挣扎着爬起来说道：“不中，不中，不能粗心大意，我们三个人当中怎么也得有一个巡查岗哨的。”

“影子”掀开蒙住脑袋的皮袍子，坐起来哈哈大笑了，脸上没有一点酒意，用教训的口气说：“二位大叔，嘿嘿，你们俩白白闯荡江湖多年，连这点破绽都看不出来，真次，怎么眼睛都有毛病?”

“啥?”

“影子”早就摸透了这两个老家伙的底儿，大胆地说道：“二位大叔呀，你们白白闯荡江湖多年，有些时候在有些事情上很蠢呀，蠢得就连这一点都不明白，点破点透了也不明白，真正是糊涂到家了，唉唉!”

“什么事情?”

“哈哈!”“影子”狂笑了一阵，索性站起来，点了一支中正牌香烟，咬着这两个家伙的耳朵，小声低语起来：“这些天，蒙古军第二师三个团人专打共军老八连，不打我们。就是遭遇了，也不过是打几下朋友枪，这是留面子、搭交情呀! 二位叔叔，机不可失，时不再来，长此以往，也不是永久之计，得快点拿主意，要是有什么秘密联络的事，小侄愿意为你们跑腿。莫尔根军座和哲别参座，对你们的苦衷深为体谅。离队叛乱，砸狱暴动，和蒙古军没有什么过不去的事儿，主要是反对国民党嫡系东西线部队和军统稽查处!”

“啊！你?”“神枪手”就像挨了一颗子弹，张着大嘴惊叫了，目不转睛地盯着“影子”的长满横肉的脸。

“二蛮子”摸了摸八字胡，半信半疑地问：“真的有这事?”

“影子”阴险狡诈地笑了笑，又附耳低语起来。这两个歹徒听着，脸上露出欣喜若狂的表情，连声说：“是，是，还是蒙古军讲交情，够意思！”

第二十回　策划阴谋莫王反对军统 施展诡计哲公孤立八连

侦察连一直是监视着“二蛮子”“神枪手”一伙人的动向，经过多方面的侦察，进一步掌握了确凿证据，知道他们要投降蒙古军。这一天黄昏，连部召开了紧急军事会议，研究决定：在敌众我寡的情况下，要迅速离开危险区，冲破将要形成的包围圈。第二天拂晓，趁天还没亮，侦察连甩掉在附近宿营的“二蛮子”和“神枪手”的队伍，静悄悄出发了。刚走出四五里地，听见一片急促的马蹄声响，呼和巴拉光背骑着一匹铁青马，又一次赶来了。老三是从住处伊和浩特来的，知道大哥哈尔巴拉的特点，直接驰骋到前边，很容易找到了，有点紧张地说：“大哥，炸兵和越狱犯队伍要当降队了！”

“嗯？”哈尔巴拉拽紧了那匹大黑悍公马的缰绳。老兵痞和土匪头子领着他们手下人要投降蒙古军，他是知道的，但是没有预料到来得这样快。想到这里，继续问道：“你怎么知道的？”

“又是那个年轻女人告诉我的。她说‘二蛮子’和‘神枪手’手下的那帮兵痞、土匪、流氓、罪犯就要换黄军装啦，就要补充进蒙古军第二师六团三连的一、二、三排，千真万确，一点没错。”

“嗯？又是那个年轻女人，是谁呢？”

庆格尔泰连长从宽大的蒙古袍怀里掏出一包点心交给呼和巴拉，叹了一口气说：“三兄弟，千错万错都怨我，办错了，唉，当时没有采纳你大哥的正确意见，应该趁他们羽毛还没有丰满的时候缴械。这些家伙打蒙古军靠边站，屠杀牧民牲畜抢着干，造成大祸害，这回又干脆投降过去了，唉，你给我们通风报信两次啦，太好了！这是从军统稽查处特务杀手那里缴获的饽饽，经过化验没有毒，快吃吧！”

呼和巴拉没有心思吃这精致的高级点心，愁容满面，担惊受怕，说不完全，也说不明白，结结巴巴说道：“我二哥，他，他伤势，他……”

哈尔巴拉事情多，顾不上管这事，听不明白三弟的话，只是说道：“回去以后，告诉你二哥，还有刘青山、特木尔同志的家属，住在伊和浩特不是长久之计。现在打仗，蒙古军等部队暂时顾不上，趁乱快点搬走，越快越好，越远越好，我的意见是到巴嘎塔拉草原。你把这件事办好，我们老八连自有办法，不要挂念。”

呼和巴拉是精明强干的小伙子，一听就明白，事态越来越严重了，刻不容缓，双腿一夹铁青马肚皮，便向伊和浩特驰去。

庆格尔泰、哈尔巴拉、刘青山他们很快侦察到：“二蛮子”“神枪手”部下三百多人投降以后，果然补充进蒙古军第二师六团三连一、二、三排，内外勾结煽动叛乱的罪魁祸首，是一个来历不明的叫“影子”的家伙，很有可能是联合谍报队的特务杀手。

哈尔巴拉正准备继续侦察“影子”的来历身份，突然发生了一件耸人听闻的事件，叛变投敌的三百多人,在一次进行徒手教练的时候,枪械、弹药、军刀都被收走了。蒙古军第二师三个团人全军出动,把他们押进监狱。过了两天以后,把"二蛮子""神枪手""影子"等二十名重要头目五花大绑捆起来,押送到用铁丝网密密麻麻圈起来的刑场内执行枪决,并在各地张贴了带有倒毙以后照片的大布告,吸引了王府市内外的观众。

听到这个消息以后,侦察连长庆格尔泰开心地大笑,说:"这才叫大狗咬小狗,饱狗咬饿狗,这二十个家伙的脑浆迸流,真是痛快,痛快,大快人心。"

副连长刘青山也高兴地说:"向坏人说好话,就像沙滩上浇黄油,我们争取、教育、改造多次都不听,叛变投敌得到了这样下场。这正是:毒蛇因毒性发作而变黄,坏人因坏计报应而死亡,好呀!"

政治指导员哈尔巴拉却不信,他认为这里面有什么事,摸着连鬓大胡子否定道:"有鬼,有鬼,莫尔根是不会枪毙自己的特务、杀手和爪牙的。"

哈尔巴拉估计对了,真正枪决的只有十七个人,都是一些反对莫尔根、莽斯、哲别的家伙,当了替罪羊。蒙古军军部警卫连的排枪响过以后,"二蛮子""神枪手""影子"三人按着和他们主子事先秘密约定的计策,假装中弹倒下了,十七人的鲜血和脑浆迸了一身。层层铁丝网围着法场,人们从远处看不清底细。其实这三个坏蛋,也不知道彼此情况,都是分别进行处理的。半夜时候,美式吉普车把"影子"接到军部,由莫尔根、哲别、扎萨嘎三人陪同饮酒压惊。在这次秘密宴会上,"影子"由一个默默无闻的狗腿子变成了联合谍报队红得发紫的特务。

身兼王爷、旗长、军长三大职务的当地最高统治者莫尔根,举杯祝贺这次重要胜利,骂骂咧咧地说道:"他妈的,军统稽查处企图垄断包办秘密情报活动,可以休矣。在本军长亲自参与指导下,这次特别行动圆满结束,大获全胜。采用假枪毙是迫不得已、掩人耳目的烟幕弹,非此不可,因为你们杀了太多的军统稽查处特务杀手,血债累累,不好交代呀,现在我们还吃着国民党的饭,如何能说得出去?如今好多了,可以说,它的主要角色——哲别参谋长的那个贴身马弁死了,从地球上永远地消失了,从今以后变成了名副其实的'影子',你千万要记住,必须像影子一样捉摸不住,神出鬼没,这才是特工人员应该具备的真正本事!"

哲别也兴高采烈地劝酒压惊,慨叹道:"千军易得,一将难求,我们的秘密机关联合谍报队,总算有了自己的干将,哈哈,气死'迈德尔喇嘛'戴励志!通过这次事件可以看得出来,'影子'可真是个理想的间谍呀,直爽而狡猾、善良而残忍、礼貌而粗暴、文明而野蛮,谜一样的性格,使人捉摸不透。从今以后要记住这一点,在任何环境中,永远不能再公开出头露面了,要像影子一样无声无息地活动下去。"

那个穿着笔挺黄呢子军官服的扎萨嘎少爷,代表蒙古军联合谍报队,颁发了上尉委任状和奖金。紧接着又和这个暴发的特务军官饮血起誓,成了"金兰八拜"的结义兄弟,大讲什么"士为知己而死"交情,并且为了进一步拉拢"影子",透露了实行所谓蒙古高度自治,将来争取三蒙统一、独立建国的阴谋。其实"影子"去过东蒙古,知道此事。

"影子"得到这次充满血腥气味的成功,升官发财,兴奋得快要发疯了,三角眼内布满了红丝,厚嘴流着沫子,也不知道是奶酒冒泡,还是流着口水。但是这个家伙很狡猾,深知过于轻举妄动就显得自己幼稚。于是他装出沉着冷静的样子,把想了好长时间的恶毒打算全盘端了出来,狞笑道:"军座、参座和队座三位长官,现在庆格尔泰、哈尔巴拉、刘青山为首的共军独立骑兵团老八连，躲躲闪闪不想和我们打仗，钻空就扒铁路挖公路，第一次动手先炸掉达赖河钢筋水泥大桥，扒十里长铁路。加上最近几次的，我们实在很难修复，这一手很毒辣。对付他们，敝职有个愚见，叫他们没有立足之地。”

莫尔根冷笑了，傲慢地挥了一下手说道：“这个，用不着动脑筋，就是一个武力围剿的办法，用三个整编团去打一个缺编连，泰山压顶，以石击卵，不费吹灰之力！”

“对呀，”哲别极为赞成顶头上司的见解，补充道，“快刀斩乱麻，越快越好，拖不得。我们蒙古军第一师在达兰哈尔山吃大亏啦，损兵折将，伤亡惨重，来电要求回去休整。这得需要第二师去代替他们接着打，使共军独立骑兵团没有喘气机会，累垮拖死。最起码拒敌于大门之外，不叫进伊和塔拉草原，哼哼！”

“影子”喝干了一杯冒泡的马奶酒，谨慎而又恭敬地献策道：“军座、参座和队座，还是应该用点别的办法，省劲多了！”

莫尔根摇摇肥胖的手，说道：“不行，老八连是共军独立骑兵团的老班底，所以称老，可以说都是坚决反对我们蒙古军死硬的共产分子，他们是绝对不会投降的。特别是枪毙了‘二蛮子’‘神枪手’手下的一些人，谁敢走这条路？”

“影子”站起来点头哈腰，谄媚地说：“军座，不是这个意思。共军独立骑兵团老八连长期潜伏，伺机暴动，声东击西，掐断铁路公路大干线，思量起来，没有什么特别本事，主要是窝藏在牧民当中。我们把各个牧民村都合并起来，赶到有城防工事的王府市郊区，看他们吃什么喝什么？”

哲别高兴得跳起来，拍手赞同道：“好，好，这倒是一条良计妙策，我们也能掐住共军独立骑兵团老八连的脖子呀，这正是即以其人之道，还治其人之身，这里自古以来军事地位重要，经济基础薄弱，看他们能不能喝西北风过日子？”

莫尔根也站起来，兴奋地在栽绒地毯上走来走去，红漆皮长筒靴铿锵响，刺马针闪着光，大声说：“‘影子’又立一功，就这么办，趁热打铁，事不宜迟，马上动手！”

两天以后，莫尔根、哲别亲自督促，把远近各个大小牧区的牧民和各种牲畜都赶到王府市周围来。广阔无垠的伊和塔拉大草原上，一片凄惨景象：帐篷翻了，蒙古包碎了，牲畜圈棚着火了，这里那里横躺竖卧着死亡的牛羊。老人、妇女和小孩坐在吱吱扭扭响的木轮车上，或骑在疲劳不堪的马匹和骆驼上，满面灰尘，唉声叹气，哭哭啼啼。蒙古军军部对此抓得很紧，第二师四、五、六团全部出动了，成群结队骑着马到处吆喝，发号施令，殴打牧民群众，连那个平常好穿喇嘛袍子、假装慈悲的军统稽查处长戴励志也不敢怠慢，陪着莫尔根军长出来了，骑着一匹比绵羊还老实的马。他们跟前环行着一大帮卫兵、警察、特务杀手，真是八面威风。这一天，来到了汗庙的朱红油漆大门前面，刚刚把马匹拴在雕刻着狮子像的石桩上，这里的主持“小白脸”大喇嘛出来迎接，谄媚地微笑着，点头哈腰说：“王爷、参座和诸位长官在上，小喇嘛孤陋寡闻，不知道大人们光临，有失远迎，恕罪恕罪！”

戴励志这两天愁上加愁，戴笠机毁人亡造成的心理打击还没有恢复，他又听到惊人的情报：蒙古军加强了联合谍报队，专和稽查处唱对台戏。这还可以原谅，最不能使人容忍的是：把杀害了很多军统特务的“二蛮子”“神枪手”招降过来，还封了官。在多次抗议和交涉下虽然枪决了，也没有叫他们参与，更谈不到验明正身，因此十分可疑。他在路上一直生着闷气，恨不得找碴把谁骂一通。但是他对掌握着当地军政大权的土皇帝莫尔根是不敢放肆的,这回可找到发泄对象了,长满横肉的脸上显出恼怒的样子,喝道:"'小白脸',你少来这一套,有些事,你办得很不牢靠,拣好听的捧着唠有什么用,哼,要办实事!"

达尔罕大喇嘛满脸委屈,正想张嘴分辩,看见陈蔓莉连连对他使眼色,就不敢说什么了,赔着笑说道:"是,请戴处长吩咐,小喇嘛一定照办不误!"

戴励志挥了一下藤马棒,无事生非地叫嚷着:"保密局本部特派员兼稽查处副处长武林教官,在汗庙遇难快四个月啦,你们要召集大小喇嘛念经,超度亡魂,马上着手操办!"

"是,是。""小白脸"大喇嘛又一次点头哈腰说。

一群军政人员走进这个看守历代王爷陵寝的汗庙,侍候他们的小喇嘛们忙碌起来了,又是擦拭楠木方桌,又是沏喷香的龙井红茶,又是摆放各种精致点心和奶食品。

戴励志余怒未消,还想借古讽今继续发泄对杂牌部队蒙古军的愤慨情绪,在这阴森森的汉藏合壁式建筑物内待了一阵,眼睛习惯过来了,远远看着祭祀的成吉思汗铜像,突然发出高论来,傲慢地对大喇嘛说道:"'小白脸',你虽然留学青藏,得过学位,并且主持汗庙多年,但是对成吉思汗的事迹,大概就知道他征服欧亚二洲的武运军功,对一个核心秘密还不十分清楚,你说说他是什么民族?"

这个年轻的大喇嘛很是吃惊了,瞪大了眼睛注视着,不明白戴励志为什么提出如此奇怪的问题。圣祖成吉思汗是蒙古人是无疑的,很多著名的历史书籍都充分证明这一点,什么《蒙古秘史》啦,《黄金史》啦,《元史》啦,都记载得很清楚,难道这个自诩为"蒙古通"的稽查处长就不明白,想到这里大惑不解地问道:"您说,圣祖是什么民族?"

戴励志狂妄地大笑着,他表面上是发难达尔罕,实际上是向莫尔根挑衅,过了一阵十分正经地说:"成吉思汗是大汉民族,是黄帝的后裔。七百多年以前,和他嫡亲哥哥——就是我们宋朝皇帝赵官家争权夺利,跑到蒙古草原来了,所以才建立了那样的丰功伟绩,哈哈,蒋委员长在《中国之命运》一书中高瞻远瞩,讲得明白,中国只有一个大汉民族!别的民族都是宗支!"

莫尔根军长在旁边听着,忍无可忍,勃然大怒,霍地转过身来,公牛眼睛几乎要喷火。这个王爷本来是个大野心家,现在正和蒙古军副军长莽斯等人加紧勾结,策划阴谋,一心想割据搞什么"高度自治",哪里听得进去这个,气得都说不出话来了,吭哧着憋了一阵,厉声喝道:"胡说八道,你那些破话不顶响屁,你那么博古通今,无所不知,无所不晓,我来问问你,共军独立骑兵团老八连在王府市附近牧区潜伏多时,伺机暴动,掐断了铁路公路大干线,造成交通瘫痪,后勤供应散架,你事先稽查到了没有?匪首哈尔巴拉、刘青山的家属,现在窝藏什么地方,你事后稽查到了没有?不务正业,妖言惑众,妈拉个巴子!"

戴励志正要大大发作,陈蔓莉又使眼色制止住了,岔开话题道:"莫王虎驾,请不要介意,戴先生思念故人武林教官,心绪不佳,出来以前喝了点酒,有了七分醉意,这是和老朋友'小白脸'开玩笑,多加海涵!"

"是的,是的,酒后狂言,失礼了!"戴励志又换了一副彬彬有礼的样子,小声说:"军座,刚才我从'小白脸'那里得知,老八连政治指导员哈尔巴拉、副连长刘青山等人的家属没来得及逃亡,嘿嘿,就在不远处一个合并点。"

莫尔根打了一刀两断的手势,吆喝着:"少说废话,把重要人物全抓过来,就地正法!"

这个绰号"迈德尔喇嘛"的特务杀手头子，脸上横肉一动，进言道："军座，您是军政界巨头，日理万机，无暇顾及细微琐事，对匪首哈尔巴拉、刘青山等人家属，理应暂缓处决，权当诱饵，所谓放长线钓大鱼者是也！"

"唔，唔！"莫尔根只好同意。

这些家伙吃饱喝足，又骑着马出发了。他们怕遭到侦察连的突然袭击，没敢冒冒失失往前走，而是准备返回王府市，顺路看看合并到郊区牧民点的哈尔巴拉、刘青山家属的动向。

伊和塔拉草原本来牧草稀疏，覆盖破坏，沙化退化极其严重，这回更显得荒凉凄惨。毡包帐篷一座连一座，牛马骆驼羊一群接一群，都乱了套，很多牧民群众拥挤在那里，有的分群，有的搭棚圈，有的生火烧茶，显得手忙脚乱。看见他们都不吱声，一个个板着脸，冷冰冰地。戴励志狞笑了一声，用南方话小声对陈蔓莉说："你看看，这些人有明显的敌意，都赤化啦！"

陈蔓莉马上不寒而栗，打了个冷战道："军座，把他们都赶到郊区来也不是个安全之计，鱼目混珠，容易给老八连造成可乘之机，乘虚而入。前次暴乱，记忆犹新。再就是经过最近战火洗劫，铁路公路大干线和王府市内外城防御工事均遭毁灭性的破坏，不可不抓紧修复！"

莫尔根军长看牧民群众敌对的样子，怒不可遏了，挥着藤马棒大声叫嚷："匪首哈尔巴拉、刘青山的家属，都在哪儿？"

牧民们都埋头干着自己的活儿，没有一个人吱声的。

"谁知道，说话呀！"一个卫兵狗仗人势地吆喝。

牧民们还是埋头干活，都沉默不语。

额尔旦老人从容不迫地说："王爷，我老汉年迈体衰，耳朵又有点沉，听不清别人说话，你们要找啥？"

"装聋作哑，我问匪首哈尔巴拉、刘青山的家属在哪儿？"

"我不知道呀！"

这工夫，警务科长"其努瓦"骑着马奔过来，嘴歪眼斜，气喘吁吁，哼哼着塌陷的鼻子报告道："军座，我们早就来到这里啦，严刑拷打察干巴拉、呼和巴拉，追问老八连逃向何处，他们死也不招。"

莫尔根变了脸色，训斥道："愚蠢，他们都是凶手、恶棍、暴徒，你打死他们也不会招供的，为什么不拷问刘青山、特木尔的家属？"

这个警务科长立刻矮了半截，上次中风不语的后遗症更加明显了，嘴歪眼斜哼着鼻音说："报告军座，牧民们都护着，说什么不要打老人和妇女！"

莫尔根气得胖脸通红，大声吆喝着，惊得那匹著名的大白马也随着跳跃了一下："愚蠢，刘青山是共军特别加强主力部队——独立骑兵团老八连副连长；特木尔是哈尔巴拉的亲信爪牙，他们乘虚而入，兴兵作乱，抄了我们蒙古军部和一、二师六个团的复兴基地王府市，伤透脑筋啦。你身为旗公署警务科长，竟下不了手，真是个好心人，到现在还照顾他们，快，领我们去，我要出这口恶气，活活扒了他们的皮！"

"是，是！"

女特务头子陈蔓莉在路上看了看这个盛怒之下当地最大的独裁者，抿嘴笑了一下，温柔地轻声说："军座，一计不成，又施一计，不妨软硬兼施。我看不必连打带骂，好言相劝，就给他们讲清楚十六字真言。这里的大部分牧民都是虔诚的喇嘛教徒，一说就明白！”

“什么十六字真言？”

“佛教经典上是有这种真言的，总结起来是十六个字：苦海无边，回头是岸，放下屠刀，立地成佛！”女特务杀手头子陈蔓莉炫耀地大声说，一面注意观察着周围牧民的脸色，看他们感动没有。

“唔，唔！”莫尔根军长似乎又有点同意。

远远看见哈尔巴拉家破烂不堪的蒙古包，前面两根粗大的拴马桩子上吊着察干巴拉、呼和巴拉两兄弟，十来个如狼似虎的警察、特务、杀手，正挥着藤棒、皮鞭野蛮地拷打。

特木尔的母亲吉木斯哭泣着，痛斥那些家伙：“那都是他们哥哥的事，和弟弟有什么关系，毒打这两个不懂事的小孩子，你们有人性没有？”

“闭嘴，再说话就揍死你！”军统稽查处一个特务杀手吆喝道。

“你们除了打人，别的什么能耐也没有！”刘青山的十六岁的妹妹刘秀英和未婚嫂子阿坦拉花满面泪痕，高声大叫。

一个警察想在主子跟前露两手，挥起鞭子喝骂：“这两个黄毛丫头，皮肉发痒了，是不是？”

穿着黄呢子国民党军服、骑一匹比绵羊还老实的黄马戴励志，和军统局长戴笠是亲家，他听到这顶头上司机毁身亡的噩耗以后，差点绝望自杀，他敏锐地感觉到这个大人物之死是个转折点。从此以后，不管是这个庞大特务团体，还是正在飞黄腾达的他本人，都将失去靠山，大势已去，吉凶难卜，前途渺茫。于是他垂头丧气振作不起来，这回他勉强对莫尔根小声嘀咕了几句，挥手制止了那个狗腿子，甜言蜜语地说：“对，对，这位老妇女有见识，说得很对，谁干事由谁承担，不能连累别人，快放开！”

那些特务杀手和警察都愣住了，像傻子一样痴呆呆地看着。

“放开！”莫尔根军长显然是采纳了这两个特务杀手头子的建议，临时改变了主意。

浑身负伤的察干巴拉、呼和巴拉兄弟被解开了绑绳，押到前面来。老二在前段时间内贪恋酒色，瘦弱一些；老三体质仍然强壮结实，像一只愤怒的老虎一样昂首挺胸怒视着。莫尔根、戴励志、陈蔓莉、其努瓦等人不由得倒吸了一口凉气，皱起眉毛。

额尔旦老人过来了，很怕这兄弟俩吃亏，急忙用身子挡住了他们，大声说：“各位长官，刚才你们发话了，谁干事由谁承担，不能连累别人，要算数。”

莫尔根军长尴尬地笑了笑，说道：“这个，可以算数，嗯，特木尔的父母是个明白人，给你们儿子捎个信，叫他杀个回马枪，过来投降蒙古军，大大有赏，当官、要钱都给他，嘿嘿。”

额尔旦老人冷笑一声道：“王爷，您真会说笑话，蒙古军部和第二师三个大团都找不到老八连，我怎么能捎信？是不是？”

呼和巴拉更是尖锐地驳斥：“谁都知道你们的赏，前些日子在王府市法场重赏了二十个人，披红挂彩，真是好看！”

“操妈人家的小子！”

“下贱的奴隶！”

莫尔根摆了摆手，制止住了那些要动手的军警宪特，大声说：“谁干事由谁承担，不能连累家属，我本人说话算数，刚才是误会！”

第一天没有得到侦察连去向的情报，莫尔根认为放长线钓大鱼更为合算。没有动哈尔巴拉家属。

“影子”也在这里活动，他形迹不露，穿着最不引人注意的肮脏蒙古军士兵普通服装，牵着一匹瘦弱的劣马，装出愚昧无知的样子。联合谍报队长扎萨嘎虽然交给了他暗中监视哈尔巴拉、刘青山、特木尔家属的重要差使。

第二十一回　英勇阻击连长壮烈牺牲　悬崖吊绳四排艰难突围

侦察连越来越困难了，自从蒙古军部和第二师四、五、六团强迫推行牧民村大合并以后，失去了群众支援，肉食、饲草料补充不上，人马疲劳缓不过劲儿来。到了十二月初，全部重装备都陆续丢掉。

形势特别紧张，哈尔巴拉秘密去团部汇报情况，和阿拉玛斯、巴雅尔、邓志刚共同研究决定，侦察连在以后的一段时期内，执行十六字作战方针，即“转移阵地，制造假相，迷惑敌军，改变战局”。他还看了最近破译的蒙古军部和一、二师之间的两份蒙文密电。莽斯叫苦连天：“一师奋战多日，伤亡甚众，准备于近期撤回补充休整，希哲别贤弟速来接替。”哲别也不断打气：“全歼老八连之日，便是二师东下之时，我们军部也同时出动，望莽斯仁兄少安毋躁！”

哈尔巴拉回到侦察连，根据团部指示提出了一项极为大胆的行动计划，连部和一、二、三排下马，变成步兵，由刘青山带领钻进腾格里山鬼谷、魔峡，隐蔽在悬崖陡壁和自然岩洞内，昼伏夜出，继续掐住铁路公路大干线，灵活作战。庆格尔泰和哈尔巴拉带领四排往达兰哈尔山方向撤退，宣称侦察连东去靠拢独立骑兵团主力，造成失败逃跑假相，借以迷惑国民党嫡系和杂牌部队。

庆格尔泰和刘青山对此犹豫不决，拖延了一些日子才行动。这就晚了一点，失掉了最佳时机，正在前堵后追的蒙古军第二师、军统稽查处特务杀手、旗公署警察把往东撤退的四排层层包围起来。阻击是在八百里腾格里山东部打的，激烈的战斗持续了一昼夜之后，庆格尔泰知道侦察连部和一、二、三排已经钻进鬼谷、魔峡深处埋伏起来了，敌军只注意四排没有发现他们，这就完成了任务的主要部分，心里感到很轻松，他把日式歪把子轻机枪支在一块卧牛大石上，静默了好长时间。他胳膊上缠着绷带，脸上表情很严峻，沉痛地对大家说：“同志们，我现在作检讨，没有领导好老八连。在伊和塔拉大草原上打了好几个月仗，虽然掐断了铁路公路大干线，杀伤了几百名国民党嫡系和杂牌部队官兵，但是优柔寡断，没有及时解决炸兵和越狱犯队伍，这次又没有立即撤退，造成了严重损失。这个责任由我个人来负。同志们，作为一个共产党员，我留下来掩护四排撤退。”

远处，蒙古军部和第二师的军号断断续续响起来；山炮、迫击炮、六〇炮弹在附近连续爆炸；埋伏在阴暗角落的十辆日式轻型坦克的重机枪，射出了长长的一排又一排子弹，打得碎石乱飞。

哈尔巴拉看着庆格尔泰连长奋不顾身的样子，十分感动。但是他不同意这样做，说道：“连长，现在敌我距离较远，来得及，一边打一边往峰顶撤，我有办法叫四排全体同志转危而安，顺利突围，放心好了！”

蒙古军的十来把军号更加凄厉地响起来，吹的是他们所谓的军歌《成吉思汗出征曲》。炮弹爆炸更加频繁,坦克机枪子弹布成了密密的火网,附近气浪滚滚,硝烟弥漫。远处,头戴黄色钢盔、身穿黄色军装的四、五、六团官兵,正在迅速集结,接着都拔出军刀来,等待着冲锋。看来,喧嚣一时的“歼灭战”就要开始了。

庆格尔泰密切注视着蒙古军的行动。艰苦的生活使他消瘦了,颧骨明显地鼓出来,但是威风不减当年。他观察了一会儿,浓黑的眉毛跳动了一下,明亮的大眼睛内闪着喜悦的光彩,急忙喊道:“特木尔,拿掷弹筒来,快点儿!”

哈尔巴拉劝道:“连长,你伤口红肿化脓了,不要再考虑打仗的事。这里由我阻击掩护,你快领四排同志们上悬崖,快!”

庆格尔泰坚决拒绝了:“不,我主意已定,不能改变!”

新战士特木尔哽咽着说:“连长啊,你负伤了!”

庆格尔泰挥了一下没有受伤的手,做出快刀斩乱麻的姿势,厉声大喝:“不要再说这些,正因为我负了伤,感染上破伤风菌,所以留下来拼!拿掷弹筒来,其余的人放开军马,快上崖顶,快,我一个人掩护。”

四排的好几个干部和战士都哭了,低声抽泣着放开心爱的军马,攀登笔直险峻的悬崖陡壁。离开主人的军马,在炮火连天的山谷内惊慌失措地奔跑着,有几匹中弹倒下去。哈尔巴拉一直骑着的那匹曾经踢死过日本军骑术教官的鬃毛垂地的大黑悍公马,又有了惊人的表现和举动,简直可以说是奇迹。它依依不舍地流着眼泪离开哈尔巴拉以后,不像别的军马一样四散逃跑,而是先把拖地的缰绳叼起来,不慌不忙的向蒙古军部走去,慢慢腾腾,就像在山地间散步。根据它酷似前去投降的样子,蒙古军部的一些官兵,有的挥手欢迎,有的热烈喊好,有的吹哨招呼。莫尔根军长的一个贴身马夫是个熟练精通马术的家伙,看见如此雄壮的、威风凛凛的大黑公马,喜欢得不行,急忙抓住缰绳骑上去了。却不知正好钻进了大黑公马精心设下的圈套。原来,这匹著名的军马深通人性,它明白现在严重的形势,硬冲是困难的,火力如此强大而密集,不论多么快也不易突破重围。唯一的办法就是智赚,找一个替死鬼骑上,当成防弹牌,蒙古军官兵就不敢打了,趁机逃出去。事态发展果然如此,大黑公马先是驮着马夫蹓蹓跶跶,越来越快,突然一个冲刺,跑到了步枪射程之外,尥蹶子把马夫摔下来踢死,然后驰骋而去。这一非常举动把蒙古军官兵都吓呆了,人人惊讶,个个奇怪。

莫尔根、哲别等人在谷口一块坡地上,看到四排攀登高峰,就急红了眼啦,指手画脚叫骂。武林教官死后担任稽查处副处长的女特务杀手陈蔓莉,也在这里凑热闹,她仗着情夫莫尔根、丈夫哲别、儿子扎萨嘎等人撑腰,大出风头,俨然像一个高级指挥官。她骑上了由卫兵拽着缰绳的黄色大洋马,拿出小巧玲珑的望远镜观察着。

庆格尔泰就对准这个靠前突出的目标,连续发射了三颗手榴弹。第一颗把那个手持缰绳牵马的卫兵打倒了;第二颗爆炸后,硝烟腾空而起,掀起了一股气浪,那匹黄色的大洋马怪声嘶叫着立起来了,陈蔓莉猝不及防,胡乱挥舞着手跌了下去;第三颗是直接命中,掷弹不偏不倚落到这个半老徐娘肩上,轰然爆炸开来。距离不远的“迈德尔喇嘛”猛然一哆嗦,也从马上跌下来,磕碰在鹅卵石上,满脸是血。莫尔根、哲别大惊失色,手足失措地看着血肉模糊、奄奄一息的陈蔓莉,目瞪口呆,不知如何是好。少爷扎萨嘎则爬在他妈身上号啕大哭。

庆格尔泰把最后的三颗掷弹发射完了。他心里很舒畅,很满意,爽朗地大笑着自言自语:

“有经验的猎人，先打领头的公野猪；有本事的牧民，先套捣乱的害群马；草菅人命的军统特务杀手，你再也不能张牙舞爪了，跟着你们机毁人亡的戴老板下十八层地狱去吧！”

庆格尔泰接着又用机枪掩护，那挺歪把子轻机枪很快发射完了最后一颗子弹，他因为右胳膊负了伤，用左手拆掉了掷弹筒和机枪零件，四散扔下去。这时候他浑身冷热无常，剧烈发抖，在悬崖半腰隐蔽着，用左手抡开二十响驳壳枪。刚打两下，只见蒙古军第二师十来个官兵狂呼着杀声冲过来，军刀闪着蓝光，大马喷着白沫。这些家伙穷凶极恶的样子，引起了庆格尔泰的愤怒，他挥枪大喊了一声：“两条腿的豺狼们，跟着你们参谋长太太下地狱吧，你们再也吃不上伊和塔拉草原的羊肉了，啃腾格里山的石头吧！”这把德国造全自动二十响驳壳枪打得很准很猛，在坑洼不平的山谷间，蒙古军第二师官兵横三竖四倒下去很多。在自动武器掩护下，有两个军官徒步爬到跟前。为首的一个是矮胖子，留着八字胡，手提美式汤姆生冲锋枪，脖子上挂着望远镜，领章军衔是中尉，充血的眼睛在黄色钢盔底下瞪得滴溜圆，拼命往上爬，大张着嘴呼哧呼哧喘，一副穷凶极恶的样子。到了跟前，这才看清楚是“二蛮子”。庆格尔泰怒目横眉地瞪着这个反复无常的家伙，却不动手。只见他等到“二蛮子”爬到跟前，突然飞起一脚使劲踢去。翻毛长筒马靴沉重有力，这个肥胖臃肿的家伙猝不及防，惨叫一声，从十丈高的悬崖半腰滚了下去。带着一片乱石块土，越滚越多，烟尘滚滚，在八百里腾格里山这条深谷中引起经久不息的回声。

这时候，又爬上来蒙古军第二师的很多官兵，把庆格尔泰团团围住了。他们怕挨枪子儿，利用岩石死角一点一点靠近，狂喜地叫嚷着：“老八连连长在这儿啊！”

“冤家路窄，这回你可是跑不了啦，插翅难飞！”

“哈哈，庆格尔泰，上天无路入地无门，投降吧，举起手拍着巴掌过来，饶你一条命！”

“捉活的！”

庆格尔泰站在悬崖半腰一块台阶式的岩石上，不慌不忙，把打完了子弹的二十响驳壳枪拆掉零件，四散扔下去，轻蔑地看着步步逼近的蒙古军第二师的军官们，冷笑道：“对了，说得完全对，我就是独立骑兵团老八连连长庆格尔泰，活活捉住了，可以升官发财，得十万元国民党流通卷，来呀！”

那五六个军官都愣了一下，面面相觑了一会儿，他们知道这个著名侦察连长的厉害，谁也不敢先接近。其中的一个怪叫了一声：“一起上！”同时扑过来。说时迟，那时快，庆格尔泰手中的集束手榴弹惊天动地响了。顿时，悬崖陡壁间升起了一大团烟尘，经久不散。

已经攀登至悬崖陡壁顶峰的四排干部战士，俯瞰着烟雾尘土缭绕的峰腰，都失声痛哭了。新战士特木尔哽咽着唱起了那首流行很广的著名的《草原的挽歌》，后来其他的人都随声合唱，这首悲壮的叙事民歌的声音，响彻了山谷：

在广阔无边的荒漠草原上，
秋风萧瑟，景色凄凉；
一堆堆牛粪火哟时明时暗，
一曲曲马头琴声伴着悲唱。

剪断九十九根马尾往琴上安装，
弹奏对布顿扎那的朝思暮想；

熬尽三百六十个白天和黑夜，
歌唱摔跤手的无限荣光。

草原大力士威武刚强，
满脸胡须身强力壮；
走遍内蒙古没有对手，
躲、闪、拧、钩举世无双。

我们的搏克赛过大象，
甩、绊、掀、驮无人敢挡；
数不完的对手前翻后仰，
点不清的观众称赞夸奖。

战胜日本相扑手岩峰太郎，
惹怒了关东军美津骑兵师团长；
下毒手暗杀了布顿扎那一家，
茫茫的草原黯然神伤。

缓慢的木轮车哟吱扭发响，
野火燃烧过的宽甸灰烬飘扬；
你究竟在哪条路上流浪，
走到那孤独的蒙古包旁？

起伏的沙漠像黄色的海洋，
波涛伸向无边的远方；
何处是当年埋葬布顿扎那的坟场？
满眼风吹草动、冷月寒霜。

海河的水哟翻起黑浪，
天山的树哟披上白霜；
悼念不幸遇害的巨人，
诅咒凶狠残暴的东洋魔王。

冬雪摧残过的地方虽然枯黄，
伴随着春风青草成长；
被害而死的布顿扎那的形象
成了我们复仇的力量……

戴励志满脸伤痕，鼻孔塞着药棉花，拿起望远镜看了看，却又看不明白，大惑不解地向蒙古军官们问道："共军独立骑兵团是特别加强主力部队，不可能信仰什么教的，怎么唱起祈祷歌了？"

"不，'迈德尔喇嘛'，这是一首叙事长诗《草原的挽歌》，老八连承认彻底失败了，正向这个世界作最后的告别，依依不舍，万般无奈，只好跳崖自杀了，够惨的！"坦克队队长感到很解恨，心满意足，便伸出手来把左轮手枪抽出半截，踌躇满志地说："这回看我的，看我们坦克队包围住这座悬崖，全部、彻底、干净地消灭老八连，把天字第一号杀手暴徒哈尔巴拉的首级悬挂示众于王府市外城十字街头，杀一儆百，镇压人心！"

莫尔根军长不想硬拼，狞笑着制止道："坦克队长你的尚武精神可嘉，但是估计坦克在山间行动不便，战果不会太大，得不偿失，作为一个军事长官，难道就不懂炮兵是战争之神吗？岂有此理！快去传达我的命令，动用全部重武器轰！"

两三个卫兵跟着坦克队长去大呼小叫。半个小时以后，蒙古军的全部大小炮开火了，把上千颗各种炮弹倾泻下来，这座陡峭笔直的悬崖，笼罩在一片浓烟烈火之中。

哲别、扎萨嘎两个人回去料理陈蔓莉的丧事，不能出谋划策了。其实，对于军统局稽查处这个女特务杀手之死，真正悲痛欲绝的只有她儿子扎萨嘎少爷一个人，丈夫哲别参谋长虽然假装出愁眉苦脸唉声叹气的样子，内心里却无动于衷淡然处之，一点不在乎。这是多方面原因造成的。首先，哲别这人玩弄女性，好色成癖，情妇、姘女、外室、包妓数不胜数，根本没有什么专一的爱情。其次，他早就发现陈蔓莉也并不忠于他，她活动频繁，四处奔走，善于交际，野汉子多如牛毛，最大嫌疑是稽查处长戴励志、军统局本部格打擒拿教官武林，再就是蒙古军军长莫尔根，而且这末尾一个可能性最大，连自己儿子扎萨嘎是不是这个王爷的种，都值得怀疑。他每想到这便生气、恼火、咬牙切齿。但是他对自己的顶头上司莫尔根恨不起来，怎么也形不成所谓奸妻之仇。这是因为莫尔根对他恩宠有加，给的好处太多了，通奸变成了何足道哉的区区小事，不值得挂念。不过，这个蒙古军参谋长兼第二师师长，也非等闲之辈，经过深思熟虑之后，决定触犯一下这位王爷。他想着哑然失笑了，觉得这小小的动作不仅无伤大雅，反而两全其美，于是他采取行动了，目标是莫尔根的嫡亲妹妹高娃小姐。她是大学生，正在A城农学院读书，从小娇生惯养，颐指气使，谁也管不了她，都怕她躲她，连莫尔根王爷都让她三分。对这样的泼辣女人，哲别也是回避，同时他从心里不感兴趣，他有一句口头语："外城的美，内城的浪，王府的女人像母狼。"呸，野蛮、粗犷、翻脸不认人，太乏味可怕了。哲别虽然这样说，对此婚姻仍然跃跃欲试，暗中鼓动说客和媒人加紧活动，从速办成。因为这是一笔政治交易，有大利可图。谁也没有想到这事特别顺利，独揽军政大权的莫尔根军长欣然表示同意，明确指定了婚礼日期。土皇帝的话等于"圣旨"，一呼百诺，下边张罗起来了。在这关键时刻，主要人物高娃小姐却表现出不同意的样子，撇嘴唇哼鼻子，神圣不可侵犯。对此，王府内外的众多亲友们开始劝说，晓之以理，动之以情，中心意思是"宁做英雄妾，不当庶人妻"，何况这不是什么二房，而是太太死后的续弦。总而言之，两人很般配，金玉良缘，且莫三心二意，错过机会。不管这些封建贵族官僚们如何苦口婆心诱导，尊贵的高娃小姐就是缄默不语，休想点头允诺。莫尔根军长闻讯勃然大怒，把妹妹叫来大加训斥一顿。他虽然是独揽三大职务的权威人士，高娃就是不理会，别转过脸一言不发。她养尊处优，有恃无恐，觉得王府就他们兄妹三人。弟弟到蒙古人民共和留学去了，实际上是当人质。现在她是金枝玉叶,哥哥对她也不敢怎样。莫尔根疾言厉色的批评也没有吓唬住妹妹,只好把气撒在哲别身上,说他思想守旧落后,如今是什么时代了,婚姻大事岂能单纯依靠媒妁之言,自己不会主动前去谈情说爱?哲别假装出恍然大悟的样子,连连点头称是。其实在这以前,他不是不想单独接触高娃小姐,而是觉得擅自出入深宫似海的王府,实在有所不便。现在得到了莫尔根王爷的这道口令,便毫不顾忌了,一天几次去这位的闺房恋爱。他很快看出来了,高娃小姐对他颇有好感,印象不错,经常极力称赞他"有军事素养,有指挥艺术,帮助哥哥建立了很多的战功,是他的左膀右臂,是将才",但是闭口不提嫁给他,这是怎么回事呢?接触多了套出来了,某次高娃小姐说漏了嘴,一语道破了机关,说道:"实话实说,我给你交底吧,我身高体壮,爱好体育运动,A城农学院的同学们说我是'大洋马',而你的外号呢?都说是'小个子参谋长'、'小个子二师长',高低差一大截呢,你就没考虑过?"

哲别闻言哈哈大笑,说道:"高贵尊敬的王爷小姐,你真是自寻烦恼、多愁善感、无病呻吟,别的不用说,在我们蒙古军一、二师六个团的军官中,男的个子小,女的个子大,男低女高的,随便就能找出十个八个来!不信我点名给你听!"

高娃好像是默认了,嘻嘻哈哈笑着走进卫生间洗澡,哲别也笑着跟进去……

第二十二回　伪军放假七天大闹外城　牧民反抗二师斗争郊区

蒙古军军部和第二师的攻击部队，过了很长时间以后才登上这座高峰。四排已经用吊绳从悬崖上突围，寻找了半天，没有找见哈尔巴拉、刘青山的尸体，是被炸零碎了，还是跑了，搞不清楚。只取了庆格尔泰等人的首级，收兵回王府市，悬挂在外城十字街头，大肆造谣说："共军特别加强主力部队独立骑兵团的老八连连部和所属四个排人，大部被歼，残党余孽溃不成军，仓皇东遁，投靠其团主力。"莫尔根、哲别、扎萨嘎等人认为取得了赫赫战果，冲昏头脑，忘乎所以，屠牛宰羊，大块吃肉，大碗喝酒，欢天喜地热烈祝贺了七天。但是这些头头们只知其一，不知其二，大大疏忽了，下级军官和士兵们吃饱喝足了并不就此罢休，还有难以控制的性欲要求，所谓当兵三年老母猪赛貂蝉，见着女人就走不动道啦，两眼发直，满嘴脏话，还想动手动脚。但是他们毕竟不是土匪，有所区别，有所顾忌，不敢公开霸占良家妇女。这些无处发泄的兵痞们，成群结队涌向王府市外城的各家妓院。这里是蒙古军的天下，是他们行乐场、排污所，那些军、师、团、连、排军官们经常化装打扮来逛妓院，寻找刺激，糟蹋妓女。班长以及基层士兵们，也是横行霸道，无恶不作。还有很多不在册不占编制的散兵游勇、地痞流氓披上虎皮狼皮，经常来聚众挑衅闹事。不用说别家妓院，就是和伪蒙古关系密切的"军中乐园"，听说"丘八"们来了，就像遇见毒蛇猛兽一样，妓女们吓得面如土色，魂不附体。这里流传着一首歌谣，其中唱道：

蒙古兵，不是好东西，
把小奴家拉进后房里，
不给金银和纸币，
拿着刀枪来相逼……

这天早饭以后，"军中乐园"之花"红姑娘"出来了，趁着客人还没有出现，和山丹、野菊、甸花等众姐妹，在花圃前摆上一张方桌，玩起扑克牌"三更半夜"来。鸨母贾金莲、大茶壶"老种马"，正在门口转转悠悠，准备迎接嫖客。妓女们正玩得高兴，忽听二门咣当一声关上了，外面传来低沉而焦急的喊声："蒙古丘八们来了！"

听到这声警报，众妓女们吓得连扑克牌都顾不上收拾，四散逃跑，各自找地方躲起来，只剩下鸨母、大茶壶准备应酬。"红姑娘"看见野菊、山丹、甸花都往后面跑，她也紧跟上去。她们四人都躲在厨房的碗柜后面，"红姑娘"年龄最小，好奇心最强，又走出来从插着闩的门缝里向外张望，只见前院里闯进十多个蒙古军第二师士兵，他们歪戴黄色军便帽，身穿黄军装，腰束红漆皮带，脚蹬红漆长筒皮靴，有的还挂着刺马针，走路碰着军刀鞘，噼哩啪啦响。他们横冲直闯四处搜索，嘴里还不干不净地说着四声不分的蒙古腔调汉语，叫嚷道："这帮婊子们，都跑到哪里去了，老子们反共剿共，功高劳苦，也不出来伺候！"

鸨母贾金莲、大茶壶“老种马”等人一边陪着他们走，低声下气地点头哈腰解释着：“她们都去出条子了，快到前厅去歇一会儿吧。”

鸨母贾金莲打开包着锡纸的“中正”烟卷，殷勤地给他们递烟。这些兵痞们既不谦让，也不客气，大模大样地坐在那里等着别人给他点火以后才抽。为首的一个镶着大金牙的上士班长跑到厨房前，看见关着门，抬起穿红漆皮大马靴的脚咣当咣当两下就踹开了。正从门缝偷看的“红姑娘”冷不防来不及躲避，被门扇撞得仰面朝天倒下了，鼻子也碰破了，流出一大摊血。这一下，可把“红姑娘”惹火了。她颇有来历，不仅是“军中乐园”之花，还和蒙古军联合谍报队长扎萨嘎少爷睡过觉，恩爱有加，亲亲热热，她便不怕这个大金牙上士班长，爬起来抓住他的衣领子一边撕扯一边骂，脸上都挠破了，几道血印。大金牙上士班长名叫乌利吉巴特尔，火爆性子，倔脾气，被抓挠脸上出血，更是怒气冲天，恶声恶气地骂道：“好呀，总算找到了一个如花似玉的小婊子。你先别刁，等我教训够了你，再让弟兄们尝尝你这个软草嫩芽。”说着伸出大巴掌左右开弓使劲搧“红姑娘”的耳光，又解开围腰的红漆宽皮带，劈头盖脸打过来。一个弱女子怎么能抵得住彪形大汉，跌倒在地挨打，不用说还手之力，连招架之功都没有了。鸨母贾金莲、大茶壶“老种马”对妓女凶神恶煞，见了这些挂刀扛枪的丘八却成了奴才，不敢和他们讲理，只能在一边求爷爷告奶奶说好话。躲在碗柜后面的野菊、山丹、甸花三个妓女，看见“红姑娘”被毒打吃了大亏，忍不住了，奋不顾身地冲出来拦住了大金牙上士班长。这个兵痞看见她们，呲着金牙笑了：“好呀，又引出来三个大美人，弟兄们还等什么？快快动手，粥少僧多，轮着来！”

“不行！”“红姑娘”还有点野性，在山丹、野菊、甸花三人扶持下站起来大喝了一声，她们那种拼命的气势把这些兵痞镇住了。“红姑娘”继续喊道：“我们干的就是这个勾当，你们拿出钱来，我们马上就接客！”

名唤乌利吉巴特尔的大金牙上士班长闻言，立即高兴起来，坏笑道：“这回算上你说对了，老子什么都缺就是不缺钱，有的是钞票，大把花！”他说着从黄色军衣兜里掏出一叠厚厚的纸币来，都是大票子，一下子把妓女们唬住了。挨过毒打的“红姑娘”不肯就此罢休，仔细地看着那叠钞票，猛地扬起手来打掉了，满地都是纸片，只有正反表面两张是真的，其余都是剪得一样大小的纸片，被“红姑娘”识破，当场暴露出丑了。她趁机喊起来：“快插上大门，别叫这帮蒙古丘八跑了，姐妹们快出来呀！”大茶壶“老种马”也醒悟过来，连声起哄：“姐妹们，拿上家伙快出来呀，打这些不给钱的蒙古丘八们！”喊声惊动了整个“军中乐园”的众多妓女，还有把门的、做饭的、打杂的、帮闲的，乱纷纷地向后院跑来。这十多个身披虎狼皮的兵痞们，看见风头不对，寡不敌众，灰溜溜地跑了，变成了过街老鼠。大金牙上士班长乌利吉巴特尔却冲锋在前、撤退在后，手拿二号驳壳枪压阵，迈四方步放八愣屁，不慌不忙往前走。

鸨母贾金莲狡猾的很哩，很怕得罪了这些兵痞，将来要吃大亏，于是软硬兼施，留了后手，施展出色相来勾引了。对大金牙上士班长淫荡地笑着掏出雪白的手帕抹通红的嘴唇，顺手往口袋里一塞，那手帕却轻飘飘地落在地上。

乌利吉巴特尔看见了，他很明白其中奥妙，急忙跑过去捡起来，如获珍宝，凑到鼻子上贪婪地闻着，一股奇异的浓香立刻浸透了他的肺腑。于是他神不守舍控制不住自己了，像影子一样紧跟着鸨母走到她的房间，扔下那些士兵不管了，任凭他们随意胡闹。他推开虚掩的门走进去顺手闩上，来到卧室看见鸨母正坐在炕上准备吸鸦片。

大金牙上士班长发贱地认了亲，嬉皮笑脸地把手帕递给鸨母，说道："干妈，你的手帕掉了。"

鸨母更痛快，点头认了，笑道："好呀，干儿子孝顺，上炕来吸一口吧！"

乌利吉巴特尔一听，连忙脱下红漆皮大马靴爬到炕上，笨拙地吸了几口，立刻就原形暴露，"干妈干妈"地胡乱叫唤着，脱鸨母的衣服。贾金莲也不拒绝，顺从地仰八叉躺着任凭他一件件往下扒，很开心地笑道："原来，干儿子并不孝顺，低三下四是为了这。今天小婊子们连打带骂，你才过来，明天和她们好了，就把干妈扔一边。"

"不，不，干妈正当虎狼之年，有滋有味，美死了，嘿嘿！"大金牙上士班长也淫笑着爬到贾金莲身上……

大金牙上士班长原来是联合谍报队的兼职特务，完事以后出门执行监视察干巴拉、呼和巴拉的秘密任务去了。这兄弟俩，一直是被严密地管制着，走动一步都有人跟踪盯梢，和外来接触差不多全被割断了，不能随便来往，因此什么消息也听不到。但是他们都感觉到发生了什么不幸的事情。很多穷苦牧民看到他们，都默默地低下头，那脸上的表情是悲哀的，眼神里面包含着怜悯和同情，轻轻唉声叹气。一些喇嘛们看到他俩就大惊失色，绕道而走，急忙合掌祈祷，不是叨咕"唵嘛呢叭咪吽"，就是数念珠。伪旗公署警察、国民党军统稽查处的特务杀手们，以前怕哈尔巴拉领着侦察连前来报复，都不敢太放肆，现在就大不一样了，有的侧目而视，大声训斥；有的幸灾乐祸，冷讽热嘲。这一天，呼和巴拉觉得心神不安，哭泣着对察干巴拉说："二哥呀，看出来了么？凶多吉少呀！"

察干巴拉满眼转着泪花，叹了口气，攥紧了拳头，愤怒地沉默着。

没过多久，王府牧马人完达尔夫信以为真把侦察连大部被歼、小部东逃的谣言，悄悄告诉了特木尔的父亲额尔旦老人。他老伴吉木斯贫病交加，劳累思虑过重，身体本来就很虚弱，听到后受不了这严重的打击，当时昏迷过去。姑娘斯琴、次子楚鲁、养女刘秀英和刘青山的未婚妻阿拉坦花，都像挨了闷棍一样愣了一会儿，号啕大哭起来。在附近监视的警察、特务杀手们，听到这个动静，急急忙忙过来了。为首的一个戴黑墨镜和油污破烂的军便帽，身穿崭新笔挺的黑色西服，下边是黄色马裤，长筒红漆皮靴。这个打扮得千奇百怪的神秘人物，原来是蒙古军联合谍报队的特务"影子"，领着大金牙上士班长等人窥视了一会儿，嘿嘿地狞笑了，操着假装出来的外地口音说："你们这三家匪属，不都是经常吹牛，自称是铁打钢铸的人吗？怎么都哭起来了？究竟出了什么事儿啦？"

另一个操着本旗口音的联合谍报队特务杀手，野兽一样嗥叫着："现在别哭，到时候再哭，老八连完了，庆格尔泰、哈尔巴拉、刘青山、特木尔全被杀了，割了脑袋挂在王府市外城大街十字路口示众，血肉模糊，押着你们参观时候再哭，哼哼，共匪家属。"

这时候，昏厥过去的吉木斯大娘醒过来了，她衰弱无力地睁开了眼睛，从牙缝里迸发出来几个仇恨的字眼："吃人不吐骨头的豺狼！"

"什么？到了这样时候还敢顶嘴，真是共匪骨头，打死她！""影子"举起了马鞭，气势汹汹地走过来要殴打吉木斯大娘。

额尔旦老人和女儿斯琴、次子楚鲁、最近认的养女刘秀英、阿拉坦花奋起反抗。邻居的察干巴拉、呼和巴拉兄弟闻讯，都跑过来了，一个个气得满脸连鬓大胡子根根挺立。哥哥提着带铜锤的打兔棒，弟弟抡起绊马的铁链，就要动手。

“影子”为首的那几个联合谍报队的特务杀手，都没有防备这一手，慌了神啦，有的吓得倒退了两步，有的抽出手枪顶上火，气急败坏地叫嚷：“反了，反了，又要反了，来人哪！”

“开枪，开枪，打死他们！”

被强迫合并过来的牧民们也过来了，人群越聚越多，都站在哈尔巴拉、刘青山、特木尔家属这一边，蒙古军联合谍报队的特务杀手们，不敢擅自开枪打死人，看见情况不妙，吓唬了几句，灰溜溜地走了。

老妇女吉木斯流着眼泪，向解围的牧民们再三道了谢，等他们散去以后，抽抽搭搭地哭了好大一会儿，对察干巴拉、呼和巴拉兄弟俩说：“你们大爷年纪大了，我也是体弱多病，活不了多长时间了，要是有个三长两短，你们要多多照顾斯琴、刘秀英、阿拉坦花、楚鲁他们，要拧成一条心，互相帮助。我看出来了，老二和老三都像阵亡的大哥哈尔巴拉一样，身体是很好的，能挺得住风吹雨打……”

斯琴姑娘看着母亲衰弱无力的样子，又想起打仗牺牲的哥哥特木尔，眼泪夺眶而出，泣不成声。

楚鲁虽然年龄小，看见母亲病得这样严重，难过地说：“我这就去，到汗庙‘小白脸’大喇嘛那里抓药！”

“不用，不用，快别去！”刘秀英连忙制止道。

楚鲁年幼不懂事，发火了，瞪圆了眼睛愤怒地质问道：“母亲病得这样重，难道我就不能去？”

“唉！”吉木斯长长地叹了一口气，含着眼泪说：“不用去了，达尔罕大喇嘛见着当官的像狗，见着放牧的像狼，他能给药？以后你们要互相照顾。早先年，圣祖成吉思汗的母亲，对她的五个儿子有过‘箭训’，中心意思是一箭易折、众箭难摧，这是很有道理的，你们也要团结，懂了么？”

“是。”斯琴姑娘恭恭敬敬地说，呼和巴拉也道：“懂了。”

吉木斯抬起头来倾听了一会儿外面的动静，难过地说：“察干巴拉、呼和巴拉，听听什么地方在唱歌，这是你们父亲的事啊，可怜的，大哥哈尔巴拉也没有了！”

察干巴拉、呼和巴拉兄弟俩在额尔旦老人旁边坐下来。此时此刻，这座千孔百疮、不遮风雨的破烂蒙古包内外一片寂静，伊和塔拉草原上的风凄凉地吹着，带来了远处缠绵悱恻的歌声，如诉如泣，怨恨地叙述着以往年代发生的悲惨的故事：

战胜日本相扑手岩峰太郎，
惊动了关东军美津骑兵师团长；
下毒手暗杀了布顿扎那一家，
茫茫的草原黯然神伤。

缓慢的木轮车哟吱扭发响，
野火燃烧过的宽甸灰烬飘扬；
你究竟在哪条路上流浪，
走到那孤独的蒙古包旁？

起伏的沙漠像黄色的海洋，
波涛伸向无边的远方；
何处是当年埋葬你的坟场？
满眼风吹草动、冷月寒霜……

这首歌本身就是叙事长诗，无尽无休地唱下去了，时而高昂悲壮，时而低沉呜咽，时而叙述布顿扎那战胜强悍的日本相扑手岩峰太郎的经过，时而哀叹布顿扎那遭受残酷迫害的境遇，在蒙古包内引起了很强烈的共鸣。额尔旦、吉木斯老两口子，斯琴、楚鲁姐弟俩，养女刘秀英以及阿拉坦花等人都哭了，只有察干巴拉、呼和巴拉兄弟俩像钢铁一样沉默着，度过了又一个不眠之夜。

严密监视这三家的"影子"、大金牙上士班长等人是不肯就此罢休的，第二天早晨，十来个特务杀手如狼似虎地冲进来了，吆喝道："走，走，参观去！"

这些家伙的头头是"影子"，戴个大墨镜掩盖住真面目，变着口音腔调说："嗯，共军特别加强的主力部队独立骑兵团的老八连完了，连长庆格尔泰的脑袋，还有他们政治指导员哈尔巴拉、副连长刘青山、警卫员特木尔等人的脑袋，都在王府市外城十字街头大炮楼上挂着呢，成千上万的人都看了，你们也去看看，这是上级命令。走，参观一下这别有风味的展览。老婆子不能动弹，你们用担架抬着去！"

躺着的吉木斯大娘衰弱无力地睁开眼睛看了一下又闭上了，脸上的表情是镇静的，多年的苦难生活把这草原上的老妇女锻炼得无比坚强，已经把生死置之度外。察干巴拉、呼和巴拉、斯琴、刘秀英、阿拉坦花、楚鲁都攥紧拳头，咬住牙关，一句话也不说，准备随时和敌人拼命。周围很多牧民听到了动静都过来了，人越来越多，足有五六百人。都站在这三家的一边。

这声势很大，军统稽查处长戴励志、旗公署警务科长"其努瓦"也亲自出动了，身前身后跟着一大帮警察和特务杀手。"其努瓦"看见察干巴拉、呼和巴拉兄弟俩，气不打从一处来，歪着仁丹胡了的厚嘴，瞪起肉膘耷拉的三角斜眼，哼哼着塌陷鼻了说道："出去，出去，耍赖是不行的，参观老八连匪首的脑袋！谁叫你们造反暴动啦？破坏中华民国，这就是下场，杀一儆百！走，走！"

"蒙古军军部和第二师是精锐铁骑，共军老八连全完了。哈尔巴拉、刘青山、特木尔为非作歹，落得粉身碎骨，身首异处，走，看看去！"联合谍报队特务杀手"影子"，戴着大墨镜把脸部遮掩起来，变着说话腔调吆喝起来，他是代替扎萨嘎队长来这里指挥的。

"老伴病重，我们在这里照顾，都不能去！一个也不能去！"额尔旦老人严词拒绝。

斯琴姑娘也厉声驳斥道："你们不是长着眼睛么，没看见我母亲病成这个样子，狼心狗肺的家伙们，吃人野兽！"

"什么！""其努瓦"的手握住驳壳枪把，歪眉斜眼地怒喝："共匪的妹子，我毙了你！"

很多警察也过来叫嚷着拉人打人行凶了："走，走，参观共匪脑袋去，谁敢不去就打死谁！"

几十个青壮年牧民都过来帮助哈尔巴拉、刘青山、特木尔三人的家属，和警察、特务杀手展开了激烈的搏斗。全副武装的联合谍报队也来参加镇压。这座污黑破烂的蒙古包翻了，接触灶火燃烧起来，内外一片混乱，年老病重的吉木斯大娘当场被践踏身亡。额旦尔老人和年龄较小的斯琴、刘秀英、楚鲁、阿拉坦花等人也都是很危险的，其中大部分人受了伤。那些警察和特务杀手费了很大力气，才把察干巴拉、呼和巴拉这两个彪形大汉抓住捆上，野蛮地殴打着。

气红了眼睛的“其努瓦”声嘶力竭地叫道：“拉出去，就地正法，把脑袋割下来，也拿去示众！”

戴励志沉吟了半晌，和联合谍报队的小头目“影子”低声交谈了几句，阴险诡诈地笑道：“警务科长请息雷霆之怒，诸君也消消气，共军独立骑兵团老八连全部被歼，他们的头目庆格尔泰、哈尔巴拉、刘青山，还有小喽啰特木尔也被杀，呜呼哀哉，成不了祸患，对他们家属嘛，不必处决，我们自有安排，嘿嘿！”

“怎么安排？”“其努瓦”气咻咻地问，他想起被哈尔巴拉推倒得中风不语症、暴动时焚家、儿媳妇陈蔓莉被击毙等深仇大恨，按捺不住心头怒火，恨不得马上杀掉察干巴拉、呼和巴拉兄弟俩，来个斩草除根。

外号“迈德尔喇嘛”的戴励志啮了啮牙，附耳低语道：“老兄，你我是同舟共济的患难之交啦，彼此肝胆相照，有话实说吧，留下他们还有用处呢。老八连切断了铁路公路大干线，就算掐了我们脖子啦，贻害全局，后患无穷，四面八方无粮少煤、缺枪断弹，都嚷嚷我们纵容共匪，撤销职务，军法审理。老兄，这就要四处雇很多技工，抓很多劳工，重建达赖河钢筋水泥大桥，修扒开的铁路，填挖断的公路，还要在王府市内外城周围再修纵深几里的防御工事，变成真正的反共基地，固若金汤。这就需要察干巴拉、呼和巴拉这样人去干。等他们使完了力气，机枪点名上西天。”

这兄弟俩被毒打一顿放开了，浑身是伤。附近监视的军警宪特以为他们跑不了，就放松了平常那种戒备森严的状态。他们二人趁着这个机会，在一个风高月黑的夜晚跑出来了。没想到在当天中午，被追兵赶上来。察干巴拉望着远方地平线上驰骋过来的骑兵，不安地说：“蒙古军就要追上来了，咋办？”

呼和巴拉是往最坏的方面想过，思谋好了对策，对察干巴拉说道：“二哥，我们一块跑是不行的，就得分开了，往不同方向跑，这边山高草深，他们找不到，能跑出去！”

“一块跑，别分开！”察干巴拉这时候很着急，悔恨万分，是他自己贪恋酒色，说谎骗人，不去参军，错过机会，误了自己，害了弟弟，这回他固执地说着，号啕大哭。

老三没有哭，生气地说：“不行，不行，一定要分开跑，跑出去一个算一个。”

这一带处于八百里腾格里山南部边缘，草深柳条长，钻进去就看不见找不到。这一小队蒙古军官兵鬼哭狼嚎般叫嚷着过去了，马蹄、卵石、步枪、军刀磕碰声响了一阵，又恢复了寂静。呼和巴拉离开察干巴拉以后，真是慌不择路，顺着长满深草的山沟往前跑。傍晚时候遇见了两个从北边过来的步行人。他俩的长相、身材、声音、姿态都一模一样，都挑着重担缓慢地走着，看样子是很累了。到了跟前都吃了一惊，一个说：“啊呀，这就怪了，在这深山狭谷中，这个年轻人急急忙忙跑什么？”

“神色慌张，精疲力尽，我们去打听打听！”另一个说。

这两个人是孪生兄弟，俗称双胞胎，哥哥叫西热莫，弟弟叫贵伊拉，是祖辈相传的铁匠，他俩起的名字与这种职业是有关系的。他俩从小父母双亡，相依为命，靠打铁糊口谋生。因为家穷，都没有娶上媳妇，现在都五十出头了。不久前，他俩听说伪旗公署警务科和军统稽查处到处疯狂抓劳工，叫嚷着要重修铁路公路大干线和王府市内外城防工事。他们就做好了逃跑的准备。有一天，一队警察过来正在桩子上拴马要进来抓劳工，他们就掀开蒙古包后架跑出去，钻进了八百里腾格里山深处自然岩洞中。

这回，西热莫撂下挑子，急急忙忙拦住了呼和巴拉。

老三虽然饿软了，但是握紧带铜锤的弯弯棒，拉开了决斗的架势，不过看见这两个老年人都没穿蒙古军黄制服，又不像联合谍报队和军统稽查处的特务杀手，愣了一会儿放下了手。

“不要打，不要打，我们和你一样，也是受苦人！”西热莫看着这个小青年的模样，说出真话。

“不是骗你，你看我们这一双大手、扁担挑子、铁匠家具，不是装出来的，你相信我们好了。看样子，你什么也没吃，来！”贵伊拉说着从挑子里取出水瓶、荞面饼、炒米、奶豆腐递过来。

干渴饥饿急了眼的呼和巴拉犹豫谦让了一阵，看出这两位老人很实在，便狼吞虎咽地吃喝起来。

“好好吃，多多吃，别看我们到处流浪卖手艺，吃的东西有的是，养活你一个人不费事。”贵伊拉看着这个粗壮结实的小青年，越发喜欢了，啧啧夸奖道：“好健康哟，虎背熊腰，长大了一定是个好摔跤手，好搏克，错不了，嘀嘀！”

西热莫想的远、想的深，连连叹息着自言自语：“谁家的孩子呢？为什么离开爹妈跑到这三种狼成群结队横行的八百里腾格里大山深谷狭沟中，怎么回事呢？”

过了两天，呼和巴拉了解了这两个人，就介绍了自己苦难的家史，外号叫“巴拉根仓”老汉的西热莫，听着流下了热泪，对孪生弟弟说：“贵伊拉，多可怜哪，这苦命的孩子原来就是老八连指导员、大名鼎鼎的搏克哈尔巴拉的三弟呼和巴拉，快十七了，我们收下他吧！”

贵伊拉紧紧拥抱着这个粗壮结实的小青年，也说：“呼和巴拉呀，你改名吧，就叫包利道。有人问，你说是我哥哥的儿子。”

呼和巴拉点了点头说：“好！”

第二十三回　偷偷进城警察大闹外城　暗暗联络八连准备暴动

老二察干巴拉在蒿草丛生的八百里腾格里山鬼谷南口，离开弟弟呼和巴拉急忙向东跑了。这一带周围是悬崖陡壁，盆地里灌木、柳条密布，有良好的隐蔽条件，但是他没有来得及跑出去，追兵到了离他很近的地方，两个排从左右侧包抄过来，形成了包围圈。

蒙古军第二师四团三连三排长领着士兵，像旋风一样驰骋到了察干巴拉跟前，惶惶不安地回头叫道："肏妈人家的小子们，散开点，你们知道这是跟谁打交道？这人叫察干巴拉，是共军独立骑兵团老八连的政治指导员哈尔巴拉的二弟，也是很厉害的搏克，武术家！"

这个小头目的吆喝发生了作用，士兵们都疏散开，变成了扇形队伍，使察干巴拉无懈可击。看来这个满脸不深不透的浅白麻子少尉排长是个老兵痞，经常干逮捕人的罪恶勾当，很有经验，接着又点起一连串士兵的名字吆喝道："你们四个把枪马交给别人，徒手一起上，把这个满脸连鬓大胡子的暴徒抓住捆起来！"

这四个士兵互相看看，迟迟不动手，很怕赤手空拳上去，抵不住那个充满男性膂力的彪形大汉，挨揍吃亏。就在这个时候，浅白麻子少尉又破口大骂起来："肏妈人家的小子们，怎么还不动手？想反抗命令？包庇共产党？快把枪马交给别人，徒手一起上，要不然被那个暴徒凶手缴了械怎么办？"

四个糊涂家伙这才捋胳膊挽袖子，拉开架势上去了。到了察干巴拉跟前，看见他五大三粗的样子，胆怯了。就在这工夫，还没有完全恢复健康的察干巴拉拼命了，挥起碗口大的拳头，抬起穿着生牛皮靴的大脚，左一拳右一脚，四个士兵无法接近他。不深不透的浅白麻子少尉着急了，冷不防突然一个偷袭动作，从后面抱住了察干巴拉的腰，另外四个士兵趁势抓住他的手脚连捆带绑起来。捆绑结束后浅白麻子排长和四个士兵累得直喘粗气。

这时候从西面又过来一个排的蒙古军士兵，头前一个家伙大声吆喝着："肏妈的，没抓住，跑了，那是最小的，扎不了刺！"

"这个老二真可恶，好不容易才抓住，把我排长的下巴壳都打掉啦！"

被打掉下巴壳的浅白麻子少尉排长，头部缠着绷带，发音含糊不清，咕咕哝哝地说："拉到王府市枪毙！"

这时天色已晚，他们不敢多耽误，急忙将察干巴拉押送到王府市外城投进了大狱。

当天黄昏，王府、旗公署兼蒙古军部的内城大厅里，灯火辉煌，聚集着很多头目，正在开盛大的宴会。二三十张大圆桌上摆满了大块牛羊肉、大碗马奶酒。这些家伙们都入席就座，有的谈笑风生，有的抽烟聊天，有的什么也不干，垂涎欲滴地专等着开始吃喝。最近由"肃清匪患，为恢复铁路公路大干线运输做出杰出战功"而受到南京国防部通令嘉奖的莫尔根军长，脸色阴沉，冷眼看着戴励志,留着牙刷式小胡子的嘴角,露出讥讽的微笑,弹了弹圆桌面提醒注意,说道:"诸位,这次消灭了钻进心脏来的老八连,免除了后顾之忧,本来打算很好欢宴一番,遗憾的是交通断绝,供应紧张,要啥没啥,别说山珍海味、美酒佳肴,连枪炮子弹、粮食煤炭都运不来。巧妇难为无米之炊,只好全用本地牛羊肉、马奶酒代替了。为了消灭共军特别加强的主力部队,就是独立骑兵团,我们蒙古军军部和第二师就要再次出征到达兰哈尔山前线,接替亲如手足的兄弟部队第一师。现在,酒肉都已上席,趁此机会我谨代表全体官兵,向留守王府市内外城的旗公署警务科、军统稽查处同仁,表示热忱的谢意,并且希望你们不失时机地抓紧修复铁路公路大干线和城防工事。交通断绝则养不起基地,没有基地则保护不了交通,两者相辅相成,缺一不可,不能厚此薄彼。共军独立骑兵团直属队和七个连队,是老八连的靠山,虽然远在千里之外,对伊和塔拉大草原虎视眈眈,亡我之心日益炽烈,不可高枕无忧。在这方面,我们蒙古军军部和一、二师六个团转战山地和平川,屡立奇功,泣鬼神而惊天地,也希望尔等做出应有的贡献。来,为共同的戡乱事业胜利干杯!"

戴励志勉强呷了一口略带酸甜味的马奶酒,开始致答词了。在武林、陈蔓莉相继被击毙以后,他独揽了稽查处大权,但是上司不太放心,听说要派一个叫甄如虎的副处长领着很多特务杀手快要到来。他现在心情很复杂,一方面被莫尔根、哲别、扎萨嘎排挤得站不住脚;另一方面因为这回不上前线而暗自庆幸。盗窃文物,这回可能要成功,发大财呀。想到这里,他高兴得几乎要手舞足蹈了。但是这个老奸巨猾的家伙,装出颇为慷慨激昂的样子表态道:"请军座虎驾放心,敝职一定日夜操劳,监督工程,务必在短期内修复铁路公路大干线和城防工事,为党国效力,言必信行必果,绝不食言,来,为我们共同的剿匪戡乱事业胜利干杯!"

哲别冷笑着插话:"'迈德尔喇嘛',你们上次在前线搞什么督战队,成事不足,败事有余,弄出大乱子,这次在后方,再不要口是心非,玩弄手段搞什么小动作。"

"哪里,哪里。"戴励志神色大变。

餐桌上的军政官吏们等得不耐烦了,早就大吃二喝起来,大块肉大碗酒,嘴里冒油,脸上溅朱。

戴励志刚才挨了讽刺,越想越不是滋味,开始发难了,他认为蒙古军文化素质太低,愚蠢野蛮,未必答对得上,于是笑嘻嘻地说:"现在酒过三巡、菜过五味,热烈欢迎莫尔根军座、哲别参座唱歌。军人应该唱进行曲,不能唱《满洲姑娘》、《支那之夜》、《何日君再来》一类流行小调,如何?"

"放肆!"莫尔根呵斥道。

酩酊大醉的哲别变了脸皮,慢腾腾地站起来,举起盛着马奶酒的高脚玻璃杯一饮而尽,然后摔个粉碎,大大发作道:"保密局稽查处各位先生们,不能遵命,不能唱你们那些乱七八糟的军歌,要唱就得唱我们自己的军歌《成吉思汗出征曲》,嘿嘿,我这就唱:

率领着十万大军,
把亚洲各国全部侵占;
屠杀成性的弟兄们,
英勇无敌,冲锋陷阵……"

小个子参谋长唱的这首古老军歌很长,一直唱到"率领五十万大军"才结束了。

莫尔根军长听着关于他祖先的军歌，兴奋得满脸通红、笑逐颜开。

哲别唱完歌，挑衅地看着在座保密局稽查处的头目们，冷笑道：“各位先生们，我们圣祖成吉思汗既有武功，又有文采，嘿嘿，这首流传七百多年的军歌说明了这一点，怎么样？我说的不对吗？”

“迈德尔喇嘛”这回学乖了，制止了正要发作的另一个特务杀手头目，鼓起掌来，笑道：“是的，是的，参座大有祖风，这次到达兰哈尔山前线和共军独立骑兵团主力作战，一定像老八连那样全歼！”

哲别不买他的账，右手按美式手枪把，醉醺醺地叫嚷道：“他妈的，别灌迷魂汤啦，我们蒙古军并不是傻子，不想当替死鬼。三番五次出外作战，是为了保住王府市这个复兴基地，懂吗？你们坐山观虎斗，消灭异己，老子毙了你！”

这个参谋长新结婚的妻子高娃小姐大惊失色，连忙制止住了。宴会闹得很不愉快，四、五、六团团长们和军统稽查处特务头子对立起来，个个板着脸，大有一触即发之势。老奸巨猾的戴励志为了缓和这种局势，极力压住了火，和和气气地说：“参座不要误会，稽查处留守在后方，一定要全力以赴协助警务科，按期修复铁路公路大干线和城防工事。在这方面，也恳求蒙古军鼎力协助！”

“什么？”莫尔根不耐烦了。

“军座，达兰哈尔山一带是共军独立骑兵团的老根据地，抗日战争时期就在那一带活动，不管是蒙古人还是汉人，通通都赤化了，变成了共产主义的信徒，把他们都抓到这里来，抢修达赖河钢筋水泥大桥，抢修扒开的铁路和挖断的公路，这可是关系全局的大事呀！”

高娃小姐做作地笑着代替哥哥和丈夫答道：“不要顾此失彼，铁路公路大干线是一定要修复的，但是也不要放弃王府市内外城防工事，没有驻兵的基地，怎么保护交通？这是左膀右臂，缺一不可。”

戴励志点头称是，心中却暗暗盘算着另一套东西。原来这个家伙身兼二职，左右逢源，既是军统局驻王府市稽查处长，又是南京文物公司董事会理事，和国民党嫡系东西线部队“虎威”“鹰扬”两个主力团团长陈秃子、熊岳二人，都是同伙。这次准备借口修铁路公路外出，趁机打劫这一带的文物。但是表面上声色不露，转向“其努瓦”大声说：“军座高瞻远瞩，可谓英明之极。现在，共军独立骑兵团秘密潜入的先遣队——老八连彻底完了，但是他们遗留下来的灾害远未消除，可谓后患无穷，当务之急是恢复创伤。警务科和稽查处分工合作，你们负责城防工事，我们管铁路公路大干线！”

这个警务科长正中下怀，连忙哼哼着塌鼻子抢先表态，说：“对，分工合作，我们负责王府市内外城防御工事。”

一九四七年春天，蒙古军军部和第二师四、五、六团再次出发，伪旗公署警察和军统稽查处特务杀手也倾巢出动了，到远近各处去雇人、招工、抢东西，文的武的一起来，闹得四面八方都不安宁。老二察干巴拉等很多人，从大狱里被提出来了，由荷枪实弹的警察押着抢修外城土墙周围工事。察干巴拉比起哥哥和弟弟本来是大为逊色的，眼光短浅，好逸恶劳，贪恋酒色，提不起来。但是到了紧要关头，他们这个家族的正气还是占了上风，这回他敢于顶撞警察、消极怠工、破坏工具，用各种方法反抗。

有一次，“其努瓦”警务科长看见了他，哼哼着塌鼻子威胁利诱道：“在蒙古复兴基地王府市外城周围修明碉暗堡，挖深沟大壕，接着还修内城钢筋水泥炮楼，时间长着呢，能熬过去吗？我们这里还是好的，要送到军统稽查处特务杀手那里修铁路公路，可就糟糕了，骨头渣子都剩不下。不过，喇嘛经上说得好：苦海无边，回头是岸，放下屠刀，立地成佛。你只要把老三呼和巴拉的下落说出来，就不叫你当劳工了，咋样？”

察干巴拉被激怒了，大声驳斥道：“我弟弟早就远走高飞了，想要斩草除根，那是梦想。”

警务科长恼羞成怒，挥起藤子马棒将察干巴拉打了一阵，又赶回去修城防工事。一个熟人也被抓进这里，看见察干巴拉很痛心地说：“唉，老二呀，你为什么不逃跑呢？落到这群吃肉不吐骨头的豺狼嘴里，死路一条，完了！”

开始的时候，警察对修城防工事的劳工戒备很严，就怕有人逃跑，不断吆喝、打手电、鸣枪、谩骂、殴打，以后越来越松懈了。这些黑狗们纳凉、睡觉、偷懒、赌博，甚至三五成群进城下饭馆，或者几十人聚伙逛窑子，整夜不归。

这一天黄昏，“军中乐园”的妓女们按照平时的习惯，对着镜子梳晚妆，准备迎接又一次端盘子、拉铺、住宿的高潮。妓女野菊打扮完毕，从“中正”烟盒里抽出一颗烟叼在嘴里点燃后吸起来，还悠闲地喷着烟圈。这时候，“红姑娘”也过来了，她穿一件大红连衣裙，头戴红花，脚穿红灯芯绒拖鞋，浑身像个火碳。野菊又开玩笑道：“人们常说杀猪的盆、庙里的门、大姑娘月经、火烧云是四大红，加你就是五大红了。”

正说笑之间，忽然听见外城大街上传来咔咔的皮鞋声，杂乱而沉重。妓女们撩开门帘一瞅，吓得吐出了舌头，她们看到从大门外陆续走进一队警察，足有二三十人，他们服装整齐一致，黑衣黑裤白绑腿，黑帽白箍黑皮鞋，怪不得有人说他们是“黑狗”。当时流传着这样一句话：

伊和塔拉大草原王府城，

蒙古军警横行霸道一样凶。

他们像狼群，说不定什么时候来妓院祸害一番。有的给三角两角充充样子，有的根本就不给钱，而且野蛮之极，动不动就打人砸东西，鸨母、“大茶壶”、妓女们还得陪伴着笑脸哄着。这次黑压压地来了这么多的警察，不一会儿就挤满了“军中乐园”的大院子。这时候就听见外面鸨母贾金莲尖着嗓子发号施令：“红姑娘、野菊、山丹、甸花、白菜心、玫瑰、樱桃、甜枣、酸李、绿苹果，还有十大姐、八小妹，快到花厅接客呀！”所谓花厅在北面，嫖客多的时候妓女们就在那里凑齐集合。众妓女们到这里时，穿黑制服的警察比她们多得多，交头接耳，唧唧喳喳，有说有笑，连喊带嚷。最先来的一个妓女，正被推倒在靠北墙的一张大床上，周围的警察有坐着的，有蹲着的，有手脚支着的，挤得水泄不通，大床被压得咯吱咯吱响。这个妓女烫好的头发被弄乱了，她长得脸大嘴大，长腰短腿，外号叫“笨鸡”，平时接客不多，很受欺负。这回被“黑狗”警察们捉住了，有的压着她的双肩，使她动弹不得，往她鼻子里喷烟，呛得她流泪、咳嗽、打嚏。身上那件蓝底白花衣服纽扣全被解开了，敞着前胸，露出贴身的浅红色背心，胸前的两个大奶特别引人注目，许多只手急着抢着伸进背心里去摸。有的警察更坏，解开她的腰带从上摸到下。

这时候，一个细高个子警察官摆了摆手，对部下发号施令：“慢着，不能少数人包办占便宜，我们搞个展览仔细参观参观，大家都看够看透看过瘾，如何？”

“黑狗”们七嘴八舌地忙喊“同意”，他们几下子把这个妓女的花绸裤子扯下来，只剩下一条三角裤衩。有两个警察每人攥住妓女的一只脚脖子，把她倒栽葱提起来，叫别的警察看热闹。还有两个警察每人端一杯喝剩下的茶水，走过去撩开妓女的裤衩往里灌。这个妓女受不了折磨，哭叫求情讨饶。今天，这伙警察大概是得了“其努瓦”警务科长的特别批准，敢于擅自离开城防碉堡工地，闯进“军中乐园”对妓女进行玩弄虐待。按妓院的规矩端盘子是不准胡作非为的，但是警察们仗着穿“黑狗”皮，人多势众，越闹越凶，再不想法子救出外号叫“笨鸡”的妓女，很有可能被警察们弄死。这些“黑狗”们只顾糟蹋“笨鸡”，没发现更多的妓女进花厅。“红姑娘”和野菊会意地互相对望一眼，故意清嗓子、跺脚，很多警察的眼睛便转向了她们。“红姑娘”先发制人，问道：“诸位警察官先生，谁端我的盘子呀？”不少警察们看见“红姑娘”不仅穿得花枝招展，而且长得漂亮，便扔下“笨鸡”接踵而至，把她包围起来。那个细高个儿警官是领队的，从后边挤进来，仰起下巴，搐着胸脯，颇有气概地向“红姑娘”宣布道：“我端你的盘子。”被冷落在一边的野菊也是为了分散恶作剧的警察们的注意力，大声问道：“那么，谁端我的盘子呀？”

细高个儿警官从警察群中拉出一个粗野矮胖的家伙，好像下命令一样吼道：“巴图吉尔嘎拉中队副，你装什么太监，今天晚上就当她的丈夫，不，野汉子吧，嘿嘿！”

“红姑娘”、野菊二人的解围行动把“笨鸡”救出来了，逃脱了被这群“黑狗”虐待致死的悲惨命运。没有预料到好心的“红姑娘”却为此遭了殃，吃了很多苦，受了很多罪。她和细高个儿警官开始端盘，这也叫开盘式或者打茶围，实际上是拉铺或住宿前的开场，就是用各种手段挑逗嫖客，引诱他们尽快上床。她们依偎在嫖客的怀里，放任他们随便玩自己，直到他们兽性大发，然后到床上。这当然要比直接拉铺或住宿多花钱。为此，妓女们尽量延长端盘的时间，以便从嫖客身上多挤出些油水。现在，“红姑娘”根据细高儿警官的要求，搔首弄姿唱道：

闺房妹妹好比春海棠，
彩色鲜艳含苞待放；
警察哥哥且留步，
宽衣解带来上床。
后院的妹妹就像秋海棠，
花朵正开气味芬芳；
警察哥哥不要走，
说说笑笑来上床……

就趁着监工的“黑狗”警察队伍麻痹松懈，管理混乱之际，牧民村伊和浩特的额尔旦老人，偷偷来看老二察干巴拉。见他面容憔悴，满脸连鬓大胡子很长，沾满了尘土，都变了相啦，心里一酸，两行热泪一连串地掉下来，把事先准备好的大包东西交给了他，哽咽着说：“察干巴拉，这里有两件衣服，一双靴子，还有干透的炒米、松软的奶豆腐，你要多加保重呀！”

察干巴拉看着这个正直善良的老牧民，冒着生命危险来给他送东西，千言万语不知从何开头，他咬了咬牙，很难过地说：“大爷，您也看见了，形势就是这样恶劣，哥哥阵亡，弟弟失踪，在这个世界上就剩下我一个人，修完外城工事修内城工事，接着再修铁路公路大干线，恐怕出不去了，你和刘青山副连长家里怎么样？”

“老伴不幸身亡，我年迈体衰，阿拉坦花、刘秀英、斯琴、楚鲁都还小，敌人不会咋样。你多保重自己，想办法跑出去。现在，蒙古军部和第二师三个团人出去打仗，走光了。军统稽查处特务杀手头子戴励志是个大财迷,假公济私,口口声声说修复铁路公路大干线,其实早就领着全部喽啰搜刮古董去了。这里就有‘黑狗’警察监工,越来越松,钻个空子跑出去呀!”

“嗯!”

“有一个最好的消息:王府市外城大街有人撒了传单,写的是:野火烧不尽,春风吹又生,热烈祝贺侦察连主力突围归队。他们仨可能还活着!”

察干巴拉听了精神为之一振,兴奋地说:“我一定活着出去!”

繁重的体力劳动每天持续十多个小时,炸山开石、筑窑烧砖、挖壕掘洞、运水泥和钢筋、修碉堡和炮楼。吃的是发霉长毛的玉米面窝窝头,住的是阴暗潮湿的三角形草棚,不少人悲惨地死去了,尸体被扔到不远的腾格里山沟里,发出恶臭。很多的乌鸦飞来飞去,张开血红的大嘴哇哇乱叫。成群结队的三种狼跑来饱餐一顿,到了夜间发出瘆人的嗥叫,在鬼谷或魔峡的悬崖陡壁之间引起一片回声。监工的警察兵力单薄,下饭馆逛窑子回来以后,为了给自己壮胆,也为了吓唬劳工,自欺欺人地经常胡乱打枪,子弹尖锐地呼啸着飞过去,曳光划破了漆黑的天空。

察干巴拉也被折磨坏了,光剩了骨头架子,只是由于这个元代武士家族的优良的体质,才没有倒下去。很不容易熬到夏天,太阳晒得忒毒,土城墙都热得发烫,几寸长的稀有的小草被烧焦了,沙化退化的伊和塔拉大草原好像要着火一般。他干渴得张大了嘴困难地喘气,想咀嚼草根在城墙阴凉下待一会儿都不行,监工的“黑狗”连打带骂。这天,一个参加过上次暴动的中年牧民悄悄接近这个老二,说道:“挺一会儿吧,这就要下雨凉快了。”

察干巴拉舔了舔干裂的嘴唇,问道:“你咋知道的?”

这个难友费力地把沉重的水泥袋换到另一个肩扛,大口喘着气,断断续续地说:“我注意了,要变天啦。常言说得好:黑云接日头,半夜雨不愁。又道:日落云连天,必有大雨来。渴是不渴了,不过挨浇也够我们受的,破烂工棚透风漏雨,穿的衣裳又单薄,冻出病咋办,唉!”

“哼!”察干巴拉发出了低沉的鼻音,就好像这个八百里腾格里大山中黑熊的怒吼,明亮的大眼睛里射出逼人的冷光,满脸连鬓大胡子根根挺立。

难友发现他生气了,提心吊胆地问道:“你想咋着?”

“不咋着。”察干巴拉压抑着上下翻腾的怒火说。等这个难友走后,他想道:“今天是二十五日,没有月亮。趁黑把水泥垛上帆布罩掀掉,下了雨全部糟蹋。这些水泥是库存的,现在铁路公路大干线被掐断,没办法再运进来。”

这天晚上果然下雨了,大风呼啸,黑云翻滚,伸手不见五指,王府市周围的土城墙,林立的炮楼和碉堡,阴森森的坑道口,都看不见了。微弱的马灯光在施工处门前闪着鬼火一样的绿色。察干巴拉从熟睡的人群中悄悄爬出来,沿着白天看好的路线向水泥垛走去。大约过了十多分钟,才到了那个地方。他仔细听了听动静,又睁大了眼睛观察了一会儿,一个箭步冲上去准备掀掉帆布罩。就在这同时,对面也冲过来一条黑影,差不多面对面碰上了。中了埋伏啦,狭路相逢勇者胜,干掉他!这样的念头在察干巴拉脑子里一闪,抖擞精神使出全部力气,勇猛地扑上去。出乎意料的是,来人更厉害,像摔小孩一样把他放倒了。但是没有下毒手,突然停下来,惊喜地问道:“是二弟吗?”

一股巨大的热流通过了察干巴拉全身,他激动得哆嗦着声音问道:“啊,是哥哥哪,你还活着,怎么到这里来了?”

哈尔巴拉紧紧握住察干巴拉的手,哽咽着说:“果然是二弟,做梦也没有想到你还活着,怎么也打听不着。”

察干巴拉也高兴得低声抽泣。

哈尔巴拉擦干了眼泪,问道:“三弟呢?”

察干巴拉又哭着诉说了他俩的多灾多难的遭遇,反过来问哥哥突破重围脱险的经过。

哈尔巴拉长叹了一口气,说:“一言难尽哪,庆格尔泰连长掩护了我们,蒙古军炮火轰击的时候,四排全体同志用套马绳吊下悬崖,胜利突围。不幸的是:有几名同志缺乏这方面的训练,臂力不行,摔死了。蒙古军就钻这个空子胡乱造谣。其实,老八连是打不垮摧不毁的,等着吧,有他们难受的时候,快了!”

察干巴拉听着哥哥的话,半信半疑,担心地问道:“你们老八连现在在哪儿啊,还剩下了多少人?这么长的时间,怎么老是不见动静?是不是打散打光了!”

“中国共产党领导的军队怎么会被打散打光,现在没工夫详细说,到时候你就知道了。”哈尔巴拉反问道:“你一个人到这里要干什么?”

老二气呼呼地说:“趁着天阴下雨,把他们盖水泥的帆布掀掉,挨了浇就变成一块块石头了。现在铁路公路大干线被我们一刀两断,什么都运不过来,别说运施工物资,就连粮食弹药都没了。哼!叫他们修不成炮楼、碉堡、坑道,哈也干不成!”

哈尔巴拉见二弟有了很大进步,暗暗高兴,又观察了一会儿,便和他一起掀掉了很多水泥垛的帆布罩,又消灭了脚印,然后走到一个更僻静的地方,这才对他说道:“二弟,要想打败国民党嫡系和杂牌部队,光是浇坏几垛水泥是不够的,还得想出很多别的办法。”

“啥办法呀?”

哈尔巴拉不回答,轻轻打了一下口哨,不大一会儿,趁着这大雨之夜的掩护,悄悄过来十多人,都是侦察连的干部和战士,为首的是副连长刘青山,后边紧跟着警卫员特木尔。这些人一身短打扮,全都拿着自动武器。刘青山、特木尔二人见了老二,都高兴地掉下了眼泪。察干巴拉讲了他们三家近期的悲惨遭遇。大家一阵沉默,只有特木尔哭泣着。

哈尔巴拉和刘青山在那边低声商量了好长一阵儿,这才走过来对大家说:“现在不是唠家常的时候,需要马上撤回山里。刚才连队党支部研究决定,发展察干巴拉同志为老八连战士,但是根据对敌斗争的需要,暂时留在这里为我们提供情报。”

特木尔叹了口气,说道:“人是铁,饭是钢,吃不饱可不行,察干巴拉同志身体太虚弱了,到时候咋动手,这不行!”

刘青山说道:“这好办,每三天我们给他送一次吃的。让他半夜时候到城墙角树洞拿吃的,保证他身体恢复健康!”

临分别的时候,小战士特木尔悄悄告诉察干巴拉说:“二哥,不要忙着跟我们走,像你这样搞地下活动的,哪儿都有。突围初期,我们在腾格里山岩洞、深沟、悬崖间躲避了一段时间,后来听说王府市内外城的军警宪特出来,到处抓劳工、招聘技工,就乘机钻进来。有的在森林采伐队,有的在修桥队,有的在修路队,就在你们修城防工事队也有啊。这次出山是为了掌握地形,到时候好打!”

第二十四回 暴动前夕八连乘胜再战 灭亡时刻警察吃喝玩乐

六月中旬的一天深夜，蒙古军部和第二师的十多辆罩着帆布棚的黄色汽车，抄近开到王府市外城北门防御工事工地附近，停了很长时间。从里边摇摇晃晃地走下来三百多个穿得很破烂的人，有的衰弱得下了车就倒在地上了。穿黑制服、扎白绑腿、手持上了刺刀步枪的警察们，凄厉地吆喝着，把这些人赶进劳工住的草棚里去。

北门外，正在用钢筋水泥修一座炮楼的劳工们，看到了全部情况，有人气愤地低声骂道："小王爷这个坏家伙，又抓到一批人送来了！"

"是从达兰哈尔山抓来的？"

"莫尔根这个家伙修城防工事卖力气；戴励志那个家伙修铁路公路大干线不使劲，各揣心腹事。"

"偷偷看看去！"

"别，别，坑道口附近不让你靠近半步，监工的警察们随便开枪，前两天一个劳工迷了路，往那里去，被打死了！"

"黑狗警察们真狠毒！"

"这些杀人不眨眼的刽子手，什么事也能干得出来！"

一个年纪很大的曾经参加过上次暴动的牧民，绝望地叹了口气，说道："弟兄们，我们命运不济，落到这些吃肉不吐骨头的野兽爪子底下，很难逃走了，唉！"

有人悲观失望地哭起来。

又有人低声怒骂："豁出来了，反正是个死，我们不要使劲卖力气，消极怠工，软磨硬抗！"

"嘘——"有人轻轻吹口哨，比风吹柳条和草丛发出来的声音高不了多少。这是一种信号，果然，在城防工事监工所里屋睡大觉的"其努瓦"警务科长，探出脑袋来了。晃了晃手电，大声骂着，鼻音很重："肏妈人家的小子们，磨磨蹭蹭的想干什么，快干活！"

劳工们又开始慢慢蠕动了，过了不大一会儿又松懈下来。这里有几百个蒙汉群众，都是在王府市外城、附近牧区、外旗县陆续被抓来的，干的是牛马活儿，吃的是猪狗食，消耗尽了体力。像察干巴拉那样强壮有力的彪形大汉，暗中又有侦察连供应食物，身体也很虚弱，扛一袋水泥都费劲，往前走两步就得停一停，重重地喘口气。就在今天因为走得慢，被监工的警务科长"其努瓦"又毒打了一顿。下午他看见城墙一角空心树上插了绿枝，知道侦察连的同志们又往树洞放干粮了。晚上趁着"黑狗"们在小屋睡大觉，他看了看周围动静，就在黑暗中悄然无声地消失了。

老二对这一带地形地物熟悉，又走惯了夜路，绕过石堆砖垛、水泥钢筋，一点没费劲就走到了那棵空了心的窟窿树前，拿了装满炒米的口袋，把前几天的空口袋放在那里，就往回走。

这时候，在前方砖头和水泥堆间隙中，传过来一阵很轻微的几乎觉察不到的脚步声。察干巴拉连忙躲进一大堆准备砌坑道的石头后面的阴影中，打算必要时撒腿就跑。他凭那个动静就知道不是腾格里山中经常出没的狐狸或三种狼，也许是监工的警察在跟踪。他又注意听了一下，接着从那个方向过来好些人，是什么人呢？他躲进更阴暗的角落里悄悄窥视着。借着惨白色的微弱的月光，总算看清了：带头的原来是哥哥哈尔巴拉，还有刘青山、特木尔等十来个人，一身短装打扮，全都带着自动或半自动武器，前拥后护着一个人往回走。这个人穿的是很破烂的衣服，从上到下撕扯成一条条，显出狼狈不堪的样子。

察干巴拉仔细观察了一会儿，就从隐蔽的石头垛后面探出头来，想再看个究竟。突然有人一个箭步冲到他跟前，用二十响驳壳枪逼着低声喝道："你是什么人？"

这个老二一下就听出是哈尔巴拉的声音，说："哥，是我！"

"啊呀，差点下了手！"哈尔巴拉有点后怕，惊叫起来，"你又到这里干什么？"

"我是到空心树那里拿回干粮，这个人是谁呀？抓的要犯、俘虏？来了这么多人。"

哈尔巴拉做了个手势，示意他不必多问。这个人原来是邓志刚，是独立骑兵团的政治处主任。这是因为庆格尔泰连长牺牲，侦察连的任务又发生了很大变化，任命他为政治指导员，哈尔巴拉改任连长，刘青山原职不动。他在秘密前往这里上任的途中，和很多人民群众一起被抓起来，押上盖帆布棚的军用汽车，拉到这里修所谓城防工事，已经很长时间了。今天晚上又押进来了很多人，趁着混乱他就从几层铁丝网内钻出来，准备进腾格里山寻找侦察连接头，正好遇见了前来解救他的哈尔巴拉、刘青山等人。

哈尔巴拉说二弟要多加小心，注意国民党嫡系和杂牌部队的动向，然后带着一小队人向腾格里山深处去了。他们走过鬼谷，来到窟窿峰附近一个岩洞里，特木尔打开一大包食物，里面有炒米、奶豆腐、荞面烙饼、牛羊肉干、芥菜疙瘩，全啦，每人还都背着一个大水壶，大家围坐着饱餐了一顿。

邓志刚急于知道侦察连的情况，连忙问道："二位连长，老八连的实力到底怎么样？最近又有什么变动？如实说，不要虚夸吹牛！"

刘青山报告道："指导员，和你以前了解掌握的差不多，我们老八连根据团党委'转移阵地，迷惑敌军，制造假相，改变战局'的指示，连部和一、二、三排下马进八百里腾格里山隐蔽，四排往东面团主力方向撤退，欺骗了小王爷，蒙古军军部和第二师离开以后，警察特务分头出动雇技工、抓劳工，这里大乱了。我们连部和一排趁着这个机会采用孙悟空钻牛魔王肚皮的战术，进森林采伐队，二排进修城防工事队，三排进修桥队，最后返回来的四排进修路队，都站稳了脚跟。他们又秘密发展了很多新战士，老二察干巴拉就是其中的一个。按着我们独立骑兵团四四制编制，还是每排四个班，每班四个组，每组四个战士。和原来不大一样的是，为了便于隐蔽，我们老八连暂时变成了步兵，但是只要一声令下，很快就可以上马。因为我们的大部分军马由两个可靠的马倌照管兼顾，一个是完达尔夫，另一个是阿拉坦花，很安全，谁也不怀疑他们。哈哈！他们都立功啦。"

"好啊，野火烧不尽，春风吹又生，我们老八连虽然经过一些挫折，但是主力没有损失。"邓志刚高兴得眉飞色舞，说："现在我来传达上级党委的决定：为了早日建立巩固伊和塔拉根据地，长期掐断四面八方的国民党部队后勤供应线，使其孤立无援，被各个击破，命令我们独立骑兵团直属队和七个连队，迅速摆脱蒙古军部和第二师的纠缠，从达兰哈尔山挺进这里。现在形势比以前任何时候都好，蒙古军第一师受重创撤回，尚未恢复元气，不可能再来接替。要充分利用这个有利时机和条件，隐蔽待命的老八连必须先发制人地发起第二次暴动，来分散和牵制蒙古军军部和第二师四、五、六团兵力。”

“好啊，我完全拥护团党委的正确决定！”哈尔巴拉连长举了拳头，说：“现在条件基本成熟了，蒙古军部和第二师上当受骗，错误地判断我们老八连全军覆没，再也成不了祸患，就放松了戒备，倾巢出动到达兰哈尔山和我们团主力决战。军统稽查处头子戴励志趁火打劫，借口修复被我们破坏的铁路公路大干线，领着全部特务杀手出外挖坟墓盗古董抢劫文物。听说又来了一批以甄如虎为首的特务杀手，他们想发横财，也在近处挖坟墓。这些人战斗力弱，不堪一击。何况我们早就绘制好了城防工事地图，挖了几条秘密坑道。拿下王府市内外城是不成问题的。但是我认为：在任何情况下，作战方针必须以继续掐住这条铁路公路大干线为主要目的，占据城市是很次要的。”

“哈尔巴拉连长说得很对，老团长阿拉玛斯、副团长巴雅尔等同志，也是这个意见。”

“就这么办，以八百里腾格里山和伊和塔拉草原交界处的牧区为根据地，长期掐住这条战略后勤供应线，这是大动脉呀！”刘青山副连长说。

从此以后，哈尔巴拉、邓志刚、刘青山三人组成的侦察连党支部，经过反复深入研究决定：这次战斗行动分四个阶段进行，第一，领导采伐队罢工；第二，发动修城防工事队暴动，消灭新来特务；第三，破坏刚刚修复了半截的达赖河钢筋水泥大桥和铁路公路干线；第四，等军统稽查处戴励志为首的特务杀手们仓皇回逃时，半路截住将其消灭。这一连串战斗，势必引起蒙古军部和第二师惊慌失措，阵脚大乱，从而给团主力挺进伊和塔拉大草原创造有利条件。

某日，在森林采伐队活动的哈尔巴拉，蹲在工棚里正进一步考虑战斗方案。一群工友从采伐场放木头回来了，有的拿着开山斧，有的拿着弯把锯，一个个火气很大。

一个山东口音大汉粗野地叫骂着：“把头这个狼心狗肺的家伙，又下毒手了！”

“姐夫和小舅子串通一气，施出了这个花招，可坑了我们啦！”

一个辽宁口音的工友说：“流落外乡，人地两生，怎么回去呀？连路费都没有。”

有的绝望地哭起来：“苦命的人哪，这一下更没有指望了，怎么养活老婆孩子啊！”

森林采伐队和修城防工事队的情况是完全不同的，不是抓来的，而是从各地来谋生的汉族农民居多，是属于雇佣性质，互相都不摸底，行动更随便，这给侦察连部和一排的隐蔽活动起了掩护作用。

哈尔巴拉从这些工友的只言片语中估计出了大概，不慌不忙地问道：“怎么啦？”

“工棚的账房先生卷款逃跑啦，带着几百个人的工钱。我们都半年没发饷。你算算，这有多少钱，这个麻子算盘可发了洋财啦，跑到外地盖小楼，讨小老婆，吃香的，喝辣的，足啦。”

哈尔巴拉完全明白了，但是为了把真相弄清楚，又进一步问道：“你们听谁说的？”

“这还能说谎，是把头当着众人面前说的，这个老王八蛋还虚情假意地骂了小舅子一顿，装孙子，不能信！”辽宁口音的工友说。

那个山东口音的采伐者叫着哈尔巴拉的化名，骂骂咧咧地说：“黑虎兄弟啊，你平常不大上山砍木头锯木头，这就对了，拼命拼死干，也是一场空，把头不认账啦，什么都推到已经逃跑的小鼻子账房先生麻子算盘身上啦，一光二净，完了，全完了！”

几个年老的伐木工人绝望了，号啕大哭起来。

所谓福无双至、祸不单行这句话可能是有点道理，正当采伐者们人财两空走投无路的时候，突然又发生了蛇祸，几十个被毒蛇咬伤的人，生命垂危，都被扶着抬着挤进原木垒的工棚子里来。这是可怕的事，人人惊慌，就开始找大夫。很早以前，汗庙的“小白脸”大喇嘛达尔罕吹嘘自己是治蛇伤专家，内服外敷，药到伤愈，保治保好，说得天花乱坠。这回请他来治伤，每服药都是天价，采伐者们就是在没有被拐骗的正常情况下，交出全年工资也不够。但是这个蒙医大夫寸步不让，造成众多伤害者病情日益加重。

他们是怎么样被毒蛇咬伤的？这天中午，灼热的太阳悬挂在头顶，什么都看得很清楚。第一个采伐者在一块圆滑的石头前站住发愣了，他以前从来没有见过这样色彩鲜艳的半透明的石头，他想翻转过来仔细瞅瞅下面的情况，是不是翡翠、玛瑙、水晶、猫眼石？就在他把石头抬起几厘米高的时候，只见石头底下白光一闪，一条灰溜溜的三角形头蝮蛇一跃而起，向他迎面扑来，速度很快，不容易躲避。

“小心！”在旁边的第二个采伐者手疾眼快，顺势挥起手中磨得雪亮飞快的开山斧，朝蝮蛇砍去，立刻身首异地，蛇头弹出去两米远的地方，长着钩状獠牙的大嘴一张一合了几下，便纹丝不动了。

“蛇！蛇！”几分钟以后，第三个采伐者恐怖地尖叫起来，顺着他的手势看去，老天爷，草丛中、树枝上、断崖间、岩缝内，无数条长短粗细、大小不等、灰溜溜、闪着白光的蛇向他们拥来。第四个采伐者是组长，吓得魂不附体，急急忙忙大吼了一声：“快跑！”其余三个采伐者这才如梦初醒，跟着他攀上峡谷边沿，跌跌撞撞往高处跑。他们四个拼命逃窜，使尽最后一点力气冲出沟壕，来到山阳坡的一间小工棚前，撞开门便钻进去瘫倒在地。从后面追来的毒蛇群速度也很快，立刻赶到了，在距离小工棚五米左右时停下来，就像一队训练有素的士兵，进退松弛有度。这三个采伐者在组长的带领下，急忙七手八脚关上门窗，手持斧头棍棒做好了应战准备。不大一会儿，毒蛇群似乎得到了进攻的信号，像潮水般往小工棚涌来，顶上也响起蛇身移动的摩擦声。突然，一个狰狞的三角形蛇头从门缝里钻进来，当组长的手起斧落，蛇头便“吧嗒”一声掉在地上。闻到同类血腥气味的蛇群，比刚才更疯狂了，它们嘴吐红芯，啮着獠牙，发出的“嘘嘘”声越响越多，争先恐后地向工棚顶上爬，往门窗缝隙里钻。四个采伐者把守住三个窗户一个门，处处防御，东张西望，顾此失彼，与毒蛇展开了一场你死我活的搏斗。采伐组长挥起磨得雪亮飞快的开山斧，刚刚砍断一条半个身子已经从原木墙缝钻进来的毒蛇头部时，他突然感觉到左脚被刺疼痛，接着有一种麻酥扩展半身，低头一看，顿时吓得手脚发软，不知何时被砍下来的一颗蛇头，落地后竟以濒死的疯狂仇恨，咬住了他露出鞋外的左脚踝骨。采伐组长是一条硬汉，强忍着疼痛与恐惧不让自己跌倒，但是左脚越来越不听使用，并且呼吸开始急促，头昏眼花，终于左脚一软，身子趔趄着倒下去。沉重的倒地声音把三个采伐者吓了一大跳，他们不约而同地围拢过来，一个伸手去摘蛇头，怎么也拿不下来。小工棚外毒蛇群看见里面的人防守松懈，便迅速发起进攻，于是门缝里、三个窗户间隙中、原木垒墙窟窿内，都有十条八条蛇出现。那个五大三粗的采伐者看见伙伴被毒蛇咬伤病重惨状，怒火熊熊燃烧，什么也不顾，豁出去了，以拼命的架势挥舞安装长长钢管把的巨型开山斧，排头砍去，毒蛇血肉横飞四溅。奇迹出现了，不仅工棚内毒蛇被斩尽杀绝迅速消灭，就连远处的毒蛇也不断后退，事态暂时得到缓解和控制。这时，采伐组长的伤势继续恶化，已经是奄奄一息了，他伸出手指着原木垒成的工棚，嘴里不停地喃喃着。第一个采伐者紧紧拉住他的手，哽咽着说："你想说什么?"采伐组长的嘴唇艰难地蠕动着含糊不清重复一个字："火!"原来他让这几个人放火点着工棚，造成失火的假相，通知别人来救。这三个伙伴明白了他的意思，立刻点着了工棚，烈焰腾空而起，烧得第二次扑过来的毒蛇皮焦肉烂油溢，密林中腥气冲天。三个采伐者在慌乱中顾东顾不了西，全被咬伤了，虽然不太严重，但是他们都害怕得精神崩溃，失掉了抵抗能力。日落西山时，密林中传出嘈杂的人声，几百个救火的群众从不同方向赶来，看到烧毁的工棚周围铺天盖地的蛇群时，都被这恐怖场面吓呆了，又过了半个小时这才将伤员连抬带扶突出重围，朦胧中看不清，接着有十多人被咬伤。事后，有内行专家对此分析判断说："最初打死的可能是蛇王，它在临死前向蛇群发出过信号，这才爆发了人蛇大战，伤亡惨重!"

封建把头"吸血鬼"教唆内弟麻子算盘账房先生卷款逃跑、汗庙的"小白脸"大喇嘛达尔罕对毒蛇咬伤的人见死不救，引起了群忿群怒，哈尔巴拉对邓志刚和刘青山使了一个眼色，态度突然大变，拎起了铺盖底下的镐把，攥得紧绷绷地，大喊了一声："工友们，有胆量的跟我来，跑了和尚喇嘛不要紧，寺庙大召还在这里呢，找封建把头吸血鬼算账去!"

"对，有种的走!"

"干，一起上，单蹦吃亏!"

账房先生麻子算盘卷款逃跑、蒙医大夫"小白脸"大喇嘛见死不救成了导火线，在隐蔽活动的侦察连部和一排的直接领导下，采伐者们积压很久的怒火突然爆发了，从数十座工棚内涌出了人群，越聚越多，足有四百多人，愤怒地叫喊着奔向把头的住所——三间很结实的原木垒成的房子。到了跟前，哈尔巴拉怕别人认出来自己，让邓志刚指挥了。这个新来的指导员大喝道："封建把头老吸血鬼，别他妈的躺在热炕头上抽大烟享清福啦，土豆子搬家滚蛋出沟，快露头!"

绰号"吸血鬼"的封建把头施展阴谋诡计，唆使当账房先生的小舅子"麻子算盘"卷款逃跑以后，一下子捞了横财，成了暴发户啦，高兴得心花怒放，浑身骨头都舒坦，就从王府市外城找来一个肥胖暗娼，大摆酒宴，又请来老朽不堪的警务科长"其努瓦"，坐在首席位置上。酒过三巡，菜过五味，绰号"吸血鬼"的封建把头猥亵地笑了笑，附着"其努瓦"的聋耳朵大声喊话："嘻嘻，警务科长大人，光吃喝没意思，还得玩乐，吃喝玩乐，四字俱全，飘飘悠悠，美如神仙，其乐无穷，嘻嘻!"

"其努瓦"警务科长年逾古稀，昏庸糊涂，一时没有反应过来，咀嚼着一块鸡肉，哼着塌陷的鼻子口齿不清地问道："啥家伙?"

"吸血鬼"指着那个肥胖得四四方方像一条装满东西的麻袋的暗娼，挤眉弄眼道："和这位小姐玩一回怎么样?"

这些家伙们正在淫乱之间，封建把头"吸血鬼"忽然听到外面不平常的动静，他做贼心虚，出了一身冷汗。不过他有警务科长这样硬后台撑腰，马上镇静下来，干咳嗽两声清理嗓子，迈着八字步走出来，双层下巴上肥肉颤抖着，很有几分傲气。这个家伙前硬后软，到了外间屋看见院里院外站着几百个伐木工人，一个个怒目横眉，手执棍棒斧头，就吓瘫了，小腿哆嗦牙齿打战，脸色变得煞白，张嘴结舌说不出话来。

“有你在，我们就不怕，你喝我们血，吃我们肉，今天叫你全吐出来！”一身伐木者短装打扮，腰中藏着二十响驳壳枪的邓志刚义正词严地说。这就像个信号，很多的人跟着怒吼了：“快发放我们工钱，五月节快要到了，谁没有家，都等着捎钱呢！”

“快，快发饷！”一排长特木尔也跟着大喊，“你嘴里塞了骆驼粪蛋吗？咋不说话？”

“肏妈人家的小子，你把宝贝小舅子‘麻子算盘’故意偷偷放跑，藏到什么地方了？”

“警务科长‘其努瓦’你也别臭美，觉得没事，你快下令叫狗腿子‘小白脸’大喇嘛过来治疗那么多被毒蛇咬伤的人，救死扶伤，立功赎罪，小心砸烂你的狗头！”

警务科长“其努瓦”看警察和肥胖的暗娼淫秽表演入了迷，现在被打断了，气愤地骂道：“外面吵吵嚷嚷起哄啥？闹罢工？把领头的抓起来扔进监狱严刑拷打！”

封建把头听了这话腰杆子硬了，三角眼一转，阴阳怪气地狞笑着问道：“是哪位领的头呀？”

伐木工人们怒吼的声音在八百里腾格里大山魔峡西部原始森林中一片回响：“谁也没领头，我们自己来的，快发放工钱！”

“不发工钱砸烂你的狗头！”

封建把头“吸血鬼”的三角眼是很尖的，终于看出邓志刚是这里最主要的人物，往前凑了一步，又是不怀好意地狞笑着，小声说：“兄弟，有事好好商量嘛，何必聚众闹事，扰乱治安，对你没什么好处，很不利！嗯，这样吧，你叫大家回去休息，然后到里边用点便饭，喝几盅，我把你介绍给警务科长，那是蒙古军参谋长兼第二师师长哲别的老子，又和莫尔根军长沾亲带故，是神通广大的人物呀，出门在外，多一个朋友多一条路，办事要活便点，这是正理。屋里还有一位小姐，长得俊，还会唱小曲儿——流行歌曲。你要是有意思——”

叭！一记响亮的耳光，封建把头“吸血鬼”仰八叉倒下去了，伐木者们一拥而进。看淫秽动作过瘾的警务科长“其努瓦”，刚要挣扎着站起来掏驳壳枪，又被夺过去踢翻在地。提了裤子露着大屁股躲躲闪闪的暗娼，拉了一大摊稀屎，屁滚尿流。酒席桌子四条腿朝上，东西稀里哗啦，瓷片玻璃碴儿撒了满地。邓志刚拽起警务科长和封建把头的衣领，勒令他们马上发放工钱，如数交到采伐者手中。另外，赶快找来对这方面有专业技术的蒙医大夫“小白脸”大喇嘛，治好被毒蛇咬伤的人，要不就砸烂他们的狗头。警务科长“其努瓦”和爪牙们，都被打得鼻青脸肿动弹不得，面面相觑了一会儿，互相交换着眼色，点了点头，这才战战兢兢答应了。

封建把头“吸血鬼”挨了打，退赔赃款，治疗蛇伤花大钱吃了老大亏，恨得咬牙切齿，手心攥出一把汗，做梦也想害死邓志刚，不惜血本，用重金收买雇佣了几个杀手，指令在林场上把邓志刚干掉。

哈尔巴拉警惕性高，估计到这个严重情况，领着邓志刚下山到修城防工事队秘密串联几天，把他留到那里，他单独回到采伐场。他走进八百里腾格里山魔峡后面树海深处，这里日落得早，天黑得快，刚到了某个怪石耸立的沟底，周围朦胧一片了。就在这时候，在一座很高的悬崖陡壁的角落里，发出异常的动静。哈尔巴拉警惕性高，想到要出事了。果然，就听见身前身后响起了急促的脚步声。接着就看见四条黑影从左右两旁包抄过来，一个气势汹汹，半声不吭，步步逼近。来者不善，善者不来，哈尔巴拉从对手们这种架势上估计出来了，他们是想把他殴斗致死。他撂下大锯，提起板斧，勇敢地迎上去。这四个杀手分析判断错了，原来以为双拳难敌八手，好汉架不住人多，仗着自己是四个人，想活捉过去请赏，这样是徒手过来的。哈尔巴拉技术高、力气大、胆子壮,有恃无恐,看见他们畏缩后退的样子,一时性起,把斧头也扔到一边了,更没有抽出那两把二十响驳壳枪,冷笑道:“好吧,别看你们是四个人,我也敢赤手空拳和你们较量,来!”

为首的一个满脸抹黑的大个儿杀手挥了一下手,嘶哑着嗓门吆喝了一声,和其余三个杀手同时冲过来。哈尔巴拉还是面无难色,拉开架势打开了。这场打架动殴持续了半个多小时,开始还看不出来,哈尔巴拉越到后来越来劲了,左一拳,右一脚,前一个绊子,后一个钩子,把这四个杀手打得东倒西歪,像挨揍的狗一样哼哼。一个还倒在地上起不来,龇牙咧嘴地呻吟道:“倒霉,倒霉,倒了八辈子血霉,这小子会武术,手段高强!”

哈尔巴拉吆喝了一声,对准领头的大个杀手的下巴狠狠打击了一拳,同时伸出右腿使了一个绊子,把他摔在一块卧牛大石上。不知什么地方受了重伤,很厉害地痉挛着抽起羊角风来,其余两个杀手不敢恋战了,躲得远远的,就要撒腿逃跑。哈尔巴拉捡起了斧头和大锯,不慌不忙地顺着崎岖不平的林间小路扬长而去。

封建把头“吸血鬼”找不到有深仇大恨的邓志刚,把气撒到哈尔巴拉身上,老是派出杀手狗腿子和他找碴、刁难、摩擦,到后来还嗅到了一些东西,恶狠狠地对手下人说:“黑虎这小子,来历不明,形迹可疑,大概是共军独立骑兵团老八连的漏网分子,扣捕他,关到王府市外城碉堡楼,别看军统稽查处戴励志处长领着手下人外出未归,新来的副处长甄如虎也有好多人,足够收拾黑虎,抓起来严刑拷打审问,马上露馅,真相大白,水落石出,哼哼!”

哈尔巴拉听到了这事,大笑起来,粗犷豪迈地说:“新来的甄如虎为首的军统特务杀手算个屌,我连蒙古军联合谍报队都不放在眼里,哼哼!”

第二十五回　轻薄无知歌女爱慕白脸
杀人灭口凶手暴露黑心

侦察连正在组织领导第二次暴动前夕，出事了。

这一天夜晚，大风又刮起来了，黄沙铺天盖地卷来，月亮星光黯然失色，周围一片昏暗，这一带最大的牧民聚居点伊和浩特的蒙古包、牲畜圈棚都模糊不清了。按理说，现在是夏天，不是闹黑灾的季节，但是有什么办法呢，伊和塔拉大草原沙化退化严重，几乎变成了荒漠区。这里遍地是各种各样形状的沙丘，又处在八百里腾格里山鬼谷、魔峡风口，动辄就犯这毛病。

正在蒙古包内和衣而睡的侦察连副连长刘青山突然坐起来了，紧紧握住插在蒙古袍宽腰带上的驳壳枪角把，侧耳倾听着最细微的动静。是的，没有枪声，也没有马蹄声，觉察不出任何可疑点，是什么东西把他弄醒了？神经过敏吗？不会的，从事多年的侦察工作的经历证明，预感没有欺骗过他，肯定出了什么事。果然，没过多长时间，大风呼啸声中分别传来了伊和浩特周围的固定和流动哨低低问口令声。

来人是刘青山住的这家的长子，即侦察连一排长特木尔带着一股风沙冲进了蒙古包，叫唤道："副连长，出事啦，汗庙的尼日布喇嘛派骑马的人来报告：埋葬活佛的白塔底下被挖开了大窟窿，墓穴里面金银财宝一定是被偷光了！"

"啊呀，是汗庙大殿旁边小院内那座白塔吗？"刘青山对这一带很熟悉，浅白麻子脸上显出惊讶的样子。

"就是，就是！"特木尔顾不上抹脸抖衣服，急急忙忙擦拭挂在脖子上的美式汤姆生冲锋枪，弄掉沾在上边的厚厚一层沙土。

刘青山点上了牛油灯，挑挑棉花捻。他感到情况很严重，不寒而栗。侦察连为了组织和领导第二次暴动，抽出一部分兵力在这一带秘密活动。不早不晚，就在此时此地，竟发生了活佛坟墓被盗案件。伊和浩特距汗庙很近，极有可能引起别人怀疑。所以，不管下一阶段战斗任务如何艰巨繁重，一定要迅速破获此案，用事实真相取信于广大牧民和喇嘛。

吵嚷声太大，睡在这座中型蒙古包内的特木尔的父亲额尔旦老汉醒了，这也可能是老年人睡眠少的关系。弟弟楚鲁却依旧香甜地睡着，发出很响的鼾声。额尔旦老汉是喇嘛教虔诚的信徒，大惊失色，叫苦不迭，说道："唉，这可怎么好，白塔底下不仅有活佛的陵寝，传说还陪葬了一件无价之宝，最初就想到不怕一万，就怕万一，要是汗庙有什么天灾人祸，就拿它重建佛居、再塑金身呀，唉，如今，唉，怎么办？"

刘青山心烦意乱，急忙起身到连长哈尔巴拉临时来住宿的蒙古包。他知道这个摔跤手出身的战斗英雄，不仅膂力过人、智谋超群，更主要是对伊和塔拉大草原发生的一切，可以说是闭着眼睛都能说出大概，需要和他商量。果然，这个新任连长听到如此惊人的消息以后，表现得沉着冷静，长着连鬓大胡子的脸上丝毫没有困惑的样子，很有把握地说："我已经猜透十之八九了，错不了多少。"

"你能说准是谁偷的吗？"

哈尔巴拉答复道："我敢说这和'小白脸'大喇嘛有牵扯。"

"你说这是汗庙的达尔罕偷的？"刘青山副连长很感意外。

"不能说是他偷的，有牵扯就是了。这话得从头说起。现在的小活佛才八岁，年幼无知，由达尔罕主持一切。这个宗教上层人物曾经到西藏拉萨、青海塔尔寺、山西五台山、北京雍和宫、沈阳黄寺等地参观学习过，不仅会念蒙、藏、汉经文，还能看病，是个不错的蒙医大夫。如果拥护中国共产党，为人民服务，是能够办些好事的。但是他是反革命两面派，阳奉阴违，盼望着莫尔根王爷的蒙古军永久地统治伊和塔拉大草原，是个很危险的人物。另外，他的生活糜烂腐化，曾经养过一个男妓，外号叫'二喇嘛'，名声很臭的不要脸的家伙，现在跑到军统稽查处当了翻译。我看就是他领着最近来这里的特务杀手盗窃的。有可靠的情报说，南京军统局，不，现在改称保密局了，可能是考虑到这里情况复杂，局势恶劣，武林和陈蔓莉相继毙命，戴励志孤掌难鸣，不久以前又派来了副处长甄如虎，很漂亮，俊俏后生，贪财好色，外号'面首'，我估计可能是他把'二喇嘛'利用起来了。"

"对，有很大的嫌疑，初步就这样定！"刘青山副连长表示赞同，接着骂道："大门关得严，小偷钻不进。大喇嘛和'二喇嘛'原来都是个贼，不好呀，出家人当庙虫子，吃里爬外，他妈的！"

伊和浩特、汗庙之间距离很近，这两个正副连长带领潜伏在这里紧张地准备第二次暴动的侦察连第一排赶到了。走进几重高墙大院深处的殿堂，达尔罕等人早已在那里等待。这个主持执事大喇嘛以前认为哈尔巴拉已经死了，心情舒坦，现在冤家对头狭路相逢，浑身一抖，保养得白白胖胖的脸上露出十分害怕的样子。哈尔巴拉心中暗笑，悄悄捅捅刘青山，低声说："在第二次暴动开始以前，把大喇嘛管制起来，不许走出汗庙一步，防止他向蒙古军联合谍报队、军统稽查处、旗公署警务科告密！"

"是！"刘青山虽然是同级干部，却习惯地把双脚一并，答应了一声。接着他发号施令了，叫达尔罕和几个老少喇嘛在前面领路，他和连长哈尔巴拉、一排长特木尔等人拿着手电跟在后面，走进正殿东侧阴森发黑的小院，到了白塔旁。

白塔建于清朝嘉庆年间，花岗岩石基础，砖砌八角形塔身，通体用白灰粉刷。分七层，高四十米，既有高耸的穹庐形顶，又有深入地下的墓穴。塔身内有塔心柱，由旋梯将塔心柱和塔身联结在一起，很坚固。通过旋梯爬顶和钻穴如行螺壳之中。每层八角悬挂俗称铁马的小铃铛，有的已经脱落，有的在疯狂呼啸的大风中剧烈晃动，摇摇欲坠，似乎在哀叹哭诉不幸的遭遇。白塔孑然孤立，经受日晒、雨淋、风蚀、地震、雷击，伤痕遍体，千孔百疮，宝刹荡然无存，塔顶掉砖头瓦片，雕栏毁灭，飞檐朽尽，盗开大洞，令人恐怖。

派人报信的那个年老体衰的尼日布喇嘛，看着这荒废的古老建筑物，秃着舌头说三道四，嗓子眼发哆嗦，很有点声泪俱下的味道："高墙大院，几道门都上着锁，平常不准任何人进来。这座白塔是活佛的陵寝呀，多年来禁止入内，谢绝参观。现在盗贼打不开铁门，竟然挖了窟窿进去偷。主祭圣祖成吉思汗的汗庙从来没有出过这样的事情。如今民风日下，人心不古，战火纷飞，哀鸿遍地，民不聊生，真是乱世浩劫呀！"

哈尔巴拉心中有数，知道这个宗教上层人物与本案无关，也就不察言观色了。

“盗墓贼砸不开铁门，挖了大洞。”“小白脸”大喇嘛威严地清理了嗓子指着塔心柱和旋梯两侧阴森森的窟窿，重复别人刚才的话说。从墓穴里面发出一股使人恶心作呕的奇臭，附近有很多碎石烂砖白垩粉渣。这样，本来是杂草丛生、遍地鸦翎鸽毛蝙蝠粪的白塔，更加荒凉败落，好像是狐狸和黄鼠狼栖息藏身的地方。

刘青山副连长看见塔心柱周围的旋梯被破坏了，叫小喇嘛们找来一架木梯放下去了，但是还够不着底，又用麻绳绑了两棵细檩，才算落了地。紧接着，他命令两个小喇嘛拿手电，跟着第一排的几个战士钻进墓穴。两个小喇嘛闻言吓得面无人色，腿肚子直打哆嗦，其中一个发着抖说：“老八连长官在上，敬禀者，小的刚刚伤风，未曾痊愈，头痛脑热，阳气不盛，阴……”

刘青山又指派另一个长得牛高马大的中年喇嘛说：“你是新任汗庙的摔跤手，就是这里最身强力壮的人，跟着我们下去！”

新任摔跤手喇嘛更糟糕，惊恐之极，话都说不出来了，结结巴巴吭哧着：“老，老八连长官在上，敬禀者，我，我……”

达尔罕大喇嘛为了收买人心，代替这几个下层喇嘛解脱说：“唉，老八连诸位长官明鉴，不是我为他们仨说情，实不相瞒，出家人走路不踩蚂蚁，撒尿不坑地皮，以慈悲为怀，一心行善，为普度众生六类祈祷，哪里见过这样凶事？佛爷保佑，不敢下呀，真的不敢下呀，别逼他们了。”

刘青山冷笑着讽刺挖苦：“奇而怪哉，不知道你们怕的是啥？看样子可能是怕盗墓人，黑洞里一点动静都没有，很清楚，小偷不可能束手待擒，早就穿上兔子靴——跑啦。那么，是怕闹鬼了！这简直是笑话，天大的笑话，传出去叫人笑掉大牙。汗庙的喇嘛，哪有怕自己最崇拜的活佛成鬼之理，嘿嘿！”

大小喇嘛们都很尴尬，谁也不吱声了，难堪地沉默着。

哈尔巴拉抚摸着满脸连鬓大胡子考虑了一会儿，又和刘青山小声商量了几句，悄悄对一排长特木尔说：“你领着几个战士下去，一定要找到线索，为破案创造条件。”

特木尔行动很快，立即带着一排四班的几个战士，拿着自动和半自动武器，亮着手电下去了。

达尔罕大喇嘛不知道想了些什么，犹豫地来回踱了几步，也跟着下去了。这个家伙是青年人，肥吃肥喝好生活，又会保养身体，且经常锻炼，手脚敏捷强健有力，下墓穴如履平地。大个子喇嘛可能是为了讨好达尔罕，也可能是很怕丢了汗庙摔跤手这个美差，只好硬起头皮紧紧相跟。木梯颤抖着吱吱嘎嘎响。下去的人和在上面站着的人，没有一个说话的，气氛很紧张。

白塔底下墓穴里臭烘烘湿漉漉的，到处长满暗绿色的苔藓和地衣，一阵阵腐烂气味袭来，直钻鼻子，使人恶心要呕吐。塔心柱和石壁上雕刻着上了油漆的八大天王、四大金刚，手持经卷、宝剑、法铃和降魔杵等物件，在黑暗中怒气冲冲地吹胡子瞪眼睛。

特木尔领着一排四班的几个战士小心谨慎地往前走，手电亮光不时穿插交错，每移动一步都发出瓮声瓮气的响声。他们走走停停，绕过粗圆的塔心柱和旋梯，到了墓穴北边，才看见十多口油漆斑驳脱落的棺材，盖子全被撬开，附近散乱地放着很多骷髅和骨头架子。寻找宝物时拖出来的尸体都被弄乱了，分不清哪具是活佛的，哪具是以后陆续埋葬的众多的喇嘛的，上面都粘连着很多皮肉，有的腐烂，有的干巴，奇形怪状，龇牙咧嘴，狰狞可怕。

“五佛宝石冠丢了！”“小白脸”大喇嘛叫起来，这惊慌不安的声音，在空洞的墓穴中嗡嗡响，瘆人地传到外面，在发黑的窟窿口等待的老少喇嘛们魂不附体，不知道又出了什么事，接着下来不少人。由于保密关系，他们都第一次听说五佛宝石冠，不明白底细，七嘴八舌地打听着。大喇嘛在众人面前不愿多讲，只好吞吞吐吐地说这是稀有珍品，是神奇的传世文物。老少喇嘛们听不明白，不免长吁短叹了一阵，接着铺开一条条黄布褥子，把十多具尸体一个个翻转过来，然后提着褥子四角慢慢地重新放入棺内，盖好黄布被子，最后才封上棺盖。大小喇嘛们都知道，活佛是没法辨认了，谁也没有提出异议。他们就这样不停地忙碌着，准备最后用油漆刷口。

一排长特木尔和那几个战士却不管这些，反复仔细地检查现场，捡到了一把中正剑，长三十公分左右，把柄上没有铭刻蒋介石亲手书写的字迹。原来，这种中正剑最初被吹得神乎其神，军统特务头子戴笠曾经说过它代表国民党和三民主义的灵魂。其实这只不过是信口开河而已，它后来大大跌价，到了四十年代，连国民党军校毕业的普通军官都有中正剑佩在腰间了，不足为奇。接着大概是为了给它恢复名誉，蒋介石又想出了一个新招，给那些心腹亲信和嫡系将领们赠送有手书题名的，借以区别军旅中泛滥贬值的中正剑。

特木尔捡到的这把中正剑虽然是很一般的，但也是很重要的线索，他很高兴，给四班战士们传看。

在外面的哈尔巴拉、刘青山两个，也都是机智多谋的年轻人，这工夫也没有白白站着等待，同样仔细寻找可疑的线索。在塔心柱旁盗挖的洞口附近发现了清晰的美式橡胶靴印。当他们亮着手电进一步检查它的走向时，鞋印却消失在鹅卵石上，怎么也找不见了。

刘青山气得骂骂咧咧。

哈尔巴拉把刘青山拉到一边，悄悄说道：“副连长，下面捡到中正剑，上面发现美式橡胶靴印，我们的分析判断对了，十之八九是那个‘二喇嘛’勾引新来的军统稽查处副处长甄如虎一帮特务杀手干的！”

刘青山笑着小声说：“八九不离十，差不多，可能就是‘二喇嘛’勾引的。正像你说的那样，这和大喇嘛有关系，虽然没有直接关系，也有间接关系，‘小白脸’把这秘密泄露给男妓了，‘二喇嘛’现在是军统稽查处新来的特务杀手的通司——也就是翻译，毛病就出在这里。这一小撮新来的特务杀手，把五佛宝石冠拿进了蒙古军统治区王府市，麻烦了。”

“唉，唉，不入虎穴，焉得虎子。”哈尔巴拉紧贴着刘青山的耳朵低声细语起来。

从此以后，刘青山为了从军统稽查处手里夺回文物，很快潜入了王府市外城十字街头那座碉堡式钢筋水泥大楼，就和新来的部分特务挂上钩了，旧有的大部分特务都不在王府市，正在伊和塔拉大草原上像幽灵一样鬼鬼祟祟活动。这些家伙口口声声叫嚷着修复被掐断的铁路公路大干线，其实干的是破坏古迹、挖掘坟墓、盗窃寺庙的罪恶勾当。他们当中流行着如此这般的口号：“要致富，挖古墓，一夜变成万元户”“要发财，开棺材，金银财宝滚滚来”“草原靠盗，北方靠倒，南方拎着文物往国外跑”“东西南北中，通过陆海空，走私到广东”。原来这里横行霸道的大部分特务杀手敛财捡钱，大把抓金银，成了暴发户，新来乍到的小部分特务杀手眼红嘴馋，不甘落后，动手挖开汗庙白塔盗窃了五佛宝石冠。

针对上述情况，夺回文物的行动方案是哈尔巴拉、刘青山二人共同策划的，也报告了政治指导员邓志刚，认为有成功的把握，理由有五点：第一，军统稽查处新来乍到的甄如虎等特务杀手，人地两生，做梦也想不到独立骑兵团侦察连还存在，更想不到竟敢在王府市附近潜伏活动；第二，国民党嫡系军统稽查处和杂牌蒙古军之间矛盾重重，互相倾轧，不能通风报信，不能投递情报，不能交流经验。与此真正相反，却故意隐瞒封锁消息，因而心中无数，双目失明，是有机可乘的；第三，刘青山是汉族同志，不仅会说普通话，还会说吴、湘、赣、客家等各种方言，假扮成南方文物走私集团头头，更是看不出一点破绽；第四，清末民初，王府市外城大西街确实开设过一家收购古董的商号，老板是姓蒋的浙江奉化人，据说是蒋介石的远房亲戚，以后受不了莫尔根王爷的排挤打击，亏本折利破产，灰溜溜地回去了。蒋某在这里没有亲戚朋友，可以冒名顶替；第五，一九四五年八月，独立骑兵团从日本关东军美津骑兵师团那里缴获东京伪造的十万块假银元，因为不能随军携带，至今藏在腾格里山岩洞中，正好作这笔交易。有此项"巨款"，何愁大事不成。

哈尔巴拉藏身在伊和浩特，审时度势，坐镇指挥。在这期间内，他连续得到了在修城坊工事队、森林采伐队、修铁路公路队机动指挥的邓志刚送来的秘密情报说：军统稽查处的一号头目，绰号"迈德尔喇嘛"的戴励志，领着大部分特务杀手，在各地偷偷摸摸挖坟盗墓，少说也得半个月二十天才能回来。由于兵力分散，新来的甄如虎等家伙们势孤力单，战斗力很差。侦察连应该充分利用这大好时机，突然袭击干掉他们。这样，刘青山单独进王府市外城军统稽查处的碉堡型楼，和新来这里的二号头目甄如虎接触。这个家伙是在武林、陈蔓莉相继被击毙以后，才补缺上任的，什么都不摸底。他也有个绰号叫"面首"，粗黑的眉毛，五官端正，长得很漂亮，穿着国民党军官黄呢子制服，武装带上挂着美式手枪和中正剑，极有风度。他浑身肌肉发达，强壮结实，擅长格打擒拿技术。正式职称是这里的副处长兼行动组长，相当于呜呼哀哉的拳术教官武林。他用审视的眼光盯着刘青山，恶狠狠地盘问起浙江奉化一带风土人情及名胜古迹。

刘青山对答如流，无懈可击，粗野地哈哈大笑道："新来的处长先生多心了，真乃八公山上，草木皆兵是也。我只不过是和您做一笔生意，成交掏银子拿古董，谈不妥就算拉倒，嘴皮也磨不掉一层，怕的是什么？我又没有要参加你们的秘密团体，搞什么谍报活动，大可不必疑神疑鬼，庸人自扰的！"

"害人之心不可有，防人之心不可无，这年头烧香的没有几个，拆庙的可多哪，内有莫尔根王爷的蒙古军，外有共军独立骑兵团，左右夹攻，腹背受敌，不得不留神提防，嘿嘿！"甄如虎既想趁机捞一把发洋财，又怕上当受骗，心里实在是别扭着呢，放软口气说到这里，狞笑了一声，漂亮脸上换了一付凛冽的凶杀相，厉声说道："那么我来提出四个问题，如实回答，要是弄虚作假，欺上瞒下，露出破绽，休怪我甄某人手下无情！"

"愿闻其详。"

"第一，我们军统局驻王府市稽查处是剿匪的，一句话就是对付共军独立骑兵团的，你死我活，誓不两立，不共戴天，这是人所共知的，但是你是怎么摸清我们秘密从事古董买卖的，竟主动找上门来，真是白日见鬼，奇乎怪哉。"

刘青山第二次粗野地哈哈大笑道："新来的处长先生，说句不客气的话，你们这才叫掩耳盗铃，滑稽透了。关于此事，可以说是捅破窗户吹喇叭——名声在外。你们小偷小摸不算数，明目张胆蛮干就多次了。伊和塔拉大草原的牧民早就看在眼里记在心上，编成民歌唱啦，你听听：

龙年的七月天啊，
伊和塔拉的五畜不兴旺；
蒙古军一、二师六个团啊，
征敛苛捐杂税像发狂。

蛇年的七月天啊，
伊和塔拉的五畜不兴旺；
军统稽查处特务队啊，
挖坟盗墓像发狂。

谁人不知，哪个不晓，但是你们蠢得很呐，只顾眼前不管长远。自古说得好：想致富，先修路。做买卖搞生意，恢复铁路公路大干线交通是头等大事，道路畅通了，文物古董才能迅速及时地运出去零售批发推销，有时一点一滴，有时整车整装，神不知鬼不觉，什么证据也不留，谁也查不出来，这是最简单的道理，明白人首先应该想到的。你们却不是这样，恰恰相反，轻重不分，本末倒置，缓急错位，只是拼命地抓呀抓呀抓文物，就像快要淹死的人抓稻草，没有效果，后患无穷。左一堆箱柜右一堆箩筐叠放在那里，原封不动，目标很大。在战争情况下，随时都可能发生危险，这才是舍命不舍财，人为财死，鸟为食亡。如此笨拙暴露行动，还想遮人耳目成正人君子模样，办不到啦，嘿嘿！还有，揭露你们挖坟盗墓的传单《报应》出了十一期啦，说的是报应现象之十一：机毁人亡。你说戴笠局长之死，和这没有关系吗？有，有密切关系。长话短说：民国初年，国民党第六军团十二军军长孙殿英，领兵盗挖清东陵，掠夺金银财宝无数，其中有一把龙泉宝剑，乃乾隆皇帝生前心爱之物，削铁如泥，寒光四射，埋地数百年毫无锈迹，真是稀世之宝。事后东窗事发，孙殿英为躲避灾难，四面八方送礼，文物失散。军统局华北站长马汉三获得此剑，爱不释手，反复把玩欣赏。不久抗日战争爆发，马汉三被日本特务机关逮捕入狱。为了求得活命，马汉三把此剑送给川岛芳子，遂获释放。一九四五年以后，川岛芳子也被捕，龙泉宝剑落入戴笠手中。马汉三大惊，魂不附体，很怕事情败露，不仅处死了川岛芳子，又用定时炸弹暗杀了戴笠。这些事天下皆知，岂能保密，嘿嘿！”

甄如虎语塞，漂亮脸蛋通红尴尬得说不出话来，好长时间不吱声，最后蹦出了一句：“糟糕！”

刘青山暗笑，仍然声色不露，很有礼貌地说：“还问什么？”

甄如虎想要继续盘问的锐气已经消失殆尽，不自然地笑了笑，说道：“刚才你开头说过了，在前一阶段时间内，铁路公路大干线被共军独立骑兵团老八连掐断了，现在交通瘫痪，短期内很难修复，这是事实。但是随之也发生了一个很大的问题，千里迢迢，你是怎么过来的？”

“外行语，外行话。本商号开张多年，驰名内外蒙古，是很有名的旅蒙商，骆驼队的足迹不仅走遍了漠南四十九旗，也曾到过漠北五十七旗，沙漠之舟，四通八达，区区小事，何足道哉，嘿嘿！”

“嘿嘿，原来如此。”甄如虎的漂亮脸上露出信服的表情，点了点头说：“旅蒙商老兄，你这个名字好怪哟，蒋得胜，一点不像浙江奉化的古董贩子，倒像北方的大兵，这是咋搞的啊？”

“看来这是第三个问题了，说到点子上了，新来的处长先生，这话就长了。清末民初，先父在王府市外城开设商号收购古董，屡受蒙古军丘八的欺负，不堪其扰。所谓秀才遇到兵，有理讲不清者是也，何况是老鞑子兵。先父从此给弊人起了如此雅致的名字，也就是立志在兵匪猖獗的蒙古大草原闯牌子，混出个名堂来的意思，嘿嘿！”

甄如虎半信半疑，还是没有完全消除顾虑。俗话说的有钱能使鬼推磨，真乃不假。第二次碰头，交出押金五百块“袁大头”银元以后，就算回答了全部疑难问题，如释重负，再不盘问了，并且撤掉了跟踪盯梢的“尾巴”。

在这期间，邓志刚在王府市的城防工事队、森林采伐队、修铁路公路队潜伏活动，眼观四路耳听八方，形迹不露地给哈尔巴拉、刘青山通风报信：确认是“二喇嘛”给新来的一小撮军统特务杀手拉的皮条。但是开始时并没有向甄如虎打什么小报告，而是被所谓“军中乐园”的最高级妓女贾桂化套走了这鲜为人知的秘密，通过她传到这个甄如虎的耳朵里。说起来惨，“二喇嘛”被大喇嘛玩弄到今，得了这样不光彩的名声，被人轻视嘲笑，自己也觉得这是奇耻大辱。他离开汗庙出来以后给这新来的甄如虎当翻译，摆脱淫棍色鬼达尔罕的纠缠污辱，第一件大事就是找个女人睡觉，向别人炫耀，洗刷净蒙在脸上的灰尘。谁也没有预料到“二喇嘛”竟然如此缺乏自知之明，挑中的对象是贾桂花，第一步就走错了。贾桂花是伪满女子国民高等学校学生，以后又成了交际花，填词吟诗、吹拉弹奏、唱流行歌、跳扭屁股舞，无所不能，名声大噪。王府市外城的蒙古军丘八们，称赞她有“沉鱼落雁之容，闭月羞花之貌”。这样，引来了很多狂蜂浪蝶。但是老鸨子把她当成摇钱树，卖唱不卖身，就是不准她摆房接客。老鸨子的野心大着呢，梦想有朝一日把贾桂花嫁给蒙古军军长莫尔根当姨太太，从而飞黄腾达。因为她深知这小王爷贪恋女色，常常吹嘘“自古名将爱良马，从来美人属英雄”，很容易上钩。为此，她也跟着讲起什么“宁为英雄妾，不作庶人妻”，这几乎变成了口头禅。

这里面出了点差错，贾桂花固然瞅不起低级下流的男妓“二喇嘛”，但是同时也看不上大富大贵的军阀莫尔根。她相中了军统稽查处新来的副处长兼行动组长甄如虎，一心一意要嫁给他，如醉似痴，钟情得很，可能是被他的俊俏漂亮模样迷住了。其实，甄如虎只不过是逢场作戏、玩弄女性而已，哪里想娶她，老是借口没有钱不能把她赎出去。贾桂花是女学生出身，还没有积累更多的社会经验，信以为真，就把从“二喇嘛”那里听来的五佛宝石冠的秘密透露给他，要他盗墓换钱帮助她从良，这样终于促成了毁塔事件。

分散潜伏在这一带的侦察连的领导人员哈尔巴拉、邓志刚、刘青山三个，进一步调查了解，又掌握了十分重要的情报：实际上明明是“二喇嘛”领着这“面首”和另一个绰号“爬山蛇”的特务杀手，把五佛宝石冠盗回王府市外城军统稽查处碉堡型办公楼，严严实实地藏起来了。现在这个甄如虎却一口咬定说：那天晚间怕路上出事，没敢拿回来，就近隐藏在腾格里山鬼谷南口悬崖陡壁上的自然岩洞中了，到那里交钱取货。这里有什么阴谋诡计呢？很快弄清了它的真相：原来，新来这里的一小撮军统特务杀手们，得寸进尺，要用赝品来顶替，以假乱真，进行一次大诈骗。但是随着又产生了两大顾虑：第一是担心刘青山看破他们鱼目混珠的勾当，不敢在照明设备好的城内交易，找了这样黑暗、阴森、恐怖的地方；第二是深感自己势孤力单，害怕蒙古军联合谍报队留守人员发现蛛丝马迹，对他们采取什么报复行动，认为办这事离开王府市越远越好，神不知鬼不觉的。

从此以后，刘青山的任务更加繁重复杂了，要对付新来的甄如虎，还要注意“二喇嘛”，提防他们进一步搞鬼。这一天黄昏,他又看见这男妓到“军中乐园”去了。

这所妓院在王府市外城十字大街后面一条极为偏僻的小胡同深处,有二三十间颇为讲究的很别致的房屋,独家独门独院,各自形成一个小的单元,互不干扰,清洁寂静,环境幽雅,花香鸟语,十分宜人。“二喇嘛”来到东头第三个小院,和贾桂花见了面,先是把厚厚一叠国民党统治区流通券交给她,嬉皮笑脸地说道:“大妹子,这回该答应我了,求求你和我睡一个钟头就行。当然,这点钱不成敬意,叫人笑话,你先零花着,不久的将来要大大地发财哪,那时候再来表示,一定讲信用。今天晚间……”

贾桂花也传染了市井女人那股粗俗劲儿,把这一厚沓子钞票冲“二喇嘛”劈头盖脸撒去。她在这里算是最有姿色的,生气的时候也是楚楚动人,叉着腰站着骂道:“呸,呸,去和你妈睡吧,真是癞蛤蟆想吃天鹅肉,就凭你这点当擦屁股纸用的流通券,想舔也舔不成,滚,快滚!”

“二喇嘛”急于玩女人恢复名誉,顾不上捡撒满地上的钱,索性双膝跪下,连连哀求道:“大妹子,真的,我快要大大地发财了,到时候真的给你很多很多现大洋。”

贾桂花学会了数不清的陈规陋习,阴一阵阳一阵,又好像转怒为喜了,扑哧笑出声来,又啐了一口骂道:“呸,呸,撒谎撩屁,老说大大发财,总不见影,就凭你土头土脑没见过世面的穷酸喇嘛,我不信,吹牛!”

“真的,千真万确,我敢起誓,说假话,天打五雷轰!”

贾桂花就像猫玩老鼠一样捉弄“二喇嘛”,也不叫他起来,任他直挺挺地跪着。她自己跷起了二郎腿,大模大样地抽着烟,不断喷着一个又一个烟圈,审讯犯人一样质问道:“出家人不说假话,如实讲,怎么招财进宝?说!”

“二喇嘛”慌了,光头上渗出黄豆粒大的汗珠,东张西望了一阵,结巴着说:“实不相瞒,我领着军统稽查处甄先生干了好买卖!”

贾桂花被戳到痒处,激灵了一下,又一次扑哧笑出声音来,随即假装糊涂了,问道:“哪位甄先生呀?”

“就是军统局驻王府市稽查处副处长兼行动组长甄如虎先生,最近来这里的,长得很俊很帅很美,漂亮极了,外号‘面首’。嘿嘿!”

“嘻嘻,你领着他干了一桩什么买卖呀?”贾桂花俨然是一个女法官的口气。

“这事,以前对你说过多次,不久之前在某天深夜,我领着他到了汗庙,盗开了埋葬活佛的白塔,嘿嘿,别看甄先生模样俊俏,举止风流,外号‘面首’,他真是勇猛如虎,领头闯进墓穴,找到了那件价值连城的国宝。”

“嘻嘻,什么国宝?”

“五佛宝石冠呐!听别人说,甄如虎处长已经和一个贩卖古董的南方蛮子讲妥了,一万块现大洋,这价钱够瞅的,老板吃肉我喝汤,多少能得点外快,嘿嘿,大妹子开恩,今天晚上咋也得叫我……”

叭!叭!叭!贾桂花跳起来,冷不防接连掮了“二喇嘛”三个嘴巴子,似嗔似笑地把他赶出去,骂道:“姑奶奶卖唱不卖身,等你拿着一百块大银元过来,可以唱一首小曲,那也得看我高兴不高兴,秃驴!”

这个女人轰走“二喇嘛”,刚刚关上小院和外屋两道门,甄如虎从镶着大镜的立柜内站出来，咬牙切齿地说："刚才真想把'二喇嘛'宰了，来个杀人灭口，他口口声声甄如虎处长，这不是出卖我？"

贾桂花不仅不阻止，反而怂恿他行凶杀人，说道："甄如虎处长，刚才你为什么不动手呢？干你们这行的，杀死一个蒙古喇嘛不费吹灰之力呀。留下他是个祸害，到处乱说。最好是你知我知天知地知，别闹得满城风雨，不可收拾。"

甄如虎长叹了一口气，说道："你这个揪人心肝的小妖精哟，只知其一，不知其二，开枪动静太大呀，惊动了整个王府市内外城，人命关天，蒙古军联合谍报队的留守人员就来干涉了，强龙压不过地头蛇，这一带是他们的天下，正好给我们加上一条罪状，把你也抢过去，强迫当随军慰安妇，他们干得出来。"

"用短剑杀！"

"他妈的，倒了血霉，福无双至，祸不单行，中正剑丢了，最好是掉在半路上，千万别掉在汗庙白塔底下墓穴里，留下证据，成了把柄。"甄如虎感到后怕地说。

贾桂花打了一个寒噤，她发愁的时候也很好看，忧郁地说："千万要小心呀，这件事是我从'二喇嘛'那里套到线索以后，叫你干的，虽然没失手，我总觉是凶多吉少，心惊肉跳，夜不成寐，唉，自古道：善有善报，恶有恶报，不是不报，时候未到，时候一到，一定要报。可能是有道理的。唉！"

甄如虎一惊，右手落在腰间美式手枪把上，连忙问道："怎么啦？你听到什么风声？"

"唉，你偷着挖开汗庙白塔底下活佛的墓穴，盗取了无价之宝，认为自己干得很秘密，神不知鬼不觉的，但是没有不透风的墙哟，早晚有一天会东窗事发的。刚才你也说了，蒙古军联合谍报队一定翻脸不认人来抢宝贝帽子，还有可能抢我，人财两空，玩完呀。趁早卖掉得一万块银元，把我赎出去，到北平、天津、南京、上海买房过日子。我在这青楼强颜欢笑，度日如年。老鸨准备把我卖给莫尔根军长。这个老娘们别看她和我一样姓贾，是个吃肉不吐骨头的丑妖精！"

"我知道，就办，就办，今天晚上就和那个脸上有浅白麻子的南方蛮子，就是那个走私集团头头，第三次见面，宝贝帽子很快就能脱手，好价钱，一万块银元，全是袁大头，嘿嘿！"

"越快越好，捞财赎人，跳出火坑，远走高飞。"

蜡烛照不远，这间斗室的光线更加昏暗起来，朦胧一片。贾桂花娉娉婷婷地站起来，那穿大红旗袍的腰身像蛇一样扭动。她轻移脚步走到后面厨房，端来了几碟精致的小菜，两大盘牛羊肉，放在圆形小炕桌上，就是没有酒。甄如虎对此好像早有准备，从包里拿出小瓷瓶高粱烧放到桌上。贾桂花紧靠行动组长宽厚的肩膀，还在上面使劲揉搓，甜蜜地说着悄悄话："嘻嘻，甄如虎处长，痛饮几杯，舒筋活血，更加健康！"

甄如虎不愧是情场老手，精于此道，他挂在嘴头上的一句口头语就是"十个女人九个肯，就怕男人嘴不稳"，又说"十个女人九个浪，就怕男人乱嚷嚷"。他放心地趁势搂住了贾桂花的杨柳细腰，嘿嘿笑着放低声音说道："我喝就是了，不过，英雄、美人相聚，你先干一杯，表示热烈欢迎之意。"

贾桂花略微推辞了一番，终于喝干了那一大杯高粱烧，又是娉娉婷婷地站起来，用日本话唱了一首很长的歌子，哀婉悲凉，如诉如泣，有一种催人泪下的凄苦情调。

"这是什么歌儿，缠绵悱恻，沁人心脾，够味儿！"甄如虎假装出欣赏的样子说，其实他的险恶用心不在这里。

贾桂花看不透这包藏祸心的特务杀手，光是为自己刚才唱的歌曲难受起来，伤感地说："这是金碧辉，也就是川岛芳子作的《蒙古姑娘》，日本人东海林太郎唱它出了名，一举成为歌星。我在满洲国国民女子高等学校读书时学会的，过了好些年了，蹉跎岁月，沦落风尘，人世沧桑，真是不堪回首忆当年啊，唉！"

甄如虎目不转睛地盯着贾桂花，与其说是听她讲话，还不如说是观察她的脸色变化。突然，贾桂花面色惨白，嘴唇发青，有气无力地呻吟着倒下去了，痛苦地垂死挣扎，最后抽搐了几下，终于气绝身亡。甄如虎迫不及待，一个箭步冲上去将她拦腰抱住放到小坑上，连声问道："小姐，您怎么啦？身上哪儿不舒服？"其实这是在试探，是看假死还是真死。紧接着饿虎扑食般压迫上去。

这个外号"面首"的特务杀手为了掩盖罪行，紧接着下工夫伪造了现场。他经常干杀人放火的血腥罪恶勾当，对这方面很有经验，把贾桂花摆弄成被人强奸掐死的模样，旁边扔了一件喇嘛袈裟，直到认为没有任何漏洞可寻，拿了她的金壳手表、金手镯、金戒指、金项链、金耳环等几件贵重的小物品，这才不慌不忙地离去。

军统稽查处碉堡型办公楼位置在王府市外城十字街路口，距离所谓"军中乐园"的妓院并不远，很快就到了。因为绰号"迈德尔喇嘛"的稽查处长戴励志，领着原来大部分特务杀手到别处偷庙挖坟盗墓，这里便显得冷冷清清，好像空无一人。此处是典型的住宿、办公、作战三者兼而用之的碉堡型楼，最早是日本关东军美津骑兵师团本部，墙壁坚厚，全部用英国进口的高标水泥混钢筋建筑，周围都有视界开阔的射击孔，窗口则细小狭窄，粗钢筋栅栏，厚重钢板门，楼顶有瞭望台，并安装旋转式探照灯。近半年来铁路公路大干线被掐断，煤炭运不过来，电厂亮不成，到处一片黑暗，和墓穴差不多。看守传达室的小特务见了甄如虎，抖擞起精神来喊道："报告处座，南方古董商蒋得胜，正在会客室等候您。"

甄如虎听了这话，立刻紧张起来，连忙问道："那个南方古董商人蒋得胜和'二喇嘛'见面了？"

"报告处座，没有见面，互相都没有打听，看样子互不相识。"

"好，好。"甄如虎知道南方古董商没有见到"二喇嘛"，心里就舒服多了，很快上楼和蒋得胜第三次见面，交头接耳窃窃私语起来，低声商量了很长时间。

刘青山看穿了甄如虎是表面镇定，内心恐慌，暗暗发笑，说道："好的，'面首'处长先生你急着要到外面办事，去吧，回头再约定时间、地点见。"

"嘿嘿，来而不往非礼也，以后就叫你'浅白麻子'，回头再约定时间、地点见，我是讲信用够朋友的，请放心！"甄如虎假装出哥们义气十足的样子，豪爽地说。

刘青山颇有礼貌地点点头，戴上礼帽告辞走了。

甄如虎盯住刘青山走出碉堡楼公馆以后，这才从偏僻的小房内找到"二喇嘛"，笑嘻嘻地说："老兄，你比我更清楚，蒙古军军长莫尔根手下的弟兄，差不多都是虔诚的喇嘛教信徒。你引路领着我们盗挖了汗庙一世活佛的坟墓，这可是大逆不道、伤天害理的事，叫他们发现了，一定来报复，缠上棉花绑进油缸里点天灯。不用说你发财，连小命都搭上。唉，别的都可以想得开，就是你白白活了二十大几，连女人那玩意都没有摸着，黄泉之下，死不瞑目，唉！"

"二喇嘛"的心被刺痛了,哭笑不得,满面愁容,开始发呆。

"所以,将来咋着吉凶未卜。作为一个共同冒过险的朋友,早就替你着想了,去!去'军中乐园'找摩登女郎贾桂花小姐,痛痛快快玩一夜,宁教花下死,做鬼也风流,出家人,你闻着腥臊味儿就醉了,此事妙不可言,没法形容!"

"唉,唉,'面首'先生呀,这事连想都不敢想哟,贾小姐开口出价太高,高得吓死人,给一百块银元只能唱一首小曲,唉,唉!"

"嘿嘿,看你这个窝囊废物样,快要愁白了头发,想不出点滴法子来,真是人穷志短、马瘦毛长。去,把这金壳坤表、金手镯、金戒指、金项链、金耳环送给她,别说是陪人睡觉的破烂妓女,就是王府的富贵、神圣、纯洁的福晋格格,也可能让玩一回,嘿嘿!"

"二喇嘛"是既贱又笨的货色,当然是看不透居心叵测的甄如虎,把金装饰品放进衣兜,觉得嫖上贾桂花很有把握,乐得骨头都发酥了,美滋滋地跟着走,到了"军中乐园"附近小树林,一个劲儿点头哈腰说:"新来的处长先生,您真是好人哪,我们交朋友时间并不长,就白白送给我这……"

说时迟,那时快,这个"面首"见左右无人,吹声尖锐的口哨,突然上去掐住了"二喇嘛"的脖子,把早就准备好的绳索套好,将他吊到一棵歪斜的大树上……

第二十六回　多层包围军统特务被擒
滥服药品二等喇嘛身亡

甄如虎行凶连杀了两个人以后，不敢怠慢，当天深夜就领着留守军统稽查处碉堡楼公馆的新来的一小部分特务杀手上路了。走出王府市外城土墙北门，急急忙忙直奔八百里腾格里山方向而去。急走一个多小时，快接近目的地了，映着微弱的月亮和星光，可以隐约看得见黑黢黢的鬼谷南口。他们做贼心虚，很怕在王府市内潜伏的蒙古军联合谍报队发现，绕过了巴嘎浩特、伊和浩特、汗庙，从王陵、敖包山右侧抄近往前赶。就是这样鬼鬼祟祟行动，也没有瞒过感觉灵敏的牧羊犬，猛烈地吠叫起来。走在前头的甄如虎紧张得出了一身冷汗，他知道这种牧羊犬是藏獒种，个头足有二岁小牛高大，迅速敏捷，都来不及动刀枪，扑上来咬住要命部位不放，更何况它们后面有成群结队的各种狗呢。他的手习惯地伸向腰间，握住了宽皮带上美式手枪把，但是他又想到：深更半夜干这种偷偷摸摸的勾当，开枪射击是愚蠢的，会招来杂牌蒙古军联合谍报队潜伏的留守人员，最好是用冷武器。在那天晚上盗挖汗庙白塔底下的墓穴，一时粗心大意，不知把中正剑丢在哪儿了？想到这里，气不打从一处来，他对紧跟在后面的一个小特务低声吆喝：“给我中正剑！”

“是，处座！”这个小特务杀手立即抽出中正剑恭恭敬敬地递给顶头上司甄如虎。

新来的副处长黑暗中皱起了眉头，紧接着又恶声恶气吆喝道：“把剑鞘也解下来给我！”

“嗯？”这个小特务杀手吃了一惊，犹豫了一阵子，猜不透是怎么回事，却又不敢不给，顺从地解下剑鞘，又递给甄如虎。

甄如虎这回挎枪佩剑，做好了刺杀准备。但是出乎意料的是杂牌蒙古军留守王府市的人员，还有什么联合谍报队的特务杀手，一个也没有过来，可能是势孤力单不敢出城。藏獒所引起的众多狗吠叫声，也逐渐平息下来。他心有余悸，前面疾走领路，不断东张西望，这一小部分新来的喽啰在后面形成散兵线紧跟，终于在约定时间接近了约定地点。不早也不晚就在此刻，悬崖绝壁底下深草丛中，有一只红布蒙的手电突然亮起来，是化名蒋得胜的刘青山和这些家伙第四次见面的暗号。甄如虎满心欢喜，觉得这个走私集团头头就要上圈套了，急忙赶到那里。他的眼睛可不闲着，在黑暗中滴溜溜转动，警惕地审视着周围的环境，表面上却装出大咧咧的样子，哈哈笑道：“常言说得好，交朋友要交诚实的人，浅白麻子老兄讲信用，没有变卦，够意思，兄弟领情。”

刘青山也假装出老于世故、阅历丰富的走私贩子的样子，大摇其头，冷笑道：“新来的处长先生，你不用给我戴高帽子，捡着好听地捧着唠，兄弟才不听这些空话，做买卖搞生意，主要是看货色！”

甄如虎一惊，不吱声了。

俗话说“八百里腾格里山有三张吃人大嘴：鬼谷、魔峡、妖怪漩涡，同样都能要命”，这是不假。这一带经过多次造山和地壳升降运动，形成了大裂沟的主叉，周围都是断层山区，险峻陡峭，悬崖耸立，岩洞密布。隐藏五佛宝石冠的那条石窟，更是可怕之极，在一堵万仞绝壁的半腰，上载危岩，下临深谷，白天上去都使人头昏目眩，何况这是在漆黑的深夜。这些特务杀手们都心惊肉跳，互相观望着没有一个敢爬的。刚才交出中正剑的那个小特务杀手胆怯地叨咕：“奇怪，奇怪，真奇怪，口口声声说是价值连城的国宝，怎么没拿进铜墙铁壁一样牢固的王府市外城碉堡楼，却放到这偏僻边远的地方，丢了咋办？叫人难以捉摸，什么意思？”

甄如虎对手下喽啰嗤之以鼻，恶狠狠地训斥着：“白痴，这有啥不明白的，那天晚间怕路上出事，没敢拿回王府市，就近藏到这里了，出人意料才最保险，蠢驴，你跟着‘爬山蛇’上去！”

“爬山蛇”是另一个小头目的名字，他立刻行动了，领着这个交出中正剑的家伙往上攀登，手抓岩角，脚蹬石缝，吭哧着一点一点移动。刚爬上十多丈高，后面的小特务立足点是风化的石头缝隙，突然塌掉很大一块，这个家伙两脚蹬空，双手松开，只来得及惨叫一声，头重脚轻掉下去了，碎石滚落，草茎折断，响成一片，很快又恢复了那种永恒的寂静。

甄如虎领着别的特务杀手们，急急忙忙赶到现场，七手八脚抢救，也没有弄活。草草埋葬完毕，他似乎很伤心地痛哭流涕了一阵，接着又在下面指手画脚喊道：“‘爬山蛇’，好兄弟，快到那条岩洞了，胆子要大，心眼要细，发挥本事，施展技术，露两手让我们大开眼界。前几天，你不就是这样上去了，现在是第二次，嘿嘿！”

“唉，唉，大老板发财，小伙计卖命！”那个绰号叫“爬山蛇”的亲信小头目，在左上方发牢骚。

刘青山也发火道：“处长大人呀，你自己不上去，瘸子打围——坐着喊，倒是很保险呢，但是古董损坏了，交易不成，别说我不仁不义，懂不懂？”

“‘浅白麻子’老兄，你少操这份心。注意的倒是你自己——”甄如虎的眼睛在黑暗中滴溜溜转动，继续警惕地审视着周围环境，说到这里他突然一个动作，抽出寒光闪烁的中正剑，对准刘青山的咽喉。在他附近前拥后护的特务杀手们，也都怕打枪暴露目标，抽出各自的短刀、匕首、中正剑，逼迫过来。

“嘀，嘀，文的还没有正式开张，武的抢先动手了，这是咋回事呀？”刘青山沉着冷静，没有一点惊慌失措的样子。

“装什么孙子！”这个甄如虎粗野地叫骂。他拉扯下了斯文的画皮，又露出凛冽的凶杀相，指着周围随风摆动的深草低声吆喝：“这里有埋伏，我不仅闻到了气味，还看见了影子！”

“宰了你！”靠近的一个特务杀手闻言恍然大悟，不由得怒从心上起，恶向胆边生，挥起了芬兰刀，在空中转成弧形，就要刺过来。

在这关键时刻，侦察连的一个侦察兵，从腰深的草丛中迈开箭步冲出来，行动像闪电一样快，转瞬之间到了跟前，右拳猛击这个特务杀手举起来的胳膊的肘部，咣啷一声，那把芬兰刀掉在一块卧牛大石上，在黑暗中迸发出火星。侦察兵端起驳壳枪一声断喝：“谁也不准动！”

甄如虎在最前面，首当其部被逼住了。他伺机反扑，但是因为来不及拔枪，不敢冒险硬拼，便装出满不在乎的样子，大笑道：“误会，误会，全是误会，我们双方疑神疑鬼，神经过敏，弄假成真啦，两家把手中的家伙都收起来，别撕破脸皮，和为贵，忍为高，还是买卖要紧，生意第一，嘿嘿！”

"把枪收回去!"刘青山制止了那个化装成文物贩子的侦察兵,也大笑起来,说道:"打是亲骂是爱,不打不成交嘛,黑灯瞎火的,这是没有办法的事。你们办事太绝,他妈的岂有此理,固若金汤的王府市碉堡楼不放东西,偏藏在死亡沟、绝命崖、断魂洞。说是一手交钱一手拿货,我不得不怀疑。再说,带着一万块袁大头,爬高山钻深谷,我一个人行吗?必须有个保镖的。同时,和你们这些玩命的军统字号特务杀手们打交道,不得不做两手准备呀,是不是?"

"给你说过一百零八遍,那天晚上怕半路挨抢,没敢拿回去。王府市内外城有蒙古军的留守丘八,还有他们联合谍报队特工暗中活动,防人之心不可无呀,犯什么疑?"甄如虎也装出不介意的样子解释着,但是他最关心的就是钱,立即又问道:"银元带来了没有?"

这个侦察连副连长也很随便地回答:"两手空空如也,你能把那顶从墓穴里挖出来的宝贝帽子交给我吗?恐怕连摸都不让摸。瞅,藏得多么严实。"

甄如虎听到白花花的银元要到手,就好像注射了一剂吗啡,眼睛在黑暗中发亮了,虽然极力掩饰,也流露出特别兴奋的声调,向攀登悬崖绝壁的那个特务杀手头目大声喊话:"'爬山蛇',加油,就在你头顶上那条岩洞里,使把劲就到了。"

被称为"爬山蛇"的那个特务杀手头目是国民党山岳部队教官出身,受过专门训练,往上爬的工夫确实不赖,可以说比刚才那个摔死鬼强多了,把他安排到这里是为了在八百里腾格里山活动方便。他经验丰富,有好几次转危而安,从跌落下去的险境中挣扎出来,哧溜哧溜就上去一大截。现在听了顶头上司的夸奖,更来了精神,为了在下面打手电的众多的特务杀手面前大出风头,突然翻了一个跟斗。在别人一片惊叫声中,施展出蝙蝠倒挂的架势,朝着甄如虎打哈哈:"处长大人呀,放心吧,我要是损坏了那顶帽子,提着头下来见你。牛皮不是吹的,泰山不是垒的!"

"呱呱叫,稽查处新来的英雄好汉,人人夸奖,个个佩服。"甄如虎不仅为"爬山蛇"灌迷魂汤,同时也在刘青山面前炫耀。

话虽然这样说,深更半夜在漆黑的鬼谷里攀登悬崖绝壁,真是玩命的事。大约又过了半个小时,好不容易才接近那条岩洞。"爬山蛇"把挂在脖子上的方形手电的光线对准正前方,隐约看得见洞口尘土上自己踏的美式橡胶靴印,那是前些日子做手脚时留下的。他突然发火了,怒不可遏,气不打从一处来。离开层层设防的王府市外城碉堡楼公馆,鬼鬼祟祟跑到这里来,这是遮人耳目呀,要欺骗走私集团头头"浅白麻子"。岩洞里明明没有真正的五佛宝石冠,偏偏叫他两次冒着生命危险,这又是甄如虎的狠毒之处,保密局杀手的心太黑呀。但是说老实话,他确实比自己强,可以说强十倍甚至百倍。最叫人眼红的是搞女人,甄如虎连外城"军中乐园"的摩登女郎贾桂花小姐都搞到手了,啧,啧,真是艳福齐天,红鸾星照命呀。啊哟,他想着这些一走神,脚底下滑溜,差点倒栽葱摔下去。他心里蹦蹦跳跳着,再不敢胡思乱想了,小心翼翼地行动,紧紧抓住洞口岩石棱角,先试试牢不牢,接着两脚蹬缝,把脑袋伸进洞里去,然后又抓住稍远的岩石棱角,一点一点磨蹭着往里钻,简直比蜗牛还慢。天呐,这是什么东西?他还没有反应过来,一股冰凉的冷东西突然缠绕在左手腕上,越来越紧,深深陷进肉里去,血液不再流通,整条胳膊麻木了。这可是要害部位,单手力量就差多了,抓不住握不紧岩石棱角,摔下去比刚才同伙更惨,粉身碎骨,连囫囵尸首也剩不下,要知道高度几乎增加了一倍多呀。他想到这里汗流浃背,就要失去控制自己的能力了,在黑暗中使劲瞪大眼睛才看清,这原来是一条蛇,是真正的名副其实的爬山蛇。还好,头部是椭圆形的,不是毒蛇。他惊恐之余气极了,左手腕用尽平生之力在岩石棱角上反复摩擦,硬是把这条蛇挤压死了。他这才松了一口气,整个身子钻进洞口去,稍稍休息片刻,猫着腰往岩洞深处走去。在这堆积着兔子毛、麻雀翎的石窟中,只是惊飞了一只老鹰,再没有遇到任何麻烦就走到了头,从一条向左倾斜的裂缝内,毫不费力地找到了那个装着假五佛宝石冠的精致楠木帽盒。想着他们设下的圈套,又不禁转怒为喜哑然失笑了。他是金银首饰店少当家出身,精于制造各种各样工艺品,偷来王府市外城戏园道具,差不多用了七天七夜的时间,着实加工了一番,仿制成这顶假的五佛宝石冠,准备要诈骗刘青山。

"爬山蛇"顾不上往下想更多的事,接着假戏真做,用事先准备好的结实的帆布层层包好,再掏出细麻绳捆扎停当,右手提着又回到洞口,朝下面喊道:"处长大人呀,注意啦,货物拿到了,这就放下去!"

这话果然效果非凡,下面立刻又射来了几道手电光,交叉起来直照岩洞。甄如虎连连吆喝着,空谷传声,在周围石壁中响着一片回音:"喂,'爬山蛇',包好、捆紧、抓牢,慢点往下放,千万别碰坏了,一万块响当当的袁大头呀!"

"没事,放下去了,接着!"

甄如虎装得很像,如同承受玉皇大帝赏赐的宝物一样,哆哆嗦嗦地接到手里,在众多的特务杀手的拥护中,走到了刘青山和那个侦察兵跟前,夸张地竖起大拇指,挺起胸脯说:"这就是国宝,稀有珍品,五佛宝石冠。我们现在成交,童叟不欺,言无二价,一万块现大洋。右手掏钱,左手拿货。告诉你俩,今天我带了四大金刚、八大愣——十二个杀手,刚才虽然摔死了一个,还有十一个,足够对付你俩,假如出了事,我当场大开杀戒!"

"好说,好说。"刘青山颇为慷慨大方,一万块现大洋对他来讲好像是微不足道的小数字。他接着蹲下来,打开精致的楠木帽盒仔细观察。他事先得到邓志刚的情报,立即看出很多毛病,但是没有吱声,点点头假装表示很欣赏。不过他没有太随便,过于马马虎虎容易使对方产生疑虑,于是他又有点不放心地把双手伸向楠木帽盒,想把五佛宝石冠取出来掂量掂量。

甄如虎俊俏的脸在黑暗中歪扭起来,慌忙制止,哆嗦着声音说:"别动,别动,聪明人莫办蠢事。"

"咋着?"刘青山对甄如虎的把戏看得清清楚楚,但是又装出不太明白的糊涂样子发作道。

甄如虎的声音变得更低,几乎被齐腰深的草丛中蚊子、瞎蠓、小咬的哼哼声淹没了,说道:"明人面前不说暗话,这是从汗庙活佛墓穴中偷着挖出来的国宝五佛宝石冠,金条金线上镶嵌着珍珠、猫眼石、钻石、翡翠、玛瑙,弄断了一根,碰掉了一颗,上哪儿找去,损失惨重呀,千万不能拿出来,你连帽盒端,也能掂量出它有多重。"

"言之有理,言之有理。老马打前失,谁都有欠考虑的时候,惭愧!"刘青山这回装出难为情的样子,不好意思地笑了,拍拍甄如虎宽厚的肩膀,说道:"我以前总认为你只不过是个风流倜傥的'面首',现在看来不对了,有勇有谋,是一位满腹韬略的高级特工,并且生财有道,了不得呀,佩服,崇拜,五体投地,奉若神明,哈哈!"

甄如虎虽然戴了丈八高的帽子,却笑不起来,看着夜光表,距离天亮时间越来越近,他心里发虚,觉得火烧火燎地,终于发作道:"废话,掏钱,拿货,走道!"

"对,对,像个男子汉大丈夫,君子一言快马一鞭,痛快淋漓,兄弟也喜欢这样办事,看不惯老娘们气十足，扭扭捏捏的。事不宜迟，这就拿钱来！”刘青山粗野地叫嚷着。

那个侦察兵奉令消失在黎明前的黑暗中，很快就牵来一峰骆驼，到了附近连着吆喝了几声，使它乖乖地四膝下跪，从双峰间卸下了两只不大不小的结实的牛皮箱。

“就这，每箱五十摞，每摞一百块。当面银子对面钱，快点清，收钱付货，然后分道扬镳。嘿嘿，当然，你们人多势众，现在又掌握了行动的最佳时间和地点，要是抢劫这一万块银元，我俩是抵抗不了，就算白白送给你，同时，五佛宝石冠也不要了，钱物皆空！”刘青山满不在乎地说。

甄如虎也是眼疾手快，这工夫把两个结实的牛皮箱都打开了，先数了摞，接着从上层和下层各抽查两摞，又数了两遍，这才检验银元的色泽，笑着美滋滋地说：“好，好，不要胡思乱想瞎猜疑，付钱拿货，可以端着、捧着、拎着国宝自行方便了，没人拦你。”

“那么，我们告辞了，新来的副处长呀，后会有期。”刘青山手脚利落，又用结实的帆布、粗麻绳把帽盒包捆紧背上了。

“好，好，‘浅白麻子’老兄，耗子拉木掀——大头在后边哪，我们保密局稽查处戴处长很快就回来，那时候接洽再谈一笔生意，慢走。”甄如虎口是心非，嘴头上说慢，其实比谁都着急，来不及等待小头目“爬山蛇”从悬崖绝壁上一点一点下来，就匆匆忙忙赶路往回走。东南方呈现出鱼肚皮白色，天快要大亮了。甄如虎和他手下的特务杀手刚刚走到鬼谷南口，“爬山蛇”也赶到了，气喘吁吁地问：“处长大人，现大洋拿到了？”

“嗯，这不是。”甄如虎洋洋得意，指着前面两个特务杀手背上沉甸甸的牛皮箱说。

“不缺数？”

“足足一万块。”

“成色怎么样？”

“雪花一样白，不错。”甄如虎从美式夹克兜里掏出两块银元样品交给了他，显得神气昂扬。

“爬山蛇”是金银首饰店少当家出身，就是他偷来王府市外城戏园道具加工仿制成假的五佛宝石冠的，在这方面是行家里手，晨曦中亮着手电反复检验了几回，大为吃惊，失声叫苦：“不好，不好，假的，假的，这是日本东京精制的伪劣银元，上当了，受骗了！”

甄如虎的俊俏脸又一次歪扭起来，抽出美式手枪怒气冲冲地叫嚷：“追！”

“胆敢在太岁头上动土，可杀不可留！”“爬山蛇”呐喊助威。

甄如虎舍命不舍财，急忙阻止道：“别杀，抓住当人质，绑肉票，拿来真的一万块银元赎人。”

这工夫，刘青山转了两三道深沟以后，在一棵歪脖子小老树旁把那峰骆驼放开打跑了。他俩就直接爬上了一座小山头，往下观察着鬼谷盆地中的情况。映着通红的朝霞，侦察兵面显喜色，兴奋地说：“刘青山副连长，大功告成，哈尔巴拉连长带着老八连队伍过来了，这一小撮新来的特务杀手，已经成了围场里的狼，跑不掉啦，嘿嘿！”

“新来的甄如虎糊涂了，变成大傻瓜。他其实虽然没有得利，也没有赔本呀，夹着尾巴溜走不就得了，追我们干啥呢，自投罗网！”

他们二人开心地说笑之间，哈尔巴拉指挥正在准备第二次暴动的侦察连连部和第一排队伍，分散埋伏在附近鸡爪子沟的各个角落，就等着动手，两面都挥着小红旗互相通报：已经做好了战斗准备，包围圈也基本形成。不早不晚，上当受骗的甄如虎等人声嘶力竭地叫嚷着过来了，顺着骆驼蹄印到了很近的地方。刘青山为了继续迷惑已经进入伏击地带的军统稽查处特务杀手，不叫他们中途逃跑，故意踢落了几块卵石，假装出被发现惊慌失措的样子，回头往侦察连隐蔽的地方跑去。

甄如虎为首的新来特务杀手听到动静，接着远远看见了他们二人，喜出望外，形成了散兵线，从左右两侧包抄过来。甄如虎恐怕捞不到那一万块银元，气急败坏地喊话：“弟兄们，捉活的，当人质，绑肉票，千万不要打死，打死就麻烦了，要不回袁大头。”

这时候，身经百战的侦察连经验丰富，为了保密不暴露目标，一枪都不打，早就疏散开队形严实封锁包围住了鬼谷南口。

军统稽查处特务杀手们突然发现了那么多的人，吓呆了，一步也不敢走动，就地爬下来窥视着逃跑的方向。

甄如虎自欺欺人地给手下喽啰们打气：“弟兄们，不要怕，这些家伙穿着杂色服装，肯定不是蒙古军留守人员。光诈唬不敢打枪，证实子弹不多，说明也不是联合谍报队员。我敢保证，是当地的土匪或者是散兵游勇，是乌合之众，没有什么战斗力，不堪一击，放心大胆地冲出去！”

侦察连的包围圈越来越缩小，间或打来冷枪，好像是安装削音器的小口径步枪打的，几乎听不到什么动静，但是威力很大，简直是百发百中，弹无虚发，显然是有几个很高明的狙击手正在瞄准射击，转眼之间有四个特务杀手被击毙，全是打中了头部。新来的军统稽查处不到十名特务杀手们抬不起头来，东一堆西一群爬在那里纹丝不敢动，更不用说往中心地带靠拢了。等到甄如虎明白情况危急时，已经为时太晚，只好瞪大眼睛看着被穿插分割，个个消灭，谁也顾不了谁，这就要完了。

刘青山又恢复了以前多年侦察兵养成的老习惯，一边仔细瞄准着射击，差不多每发必中，又有几个特务杀手相继毙命。

哈尔巴拉就不同，如五雷轰顶般喊话：“我们是中国共产党领导的独立骑兵团侦察连，人称老八连，把你们包围了，滴水不漏，插翅难飞。甄如虎，你这个双手沾满人民鲜血的军统特务杀手，赔了夫人又折兵，末日到了。”

刘青山也大声嘲笑道：“‘面首’甄如虎，机关算尽太聪明，反误了卿卿生命，你万万没有想到我们会在这里埋伏吧，人财两空，陷入重围，完了，彻底完了。”

甄如虎吓得魂不附体，俊俏脸惨白，便和心腹亲信“爬山蛇”悄悄商量了几句，丢下正在苦战的几个喽啰，偷着从一个不被人发现的阴暗角落里往外逃。开始时还顺利，好像没人发现。这个副处长暗自庆幸就要脱离死亡之地，在头里拼命窜，不到一里远，就被在外围担任监视的一排长特木尔看见了。他已经练成了好枪法，是比较优秀的狙击手之一，端起来安装着瞄准镜、削音器的小口径步枪，仔细照量着打了一枪，听见“爬山蛇”惨叫了一声，往前一拱来了个嘴啃土倒在地上。甄如虎好像受惊的兔子一样窜进死角里，没法再打了。特木尔停止了射击，吆喝道：“军统稽查处副处长甄如虎漏网了，目标正南方，一排跟我来。”

甄如虎鬼得很哩，早就发现后面有不少人紧紧追上来。他虽然成了光棍一条，但是也没有慌不择路盲目乱跑，直接向东南方又一棵歪脖榆树奔去。那孤树距离鬼谷南口很近。他精神紧张，顾不上仔细观察，到了附近才看清楚了，又是大吃了一惊，脑袋轰轰响，差点瘫痪在地上。情况不好，鬼谷南口也有埋伏，万事休矣。他还没来得及从痛苦中清醒过来，前面突然传来了惊心动魄的喊话声：“新来的挖坟盗墓的特务杀手，你们不是常说：要发财，开棺材，金银财宝滚滚来。

恶有恶报，这回你被包围得严严实实的，跑不出去了，把枪扔掉，举起手拍着巴掌过来！”

甄如虎穷途末路，发着抖举枪射击着。

正在这时候，后面追兵赶到也喊话：“甄如虎处长，你们常说：草原要盗，北方要倒，南方要拎着文物往国外跑。又说：东西南北中，通过海陆空，偷运到广东。这回你们的走私经不灵了，快扔出枪举起手拍着巴掌过来，快！”

甄如虎很有自知之明，完全可以想象到被俘以后会有什么样下场，他顽固地拒绝放下武器，还是举枪射击着。但是更可怕的是，那把美式手枪突然不响了，他这才发现全部子弹已经打光，浑身上下登时渗出密密麻麻的黄豆粒大的汗珠，一时不知道如何是好。但是他毕竟是个受过专门训练的特务杀手头目，愣了一会儿，计上心来，把美式夹克扔在深草丛中一块大石头上，施了个金蝉脱壳之计，悄悄溜掉了。也就是爬出几十米远，哈尔巴拉连长拦住了去路。这个满脸连鬓大胡子的彪形大汉巧妙的隐蔽着瞒过了他，现在站起来冷笑了一声，晴天霹雳般大喝道：“你的四大金刚八大楞——十二个特务杀手，全部被消灭，你身上带的子弹一颗也没剩，上天无路，入地无门，还跑什么？跑断了腿也逃不出去！”

甄如虎的脑袋又一次嗡嗡响，暗暗叫苦，完了，完了，全完了。他看过军统稽查处档案中照片，对面站的不是别人，正是伊和塔拉大草原上最著名的武术家、摔跤手、搏克哈尔巴拉，技术超群，膂力过人，连保密局本部武术教官武林都没有打过他，反而被害，自己无论如何也不是他的对手呀，咋办呢？万万不能束手被擒，拼搏一场，杀出一条血路。正当他蠢蠢欲动的时候，更可怕的灾难砸在自己头上，他看见早就死去的“二喇嘛”幽灵般出现在哈尔巴拉身后。旁边还有一个卫兵脖子上挂着双手捧着什么。莫非自己眼花了？他定睛仔细再看，果然不错，这个卫兵确实无疑是脖子上挂着双手端着真正的五佛宝石冠帽盒。“二喇嘛”咋没死？是谁把他救活了？叫他向共军独立骑兵团侦察连泄露了全部秘密？趁稽查处碉堡楼公馆空虚之际，抢出来了。啊呀，福无双至，祸不单行，死期到了。恐慌之中，他忽然想到“兵必置于死地而后生”这句话，只要把对面的哈尔巴拉打倒，把武器弹药夺过来，再接着从跟前的卫兵那里抢回真正的五佛宝石冠，就能绝处逢生安全逃走。侦察连怕伤了这件国宝，很有可能不敢开枪，这是一条求生之路呀！想到这里，甄如虎俊俏的脸上又出现了凛冽的凶杀相，突然抽出那把寒光闪闪的中正剑，恶狠狠地向哈尔巴拉扑来，嘶哑着嗓门怪叫着：“杀！”

哈尔巴拉是格打擒拿专家，忙者不会，会者不忙，一点没有紧张，连蒙古袍宽腰带上斜插的两把二十响驳壳枪也没有抽出来，冷笑道：“嘿嘿，真不愧是国民党嫡系部队呀，有的是中正剑，丢了一把补充一把。好，别看你拿着纯钢的家伙，我赤手空拳敢和你斗。”

甄如虎见对方手中没有武器，心中暗喜，有恃无恐，便向他心脏部位刺来。

哈尔巴拉本事强，技术高，名不虚传，果然厉害。只见他极为熟练地右脚向后前方上步闪身，同时左手抓住甄如虎手腕往上推，随即右拳猛击他头部，揍得这个特务杀手的眼球冒出来，血流满面，惨叫了一声，摇摇欲坠，别说还手，连招架都不能了。这时候，哈尔巴拉展开了第二次攻击，右脚上步，置于对方右侧，右手从腋下穿过，扳住他的手腕向右下方狠狠拧，腹部紧紧顶住他的右臀部，上体前倾，压迫他后仰，左手抓住他持剑的手，拇指顶住剑平面一扭夺过来，叼在嘴上，紧接着施展他那超人的膂力，把甄如虎重重地摔倒在地，迅速骑在他身上，将其五花大捆绑起来。

这一切进行得如此顺利，干净、有力、迅速、敏捷、凶狠，靠边站着哆嗦的“二喇嘛”看得眼花缭乱，连连叫唤着，是惊讶？还是赞叹？就不大清楚了。

刘青山带领侦察连连部和一排押着剩下的几个侥幸活命的特务杀手火速赶到了。这个副连长，走在队伍行列中悄悄观察。后面跟着很多牧民和喇嘛，其中还有达尔罕。军民们看见哈尔巴拉生擒活捉了军统稽查处副处长兼行动组长，皆大欢喜，团团围住，你一言我一语地说笑，开心极了。

刘青山接着到了甄如虎跟前，粗野地叫嚷着嘲笑道：“‘面首’先生失败了，魔高一尺，道高一丈，如此而已，岂有他哉。你带着新来的一小撮特务杀手倾巢出动，碉堡楼公馆空空如也，我们老八连乘虚而入，把真正的五佛宝石冠抢出来，哈哈，你这是搬起石头砸自己的脚呀。我们早就得到了有关情报：藏在岩洞里的是唱戏用的假五佛宝石冠，为了加重分量欺骗我们，楠木帽盒里放着铅条，哼，笨狗，夹住尾巴跑不就逃命了，何必又追赶我们呢，这才叫伸着脖子钻圈套，全被逮住了，一网打尽！”

哈尔巴拉连长也说：“嘿嘿，耳听为虚，眼见为实，来，当场检验真假五佛宝石冠。”

听了这话，军民们聚拢过来，团团围住看。假的自不必说，货怕比货，光天化日之下马上暴露了原形，显得拙劣、丑陋、粗糙。真的虽然也像绘画或戏台上唐僧的头冠，但是质量就不一样了，金碧辉煌，光彩夺目。圆形的冠座上有五尊黄金佛像，再加上别处金条金线，仅仅黄金就用了二十多斤，充分说明这不是为了戴在头顶上的，而是摆设在那里供人崇拜欣赏的。周围镶有一百零八颗红、绿、黄、蓝、白、紫等色泽各异的翡翠、玛瑙、珊瑚、松石、水晶，所以有五佛宝石冠之称。其中最使人惊异的有两处：其一是正中嵌一颗椭圆的猫眼石，好像清新皎洁的明月，周围是很多珍珠，形成众星捧月之势，真可谓巧夺天工。猫眼石多产于斯里兰卡，是珠宝中稀有而名贵的品种之一，在太阳照耀下，猫眼石内部无数极为细小的纤维状结构，能反射出一条聚集的耀眼活光，形态与猫的眼睛酷似，故得此名。尤其是随着光的强弱变化，猫眼石的光线也会变粗或变细；其二是有一只金制展翅雄鹰，两个眼睛是绿色钻石，它傲立于一个半球面上部，俯瞰着半球面下部猛虎，猛虎的眼睛正相反，是红色钻石嵌成的。只要稍微摇晃，鹰虎都显出互不相让怒目而视的姿态。总之此冠集珍宝之大全，做工十分精细，浮雕技艺高超，造型逼真，堪称装饰艺术中的瑰宝，军民们人人称赞，个个惊叹。

哈尔巴拉连长自从活佛坟墓被盗以来，多方面了解，已经打听清楚了五佛宝石冠的来历，介绍道：“莫尔根王爷的远祖最先投降了清太祖努尔哈赤，甚得这位满洲皇帝的欢心，把自己弟弟庄亲王未满十五岁的女儿下嫁给他为‘福晋’，使他得到了‘和硕亲王’的爵位。蒙古王爷和满洲‘格格’生的儿子名叫厚楚泰，强壮结实，力大无穷，武艺超群，南征北战立下了汗马功劳。其中最著名的是消灭闯王李自成残部之战。这个农民起义领袖连续失败撤退到湖北省通山县时，侦察过九宫山地形，试图仿效商洛再起。但是发现这里虽然排空叠嶂，鸟道横盘，地势险要，易守难攻，可惜人烟稀少，兵源难筹，遂罢念下了山。正当他的队伍在李家铺饮马时，没有防备清军阿济格部从山阴处捷足先登，副将就是蒙古王爷厚楚泰。他身先士卒，带头冲锋，直捣中坚，攻入老营。是役，大顺军主力被歼，李自成本人逃至小月山遇害。从此以后，清朝孝庄皇太后和顺治皇帝对蒙古王爷厚楚泰深为赏识，另眼看待，成了最受信任的皇亲国戚，被加封为伊和巴特尔亲王。并且为了表彰奖励那位满洲格格教子有方，赏赐了这顶五佛宝石冠。又过了一段时间，根据清廷制定的'修建一座庙，胜养十万兵'的怀柔政策，黄派喇嘛教源源流入蒙古草原，后代王爷的宗教狂热越来越炽烈，为了表示虔诚把这顶帽子奉献给活佛，活佛圆寂后成了陪葬品。"

哈尔巴拉介绍完这些，紧接着把刘青山领到背人的僻静地方，布置道："现在的形势很复杂很微妙，我们老八连正在地下活动，准备第二次暴动，里应外合，迎接团主力的到来。'迈德尔喇嘛'戴励志领着更多的原来在这里的特务杀手，在别处偷盗寺庙，挖坟掘墓，对最近来这的甄如虎被擒情况一无所知，我们不能去打草惊蛇，所以不要召开什么军民公审大会，宣布甄如虎这一小撮家伙挖白塔、掘墓穴、盗文物、杀二人的血腥罪恶，要悄悄送大后方处理。'二喇嘛'被救后向我们报告了真的五佛宝石冠隐藏地点，并且当向导从军统稽查处的碉堡楼公馆内抢救出来，就算立功赦罪啦，可以宽大处理，免去刑事处分。在本次重大事件中，达尔罕大喇嘛是有很大责任的，给他的男妓泄露了白塔底下墓穴中埋着五佛宝石冠的秘密。更严重的是，在活佛坟墓被盗情况下，他明知道是谁干的，但是害怕牵扯自己，继续隐瞒，不提供任何线索，可以说是包庇犯，坏透了。但是根据现在形势，不要树敌过多，不要打击过宽，不要点他的名字了。"

"对，完全正确！"刘青山副连长表示同意。

曾经当过王府市内城贵族私塾教书老师的包云卿先生，为此填一首《忆秦娥》词赞曰：

智勇全，
文武兼备巧盘算。
擒鹰犬，
为民除害，
报仇申冤。
岂容盗贼乱草原。
蒙汉英雄气愤，
伏凶顽，
僧俗群众，
喜笑开颜。

后又有诗曰：

盗贼行凶太猖狂，
蒙汉英雄降豺狼，
文斗武打决胜负，
僧俗皆赞手段强。

一排长特木尔军令不长，缺乏更多的知识，社会经验也不多，突然心血来潮，向哈尔巴拉、刘青山建议道："老八连二位连长，我有个想法不知道对不对，现在提出来供领导参考，'二喇嘛'是受害者，差点被军统稽查处特务杀手头目甄如虎吊死；他又是立功者，检举揭发了五佛宝石冠隐藏地点，领着我们冲进碉堡楼公馆抢救出来，表现不错，对这样苦大仇深的人应该培养教育，叫他参军怎么样？"

这实在是出乎侦察连两个领导人意料之外，他们都愣住了，沉默了好大一会儿，然后互相看了看，哈哈大笑起来，还是由哈尔巴拉开头说道："嘿嘿，一排长你这才叫年轻不懂事哟，嘴上没毛办事不牢这句话对你很合适,要是按你说的办,会出丑闻的,政治上的大丑闻,像'二喇嘛'这样的人能参加八路军吗?岂有此理!"

"怎么啦?"一排长特木尔大惑不解,很天真地问道。

哈尔巴拉叹了一口气,说道:"唉,一排长,我看你是军事上明白,政治上糊涂,单条腿走路!"

"咋回事?"

副连长刘青山生气了,他是粗人,心直口快,而且和特木尔有亲属关系,单刀直入地批评道:"亏你还是个伊和浩特的牧民出身,离汗庙很近,还不知道'二喇嘛'的淫秽丑闻。他是大喇嘛的男妓,蒙古语叫'边达',从小就被这个宗教上层人物奸淫,顶风臭四十里,谁人不知,哪个不晓,你却大咧咧地介绍他参军,真是笑话。历史问题够严重,现行问题更严重,说明他是死不悔改的腐烂家伙。前几天他趁着入殓出殡埋葬之际,奸污被军统特务杀手甄如虎毒死的妓女贾桂花的尸体,这是什么人?坏透了!"

一排长特木尔闻言勃然大怒,拍了拍挂在脖子上的美式汤姆生冲锋枪,喝道:"'二喇嘛'原来是这样家伙,我抓过来枪毙他!"

哈尔巴拉又哈哈大笑,拍着特木尔的肩膀,说道:"一排长,你原则性不强,左右摇摆,刚才右倾,现在又"左倾"了,'二喇嘛'不能参军,也不能枪毙,就叫他回汗庙!"

侦察连长的意见是正确的,副连长刘青山表示同意。

"二喇嘛"就这样灰溜溜地又回到了汗庙。执事大喇嘛"小白脸"简直有点飘飘然了。他高兴的原因有二:一是他从这里看出来,侦察连没有发现他泄露五佛宝石冠的秘密;二是他又有了发泄性欲的男妓。

大喇嘛怕"二喇嘛"检举揭发泄露五佛宝石冠的事,这回又笼络道:"给你找上伊和塔拉大草原上第一个大富婆,有的是钱,花钱如流水,高不高兴?"

"感谢大喇嘛再造之恩,永生难忘!""二喇嘛"兴奋得手舞足蹈,但是又假装糊涂明知故问:"您老人家说那位富婆,是不是常来汗庙的塔尔根寡妇呀?那样有钱有势的富贵太太,能让我干吗?"

"既蠢又笨!谁都喜欢新鲜的,换换花样玩,一说就行。"大喇嘛说着突然放低声附耳低语,如此这般嘱咐起来,男妓欣喜若狂,连连点头称是。

第三天下午快点灯的时候,肥胖的富婆子塔尔根寡妇又来了,她和大喇嘛睡觉上了瘾,过不了十天半月就来解解馋痛快一番。大喇嘛美酒佳肴热情招待,然后溜到外面把吃了春药焦急等待的"二喇嘛"放进来。这个男妓却因吃了超量"金枪不倒丸"而兴奋过度,心脏出了毛病,突然猝死。胖寡妇点灯,看着咽气的"二喇嘛",犹如五雷轰顶,尖叫了一声昏迷过去了。在外面偷听的大喇嘛进来也吃惊不小,手足失措,张嘴结舌。以后富婆是救活了,"二喇嘛"却魂归阴曹地府,呜呼哀哉。

第二十七回　警察祸害伪军留守家眷　八连破坏城防修复工程

盗窃五佛宝石冠的军统稽查处新来的一小撮特务杀手被生擒活捉以后，形势突变，不动手是不行了，侦察连政治指导员邓志刚又直接领导了森林采伐队、修城防工事队、修桥队、修铁路公路队的总暴动，他和埋伏在那里的干部战士们秘密约定好了动手的时间，并且向他们宣传鼓动说："同志们，这第二次暴动一定能成功，有百分之百的把握，要解除顾虑，丢掉怀疑，轻装上阵，争取辉煌战果。别的先不说，就说现在那些被披虎狼皮的蒙古军部和第二师四、五、六团官兵，都到前线打仗去了，剩下披狗皮的警察不务正业，天天逛窑子，夜夜嫖妓女，争先恐后，谁也不管不顾修城防的工事了，这是大好机会，我们就钻这个空子，嘿嘿！"

其实，邓志刚的话只是说了一半，还有更恶劣更丑陋的事。伪旗公署警务科副科长赛喜雅拉图被蒙古军丘八们毒打了一顿，差点成了残废，为此怀恨在心，采取了特殊的报复行动，专门迷奸王府市外城六个大团的军官太太们。

这一天晚上九时许，三十岁的德丽格尔玛太太入浴室洗澡，就在这时候，一个穿黑色夜行衣的男人放轻脚步溜进室内吹灭了蜡烛，周围一片漆黑。德利格尔玛太太发现异常披着毛巾急忙从浴室内走出来，摸索着找到手电筒想要照明，突然闻到强烈的药味，惊慌间已被来人用沾染上迷药的手绢捂住鼻子，失去了知觉。偷袭者正是警务科副科长赛喜雅拉图，他掌握全部情况，不慌不忙地重新点上蜡烛，把昏迷的德利格尔玛紧紧搂在怀中……完事之后，这个警务科副科长没有越轨，只贪女色不图钱财，金银首饰、贵重物品、大把钞票，一点不动，很负责任地关好了双层门，心满意足地离去。

蒙古军军官太太被蒙汗药迷住两个多小时以后醒来，她发现自己被奸污，又惊又气，心慌意乱，对天祈祷庆幸丈夫不在家，亲属没有发现，没有变成不可收拾的丑闻，急忙又洗了澡，收拾好了凌乱的房间，忍辱负重，吃哑巴亏没敢声张出去，暗暗伤心落泪。其实她不知道就是了，受害者并不仅仅是她一个人。在半个月以后的深夜一时，也在蒙古军军官家属宿舍，又发生了另一起入室向女主人施暴事件。这位军官太太既能赌博又能酗酒，性格粗犷豪放，是有名的泼辣娘们。丈夫带兵出去打仗以后，她百无聊赖，不断去打牌。这一天她又推完麻将喝了酒，醉醺醺地回来倒在沙发上熟睡了。半个小时以后，采花惯盗赛喜雅拉图又用万能钥匙开门入室，静悄悄地站着东张西望，观察了好大一会儿，便关上房门扑了上去。高潮过后，她清醒了一点，这才觉察到有点不妥当。泼辣娘们也有害怕的时候，挣扎着张开嘴想要高声大喊叫人，突然闻到另一种浓烈的药臭，很快失去知觉，进入昏迷状态。次日醒来，这个泼辣娘们蔫了，她害怕家破人亡，身败名裂，没敢声张，又把事压下了。

情况就是如此混乱，负责监工的大小警察们从上到下行凶作恶，为非作歹，吃喝嫖赌，根本不注意什么修筑城防工事，这就出了很多的漏洞，被钻了空子。

这一天晚上，值班的“黑狗子”们大叫大嚷：“上夜班的，快出来干活！”

“上夜班的，走呀，不要磨蹭，皮肉痒痒了？小心挨揍！”

“快！”

一阵阵凄厉的吆喝声，一阵阵沉重的皮鞋声，一阵阵铁器磕碰声，打破了王府市郊区的寂静，很多的迹象表明，监工的警察们只不过是虚张声势而已，吓唬劳工，其实并没有发现侦察连的活动，更没有发现要暴动的线索。早已潜入修筑城防工事队的邓志刚更有准备，推醒了呼噜呼噜大睡的老二察干巴拉，一下跳起来，抽出铺盖底下的八楞钢撬棍，紧靠着工棚的粗原木垒成的墙站着，外面是一片脚步声。他俩紧握着八楞钢撬棍，从嵌着粗木头的小窗口，偷看外面影影绰绰的形象。两个警察一前一后往这边过来了，嘴还不闲着，轻声哼哼着日伪时期的什么军歌：

热河狂风卷尘沙，
察南高原牧草香。
挥师进军下张北，
夜袭长城无阻挡。
神速攻占张家口。
铁骑驰骋青旗扬。
一二两师六大团，
前仆后继向前闯。
归绥包头已陷落，
蒙古自治显辉煌。

两个警察越来越近，雪亮的手电光划破了黑暗，沉重的脚步声机械地响着，金属后跟踢蹬卵石冒出火星。察干巴拉是新战士，多少有点紧张，悄悄问道：“指导员啊，打死了这两个黑狗子以后怎么办？钻秘密坑道？从前几个月开始，我们挖了好几条，都隐蔽得相当好，谁也没发现。”

“不，不能暴露秘密坑道，留着有用，有大用。”

这工夫，一个警察已经来到了工棚子门口，晃动着刺目耀眼的手电，大声吆喝：“有没有劳工，快出来！”

邓志刚已经转移到门左边了，老二察干巴拉也学着指导员的样子，站到门右边，手里紧紧握着粗重的八楞钢撬棍，等着动手。这时候，前头一个警察已经来到工棚子门口，没拿手电，端着美式汤姆生冲锋枪骂骂咧咧地闯进来，叫嚷道：“快出去干活！”

这两个家伙距离他们太近了，抡不开手，用八楞钢撬棍打动静太大。邓志刚向察干巴拉打了个手势，他俩几乎是同时掐住两个警察的脖子了。毫无防备的“黑狗”岂能是他俩的对手，连一声都没有来得及叫喊，吭哧着断了气啦。

侦察兵出身的政治指导员邓志刚，有丰富的对敌斗争经验，布置道：“打狼要敲掉下巴骨关节，捕鹰要割开爪子筋络，先拧断这两个警察的脖子，接着换‘黑狗’衣服，大摇大摆出去！”

他俩在几分钟之内就换上装了，变成了全副武装的警察。察干巴拉个头太大，短小的制服很不合身。但是在这个漆黑的夜里，谁也看不出来。他俩顺利地走到了交通壕口，刺死了又一个站岗放哨的警察，离开城防工事施工地区。快到八百里腾格里大山麓了，邓志刚抽出腰间二十响驳壳枪，朝着天空打了长长一梭子，红的、绿的、黄的、紫的各种颜色的曳光弹飞入天空。这是总暴动信号，分散埋伏在森林采伐队、修城防工事队、修桥队、修铁路公路队的侦察连连部和四个排人立刻动手了。顿时，杀声四起，枪声大作，打得监工的警察们屁滚尿流，控制不住局势，抱头鼠窜，跑进了王府市外城。雇来的技工、伐木者和抓来的劳工们全部逃亡，所谓修复铁路公路、城防工事工程立刻瘫痪下来。

根据现实情况，哈尔巴拉、邓志刚、刘青山三人共同研究认为：为了继续迷惑警务科和军统稽查处残余的几个特务杀手，不能过早暴露侦察连，应该钻进八百里腾格里大山躲两天，使他们产生错觉，误认为这是自发暴动。

果然，那个在森林采伐队挨揍受伤卧病在炕的警务科长"其努瓦"越来越糊涂，光是知道有人杀害很多警察，带枪逃进了鬼谷，具体是谁，多少人马，都搞不清，于是派出几个警察分队搜索。

第三天，一个分队警察到侦察连隐蔽的窟窿峰自然岩洞群附近搜索，带队留着八字胡的当地警察头目，看着过去豺狼啃光的牲畜骨头，吓得魂不附体，端起了驳壳枪，哆嗦着嗓子问道："啥家伙？"

"报告分队长，狭猓窝，跟前有狼粪，可以点烽火！"另一个五短身材的警察大声说。

警察分队头目虽然是胆小鬼，对部下却很威风，断喝了一声："进去搜索！"

这条洞内隐藏的侦察连部和一个排人，观察到伪警察要进来，立刻行动起来了，他们占据有利地形，做好了射击准备。身经百战的连长哈尔巴拉沉着坚定，从容不迫对邓志刚笑道："初生牛犊不怕老虎，这一分队警察冒冒失失闯进来，活够了！"

"对，等他们钻进来，就像围场上打狼一样聚而歼之。"邓志刚说。

副连长刘青山也表示同意，补充道："全部消灭，还不能惊动在外面搜刮文物古董的军统稽查处特务杀手主力。等他们回来也在半道上截住干掉！这一连串军事行动，一定要惊动蒙古军军部和一、二师六个大团，他们怕被踹了老窝，阵脚大乱，顾东顾不了西，这就为我们独立骑兵直属队和七个连队挺进这里，打开方便之门。"

没有想到外面一分队警察个个都是胆小鬼，都怕被野兽——三种狼或黑熊掏了，谁也不敢冒险进来。商量了一会儿，从外面打一阵排枪，扔了几颗手榴弹，应付差事想走。就在这时候，侦察连整编的四个排人从各个洞口开始射击了，枪声大作，交叉火力严密封锁住了山路，这一分队骑马过来的警察不堪一击，全部被歼，无一漏网。

大家清理了战场，把战利品搜集齐全以后，渴急了的老二察干巴拉，几口就喝净了缴获的军用背壶中的水，舔了舔干裂的嘴唇，还是不解渴。一排长特木尔吃完了大块烤马肉，也渴了，舔了舔干裂的嘴唇，悄悄说道："我们上八百里腾格里山最高点窟窿峰，那里有水！"

"有水？"

"慢慢能接到一点，前几个月我们老八连在这一带隐蔽的时候，就靠那水生活，你到连长、指导员那里请假。"

这个老二是比较实在的，马上到了哈尔巴拉跟前，立正报告："哥哥，不，连长，我请个假到窟窿峰顶喝点水去，行吗？"

哈尔巴拉连长正和邓志刚指导员、刘青山副连长研究下一步的牵制国民党嫡系和杂牌部队行动计划，听了这话脸色一沉，吆喝道："不行，别人都能挺，你就受不了？那么娇嫩？"

刘青山在旁边哈哈大笑道："叫他去吧，窟窿峰是八百里腾格里山的最高点，能瞭望几十里地，有点风吹草动，都能看得见，需要站岗放哨。"

"听说，窟窿峰也算这里的名胜古迹之一，我想去看看，叫察干巴拉当向导。"邓志刚也说。

"好，好。"哈尔巴拉只好点头答应。

于是，邓志刚、特木尔、察干巴拉三人全副武装，每人一个望远镜，又带着很多军用背壶出发了。商量决定有敌情推大石头为信号。越往前走，越觉得这座窟窿峰名不虚传，站在下面往上看，笔直陡峭，帽子就要掉下来。一片又一片白云从半山腰飘过去，好像是系上去的白绸带子。八百里腾格里大山深谷中草木长势良好，但是严重缺水，三种狼成群结队出没，不适合当牧场，自古以来看不到一座蒙古包，这里没有住户，但是一年四季行人是多得不行的，有骑骆驼跋涉戈壁沙漠过来的远方"孛"，有背着小木架蓬头垢面的"巴达尔沁"喇嘛，有坐着自制木轮牛车来的牧民，甚至还有坐着老式暖轿车来的牧主和贵族。白天黑夜，篝火四起，帐篷林立，搞得非常热闹。原来，这座峰从几百年以前开始，就成了附近千八百里地牧民朝拜的对象了。人们迷信它是有一定的外因的，这里不仅峰势最高，耸立在群山之上，而且在它的上下左右有不少当时人们不能理解的东西。最突出的就是：这一带有三四十条上古造山运动或风化原因所造成的洞子，形状不一样，深浅也各异，有的是圆形的，有的是扁形的，有的是方形的，有的直上直下像一口井。从主峰侧面往下滴答着泉水，半天能接一桶，清凉可口。这些现象在山清水秀的风景区就无所谓了，而在这沙化退化极其严重的伊和塔拉大草原上，就难免引起大惊小怪。不知在什么年代，峰顶修起了一座萨满教的小庙，并且根据附近每一个洞子的特点，起了一些很古怪的名字，又把那泉水称为"苏乐得阿尔善"。到这里叩头、钻洞、饮泉水的患者，据说也有几个好的，这可能是起了精神治疗的作用，于是一传十、十传百，加工、夸大、渲染、迷信的传说泛滥开来，这座高峰越发神气起来了。从去年秋天开始，侦察连在腾格里山、伊和塔拉草原交界处打开了游击，香客们不敢来了。最近一个时期，战事虽然稍许平静，但是盘踞王府市的警察和特务杀手，分头出动，大肆抓劳工修铁路公路和城防工事，又影响了善男信女们虔诚的旅程。

他们仨说着话来到峰脚，顺着凿出来的石阶梯攀上顶部。这里有一座萨满教的小庙，样式很别致，是模仿蒙古包建筑的，因为多年没有修理，破旧得不成个样子了，掉砖头、坠石块，满眼荒凉败落景象。在褪色红门上写着蒙文对联，字迹都模糊了，隐约看得见：

手扶拐棍拜山来，魔障缠绕，

身骑烈马回乡去，神道保佑。

邓志刚这个漂亮小伙子，聪明能干，多才多艺，既会蒙古话，又识蒙古文，看了看，笑道："叩头烧香的'孛'，还把他们祖师爷吹捧了一通，不知道内殿里供的是萨满教的什么神？"

"看不清，里面黑糊糊一片，门上锁着红铜藏式锁头。"一排长特木尔说着叫道："拧开它！"

邓志刚拿出了一大把形状古怪的钥匙来，笑嘻嘻地说："不用拧，人家说藏式锁头难开，但是我们侦察兵出身的人有办法对付，嘿嘿！"他说着三下两下就弄开了。刚推开门，从上面掉下一只蝙蝠来，吱吱乱叫。

"嗬嗬，里面有圣祖成吉思汗石像！"特木尔看了一下，说道："汗庙供的也是圣祖成吉思汗像，不过那是铜像。别看供的都一样，'孛'和喇嘛有很大矛盾呢。吉达'孛'和达尔罕大喇嘛见了面,不是讽刺挖苦,就是吵嘴打架!"

新战士察干巴拉哭丧着脸,一言不发,情绪很低落,原因是看到萨满教的小庙以后,突然想起了吉达"孛"的妹妹——胖姑娘娜布琪,心里就像针扎一样,很不好受。

他们仨歇了一会儿,就出来欣赏风景、观察敌情。蒙古包样式的萨满庙北面就是窟窿峰之极,光滑溜直,像硕大无比的青色尖塔,足足有几十丈高。微微向南倾斜,乍一看好像要倒塌下来,峰左右侧悬空长着两棵青松,苍翠欲滴,像一对展开的绿色翅膀。那三四十条洞子的两个,就在高峰的正面,其中的一条是扁圆形的,上面凿着蒙古文"娘子洞"三个字。因为这里地势高,洞口经常吞吐着云雾。前面不远处还有一大堆光滑溜直的各式各样拐棍,据说扔下可以丢掉各种疾病一身轻松地回去,对联写的就是这个意思。峰西侧的一块大石头旁,有一口竖井一样直上直下的洞子,挂着很粗的铁链子。

正观察间,远处响起了密集的枪声,伪旗公署警务科残余警察倾巢出动过来了。他们队伍参差不齐,七零八落,看着很可笑。显然,他们见前头一个分队警察老是没影儿,放心不下,前来接应。杂色的蒙古马往前驰骋,扬起了一片片尘土。还没有等往下推石头,峰下面侦察连早知道了。哈尔巴拉连长抄起歪把子轻机枪,喊道:"老八连的同志们,我来掩护,一、二排从左边,三、四排从右边,包围歼灭!夺取马匹,早日变成骑兵!"

副连长刘青山挥动着早就使惯了的那把驳壳枪,领着一、二排从左边冲过去了,对新参军的战士们大声喊话鼓动:"发扬独立骑兵团老八连的光荣传统,无事不拔刀,拔刀必成功,全部、干净、彻底地消灭'黑狗'警察,打乱国民党嫡系和杂牌部队阵脚,迎接我们团直属队和七个连队的到来!"

新来的政治指导员邓志刚是带领三、四排从右边包抄过来的。他是独立骑兵团政治处主任,到这里来协助工作的,精于战术动作,趁着警察惊魂未定,早已指挥干部战士们堵住了山口,喊道:"掐住'黑狗'脖子了,他们插翅难逃,不要慌,稳稳当当打,先射人后擒马,我们老八连再变骑兵,和团主力七个连队胜利会师。"

许多战士虽然拿的都是步枪,却弹药充足,猛烈地打开了,火力很强。他们大部分身经百战,经验丰富,枪法准确,弹无虚发。警察们差不多都跌下马去,后面的胆怯了,索性放开马,企图利用山沟抵抗。但是大部分被打死,只跑了几个。消灭了两拨"黑狗"以后,侦察连缴获了很多的马匹,又变成骑兵了,干部战士们欢欣鼓舞,互相拥抱,鸣枪庆贺。无独有偶,没过两天又出了一个特大喜事:王府牧马人完达尔夫悄悄通风报信说,在魔峡深处的达赖河漩涡岸边,无意当中发现了一大群野马,正在这水草丰美的地方悠然自得地吃草、蹓跶。距离缩短以后,他这才看清了,出乎意料地大吃了一惊,原来这不是什么野马,而是在那一次战斗中突围出来的侦察连的军马,足有二百多匹,领头的正是哈尔巴拉的那匹著名的鬃毛垂地的大黑悍公马。它警惕性很高,发现有人窥视以后,立刻赶着马群逃进俗称"树海"的原始森林之中。从王府牧马人完达尔夫那里得到如此重要情报的战士们不敢怠慢,火急报告到连部。哈尔巴拉闻讯激动异常,很快领着队伍到了现场,"咕哩咕哩"地大声招呼。大黑公马听到这熟悉而亲切的声音,接二连三地嘶鸣起来,赶着那群马回来了,到了跟前用嘴唇和脸颊抚摸着哈尔巴拉,泪如泉涌。看见如此动人情景,很多人都哭了,连铁石心肠著称的哈尔巴拉也掉了眼泪。

第二十八回　声东击西主力挺进草原
要死不活杀手污染坑道

这次侦察连的牵制行动完全成功，单独作战的蒙古军部和第二师四、五、六团得到王府市这边再次出事的情报后，慌了手脚，全线动摇起来。特别加强的主力部队独立骑兵团直属队和七个连队，趁机在达兰哈尔山战场上甩掉了蒙古军，用最快的速度挺进到伊和塔拉大草原，直逼这一带中心王府市。

就在此时此刻，戴励志为首的军统稽查处原来在这里的特务杀手，也急急忙忙往回窜，他们虽然不知道新来的甄如虎一伙被生擒活捉，但是听到了这边发生战斗，情况不好，吓得一路上心惊肉跳，屁滚尿流。可笑他们舍命不舍财，扔不下十多辆装满文物古董的牛车马车。半年来，戴励志在沿途喇嘛庙、古塔内盗窃，挖掘历代坟墓，敲诈勒索当地牧主贵族，施展各种卑鄙恶劣手段，巧取豪夺，很不容易才搞到这些财宝珍物，有的价值连城，当然是舍不得抛弃。等他们老牛破车疙瘩套像乌龟爬行一样接近王府市的时候，侦察连早就布好阵势开始阻击了。特务杀手们拼命往里冲了几回，怎么也打不过去，只好钻进外城土墙东面尚未完全竣工的工事内苟延残喘，负隅顽抗。城内警察所剩无几，正副科长"其努瓦"、赛喜雅拉图二人大为恐慌，束手无策，不敢出来接应，隔着城墙观望，干着急只好向蒙古军部拍电呼救。

莫尔根军长得到王府市又发生暴乱的情报后，片刻也没有停留，用急行军的速度从后面赶来，日夜兼程，狼奔猪突，和这里独立骑兵团只隔三四天的路程。行军途中，莫尔根着急得心里好像起了火，骑在那匹著名的大白马上，大声命令道："情况紧急，形势恶劣，半路上就不宿营了。我们蒙古军部和第二师所属部队，要马不停蹄，人不下鞍，紧急往前赶，必须确保复兴基地王府市的安全，再次电令警务科长固守待援，并且叫他们立即报告军统稽查处特务杀手的情况！"

过了一个多小时，回电来了，说特务杀手们一百多人没有来得及进城，在外城东面被共军独立骑兵团侦察连截住阻击，正在一处防御工事内抵抗，进退不能，联系中断，十分危急。

莫尔根左手托着肥胖的下巴，沉吟了一会儿，对哲别说："前有老八连阻击，后有独立骑兵团主力七个连队追赶，戴励志成了围场中的豺狼，要彻底被歼，绝对没有好下场，这如何是好？我们的一贯方针是不可不救，也不可全救，现在可是不妙，参座，你看这？"

蒙古军参谋长兼第二师师长哲别的军统特务杀手老婆陈蔓莉，被庆格尔泰连长击毙以后，哲别变成光棍。物以类聚，人以群分，莫尔根军长很快把嫡亲妹妹高娃小姐嫁给了他当续房。这个王爷小姐身体强壮，高大而美丽，是个运动健将，得了"大洋马"的荣誉称号。她从小读书，长大以后又保送到A城农学院学习深造，成绩优秀，会好几种文字，哲别应该满足了，但是高娃太傲气，对他管得太严，动辄发号施令耍脾气，很不合哲别口味，引起了他的反感，背后咧着嘴说："北京的美，南京的浪，蒙古妇女大凶相，我的一举一动都在她监视之中，太次了！"话虽然这样说，他毕竟是这个王爷家族最主要的打手之一，追随着野心勃勃的内兄莫尔根，很卖力气。现在歪坐在高大的黄骠马洋式皮鞍上，表示赞成地说道："军座，你早就说过这句不可不救、不可全救的金玉良言，好，真正是有远见。根据这一指示，我过会儿找联合谍报队长扎萨嘎想方设法安排一下。"

高娃小姐结婚以后，一直是随军行动。她附和哥哥和丈夫的话，说道："不可不救，不可全救，这是对的。特别是武林、陈蔓莉、甄如虎死掉了，戴励志成了孤家寡人，这次如果也丢了命，我们真正不好交代呀，小不忍则乱大谋，办事别太绝了！"

被"二蛮子"砸狱救出的土匪头子"神枪手"投降蒙古军以后，很受莫尔根的器重和赏识，竟当了军部警卫连长，这时破口大骂："'迈德尔喇嘛'戴励志和死鬼武林一样，也是笨家伙，太蠢，太蠢，白白当了多年特务杀手头子。王府市出了这样大的乱子，他充耳不闻，听见以后也是乌龟王八蛋一样，行动太慢，这回被共军独立骑兵团主力和老八连围攻夹击，真正要彻底被消灭掉了！"

莫尔根也纳闷起来，疑惑不安地骂道："戴励志这个家伙，还恬不知耻地自称是'迈德尔喇嘛'，无所不知，无所不晓，吹大牛，那样神通广大，明察秋毫，为什么消息这样闭塞，行动如此缓慢？现在狐狸钻进猎人套子，豺狼踩上牧民夹子，给我们增添了无穷无尽的负担和麻烦，肏他保密局稽查处特务杀手邪姥姥的！"

高娃小姐长途骑马行军，可能是很累了，佝偻在鞍上叹了一口气，忽然说道："哥哥，我想起来了，戴励志这个老家伙，可能是为了他们国民党四面八方的部队后勤供应断绝发愁，拼命修复铁路公路大干线，还到各处抓劳工，顾不上别的事，因此耽误了，是不是？"

哲别很不以为然，根本不同意老婆的话，用粗重的声音骂骂咧咧地说："国民党要是真有那两下，就不打败仗了，哼哼！"

扎萨嘎少爷在大后面骑着马打盹，冥思苦想对他毫无情义的琪琪格。他是蒙古军联合谍报队长，爪牙很长，耳目甚多，消息也灵通。最近听说琪琪格早就参加了中国共产党，不久以前还被任命为伊和塔拉旗长，正随着共军特别加强的主力部队独立骑兵团行动，这简直不可思议，像做了一场缠绵悱恻的春梦，是共产党拿她当招牌，还是确实被重用？他疑惑不定，心神恍惚，伤感地吟咏着一首四言短诗《忆花君》：

艳若桃李，
冷如冰霜。
近在咫尺，
远似重洋。
欲见不能，
惆怅彷徨。
此景此情，
愁断衷肠。

那一次甜蜜浪漫而又惊险恐怖的一夜情又反映在脑际，记忆犹新，恍如昨日。耳边响起珊丹的讪笑声音："这是大阴谋大骗局，幕后策划指挥的是你，最大的受益者；跑腿操办的是我，低级下流恶劣，辛辛苦苦，没有任何报酬；上当受骗的是王爷小姐高娃，花钱当冤大头，两眼漆黑，什么也不知道；花君是最大的受害者，没有任何一点爱情，却在昏迷状态中失去了最宝贵的处女红。她现在喝醉了，又被灌了麻药，受你任意摆弄。不过也得快点，一会儿药劲过了就不好办了。”扎萨嘎清楚地记得：当时他很怕琪琪格突然醒来，紧张、匆忙、慌乱地脱掉衣服上了床。一个小时以后，他累得垂头丧气从琪琪格身上爬起来，到隔壁洗澡间淋浴，忽然听见一声枪响，他十分震惊，浑身滴着水过来看，只见琪琪格醒过来站在那里，左右手同时紧握着从衣架上挂的武装带皮套中抽出来的扎萨嘎的两把左轮手枪，其中一把枪口冒着几缕青烟，刚把珊丹打死了，脑袋揭了盖，躺在血泊中。扎萨嘎当时手无寸铁，毫无抵抗能力，就在他夺门而逃的瞬间，琪琪格甩手又是一枪，是对准心脏打的，偏了一点点，只是打穿了他的左肩膀。他流血过多，浑身虚脱，脚步踉跄歪斜地跑到野战医院。很多谍报队过来时，琪琪格早就无影无踪了，虽然进行了三番五次大搜索大检查，也没有找见。内外城双重高墙，八道门都有双岗，她怎么跑出去的，谁也说不清。

“大难不死，必有后福，不久的将来艳遇是少不了的，越来越多，红鸾星照命，不必犯愁，区区小事，何足挂齿，嘿嘿！”扎萨嘎根本不接受血的教训，继续过他花花太岁的糜烂生活，始乱而终弃，被他玩弄后踢开的大姑娘小媳妇不计其数。但是有一点始终是不可思议的，发生了如此重大的伤亡事故，他还是念念不忘琪琪格。这个女大学生虽然对他毫无情义，充满了仇恨，但是不知道是怎么回事，老是想着她，这就奇怪了。就拿这次在 A 城舞场发生的事来说，也是这样。扎萨嘎结识了乐队的第一把小提琴手夏静，她和琪琪格有惊人的相似之处，就为这一点，扎萨嘎下力量追求，和她同居了。那天深夜扎萨嘎到夏静房里过夜，她替他把衣报脱了，换上睡衣，这个蒙古军联合谍报队长的兵痞习气发作了，粗野、下流、淫荡地笑着：“我不穿睡衣，我喜欢光着睡，赤膊上阵，箭上弦，刀出鞘，方便。”

夏静把眼光掉开去，说：“随便你，不过最好穿睡衣，别着凉！”

这个花花太岁却不然，虽然全身投入，精神却完全开了小差，意识中不断浮现琪琪格的身影，那张美丽绝伦的脸老是萦迴在脑际。他幽幽地叹了口气，暗自想道：“我有病了，怎么也治不好，已经深入膏肓，这是什么病？怪，怪！”

现在听了前面的谈话，睁开了眼策马过来，大声道：“军座和参座，关于保密局驻王府市稽查处特务杀手们的一举一动，我们蒙古军联合谍报队一直派人跟踪盯梢。原来，戴励志这老家伙，既是稽查处长，又是南京文物公司董事长，和我舅舅他们都是同伙。这次借口修复铁路公路大干线外出，趁机打劫，巧取豪夺，搜刮到很多古董文物珍品，各个朝代的，各个民族的，应有尽有，有的一件价值连城，能卖很多钱，他舍命不舍财，能扔下跑吗？老牛破车疙瘩套，慢慢地往回走，就被截住，进退不得，束手待毙，毛病就是出在这里。”

“唔，原来如此，我和妹夫只知其一，不知其二，哈哈！”莫尔根开心地大笑起来，他特别喜欢扎萨嘎，王府市内外城悄悄流传着他和军统女特务陈蔓莉不清不白，扎萨嘎是他们私生子的谣言，是真是假，谁也弄不清。这回拍着联合谍报队长的肩膀，啧啧夸奖道：“我们蒙古军一、二师六个团人马，情报不灵，两眼漆黑，既不知己，又不知彼，如何能百战百胜，你补救了这漏洞。从小懂得这么多的事情，长大了一定是将才，不，是帅才，继续好好干吧，辅佐我完成复兴蒙古大业，嘿嘿！”

扎萨嘎受宠若惊，更加来了劲，挺胸凸肚报告道：“又有可靠情报，武林被击毙以后，从南京军统局，不，现在改称保密局了，派来担任副处长兼行动组长的二号特务杀手甄如虎，贼心更大，领着同时跟来的另一小帮喽啰走卒，挖开了汗庙白塔底下活佛坟墓，盗窃出陪葬的五佛宝石冠。他在洋洋得意，自以为大发横财的时候，被共军独立骑兵团老八连一网打尽！”

“该杀！”莫尔根怒气冲冲地说。

哲别也破口大骂道：“碎尸万段，方解心头之恨。”

扎萨嘎的情绪也受到感染，咬牙切齿地说道：“军统局，现在的保密局从上到下都是这样盗墓贼，顶梁不正底梁歪，成了挖坟的扒窃集团，连他们的最大的官也是如此。七七事变以后，军统局华北站站长马汉三被日本特务机关逮捕入狱，为了求生，马汉三把清东陵乾隆墓内盗取的龙泉宝剑送给川岛芳子，获得释放。日本投降以后，被捕的川岛芳子又把此剑送给戴笠，要求宽大处理。马汉三闻讯大惊失色，魂不附体，恐怕被日本特务机关逮捕、入狱、变节、求饶等项全盘暴露，抢先动手，不仅枪毙了川岛芳子，还用定时炸弹炸毁了戴笠的座机。对这个最大的特务杀手头子之死，王府市印发的传单说，这也是报应，嘿嘿！”

莫尔根军长感觉到了极大的报复快意，哈哈大笑着问道：“《报应》传单我看过几期，都是针对军统局，不，现在叫保密局驻王府市稽查处的，旁敲、侧击、咒骂，我觉得很痛快，是不是你们联合谍报队玩的把戏？”

“不是，是贵族私塾老师、闲散王公包云卿，也就是那斯图先生的手笔，他老人家忍无可忍，采取了这种措施。”

“唔，我的启蒙老师是不参与政治的，但是也对此事深恶痛绝，他这种方法不错，深入人心。”

扎萨嘎本来是接着想说那斯图的独生女儿琪琪格当了共方旗长，现在正随着共军独立骑兵团行动的事，但是正在气头上的莫尔根不想往下听，新仇旧恨同时迸发，干脆下了命令停止前进，围成直径一里的内三层外三层的大圆圈，他大叉腿站在一辆日式94型坦克上，更像装甲机械化骑兵部队长了，高高在上，唯我独尊，神圣不可侵占，面对装电池的大喇叭吼叫起来，破口大骂道：“肏他妈的，蒙古军受够了欺负，我这就要出出气反击军统，不，保密局的不断挑衅。稽查处的联络官先生，你过来坐在近处，仔细听全部记，写成材料打小报告给你的主子，这回不用偷偷摸摸的，大胆公开，没人限制你。我们的秘书你也过来坐在近处，侧耳倾听，好好记录，写成文章用我的名字发表在《青旗》报头版头条位置上，大量印刷，分发各处，当然也要赠送蒋介石大总统一份。”看来这个蒙古军总头目很气愤，简直是怒不可遏，口吐白沫叫嚷着继续骂道：“军统局坏，保密局坏，坏根就在蒋介石身上，他是个天字第一号灰家伙，头顶长疮脚底流脓的大汉族主义者，处处和我们对着干，吹冷风泼凉水，说了很多破坏话。蒋介石的论点有两条：第一是攻击我们提出的高度自治是不识时务，大而不当，等于痴人说梦，永远实现不了。我们也早就估计到了这一点。蒋介石本来对苏俄斯大林串通美国罗斯福、英国丘吉尔承认外蒙古独立之事，恨之入骨，怒气难消，岂能允许内蒙古半独立？第二是恶毒攻击诽谤我们蒙古军有名无实，搭的是空架子，两个师六个团只有几千人马，兵源难筹，经费紧张，素质极差，装备低劣，火力很弱，说得一团漆黑，没有任何可取之处，因此他独断专行，擅自取消了蒙古军的番号，要改称新编骑兵第一师，下设两个旅六个团，并且驻防两地，分而治之，坏透了！他妈的，别看蒋介石有几百万军队，我并不放在眼里，都是平庸低劣的无能之辈，多少年来就连共产党都消灭不了，更谈不上什么治国平天下。我们蒙古军既能生存又能发展，其关键在于战略战术，充分利用各个方面大大小小的矛盾斗争，在夹缝中溜来滑去。我认为当今世界头等大的矛盾斗争是美苏之间的冲突。既然美国能打日本，为什么不能打苏俄。现在，中日战争已经转为中国内战，再由中国内战转为美苏战争，就是我们经常说的第三次世界大战。势必所然，美国一定会取得胜利。而众所周知，山姆大权是主张三蒙统一的，即内、外蒙古和布利亚特蒙古统一成立单独国家。叱咤风云，此其时也，哈哈，所以我们对国民党这帮家伙不能逆来顺受，不能温良恭俭让，笑脸相迎，必须狠狠反击，既然你碰我伤口，我就要揭你的疮疤，这叫来而不往非礼也。国民党政权糜烂腐败，漏洞百出，一时说不完，我先讲其中最主要的、不可调和的、狗咬狗的矛盾斗争。他们军队高级将领基本分为嫡系和杂牌两大类，两大类中又各有若干派系。嫡系将领有三种情况：一是以浙江人或黄埔军校学生形成的嫡系中的嫡系；二是嫡系将领在自己势力范围培植亲信形成的分支；三是嫡系中的杂牌，他们是出身于旧军阀后来投靠蒋介石形成的。事实证明嫡系不是铁板一块，各有利益，矛盾发展到一定程度同样狗咬狗。仅举一例，抗日战争时期军统局华北站头子马汉三被日本特务机关逮捕入狱以后，为了求生活命，给川岛芳子送了从清东陵乾隆墓中盗窃出来的龙泉宝剑，被释放出来了。日本投降以后，川岛芳子也被逮捕入狱，同样为了求生活命，她把这稀世古剑转送戴笠。马汉三获悉这一情况后，吓得魂不附体，恐怕当叛徒的罪行全盘暴露，抢先动手处决了川岛芳子，杀人灭口。这还不撒手，一不做二不休，专机内安放定时炸弹，把特工王戴笠也收拾了，粉身碎骨，烧成一大团焦黑臭肉，呜呼哀哉。小鬼杀阎王，也算一大奇闻，哈哈，嫡系内部尚且如此势不两立，和杂牌的矛盾不言而喻，可想而知。国民党统治区大大小小有十三个杂牌军，可以称十三个山头，十三太保，一个个心怀鬼胎，明争暗斗，互相倾轧，和蒋介石尿不到一个壶里去。这里有四川军、青海宁夏马家军、湘系军、粤军、滇军、桂军、西北军、东北军、晋军、黔军、新疆民族军、藏军，再加上我们蒙古军，都和国民党嫡系——所谓中央军面和心不和，拧着劲对着干。由此可以看出，这仗是万万不能打胜的，只能打败，光输不赢，永远败下去，最后彻底失败。总而言之，国民党军队高级将领中的派系结构，严重抵消了他们武器装备、物资供应方面所具有的某种优势，严重破坏了他们协调统一和整体功能的发挥，严重干扰了战略决策的实施。蒋介石用嫡系部队监视杂牌部队，在物资待遇上有很大的不同，在政治待遇上更是没法比。刚才说过，就是在嫡系部队之间也有亲疏之分，以致在装备和给养上常常厚此薄彼，闹得各不相让，势如水火，或者是互相猜疑，各不相安。而在将领之间，因为各有靠山，各有所恃，各人自顾自保，各人自为其主，不团结的现象更是不断发生。见功则争，见过则推，在上者又护其所私，偏其所爱，因而是非不清，功过难分。蒋介石用权驭众，又有意使他们互相牵制，互相监视，所以狡猾的奉承其旨，讨取其欢心；老实的虽然如何尽忠，到头亦难得善果，所以除了极少数将领作了愚笨的枉死鬼之外，大多数都对蒋介石失望，甚至怨恨积之于心，出自于口。这样一种上下级关系，这样一种军队，焉有不败之理。在发动大规模内战之初，还只是一个旅一个旅地被消灭，接着一个军一个军地被消灭，现在是一个兵团一个兵团连续不断地被消灭，兵败如山倒，一发即不可收拾。当然，国民党军队彻底失败还有其他方面的原因，但是高级将领的派系结构，在军事战略实施过程中的破坏，是最要命的，不可救药的，哼！”

蒙古军军长莫尔根发表了爆炸性的激烈演说，又下令队伍继续行军了，他对自己刚才大叫大嚷大喊大骂，颇有点担忧的样子。

联合谍报队长扎萨嘎却很乐观，极有把握地说："军座放心，区区小事，何足挂齿，我遵照您的不可不救、不可全救的英明指示，把戴励志一个人抢救出来，这就足够了，灶王爷上天言好事，大事化小，小事化了，嘿嘿！"

莫尔根大喜，又变成兴高采烈的样子，夸奖道："对的，对的，对着哩，揭老底、抖阴私、讲丑话、骂大街，只是一方面，到时候怎么也得把'迈德尔喇嘛'抢救出来，将来有用，有大用，办事不要太绝太死了。"

第二十九回　直插心脏八连全歼匪特　抛弃喽啰贼首溜之乎也

就在此时此刻，这里独立骑兵团直属队和七个连队，已经挺进到王府市东郊，对军统稽查处特务杀手们采取威胁压迫态势，咄咄逼人。老团长兼政治委员阿拉玛斯，在一道不矮也不高的土岗子上，召集七个连的连长、政治指导员会议，布置道："现在，我们有利条件有两个：一是老八连在那边阻击，就是堵，团主力直属队和七个连队乘胜追击从这边打，戴励志和手下百余喽啰夹在当中了，跑不出去；城内警察人数少力量小，不敢出来。不利条件也有两个：一是血债累累的特务杀手们是不会投降的，钻进永久性的钢筋水泥野战工事顽抗到底，这两天已经贮存粮食饮水，要打攻坚战；二是老对手蒙古军部和第二师所属三个团人，也是不傻的，正拼命从后面追赶，距离缩短，越来越近了。形势就是这样，为了避免情况更复杂化，腹背受敌，需要争分夺秒，抢时间赶速度，立即出击，全部、干净、彻底地歼灭这帮万恶不赦的匪徒，和我们久别重逢的老八连胜利会师！"

副团长兼参谋长巴雅尔神情严肃地插话道："兵贵神速，回各个连队进行动员，听候命令，立即出击。"

新任旗长琪琪格看了看两位团长，说："部队需要的炊事用品、宿营毡包、烧火牛粪、熬茶鲜奶、粮食肉类，由我来负责。"现在她和过去判若两人，不穿华丽贵重的蒙古袍了，和这里的全体干部战士一样，全身草绿色军装，宽皮带上挂着小巧玲珑的手枪。平时后面总跟着挎驳壳枪的两个牧民打扮的姑娘，一个是刘青山的妹妹刘秀英，另一个是特木尔的妹妹斯琴。她俩是琪琪格当了旗长到达独立骑兵团以后，派人专门接出来的。

"战斗这就打响了，需要准备担架，还要考虑伤员的安置地点。"副团长兼参谋长巴雅尔补充说着向琪琪格示意，只见这位旗长点点头，表示已经明白。

阿拉玛斯觉得她的表现不错，表扬道："我发现，琪琪格同志文武双全，德才兼备，身负数职，既是伊和塔拉旗长，又是我们独立骑兵团后勤处主任，全盘都抓起来了，能干，真能干！"

琪琪格谦虚地笑道："不行，初学乍练，晕头转向，不知道怎么干，还请二位团长继续教导。后勤处医院准备设在伊和浩特，那一带距离王府市远，背靠腾格里山鬼谷，南临达赖河峭壁岸，地势险要，易守难攻，安全！"

"好吧，根据地中心就设在那里，你去准备吧！"

琪琪格、斯琴、刘秀英和医院负责同志一行十多人，立即骑马上路了。这个新上任的旗长在A城时，多次领导反饥饿、反迫害、反内战的学生运动，光荣参加了中国共产党。但是过了不久，被国民党军警宪特联合通缉的同时，也被农学院开除了学籍，回到王府市家里住了好几个月。党组织根据不久将来建设根据地需要和本人业务专长，任命她为伊和塔拉旗长，这次独立骑兵团打过来,她才接上关系,随军行动。

他们一行进入伊和浩特时,路上遇到的很多牧民都不知道这个贵族家庭出身的大学生当了什么官,惊奇地观察着议论纷纷。当"孛"的吉达看见了琪琪格,他消息颇为灵通,讥笑道:"稀奇古怪又特别,我们这里有了女旗长啦,自古以来没有这种事情,骒马上阵能行吗?嘻嘻,更可笑的是,这位旗长手下没有科长、股长,办公没有衙门、公署,连一张桌子都没有,全部公文都在皮包里装着,嘻嘻,马背上的旗政府!马背上的旗长!"

她们路过一个坡地时,云雾消失了,红彤彤的太阳照得腾格里山发出金黄的光彩,那层层叠叠的山峦,起伏不平的沟壑,一览无遗地展现出它宏伟壮丽的轮廓,蔚蓝色的天空中,只有几缕轻云,纹丝不动地停留在那里,在窟窿峰顶上盘旋的鹰,也格外平稳地缓缓飞翔。琪琪格骑在枣红马上,充满感情地久久凝视着。从这个制高点上,不仅能够看见苍茫似海的腾格里群山,还能俯瞰蜿蜒似带的达赖河、方圆几十里的王府市内外城、金碧辉煌的汗庙。她眺望着自言自语地说:"只有建立巩固的伊和塔拉根据地,才能站住脚,长期掐断铁路公路大干线。"

挎着挂红穗驳壳枪走在旁边的斯琴、刘秀英两个姑娘,文化水平都很低,知识有限,听不明白旗长说话的全部含义,交换了眼色,要把商量好久的话提出来。斯琴先问道:"旗长,有一件事想问问你,可以说吗?"

刘秀英接着说:"旗长你给帮助帮助,我俩想参加独立骑兵团当女兵。"

琪琪格很喜欢这两个姑娘,指着后勤处医院的负责人说:"你们不信问问他,连护士都是男的,怎么能要女兵呢?"

"你不是女兵吗?怎么要了呢?"刘秀英觉得很奇怪。

"我是地方工作人员呀,在部队保护下开展工作,所以穿上了军装,不是女兵。你们跟着我好好练打枪,当民兵骨干,一边放牧一边打仗,不也很好吗?"

傍晚时分,她们来到伊和浩特,开始搭帐篷、蒙古包,很有点和平气氛。

三十里外的王府市东郊完全不一样,紧张忙乱的战前样子。独立骑兵团先派尖兵一连深入城防工事附近侦察虚实,正遇到十几个出来运水的特务杀手,没费多大力气,就生擒活捉过来。

老团长阿拉玛斯、副团长巴雅尔分别审讯这些家伙。"舌头"的口供和侦察到的情报是一致的,戴励志深感在独立骑兵团直属队和八个连队的重重包围之中,硬往城里冲,随时随地有被彻底消灭的可能,不如凭着坚固的钢筋水泥工事,抵抗十天半月,等蒙古军军部和第二师所属三个团打过来以后再说。坑道里还有点粮食,饮水很快用完了,一个个渴得眼睛冒火,嘴里生烟,出来运水被抓住了。

这时已近中午,根据上述情况,二位团长研究决定,六个连队设防警戒,严密注意从东面全速前进的蒙古军部和第二师所属三个团。团部和七连立即攻占城防工事坑道口,截住军统稽查处特务杀手们的逃路。下午二时,钢筋水泥碉堡的射击孔内喷出了火舌,激烈的战斗打响了。第七连是机炮连,全体干部战士英勇善战,充分利用地形地物,尽管军统稽查处特务杀手们自动武器火力很猛,占领了全部坑道口。外城东郊的炮楼和碉堡都哑巴了。王府市外城的警察们不敢出来接应,只是远远地打冷枪狙击。这一带红旗飘扬、军号嘹亮,大东面伊和浩特、巴嘎浩特、汗庙等地方的牧民群众和下层喇嘛都来送慰问品了,有拿着炒米和各种奶食品的,有拿着荞面烙饼的,还有拿着马奶酒和手把肉的。王府牧马人完达尔夫牵着两匹马来回驰骋,上面都驮着一对又宽又扁的大木桶,专门给干部战士们供应香喷喷的凉奶茶,既解渴又解饿。他热情洋溢地说:“同志们,打仗干渴,多喝吧。你们不像老八连,刚来不久,人地两生,不知道。这里接近八百里腾格里山麓,地势高,是没有水的。自古以来牧民群众说得好:腾格里山没有水的山,千古牲畜不沾边,骏马蹄过难停站,渴死牛羊干了天。多喝吧!”

“老八连寡不敌众战斗失利,变成步兵在腾格里山隐蔽期间,就是这个马倌经营管理他们的几百匹军马,基本上没有损失,以后原物送还,对我们帮助最大,应该千恩万谢,永远不能忘记!”阿拉玛斯团长和巴雅尔副团长对完达尔夫给予很高评价,都喝了一大碗奶茶,站在硝烟迷漫的前沿阵地上继续指挥战斗。他们并没有由于初步胜利而松懈斗志,一边严密监视着各个坑道口,一边进一步侦察城内警察和东面过来的蒙古军部以及第二师的一切动向。在这同时,对怎么样消灭军统稽查处特务队,进一步交换意见。七连连长和指导员认为:长期围困,使特务杀手们饥饿而死是消极的,蒙古军部和第二师很快赶来,我军将腹背受敌,应该采取积极办法立即打个歼灭战。

这时候,琪琪格旗长安排好伤员的食宿地点和场所后,从伊和浩特回来向团部报告,听了七连连长、指导员的意见,白俊的脸上显出极有礼貌的微笑,出谋划策道:“二位团长,我过去是学畜牧业的,为了保护草原建设牧场的需要,研究过消灭野老鼠的办法,第一是水灌,第二是烟熏。腾格里山,没有水的山,水灌是困难的,就采用后一个办法对付这些特务杀手,烟熏火燎!”

团长和副团长也认为这个办法不错,打算试试看。七连的干部战士们马上行动起来了,到附近的伊和浩特、巴嘎浩特、汗庙去套木轮牛车,装骆驼驮子,拉来了很多当燃料用的干牛粪、干羊粪、干马粪、柳条子、劈柴、干草柴,甚至还有背着大花篓送柴草的。牧民群众想得完全周到,怕点的烟灌不进坑道里边去,把汗庙碾房用的大风车也拉到这里。几十堆柴草、干粪都扔进坑道口点了火,接着就用大风车到各处去煽风。效果是很好的,把守坑道口的三十多个特务杀手,都狼狈地钻出来了,一个个被浓烟烈火熏烤呛得东倒西歪,面目漆黑,流着眼泪咳嗽,张着大嘴直喘,美式军装都烧坏了,褴褛不堪,好像从烟筒里钻出来的一样。战斗进展顺利,不仅占领控制了全部坑道口,并且俘虏了特务杀手的三分之一人员。下一步怎么打?还有近七十名敌人躲在坑道深处阴暗角落里。洞子既长又弯曲,而且支道太多,烟熏火燎的办法不中了,天色渐渐黑下来,远处王府市外城的土墙朦胧一片了,显得格外阴森恐怖,悬挂的国民党狗牙旗无精打采的耷拉着,一勾上弦月斜挂在头顶上,寒星闪闪发光,阵阵山风吹过来,穿透了军衣。时间紧迫,老团长阿拉玛斯下令开始强攻,七连担任坑道突击任务。副团长巴雅尔亲自去该连,多配备了打夜战近战的武器:冲锋枪、驳壳枪、手榴弹、特制蒙古刀。干部、战士们个个同仇敌忾,士气高涨,举行了庄严的战前宣誓仪式以后,准备冲进坑道。

就在这时候,远处的一个哨兵高兴得大叫起来:“哈尔巴拉同志回来啦!”

“老八连连长回来啦!”另一个哨兵放开嗓子使劲喊。

老团长阿拉玛斯、副团长巴雅尔连忙高兴地迎上去,后面跟着团直属队和七个连队的很多负责干部。阵地上一片活跃,互相问候叫好声此起彼伏,热闹极了,不少牧民也围过来。

看到久别的亲人安全返回,额尔旦老人、楚鲁、斯琴、刘秀英、王府马倌完达尔夫等多人都哭起来。

在这里受到军民注目的中心人物当然是哈尔巴拉,这个满脸连鬓大胡子的彪形大汉,显然是得到了很好的食物补充，相貌堂堂，威风凛凛，充分显示出超人的男性膂力，英姿不减当年。他和大家见过面，向阿拉玛斯、巴雅尔报告情况，听说七连要进攻坑道，说道：“二位团长，先等一等吧，别强攻硬打了，保存自己消灭敌人，我们老八连早就摸透了蒙古军城防工事全部底细，还挖了几条秘密坑道，我来带队，神不知鬼不觉，来个奇袭！”

老团长阿拉玛斯喜出望外，连连夸奖道：“太好了，太好了，这才叫站得高看得远，有备无患！”

巴雅尔副团长热烈地拍打侦察连长宽厚的肩膀，也表扬起来了：“老八连是好样的，你们的全部战斗过程我都听说了，公开的，秘密的，都很能干，这和你的正确领导有直接关系，就是没有预料到还挖了攻城用的秘密坑道，高瞻远瞩，真不简单！”

旗长琪琪格也深情地注视着这个大名鼎鼎的英雄连长，高兴地说：“八连长领着部队从秘密口子进入坑道，能够减少大量伤亡，太好了！”

“是的，旗长先生，有办法，您放心好了！”哈尔巴拉很有礼貌地回答说，并且带着歉意笑了笑。他以前对这个A城农学院的大学生，心怀戒备，从来没产生过好感，现在看见她和全团干部战士一样，穿着草绿色军装，腰挎小巧玲珑的手枪，斯琴、刘秀英都佩带驳壳枪寸步不离地在她身后跟着，说是当旗长了，还兼任着独立骑兵团后勤处主任，和老红军李志坚同职同级，怎么升职会这样快？他开始觉得很奇怪，怀疑到这是不是贵族出身的阔小姐大耍手段投机钻营的结果，以后又想到老团长等人不是那么容易上当受骗的，肯定有什么来历。突然，他联想到了以前大惑不解的几件往事，从中得到答案，心头一下豁亮了，解除了怀疑。

琪琪格也是极聪明的人，从哈尔巴拉的口气和表情中，好像明白了什么，就不往下说了。

从后面拥挤过来的额尔旦老人，竖起大拇指夸奖道：“伊和塔拉草原上，谁人不知，哪个不晓，哈尔巴拉最厉害，长期潜伏，甚至给莫尔根王爷当过保镖，形迹不露，第一次领导暴动，掐断铁路公路大干线，杀死特务杀手头子武林，欺骗蒙古军部和第二师。第二次领导暴动，截住特务队，活捉甄如虎，打光‘黑狗子’队。哈尔巴拉也最苦，老二察干巴拉被抓去当劳工，差点死了；老三呼和巴拉也丢了，不知道去向和下落。”

“老三还没有找到？”老团长阿拉玛斯急忙关心地问道。

“唉，我们那个可怜的三弟呼和巴拉呀，恐怕不在人世了。”哈尔巴拉长叹了一口气，向两位团长介绍了二弟察干巴拉，接着又讲了秘密坑道的结构：“为了攻城的需要，我和同志们一起偷偷挖通了几条小口子，相当隐蔽，很难发现，连监工的黑狗子警察都不知道，这些在外边活动的特务杀手更不用说了。强攻硬打是不中，坑道里拐弯太多，主洞两面还有很多支洞，有的关着铁门，进不去！”

“这个坑道不通城里？”副团长巴雅尔关切地问道。

老二察干巴拉也学会了保密，附耳低语：“我们老八连领导的第二次暴动，把蒙古军的计划搅黄了，城防工事施工才进行了一半。有利必有弊，我们再不好下手，这个秘密坑道没挖透。”

哈尔巴拉打开一大卷硬纸递过来，说：“看，这是城防工事和秘密坑道详图。”

“好，好，这太好了，八连长文武双全，智勇兼备，什么都想到了，难得的将才！”老团长阿拉玛斯大喜，连连夸奖着仔细地察看了图纸，挥手做出一刀两断的姿势，气宇轩昂地说：“原定计划不变，巴雅尔同志带领七连进攻坑道，哈尔巴拉同志引路，我带领团直属队和其余七个连队担任警戒，严密注意城内警察，特别是从东面全速前进的蒙古军部和第二师三个团人，这是我们最主要最危险的敌人，万万不可粗心大意，打击力量还是应该放在这方面，分清主次。”

阵地上一片喧哗，铁器叮当，马蹄铁在石块上迸出火花，呈现出战前紧张繁忙的景象。

拂晓前，由哈尔巴拉引路，七连从秘密口子进去了。钢筋水泥衬砌的洞子里，没有任何一点照明设备，阴暗潮湿，脚底下滑溜溜地，发出一阵阵难闻的臭味。七连干部战士们怕路滑摔倒弄出响声，只能紧挨着冰凉的水泥墙摸索前进，钻过了一道又一道暗门，迈过了一堆又一堆沙袋，差不多拐了九九八十一个弯，这才接近了坑道中心。随着巴雅尔、哈尔巴拉的手势，停止了前进。愚蠢的特务杀手们，不知道有隐蔽得这样巧妙的秘密进出口，更没有想到奇兵从天而降，站岗放哨的几个家伙，在那里悲切切地唱着流行歌曲，来发泄心中的苦闷。各种迹象表明，他们一点动静都没发觉。

巴雅尔、哈尔巴拉在前，整个七连在后，又往前移动了几步。好家伙，这帮杀人成性的刽子手们，一个个原形毕露，显出贪生怕死的丑相，有大声号啕的，也有低声哭泣的，还有萎靡不振躺倒唉声叹气的，甚至有双膝跪倒对天祈祷的，很显然，他们当中有人看见过油印传单《报应》，迷信鬼魂来算账，害怕妖怪来报仇，吓得不行，哆哆嗦嗦，叨叨咕咕，再三声明挖坟盗墓与自己无关，是长官逼迫的。真是七歪八斜，乱糟糟一团。看样子，军统稽查处特务杀手们精神崩溃，完全绝望，早就算计出不能突破重围，只剩下死路一条。这里面有不少女的，不管她们已婚或未婚，普遍都过着新式摩登和旧式糜烂兼而有之的生活，上下级和同行之间通奸屡见不鲜，根本无法制止、纠正、处分。这是因为男女特务杀手们都有一种世界末日的预感，不是杀人便是被杀，玩火自焚，没有一个善终的。活着进来，死着出去，这是屠宰场。所以他们都产生了及时行乐、死了不冤的变态心理，而且越来越严重，现在大难临头，更丑恶更腐败的黄色事件终于发生了，先是很多对夫妻公开行淫，紧接着行动队副队长杨扬也乘虚而入。他是个五大三粗的野蛮家伙，脸黑如墨，平常仗着他的官衔、浑身力气和准确的枪法，为非作歹，行凶作恶。因为尊容欠佳，讨不上老婆。他和已婚女队员李珍勾搭上了，平时偷偷摸摸幽会，别人有所察觉也没有抓住确凿证据，不好追究。李珍的丈夫赵全也是如此，只不过是严重怀疑而已。这回赵全、李珍两口子，也混迹在这大帮特务杀手之间，被包围得很严实。死期到了，这种可怕的想法占据了杨扬的心灵，这个四肢发达、头脑简单的特务杀手小头目，就色胆包天什么也不顾了，在坑道中伸手不见五指的黑暗的掩护下，动手动脚拉扯李珍到了更偏僻的旮旯里，急急忙忙扑上去。但是这一切预防措施一点用处都没有，不甘心戴绿头巾的李珍的丈夫赵全坚持不懈地监视着。原来，赵全在黑暗中摸索着也到了很近地方，屏住呼吸，睁大眼睛，倾起耳朵，全部注意力都集中在这对狗男女身上。杨扬和李珍再控制压抑也好，赵全把那些最细微的动静都听到了。赵全听罢，怒从心上起，恶向胆边生，暴跳蹦高，端起冲锋枪疯狂地扫射着大叫大嚷：“淫妇奸夫，你们活够了，死期来到，判处极刑，到阎王爷那里卖屄去吧！”看情况，杨扬做贼心虚，也是有充分准备的，临死前开枪反击，在黑暗中不偏不倚打中了赵全的心脏，立刻毙命。这一场黄色丑剧，登时死了三人。

七连干部战士们虽然急着要打，但是引路的哈尔巴拉表现得沉着坚定，用手势制止了他们，这个有丰富战斗经验的年轻指挥员考虑得比较全面，向巴雅尔副团长建议说：“奇兵出击，插进了特务杀手队心脏，只不过是个开头，接着要来一个擒贼先擒王，把绰号‘迈德尔喇嘛’的罪魁祸首戴励志逮住,下面爪牙就不敢扎刺了。我认得这个家伙,年龄五十上下,矮胖个子,满脸横肉,平常好打扮成布里亚特蒙古喇嘛模样,头戴红缨帽,身穿带折叠的袍子,脚穿翘尖香牛皮靴,特征很足。”

“好!”

哈尔巴拉边听边看寻找着戴励志,无声无息,无影无踪,这个草菅人命的刽子手,跑到哪里去了?莫非是事先发现情况不好,丢下喽啰们单独逃跑了?进攻延迟了十多分钟,这样下去不是个办法,要是被这些特务杀手发现了,就很可能前功尽弃,变主动为被动,于是他又建议道:“最大的头子,稽查处长找不见了,兵贵神速,事不宜迟,先下手为强,不能再拖了!”

巴雅尔副团长迟疑了一下,按过去约定的信号,向后面做了一个特定的手势。

轰!轰!轰!数不清的集束手榴弹、手雷、爆破筒在特务杀手群中连续爆炸开来,轻机枪、冲锋枪、驳壳枪等自动武器也响成了一片,火光四起,硝烟迷漫,只见保密局稽查处的特务杀手血肉横飞,一些半死不活的家伙,在那里痉挛、抽搐、翻滚着嚎叫,发出不像人的声音。七连趁机勇敢地冲上去,顺利地解决了战斗。在这里当向导帮助作战的侦察连连长哈尔巴拉单独抓了二十多名俘虏,在火线上受到了巴雅尔副团长和七连干部战士的赞扬。这一次战斗大获全胜,缴获的武器弹药不计其数,更重要的是装在箱里、柳条筐的文物古董足有几十垛,一直伸展到很远的地方。美中不足的是,在打扫战场进一步清点俘虏的时候,就是找不见那个绰号“迈德尔喇嘛”的稽查处长戴励志。这个最大的特务杀手的神秘失踪,引起哈尔巴拉的特别注意,把一些小头目逐个揪到团部来反复问,他们被迫供出了大头目隐藏的地点,是这条坑道最深处的一间僻静的小支洞。

副团长巴雅尔带领七连四排四班又要出发了,哈尔巴拉不太放心,又一次自告奋勇地给他们引路。老团长阿拉玛斯再三提醒注意,说:“对付戴励志这样阴险狡猾的特务杀手头子,要多加小心,战斗进行了这么长时间,他始终不出头露面,必定有什么阴谋诡计!”

“没事!”巴雅尔说。他左轮手枪里装满了子弹,还拿了四颗柠檬式手榴弹,装在草绿色军装上衣口袋里。引路的哈尔巴拉这时也换上草绿色军装,宽皮带上插着二十响驳壳枪、四颗木柄手榴弹、特大号纯钢蒙古刀。这一群人很快接近了那个僻静的小支洞。远远看见半开的钢板门上挂着一块白布,上面写着血书,到了跟前看清楚了:“不成功,便成仁,宁为玉碎,不求瓦全,鉴于目前形势,我决心用中正剑自刎,誓死效忠党国。弟兄们,永别了!如有脱险生还者,请转告我的亲属!”

七连四排四班长惋惜地说:“糟了,来晚了,这个吃肉不吐骨头的豺狼自杀了!”

“进去看看!”副班长说。

哈尔巴拉大声喊话:“第一副处长武林死在我的手里;第三副处长甄如虎被我生擒活捉;你这个正处长也差不多了,玩弄花招不行,快出来!”

巴雅尔也喊了一句:“再不出来,就扔手榴弹啦,拍着巴掌走出来。”

钢筋水泥浇筑的支洞内寂静无声,钢板门是半掩半开着的,里面漆黑一团,什么也看不见,紧接着又喊话,还是没有动静。巴雅尔副团长大为恼火,准备冲进去。哈尔巴拉挡住了他,扔了两颗木柄手榴弹,又捡起一大块干硬的水泥猛劲砸半开的钢板门。这时候,挂在门槛上的地雷爆炸开来,把几寸厚的钢板门都炸歪扭了。支洞里的一切都稀碎破烂,老资格的特务杀手头子

“迈德尔喇嘛”什么也没剩,只看到了一片又一片布里亚特蒙古人的袍子,上面沾着零碎皮肉和骨头,臭不可闻。

巴雅尔副团长一直很严肃的脸上,露出少见的微笑,对着闻讯赶来的阿拉玛斯团长说:“没有想到老对手‘迈德尔喇嘛’临死前来了一下回马枪,好险,是哈尔巴拉连长救了我!”

阿拉玛斯注视着哈尔巴拉点点头,表示肯定和赞赏,又转向这些军人们,果断地大声说道:“现在宣布三条命令:第一条,老八连——也就是侦察连押送俘虏,返回驻地休息,解除长期单独作战的疲劳,恢复健康。团直属队协助后勤处清点战利品,把武器弹药、服装被品,特别是把戴励志掠夺过来的各个朝代的历史文物妥善运回,分别注册登记,派专人保管,不得丢失损坏。一、二、三、四、五、六、七连加强岗哨,密切注意我们老对手蒙古军部和第二师三个团的一切动向,刚才得到情报说他们就要进王府市西门了;第二条,调老八连连长哈尔巴拉、政治指导员邓志刚二位同志到团部协助工作,他俩原来的职务由刘青山同志兼任;第三条,根据战略战术的需要和敌我双方力量的对比,我们独立骑兵团决定不打王府市,以伊和浩特为根据地中心,接受大后方送来的补充兵员,进一步整编,提高战斗力,继续掐断铁路公路大干线!”

团直属队和八个连队负责人立即出发了,武器磕碰着,马靴金属后跟在石块上发出很大响声,闪烁火星。

“老邓怎么没任命?是不是担任原来政治处主任职务?”哈尔巴拉犹豫着问道。

巴雅尔副团长使了眼色,附着耳朵低声说了些什么。

哈尔巴拉的长着连鬓大胡子的脸上露出感到意外的表情,点点头说:“好,我给他教蒙文蒙语,这个任务我包下来,他原来基础就不错,容易学。”

侦察连一排新战士察干巴拉,这时也早已换上了草绿色军装,胸前挂着崭新的美式汤姆生冲锋枪,却不回连队,跟在老团长后面走着,好像多了一个魁梧强壮的警卫员。过了好大一会儿,闷闷不乐地说道:“团长,我有一个要求!”

阿拉玛斯看着他的憨厚模样,哈哈大笑道:“对,对,我没有想起来。刚才琪琪格旗长说:建设巩固的伊和塔拉根据地,需要大批骨干,把你们排长特木尔同志调走了,你是不是也想复员回到地方呀?”

察干巴拉稍微犹豫了一下,接着很激动地说:“团长,我不回地方,接着当兵,打蒙古军部和一、二师六个团,为我弟弟报仇雪恨!”

“好,很好,你还是去老八连吧,听你们连长兼指导员刘青山同志分配到具体排、班。”

“我是这么想,刘青山同志一个人兼两个职务可能忙不过来,我想当老八连的政治指导员,行不行?”察干巴拉坦率地说出了自己的心里话。

“这个老二真有意思!”阿拉玛斯被逗得又一次哈哈大笑,明知故问:“你入党了吗?”

察干巴拉愣住了,想不起来是怎么回事,接着强词夺理地答复道:“参军就是入党,一样的,都一样,这不用问。”

在周围军人的哄笑声中,走在远处的哈尔巴拉过来了,臊得连鬓大胡子脸通红,对二弟喝道:“察干巴拉,你在这里胡说八道些什么?快回连队去!”

老团长阿拉玛斯开心地笑了一大阵,等人们都走散以后,他和留在团部的巴雅尔、邓志刚、哈尔巴拉等军政领导干部研究起来,征求意见道:“我们独立骑兵团是特别加强主力部队,和小日本鬼子、老国民党反动派、还有大小股土匪打了多年仗，缴获的武器弹药不计其数，足够装备一个师三个团，一直是随军行动，笨重得很，不容易搬迁，影响作战，我总是念念不忘怎么处理。现在天赐其便，我们伊和塔拉根据地后面八百里腾格里大山中，有的是自然岩洞，风雨不透，我们就分散存放在那里，双保险，你们认为怎么样？是否合适？”

巴雅尔参谋长点头称是，补充道：“建立巩固的伊和塔拉根据地，长期掐断铁路公路大干线，这就是我们的家，应该这样办。”

“少数服从多数，下级服从上级，民主集中制，我完全同意团长、参谋长的意见，以此为家，妥善安排，就这么办！”原政治处主任邓志刚表现出举双手赞成的样子。

“那么，哈尔巴拉同志，你觉着怎么样？”阿拉玛斯是很重视这小伙子的，每次都虚心倾听他的意见，认为他很有办法。果然，哈尔巴拉的长满连鬓大胡子的脸上，显出很不以为然的样子，摇头否定道：“不妥，不妥，此法不妥。存放岩洞中，没有站岗放哨的，武器弹药容易潮湿、上锈、丢失、损坏，而且变成一堆死物，起不了任何作用。应该恢复原来面貌，变成活武器，杀敌立功，这就是毫无保留地分配给伊和塔拉根据地的全体民兵，多一个人多一份力量，全民皆兵，叫一小撮国民党嫡系和杂牌部队淹死在人民战争的汪洋大海之中，哈哈！”

老团长阿拉玛斯乐了，哈哈大笑道：“此法甚妙，我改变原来的计划，动用全部库存武器装备全体民兵，人海战术，哈哈，我以前怎么没有想到这最重要的措施，失策，失策，中国共产党人的最大法宝是相信群众、依靠群众、武装群众，现在才觉悟过来了，对，就这么办，民兵越多越好，平时搞生产，战时去打仗，一手套马杆子，一手拿枪，全民皆兵。”

就这样，老团长采纳了哈尔巴拉的建议，付诸实施，用库存武器装备几乎有一万名的全体民兵，这在以后发生的“鬼谷伏虎”“魔峡擒鹰”等大规模战斗中起了很重要的作用，万马奔腾，黄沙滚滚，军刀闪亮，杀声震天，光是这气势就能吓倒胆小的敌人，使他们魂不附体，失掉抵抗能力，惊呼人海战术不可阻挡。

大规模的近万名民兵训练开始了，缺少师资，抽调独立骑兵团直属队和八个连队的很多班排长担任教员，根据地中心伊和浩特就是示范区，以他们为榜样进行，严字当头，从头学起，精益求精，短时期内就取得了显著成绩。伊和塔拉大草原上的蒙古族牧民本来就善于骑射，基础很好，这回更是厉害了，人人都变成了乘马冲锋的英雄好汉。不是没有一点缺点，也出现过不顺心如意的事：民兵们对基本动作不愿意做，甚至很讨厌，反对掉了，他们几乎一致都说：战斗需要骑术好打枪准，要练什么立正、稍息、左转、右拐干什么？没有一点用处。接着发现有的民兵私自动用公家枪支弹药进山狩猎，这也被纠正过来了。上述一切属于小毛病，无关大局，近万名民兵主体是好的，基本上经得起各种考验，虽然掌握武器，没有一个为非作歹的，更没有投敌叛变的，这使独立骑兵团党委放心了。

第三十回　勾心斗角莫王撒气骂街
虚情假意少爷专程送行

有两条鬼鬼祟祟的黑影，从王府市东郊防御工事中秘密坑道口里，悄然无声地钻出来了，头前领路的是一个粗壮的大高个儿，稍稍有点佝偻，后面跟着的是矮胖臃肿的家伙，急急忙忙迈着两条短腿，步态蹒跚，很费力气。这两个人一句话也不说，走走停停，停停走走，就像在黑暗中穿行的狼一样，又走了好长一阵，离战场更远了，枪声、手榴弹爆炸声和人喊马嘶声，变得模糊起来。走在后面的矮个子似乎松了一口气，紧走了两步，赶到前面来，几乎是耳语般的小声说："'影子'先生，这次大难不死，全靠你们这几位老朋友啊，莫尔根军长、哲别参谋长、扎萨嘎队长和您，都是大大的好人，将来我出头之日，要加倍偿还，滴水之恩，定当涌泉相报！"

"你受惊了。"蒙古军联合谍报队的最大特务杀手"影子"，听着戴励志感激涕零的声调，心中暗笑。这个曾经趾高气扬不可一世的家伙，变得这样可怜兮兮，低声下气，点头哈腰，简直不能认了，真是骏马瘦了鬃毛长，猎狗病了尾巴短呀，想到这里用恫吓威胁的口气说："稽查处长大人，您要注意呢，进了城不要提起我，要严格保密，守口如瓶，如果要是泄露天机，休怪我翻脸不认人，手下无情。我们蒙古军联合谍报队是无形的，互相都不认识，单线联系，从来没有公开出头露面，除了莫尔根军长、莽斯副军长、哲别参谋长、扎萨嘎队长以外，谁也不知道我是什么人，哼哼！"

戴励志在黑暗中打量着咄咄逼人的"影子"，吃惊地倒退了两步。他知道这个家伙体重二百多斤，膂力过人，还会格打擒拿那一套技术，自己虽然精通散打，比死去的拳术教官武林差远了，在这种险恶的危机四伏的环境中，肯定要吃大亏，说不准要丢命，还是以柔克刚为上策，于是他信誓旦旦地说："你放心好了，千军易得，一将难求，我怎能暴露你？在当前战局急转直下的日子里，我一直是为你们蒙古军助一臂之力。可是不得不说，越来越困难了，共军独立骑兵团千里迢迢挺进这里，事非偶然，有长远的战略目标。他们的胃口很大，想在这个咽喉要地开辟建立据点，长期掐断我们四面八方的后勤供应线，来个各个击破，可谓狠毒之极。而我们自己呢，有目共睹，尔虞我诈，互相倾轧，客观上帮助了共军，他们的阴谋一旦得逞，不堪设想，树倒猢狲散，我们将死无葬身之地。唉！"

"哼，这简直是危言耸听，瞎诈唬，我听得很烦，耳朵都起老茧了。你不要信口开河，长别人志气，灭自己威风，难道我们蒙古军一、二师六个大团，打不过共军一个独立团？""影子"不服，很生气地说。

"'影子'先生，请不要见怪，不客气地说，你的军事常识等于零。你们蒙古军一、二师六个团是常规团，共计才十八个连，加上军部警卫连，才十九个连，三三制编制；共军独立骑兵团是特别加强主力团，八个连，四四制编制，总人数上可以说是势均力敌，旗鼓相当。去年打他们一个老八连，就费了吃奶的力气，何况——"

"影子"在黑暗中不耐烦地第二次打断了对方的话,他是个不读书不看报的家伙,对国内外形势没有知识,愚蠢地迷信蒙古军兵力,吹牛道:"呔,走着瞅,我们六个大团对付他们一个团,泰山压顶,以石击卵,不费吹灰之力!"

"谈何容易,你们和国军东西线部队同床异梦,各揣心腹事,尿不到一个壶里,给共军独立骑兵团造成可乘之机,单靠蒙古军什么事也办不成哟。"戴励志停顿了一下,又说:"这样吧,在王府市避几天风,等局势稍微平静下来以后,你把我送到A城去,面见司令长官做秦廷之哭,陈说利害,假若能派遣'虎威''鹰扬'两个主力团的一个,共军独立骑兵团可以消灭,最起码可以打跑,接着再修复铁路公路大干线。"

"影子"根本不买他的账,顽固不化,冷笑着讽刺挖苦道:"'迈德尔喇嘛',你再别替国民党蒋介石嫡系部队吹牛了,'虎威'六十三团对共军独立骑兵团一点办法都没有,沙漠和山地间,他们装甲机械化优势不顶屁,陈秃子这才向妹夫哲别参座求助的,你心思我不知道咋的!"

这两个特务杀手狡猾得很哩,没敢进王府市外城土墙东门和北门。他们估计到独立骑兵团侦察连正在严密监视,很容易出事,便绕了弯进了外城西门,因为城西是蒙古军统治和控制地区,接着进了城中之城的内城。这个王府市内外二城是回字形的,远远看见正中的老式三层楼房了,黑忽忽地就像一头巨大的野兽。深秋的风,凄凉地吹着檐下的铜铃,整个王府里显得阴沉寂静,散发着腐朽木头和霉烂树叶的气味,这里连牲畜叫唤、狗吠声也听不见,偶尔有一两只蝙蝠吱吱飞过去。

戴励志被这种充满死亡气氛的寂静吓坏了,好像在猎场上被围住的豺狼一样东张西望,惊慌失措地问道:"你不是说蒙古军部和第二师四、五、六团已经进城了,到底来没来?重点设防的内城怎么这样漆黑一团、鸦雀无声。"

"影子"放肆地嘲笑着说:"戴处长,可惜了您是特务杀手大头目,胆子这样小,简直是怕死鬼,回到最保险安全的城中之城更害怕了,多么可笑。铁路公路大干线拦腰被掐断,煤炭运不来,电厂没烧的,怎么不黑呀。"

"蒙古军部和第二师四、五、六团,到底来没来?进没进城?"戴励志心里七上八下,浑身冷汗。

"哈哈,不用担心,军座和参座早就率部进城了,鞍马劳顿,正在休息,谁也不能大声喧哗。内外两座城内,大军严阵以待,出不了事,放心好了。你就住在三楼佛堂隔壁,那里有临时来住的汗庙达尔罕大喇嘛和你做伴。他在那里念经祈祷祝福我们蒙古军武运长久,战功赫赫;并且往共军独立骑兵团驻地方向扔铁心面鬼,诅咒他们早日灭亡。哈哈,内城王府佛堂是最安静的地方,一年三百六十天,没有一个人上去,养一养吧。"

"谢谢!"稽查处长深深鞠躬,足有九十度。

"影子"快到大楼西边红墙时,从黑色蒙古袍怀里掏出大墨镜戴上了,将戴励志引进小小的月洞门内,这才告辞而去。

戴励志在大楼前廊阴影下大约等了半个小时,"小白脸"大喇嘛出来摇着手示意莫尔根正在睡觉,要保持安静,接着就悄悄领他上了三楼佛堂。原来这里早就准备好了,小小的弹簧钢丝床,铺着厚厚的草垫,上面有驼毛毡子、栽绒地毯、皮褥和棉被,茶几上有茶壶、暖瓶、水杯。美中不足的是大盘子里只盛着炒米、奶食品、煮熟的风干牛羊肉。戴励志看了这些吃不习惯的东西,长叹了一口气说道:"唉,铁路公路大干线被掐断,交通梗阻,什么都缺了,真是不堪设想啊!"

大喇嘛正在糊着白细布的小窗跟前听外面动静，保养得很好的小白脸上，满是悲哀的表情，心有余悸地小声叨咕："东门外枪声停了，唉，前前后后，武林教官、陈蔓莉副处长、甄如虎先生，有那么多的军统朋友遇难，惨死他乡异地，真正使人伤心落泪啊，处座，您是怎么跑出来的？"

戴励志的长满横肉的脸上也很沮丧，又长叹了一口气，幽幽地说："唉，一言难尽哪，以后有机会慢慢对你说吧。'小白脸'呀，你替我们办过很多的事情，也算稽查处的一个老资格的情报员了，不妨告诉你一件事，请千万留意。"

"什么事？"

"唉，我在城防工事坑道里，本来是想用中正剑来自刎的，不成功便成仁，但是有很多重要事情要办，这样我很不容易杀出一条血路，突破了重围。你也知道，共军独立骑兵团全部打过来了，兵临城下，来者不善，善者不来，他们要长期赖在这里不走了。这一着很厉害，掐脖子战略战术，在王府市周围建立巩固的根据地，继续长期拦腰切断铁路公路大干线。四面八方的国军没有后勤供应，被各个击破。在这过程中，这里的共军为了加强后方，肯定收拾掉像你这样披着宗教外衣暗中搞破坏活动的反革命分子，你要注意千万别露出破绽！"

达尔罕大喇嘛是个精明强干的人，心里虽然打着鼓，却装出满不在乎的样子，哈哈大笑着为自己辩护道："处长大人言之差矣，我有啥哟，一个出家人削发为僧，遁入空门，看破了红尘，不在三界内，跳出五行中。"

戴励志狞笑了一声，施展出了威胁恫吓的一套手段，说道，"'小白脸'，事情复杂得很哪，不要看得太简单了，我记得你给我们偷递过很多关于共军独立骑兵团老八连的情报，就凭这一点，他们就会找到你的头上，嘿嘿！"

这个宗教上层人物狡猾的很哩，自有主见，并不害怕，又嘻嘻笑道："给蒙古军通风报信，不下百次，这是事实，但是我惜墨如金，一个纸条也没有写，你能找到文字凭据吗？捉贼要捉赃，捉奸要捉双，没有办法。"

戴励志有的是良计妙策，硬的不行来软的，武的不行来文的，看见诈唬不动改用引诱了，从皮制大背篼深处掏出一个黄灿灿的金条，递给达尔罕，得意地发号施令道："大喇嘛，蒙古军第一师和第二师六个团人，再有本事也不中，孤木不成林，单丝难为线。我去找东西线部队司令长官，请求派'虎威''鹰扬'等主力团前来解围，那是装甲机械化部队呀！事关重大，你不要在这里停留太久，还是回汗庙为我们搞情报要紧。"

"小白脸"大喇嘛拿上金条态度变了，既不拒绝更不顶撞，又是笑嘻嘻地挤眉弄眼道："处长大人真会变戏法，出尔反尔，捉摸不定，刚才还说共产党会找到我头上，现在又要派我过去，这不是逼我去冒险，拿我当牺牲品！"

"先下手为强，以攻代守，在他们来动你这个汗庙的管事大喇嘛之前，把这些家伙全打瘫了。放心大胆地去干吧，不能因噎废食。"戴励志软硬兼施，既威胁又诱骗。

快到小晌时，莫尔根、哲别都来了，这个绰号"迈德尔喇嘛"的稽查处长，行了九十度的鞠躬，向他们表示感谢，关于"影子"领他逃出重围的事，放在很次要的地位，好像不值一提，只是对这两个大人物点头哈腰，连连说道："军座，参座，敝人今日大难不死，全靠你们二位长官呀，前后两次救命之恩，不可不报，愿意效犬马之劳，请吩咐！"

莫尔根王爷这回又发作了，还是怒不可遏地再次重复前几天在行军途中说的话，粗野地叫嚷破口大骂道："军统局，不，保密局稽查处的彻底失败，就是前兆，就是缩影，整个国民党也好不了，眼看就要垮台。你们舍命不舍财，打着修复铁路公路大干线的幌子，招摇撞骗，巧取豪夺，到处挖坟盗墓，破棺露尸，扒窃各个朝代、各个民族的文化珍品，有的一件价值连城。地势被破坏得一塌糊涂，伊和塔拉大草原上人心惶惶，民怨沸腾，自古失民心者丢天下，你们国民党岂有不败之理？原有的一号头目'迈德尔喇嘛'戴励志在外边搜刮，新来的二号头目'面首'甄如虎在这里扒窃，竟把汗庙白塔底下一世活佛坟墓挖开，偷出稀有文物五佛宝石冠。他洋洋得意，自以为发了大财成了富翁，却没有预料到被第二次埋伏在这里的共军独立骑兵团老八连突然袭击，一网打尽。俗话说：上梁不正下梁歪，这是从保密局大官那里传过来的。你们团体所有成员，从上到下都变成了盗墓贼，这还了得，天理难容，正像传单《报应》上说的那样，一定会有惩罚性的报应，在劫难逃呀！还有，今年五月五日在南京中山陵发生了一次震动全国的四百名高级将领集体哭陵事件。他们中间绝大部分是黄埔军校同学，参加过北伐战争、抗日战争。去年四月陆军整编以后，成了剩余人员，生活没有来源，一贫如洗，饥寒交迫。于是他们约定日期到中山陵集中，身穿黄色将校呢制服，佩将级领章，胸前挂着勋表，按黄浦军校期别站成方形队伍，面向孙中山塑像读祭文，接着开始哭陵，一哭，二哭，乃至三哭，哭声惊天动地。披露报刊后，蒋介石方知此一事件，大发雷霆，虽然作了某些安置，却远远满足不了他们的要求。这些引起了众怒，国民党将官当中流行着如此这般歌谣：此路走不通，去投毛泽东；此处没人要，延安去报到。你们完了，威信扫地，众叛亲离，一落千丈啊。对嫡系亲，对杂牌疏，借助共军之手消灭异己，自以为很聪明，其实是很愚蠢的。从几年以前，我们蒙古军三番五次申请高度自治，屁点进展也没有呀。人家共产党自有办法，内蒙自治运动联合会、内蒙古自治政府相继成立起来了。这回附近又来了一个独立骑兵团，是个特别加强主力部队，更难对付，局势越往后越不好收拾了。'迈德尔喇嘛'，我看只好干脆抛开你们国民党，找人进一步和美国朋友拉皮条吧，你以为如何？"

稽查处长听了蒙古军长的长篇大论以后，哑口无言，半晌不吱声。这倒不是嫡系特务杀手头子怕杂牌部队司令，而是他们二人之间有一段不可告人的暧昧关系：多年以前，戴励志在王府市刺探军事情报，被日本美津骑兵师团特务机关发现要逮捕，警车都出发了，就在这生死存亡的危难时刻，莫尔根在暗中大力掩护通风报信把戴励志偷偷放跑了，从此他俩成了所谓的刎颈之交。加上这次派"影子"从坑道中抢救出来，这种关系更进一步。

哲别秃着舌头咬文嚼字地补充道："三春去后诸芳尽，各自须寻各自门，就得早作打算啦，戴先生，你坐镇王府市多年，稽查失职，情报不灵，耳目堵塞，只图发财，被掐断了铁路公路大干线，四面八方的百万大军后勤物资供应没指望了，官兵没有粮食，枪炮没有弹药，身临绝境，危机四伏。你本人处境也够惨的，损兵折将，几乎变成了光棍一条，回去如何交代。同时也给我们留下了无穷无尽的后患。共军独立骑兵团老八连，一而再，再而三，长期潜伏郊区，伺机兴兵作乱，引起暴动，不仅破坏了铁路公路大干线，还把团主力引进来了，成了大灾大难。你们军统稽查处没用，今后秘密工作方面只能依靠我们自己的联合谍报队了，最初就没有看到这一点，怨我们当时瞎了眼，后悔莫及。唉！"

"小白脸"大喇嘛在这里，他是被称为伊和塔拉大草原三杰人物之一，只是他活动范围小，见闻受到很大局限，并且由于职业关系，封建迷信思想特别严重。这回挺胸鼓肚吹牛道："就是，就是，再说公开作战方面，我就不信曾经参加过诺门坎战争和达兰哈尔山围剿的蒙古军一、二师六个团精兵强将，打不过拿破烂枪、骑瘦弱马的共军一个独立骑兵团。再说，他们大部分是外旗蒙古人，还有很多汉人，到我们这里人地两生，双眼漆黑！”

以精干著称的小个子参谋长，龇着牙嘲笑道：“亏你还是个活佛一人之下，几百个喇嘛之上的大主持，还有草原三杰之一称号，出入官场这么多年，奔走钻营，军事上还是这样外行，说一漏万。去年和今年在这里连续发动两次暴动的，就是共军独立骑兵团老八连，你说连任政治指导员、连长两大职务的是谁？就是杀人如麻的大凶手哈尔巴拉，官不止此，现在可倒好，快当上团长或政治委员啦，能说人地两生、双眼漆黑？”

达尔罕不愧是草原三杰之一，口齿伶俐，善于随机应变，施展出最后的鬼神论绝招，连莫尔根、哲别都被镇住了。他说道：“哼哼，他活不长，死期将至，阎王指定三更死，谁敢拖延到天亮。哈尔巴拉这个凶手两次发动暴乱，杀死武林，捉拿甄如虎，我都亲眼看见了，对他恨之入骨，为了早日把他置于死地，念过诅咒经卷，扔过铁心面鬼，哈尔巴拉活不长，快了！”

老特务杀手“迈德尔喇嘛”看见达尔罕神神秘秘的样子，把莫尔根、哲别都说得信服了，觉得有点滑稽，龇了龇焦黄的板牙，嘻嘻笑起来。

莫尔根军长正在气头上，看见戴励志幸灾乐祸，便发作了，冷冷地讽刺道：“稽查处长先生，我前后救过你两次，死里逃生，但是这不能认为你对我感恩戴德，因为你欠着我太多的情呢，你帮助蒙古军做什么好事啦，几乎一无所有。现在可倒好，站在旁边瞅热闹。暴风雨下坍了葛根庙，男喇嘛和女喇嘛都没个跑，也有你一份啦。哈尔巴拉这个大凶手，杀了你们的武林，捉了你们的甄如虎，给你们很大的苦头吃了。这次要是没有他这个对我们城防工事了如指掌的知情者领着独立骑兵团，就凭他们那点破烂枪支，没有大炮，没有穿甲弹，没有炸药和爆破筒，能打开永久性钢筋水泥坑道？就是这个漏网的刽子手，坏了你的大事啦，前后两次，那么多的特工人员遇难，那么多的文物珍品丢失，你变成光棍一条啦！”

戴励志这回被刺到痛处了，颓然坐在小铁床栽绒褥子上，愁眉苦脸地思索了一会儿，这才勉强迸出了几句话：“唉，朋友们，莫低首瞅脚下的阴影，要抬头看身前的阳光。事情已经过去了，悔之晚矣，现在还是商量后事要紧！”

莫尔根正在踱步，带刺马针的红漆长筒皮靴铿锵响。听了这话猛地站住了，龇了龇牙，露出嫌恶的表情。他仗着两次把戴励志抢救出来的大恩大德，有恃无恐，摇了摇头大声说：“与虎谋皮，和你们能商量什么，自寻出路，是为上策。现在局势糟糕透了，共军独立骑兵团正在扩充势力，进一步招兵买马，他们原来就是特别加强主力团，这回快要编成师啦，大体上和我们势均力敌，旗鼓相当。老学究包云卿先生的独生女儿琪琪格，当了什么旗长啦，爬得这样快，奇怪，什么军爱民呀，民拥军呀，张罗得可欢啦，后来才明白，原来她早就秘密参加了共产党，女赤匪，王府市地区过去发现的传单，还有专门攻击你们军统的《报应》，都是她编辑印刷散发的。”

“可恨！”戴励志脸上横肉发抖，从牙缝里迸出来两个字。

“更可恨的还有呢，他们叫嚷着要建立巩固的伊和塔拉根据地，长期掐断铁路公路大干线。这样一来，我们就更站不住脚了。尤为甚者，使我寝食不安的是：不惜血本，动用大量物资器材修筑的城防工事垮啦，屁点价值也没有。老八连哈尔巴拉、刘青山诸人，化装为零，潜入森林采伐队、修城防工事队、修桥队、修铁路公路队，你说这项工程还有不垮的？”

“参座令尊警务科长大人负责监工，未免防范不严。这都是过去的事了，不必深究。商量当前防务是头等大事，唉！”戴励志轻描淡写地说着想滑过去。

“你那些破话不顶响屁，你想推卸责任，能办到吗？我们蒙古军部和第二师出征以后，稽查处出外修复铁路公路大干线；警务科留城修防御工事，分工明确，这是有话在先的，到时候你们摇身一变，利令智昏，财迷心窍，你和甄如虎各领一帮特务杀手出外搜刮文物古董去了，结果全军覆没，只剩下光棍一条。贪图小便宜连老本都赔光，并且给潜伏的老八连造成可乘之机，铁路公路大干线、城防工事全毁在你们手里，秘密坑道直达城里，防不胜防，他妈的，我要告你一状奏本递到老蒋头那里。”蒙古军长气不打从一处来，一次又一次大发雷霆，在楼板上更紧凑地踱起方步来。宽宽的武装带上挂的贵重的军刀鞘，磕着红漆长筒皮靴上的刺马针，噼哩啪啦响。

“小白脸”大喇嘛先把珊瑚顶玛瑙鼻烟壶装进绣花褡裢中，给这个军长敬重地端过去一杯热腾腾的花茶，偷觑了对方恼怒的脸色，倒退了两步，献媚地说：“尊贵的王爷，不必为此费心，劳损千金之躯，量区区共军独立骑兵团，怎么能和您争夺蒙古草原？痴人说梦而已。嘿嘿，生死有命，富贵在天，冥冥中自有安排。何况我对大凶手哈尔巴拉念诅咒经、扔铁心面鬼，他好不了，活不长，不得善终。”

莫尔根不理睬“小白脸”大喇嘛，又向戴励志发脾气了，说道：“我们旗公署警务科是卖力气的，科长本人被一伙亡命之徒殴打致残，警察们伤亡殆尽。就在这样四面八方受敌的情况下，他们也守住了战略交通枢纽要地王府市，不容易。铁路公路大干线没有重新打通，城防工事全部报废，责任在稽查处！”

“往事不堪回首，悔之晚矣。我本人虽然连遭惨败，还是愿意出大力，为老朋友们效劳，请把我专程送到 A 城去，我在东西线部队司令长官那里陈说厉害，务必派‘虎威’‘鹰扬’等主力团前来，协助蒙古军打通铁路公路大干线！”

哲别摇了摇头，撇嘴说：“喧宾夺主，侍候不起呀！”

“醉翁之意不在酒，派精锐主力团前来，并不是为了我们。蒙古军不欢迎这种不速之客！”莫尔根的脸发黑了，这次下了决心，准备秘密派人调他们的第一师脱离 C 镇战场前来，趁火打劫，独树所谓“蒙古高度自治”的招牌，搞封建割据，闹民族分裂。

“小白脸”很明白这勾心斗角的底细，他虽然是蒙古军的人，但是并没有帮助他们说话，而是假装出公正的样子两面讨好说：“王爷洪福齐天，又有戴先生全力帮助，何愁复兴大业不成，共军小小的独立骑兵团成不了祸患，嘿嘿！”

“‘小白脸’，别看你是这里有名的三杰之一，军事上是老大不小的门外汉，瞎子，可以说是什么也不懂。我们先不谈高深的战争理论，单说最简单的兵源，难呀，蒙古军一、二师六个团官兵青黄不接，死伤或患病减员之后，再费大力气也补充不上，因为我们要的全是蒙古人，而蒙古人本来就少，其他民族一个也不收，这是致命的难以克服的弱点。如果像共军独立骑兵团一样招收汉、满、蒙、回、藏，就不成为蒙古军了。”莫尔根训斥了两句，回过头来对戴励志说：“老朋友，您受惊了，安下心来休养十天半月，等局势稍微安定以后，参谋长会派专人送的，这个事我包下来！”

诸多麻烦事情略有头绪，戴励志心里好受了一些，他忽然想起了头等公务：自己单独漏网，隐匿在内城王府佛堂，深居简出，是很安全了，但是这些天性命不保，竟忘掉外城碉堡型楼，那里最早是日本关东军美津骑兵师团老巢，以后成了军统局驻王府市稽查处公馆，是他们生存和发展之地。现在，自己带领的大队特务杀手，甄如虎带领的小队特务杀手，全被共军独立骑兵团消灭光了，虽然说人去楼空，但是那里有很多档案文件、物资器材、枪支弹药、毒品炸药。更重要的是还有三个女报务员留守着电台。自己怎么就忘了？这才是三魂飘飘七魄悠悠昏了头，混账之极。戴励志想着这些，恨不得搧自己耳光，马上想过去，但是他又考虑到白天去不得，走在王府市内外城大街上，招摇过市，谁人不知，哪个不晓。声名狼藉的戴励志，自己损兵折将，人财两空，作为笑柄，无颜见那些幸灾乐祸的市民们。尤其可怕的是，城里要是潜伏着共军独立骑兵团狙击手，一个冷枪就被暗杀了，岂不太冤枉？这样，他心里虽然急得要冒烟着火，行动却不慌不忙，选择了一个风高月黑的深夜，悄悄走出内城到了外城，远远看见那座占地面积很大的阴森森的钢筋水泥碉堡型大楼了，接着又想到了那三个年轻漂亮的女报务员。这些日子，不知道她们仨怎么样担惊受怕、伤心哭泣呢？此景此情使他联想起了一首古人诗词中的片断："雕栏玉砌应犹在，只是朱颜改。"到了跟前，他吃了一惊，碉堡型大楼被强占了，门口站着双岗，荷枪实弹，如临大敌，却没有任何牌子。但是明白人一眼可以看出这是蒙古军联合谍报队的勾当，他们干得出来了。真正是岂有此理，就在几天以前和莫尔根、哲别面谈，他们半句话未透露，暗暗下了毒手，把全部东西据为己有，典型的强盗行为。戴励志的外号叫"迈德尔喇嘛"，是欢喜佛的意思，面目和善，见着谁都是笑嘻嘻地，这回就不同了，变了脸皮，怒火中烧，竟不顾门卫的阻拦，大踏步走进去，吆喝道："谁敢拦我！"哨兵几次想要挡住，勉强忍住了。戴励志直接上了最高层四楼，奔到了报务员办公室兼宿舍的房间门口。他要向留守的三个女人打听清楚这里发生的一切。刚准备敲门，却听到了一种不同平常的蹊跷的声音。原来，朱丽叶、周小萍、孙玉清三个都在这里，围着一个粗嗓门男人打情骂俏，淫声浪调，低级下流，毫不顾忌。在女人们一片嘻嘻哈哈的贱笑声中，只听见那个粗嗓子男人猥亵地说三道四。这个人就是那个从城防工事坑道中把他救出来的"影子"。稽查处长不光是生气，还恨得咬牙切齿，掉头就往回走。

第三十一回 比赛场上牧马汉子夺魁 灌木丛中赶车寡妇逞能

蒙古军头目们怕把事情闹坏了，变得不可收拾，没敢加害戴励志。过了二十多天以后，派扎萨嘎和“影子”把他护送到A城。有一次，当了军部警卫连长的“神枪手”向哲别指责道：“参座，您派少爷送那个老混蛋，多危险！”

哲别哈哈大笑，交了部分老底，说道：“出不了事，扎萨嘎这孩子从小随军，走南闯北，身经百战，精明得很哩。他早就参加了秘密组织‘蒙古青年同盟’，和美国朋友关系密切，正为高度自治、三蒙统一事业奋斗，国民党不敢下手。再说扎萨嘎和国民党有亲属关系，血肉相连，母亲陈蔓莉是军统特务杀手，舅舅陈秃子是‘虎威’六十三团团长，所以说天时、地利、人和都在我们这边，哈哈！八面玲珑，可以高枕无忧矣！”

其实，这不过是吹牛而已，自欺欺人。驻扎在王府市内外城的蒙古军部和第二师三个团人马，每况愈下，不但不能实现其所谓“蒙古高度自治”的野心，连枪炮弹药、粮秣服装都解决不了。到了一九四七年秋天，日子更不好过，以八百里腾格里山麓和伊和塔拉大草原交接处为根据地的独立骑兵团，不断短促突击，加紧破坏铁路公路大干线，这里什么都运不进来，粮食、煤炭的储存越来越少，坚持不了几个月。莫尔根如热锅上的蚂蚁，几天来寝食不安，连续召集会议研究对策。扎萨嘎脑袋转得快，胸有成竹地说：“铁路公路大干线断绝，可以修小土公路；共军独立骑兵团来犯，可以打；城防工事不坚固，可以加强；秘密坑道挖到脚下，可以查堵。但是这一切的中心是需要军队，没有强大兵力做后盾，什么也办不成保不住，机不可失，时不再来，趁着这战斗空隙，抓紧在王府市周围的广大牧区农村，招兵买马，扩充势力，是为上策。”

莫尔根是特别喜欢扎萨嘎的，言听计从，对他的意见没有不采纳的时候，这可能是和蒙古军官兵中悄悄流行的扎萨嘎是莫尔根、陈蔓莉的私生子传说有密切关系，当时笑着问道：“采用什么办法招兵买马呢？”

“两种地区两种方法区别对待，王府市西面是我们统治区，贴布告，下公文，凡是蒙古人每户一丁，马匹自带，到蒙古军部第二师三个团当兵。限定日期，违抗不到或私自逃匿者重罚，串通敌人者格杀勿论。王府市北、东、南三面是共军独立骑兵团游击或控制区，那里的牧民都赤化，倾向共产党，谁也不承认我们，都喊着打倒我们，不能让他们来参加蒙古军的！”

“那么，你打算咋办？”警务科长“其努瓦”是个官迷，虽然年老身残有多种毛病，绝不放弃权力，也参加了这次会，哼哼唧唧地问他孙子。

扎萨嘎大少爷答复道：“爷爷，你有所不知，共军独立骑兵团阿拉玛斯、哈尔巴拉等人，推荐贵族家庭出身的大学生琪琪格当了马背上的所谓旗长。这个姑娘当然是被统战政策利用了，蒙蔽了，可以挽救教育过来。他们嚷嚷着开展军爱民、民拥军活动，目的是收买人心。自古以来，人和者往往得胜，我们蒙古军也采用这个办法，在城西面我们统治的地区，召开祭敖包的那达慕大会，有摔跤、赛马、打枪等多种多样的项目，用这些活动来引诱拉拢城北、城东、城南共军独立骑兵团游击区的牧民群众，重赏其中优胜者，接着鼓动他们当兵，这叫以逸待劳，是一箭双雕的绝妙好计！哈哈！”

兼管后勤的警务科长“其努瓦”是吝啬鬼，能进不能出，舍不得花钱，不同意孙子扎萨嘎的办法，犹豫着说：“那得支出多少经费，由谁出？我们蒙古军是杂牌部队，比起国民党嫡系部队，军饷特别少，少得可怜，唉！”

军长莫尔根显然是同意了大少爷的办法，冷笑道：“不要抠得太紧，狗屄衙门兴进不兴出，那样不好，该花就得花，大方一点，不能因小失大，鼠目寸光！”

蒙古军部头头们又经过了一番策划，终于决定趁着这里独立骑兵团接受大后方补充兵员进行整编之际，召开一个规模很大的祭祀敖包大会。王府市外城十字大街、纵横交错的中巷和小胡同、城门、炮楼、碉堡上贴了很多海报，往全旗各地发了很多公文，就等着到时候物色身强力壮的年轻人和能跑善走的好马，来加强队伍扩军备战。

一九四七年七月二十五日，又一个祭敖包日。困守孤城、一筹莫展、愁眉苦脸的蒙古军军长莫尔根，心里对什么都不托底了，情绪十分沮丧，越想越不是滋味，因为他没有任何办法打通铁路公路大干线。交通断绝，武器弹药、粮食煤炭都运不过来，这日子就难过了。现在，不得已而求其次，按着军部会议上定的开敖包大会招兵买马的方针，他率领全体文武官员来到外城西门，打算从这里去西边敖包山祭祀。东边敖包山和汗庙成了共军独立骑兵团的根据地，是他们的势力范围，是不能去的。对此前几天就做了很多筹备，指定了敖包达，并且布置一定数量的人员分管各摊，如接受各个苏木送来的牛羊、钱物，划分祭祀活动的场地和内容程序，蒙古包排列成趟成行，安排得井井有条。莫尔根军长的虎驾光临，牵动了大局，除了汗庙以外别的旗县各地大小寺庙的喇嘛们，携带经卷和法器前来西山敖包祈祷净址。各个苏木的贵族、牧主以及摔跤手、骑手、射手云集这里，小商小贩和挑担推独轮车的货郎也接踵而至，七嘴八舌叫卖，场面十分活跃。这时西山敖包周围人山人海，拥挤不堪。在敖包达的指挥下，莫尔根王爷亲自点燃香火，领着文武官员参拜，众多的农牧民和市民们也跟着摆供品、烧高香、行大礼、叩响头，接着绕敖包转圆圈合掌祈祷，表达各自的心愿，希望交上好运。此时众喇嘛朗诵的吉祥太平经声音嘹亮，僧俗群众情绪激动，达到了高潮，焚香的烟气迷漫，有一种云雾罩山顶的样子。祭祀活动接近结束时，在事先安排好的场地上，各地前来临时凑聚的艺僧们开始跳“萨满”舞。锣鼓、铜钹喧天，长号、短号、牛角号、羊角号、海螺号齐鸣，紧接着有三十多个头戴各种面具的大小喇嘛们陆续出场，在各种乐器伴奏下，手舞足蹈，摇头摆臂，互相嬉戏，不亦乐乎。在这种隆重而热烈的气氛中，最后一幕压轴戏是，莫尔根王爷开始了赈济，他缝制了大批量单布蒙古袍，分发给前来参加祭祀活动的牧民每人一件。东西并不贵重，但是很实用，因为伊和塔拉大草原过去受日本关东美津骑兵师团统治，现在又被国民党嫡系和杂牌部队占领，战火四起，危机重重，牲畜死亡，铁路公路大干线被掐断，运输不通，百货奇缺。特别是这里自古以来没有纺织业，看不见布匹，广大农牧民几年也穿不上布衣服，一年四季春夏秋冬只能将羊皮衣裤翻来覆去地调换着穿，特别是在夏天难受得不行。牧民群众现在每人分得一件新衣服，高兴极了，给莫尔根王爷叩头表示谢恩。

在接着开始的摔跤、打枪、射箭比赛中，军统稽查处的残余特务杀手、伪旗公署警务科剩下不多的警察,都失败了,几乎剃了光头,全被蒙古军部和第二师四、五、六团的选手夺走了,他们远远不是这些为数众多的蒙古丘八的对手。在充满这种耀武扬威气氛的环境中,分得衣服并且获奖的蒙古族青壮年们,可能是出于一种感恩戴德或崇拜羡慕心理,竟然有四百多人志愿报名参加蒙古军。莫尔根大喜,自以为得计,踌躇满志。但是他高兴得过早了,赛马一项出了大事,破坏了整个祭祀大会。蒙古马是这个民族兴旺发达的象征,也是他们的翅膀,是生产生活中不可缺少的工具。所以家家户户都有饲养骏马良驹的习惯,爱马和善骑是他们的优良传统。有一匹好马是蒙古人的骄傲,同样,一个好驯马手更是他们心中的英雄。因此蒙古人有"马背上的民族"的美称。早在远古时期就有了赛马活动,不论男女儿童,几乎都要参加。五六岁的小孩便能跨上骏马纵横驰骋,与父兄们一起到草原放牧。到十岁左右,就能骑在不备鞍的马背上赛跑。蒙古民族自古就有严于教子的传统美德,他们让自己的子女从小就参加骑马驯马等各种训练,以掌握驾驭烈马的本领。据史书记载,蒙古族儿童从十多岁就开始参加赛马了。这是一项既比赛马的体力速度,又较量骑手体力骑术的运动,在这方面骑手和乘马是个关系密切的统一体。

赛马的消息传到牧场上,王府的马倌完达尔夫跃跃欲试,决心较量高低。今年他已经三十岁了,从小给莫尔根王爷放马群,用那点少得可怜的收入养活自己,连老婆都没娶上,光棍汉一个,穷得叮当响,没有一座围毡子的蒙古包,住的是用柳条编的上面抹着泥土的"蹦蹦房";没有牛羊,只有一匹芦花青马。十多天来,他用自己吃的炒米、奶豆腐喂马,早晚趁别人看不见的时候,牵着这匹发育成熟的骏马,在沼泽地里舒筋活骨。他自己几乎是一点东西也不吃,喝几碗稠奶茶,睡在冰凉潮湿的地上,以便使身体变得瘦一些、轻一些,减少芦花青马的负担,他着急得简直是坐卧不安了。

赛马这一天,完达尔夫起早就到了场地蹓马。芦花青马发出了洪亮的长嘶,急不可耐地用蹄子刨着地。他亲热地抚摸着它的脖颈,低声说:"喂,芦花青,小心别叫我丢人啊!"

赛马的路程规定为三十里,就是越过王府市西边的一片沙化退化的荒漠草原,绕过一口饮马井,从"尚神树"边再回到外城土墙西门来。等一切都准备停当以后,骑手们都排成了长长的几列横队,注视着起跑的号令。主持赛马的蒙古军部警工连长"神枪手"手中的小青旗慢慢扬起来,骑手们大弯下身子,马匹都跳跃着。随着小青旗往前一甩,那些马匹猛地开始冲刺,队形就大大变了样。刹那间,骑手群里发出喊声,尘土中扬起了一条条马鞭,像刮起了一阵阵狂风。

三十里远的长途赛跑中,年轻的芦花青马超过了蒙古军部和第二师所属四、五、六团中选拔出来的将近一百五十匹好马,远远地甩掉了它们。哲别参谋长的黄骠马竞争了一段时间,也被拉下了。最后,和名噪一时的莫尔根军长的大白马并列着驰骋。距离王府市外城土墙西门只有半里地了,骑手扬一次鞭子,高大的白马就冲刺一段路程,速度惊人,但也拉不下芦花青马。赛跑的终点飞快地接近了,芦花青马还是和大白马齐头并肩往前跑,看样子是很难超过了。到了距离终点只有几百米的地方,完达尔夫更加难受起来,再加节约饮食、疲劳过度等原因,眼前一阵阵发黑。在这个关键性的时刻,他豁出去什么都不顾了,俯伏在马背上声嘶力竭地大叫了两声:"快!快!"

紧接着发生了谁也没有提前想到的事情,芦花青马好像懂得了完达尔夫这句话的全部意义,倒竖起鬃毛,突然跳离了地面,像一道青光一样在人们面前闪过去,把莫尔根的这匹头等骏马远远地抛在后面。他的速度和芦花青马的突击性的冲刺一比,好像是原地踏步。完达尔夫跳下马来时,已经筋疲力尽了,他用双手捂住胸口,张着嘴困难地喘气呼吸着。

祭祀敖包大会的赛马场上沸腾起来了,周围是一片欢呼和惊讶的声音,人们夸赞着芦花青马,发现它的腿像鹿一样,所以持久力很强。欣赏着它的外形,强壮的削肩、隆起的后颈、宽厚的胸脯,前腿叉开不大,可是后腿摆得又宽又直,从后股到脚蹄是一条直线。马腿的这种姿势是一种特别迅速敏捷的象征。这匹芦花青马蹄子上边是白色的,好像穿着白袜子,俗称"雪里站"。额门上有块玉顶,鼻梁也是白色的,看起来特别秀气。在它站着的时候,有一种箭在弦上的紧张状态。

完达尔夫缓过劲来了,兴奋地介绍道:"这马呀,疾如风,快似电,骑在上面就像腾云驾雾,山和树迎面扑过来,所以才能跑第一,不是偶然碰上的。"

有一个老年牧民完全赞成这个马倌的话,啧啧称赞着补充道:"是的是的,日行千里的蒙古马!跑起来的时候,看不见四个白蹄子,好像是脚不沾地飞!"

蒙古军部警卫连派人来了,头前一个戴呢子礼帽、穿缎子蒙古袍、短筒马靴,斜挎美式手枪,身后跟着两个戴黄色钢盔、穿黄色军装的士兵,都背着马枪。领队的这个家伙皮笑肉不笑地啮了啮牙,两只贼眼溜溜地打量着芦花青马,显然是不怀好意,咽了一下口水,说道:"这可以称为出类拔萃的蒙古马,常言说得好:腾格里山下的摔跤手技术高,达赖河边的儿马子冲刺快,名不虚传,叫什么名字呀?"

完达尔夫听着这个蒙古军部警卫连军官颠三倒四的话很恼火,半晌没吱声,末了没好气地说:"你这人说话没头没脑没尾,真怪,到底问的是什么?是人还是马?"

"不得无礼,就是问的你这个人的名字!"

"完达尔夫!"

"干什么活儿?"

"是王府的马倌!"

"嗯,这很好。"这个蒙古军部警卫连军官贪婪地打量着迎风长嘶的芦花青马,眯起了眼睛,说道:"军座和参座受民如子,看你这匹马跑了第一,发奖金啦,呱呱叫的钞票,流通卷一万元整,以资鼓励。这种奖励本来是应该军座和参座在主席台上亲手颁发的,表示隆重。现在不能,由我代送的原因有二,其一是莫尔根军长、哲别参谋长,现在正和刚刚入伍的四百多名新兵谈话,气氛热烈,感情融洽,这是头等大事,长官不能分散精力。其二是据我们联合谍报队的人员报告,你有接触共军独立骑兵团嫌疑,是否通敌,需要进一步调查,得到确凿的证据,因此,所以,为了安全,军座和参座暂不接见你,以后再说,嘿嘿!"

完达尔夫听着这些威胁利诱、软硬兼施的话,更生气了,沉下脸来领了奖金,放进蒙古袍怀里,又把芦花青马鞍子备好,就要离开了。

"慢着!"蒙古军部警卫连军官着急起来,叫道:"不能走,还有事呢。"

"啥事?"

"军座、参座二位长官,看你岁数不算老,骑术很熟练高强,相中啦,叫你扛枪吃官粮,到我们蒙古军一、二师六个大团,哪个都行,随便挑选,别的不敢许愿,上士班长是跑不了的。好差事呀,吃香的,喝辣的,玩美的,飘飘悠悠,神仙过的日子。当然,这一切有个大前提,必须忠于蒙古军,三心二意不行,和共军独立骑兵团拉拉扯扯、勾勾搭搭更不行!"

完达尔夫的眉毛挺起老高，愤怒地沉默了一会儿，斩钉截铁般说："我不会当兵，只会在马群后边转转，甩套马杆子！"

"是不会，还是不愿意？"

"怎么说都行！"

"操妈人家的小子，真是个天生的贱骨头！"

完达尔夫正和这几个兵痞僵持不休，蒙古军联合谍报队长扎萨嘎路过这里了，骑着黄色大走马，笔挺的黄呢子军服，领章上少校官衔，挎枪佩刀，跟着一大帮卫兵，前拥后护，真是八面威风。他悄悄对这个警卫连军官说了几句什么话走了，意思很明显，就是缠住完达尔夫不放。狗腿子丘八们很卖力气，起初是拉拢完达尔夫当兵，后来又改变了主意，要出大钱买这匹芦花青马。

警卫连军官从结实的帆布褡裢中倒出大堆白花花的银元，向完达尔夫手中递过来，几乎是喊着说："拿着，这是一千块，响当当的袁大头，把芦花青马牵给我！"

"不牵！"完达尔夫断然拒绝，把钱推到一边去了。

警卫连军官恶狠狠地瞪着他，向身后尾随的两个戴黄色钢盔的士兵挥了一下手，示意要动手抢马，连连骂着："操妈人家的小子！"

"狗仗人势，张嘴骂人！"完达尔夫往前迈了一大步，针锋相对地说。

骑兵中尉顺手掏出美式手枪，向芦花青马走去。

完达尔夫大声喊："不给！"

"不给也得给，敬酒不喝喝罚酒，来，动手牵过去！"这个伪军官扯破嗓子叫嚷。

完达尔夫顺手从腰带后边抽出一根带铜锤的打兔棒，使出全部力气对准警卫连军官的脑袋狠狠砸了一下子。这个家伙都没有来得及哼一声，像一条装满东西的麻袋一样，沉重地倒在地上了，再也没有醒过来。

"马倌，你惹下滔天大祸啦，圣祖保佑，快跑呀！"观众中有人喊。

"啊呀，牧马人，逃走吧！"又不知谁在叫唤。

完达尔夫手疾眼快，行动敏捷，趁着背大枪的士兵还在发愣，拿起那只顶了火的美式手枪，把他俩打死了，接着跨上芦花青马跑出去，远远甩开了蒙古军部警卫连的追击。

芦花青马再快也比不过子弹，但是甩掉了追击，突破重围成功。这里还有别的原因，是赶毛驴车的韩寡妇帮助了完达尔夫，要是没有她放出一群狗前堵后截，恐怕这个牧马人要吃大亏。这里的蒙古族老乡都叫她是韩寡妇，说的是姓氏的韩，还是民族的汉，谁也搞不清楚了。她早年丧夫，无儿无女，在王府市外城住了多年，蒙古话说得通，生活过得好，是个很会家务的娘们儿，就因为她脾气厉害，说话尖酸刻薄，泼辣得很，没人敢娶她。话虽然这样说，一个女人单独过日子不容易，最后还是成了完达尔夫的情妇，偷偷摸摸暗中来往有好些年，越搞越亲热，正准备结婚。

这两个人是怎么样勾搭上的？说起来难听很不入耳。那年春末夏初某日中午，牧马人完达尔夫觉得很累，把马群收拢在近处草场上，自己钻进一棵树干低矮、枝叶茂密的灌木底下，呼噜呼噜大睡。也不知过了多长时间，突然被一阵公驴哇哇大叫声惊醒了。完达尔夫骂了一句，揉了揉眼睛仔细看，原来是附近来了一群毛驴，其中一头粗壮的公驴跳上了母驴背部要交配。这没有什么奇怪的，跟着畜群放牧，经常看见这些自然现象，使他感到新鲜并发生兴趣的是，领着一群狗手拿小鞭子看管十多头毛驴的韩寡妇，不知道对此为什么这样喜欢，走到了最近的地方观察，简直是着迷得如醉如痴的样子。这工夫，完达尔夫也走到跟前了，触景生情，也受到了很大刺激，一时性起，从后面紧紧抱住了韩寡妇。韩寡妇兴奋得满脸通红，不无羞涩地说："牲畜，简直成了牲畜，和牲畜一模一样！"

完达尔夫也整理着衣服，没有一点笑意，极其认真地说："你不要小看牲畜，将来成家立业过好日子，还得靠马群、驴群。你天天赶毛驴车，在王府市外城拉百货、运砖头、送泥沙，累得半死，蝇头小利，挣不了几个臭钱。眼下有发家致富的最好办法，马配驴，驴配马，生骡子，卖到牲畜交易市场，值大钱呀，用不了几年你就能丢掉穷帽子，过上好日子，是不是？"

韩寡妇眼睛发亮了，丰满的胸脯一起一落，紧紧搂抱住了完达尔夫的脖子，凑上去亲嘴，嗲声嗲气地甜言蜜语："马倌大哥，你还长着好脑袋，一下说到发财的点子上，真叫人喜欢，喜欢死了！"

从第二天开始，完达尔夫动手埋桩子搭架子，把母马或母驴捆绑起来交配。效果是很明显的，那些母畜很快怀胎了，用不了几年，韩寡妇就要有一大笔收入。她正美滋滋喜洋洋祝福自己双丰收的时候，完达尔夫出事了。对自己的心上人岂能袖手旁观，立刻放出一群狗阻拦蒙古军部警卫连的追击，虽然取得了成功，她为此付出了惨重的代价，十来条狗全被打死了。

第三十二回 配合主力旗长袭击车队 困守孤城王爷供应中断

完达尔夫骑着芦花青马往东北跑出三十多里,到了伊和浩特为中心的独立骑兵团根据地。这时候部队正准备迎接从大后方补充过来的大批兵员,进行又一次整编。

完达尔夫下了马边走边看。这里的一切都是井然有序,战士们有的在练习摔跤,有的在擦拭武器,有的在操场打球。他东张西望,想找到一个熟人,忽然听见有人喊他的名字:"喂,王府老马倌完达尔夫,你什么时候来的?站在那里干什么?嗬嗬!"

原来是察干巴拉,他俩亲热地互相拍打着肩膀唠起来。这个老二大咧咧地问:"你来干什么?打算参加我们独立骑兵团?欢迎!"

"唉,一言难尽,蒙古军军部和第二师三个团人马,在王府市外城土墙西门外开祭祀敖包大会,抓壮丁抢乘马,我打死了他们一个军官两个士兵跑出来了,坚决要求参军,参加独立骑兵团当兵!"

这时候,在团部协助工作的哈尔巴拉从很远的地方过来了,他起先是注意到这里聚了好多干部和战士,接着又看见了完达尔夫的芦花青马,策马走到了跟前。他满脸连鬓大胡子,红光满面,威风凛凛,身上带着好几套家伙:小巧玲珑的左轮手枪、二十响驳壳枪、沉重弯曲的军刀。他听了片言只语以后,就明白了个大概,笑道:"老马倌,不用着急,你参军的事好办。不过,有些情况需要找老团长报告的,因为这是蒙古军的一种动向。"

"副团长呢?"

"他要调走了!"

哈尔巴拉说着就和完达尔夫往团部去了,曾经踢死过日本美津骑兵师团马术教官的鬃毛垂地的大黑公马也是一匹好马,和芦花青马并排跑着,越过荒草野甸,跃过乱石壕沟,到了巴嘎浩特,在团部那座草绿色大型军用帐篷内,找见了老团长阿拉玛斯。这个年过半百的指挥员,精神矍烁,正和即将离任的副团长谈话。巴雅尔接受了很重要的任务,要到大后方去组建新的骑兵师。听见阿拉玛斯兴高采烈地说道:"内蒙古军区来电通令嘉奖我们,并且指示立即补充兵员,进行整编。大批的人马就要到了,我们过一会儿就要全团出动去欢迎他们。现在,国民党嫡系和杂牌部队磨刀擦枪,拼命争夺伊和塔拉草原,要重新打通铁路公路大干线。我们对此针锋相对,此路不通,因此可以说大仗、硬仗、死仗、恶仗是少不了的,准备打仗!"

哈尔巴拉摆正了宽皮带上左轮手枪、二十响驳壳枪和沉重弯曲的军刀,立正站着大声喊:"报告!"

阿拉玛斯和巴雅尔对这个久经战斗考验的青年军事干部深为喜欢,他在最近一次战斗中表现还是那样出色,总结前后,给了他独胆英雄光荣称号。现在,巴雅尔听了喊声,笑着对哈尔巴拉说："黑虎兄弟，我要走了，到大后方组建新的骑兵师，临走前真想和你多唠咯，来，坐下。"

哈尔巴拉说："牧马人完达尔夫从王府市西边跑出来了，报告蒙古军军部和第二师三个团人情况。"

"好，马倌，你说吧！"

完达尔夫停顿了一下，接着紧张地说："二位团长啊，可了不得，出事啦，莫尔根在王府市外城土墙西门外，用祭祀敖包大会当幌子，骗来了很多牧民群众，在那里拉人抢马，他们逼着我当兵，我没干，又出一千块现洋大价，要买我这匹芦花青马，我也没干。他们动手要抢，我气极了，打死了蒙古军三个官兵跑出来了，这是缴获的一支美式手枪，我坚决要求参军！"

老团长阿拉玛斯脸上显出赞许的笑容，点了点头。

巴雅尔副团长也点了点头，笑道："牧马人，你是好样的，硬骨头。悄悄放牧老八连的几百匹马群；在上次消灭军统稽查处特务杀手的战斗中，你冒着枪林弹雨给我们送奶茶。这回蒙古军部和第二师用枪口逼着你入伙献马，你不但没屈服，还打死了他们三个官兵，表现不错。我虽然要走了，也批准你参军。编制在老八连——也就是侦察连，连长兼指导员是刘青山同志，具体班排由他分配。"

"哈尔巴拉同志不在老八连？"

"不，他在团部协助工作，比连长还大，哈哈！"阿拉玛斯笑道。

"啊！"完达尔夫惊喜地睁大了眼睛。

巴雅尔严肃地说："人民军队论功行赏发奖，量材安排使用，不会埋没人才。等我走了以后，哈尔巴拉同志可能还要担任更重要的工作，不可估量。"

完达尔夫骑着芦花青马跑了全伊和塔拉第一，接着又突破重围冲出来参了军。这一下，芦花青马成了全团干部战士议论的中心，差不多都说："这马厉害，可以和哈尔巴拉连长的大黑公马相比，蒙古马中出好马呀，日行千里。"

这些话说得对，独立骑兵团将近三千匹军马中，百分之百是蒙古马。虽然不甚高大，但是头额结实，四肢粗壮，坚强有力，八小时可走一百二十华里左右路程；生命力极强，能够在最艰苦最恶劣的条件下生存；大群放牧，耐寒耐粗饲，抵抗疾病能力特别好，持久忍耐疲劳，易增膘，寿命长，十分适合长距离行军。蒙古马到处能找到食物，可以终年乘骑。母马哺育期间每天可产奶三千至四千克，成为长期机动作战、后勤保障薄弱的独立骑兵团的一个重要的食物来源。这个特别加强的主力部队的乘骑，全部是蒙古马并不奇怪，因为当时的内蒙古草原大约有两百万匹蒙古马，成了取之不尽用之不竭的后勤保障。但是来源虽然如此充足，独立骑兵团的干部战士对这些军马爱护备至，早就废弃了鞭子，谁要打马，和打人一样要受处分。军马的待遇一点也不比战士低，而医疗保健费用的标准还高于人，在兽医诊所给它们准备的药品都很高级。饲养军马是繁杂而辛苦的工作，每天清晨三时、上午十时、下午四时开始三顿草料，讲究定时定量定槽。俗话说"马无夜草不肥"，清晨三时这顿草料很重要，也很累人，下半夜起来摸索着喂马不是个好差使，尤其是寒风凛冽的冬天。蒙古马喂草料讲究从容不迫，不慌不忙，早槽二时半，午槽二时，晚槽三时，真正是细嚼慢咽，而且喂马时人不能离槽，讲究的是把草料把槽，少给勤添。当然，有时候在伊和塔拉大草原上野外大群放牧，让军马自由活动，舒展筋骨。独立骑兵团的干部战士们把军马称为"无言的战友"，亲热异常。马也能认出自己的主人，能分辨出他的声音，伏伏贴贴。有的军马调皮捣乱，不好管理，把它拴在桩子上，刚走开它就叼住缰绳解开了，它记得你打的是什么结什么扣，然后拖着缰绳到处蹓跶，抢吃草料，连踢带咬。对这种害群之马的掌握，很让这里的干部战士费心。蒙古马是终年大群放牧，吃草原的牧草长大的，其中含磷、钙等矿物质，加之冬春气候条件十分严酷，对它的骨骼发育十分有利。后来成了军马，又给它们喂切碎的谷草、玉米、高粱，有时添加豆饼、胡萝卜，逐步上档次提高了生活。独立骑兵团的不少军马还有一种犟脾气，不让穿便服的人接近，生人只有换上军装才可以骑。有些军马同时也欺负新战士，不会老老实实让他们骑。一匹刚入伍的马，没有半年训练不出来。有的军马还学会了养尊处优摆架子，干部的马不爱入队列，喜欢和干部一样站在外边威风凛凛地视察，这些都传为笑话，逗得干部战士们哈哈大笑。军马事迹突出同样可以立功，记入档案，一样戴大红花，改善生活加餐吃好的。它们最有感情，老兵复员退伍时到马厩和马告别，流着眼泪为马刷最后一次毛，它看见老兵不带刀枪，知道他要走了，也流下了眼泪，依依不舍地咬住衣服不放。

第二天早晨，独立骑兵团出发去迎接从大后方过来的众多的补充兵员。三千多人的马队排成了长长的几列纵队，红旗飘扬，军号嘹亮。战士们以团直属队和八个连队为单位，互相拉着歌子，军歌声连续不断。“唱得好不好？”“再来一个要不要？”等喊声此起彼伏。全团轮流唱了很多进行曲以后，可能是听腻味了，在团部职务不明、正在刻苦学习蒙文蒙语的邓志刚，走出了队列，用流利的蒙古话大声喊道：“同志们，请我们战斗英雄哈尔巴拉同志，唱关于他父亲的一首民歌，是控诉日本关东军和蒙古王爷的，大家欢迎！”

“欢迎！”

“好呀，老八连老指导员、老连长哈尔巴拉同志，给我们唱《草原的挽歌》！”

“哈尔巴拉同志，来一个！”

这个年轻的军事干部走在整个大队伍前面，推辞说嗓子不好，叫二弟察干巴拉代替自己唱了。原来，这个老二嗓门洪亮、音色优美，通过歌唱把干部战士们带到遥远的回忆中去。富有蒙古草原风味的歌声，在一望无际的荒漠野甸飘扬：

战胜日本相扑手威名远扬，
惊动了关东军美津师团长，
下毒手暗害了布顿扎那一家，
茫茫的草原黯然神伤。

缓慢的木轮车哟吱扭发响，
野火燃烧过的宽甸灰烬飘荡；
你究竟在哪条路上流浪？
走到那孤独的蒙古包旁。

起伏的沙漠像黄色的海洋，
波涛伸向无边的远方；
何处是当年风葬的坟场，
满眼风吹草动，冷月寒霜……

察干巴拉毕竟是个才十九岁的青年人，使劲唱着突然中断了，慷慨激昂的歌声变成了号啕大哭，成串的泪珠儿滴在鞍桥和马鬃上，湿了好大一片。他可能是想起了父母亲和姥姥的悲惨遭遇，也可能是想起了下落不明的老三呼和巴拉。这些军人们你一言我一语地劝说着。

老大哈尔巴拉批评道："二弟，你现在不是一般战士了，是一名光荣的共产党员，又是个班长，将来还可能担任更重要的工作，要在政治上变得成熟起来，眼泪是淹不死蒙古军部和一、二师的莫尔根、莽斯、哲别、扎萨嘎等人的，只有用子弹、手榴弹、炮弹、军刀来消灭他们，这样才能报阶级仇民族恨，你应该懂得这些！"

老二察干巴拉虽然没有吱声，但是从鞍子上坚强地直起腰来，用马靴后跟磕打着香牛皮鞴，催马前进了。

当天中午，独立骑兵团和从大后方过来补充兵员的一千多人的部队，在半路上会师，大队伍满山遍野，人喊马叫，气势磅礴。

察干巴拉看着这些，不由得心花怒放了，跑到哈尔巴拉跟前，很自豪地说："哥啊，这么多人怎么编法呢？成立三个团？一个师？"

"不，补充我们这个特别加强主力部队独立骑兵团，增加编制不增加番号，还是八个连队。这回可以说战斗力增加一倍，名副其实四四制，具体来说是这样：四个人一个组，四个组一个班，四个班一个排，四个排一个连，八个连加上团部共计四千人，我们的基本情况就是如此。但是知己知彼才能百战百胜，对敌人兵力我也掌握了。蒙古军三三制编制，十二个人一个班，三个班一个排，三个排一个连，三个连一个团，三个团一个师，两个师一个军，再加上军部警卫连，共计四千五百多人，比我们略微多一点。国民党嫡系主力步兵团，也是三三制编制，十二个人一个班，三个班一个排，三个排一个连，三个连一个营，三个营一个团，共计两千多人，比我们少一点。现在我们独立骑兵团下了大力量整编补充，你知道这是为了什么？部队连续打仗，伤亡较大，更重要的是担负的任务越来越重，长期掐住铁路公路大干线，一定要打很多的硬仗、恶仗、死仗，所以给我们加强力量！"哈尔巴拉不假思索地说，又拿起望远镜仔细往外观察。

察干巴拉看着纵横交错的庞大的马队，高兴得手舞足蹈，好奇心也越来越强烈，在鞍座上晃动着身子歪斜地坐着，没完没了地打听："像我们这样特别加强主力团，能消灭蒙古军部和一、二师六个团吗？"

"当然可以，我们独立骑兵团和蒙古军是老对手啦，一直是打仗，从达兰哈尔山打到伊和塔拉大草原。别看他们番号多，那只是形式，实质是人数，总人数比较，可以说是旗鼓相当、势均力敌。但是你不要小看蒙古军，他们的基本成员都到诺门坎战场参加过对苏蒙联军作战；到达兰哈尔山一带和我们打仗，有丰富的作战经验，是臭名昭著的所谓'精锐铁骑'，不要等闲视之。"

察干巴拉欲言又止，把话咽进去了。原来这个老二想的是另一回事。自从独立骑兵团夺取一连串大胜利进驻伊和浩特附近地区以后，吉达"孛"的妹妹娜布琪，对他的态度大有好转了，笑脸相迎，不断献殷勤，好像拿他当心上人看待。可是部队上不让结婚呢，提出要求也不批准，咋办好呀？他盼的是很快打完仗，复员退伍回去成家立业过好日子。

哈尔巴拉不了解二弟内心的秘密，认为他忙着要打仗，批评道："你是一名班长了，把老八连一排四班的同志们交给你指挥，应该懂得军事。战略上藐视敌人，战术上重视敌人，不要产生急躁情绪，上级党委发下来的文件，标题叫《建立巩固的伊和塔拉根据地》，不是都普遍传达学习了么，你想什么来着？我们的负担很重，任务艰巨复杂，在王府市郊区建立根据地，站稳脚跟，长期掐住铁路公路大干线，这是持久战！”

就在这同时，八百里腾格里大山脚下盆地里，又出现了一支大队伍，穿着杂色蒙古袍，一眼可看出是伊和塔拉根据地的全体民兵，使人感到高兴的是，这真是名副其实的大呀，浩浩荡荡，看头看不见尾，足有一万多人，比独立骑兵团的补充队伍多十倍，远远可以看见还有很多竖立的套马杆子，不了解情况的外地人乍看起来，不知何物，还以为是什么新式武器呢。

哈尔巴拉感到很骄傲，对察干巴拉说：“二弟，百闻不如一见，就这仅仅一天，你大开眼界了，这不是吹牛，自欺欺人，我们有很多杀敌的法宝呀，第一是特别加强主力部队独立骑兵团，原来就兵员充足，今天又补充了一千多名干部战士，作战能力增强了一倍；第二是伊和塔拉根据地的广大民兵，是用我们缴获库存的武器弹药装备起来的，全民皆兵，伟大的创造，你说有多少？一万出头，比我们独立骑兵团多得多。平时拿套马杆子放牧，照管牛马骆驼羊，五畜兴旺；战时动刀动枪去打仗，消灭敌军！”

察干巴拉对此很不满意，装出明白人的样子大声批评道：“都有武器，并不是空手，而且都是新式的呱呱叫家伙，当民兵干啥，一起过来参军当我们团的战士，这才是正大光明的路子。”

哈尔巴拉严肃起来，指责道：“当兵多年，连这点道理都搞不清楚，还假装明白教训别人，真是不开窍，蠢笨到顶了，没办法和你研究商量大事。现在我问你，都来当兵谁搞生产，况且变成那么多的部队，后方遥远，交通不便，物资供应紧张，衣食住行怎么解决，这不是给自己找麻烦，增加困难？”

老二还是有些似懂非懂，但是不敢再问，怕哥哥批评他无知，什么也不知道，只好归队去了。

老团长兼政治委员阿拉玛斯、副团长兼参谋长巴雅尔、政治处主任邓志刚、侦察连长兼指导员刘青山，还有老红军李志坚、旗长琪琪格，汉文水平都可以，仔细阅读着补充部队从大后方带过来的成堆的报纸和刊物。

这里有大批的《内蒙古日报》、《内蒙古画报》、《人民骑兵报》，虽然是今年春天出版的，隔了差不多几个月时间，对他们却很新鲜，有强大的吸引力。第一张报纸的头版头条套红大字标题是“内蒙古自治区人民政府成立典礼庄严举行”。消息中有以乌兰夫主席为首的政府领导成员在大会上的宣誓。接着又看到了各个解放区的党、政、军、民给内蒙古人民代表大会的贺电，特别是当他们看到毛主席和朱总司令的复电时，情不自禁地激动起来了，大声念着：“曾经饱受苦难的内蒙古同胞，在你们的领导下，正在开始创造自由光明的历史，我们相信，内蒙古民族将与汉族和国内其他少数民族亲密团结，为着扫清民族压迫与封建压迫，建设新内蒙古与新中国而奋斗！”

“往下看，还有很多好消息哩，听我给你们介绍大概轮廓。”老团长阿拉玛斯开始详细讲解，“内蒙古自治区政府是五月一日成立的。在人民代表会议期间，反动的封建上层分子遭到了可耻的失败。中国共产党和人民群众为了等待他们转变，在政治上、工作上都作了适当的安排。但是这些反动上层分子，竟利用了这个机会加紧组织各种反动小党派，进行破坏活动，甚至企图恢复所谓内蒙古人民革命党，来反对和代替中国共产党在内蒙古的领导地位。为了保证和加强对内蒙古自治区的领导，有效地粉碎反动封建上层分子的破坏活动，根据毛主席‘连续作战’的英明指示，中国共产党内蒙古工作委员会在七月一日成立了。一批反动的封建上层分子听到这个消息以后,竟计划要发动军事叛乱。他们把各种反动小党派纠集起来,利用他们在警卫团和公安局中的职权,准备在七月九日那天屠杀革命老干部,掀起暴动,推翻中国共产党和人民政权,实现反革命复辟。但是这个罪恶的计划并未得逞,党和人民及时发现了这个阴谋,镇压了坚持反革命立场的反动封建上层分子……”

独立骑兵团进入了多事之秋,他们驻防在伊和浩特为中心的牧区,筹建根据地,并且进行又一次整编,工作量大,干部少,很忙乱。偏偏前不久,内蒙古军区又下达了“关于巴雅尔同志回后方听候新的任命”的调令。全团刚刚整编完,阿拉玛斯又叫哈尔巴拉坐下来填写各种各样登记表,还写一份自传,汉文写不来用蒙文写,越详细越好。这一切都是出乎意料,哈尔巴拉苦笑着说:“都堆在一起了,巴雅尔副团长调走,邓志刚主任另有特别任务,人少事多,忙得焦头烂额,唉,唉!”

独立骑兵团直属队和八个连队,由原来的三千多人增加到四千多人,住处都发生了新的困难,只好重作安排。团直属队和一、二、三连进驻汗庙,借用两个大仓和喇嘛房屋住宿,解决得较好。四、五、六、七、八连分驻伊和浩特、巴嘎浩特、骆驼场、黄羊洼等很多地方,就有点不好办,和牧民不能合住蒙古包,自己带的军用帐篷又不够,临时想了办法,把过去拆掉和现在继续拆掉的钢轨拉过来,半截埋进地里,做了很多铁房子,枕木当柴烧。这进一步推动了部队破路的积极性,不断往王府市东面草原延伸,拉回更多的钢轨和枕木。越毁越平,越毁越远,一直毁到一百多里远。这样,国民党嫡系和杂牌部队修复铁路公路大干线的计划彻底破灭了,同时更苦了困守王府市内外城的蒙古军部和第二师,行动范围只有西面一个方向,北、东、南三面是独立骑兵团控制和游击区,都出不去多远了,三个团骑兵人吃马喂的耗费巨大,硬挺着又过了一段时间,什么都快要完了,更加恐慌起来,作了各种各样试探和实验。

独立骑兵团情况好得多,在广阔无垠的伊和塔拉大草原上机动作战,有很大的回旋余地,后勤给养也能得到及时补充。在这样条件下,严格到极点的大练兵开始了,主力独立骑兵团带领为数庞大的民兵队伍混合演习,草绿色军装和各色蒙古袍相杂,将近一万五千匹蒙古马奔腾如海洋,波涛汹涌,方圆几十里的荒漠草原上黄沙滚滚,尘土迷漫。战士和民兵们在冲锋中显示威力,面对着假设的国民党兵、蒙古军轻重机枪的扇面扫射,他们高举着军刀,与身体成一条直线,同马背形成四十五度夹角,把马镫踏直呐喊着往前驰骋。这是一种决死的状态,如果遇到敌军时,战士和民兵把军刀向左晃一下,然后右劈,那个刀下鬼可能连头带肩膀全被砍下来了。独立骑兵团和民兵队的军刀很复杂,有多种多样的来历,其中一部分是“八一”式骑兵军刀,它是哈尔滨某军工厂在战利品日本三二式骑兵军刀进行借鉴的基础上设计制造的,还有一部分是传统的日本军刀,有的颇为讲究的护手,日本话叫“镡”,称为金属艺术的极致之美,显然是世家子弟当兵时候从家里带出来的,大概是想借祖宗的光保佑平安,或者是打算让家传的刀见见世面,没有想到全部丢净赔光了。第三部分是从国民党部队缴获的大刀片,俗称青龙刀,既宽又短,没有刀鞘,只能背着,笨重得很,因为不够长,战士和民兵们都不太欢迎。数量最多普遍使用的是蒙古民族传统的弯曲形军刀,呈月牙形,和各种各样又平又直的军刀完全不同,质心远离刀柄,极大地增加了刀的杀伤力量。在弹形大韧度高的钢刀上表现尤为突出。后勤处修械厂的“巴拉根仓”老汉等资深技术工人们一致认为:蒙古民族使用弯刀和古代元朝初期三次远征欧洲有很大关系,是向那里的很多国家学习的,很像伊朗舍施尔式刀、俄罗斯高加索式刀。独立骑兵团接受过来，在多次战斗中主要用这种弯刀对付日本关东军美津骑兵师团、蒙古军、国民党嫡系东西线部队、大小股各种各样土匪，杀出了威风。现在伊和塔拉根据地数以万计的广大民兵，以独立骑兵团为榜样，徒承师教，也用起了古老的蒙古弯刀。民兵手中的大部分弯刀是后勤处修械厂技术工人“巴拉根仓”老汉他们加班加点突击出来的，削铁如泥，吹毛两段，甚至有人故弄玄虚夸张说，半夜听见鸣响。长九十厘米，重一点八五公斤。如果缺少臂力，挥舞起来容易伤着自己或军马，所以只有那些久经战斗的老干部、老战士的军刀才锋利，新战士和民兵的军刀在最初练兵阶段很厚钝。但是不开刃的军刀也能借着军马的冲刺惯性从上往下劈，仍然可以轻易地把敌人的头颅削掉。战士和民兵坚持不懈地操练着传统的骑兵科目：马上斩劈、乘马射击、跃马越障、夜间乘骑、分散集中、令马卧倒。乌黑的马步枪、矫健的蒙古马、威武的战士、雪亮的军刀在阳光下熠熠生辉。在开阔地上，一百五十米的距离内高低不平地竖立着将近一百个人体目标，低的离地四十厘米，模拟卧射的敌人。高的一百七十厘米，好像站射的敌人。随着一阵急促的马蹄声，大队军民疾驰过来，挥起军刀举过头顶。为首的军民在接近矮的人体目标时，身体倾斜向军马右侧，右臂挥刀砍下，模拟的“人头”瞬间滚落尘埃。紧接着别的军民在马上左倾右斜，忽劈忽刺，高低不同目标的“人头”，在刀光里纷纷滚落。

阿拉玛斯团长就这样亲自指挥演习，几乎是手把手地教授。他是阅历很多的红军时期老干部，身经百战，知识丰富，特别是对骑兵战术尤为擅长。他给新来的战士和民兵们反复多次讲军刀课，边讲边练，学会再练，招式简便实用，一改传统刀术套路的虚华，收效很大。老团长阿拉玛斯就这样亲自带领独立骑兵团和民兵队开展大练兵。由于他指导有方，再加上部下勤学苦练，有了最大提高。接着军民们在骑马冲锋中持枪射击，双腿夹紧马腹，从镫上挺身直立，对准右侧排列的目标扣动扳机连连中靶。正在团部写材料的哈尔巴拉，见状大喜，夸奖道：“蒙古马袭步奔驰的速度，在二百米内可以超过汽车，而我们军民仅靠腿夹紧马腹进行立姿射击，稍有闪失就会从马上摔下来。现在既能打中目标，又不掉下来，这是很好的基本功。乘马射击，是骑兵远距离杀敌的主要技术，继续练下去，坚持不懈，提高再提高！”

八月初，在团部职务不明、深居简出、一直是埋头学习蒙文蒙语的邓志刚，从电台兴致很高地回来了，手里拿着几份电报稿，刚进到阿拉玛斯的那两间从喇嘛借用的砖瓦结构房子的外屋，就听见巴雅尔极为严肃地说道：“我离任以前见到了好光景，我们动外科手术把铁路公路大干线这个主要动脉切断了，王府市内无粮草，外无援军，莫尔根的日子很难过呢。”

“蒙古军部和第二师三个团，人没有吃的，马没有喂的，灶炕没烧的，两道城墙不管用。就怕他们急红了眼睛，来进攻我们根据地，抢牲畜。”这是女旗长琪琪格的声音，很有点担心的样子。

“嗬，你来了，我们研究敌情呢，全用蒙古语对话，这是好机会，你也来练练。”阿拉玛斯看见邓志刚进来，笑着说。

琪琪格又补充道：“跑出来的市民们说：城内私人粮栈、柴草社，全被蒙古军部和第二师四、五、六团占了，那也不够用，官兵们喝粥度日，军马饿得互相啃鬃毛撕尾巴，南京都知道了，中央日报头版头条消息：军马万千皆缺尾，只因草料无法运，惨啦！”

巴雅尔也插话说：“我就要走了，给大家提个建议：王府市外城居民出来不要阻拦，可以投亲奔友自谋生活。至于蒙古军部和第二师三个团官兵，除了缴械投降者以外，出来一个消灭一个！”

阿拉玛斯转过身，对哈尔巴拉笑嘻嘻地问道：“我们的特等战斗英雄，你的意见呢？”

哈尔巴拉正在团长办公室填表格写自传，他的汉文连一点基础都没有，是用蒙文写的。听了这话，抬起头来说道：“我同意副团长的意见，铁路公路大干线的修复没有希望，国民党嫡系和杂牌部队日子很难过，在这种情况下，敌军有很大可能派来援兵。”

“派来援兵也修复不了铁路公路大干线呀！”女旗长琪琪格说，她对哈尔巴拉的话很感兴趣，白俊的脸上微微有点发红。

“这很简单，修复不了铁路公路大干线，在优势兵力保护下，可以修小土公路嘛，要不然，四面八方的后勤供应全断了，国民党部队缺衣少食，没有武器弹药，怎么受得了？”

邓志刚打开手中的电报稿，笑着用熟练的蒙古话说道：“我先给你们宣读破译的蒙古军一、二师之间的蒙文密电：‘莽斯贤弟，恢复交通实属画饼充饥，共军破路有增无减。我部困守老营，粮尽草绝，几欲不支，十万火急，速来增援。采用攻势防御、依城野战的战略战术，一师坚守基地，二师机动作战，大局可定。’‘莫王仁兄，来电收悉，特此答复：一师与共军拼搏，旧创未愈，和嫡系摩擦，新伤犹痛。提高战力，尚须消费多日，思之五内如焚；二师孤军苦战，伤筋动骨，有害无益，应深沟高垒，按兵不动，避免消耗。’”

“好，这情报很好，蒙古军不打自招。命令封锁线值勤部队，密切注意，昼夜监视。形势很有利，你们一定能连续性地打很多漂亮仗，祝你们成功！”巴雅尔副团长充满信心地说。

老团长阿拉玛斯点点头，又对邓志刚布置道：“你的蒙文蒙语学习有很大进步，先帮助哈尔巴拉写好自传；另外准备一下，欢送副团长宴会上用蒙古话致词，这也是一次很好的演习嘛。然后继续破译莫尔根、莽斯之间蒙文密电。”

“嗬，这三个任务够艰巨的。”邓志刚笑着说。

不久，巴雅尔副团长调回大后方去了，组建新的骑兵师。为了进一步加强伊和塔拉根据地建设，补充和调整了这里的领导力量：阿拉玛斯继续担任这个特别加强主力部队独立骑兵团的团长兼政治委员；任命哈尔巴拉为副团长兼政治处主任；团直属队下仍设一、二、三、四、五、六、机炮、侦察等八个连队，所不同的是每个连队增加到四百多人，又正式任命琪琪格旗长兼这个团的后勤处主任，阿拉玛斯兼旗委书记……

新任副团长哈尔巴拉和阿拉玛斯住在一起了，但是他觉得自己胜任不了如此重任，诉苦说道：“老团长啊，我本来是个摔跤手出身的粗劣汉子，只会干拼命动力气的事儿，拔刀向前，冲锋陷阵，和国民党嫡系和杂牌部队搏斗，连眉毛也不打结，叫我动脑筋想办法指挥好这样一个特别加强主力团，超编八个连队，恐怕不行，有负于党的信任和重托。”

老团长鼓励他：“不会的东西应该是边干边学嘛，再说你是文武双全、智勇兼备的人，有很好的基础，具体来说，从小就熟读用蒙文翻译过来的《三国演义》，那是形象化的兵书呀！”

哈尔巴拉组织观念强，他对重用琪琪格有意见，也对老团长讲道：“再就是那位小姐，凭啥提拔那么快呢？就算她入党早，散发过反对国民党反动派的传单，搞过一些地下活动，也不能这么快当旗长呀，出身成分不好，和莫尔根王爷是远房亲戚，现在一步登天了，很多干部战士和牧民都不同意。”

阿拉玛斯听了这话沉下脸来，严肃地说：“副团长，部分干部战士和牧民对琪琪格有这样看法，还可以原谅。你这样说她，太不应该了。唉，我们队伍中左派幼稚病、唯成份论等东西泛滥成灾。琪琪格这个大学生不简单啊，结合内蒙古草原实际钻研畜牧业，多次到外地考察，发表论文，是A城农学院的高材生。更为可贵的是，她毅然放弃当研究生、留学外洋等已经到手的机会，走向和贫苦牧民结合的道路，值得表扬。在沙化退化极其严重的伊和塔拉草原上，建立巩固的根据地，是一项困难的任务，怎么养得起千军万马？女旗长提出了试办大型牧场方案，就是她常说的草原三部曲，我看很好，文武相济，才能办成大事，她是有用之材。副团长，你可能还不清楚，去年你摔伤了军统稽查处拳术教官武林和警务科长'其努瓦'，被蒙古军部扣捕以后，在营救活动中，她出了一把力啊！她还通过你三弟呼和巴拉送过两次情报的，你不能忘恩负义啊！还有，琪琪格同志品德高尚，洁身如玉，前年她还打死打伤了蒙古军联合谍报队长扎萨嘎本人和情妇珊丹，钻两道城墙流水沟跑出来的，真不容易……"

哈尔巴拉最近听说这些事，但是他半信半疑，现在全明白了，想到过去对琪琪格粗暴无礼的样子，惭愧地低下了头，半晌不吱声。

阿拉玛斯为了打破这难堪的尴尬气氛，哈哈笑了，更进一步很认真地说："琪琪格旗长在婚姻方面，也是很有志气的，坚决不走官太太道路，拒绝了很多人的求婚，其中有学术界知名人士，也有国民党的达官显贵，扎萨嘎少爷就是一个很突出的例子，她把这花花公子打成重伤，出污泥而不染，难得。哈哈，据我所知，我们副团长还没有对象哩，我当个媒人怎么样？"

"大敌当前，重兵在握，不能分散精力考虑这事。"哈尔巴拉这个彪形大汉满脸通红，连喘气都有点粗了，很不好意思地说。

老团长毕竟是个职业军人，性格开放，看着哈尔巴拉的窘态，不由得粗犷地大笑了，连连说道："这么一说，你同意了，哈哈，我老汉愿意效劳，一定为你们创造良好的条件。"

也是凑巧，这个漂亮的女旗长正好在这时候进来了，穿着草绿色军装，宽皮带上挂着小巧玲珑的手枪，风度翩翩，可能是隔着门听见了他们二人刚才的谈话，微露不悦之色，足足沉默了几分钟，这才板着脸说："二位团长都在这里，我们根据地民兵队，击毁了蒙古军部和第二师从西面拉粮食回来的十多辆汽车！"

"怎么打的？"

"远处狙击，专打汽车轱辘，全报销了！"

"哈哈，莫尔根军长的官兵们要饿肚皮了，面如菜色，手无缚鸡之力，苦不堪言！"老团长又是开心地大笑。

哈尔巴拉也不由得笑起来，夸奖道："民兵队初学乍练，第一次单独上阵，打得不错，哈哈！"

打坏蒙古军十多辆日式美式汽车，这本来就是很大的胜利，何况上面满载着粮食，这动静就大了。独立骑兵团直属队和八个连队的干部战士们精神为之一振，连连称赞，个个夸奖，都说女旗长琪琪格指挥得好，根据地民兵队打得好，一点都不次于特别加强的主力部队。缴获的粮食因为是军用的，主要是大米白面，只有一小部分玉米、高粱、小米、荞面。数量多品种全。对这些粮食的分配，团部和旗政府共同研究决定：军民一律平等待遇，按人口发放给他们。军队人马多力量大，团直属队和八个连队各出动一部分人，驮在马背上很快搬走了。就是牧民们费事，青壮年们都跟着牛马骆驼羊群放牧，老幼妇女运输困难，况且乘骑不多，木轮车少，发生了问题。针对这种情况，琪琪格旗长指示根据地民兵队包下来，公平合理地按人口比例分配运送到各家各户。

民兵队长特木尔和未婚妻刘秀英赶的是一辆吱扭发响的带棚木轮车，套着一条高大结实的公牛。这牲畜力气有余却懒惰成性，固执发犟，不使劲拉套，走不远就停下来吃草、休息、撒尿、拉屎，挥起鞭子抽也不动，因为它的皮毛和肉膘太厚实了，简直是不痛不痒。就这样磨磨蹭蹭着来回走了几趟，加上别的民兵们赶的几十辆木轮车，把分配给牧民的粮食都运完了，就剩下最后一车。特木尔和刘秀英都是民兵队的领导骨干，懂得吃苦在前、休息在后的大道理，把别人都打发回去，他俩走这最后一趟。事情就发生在这夜深人静之际，两个人正坐在木轮车棚内紧紧偎依着赶公牛，却不曾防备这条牲畜又犯了老毛病，歪扭着走斜道，木轮车陷进大坑里差点翻了，外号"假小子"的刘秀英便重重地倒在特木尔身上，那一对丰满柔软的乳房，在这个民兵队长宽厚的胸脯上压迫揉搓，使他浑身麻酥，欲火如焚。这时候，特木尔什么也不管了，急急忙忙爬在刘秀英身上，动起手来。他俩有恃无恐，认为没人发现，因为别的民兵们早就打发回去休息了。但是正像俗话说的那样：若要人不知，除非己莫为，还是有人看见了。由于附近有十多辆被打坏轮胎的日式美式大卡车，又从这里分发了很多粮食，分管这项工作的琪琪格旗长和哈尔巴拉副团长不太放心，百忙中抽空连夜来视察。他俩经过阿拉玛斯团长的介绍，好像是都有点那个意思了，都在了解、调查、试探着对方，这次出来可能是为了个别谈话方便，没有一个随行人员。这两位领导干部单独行动，无拘无束，缓缓过来了，马蹄铁在沙化草原上几乎没有一点动静。远远看见了倾斜的带棚木轮车，琪琪格是知识分子，对牧区基层生活习惯缺乏了解，大为诧异，有点吃惊地说："怎么没有人？车要翻了，快去看看，扶正过来。"哈尔巴拉注意观察，什么都明白了，但是这种事不好说漏，笑着小声说："有人，还是两个人，我们不能去，连靠近都不行，绕远走，嘿嘿，去看看那些被打坏了的汽车，如果就是轮胎出了洞，很快就能补上修理好！"他俩走过去，隐蔽在一棵两人都抱不拢的大树阴影底下，就看见了从木轮车棚内出来整理衣服的特木尔和刘秀英。琪琪格旗长这才明白过来是怎么回事，不好意思地别转过脸，什么也不说了。哈尔巴拉心中暗笑，他也沉默不语。哈尔巴拉、琪琪格二人心领神会，配合默契，很怕特木尔、刘秀英难堪，丢了面子，始终隐蔽在这棵两个人都抱不拢的大树阴影底下不出来，并且保持着沉默一言不发，等这辆带棚木轮车吱扭吱扭走远了以后，他俩这才动身检查那十多辆被打坏的日式美式汽车。哈尔巴拉检查很仔细，没过多长时间就看出来了，打坏的果然只是轮胎，发动机丝毫没有损失，他高兴得紧紧拥抱住琪琪格，粗犷地大叫："旗长同志，你指挥得好，缴获了完整的十多辆日式美式汽车，拉粮食运草料载枪炮，用处大了，又立了大功，真是我的好老婆呀！"琪琪格一怔，接着平静下来，既不拒绝，也不吱声，又不知想了些什么，两行热泪悄悄流下来。

第三十三回 抓紧备战团部布置任务 制造榴弹技工出外捡铁

独立骑兵团连续破译了莫尔根、莽斯之间几份蒙文密电，得到了不少重要情报。这天，邓志刚又拿着几份电报稿来到老团长办公室，看见哈尔巴拉、琪琪格和团直属队、八个连队的负责人都在这里准备研究什么。

“蒙古军部和一、二师之间，有什么联系和拉拢?”阿拉玛斯急忙问道。

邓志刚笑道：“这回情况变了，是嫡系和杂牌之间争吵、扯皮、讨价还价，互不相让，哈哈！”

“怎么说?”

“他们都急了眼啦，用密电互相催促，但是谁也不听谁的，指责对方，老子意见第一。我念第一封电报：‘东西线部队司令长官：蒙古军部和第二师三个团，困守孤城，粮草皆无，官兵饥饿，军马瘦弱，恐酿大祸。速派飞机多架空投。’第二封电报：‘莫王麾下，误中共匪奸计，交通断绝，本城粮煤奇缺，全军恐慌，无可空投，况且各地战事激烈，空军日夜出动支援，欲派不能，希望军座速率部打通小土公路，沿途征收粮草，以救己救人。’第三封电报：‘共方扩军，实力大增，战守两难，速放弃东边 C 镇，派我军第一师前来，扭转局势，改变战况。’第四封电报：‘万万不可放弃东部的也是交通枢纽要地的 C 镇，贻误戡乱，危害党国，成为千古罪人，希望军座率你部第二师喋血苦战，坚守王市，我必增援，派精锐主力部队前去！’”

“你看看，国民党嫡系杂牌部队磨刀霍霍，正准备动手，我们独立骑兵团更要加快行动，武器生产、军械修理、粮草供应、车辆运输、宿营起住等问题，都需要重新安排。安时思危，一切都应该往困难方面准备。现在，不少干部和战士当中滋长着一种严重的骄傲自满情绪，错误地认为已经完成了切断铁路公路大干线的战略任务。特别是经过整编补充扩大队伍以后，战斗力空前提高，一切敌军都不在话下，这种不良倾向必须坚决克服。”琪琪格说。

“这是清醒的观察和分析，自古以来骄兵必败，我们这就进一步研究！”阿拉玛斯对这个大学畜牧专业出身的女旗长点点头，深为赞许。他以前认为琪琪格主要精力集中在根据地草原建设上，无暇旁顾，真没有想到会一下说中要害。

邓志刚表示同意，说道：“人无远虑必有近忧，旗长言之有理！”

看来，擅长于骑兵战术的年轻副团长哈尔巴拉也同意这看法，补充道：“有两个大前提必须肯定下来：第一，国民党嫡系部队援兵要来，特别是杂牌蒙古军第一师更要来，我们的敌人多了，战斗任务加重了。第二，敌强我弱的情况将要持续一段时间，在这样形势下，我们根据地仅仅背靠腾格里山鬼谷口，面临达赖河峭壁岸是不够的，还得有一定的机动性，比如大量采伐魔峡嘴后面原始森林中树木，制作很多套牛的带棚木轮车，白天可以行军，晚上可以住宿，灵活方便，来去自由。”

琪琪格听了这话，不由得注意看起对方，稍许露出惊奇的样子。

老团长把这些都看在眼里，笑道："旗长呀，你是大学生，蒙汉兼通，快收两个徒弟吧，给哈尔巴拉同志教汉文，给邓志刚同志教蒙文，这都是为工作需要，说起我们副团长，蒙文水平不赖呢，自学成材，能熟读翻译过来的《三国演义》，那是形象化的兵书呀，结合实际研究战略战术，很有成效，美中不足的是汉文不行，您多帮助！"

"互相学习，取长补短吧。"琪琪格谦虚地说，白俊的脸上微微发红，接着她谈了根据地中心伊和浩特的事。这样大的聚居点，还没有负责人。牧民们选了额尔旦老人当浩特达，就是村长。他正直善良，面慈心软，是个老好人，还信佛，不理想。

"你的意思是谁合适？"

"我打算叫马倌完达尔夫担任浩特达。"

"他早就参军了，那一次赛马得第一，蒙古军部警卫连派人来抢，他打死了三个官兵，突围找我们，太紧张，累出了毛病，现在已经送到后勤处医院休养治疗。就让额尔旦老人当吧，小缺点小毛病可以教育嘛。"哈尔巴拉说，长着连鬓大胡子的脸上微微发红。

琪琪格的白俊的脸也发红了，点头答应。随后她又汇报了后勤处修械厂的工作，说道："现在告诉大家一个好消息，用土法制造的第一批木柄手榴弹，经过反复试验，终于成功了。最近进行了技术鉴定，不错呀，投出去以后爆炸的时间及破坏杀伤力都合乎要求。在当前来讲，可以说是很主要的战备生产之一。手榴弹是近战夜战的好武器，分管这项工作的陕北老红军李志坚主任，日夜蹲在那里，准备立即扩大再生产，保证全团部队作战需要。数量很大，原料供应有很多困难。"

原来，独立骑兵团的后勤供应也是薄弱环节，为了加强这方面工作，后勤处设有两个主任，正主任就是陕北老红军李志坚，他平常化装外出采购药品、布匹、粮食、草料，不大见面，是一位无名英雄，也参加了这次会议，笑嘻嘻地说："对，就讨论这个问题，根据我们团的人力、物力、技术条件、机械设备来看，也只能制造手榴弹了。它是一种人力投掷的小型炸弹，主要有木柄形和柠檬或菠萝形两种，我们生产的是前一种，由铸铁弹体、木柄、主装药和拉发火管组成，利用铜丝与玻璃的摩擦，点燃导火线和硫黄。这种手榴弹便于大量生产，安全可靠，不会出现意外发火和早炸事故。大家不要小看它，在当前武器弹药不能自制的情况下，确实是了不起的军火生产，作用很大，用这个小家伙可以敲打蒋介石的秃脑袋，要枪要炮要子弹。我们修械厂对它很重视，当做头等大事来抓，但是扩大再生产原料供应有困难。我们生产手榴弹的原料，除了发火管里的硫黄是由大后方供应的以外，其余全是自己制造的，铁锤是废铁铸的，木柄是自己旋的，火药是用自己熬的火硝加上麻秆灰、柳木灰碾成的，现在别的都不要紧，就是库存的废铜烂铁和木头越来越少。我们在汗庙和附近各个牧民点，搜集购买了一些，但是这和需要量比较起来，太少了，不够填牙缝的。"

团直属各单位和八个连队负责人都很关心这事，听了后勤处二位主任的话，都给修械厂出主意想办法，有说这个的，有说那个的。侦察连连长兼指导员刘青山插话道："巧妇难为无米之炊，没有原料是做不成手榴弹的，这怎么办呢？我想了一下，有句古话说得好：山重水复疑无路，柳暗花明又一村。是有办法的，比如伪旗公署警务科监工，在王府市外城土墙周围修了很多钢筋水泥永久性防御工事。我们老八连领导第二次暴动以后，丢下了很多铁器，要是仔细寻找，还可能有一部分武器弹药，是一大片很有油水的地方，应该组织一个捡铁队，好好找找。”

有的连队负责人对此怀疑，提出了不同意见：“王府市外城土墙周围防御工事，前后经过两次搜索，已经没有多少油水啦。”

琪琪格耐心解释道：“不，团主力来得晚，有的同志对王府市外城周围情况不太熟习，拐弯抹角数十里地的所谓防御工事，不会一干二净的，应该去仔细寻找。”

哈尔巴拉也说：“好东西没有，废铜烂铁还是有的，后勤处修械厂马上派人搜索收集，团直属队各单位和八个连队积极协助，但是为了防备蒙古军部和第二师狙击手们打冷枪，避免不必要的伤亡，要在夜间摸黑行动。一切工作多往困难方面着想，多往不利方面准备，这样才能立于不败之地。”

阿拉玛斯看见哈尔巴拉、琪琪格两个年轻人配合得不错，心里很高兴，紧接着对修械厂的负责人说：“厂长同志，你虽然不是军事干部，也要像我们副团长那样雷厉风行，不要老牛破车疙瘩套，拖拖拉拉地耽误事。”

“马上就办！”修械厂负责人受到团长兼政治委员的批评，惊得出了一身冷汗，从团部出来回到厂子，当时就布置了这项工作。

第二天黄昏，全厂出动到王府市外城北捡废铁，一直干到半夜。他们收工回去以后，由技工西热莫、贵伊拉兄弟和从侦察连临时来帮忙的完达尔夫三个人组成的专业捡铁队留下来，在附近转转着继续找废铁。原来这两个技工不是别人，正是去年冬天收养老三呼和巴拉的孪生兄弟老铁匠，最近独立骑兵团扩军备战，他俩来到根据地当了修械厂技工，就是因为不明底细，没敢找哈尔巴拉副团长认亲。

半夜以后，他们在一片洼地里，陆续捡到了十几口行军锅。孪生兄弟的哥哥西热莫，因为好讲蒙古族民间巴拉根仓的故事，修械厂的工人们都叫他是“巴拉根仓”老汉。他现在高兴得眉飞色舞，用粗硬长满老茧的大手摸摸剃光的头，慢声慢语地说：“牧场好了牲畜肥，墨汁好了字迹美，我们铁匠呀，有了很多钢铁才能出活儿呀！摸着黑刚到这里，就捡了一大堆铁，咋也有几千斤，这能做多少手榴弹！”

完达尔夫听着哈哈大笑道：“你们两位老铁匠真有意思，长得一模一样，都是抓地牢敦实个子，红脸面，大嗓门，穿着一个色的绿军装，要不是哥哥说话慢，弟弟说话急，我真还分不清呢。”

西热莫老汉笑了，说道：“你算抓住特点了，我就是慢声慢语，我弟弟是快声快语。我还爱讲《巴拉根仓的故事》，因为讲得多了，别人不叫我真名了，就叫我是‘巴拉根仓老汉’，连我儿子也会讲了，小家伙叫包利道，是生铁炼成钢，后来者居上的意思，他壮得很哪。我们兄弟俩到独立骑兵团后勤处修械厂，打算也把他带来参军，但是他说不忙，他正收拢了一大群野马调教训练呢，他又说什么时候生马变成熟马，他这才赶回来送给独立骑兵团献礼，接着要求参军，否则无功受禄，寝食不安，所以在家乡放马呢，离这里远啦，哈哈！”

完达尔夫哪里知道这个小青年就是哈尔巴拉、察干巴拉的失散的弟弟呼和巴拉呢，随便问道：“多大了？”

“十八啦！”

“他妈呢？”

双胞胎兄弟俩没有吱声，互相看了看，沉默了好大一会儿。最后“巴拉根仓”老汉叹了口气说:“国民党嫡系和杂牌部队都来吃肉喝血,敲骨吸髓,抓劳工,征壮丁,害得我们妻离子散,家破人亡,腾格里山下,达赖河畔,有多少英雄烈士流血牺牲,唉!”

完达尔夫听了这话,就没有往下问。

天快要亮了,他们仨怕被王府市外城土墙上的蒙古军第二师哨兵发现,隐蔽起来,随后打开军用水壶盖喝点水润润嗓子。“巴拉根仓”老汉提醒道:“这是城北,地势高,不好打井,水比奶子还珍贵。常言说得好:腾格里山,没有水的山,千古牲畜不沾边,骏马驰过难停站,渴死牛羊干了天。要节省水呀,多吃饭行,多喝水可不中。”

严重缺水威胁着这三个人,他们打开牛皮口袋,每人盛了一碗炒米,就着奶豆腐干嚼,很难咽下去。贵伊拉老汉吃完了炒米,在短短的铜嘴铜锅烟杆子里点了火,有滋有味地吸了两口,喷出几团烟圈,说道:“我看出点门道来了,你们瞅那一堆土,好像是一条坑道口。我们到跟前去看看,里面有没有铁器。”

果然,在那永久性的钢筋水泥坑道口中,捡到了十多箱长满红锈的爆破筒。

“巴拉根仓”老汉高兴极了,拍着完达尔夫的肩膀开心地笑道:“好了,好了,不仅捡到了铁,还捡到了炸药,有用,有用,双丰收,哈哈!”

第三十四回　遭遇狙击铁匠不幸身亡　害怕暴露特务杀害同伙

由于防御工事和外城土墙之间的距离在步枪射程之内，他们白天钻进碉堡或坑道睡大觉，晚上出来捡铁。这一天夜里，突然阴云密布，下起倾盆大雨来。三个人都被浇得水淋淋地，近处没个避雨的地方，只好背上干粮水壶，顺着水泥砌成的阶梯，钻进一座并没有修完的碉堡。这里结着密密麻麻的蜘蛛网，他们在不漏光的阴暗角落里点了一堆篝火，拧干了衣服，烤起火来。坑道里面也结着蜘蛛网，还有积水、烂泥、屎堆，发出一股股臭气味。贵伊拉捂着鼻子往后退了一步，骂咧咧地说："呸，呸，这个鬼地方就像坟墓一样，好像从来没有见过阳光，什么狗屁臭气味！"

完达尔夫在碉堡和坑道交接的旮旯里转了转，突然嘘了一声道："你们哥儿俩来看，有那么多烟头，还有几个空罐头盒。"

"巴拉根仓"老汉仔细地检查了一会儿，说："贵伊拉，你快出去站岗放哨，不要粗心大意。跟前的牧民不会抽美国烟卷的，罐头盒里的肉汤还没干，烟头的一边还湿着，这就是说半天以前就有人。"

贵伊拉很听哥哥的话，急急忙忙跑出了这座漏风透雨的破烂碉堡。过了一会儿，雨停了，外面起了山风，声势很大，就像万马奔腾一样。这时，贵伊拉跑回来了，上气不接下气地说："糟啦，有人悄悄跟踪监视着我们！"

"巴拉根仓"老汉的稀疏的眉毛倒竖起来，警觉地说："刚才在这里发现美国烟卷头和空罐头盒以后，我还以为是过路的散兵土匪扔的，原来有人不声不响地当尾巴，这大概是蒙古军联合谍报队干的勾当，有计划有组织的暗算。但是这也太奇怪了，我们三个都在黑夜里活动，他们是怎么知道的，是不是从厂子出来的时候，潜伏在附近的特务，偷偷跟踪过来了？"

"几个人？"

"藏在大石头后面，看不太清楚，好像是两个人，穿的是橡胶短靴，一点声音都没有。"

于是，这三个人紧张地商量定了，一面继续捡铁，一面密切地注意蒙古军特务的行动。

已经过了半夜，但是他们没有收工，把捡来的废铁都堆在一起了。刚准备回去，一丛山丁树附近，又发现监工的警察们遗弃的十箱炸药。他们高兴得什么似的，立刻动手搬运。月亮快落山时，好不容易搬到碉堡内。三个人推让了一阵，结果谁也没睡觉，都在射击孔内观察。天快亮时，突然发现有两条黑影销声匿迹地往上移动着。在星星和露水的微弱的反光下，轮廓是很模糊的。爬到很近的地方了，从岩石上露出黑黝黝的头部。完达尔夫和"巴拉根仓"老汉起初打算等到跟前以后再动手，但是又考虑到他们才三个人，蒙古军部和第二师，再加上警务科警察人多了，纠缠起来麻烦呢，于是他们同时开了枪。可惜三人都是新战士，射击技术都不高明，况且夜间目标不清，全打空了。只好把新制造的手榴弹投出去。第一颗投得真准，把右边的一个家伙的盔式草帽打掉了，就是没有爆炸，骨碌碌滚到一边去。第二第三颗连续爆炸了，冒起了几股烟火，弹片尖叫着飞过去。

第四天早晨，太阳从露出地平线开始就显示出了它的威力。天越来越热，简直使人受不了，石头都曝起了一层皮。空中没有一丝轻风，没有一点云彩，连一只大小飞禽也看不见，沙化退化的草原好像就要着火一样发烫，小树和矮草都软软地低下了头，一群蚂蚁都被烤焦了，黑压压地死在长满青苔的岩石上。他们轮流在坑道口碉堡荫凉下睡了午觉，接着从水壶内喝了一点水润润嗓子，吃了一顿奶油加奶豆腐拌炒米，熬过了一个白天，黑夜又出去捡铁了。在又一片洼地里发现了二十几座钢筋混凝土活动碉堡，都破碎不堪了。但是刨起来很费事，虎口震裂，鲜血迸流，就这样不停地刨着。这时候，又发现在一堆乱石后面，有人探头探脑窥视，目标时隐时现，很不容易打准。三人轮着放哨轮着刨，到了半夜才刨出来三座活动碉堡钢筋。天亮以前，搬运到了铁堆旁。

进了破碉堡，“巴拉根仓”老汉对完达尔夫说：“这几天，我们捡了很多废铁，但是没法子运回去。另外，眼前这两个家伙还容易对付，要是来一大帮呢，就保不住这一大堆铁了。所以我们兄弟留下看堆，完达尔夫同志回团部报信，派汽车大车来拉，最好是多来一些人，你看咋样？”

这个王府牧马人出身的新战士，低头憋了一阵子，终于气鼓鼓地说道：“‘巴拉根仓’师傅，怎么老是派我干这种轻活儿，不相信我是咋着？”

“巴拉根仓”老汉的没有长胡子的脸上显出了受委屈的样子，说道：“完达尔夫同志，你想错了，说说你就知道，你是老八连一排的，病好出院以后，临时在后勤处修械厂帮忙。据我了解，你是个单身汉，正像俗话说的那样：千匹马留下的驹子。我们兄弟两个人，家里还有一个小儿子包利道，情况不一样，得好好照顾你，去送信吧！”

完达尔夫不忍心在困难的时候离开这两个新认识的战友，但是情况紧急，环境恶劣，当天晚间步行回团部报信去了。他来这里时怕出损失，又怕暴露目标，把那匹著名的芦花青马放在军马群里了，没骑到这里来，这也是他爱马的优良传统，受到称赞。

第七天晚上，贵伊拉老汉说什么也不留守了，坚持要出去刨钢筋，他哥哥只好勉强答应在坑道口碉堡内瞭望，发现情况鸣枪为号。

贵伊拉老汉走到那些破烂不堪的活动碉堡跟前，挥镐就刨起来。这些天饮食很差，体力得不到补充，很快乏了。他咬紧牙关刨了几个小时，刚刚打算歇口气，就听见窸窸窣窣一阵响，小路旁洼地柳条丛中突然窜出一个人来。他抄起步枪刚顶上火，对面闪一下亮，轰地发响，他仰面朝天倒下，胸口上一阵剧疼，神志不清了。偷袭的这个家伙干哑地冷笑了一声，观察着慢慢走过来，快到跟前了。仇恨使贵伊拉老汉睁开了眼睛，使出了最后一点力气，端起步枪对准敌人胸口开了一枪。由于距离很近，这一下可打中了，这个家伙怪叫了一声，把美式手枪扔出去老远，摇晃了两下，用左手捂住胸口，慢慢倒下去。这里一片死寂，什么动静也没有了。

“巴拉根仓”老汉听到枪声，急忙跑过来接应，晚了一步，弟弟已经停止了呼吸，身体逐渐冷却下来，摸了摸胸口，心脏早就不跳动了。他捡起美式手枪，到敌人跟前看了看，这个家伙嘴啃沙子爬着，连动都不能动，后背上咕嘟咕嘟冒着鲜血，但是还有呼吸，现在只是昏迷不醒。他咬牙切齿，几次要补上一枪，最后还是控制住了自己，打死是容易的，但是什么也得不到，审问一下再说。

就在这个时候，哈尔巴拉副团长领着侦察连赶到了，看见这情况他心情沉重地说道："老同志，很对不起，我们团八个连队的捡铁人员，在王府市北面和南面活动，没顾上东面，出了这样大的损失，我谨代表全团指挥员和指战员，表示沉痛的哀悼。"

"巴拉根仓"老汉看着哈尔巴拉发怔，这个魁梧强壮的副团长的长相，多么像他的养子包利道呀，原来他就是大名鼎鼎的摔跤手、元朝宫廷武士后代哈尔巴拉。去年和今年领导两次暴动的侦察连领导人，仍然健在，他们是亲兄弟。但是现在顾不上说这些了，一边哭着把这几天的遭遇诉说了一遍，战士们有的叹息，有的哭了。完达尔夫、察干巴拉等人恨得两眼喷火，想要立刻打死这个敌人。

刘青山连长摆手制止道："别打，另一个敌人没抓到呢，先审问一下再说。"

侦察连四个排的人分头行动了，有的破坏碉堡和坑道；有的把烈士贵伊拉的遗体抬过去，坦葬在山坡前向阳的地方；有的往好几辆大车上装废铁。在破碎不堪的碉堡跟前，看守半死不活敌人的只有哈尔巴拉、刘青山、"巴拉根仓"老汉、完达尔夫等几个人。连队卫生员打了两支强心剂，这个家伙终于醒过来了，捂着胸脯处正在流血的伤口大声惨叫。

年轻的副团长看着这抽搐痉挛的敌人，板起了连鬓大胡子脸，用蒙古话喝道："到底是谁派你来的？那一个同伙在哪儿？交代！"

"哼，刚刚捡到了草梢上挂的一撮毛，就想得到甸子上的一群羊，办不到，我那个同伙不是那么容易对付的，看得见，抓不住。老爷倒霉，吃了一颗羊粪蛋是不假，可也把你们那个人打死了。啊呀，真是要命啊！"这个家伙很顽固，骂骂咧咧地用蒙古话回答着，又大声呻吟起来。

哈尔巴拉针对着敌人贪生怕死的心理状态，突然灵机一动，计上心来，指着"巴拉根仓"老汉，对这个负了重伤的家伙说："牲畜，你真是两条腿的牲畜呀，怪不得顽固到底，死脑筋老不开窍。老实告诉你吧，我们独立骑兵团有个从萨满教'孛'那里得到祖传秘方的高明大夫，内伤外伤，包治百伤，药到伤好，就是受了要死的重伤，吃两颗'金疮神灵丸'，马上就长出肉来，你看他完全恢复了健康，连伤口都找不见，你睁开狗眼睛仔细瞅瞅！"因为孪生兄弟俩长相酷似，一模一样，这点谎话竟发生了预料不到的效果，身负重伤的家伙直勾勾地瞪着眼睛发了一会儿痴呆，黑黪黪的满是粉刺的脸上，冒出黄豆大的汗珠，突然狂叫道："共军老总呀，求求你们大发慈悲，可怜可怜我吧，赏一丸药吃，要是救了我一条命，啥都好说，要什么有什么，保证叫你们发一笔横财！"

哈尔巴拉在一座破烂活动碉堡上坐下来，大模大样地翘起了腿，冷笑了一声说道："这好说，只要你好好交代，就赏给你两丸，那种药我们自己能配，有的是，先说说你们两个人为什么来这里？说！"

"长官，我们来此，一者检查秘密坑道；二者，碉堡里埋着，啊哟，求……"这个家伙说了半截又昏过去了。

这一下子，哈尔巴拉、刘青山等人活跃起来了，七嘴八舌地商量了一阵，留下两个哨兵看守这个家伙，然后到坑道口大碉堡内刨土。差不多把钢筋水泥建筑物翻了个儿，普遍挖地三尺，累得大家出了一身汗，什么也没找到。完达尔夫还不罢休，又挖了一阵，把水泥桌拱翻了，他自己绊倒在一旁。

"这里!"刘青山连长眼尖,一下看见了水泥桌底下长条形状方孔里土色有点新鲜,指点着说:"就在这里,挖!"

侦察连一排都动手了,挖土的,倒土的,搬土的,挖了六尺多深,露出了一个大铁箱。四班长察干巴拉伸手抬了抬,说道:"嘿嘿,瘦马陷进泥潭,病牛爬在沙包,这大铁箱真沉,我这个摔跤手都弄不起来,上面还写着藏经,装的是什么东西?"

"不是藏经,是英文。"刘青山纠正道。

"巴拉根仓"老汉也从箱子一边伸进手去抬,说道:"很重,我们好几个人都抬不动,不知道装的是什么。上面有明锁暗锁。"

哈尔巴拉拿着一根茶碗口粗的钢撬棍过来,开始动手了。这个摔跤手出身的年轻副团长,真是有过人的男性膂力,三下两下就撬开了。铁箱盖被揭开以后,这些军人的眼睛花了一下。这个有几千斤重的有防火防潮装置的大铁箱里,装着多少东西呀,大头银元,小头银元,墨西哥银元,俗称"元宝"的银锭,还有十多把各式各样的手枪和几千颗子弹。几个精致的楠木小匣子里,分别装着金砖、金条、金戒指、金手镯、翡翠、玉石、玛瑙烟嘴、钻石、珍珠首饰。旁边还整齐叠放着几十张有花花绿绿图案的质地优美的硬纸片,上面印着铅体字,当中是莫尔根军长的戎装像。

这些干部战士们都是贫苦牧民出身的,没见过这种东西,完达尔夫说道:"啥家伙,是王爷账本?"

"不像,像喇嘛念的经卷。"老二察干巴拉提出了怀疑。

"巴拉根仓"老汉纠正道:"上面又有汉文,可能是和尚念的经,是不是?"

侦察连连长兼指导员刘青山哈哈大笑道:"把狼看成羊,乱说一气,碉堡是打仗的地方,怎么会有喇嘛教、佛教的经卷?"

哈尔巴拉在这一段时间内,从琪琪格旗长那里学习汉文,颇有提高,现在仔细看了看,说道:"嘿嘿,明白了,这是蒙古军联合谍报队印制的委任状,空白的,填写以后准备发给他们的特务杀手。这些披着人皮的豺狼,有阴谋。"

"巴拉根仓"老汉沉思地说:"哦,我也明白了,怪不得这两个家伙和我们纠缠到底,原来把老本钱都藏在这里了,金银财宝,武器弹药,还有这么厚一沓子委任状。但是有一点我不明白,他们为什么把这命根子放在这里呢?怪事!"

"有阴谋,"哈尔巴拉的长着连鬓大胡子的脸上也显出了考虑的样子说道,"蒙古军部总是想把第一师调回来,在这里搞什么高度自治,封建割据,称王成霸。王府市是他们的大本营,所谓复兴基地,不可能不下大力气。莫尔根忍饥挨饿喝西北风也不走,又派专人检查秘密坑道,都说明这个问题。这里可能是联络点,也可能有电台,好好找一找!"

侦察连干部战士们听了副团长的话,又动起来,在很多碉堡、坑道内外又彻底翻腾了一阵,没有发现新的线索。

刘青山连长忽然想出了主意,冷笑道:"敌人都是有两面性的,既狡猾又愚蠢。我们索性来个一不做二不休,用刚才办法再骗骗他,问这里还藏着什么东西,有没有电台,那个同伙跑哪儿去了?"

"对,完全正确!"哈尔巴拉拍了一下军刀柄,欣然表示同意,于是一起走到了那个受伤的家伙跟前。这些军人们都怔住了，敌人的胸口新添了几寸长的刀口子，直捅到心脏，已经死掉了。他们一致认为这是漏网的敌人杀人灭口。两个哨兵由于缺乏斗争经验，警惕性不高，麻痹大意，到别的坑道探险去了，给敌人造成了可乘之机。后果是严重的，失掉了重要线索，放跑了一个很危险的杀手。当天晚间，侦察连把捡到的废铁分别装在几辆胶轮大车上拉回去了，金银财宝和委任状送交给团政治处。以后才知道，被打死的那个家伙是这一带最大的日伪特务之一，不知道在什么时候投靠莫尔根、莽斯、哲别，奔走于蒙古军一、二师之间，拉线挂钩，通风报信，招兵买马，讨价还价，领衔捞赏，这回在这条坑道口破烂碉堡内搞什么鬼勾当，终于断送了罪恶的一生。至于那个杀人灭口漏网的更大的特务叫什么名字，是回蒙古军联合谍报队了，还是去军统稽查处了，始终没有找到线索。把废铁送到后勤处修械厂以后，完达尔夫骑着那匹著名的芦花青马归队回到侦察连一排。由于当前战争形势越来越紧张，军工生产任务特别繁忙，不仅大量制造木柄手榴弹，还要成批生产优质钢弯曲军刀，堆成堆，垛成垛，不计其数。正在悲痛中的"巴拉根仓"老汉没有来得及找副团长，因此，哈尔巴拉兄弟大团圆的事拖延下来了。

用捡来的废铁制造武器，这回独立骑兵团四千多名干部和战士，差不多每人都有一把军刀，抽出来闪闪发光，熠熠生辉。安时思危，二位团长并没有忘掉隐蔽斗争，严令侦察连反复搜索王府市外城周围防御工事，争取抓住暗害后勤处修械厂技术工人贵伊拉的特务杀手。这次行动差不多进行了十天半个月，没有达到目的。

原来，多次在这一带破坏捣乱的不是别人，正是蒙古军联合谍报队主要特务杀手"影子"，他到东蒙古窃取大量情报；策反"二蛮子"、"神枪手"；很受上司器重，成了红得发紫的人物。这次派他出来不同一般，要他一而再再而三地检查有没有毁了爆炸内外城挖掘的坑道？这项任务就够危险、复杂、艰苦的了，简直是玩命，但是他没有半点畏难之色，自告奋勇欣然接受了，其中有不可告人的秘密勾当。那次奉莫尔根、哲别、扎萨嘎之命，单独行动，把军统局稽查处长戴励志救出来。那个外号叫"迈德尔喇嘛"的特务头子感激之余，赠送给他大铁箱的金条和银币。当时形势危险，环境恶劣，陷入重围，他没法带走就地埋藏在这里了，现在天赐良机，正好起出来。"影子"是把脑袋掖在裤腰带上的亡命之徒，知道自己每天都有可能被打死，手脚爬地嘴啃泥，他要享受一番捞回老本，不光大吃二喝，还要狂嫖滥嫖拼命玩。这回出来就带着一个女人，是脱离了军统稽查处的女报务员，她早就成了"影子"的情妇，并且出卖了密电码。就凭这两点，她被戴励志所不容，只好死心塌地为联合谍报队服务，唯命是从。再就是伊和塔拉的土匪出身的日伪时期大特务，"影子"兼收并蓄，要女的男的一起来，连保镖都有了。

紧接着，"影子"杀人灭口，不仅干掉了女报务员，而且把受伤被俘虏的土匪特务也一刀捅死了。

第三十五回 经验不足军民流送停滞 知识渊博专家出河跃进

独立骑兵团搜集到很多废铁以后，又开始采伐大树。总指挥是兼任部队后勤主任的琪琪格，副总指挥是哈尔巴拉和刘青山。女旗长很快召集有关军民领导，兴致勃勃地讲道："同志们，制造手榴弹和军刀的钢铁是有了，就缺木把，还要制造机动宿营用的木轮牛车。另外，这么多部队的取暖和做饭用的烧柴，也都需要木材，大量的木材。我们独立骑兵团是特别加强主力部队，四千多人马，在这地广人稀的伊和塔拉大草原上，住处发生了严重困难，没有蒙古包，没有帐篷，只好野营露宿或挖掘半地下式的窝棚。克服这种困难的最好的办法是：使用机动宿营用的木轮牛车，能停能走，完全适应当前正在开展的运动战和游击战。两者兼用，这不是我们现在的发明创造，历史悠久，自古有之。蒙古民族是游牧经济，逐水草而居，以车为家，走遍四方，和蒙古包、帐篷同样使用，所以在蒙古话里叫'家车'，联结成了一个词，不可分离。我们目前准备使用的就是这个办法。团党委现在决定，趁着新的战斗还没有爆发，从八百里腾格里山西部魔峡原始森林中采伐十万立方米木材，顺着达赖河往下放，利用桃花水汛流送到钢筋水泥大桥废墟附近出河。完成这项任务还能解决部队汽车用木炭，好处多啦，领导上对这很重视，准备制造上千辆木轮牛车，就是机动营房。把后勤处运输队汽车都拨给我们使用了。老八连领导第二次暴动以前，一部分同志在森林采伐队埋伏过，和大木头摔过跤，有点知识经验，但是大多数战士和牧民都是第一次搞，从来没有摸过斧头和锯，业务生疏，外行得很，总之是条件差，任务艰巨，时间又紧，要拿出打仗那股劲儿来！"

连长兼指导员刘青山首先表态，大声说："人民军队既是战斗队，又是生产队，建立巩固的伊和塔拉根据地，持久切断铁路公路大干线，不是一件轻而易举的事，平时多流汗，战时少流血。"

哈尔巴拉满意地笑了笑，接着说："近处的原始森林，都被伪旗公署警务科砍光了，只好去远处，河流距离十里八里，道路窄小坑坑洼洼，困难是很多的。这两天，我们几个分一下工，三个方面齐抓并进。琪琪格旗长先去采伐场指导；我和老八连连长刘青山带一、二排到流送段检查；察干巴拉跟着三、四排到破坏的钢筋水泥大桥废墟附近筹备出河场。怎么样？"

老二察干巴拉脸色阴沉，坐在军民当中一言不发，显出心事很重的样子。

哈尔巴拉看不惯这种萎靡不振的作风，厉声问道："你怎么啦？"

察干巴拉叹了口气，还是不吱声。

哈尔巴拉火了，批评说："杂牌蒙古军部和一、二师，还有嫡系东、西线部队，不会自动放弃这个战略交通枢纽要地的，正从四面八方窥视我们，伺机反扑，以求一逞，战斗很快打响，你这样蔫下去不行，你要振作起精神来！"

察干巴拉这回说话了，点上白玉嘴五花铜锅烟袋，很有滋味地吸着，带着不以为然的表情慢慢说:“着急不行,一口能吃完全羊肉啊? 自然条件就是这样差,讲更多的道理也不顶事,难啊! 有一件事倒是应该研究。刚才,吉达大哥提出来了,参加采伐、流送、出河木材的牧民没有任何报酬,这很不合适呀,人家离开温暖舒适的蒙古包,在山沟里住临时搭成的帐篷,辛苦得很,不能白干,这解决了,说句老实话,工效马上能提高!”

“是谁提的?”琪琪格很不满意地问道。

“是我!”随着声音进来一个流里流气的中年人,穿一身古铜色蒙古袍,腰扎大红宽带。他眼睛乱眨,嘴唇冒泡,迎合道:“察干巴拉班长说得极是,极是。别看伊和塔拉很热,腾格里大山魔峡里可冷哩。下水更邪乎,春水扎骨、秋水扎肉嘛。都落下了毛病,可不是玩意儿帐呀。当官的人们,不能把赛场上跑了第一的骏马,牵回去杀肉吃;把打猎射了野兽的弓箭,拿回去当柴烧,嘿嘿!”

琪琪格整了整金丝眼镜,用嘲弄的口气说:“吉达,没人请你到这里高谈阔论,请出去吧!”

“我?”吉达愣住了,后退几步,结结巴巴说着灰溜溜出去了。

这个漂亮的女旗长第一次发了脾气,说:“这是伊和浩特有名的‘孛’,迷信职业者,装神扮鬼骗人,他又是蒙古军参谋长兼第二师师长哲别的堂弟,不知怎么进来了,不能听他的歪理。今年雨水小,从腾格里山阴沟里流下来的桃花水不大,这都是事实,但是不能产生靠天思想和畏难情绪,短时间内拿不下来木材生产任务,影响战备,这是头等大事。至于民工报酬,现在谈不上。战争时期嘛,应该打破常规,不要按老习惯办事。”

散会以后,哈尔巴拉又批评二弟察干巴拉说:“琪琪格旗长说得对,要紧的是讲清战争形势,分秒必争,寸材必夺。在这样时候,你和吉达‘孛’还划不清界线,替他说话,吹冷风,泼凉水,什么意思? 不像话!”

“没啥别的意思!”察干巴拉撇撇嘴很不服气地叨咕着,心里更是不平不满,想道:“袖筒里装手电,照别人不照自己,就许你和贵族小姐谈情,不准我和吉达的妹妹说爱? 岂有此理,我才不听。”

“你用的白玉嘴五花铜锅烟杆是怎么来的?”

这个老二大吃了一惊,不敢说是娜布琪姑娘赠送的纪念品,支吾道:“一个朋友给我的。”

“谁?”

察干巴拉变脸了,回头便走,不满意地说着:“老抠问这干啥,反正不是偷的就得了。”

过了两天,哈尔巴拉、刘青山钻进腾格里山魔峡嘴,往大西面的原始森林去了。弯曲的小路崎岖不平,狭窄得有时只能通过一个人,走着走着就断了头啦。他俩费了很大力气,到了一座有熊窝痕迹的山顶上,趁着落日的余晖,看见了搞流送的军民住的好几座帐篷和蒙古包。

从第二天开始,哈尔巴拉副团长领着军民搞流送了。侦察连干部战士和根据地牧民们很外行,加上水流弯度大、河床窄小等原因,出现了很糟糕的情况,窝工返工经常不断,使出很大力气,砍伐的木材就是流不出去,个别人思想动摇,大声发着牢骚。哈尔巴拉、刘青山正着急的时候,琪琪格回来,穿着草绿色军装,宽皮带上挂着小巧玲珑的左轮手枪,身后跟着斯琴、刘秀英两个女民兵,都挎着带红穗的木匣驳壳枪,全是战时打扮,看见他俩狼狈样子,笑道:“这些天,我们走遍了狼岗、野猪坡、黄羊洼采伐场,也听到了这边情况,就是抽不出身子过来,叫你们久等着急了,真是越想快越出事,欲速则不达。”

刘青山连长苦笑道："旗长啊，我们老八连干部战士，连我都在内，都没搞过流送赶羊，只好摸索着干，三天两头插垛、搁浅，工效提不高。"

琪琪格习惯地整了整金丝眼镜，又笑道："工效不高，进度不快，这怨不了老八连，因为大部分同志都是新手，同时河床狭窄，弯度太多。这就得苦干实干加巧干，采取必要的措施。流送方法有四种，第一种是赶羊流送，也就是让木头单根地随便漂流，这种办法在大小河里都能推行。达赖河水流充足急湍，再加上腾格里山上化下来的雪也就是桃花水，大可利用，我们现在采用的正是这种办法。第二种是袋形木排流送。第三种是一般木排流送。第四种是船运。根据腾格里山中河床窄小弯度太大等自然条件，我们只能采用第一种赶羊流送了，其余三种都不合适。但是话又说回来，就是用第一种办法，也需要采取必要措施，达赖河床窄弯度多，有的地方只有四五公尺，只能流送短木头，我们就得搞好河流改良工作，方法也有这么几种，开头要捞出河里的倒木、枝丫等乱七八糟的东西；接着清理河底的石块，小石头扔出去，大石头抬出去；第三要挖掉妨碍原木流送的塔头草、小岛等东西；第四就是清理河两岸，平整出人行道……"

哈尔巴拉、刘青山二人听到这里，连声叫好。

琪琪格停了一会儿，又说道："达赖河床九曲十八弯，就得用人工修直，木材容易搁浅的地方，需要搞一些疏导措施，把头前飘来的木材拖到河边上，一头留在水里，一根挨一根排成锯齿形，使木材从当中通过，这叫插边子。另外还有原木栏杆、多支柱漂子、单支柱漂子。这次是把各种木材合在一起流送的，不用分长短粗细，也不用分青松白桦，顺序是从上游往下推，分几个流送段，每公里两三个人。在流送终点，正在修河绠，这是最主要的工序，因为它要拦住大量的木材。河绠分主绠和副绠……"

侦察连的干部战士和根据地民兵们都很感兴趣地听着，她刚刚讲完，都热烈而长时间地鼓起掌来，说明这些贫苦农牧民出身的人们，对这个王公贵族家庭成分的女旗长并不嫌弃，相反颇有好感。这些天来一直跟着琪琪格走的女民兵刘秀英也拍疼了巴掌，笑着大声说："我当旗长的警卫员，跟在她身前身后，可是学到了很多东西。旗长的知识丰富呀，经验充足呀，是我的好老师，举个具体例子，她这次采伐场指导放木头，就避免和预防了'吊死鬼'砸人的事件——"

不少军民听到"吊死鬼"砸人这个不吉祥的话，都吃了一惊，开始注意了，纷纷打听起来。

外号叫"假小子"的刘秀英越发得意了，兴致勃勃地继续介绍道："不要误会，'吊死鬼'说的是树，不是人，就是把大树锯下来，它没有倒在地上，而是挂在别的树上了，摘下来费事，不安全，很危险，所以叫它'吊死鬼'。琪琪格旗长怕出事故，再三告诉采伐场的军民，在开始锯木头以前要量好距离，不要挂在树上，变成'吊死鬼'伤害人，大家看看，旗长考虑得多细致。"

另一个外号叫"铁姑娘"的女民兵斯琴也笑着补充道："我也跟着旗长了，发现她工作安排就是周到，采伐倒地的树木枝丫，折断蹦高砸过来伤人，叫'回头棒子'，也是很危险的，她怕出这样事故，再三指示采伐的军民提前预防，注意安全。"

第二天早晨，根据琪琪格提出的方案，很快就捞出了河里沉底的树木、石块，挖掉了河岬、小岛、塔头草，在两岸清理出了小路。在这个基础上，又设置了很多木材诱导措施，其中有防止木材搁浅的插边子和原木栏杆，有挡木材流入河汊或旧河道的多支柱漂子。真是立竿见影，插垛、搁浅事故很快被杜绝了，工效马上提高了几倍，木材源源不断地向根据地中心方向流去。琪琪格这些天特别繁忙，草绿色军装刮破了口子，短筒黑漆皮靴划出白道，俊俏妩媚的脸上挂满了尘土。就是这样也不休息，流送木材刚刚有所好转，她又领着哈尔巴拉、刘青山上采伐场去了，把那里的负责人完达尔夫找来，又一次布置道："以前说过多少遍，这回再说一遍，真是千嘱咐万叮咛。木材很珍贵，采伐也很不容易，我们不能把它损失浪费掉，我就怕你们把原木推进漩涡里去，错以为这就是流送，那就完了，一根也流不出去，全部沉底。耳听为虚，眼见为实，走，到实地试验一下。"

这样，琪琪格、哈尔巴拉、刘青山、完达尔夫等多人，到距离采伐场不远的达赖河漩涡地带去了。现在正是桃花水流下来的时候，八百里腾格里山西部魔峡树海深处，冰化雪消，洪水暴发。特别是这一带河两岸悬崖陡壁直立，水底下暗礁危岩怪石丛生。在这种特殊环境中的急流，飞速旋转，互相冲击，据说有一百零八个不同的漩涡，大圈套中圈，中圈套小圈，好像是海螺状，最中心还出现了直径几十米的黑窟窿，有人看见不仅能把泅渡的野兽吞没，就连俯冲捕鱼的老鹰也能吸进去。大漩涡是间歇性的，时间长短不齐，平静一阵，重新又发作，似乎没有什么规律。刚开始哗啦哗啦响，水面犹如一只只撒欢奔跑的羊羔，小巧玲珑，活泼可爱。不过一刻，大群老羊拥挤过来了，浑身卷毛，哆嗦不止，惊恐万状，越跑越快。紧接着狼群窜至，千百只白狼、灰狼、黑狼跳跃着，嗥叫着，气势汹汹地追赶小羊和老羊，一会儿工夫全吃掉了，水面全是三种狼形状的波涛。只见浊浪滚滚，浑水滔滔，极为险恶，使人看着头昏眼花，胆战心惊。水流过了这大段便没有漩涡了，又由于地形关系往下直泻，成为达赖河从天而降的壮观景象。琪琪格试验性地把一根粗大修长的倒木推进这惊涛骇浪中，果然不出所料，转了多圈以后便沉底了，无影无踪，流不到那瀑布地带去。采伐场的军民们对这项措施都满意，从此以后宁可多走路，也不往漩涡地带推木头了。他们有说有笑，连连表扬琪琪格，一路都是好听的话，都说女旗长业务能力高，责任心强。等人们都走了以后，哈尔巴拉看着琪琪格被树木、泥土弄脏的军服，开玩笑道："嘿嘿，大姐够狼狈了，和我们老八连去年搞暴动时候差不多。"

这个女旗长首次听到哈尔巴拉称呼她是"大姐"，又怔了一下，随即明白了，是的，自己比他大两岁呀，爽朗地笑道："小弟，你说我像暴动队员，这是最好的表扬呀，说明我改掉了知识分子的酸臭架子，大有进步。"

从此以后，这一对情侣之间，在没有第三者的情况下，互相就这样戏谑地称呼了。采伐、流送、出河都基本上走入了轨道，这一天黄昏以后，哈尔巴拉、琪琪格两人上流送段去了，也像上次一样连警卫人员都没有带，趁着朦胧的月光边走边谈，悄声细语，无限恩爱。到了一段悬崖陡壁附近，周围笼罩着阴影。哈尔巴拉是军事领导干部，在任何时间和空间中都牢牢记着"保存自己消灭敌人"这条训诫，对这位当旗长的未婚妻笑道："大姐，再不要往前走了，到此为止。在敌我两军犬牙交错的环境中，单独行动，远离队伍是不好的，不安全，很容易出事。"

琪琪格很感兴趣地笑起来，银铃一样清脆悦耳的声音在深山密林中荡漾，她说道："小弟，你是身经百战的英雄团长，也有胆小怕事的时候？真是奇怪。"

哈尔巴拉的笑声更大，粗犷而强劲有力，树叶上的露水叭叭往下掉，他说道："智者千虑，必有一失，大姐明白人说糊涂话，谨慎和胆小是两回事呀，汉族兵书中说得好：诸葛一生唯谨慎，吕端大事不糊涂，所以他们能打胜仗。匹夫之勇是不可取的，将在谋而不在勇，是不是？"

琪琪格听了这话又发了一怔，这实在是出乎她的意料，紧接着她高兴起来，喜欢地轻轻拥抱着，在他的长满连鬓大胡子的脸上吻了一下，很响亮，夸道："小弟，真没有想到你满腹经纶，既懂战略又懂战术，真是名副其实的儒将呀，千军易得，一将难求，我的机遇不错呢，幸运，哈哈！”

踏上回去的崎岖不平的羊肠小路，他俩正在慢悠悠地散步。同时，他俩眼观四路耳听八方，观察力都很敏锐，忽然在密林深处发现了一条人影，躲躲闪闪，鬼鬼祟祟，一看就知道不是好人。哈尔巴拉动作快，立刻抽出二十响驳壳枪，尖锐地打了一下口哨。看来，对方也是有充分准备的，反应迅速，很快钻树影底下去了，在这同时叭地打了一枪，射击相当准确，打穿了琪琪格的帽子。哈尔巴拉这回没有什么可犹豫的了，甩手也打了一枪，射击技术高强，对方的帽子也飞了。这惊动了很多军民，都闻声聚拢过来开始反复搜索，规模很大，动静不小。不久前，偷偷摸摸活动的蒙古军联合谍报队特务杀手“影子”，暗杀了修械厂技工贵伊拉铁匠，丧尽天良，还把自己手下的男女两个喽啰也杀害了。这回得寸进尺，竟敢在太岁头上动土，对哈尔巴拉副团长和琪琪格旗长行刺，虽然没有得逞，说明特务活动越来越猖狂了。对此，独立骑兵团老团长兼政委阿拉玛斯大为愤怒，命令侦察连一定要穷追猛打，捉到这个穷凶极恶的杀手，就是打死了也要展览尸体。军令如山，侦察连全体干部和战士、根据地中心伊和浩特的民兵队，立即分头出动了，不仅在汗庙、各个牧民村内明察暗访，同时钻进八百里腾格里大山鬼谷、魔峡深处来回搜索，就像铁耙刮地一样不留空隙。最后深入到达赖河大漩涡一带原始森林时，发生了大事故：特务杀手没有抓到，却遭遇了不计其数的大批毒蛇群，有的盘绕在树杈上，有的缩身在岩石缝内，有的隐蔽在草丛中，都具有一层伪装保护色，使人分辨不出来，仔细一看真是吓人，只见它们吐着红芯，张开大嘴，露出钩牙，狰狞之极。尖兵没有鲁莽行动，立即摇旗发出信号让侦察连和民兵队人马停止前进。和部队一起行动的哈尔巴拉副团长、琪琪格旗长、刘青山连长和新来的军医四个人，当机立断，简单商量了几句，立即命令侦察连和民兵队变成步兵，把马匹交给当“马桩子”的人饲养管理，大部分指战员一字排列成漫长的横队，大背着步枪抽出军刀来斩劈前进。他们之中没有一个穿短鞋的，全部都是长筒皮靴。这有两大好处，既防蛇咬又能踩死蛇，起着矛和盾的双重作用。

哈尔巴拉副团长走在头里，杀得性起，挥舞着沉重弯曲的蒙古式军刀，劈、斩、砍、挑、踏、踢全有了，十八般武艺样样俱全，不知弄死了多少毒蛇。他一边又骂骂咧咧地说：“我是猎人出身，熟悉这一带地理环境，这些毒蛇本来是在达赖河大漩涡那边悬崖陡壁夹缝中生活的，不知怎么迎接着我们老八连泅水过来了，真是找死，都不想活了！”

新来的医生包治各种伤口，据说是蛇伤专家，对这方面很有研究，知识渊博，想了想笑着说道：“毒蛇可能是缺吃的出来寻食，它们吃得不多，如果是较大一点的动物，一个月吃一个就足够了，因此人们常开玩笑说：蛇一个月只吃一顿饭。说起来好笑，要是有哪个人的下巴脱落下来，一定会疼痛难忍，引起惊慌失措，但是蛇就不一样，每次吞食整个小动物时，都把下巴壳脱落下来。蛇口的骨头构造非常特别，能张得好大，上下排列的牙齿尖锐弯曲，小动物被它咬住别想逃掉，从胃口送到肠子的过程中被消化掉了，真正是有趣！”

哈尔巴拉边听边砍，不断杀蛇，忽然听见“吱”的一声尖叫，看到树杈上有一条蝮蛇咬住了一只小鸟。一会儿，小鸟的头被蝮蛇吞进了嘴里，身子却还露在外面。这时邻近树叉上的另一条蝮蛇伸过来，一口咬住了小鸟的腿。它们互不相让，都紧紧咬住小鸟不放。咬着小鸟头部的那条蝮蛇吞得比较快，刚过几分钟便把大半只小鸟吞了进去。两条蝮蛇的嘴尖都碰上了，咬住鸟腿的这条蝮蛇还不肯放松。结果很坏，咬着鸟头的蝮蛇不仅吞了整个小鸟，还把另一条蝮蛇的半个身子也吞了下去，但是不再往下吞了，过了一会儿还把它慢慢地吐了出来。那条蝮蛇被吐出来以后，呆呆地一动也不动。哈尔巴拉以为它死了，用军刀尖挑了挑它的身体，它却扭动起来，证明它并没有死，不过暂时昏迷罢了。过了大约十五分钟，它又抬起头来，恢复了原来的姿态，蹒跚地爬走。哈尔巴拉副团长岂能放它逃跑，举起军刀一挥两段。这工夫，琪琪格旗长拿出照相机，早就把这蝮蛇吞蝮蛇的珍贵镜头拍摄下来了。

刘青山连长高兴得大叫大嚷，笑道："千载难逢，机会难得，把这珍贵资料拍照下来了，现在就可以让千万人能够看到稀奇的自然现象了，哈哈！"

新来的军医年龄大，平常沉默寡言，很少说话，这回也来了兴趣，以权威人士不容置疑的口气说道："有人说我是蛇毒专家，不敢当，但是对这方面多少懂一点，不妨说两句，这条蛇被吞进半截身子又被吐了出来，是因为它比较长，如果它身体短小，很可能被整个吞进去了。我半辈子研究蛇，过去看见过被排泄出来的大蝮蛇的粪便，是完整的一条小蝮蛇，因为角质的皮和鳞片不容易消化，轮廓看得清清楚楚的……"

正谈得兴高采烈，忽然听到达赖河西岸有人在大声叫喊："大蝮蛇，大蝮蛇，蝮蛇之王！"

不少军民跑步过去。原来在一块青石板上，盘踞着一条灰褐色的大蝮蛇，足有六七尺长，面目狰狞，果然是蝮蛇之王。奇怪的是它的尾巴像鞭打什么似的使劲向左右乱甩，发出一种很难听的声音来。

一排长特木尔觉得很新鲜，就问："副团长，这蛇的尾巴怎么会响，像抽鞭子一样，什么意思？"

哈尔巴拉是城府很深心计颇多的领导干部，看见老军医都说了话便谦让起来，笑而不答，说道："这里有治蛇毒的专家，我不能乱说，哈哈，只能洗耳恭听！"

这位老军医代替副团长解释道："这是蝮蛇的尾巴左右摆动发出来的声音，说明它受到了外界的刺激，正处在愤怒的状态。但是它的响声和美洲的响尾蛇并不一样。响尾蛇比蝮蛇大得多，很喜欢晒太阳，雨天就躲在洞内不出来，它的尾巴上有一串角质的环，爬行时候受震动就哗啦哗啦地响，很像流水的声音，能把想喝水的小动物诱骗过来，变成它的食物。在交配生殖的季节，这种响声还是公蛇和母蛇互相吸引的信号。更奇怪的是当它遇到敌人时，也用这种响声来吓唬。有的动物一听到这种声音便远远地躲开了。你们再看看蛇吐芯，那是舌头呀，为什么伸出来缩回去老是不停呢？因为蛇是近视眼，只能看到不远处活动的东西，耳朵又聋且没有鼓膜，对空气传来的东西没有任何反应，所以辨别敌人和寻找食物，主要是靠它分叉的舌头，那成了味觉和嗅觉器官，很灵敏。蝮蛇的脖颈细，头是三角形的，顶上鳞片很大，成对排列，很像乌龟壳。眼睛前面有个小小的凹窝，叫做颊窝，后面有一条黑纹，嘴尖不上翘。根据这些特点，我们可以肯定它的毒性很强。有人说被它咬了，走不到五步就死，那是说得太严重了，死得不会那么快，抢救及时，没有生命危险！"

这工夫，哈尔巴拉副团长带领着侦察连和民兵队连劈带砍，杀死了不计其数的蝮蛇，接着他用刀尖压住蝮蛇的七寸。蝮蛇被刺痛了，扭转头张开嘴，上颚的一对又长又尖的牙齿也露了出来，现出咬人的样子。

军医也拿着一把很轻巧的军刀，指点着继续介绍道："你们看，这就是毒牙。无毒蛇是没有毒牙的。有人说毒蛇都是三角形头，这不完全对，因为有的毒蛇，像金环蛇、银环蛇和各种海蛇，都是椭圆形头，和无毒蛇的头一模一样。所以毒蛇和无毒蛇的区别，主要是看有没有毒牙。毒牙很细，中间是空的，就像管子一样。它头部两侧各有一个毒腺，输出管开口在毒牙的根部，咬人的时候肌肉一收缩，就把毒腺里面贮存的毒液压入毒牙的管道，注射到人的身体里面去了。这毒液跟着血液散布到人的全身，人就会中毒。所以我们都穿上这样厚重结实的长筒皮靴，蝮蛇咬不透，一点办法都没有，哈哈！”

一排长特木尔虽然是当地人，参军前后没有来过魔峡原始森林深处达赖河大漩涡一带，对毒蛇情况一无所知，他用军刀尖拨拉着细看了看，怀疑地说：“蛇牙就这样一点点，有那样大的毒性？”

军医大笑了，说道：“山中无老虎，猴子成大王，我现在是治疗蛇伤的专家学者了，权威人士，哈哈，接着再啰嗦几句，毒性大小不在乎毒牙的粗细，主要是看毒液里面所含的毒素。各种毒蛇的毒液里面所含的毒素是不同的。金环蛇、银环蛇和海蛇的毒液里，主要是神经毒。人被它们咬了，伤口很少出血，不红不肿也不怎么痛。有的人以为是被无毒蛇咬了，没有去急救耽误了治疗。几个小时以后全身中毒症状一出现就危险了。蝮蛇、五步蛇、竹叶青、蝰蛇的毒素，主要是血循毒，人被它们咬了，伤口出血多，很痛，肿得很快，逐渐向全身扩散，皮肤上会出现水泡、血泡、淤血斑。厉害的，脑膜和内脏的黏膜也会出血，还会出现头痛、恶心、呕吐、心跳加快等症状。中毒深的如果不及时抢救，就有生命危险。蝮蛇、眼镜蛇、眼镜王蛇的毒液里有神经毒，也有血循毒。蝮蛇主要是血循毒，毒性虽然不算太强，但是也够厉害的，只要有百分之几克的蛇毒进入血液，就会送命。现在正是蝮蛇频繁活动的季节，我们一定要提高警惕。在这魔峡原始森林深处达赖河大漩涡一带，不能单独行动，最少也要有两个人在一起，这样可以互相帮助，避免发生意外事故。啊呀！”

正说着，差一点发生事故，刚才被哈尔巴拉副团长一刀两断的大蝮蛇的三角形头部，突然弹跳起来险些咬住警卫员的腿，被厚实沉重的高筒皮靴挡住了。

军民们都吃了一惊，高声大嚷，本来放松的心弦又绷紧起来。

军医看着大家精神紧张，从背箱里拿出急救用品和蛇药，发给连队卫生员多份，又进一步解释道：“刚才这是大蝮蛇，蝮蛇之王，生命力最强，死后一小时内仍然可以袭击动物和人，咬噬动作方面有一种反射能力，它的头部有特殊器官，可以利用红外线感应附近发热的动物，即使身体其他部分已经死亡，但是只要头部感应器官还没有腐败，仍然可以探测附近十五厘米范围内发出热能的动物和人，并且自动做出袭击的反应。话又说回来，被蝮蛇咬伤也不一定有生命危险，据估计，每五个被咬伤的人里面，大约有一个人不会中毒。因为有的毒蛇本来毒性就不大，有的毒性虽然大，但是刚捕过动物，已经放射出去了一部分毒液，毒性就减轻多了。对待毒蛇也像对待任何敌人一样，一是不怕，二是认真对待，要随时准备防御。万一被咬伤了也不要惊慌，立刻用带子或绑腿扎紧伤口的上方，越快越好，再用小刀把伤口割开一点，从伤口上部往下挤，把毒血压迫出来，再用五分之一的过锰酸钾溶液或温开水洗涤伤口，这样边洗边挤，尽量把毒血挤尽。必要时候也可以直接用嘴去吸，边洗边吐边漱口，但是有龋牙、口腔有破损、胃肠有溃疡的人不要去吸，预防中毒。用口吸是最容易操作并且行之有效的方法。千万不要在伤口擦酒精，抹红药水。用消毒纱布把伤口包扎好就行了，扎在伤口上方的带子，每隔二十分钟一定要放松一两分钟，避免肌体坏死。被咬伤的不要害怕，应该安静地躺着，吃蛇药，多喝温开水，必要时可以用抗蛇毒血清来治疗。但是我们主要是用中蒙草药来治疗,像半边莲、七叶一枝花、白花蛇舌草、青木香、蛇倒退等等,治疗蛇伤都很有效。中国人在治疗蛇伤方面积累了很丰富的经验,配制很多疗效显著的蛇药,如蛇伤解毒丸、南通蛇药、上海蛇药。这些药是我们团后勤处主任老红军李志坚同志想方设法采购的,这回我都带来了,有备无患。最近听说科技人员还试验成功了用胰蛋白酶治疗各种毒蛇咬的伤,疗效更好,用法简便,只要配成注射液在伤口周围打针就行了。还有,神经毒的毒蛇咬伤,绝对不能为了止痛而用萘海拉明、巴比妥、吗啡一类止痛药,错用了就会使病人死亡,必须防止这方面的医疗事故。”

新来军医说着,给侦察连和民兵队表演了急救的动作,军民们也都认真学着做了几遍。他看大家已经学会和掌握了基本知识,很高兴地接着说:“毒蛇是很凶恶的动物,全世界已经发现了五百多种,有二十亿人口的地区受到它们的威胁,每年被咬伤的人有几十万之多。我们不要被这些数字吓倒了,人是自然界的主人,要仔细研究毒蛇的习性,掌握它的活动规律,就能战胜它,变有害为有利。毒蛇除了做药,还有很多有用的东西,蛇皮是制造马头琴、四胡等乐器的主要材料,也可以用来做皮鞋、手提包、裤带等日用品,至于蛇肉和蛇蛋,那更是滋味鲜美、营养丰富的食品,吃过的人都说比鸡肉和鸡蛋味道好。五蛇羹和金银五蛇丝就是用五种毒蛇做成的名菜。”

“那真可怕,吓人,吃了不会中毒？谁那么馋！嘿嘿！”民兵队的愣小伙子楚鲁提心吊胆地说。

军医笑着解释道:“这个不必担心,我们吃的是蛇肉,它并没有毒。毒蛇头部的毒腺是来制药的,不会给我们做菜吃。蝮蛇的头也有人吃过,但是并没有中毒。我在这里指挥,出不了事。”

“好啦,今天中午我们炖蛇肉吃,军医大夫治蛇伤专家当厨师,我来帮忙冒充炊事员,显显手艺,因为在多年以前,我和两个弟弟也吃过蛇肉,是老顾客了!”哈尔巴拉副团长开玩笑说,逗得军民们都哈哈大笑。

这位老蛇伤专家欣然答应了,手艺不错,真的做出了好多样味道鲜美的蛇肉菜,军民们吃得满头大汗,赞不绝口,谁也没中毒。

愣小子楚鲁放心了,打着响亮的饱嗝,破口大骂汗庙的达尔罕大喇嘛,吼道:“‘小白脸’不是个东西,肏他妈的,上次森林采伐工人集体被蛇咬了,他漫天要价,见死不救,瞪眼看着那么多人丢了性命,真可恨,所以我们专门请来这位蛇伤的军医,不怕‘小白脸’!”

这次大搜索进行了差不多半个月,虽然没抓到特务杀手,却杀死了无数的毒蛇,也算除了一害。更主要是遭遇到了一对“野人”男女,成了流传很广轰动一时的特大号新闻。

第三十六回　残废老翁树海边缘纳妾　强壮汉子魔峡深处娶妻

一九四五年七月下旬,在八百里腾格里山魔峡深处。这里生长着茂密的原始森林,大树套小树,小树底下有齐人高的杂草,黑暗阴森潮湿,密不透风,狼嗥狐鸣,充满了恐怖气氛。就在这看不见牧民和牲畜的偏僻地方,孤零零地搭上了大小两座蒙古包和一顶宽敞的帐篷,显得极不协调,神秘得很,不知派什么用场。

傍晚,从大型洁白的蒙古包内,突然传出一个老人的吆喝声,五音不全,干涩刺耳,难听死了,不次于猫头鹰的叫唤。原来这是日伪警务科长"其努瓦"叫人哪,听见他哼哼唧唧地嚷道:"敖海,敖海,来呀!"

"来啦!"青年奴隶敖海答应着,连忙放下正在啃着的手把肉骨头,走出烟熏火燎发黑的小型简陋蒙古包。

太阳落山了,染红了西北面山头和云彩。血色黄昏,预示着不祥之兆,更增加了敖海内心的不安。从青年时候起就结交军阀和土匪头子为非作歹的警务科长"其努瓦",如今年近七十还是不老实,和老婆、儿子、孙子闹了多次,从戒备森严的王府市外城四合院内青砖瓦房跑出来,到这里过起野营生活,就是要从妓院娶个汉族姨太太。这些和青年奴隶敖海没有任何关系,用不着他来操心,主要使他害怕的是,从早晨开始断断续续来了三十来个客人,不仅有蒙古军官和警察,还有活动在伊和塔拉大草原杀人越货的土匪头目,都带着三八大盖、七九步枪、自来得、橹子等武器,长短俱全。刚过晌午,他们就大块吃肉,大碗喝酒,划拳猜令,胡闹一场,吐的吐,倒的倒,差不多都人事不省了。现在正睡在那顶宽敞的帐篷里打呼噜,咬牙放屁吧嗒嘴,臭不可闻。这些穿虎皮狼皮的老总们很难伺候,翻脸不认人呀,张嘴就骂,动手便打。

中心位置的大型蒙古包是两天前搭起来的,因为要在这里和那个窑子娘们同居,着实布置了一番,裹着崭新洁白的毡子,蓝漆油的小门和天窗,红底金花铜扣对箱,横镜帽盒花瓶,栽绒地毯。大肚子火炉上烧着奶茶,这里的主人"其努瓦"连很单薄的团花缎面蒙古袍都披不住了,只是穿着衬衣和坎肩,罗锅着腰露出干巴精瘦的胸脯,盘腿正坐。刚才大概是陪着那帮人吃肉喝酒过劲了,连连打着饱嗝,昏昏欲睡。但是如果仔细观察,可以发现"其努瓦"的那长满老年斑的皱纹纵横的脸上,不无忧虑之色,那可能是古稀老人要娶小老婆的怯懦感。敖海心里虽然打着鼓,却总觉得十分滑稽,憋住了笑,暗暗骂道:"人老心不老,心老筋不老,七十岁的老头要讨三十岁的少妇,能当爷爷哟,这算什么呢,老牲畜,呸!"他虽然这样想,脸上却不敢表现出来,装出恭恭敬敬的样子,低声下气道:"警务科长大人,有何吩咐?"

"其努瓦"抚摸着半尺来长的全白了的山羊胡子,迟缓了片刻。使敖海大为诧异的是:老家伙竟显露出和身份、地位、年龄不相称的害羞忸怩之态,尴尬地干笑着,又是哼哼唧唧地说:"嘻嘻，敖海，起个大早，下半夜动身，就在这魔峡原始森林中打野猪，千万留心要打公的，嗯，拿下，嘻嘻……”

敖海年方二十三岁，是个憨厚老实强壮后生，不知深浅，挺直了宽大的胸脯插话说：“警务科长大人，野猪肉，特别是公野猪肉又膻又腥，贼硬发韧，一股臊味，没有什么吃头。我们府里办喜事，牛马骆驼羊，五畜肉俱全，打那玩意儿干啥呀？另外，我出去在魔峡里转圈找野猪打，谁在这里伺候你？”

精瘦干巴的“其努瓦”是日伪警务科长，所以成了伊和塔拉草原上的大恶霸，脾气暴躁，要在平时早就发作了，现在却一反常态，半红着脸附着这个家奴的耳朵窃窃私语起来：“拿公野猪鞭壮阳，嘻嘻，壮阳，嘻嘻，做饭的事不用操心，明天从王府市外城饭馆请来几个厨师，大师傅，嘻嘻！”

穿长袍马褂戴红疙瘩瓜皮帽颇有点学究模样的是王府市外城的中医，他装腔作势地秃着舌头说道：“打狗看主人的面子，我看敖海这小伙子是警务科长大人的忠实奴仆，跑前跑后，又苦又累，得关照点。这次他深更半夜摸着黑进魔峡原始森林深处打野猪，危机四伏，险哪，毒蛇猛兽，都能要他的小命，我给他蛇药，防备毒蛇！”

警务科长“其努瓦”闻言大喜，连连说道：“够朋友，够朋友，这真是雪中送炭，用处大啦。这次我和家人为了图个安静，远离红火热闹的王府市，迁移到这魔峡嘴，我们有大小长短枪多支，不怕猛兽，但是对毒蛇却毫无办法，它们防不胜防，进蒙古包，爬帐篷，还有可能钻被窝和我们同床共枕呢，嘿嘿，蛇药越多越好，来者不拒，倍加欢迎，多谢多谢！”

戴红疙瘩瓜皮帽道貌岸然的老中医更加来了劲，显出忠心耿耿的样子，说道：“我这里有灭蛇毒丸、驱蛇害散、五步消、八步除、血液清、毒汁尽、拔蛇毒膏药、抽蛇毒贴，我毫无保留地全数奉献给你，怎么样？够意思吧？”

这个当地警察的最大头子高兴得闭不拢嘴哈哈大笑，哼哼着长梅毒疮烂掉塌陷的鼻子，口齿不清地说：“本科长不爱财——越多越好，老中医你尽管拿来就是，兼收并蓄。老中医，真人面前不说假话，我这里有价值千金的蛇王药，是汗庙的蒙医大大达尔罕人喇嘛赠送给我的，分文不取，慷慨大方，可以口服外贴遍撒室内，可以药到病除，伤愈复原，可以让毒蛇闻味逃避，神啦，我已给了敖海一大包，你再给他，有备无患，可以横行魔峡原始森林，打猎取鞭壮阳，猪八戒第二，嘿嘿！”

敖海接受了大批量各种各样蛇药，满脸通红，心跳加快，他不怕蛇咬，而是被这件有刺激性的事撩拨得浑身燥热难当。回到污黑的蒙古包以后，辗转反侧不能入睡，总是幻想着很有诱惑力的故事：老主人就要和王府市外城妓院娶来的汉族小娘们儿同居了，公野猪鞭，壮阳……

下半夜，一勾新月挂在头顶上，繁星映着露水闪闪发光。敖海套上花轱辘车，赶着那匹老打前失的铁青马，钻进了魔峡树海深处。他从十多岁起，主人逼着他打野生动物调换口味，开始的时下套子放夹子，逮山鸡捉野兔，后来背着枪佩着刀，收拾黄羊对付野猪，其地位和待遇有所好转，基本上接近于普通猎人。这并不是他个人的什么力量，而是和当时封建势力削弱变成殖民地的社会环境很有关系，要不然，主人“其努瓦”是不会大发慈悲的，从给他起名字可以看得出来，敖海就是狗呀，哪里有什么自由平等可言。

在暗无天日的原始森林中，顺着弯曲的达赖河边穿行了好几个小时，先是到了狭猓洞。其实这里并没有狼，是他窝藏心爱的猎犬“灰灰”的秘密地点。“灰灰”是他一手训练出来的，当初可费了老劲啦：第一是选种。第二是从小给它挂上牵引带，前拉后拽，养成听话习惯。第三是完成了任务，给予食物奖励，使它更进一步服从命令听指挥。第四是把它放在善于捕杀的猎手跟前饲养，使它学习各种搏斗技术。功夫不负有心人，敖海并没有白白浪费时间，“灰灰”成了出色的猎狗，捕获了很多野生动物。

敖海这次又领着“灰灰”往北走，到了野猪滩，侥幸碰上了百年不遇的特大好事。

话虽然这样说，当时可真险呀。起初，不知道怎么回事，“灰灰”一声不叫，咬住他的香牛皮靴，不让他往前走。敖海生气了，踢了两脚，只顾赶路。到了一块大岩石下边，“灰灰”龇牙咧嘴朝上吠叫。他抬头一看，大为吃惊，岩石顶上有一头强壮的黑熊正不怀好意地窥视着他。敖海急忙跳下花轱辘车，把铁青马的皮缰绳套在左胳膊上，拉开了装铅弹的单响猎枪大拴，顶上了火。说时迟那时快，黑熊也紧急行动了，它模样笨拙，跳跃却灵巧，带着一股风声直扑过来。猎狗“灰灰”帮了大忙，斜刺里冲出去，差点叼住黑熊后腿。黑熊急忙躲闪了一下，退进了更密的森林中。惊恐万状的铁青马浑身发抖，立刻冒出大粒汗珠，驾着辕爬下来了，战栗不止。敖海不愧是行家，手疾眼快，顺势把皮缰绳拴在最近的大树上，双手端起装铅弹的单响猎枪，目不转睛地瞄准着准备回身冲过来的黑熊，就要勾扳机了。在这紧要关头，两丈开外的地方突然出现了一头嘴脸狰狞的公野猪，它受到惊吓以后很气愤，正在那里刨断树根腐叶，嘴吐白沫啮着长长的獠牙向黑熊示威。于是这两只凶恶的家伙都狠狠地盯着对方。这样僵持了大约抽半锅烟的工夫，黑熊好像是无意进攻公野猪，转身就要离开。不知为什么，公野猪蓄意挑起争端，像旋风一样扑向黑熊。这样双方恶斗起来，撕咬滚抓，拼命厮杀。这工夫，“灰灰”选择了一棵两人都抱不拢的粗大的古树抢先爬上去，对着敖海吠叫。敖海虽然沉默寡言，老实巴交，却是颇有心计，明白这是猎犬告诉他树上最安全，便端回正在瞄准的单响铅弹猎枪，也攀到树顶往下看热闹。

恶斗多时，黑熊猛地咬住了公野猪的睾丸，把它压倒在地。公野猪负了重伤，痛得嚎叫起来，凄厉的声音震动了魔峡、鬼谷两大盆地间原始森林，引起了一片回响。原来这是信号，杂草起伏，蹄声嗒嗒，十多只大小野猪咆哮着冲到这里参加搏斗。所谓打仗亲兄弟，上阵父子兵，没有一只畏缩后退的，看样子它们是一个家族。黑熊单独奋战，竭力苦斗，转眼之间熊吼猪嗥，混乱成了一团。快到小晌时，黑熊脖颈和腹部流着大股的鲜血，肠子也冒了出来，渐渐力不能支，终于倒在地上不能动弹了，气绝身亡。说起来惊人，在它的周围竟有六只死野猪，其中有两只还没有断气正在抽搐呢。脱险幸存的六七只野猪很不服气，悻悻地离开现场，表现都很气愤。

敖海和“灰灰”躲在粗大的古树上，自始至终观看了这场激战，这里虽然很凉快，却紧张得出了一身冷汗。猎人需要胆大心细，他在这危险时刻并没有麻痹，耐着性子观察了很长时间，坚信这只黑熊和六只野猪确实死了，不可能再跳起来伤害他，这样才慢慢爬下树来，站在地上思前想后，最后，血气方刚的年轻人那种好胜逞强占了上风，咬了咬牙暗暗骂道：“今天只拉回去一只黑熊，就说是我自己打的，叫那为非作歹的‘其努瓦’和狐朋狗友们都佩服我，哼，哼！”

敖海是个粗陋汉子，心眼却很细，很有办法，他怕铁青马吓跑，先解下宽腰带蒙住了它的眼睛，形状就像拉碾子的骡子一样。又往死熊头上捕了一枪，用粗木棒撬起装在花轱辘车上，接着把猎狗“灰灰”打发回猍猔洞，给它留下一只小一点的野猪，不慌不忙地赶车上了路。因为心情舒畅，大声唱起了长调牧歌，一路上故意走得很慢，得意洋洋地想道：“天黑以后到野营地，大吹大擂一番，晚上扒皮大卸八块，谁也看不出来怎么死的。"

半夜以前到了，两座蒙古包、一顶大帐篷内外灯火通明，飘着酒肉香味。看来宴会已经结束了，兵痞、警察、土匪、流氓、恶棍们，一个个喝得酩酊大醉，东倒西歪，眼睛都发红了，聚集在当新房的大型蒙古包内，喘着粗气说些不堪入耳的下流话。

在众多军政官吏的笑声中，只有一个人不笑，那就是从王府市外城妓院娶来的"新娘"金桃。这是三十来岁的娘们，身大乳大臀大，手粗腰粗腿粗，仰起横肉脸，拧着锅刷眉，摆开泼妇骂街的架势，显出一触即发的样子。她完全上当受骗了，前些天痛打了老鸨子，在妓院混不下去，想到自己年龄大了，需要找个好人从良，正急得没法，媒婆和这些军警花言巧语哄她，说"其努瓦"是个多么了不起的大官，从小就是个"耍人"的，黑道白道都有朋友，不当胡子当不了官，不进窑子当不了太太，等等，把她说活了，实在没有想到他是快要成棺材瓤子的糟老头子，可以当自己爷爷呀，还长过梅毒大疮烂鼻子。现在气不打从一处来，又想摔东西砸家具。至于年近七十的"其努瓦"，怎么会娶这样凶悍的女人呢？说起来简单，老没出息的家伙自不量力，喜欢辣味十足的，偷相了一次以后，被金桃那种丰乳、肥臀、性感迷住了，嘴里都流哈拉子。如今小老婆娶上门，大功告成，应该是笑逐颜开了。"其努瓦"却愁眉不展，顾虑重重，一怕对付不了新娘，二怕大老婆来闹，三怕儿子哲别采取什么行动。正担心间忽然看见了蒙古包外狩猎归来的敖海，急忙问道："打着野猪拉回来了？"

敖海对此心中有数，沉着冷静，挺直了宽厚的胸脯，大声报告道："刚准备打野猪，突然跑出来一只比公牛还大的黑熊，吼声如雷，把野猪都吓跑了，我气得把黑熊打死，费了很大力气才拉回来。实话实说，黑熊鞭比野猪鞭强多了，嘿嘿，有劲！"

小声对话却像平地一声炸雷，惊动了蒙古包内所有的人，连盛怒之下的"新娘"金桃也开始注意这个草莽英雄了，仔细打量着，露出了羡慕的表情；那些家伙们更不用说，都拥挤出门外，七嘴八舌地问道："真的？"

"熊瞎子在哪里？"

"我们这八百里腾格里大山，除了老虎以外，什么野兽都有呀，可了不得。"

穿长袍马褂老学究模样的庸医，这回拍着大腿喜滋滋地说："对，对，就是这么回事，生吃黑熊鞭，威力无穷，勇不可当。警务科长大人哪，艳福不浅，天赐其便，嘻嘻，我们吃肉，熊掌奉献给莫尔根军长，孝顺孝顺！"

"快割下来，洗干净，生吃！"老气横秋的"其努瓦"这回有了精神，满脸溅朱，狂喜地发号施令。

"嘻嘻，壮阳！"

"有劲，哈哈！"

来宾们说笑一阵，都知趣地回帐篷去了，酒醉饭饱，恢复精力，个个轻松愉快，准备偷听新房动静。但是留在大型蒙古包里充当主角的警务科长"其努瓦"却紧张得很，忧愁多高兴少，很怕交不了差。黑熊鞭是生吃了，都说管事，谁知道真假，他想着浑身出虚汗，小腿都打哆嗦，总是提心吊胆的。肥乳丰臀充满性感的妓女金桃是娶来了，胳膊粗腿粗嗓门粗，简直是个母老虎，如此泼辣的悍妇，并且年轻，自己对付得了？金桃不知道这一切，她只是讨厌"其努瓦"衰弱不堪、丑陋干巴、面目可憎，但是现在生米做成熟饭，已经嫁给了他，不应付是不行的，于是她压了压气，极力控制着拱上来的怒火，侧目而视，冷冷地讽刺挖苦道："老爷子，咋着呀？下一步听你老人家吩咐啦。"

"其努瓦"尴尬地笑了笑，比哭的还难看，浓痰堵住了喉咙，咳嗽响了几下，胆怯心虚地说："金桃，我的小心肝，天不早了，该休息了！"

这个妓女出身的结实娘们并不领情，撇了撇嘴怪声怪气地说："哟，老爷子问寒问暖，怪心疼的，爱护到家了，但是我是窑子娘们出身，不怕说丑话脏话，光是孝顺不顶用，还得看你本事如何？要真枪实弹上战场，怎么样？"

"那是，那是。""其努瓦"低声下气地说，一个劲点头哈腰。

他等待着吃下去的黑熊鞭发挥效力，迟迟拖延着不脱衣服，哼着鼻音翁声翁气地说："且慢，此事不必性急，须等到夜深人静、灯火熄灭之时！"

"穷酸相，别他妈的咬文嚼字磨蹭！"金桃叫嚷着说。

这位警务科长爬在金桃身上粗重地喘着气，动作不休，一言不发。

"老而残缺的东西，废物，窝囊货，呸，呸！"

"明，明天，生吃野猪鞭，再不行就叫敖海……""其努瓦"的喘气更粗重了，就像拉破风匣。

叭！一个响亮的耳光打得好凶狠，泼妇肆无忌惮地骂："滚一边去，再别耽误姑奶奶睡觉，癞蛤蟆一样爬在身上，恶心！"

来参加所谓婚礼的那些兵痞、警察、土匪、流氓们，一个个都在放轻脚步、压抑呼吸偷听，敖海也在其中，他对这一切听得清清楚楚，因为不懂汉话，就是不明白他们说的是什么。刚才，他扒完熊皮抛弃胃肠心肝肺切肉，已经半夜了，累得筋疲力尽，躺在烟熏火燎发黑的简陋小型蒙古包内东侧破毡和山羊皮褥子上，上下眼皮往一起合，就打起了呼噜。

第二天上午，客人和临时雇来的厨师都陆续回去了，宽敞的大帐篷也撤了，这里只剩下了孤零零的两座蒙古包和主仆三人。敖海收拾这搬动那还没有来得及吃早饭，着急的"其努瓦"又来催促他快进腾格里大山魔峡原始森林深处打公野猪。敖海暗暗发笑，对此表现得极为听话，恭恭敬敬地答应了，很有一种为主子解危救难的样子。收获也真不赖，每天都能打好几只野猪，虽然大小不等，其中总有公的。丰富的狩猎物不仅得到了"其努瓦"的夸奖，也得到金桃的青睐。她连一句蒙古话也听不懂，但是对敖海是那样注意，出来进去老是盯着。看见敖海也在看她，便飞来媚眼，撩拨得敖海像揣了一只兔子，心里蹦蹦直跳，面红耳赤，浑身都发烧。公野猪的阳物也没有能救"其努瓦"的大驾，第二、第三天晚上他又连续失败了，遭到了金桃的讽刺、挖苦、嘲笑和臭骂。

第四天下午，王府市外城大南街兵营巷梅林胡同四合院来人报告："老主妇气出了毛病，生命垂危，不保朝夕，儿子、媳妇、孙子正在紧急抢救，请警务科长大人火速回去。"

内外交困的"其努瓦"正好有了台阶下，趁着这脱身之机灰溜溜地走了，有半个月没回来。深山密林悬崖狭谷的环境，面对着丰乳肥臀的浪女人，对于正性饥饿的敖海来说，真正是天赐良机，但是他不敢轻举妄动，很怕金桃不答应，并且翻脸诬告，惹起大祸。他为此焦虑不安，几次走到门口又折回来躺下了，睁着眼睛就是睡不着，大约快到了半夜时候，他刚刚要合眼，听见蒙古包小门吱扭一响，金桃轻快地走进来和他共枕而卧，大胆而放肆地笑道："老家伙没用，不识抬举，所以我找你这个小家伙，力大无穷，连黑熊野猪都能打，咋也好使吧，来！"

敖海连半句也听不懂，但是他明白了这个女人的意思，受宠若惊，愣了一下，迫不及待地爬上去。

他俩的姘居是离奇古怪的，真是不同寻常，成了千古轶闻，说起来很难使人相信，他俩就像一对哑巴，不用说缠绵悱恻的情话，连最简单的交谈都不能，一切都用手势、动作来表示。尽管这样，所谓迟到的爱情红似火，过得既疯狂又粗野，就像原始社会的野人一样，就这样过了几天生活。

第三十七回 语言不通张嘴结舌男女 食物缺少忍饥挨饿夫妻

从来好事多磨难，他们二人的疯狂生活还没有过够，突然被拂晓前偷偷返回的“其努瓦”警务科长堵住了门口。老家伙草草安排布置了王府市外城的家务事，就急急忙忙回来了，因为他老是想着这魔峡原始森林中的“外室”，不是一般的挂念，而是牵肠挂肚般惦记。可惜呀，头场没看上。那次为了抢救原配老妇人走得急，再加上抹不开面子难为情，没好意思对敖海直接说透。一对青壮年男女单独留在这里，肯定是有事，最精彩的头场戏没看上，特别是敖海这个青年奴隶，可能是没接触过女人，第一次爬到金桃肚皮上，不知咋样，肯定是好看，可惜拉下了。他为了观察、研究、欣赏这一对青壮年男女，最大的满足自己的窥阴癖，连随行的警察都没有带。这个老家伙是军务梅仁出身，是王府武官，在长期的带兵打仗过程中积累了丰富的摸黑偷袭等经验，把乘骑拴到很远的地方，放轻脚步悄悄过来探听虚实。他估计得完全正确，敖海和金桃二人早就勾搭上了，正在一块纠缠，他更加放轻脚步走到这座大型蒙古包背面，悄悄打开隐蔽的后门，钻进了双人床底下。他这辈子当过本旗军务梅仁，当过日本人手下的警务科长，得罪的人不计其数，仇敌也很多，怕遭到报复，偷偷设计制造了这样逃生的机关，现在虽然用处不当，总算没白做。他就这样屏住呼吸，支起耳朵窃听着。听金桃说不好听的话：“你比那塌鼻子老家伙强一百倍，啊呀……”骂人的话严重刺激了“其努瓦”，他红了眼睛，这回可是怒不可遏，破口大骂着从床底下跳出来，端起“大镜面”驳壳枪就要射击。在这生死关头，金桃光着屁股站着，挥起粗壮有力的大手，从后面掐住了这个警务科长的脖子，越掐越紧，手指甲都刺进皮肉里，鲜血淋漓。这个老家伙都喘不过气来，喉咙里咯吱咯吱响，手脚发软，有气无力，“大镜面”驳壳枪当啷掉在地上。敖海看见姘妇助了一臂之力，解除了这万恶淫贼的武装，心中大喜，立即精神百倍，便挥起挂铜锤的打兔弯棒猛击，老家伙登时倒地气绝身亡。人命关天，何况这是杀了当地最大的恶霸。金桃毕竟是女流之辈，吓得手足失措，放声大哭。这时候，连半句汉语都不会说的敖海，觉得打手势表示不清楚，只好自谋对策了，考虑结果发现都行不通。比如最好的办法是逃奔他乡，但是仔细想起来也是凶多吉少呀，“其努瓦”手下有那么多的警察，亲亲故故遍及各地，叩头拜把子狐朋狗友到处皆是，躲不过去。何况他的儿子哲别是蒙古军参谋长兼第二师师长，能策动官府、张贴告示、派兵遣将，逃不出去呀！

金桃也算是有胆量的女人，很快镇定了，表现出一种敢作敢当的气概，抹着眼泪用汉话数落：“敖海呀，是我勾搭了你，是我掐死了他，我去官府自首吧，砍头枪崩都不怕！”

敖海不知道这娘们儿哭喊些啥？他光头上青筋绷起来老高，显然是继续思谋着什么，又过了一阵子，这才开始收拾东西。

金桃看见姘夫不动蒙古包、帐篷等大物品，专拿猎刀、短斧、弯棒、套子、夹子等工具，连单响装铅弹的猎枪、“大镜面”驳壳枪都不拿，好像要出去打小动物一样。这半个多月来，她已经习惯了不说话，只用眼光询问对方。

敖海也不说话，指着小锅、小桶、小盆等家具，打手势示意让金桃带走。

所谓嫁鸡随鸡，嫁狗随狗，虽然语言不通，金桃却没有往别处走，沉默着一言不发地跟在敖海后边。两人拿的都是小件，但是负担也够重了，费力地走到达赖河大漩涡地带，敖海就在这附近沙滩上扔了衣服和靴子，这才离开了。金桃不会用蒙古话问，却也完全明白了姘夫的意思，这是造成投水自尽的假相，借以迷惑追踪者。

离开奔腾喧嚣的达赖河漩涡地带，钻进盘根错节的树海深处。这里几乎是密不透风，也不见阳光，充满霉烂气息，断枝落叶绊腿绊脚，难走得很哩，天黑以后才到了狹猓洞。猎狗“灰灰”看见救命恩人来了，当然是很高兴，摇头晃脑甩尾巴，跳跃不止。

他们就这样过起了真正的野人生活。没过两个月就缺吃的了，一日一餐异常菲薄，饭糗茹草，有时还不得不并日而食。过着饥饿的日子真难受，恨不得见着什么就咬一口，古人说的“民以食为天”很有道理呀。胃肠空空如洗的金桃每次舍不得扔掉早就啃光的山鸡或野兔骨头，剥着上面几乎看不见的肉丝，或一掰两半吮吸其中的骨髓，心里埋怨着：“这个敖海呀，说他精也行，说他蠢也不差啥，打死了老废物以后，为什么不拿枪呢？长短两支枪呀，有了枪什么样大野兽都能打呀，现在快要饿死啦。”

其实他们之间说不了话，什么都表达不清楚，敖海没有拿长短枪有他的打算，就是为了叫仇人相信他们跳了河。更主要的是有枪也不能使呀，出了响声可了不得，伪蒙古兵、警察都过来搜山，饿肚事情小，丢命危险大，敖海的心眼多啦。他现在和情妇没法交谈，只顾自己思谋，枕着双臂躺着朝上看狹猓洞的岩石，想道：我们走投无路了，过野人生活的日子长着呢，住的有岩洞，穿的有兽皮，喝的有达赖河水，烧的有原始森林木材，不用发愁，就是缺吃的。没有枪，大野兽是不能打了，唉，使用了一个多月，细铁丝套子断了不少，铁夹子也坏了一个，得爱惜点呀，没有这些小工具，连山鸡野兔都打不成了，往后吃什么呢？走，到黄羊洼蹓夹子去。

黄羊洼是腾格里山西部魔峡中一块盆地，在达赖河岸边。因为水源充足，覆盖厚实，植物茂盛，鸟雀也跟着多了，啾啾歌唱。正往前走着，猎狗“灰灰”扑哧喷了一下鼻子报警，敖海随即看见远方马莲丛中露出一只黄羊脑袋。他高兴起来，黄羊被前几天放的夹子逮住了，好多肉呢，晒成干肉条，他们两人节省着吃，不愁两个月生活。他三步并两步冲到了跟前，却大失所望，夹住的黄羊只剩了骨头架子和零碎皮子，肉没有了，被什么野生动物啃得一干二净。敖海带着痛苦的情绪，在附近转着仔细观察脚印后，断定这不是什么黑熊、豺狼、狐狸等大野兽，而是像獾、狍、獭等小动物。果然，他跟踪到河边，看见方圆不到半里的丘陵上，足有几百个野鼠洞，很多野鼠在洞口晒着阳光，有的还直立着吱吱叫唤，眼睛滴溜溜地瞅他，很有点讽刺挑衅意味。对，就是野鼠吃光了黄羊肉。敖海不由得怒从心中起，恶向胆边生，抛出手中带铜锤的弯棒，立刻打中了，那只野鼠倒在地上抽搐着，附近别的野鼠吓得都钻进洞。敖海捡起那只嘴和鼻子都流血的死野鼠，好肥壮呀，沉甸甸地很有分量。他的饥饿的胃肠痉挛了一下，突然飞来灵感得到启发：这里野鼠就不能吃吗？他自己马上肯定道：能吃，能吃，活蹦乱跳的，新鲜得很，足有二斤肉，能吃饱呀。敖海抽出特大号纯钢蒙古刀，斩头、截尾、剁爪、掏肚来喂猎狗“灰灰”，把主要部分扒皮在河里洗干净，放在篝火上烤起来，真香，真香，他闻着灰烬中散发出来的烤肉味儿，喉结上下滚动,连连咽口水。等到他小块撕着那焦黄冒油的野鼠肉往嘴里送时,眼睛都发直了,啊呀,还有这样好吃的,牛马骆驼羊肉都赶不上野鼠肉呀,可惜才知道。从今以后开始打野鼠吃,就不挨饿了。他尽量慢慢咀嚼着,品尝着,在这种最大享受中终于想出了谋生之路。

敖海吃得很舒服,心情好了些,还能暗暗发笑,觉得自己一天不如一天了,曾经打过豺狼、野猪、黑熊的猎人,现在只能对付一寸多长的小野鼠,做梦也没有想到呀!虽然如此,但是饥饿不留情,揪肠刮肚的恐慌感使他马上动手了,提起特大号背壶装水往洞里灌着。这是最简单的办法,但是很生效,因为这一带鼠洞浅拐弯少,差不多灌三壶就冒泡,紧接着呛水的野鼠就窜了出来。敖海紧紧攥住弯棒早就等着,露头一个打死一个,不消两个小时,跟前就横躺竖卧着十二只野鼠。他考虑到狳猔洞在高地用水不便,晚间点火容易暴露目标,就在河边洗涤干净,接着又烤熟了。俗话说一回生,二回熟,三回变成大行家,这十二只野鼠的熏烤手艺比刚才更精美,等到把这些收拾好,太阳也落下去了。魔峡原始森林中天黑得快,弹指之间什么也看不清了。敖海走惯了夜路,拎着一串烤野鼠,毫不费力地爬坡登山走到狳猔洞口,搬开碾盘大的石头钻进去,打了一声尖锐的口哨。

"敖海,可把你盼回来了,洞子里嗡嗡响,差点把我吓死!"金桃用汉语兴高采烈地说。

敖海一点也听不懂,只顾用蒙古话说自己想的,两人根本对不上号:"快吃吧,这是烤野鼠。"

金桃接到手里闻了闻,又吹亮洞旮旯里火种发光,怎么也看不清,自言自语道:"真香,啥肉?"

敖海不吱声,嘿嘿笑着在黑暗中动手动脚,悄悄摸索着。

"嘻嘻,不老实,不要脸。"

敖海听着金桃吧嗒嘴,就知道她吃得津津有味,心里落了块石头,浑身轻松,往后不会饿死了。魔峡、鬼谷、窟窿峰、野猪坡、黄羊洼、狳猔洞、漩涡滩以至整个八百里腾格里山,遍地是野鼠,真是打不完吃不尽呀。从这以后,恶劣的生活环境逼着敖海、金桃和猎狗"灰灰"增加了野鼠这种主食,人吃鼠肉,狗吃鼠的骨头和胃肠,越吃越香,一点不腻味。有丰富狩猎经验的敖海先是水灌,以后又想出了火烧、烟熏、挖洞、放夹、铁钩等办法。铁钩体积小,制作快,携带方便,容易操作,不受地形和气候条件影响。它用五六尺长的有弹性的十号铁丝,一端弯成二厘米锐钩。捉鼠时把有钩的一端慢慢伸进洞内,插到底手上感觉到接触鼠身后,形成三百六十角度慢慢地转动三至五个螺旋,然后边转动着边往外拉,不到抽一锅烟的工夫就能捉到一只野鼠。紧接着又训练机灵猎狗逮野鼠。"灰灰"真有意思,真有趣,有些时候不是捉鼠,而是恶作剧地玩鼠,在这点上比猫还能耐,真正称得起智勇双全。它看见出来活动的野鼠并不急着咬死,而是一个箭步跳跃过去先蹲在洞口堵住了,等野鼠仓皇过来时轻轻用脚掌按住,等着敖海过去捉活的。这工夫,绝望的野鼠挣扎哀叫,而猎狗"灰灰"呲着牙流着口水,嬉皮笑脸地斜视着,大有幸灾乐祸的样子。

不打不知道,一打吓一跳,敖海、金桃二人发现野鼠的种类繁多,一种和另一种不一样:黄鼠、灰鼠、白鼠、松鼠、麝鼠、土拨鼠、鼹鼠、布氏田鼠、长爪沙鼠、草原鼢鼠、大沙鼠等等,啊呀呀,查不过来了,它们都是贼辣馋的家伙,不仅贪吃,祸害森林和草原,还窝藏食物,有一条很浅的洞里竟囤集四五斗草籽、橡实、干叶果,分门别类,排列整齐,摆放妥当,井井有条,像个食品仓库。

有备无患,小小的野鼠不知怎么想出这种贮存方法。活动能力也强,一只中等个子的野鼠能飞快地钻过铜钱大小的岩缝,能爬上笔直的悬崖陡壁,能在达赖河漩涡逆流中游泳二里地,能咬断茶碗粗的小树,厉害啦。养儿育女的本事更不用说,一只母鼠一年可怀五六胎,怀胎二十多天就生,一胎十多只,而这些新生二代过了两个月以后就能生第三代了。这样下去,一只野鼠的后代一年可以繁殖一万五千多只。这本来是个讨厌的甚至可怕的数字,但是在此地此时,却成了敖海、金桃二人的精神支柱。虽然过着原始的野人生活,脸上却看不出一点愁苦的表情,好像他们是放牧着几亿鼠的大鼠主。

金桃也跟着敖海出去捕鼠了,成了好助手。他们语言不通,不知道是怎么取得一致意见的,趁着秋季野鼠活动猖獗时多打,晒成肉干储藏起来好过冬。上冻以后野鼠钻入地下冬眠,一只也找不见了。某日,这一对"哑巴"男女领着猎狗"灰灰"踏过一块长满豆科草的森林间隙的空旷地时,惊奇地发现几十只、几百只野鼠,从他俩前后左右和两腿缝里窜过去了,成群结队地奔向达赖河岸。敖海、金桃二人认为:这一带野鼠多如牛毛,可能是吃豆科草撑了,到那里喝水解渴。跟踪过去看不是这么回事,浅滩上有二三十条很大的死鲇鱼,身上无鳞,皮肤多黏液,宽嘴巴长着一对足有筷子粗的肉胡子。浓厚的鱼腥味散发在空气中,野鼠嗅觉灵敏,闻到气味才过来的。它们很狡猾,看见露出水边的鲇鱼尾不敢下嘴,十只八只扑上去,伸出爪子扒了很长时间,看见鲇鱼纹丝不动,便争先恐后咬住往外拖。这时候就听见扑哧扑哧一阵响动,二三十条装死的大鲇鱼都复活了,用力甩动着尾巴,把很多中计的野鼠打进河里,游过去一只接一只地咬住在深水里淹死,然后吞进去。就在鲇鱼和野鼠生死搏斗之际,猎狗"灰灰"泅水进去,一举两得逮住了鲇鱼和野鼠。

金桃看着眼馋了,脱得赤条条一丝不挂,扭动着大屁股,在水里活捉吞下半截野鼠噎得够呛的鲇鱼。敖海也在水里勉强捉着吃鼠的鱼,但是神魂颠倒,眼睛不看别处,专盯着金桃的下身,很感兴趣地舔舔干燥的嘴唇,像傻子一样憨笑。

金桃不懂蒙古话,说不出什么来,只是用食指抠着脸,做出"羞羞"的小动作。

敖海不懂汉话,更说不出什么来,只是厚颜无耻地老是盯着情妇的下半身,继续像傻子一样憨笑。

以后的半个多月内,他俩的生活美啦,烤野鼠炖鲇鱼,吃得满嘴冒油。行动更一致了,少部分吃掉,大部分晒干储藏。这样他们生活了半年多没咋着,而且活得很结实,很愉快。假设说金桃不是妓女出身,能给敖海生儿育女,娃娃也应该能吃野鼠肉啦。

一九四六年春天青草发芽的时候,晒干的肉刚刚吃完,冬眠的各种野鼠都出来活动。敖海、金桃二人为了吃上新鲜肉,走错了地方,误入腾格里山魔峡中熊窝最密集的原始森林旮旯里奔走。这下他俩开了眼界啦,不用说金桃,就连猎人出身的敖海都第一次看见大黑熊的千奇百怪现象,惊讶得张嘴结舌。

这天天气很好,他俩早早起来,趁着天凉快的时候,来到树海深处水泡子边。这是一个长方形湖泊,坐落在两座山之间的洼地里,四周开满了蓝色的马莲花,蝴蝶、蜻蜓翩翩起舞,鱼类在水里静静地游动。他俩坐了下来,先用长线串了一串鱼钩穿上诱饵甩进湖里,这叫下懒钩,然后再用两把杆探进水里慢慢垂钓。快到中午时,他俩已经大有收获了。中午天开始热起来,太阳火辣辣地烤着原始森林,山沟里密不透风,绿草和树叶都晒得打了蔫,蝈蝈发出了难以忍受的声音。敖海、金桃二人无法对抗这酷热的煎熬，只好躲在湖边不远处的树荫里乘凉。接着使他俩胆战心惊的是又一次遇到了熊群。这是四头熊，包括一头大熊，一头中熊，除此而外还有两头小熊，大概是一家四口吧，它们大摇大摆地走着。那头大熊头也不回地只管往前走，中熊好像是姐姐，在后面照顾着两头小熊。两头小熊不听指挥，一个往东跑，一个往西跑，中熊就一个一个地把它们赶回来。它们不慌不忙地直奔敖海、金桃两人而来。他俩都害怕了，没有猎枪也没有砍刀斧头，大中小熊要是发现了，会把他俩当做一顿美餐的。这一对男女吓得一动都不敢动，趴在地上不安地观察着。四头大小黑熊走到他俩前面大约二十米远的地方，看样子还没有发现，否则它们肯定会扑上来的。就在敖海和金桃提心吊胆之时，只见那大熊一拐弯向水泡子奔去。他俩松了一口气，从密林间隙里偷看着。大熊显得老态龙钟的样子，走路时摇晃着肥胖的身子，舌头在外边耷拉着，每走几步便停下来，张开嘴呼哧呼哧喘着粗气，不时用前掌甩赶着脸上的瞎蠓，好像被咬疼了。接着挥掌在身上一阵乱拍，咧咧嘴表现出一种烦躁不安的样子。到了水泡子边，大熊先是伸着头看了看水，伸嘴喝了几口，随后扑通一声跳了进去，坐在水里很舒服地洗起澡来，它时而把头浸进水里吹出一串水泡，时而又露出头来，举掌拍击，水花四溅。两头小熊不敢下水，中熊打算要把它俩都推进里面，但是刚把一头小熊推进水里，另一头小熊扭身就跑，中熊猛追上去把它抓回来刚送进水里，刚才送进水里的小熊又跑了，中熊只好去追，刚抓回来这头，那头又跑。这中熊费了好大的劲才把两头小熊牵到一起，为了防止它们再跑，死死地抓住前爪硬往水里拖，吓得两只小熊嗷嗷乱叫。中黑熊又累又热，索性不管小熊了，它找了一处水浅的地方，四仰八叉躺在水里，肚皮朝上，然后又滚动着身子，好像是水呛了嗓子，它使劲干咳了一阵，然后坐在水里泡着。两头小熊看见大熊和中熊玩得那么开心，也都安静下来坐在水里玩，不一会儿它们就打起了水仗，在水里互相顶着头，有时进有时退，看谁的力气大，顶累了又坐水里拍打起来。大黑熊和中熊已跳上岸来，向密林走去，但是两头小熊一边拍打着水一边叫唤，仍在水里开心地玩耍。中黑熊又跑回来想拉着小熊走，两头小熊不理不睬，又叫又闹，捉了这头又跑了那头，累得气喘吁吁，直到大黑熊过来，才把两头小熊拉走。熊的一家走了，敖海、金桃二人也没有了钓鱼的兴趣，悻悻而归。不过他俩看到黑熊洗澡也算大饱眼福了。后来，积累了丰富经验的敖海告诉金桃说：熊有个特殊的家庭规矩，第一年生的崽长大后，就要负责照顾第二年生的崽，如此循环，代代相传，永不变化。

在经历了几次和黑熊的遭遇后，使金桃逐渐消除了恐惧感，对熊的印象越来越深刻了，认为这家伙很淘气，也憨傻得很可爱。那天他俩在猎场上转了大半天，用夹子和套子逮住了不少山鸡和野兔，太阳快要接近西边腾格里山头时，兴高采烈地往回走。正比划着，前边哗啦一声响，他俩抬头一看，这可不得了，一头大黑熊拍折了高大粗壮的落叶松树，又向另一棵白桦树奔去。敖海、金桃二人吓得不敢出声了，退到一个小山包，趴在草丛中纹丝不动。大黑熊在树旁站立起来，抬头往四处观望，又抓了一把草放在嘴里咀嚼，可能是不好吃，又吐了出来。这时一只小鸟落在树枝上喳喳叫个不停，黑熊抬头看了看双爪向上伸却够不着，围着树转了几圈，突然挥掌猛拍，白桦树抖动起来，小鸟飞走了。大黑熊低着头这边闻闻那边嗅嗅，边走边找，在一个草堆旁停了下来。敖海、金桃二人经常遇到这种草堆，那是野蜂窝，他们远远躲着它，宁可绕圈也不接近。大黑熊先是用鼻子嗅嗅草堆，然后又坐在那里仔细地观察着，忍不住用前掌扒去。只听见嗡嗡一片响，大团野蜂飞了出来，向大黑熊身上蜇去。可能是它皮厚毛长，没太在乎。后来野蜂蜇到了它的嘴巴和鼻子，用前爪搔着嗷嗷直叫，回头就跑。它扑进深草丛里一阵乱蹭。野蜂飞走了，大黑熊躺在那里眼睛还是盯着那堆草，表现出一种不甘心或不服气的样子。看了一会儿，它又慢慢站起来向草堆走去。走到跟前小心地转了几圈，又恶狠狠地抓起来，疯狂之极，扒出黑土坐下来一把一把挑选其中什么东西送往嘴里。敖海、金桃二人猜想大黑熊是找到蜂蜜了，看它贪婪的馋相，好像很得意，边吃边用舌头舔着前掌和嘴巴，身子不停地摆动着。刚才飞走的蜂群又回来了，好像刮风一样山响。大黑熊被蜇疼得嗷嗷乱叫，在地上直打滚，挥舞着双掌跳起来，一溜烟跑了。敖海、金桃两个看着它屁滚尿流的狼狈样，禁不住哈哈大笑起来。

在上述观看欣赏黑熊"表演"的过程中，猎狗"灰灰"配合得相当不错，面对着那些傻大黑粗的家伙，紧紧地趴在地上，一声都不吠叫，它知道暴露目标就不好办。敖海很高兴，夸奖"灰灰"是好样的，不同于一般的狗，头脑好使，机灵发达，智商很高，一直是帮助他，从来就没有惹过乱子，可以称它为好助手，左膀右臂呀。敖海年轻力壮，好动不好静，是个很淘气的人。他不甘心在这里窝窝囊囊地过平常日子，现在有坚固的山洞可避难，又有猎狗"灰灰"来报信，双保险，有恃无恐，他想单独行动掏小熊抓大熊，干出轰轰烈烈的英雄业绩来。

这种行动是很冒险的，首先要瞅准时机，必须在老母熊离开洞以后才能下手，但是怎么样才能知道老母熊不在洞里呢？敖海打算采取投石问路的方法，往熊洞里抛石子，如果老母熊在窝里，它会闻声跑出来。再就是爬到树上，用长杆挑着衣服探进洞口，老母熊以为是人来了，一把拽住衣服。尽管敖海的办法很多，但是几次都没有成功，主要是那老母熊太狡猾了，一时一刻也不离开自己的崽子。敖海又采取了调熊离山之计，把新套的山鸡带上一只，在洞口把它撒开，然后就在树上等候。他以为山鸡嘎嘎叫着跑开，老母熊会发疯般追去，抛下窝里崽子。实际情况完全不是这样，老母熊来到洞口对正在惊慌逃跑的山鸡冷眼看了看，懒洋洋地回去了。三次计划虽然落空，犟牛固执脾气的敖海仍不甘心，第四次又偷偷来到距离熊洞不远的地方，爬上了另一棵大树悄悄观察着它们的动静。足足大半天，老母熊摇摇晃晃离洞很长时间不见回来，敖海断定是为崽子们找食物去了，便大胆地钻进洞里把两个熊崽抱回来，并且埋上了夹子。这一对小熊来到敖海、金桃二人住的山洞一点不认生，里里外外转圈跑个不停，它们的胡闹也令人哭笑不得，锅碗瓢盆都翻个底朝天，食物洒了满地，衣服上全是屎尿，臭烘烘的。刚刚做好饭，主人还没有来得及吃，它们已把爪子伸进锅里烫得嗷嗷乱叫。这惹急了猎狗"灰灰"，怒从心上起，恶向胆边生，要扑上去把它俩咬死，幸亏这一对"野人"男女心地善良，不加害不懂事的小熊，急忙制止住了。内乱未平，外患又起，母黑熊嗅着气味找上来了，折腾了一夜并没有中夹子，敖海看见情况不好，急忙把两头小熊放了，叫母黑熊领回去，并且当天搬家避难。

八百里腾格里山中各种野生动物多，简直数不胜数。迁移到新的自然岩洞以后第三天，他俩和猎狗"灰灰"几乎同时看见，一只毛色闪着金光的细长的野鼠，机动灵活地隐蔽着钻进河边杂草丛中去。

"黄仙！"金桃认出来是鼬鼠，吓得尖叫了一声，双膝跪地，朝着它的背影叩响头。敖海很奇怪，这个粗胳膊粗腿来自王府市西部农村的泼妇莫非疯了？为什么对这只放臭屁的黄鼠狼如此朝拜，岂有此理，但是他语言不通，不能问，现在情况紧急，不允许他往下想，挥一下挂铜锤的弯棒，对猎狗"灰灰"发号施令道："追！"

这只颇通人性训练有素的猎狗像箭一样离开男女主人，向黄鼠狼追去。到了一片芦苇丛附近,却紧紧趴在地上不动了,往后看着敖海和金桃,往前瞅瞅黄鼠狼消失的地方,好像等待着什么。敖海深知猎狗“灰灰”脾气,知道它没事不会这样,便悄悄爬到那里往前观察。大约过了抽一锅烟的工夫,只见黄鼠狼从一条洞里爬出来,嘴里叼着两只野鼠,小心翼翼地东张西望,观察四周动静。这只狡猾的食肉小动物,确信附近太平无事以后,在灌木和草丛中隐蔽着往前窜。它万万没有想到有一只猎狗跟踪盯梢,拉开几百米的距离匍匐前进,敖海在“灰灰”后边,金桃在末尾压阵,形成了一种蛇形运动往前爬。爬呀,爬呀,一直爬到黄鼠狼窝附近。等黄鼠狼发现“灰灰”狰狞可怕的嘴脸企图转移目标时,猎狗根本不理会那一套,扑上去准备咬死那些蠢蠢欲动的黄鼠狼崽。原来这只母鼬鼠保护小崽心情急切,发出像初生婴儿啼哭一样哀叫声,放了一通臭屁。“灰灰”很怕这个,打了响亮的喷嚏,翻着跟斗把式动作逃到很远的地方。等它缓过劲来准备再扑上去时,敖海、金桃二人陆续赶到了。

“黄老仙姑,少爷小姐在上,饶恕我们……”金桃像捣蒜一样叩响头。敖海皱皱眉头,吆喝住了猎狗。看样子他对情妇三跪九叩的怪模样很反感,但是又不会说汉语。不知他出于什么动机,也没有伤害这三只鼬鼠崽子,用褴褛不堪的破衣服兜着往回走了。在一边徘徊观望的母鼬鼠,着急得连蹦带跳,还是发出像初生婴儿啼哭一样的哀叫声,犹豫地跟着走。到了狭猓洞内,敖海腾出一个水桶,把黄鼠狼崽子装进去,盖上铁丝网,然后往里面扔进新鲜野鼠肉喂养。眼见为实,母鼬鼠似乎明白了一些,好像放心了,徘徊在洞口滴溜溜地转动着瞅了一阵,突然窜出去了,不久又逮回来两只野鼠扔在水桶跟前,直立起来作揖状。

“黄老仙姑恩典,大发慈悲,可怜和饶恕我们!”金桃撅着足有六仞锅大的屁股,继续叩响头。

敖海顾不上嗔怪金桃了,面对着母鼬鼠,把两只野鼠的一只扔给它的崽子们,以胜利者的姿态开心地大笑:“我们有‘灰灰’,现在又有了‘黄黄’,都能捕野鼠,不怕啦,哈哈!饿不死!”

“灰灰”可没有男女主人那些复杂的思想活动,翻着白眼看水桶内外的鼬鼠母子,很有一种嫉妒的样子,但是因为没有敖海的命令,不敢轻举妄动,心里憋得好难受。

母黄鼠狼因为崽子当了鼠质,不敢私自逃跑,只好死心塌地效劳了。它名符其实,真像捕黄鼠的狼,最大的能耐是能钻进洞里把野鼠叼出来,一天能捕二十多只。有时还能捕回来活的小白鼠,叫崽子们逗着玩耍。

乐极生悲,温饱生活维持到一九四六年秋天,被突发事件打乱了。某天深夜,王府市方向传来了激烈的步枪和机枪射击声,有时还发出惊天动地的爆炸,火光四起,燃红了东南面天空,一直持续了好几天。敖海起初能沉住气,牵着拴上嘴巴的猎狗倚立在黑暗中默默地倾听。以后不行了,金桃拉着他往原始森林更深的地方逃去。越往北走蛇越多,都是有毒的蝮蛇,防不胜防。但是他俩不再想回狭猓洞,黄鼠狼母子全跑光了。这些喂不熟的野蛮的食肉动物,报复性忒大,把金桃辛辛苦苦晒干的野鼠肉都叼走了,金桃抹着眼泪叨咕着:“敖海呀,储存的鼠肉全丢光了,前面有枪声,后面有蛇群,衣食无着,走投无路,怎么活下去呀?”

敖海在这毒蛇猖獗的地方住了几天,忽然想出了办法,伸手指向高空盘旋的老鹰。果然,这只老鹰俯冲下来发出尖锐刺耳的声音。原来,老鹰的眼睛特别敏锐,它早就看见了从树洞中钻出来的一条灰溜溜的大蝮蛇。说起来,这里的老鹰和蝮蛇有过杀子之仇,恨透了。蝮蛇经常趁着老鹰外出觅食的空隙,偷偷溜上树吞吃整窝鹰蛋,从此结下了深仇大恨,这回找到了报复的机会。老鹰对准蝮蛇扑去，它很有信心，只要尖锐的爪和弯曲的喙叼住七寸，蝮蛇便会一命呜呼。老鹰没有想到自己过低估计了这条老奸巨猾的家伙，大蝮蛇很有搏斗经验，它迅速把头一偏就躲过去了。老鹰扑了一个空，但是抓蛇是它的主要特长之一，就在蝮蛇逃避的一刹那，早就伸开的两只利爪，趁势把蝮蛇七寸抓住了，然后使劲搧动双翅飞向天空。这也是老鹰杀蛇的绝技，它现在居高临下，对准一块大岩石就要松开爪子，打算把这条灰溜溜的大蝮蛇活活摔死。却不知碰上了不好对付的劲敌，这条蝮蛇利用抓住七寸鹰爪宽松机会，转过头来抢先咬了一口。幸亏老鹰羽毛特别厚实，没有咬透伤着皮肉。但是老鹰出于意料之外，大大吃了一惊，尖声叫唤着急忙提前松开双爪，大蝮蛇随之掉下来。本来，蝮蛇从这样高的天空中坠落，粉身碎骨，必死无疑，然后老鹰再次俯冲下来叼起，变其为佳肴美餐。但是这条蝮蛇命不该绝，由于老鹰挨咬心慌意乱投错了地方，蝮蛇落在一片松树灌木和深草丛中，昏迷过去了，并没有丧命。老鹰在空中盘旋了几圈，树密草深，什么也看不见，怕伤着羽毛，又不敢俯冲下去，接着转了两圈，也就无可奈何地飞走了。

敖海捡起了那条昏迷不醒的大蝮蛇，斩首除毒再三清理，在篝火上烤熟了，和女人金桃美美地吃了一顿，共同一致地评价是："比野鼠肉好吃！"

这个青年说着胆壮气粗腰杆子硬了，大吹特吹起来，说道："我们在八百里腾格里山魔峡中，不用说那些飞禽走兽，光是野鼠和蛇肉就够吃了，吃得满嘴冒油，怎么会饿死？嘿嘿！"

某一天，这一对"野人"男女在原始森林中觅食，看见一个大刺猬在岩石缝口静悄悄地爬着监视。

敖海是猎人出身，经验丰富，马上看出了苗头，拍打着女人金桃肥大的屁股，笑道："我听说，刺猬抓蛇的本事比老鹰强，不知到底如何，我们就在这里等，不要惊动刺猬，看它咋样抓蛇？"

刺猬在岩石缝口足足等了半天，但是那条蝮蛇就是不出来。到了下午，蝮蛇可能是饿得实在受不了，悄悄地从岩石缝口探出三角头来。刺猬看在眼里，却假装出瞌睡未醒的样子，低垂着脑袋，浑身紧缩成一团，连动都不动。大蝮蛇还是很有戒心，悄没声地从岩石缝口一点点往外移动，有意绕开刺猬。等到蝮蛇整条身子都出了岩石缝口，刺猬突然冲上去狠狠咬了一口。大蝮蛇吃了亏，转过身来昂首怒视，鼓起腮帮子吐出紫红色叉形舌头，但是看见刺猬缩成一团，竖起满身尖刺，却又无从下嘴，只好往后退。刺猬第二次冲去，又是狠狠咬了蝮蛇一口，然后再缩成一团，竖起满身尖刺。

这样反复攻击，大蝮蛇连连被咬，只有招架之功，没有还手之力。如果这是一条普通的蛇，早就被咬得体无完肤，一命呜呼，但是这是一条久经拼杀的大蝮蛇，经验丰富，老奸巨猾，能够躲避开致命的打击。只见它高高地昂起头，一只眼凶光毕露地盯住刺猬，另一只眼却贼溜溜偷觑退步的岩缝。它故意把尾巴伸到刺猬跟前，等到刺猬再过来咬尾巴时，大蝮蛇突然使出全部力量猛地狠抽，把刺猬打出三米以外。刺猬翻滚了两三圈，都晕头转向了，刚刚回过神来站稳脚跟准备再次扑上去，却发现那条狡猾的大蝮蛇钻进岩石缝内，再也不出来。

"白等了，白等了大半天，连一条蝮蛇也没抓住，原来，刺猬一点靠不住。这回我想起来了，捕蛇灭鼠，还得利用我们猎犬'灰灰'，它机灵透顶，神气啦，差不多，嘿嘿！"敖海气得跺脚骂着对金桃说。

这个大屁股女人听不懂，一点反应都没有。

大蝮蛇在岩石缝深处足足睡了两天，伤势得到恢复，可能是饥饿难忍，只得又爬出来，三角形的头左右张望了一阵，看清刺猬已经走开，这就放心了，准备往远处溜。冷不防从树上跳下一个灰色的大家伙来，拦住了它的去路，这就是猎犬“灰灰”。它瞪圆了眼睛，张开血盆大嘴，露出锯齿形獠牙，使蝮蛇望而生畏，但是狭路相逢，没有后退的余地了，它顿时昂起三角头，鼓起又宽又扁的脖子，呼呼地响着吐出芯子。猎犬“灰灰”略微后退半步，低声怒吼竖起全身硬毛，身体一下子增高加大了一倍，变成庞然大物，对准蝮蛇的七寸就要下嘴。这样，它们互相对立着，都在寻找进攻的机会。突然，大蝮蛇往前一扑就要咬住“灰灰”，猎狗闪电般往左边一跳，蝮蛇扑了空。它调整三角形状头又向左扑去。“灰灰”又是一跳，躲到右边。蝮蛇接连扑了四次，都被猎犬避开了。蝮蛇眼睛通红，喘气变粗，愤怒到极点，使出全力又扑了过去。说起来奇怪，猎犬这回在原地纹丝不动，好像等待着蝮蛇来咬。但是蝮蛇那张长着毒牙的小嘴，咬不透猎犬“灰灰”竖立起来的浑身硬毛，刚刚碰到又缩了回去。不知道是怎么回事，“灰灰”浑身硬毛又尖又硬，根根挺立，不次于钢针铁锥，使大蝮蛇无从下嘴，可能是一种特异功能吧。大蝮蛇一招不成，还有第二招呢，转眼之间，它扭动身子要缠住猎狗脖颈。“灰灰”反守为攻，纵身跳跃躲开，伸出嘴用尖牙利齿咬住了大蝮蛇的七寸，凭它怎么样扭动挣扎，就是不放松，没过一刻钟它就死了。猎狗“灰灰”真是好样的，机灵聪明，什么都明白，它咬死了大蝮蛇怕中毒丢下三角头不吃，把蛇肉奉献给男女主人，自己只吃下水，真叫人感动。

大蝮蛇肉不够填牙缝的，吃完了引起食欲更饿了，总觉得胃里空空的，敖海叹了口气对金桃说：“要想吃得饱，吃得好，光靠猎狗‘灰灰’是不行的，那是单条腿走路。还得另想高招，唉！”

大屁股女人金桃半句也听不懂，既不赞成也不反对，没有反应。

过了三天以后，敖海领着金桃到一片四周没有树木的空旷地开始劳动了。又过了三天以后，终于埋上好些有枝杈的木桩，上边系着用韧性很强的一种野生植物编织的细网，吊着十多只野老鼠，活蹦乱跳，吱吱叫唤着挣扎。

敖海、金桃和猎狗“灰灰”隐藏在不远的大片密林里偷看。这个女人到现在还搞不清男人要干啥，打了个讯问的手势。敖海往上面指了指，金桃抬头看见蔚蓝色天空中飘浮的白云旁边，盘旋着一只老鹰，这是什么意思呢？她还是很糊涂。

又过了半个多小时，老鹰盘旋的圆圈越来越小，同时也降低了飞行高度，突然向吊着十多只野鼠的方向俯冲下来，那强劲有力的钩嘴、弯爪、硬翅划破了空气，发出刺耳的尖锐声音。可惜它的炯炯有神的眼睛的视力毕竟是有限的，没有看清那用韧性很强的一种野生植物编织的很细很细的网，被套住了。

敖海就这样轻而易举地捕到了一只老鹰。从此以后开始了训练，驯鹰原来是很艰苦细致的事情，在老鹰的腿上拴绳使它站在能摇动的木架上，老是晃荡着，不使它有打盹的机会，既困又乏，疲惫不堪，没有捣乱能力。十多天以后，把老鹰带出去进行猎捕试验，最初是扔出去肉块让它去叼，接着是放出去瘸腿跑不快的野鼠让它去捕。这一切都是在很近的距离内进行，老鹰的腿上始终拴着细长的绳子，叼住肉块或野鼠后要是不回来，就拽绳子把它拉回来。经过反复多次以后，老鹰习以为常，误认为腿上绳子老是不解开，捕住野鼠后自动飞回来。出去打猎前两天不喂，使老鹰处于饥饿状态，捕获欲增强。就这样，一个多月以后终于训练好了。敖海、金桃二人领着猎狗，让老鹰站在手臂或肩膀上，见到野鼠、蝮蛇放狗撒鹰，等它们捕住以后赶上去收拾，一天最多能杀百十只鼠和蛇,至于山鸡、野兔等较大的动物,金桃摆手势不让撒鹰,她上了黄鼠狼母子的大当,变得谨小慎微,很怕老鹰远走高飞,再也不回。

捕鼠抓蛇,他俩开始时是愉快的,重新又把抓到的狩猎物斩头、截尾、剁爪、破膛、扒皮,剩下一团白生生的嫩肉,在达赖河中冲洗干净,用细柳条串挂晒干。看来这个冬天是好过了,但是在外面稍稍平静的枪炮声又大响特响起来,时断时续,时远是近,简直是不让他们过安稳日子,整天提心吊胆,东躲西藏。某一天,他们又放狗撒鹰抓鼠蛇,差点遭遇到在腾格里山魔峡嘴附近采伐森林的劳工,很不容易逃避了。敖海、金桃二人大眼睛瞪小眼睛,面面相觑,他们自始至终解不开这个谜:这几个月来到底是谁和谁打仗?在这里锯木头要干什么?鼠和蛇要钻入地下冬眠以前,他俩探险发现,采伐森林的好几百个劳工,不知道为什么全跑光了,用粗原木垒成的工棚内,丢下了很多有用的家具:陶盆铁锅、小瓮大缸。更使他们喜出望外的是,瓦盆瓦罐内满满盛着一百多斤咸盐,三条装着小米、高粱米、玉米渣的麻袋连缝线都没拆开。这一切都从物质和精神方面给了他们支持和鼓舞,一直坚持到了一九四七年春天。

初夏,这一对男女正在狩猎,突然被到这里来采伐流送战备木材的独立骑兵团侦察连干部战士和民兵发现了,刚刚准备要跑,很多军民形成散兵线把他俩团团包围住,仔细端详着,七嘴八舌议论着,终于确实认定他俩是受迫害的人,开始热情款待。敖海、金桃二人结束野人生活以后,犹如大梦方醒,很快明白了这两年外面发生的翻天覆地的大变化:原来,日本人投降了,蒙古军摇身一变成了国民党新编骑兵第一师,管辖两个旅六个团。"其努瓦"警备科长并没有死,被掐了脖子喘不过气来,又打成脑震荡昏迷过去了,经过抢救才保住老命。这个官迷,年逾古稀还是继续当着伊和塔拉旗的国民党旗政府警务科长。不过这一切构不成致命威胁,中国共产党领导的独立骑兵团到这里建立了伊和塔拉根据地,切断了铁路公路大干线,严密封锁包围着王府市内外城,附近牧区是解放区的天下。敖海、金桃二人又观察了一段时间,认识到别无出路,就参军了,男的到侦察连当战士,女的到后勤处医院当护士。

第三十八回 哥哥盗窃木料拒不交代 妹妹埋藏石条矢口否认

参加出河的军民，迎着灿烂的阳光，从四面八方往这个新开辟的流送终点走去。今天是正式开始出河的第一天，达赖河铁路公路钢筋水泥大桥废墟附近，快赶上开那达慕大会热闹啦。没过多长时间，马达轰隆声在腾格里山麓引起了一片回响，十多辆美式日式汽车从这里往团直属队和八个连队驻地运木材。装车的战士们大声喊着口号敏捷地往上抬，负责安全的战士摇晃着信号旗，告诉注意事项，这一切声浪交织成了雄壮的劳动交响曲。

这时候，副团长哈尔巴拉正驾驶头一辆美式十轮大卡车。这辆车的正式司机坐在旁边进行指导。他们后面是一串汽车。哈尔巴拉算了一笔账，从现在到月底的一个月时间内，这些车每天起码得负担两千五百立方米，其余的五百立方米是人力搬运，共计要达到三千立方米，才能按期完成任务。这需要采取两个措施：一是要快，调整身体不好、腿脚不便的牧民，换上年轻力壮的战士，提高工效。二是要稳，增加安全员，避免人身和机械事故。他想着跳下了热得像笼屉一样的驾驶棚，浑身汗如雨下，军装和二十响驳壳枪的皮套全都湿透了。远远看见刘青山连长指挥着一部分战士和牧民从河里捞木材。他到了跟前，商定关于提高工效的办法，最后强调说："杂牌蒙古军部和一、二师六个团，还有嫡系东西线部队，都为铁路公路大干线被掐断急红了眼，他们一定会打回来拼命。战备木材生产要分秒必争，不能往后拖！"

从当天下午开始采取了新措施，调整了人员，各个关键地方，分别增加了十名安全员。第二天早晨，哈尔巴拉又亲自驾驶那辆美式十轮大卡车打头，后面汽车连成串接成行，指挥旗摇晃着，军民以战斗的姿态投入生产，把各种各样木材一根接一根地从河里捞出往车上装，往根据地各个防区拉，天气很热，树皮晒得几乎要冒出青烟，落叶松脂闪闪发亮，散发出一股浓厚的香味。

高产纪录创造成功了，连续半个多月平均每天出河两千八百立方米，成绩真是不小啊，战备木材生产任务接近完成。

旗长琪琪格为了慰劳军民，派人借来了汗庙的"满锦大锅"——镬，熬大块牛羊肉五谷杂粮粥，野葱拌咸盐当小菜。军民收工回来以后，吃得很香。这里面就数哈尔巴拉副团长是名副其实的彪形大汉，饭量也最大，差不多抵得住三个人，狼吞虎咽地吃着，对琪琪格笑道："旗长同志，你是学畜牧业的，又是做地方工作的，比我清楚，伊和塔拉草原沙化退化严重，牲畜膘情不好，可不能这样杀着吃，想别的办法改善，关心群众生活，注意工作方法嘛！"

琪琪格一边细嚼慢咽，一边想着将来根据地的草原建设，听了这话，抬头问道："怎么改善？"

哈尔巴拉说："有办法，去年我们老八连领导第一次暴动的时候，上山打猎，下河逮鱼，改善过队伍生活，这回也那样干！"

琪琪格摇摇头，不以为然地说："节衣缩食，搞临时措施，精神可嘉，但是解决不了根本问题，不是个长久之计。"

这个副团长叹了一口气,说道:"伊和塔拉牧场没有草,独立骑兵团的军马和牧民的牲畜没有膘,严重影响了建立巩固的根据地,长期掐断铁路公路大干线的战略任务,危害很大。"

琪琪格也叹了口气,说:"这里小修小补是不行啦,需要彻底根治,来个大变化。"

晚饭后,战士和牧民们都顺着达赖河边的小路,往各自住宿的帐篷和蒙古包走去。

哈尔巴拉和琪琪格来到河边散步。夜幕降临了,寂静笼罩了一切,下弦月挂在八百里腾格里大山上空,轻风吹响芦苇和小草。他俩还没有回去的意思。紧张的战斗和工作,使他俩无暇经常在一起谈情说爱。今天难得有时间互相说说心里话,谈工作,谈战斗,谈今后的打算,回忆童年的趣事,好像心里有讲不完的话。

哈尔巴拉关心地问起琪琪格的父亲的身体。

琪琪格很感动,高兴地说:"多谢你的关心,父亲身体很好。有一件事他要我向你反映:'小白脸'手下喇嘛跑光了,挂起蒙医大夫招牌,吹牛说自己精通内外诸科,包治百病,简直天花乱坠。但是不给好好看,药价高得惊人,病人若不给吃香的喝辣的,连理都不理。最近发生了一件事,是我父亲晚间散步时候看见的,'小白脸'向我们独立骑兵团团部驻地扔铁心面鬼,就是'比灵'念诅咒经,那当然是封建迷信玩意儿,起不了任何一点作用,我说的是那种态度,那种刻骨的仇恨!"

"嗯,大姐,这情况反映得很好,很及时,等这次任务完成以后,我们一起去看他老人家!"哈尔巴拉说着紧紧握住了琪琪格的手。她不由得脸上发烧,心里乱跳,她没有抽出手来,任凭在哈尔巴拉的簸箕大小粗硬的巴掌里轻轻颤抖。哈尔巴拉更加动心了,伸出强而有力的胳膊把她拥抱得喘不过气来,浑身血液也好像不流通了。哈尔巴拉要干那事。现在环境不合适,附近来往军民也多,随时都会被人看见,那就要出笑话,天大的丑闻,万万不可如此,她把这严重情况附耳窃窃私语,诉说一遍。哈尔巴拉是何等聪明的人,大笑着变规矩了。

过了两天,出河生产又掀起了新的高潮,每天出河量达到了三千五百立方米。哈尔巴拉高兴极了,浓黑的剑眉扬起来,长着连鬓大胡子的脸黑里透红,焕发着精力充沛的青年人特有的光彩,说道:"好啦,我们这些拿枪杆子的,握套马杆子的,总算把战备木材生产任务攻下来了,再接再厉,超额完成!"

就在这紧要关头,汽车跑道出了问题,不是石块鼓出来,就是地面塌进去。司机们起初没怎么放在心上,这一带本来是沼泽地,临时修的场子哪能十全十美。接着全部毛病都暴露出来了,整个跑道都成了马蜂窝,河边上的主绠又倒了架,跑了很多大小木头。好说俏皮话的战士和牧民说:"腾格里山原始森林中的大木头是厉害,石头变酥,河水让了路。"

哈尔巴拉、琪琪格、刘青山等军政人员立即进行了彻底检查,又发现很多问题,如汽车跑道夯的不好,土不实,当中铺的石头都是小块的,埋的又不深,严重地违犯了原定的设计要求。主绠木头都是糟的,以前准备的好木头一根也没有了。这是很容易追究责任的,立刻找到吉达"孛"的头上。

原来,这里面有察干巴拉的很大责任。他在和平环境中,老毛病又犯了,和哈尔巴拉斤斤计较起来,看见哥哥当了副团长,自己才是侦察连一排四班长,老是不提拔,就闹情绪。看见哥哥和琪琪格旗长谈恋爱,他又偷偷过去追求吉达的妹妹娜布琪,对这个"孛"放任不管大撒手,被钻了空子。

开始调查出河工程质量后，吉达老早就知道了，心里七上八下直跳，脸上青一块白一块，很不好受，想道：偷了两车条石、十几根大木头，盖了牲畜圈棚，问题不大，但是和堂弟哲别的关系连起来，也是个事呀。吉达在这方面是有经验的人，装出若无其事的样子说着闲话，打打闹闹，嘻嘻哈哈。快要收工的时候，斯琴、刘秀英两个女民兵来通知他："哈尔巴拉副团长、琪琪格旗长、刘青山连长，叫你晚上到指挥组大帐篷找他们，别忘了。"

"啊呀！"吉达听到消息显得有些慌乱，但是又装出很镇静的样子，说："和大木头摔跤了一天，怪累的，还要找我研究工作，够呛呀，嘿嘿！"

"不是研究工作，有别的事情，别忘了。"

"嘿嘿，这两个丫头，你们的吉达大叔可不是那种丢三落四的人呀！全伊和浩特谁不知道我工作积极，办事认真，嘿嘿！"吉达嬉皮笑脸地说着又满不在乎了，想道：长鬃烈马都驯过来了，秃尾巴毛驴还能咋着，哼，家里是有不少大小牲畜，但是够不上牧主和富牧。更主要的是，自己从来就没当过日本人和国民党手下的丘八，和小个子参谋长哲别是堂兄弟也没有什么可怕的，就在那次祭祀城西敖包的大会上，哲别亲自发给好枪好马，拉拢他当兵，他吓得拉了一裤兜稀屎，全旗都当笑话讲，谁人不知，哪人不晓，现在能把他咋着？仗着这些他无所畏惧，就放肆起来，大错误不犯，小错误不断，这次出来搞战备木材生产，他觉得人多事乱，捣弄个百八十块查不出毛病。但是他没敢多偷，怕负担破坏备战的罪名。吉达想着这些事磕磕绊绊地往指挥组大帐篷走去，黄昏的朦胧中没有看清前面一棵拴马桩子，头上撞了大疙瘩，咬牙切齿地骂道："人要是倒了血霉，连块死木头都来欺负你，真是福无双至，祸不单行，哼！"

走进了指挥组帐篷，黑压压地坐着不少人，牛油灯光不太亮，他只看清了坐在当中的哈尔巴拉、琪琪格、刘青山、浩特达额尔旦老汉等五六个人。原来他们正开紧急会议，研究怎么样用最快速度抢修汽车跑道、出河场主绠的事，气氛很紧张。吉达"孛"胆虚，悄悄坐下了，要是在平常时候，他没话找话也得搭讪两句，现在顾不上了。

刘青山的不深不透的浅白麻子脸气得通红，严厉地说："吉达'孛'，你把那些长条石、好木头拉到哪儿去了？向大家说说，群众的眼睛是雪亮的，要交代清楚。有计划地采伐八百里腾格里山西部原始森林，这是有史以来第一次。军民干劲是足的，因为这关系着战备的大事，抢时间赶速度，把十万立方米木材拿到手就主动了，做手榴弹木柄，造宿营用的带棚木轮车，烧木炭开汽车，取暖、做饭用木柴，干什么都行。国民党嫡系东西线部队、杂牌蒙古军部和一、二师六个团来打，就能叫它有来无回。在这紧要关头，你把汽车跑道和主绠搞坏了。这危害很大，我们一定追查这个事件，坦白从宽，抗拒从严，你要竹筒装豆子，稀里哗啦全倒出来！"

哈尔巴拉、琪琪格二人沉默着，脸色阴沉得吓人。

吉达"孛"是有点慌了，头上冒出了大粒汗珠，好像屁股底下垫着石头碎块，在那里窝窝囊囊地扭动着。等这个侦察连长讲完话以后，他憋了好长一阵，这才吭哧着说："各位军政领导，我说两句在理的话，唉，破石块和歪木头能干啥，既不能吃，又不能穿，谁要那玩意儿，你们说偷盗就是冤枉了我。唉，愁自己穷，恨别人富，看我多了几条牲畜，就眼红了，说些闲话，不管咋着，我是没事的。虽然说和哲别沾点远亲，我可没借上光，一没当日本人手下的蒙古军，二没当国民党的新编骑兵第一师的兵，这不是各位军政领导、很多同志都在座，我主要是没有经验呀，不经一事不长一智，我又犯了一个小错误，大缺点，呜……”

吉达硬挤出一连串泪水，假装哭泣。年迈体衰的浩特达额尔旦是个老好人，看见他痛哭流涕很伤心，就很同情地劝说着，领到外边个别谈话去了。

哈尔巴拉、琪琪格、刘青山都叹了口气，继续讨论关于抢修的事，一直谈到半夜。大家一致认为：任务接近完成，没有必要根据原来的设计规格重修。肉已煮熟，蒙古刀已经插上去了，问题不大，采取折中的办法，主绠上加新柱子，汽车跑道铺上大石块补修就行了。

散会以后，哈尔巴拉苦笑道：“套马杆子折了，绑了两道皮绳，对付着使吧！”

琪琪格旗长却没有一点笑意，很严肃地批评道：“副团长同志，要全照应，不能顾此失彼。我们不能认为一天出河将近四千立方米就万事大吉了，还得按品种、材长归楞，要不然乱堆在一起，将来怎么用？制手榴弹木柄、造机动宿营用木轮车、汽车用木炭、烧柴，规格都不一样，不分是不行的。听说，拉到团直属队和八个连队的木头乱堆现象很严重，你得眼观四路、耳听八方。”

侦察连长刘青山的浅白麻子脸上呈现喜色，哈哈大笑道：“旗长言之有理呀，不愧是农学院的高才生，比木匠出身的人还懂木头。因为有了木头，我们调查统计了一下，独立骑兵团四千来名干部战士中，有百八十个木匠呢，做机动宿营用的带棚木轮车，没有问题。话又说回来，我们不能图快，把大楞都混了。你这么一说，我也想起来了，楞垛之间距离太近，防火道太狭窄，战备木材生产嘛，防火是大事，饭可一日不吃，火不可一日不防。嘿嘿！”

琪琪格旗长还是没有一点笑意，过了好大一会儿都没吱声。接着来回踱了几步，叹了一口气说道：“老八连连长，我也是单打一，不会弹钢琴，对社会情况调查研究不够。原先总认为吉达‘孛’爱占小便宜，小偷小摸，装神弄鬼，社会关系复杂，但是这都属于一般历史问题，没什么大事。今天收到了一封匿名检举揭发信，这就严重了，说吉达是蒙古军联合谍报队的特务，最近和另外两个同伙到了王府市东面破碉堡中，鬼混了好长时间，以后被机械厂工人发现，击伤了他的同伙。接着吉达刺死了两个同伙，杀人灭口，跑回伊和浩特装好人，说得有根有影，很像！”

哈尔巴拉看着信，补充道：“不过，这需要内查外调，先问问老八连的完达尔夫，再问问后勤处修械厂技工‘巴拉根仓’老汉，还有吉达的邻居，在那段时间里，他出过门没有？我总怀疑，这里好像有什么事。就凭吉达那个小样，充当蒙古军联合谍报队特务杀手，有点太窝囊了。哈哈！”

刘青山也拿过去匿名信看了看，笑着说：“真没有想到有这种事，我马上调查落实，主要是吉达去王府市外城东门外坑道和碉堡的事，那是政治问题，其次才是偷盗条石和木头的事，要整理出证言。”

过了两天，出河率达到四千立方米，又补修了汽车跑道和主绠、副绠，重新堆楞垛，扩大加宽了防火道，混楞情况也得到纠正。琪琪格旗长有了片刻安静，刚刚准备要休息，吉达“孛”和他的长条个女人不知怎么听到信儿，黄昏时候找来了，他甩了帽子，亮出秃了顶的脑门，挑衅地叫嚷：“旗长大人，一波未平，一波又起，听说我成了蒙古军联合谍报队的特务杀手，哼哼，你们就别诈唬啦，就是把伊和浩特的全部牧民都打发出去，扔下畜群啥也不干，专搞三年内查外调，也找不出这种事，哼哼！”

开始谈话不久，吉达“孛”的长条个子女人就骂骂咧咧，说住在伊和浩特倒了八辈子血霉，干部扣帽子，牧民找岔子，没有一个消停的日子，成了眼中钉肉中刺，真是欺软怕硬，捡着老实的开刀。现在又加了一条特务杀手的罪名，这不是落井下石头，活活整死人是啥？她男人从来不敢上炮楼进碉堡钻坑道，当特务杀手更是没影的事。接着她就大吵大嚷起来，这几天内要调查清楚，要不然上告团部，找最大的官儿团长、政委兼旗委书记的阿拉玛斯。总有个讲理懂事、为民做主的人，不像这里陷害良民。

琪琪格旗长一直是很平静地观察着，从这两口子谈话内容、口气、表情等各个方面，可以初步断定，像充当特务杀手、到王府市外城东门外进碉堡钻地道、搞破坏活动、隐藏武器弹药等等事情是没有的。不过，这封检举揭发信是怎么来的呢？在彻底调查清楚以前，还不能轻而易举地解除怀疑，必须追查到底。于是，她批评道："你们还是冷静一点，不要这样指东骂西乱撒气。党的政策是不冤枉一个好人，也不放过一个坏人，刚才这件事情，不是随便怀疑的，这里有一封检举揭发信。另外，你们和小个子参谋长哲别是不是亲戚呀？说你们是安分守己的老实牧民，谁信呢！装神弄鬼，宣扬封建迷信，最近又往家里拉了长条石、粗木头，盖了牲畜圈棚，这不是偷盗是什么？你们算哪儿的好牧民？"

吉达"孛"的老婆耍起无赖，长马脸憋得一片铁青，从牙缝里挤出几句话来，说："啊呀，大妹子，当了两天半马背上的旗长，就不认人了，搞什么阶级斗争，嘿嘿，我们同是喝的达赖河的流水，烧的伊和塔拉的牛粪，是乡亲哪，现在可倒好，敲山诈虎，老盘算我们。我算看透你们啦，想把我们踩到脚底下往上爬，想当更大的官儿！"

琪琪格为了打击这股歪风邪气，严肃地批判了一阵，并宣布从即日起吉达开始停工检查交代，叫斯琴、刘秀英两个女民兵把他带走了。长条个子女人气鼓鼓地坐了一会儿，嚎啕大哭着扑过来要拼命，站岗放哨的民兵只好把她赶走。

这位女旗长好气又好笑，觉也睡不成了，紧接着到了刘青山那里，问道："老八连连长，调查吉达'孛'的事怎么样？"

刘青山叹了口气，苦笑道："糟啦，光顾和大木头摔跤，没来得及找你，完达尔夫和'巴拉根仓'老汉都打了证言啦，说漏网的特务杀手不是吉达，你们调查的咋样？"

"吉达的左邻右居都问过了，证明那阵他没出过门。"

"奇怪，那封匿名信是怎么来的？"

"是不是有人诬告陷害他？"

他俩正说话之间，吉达的妹妹娜布琪骑着一匹小青马从旁边过去了。这个十八岁的胖姑娘火气很大，连连呸了两声，一句话也没说，在暮色苍茫中，直接到了伊和浩特牧民住的大型蒙古包前，尖声叫嚷道："哥哥，你出来一趟！"

吉达装出一副可怜相，耷拉着脑袋走出来，低声叫唤："妹妹！"

娜布琪看见哥哥的狼狈不堪的样子，难受得快要掉眼泪了，咬牙切齿地骂道："我哥犯了什么罪啦？把他整得人不像人，鬼不像鬼，这些狼心狗肺兔子杂碎的家伙，踩着我们的脑袋往上爬。他们说你什么事呀？"

"我……"吉达迟疑地说。

这个胖胖的大姑娘不满意了，又尖声叫嚷起来："看你这窝囊劲儿，怪不得老是受人欺负，连屁都不敢放了，到底是怎么回事呀？"

"他们说我是蒙古军联合谍报队特务杀手，圈起来交代！"

“啊哟哟!”娜布琪姑娘撒野地大叫大嚷,“这些当兵的当官的可了不得,安的啥心眼哟,什么都往我们脑袋上扣,要定死罪!”

吉达说道:“再使劲干也没人说我好,唉,瘦弱牲畜老是挨踢挨顶,真是世态看冷暖呀,这里的军民,对我老是板着脸像仇人一样,恨不得掐死我,哼!”

“嘿,圈起来交代问题,你就不敢顶?哼,没尿!”娜布琪怒目横眉地尖声喊了一句,看着左右没人,又放低声音说:“哥哥,粗木头早抽出来藏好了,还顶了别的。等你回去偷梁换柱能来得及么。家里的事你不用操心,天塌下来有我和嫂子,哥哥,我从察干巴拉班长那里打听了,你没啥大事,告状的人都没敢写名,那是诬头子。没有这种事,能把你咋样?你也别这么当老实头,来一个回马枪,假装上吊,也诈唬他们,下回不敢来欺负!”

吉达“孛”听了妹妹的话,起初犹豫了一下,接着就答应了,拿了一根牛皮绳子,皱着眉头走出去。这个胖姑娘怕弄假成真,急急忙忙从后面跑出去了,连哭带嚷。

十万立方米木材采伐流送出河任务胜利完成了,独立骑兵团直属队和八个连队营地堆积了很多木头,好像变成了贮木场,按着原定计划要抓紧时间打造机动宿营用的木轮车。二十世纪四十年代后期的伊和塔拉大草原,到处都能看见套牛的木轮车,有时排列成一长串,主要分轿车、箱车、水车三种。轿车带棚,顶上浑圆,有的用黑毛绳压边的白毡覆盖,毡门可以启闭,两边是一尺高的栏杆,车底铺着木板、皮褥、皮被,供守夜人或游牧的老人小孩保温取暖。箱车上有木头打造的箱子,顶上是三角形的,用毡子覆盖,存放一时不用的肉食、奶食、米面、衣服等等,是牧民的仓库。水车装木制大桶,外面铁环紧箍。各地的木轮构造基本相同,但是也有一些适合本地特点的改造,如这里的木轮车辕条短、轱辘低,不容易倾倒翻车,驾驶起来得心应手,很适合八百里腾格里山谷深沟长的地形。以车为家,既能住宿又能行走,可以随时搬迁,这正是游牧生活的重要特点。它是土生土长的运载工具,使用了数千年之久,生命力很顽强,不肯轻易退出蒙古草原,因为它仍有很多不能代替的优点。打造完善的木轮车,能承载千斤,运行十年。原料多属就地取材,哪个部分坏了,只要有木头,立刻就能修好。木轮车多用牛拉,所以也叫牛车。伊和塔拉大草原上有的是牛,套用最方便。木轮车成串行进时首尾相接,有点像骆驼队,一个女人或较大一点儿童就能牵十辆左右车队。担最后一辆车的牛脖子上挂着铃铛,以防中断丢失。木轮车很适合在沙原地区行进,丘坡、沼泽、坑洼都能穿越。它主要由车辕和车轮两大部分组成,结构简单,制造容易,坚固耐用,机动灵活,住行两便。独立骑兵团党委从实践中总结经验,看中了它,决心大量制造木轮车,使它变成两用,既是“家”又是“车”。这个特别加强的主力部队有四千多人马,实力雄厚,在短短的时间内,就从腾格里山魔峡原始森林中采伐十万立方米木材,加上前期扒掉的铁路枕木,做木轮车的木头是绰绰有余,还能节省出来供给汽车用木炭、炊事和取暖用烧柴。但是问题也不少,这里地广人稀,交通不便,唯一的大城市王府市又被蒙古军霸占着,上哪儿去找那么多木匠?独立骑兵团党委对此采取紧急措施,也很快解决了:后勤处修械厂的铁匠“巴拉根仓”老汉率领众多工人打造木匠使用的各种家具;哈尔巴拉、琪琪格二人从战士和牧民中选了二三百个摆弄过斧头大锯的人,开始动手打造木轮车,其中手艺高强的真正的木匠仅仅有几十名,他们既是技术师傅,又是监工头,来回走动着检查质量,具体指导,边学边干,不断提高。好在这不是什么精雕细刻的工艺美术品,比较粗糙简陋,能够运转行走就差不多。这样日夜加班,苦干实干,很快做出一批又一批木轮车。从此独立骑兵团营地高度机动化了。

第三十九回　占领要地蒋军出动精锐
争夺老营杂牌排挤嫡系

蒙古军联合谍报队的特务杀手“影子”，在王府市外城土墙东面坑道口破碉堡中惨遭失败。为了灭口，把两个同伙都刺死跑出来，正在铁路公路钢筋水泥大桥废墟附近临时出河场隐藏。他是舍不得丢失的金银财宝，急红了眼睛想要夺回来，正窥探着可乘之机。上次送回“迈德尔喇嘛”戴励志时，这个军统特务杀手头子，对他两次帮助感激涕零，路上透露了被围困时埋藏的掠夺品。“影子”当然不会声张，和扎萨嘎回来以后，为了把那些东西拿到手，便自告奋勇提出来要刺探共军独立骑兵团情报。从那回打入“二蛮子”、“神枪手”叛部策反成功以后，他很受队长扎萨嘎的器重，视为亲信，欣然表示同意，便把他和另外两个男女队员派出来了，并且命令他们暗杀掉两次暴动的罪魁祸首哈尔巴拉。这三个家伙死了两个，“影子”就像一条丧家之犬，既不敢住在根据地，也不敢返回城里，野营露宿在王府市外城土墙东门外坑道和破碉堡中偷偷活动。独立骑兵团直属队和八个连队的驻防地址、人员编制、备战活动是掌握了，但是干掉那个副团长谈何容易，不仅警卫人员多，而且军政干部们好像众星捧月一样拥护着他，无法下手。那天傍黑以后得到机会了，“影子”发现哈尔巴拉、琪琪格两人单独走路，刚刚准备狙击，哈尔巴拉抢先开了枪，打得真准呀，甩手一枪就把帽子掀出去一丈多远，脑袋差点开了瓢，险呀，在这荒山野林中栽跟斗，太冤枉了，于是他又采取了别的办法。果然不出所料，前两天写的匿名诬告信现在起了大作用。这里的军民都怀疑吉达“孛”了。这回他真要含冤而死，更没说的，就是畏罪自杀，又找到了一个替死鬼。眼前正好有个利用的机会，临时出河场的军民注意力大大分散了，一定要钻这个空子。现在，哈尔巴拉带领十多辆汽车连夜去运最后一批木材，天亮以前返回来过那座简易桥。只要偷偷去那里抽掉几根横梁，就可以造成翻车事故，明天将要变成流血的日子。

“影子”怕将来出事以后侦察连跟踪追击，换上靴子，又揣了一副手套，从木头垛缝里钻出来，仔细倾听着周围的动静。这时候附近有几个人走过去了，一个笑嘻嘻地说：“不用去找吉达‘孛’啦，找到了，他没有上吊，嘿嘿！”

“哈哈，瞎诈唬！”

“影子”失望地叹了口气，又咬了咬牙，等那几个人走远了以后，悄悄往大桥废墟方向走去，一棵巨大的弧形孤树下的阴影，掩护着这一带。在那边，惨白色的星光下，一条觅食的狐狸拖着尾巴窜进洼地中去。这动静使“影子”的脸歪扭一下，眼光更狰狞了，往树荫深处挪了挪身子。他是很怕又像前一次一样突然被发现，距离近，是很难对付的。窸窸窣窣声音过去以后，一切又恢复了寂静。但是他还是不进不退，像猫头鹰一样蹲着窥视。夜更深了，树荫下黑得伸手不见五指，阴暗潮湿。他穿着黑色棉蒙古袍，但是浑身都有点凉了，还觉着很困，打了几个哈欠，上下眼皮不由得往一起合。片刻，他又想起了往事，就在去年他是何等荣华富贵啊，策反了“二蛮子”、“神枪手”叛部,受到蒙古军部当局赏识,晋级得奖。他当时还是留着贼亮的大背头、戴大黑镜的神秘人物。也是在这样一个寂静的夜晚,他躺在王府市外城“军中乐园”的很别致的卧室里,脚上盖着红缎被子。室内很温暖,火炉嗡嗡燃烧,带玻璃罩子的煤油灯光也很柔和,穿着妖艳的旗袍的妓女,像蛇一样扭动着屁股,煨好加糖的牛奶端上来,他无意中倾听着松树飒飒声,静静地看“鬼狐传”,到现在还记得其中一首诗:

姑妄言之姑听之,
豆棚瓜架雨如丝;
料应厌作人间语,
爱听秋坟鬼唱诗。

一对瘆人的红光幽幽地盯住他很久了,这个特务杀手起初没注意,还以为是树脂反光。当听见低沉的呼噜声,发现这是野兽,就猛地转过身从腰间抽出锋利的蒙古刀来。这才看清,原来这是一条样子很凶恶的红眼白狼,不知道什么时候注意上他了。他知道狼是怕枪声怕亮的,他有手枪也有手电,只要动一下手指头,都可以吓跑,但是无论如何不能暴露目标。这怎么办呢?要是这条白狼扑上来,刺死它肯定有动静。他往后退着走了几步,这条饥饿的白狼也慢慢跟着他走。“影子”咬牙切齿,觉得自己处在山穷水尽的境地,什么都和他作对,连腾格里山中的野兽都盯住不放。他步步后退,脚跟踩不稳,天黑路不平,又不能不防备这条穷凶极恶的红眼白狼,有几次差点要跌进土坑里去,要不是这个职业老特务杀手习惯于走夜路,真要拧了脚脖子。

天放亮以后,这条红眼白狼才悻悻离去。“影子”错过了机会,慌忙钻进了楞垛底下,远处传来了锣鼓声和军号声,同时听到好多人的说笑声。“影子”暗自惨笑了一下,这才想到:今天要开大会庆祝,提前完成了十万立方米战备木材生产任务。但是自己的破坏暗杀计划完全落空了,又白白受了一场虚惊。这时候,从远到近又传来了一阵气势磅礴的轰隆声,地皮也都发颤,就像打雷一样。这声音越来越大,到了跟前喇叭齐鸣,啊,是运材汽车回来了,一辆也不少。其实,“影子”想错了,就算去了简易桥,也不能达到罪恶目的,因为那里站着双岗,连边边都挨不上,同时,哈尔巴拉副团长开车走在头里,路过简易桥以前跳下去,反反复复地仔细检查以后才通过的。

“影子”遭到连续惨败,知道自己再也混不下去了,抢回金银财宝、暗杀哈尔巴拉,更是没有指望,便使出看家的本领,做逃亡的准备。第二夜偷偷进入汗庙的一个很富裕的喇嘛家里,拿了几件红色袍子;又到跟前一个牧主家,偷出来炒米、奶豆腐、干肉条。这一切都准备停当以后,当天化装成走远路的“巴达尔沁”喇嘛,过了城东城北两道封锁线,直向王府市西郊走去,准备绕个大拐弯迷惑住别人,过两天再进西门。这一带是莫尔根亲王的势力范围,蒙古军军部和第二师四、五、六三个团人,经常出来轮流放牧军马抓膘,对“影子”来说是个绝对安全保险的地区。

很多蒙汉族农牧民看见他是个出家人,没有半点怀疑。他住宿的这一家更是招待得很好,熬奶茶、端奶食品、煮手把肉、下荞面条。就是请他念经的时候露出了破绽。这个满脸横肉的喇嘛愣了一下,随即装出急着赶路的样子说:“施主啊,念经供佛是好事。出家人嘛,跳出三界外,不在五行中,削发遵依喇嘛教黄派,虔诚叩拜宗喀巴,应该到处为众生六类祈祷。现在不行呀,路远,我又是步行,要是在天黑以前赶不到,关上西城门就麻烦了,得快走,耽误不得!”

老牧民朴实真诚,心地善良,没往坏处想,坦率地说:“喇嘛,你晚走一会儿吧,现在更不太平啦。前天，王府市旗公署警务科长‘其努瓦’领着一帮警察往城里赶牛群，走了不久，共军哈尔巴拉副团长带队追过去了，在东边打得那么凶，枪声都听得见，不知咋样？”

“唔，唔，有这事？”“影子”吃了一惊，连忙伸出长满黑毛的手，背起“巴达尔沁”架要上路。

老牧民的大儿子是个精明人，怀疑地看着“影子”质问道：“嘛嘛，你是一个出家人，在这兵荒马乱的时候不往庙里，去那个是非之地王府市干什么呀？那里全是蒙古军，听说东西两面又要来很多国民党兵。”

“肏妈人家的小子，王府市内城佛堂也是有名的圣地，叩头烧香，延年益寿，去的喇嘛多了，不计其数，你懂个屌！”“影子”诈唬着，更不敢在此地久留，加快脚步走了。

老牧民的大儿子望着逐渐走远的“影子”，对父亲说：“哪有这样的喇嘛呀，吃肉的时候嘴张得比碗口还大，念经的时候嘴闭得比针眼还小，满脸横肉，浑身黑毛，出口骂人……”

王府市西面基本上是蒙古军军部和第二师四、五、六团的势力范围，社会秩序极为混乱，治安情况特别恶劣，经常发生一些无头案件，牧民群众都不敢到远处草场上放牧。土匪强盗出身的特务杀手“影子”，也不敢这样冒冒失失往前走。到了一片长满柠条、灌木、蒿草的沙丘，这里距离王府市外城西门还有十多里地，他选择了隐蔽的地方，先把“巴达尔沁”架卸下来，刚要准备吃点干粮，就闻到一阵刺鼻的腥臭味儿，他一下跳起来东张西望，很快看见东边洼地里有五六匹全副鞍韂的死马，肚皮膨胀，流血满地。“影子”的头发连根竖起来了，看着其中一匹铁青马想道：“这不是‘其努瓦’警务科长的坐骑么？莫非他老人家……他顾不上别的了，急忙跑来跑去寻找。果然，‘其努瓦’和手下警察十五人，全部死在这一带沙丘上。”

“影子”不敢怠慢，埋葬了“其努瓦”，立即上路进城和顶头上司扎萨嘎接了头。

这位留着牙刷胡、穿笔挺西服、结鲜艳领带的大少爷，大加训斥道：“‘影子’，看来你是徒有虚名罢了，出去这么长时间，什么事也没办成，哼！”

“影子”知道这位独揽蒙古军联合谍报队大权的特务杀手头子，志大才疏，毫无社会经验，很容易欺骗，早就有了答对准备，把胸脯子一挺，装出很受委屈的样子，说道：“为我们蒙古复兴大业，我可是拼命啦，野营露宿在外城东面破碉堡和烂坑道中，调查清楚了很多关系生死存亡的大事情：第一，城防工事内秘密坑道没有挖透，连外城土墙也不到，可以解除忧虑。第二，共军独立骑兵团大抓军火生产，捡铁伐木，自制手榴弹，这是心腹之患。第三，他们团直属队和一、二、三连进驻伊和浩特、巴嘎浩特，布防严密，成为犄角之势，不好打。尤为可怕的是，他们采伐流送出河了十万立方米木材，赶制了不计其数的机动宿营用的带棚木轮车，能进能退，神出鬼没，隐蔽在八百里腾格里大山之间，找也找不见。第四，我和哈尔巴拉本人决斗对射，枪战激烈，帽子都被打穿了，终因寡不敌众而退出。第五，哈尔巴拉亲自带领老八连三百多人前来搜索东郊坑道，我们从天亮打到黄昏，他们靠近不得，唉，两位助手为蒙古民族复兴大业捐躯了，我九死一生逃出了虎口。就凭这些也应该说得出去，您见了面没有一句好话，反而大加训斥，这未免太使人伤心吧！不够意思！”

“你说的是真的？不要撒谎尥屁，欺上瞒下！”

“当然是真的，还有……”“影子”露了半截，又把话吞下去了，警务科长大人和手下十五名警察抢牛被打死这事，不能对他说。

这个联合谍报队长的脸色开始阴转晴缓和多了，称赞了一番。

"影子"欲进故退，又谦虚起来，连连点头哈腰。

大少爷扎萨嘎想了想，嬉皮笑脸地说："'影子'，你受惊了，按着常理应该下馆子，逛窑子，大吃大喝大玩三天。但是现在是非常时局，铁路公路大干线被掐断，供不应求，要啥没啥，什么都倒闭关门了，无法可想。这样吧，填满肚皮最要紧，我给你开张二指条子，到军部小灶去就餐，有细粮有酒肉，那是我爷爷四处张罗得来的。"

"影子"想到路上看见的惨状，黯然神伤，轻轻叹了口气。

扎萨嘎接着用命令的口气说："饱餐一顿以后，我们去秘密会见军座和参座，禀告共军独立骑兵团动向，研究策动一师前来之事。有消息说，国民党嫡系东、西线部队要同时派'虎威'、'鹰扬'两个装甲机械化步兵团来，事情麻烦了，复杂了。"

"应该提出响亮的口号：蒙古军军部和一、二师六个团人马会师王府市，占领伊和塔拉大草原，控制八百里腾格里山，过上个肥年，吃手把肉，喝马奶酒，称王成霸。这对忍饥挨饿的官兵有更大的诱惑力，不怕国民党嫡系部队！"

"影子"不敢在外面鬼混，吃完饭立即跑到军部。根据过去单线联系的惯例，悄悄和莫尔根、哲别接了头。他们一脸怒气，满腹怨恨，正在破口大骂国民党，不派飞机投粮，不动汽车送草，官兵饥饿，军马瘦弱。现在乘人之危，出动东西线部队'虎威'、'鹰扬'两个装甲机械化步兵团前来，南北夹击，东西进攻，企图取而代之，用心十分险恶。

"影子"等这两个人骂够了以后，赔着笑脸，十分小心地说："我们蒙古军军部和一、二师六个团，虽然被国民党看成是杂牌部队，但是非同寻常，兵强马壮，训练有素，战斗力很强，更为可喜的是：莫尔根、莽斯军座和哲别参座都是著名将领，用兵如神，有此诸条件，何愁复兴大业不成。现在万事俱备，只欠东风，就等着第一师过来。敝职已经查明，共军独立骑兵团没有挖通直达城里的秘密坑道，可以高枕无忧矣！"

哲别摆弄着美式手枪，不平不满地说："我是望眼欲穿呀，盼着蒙古军军部一、二师六个团部队早日大会师，可恨国民党东西线部队为了达到分而治之的罪恶目的，多方阻挠我们，误了大事，唉！"

"影子"脸上横肉一动，三角眼一转，装出一副悲哀的样子，抖着嗓子说："非常时局出非常人物，叱咤风云，此其时也。我们应该不失时机地建立战功，复兴蒙古，扬名中外。更进一步说，这都是次要的，家仇不可不报，警务科大人，在西边……"

哲别敏感地跳起来，美式手枪掉在地上，急忙问道："西边到底出了什么事啦？"

"影子"这个职业特务杀手是很会装腔作势的，三角眼内转起了泪花，低声咕噜道："警务科长大人遇难了！"

"啊！"哲别大叫了一声，颓然坐在沙发上，捂着脸放声大哭。

"影子"悲悲切切地说："警务科长大人战死，凶手就是去年和今年领导两次暴动的老八连政治指导员哈尔巴拉呀，他现在被共产党重用，成了副团长啦，指挥着有八个超编连队的特别加强主力团，典型的少壮派军人，赳赳武夫，并且智谋超群，很多坏点子毒主意都是他想出来的，总之是我们心腹之患。我听说就是这个大暴徒，领着他们第一连，来追赶警务科长大人的，血海深仇，不可不报！"

"活捉哈尔巴拉点天灯，趁着国民党嫡系东西线部队还未到来，我们蒙古军军部和一、二师六个团先干，再争取美国人支持，实现高度自治，不怕！”哲别暴怒了，疯狂地叫嚷着。

“影子”接着说：“对了，就是这个道理，共军独立骑兵团筹建的根据地，处于伊和塔拉中心，背靠腾格里山鬼谷，南临达赖河峭壁岸，掐着铁路公路大桥，形势十分险要。应该早日下手，据为己有，使它和王府市连成一片，变成复兴蒙古的发祥圣地。现在这样困守孤城，不是长久之计，兵贵神速，蒙古军军部和一、二师六个团人早日联合起来，共同行动，是为高招。”

“影子”献计献策，着实讲了一通，嘴唇冒白沫，借以表示对蒙古军的忠诚，这才悄悄溜走了。

过了不大一会儿，扎萨嘎队长、高娃太太等人都来了，这个消息不啻晴天霹雳，先是发呆，接着哭泣，最后发誓要报仇雪恨。于是蒙古军军部和一、二师六个团心怀鬼胎，火急补充大量武器弹药，准备行动了。但是他们毕竟分驻两地，交通中断，又是杂牌部队，缺这少那，而且不敢违犯军令擅自行动，这样眼看到了一九四八年元旦，还是没有凑合在一起。新年很不好过，突然传来的消息，使莫尔根、哲别再也沉不住气了。原来，国民党嫡系东线部队主力、美式装甲机械化装备的“虎威”步兵六十三团为了重新打通已经完全断绝的铁路公路大干线，抢先扑向伊和塔拉。与此同时，嫡系西线部队主力，也是美式装甲机械化装备的“鹰扬”步兵十团遥相呼应，正全速向东推进。蒙古军部和第二师闻讯急红了眼，大火上房般又向第一师拍电求助，但是因为没有国民党方面调令，莽斯还是不敢轻举妄动，束手无策。这样，六十三团和十团以坦克为先锋，横冲直闯地过来了。

这里独立骑兵团面对着先到的步兵六十三团，大踏步后退，使他们毫无阻力地进入王府市外城。步兵六十三团被这个所谓胜利冲昏了头脑，忘乎所以了，狂妄地宣称：“要在短时期内消灭共军独立骑兵团，恢复铁路公路大干线交通。”

为了加强攻势，A 城方面还来了一个姓蒋的高参。

在伊和塔拉草原和腾格里大山交界地带秘密运动的独立骑兵团，正密切注视着嫡系六十三团和杂牌蒙古军部及其第二师三个团人的一切动向，捕捉战机。在侦察中发现了敌军的两大趋势，是不可逆转的趋势，是必然趋势，如果充分利用好了这两大趋势，一定能成为克敌制胜的法宝。第一，嫡系和杂牌之间发生了摩擦矛盾纠纷，差不多要发展到火拼的地步，更谈不上什么配合作战了。第二，这个新赶来的高参蒋忠，刚下了吉普车就迫不及待地到处打听腾格里山鬼谷、窟窿峰一带地理环境怎么样？大小路段是否能通行十轮卡车、大炮牵引车和坦克？有多少自然岩洞？破坏铁路以后转移的钢轨枕木存放在哪儿？从王府市外城和汗庙两处军用仓库搬运过来的粮食窝藏何处？储备军火的地方在什么角落？他们扬言要直捣鬼谷深处，炸毁大小所有岩洞，把物资器材、粮食服装、武器弹药全部抢运出来，修复铁路公路大干线，破坏独立骑兵团生计。

阿拉玛斯、哈尔巴拉两位团长听到这个情报后，相视大笑，他们看透了，也瞧扁了，这只是敌人的空话、大话、假话，其真正目标是军统稽查处长戴励志在这一带丢失的大批古董文物，千方百计想夺回来。实际情况也是如此，独立骑兵团从王府市外城土墙东面一条坑道内缴获的大批文物，还有从甄如虎那里夺回来的五佛宝石冠，由于战备紧张还没有来得及运走，都分散隐蔽在鬼谷深处很多秘密岩洞中了，地势偏僻险要，六十三团团长陈秃子、高参蒋忠等人不可能找见。

根据已经掌握的上述情报，副团长哈尔巴拉建议，初步形成了一个“鬼谷伏虎”战斗方案，派进去侦察连长刘青山、一排四班长察干巴拉两个同志，协助老先生那斯图，想方设法把准备全面控制腾格里山区的国民党嫡系“虎威”步兵六十三团诱进鬼谷南口，打一个漂亮的歼灭战。察干巴拉性子急，办事粗，汉话说得笨，但是枪法骑术好，摔跤技术高，就在城内和外面部队联系，通风报信，打掩护。刘青山很精明，能随机应变，直接和敌军发生关系。这两天，他化装成石匠，单独与蒋高参见了两次面，告知当地一个喜欢游山逛水的老学究先生，知道文物古董、钢轨枕木、粮食被服、武器弹药窝藏地点，商定下次领来研究具体事项。

美式装甲机械化的国民党东线嫡系“虎威”步兵六十三团官兵，到了这偏僻边远的王府市，都快要气疯啦，他们讲怪话、发牢骚、骂大街、行凶打人，无恶不作，简直像土匪一样。这样不平不满的原因多了，铁路公路大干线被彻底掐断，不可能修得通，要啥没啥，况且天寒地冻，滴水成冰，取暖用的块煤、劈柴一概奇缺，把这些披虎皮狼皮的丘八们冷得都缩成一团，不住地打哆嗦。六十三团中湖南、湖北、江苏、安徽人居多，抗日战争时期参加缅甸远征军出国。现在第一次到塞北，这里的汉族老乡骂他们是“南方蛮子”，实在是不禁冻，一个个要成冰棍，遭了大罪啦。但是这里也有他们咂舌添唇称赞夸奖之处：这里的大小妓院和卖大炕的暗娼颇多。这是六十三团官兵唯一满意和得到安慰的地方，他们成群结队、拉帮结伙逛窑子。

第四十回 投其所好连长甩手抛饵 利令智昏高参张嘴吞钩

这一天傍晚，天气阴起来，还刮着大风。黄昏以后，王府市外城大街上行人就没有几个了。黑暗笼罩着黄土马路两旁毗邻的几千家大大小小的商店，月光在凛冽的寒风中有气无力地照着。刘青山和那斯图从这车马大店门口走过去，里面驻扎着六十三团的一个营。他们是装甲机械化步兵，美式装备，辎重多，运输能力强，拉来了很多大米白面、猪肉蔬菜、各种罐筒、白酒色酒，正在大吃二喝，划拳行令，吆五喊六，闹得正凶。明白人一眼就可以看透，其实这是故意馋挨饿的蒙古军部和第二师四、五、六团官兵呢。刘青山头戴毡帽，身穿老羊皮袄，腰插玛瑙嘴、五花铜锅烟袋，粗矮结实，不深不透浅白麻子，真像个手艺人模样，从这个外表上，谁也联想不到他是这里的独立骑兵团侦察连连长兼指导员。

远远看见外城大街中心军统稽查处公馆碉堡式楼房了，这里现在驻扎着六十三团团部。朱红油漆的钢板大门前两座石头狮子旁边，停着几十辆机动车，其中有十轮大卡车，也有大炮牵引车和各式坦克。在前方停留着两辆崭新的黄色吉普车，那是六十三团团长陈秃子和蒋高参的专车。

刘青山碰了碰那斯图的胳膊，说道：“我们老小两位团长指挥得好，只要把这个六十三团引进腾格里山鬼谷伏击圈，就有办法一网打尽，所以就采用了这诱虎陷阱的方案。一会儿你就看见了，那陈秃子和蒋高参两个正想大发横财，把文物古董、钢轨枕木、物资器材、粮食被服、武器弹药、医药用品一下子抢过去。我看呀，不但得不了利，连老本都要输净赔光的！”

“哈尔巴拉、琪琪格两个对我也说过，打狼要打在心窝上，打蛇要打在七寸上。打就得打死，不能打伤了事，要提防伤人哪。”老先生那斯图说。

这座面积很大的住宿兼作战用的碉堡楼就要到了。刘青山又一次观察穿着天蓝色蒙古袍、腰扎大红腰带的那斯图。只见他神色自若，非常镇定，这就很难得了。独立骑兵团战斗部署的详细情况，他知道得并不多。就在这样紧急危险情况下，还这样不慌不忙的，不愧是个进步的老知识分子啊，姑娘琪琪格和女婿哈尔巴拉都是独立骑兵团的领导干部，像这样人到了最关键时刻也不会出事的。

“干什么的？”六十三团团部门口哨兵大声吆喝起来。

“我们找蒋高参、陈团长有大事要办！”刘青山很随便地说了一句，就和老先生大摇大摆地进去了，旁若无人。在这座军统稽查处公馆的碉堡型大楼内，有很多袖子上绷着“虎头”臂章的六十三团军官，手忙脚乱地整理着行装，好像要马上出发的样子，其中的几个还向刘青山点了点头。受到这些家伙们另眼看待，还是最近两天的事。从刘青山答应给蒋高参、陈秃子找到那些文物古董、粮食被服、物资器材、钢轨枕木、武器弹药以后，对他的态度突然好转起来，再也不吹胡子瞪眼睛了。在他们看来,刘青山不再是土里土气的当地耍手艺的,而是一个有后台的势力人物,对他点头微笑,十分客气。

"嘀嘀,刘石匠又来了,你想找陈团长和蒋高参,一起走好不好?"一个穿黄色制服的黑瘦子凑过来问,他是蒙古军部的联络副官毕利格图,实际上是联合谍报队的特务杀手。这个丘八诡诈地眨着小眼睛,跟着他俩往里去了。

刘青山已经了解到,毕利格图是彻头彻尾的蒙奸,曾经当过伊和塔拉某地警察所长,那时候起了个日本名字叫野原犬养。关东军美津骑兵师团主力被消灭以后,他投靠扎萨嘎少爷充当了秘书,还起了个英文名字叫什么迈克·毕。他就像训练有素的猎狗一样,嗅觉似乎很敏锐。这两天,老是不怀好意地打量着刘青山,说一些不三不四的话。

当他们走进去的时候,佩带着手枪、中正剑的蒋高参,正把双腿放在日本式的方形茶桌的边缘上,像一条晒太阳的狼一样半闭着眼睛,斜躺在沙发上,一只高脚玻璃杯倾倒下来,所剩余的一点"心旷神怡"牌威士忌酒洒满了桌子,那暗褐色的液体往下滴答着。嫡系全部美式装备的所谓"虎威"装甲机械化六十三团团长陈秃子,坐在一边无聊地用手指弹着桌子。他戴着好几个金戒指,一块很大的金壳手表,袖子上绷着巨型"虎头"臂章。

蒋高参、陈秃子都是团伙,同属于一个规模极大的搜刮、贩卖、走私文物集团。他们从跑回去的戴励志那里,听到王府市外城东面防御工事内,失落了大量古董珍品情况以后,简直是痛不欲生,焦躁不安地想着夺回去的办法。落难兄弟戴励志和甄如虎他们以修复铁路公路大干线为借口,横穿几百里地伊和塔拉大草原,从延绵的丘陵中,从大小寺庙内,从湮灭的古代城堡里,从塌陷的王公贵族坟墓附近,挖掘出那么多的宝贝。其中有嵌金项链、白玉酒杯、白瓷注碗、三彩盘、鎏金银冠、金盏酒杯、青铜透雕饰牌、白釉鸡冠壶、镀金龙凤纹鞍桥、元代白话文碑、细石器文化各种用具、元墓金饰,更主要还有五佛宝石冠。他们三人反复商讨了对策:陈秃子率部前去,蒋忠随后就到,戴励志到B市策动另一个同伙——全部美式装甲机械化的所谓"鹰扬"步兵十团团长熊岳,从西面策应,公私兼顾,双管齐下,在抢回文物古董的同时,把钢轨枕木等物资器材运过来,短期内修复铁路公路大干线,迅速打通后勤供应,建立战功,创造奇迹。果然,"虎威"步兵六十三团到达王府市以后不久,蒋忠压抑不住贪婪欲望,到了战火弥漫的伊和塔拉草原,六十三团的军官们都惊讶不已,这个蒋委员长的本家,好大的胆子呀。

蒋高参这回看见刘石匠领来了一个高个儿蒙古人,狞笑了一声,做了一个邀请的手势,咕噜道:"你们坐下。"

"刘石匠,这个老蒙古叫什么名字?"在旁边的陈团长问。

刘青山气得心里冒烟喷火,但是在外表上声色不露,心平气和地说:"这位先生是老学究,教学数十载,桃李满天下,是德高望重人士,平生别无嗜好,唯独喜欢著书立说写文章,书房中手稿等身。他老人家常说:戒烟酒清茶最好,游山水文章更佳。晚年停教以后,立志要写出一部能留青史的伊和塔拉旗志。这样他走遍高山大川的同时,发现了鬼谷深处自然岩洞中全部秘密,事有来历,并非偶然。有一次他冻得不行,打算在一条窟窿内点火取暖,进去发现那里藏着很多古董,大概是共军独立骑兵团来不及运走,悄悄搁到那里了。大匣子小箱子多啦,堆积得有几间房子那么高,各式各样,成千上万,看得眼花缭乱。他对这方面也有学问,俗话说得好:外行看热闹,内行看门道,他看出这些都是国宝,价值连城,丢失损坏可了不得,所以及时来报告国军。"

陈秃子张大了嘴巴，瞪圆了眼睛，乐得手舞足蹈，亲自倒了两杯威士忌酒，虚情假意地哼哈了两句，说道："你们先喝这酒，提提神，再商量拿来的办法，请，请！"

那斯图咬了咬牙，不久以前，陈秃子这个冒险家来到这里，带着卫兵，坐上吉普车到处横冲直闯，打听丢失的文物、古董、粮食、武器、钢轨、枕木下落，当时是十足的强盗模样，蛮横无理，哪里看得起一个穿蒙古袍子的老教书先生呢？但是现在却摆出了一副礼贤下士的样子。

蒋高参显得很傲慢，半闭着眼睛斜躺在皮沙发上，也不起身，用审讯的口气盘问道："浅白麻子石匠，你是石匠还是木匠？说得如此逼真，好像身临其境，当时你也跟着去了？还是瞎编胡说？"

刘青山待理不理，不屑地回答道："有人说我是木匠，有人说我是石匠，不管他，农村牧区的活儿，什么都能干才能混碗饭养家糊口。我为了寻找凿碾子的石料，走遍了腾格里山鬼谷、窟窿峰一带，钻了所有的大小深浅洞子，看见有的放钢轨枕木，有的放粗细粮食，有的放武器弹药，分散隐蔽，不在一处，没有向导是不行的。"

"原来如此，你就是向导。"

正说得起劲，陈秃子忽然发现起英文名字迈克·毕的蒙古军部联络副官还没有走，挺胸鼓肚打算和他说话。这个六十三团长从嘴里取出包着金纸箍雪茄烟，用鼻子哼了一声，不耐烦地说："嗯？"

毕利格图副官也不示弱，往前走了一大步，用不满意地声调说："团座，我们蒙古军军座和参座向您致意，这次扫荡作战行动结束、铁路公路修复工程开始以后，请六十三团立即移驻汗庙、伊和浩特、巴嘎浩特一带，把整个王府市外城腾出来，嘿嘿，王府市嘛，顾名思义，所有权都属于莫尔根军座，嘿嘿，不允许别人霸占。至于想得到坚壁清野窝藏起来的文物古董、物资器材、各种粮食、武器弹药、钢轨枕木，那好办，花钱雇人，重金租车，有钱能使鬼推磨，把王府市外城和附近农村牧区所有大小车辆都包下来，每辆车上有押运的士兵一人就够了，合计起来用不了一个连兵力，多么合算。整个六十三团不必兴师动众前去，杀鸡焉用牛刀！你们就知道倾巢出动，全力以赴，借以替自己壮胆，吓唬别人，怕死鬼，嘿嘿，看来六十三团只不过是笨老虎、蠢老虎、傻老虎，如此而已，岂有他哉，嘿嘿！"

陈秃子是死鬼陈蔓莉的亲哥哥，是哲别的内兄，扎萨嘎的舅舅，这虽然是过去的事，现在很多场合抹不开情面，不吱声。

"娘希匹的！"蒋忠却从吱吱发响的沙发上跳起来，倒了半杯"忘我"牌白兰地酒，一口气喝干了，气咻咻地说："毕，毕你这狗名真难叫，你们那个蒙古军军部和第二师，是吃粮不拉套的牲畜，每次作战都不接应国军，坐山观虎斗，按兵不动，见死不救。拿手好戏是和你们难兄难弟第一师串通在一起，搞什么高度自治，别的什么也不干。现在还伸手要粮食草料、武器弹药，还撵我们走，老子就不挪，并且上告国防部，撤销你们的编制，哼哼！"

那斯图老人吃惊地想道：家里的贼狗比山中的恶狼更难提防呀，蒋忠和陈秃子要是听了这个家伙的坏道道，明天的行动计划就要被打乱推翻，需要很快利用他们之间的矛盾行事。于是摇头摆手道："陈团长，蒋高参，刚才这位老总说的不妥当，极不妥当。这法子确实不高明，自古以来说得好：腾格里山，没有水的山，野兽成群豺狼馋，骏马蹄过难停站，渴死牛羊干了天。谁也不到那里去放牧呀，牧民知道什么，连路都不认。找那些人搬动折腾，损坏丢失不用说，木轮车和胶轮车一次也拉不回来那些钢轨、枕木、粮食呀，声势大功效少，那真是瞎子点灯——白费油，费力不讨好！”

“对，你说得很对，去那么几个少数的人，能炸毁那些不计其数的岩洞吗？老牛破车疙瘩套，拉多少回才能拉完，毕，毕这小子竟出些馊主意！”蒋忠继续破口大骂。

毕利可图挨了骂，顾不上什么掏山洞了，冷冷地回敬道：“叫你们六十三团挪地方搬出王府市外城，是莫尔根军长、哲别参谋长的意思，哼！”

“放他妈的圈屁！”蒋高参破口大骂，“什么摸驴根军长、鸡巴参谋长，谁听他的。国军东西线部队司令长官训示：六十三团和就要到来的十团是中央部队，是担任主攻任务的。蒙古军是地方部队，担任佯攻任务的，附属配合行动，一定要摆正主次关系，不能颠倒，你们他妈的连这点都看不明白，瞎了眼的臭鞑子，滚出去！”

“哼，哼，等着瞅，有你难受的时候，叫苦连天也没用了！”毕利格图大为恼火，气鼓鼓地走了。

刘青山心里骂了一句，刚才的紧张劲儿松弛下来了，看样子，蒙古军比六十三团还狡猾，虽然不能肯定毕利格图已经觉察出破绽，但各种迹象表明，需要迅速开始行动，防止节外生枝。于是他欠了一下身子，向这两个家伙说道：“你们的公事讲完了，还得唠唠我们的私事。老实说，只要给我们两人足够的粗细粮食，就能把你们领到那里。你们军务匆忙，不便动身，这是个事哩，刚才那位老总说要出发，不知道往什么地方去。要是往北去进腾格里大山，正好呀，藏着文物古董、物资器材、武器弹药、钢轨枕木的那些山洞，就在从汗庙、伊和浩特到鬼谷、窟窿峰的小路边上。我们两人啊，怕鬼魂作祟，一直没敢漏那个地方，头发都愁白了多根，现在想说心里也发毛，要不是饿得胃肠咕噜咕噜响，我们还真不想说出来，老实讲，你们给呱呱叫的钞票，成捆的布匹，都不顶用，只有给粮食才行，民以食为天！”

“那些自然岩洞在腾格里山鬼谷、窟窿峰一带什么地方？能不能画个地形图？”急于捞一把发财的六十三团团长陈秃子连忙说。

那斯图老人装出很为难的样子说道：“我教书做文章可以，描绘地图可不中。地点就在腾格里大山鬼谷、窟窿峰当中，从汗庙、伊和浩特骑匹好马，走两个半小时就到，分散隐藏在很多山洞内，跟前悬崖陡壁深谷狭沟太多，实在是不好认，必须有向导领过去指认才行。”

陈秃子和蒋高参默默地交换了一下眼光，摘下了大盖帽，露出被蛀虫啃掉块块模样的癞痢脑袋，擦了擦汗，直盯着那斯图，嘶哑着嗓子说道：“老蒙古，用不着你介绍，本团长也早已掌握，略知一二，从王府市进八百里腾格里大山有两条路：一条是往东北走，通过巴嘎浩特、伊和浩特、汗庙、东敖包山、王陵，进入鬼谷口，九曲十八弯，拐度多，坡度大，而且到处悬崖陡壁，遍地深谷狭沟，但是它的好处是能直接到达那些隐藏文物古董、粗细粮食、钢轨枕木的洞，我们可以探囊取物，这是最主要的，关键所在，别的都不在话下。另一条是往西北走，绕着西敖包山，进入魔峡嘴，也是九曲十八弯，拐度多，坡度大，而且通过达赖河大漩涡地带的多处沼泽区、原始森林倒木障碍，小路两边岩洞也很多，但是走这西边路没有任何意义了，共军独立骑兵团坚壁清野的全部物资都在鬼谷。魔峡所有山洞什么也没有，光光溜溜，干干净净，老蒙古，是不是？”

“极是，极是。”那斯图老先生连忙点头哈腰。

“唔，唔，不过，我总提心吊胆，恐怕鬼谷这条路不能走汽车、大炮牵引车和中型坦克！”陈秃子皱着眉毛问。

刘青山哈哈大笑，说："这话问的，从去年春天开始，修王府市外城防御工事，大兴土木，汽车进山拉石头，连成线，接成串，很好走。"

陈秃子、蒋忠这两个家伙喜形于色，接着问了好多话，走进另一个房间去。掀开厚重的棉布门帘的一刹那间，刘青山看到那间房子墙上挂的几幅军用大地图。隐约听得见蒋高参叽里咕噜讲了几句，陈秃子接着说道："据空军和地面谍报人员反复侦察，纵深八百华里的腾格里大山，没有共军独立骑兵团部队活动，伊和塔拉草原边缘，只有少数民兵，东边进鬼谷口那条路可以放心大胆地走。"

"那么，出发以前在王府市外城多抓一些民夫？"

"不行，民夫钻洞搬运物资，容易损坏珍贵文物，工兵连足够了。可以断言，我们这回讨伐和扫荡，能够炸毁窝藏共军战略物资的大大小小自然岩洞。接近地面的用炸药炸，悬崖陡壁当中的用大炮轰。把文物古董、粗细粮食、钢轨枕木都装到各种车辆上，满载而归。"

这两个家伙接着就走出来，陈秃子大叫大嚷："刘石匠，老蒙古，明天拂晓来领路！"

"什么？拂晓是啥时候？"刘青山假装糊涂。

一个卫兵大声训斥，喝道："毬也不懂，拂晓就是天亮前后。"

那斯图老人心中暗暗高兴，敌人要上圈套了。他注视了一下蒋高参，发现这个南方人的公牛一样鼓起来的眼睛里，闪烁着贪婪的火花，脸上也流露出垂涎的表情，使人联想到年老的有钱喇嘛向青年姑娘求爱的怪样，这使他十分厌恶，忍住气说："我和刘石匠很愿意去，但是现在是谈生意做买卖，不能空口无凭，上当受骗。以后有了什么变化，像我这样老和线装古书打交道的书呆子，没处讲理去。所以先拿到粮食，才能领你们上路，嘿嘿，否则不用想。"

"本高参明白你的意思，那么你想要多少粮食？"

"一石炒米，少了不干，每人五斗，我们俩对半分。要炒得干脆的，不要发潮精湿、嚼起来像牛皮一样的。"那斯图老先生假装出不懂事的蒙古人讨价还价的样子。

蒋高参轻蔑地咧开了嘴，要这点东西可以说是没花什么代价，就把大批文物古董、钢轨枕木、粗细粮食弄到了手，于是，他乐滋滋地说："好极了，那么就一言为定，现在就发领粮食的证明。国军正规部队没有粗粮，给十袋面粉、十袋大米好了，上等的美国面粉、日本大米，进口货，满意吗？喂，军需官，你过来！"

一个满身兵痞气味的军需官，应声吊儿郎当地走过来，怀疑地耸了耸肩膀，对着陈秃子的耳朵低声说："团座，这，这恐怕不合适，现在，铁路公路大干线被共军独立骑兵团一刀砍成八段，交通瘫痪，运输中断，当地征收不到粮食。"

"给！"这个六十三团团长喝道，"很快就要打通铁路公路大干线啦，到时候要什么有什么，区区两千斤大米、白面何足挂齿，鼠目寸光，因小失大，哼！"

陈秃子等人们走出去以后，点燃了一支粗大的雪茄烟吞云吐雾，他得意洋洋，踌躇满志，认为戴励志、甄如虎等人丢掉的大批文物古董珍品，就要失而复得了，这将成为奇迹。那些文物一件件价值连城，不用说别的，就拿从汗庙的白塔底下活佛坟墓中盗窃出来的五佛宝石冠就足够了，变卖成金币银元，一辈子享受不尽荣华富贵。还有，大批钢轨枕木等物资器材运回来，修通恢复铁路公路大干线交通，为党国建功立业，扬名中外，永垂青史，这不是公私兼顾、左右逢源吗？他刚想到这里，机要处的女报务员沈莉萍娉娉婷婷走过来，高筒皮靴咔哒咔哒响，穿着军装裙子，那肥大的屁股不仅左右扭动，而且高高翘起，使这位六十三团团长神魂颠倒，情不自禁地动手动脚。

沈莉萍并不恼怒，脸上却显出灿烂的笑容，悄悄说道："团座，这里不方便，到机要处去吧！"

"韩小杰不是在那里吗？我一个人同时对付不了两个女人！"

"团座，你消息不灵通，闭塞得很，又不善于察言观色，蒋高参挖墙脚，把你的行军太太抢走了，什么他妈的一夜夫妻百日恩爱，全是假话，撒谎尥屁，看见是蒋委员长的本家，就脱裤子！"

陈秃子虽然是一团之长，飞扬跋扈，骄横至极，也怕被别人听见，有所顾忌，东张西望，随即破口大骂："男盗女娼，都不是个东西。别看有其名而无其实，只有你对我忠心耿耿，始终不衰，令我感动。现在面对良宵美女，不可虚度，今晚就把好事办了，走！"

沈莉萍的笑容不仅灿烂而且辉煌，那双媚眼一勾，在前边领路，高高翘起的臀部在军装连衣裙中左右滚动，撩拨得陈秃子欲火如焚，面红耳赤。机要室内更热，炉火烧得通红，就像三伏的夏天。这位"虎威"部队的长官控制不住自己了，动手掀起了沈莉萍的军装连衣裙子。

第四十一回　哈尔巴拉用计欲擒故纵　六十三团上当全军覆灭

刘青山、那斯图二人，拿到了领大米、白面的证明就出来了。穿过几条大街中巷，进入冷僻的小胡同，什么都朦胧一片了。摸着黑走到烧锅大院东面贫民区，这里有俗称“马架子”的低矮的土房子；有干牛粪烟熏得污黑的破烂蒙古包；有用柳条编成上面抹着薄薄泥巴的“蹦蹦房”，挤得密密麻麻。路旁堆积着垃圾、牛羊骨架，就是在这寒冷的季节里，也发出了一股令人作呕的霉烂气味。有几条瘦狗在那里翻寻着食物。刚走到这贫民区东口，这个侦察连连长突然低声打起口哨来，轻轻碰了碰老先生的胳膊，说：“后面有人跟踪！”

那斯图老人回头看目标，影影绰绰，时隐时现，问道：“谁？”

“看那个家伙的架势，好像是贼狗毕利格图，哼，比外来的恶狼陈秃子、蒋高参还难提防，他是为蒙古军部和一、二师六个团人卖力气哪！”

“原来是那个黑瘦子，很坏，可恶，我去对付他，别看我岁数大，近半年来向哈尔巴拉副团长学过拳术、摔跤，他打不过我！”

刘青山制止住了那斯图，说：“要沉住气，能甩掉他！走！”

他俩拐过两条更狭窄的小胡同，把尾随的特务杀手甩掉了。这时候，有一个彪形大汉走过来，轻声说：“连长，我正等着你呢。”

“好了，察干巴拉班长来了，小心点儿，刚刚甩掉尾巴！”

这个老二观察了一会儿，又低声问道：“咋样？”

“浅白麻子”连长嘻嘻笑道：“生意谈妥啦，全部美式装备的‘虎威’装甲机械化六十三团决定要钻鬼谷，你想方设法把这最重要的军事情报送出去，越快越好，刻不容缓，叫部队和民兵一定要在天亮以前在附近各个要道布置隐蔽好。还有别的军事情报，国民党另一个嫡系，也是全部美式装备的‘鹰扬’装甲机械化十团，正从西面往东推进，我们要争取时间，先把六十三团消灭掉。否则，这两个团匪军合股就不好办，啃不动。现在，六十三团出发有谢尔曼中型坦克和霞飞轻型坦克当尖兵，也可能有空中飞机侦察掩护，总之别露出破绽。出发时间是半夜零点，陈秃子吹牛说：要采取迅雷不及掩耳的手段，扫荡腾格里山区，用炸药和大炮毁掉大大小小自然岩洞，把文物古董、粗细粮食、武器弹药、钢轨枕木都搬运出来，使共军独立骑兵团穷得叮当响，日子过不下去。胡说八道，他们这一次，凶多吉少。一排四班长，根据地中心电台准备好了吗？这可是头等大事啊。”

察干巴拉自信地说：“电台早就安排好了，民兵还打算要用古代驿站方法送，十里换一匹马，完达尔夫同志骑着那匹芦花青马跑第一趟，再远也能送到。听说我们独立骑兵团部队天刚黑就开始行动了，团直属队和八个连队，再加上根据地的全部民兵，集中绝对优势兵力，人海战术。

再利用鬼谷的天险，搞掉六十三团。战友们情绪可高啦，都说吃手把肉要敲骨吸髓，打国民党要消灭嫡系部队。”

“听说王府市内国民党嫡系和杂牌部队之间正闹别扭，矛盾可大啦！”那斯图说。

察干巴拉放低声音，兴致勃勃地介绍道：“老先生啊，说起来是个乐子事。前一天晚上，我们老八连的几个侦察兵化装成蒋高参的勤务兵到处寻找文物，把小个子参谋长一座祖坟扒了。哲别可受不了这个气，要和蒋忠拼命。可以肯定，蒙古军部和第二师三个团人，是不会来救援的。”

刘青山说道：“最好是把毕利格图干掉，他是万恶不赦的日伪警官，听说现在投靠扎萨嘎大少爷，当了蒙古军联合谍报队小头目，叫他们狗咬狗，闹得更凶！”

“把这个任务交给我吧！”察干巴拉说完朝街里走去。过了好长时间才回来，天蓝色蒙古袍上沾着血迹，有几块被撕破了，露出了里面的老羊皮，显然是经过了一场激烈的搏斗。他兴奋地说：“把毕利格图干掉了。这个贼狗，在日本关东军美津骑兵师团侵占这里时，当警察抓人捕人，专学过武术，手脚很厉害，那也不行，他根本不是我的对手，败下来丢了小命！”

察干巴拉说完，与刘青山、那斯图告别，马上出城投递十万火急的军事情报去了。

夜深了，但是在王府市外城的大街中巷小胡同内，响起了一阵又一阵喧嚷和脚步声，很多背着水壶、米袋、枪支弹药的六十三团官兵，排成长长的纵队往团部驻扎地军统稽查处碉堡式楼房聚拢着。从这光景可以看出来，这些家伙们正在准备出发。果然，叫嚷成一片：“腾格里山鬼谷有多远？”

“窟窿峰附近有没有城镇？”

“能不能找到窑子娘们？”

“屁也没有，你找石洞凿眼去吧，嘿嘿！”

那斯图领着刘青山回到了老家。前年秋天和去年春天，侦察连领导两次暴动，王府市内外战火纷飞，很不安全了，琪琪格说服动员父亲扔下家宅，搬到了伊和浩特。现在，青砖灰瓦房屋和院墙空空如也，面目全非。“浅白麻子”侦察连长信心十足地说：“老先生，天时地利人和都在我们这边，有把握打胜伊和塔拉之战，先拔虎牙，后砍鹰爪，接着和蒙古军一、二师六个团较量。他们是修复不了被掐断一百多里的铁路公路大干线的，永远修不通。哈尔巴拉副团长讲过，这叫利用矛盾，各个击破。一会儿把六十三团引进鬼谷南口，我们两人就想方设法跑出去，那一带山高峰陡，谷深沟长，脱身容易。”

那斯图点头表示同意，接着从失修的青砖瓦房墙角，找出一包红颜料，装进小瓶倒上水搅起来。

“这有什么用？”

那斯图老人笑道：“前年，你们老八连领导第一次暴动的时候，哈尔巴拉这孩子就是用这个办法骗了特务杀手头子武林和警务科长‘其努瓦’，叫两个弟弟离开王府市内城的。我看，六十三团也会上这个大当，哈哈！”

刘青山恍然大悟，连连说道：“对，对，好办法，良计妙策，不能硬冲乱跑，找个借口离开。”

两个人休息了一会儿，将近黎明时分才出来，路上行人一个也看不见，凛冽的寒风横扫着这个腾格里山麓的交通枢纽重要大城市，还下起小雪来。楼房、砖房、土房、蒙古包内的灯火全灭了，只有六十三团的大炮牵引车，谢尔曼、霞飞中轻型坦克，十轮大卡车灯光在各处鬼火般闪烁着，时明时灭，忽隐忽现。在军统稽查处碉堡楼前，停着十来辆越野吉普车，很多步兵也集合在那里，叫嚷喝骂声响成了一片。陈秃子和蒋高参等几个人，在台阶上大声整顿着队伍。一个副官模样的家伙，把刘青山和那斯图领到门房前面，叫他俩在这里等着。

这个化装成手艺人模样的侦察连长，从门缝里往屋内看了看，原来蒙古军部的两个大头目都在里面，气色都很不对，好像要发生什么严重的事件。矮胖臃肿的莫尔根军长，挺着公牛脖子坐在当中，显出怒气冲冲的样子。哲别还是那副不可一世的神气，来回踱着步，长筒红漆马靴后跟上的刺马针闪着光。他咬牙切齿地骂道："蒋高参这个家伙，反客为主，横行霸道，简直是欺人太甚，六十三团赖在王府市外城不走，我们蒙古军第一师三个团人过来住在哪儿？前几天他的勤务兵要找什么他妈的文物，还把我的一座祖坟扒了。这要骑在我们头上拉屎撒尿了。现在，我们蒙古军联合谍报队毕利格图神秘失踪，又是蒋忠这小子派人干的，这笔账要清算，一定要清算！"

跟着来的一大帮卫兵和杀手们，听了这话就活动起来，有的提着二十响驳壳枪，有的端起美式汤姆冲锋枪，占据有利位置，一个个横眉竖眼，东张西望，如临大敌。

就在这时候，陈秃子和蒋高参态度傲慢地走过来了。一些参谋人员、军官们前拥后护，很兴奋地谈论着什么。这个六十三团团长的几句话传到刘青山和那斯图耳朵里："这次'虎威部队'采取迅雷不及掩耳的手段，扫荡腾格里山天险，炸毁那里的大大小小自然岩洞，把窝藏在那里的全部物资器材抢运出来，可以说是最近军事方面又一次重大胜利。这样才能够很快修复铁路公路大干线，并且从根本上消除它腹部的威胁。为此，东西线部队司令长官来电嘉奖，同时严令'鹰扬部队'步兵十团日夜兼程向东推进，南北夹击，时机成熟，区区共军独立骑兵团何足道哉。这次军事行动是有绝对把握的，决战决胜，嗯，本部队顷刻出发。"

"蒙古军军部和第二师三个团人，为什么还按兵不动，坐山观虎斗？看热闹？岂有此理！"蒋高参插话说，看样子他很生气。

"团座用兵如神，洞察一切，高瞻远瞩，是将才，不，是帅才！"

"兵贵神速，高参不失时机地决策扫荡八百里腾格里山天险，剿共灭共，为党国立了又一次战功！"

"就这个蒙古军军部和第二师暗中勾结他们第一师，支援不足，捣乱有余！"

"他妈的，存心不良，上告！"

不远的地方，军号声突然凄厉地响起来，那拖长的曳音在怒吼的风雪间隙中颤抖着。蒋忠裹紧了带风兜美式军用大衣，走进了门房，挥起鞭子抽打着靴筒，斜眼瞅了一下来回踱步的哲别，撇撇嘴巴。

小个子参谋长处在高度戒备状态，早就看见了，突然转过身来，按住圆桌，直盯着蒋忠，拉长了声调打着官腔说道："阁下，不，参座，不要那样狗眼睛瞅人，所谓'虎威部队'六十三团没什么了不起。我们蒙古军曾经参加过立体化的诺门坎战争，以后又到达兰哈山一带围剿精锐著称的共军特别加强主力部队独立骑兵团，再回来打他们凶狠强悍的老八连。要说起战斗力，绝不次于什么他妈的'虎威部队'，摆架子，耍威风，搞不到我们头上。"

蒋忠的脸陡地变黑了，气不打从一处来，吹胡瞪眼道："牛皮不是吹的，泰山不是垒的，有种战场上见，不服气试试，你们这就出发，看谁能先扫荡腾格里山天险，炸毁大大小小岩洞，把那些堆成堆垛成垛的战略物资抢运出来!”

哲别哈哈大笑道:“说的比唱的还好听,我们蒙古军不是三岁小孩,一哄就上。没人给你当听差,像逢山开路、遇水叠桥的事,摊不到我们头上,痴心妄想!”

这好比火上加油,气得蒋高参暴跳如雷,大吼道:“鸡巴,你他妈嘴要干净点,剿共不力,违抗军令,你们蒙古军部和一、二师勾搭在一起,一心想搞什么他妈的蒙古高度自治,改天老子上告国防部,撤销你们编制,把你们交给军事法庭审判!”

“蒋忠你那些话不顶响屁,只能诈唬土包子。前几天,你的勤务兵找他妈什么文物,扒了我的一座祖坟。我们蒙古军联合谍报队毕利格图又上哪儿啦?你交出凶手来,妈拉个巴子的!”

“娘希匹,毙了你!”蒋忠破口大骂,右手伸向腰间左轮手枪。

哲别把象牙柄军刀抽出半截来,狞笑了一声,啮着牙回骂道:“咋着,想动手吗?你占不了便宜。”

陈秃子看着这一切,慌了手脚啦,急急忙忙过来调解说和,但是这两方面的矛盾根深蒂固,劝说无济于事,很不容易才把莫尔根、哲别拉开,请走了。要是没有他在场,肯定要发生重大流血事件。

蒙古军的两个大头目走了以后,蒋忠回过头来准备钻腾格里山鬼谷的事。到了刘青山和那斯图跟前,打着手势加重语气说道:“本高参训示你们,跟着前哨部队走,走到有东西的山洞口就停止,等着后面的大部队,工兵连和大炮牵引车、坦克、十轮大卡车都一起到,听明白了没有?”

“这还不明白,明白了,全明白了!”侦察连长刘青山装出生意人惯用的那种样子,点头哈腰。

凄厉的军号声又响起来,号称“虎威部队”的全部美式装甲机械化的步兵六十三团单独往腾格里山鬼谷进犯了,蒙古军部和第二师四、五、六团却按兵不动。这个国民党嫡系东线部队主力,绕过汗庙、王陵、东敖包山、巴嘎浩特、伊和浩特,像套牛的木轮车一样慢慢走了三个多小时,拂晓前才进了鬼谷南口。一九四八年春寒凛冽,蜿蜒崎岖的上坡路,又是顶着风雪走,六十三团的官兵们个个冻得快要成冰棍了,叫骂声不绝于耳。大炮牵引车、坦克和十轮大卡车怕车轮打滑掉进沟里,又不能脱离大队步兵,开得很慢,时走时停,边看边等,马达快要灭火,水箱都要冻裂了。黎明前的黑暗中,只见鬼谷南端羊肠小路两边的悬崖陡壁一片黑黝黝的轮廓。这时候,风消停了一点,但是雪下得更厉害了,好大的春雪呀!隐藏着黑熊、豺狼、狐狸、黄羊多种野兽的神秘不可测的深沟大壑,张着嘴不断地吞没这庞大的队伍。

正往前走着,几个士兵突然叫唤起来,说道:“他妈的,这个大个子老蒙古,咋掉下马啦?”

六十三团前哨连连长吃了一惊,到了出事地点,用手电一照,只见教书先生那斯图口吐鲜血,脸色苍白,昏倒在地上。石匠刘青山扶着他,哭丧着脸诉苦道:“老总,连长大人,那斯图老先生摔下来了,这,这病是鼠疫,是日本关东军美津骑兵师团逃跑时撒的菌!”

前哨连长也学着陈秃子团长的架势,挥起皮鞭抽了一下长筒靴子,吆喝道:“他妈的,扔进山沟里去,找了这样破烂向导,真气死人,死了利索,你知道那些窝藏东西的山洞吗?”

“知道,老总,连长大人,这个老先生以前没有这个病呀,怕是得了鼠疫啦,你们看这吐的血,带块的,很像鼠疫!”

“啊!”迟钝的前哨连长这才明白过来,惊得魂不附体,连声怪叫:“原来是黑死病,快!快!

快扔到山沟里去，传染给队伍还了得，快，快！”

“老总，连长大人，这不能，他还没断气哪。从这里抄近路走直路，不到半里地，有个猎人搭的小窝棚，我把他送到那里，抽一锅烟工夫就回来，快去快来。”

前哨连长又是糊涂家伙，怕传染鼠疫，什么都不顾了，继续吆喝着：“快！快！快去快来，我们不认路，得由你当向导，找到那些成堆上垛积压如山的东西，在陈团长、蒋高参那里也好作交代。再回来以后，你这臭石匠别靠近我们，远点闪着。传染上鼠疫，老子叫你脑壳开窍揭盖嘴啃泥，快，滚！”

“好，快去快来，顶多用抽一锅烟的工夫。”刘青山牵着驮上那斯图老人的一匹马，徒步向一条狭窄的鸡爪子沟深处走去，很快在朦胧中消失了。过了几道拐弯抹角的山沟，那斯图老人便恢复了原样，跳下马来，很有兴致地大笑道：“瞎老虎再也找不到我们啦，这一小瓶红颜料……”

刘青山没有回答，留心观察着周围的动静。突然从北面不远的地方，升起了三颗红色信号弹，划破了铅色的天空。这是“虎威部队”全部钻进伏击圈，独立骑兵团开始攻击的信号。他兴奋得大叫：“快上马！”

砰！砰！零星的枪声响起来了。刘青山、那斯图二人费了不少时间，钻过了好几道峡谷，这才找到了第一线指挥部。这时候，战斗早就激烈地打响了，步枪、冲锋枪、轻重机枪、手榴弹和各种口径炮声响成一片。东方山头上，一轮红日喷薄欲出，辉映着纷飞的战火，八百里腾格里山最高点窟窿峰，也发出了耀眼的光彩。

哈尔巴拉副团长在靠近火线的一块大岩石上站着指挥战斗，像一棵挺立的青松。除了当后备队的五个连队以外，其余的三个连队都投入了战斗。在刚开始的时候就推下了滚石擂木，堵死了这条九曲十八弯的羊肠小路两边的出入口子。在伊和塔拉草原上横冲直闯不可一世的所谓“虎威部队”，在狭窄的山谷里施展不开兵力，汽车、牵炮车和坦克都失去了效力，急得像围场上的豺狼一样走投无路，团团直转。现在腾格里山的卧牛大石发挥了不可抵挡的威力，从山崖推下来，把十多辆坦克车都砸成稀巴烂，全都零碎，变成一堆堆冒烟突火的废铁。

刘青山和那斯图看见了哈尔巴拉，大声说道：“报告，老八连连长刘青山前来归队！”

这个年轻的团指挥员，“鬼谷伏虎”战斗方案主要设计者，撂下望远镜转过身来，分别紧紧握住刘青山和那斯图的手，兴奋地说：“察干巴拉同志报告了你们的全部情况。把六十三团引进鬼谷这条路上来，很不容易啊，总之，你们在诱虎陷阱过程中做出了很大贡献，我决定给你们记功。为了修复铁路公路大干线，打通战略后勤供应线，国民党东西线部队北犯是早就定了，冒险闯鬼谷可就不一定。老团长说：这是事物必然性中的偶然性，你们利用得真不错，辛苦！辛苦！”

刘青山立正站着，笑道：“为人民服务！”

“军民一条心，打死瞎老虎！”那斯图老先生谈笑风生。

他的独生女儿琪琪格旗长轻轻鼓了一下掌。

邓志刚这时也开起玩笑来，用流利熟练的蒙古话说道：“你们俩呀，当了一会儿向导，就把国民党嫡系虎牌团搞了个精光，真是随机应变，巧妙诱敌，哈哈！”

琪琪格却严肃起来了，说道：“六十三团是国民党嫡系东线部队起家的老本呀，也是惨淡经营多年，战斗力很强，是他们号称‘虎威’的主力部队，不能小看它，一定要把它当成活老虎、真老虎打！”

"对,"邓志刚赞同地说,"一定要全部、彻底、干净地歼灭虎牌部队,粉碎敌军修复铁路公路大干线的行动计划!"

这时候,六十三团部队丢下被巨石炮弹砸烂炸碎的汽车、大炮牵引车、美式中轻型坦克以最精锐的几个营为先锋,开始回过头来向王府市方向突围了。几次猛冲,就把独立骑兵团守住腾格里山鬼谷南口的三个连队压迫到一角去。王陵右侧,东敖包山附近,火光冲天,杀声震地,浓烟滚滚。参谋人员们沉不住气了,建议把当后备队的五个连队和根据地民兵全部投入战斗。

哈尔巴拉显然是正在考虑下一步战斗方案,沉思了一会儿,拿起了电话筒,对着预备队的老团长阿拉玛斯建议道:"防止六十三团钻山洞,那就不是吃手把肉,而是啃骨头了,我看应该放出去,在伊和塔拉草原上打,诱进来和放出去是没有矛盾的,是有机的结合,此一时彼一时也,您看怎么样?"

那些参谋人员,就连琪琪格旗长、邓志刚主任、刘青山连长、那斯图老人也在内,都感到意外地瞪大了眼睛,他们认为将装进口袋里的六十三团再放出去是不可理解的,但是因为没有领会到副团长的意图,都没有说什么。

那边,老团长阿拉玛斯显然是同意了,哈尔巴拉撂下电话筒,坚决地挥了一下手,下达命令道:"鬼谷南口三个连队撤掉,把六十三团全放出去!"

"副团长,把六十三团全放出去,怎么打呀?"

"一会儿你就明白了,以己之长,攻敌之短,这正是兵家所提倡的,全放出去!"

守住腾格里山鬼谷南口的三个连队刚刚撤掉,六十三团残余部队像汛期汹涌的达赖河水一样泛滥出去了。来时候大炮牵引车、美式中轻型坦克、卡车、吉普车一大串,显出装甲机械化步兵的嚣张气焰,现在就剩下光腿两条,一个个争先恐后地向王府市方向窜去,营连不清,排班不分,官兵混淆,乱成一团,互相隔离,谁也找不见谁了。

琪琪格等人看着六十三团的狼狈样子,这才领会副团长的意图,把丧失掉了十多辆美式中轻型坦克依托的六十三团残部,放到草原上是对的,这样才能避免逐沟、逐洞、逐峰的争夺战,最大地发挥骑兵乘马冲锋的威力,这就是兵法三十六计之一的"欲擒故纵"。

这位女旗长突然明白了,想起了前些日子老团长阿拉玛斯说的话,是评价哈尔巴拉副团长的,言简意赅,深刻之极,现在得到了充分体现。老团长说:"兵不在多而在精,将不在勇而在谋,对这两句话恐怕无人不知。兵精在于练,将谋在于学,这个道理也恐怕无人不晓。但是在现实生活中,有些部队终年练兵而不精,有些指挥员苦读经典而不谋,何也?没有悟性。悟乃学之最高境界,悟到通达之时,就能掌上千秋史,胸中百万兵。古代蒙古成吉思汗指挥的许多战例,恐怕兵书法典上并无现成的条款,全在悟道者活学活用。在这方面,我们副团长哈尔巴拉很有希望,别看年轻,文化程度也不高,真正悟出了兵法要领。这除了个人天赋以外,勤学苦练是最主要的原因。大家不要以为他只看蒙古文的《三国演义》,别无他书,不是那样,他现在正钻研三十六计。三十六计是中国古代军事家战略战术的宝贵遗产,熟记背诵并非容易。哈尔巴拉潜心琢磨,终于想出一条好办法,在三十六计中每计取一字,按着顺序组成一首诗,好记好用,取得了成功。"

琪琪格正回想着老团长评价哈尔巴拉的一些话,独立骑兵团的冲锋号响了,一刹那间出现了惊心动魄的场面,团直属队和八个连队从鬼谷口冲出来,马蹄掀起了漫天卷地的白毛旋风,军刀在阳光下闪着亮。冲在最前面的是哈尔巴拉，这个英雄副团长，骑着那匹身经百战的鬃毛垂地的大黑公马，挥舞弯曲的军刀，威风凛凛，高声喊着："无事不拔刀，拔刀必成功，共产党员们，为人民立功的时候到了，冲啊，全部歼灭六十三团！"

完达尔夫骑着那匹著名的芦花青马，也冲在最前面。他也鼓动着战士和民兵："军刀见血，马蹄踩肉，干掉虎牌部队，为人民做出贡献，同志们，冲啊！"

另一个满脸连鬓胡子的彪形大汉察干巴拉，刚完成侦察任务回来，就参加了冲锋，喊道："战友们，民兵同志们，吃手把肉要敲骨吸髓，打国民党军要消灭嫡系部队，不怕死的硬汉子，跟我来，拼啦！"

也就在这个时候，隐蔽在八百里腾格里山另一个峡谷口中的整个伊和塔拉根据地的全体民兵一万多人，冲出来了，快如风，疾似电，数目庞大，气势非凡，喊声震天，这本身就把溃散的"虎威"六十三团残余部队镇压住了，不用说还手之力，就连招架之功都没有，吓得屁滚尿流，丢盔弃甲地乱跑乱窜。

其实女旗长琪琪格只是说了一半，哈尔巴拉副团长还有一个更杰出的贡献，那就是动用历次大小战斗中缴获的各种枪支弹药，毫无保留地全部分配给广大民兵，全民皆兵，用不可阻挡的人海战术来淹没国民党嫡系和杂牌部队，取得伊和塔拉解放战争的伟大胜利。实践证明，哈尔巴拉的主张是对的，十分正确，连身经百战的老团长阿拉玛斯也拍手称赞，竖起大拇指夸奖，说他是"有远见的优秀的军事指挥员"。最初，阿拉玛斯、巴雅尔、邓志刚等团领导，提出坚壁清野，都想把枪支弹药分散隐蔽埋藏在鬼谷自然岩洞中，不想交给民兵。顾虑重重，怕他们携枪逃跑开小差，怕他们抢劫财物当土匪。这是多虑，以后没有发生此类事情。组建这将近万人的民兵队伍只是开始，哈尔巴拉紧接着亲自带领他们打了大小股土匪，边战斗边训练边讲解，军事技术和战术思想普遍有了很大提高。在这以前，这庞大的民兵队伍中存在着严重的六大缺点错误：第一是远距离作战，不能近战，依赖重武器，不能白刃格斗。第二是不能打歼灭战，仅仅是赶跑敌人，认为这是很大胜利，没有伤其九指不如断其一指的作战思想。第三是射击技术太差，大部分民兵打枪的准头，达不到普通猎人的水平。曾经发生过这样的战例：大队民兵包围住小股土匪，射击两千多发子弹才打死一个。第四是没有战斗组织，狩猎式的散漫稀松打法，互相不能接应配合，队长和所属队员脱离分开两处无法指挥。第五是五指撒开，不能形成拳头。下卡子分散兵力，防守各地，没有重点突破的主要打击力量。第六是战场纪律太坏，不执行俘虏政策，死了人就眼红，见着敌军就杀，不愿意捉活的，逼迫敌军顽抗到底。现在大不相同，广大民兵都有了飞跃的提高，不仅射击、乘马、劈刺、投弹等技术过硬，也掌握了各种战术思想。

铁骑突出刀枪鸣，在独立骑兵团和根据地全部民兵猛烈冲击下，六十三团官兵像受到惊吓的羊群一样乱跑乱窜，逐渐丧失抵抗能力，过了两个多小时，彻底干净地被消灭了。有几架敌机悲哀地哼哼着转了好几圈，胡乱扔了几颗炸弹，掉过屁股消失在云层之中。

号称"虎威部队"的装甲机械化步兵六十三团在抗日战争时期是中国缅甸远征军的主力，参加过几次胜利的战役，歼灭过精锐的日本师团，捷报传开，曾经轰动欧、美、亚三洲，久负盛誉。这次在最不起眼的伊和塔拉这样小地方，兵败被围缴械投降时，很多官兵感到最大的窝火和耻辱，抱头恸哭，泣不成声，甚至有的饮弹自杀或用刺刀、中正剑捅了心脏，悲壮之极，这正是：

尝闻汉飞将，
可奇单于垒；
今与山鬼邻，
残兵哭辽水。

哈尔巴拉在这次战斗中又立了大功，亲自俘虏了六十三团团长陈秃子。这个家伙的大沿帽子跑丢了，露出被蛀虫啃过似的斑斑点点的癞痢脑袋，脸上冻成青一块白一块，美式军大衣被草丛、柳条刮碎了，褴褛不堪，讨好地说着："兵贵神速，共军独立骑兵团名不虚传，兄弟昨天派飞机和谍报人员反复侦察，报告说附近几百里地内没有贵团主力。远距离行军，攻击力强，兄弟入伍二十多年，还没有见过这样的部队，不愧是精锐铁骑，佩服之极，佩服之极。东西线部队司令长官好大喜功，急于求成，三令五申迅速打通铁路公路大干线，致使孤军深入，兵力分散，配合作战的蒙古军第二师四、五、六团观望不前，按兵不动，捣乱有余，支援不足，才会有这样的下场。唉，这回把远征过缅甸的主力团赔个精光，还有什么可说的。兄弟已经放下武器，请贵团保证我本人生命财产的安全，享受被俘的高级军官待遇。"

哈尔巴拉闻言大笑起来，讽刺道："陈团长前言后语自相矛盾，差十万八千里呀，就在一年以前，你曾向我们独立骑兵团散发过署名传单，除了吹嘘你们的'虎威'部队，装甲机械化六十三团美式武器如何多，火力如何强以外，极力贬低丑化我们骑兵，说什么这个兵种过时了，寿命不长了，活不了多久了，就要从地球上消失了，有虚有实，还举出实例说：当今世界列强都逐步淘汰了这个兵种，几乎都没有什么骑兵了。日本投降以后，美国进驻东京的骑兵第一师，完全机械化了，连一匹马都没有，只有官兵军服袖章是画着马头的盾牌。接着又说骑兵战斗力弱，火力不强，独立骑兵团迟早会遭到二战初期波兰骑兵手执长矛向德国坦克冲锋一样全军覆没。事实胜于狡辩，现在全军覆没的是你们，而不是我们，哈哈！"

军民们正看陈秃子的滑稽戏，完达尔夫、察干巴拉两人把他们俘虏的蒋高参也押过来。这个利令智昏的家伙蹒跚地走着，看见刘青山连长和那斯图老人，大吃了一惊，张开的嘴巴成了黑洞，半天合不拢了，暴露的公牛眼睛直勾勾地瞪了一会儿，好像这才明白过来是怎么回事。

正说话间，老二察干巴拉骑着高头大白马挎上美式汤姆生冲锋枪，也不跳下来，叉着腰不断吆喝叫骂俘虏，真正是八面威风，把军人和民兵都逗乐了，哈哈大笑。老大哈尔巴拉却看不惯，批评他态度生硬、语言粗野，察干巴拉不但不听，反而撇了一下嘴，挥起粗马鞭开始野蛮殴打陈秃子和蒋忠。六十三团长在激烈的战斗中丢掉了大盖帽，光着秃脑袋挨冻，现在冷不防被抽了十多下，癞痢头被打破了，鲜血淋漓。

在不远的地方站着的老团长阿拉玛斯、政治处主任邓志刚都感到意外，大吃了一惊，急忙制止。这里哈尔巴拉副团长特别生气，一个箭步冲上去，把二弟揪下马来，怒喝："违反政策，不遵守纪律，你怎么殴打俘虏？"

察干巴拉不服，也大声叫嚷："殴打是小事，我还准备把陈秃子、蒋忠杀了，这两个家伙罪大恶极，不仅血债累累，还奸淫成性，真是死有余辜。诸位领导，听我把这两个色鬼的罪行揭露出来，再拉出去枪毙！"

原来是这么回事："鬼谷伏虎"战斗快要结束时，察干巴拉奉命参加了打扫战场、搜索残敌的行动，俘虏了很多官兵，缴获了大量枪械，连高级军官蒋忠也包括在内，都抓住了。就要收兵时候，这个老二突然发现在鬼谷南端一条自然岩洞口，有一个国民党兵鬼鬼祟祟探出头来东张西望，很快缩进去了。察干巴拉大疑，六十三团彻底失败了，全部歼灭了。在这种时候，这个家伙不逃跑，隐藏在没吃没喝的岩洞里搞什么勾当？肯定是把金银财宝或密电码偷放这里了。他想到这里心中一阵狂喜，自己是在当地土生土长的人，熟悉这一条岩洞的另一个口子，从那里悄悄进去，来个突然袭击，既俘虏了敌人，又缴获了东西，可能立一大功，成为战斗英雄呢。在这种思想鼓励下，他拿定主意要单独行动了，把高头大白马拴在洼地里一棵树上，就冲进去了。大约走了十多分钟，接近敌人隐蔽的中心地带，听到偶然传来的有人说话的声音，察干巴拉更是放慢放轻了脚步，在黑暗中摸索着岩洞的石壁前进，怕挂在脖子上的汤姆生冲锋枪碰出响声，身子和岩石保持着相当距离。就要到跟前了，他吓了一跳，听到了一个年轻女人的怒骂声。离奇又古怪，在弹雨横飞的战场，怎么会有女人？哪儿来的？莫非是六十三团官兵抢来的民女？不对，这女人口音是"南方蛮子"。这时又听见"南方蛮子"女人声嘶力竭地哭骂起来："你们这帮丘八、流氓、恶棍，色胆包天，竟敢糟蹋侮辱团部机要处报务员，我要上告你们，告到陈团长、蒋高参那里，把你们全抓起来，戴手铐脚镣蹲大狱，吃黑枣，啃花生！"

话音未落，洞内哄然大笑，听动静咋也有十多人，七嘴八舌发话，有的说："这小娘们儿不识时务，六十三团没有了，你那团部机要处更是没有了，什么都没有了，既然这样，你就想开点，逢场作戏，就和我们大家玩玩吧！"有的说："小姐呀，你糊涂，什么也不懂，还想着到陈团长、蒋高参那里告状，其实害你的正是他俩，你先当了陈团长的行军太太，接着又当了蒋高参的行军太太，惹得陈团长醋性大发，怀恨在心，命令我们大家来和你玩玩，嘻嘻！"

女报务员知道自己摊上了大灾大难，愤恨之极，破口大骂："流氓，流氓，一群贼流氓，臭流氓，不得好死的坏流氓！"

这十多个兵痞当中领队的是班长模样的家伙，厚颜无耻地嘻嘻笑了，讽刺挖苦道："彼此，彼此，半斤八两，谁也不用说谁。小姐呀，你那么干净，出污泥而不染，神圣贞洁，怎么和陈团长睡，接着又和蒋高参睡呢？成了行军太太？这回叫你过瘾、痛快、满足，来，杨得胜，你第一个上，限你五分钟，别人拿手电照明。"在一片不堪入耳的淫秽的大呼小叫声中，察干巴拉火冒三丈，把三颗木柄手榴弹捆绑在一起，抽出导火线同时扔过去，轰轰几声巨响，大部分散兵游勇都被炸死了，只抓住了三个俘虏。

第四十二回　见死不救莫主大搞祭祀　巩固后方八连搜索鬼谷

在汗庙、王陵东南面十多里地，便是哲别的祖坟地。蒙古军部和第二师留下一半人马看守王府市内外城，其余的一半多人马出来在这里荒草野甸上，在刺骨的寒风中等待着哲别结束祭祀。西北面，从腾格里山鬼谷南口方向，传来了激烈的枪炮声，浓烟四起，火光冲天，惊心动魄地喊杀声隐约可闻。但是蒙古军官兵没有一个大声说话的，有的牵着马跺脚防冻，有的低着头抽烟驱寒，有的紧裹着大衣避风，只有那些不老实的蒙古马，掀蹄喷鼻子，此起彼伏地高声嘶鸣着，打破了这一带难堪的寂静。从西北方向突然传来连续几下爆炸声，轰！轰！轰！仿佛伊和塔拉草原都颤抖了。一个军官哆嗦了一下，勒紧了马肚带，小声对同伙说："听，打得好凶呀，六十三团大概是和我们老对手共军独立骑兵团干上了，难解难分，别看我们在这里受冻，总比挨枪子穿个透明窟窿强！"

"国民党欺人太甚，嫡系东西线部队六十三团和十团，张飞过霸州——要什么有什么，我们蒙古军部和一、二师六个团是杂牌部队，像个穷要饭的，要什么没什么，特别是这次铁路公路大干线被掐断，差点饿死。为啥替他卖命？就在这里看热闹，坐山观虎斗。"

"蒋介石不如日本人呢。"

"对，日本人采用扬蒙抑汉政策，蒋介石是大汉族主义！"

"我们蒙古军部和第二师三个团人马，老是这样躲战避战，按兵不动，见死不救，就怕将来不好交代，担当不起呀。"

"屁！先下手为强，我们军座、参座早就远交近攻，另觅出路，争取美国朋友帮助，要实现高度自治了。"

"此处不养爷，自有养爷处，我们蒙古军有一、二师六个大团人马，还有美国人撑腰，正为三蒙统一建国而奋斗，怕个屌！"

"嘘，小点声，开始祭祀了！"这个蒙古军第二师的军官向东南方向努了努嘴。果然，离大队人马半里多地的一片向阳坡上的坟地中，莫尔根抽出腰间美式手枪，满脸杀气地朝天打了长长一梭子弹，大声喝道："祭祀开始！"

哲别的特务老婆陈蔓莉生的儿子扎萨嘎，含着泪水端着已冻成僵硬的手把肉，恭恭敬敬地放在新砖砌的两座坟墓前面，接着又洒了三杯冷酒，哽咽着说："爷爷，妈妈，安息吧，我一定为你们报仇！"

高娃太太也过来行了九十度的鞠躬。她过去跟着莫尔根、哲别进犯达兰哈尔山，得到了蒙古军部《青旗》报大肆吹捧，说她是"白马红装巾帼英雄"。但是这位骑术颇为熟练的王爷小姐，现在不行了，怀孕半年多，挺着大肚皮，行动很困难，直起腰来大口喘。

莫尔根还是满脸杀气,叉开腿站在这两座用新砖砌的坟墓前面,发誓般说:“无毒非丈夫,量小非君子,戴励志、武林、陈秃子、蒋忠、熊岳、甄如虎都是同伙,都属于一个搜刮古董文物集团,挖坟盗墓,破坏草原,偷掘寺庙,猖狂到派工兵扒了参座的祖坟。以牙还牙,以齿报齿,我就来个按兵不动,坐山观虎斗,看谁吃的亏大,哼!国军好不了。再说共军方面,哈尔巴拉这个手下败将,害了我的两位忠臣良将,哼!等着瞧,血海深仇,一定要报,总有一天全歼独立骑兵团,血洗伊和塔拉草原,尸堆腾格里山沟,方解心头之根。”

莫尔根把美式手枪插回套里,停顿了一会儿,转向坟堆,噙着眼泪悲悲切切地说:“警务科长先生、陈蔓莉女士,二位英灵在上,你们辅佐本王多年,功绩卓绝。今赤祸蔓延,殃及草原,不幸遇难,追随先烈于地下。本王念及前情,不禁五内俱焚矣,千言万语,无从说起,略以宣读古人一首五言诗,以表寸心:

系马向山立,
一杯聊奠君。
野烟孤客路,
荒草故人坟。
琴韵归流水,
诗情寄白云。
日斜休哭后,
松涛不堪闻。”

这位末代王爷致词的时候,酸溜溜地咬文嚼字,又皱着眉头苦苦思索古人的这首诗,很费了一番工夫。他的妹夫小个子参谋长,在旁边规规矩矩站着等待。

一个卫兵过来悄悄说道:“扎萨嘎队长听了军长的诗哭了,也做了一首诗。”

莫尔根正要让扎萨嘎念他的诗,远处地平线连续出现了几个骑马的人,是蒙古军部和第二师撒出去的骑哨,失魂落魄地往这奔跑着,很快接近了,异口同声大喊:“不好了,不好了,大事不好了!”

“何事惊慌?”莫尔根军长的高谈阔论被中断了,肥胖的手按住了美式手枪把。随着他们的眼色,一个卫兵牵过来那匹高头大白马。

哲别勒紧了黄膘马肚带,又挥手示意儿子扎萨嘎、老婆高娃准备行动,然后向那个骑哨喝骂道:“肏妈人家的小子,什么事这样大惊小怪?”

“不好了,老虎部队六十三团……”跑在前的第一个骑哨滚鞍下马,着急得上气不接下气,说不出话来了。

“早就知道了,我们又不是聋子,那么大的枪炮声还听不见?他们打他们的,哼!”莫尔根军长环视着差不多同时来到的另外两个骑哨,更紧地抓住美式手枪把,大声喝问:“六十三团和谁打?是共军独立骑兵团吗?”

第二个跑到跟前的骑哨,从飞速驰骋的马上跳下来,因为动作剧烈,摇摇晃晃站立不稳,颠三倒四地说:“军座,参座,大事不好,六十三团完了,全完了!”

“怎么回事?都结巴起来了,好好说!”

“他妈的,慌慌张张,不像个军人。”

第一个骑哨这才缓过劲，说出话来了，急忙插话说："报告军座和参座，是共军独立骑兵团，还有那么多民兵，兵强马壮，数也数不过来，人海战术，可怕极了，后浪推前浪，一浪高一浪，而且占据腾格里山鬼谷南口两面悬崖陡壁，六十三团中了埋伏，完了，全完了！"

"厉害！"莫尔根这个从事多年战争生涯的反动军官，也不由得惊叫了，长满横肉的脸上表情很复杂，既有得到报复的快乐，又有对自己将来承担罪责的忧虑，一时找不到更合适的话掩饰自己，破口大骂道："陈秃子这肏妈人家的小子，同时也是个瞎子，有眼无珠，怎么中了埋伏？说来也奇怪，我早就得到联合谍报队的情报说：共军独立骑兵团去年夏天采伐了十万立方米木材，一没盖棚，二没搭圈，全部做了流动宿营用的带棚木轮车，溜之乎也，怎么过来的？"

第三个骑哨神色紧张、手足失措地报告道："不知怎么过来的；六十三团迫不及待，偏钻汗庙、王陵、东敖包山北边的鬼谷南口羊肠小路，结果中了埋伏啦。共军独立骑兵团和大批民兵占据两面悬崖陡壁，推下了卧牛大石，把坦克、装甲车、大炮牵引车、大小汽车全砸烂，六十三团在深谷狭沟里施展不开兵力，只好向南突围，乱了——"

"——突围没成，乱了，乱成一团团一堆堆，刚刚窜到伊和浩特，就被后面独立骑兵团追上了，还有数不清的大批民兵，简直是人海战术。六十三团全军覆没，尸堆如山，血流成河，俘虏漫山遍野，惨不忍睹。"

莫尔根气得火冒三丈，吹胡子瞪眼睛，用淫秽不堪的下流话破口大骂："我肏他陈秃子、蒋忠八辈子祖宗，肏他邪姥姥，肏他亲妈两小姨。就在前两天他俩大言不惭，吹牛说什么'虎威部队'装甲机械化六十三团全部美式装备，火力强大，堪称世界第一流，是抗日战争时期滇缅远征军主力，打得日本皇军头破血流，叫苦连天，美英两国的丘八都怕他们，退避三分。这两个家伙王婆卖瓜自卖自夸倒也罢了，接着竟向我挑衅，翻来覆去地说骑兵的坏话，极为贬低骑兵作用，这不是指着秃子骂和尚吗？对我刺激很大，老是睡不着觉，连续失眠了好些天。他俩演双簧，一唱一和，说什么骑兵这个兵种寿命不长了，活不多久了，就要从地球上永远地消失了。陈秃子、蒋忠这两个家伙为了从精神上打击蒙古军，破坏我们士气，下了很多功夫，搜集了不少资料，说得有根有影，有证有据。他俩说：当今世界列强都逐步淘汰了这个兵种，几乎都没有什么骑兵了。日本投降以后，美国进驻东京的骑兵第一师，完全机械化了，连一匹马都没有，只有官兵军服袖章是画着马头的盾牌。接着又说骑兵没有任何防护，火力特别微弱，现代战争中没用了，应该取消。就是硬着头皮勉强存在，也只有死路一条。共军独立骑兵团迟早会遭到二战初期波兰骑兵手执长矛向德国坦克冲锋一样全军毁灭的下场。我又不是傻子，难道就听不出来。这是指桑骂槐，明面上说的是共军独立骑兵团，暗地里骂的是我们蒙古军，事实胜于雄辩，这回怎么样？讽刺、挖苦、嘲笑、贬低不顶屁用，搬起石头砸自己的脚，完全机械化的装甲步兵'虎威'六十三团，被自己小看的共军独立骑兵团消灭了，全军覆没，无一幸存，哈哈，真正解恨，这回应该知道骑兵的厉害了，大快人心！"

搞特务活动的扎萨嘎大少爷，只亲老子的蒙古军，不同情舅舅的六十三团，但是碍于客观事实，不得不说两句真话，他说道："骑兵已经退出世界各国战场，千真万确，但是在工业基础落后的中国，尤其在人烟稀少，布满沙漠、沼泽的内蒙古草原，完全取消骑兵谈何容易，这个兵种可能还要存在半个世纪，五十年左右。"

小个子参谋长哲别在雕花马鞍上挺直了身子，大声下结论了："可以断言，我们蒙古军一、二师六个骑兵团和共军特别加强的主力部队独立骑兵团，冤家路窄，狭路相逢，将要进行最后一次骑兵大会战。这样大规模的骑兵大会战，地球上再也不会发生了，最后的骑兵，最后的会战，命中注定，上天安排，不可避免。双方都是蒙古人，自相残杀，元气大伤，这是个悲剧，很大的悲剧，是弱小民族两条道路斗争的悲剧，一将成功万骨枯，可惜呀，大势所趋，谁也扭转不了，此乃天意也，唉，唉！”

周围的官兵们一片沉默却跟着长吁短叹起来，唏嘘不止。

专业搞特务活动的扎萨嘎大少爷又插话了，报告道：“军座、参座二位长官，人无远虑必有近忧，共军独立骑兵团在鬼谷南口伏击，从两边悬崖陡壁上推下卧牛大石，砸坏装甲车和坦克，将来修理好了，有可能变成机械化装甲骑兵，这将是我们心腹之患！”

“讨厌！”莫尔根十分恼火。

哲别也恨得咬牙切齿，骂道：“坏，很坏！”

“不用往下说啦，陈秃子这个家伙不是真正的军人，蒋忠更是个不学无术的流氓分子。他们都不懂战术，放弃逐洞逐沟逐峰抵抗，徒步向南突围是自找死路！”莫尔根蛮横地挥手做了一刀两断的姿势，跃身上了马，向周围队伍大声吆喝着：“本军长命令，各团、连疏散队形，占据有利地形地物，准备战斗！”

“这可使不得呀，东线‘虎威部队’六十三团全军覆没，无一幸存，我们蒙古军部和第二师三个团完全孤立了，继续作战是下策，下下策，还是回师王府市内外城固守待援，保存实力要紧，同时向我们第一师拍电求助告急。这样有两大好处，既可以对抗共军独立骑兵团，又可以阻止向东挺进的国军西线主力‘鹰扬部队’十团，前门打虎，后门拒狼，兼而有之，岂不两全其美？”哲别提醒说。

莫尔根用长筒皮靴后跟刺马针磕了一下那匹能走善跑的高头大白马，往前冲过去，他脸色一片铁青，也不回头，打着官腔大声说：“参座，我们蒙古军部和一、二师六个团共图复兴大业是人所共知的事实，但是和国民党并没有完全打八刀，不少地方依赖他们，大丈夫，男子汉，能屈能伸，能进能退，怎么也得虚晃两枪，打他几个回合呀，要不然就得背黑锅咧，实在是不好交账，嘿嘿！”

“唔。”哲别这才明白了内兄的意图。

联合谍报队长扎萨嘎却不管这一套，驰骋到莫尔根跟前小声说：“参座说的有一定道理，但是孤军作战有百害而无一利，何况我们兵源难筹，现在正千方百计策划蒙古军部和一、二师六个团人马大会师，相继成立军政府的事，保存实力最为上策，这年头有实力便有一切。我马上找第一师去，一定能带过来。你们坚守城市，等待好消息！”

莫尔根点了点头，他知道扎萨嘎的话颇有来历，过去在美国人的支持下，以蒙古军部和一、二师为核心，成立了秘密组织“蒙古青年同盟”，其中不仅有内蒙古人，还有外蒙古人和布里亚特蒙古人，活动很频繁，最终奋斗目标是三蒙统一，成立单独国家。扎萨嘎早就和他们挂了钩，成了其中的要员，说的就是这个。但是他另有打算，看见跟前没有别人，放低声音神秘诡诈地说：“扎萨嘎，对这我比你清楚，不过，‘影子’领着一帮人马到腾格里山鬼谷、窟窿峰一带，什么动静都没有。我们在这里打，是声东击西，是为了掩护他们。”

“啊呀，等他们把那些大大小小山洞都炸塌，我们在这里打多久，军座，不能因小失大。”

蒙古军部和第二师三个团的一半多人马，刚刚开始排队集结，又有一批骑哨陆续前来报告，消息一次比一次坏，开始说独立骑兵团和数不清的民兵部队正在打扫战场、押送俘虏。接着又说已经往这边移动了，漫山遍野，人海战术，声势大得很。刚说到这里，西北方向大地颤抖起来，像腾格里大山鬼谷、魔峡中大风呼啸，有经验的人都听得出来，这是万马奔腾的声音，独立骑兵团和根据地大批民兵部队要开始总攻了。莫尔根临时改变了主意，大叫道："硬拼不如巧打，我们不准备在这里战斗了，后队变前队，目标正前方，快速前进，占领达赖河南岸，在冰冻的河面上消灭共军！"

作战双方都是骑兵，行动都很快，蒙古军部和第二师的将近一半多人马刚刚连滑带跌过了宽宽的封冻的河面，独立骑兵团和大批民兵队伍也赶到了河北岸，形成了隔河对峙局面。

哈尔巴拉用望远镜观察了一会儿，回过头来对老团长说："战术方面，莫尔根、哲别比陈秃子、蒋忠高明多了，眼看情况不好，就退守达赖河南岸。宽广的河床，冻着坚硬的冰，骑马冲锋有很大困难，就是在夜间，目标看得清清楚楚，就像白纸上洒了黑点。实行强攻，要付出很大代价。蒙古军部和第二师的大小军官们，都是些老兵油子，狡猾得很。但是他们的如意小算盘我是摸透了，与其说是等待向东推进的嫡系'鹰扬部队'装甲机械化十团，还不如说是勾引蠢蠢欲动的他们自己的第一师，和我们消磨时间、保存实力哩！"

刘青山也没下马，右手紧握着军刀把，那匹骏马也觉察到了这气氛，急不可耐地转着圈子，一会儿掀蹄喷鼻，一会儿又高声嘶鸣。这个浅白麻子侦察连长大声说："二位团长，我们老八连准备好了，战马全是挂掌钉蹄铁的，一声令下，就能冲锋过去！"

"不，这次老八连伤亡太大，需要休整补充。"哈尔巴拉又拿起了望远镜观察着。

在团部深居简出只顾学习蒙文蒙语的邓志刚，也拿起望远镜向达赖河对岸观察了好大一会儿，突然说："二位团长，你们看看，在那块沙岗前边，好像是蒙古军部！"

老团长有白内障，视力模糊，没有理会。哈尔巴拉掉过那架德国制大型望远镜，仔细一看就明白了，果然是蒙古军部，那些控马手牵着的都是熟悉的军马，那里有莫尔根军长的高头大白马、哲别参谋长的黄骠马。就是看不见扎萨嘎大少爷的铁青马，他却不知道这个独揽情报大权的联合谍报队长，刚刚领着一连官兵到蒙古军第一师那里搬兵去了。哈尔巴拉看到这里，回过头来对刘青山连长说道："浅白麻子，拿掷弹筒来，带三发榴弹，快！"

刘青山表示赞同，立即从侦察连四排拿来日本制掷弹筒，说道："对，就像我们老参谋长庆格尔泰同志那样，射人先射马，擒贼先擒王，那里就是蒙古军部，狠狠揍他两下，来个人仰马翻，屁滚尿流！"

哈尔巴拉接过了掷弹筒，还是没有下马，准备在鞍桥上架射，那匹鬃毛垂地的大黑公马烦躁起来，像一团旋风一样打转转。

"副团长，下来打吧！"邓志刚说到这里，听见阿拉玛斯告诉他："据巡逻兵报告，腾格里山鬼谷北端，窟窿峰南侧，发现了一小股土匪，是从六十三团还是从伪蒙古部和第二师流窜出去的，现在还不清楚，要在短时期内消灭他们。现在为了持久掐断铁路公路大干线，正在加速进行伊和塔拉根据地建设，还准备办一个大型牧场，长期扎下根，没有腾格里大山屏障，是站不住脚的，一定要保证这个后方安全。何况我们的很多战略储备物资都在那些岩洞里存放，什么文物古董、钢轨枕木、炸药雷管、被褥服装、粗细粮食，那是天然大仓库，不能损失。这次所谓'虎威部队’六十三团就吃了大亏，他们想大捞一把满载而归，结果轻举妄动，人财两空，全赔光了。至于隔河对峙的蒙古军部和第二师，留下一半人马守城，这里兵力严重不足，我们占绝对优势，有办法对付。过一会儿，七连——也就是机炮连，很快把从六十三团那里缴获的重武器运到了，在炮火的掩护下准备强渡达赖河打击他们。将来可能更热闹，把鬼谷中美式谢尔曼、霞飞中轻坦克修好了，我们就成为机械化装甲骑兵团了，现在你和老八连马上出发进腾格里山，全部、彻底、干净地消灭这一小股土匪——”

话犹未了，附近连续响了三下掷弹筒发射声，很多干部和战士齐声呐喊起来：“打中了，打中了，正好打中了蒙古军部的‘马桩子’，那家伙仰八叉倒下去了！”

“看，高头大白马跑了，嘿，莫尔根军长的那匹头等好马呀，打得好！”

“副团长，你打得真准，最少打死了两匹马，‘马桩子’也完了，归西天了，哈哈！”

阿拉玛斯等那边稍稍平静下来以后，接着说：“老邓，牧民们形容说：腾格里山，后妈的脸，一时三刻多样变，北面有雨南面旱，湿处湿来干处干。别看这回山下草原上下了好大雪，再往里走就不行了，听说一片雪也没落，要多带水，饥饿还能挺得过，干渴是受不了的。”

“是！”

侦察连在刘、邓二人的带领下，火急进了腾格里山。他们走的还是从王府市到鬼谷、窟窿峰的那条路，本来难走得很，又被堵死了，遍地是卧牛大石，砸成稀烂的坦克、装甲车、大炮牵引车和汽车，横躺竖卧的六十三团官兵尸体，怎么也走不快，慢慢地勉强通过了。越往北走植物越茂盛，齐腰深的草，房子高的柳条，随着一阵又一阵刺骨的寒风，发出尖锐的呼啸声。窄沟深处，左一堆右一堆全是六十三团官兵的尸体，看起来很瘆人。

刘青山、邓志刚走在长长的队伍最前面，但是也听到了从达赖河岸传过来的激烈的枪炮声。侦察连长勒紧了马缰绳，倾听了一会儿，兴奋地对邓志刚说：“听，打得多激烈呀，我军在强大炮火的掩护射击下，可能要抢渡达赖河了。战士们说得好：吃手把肉要敲骨吸髓，打蒙古军要消灭一、二师部队。刚才，我们的副团长把他们也打得够戗，三发榴弹全部命中，最少打死了两三匹马，还都是他们当大官的。哈尔巴拉同志军事技术是过硬的，射击、劈刺、乘骑、摔跤，样样都第一，厉害！”

邓志刚笑道：“对，他原来基础就好，这回在阿拉玛斯团长、琪琪格旗长直接帮助下，文武相济，他的战术思想、文化水平提高得很快！我说老八连连长啊，我来考考你，达赖河边打得那么凶，难解难分，相持不下，需要兵力，为什么抽我们进腾格里山？”

刘青山心中有底，不假思索地笑道：“这是因为八百里腾格里山是我们伊和塔拉根据地的靠山。前年和去年，我们老八连依靠它打过蒙古军部和第二师，消灭黑狗子警察和军统稽查处特务队。这回东线主力‘虎威部队’六十三团还没站稳脚跟，就想扫荡它，大捞一把，满载而归，用那些钢轨枕木很快修复铁路公路大干线，结果招来了灭顶之灾。这里进可以攻，退可以守，是天然的堡垒。当然，也有一个很大的弱点，这里严重干旱，缺水。听说琪琪格旗长正研究此事，想把腾格里山改造成大牧场，用它来养兵。所以我们要争取。”

邓志刚表示完全同意，说道：“是啊，它是我们根据地的靠山，没有它就站不住脚。何况这里分散隐藏着大批物资：钢轨枕木、粮食被褥、文物古董……”

骑兵行列穿过鬼谷大盆地迅速前进着。这里的面积真不小啊，方圆八十华里，也可以称为第二个巴嘎塔拉草原了。因为地势高，四面都是悬崖陡壁，没有一条河流，没有一口井，春夏秋冬四个季节里，不是狂风呼啸，就是沙尘蔽日，干燥得使人透不过气来。在这里人和牲畜都没有办法生活，连飞鸟也不敢停留更长时间，又有黄羊、狍子、豺狼进进出出，偶尔有成群的大牲畜进到里面，就不见出来。没有准备的零星过路人，谁也不敢横穿腾格里山，这里辽阔、肃穆、寂静，也带着大草原特有的单调气氛。

侦察连的队伍继续前进，天快要黑的时候到了窟窿峰附近，绊住腿放开马群，安排固定哨和流动哨，准备休息。这时候才发现虽然这里草场好，但是很多军马都不大吃草，伸直了脖子嘶鸣着。牧民出身的骑兵战士们对饲养、管理蒙古马很内行，一看就明白了，从驮鞍水箱中倒出少量的水饮了一些，它们才开始吃草了。侦察连到这里剿匪是有充分准备的，牵马上驮着很多水箱，每个干部战士都背着一两个缴获的铝制军用水壶。接着，军人们用刀割了一堆又一堆干草，分别垫进各个山洞里，又烧开水吃了点炒米和奶豆腐，开始要野营睡觉，他们连续作战多日太累了。

侦察连长刘青山好像不知道疲倦，到处走动着提醒固定哨和流动哨，还有别的干部战士，说道："点篝火在山洞中野营，我们看不见暗处，暗处看得见我们，要防备蒙古军第二师部队偷袭。"

邓志刚在篝火旁，拿着刘青山的烟荷包玩弄，发现了上面拴着的指南针，夸奖道："老八连长考虑周到，还带了一块这个。对呀，腾格里山鬼谷、窟窿峰附近，山高峰陡，沟深壑长，光线很暗，夜行军什么也看不见，最容易迷失方向。有备无患，应该如此。"

刘青山笑道："吃过干肉条，最知道鲜肉香；喝过酸奶汁，最明白新奶甜。前年和去年，我们老八连在这一带领导两次暴动，什么都经历过呀！"

剿匪是比较困难的，主要是找不到敌人踪迹。第五天早晨，鬼谷深处冒起的几缕青烟，给侦察连指出了目标。他们立刻分成两队从左右两侧包抄过去，很快赶到了。在陡立的石壁下部的岩洞群中，隐藏着将近五十名蒙古军部和第二师的官兵，是莫尔根、哲别、扎萨嘎在六十三团出动以前偷偷派出来的。第一，炸毁这一带藏身存物的岩洞群；第二，狙击蒋忠，打冷枪把这高参暗杀掉。但是莫尔根对此交代得很灵活：如果六十三团走在头里，没遇到什么麻烦，顺利进行爆破，第一条就免了，专干袭击高参这勾当。反过来他们和共军独立骑兵团打起来，难解难分，实在过不来，正好乘机去炸洞，就顾不上杀蒋忠了，总之这二者必须完成其一。他们进来时候鬼谷南口战斗打得正激烈，一个个心惊肉跳，魂不附体，狼奔猪突，什么都顾不上了，到了地方又怕弄出响声被发现，欲炸不敢，欲回不能，饥渴难熬。今天早晨，侥幸抓住了到这里避难的两个牧民，他们就把这两个人捆了，把两匹马杀了，正在你争我夺地烧着吃马肉。侦察连兵分两路，从左右两侧包抄过来了，喊杀声四起，匪徒们发现了这危险情况，都惊得目瞪口呆，手足失措地爬上岩石四散逃跑。

刘青山连长领着一、二排从附近冲过去的时候，看见这两个牧民被捆着，脸上有伤，衣服被撕破，就叫连队的卫生员包扎。

岁数大一点的牧民说："我们是伊和塔拉草原西部的，不知道独立骑兵团在哪儿，就跑到这里来避难，遭了大灾难。西面又来了很多国民党步兵啦，叫什么老鹰……"

刘青山又问了些情况，接着带领一、二排继续搜捕。匪徒钻进自然岩洞不断打着冷枪，侦察连战士有几个人负伤。刘青山、邓志刚立刻带头往里扔手榴弹。经过一场激战，顽抗的敌人被炸死，大部分投降。当他们押送俘虏到宿营的自然岩洞休息时，团部通讯兵送来了战报，形势是很严峻的，蒙古军部和第二师向南撤退，虽然没有来得及和第一师同流合污，却得到国民党西线嫡系"鹰扬"装甲机械化步兵十团接应，窜进了王府市，凭着坚固的城防工事顽抗。在这期间又派特务暗杀了年高德韶的那斯图老先生。琪琪格旗长受刺激太严重了，得了病正在团部卫生院休养治疗。值得庆祝的是独立骑兵团在战斗中俘虏了高娃太太为首的几十个官兵。还有一件事特别新鲜，传为佳话美谈，所谓"虎威"装甲机械化步兵六十三团中有多名驾驶兵，自告奋勇要求参军当解放战士，并且积极动手在鬼谷南口悬崖陡壁间，在被砸坏的谢尔曼、霞飞坦克中，仔细挑选出三辆，能开动冲锋打仗。这是大好事，我们也快要变成装甲机械化骑兵了。谢尔曼、霞飞都是美式中轻型坦克，比日式94、92轻型坦克作战能力、防护设备强多倍，这回蒙古军一、二师六个团的官兵们应该放聪明老实点，不要自吹自擂到处炫耀自己天下无对手。战报最后命令侦察连限期完成剿匪任务，返回伊和塔拉根据地，参加全团庆功大会。干部战士们听了传达，决心要为琪琪格旗长的父亲报仇雪恨。侦察连连长刘青山想到前两天和那斯图老人的共同行动，情不自禁潸然泪下。

完达尔夫抚摸着那匹著名的芦花青马的脖颈，发恨地说："蒙古军经常吹牛说自己是无敌于天下的装甲机械化骑兵，屁话，就会干偷偷摸摸的勾当。上回在王府市外城东面烂坑道破碉堡中搞暗杀，这回在伊和浩特搞暗杀。偷着打黑枪算什么能耐，有本事明着干！"

"蒙古军部和第二师也够丢脸的，莫尔根、哲别二人连高娃太太都保护不了，他们有什么能耐？"漂亮小伙子邓志刚说。

浅白麻子刘青山补充道："被我们围困在王府市内外城，连吃的都解决不了，派警务科长'其努瓦'出去抢牛，一命归阴，自封军事家的莫尔根是个笨牛，打肿脸充胖子，嘿嘿！"

"就是，这回往王府市撤退，丢下他亲妹妹。"

送战报的通讯兵兴奋地介绍道："俘虏哲别的小老婆，全是我们副团长哈尔巴拉的功劳呀，那三发榴弹打得准，把高娃太太的枣红马打死了，哈哈，这王爷小姐怀孕半年多，身子笨重，骑不惯别的生马，一下摔下来掉胎流产了。蒙古军部《青旗》报的文人墨客吹捧的白马红装巾帼英雄，这回显出了原形，哈哈！"

邓志刚接着和刘青山、完达尔夫、察干巴拉等连、排、班干部研究道："刚才审讯了几个俘虏，又派两名侦察兵到窟窿峰一带检查了几条自然岩洞，发现有人去过，有脚印、烟头、饼干碎块、空罐头盒，这说明一个很重要的问题。"

"啥重要问题？"察干巴拉情绪低落，有气无力地说。这个老二好一阵坏一阵，斤斤计较，这回看见完达尔夫当了一排长，又大闹名誉地位了，连话都懒得说。

"蒙古军联合谍报队的特务杀手，一直是偷偷摸摸活动，老是没有断线，去年，完达尔夫和后勤处修械厂的两名同志，在王府市外城土墙东面搜集破烂钢铁打了一场遭遇战，缴获了很多金银财宝和委任状。这回爪子伸得更长，破坏自然岩洞来了。审讯俘虏得知，我们俘虏的这些家伙都是喽啰，暗地里漏网逃跑的才是头头。"

刘青山向完达尔夫、察干巴拉布置道："在下一段时间内，你们一排的主要任务是：封山口、堵岩洞、搜捕漏网的特务杀手，进一步巩固伊和塔拉根据地的后方！"

"是!"完达尔夫牵着芦花青马立正回答,接着找人准备去了。

老二察干巴拉却低头不语,从这个新任一排长后面看了看,撇了撇嘴,开始进谗言讲坏话,骂道:"我们这个被提拔的顶头上司,打仗勇敢不怕死,冲锋在前,还活捉了蒋高参,是不错,但是缺点毛病也不少,有严重的腐化行为呢,作风不好,哼哼!"

邓志刚闻言大惊,因为这不是小事,急忙挖根刨底追查起来,盘问道:"你说话别留半截,怎么回事?"

刘青山连长接着也说:"一排长还有这事?你说说!"

察干巴拉变了脸,严肃起来,批评道:"你们当大干部的,要眼观四路,耳听八方才行,就连和韩寡妇搞破鞋的事都不知道,太官僚主义了,哼!"

"真有这种事?"

"这还有假,千真万确!"

这个事很严重,最后竟提到了团党委会上讨论、研究、审察、定案。团长兼政治委员阿拉玛斯对此很重视,严肃认真地说:"我们提拔一个干部,要全面考察,单纯军事观点是不行的。完达尔夫再勇敢,冲锋陷阵,立功受奖,如果道德品质恶劣,腐化堕落,就不行,坚决清洗,不能姑息迁就,面慈心软!"

哈尔巴拉副团长听着大笑起来,解释道:"老团长和邓主任初来乍到,对此地一些琐碎小事不十分了解;琪琪格旗长是城里人,对农村牧区风俗习惯不熟悉。我来介绍吧,千万别听我们家老二说过头话。完达尔夫牧马,日久天长,你有情我有意,私订终身,早就好了,这是完达尔夫参军以前的事。再说,完达尔夫打死蒙古军三个官兵突破重围时,是韩寡妇助了一臂之力,放狗阻拦了警卫连的追击,她的狗被打死了十来条,可以说是患难夫妻,为什么处分人家,不叫来往,断绝关系,岂有此理!"

阿拉玛斯团长和邓志刚主任毕竟都是军人,听了这话粗犷地大笑道:"原来如此,这就不能追究了,和浅白麻子连长刘青山、阿拉坦花的情况大致相同,可以让他们来往,也可以结婚,从实际出发,特殊情况特殊处理,哈哈!"

琪琪格旗长什么也没有说,只是微笑着看哈尔巴拉,表示同意和赞赏。事后她出自好意,对赶毛驴车的韩寡妇说了表扬的话:"独立骑兵团部和旗人民政府对你和完达尔夫排长的婚姻很支持,你们这是好事,体现了军民团结和民族团结!"

韩寡妇听了很高兴,别的什么也不说,老是问:"完达尔夫这样快就当上排长啦?是正排长,还是副排长?"

琪琪格觉得很有趣,笑着回答:"完达尔夫同志是战斗英雄,每次打仗都骑着那匹芦花青马冲锋在前,这回还俘虏了国民党大军官蒋高参。人民军队论功行赏,他是正排长。"

韩寡妇更乐了,笑道:"这我知道,芦花青马跑得快,总是跑在最前面!"

琪琪格也大笑起来,说:"不能那样讲,主要是人勇敢。"

这些对话很快传到完达尔夫排长耳朵里,他备受鼓舞,领着全排战士更加起劲地封山口堵岩洞。韩寡妇也闻讯过来了,赶着毛驴车给他们送水送干粮,说这是以实际行动支援前线,不要任何报酬。她这行动受到侦察连一排干部战士的夸奖。因为他们知道了团部和旗人民政府都批准了这两个人的婚姻,生米已经煮成熟饭,便有意回避着,给他俩单独相处的机会。

第四十三回　战场偷汉高娃太太被俘 敌阵潜入老邓主任行动

在这次战斗中，独立骑兵团俘虏了高娃太太。为数不少的军民们都以为是哈尔巴拉副团长用掷弹筒打死了她的乘骑，她怀孕在身行动笨拙，骑不惯生马摔下来被抓住了。其实这是误传，不是那么回事。说起来很可笑，高娃小姐和蒙古军参谋长兼第二师长哲别仓促结婚不久，就接连发现这个第三号人物，也像他塌鼻子父亲警务科长“其努瓦”一样，是个好色之徒。哲别利用权势威胁利诱勾搭成奸的女人多了，妻妾成群，可以编成一个娘子连，其中有蒙古族、汉族、朝鲜族、俄罗斯族，还有日本大和民族。有的公开招摇过市，有的暗中偷偷摸摸住宿，闹得满城风雨。高娃太太醋性大发，怒从心上起，恶向胆边生。她是尊贵的王爷小姐，神圣不可侵犯，岂能容忍这个，和小个子参谋长大吵大闹了多次，其间动手扭打，鼻青脸肿，浑身是伤，但是以后发现这无济于事。她愤怒之余想出了恶毒的报复办法：即以其人之道还治其人之身，她也找野男人玩玩，尝尝新鲜，彼此彼此，谁也不用说谁。这样她选中了哥哥莫尔根的警卫兵积儒慕图。这是很漂亮的小伙子，浓眉大眼，隆鼻朱唇，身材高大，强壮有力，据说驳壳枪打得很准，百发百中，高娃喜欢他了，舍施小恩小惠，眉来眼去勾引。警卫兵看着这丰满性感的王爷小姐对他有这个意思，喜出望外，控制不住自己了，找了个机会既抱又吻，连咬带啃，只是没有能发生两性关系。积儒慕图喜欢高娃太太的像两座山峰一样的胸部和不断扭动的肥大的屁股，馋得不行，两眼冒火。这次战斗打得正激烈的时候，他用照顾、保护她为借口，跟住不离开，这正合高娃心意，路过一座孤独的蒙古包，心生一计，假装要进去烤火取暖，把乘骑交给积儒慕图，媚笑着悄悄说道：“小伙子，等我把牧民赶走以后，你拴上马进去，我等你，嘻嘻！”

积儒慕图一阵狂喜，满脸通红，兴奋得不知道说什么好，只是嗯嗯地答应着。高娃看见他乐得闭不上嘴的样子，开心地哈哈大笑，她有恃无恐，放肆地说：“小伙子，你不要怕，有我在，谁也动不了你一根汗毛，只许他哲别搞野女人，不许我高娃搞野男人，岂有此理，二十比一，少多了，哼哼！”

外面炮声隆隆，枪声大作，人喊马嘶，作战双方都是骑兵，来回驰骋，机动性都很强，使人看得眼花缭乱，谁也顾不上注意高娃、积儒慕图俩的风流韵事。

也就在这个时候，突然传来蒙古军第二师六团官兵的惊叫声：“快撤，快撤，共军独立骑兵团冲上来了，快撤，快撤！”

周围万马奔腾，他俩再也不敢搞了，急忙提着裤子往外跑，都没有来得及上马，一颗迫击炮弹炸开来，小伙子立刻毙命，高娃被气浪掀倒堕胎流产被俘……

蒙古军部和第二师保存实力不想拼，一边向王府市撤退，凭险顽抗，且战且走，一边向远在C镇的第一师拍电催促，但是远水不解近渴，没有如愿以偿。过了两天，从B市恶狠狠扑过来的国民党西线嫡系部队主力“鹰扬”十团却赶到，和他们同流合污了。这两股派系不同、番号两样、心怀异志的反动军队，钻进层层设防的王府市内外城以后，从伊和塔拉草原西部还没有解放的地区抓来大批农牧民，急急忙忙加强加固各种工事，并且拼命修复通往 B 市的小土公路。

大约过了十多天，那个接连遭到失败的保密局驻王府市稽查处长戴励志，领着所谓“鹰扬部队”装甲机械化步兵十团团长熊岳到了内城，鬼鬼祟祟地说道：“军座，参座，我们两人前来，打算商量一件军机大事。”

“啥事？”莫尔根粗鲁地说，他正在愁眉不展。妹妹高娃掉马流产被俘虏、腾格里山洞未能炸毁、很多官兵被歼、第一师迟迟不来，诸多事情搅得他六神无主，寝食难安。

绰号“迈德尔喇嘛”的戴励志，皮笑肉不笑地啮了啮了牙，说道：“老朋友，你们联合谍报队功绩卓绝呀，最近潜入共军独立骑兵团赖以生存的腾格里山和伊和塔拉草原交界处，完成了一次特别任务，痛快！干掉了他们旗长的父亲，总算出了一口恶气，一不做二不休，我们打算采取一个更大胆、更彻底、更厉害的办法，请军座定夺！”

莫尔根一心盼望着扎萨嘎能够早日带领第一师过来，对眼前的这个“鹰扬部队”装甲机械化步兵十团深恶痛绝。但是前两天对“虎威部队”装甲机械化步兵六十三团见死不救，血迹未干，怕把事情办得太绝，不好收场，开始没有动怒，咬咬牙耐住性子问：“啥办法？”

“本次国军失利，东线‘虎威部队’六十三团在腾格里山鬼谷南口中了埋伏，惨遭不测，原因是很多的，追究其甚者，乃为军事情报不灵之所致也，没有洞察共军独立骑兵团内幕及其阴谋。这回两家出谋划策共同派一个人前去长期潜伏，就有办法了。”大黑脸熊岳开头说。

“我们杂牌部队，没有那样神通广大的人物。”莫尔根终于发作了。

戴励志插话道：“军座，我们全知道底细，前年你们蒙古军联合谍报队策反‘二蛮子’、‘神枪手’的队伍，大获全胜而归，不仅有人，而且有大能人。当然啦，这回情况不同，办法也得跟着改变，我们准备用难民身份派到共军独立骑兵团根据地中心去，站稳脚跟，长期潜伏，窥测动态，偷递情报，此乃万全之计，上上策！”

哲别听着这两个家伙一唱一和，又看了吭哧吭哧生气的莫尔根，索性交底了，冷笑道：“嘿嘿，真人面前不说假话，干脆亮相吧，我们早就不相信腐败无能的军统稽查处，要单独建立蒙古军谍报特工系统，天马行空，独来独往，再想合作势比登天还难，哼哼！”

熊岳、戴励志二人碰了不软不硬的钉子，悻悻而去。

莫尔根等他俩走后，叹了口气说：“唉，对军统稽查处顶撞也好，抗拒也好，都是说的空话假话，这回来真的，派一个人前去，在共军独立骑兵团根据地中心长期潜伏，这是个办法哩，我们自己不妨试试，派‘影子’怎么样？”

哲别说：“对，就派他去；事不宜迟，马上叫他来研究此事！”

“影子”来了，他知道内情以后，心惊肉跳，只恨扎萨嘎队长不在，没有人给他撑腰做主保护，受这两个高高在上的大人物的瞎指挥乱摆弄，又不敢拒绝，口是心非地推辞道：“不妥，这未免太鲁莽、太冒险、太暴露了，就在前几天，我从鬼谷南口跑出来，在共军独立骑兵团根据地中心伊和浩特，暗杀了他们女旗长的令尊大人老学究那斯图，血迹未干，尸体尚温，记忆犹新，现在去不合适，请军座、参座斟酌。”

莫尔根叹了口气，苦笑了一下，说道：“能者多劳嘛，还是你受点累吧，当然不能白跑腿，授予少校军衔,兼任联合谍报队副队长,怎么样?”

哲别补充说:“对,就派‘影子’前去,你就放心好了,万无一失,我们采用最新的特工技术,搞点必要的整容手术,变成美男子,女人见了就喜欢,哈哈,共军独立骑兵团根据地没见过大世面,有眼无珠,难以分辨,哈哈!当然,‘影子’又要受点洋罪了。不过,孟子说得好:天将降大任于斯人也,必先苦其心志,劳其筋骨,饿其体肤,空乏其身,行拂乱其所为,所以动心忍性,增益其所不能。这意思就是说:不受苦中苦,难得甜中甜。话又说回来,你还是受到另眼看待,实惠多了,还没有来得及上任,就官升三级,还想咋着?”

“不入虎穴,焉得虎子,去吧!”莫尔根又说了一句。

这样几经勾心斗角、讨价还价以后,最后还是定下来了。过了差不多半年,“影子”随着伊和塔拉草原西部国民党统治区大批难民,混进了根据地中心伊和浩特。他化名宝音图,更主要是他已面目全非,变成满脸大黑麻子的丑陋汉子。这个家伙诡计多端,很快看透浩特达额尔旦老人是最容易上当受骗的老好人,还迷信神佛,有这样人保护他是再好不过了,他就经常接近这个心地善良的老人,流着眼泪诉说自己编造的不幸遭遇,愤怒声讨杂牌蒙古军部和第二师、嫡系西线“鹰扬部队”步兵十团的血腥罪行,得到了对方的同情和信任。

这时候,独立骑兵团以腾格里山和伊和塔拉草原交界处为主要根据地,继续掐住铁路公路大干线,并且经常短促突击,破坏正在修筑的通往B市的小土公路。

四月初,侦察连胜利返回团部附近,参加全团隆重召开的庆功大会。哈尔巴拉、刘青山、完达尔夫、察干巴拉等人在这次大会上被评为级别不同的战斗英雄,有的成了传奇式人物,广大战士和牧民不仅传说哈尔巴拉兄弟的事迹,还编成民歌来唱。从这个摔跤手家族的布顿扎那的悲惨遭遇开始唱起,一直唱到哈尔巴拉兄弟三人出生入死,屡建奇功,简直成了叙事长诗。

其实,察干巴拉的情况并不那样理想,最近半年来总是好一阵坏一阵,闹名誉地位,偷偷追求吉达“孛”的妹妹娜布琪,很不像话,只不过是军民们不太清楚罢了。在这次庆功大会上得了奖,又被提拔为侦察连一排副排长,他本来应该认识自己的缺点,痛改前非的。但是他没有这样做,还是老样子,趁着晚上看团直属队和八个连队业余文艺宣传组演出节目的时候,他假装出去解手,把发奖得来的毛巾、香皂、肥皂偷偷塞给了娜布琪。他暗中追求这个胖姑娘有三四年了。最初,对方嫌弃他是汗庙属民、王府奴隶,一点好颜色都没有,大声嘲笑说:“察干巴拉呀,连屁股都够不着的手想摸天,盘算得多美呀,烧火的奴才!”侦察连第一次领导暴动失败以后,娜布琪对察干巴拉更是畏如蛇蝎虎豹,远远绕道而走。从独立骑兵团主力挺进到这里开辟根据地,察干巴拉正式参军当兵,情况有了些变化,特别是那次她勾引哈尔巴拉副团长警卫员彻底失败以后,便死心塌地跟上这个老二,赠送给他一支白玉嘴五花铜锅烟杆。这回更好了,接受了他送的礼物,还给了他一条绣花烟荷包,偎依着他甜蜜地说:“察干巴拉呀,怨我头发长见识短,老早没有看出来,原来你是顶天立地的英雄好汉哪,我这颗心就算交给你啦!”

“啊呀!”察干巴拉浑身飘飘然了,说不出什么别的合适的话来,狂喜地抓住了这个很厉害的姑娘的胖手,悄悄告诉她:“我们部队里规矩很严呀,团、营级干部可以找对象,一般连、排、班级干部和战士可不行,违犯了纪律制度,往死里批评,那狠劲不用提了,我们的事千万别叫人知道。”

“嗯。”娜布琪姑娘变得很温柔,立刻答应了。

开完庆功大会以后，老团长兼政治委员阿拉玛斯、副团长兼政治处主任哈尔巴拉带着部队继续搞小规模袭击，破坏"鹰扬部队"步兵十团和蒙古军第二师正在修筑的通往B市的小土公路。

四月末的伊和塔拉草原，百灵鸟的叫声已经到处可以听见。腾格里山麓，达赖河畔，大小牲畜在沙化退化的牧场上寻找着稀疏的青草。去年夏天，在这里搞了十万立方米战备木材生产，制造了几百辆带篷的木轮车，就算机动的宿营兵房了，很多干部战士就在那里盖着大衣过夜。早晚的天气很冷，有时还下起雨雪，毡子或席棚都浇得精湿漏水，冻得睡不着觉就爬起来跑步。附近的贫苦牧民和汗庙的下层喇嘛，给部队送来了不少铁锅、毡片、山羊皮等东西。尽管缺少肉食、蔬菜、饲草，但是对已经习惯了草原生活的牧民出身的战士来说，都能够克服。他们着急的是：希望早日来增援部队，歼灭王府市内外城中的两股敌军，全部解放伊和塔拉大草原。侦察连一排长完达尔夫趁着帮助战士们归拢军马的机会，到连部向刘青山连长打听情况，问道："老是破坏铁路公路大干线，接着又破坏小土路，腻味了，没意思，怎么还不打？"

"怎么又急躁了？你要明白，掐断铁路公路大干线，接着又继续破坏正在修筑的小土公路，比一般打仗还重要，有战略意义。"

"我还是盼着真刀实枪大打！"

"打是一定的，时机不到！"

"什么时候能定下来？"

刘青山拍着完达尔夫的肩膀笑了，说道："等战局有利时候再打。一排长啊，我们独立骑兵团直属队和八个连队的干部战士，都想一口吃掉国民党嫡系和杂牌部队，但是不那么简单，增援部队来不了，就是能来此地也解决不了人吃马喂的，供应线太长。敌我僵持的时间短不了，持久战！"

有一次，刘青山和几个排长到了团部电台所在地。因为那里用耳机能听到陕北电台的广播，是个最热闹的地方。他们到那里以后，首先问毛主席、朱总司令有什么讲话，党中央和总部发布了什么宣言和命令，还打听各大战场有什么捷报，去年内蒙古自治区成立以后情况怎么样，王府市内外城中的两股敌军，和外界有什么电信联系，回来传达给战士们。

五月一日的早晨，查哨回来正在熟睡的刘青山，突然被阿拉玛斯、哈尔巴拉叫醒了。他掀开身上草绿色棉大衣，一跃而起，高兴地问道："二位团长，早早就过来了，有新的任务？"

"不，准备开会学习！"老团长说着在带棚木轮车辕上坐下来，从草绿色军上衣口袋里掏出一包香烟，诙谐地说："浅白麻子，来，抽上一支暖和暖和，我们部队打胜仗抽过日本烟、美国烟，都比不上这个，这是草原城市乌兰浩特的特产'金骆驼'牌烟，来！"

侦察连长刘青山有过"猴倌"、"鬼谷向导"等等诸多绰号，现在都没了，就叫浅白麻子。他高兴地问道："有什么好消息？"

"有，有，"哈尔巴拉笑容满面地递过来一大卷文件、材料和报纸，说："上面有很多喜讯，形势大好，越来越好，鼓舞人心！"

刘青山打开了大卷子，都看不过来，他也是精神焕发，喜气洋洋，一边看着一边拍打着大腿笑，吸引了不少住宿在附近的干部和战士，他们哄笑起来。

团长兼政治委员阿拉玛斯的情绪也受到了感染，也笑着分发香烟，并说道："现在，全国形势发生了变化，人民解放战争由战略防御转入战略进攻，推翻蒋介石反动统治的时机已经成熟，毛主席指出：‘这是历史的转折点，这是蒋介石反动统治由发展到消灭的转折点。’王府市内外城的国民党嫡系和杂牌部队，更是兔子尾巴长不了啦，快叫通讯员通知团直属各单位负责人和八个连连长、指导员，到这里来开会，认清形势，坚定信心！”

“是，我马上派人去！”刘青山大声答应。

其实，当他们讨论时，前来打听消息的一排长完达尔夫已经听到片言只语，高兴地凑到跟前站着，知道要通知开会，一转身就向草场上的芦花青马跑去。

开完会等他们分别回到所属部队以后，太阳快要落山了。侦察连宿营的很多带棚木轮车旁炊烟四起，连部炊事员为了庆祝“五一”节和战争的胜利，清煮了黄羊肉，外加腌沙葱。大家都开胃了，吃得又香又多。晚饭后，战士们还在议论着这些振奋人心的消息。

独立骑兵团政治处主任邓志刚，在侦察连和大家一块会餐以后，去和刘青山告辞道别，说他自己要远走高飞。

“什么？”刘青山出乎意料，惊讶得瞪大了眼睛。

“我们的老邓要走啦！”哈尔巴拉走过来，神秘地眨了眨眼睛，指着帆布褡裢内乳粉、饼干、糖块、奶油、果干、香烟、色酒等等食品，说道：“临走以前他要到团后勤处医院，和琪琪格旗长辞行！”

老团长看着刘青山大惑不解的样子，笑着说：“我们一块走吧，琪琪格旗长快痊愈出院了，我们去和她研究一下建设牧场的事情。”

“邓志刚主任究竟要去什么地方？”刘青山不知道其中的奥妙，路上又追问道。

阿拉玛斯看见周围没人，小声说：“有两件事属于核心秘密：第一件，别看老邓是汉族同志，蒙古话说得很好，蒙古文也能写两下，这回要打进蒙古军心脏里去，长期潜伏，待机行动。第二件是巴雅尔副团长调回大后方以后，在骑兵师任参谋长，正在加紧练兵，准备来支援我们。但是这里军事地位重要，经济基础薄弱，怎么能养得起千军万马，这就开始筹建牧场。两件事一定要保密，千万注意，不要泄露出去！”

“知道，守口如瓶！”刘青山点了点头。

他们四个骑着马边走边谈，远远看见一堆快要熄灭了的篝火旁边，一个人发呆地坐着，他们认出是侦察连一排副排长察干巴拉。

邓志刚翻身下马，对他说自己要调走了，紧紧握着手再三和他告别。

察干巴拉无动于衷，应付了几句继续想着自己的心事。傍晚时候，娜布琪和很多姑娘骑着马路过这里，背着别人扔下了一件小包，他打开一看，里面是粗羊毛线织的背心，还有一张纸条，上面用蒙古文写着：“亲爱的，多么想你呀！”这个满脸连鬓胡子的彪形大汉，平常倒头便睡，发出打雷一样呼噜声，现在可不中了，别是一番滋味在心头，一点睡意都没有，睁大眼睛坐着。夜深了，伊和塔拉的沙化退化的草场上落下了一层寒霜，映着星光和快要熄灭的篝火闪闪发光，好像是娜布琪姑娘的眼泪。察干巴拉很想和娜布琪马上结婚，建立小家庭，但是他知道部队是不允许的，哥哥是不同意的，他摇了摇头叹了口气，情绪十分低落，迟迟不上带棚木轮车睡觉……

第四十四回　制古今菜小白施展手艺　披虎狼皮老邓站稳脚跟

邓志刚打进去了，化名改姓为白玉堂，蒙古名字叫哈斯格尔。他在开始时就出手不凡，选择王府市外城大北街路东买三间砖瓦房开了蒙古餐厅，人人都说这是黄金地段，竖起大拇指夸奖。但是在小的方面却出了差错，他可能是忙得顾此失彼，不管很多人的提醒和劝说，竟雇了一个外号叫“愣道尔吉”的人当堂倌。这个家伙吊儿郎当，懒馋皆占，耍钱嫖妓出了名，满脸挂灰，原来是个瘾君子，真可谓五毒俱全矣。到这里什么也不会，白吃饱。这成了使人笑掉大牙的话柄，别的堂倌和厨师们拿他开心，老是戏称他是“愣道尔吉”。他们对此很纳闷，诧异不止，精明强干的老板白玉堂，为什么白白养活这样成事不足败事有余的家伙呢？百思不得其解。

营生准备了几个月，今日开张了。这天风和日丽，尘土不扬，是一个极好天气。从大清早起红火热闹，集合了很多人。白玉堂早就站在门口应酬来宾。他身穿蓝缎蒙古袍，腰扎大红绸带，脚蹬黑漆皮短筒马靴，唇红齿白，油头粉面，好一个俊俏伶俐的年轻人，怪不得有人捧场说：“小老板长得好，手艺好，人缘好，真像《三侠五义》中的锦毛鼠白玉堂！”

正屋间挂着很多幛料和锦旗，上面差不多都写着“开业大吉”、“新张志禧”等蒙汉文贺词。一阵阵鞭炮齐鸣，噼里啪啦乱响，硝烟迷漫，不断轰动着大北街。上午，已经有很多人作过客，一个个彬彬有礼，频频向白玉堂祝贺，恭喜发财，都说了不少好听的吉利话，皆大欢喜尽情而散。下午，形势急转直下，发生了险情，门口突然来了五六个家伙，没有一个买卖人，横眉冷眼，满脸凶气，正在蛮不讲理地找碴挑毛病，从他们那种穿戴打扮和霸道行为，谁都可以认出是跟着新来的“鹰扬部队”装甲机械化十团到此不久的军统特务杀手。

远亲不如近邻，隔壁饺子馆的女老板孟丽君，这两天经常来这里参观。现在，特务杀手们的无理取闹，使她大为发火，柳叶眉直竖，杏核眼圆睁，捋胳膊挽袖子，就要过去争论。这位年轻守寡的漂亮女老板是厉害的，颇有正义感，远近闻名，并且烹饪技术高超，善于经营，外号“饺子大王”。

白玉堂拦住了她，招手叫过来“愣道尔吉”，贴着耳朵窃窃私语，打发走了。这很可笑，不少人挤眉弄眼，交头接耳，议论纷纷：把他派出去，能干些什么？真是奇而怪哉。白玉堂接着向这些特务杀手们赔笑，很客气地说：“蒙古餐厅选择今天黄道吉日开业，喜逢各位老总光临，不胜荣幸，请尝尝草原小吃，往后还要高抬贵手，多多关照，嘿嘿！”

这帮家伙头前的像采花大盗一样穿着全套紧身密扣夜行衣的黑脸大汉，是行动组长，一贯是嘴上抹石灰——白吃，并且顿顿换口味，天天变花样，东走西窜，逛来荡去，王府市外城大街中巷小胡同的各个饭馆，千百种样式饭菜都尝遍了，分文不给，顶风臭四十里，据说有人送了一副对子，上联是“闻香止步”，下联是“知味停车”，横批是“饕餮”。现在这里铁路公路大干线被掐断，小土公路又遭到破坏，什么都运不进来，米面肉食奇缺，诸多大小饭馆勉强维持生计，都快要倒闭关门了。特务杀手们不管不顾，恶声训斥：“现在不是早晨，太阳偏西快要傍黑了，还要小吃什么，应该大吃特吃，你看我们没钱吗？这是看人下菜碟，瞧不起我们，哼哼，这太不像话，老蒙古，认得我们吧？”

白玉堂根本不买他的账，不软不硬地回敬：“老总，对不起，我们只能品尝草原小吃，本号既然称为蒙古餐厅，应该和诸家饮食业同行有所不同，这是创业的根本，开张的宗旨，努力的方向，是不能随意改变的。”

“哼哼，这家伙不开窍，贼犟，一条死胡同走到头不回来，有他叫苦连天的时候。”

“叫苦连天？没那么便宜，不叫他哭皇天，我马王爷就没长三只眼睛，哼哼！”特务杀手们骂骂咧咧，都有一种近乎疯狂的报复心里，蜂拥而入，占据了用屏风隔开的雅座内靠窗的一张八仙桌子，一个个像螃蟹一样横着坐在那里。

白玉堂并没有被吓唬住，沉着冷静地观察大北街南头，远远看见有很多穿黄色军装的人，排成很整齐的一列纵队，往这边鱼贯地行进着，接着加快了速度，几乎要跑步过来了，看样子是蒙古军联合谍报队。他回想着国民党嫡系和杂牌部队之间多次发生的狗咬狗的矛盾，心中忍不住发笑，但是表面上装出特别尊重顾客的样子，索性亲自动手端盘递碗了，往八仙桌上摆着，很有礼貌地说：“老总们都是走南闯北阅历很深的大人物，空中飞的，地下跑的，水里游的，树间结的，草丛长的，什么没吃过呀，这回应该尝尝内蒙古草原特产奶食品。这些是奶茶、奶皮、奶果、奶酪、奶酥、奶粉、黄奶油、白奶油、甜奶豆腐、酸奶豆腐、炒米，花色俱全，式样有别，味道各异，请老总们品尝，不同一般，保证满意。”

穿着采花大盗紧身密扣夜行衣的牛高马大的行动组长，恶声恶气吆喝：“王八旦，你这是故意噎我们，呛我们，刁难我们，取笑我们呀，摆了这些生不生熟不熟、又膻又腥的硬东西，谁吃？”

真是冤家路窄、狭处相逢，蒙古军联合谍报队的三十来名特务杀手已经来到门口，就要冲进来了，从里面传出去的声音听得清清楚楚。

白玉堂假装不知，接着说：“蒙古餐厅食品主要分红食、白食两大类，草原小吃属于后者，其中包括炒米，它的优点多啦，爆花粒少，黄而不焦，干燥发脆，酥香可口，维生素多，淀粉固定，最好消化，营养丰富，含水量低，贮存耐久，不易霉变，携带方便。它的吃法最简单，泡在奶茶里拌上一些奶食就行了，请尝尝！”

“贫嘴！”

“少耍花舌子！”

“住口，他妈的，嘘！”特务杀手们吹着刺耳的口哨，连声起哄。行动组长更是勃然大怒，拍案而起。这家伙不仅模样古怪，穿戴奇特，兴趣爱好也很惊人，身边竟放着装猫头鹰的笼子，真是什么人玩什么鸟，这回破口大骂道：“老蒙古，臭鞑子，夹着你的肛门少放屁！我看你开张宴请是假的，要戏我们是真的，你摆设了这些又硬又膻又腥的东西，什么意思？炒米不是人吃的，只能喂牲口，牛马骡子料，他妈的！”

话音刚落，叭！叭！连响几声，行动组长早挨了重重地三五下嘴巴子，被打得东倒西歪，趔趄了好大一截，他捂着火辣辣的腮帮子，镶着黄铜边的枭鸟笼掉在地上。

动手的正是蒙古军联合谍报队长扎萨嘎，他刚刚从驻扎在C镇的第一师那边回来，正对国民党嫡系部队所谓中央军生气，现在有了发泄的机会，打了人还不罢休，叫嚷着不堪入耳的脏话“黑蛮子”、“臭蛮子”、“贱蛮子”、“贼蛮子”、“南方蛮子”乱骂起来。

行动组长是职业特务杀手，亡命之徒，性情暴躁犹如烈火，半辈子为非做歹，从来没有吃过眼前亏，岂能受得了这？掀开采花大盗般全套紧身密扣黑色夜行衣的前摆，就要抽出腰间美式手枪。谁知道蒙古军联合谍报队的特务杀手们，行动疾如风快似电，十多把德国造二十响驳壳枪几乎同时逼住，鬼哭狼嚎般齐声叫嚷：“不许动！”

“举起手来！”

联合谍报队是充分研究过这次行动的战术的，分兵把口，攻守严密，无懈可击。有的举枪瞄准，有的缴收武器，有的掏绳绑人，有的拳打脚踢，有的棍棒相加。从人数上来讲是五比一。军统稽查处新来的特务杀手们处于极为不利的劣势，不用说还手之力，连招架之功也没有了，被揍得满地乱滚，只是死要面子硬挺着不求饶。八仙桌子掀翻覆地，碟碗盘盆都稀里哗啦碎了，白花花的奶食品洒了满地。

开业大吉这天出了乱子，惊动了整条大北街，远远围着看热闹的成千上万人，里三层外三层几乎水泄不通。一小队穿黑制服扎白绑腿的警察，探头探脑看了看，急忙缩回去灰溜溜地走了，不敢干涉这两支打群架的正规作战部队。负责维持治安的“黑狗子”尚且如此，别人更不敢轻举妄动。蒙古餐厅的四五个堂倌和厨师首当其冲，都惊呆了，变成泥塑的神、木雕的仙、铜铸的佛，张嘴结舌说不出话来。只有白玉堂站得高看得远，头脑清醒，认为不能把事情闹大了，办绝了，变成不可收拾。于是他突然断喝了一声：“住手！”

“咋着，别人在我们头顶上拉屎撒尿，还硬挺着逆来顺受？岂有此理！”好吃懒做的痞子“愣道尔吉”突然来了精神，叉着腰吆喝起来，好像成了一个草莽英雄，不知道他要的什么威风。

扎萨嘎队长最先动的手，以后一直是领头打人，现在外强中干，心里开始害怕起来。他觉得打够了，出气了，应该适可而止，要是鬼使神差结果了一个，人命关天，就得吃不了兜着走。白玉堂刚才的吆喝正好是给了下台阶梯，不仅自己住了手，还立即制止了弟兄们的野蛮的殴打。

一波未平，一波又起，就在这时 把飞刀带着尖锐刺耳的呼啸声，笔直地向扎萨嘎的咽喉飞过来。说时迟那时快，眼观四面耳听八方的白玉堂，动作异常敏捷，就势拿起装奶豆腐的大铜盘当盾牌，立即挡住了。飞刀的穿透力是如此之强，洞开了一个足有三寸扁长的大窟窿，如果刺到脖子上，立刻毙命。扎萨嘎后怕得很，出了一身冷汗。他是莫尔根、哲别的宠儿，金枝玉叶，有了差错还了得，联合谍报队的特务杀手们人人大惊失色，个个狂呼乱叫，有的夸奖白玉堂，赞不绝口，有的要开枪射击，誓报一刀之仇。

白玉堂制止住了，他接着假装出不偏不倚极为公道的样子，动嘴劝说，伸手拉架，大声发话道：“两面的老总们，快别打了，快别打了，你们这是龙争虎斗呀，英雄好汉们心里忍不住一点小气，就得往外撒。撒够了，气也消了，朋友还是朋友，递烟敬酒，请客送礼，赛过亲兄弟，官官相护嘛。但是这却要了我这个草民的小命，现在砸家具，将来毁房子，我怎么受得了。本来就是小本经营，蝇头微利，架不住破坏呀！”

在这场狗咬狗的矛盾斗争中，军统稽查处新来的特务杀手们吃了老大的亏，被打得鼻青脸肿，满嘴出血，在撒满瓷碴的地上跌来滚去，皮开肉绽，正求脱身不得，白玉堂的说情求和拉架，好比是开了一道大赦令，趁机急忙爬起来逃之夭夭。从此以后，认为白玉堂是患难之交，助了一臂之力，帮了他们大忙，见面以礼相待，笑嘻嘻地称兄道弟，这是后话。

花花公子扎萨嘎本来负过伤，挨过琪琪格一枪，把肩膀打透了，这回险遭飞刀，越想越不是滋味，咬牙切齿恨了一会儿，这才缓过劲来，几个大步走到白玉堂跟前，紧紧握住手摇晃着，表示感谢救命之恩，同时显出特别赞赏的样子，亲热地笑道：“真是出乎意料，小小的蒙古餐厅内竟有这等智勇双全的快手，真正的快手，名副其实的快手。在这里岂不是埋没了人才，发挥不了特长，唉，英雄无用武之地，可惜呀！”

联合谍报队的特务杀手们人多势众，并且有充分准备，夺得全胜，皆大欢喜，以救苦救难者自居，坐下来敞开肚皮大吃二喝。以吸毒嫖妓赌博出名的“愣道尔吉”，天赐良机，接连吃了四大海碗，当场又增加了“炒米口袋”的外号。乐极生悲，撑坏了，得了肠梗阻，用担架抬着送往蒙古军医院做手术去了。

众堂倌、厨师这才明白，原来“愣道尔吉”是扎萨嘎队长姘妇的最小的舅舅，颇有来历，怪不得能搬动救兵。扎萨嘎是蒙古军军长莫尔根的心腹亲信，又是参谋长哲别的独生子，实际上是第四号人物。好大的靠山，白玉堂不顾众人非议，招聘“愣道尔吉”的真相大白。

从此以后，白玉堂的生意很红火，招来了蒙古军部和第二师的很多官兵，大吃二喝，称兄道弟，握手拍肩，玩得滴溜溜转。但是有人指出：出了个不大不小的漏洞，所谓智者千虑必有一失，可能就是如此。到现在为止，门口光秃秃的，竟没有字号，熟人才知道叫蒙古餐厅。名不正言不顺，这成了笑话，为此不少人劝过、提醒过、讽刺挖苦过，有的还给找了写字先生，在蒙古军部《青旗》报当编辑的那些文人，个个字珠圆玉润，堪称书法家。一点不顶用，白玉堂只是口头答应，并不着手办，一直拖到现在。这是怎么回事呢？谁也说不清楚。这一天，他通过上次新结交的朋友扎萨嘎大少爷，给莫尔根军长发出了请帖，要用纯粹的蒙古民族的传统食品设宴招待他们全家。这个王爷为了表示特别重视，带着大小福晋、两个王储、卫兵等二十来人，分乘三辆黄色越野吉普车，出了内城北门，风驰电掣般过来了。

虎驾出动，光临市井，非同一般，惊动了外城整条大北街。这里讲究肃静、回避，谁也不敢靠近，远远站在马路两边瞻仰观光。白玉堂趁机大献殷勤，恭恭敬敬地倚立门口伺候。莫尔根仔细观察着周围环境，不以为然地拧了一下眉毛，发话道：“这里优劣兼有，好坏并存，既要发扬，又待改进。先说够的，顾名思义，伊和塔拉大草原腹地王府市内，应该有一家蒙古餐厅这样的饮食行业，一定受到欢迎和支持，天时地利人和，此乃成功之根基也。再说不够的，开张营业好几个月，门口竟没有字号，蒙古餐厅只是口头传说，岂有此理，做买卖搞生意全靠商标和广告呀，这回显了原形啦，说明我们蒙古人不善于此道。”

一个军官叫着白玉堂的蒙古名字，插话道：“哈斯格尔本来是个精明人，在这一点上却糊涂啦，使人难以理解，本市外城大南街蒙古军部《青旗》编辑，都能写字，都是远近闻名的大才子，平常惜墨如金，但在这里用餐之后，都感动得热泪盈眶，慷慨激昂，要给题匾，哈斯格尔却借故推辞，婉言谢绝啦，奇而怪哉。”

“嘿嘿，哈斯格尔办得对，办得好，办得正确！”莫尔根冷笑着支持了白玉堂，说道：“《青旗》报编辑记者先生们，志大才疏，狂傲不羁，无实事求是之意，有哗众取宠之心，不能让他们写！”

“唉，可惜，那斯图老先生不在城里，最近听说他死了，他老人家的字是不错的！”

莫尔根又否定了：“贵族私塾老先生已经死了，寿终正寝上西天了。就是活着也不行，他年事已高，超过花甲，接近古稀，岁月不饶人，太衰弱啦，老眼昏花，力气不支，胳膊发抖，手腕子甩不开，很难把字写好的。何况他和女儿琪琪格已经投降共产党，变节分子，这种人就是活着也不能让他写。拿笔来，我这个少壮派军人写，别看包云卿先生是我的启蒙老师，后生可畏嘛，青出于蓝而胜于蓝！”

莫尔根王爷接着开怀大笑。原来这位土皇帝酷爱书法，自称笔走龙蛇，颜筋柳骨，深得其中之妙，动辄挥毫题字，炫耀自己，其实并不高明，这回又遇到了表现自己的大好良机。

白玉堂连忙赔笑，说道：“军座赏赐墨宝，一字千金，蒙古餐厅光辉灿烂，锦绣前程！”

军长一呼百诺。下面跑断腿，很多人都开始找文具了，一个伶俐的堂倌正急急忙忙往外推那辆除了铃铛以外什么都乱响的日本“富士”牌破旧自行车，另一个粗夯的卫兵早就抢先坐着黄色军用越野吉普车奔驰过去了。这一带属于王府市外城四条大街之一，虽然铁路公路大干线被掐断了，但是在一直驻扎重兵的情况下，利用通往西面B市的小土公路运输货物，商店还能对付着开张。什么“海河皮铺”、“王毡匠作坊”、“永久靴厂”、“戈壁金融社团”、“李记杂货店”、“李殿臣布匹庄”、“钱金大车站”等等映入眼界。这一带首富是“天山茶庄”，规模大、销路广、茶种多，很能满足、迎合蒙汉民族各个阶层的需要。民国十九年，即一九三〇年，回族大户马家开业天山茶庄，下设茶馆，门口的烧水炉上汽笛从早到晚响个不停。这家商户更主要是兼营批发零售，宽敞明亮。汉名包云卿的蒙古族老学究那斯图挥毫书写的门匾，雄健秀丽，龙飞凤舞，为这茶庄增添了古朴的神韵。它自从开业以来，人力财力雄厚，专请销茶名人任掌柜，还派人常驻京津，直接进货。茶叶品种齐全，丰富多彩。既有绿茶中的上品龙井，也有广大蒙古族牧民常用的砖茶大方，以及龙团、普洱、川茶等等。王府市内城的莫尔根王爷家族对茶叶的要求很高，一般沏起来要色、香、味俱佳，杯未沾唇，香气扑鼻。天山茶庄根据王爷家族喝茶要根据节令的习惯，必须准备应时品种，否则会失掉这最大的靠山。并且为赢得蒙古军一、二师六个团的所谓高级军官们的嗜好，保证信誉，天山茶庄从京津聘请品茶专家来坐堂，把握配茶的质量。四十年代，茶叶的品类悬殊，为了权衡差别，照顾绝大多数消费者，这里还购进茶叶的综合种类，最贵的一斤售价银元十二块八角，最贱的九角六分。另外，也为匆忙贫穷的顾客准备了几钱重的小包茶叶。

王府市外城的一些其他小商贩，也别有特色，为了谋取蝇头小利以维持生计，每到冬夜不管天寒地冻路黑，走大街串中巷钻小胡同，叫卖各种零食。那时没有路灯，他们手提一盏马灯或玻璃方罩油灯，肩背或臂挎一个柳条篮筐，内装白天加工好的一二种同类食品，如油茶面和茶汤面、莲花豆和干酥大豆，还有羊脖、猪头肉、羊腱子、灌肠、五香卤沙鸡、熏野兔等等。卖“辣子换”萝贡的，可代顾客削皮切开。这些小贩的叫卖声，各有各的腔调和特点，直到深夜十一二点钟，叫卖声由远而近、由近而远地在寒夜的空中回荡。值得一提的是有一个山西小贩，他制作的饼食品种多，吆喝起来是一口气把所卖的东西都唱出来，有板有眼，声调高亢，好像一首短歌：“油酥饼子，芝麻糖烧饼，半圪塔饼子，哎，豆面圪墩墩，糖干炉儿。”

王府市内很少有汽车行驶，就连自行车也寥寥无几，来往内外城及火车汽车站之间的大马路上，几乎全是以畜力小轿车来代步的，它成了这个伊和塔拉草原腹地大城市的主要交通工具。畜力小轿车不同于大马车，顾名思义，它很像小轿子，只不过是套骡马的小轿子，车体结构独特，轿形车篷四周镶有玻璃门窗，可容纳二三名乘客，因为车轱辘为菊花形放射状木结构，加上整个车体油漆彩画，精致雅观，显得小巧玲珑，颇受人赏识，所以小轿车又名花轱辘车、小篷车。小轿车为单马车辕，不用帮套。车主为招揽生意，常年把车马打扮得花枝招展，马身上披红挂绿，马脖颈附着铜铃铛，马头戴有五色璎珞，驰骋在大马路上神气十足，招摇过市，引人注意。汉族市民们每逢举办喜事，就有畜力小轿车代替花轿，迎亲嫁娶。等鞭炮一响，赶车的扬鞭策马，一路喜气洋洋，有一首歌唱道：

内城到外城，
远近五里整；
坐上小轿车，
逍遥乐其中。

外城到车站，
足够二里半；
坐上小轿车，
赛似活神仙。

且说这辆黄色越野吉普车横冲直闯，人人回避，很快到了“文房四宝堂”门口，卫兵笨重地跳下来，步态蹒跚，用四声不分的蒙古腔调的汉语，扯着嗓子直嚷：“掌柜的，掌柜的，快拿出写字的家伙来，快，快。”

“文房四宝堂”的伙计们惊慌起来，手足失措。来者不善，善者不来，这个蒙古军丘八气势汹汹地过来吵吵嚷嚷，是不是真的要文房四宝？他们张嘴就骂，动手就打，纪律败坏，行为恶劣，有可能要更进一步干出抢劫掠夺的勾当。

掌柜的却是个老奸巨猾的家伙，远远看见莫尔根军长在那里指手画脚，猜测出十之八九，心里有底，并不害怕，倒背着手站住不慌不忙地冷笑道：“嘿嘿，这才是秀才遇见兵有理讲不清了，更何况是老蒙古兵。写字的家伙包括文房四宝呀，你到底是要什么呀？”

卫兵枪法很准，骑术不错，却是个“瞪眼瞎”——文盲，别说汉文，连蒙古文十二字头的第一个“阿”都念不下来，从来就不关心什么写字的家伙，愣了一阵，嚼着大舌头又说开了那四声不分的蒙古腔调的汉话：“我们的军长要写字哪，全要，全要，一个也不能少。”

一个调皮的伙计存心要捉弄卫兵，打算叫他再跑一趟，暗暗对别人挤眉弄眼扮鬼脸，拿出只能写蝇头小楷的毛笔等微型文具，郑重地交给了他，竖起大拇指，嬉皮笑脸地说：“狼毫、微墨、端砚、宣纸，好使，好使，嘻嘻！”

掌柜的处世经验丰富，觉得这个玩笑开得过火，使眼色制止了恶作剧的伙计。卫兵倒是可以随便戏耍玩弄的，但是身兼王爷、旗长、军长三大要职官位的莫尔根责怪下来，却担当不起呀，急忙又拿出来大个斗笔、大瓶墨汁、大块铜盒、大型镇尺、大张宣纸交给了卫兵，挤出笑脸说道：“老总，大小两种都拿上吧，看样子，王爷是要给新开张的蒙古餐厅题匾啦，小的要是派不上用场，就用这大的，任选其一。”

卫兵回来时候，这里集合了很多军政官吏，真是高朋满座、侍从如云了，都是莫尔根军长另行通知请来的。这时有杂牌蒙古军部和第二师四、五、六团的高级军官们；还有嫡系“鹰扬部队”步兵十团团长熊岳和这次又跟着过来的军统稽查处头目戴励志。杂牌和嫡系部队之间矛盾虽然很大，但是有时也虚伪客套应付一下。熊岳、戴励志等人本来是不喜欢食用蒙古族食品的，但是当地这个独揽军政大权的土皇帝的面子大呀，只好勉强前来，纯属于礼节性的。在穿着黄黑两色制服的军警中间，夹杂不少穿绸缎衣服的买卖人，著名的旅蒙商号“大盛魁”的分店“巨䕵”的财东李岩；素有“饺子大王”声誉的年轻守寡的女老板孟丽君，都引人注目。

莫尔根算出够风头啦，在众目睽睽之下，提起大斗笔一挥而就“蒙古餐厅”字号，蒙文写得不赖，大小相称，粗细均匀，雄健有力，腰杆直挺，牙齿分明，好看极了。在军政人员们一片喝彩和鼓掌声中，他差不多又一气呵成写完了对联。上联是“味誉四海蒙古奶品源远流长”，下联是“香飘五洲草原肉食根深基厚”，横批是“推而广之”。

蒙古军的军官们七嘴八舌，说的完全都是阿谀奉承的话，越讲越没边，玄之又玄，捧到天上去了。第二师六团团长兴奋得满脸溅朱，秃着舌头咬文嚼字说：“词有烟霞气，书兼龙虎姿，军座文武全才，蒙汉皆通，不愧是誉满中外的儒将，此乃我们民族之幸也。”

第二师四团团长是莫尔根多年的老部下，所谓“股肱之将”，也想对主子表示一番忠诚，来取得进一步信任重用。但是他一个大字不识，绞尽脑汁连像样的文明词也挤不出来，只能连声叫好。由于他说的也是四声不分的蒙古腔调的汉话，听起来好像是：“高，高！”

蒙古军参谋长兼第二师师长哲别暗笑，只好亲自出面替他遮丑，说道：“就是，就是，本来就是高嘛，军刀锋在战场开，百花香自草原来，军座既有武功又有文采，书法迸发惊人技艺，非平庸将校可比也，高，高，真正高。”

五团团长更是个粗鲁野蛮的职业军人，对舞文弄墨的事同样一窍不通，傻了眼啦，龇牙咧嘴，不知道说什么合适，但是他最好表现自己，悄悄对哲别请教道：“参座，怎么样露一手？”

哲别憋住笑对他的耳朵窃窃私语了一番。这个五团团长虽然是个文盲，记忆力却很惊人，转瞬之间逐字逐句背诵下来了，清理了一下嗓子，像在操场上喊口令一样大声叫嚷：“字字珠玑，金玉良言，有德方乃立，无疵品自高，足以体现军座伟大的人格，哈哈！”

莫尔根是何等机灵的人，明察秋毫，早就发现了对方的小动作，戏谑道：“何其文雅乃尔，五团长突然不说骂人的脏话了，满口诗词歌赋，简直像书房里的笔帖吏，没有杀气，却有酸味，哈哈！”

这话逗得军政官吏们都哄笑起来，互相之间尽情打趣，皆大欢喜，就等着入席了。

化名改姓为白玉堂的邓志刚很兴奋，这正是他最近几个月以来等待的事情啊，终于如愿以偿，有莫尔根写的字当招牌，所谓好风凭借力，送我上青天，不仅身价顿升百倍，而且就算披上虎皮狼皮啦，国民党嫡系和杂牌部队的军警宪特们都望而生畏，不敢前来惹事，因此一定要把这位土皇帝的手迹木刻油漆成匾，永久性地挂在蒙古餐厅门口，充当护身符。

在这次盛大宴会上，一个名叫阿尔斯朗的老兵被莫尔根军长邀请为上宾。他穿戴邋遢，满脸污黑，胡须蓬乱，浑身汗臭，看样子是个特等酒鬼，馋虫蠕动，无心评论什么书法，也不参加谈话，酒菜还没上席，宴会正在准备开始，他却从后面弄来十罐马奶酒，大盘肥羊肉，更不谦让，独自一人大吃二喝起来，连点规矩都不懂，可笑又可气。这个老兵体壮如牛，可谓海量，用镶银大木碗满满盛着马奶酒，连续干了十多碗，终于架不住那后劲，酩酊大醉了，怪模怪样地歪坐在铺着栽绒垫子的太师椅上，喘着粗气，没遮没拦地胡说八道起来，谁都不放在眼里。

白玉堂消息灵通，早就知道了，这个没有任何官衔的老兵被邀请为上宾，并且胆敢如此放肆，胡作非为，是颇有来历的，原来他是莫尔根的一百零八个巴特尔之首，不能小看，便恭恭敬敬地端过去黄铜壶，笑容满面地说："老总，这酸牛奶最醒酒，请饮用！"

丑陋不堪的老兵吧嗒着嘴，流着涎水，难看地笑道："这个小老板掌柜的是好样的，明白人，知道我的口味，嘿嘿！"

熊岳、戴励志等人却不明白，越看越糊涂，大为诧异。阿尔斯朗的肮脏样子使他们恶心要呕吐，但是他们不能退席愤然离去，也不能喧宾压主说三道四，只好互相挤眉弄眼撇嘴表示厌恶。

莫尔根精明得很，早就看见了熊岳、戴励志两个的小动作，气不打一处来，冷笑道："你们看着这个老兵坐在上宾首席大言不惭，无礼太甚，觉得稀奇又古怪吗？实不相瞒，这正是我带兵的最根本的方法，你们想学也办不到，来不及了，兵败如山倒，悔之晚矣！"

这时候，那个面目可憎的阿尔斯朗端起镶银大木碗又继续灌着，酒精恶性发作，完全失掉控制自己的能力，几乎没有什么理智可言，真正处于疯狂状态，挣扎着站起来，用五音不全的嘶哑的粗嗓门肆无忌惮地胡乱唱道：

你不该奔马到浩特外，
用套马杆子套住我的脑袋。
我为此就把相思病来害，
总盼你偷偷钻包投我怀。
有一天晚上月色朦胧三星歪，
你就放轻脚步走进来。
一个枕头两个脑袋，
一张被子两个人盖。
你爬在我的身上摸两个奶，
还不断亲嘴咬个乖乖……

这一下就像汗庙的滚开了"满锦"大镬一样哄哄乱响，有喝着酒噎住的，有吃着饭喷出来的，有起哄喊好的，有生气骂街的，有劝说不要往下再唱的。真是各吹各的号，各唱各的调，听不清吵吵嚷嚷些什么。

熊岳、戴励志等人脸色阴沉，显出鄙夷的样子，侧目而视莫尔根的一举一动，使他们大惑不解的是，这位军长没有一点愠怒的表情，又白又胖的团圆脸上笑嘻嘻地，非常得意，似乎十分欣赏这低级下流的庸俗小调。

军统稽查处特务杀手头目戴励志在伊和塔拉大草原连连惨败，损兵折将，这个家伙日子很不好过，越想越不是滋味，一直是愁眉苦脸的，对前途和事业几乎是绝望了，现在长叹了一声，颇为凄凉地说道："不祥之兆啊，军座，马长犄角骆驼生硬蹄，奇闻怪事，听说您治军很严，执法如山，铁面无情，今天怎么啦？为何如此纵容、姑息、迁就？这样赏罚不明，纪律松弛，制度败坏，有百害而无一利，弊病，唉，唉！"

莫尔根不理不睬，傲慢之极，仰起宽大的下巴不无得意地说："蒙古军被蒋委员长降格改编成新一师以后，我们交往颇多，不止一次地听戴先生说自己是个'蒙古通'，是这方面专家，对伊和塔拉草原上的事情无所不知，无所不晓，其实是吹牛，屌毛灰！我可以告诉诸位，阿尔斯朗资格很老，蒙古军中数他军龄最长，别看他岁数不大，可以说是爷爷兵了。他少年时期就参军，行伍四十年，身经百战，顶天立地的男子汉大丈夫。青年时期在大兴安岭南麓与东北军鏖兵，打伤了他们副统帅吴俊升，名声在外，传遍内蒙古四十九旗，外蒙古五十七旗。中年时期参加诺门汗战争，苏俄红军重型坦克成群结队，占据压倒的绝对优势，日本关东军二十三师团主力被歼，满洲帝国兴安师团全部溃散，我们蒙古军参战的第二师损兵折将，我身先士卒，冲锋在前，撤退在后，不幸陷阵，身上贴金挂彩，行动困难，眼看就要上西天了。就在这生死关头，是这个老兵独胆闯敌阵，单骑救主，把我驮在马背上冲出钢铁包围圈。救命之恩重如八百里腾格里大山，岂能不报，所以不顾身份地位，叩头拜把，汗庙圣祖像前宣誓结义，以兄弟相称，一直待为上宾贵客，给予最高待遇。此事颇有影响，鼓舞了我们蒙古军一、二师六个团官兵，一传十，十传百，当成楷模。我坚信这将成为千古美谈，传世佳话，嘿嘿！”

嫡系“鹰扬部队”步兵十团团长大黑脸熊岳插话了，他平常总是怒目横眉恶狠狠地，典型的如狼似虎的样子，这回却扑哧笑出声音来讽刺挖苦道：“有会说的，也有会听的，我看这纯粹是沽名钓誉的欺世之谈，所谓刘备摔孩子——收买人心者是也。您老人家既是本旗王爷、旗长，又是蒙古军军长，三位一体。所谓枪杆子里出政权，独霸伊和塔拉大草原，没有办不成的事，那样知恩必报，为什么不封官呀？连个羊粪大的上士班长都不是，还宣扬什么德政？这岂不是叫人抓住了天大的笑柄？嘿嘿！”

莫尔根恨得咬牙切齿，狞笑道：“这才是以小人之心度君子之腹，瞎了眼啦，团座，你不能把别人也看成像你自己一样官迷，投机钻营往上爬。我曾经任命阿尔斯朗为军部警卫连连长，但是他坚持不干，开玩笑说自己整天吃香的喝辣的，横草不拿，竖草不动，油瓶倒了都不扶，还随便玩慰安妇，优哉游哉，知足者心常乐，可以说是伊和塔拉草原第二个王爷了。常言说得好：当差不自在，我为什么自找麻烦？但是也可以告诉你，别看阿尔斯朗平常游手好闲，吊儿郎当，正事不干，打起仗来却厉害，外号‘疯子’，脑袋掖在裤腰带上，关键时刻真能扭转乾坤，这才叫打虎亲兄弟，上阵父子兵！他善于爆破，日本关东军美津骑兵师团的一辆九七式坦克横冲直闯，在大南街轧死了两个喝醉的蒙古族牧民，惨不忍睹，阿尔斯朗一气之下，在当天夜里用黄色烈性炸药把那辆九七式坦克炸成粉碎，同时把碉堡式大楼的一角也炸塌了，看这气魄！”

蒙古军部和第二师四、五、六团的所谓高级军官们，听了军长的这番话，都疯狂地鼓起掌来，有的怪声叫好，有的挑衅地吹起尖锐的口哨。

熊岳、戴励志等人沉默不语。

“来，哈斯格尔老板，你把阿尔斯朗扶到后边安静地方休息，好好伺候，全力服务。他是蒙古军的‘特仑巴特尔’，怠慢不得，要啥给啥，嘿嘿，懂这个意思吗？”莫尔根王爷说着挤了挤眼睛，那是在暗示着什么。

白玉堂立刻明白了，连忙点头哈腰称是。果然不出他的预料，阿尔斯朗被搀扶到后面刚刚躺下来，便睁开了朦胧的醉眼，吧嗒着嘴丑笑道：“小老板大掌柜，老子饱暖思淫欲，想女人啦，你快点给我找一个漂亮娘们来，钱有的是，多多的给你，重赏，嘿嘿！”

白玉堂早就有了充分准备，他知道和这些披虎皮狼皮的蒙古军军警宪特打交道，时时处处事事都离不开色情，已经叫来妓院老鸨坐等在此，听了阿尔斯朗的话便招呼：“军中乐园经理，请你过来！”

一个珠光宝气穿戴华丽的肥胖臃肿的中年妇女应声而至，毕恭毕敬地说：“老总，白老板，你们有何吩咐?”

“你挑选一个最漂亮的姑娘来,和这位总爷玩玩,玩个通宵!”

“遵命,用不了五分钟就到,请总爷稍候,我去打电话!”老鸨嗲声嗲气地说着往外出去。

阿尔斯朗第二次睁开朦胧的醉眼,淫荡地笑着吆喝:“站住,远水灭不了近火,不要那些姑娘了,就和你玩,快上来!”

前面餐厅比这热闹多了,招待仪式颇为隆重地进行着,在伴唱的一首富有草原韵律的蒙古语敬酒歌声中,元代历史上著名蒙古八珍陆续献上席来。在座的军政官吏和富商都闻所未闻,见所未见,大为惊奇,开始交头接耳议论着。

莫尔根很满意,高兴地说:“难得,难得,真没有想到哈斯格尔准备了这些,在铁路公路大干线被掐断要啥没啥的困难情况下,办到这种程度不容易,真不容易,我作为圣祖成吉思汗的嫡系子孙,深表感谢和赞赏。”

邓志刚化名白玉堂,蒙古名字叫哈斯格尔,潜入这狼窝虎穴之前,是有充分准备的,真是干啥像啥,开头高声朗诵道:

八珍肴龙凤,
此出龙凤外;
荔枝配江桃,
徒夸有风味。

紧接着行云流水般逐次介绍道:“高尚尊贵的客人们,第一珍是醍醐,是从牛奶中提炼出来的精华。炼奶酪的时候,上层凝结为酥,酥上加油为醍醐,味极甘美,是我们蒙古人供佛的佳品。第二珍是麆,换句话就是獐的幼羔,酥软可口,容易消化,养胃活肠,壮肾强脾,高级食品。第三珍是野驴蹄上的软筋,请注意,是野驴不是家驴。天上苍龙脯,地上野驴蹄,稀少宝贵,富有营养,食之延年益寿,被誉为草原熊掌。第四珍是俗称四不像的也就是犴达犴的嘴唇,脆而不韧,香而不腻,肥瘦合适,软硬兼佳,最宜下酒,是元代蒙古大汗赏赐给诸功臣的小菜。第五珍是骆驼乳,它不仅是养身补品,也是治疗痞疾的良药。没有杂毛的纯白色骆驼乳更是宝贵。根据蒙古文献记载,巴图孟克达延汗身患痞疾,长期喝白色骆驼乳以后就根除了。第六珍是黄羊肉,它曾经和新疆葡萄酒、黑龙江哈八都鱼、江南凤髓茶并列,在元代御膳中地位不低呢,这也有诗为证:

嘉鱼贡自黑龙江,
西域葡萄酒更良;
南土至奇夸凤髓,
北陲异品是黄羊。

“第七珍是天鹅炙,换句话说就是烧天鹅肉,它的味道鲜美,不次于北京烤鸭肉,请品尝。第八珍是元玉浆,也就是马奶酒的雅称。我们蒙古族食用马奶、酿制马奶酒将近千年,在《蒙古秘史》中有生动的描写和详细的记载。元代大汗念念不忘故乡,每年秋天八月返回蒙古草原,举行盛大的马奶酒宴会,喝的就是这个元玉浆啊,有诗赞曰:

祭天马酒洒平野,
沙际风来草亦香;

白马如云归西北，

紫驼银瓮赐诸王。”

莫尔根军长大喜，夸奖道：“哈斯格尔这后生可畏，文武双全，通晓古今，是个难得的人才，应该重用。现在不能老是让你唱独角戏呀，我也来凑热闹朗诵一首：

牛羊散漫落日下，

野草芬芳奶茶香；

卷地冷风沙似雪，

家家炊烟升毡帐。”

蒙古八珍宴会进入高潮，这个杂牌蒙古军军长为了使嫡系部队头头当众出丑，故意捧他们在伊和塔拉大草原活动多年，都成了“蒙古通”，所以请他们朗诵或歌唱有关蒙古民族的诗词或歌曲，紧接着一个一个点名道姓请他们献艺，以光耀蒙古餐厅。熊岳、戴励志等人都是黄埔军校毕业，文化程度很高，但是根本瞧不起这方面的事，只好摇头表示不会。

莫尔根又讽刺挖苦嘲笑了几句，这才出了气解了恨，兴奋之极，拍案宣布：“早饭要吃好，午饭要吃饱，晚饭要吃少，今后每天由这里送早点。”

这无疑是给白玉堂又增加了一道护身符，王府市的军警宪特都另眼看待，不敢得罪了。事后，白玉堂踌躇满志地对厨师和堂倌们笑道：“军座是美食家，坚决反对吃补药，极力主张通过食疗来养生，延年益寿，长命百岁，一定要好好伺候！”

轮到那位素有“饺子大王”荣誉称号的年轻守寡的女老板孟丽君唱歌了，她性格开朗，活泼大方，并不推辞，娉娉婷婷地站起来，唱了一首前些年在伊和塔拉大草原上广泛流行的歌曲《蒙古姑娘》：

蒙古姑娘二八春，

举头望明月，

眼中泪儿流。

头上青丝草根束，

朝拜喇嘛庙，

月上柳树梢。

蒙古姑娘二八春，

红色刺绣缎，

亲手做成靴……

蒙古军军长莫尔根抬起大下巴乐了，很感兴趣地笑着问道：“哈哈，这是川岛芳子——金碧辉的大作吧？”

兼任第二师师长的小个子参谋长，热烈鼓掌表示欢迎，看样子他也很欣赏，接着大声喝彩道：“好呀，不错，不错，孟丽君女士唱得好，大有山口淑子——李香兰的韵味儿，嘿嘿！”

跟着莫尔根参加宴会的二福晋萨仁年龄小，任性而好出点小风头，情不自禁地插话了，笑道：“这是一首很流行的歌曲呢，日本人东海临太郎唱它一举成名，当了歌星。”

挨次轮到四、五、六团的正副团长们唱歌了，他们都是些粗夯、鲁莽、野蛮的职业军人，嗓子恶劣，五音不全，操场上喊口令还行，现在就不中了，互相推辞着，最后推举刚刚当上四团副团长的“神枪手”为代表唱歌。这个红胡子——土匪出身的家伙曾经领着众多的喽啰和日本关东军一起参加过侵略察哈尔的战役，现在来劲了，用错误百出的日本话唱道：

热河狂风卷尘沙，
塞北高原草芬芳。
挥师长城无阻挡，
夜袭进军下张北。
堑壕凋零夜来香，
八角台下水魁旁。
日本蒙古两师团，
披荆斩棘直向前。
神速攻占张家口，
蒙古自治已创建。

第四十五回　英俊小白恋上邻居老板　大锅煮尸消灭杀人证据

隔壁“饺子馆”女老板孟丽君聪明过人，手艺超群，以善于做饺子著称。就说大受欢迎的饺子宴，真不简单，连上席的次序也独具匠心，先海鲜，次肉荤，再清素，十余道饺子上完后，接着上银耳汤清喉，继续下一个回合。饺子宴从头到尾品位交错，层次分明。饺子的制作方法分蒸、炸、煎、煮、烤，五彩缤纷，馅有咸、鲜、酸、甜、麻、辣、海、怪味及香酥、糖酥、鱼香等多味，皮薄饺嫩，清淡可口，油而不腻，味道醇香，很有营养价值，列入名单的饺子有七十二样，造型有三十六式，千姿百态，有的像蝴蝶，有的如燕窝，有的似海贝，有的成云朵，甚至花纹也十分讲究，分为大折边、小折边、麦穗边、裂口边等等，特别精致。像那金鱼蒸饺泡眼突出，修尾摆动，形象逼真，栩栩如生，一上桌就引起强烈的食欲。孟丽君真才实学，名声在外，终于得了“饺子大王”雅号，身价百倍，生意兴隆，进入一个“春风得意马蹄疾”的最佳状态。

俗话说：人无千日好，花无百日红，没想到邻居开张了蒙古餐厅，这样实力雄厚的竞争者，她的亲戚朋友都很担心了，冤家对头狭路相逢，很难应付呀。这一天，白玉堂可能是出于礼节性考虑前来拜访，西装革履，油头粉面，风度翩翩，好几个堂倌和厨师前拥后护，不仅表现出财大气粗的样子，还流露着后台很硬的有恃无恐的姿态。这个俊俏后生吃罢饺子宴，感慨万分，恭恭敬敬地对孟丽君施礼，说起了熟练流利的汉话：“孤陋寡闻，惭愧之极。一席饺子宴，尝尽天下鲜，我平生第一次吃如此巧夺天工的饺子。其实，这不仅仅是吃，而且是一种享受。一饺一形，一形一名，一名一味，百饺百鲜，这真是饺子艺术大师的杰作，孟丽君的饺子佳天下，名不虚传哪，向您学习致敬。我在隔壁办蒙古餐厅，人地两生，远亲不如近邻，请您多加关照。”

孟丽君参加过蒙古餐厅前几次办的大中小型宴会，与会者都是披虎皮狼皮的军警宪特，骄横霸道。她混迹其中，很受拘束，很不自在。现在不一样了，只是左邻右居和饮食业同行的关系，随便说话交谈，因此她为了还礼，也为了进一步了解情况，她专去吃过一次早餐。大大出乎意料，就是很普通的顾客，只要花钱，也能吃到丰富多样的奶食品。这种平等对待不分薄厚的情况，真是闻所未闻、见所未见。当天就餐者大部分都是从王府市西面国民党统治区过来的农牧民。他们吃得不错呀，除了热气腾腾的奶茶以外，各个餐桌上摆的既有长方形晶莹透明的硬奶豆腐、焦黄溢油软奶豆腐、椭圆形色如玛瑙的红奶豆腐、珍珠奶油糖炒米块、圆形洁净似玉的白奶豆腐、美如芙蓉的奶饴、呈新月状的奶皮、花纹细致的奶果、红白相间的奶酪、圆瓶白奶油、扁瓶黄奶油、方瓶酸奶油、焦黄干脆的炒米等等，琳琅满目，举不胜举。

孟丽君虽然受到了热情款待，她手下人却不以为然，忧心忡忡，背后叹道：“唉，自古红颜多薄命，孟丽君道路坎坷，不顺利啊，年轻守寡，这回又碰上抢生意的，同行是冤家，咋办？”

当面也有人提醒这女老板说：“冤家路窄，狭路相逢，这回麻烦啦，别看你是手艺高强的饺子大王，现在铁路公路大干线被共军独立骑兵团一刀砍成两段，瘫痪梗阻，缺东少西，巧妇难为无米之炊呀。那个老蒙古后生可厉害呢，神通广大，国民党在此地的嫡系和杂牌部队中，都有他的朋友，有靠山，货源又充足，就地取材，左右逢源，一伸手就能拿到新鲜的肉和奶，价钱便宜多了，这就是最大的优势，不好斗，竞争不过他。”

又有人大惊小怪地嚷嚷：“啊呀，可了不得，那年轻人不仅长得漂亮，手艺也漂亮，听说能做蒙古人喜欢吃的一百单八种白食和红食——就是奶制品和肉制品，仅拿其中的锄烧、铁板烧、烤全羊为例，神啦，味道鲜美，只能品尝，不可形容，登峰造极，无与伦比。据说有这样的笑话，有一次把就餐者的耳朵割下来了，这个馋鬼吃得正香，有滋有味，竟不知道疼痛。总的来讲，白玉堂成了专家啦，在这一带当然更受欢迎。同行是冤家呀，小心把你的顾客都拉拢过去。听说他在国民党嫡系和杂牌部队中都有人，蒙古军军长莫尔根对他很重视，喜欢得不得了，后台硬呀！”

孟丽君听说这样的话不止一次了，每回都粉脸发红，喘气不匀，那好看的眉毛往上挑，微笑着扭过头去，什么也不说，好像自有主意的样子。对此人们议论纷纷，有的说她艺高胆大，有恃无恐，沉得住气；有的说她表面镇定，内心慌乱。

蒙古餐厅那边也有不少人搬弄口舌，说长道短，制造紧张气氛的，有的对白玉堂警告道：“同行是冤家，你选错地方啦，不应该在‘饺子大王’跟前开张营业，自找苦头吃。那小寡妇厉害呀，色艺双全，人称孟丽君的饺子甲天下，每日座无虚席，招揽四面客，收拢八方钱，发了财啦。饺子花样繁多，名称也十分奇妙，如‘恭喜发财’、‘龙宫探宝’、‘五子献寿’、‘贵妃吉’、‘相公帽’等等。还能做宫廷饺子，如慈禧太后喜欢吃的菊花火锅珍珠饺，俗称‘太后火锅’。看着神啦，点燃火柴投入锅底，无烟无味的蓝色火苗立刻从底座无数小孔中窜出，好像一朵朵开放的菊花。等到锅中由鸡鸭肉、虾仁、青豆等配调的鲜汤滚开起来，就放进去一些小巧透明的珍珠小饺，一客三个，这叫‘三六九吉祥如意’，你的竞争对手就是如此厉害，后患无穷呀，你这里要是门庭冷落车马稀，没有顾客，咋办？”

白玉堂听到这话，俊俏漂亮的脸上通红，不好意思地笑起来，说道：“不用担心，俗话说众口难调，有的喜欢吃甜的，有的喜欢吃咸的，谁也代替不了谁。不能为此伤了面子，和气生财。”

三个月过去了，平安无事，但是唯恐天下不乱的幸灾乐祸者大有人在，还是胡乱猜测瞎估计，说道：“同行是冤家呀，两大手艺人隔墙对峙，必定挤垮一个，等着瞅吧，早晚要出热闹。”

这话说得次数太多了，惹恼了饺子馆的知道内情的一个老厨师，当着众人的面怒吼道：“对啦，说对啦，同行是冤家，两位老板一见钟情，眉来眼去，早就勾搭上睡在一起了，如胶似漆，如鱼得水，难解难分，我每天晚上都能听得见床响被窝搧风，小寡妇美得一个劲儿叫唤冤家。”

化名白玉堂的邓志刚和孟丽群同居以后，更是站稳了脚跟，在短期内送出去几个有价值的军事情报。总的来说是比较顺利的。但是什么事情都不可能一劳永逸，意外情况是随时随地都会发生的。某一天黄昏，他在被破坏了的火车站附近，和独立骑兵团侦察连派来的人员接了头，回来路上被国民党西线主力所谓“鹰扬部队”步兵十团的巡逻兵盯上跟踪了，不管走大街、串中巷、钻小胡同都甩不掉这些尾巴。到后来他们边追边赶边打枪边吆喝起来：“他妈的，叼住这共军探子，生擒活捉有赏！”

“狗日的，抓住他，叫他插翅难飞！”

“一枪撂倒他，这小子玩自己的脑袋，怎么喊叫也不站下，活够了，找死！”

白玉堂知道步兵十团巡逻兵并没看清他面貌，只不过是产生了严重的怀疑，瞎诈唬。他便巧妙地利用各种建筑物来东躲西闪，一直是捉迷藏玩，最后把大部分巡逻兵都远远抛到后面了，只有一个“南方蛮子”老兵痞没有拉下，像影子一样紧紧跟踪着。白玉堂智勇双全，看见这个势孤力单的家伙，眉头一皱计上心来，把他引诱到饺子馆附设的肉铺门口，因为这里没有别人，只有白玉堂、孟丽君二人住宿，他俩是为了躲避那些讨厌的小流氓来这里的，不容易暴露。可能是枪和脚步声惊动了女老板，急忙探头看。说时迟，那时快，就在这瞬间，武艺高强的白玉堂用突然的动作掐住了紧追不舍的老兵痞的脖子，掀翻在地，迅速地拖进屋内。这就像闪电一样快，什么动静都没有。孟丽君紧接着往下看，大吃了一惊，这样快就把国民党兵结果了，心口直挺挺地插着那把特大号纯钢蒙古刀，咕嘟咕嘟冒着鲜血。她毕竟是女流之辈，害怕极了，哆嗦起来，说道：“啊呀，这，这，了不得啦，在闹市街头，最繁华的地方出了人命，杀的又是披虎皮狼皮的国民党兵，尸体从城里拉不出去，这里又没有地方埋，怎么办？”

白玉堂却很坦然，不慌不忙地笑道：“贤夫人，何必惊慌，俗话说：没有金刚钻不揽瓷器活儿，我一不做二不休，既然把他引诱到自家肉铺门口，又把他杀了，一定有办法，是不是？没理由害怕，嘿！”

孟丽君好像没有听见，还是老样子，吓得魂不附体，浑身发抖，嗓子哆嗦，结巴着又重复刚才说的那句话：“啊呀，这，这，了不得啦，在闹市街头，最繁华的地方，出了人命，杀的又是披虎皮狼皮的国民党兵，尸体从城里拉不出去，这里又没有地方埋，怎么办？”

白玉堂并不紧张，还有心开玩笑，附着孟丽君的耳朵说俏皮语：“女老板，请勿挂念，男老板肚里有一串竹子，就是胸有成竹，能够逢凶化吉，转危而安，嘿嘿！”

这个号称“饺子大王”的少妇心慌意乱，并没有听懂，哭丧着脸无可奈何地叹了口气，事到如今，方寸大乱，除了完全听从老公的以外，好像再也想不出什么良计妙策，一点办法也没有了。

白玉堂关严了厚板门，分秒必争，立刻开始动手了，把巡逻兵的尸体横放在肉墩上，一阵狠劈猛剁使劲砍，截成了大小长短很整齐的零碎块，连头部、胃肠、肝脏一起放进能煮整条牛肉的“满锦”大镬里，加足清水，放上木盖，灶洞内点燃起火，不断添木柴加块煤。因为顶棚上开着四方形大天窗，膻腥味全冒出去了，什么也闻不到。

孟丽君实在没有想到自己白净漂亮的情人竟如此胆大包天，从容不迫地操作着，没有一点畏缩害怕的样子，好像是炖着一锅手把肉。这样人间地狱般恐怖情景，使她联想起《水浒传》中孟州道十字坡的卖人肉包子的黑店，这强烈的刺激，她差点昏厥过去。

白玉堂很能沉得住气，对老婆不理不睬，妇道人家有点惊慌失措，避免不了的。他就这样添煤呀，加水呀，捅火呀，搅锅呀，碎块呀，一直煮到天亮时候，足足有六个小时，肉烂骨酥，几乎变成一锅稠汤。他又拿起大铁铲，仔细粉碎较大较长部分，用倒泔水的大桶往后院提了几回，倒满了石头槽子，差点要溢出来。他接着打开了猪圈门，那些早就馋得流涎水的肥猪，连跑带颠地哼哼着过来抢食了，只消片刻，风卷残云般全部吃净舐光，连骨头渣子也没有剩下。

白玉堂就这样采取非常措施，消灭证据，掩护了革命事业，但是他不完全交底，假装出自己是支持蒙古军的样子，最后长叹了一口气对情人说：“唉，莫尔根、哲别、扎萨嘎对我不错，我不得不用这办法来报答三位长官的深情厚意，就算当代的血滴子吧。什么叫血滴子？民间传说在清朝雍正年代，绿林好汉用皮子做口袋，里面安装好几把小刀，遇到仇人把皮袋套在他头上，一拨机器头就断了，再拨机器化骨药弹出来，头就溶解成血水，因此叫血滴子，唉！”

孟丽君心有余悸，眼泪汪汪，泣不成声，哽咽着说：“开餐厅、饺子馆的，为什么卷进打仗的漩涡呢？还杀了人，人命关天，何况这是披虎皮狼皮的国民党兵，以后整天提心吊胆的，日子怎么过？”

白玉堂却有恃无恐，美滋滋地笑道：“我也快要披上虎皮狼皮啦，谁敢惹，你不要庸人自扰！”

“你去当兵？当什么兵？”孟丽君很感意外，大为吃惊。

白玉堂颇为自负，又笑道：“明白人竟说糊涂话，你不是亲眼看见过吗，那次打架动殴，要不是我挡住了军统稽查处特务杀手的飞刀，蒙古军联合谍报队长扎萨嘎早就入土了。救命之恩，他岂能不报？再说，铁路公路大干线被拦腰切成八段，共军独立骑兵团又封锁包围得紧，连小土公路也掐断了，什么都运不进来，大米、白面、肉食、奶食越来越缺，巧妇难为无米之炊，饺子馆、蒙古餐厅、连王府市外城的饮食行业的所有大小饭馆，能继续开张营业下去吗？不能，绝对不能，现在这不过是回光返照，垂死挣扎而已，活不了几天啦，我就得另找职业了。”

第四十六回 研究规划军民筹办牧场 传来喜讯兄弟三人团圆

收缩在王府市内外城的蒙古军部和第二师，以及国民党嫡系装甲机械化的步兵十团，重新修复这条铁路公路大干线是一点指望都没有了。只靠通往B市的一条坑洼不平的小土公路接济粮食和弹药。到了后来也维持不下去了，又开辟了一条空投路线，画着“青天白日”徽章的大肚皮运输机，隔个两三天就来乱扔一气，引起蒙古军和中央军的拼命争夺。到此为止，正像邓志刚预料的那样，这个大城市里所有的近百家大小饭馆，全部倒闭关门，蒙古餐厅和饺子馆当然也包括在内，都摘下了幌子，一片单调凄凉气氛。

独立骑兵团直属队和八个连队在后勤供应方面也遇到了严重的困难。没有一点滴汽油和柴油，烧木炭的美式日式汽车、胶轮大车、骆驼驮子行进缓慢，装载量极其有限，满足不了部队急需的军用品，特别是军马的饲草饲料。为此，阿拉玛斯、哈尔巴拉、琪琪格等人，在十二月专门召开了一次军政领导联席会议，进一步研究伊和塔拉根据地中心经济建设问题。会议经过反复讨论之后，终于采纳了琪琪格旗长关于建设军民团结牧场方案，并分工哈尔巴拉带领驻防根据地中心伊和浩特的侦察连做好各项筹备工作。

哈尔巴拉、琪琪格二人开完会议，急忙赶回根据地中心伊和浩特。刚出发时天气很好，快要到侦察连驻地了，又刮起了大风。这一带正处于八百里腾格里大山鬼谷南口，风势来得很冲，怪声呼啸着扑向军队住的带棚木轮车和帐篷及牧民的蒙古包，沙化退化极为严重的草场上只有几寸长的短草，连根飘到半空中去，蓬蓬草像车轱辘一样团团转。一刹那间，太阳失去了光辉，天昏地暗，空中飞鸟也绝了迹。

哈尔巴拉还是骑着那匹鬃毛垂地的高头大黑悍公马，全身没有一点杂毛，发出锦缎一样光泽，身强力壮，眼光四射，简直像一团黑旋风。科尔沁式宽座鞍子的香牛皮韂，像翅膀一样伸展开来，把琪琪格旗长和两个警卫员拉下很远，过了好大一会儿这才赶上来了。这个颀长漂亮的女旗长，由于父亲被害突然受到刺激，悲伤过度，瘦多了。在金丝眼镜和草绿色军大衣的衬托下，脸色显得苍白。她眯着眼睛透过这卷天搅地的风沙，默默地观察着伊和塔拉草原的景象，心中十分不安。从去年独立骑兵团主力挺进到这里，由于匪患减少、兽医力量加强、社会秩序安定，畜牧业发展很快，有力地支援了掐断铁路公路大干线的斗争，但是由于牧场沙化退化，很多军马和大小牲畜一直遭受草荒、干旱、风雪、流沙等自然灾害，小灾小走场，大灾大搬家。在持久战的情况下，更不能继续这样下去了，需要来一个彻底的根本性的转变，建成大型军民团结牧场，进一步巩固伊和塔拉根据地，保证上级党委交给的割断大动脉的战略任务长期坚持下去。

当天下午，刮了半天的大风沙平息下来，弥漫在腾格里群山上空的尘雾也消失了，又变成了好天气。侦察连连部的大帐篷内，炉火烧得通红，奶茶喷着香。

哈尔巴拉从草绿色军装上衣口袋里，拿出大后方乌兰浩特加工生产的“金骆驼”牌香烟，分给了连、排长和邀请来的浩特达额尔旦老人，粗犷而豪放地笑道：“伊和塔拉旗人民政府和独立骑兵团团部联系会议刚刚开完就过来了，真是马不停蹄。这回，由我们研究畜牧业的专家琪琪格旗长来唱主角了。您有什么任务尽管吩咐！”

琪琪格责怪地看了副团长一眼，说：“战争时期，军事管制为主是不可避免的，这种状态还要长期继续下去，何况我们这是马背上的旗政府，退居第二位。你还是把当前军事形势说说吧！”

哈尔巴拉笑道：“好，听你的，当兵的人说话简单，是这样，经过这三年的战斗，我们的战略任务只完成了一半，就是说把铁路公路大干线彻底掐断了，他们想重新修复打通是不可能的，痴心妄想，但是那一半任务各个击破呢，还得需要较长一段时间。蒙古军部和第二师四、五、六团，再加上所谓‘鹰扬部队’装甲机械化步兵十团，共计四个团，重兵盘踞王府市，一时啃不动吃不掉，就这样僵持住了。那么敌军看见我们一个团，掐住了他们很多城市几十万军队的脖子，能不来拼命吗？谅他们也不敢！从番号上看，这里的敌军是四个团，为什么不敢打我们一个团呢，有三方面的主要原因：第一，我们团是特别加强主力部队，超编八个连队，武器装备好，战斗力强。第二，敌军内部不和，嫡系和杂牌矛盾，中央和地方矛盾，汉族和蒙古族矛盾，一触即发，形成了简直要爆炸的局势，更不能行动一致配合作战。上次‘鬼谷伏虎’战斗就是最有说服力的一个例子，蒙古军按兵不动，见死不救。第三，我们的伊和塔拉根据地，处在八百里腾格里大山的怀抱之中，形势险要。‘虎威部队’装甲机械化步兵六十三团中了埋伏，全军覆没，敌军吓破了胆，更不敢来了。我们这次就想把根据地大大发展一步，把它变成铜墙铁壁。过去人们常说伊和塔拉草原军事地位重要，经济基础薄弱，这回叫它大变样。然后从这里短促突击，继续掐敌军脖子，狠狠掐，往死里掐。什么办法呢？琪琪格旗长有一个酝酿成熟的建设方案，就是她常说的草原三部曲：第一部是草料基地，第二部是冬春营地，第三部是夏秋营地，加在一起总称军民团结牧场。我说不好，还是由我们研究畜牧业的专家学者来吧！”

“好吧！”琪琪格点点头，整了整金丝眼镜，颇有礼貌地微笑着说：“打算修建一个永久性的大型人工牧场，由来已久啦，可以说是从学生时代就梦寐以求。不过在当时的社会条件下，只能算是画饼充饥。现在情况不同了，各方面因素基本成熟。我们打算从种草、种料、造林、治水、锁沙、培育牧场入手，大搞基本建设，建成由三个部分组成的新式牧场。第一，封闭已经用了几百年、退化沙化严重的老牧场，开渠引水，平地治碱，开辟饲草饲料基地。第二，开发腾格里山鬼谷盆地，打深井五口，建成冬春营地。第三，开发腾格里山窟窿峰附近地区，也要打深井五口，建成夏秋营地，这十口深井带有试验性质，为将来合理布局、多打深井积累经验。这三个部分是有机的整体，要争取迅速地连成一片，总的名称是军民团结牧场。它的作用很清楚，不仅是为伊和塔拉根据地的畜牧业生产高速、稳定、优质地发展服务，更主要的是能够使我们军队和牧民自给自足，站稳脚跟，持久地掐断国民党嫡系东西线部队和杂牌蒙古军一、二师赖以生存的铁路公路大干线，把他们孤立起来，各个击破！”

侦察连四个排的正副排长们，都是第一次听见人工牧场这个新鲜名词，就像谈论神话一样奇怪，倾斜着耳朵听也不明白。连长刘青山去年搞大批木材生产时，就和琪琪格熟悉了，对这个旗长的专业知识是很佩服的，何况这又是独立骑兵团党委会的决定，必须无条件服从，他考虑了一会儿，大声说：“团首长站得高看得远，一下就瞅准了主攻方向，要夺取影响全局的制高点。我们人民子弟兵既是一个战斗队，又是一个生产队，老八连一定要学习三五九旅在南泥湾开荒种田精神，干！”

二排长也发言了，喊道：“我赞成连长意见，草场好了牛羊肥，墨汁好了字迹美，只要把军民团结牧场建设好，就不怕缺草缺料了，再使点劲，人吃的也能解决。敌军没有后勤供应线，我们可有，还很近，就在眼皮子底下，好主意！”

“报告！”四排长喊了一声，站起来红着脸说：“我会打仗不会讲话，吭哧不出什么来，就嚷嚷一句口号吧：建设根据地，学习南泥湾，不愁草和料，准备持久战！”

浩特达额尔旦老人听了以后，有些想不通，慢慢地说道：“老汉我今年六十多岁了，经历了四个朝代，一直是跟着五畜转，从来没有听说过有种草办牧场的，佛爷保佑，怕有什么一差二错不合适，劳民伤财，到那时候后悔也晚了，要我说，还是老祖宗那办法好，远征游牧，逐水草而居！”

哈尔巴拉副团长对这位心地善良的老人是有深厚感情的，过去他多次掩护过侦察连的干部和战士，他的大儿子特木尔还当过自己的好助手，于是笑道：“老阿爸，你的主意欠妥，军民都去远征游牧，逐水草而居，谁来掐这条铁路公路大干线呢？敌军会拼命打通它的，那就前功尽弃啦，白白流血牺牲，你说是不是？”

琪琪格旗长知道这个年老体衰的浩特达迷信喇嘛教，也信萨满教，好像见着什么教都信，是比较右倾的，在很多大是大非的原则问题上很糊涂。想到这里更加放心不下了，说：“老阿爸，你是基层政权负责人，要提高警惕呀，杂牌蒙古军部和第二师、嫡系步兵十团，就在很近的王府市内外城盘踞。他们亡我之心不死，还想把蒙古军第一师引过来。过去，这一带是形形色色的反动上层人物、地痞流氓、散兵游勇活动的地方，这三年来虽然经过了解放战争，残渣余孽可能仍然存在，谁敢保证高娃小姐、达尔罕大喇嘛一类人物没有破坏活动呢？最近一个时期，王府市西面国民党统治区的很多牧民群众，逃避战乱，都跑到我们根据地来了，要是混进来坏人怎么办？浩特达呀，需要抓好外来户的登记鉴别工作。”

刚说到这里，一排正排长完达尔夫骑着那匹著名的芦花青马，像流星一样驰骋过来，从外面连声叫道：“哈尔巴拉副团长，察干巴拉副排长，都在这里吗？啊？”

侦察连的干部们看见这个一排长十万火急的样子，都以为封锁线上发生了战事，立即准备出发，迅速穿上军装，挎上手枪、冲锋枪、手榴弹和军刀。

完达尔夫进来了，兴奋得眉飞色舞，上下句不连贯地说：“副团长，副排长，封锁线上没事，是别的事，大喜事啊！”

参加会议的军政人员哄地笑了，七嘴八舌地打听起来。哈尔巴拉停住了脚步，弯曲沉重的军刀在马靴后跟上砰然作响，问道：“什么事？”

完达尔夫喘了一口气，努力使自己激动的情绪平静下来，说：“你们的三弟呼和巴拉找到了！”

“真的？”察干巴拉三步并两步冲到了跟前，高兴得号啕大哭。

哈尔巴拉副团长的连鬓大胡子脸泛起了红光，明亮的大眼睛内闪烁着激动的泪花，急忙问道：“三弟在哪儿？”

刘青山高喊着：“太好了，太好了，踩破铁鞋无处寻，得来全不费工夫，唉，这真是天大的喜事啊！值得庆祝！”

“可怜的孩子，他还活着……”额尔旦老人合掌祈祷，接着捂起了脸抽泣起来。

琪琪格旗长也为找到呼和巴拉而高兴，招呼这些军人说：“都不要激动，叫他从头讲，老八连一排长，你慢慢说吧！”

完达尔夫卷了一支烟抽着，介绍说：“老三呼和巴拉当年失散以后，被流浪的穷铁匠‘巴拉根仓’老汉收容了。这个老汉现在是我们团后勤处修械厂技工，那次我和他一起到王府市外城土墙东面防御工事捡过破烂钢铁呢，当时就是不知道有这事呀。呼和巴拉化名叫包利道，这小子不简单，在他避难的那一带是有名的牧马人，套马、驯马都数第一，什么样有脾气的烈马到他手里都乖乖地老实起来。他不打算空手来见大哥和二哥，参军以前驯练好一百匹野马，当做见面礼。关于这事他和‘巴拉根仓’老汉有个约定：驯练好一百匹野马就赶着过来，在这以前要严格保密，不透露风声。现在刚刚驯练好，这就要赶着一百匹马过来，哈哈，成绩很大，贡献不小！”

“好啊，哥哥是英雄，弟弟是好汉，不愧是布顿扎那的儿子，个个都是好样的。”浩特达额尔旦连声称赞。

“离我们经常去破坏的小土公路有多远？”察干巴拉坐立不安，恨不得立刻见着分别两年的呼和巴拉。

“这样吧，我们俩领着老八连一排去吧，把三弟接过来，人多力量大，好帮助赶新调教的野马！”完达尔夫说。

哈尔巴拉和琪琪格旗长商量了几句，笑道：“这个问题也像我们改变伊和塔拉根据地一样，要从根本上解决，这样吧，后勤处修械厂以前只是一部分在伊和浩特，这回要全部转移过来，‘巴拉根仓’老汉和三弟也要住在这里，大团圆。这里有两个原因，首先这是根据地中心，距离王府市比较远，群众基础好，更安全一些。其次，我们筹备建设大型永久性的军民团结牧场，需要用很多铁锹、镐头、钢钎，团党委指示修械厂分担这个光荣任务。我这就开着汽车去把他们搬过来。我三弟那里再派一些人帮助赶马群就行了，不用全排都去。”

两天以后，哈尔巴拉副团长亲自驾驶着一辆油漆斑驳的日式汽车打头，后面是一连串美式烧木炭的汽车，不断响着喇叭缓缓地驶进了伊和浩特。前面一辆拉的是呼和巴拉住的蒙古包架子、包毡、锅碗瓢盆等搬家东西，后面十多辆拉着修械厂全部装备和军工工人。呼和巴拉在好几个班战士的帮助下，把调教了的一百匹野马放到附近牧场上，这才过来了。这个老三也像两个哥哥一样长成金刚般彪形大汉，迈着重量级摔跤手的坚实有力的步伐，红润健康的脸上也长出了连鬓大胡子。欢迎的战士和牧民们活跃起来了，向前热烈地握手，纷纷议论道：“分散两年的兄弟仨又团聚了！”

“老三呼和巴拉多么像他两个哥哥呀，左看像，右看像，怎么看也像。”

不少妇女看着这动人的场面，低声哭泣起来。斯琴、刘秀英两个大姑娘也高兴地流下了眼泪，远望着被人群包围的呼和巴拉。

坐汽车来的是“巴拉根仓”老汉，这个粗壮的车轴汉子刚走了几步，琪琪格、刘青山、完达尔夫又迎上去了。伊和浩特军民住的带棚木轮车、帐篷、蒙古包群之间，又响起了一片寒暄声。首先表示欢迎的是旗长琪琪格，很有礼貌地微笑着说：“老人家，您好！”

“好，好，一旗之长，您好！”“巴拉根仓”老汉说。

接着搭话的是完达尔夫，这个侦察连一排排长牵着那匹著名的芦花青马，热情洋溢地说着：

"啊呀,在王府市外城土墙东面工事捡破烂钢铁时候的老战友,分别一年之后,又在伊和浩特见面了,你身体还是挺硬实,只是白头发多了几根。怎么,大家到底是把你叫成'巴拉根仓'老汉了?"

"是啊,是啊,习惯成自然,大家都叫我是'巴拉根仓'老汉,真名没人提,只有你我知道,哈哈,真有意思。"

"老战友啊,你们厂子制造的手榴弹好使呀,杀伤力大,在几次战斗中发挥了威力,打得'虎威部队'叫爹,'鹰扬部队'喊娘,蒙古军部和一、二师嚷呼舅舅!"

"手榴弹的木柄,还不是用你们老八连采伐、流送的木头做的,众人一条心,牛粪变成金哪!"

"老三这个名字起得好啊,你叫西热莫,他叫包利道,可能是生铁炼成钢的意思吧?"浅白麻子连长刘青山哈哈笑着说。

这工夫,哈尔巴拉、察干巴拉、呼和巴拉兄弟三人,和侦察连、修械厂干部战士一起,把十多辆汽车上的东西全部卸完了,好几座简易大工棚竖立起来了,煤烟四起,火光闪亮,热闹得很。在那一边搭上了"巴拉根仓"老汉的蒙古包架,裹好毡子,安上了火架和小锅,请这位老技工进去休息。他坐到正座上,轻轻叹了口气,说道:"这回总算达到目的了,把呼和巴拉交给你们,我就放心了。"

哈尔巴拉双手端过去一碗喷香的奶茶,恭恭敬敬地说:"老阿爸,这两年来,您照顾着三弟,担当很大风险,感谢啦!"

"您老人家想得周全,给我们弟弟改了名,要不是这样,莫尔根军长和哲别参谋长是不会放过他的,以后就安心地住在这里吧。"察干巴拉说。

呼和巴拉往火架底下添着干牛粪,也插话道:"不光是我们兄弟三人大团圆,这回熟人、朋友、同志多了,好多都是我们老乡亲,部队也是我熟悉的老八连,如鱼得水,军民团结一条心,掐住铁路公路大干线。"

不大一会儿,又来了很多牧民,他们有送炒米奶豆腐的,有送黄油奶皮子的,有送牛羊肉干的,甚至还有送烧水用的干牛粪的,拥挤在蒙古包内外唠着咯,一边仔细打量着这个老技工。听到"巴拉根仓"这个外号以后,不少人就偷着笑起来。当"孛"出身的吉达什么也没送,蹲在蒙古包外面一个角落里抽烟晒大阳,一面指着什么,毫无顾忌地对别人说:"唉,穷居闹市无人问,富住深山有远亲,这因哈尔巴拉阔了,当了副团长,都找上门来了,早先怎么不吱声呢!"

这个神汉说了一次不算完,接着又叨咕:"我们伊和浩特牧场上的草一年比一年少,人和牲畜一年比一年多,很多难民还没安置好,又来了一户,唉,没法子。"

浩特达额尔旦出来解手听见了这话,训斥道:"佛爷保佑,你说这话不怕罪过?哈尔巴拉兄弟三人大团圆,你觉着不痛快?啊?"

化名宝音图混进来的蒙古军联合谍报队的特务"影子"也在这里。因为他坏了面容以后长相丑陋,满脸大黑麻子,这里的驻军和牧民群众都叫他"黑麻子",真名不大提了。吉达"孛"对此在背后嗤嗤讥笑着说:"我们伊和浩特风水好,有两个麻子:小白麻子刘青山,大黑麻子宝音图,嘻嘻!"这个"黑麻子"假装积极,挑重活儿干,拣好听的话说,颇受额尔旦重视。现在,三角眼滴溜转了两下,也批评道:"吉达,你呀,没,没有阶级感情呀!"

吉达“孛”站起来拍了拍屁股，抖落了古铜色蒙古袍上的尘土，一边往外走一边骂道：“‘黑麻子’，一个外来户多嘴多舌，狗咬耗子爱管闲事，势利眼！”

这两个人的怪腔怪调，引起附近军民哈哈大笑。

蒙古包里人们也说笑着。琪琪格旗长听说呼和巴拉要求参军，便和哈尔巴拉、“巴拉根仓”老汉商量了一下，说：“两个哥哥都在当兵，你就不用了，一手拿套马杆子，一手拿枪当民兵，目前的主要任务是封山口堵岩洞，打起仗来我们就利用八百里腾格里大山天险，不打仗就把它建成军民团结牧场，小伙子，明白了没有？”

呼和巴拉心里不怎么愿意，但是又不好意思说出来。

“巴拉根仓”老汉早就看出了养子的想法，说道：“现在根据地建设很需要人，好好干，在哪儿都会有出息的，要像你大哥一样。”

呼和巴拉这才痛快地答应了。

军民团结牧场建设规划初具雏形，流离失所的老三呼和巴拉又回到两个哥哥身边，并且参加了民兵队伍，这些都是值得庆贺的事，军政领导哈尔巴拉、琪琪格二人皆大欢喜，高兴得有说有笑。

第四十七回　准备防御后方堵住鬼谷　策划阻击前线掐断魔峡

这一天清晨，伊和浩特附近一片活跃景象，很多牧民围着几个贴传单的人说笑着。新团聚的老三呼和巴拉身穿着天蓝色的蒙古袍，扎大红腰带，短筒靴闪闪发亮。他正挥着扁刷抹糨糊贴传单：

学习边区南泥湾，
军民团结大生产，
锁沙种草植树林，
开渠打井进天山。
军民团结一条心，
掐断敌军供应线。

额尔旦老人的次子楚鲁敞开了衣领也忙忙碌碌地贴着传单：

学习南泥湾，
基地大改变；
进行持久战，
掐住大干线。

这时候风势更大了，飞沙笼罩在上空，高高耸立的窟窿峰隐没不见了，在沙化退化的牧场上卷起了一团又一团黄毛旋风。

呼和巴拉又贴了几张传单，这才准备进浩特办公的蒙古包洗手。

楚鲁在路上问道："最近谣言不少，你听说了吗？"

呼和巴拉回答说："纯钢是不会变软的，真金是不会长锈的，我们一定能胜利。这两天谣言传得是厉害，什么王府市内杂牌蒙古军部和第二师、嫡系'鹰扬部队'装甲机械化十团，就要大举进攻伊和塔拉根据地；什么军民团结牧场建设是黄了；什么正准备去远征游牧，等等。别相信这些屁话，敌军怕死，内部又不和，像冬眠的毒蛇，哪里敢出来找死！这些传单写得很及时，既安定了人心，又粉碎了谣言。昨天晚间二十点，我们用缴获的干电池收音机记录下了《打倒蒋介石，解放全中国》那篇重要文章，老八连的同志们正在刻蜡纸准备油印。从今年夏天，国民党军队受到沉重打击以后，实际上转入了守势。我军在各个战场上保住了解放区主要部分，转入了反攻。王府市内外城的这两股敌军，更是上天无路，入地无门，扎不了刺儿啦。"

他俩刚走到侦察连部，四排长从那座草绿色大帐篷内跑出来大声喊："老三的电话，是琪琪格旗长打来的。"

呼和巴拉在外面放下扁刷和糨糊桶，用破布擦擦手，进帐篷接了电话。琪琪格是从封锁线上团部打来的，听得出来，这位旗长的情绪很不错，用愉快的口气问道：“情况怎么样？这两天有何变化？”

老三对着话筒大声说道：“没问题，我们能顶住一切压力，突破一切阻力，按原定规划搞。那天广播的重要文章《打倒蒋介石，解放全中国》，我们都听了，王府市内外城的这两股敌军扎不了刺。坚决要求马上开工，争取一年内建成军民团结牧场。根据地中心的民兵决心是大的，劳武结合，边干边打，一定要争取生产战斗双胜利。”

“好呀，应该有这样雄心壮志！”琪琪格在电话里发出爽朗的笑声，“我们一定要在这大好形势下，做好军民团结牧场的各项筹备工作。但是，呼和巴拉同志，这个建设得缓一缓啦，往后推迟。”

“为什么？”这个老三出乎意料，迟疑着不知说什么好。

“我们正在开会研究这个问题。情况是这样：敌军想修复铁路公路大干线是一点希望都没有了，但是他们拼命修筑的通往 B 市的西面小土公路还起着作用。入夏以后趁着雨季我们想彻底破坏它。这样敌军没吃没喝，急红了眼睛，不是来抢我们根据地，就得逃跑。我们凭什么阻击呀？所以从现在起要封山口堵岩洞，搞必要的防御工事，挖坦克陷阱，这是当前中心任务！”

“明白了，旗长的意思是叫我们根据地民兵进山堵洞封口，修筑坦克陷阱，叫敌军有来无回！”

“对，这叫一个石头打两个鸟，既能保卫根据地，又能阻击敌军逃跑！”

“据你看，哪个可能性大，是来打我们根据地，还是逃跑？”

“这个我们也研究了，嫡系装甲机械化步兵十团要逃跑，因为他们和杂牌蒙古军一、二师矛盾冲突，不能配合作战，三十六计走为上策，只好溜之乎也，跑回老家去！”

“那么，嫡系‘鹰扬’装甲机械化步兵十团跑掉后，是不是马上开始建设军民团结牧场？”

“那也不一定，到时候看具体情况，因为前门拒虎后门进狼，蒙古军第一师哗变西窜来王府市消息准确无误。这种形势下，你们民兵准备阻击工事的时候，先从两个大方面着手：一个是根据地后面的鬼谷南口，如果敌军来进攻，我们在那里迎头痛击；另一个是王府市西面的魔峡嘴，要是敌军撤退逃跑，我们在那里掐住小土公路，叫它有翅难飞。这两个地方，特别是魔峡嘴一带，是必须下大力量的重点，因为敌军进攻的可能性最小，逃跑的可能性最大，这里主要指所谓‘鹰扬’部队十团，因为他们是装甲机械化步兵团，一定用美式谢尔曼、霞飞等中型坦克打先锋，火力强，钢板厚，比蒙古军掌握的日式 94、92 式轻型坦克强多了。但是对付它我们研究出来了绝妙好办法，这就是坦克陷阱，挖好支上檩木，用长草的地皮覆盖伪装起来，谁也看不清楚。坦克更是视力有限，睁眼瞎子，顾东顾不了西，掉进去就没辙了，所以这就要修坦克陷阱。因为那里属于敌占区，一定有潜伏的特务杀手，耳目甚多，只能秘密挖，不能公开挖，黑夜挖不能白天挖，防止泄密。”

愣小伙子楚鲁在旁边都听见了，大咧咧地说：“勘查地形好办，你二哥结合着在封锁线上巡视站岗放哨，经常去魔峡嘴打猎改善生活，那边情况他最清楚，昨天他领着会计‘黑麻子’又去了，打了一头野猪满载而归，我去打听。”

“还有这事？”呼和巴拉对二哥的行为很感意外，吃了一惊。

楚鲁跑出去很快回来了，失望地说：“察干巴拉副排长正和‘黑麻子’会计大吃二喝，大碗酒,大块肉。我说打听魔峡嘴的情况,他就很不耐烦,说记不住,还一边骂着说些不好听的话!”

呼和巴拉的浓黑的眉毛竖着不满意地问:“说了什么?”

“你二哥说:我上面有这样哥哥,下面有那样弟弟,够戗了,功劳都是他们的,缺点错误都是我的,馊主意越来越多,还要到大西面魔峡嘴查洞子封口子设障碍修工事,那又不是我们的根据地。”

“在旁边的‘黑麻子’说啥?”

“半声都不吭!”

呼和巴拉怕楚鲁粗心大意,嘴头子不严实,再也不说了,心中想道:“这个‘黑麻子’呀,比白尾巴狐狸还奸,比花眉毛鼬鼠还鬼,当面竟捧着唠,背后说坏话,不少谣言都是他放出来的。浩特达额尔旦老人看不透,还提拔他当了会计,搞错了!”于是气愤地挥了一下粗壮的胳膊,说:“备马,走,先难后易,我们两个这就去魔峡嘴,接着再到鬼谷口,都进行调查,必要时候民兵队全体出动。”

这两个青年手脚敏捷,几分钟以后就准备妥当了。呼和巴拉骑着那匹他驯练好的白色野马,雄赳赳气昂昂地走在前面。没走多远,愣小伙子楚鲁大背着步枪,骑着小青马赶上来,和他并着肩膀走了,提醒道:“副队长呀,别看你二哥那么说,应该到那里去打听情况。”

“也对!”呼和巴拉消气了,拽了一下马缰绳,往侦察连一排宿营的带棚木轮车、帐篷方向走去,问道:“你没有对我二哥说清在鬼谷口、魔峡嘴修工事的重要性?”

“说啦,察干巴拉副排长说得更难听:喇嘛师傅教的六字真言忘得干干净净,拉布仍寺的甘珠尔经丢在一边。哼!各大战场消灭很多国民党军队,但是我们这里连小小的王府市都打不开,老是拆铁路破公路,没完没了。这回更不务正业了,要建什么牧场。当兵扛枪是为了打仗,管啥生产?现在呢,要到敌占区魔峡嘴修工事,疯了?”

呼和巴拉的浓黑的眉毛又跳动了,压抑住一股怒火,没吱声,很快到了一排宿营的带棚木轮车群附近。浩特会计“黑麻子”从小型帐篷内揉着眼睛出来了,看样子是酒醉饭饱打了一盹,连连摆着手,坑坑洼洼地脸上显出皮笑肉不笑的样子,说:“不要叫,不要吵,更不要闹,副排长到封锁线上白天黑夜检查岗哨,辛苦得很,刚刚睡着。他很关心封山口堵岩洞修工事设障碍的事,他说想起来了,魔峡嘴自然岩洞后面第三条能利用,把住大陡坡,一人当关,万人难上,真正的天险!”

“第三条?”呼和巴拉大声问,他警惕地注视着这个新上任不久的浩特会计的丑恶的嘴脸。

“黑麻子”的三角眼滴溜溜地打转,干笑了两声说道:“嘿嘿,就是,就是,一点不错。”

呼和巴拉看着对方阴阳怪气的样子,觉得他的这些话很可疑,走进帐篷内查看了一下,二哥确实睡着了,呼噜声像打雷一样,叫也不醒,满嘴酒肉气味。这样,他什么也没说就和楚鲁骑着马上了路。

进腾格里山再往魔峡嘴绕的小路太难走,有的地方弯曲盘旋,像一条羊肠子;有的地方洼地和高坡连接,像一座马鞍子。他俩都骑着很出色的好马,走了小半天便到了魔峡嘴自然岩洞群附近,这一带深邃幽暗,怪石耸立,到处是很高很密的原始森林,随着从魔峡嘴吹进来的大风,来回摇摆着哗哗响。

呼和巴拉勒紧缰绳,放慢了这匹野白马的前进速度,对着并肩走的楚鲁说:“注意点,拉开距离，把大背的枪拿下来挎在胳膊上，这是敌占区，可能有潜伏的特务杀手，野兽又多，三种狼活动猖獗。”

愣小伙子楚鲁只顾欣赏魔峡嘴中长得茂盛的牧草，没有理会这个老三的话，喜气洋洋地说：“琪琪格旗长提出的建设军民团结牧场规划中说，开发腾格里山鬼谷和窟窿峰盆地，改造成冬春营地和夏秋营地。对呀，自古以来这里没有被大小牲畜践踏过，草势长得高，只要打出井来就是好牧场呀。天苍苍野茫茫，风吹草低见牛羊，这也是琪琪格旗长说的话，多好听！”

“一条，二条，三条。”呼和巴拉默默地数着悬崖陡壁根部隐约可见的岩洞口，提高了嗓子，用命令的口气大声说：“拉开距离，把大背的枪拿下来，挎在胳膊上！”

“咋啦，发现敌情啦？”楚鲁这回可听见了，迅速地拿下步枪挎在胳膊上，看了看周围环境，有点疑惑不定地说。

呼和巴拉在路上考虑过很多事，他觉得魔峡的岩洞情况是从“黑麻子”嘴里间接听到的，这个人来历不明，政治面貌不清，有很多可疑的地方，需要密切注意。这话是不能对楚鲁透露的，拐了一个弯儿说道：“倒是没发现什么动静，不过，这里是王府市西面的敌占区，离着小土公路又近，要提高警惕呀，不能粗心大意，吃亏上当受骗，是不是？”

愣小伙子楚鲁脸上显出一片红晕，抚摸着小青马的脖颈，不好意思地说：“我被眼前的草场迷住啦，对，不能光顾牧草长得旺，忘了王府市内外城的野心狼！”

呼和巴拉也笑了，说道：“腾格里山中草长得好，但是有草没水不能算牧场，关键是打出水，很多人都为这事发愁。琪琪格旗长是畜牧业专家，一定能找到水源！”

他俩到了能够控制魔峡嘴大部地方的第三条洞口，在附近小树上拴好马匹，徒步来回走着仔细观察。这条阴暗发霉的洞口低矮狭窄，又被上面悬崖顶上崩塌下来的一块卧牛大石遮住了一半。山风吹得这座怪石摇摇欲坠，沙土石粒刷刷掉，眼看就要砸下来。

呼和巴拉气愤地想道：看来，“黑麻子”是想通过各种手段来暗害我们，好吧，来一个将计就计，进一步掌握这个家伙的破坏活动。于是他折断了一根碗口粗的小树，撬起那块卧牛大石。这个一百九十斤重的彪形大汉，是如此强壮有力，两三下就掀掉了，怪石危岩往山下翻滚着，霹雳般巨响，在寂静的魔峡嘴里引起经久不息的回声。他扔掉树干，还没来得及抖落身上的尘土，就看见一个又黑又粗的家伙从岩洞深处窜出来，可能是被刚才响声惊动了，蠢头蠢脑地跑着，发出呼哧呼哧喘息的声音。他顾不上细看，连忙端起了马枪，标尺、准星和目标三点成一线了，这才看清了那是一只大黑熊，足有五六百斤重。砰！枪声响过以后，黑熊的左胸部着弹点上冒起了一股青烟，但是这傻大黑粗的家伙不但没有倒下，都没有摇晃一下，忽地转过身来向呼和巴拉猛扑。他顶上第二颗子弹，稳稳当当地瞄准着黑熊的脑门又开了一枪。民兵队里都说呼和巴拉枪法好，是一点也不假，这一枪也打中了要打的地方，又冒起了一股青烟，但是滑溜过去了，因为他听到了子弹往远方飞去的呼啸声。他这才想起关于打大野兽的常识：黑熊、野猪等动物都是很脏的，身上全是寄生虫，每天在树上蹭痒痒，天长日久，浑身沾满了松脂和泥土，和身上的毛纠缠在一起，相当坚韧了，这就打不倒。他拿的是日本造“四四式”马枪，口径小，枪筒短，穿透力弱，便造成了这样的情况。这个老三不仅是身强力壮，胆子也不小，没有因为危险而后退半步，嗖地立起了三楞刺刀，固定在枪筒上，用大拇指试了刃，是很锋利的，青光晶莹，他往前走了一步，拉开了拼刺的架势，一下就捅进了站立起来的黑熊的心窝，把这庞然大物掀翻了。以后发现原来这是病重的老年黑熊,很虚弱,垂死挣扎,所以才能轻易杀掉。

愣小伙子楚鲁赶过来,他真没有想到这场搏斗如此顺利地结束。他起初是很担心的,觉得马枪子弹都打不透,刺刀未必能捅进去,还是继续射击更妥当一些。但是情况紧急,他都来不及喊了,冲到跟前以后把美式三零步枪口插进黑熊一张一合的血盆大嘴里,又打了两枪。这头生命已经垂危的野兽嗷嗷嗥叫了两声,像倒塌的半截大墙一样不动弹了。他大咧咧地连连夸奖呼和巴拉,笑道:"哥哥英雄弟弟好汉,哈尔巴拉副团长把八百里腾格里山中的三种狼都打遍了,得了狼主外号。你在上回用细麻绳拴住黑熊睾丸根收拾掉一头,这回用刺刀又捅死一头,可以起个熊主外号,厉害,厉害,真厉害!"

他俩虽然打死的是病熊,也很兴奋,都忘记了疲劳。楚鲁又仔细打量着这头瘦弱的大家伙,接着望了望阴暗发霉的岩洞,精神焕发地说:"洞口的障碍物掀掉了,在里面养病的老黑熊也打死了,没有危险,我们进去!"

"进去!"呼和巴拉擦拭着那把三楞刺刀,心中琢磨:"黑麻子"这个家伙想暗害我们,告诉的这条山洞有危岩坠石,里面有黑熊,这是杀人不见血的毒办法呀,幸亏这是病重的老年黑熊,要是换上健康的黑熊,太危险了!

他俩刚准备要进去,就听见一阵急促的马蹄声由远而近,侦察连一排长完达尔夫和伊和浩特民兵队长特木尔赶到了。这两人跳下马,看见倒在血泊里的病熊,都愣了一下。特木尔拧着眉毛批评道:"你们俩呀,胆大心不细,太冒失了。侥幸遇到了病重要死的老年黑熊,要不出大事呀,后悔也晚了。"

这四个人站在洞口继续观察,阴暗发霉,冒出一股刺鼻子腥膻骚味。这第三条洞口确实是好地方,设立重机枪点,能够完全控制住小土公路上东西来往的敌军。若当成射击阵地就得检查清理内部。因为刚才从洞内跑出来一头黑熊,他们没有冒冒失失闯进去,先是摆开了射击的架势,仔细倾听了一阵子,没有发现什么可疑的动静,只有一点风吹岩洞的瓮声瓮气的响声。接着安排下一步骤:楚鲁在外面看守马匹,并且负责和后面过来的人联系。完达尔夫、特木尔、呼和巴拉三个探洞。他们很谨慎,接连抛进去了十来块碗大的石头,又试探着往里打了两枪。这样,他们端着驳壳枪、冲锋枪、加上了刺刀的马枪进去了,小心翼翼地往前走。

呼和巴拉对民兵队长特木尔笑道:"注意啦,干这类营生,宁可慢些,也要稳些。"

特木尔听着哈哈大笑,也对这个民兵副队长说道:"三兄弟,你注意自己就得了,不用惦记我,两年以前,我和你大哥二哥打游击,也没少钻洞子,属老鼠的,别说有手电,就是摸黑也不怕。"

这条岩洞里再没有发现别的野兽,只剩下一堆又一堆臭烘烘的烂草,现在成了野老鼠的天下。手电光下,几寸长的小白耗子吱吱叫着来回乱跑。岩洞很长很窄,弯弯曲曲,怪石嶙峋,还裂出了很大缝子,眼看就要塌下来的样子,他们三个人赶紧走过去。越往里走越黑,真像用墨汁染过的一样,伸手不见五个指头。幸亏他们准备工作做得好,手电里都换上了新电池,在这条漆黑的洞子里格外发亮。

走了一会儿,完达尔夫突然喊起来:"什么味儿?"

"啊呀,他妈的!"特木尔踩了一下牲畜骨头,差点没滑倒,气得他一脚踢开了。他也闻到了越来越刺鼻的腥味儿,恶心地说:"什么东西这么臭,怕不是黑熊的尸体腐烂发出来的吧?"

完达尔夫捂着鼻子，提起驳壳枪往前搜索着，发现前面不远处有横着开的窟窿，臭味是那里发出来的。到了跟前才看清，里面有一大堆牲畜骨头。他嫌恶地呸了一声，赶紧走开。这时候，老三呼和巴拉在左边发现了什么东西，感到意外地叫了一声。特木尔以为是发生了什么情况，端起美式汤姆冲锋枪猛地转过身来准备支援，原来是他发现了两条西伯利亚种死狼。

魔峡嘴阻击工事这就开了头。所有岩洞都搜索清理了，口上垒石堆沙，有射击孔，还设置了障碍。小土公路的两边平坦的地方，挖了很多坦克陷阱，都隐蔽得严严实实，掉进去就挣扎不出来，等着被生擒活捉。这样经过两个多月的艰苦劳动，侦察连和伊和浩特民兵为阻击战做好了一定的准备。

第四十八回 继续破路封锁嫡系十团 再次炸桥围困杂牌二师

一九四八年入暑以后，阿拉玛斯、哈尔巴拉两人得到了化名白玉堂的邓志刚送来的秘密情报，进一步证实了独立骑兵团党委分析、判断、预料是基本正确的：王府市内外城的国民党嫡系和杂牌部队，不可能勾结起来向根据地进行大规模的军事进攻，主要原因是蒙古军部和第二师三个团人按兵不动，保存实力，等待着第一师三个团人过来，阴谋实现其所谓高度自治，所以"鹰扬部队"步兵十团正要夹着尾巴准备撤回B市去。另外化名白玉堂的邓志刚又密报称：根据地中心伊和浩特潜伏着一个叫"影子"的重要特务杀手，是蒙古军联合谍报队的副队长，最近偷递了在魔峡嘴、鬼谷口修筑阻击工事的情报。莫尔根、哲别、扎萨嘎对此严加封锁，军统稽查处什么也不知道。这个"影子"作恶多端，血债累累，是可杀不可留的反革命分子，但是暂时不要动他，白玉堂打算利用他站稳脚跟。现在王府市经济形势急转直下，极端恶化，所有的大中小饭馆都倒闭关门了，蒙古餐厅和饺子馆也不例外。扎萨嘎大少爷为了报答那次救命之恩，上报莫尔根、莽斯、哲别，也把白玉堂任命为联合谍报队副队长，并且指示他不干别的，专门和潜伏共区的另一个副队长"影子"挂钩索取情报。这样，如果"影子"出了事，马上就怀疑到白玉堂身上。所以最好的办法是不动"影子"，利用他不断投递情报来骗取信任。

根据上述形势，独立骑兵团和根据地民兵暂时中断了建设军民团结牧场计划。六月中旬，团直属队和八个连队分别出动，进一步破坏通往B市的那条小土公路，很多民兵也跟着出发了。这一天，天气十分清爽，根据地中心伊和浩特附近沙原上，一群又一群牛马骆驼羊和蔚蓝色天空中的白云遥相衬托，风景如画。阿拉玛斯、哈尔巴拉、琪琪格按着老习惯，还是走在队伍的前头，枣红马、鬃毛垂地的大黑公马、小白马并排走着。琪琪格一边向放牲畜的牧民群众挥手致意，一边向这个副团长笑道："哈尔巴拉，你看，天山脚下，海河两岸，布满了洁白的蒙古包、各色骏马、肥壮的牛羊，哈哈，也许是伊和塔拉山水佳天下吧！"

哈尔巴拉也是充满深情地看着这一带明媚的景色，默不作声。他在中国共产党的培养教育下，从一个很普通的草莽英雄成为特别加强主力团的指挥员，文化水平大有提高，军事方面懂得更多了，触景生情地想道："伊和塔拉草原虽然偏僻荒凉，但是几十座大城市的铁路公路联结点、交通枢纽，又处在形势险要易守难攻的八百里腾格里山南麓，因而成了兵家必争的军事重地。近年来在这一带打过多少回仗啊，很多的英雄烈士牺牲在这里，我们失掉了很多好同志。"

独立骑兵团用急行军的速度分头前进，在十九日突然越过了封锁线，从王府市后面直插过去，到了通往B市的小土公路交叉地段。这一带敌军防备松懈，一个护路排被侦察连全部俘获。接着埋炸药炸出了大大小小几百个坑子，又破坏了小土公路十几座简易桥梁。回来时候遭到国民党嫡系西线部队飞机袭击，一连指导员等三名同志牺牲。

从王府市往西通往B市的小土公路坑洼不平，狭窄泥泞，实在是难走，但是成了国民党嫡系和杂牌部队维持供应的所谓生命线，没有它就活不下去，立即派兵抓民夫修理，并且加强空中保护。从这段时间起，独立骑兵团由于天热、防空等原因改为夜间行动，白天在腾格里山魔峡自然岩洞和原始森林中隐蔽休息。七月中旬的一天，阴云密布，下起了倾盆大雨，千军万马在泥泞路上夜行军。

琪琪格旗长在读大学时期到这一带搞过牧场勘察，地理环境熟，亲自在前面当向导，一边笑道："哈尔巴拉，上次我们出来破坏小土公路，在行军途中老团长做了一首诗，我也凑合两句：

征途泥泞夜深沉，
大雨滂沱蛙声紧；
草原铁骑出奇兵，
掐断敌军供应线。

哈尔巴拉这个彪形大汉，擦拭着满脸连鬓大胡子上面的雨水，在黑暗中哈哈大笑了。鬃毛垂地的大黑公马有点吃惊地竖起了耳朵，他笑着说道："旗长大人，写诗这玩意儿，我现在也明白点窍门了！"

"副团长同志，不见得，我对你的军事素养、战术思想是很佩服的，上回制定'诱虎陷阱'方案，这回又制定'逼鹰出巢'方案，都有很高的水平。至于做诗那是另一回事，我一点也信不着，哈哈，可能会做好力宝。"琪琪格也大笑着说。她是经常这样开玩笑的，表面上看来好像是嘲笑、讽刺，其实不然，这是他们之间爱情发展到亲密无间、不拘小节的一种表现。

"哈哈，在旧社会给汗庙当属民，接着秘密参军搞地下活动，领导两次暴动，哪里顾得上什么诗。团主力挺进到这里开辟根据地，条件好，听得多了，就琢磨出一点门道。原来，蒙文诗是头顶上押韵，汉文诗是脚底下押韵，对不对？"

"对，对，你这赳赳武夫有文采，看出了窍门。我教给你，自古以来很多将军都是能写诗的，所谓儒将之风。"

"好，拜你为师！"哈尔巴拉笑道，"读汉文书太晚了，现在才能看懂简单命令、通知、总结。"

琪琪格鼓励道："你比二弟察干巴拉强多了，能用汉文看书，用蒙文写材料。你是二十二岁的人，再加上行军、打仗，从头学习象形文字当然有很大困难。但是我不相信你学不会，要拿出研究兵法那股子精神来！"

七月二十一日早晨，雨停了，空气变得十分凉爽宜人。团部宿营的村子里，无意当中遇到了那斯图的生前好朋友——一位汉族教书先生。对方真是喜出望外，硬拉扯着他俩到家吃了一顿饭，还赠送了一副"鹰扬部队"步兵十团护路兵溃退时丢掉的外国式皮鞍子。盛情难却，哈尔巴拉接受了，笑道："老人家，别看我是马背上长大的，用过科尔沁式的宽座马鞍子，用过多伦淖式的窄座马鞍子，可没有用过这洋玩艺儿，回去以后还得好好练练哩！"

"客气话，蒙古族同胞不愧是马背上长大的，骑术是厉害的，十多岁的小孩子，都能骑着光背马参加赛跑，你这位英雄副团长，更不在话下！"

"干到老学到老嘛，哈哈！"

临分别的时候，汉族老先生把这对未婚夫妻送到小土坡上，千嘱咐万叮咛，说："二位军政领导同志，多多保重。最近，国民党嫡系西线部队飞机活动很猖獗，每天飞来几批，狂轰滥炸。老蒋也就这么点本事了，但是我们骑兵目标大，要多注意防空。实不相瞒，我最近夜观天象，将星灰暗不亮，主大帅不利，凶多吉少……”

哈尔巴拉不信那一套，大笑起来，把洋式马鞍子驮在原来的鞍子后面，威风凛凛地上了马，和这位热情洋溢的老先生告辞了。

路过一个又一个牛群附近，几十匹军马的践踏，惊动了大堆攒动的屎壳郎，到处嗡嗡乱飞。

哈尔巴拉从警卫员那里拿来一把蝇甩子挥动起来，打掉了一片又一片，连声说：“讨厌！”

琪琪格完全相反，哈哈笑着批评道：“副团长同志，错了，真正错了，说的全是外行话，屎壳郎并不讨厌，是有益的甲虫，为伊和塔拉大草原立下了杰出的贡献，不朽的功劳，这是人所共睹的不可否认的事实。”

哈尔巴拉的性格中有一股很犟很倔的东西，很不容易扭过来，这回又反驳道：“旗长大人奇谈怪论，胡说八道，屎壳郎又黑又脏，臭气烘烘，污染环境，弄坏空气，有害无益。”

琪琪格熟悉他这脾气，发表长篇大论不厌其烦地解释起来：“屎壳郎是一种食粪甲虫，学名蜣螂，作用大啦。举个例子，一头体重二百七十公斤的大黄牛，一天排粪量大约十六公斤，相当于体重的百分之六。我们这里大约有四万头牛，每天会有六十四万公斤牛粪排在地上，牧民们捡晒堆烧牛粪，只是清理了其中的一小部分。要是没有屎壳郎，大部分牛粪会日积月累覆盖住草原，会严重地影响牧草的生长，使本来就沙化退化很严重的伊和塔拉草原的形势更加恶劣，到处会出现一块又一块秃斑。同时粪便是苍蝇的孳生地，它们迅速地繁殖起来，携带细菌传染疾病。这种公害会使伊和塔拉草原面积日趋缩小，牧草的产量急剧下降，牲畜也因为牧草不足病害蔓延，瘦弱死亡，肉、奶、毛、皮的产量和质量受到影响。另外，牛粪中挥发气体不仅使大量的营养物质散失，而且还使周围的环境受到污染，这样就会使伊和塔拉草原的畜牧业发展受到严重的破坏。屎壳郎扭转了这种危险局势。别看它样子难看，名字不好听，它可是处理粪便的能手，因为它不仅以粪便为食物，而且雌虫还把粪便当做育儿房，在其中产卵，把粪便作为幼虫的食物。它搬运粪便的能力十分惊人，先用前足切取一块粪做成球状，然后用后足推滚到适当的地方并且埋入地下。屎克螂的成虫可以制作比自身体积还大的粪球，一雄一雌合作，就能在较短的时间内把很大的粪球搬运埋进地下，如此操作循环不停。由于大部分粪便运走并埋入地下，牧草又蓬蓬勃勃地生长起来，苍蝇失去赖以滋生繁殖的粪便就蔓延不起来，伊和塔拉草原就能欣欣向荣。这充分说明，生态平衡是自然界的一个客观规律。我们在畜牧业生产过程中如果不按生态平衡规律办事，只顾眼前利益，就会产生破坏性后果，造成恶性循环，蒙受灾难！”

哈尔巴拉听罢大笑起来，说道：“我只说了一句话，引起来一大套教训，不愧是 A 城农学院的高才生，有学问。”

当天晚间，部队又破坏了一座钢筋水泥永久性的铁路公路大桥，摸着黑涉水渡过达赖河往回走。天亮了，国民党嫡系西线部队飞机向团部扫射了好长一阵，往前面俯冲下去。七连——也就是机炮连，久经战斗，经验丰富，疏散得快，利用小土公路两旁地形地物隐蔽好了，没出一点损失，并且立即组织了对空射击，射手们熟练地操纵着九二式、马克沁式重机枪和高射机枪，枪口喷着长长的火舌，曳光弹一串连成一串紧追着敌机。走在右翼的侦察连的干部战士们，从沙化退化的草原上高声欢呼喝彩，其中有两个人的声音最响亮。一排长完达尔夫大声喊道：“好牧人，好牧人，你们这套马杆子甩得好，快要套住这条恶狼啦！”一排副排长察干巴拉也大声喊道：

“打！打！老伙计们打得好，快把国民党嫡系西线部队的飞机打串稀啦！”

这架战斗机仓皇逃出机炮连的对空射击火力网以后，也没能飞回B市，被在后面的六连一阵猛打，蒙头转向了，刚想抬高机头钻入云层溜走，但是太晚了，像打兔棒一样旋转着掉在团部附近爆炸了。

早晨九时整返回伊和塔拉根据地，团直属队和八个连队在巴嘎浩特附近分开。浅白麻子连长刘青山到了团部，请示道：“二位团长，今天晚上还出来吗？”

“今晚没有行动，孟根巴干同志，你最近很辛苦很累，好好休息一下，哈哈！”老团长阿拉玛斯叫着刘青山的蒙古名字笑道。

“那么下一阶段的任务是什么？”这个侦察连长继续问。

哈尔巴拉笑着反问：“你说呢？是不是要建设军民团结牧场？”

刘青山知道团首长在考他，笑道：“据我分析判断，现在任务是准备打仗。铁路公路大干线没有修复的希望，这回又掐断了小土公路，敌军没有吃的，饥饿急了眼，不是往西突围逃回B市老家，就是往东侵犯根据地抢劫牲畜。”

“对了，孟根巴干同志，你不光是战斗英雄，还是优秀的指挥员。”老团长阿拉玛斯大加称赞。

从此以后，刘青山连长天天检查侦察连负责的一段封锁线。寂静的腾格里山，寂静的伊和塔拉草原，要是没有每天从头顶上来往的国民党嫡系西线部队运输机和前哨经常送来的蒙古军和十团逃兵，简直会使人忘掉战争。他抓紧这个机会，在连队里进行了三大纪律八项注意和防奸反特教育。还组织战士开展拉水、修理棚圈、帮助牧民放牧、拿着喇嘛筒宣传时事等活动。

被打掉的战斗机过了三五天还在冒烟喷火，间或小型炸弹、机关炮弹被烧着了，像过年时候放鞭炮一样不停地连续响，十响一咕咚，空气中迷漫着火药味，差不多过了一个多星期，没有任何一点动静了，可能是爆炸物品大部分或全部被毁掉。一贯是在火线上冲锋陷阵的哈尔巴拉副团长，这回又冒着生命危险，带着几个警卫人员到现场仔细搜索检查，首先肯定确认了这架战斗机被击落的原因，飞机本身没有任何损伤，而是一颗小口径步枪子弹打中了驾驶员的头部，立刻毙命。因为只是贯穿了天灵盖，可以看清他很英俊的面容，浓眉大眼，隆鼻朱唇，五官端正，是个美男子。再就是各种证件充分证明这个家伙是国民党空军王牌飞行员，少校军官，战斗功臣，抗战时期先后打掉过三十六架日军飞机，其中还有三架著名的零式战斗机。这很不简单，独立骑兵团在没有像样的防空武器的情况下，创造了辉煌战果。他们把大口径机关炮拆下来了，很怕砸坏，并没有用锤子和斧头，只是用钢锯一点一点割，费力又费时。又一个重大收获是发现了一张完整无损的八百里腾格里山和伊和塔拉大草原的空中摄影图，真是妙极了，平坦广阔的牧场，起伏高低的山峰和深谷，蜿蜒曲折的河流，苍茫似海的原始森林，一眼尽收。哈尔巴拉虽然是特别加强主力团的副团长，但是只看过地图，从来没有接触过这种精致、准确、真实的空中摄影图，现在越看越喜欢，爱不释手，高兴得哈哈大笑。另外还有一把结构简单、坚固耐用的四十发子弹的微型冲锋枪，一块三个大针的夜光手表。这个年轻的指挥员胆大心细、认真负责、绝不草草收场，又在较远的灌木丛中捡到了大背包，其中有汽水、苹果、面包、香肠等食品，还有绷带、药布、红药水、消炎片、救生刀等应急物品，旁边放着一本不大又不厚的小巧玲珑的相册。哈尔巴拉随便翻阅了一下其中的十多张照片，实在是出乎意料，这些全是性交方面的，采用各种各样姿势，五花八门。男的是这次被打死的王牌飞行员、曾经显赫一时的空战英雄。女的虽然长得很漂亮,却淫荡不羁,毫无羞耻之心。好面熟呀,这个不要脸的女人是谁呢?哈尔巴拉疑惑不定地仔细观察,大吃了一惊,认出来了,原来是那个不明不白死去的蔓苔萝花,日伪《新中华民国报》随军女记者。他翻来覆去检查了多遍,现场没有什么油水了,他就用套牛的木轮车把东西拉回来,向老团长报告了全部情况。

阿拉玛斯很高兴,笑逐颜开,对缴获的物品用途都作了详细具体的指示,乐呵呵地说:"打掉国民党王牌飞行员、空军英雄、少校军官所驾驭的美式战斗机,是我们独立骑兵团的光荣的战绩,找人写文章刊登在油印小报《铁骑》头版头条上,还要写评论。对这个空军军官尸体装棺埋葬,立碑标记,表示我军宽宏大量,将来他家属来找也好交代。机关炮发给七连,架设在封锁线上战壕里,既可以高射打飞机,又可以平射打坦克装甲车,两用。那幅空中摄影制作的腾格里山、伊和塔拉草原军用大地图要妥善保管,不得揉搓磨损,中心做个轴卷起来,外面有防水油布套。四十发微型冲锋枪发给老八连优秀侦察兵。现在是国民党军统局稽查处、蒙古军联合谍报队、独立骑兵团侦察连三角对立时期,犬牙交错,展开了你死我活的残酷搏斗,没有好武器是不行的。三大针夜光表发给封锁线监视哨所,他们值勤换岗都点香火计算时间,刮风下雨很不方便,而且容易暴露目标,发给他们使用,就这样了,还有什么?"

哈尔巴拉很难为情地把相册递上去,请示道:"还有这本相册,是留着供揭露批判敌军用?还是销毁?"

老团长接过去看了一眼还给了他,厌恶地说:"这个不能当批判材料传看,有副作用,烧掉!"

"是,马上照办!"这个副团长马靴后跟合并立正敬礼,转身出去了。他办事雷厉风行,上述工作都很快一一落实。就是准备要烧掉那本相册时,琪琪格提出了不同意见,制止道:"别烧了,留着当资料用!"

哈尔巴拉误会了,笑道:"旗长大人,嘿嘿,这能当什么资料?有什么用处?"

琪琪格的白俊的脸微微发红,显出不悦之色,反驳道:"副团长同志,心不正眼不准,你想歪了。我认识蔓苔萝花,就算是一般的朋友,她可能有某种预感,在最后一次随日伪军出发打仗的时候,把她的一捆十二册日记本寄放在我这里暂时保存,日记本里大部分是黄色描写,不堪入目。她再也没有回来,听说死了。把这些相片和日记本合并在一起,可以说明旧军队的某种丑恶现象,因为有相片旁证,谁也不能否定十二册日记本是虚构、捏造、编小说,谁也不能怀疑十二册日记本的真实性。"

哈尔巴拉对此不感兴趣,说道:"天下之大无奇不有,还有专门研究这个的,嘿嘿!"

"蔓苔萝花活着的时候对你评价并不高,说了不少坏话,日记本上写着呢,清清楚楚。"

哈尔巴拉闻言一惊,紧张地问:"写啥啦?说什么坏话?"

琪琪格说:"写你摔跤、射击、骑马,男人三大技术高超,天下第一,没有对手。除此以外一无是处,死不开窍的笨脑袋,九头牛拉不回来的犟性格,宁折不弯的倔脾气,端着金碗讨饭吃,保送到蒙古军、汪精卫军、国民党军都不干,受罪的命,贱骨头!"

"还写啥啦?"哈尔巴拉问。

"别的没有什么,这些就足够了,日记本在我那里保存着,有时间你看看。"

哈尔巴拉高兴得大笑道:"蔓苔萝花这不是说我坏话,而是说我好话呢,嘿嘿!"

第四十九回 饕餮连副吃饼撑死兵营 鬼扒排长送蛋得趣娼窝

独立骑兵团掐断横贯伊和塔拉草原的铁路公路大干线以后，困守在王府市内外城的国民党嫡系和杂牌部队的日子越来越不好过了，枪炮弹药的供应先抛开不说，光是缺少粮食一项就要命了。自古常言道："民以食为天。"实践证明兵不吃也不行，原来这是人的第一需要。成千上万的步兵十团和蒙古军第二师部队，先是靠坎坷不平的小土公路运输粮食，不断遭到破坏，供不应求。以后又增加了空投一项，仍然处于饥饿状态，那滋味实在是不好受。这些披虎皮狼皮的老总们，以前都有点美食家的样子，所谓食不厌精，脍不厌细，吃出点名堂、吃出点艺术、吃出点风度来。现在完全相反，不管什么能吃就行，并且吃得多吃得狠，吃得上吐下泻，吃得死去活来。嫡系所谓"鹰扬部队"装甲机械化十团是外来的，人地两生，举目无亲，无处救援，困难尤为严重。把粮食吃光了，就杀骡马充饥，甚至为了增加斤两，还规定一律不准剥皮。至于王府市外城近百家大小饭馆早就倒闭关门摘了幌子了。居民的鸡、鸭、猫、狗、猪、羊、牛、驴，早已连偷带抢一光二净。逼得老百姓只好扒树皮、啃马骨头活命度日。由于运不进来煤炭，烧柴更是缺少紧张，步兵十团把他们驻防区内的树木全部烧光后，就以汽车轮胎、电线杆、麻袋片、降落伞、骨头甚至枪托、手榴弹木柄作燃料，直到挖坟墓里的棺材。位置在外城东北角有一座白狼庙，祭祀者多为汉族小市民。它由于受当地势力最大的喇嘛教汗庙的排挤，没有香火，坍塌破落，有一个姓赵的排行老二的和尚看守，庙附近方圆几里是王府市外城汉族居民的葬身之地。除了少数富户和官宦人家立碑的水泥浇筑和砖砌墓外，其中尤以流落此地的贫苦摊贩的土坟最多，也有不少暴尸于外，野狗叼食，豺狼聚餐，白骨累累，鬼火闪烁。本来他们家属购买的俗称"狗碰头"的薄棺材挖壕浅埋，很容易被食肉动物扒出弄碎，现在成了步兵十团的烧柴，点燃起来腥气难闻。有些驻防在阴暗旮旯里的国民党军队，连吃水也发生了困难，只好摆放水桶、洗脸盆甚至钢盔接雨水，饥饿、阴冷、潮湿折磨着他们。唯一的希望是等待天气好转，来运输飞机空投物资，听见飞机响，六十三团和蒙古军第二师各部队就整排整连地出动，全副武装，争夺抢劫，往往为了一袋米面，打架动殴甚至互相开火，发生伤亡事故，所以有人叫空投场为"封锁线内第二战场"。贪婪成性的步兵十团的军官，到了临死的时候还不忘发财，大做黑市生意，把空投下的面包、罐头、香肠、馒头、烟酒囤积起来，以重金出售，物价还连日不断上涨，一块烧饼要五个银元，一盒香烟也要五个银元。后来在西门附近形成了黑市场，进进出出，居然热闹一时。军官们刮来的钱财无处花了，便疯狂地赌博，于是黑市场又成了赌窝。在王府市外城方寸之地，拥挤着步兵十团的几千官兵，他们犯下了滔天罪行。在这里几乎找不到一间完整的房屋，米缸和粮囤中看不见五谷杂粮。典型的弱肉强食，互相摧残，人性受到了最大的压迫而歪曲，有的抢人，有的被人抢，到处可以听见悲惨的求救声。

上次，三营三连多捡了几袋空投的面粉，乐得蹦高要打牙祭。第一天包蒸饺，蒸饺大得很，用士兵们的话来说足有猪崽大。这个连的副连长是有名的大肚汉，一顿竟吃了七十二个蒸饺。第二天吃焖面，干嘟噜地大碗盛着，他硬是吃了八碗没咋着哩。坐吃山空，储存的粮食不多了，仅够维持生命不长时间。副连长饥肠咕噜，急中生智，要到所属三排吃一顿所谓“招待饭”，他知道三排长外号“鬼扒”，有名的窃贼出身，当了兵有时重操旧业捞外快，总是不缺吃的。果然，他到那里以后，“鬼扒”排长抖擞起精神吆喝：“副连长大人光临本排视察指导，万分荣幸，受宠若惊，为了表达对长官的感激之情，把我从杂牌部队蒙古军第二师六团那里偷来的白面拿出来，豆油烙饼，喷香！”

这话立刻引起一片欢笑，三排开始活跃。“鬼扒”排长和面，几个士兵帮忙。烙饼进了柴锅，就更热闹了，七嘴八舌地吵嚷着。“鬼扒”在这里是个权威人士，手执锅铲，脚踏灶台，嘴里叼烟，发号施令：“躲开点，现在又不到吃的时候，拥挤什么，碍事，他妈的！”

副连长急不可耐，恨不得一口水吞了这摞饼，坐不住，始终进行现场指导，教训着：“烙饼我可明白，讲的是三翻六吊七十提溜，嘿嘿，鬼扒，你快翻个儿呀。”

“鬼扒”叹了口气，愁眉苦脸地说：“唉，杂牌部队蒙古军官兵枪打得准，我偷面粉时，帽子被打飞了差点翻个儿，长官，说话吉利点儿，别犯忌讳！”

副连长笑了，岔开话题说别的：“这儿，没刷着油，这儿，这儿！这张饼比别的小多了，谁摊着谁倒霉！”

“鬼扒”排长笑骂：“大肚皮长官，亏待谁也不敢亏待顶头上司，你操那份闲心干什么？”

灶洞的烟味，昏暗的煤油灯，伴随着三排士兵一张张饥饿的面孔和满屋的喧哗。直到每个丘八都捧起足有一斤重的烙饼津津有味地啃着嚼着，军营里才出现片刻安静。由于这是被严密封锁包围的孤城，副食也运不进来，这顿饭竟没有蔬菜，干巴巴地吃饼，一直吃到九点多，丘八们差不多都捧着肚皮躺倒在冰凉的炕上。

副连长仰八叉卧着点了一颗烟吞云吐雾，慢条斯理地问：“鬼扒，你吃了几张？”

“八张。”“鬼扒”排长小声答复，听得出来多少有点不好意思。

副连长是个没皮没脸的大肚皮汉，贼辣馋，毫无羞耻之心，放开嗓门叫唤，颇有炫耀的样子，说道：“嘿嘿，小菜一碟，我吃了十张，不当饿死鬼。”

“啊！十张就是十斤，谁也比不上。”“鬼扒”惊叹之余，在朦胧中打了饱嗝，紧接着放了一串蹦蹦屁，把副连长逗笑了，连睡在外屋的士兵们也都哄笑起来。其实谁也不用笑谁，这一夜里外屋屁声不断，臭气熏人。天亮以前——用军事术语来说，也就是拂晓时分，出事啦。睡在里屋的副连长突然呻吟起来，那痛苦的哼哼声越来越大，声嘶力竭，最后变成了刺耳的嚎叫。睡在外屋的士兵们都惊醒了，发呆了一会儿，互相推推搡搡，不知道究竟发生了什么事，但是出于疲倦或懒惰，躺着不肯起来，老是假装睡觉。也就在这个时候，“鬼扒”排长严厉地吆喝着下命令了，指名道姓，要睡在外屋的士兵们抬担架把副连长送到野战医疗所去，越快越好，跑步前进。原来这位曾经狼吞虎咽十斤烙饼的中尉军官肚痛得很厉害，好像就要肠断腹裂，怪声号叫着打滚，从担架上摔下来，只好再抬上去用绑腿捆住了。磕磕绊绊很困难地送到野战医疗所，因为停电照明设备极差，外科军医们唉声叹气搓手搔头，耽误了很长时间。等到开腔破肚时，副连长死了，诊断为胃穿孔、肠梗阻，用土话来讲是撑死了，吃得太多。

三排长“鬼扒”好心变成驴肝肺，闯下了大祸。但是调查结果表明这不是谋杀，是责任事故，便宽大处理降职为班长。一个很热的晚上，他和两个最好的士兵在外纳凉聊天，开始骂大街，骂共军独立骑兵团奸计，其用心何其毒也，竟采取了这种饥饿致毙战略战术，兵不血刃夺取胜利。骂国军东西线部队腐败无能，老是打败仗，困守孤城喝着西北风不下撤退令，快要饿死了。越骂越饿，越饿越馋，想吃东西又没有。哇——哇——飞来飞去的乌鸦的一阵阵叫声又增添了不祥气氛。受处分的“鬼扒”抬头看了看，突然怪腔怪调笑了，活像猫头鹰嗥叫，用拳头擂着胸脯发出豪言壮语：“二位仁兄贤弟，且莫叫苦连天，看我再露一手，显显本事，保证你们饱餐一顿。大丈夫一言出口驷马难追，泰山不是垒的，嘿嘿！”

“别，别，再别惹乱子，现在就受苦难没完没了，再有事可了不得。”大个子兵很害怕。

“鬼扒”嘻嘻一笑，撸胳膊挽袖子光着脚丫子嗖嗖地爬上了两三人都抱不拢的参天古树，消失在茂密的枝叶之中，真是名副其实的“鬼扒”。也就是吸几根烟的工夫，他就用钢盔端下来装得冒尖的乌鸦蛋，那手脚轻快劲儿，赛过猿猴攀树。就这样上下前后左右爬了百八十回，快到半夜时候这才停了，嘴里还得意洋洋地自我吹嘘：“鬼扒，鬼扒，真有两下，他妈的，伸手就能扒过来，这回你们猜有多少？少说也有二百五十颗，我们仨敞开肚皮放心大胆吃！”

步兵十团的这三个丘八集体出主意想办法，把钢盔一字排开倒吊起来煮乌鸦蛋。众人捧柴火焰高，又道是火大没湿柴，很快熟了，准备要吃。他们可笑之极，可能是不甘寂寞，快要饿死了还想凑热闹竟商量起赌吃，真是滑天下之大稽。

“鬼扒”能扒，有恃无恐，说：“看谁扒皮快，吃得快。”

“黑夜长着哩，不用着急，先扒好皮堆在那里，然后醮上盐水吃，才能品出味道来，最后看谁吃得多。”小个子兵手笨，扒不快，怕吃得慢亏了，心里发虚，连忙制止说此法不妥。

大个子兵也怕比赛吃不好，不同意，反对道：“不比快，要细嚼慢咽，千万别噎着，要吃出味道来，最后吃得多为胜，我记数。”

少数服从多数，就算达成了协议。“鬼扒”能扒，两颗乌鸦蛋一碰皮破了，一拧就掉。小个子兵笨，就像砸石头一样用力，挤压成了扁扁。不过这家伙性子急，先吃为快，连皮捏起来扔进嘴里嚼，发出踩碎玻璃那种喳啦喳啦的声音，真是饥不择食呀。“鬼扒”扒好皮的乌鸦蛋又白又胖，钢盔一动还悠悠地颤。他不仅能扒也能吃，两手轮着左右开弓往嘴里扔，很快咽下去了，好像不咀嚼。小个子兵吃的样子表面上很斯文，咬一口醮点盐水再吃，其实他是墙里的柱子——暗使劲呢，很怕吃亏，一点没有怠慢。大个子兵边吃边数，嘴唇不停地动着，就像老喇嘛念经，最辛苦。吃来吃去，小个子兵的胃里填得连点空隙都没有，撑得龇牙咧嘴。

“鬼扒”食欲旺盛，胃口大得惊人，原来他又有一种吃法，这回是嘴朝天张着往里放，叽里咕噜就下去了，好像是无底洞。但是对手们不行，大个子兵虽然继续吃，越来越没劲儿了，嘴里翻来覆去老是冒出乌鸦屎味，恶心想呕吐，不能吃了。

小个子兵正好有了理由，也不吃了。“鬼扒”一个人吃着觉得没有多大意思，跟着停下来。

大个子兵打着饱嗝，乌鸦屎味直冲着鼻子往外喷，他撑得说话困难，喘气很粗，费力地宣布：“‘鬼扒’班长第一，小个子第二，我本人倒数第一，赌吃到此结束。”

“鬼扒”还不撒手，为了打发穷极无聊的日子，继续拿别人开心取乐，指着还剩下的一钢盔乌鸦蛋，对大个子兵挤眉弄眼，他是要捉弄小个子兵哪，故意找碴刁难，节外生枝地说道：“你们是嘴上抹石灰——白吃，我可是受老罪了，黑夜摸摸索索爬那么多那么高的大树，差点摔下来粉身碎骨，来之不易呀，不当败家子，划拳行令也得把剩下的一钢盔乌鸦蛋吃进肚里。”

“肚皮胀得好像揣了儿子，再也吃不进去了。”小个子兵似乎察觉到“鬼扒”和大个子兵勾结起来整自己，变得愁眉苦脸、唉声叹气。他虽然再三拒绝，却又挡不住这两人的左右夹攻，勉强划拳又输了，只好硬吃乌鸦蛋。他扭了扭发直的脖子，跌出了泪点子，满手抓起来往嘴里塞，发狠地说着：“我饿了三百六十五天啦，吃饱的就这一顿，撑死也认了，谁知道以后能不能吃上东西？塞！”

“鬼扒”恶作剧，觉得很可笑，在旁边幸灾乐祸地龇牙咧嘴乐，笑痛了肚皮。但是突然想起了撑死副连长的事，害怕老账新账一齐算，罪上加罪，吓得哆嗦了，浑身出冷汗，急忙把盛着乌鸦蛋的钢盔抢过去，不叫吃了。

小个子兵虽然没吃完，也差点撑死。在这以后很多天，胃肠轻轻一动，嘴里便冒出乌鸦屎味，恶心想呕吐冒到嗓子眼又都咽下去了，他说不能吐，饱时不忘饥时苦。

这个兵痞拼命吃乌鸦蛋也没吃完，还剩下三分之一，足有四十多颗，准备下一顿再吃。

“鬼扒”突然想起了什么，一拍脑门嘻嘻笑着端起装满乌鸦蛋的钢盔往外走，连头也不回，很快消失在黑暗中。

小个子兵感到很奇怪，悄悄向大个子兵问道：“‘鬼扒’干啥去了，给谁送乌鸦蛋？”

大个子兵装出明白人的样了，冷笑道：“你小子屌也不懂，‘鬼扒’什么都能扒，扒上了这里一个卖大炕的女人，要给她送乌鸦蛋，嘿嘿！”

小个子兵不以为然，反驳道：“不给钱，光送乌鸦蛋，能管事？我看是成不了，嘻嘻！”

大个子兵继续教训：“你小子屌也不懂，王府市被封锁得粮米皆无，钱有什么用，只要有吃的，饿不死，干啥啥都行，哼！”

小个子兵动心了，感兴趣地笑道：“卖大炕的女人在哪儿？”

大个子兵也来了劲，叫唤起来：“我知道那个地方，走，听房去，‘鬼扒’怎么干那娘们儿？”

这两个家伙在黑暗中摸摸索索走出军营，穿过大街中巷小胡同，到达贫民区旮旯那两间低矮的俗称“马架子”的土坯房。“鬼扒”和那个卖大炕的女人的淫乱快开始了，正在打情骂俏贱笑浪叫，闹得不堪入耳。两个兵痞不光是听房，更进一步行动舐开了窗户纸偷看起来，使他俩奇怪的是，屋里竟点着光线昏暗的煤油灯，女方的丈夫竟不回避，也在那火炕上躺着说话，平静得很，这真是咄咄怪事。

“鬼扒”财大气粗，一边脱着衣服，急不可耐地催促道：“你也快脱裤子呀，这回不光给你拿来了百八十颗鹌鹑蛋，更主要是送给你一只金戒指，够本了，嘿嘿！”

“金戒指在哪儿呀？嘻嘻！”卖大炕的女人见财起意，但是又有点不好意思地看了丈夫一眼，一边嘻嘻笑道：“鬼扒，鬼扒，扒得金银财宝成了堆，小小的金戒指算什么，金条银元宝送给哪个浪娘们啦？”

“鬼扒”爬在卖大炕女人的肚皮上向外面叫唤：“大个子兵，小个子兵，铁杆哥们，快进来，把兜里的几个钱拿出来献上，也入股吧，这小娘们不错。”

第五十回　公园杀猴闯祸送枪免罪　野外吃鼠出事献妻救命

杂牌部队的情况也好不了多少,简直是糟糕透了。无独有偶,且说蒙古军第二师第六团三连排长阿力巴吉胡,也有个外号叫“神偷”,和“鬼扒”遥遥相对。

这一天,“神偷”和两个最要好的丘八在军营内没柴烧的冰凉的炕上围成圆圈儿,吃着很少量很粗劣的食物,同样骂骂咧咧:“扛枪打仗,为吃官粮,现在屌也啃不上,天天这样,顿顿如此,人是铁饭是钢,谁受得了,军马也跟着都瘦成骨头架子了,缺草少料,饿得互相啃吃鬃毛和尾巴,肏,这是什么日子。狗急跳墙,背吹火筒的饿急了更厉害,铤而走险,上八百里腾格里大山当红胡子去,东北土话,就是土匪,嘿嘿！现在怎么办呢?”“二位不要悲观失望,这就给你们吃一顿手扒肉,敞开肚皮吃,上下串油!”“神偷”骂够了,对这两个弟兄许愿啦,指手画脚,唾沫四飞,滑稽可笑。

副排长冷嘲热讽,讥笑道:“吹牛不犯军法,大嘴一咧,油腔滑调,随便胡说八道。共军独立骑兵团是特别加强主力部队,还有那么多的民兵,人海战术,把王府市围得里三层外三层,针插不进,水泼不进,你想出城抢牛羊步行赶回来,套车拉回来,用马驮回来,比登天还难,小命马上玩完,你活够了？找死？哲别参谋长的令尊大人,警务科长‘其努瓦’呜呼哀哉,就是一个例子,怎么,你想到阴曹地府十八层地狱里伺候他?”

“仁兄不必多虑,胡思乱想,贤弟自有良计妙策,这是先吃里后扒外,嘿嘿,怎么样?”

“咋着？你想到国民党嫡系‘鹰扬部队’步兵十团去偷？那里戒备森严,同样没有好下场。再说,他们自己都饿瘪了肚皮,没有什么油水,不值得冒这个风险。”一班长也说。

“嫡系部队算个屌,我根本不放在眼里,二位仔细瞅!”“神偷”笑嘻嘻地从腰间宽皮带上抽出了一把崭新发亮的美式无声手枪,上面有瞄准镜和消音器,炫耀地说是从军统局驻王府市稽查处碉堡楼里偷来的。在这两个人的惊叫声中,“神偷”傲气十足抬起下巴说出了更惊人的打算,原来他是打算要到内城王府后花园杀猴吃肉。

这简直是晴天霹雳,把副排长和一班长震得目瞪口呆,他俩天不怕地不怕,就怕莫尔根军长,怕得屁滚尿流。“神偷”竟敢提出杀猴吃肉,闯大祸呀,谁也不敢轻举妄动。但是既饿又馋,实在受不了,又加上“神偷”排长再三怂恿,当天深夜副排长和一班长跟着“神偷”翻城越墙去作案。这是玩命呀,他俩紧张哆嗦起来,腿肚子也要抽筋了。

“神偷”能偷,枪法也不错,无声手枪轻微地“扑哧扑哧”连续响了几下,可以说听不到什么动静,也看不到一星半点火光,有两只肥硕的大猴窜得老高,又重重地摔倒了。智者千虑,必有一失,他没有预料到中、小猴炸了群,发出刺耳的尖叫声,带着旋风般的气势爬树、跳岩、钻洞。副排长和一班长心跳加剧,心脏快要从嗓子眼里蹦出来了,手脚麻木,好像血液凝固了,动弹不得，一点都帮不上忙。这时全靠“神偷”排长手疾眼快，左右胳膊夹着两只死猴冲过来了。

王府后花园月色朦胧，群猴惊叫声渐渐平息下去，危险期似乎已经结束。但是形势突变，随着一片鬼哭狼嚎般吆喝声，四面八方布满人影，蒙古军部警卫连包围圈合拢，黑压压的全是抓贼的架势。不知道哪位老总上来把副排长打倒了，是抡起枪托砸的。一班长也未能逃脱，挨揍得鼻青脸肿，皮开肉绽，浑身是伤，满地乱滚。

“神偷”有种，光棍不吃眼前亏，能屈能伸，软硬兼施，把偷来的美式无声手枪双手高捧着献给警卫连长，嬉皮笑脸地说：“胜败乃兵家常事，自古没有不打败仗的将军，输给您手下心甘情愿，服了，兄弟光棍一条，别无所有，就这件宝贝孝敬长官，请高抬贵手，放了我们三人，感谢不尽。”

警卫连长外号叫“手枪王”，搜集收藏着百八十把各种各样的小手枪，左右开弓打得很准。开头，他不理不睬，骂骂咧咧，满嘴脏话，但是贼亮的手电照到那把美式无声手枪，他啊呀了一声，阴得发黑的脸很快变得喜气洋洋，急忙接过来抚摸着，如获珍宝，下令道：“别打了，别打了。”

副排长被打得瘫痪在地，但是他还想挣扎着站起来，那右腿却不争气地拖拉着，成了没有骨头的肉条子。他倒吸了一口凉气，为了吃这又膻又腥的臭猴肉，被打成了瘸子，完了，全完了。

“挖坑埋猴，堆土修坟，三跪九叩，赔礼道歉，悔过请罪！”警卫连长拿人家手短，得便宜卖乖，竟想出这种大事化小、小事化了的处理办法。

“神偷”这回是有恃无恐，挺脖子抬下巴扭脸颊硬邦邦地说：“连长大人，留点面子，不要欺人太甚，逼得我们碰壁自尽。”

一班长是个贱骨头，刚才挨皮鞭抽、枪托砸，吓破了胆，连忙讨好求饶：“我遵命，我执行，我照办，给猴爷挖坟修墓！”

好多的士兵恶狠狠地拳打脚踢，强迫着这三个窃贼终于完成了三跪九叩大礼。警卫连长领着部下胜利凯旋以后，被赶出内城的“神偷”和两个喽啰面面相觑，竟不知道如何是好。

“我栽啦，被打断了右腿！”副排长哭了，难听地号叫着，发出了刺耳的声音。

“不能白白挨揍，更何况伤筋动骨，就为这个，我们也得吃这两只猴子。”“神偷”讲义气凭信用，为了给被打成残废的副排长出这口恶气，真的再翻越墙进去扒开土堆把两只死猴扛回来了。将猴子碎尸万段，捡回干树枝用钢盔煮熟以后，他们连汤带肉和嚼动的骨头都吃净喝光，一边破口大骂来解心头之恨。副排长的伤过了半年才痊愈，那右腿短了三寸，成了名副其实的瘸子。

美式无声手枪的贿赂是起了大作用的，三跪九叩就算赔礼道歉，悔过请罪，完事大吉。但是以后发生的“挖坟盗墓”行为又惹事端，蒙古军长莫尔根虎驾大怒，下命令把这个排赶出城去在西门外郊区放牧军马，这是个很危险的差使，等于发配流放囚犯，随时都有可能被打死。但是“神偷”是典型的亡命之徒，脑袋掖在裤腰带上，没有什么可怕的事，仍旧美滋滋笑嘻嘻，匆忙而活泼，瞎高兴。他的生存能力强，谋生之道多，灌水、放夹、挂套，每天少算也能捕百八十只野鼠。有时烤，有时煮，吃得满嘴流油。这一天，不知怎么想出这种馊主意，打着饱嗝冷笑道：“坏事变好事，因祸得福，城里饥饿城外饱，我们比那些当官的强多了。兄弟是属猫的，伸出爪子就能捕到野鼠，随便吃。嘿嘿，现在放牧军马闲着没事，为了取乐、解闷、消遣、散心，赌吃怎么样？”

金刚般大个子三班长立刻来了精神，眼睛也亮了，跃跃欲试，抢着说：“太好了，排长，实不相瞒，头一次吃烤鼠，我一连吃了十八只，还没饱，这回好好吃。”

“十八只？十八只算个屌。你们猜猜我吃了多少只？那次是煮的，吃肉、嚼骨头、喝汤，干掉了三十六只，才半饱，你算老几，孙子辈的，一比就知道。”五大三粗的二班长左手拄枪，右手伸出巴掌一亮一翻，表示多一倍。他也是不折不扣的彪形汉子，下巴如烟熏火燎过的刺猬，黑糊糊一片胡楂，标准的重量级摔跤手。

“多大的鼠？”金刚般大个三班长不服。

“一尺多长，最肥最大，开膛破肚也有四斤，顶次的不少于二斤。你吃的多大的野鼠？是不是手指细的小白鼠，还有脸说出来，嘿嘿。”五大三粗的二班长说这话时左顾右盼，显示了一种炫耀，他那傲气十足的样子，引起了二班士兵的一阵喝彩。

这激怒了金刚般大个子三班长，脸红脖子粗地吆喝着吹牛：“我吃的是野鼠的老祖宗，是你吃的野鼠的爷爷，二尺多长，最小的一尺半长，五六斤重，不信问三班士兵，谁说谎话就是达赖河滩上晒盖的王八。”

坐在附近的三班士兵都来捧场，有的拍巴掌，有的点头，有的竖大拇指，都表示三班长有能耐，了不起，是好汉。

在二、三班对立僵持的气氛中，“神偷”排长特别开心，歪咧着大嘴偷偷乐了，他千方百计制造的正是这种刺激，机会难得，不能错过，于是采取了激将之法，抛过来一句凉腔：“嘿嘿，二位班长真聪明，知道吹牛不犯军法，狗戴嚼子胡勒起来了。告诉你们，我对那些驴年骡月骆驼日的老黄历不感兴趣，就说每人吃了九九八十一只，也没法查了。耳听为虚，眼见为实，百闻不如亲身经历。现在捕了一百多只野鼠，已经烤得顶风香四十里，两位班长每人五十只，大小均摊，正式开始赌吃，弟兄们眼睁睁地盯着，看谁敢弄虚作假。”

二、三班班长几乎同时把枪托用力一顿，那神气活像饕餮魔鬼样贪婪，抢着说：“屌！赌就赌，赢了咋？”

“神偷”身怀贼技，经营没本的买卖，有的是钱，出手大方，从衣兜里掏出一把银元，扔在石板上发出悦耳动听的声音，宣布道：“赌场如战场，绝非儿戏，胜者有赏，十块大洋。”

全排士兵一片欢呼。既吃饱又得奖，何不乐而吃之，不吃白不吃，吃亏呀，在紧张的状态中，众目睽睽之下，两位班长开始赌吃。还是像重量级摔跤手一样五大三粗的二班长厉害，蹲在卧牛大石上，差不多用了一个小时左右工夫，几乎是一只接一只地把五十只野鼠全吞进肚里去了，然后像还没有吃饱一样站起来，打了个不太满意的饱嗝。三班长虽然也是金刚般大个子，却不行，吃到三十五只野鼠的时候，周围士兵们已经看出他的胃口撑到了超饱和的程度，喉结的上下滑动越来越慢，像一个缺乏滑润油的机器零件，每咽下一口肉，都要用力伸一下脖子，如同咽喉有病的骆驼，随着这动作眼睛还往前突出一点，嘴巴四周沾满肉屑都顾不上擦掉，像个傻子一样痴呆、可怕。

“神偷”排长精明，最先预感到了危险，气急败坏地喊：“三班长别吃啦，算你赢啦！”

全排的士兵们都着慌了，七嘴八舌叫唤起来：“三班长，别吃啦，别吃啦，再别吃啦。”

二班长欲言又止，最后不太情愿地勉强喊道：“三班长，行啦，行啦，我认输啦。”

这些喊话未免太迟了，三班长虽然停止了吃，但是模样惨不忍睹，双眼鼓得挺大，直瞪瞪平视前方，手脚抽搐，接着张大嘴困难地喘了口气，倒下去身体痉挛扭动了两下，肌肉收缩，心脏停止了跳动。

蒙古军第二师六团一连一排长阿拉巴吉胡外号叫“神偷”，盗窃手段高强，什么也不缺，金币、银元、纸钞要啥有啥，出手大方，挥金如土，比团长还阔气。他这些钱都是无本生意偷来的，没有什么舍不得，请客送礼是小菜一碟，对那些顶头上司更是重金行贿，动辄千八百元，什么都舍得，因此上下左右人际关系都疏通得很好，无功受禄，轻而易举地当了排长，很顺利。乐极生悲，这回犯事了，大灾大难就要临头。杀吃了军长府后花园的猴，赌吃烤鼠又出了人命，莫尔根饶不了他，他就思谋着如何渡过这道难关。果然没过三天，蒙古军部的法官暴彦巴图来了，颐指气使，神气活现，对这一排长不怀好意地侧目而视，软硬兼施地说：“你是个人才，千人中难找，万人中挑一的人才。我是爱才的，很早以前就打算把你推荐给蒙古军诸位长官重用，发挥一技之长，立功建业，名垂青史，就像‘鼓上蚤’时迁。这回完了，彻底完了，是你把自己弄完了。这真是一失足成千古恨，再回首已百年身，悔之晚矣，如之奈何？要是为蒙古军奋斗过程中办错了事，谁都同情你、可怜你或者是公开帮助你、支持你。但是你这次犯事就完全不一样，情节严重，性质恶劣，竟为了一点膻猴肉、臭鼠肉冒犯军座害死士兵，人命关天呀，该当何罪，你自己掂量，嘿嘿！”

“神偷”排长是个贼精的人，三角眼滴溜溜转了两下，想出了对付这个军法官的良计妙策。他早就听说这个短粗黑胖的家伙是色鬼淫棍，只要见着长得好看的娘们儿，就走不动道啦，重色轻财，敢于出大价花大钱。因为他家是伊和塔拉草原上有名的大牧主，五种牲畜数以万计，对他贿赂是无济于事的，隔靴搔痒痒，没有一点用处，只能投其所好用女人来拉拢。

“神偷”这个亡命之徒想到这里不是喜形于色，而是假装出愁眉苦脸的样子叹了口气叨咕着：“说一千道一万也没有用，就等着逮捕法办了，我想枪毙是不会的，判个十年八年差不多，命中注定逃不掉。军法官大人在上，禀告者：在蹲大狱住黑屋子之前，我想回城里先住两天，安排后事，老婆年轻双胞胎儿子小，不容易啊，唉！”

短粗黑胖的军法官心中一动，假装出同情的样子说道：“是啊，是啊，这种生离也可能是死别，应该回家团圆三两天，人之常情嘛，嘻嘻！”这个家伙贪色，早就想到了“神偷”的小老婆，等他被抓走以后取而代之，岂不是天大的好事，于是美滋滋地说：“‘神偷’排长，你其实是个飞贼，技术高、本事大、能耐强，要是家住城外农村牧区，是不能让你回去的，但是你家住王府市外城，逃跑的可能性小，危险不大，批准你三天假，做个人情，交个朋友。不过丑话说在头里，我跟着你去看看住宅认认门，三天以后再来请你呀！”

军法官就这样把“神偷”排长押送进城，走过大街中巷小胡同到了家门口。

“神偷”排长有外快，钱财进项多，住的砖瓦房宽敞明亮，摆设的家具也新颖美观，穿衣镜、立柜、沙发、茶几都光彩夺目。这个盗窃分子本来就不识字，是个老文盲，却冒充风雅挂上了不少字画，弄得比他们团长还阔气，军法官暗暗吃惊。但是他紧接着又发现住宅虽然如此豪华，吃的就不行了，厨房里只有不到三十斤玉米面，别的蔬菜、食油、肉蛋一点没有，漂亮、丰满、性感的女主人面显饥色，摇篮里的两个双胞胎男孩也严重营养不良。女主人不仅美丽俊俏，并且很厉害，明白了丈夫犯法的始末以后，没有一点害怕的样子，更没有求饶，叉着腰仰起脸来骂人，典型的泼妇架势。她骂蒙古军贪生怕死腐败无能，连出城打仗都不敢，眼睁睁地看着铁路公路大干线被掐断了，修复不了，这里一粒米粮皆无，全城都快要饿死了；骂莫尔根军长屌也不是，连自己嫡亲妹妹高娃小姐也保不住，被共军独立骑兵团俘虏了，但是对下边却作威作福，不管弟兄们死活，真是阎王不怕小鬼瘦，坏透了！

军法官是莫尔根王爷的心腹亲信，要是换上别人他早就发作了，但是他很喜欢这样捋胳膊挽袖子敢说敢骂的泼妇，色迷迷地看着她的丰乳肥臀，差点流下口水来，恨不得马上去搂抱。

"神偷"排长随机应变，看到军法官快要控制不住自己的样子，心中暗喜，便说道："贵客光临，不胜荣幸，好好招待，一不做二不休，我翻城越墙去王府偷点酒肉来，反正要判刑，我也不怕了！"

"神偷"接着使眼色把正在骂街的女人叫到厨房，如此这般地讲了利害关系，还未等面红耳赤的妇人反应过来，他悄悄隐退。其实他没走，回来把里门从外面反锁，蹲下来偷看窃听。

泼辣的女人实在没有想到丈夫如此下流，刚想从后面大喊大叫骂他，却被军法官紧紧抱住压倒在炕上。泼妇冷笑道："军法官大人，你想得太美了，没给办一件好事，就想占便宜白白地玩你姑奶奶，连门都没有。"

"我办，我办！"军法官猴急地叫唤。

"你给我办什么好事呀？没头没脑瞎答应！"泼妇感到好笑。

"你要什么，我办什么。"

"好，别的我什么也不要，就要赦免我丈夫无罪，不但无罪，而且有功，他偷过军统稽查处的一箱无声手枪，大长了蒙古军的威风，提拔他当连长怎么样？"

"这，这，恐怕……"

"那就别干了，躲开！"泼妇粗暴地推了一把，使对方进退两难。

"那就需要到军座、参座那里说情，多多美言，我试试看吧！"

"试试不行，一定要办成！"

军法官看着这漂亮少妇艳若桃李、冷如冰霜的样子，更是欲火如焚，几乎要下跪，哀求道："大美人，我一定能办成。"

"空口无凭，立字为据，这里有文房四宝，快写！"

军法官狼狈极了，就那样尴尬地站着写道："本法官奉军座钧令一而再、再而三地调查核实，六团一连一排长阿力巴吉胡绰号'神偷'，有特殊技能，堪称军中难得人才，因而受到嫉妒排挤被小人陷害，成为冤假错案，今上报军座批准予以平反，恢复名誉，宣布无罪，即日释放，等将来量才使用，委以重任。如不兑现，天诛地灭，死于乱军之中。"

泼妇略识蒙文，看罢如获至宝，放进柜子里牢固地锁起来，紧接着仰八叉躺下来……

在这以后，军法官果然神通广大，不知道在莫尔根军长面前说了些什么好话，把"神偷"调进蒙古军联合谍报队当特务杀手去了，专干见不得人的勾当。但是好色的军法官除了那次一夜情以外，没有得到任何好处，相反遭了殃，某次失盗丢掉了全部贵重金银首饰。

第五十一回　猎鹰求赢误中奸计遇害　军犬机智扭转败局得胜

独立骑兵团长期活动在伊和塔拉大草原，后勤供应也发生了严重困难。哈尔巴拉副团长为了不屠宰牧民大小牲畜，又一次提出了进八百里腾格里山打猎、解决部队肉食的办法。人巧不如家伙妙，为此采取了很多有效措施，其中有一条是捕鹰驯鹰。他在这方面经验丰富，又有不久以前解放出来的"野人"敖海出主意想办法，事情就好办多了。他俩一致认为：小鹰不顶用，只能抓小兔，连大兔都抓不了。大兔厉害，仰面朝天躺下张开四只爪反抓。小鹰斗不过，带伤飞逃，或者是被蹬开了膛。这就是所谓"人老成精，兔老抓鹰"的道理。所以他俩主张捕老鹰，并且说干就干。鬼谷北端的窟窿峰是八百里腾格里山的最高点，歪斜直上插入云霄，怪石嶙峋千孔百洞，一边扭曲着好像要崩坍下来。正因为这是人兽难以攀登的悬崖陡壁，就成了老鹰的巢穴。这样，哈尔巴拉领着侦察连四排四班的战士们，还有"野人"敖海，在附近盖了一间地窝棚。它大半埋在地下，用檩子搭成斜人字形架子，上面铺柳条、地皮和茅草伪装起来，只留一个供监视用的狭长的瞭望孔，隐蔽得非常巧妙，目光再敏锐的老鹰也很难发现。在不到十米远的一片青草地上放着两只野兔，它们的脖颈被柔软的羊毛绳拴着，活动半径只有三米。另一边在膝深的灌木丛中，藏着一张用细牛皮条编织的长六米宽三米的大拍网，制动机关上拴的小绳直通地窝棚。埋伏下大拍网过了七天，先后飞来过很多的小鹰，都被哈尔巴拉副团长、"野人"敖海两人扔石块打飞了。第八天上午，突然一阵气流直扑瞭望孔，四班长急忙往外看，啊呀，有一只脖颈上有青黑色斑块的老鹰俯冲下来，一双弯爪同时抓住两只野兔的背脊。真是贪心无厌，那张钩嘴几下就啄断了羊毛绳，高傲而有恃无恐地展翅欲飞。可怜的两只野兔使劲蹬着八条腿拼命挣扎，无济于事。

"野人"敖海是狩猎专家，手疾眼快，猛地一拉小绳，机关开动，迅速把老鹰拍住了。他对驯鹰也很有办法，指导战士们戴上防护帽和厚牛皮手套，把老鹰架到胳膊上生着篝火烤。驯了两天，老鹰虽然老实些，有时还是显得很暴躁，不满地怪叫着连啄带抓，企图挣断牢牢锁在腿上的铁链。又折腾了好几个昼夜，老鹰精疲力尽了，同时可能发现这一切是徒劳无益的，它这才垂头丧气，乖乖地接受篝火炙烤。这很累人，因为要特别注意连续性，白天黑夜都不让老鹰睡觉。原来，老鹰总是在高空中飞，耐寒抗冻。要是不改变它的生活习惯，撒开后它就很容易钻进云层中飞逃。经过炙烤就大不一样了，它变成怕冷喜热，飞到空中觉得受不了，不往更高处飞了。不让老鹰睡觉的原因，主要是避免它梦见巢穴，使它慢慢忘掉。这样连续烤了五天五夜，其间不喂老鹰一点肉食，使它的膘情顿减，羽毛也逐渐失去光泽。第六天下午，战士们抓来了几只野鼠，一只一只放出来诱食。老鹰饿急了，怪叫一声向这只滚圆溜胖的野鼠扑去。爪尖刚刚刺进皮肉，"野人"敖海强硬地把吓得半死的野鼠夺过去，再让老鹰捕抓。直到把这几只野鼠都抓死以后，才给老鹰一点肉吃。就这样又过了三天,老鹰和“野人”敖海、哈尔巴拉副团长、侦察连四排四班长等人有感情了,能分辨出他们的声音。在这同时,它自从进食以后羽毛迅速恢复了光泽,闪亮而美丽,翅膀在阳光下发出蓝、黑、黄、绿等颜色的彩带,开始挺起胸脯,专注地凝视着天空,有时以喙理羽,有时以爪弄毛,轻轻搧动翅膀,不受任何拘束,颇有点优哉游哉的样子。当天晚间,“野人”敖海没有给老鹰喂食,饿得它焦躁不安地摇动全身。第二天是个晴天,天空染成深蓝色,他们分头出发了。哈尔巴拉副团长领着架鹰的敖海,顺鬼谷南口斜面走向高处,四班长和战士们都在沟底最低洼的地方转悠。这一带山鸡、野兔特别多,它们为了保命,看见老鹰以后钻进带刺的草丛中不敢出来。老鹰是特别爱护自己羽毛的,虽然看见了它们也不敢冒冒失失附冲下去。所以先把这些飞禽走兽惊动起来,然后再撒开老鹰。果然,没过多大一会儿,眼力敏锐的老鹰远远发现了目标,昂首挺胸不停地搧动翅膀,迸发出一股杀气。几乎在这同时,扑哧哧几声响,下面的一个战士惊飞了几只山鸡,嘎嘎叫着四处乱飞。“野人”敖海吹了一声尖锐的口哨,老鹰腾空而起,对准其中的一只山鸡闪电般俯冲下去,立刻抓住了。这就开了头,当天下午又惊跑了一小群黄羊,它们的习性不同于山鸡,并没有四散溃逃,却一连串地像冰糖葫芦一样首尾成直线向鬼谷深处窜去。侦察连四排四班长和战士们集中火力射击,打死了两只。老鹰动作更快,束紧那硬翅膀带着划破空气的刺耳的呼啸声,霹雳而下,落在末尾跳跃很高的黄羊脖颈上,把它的两只眼睛都啄瞎了。距离很近,看得清楚,不管那只倒了霉的黄羊如何翻腾挣扎,哀啼悲鸣,一点用处都没有,老鹰轻而易举地把它压爬下了,得意地怪叫着撕扯皮毛。这是良好的开端,以后在不到十天的时间内,仅仅老鹰就抓了几百只山鸡、野兔、黄羊和狍子,大获全胜满载而归,解决了这个特别加强的主力部队独立骑兵团的直属队和八个连队的肉食困难。

哈尔巴拉副团长对此很满意,表扬了一番就回团部去了,他要处理、决定的重大事情多啦,哪能老在山中打猎呢。临走时候对“野人”敖海和留着胡子的四班班长警告道:“这只老鹰是优秀的,真正名副其实的飞禽之王,但是千万不能用它来捕狼。八百里腾格里山由于自然岩洞特别多,亦称窟窿山,因而成了狼的世界,这里不仅有本地种白狼,还有西伯利亚种灰狼和从遥远的封冻结冰的白令海峡上过来的阿拉斯加种黑狼。三种狼各自成群,占据地盘,活动猖獗,但是对它们不能放老鹰,要出事的,这已经超过了老鹰的能力极限,一定要记住,不能放鹰捕狼!”

老鹰能抓黄羊和狍子的事实,给侦察连四排四班的战士们很大的启发和鼓舞,特别是带胡子的老班长决定偷偷用它来捕狼。这资历很高的老兵外号叫“井冈山的骡子”,很骄傲,听了哈尔巴拉的警告也很不以为然,背后嘲笑道:“我们的副团长胆子太小,看一步才走一步,怎么当的战斗英雄?嘿嘿!”

偷猎结果表明,四班长估计对了,老鹰完全行,很快就干掉一只灰狼。捕法和上次对付黄羊差不多,垂直降落用左爪抓住灰狼的脖颈,紧紧收敛双翼贴伏着,再用右爪抓瞎了它的两只眼睛。老鹰选择的这一位置太绝了,气疯了的灰狼几次回头要把老鹰咬碎撕烂,就是够不着。但是老鹰继续用钩嘴狠啄那已经抠出眼珠的血淋淋的窟窿。灰狼疼痛难忍,为了甩掉脖颈上的老鹰,盲目往前乱窜,竟撞死在一座危岩绝壁上。

在这以后不久又发现了一只黑狼,它的听觉和视觉都是很敏锐的,早就发现了这些军人,立刻吞掉叼着的野鼠,转身往岩缝间逃跑。因为死角太多开枪射击打不着,战士们动了脑筋,暂时只是使劲吆喝着虚张声势,等到黑狼跑得精疲力尽的时候,四班长吹响尖锐的口哨,命令“野人”敖海撒开展翅欲飞的老鹰。只见它嗖地腾空而起，没有直奔黑狼，而是超越过去接着急转弯，倾斜着俯冲下来。黑狼的退路被阻断，没有地方可逃，彻底绝望了，准备困兽之斗，在岩石旮旯里蹲起来，张开血盆大口，啮着又尖又长的獠牙，随着老鹰的盘旋像陀螺一样转圈。带胡子的四班长见此情景很紧张，立刻指挥战士们以包抄的扇状散兵线冲向黑狼，准备到视界开阔地方射击。黑狼很快发觉了，丑恶的长条脸歪扭起来，急忙要从岩缝中逃窜。就在这瞬间，老鹰束紧双翼又一次俯冲下来，弯爪刺进黑狼腰椎的同时，钩嘴啄穿了它的咽喉。

从此以后，这个资历很高外号叫“井冈山骡子”的老班长自以为是，胆大妄为，要放鹰来捕白狼。

“野人”敖海害怕了，他同时又想到了哈尔巴拉副团长的指示，警告道：“这不是小事，白狼号称‘狼神’，不仅体大如牛，更主要是阴险狡猾，诡计多端，报复性大，谁也不敢去惹，快算了。”

摆老资格独断专行的老班长不听，他要在太岁头上动土，改变这种事实。大约过了一个多月以后，这只老鹰终于发现了鬼鬼祟祟单独行动的白狼。四班长好大喜功，匆忙下令“野人”敖海撒开了老鹰。只见它升空转了两圈，迅速收敛翅膀，像炮弹一样撞过去，划破宁静的空气，发出刺耳的噪音。

白狼在起伏不平的地形地物掩护下，时隐时现地往前窜，好像是什么也没有察觉，其实它那两滴血一样通红的三角眼鬼得很哩，机警地盯着投在地面上的老鹰的影子，紧紧咬住锯齿形獠牙，发出吱扭吱扭声音，竖立起尖尖的耳朵，考虑着对策。智谋往往要比力气更有用，白狼知道并且能做到这一点，就是它最了不起之处，就是它比灰狼和黑狼的高明点，也就是它得了“狼神”尊号而被敬畏的最主要的原因。所以当这个钩嘴弯爪的猛禽凶狠地扑到它脖颈上，用左爪抓透它长着白毛的厚皮，刺进骨缝掐断神经的时候，它没有叫唤，而且把那一声长长的瘆人的嗥叫卡在喉咙里，只是挤出一丝轻微得几乎觉察不到的呻吟，一边清醒地继续考虑着把老鹰置于死地的恶毒办法。它认为自己的牙齿用不上，爪子也用不上了，必须借助外部的力量。这样，它拼命向一片树干低矮、枝丫纠缠的灌木丛底下钻进去。形势突然发生了根本性的变化，急转直下，对老鹰来说，这是从胜利滑向失败的跌落点，它开始时的优势全没了，几乎还没有明白过来是怎么回事，已经到了不可挽救的地步。左爪深深刺进白狼的脖颈，倒钩被锁在骨缝里拔不出来了，右爪只能毫无作用地在白狼头顶上挥舞，却无法够到要害部位处的眼睛和喉咙。战士们都惊呆了，怕伤着老鹰都不敢开枪射击，只是提心吊胆地观察着，有的捏了一把冷汗，有的身不由己地哆嗦了几下，擅自做主撒鹰捕白狼的带胡子的四班老班长，眼看要发生责任事故，更是着急得搓手跺脚失声叫苦。他们实在没有想到白狼如此厉害，它真是“狼神”呀，竟想出了这等恶毒的反击措施。啊呀，现在什么都和老鹰做对了，树干撞击，枝丫戳刺，使它有劲使不上。在处处挨打的逆境中，老鹰没用上的右爪，本能地用力抓住一棵灌木树干，倒钩被锁住同样也拔不出来了。老鹰可能想的是借助结实的树干，拔出白狼脖颈上的左爪，重新腾飞起来。这是不可能的，结局很残酷，惨不忍睹。战士们有的叫喊着，有的急忙捂住了眼睛。原来，老鹰的左右爪之间的距离越来越大，两腿当中筋肉突然被撕裂，鲜血迸流，整个身体劈成两半。

事后，四十岁的老班长向二十岁的副团长哈尔巴拉作了检讨，情不自禁掉了眼泪。老鹰死了，真可惜呀！这个青年指挥员对此很恼火，指示训练员敖海使用最好的军犬，干掉那条罪大恶极的白狼。

独立骑兵团侦察连设有一所军犬训练场。此处有点吓人，每一个不曾和军犬打过交道的干部战士来到这里都会不寒而栗，一条条牛犊般健壮的军犬恶狠狠地盯住来人，圆睁的双目射出逼人的光芒，隔着结实牢固的栅栏，它们左旋右转，前跳后跃，一次次要冲击扑咬突然来到的陌生军人，吼叫声惊心动魄。正是这些威武雄壮的军犬，在封锁线上，在根据地内，追击国民党嫡系和杂牌部队派遣的特务杀手，大显本事，屡建功绩，成为侦察连干部战士不可缺少的得力助手。去年九月八日六时许，五连两名哨兵在达赖河畔小土公路二一〇段拐弯处，被盘查的两名可疑分子突然开火，战士阿其拉图中弹负重伤倒地，他的战友苏尔嘎拉立即反击，打死一名潜入者，另一名潜入者仓皇逃入八百里腾格里山中。五连立即展开追捕，并请示团部派侦察连军犬协助。接到警报后，完达尔夫亲自带领训练员敖海和一号军犬比速赶赴鬼谷南口。当搜索到一大片灌木和柳条丛中时，一号军犬比速大声怒吼，偷越封锁线的敌军探子受到惊吓，从隐藏处窜出来准备逃进自然岩洞负隅顽抗，被比速扑倒在地，五连和侦察连的几个战士冲上去，把敌军探子生擒活捉。去年十月十六日下午二时许，侦察连又接到报警：巴嘎浩特西南边封锁线上，三连两名哨兵被特务杀手的无声手枪狙击身亡，敌探换上我军服装潜入腾格里鬼谷南口，训练员敖海带领三号军犬胡尔顿赶赴现场跟踪追击。这条军犬以留在当地的一枚带血的足印为嗅源，成功地协助战士们从岩洞中逮捕了罪犯。

在侦察连军犬训练场，曾经当过“野人”的敖海是权威人士，严格要求，最简单的一蹲一卧，军犬们也要经过成百上千次的反复训练。他讲过一段笑话：“有时候，这里的战士互相开玩笑，动手动脚甚至摔跤，军犬则认为主人要吃亏，立即冲上来扑咬与主人拉拉扯扯的人。”谈到这些小插曲时，训练员敖海眼中流露出对军犬的深深的喜爱之情，而对自己在训练军犬过程中的辛苦与劳累却避而不谈。其实在训练军犬扑咬时，它们被激起野性而伤人的事故经常发生。刘青山、完达尔夫、敖海三人都讲过：“不管军犬如何张牙舞爪，它是我们最亲密的战友，老八连的全体侦察兵为自己能有这样的得力助手而感到高兴和骄傲。”

再进一步说起来就更复杂了，这里的一号军犬比速是藏獒，老家在青海、甘肃、四川三省交界处黄河首曲地域。由于地理隔离和产区三千五百米高海拔、摄氏三十度低气温及强辐射降雨湿润等自然条件陶冶，再加上藏民的长期培育，比速品质纯正、个体高大、性格刚毅、勇猛顽强，人们称之为“体壮似虎，吼声如雷”。它对主人无限亲昵，对陌生者则充满敌意。比速看似笨头笨脑，其实绝顶聪明，帮牧犬会把自家的牛羊看管得伏伏贴贴，腾格里山中的三种狼一般都不敢轻举妄动。比速有着惊人的记忆力，大脑皮层可以储存上万个信息，一旦吃了什么亏，便会记恨终生。

军犬比速是很有本事的，视觉听觉嗅觉都极为敏锐，眼睛炯炯发光，能看见很远地方细微可疑的东西。尖尖的三角形的耳朵竖立起来，可以分辨几里外草屑摇摆的声音。它那湿漉漉鼻孔翕动着，一点邪味都觉察出来。它的长相也极其威风，大嘴巴上长着钢针一样的硬毛，一圈足能咬碎牛骨头的獠牙，方形的宽阔的胸脯，叉开站着的四条强壮结实的腿，都象征着力量。它名不虚传，刚来就逮住了很多山兔、黄羊、狍子等野生动物。但是这些都不算数，主要是叫它打狼。它在这方面表现也不赖，在四班火力掩护下，开头就咬死了几只灰狼和黑狼，紧接着又发现了头号仇敌白狼。

机会难得，哈尔巴拉刚要抽出二十响驳壳枪射击，左前方枪响了，是那个愣头青警卫员争着打的。说起来也怪,这个警卫员骑术好、枪法差是人所共知的,这次却歪打正着,白狼立即跌倒在地,纹丝不动,连一次抽搐都没有,也没有来得及惨叫。这个副团长通过上次老鹰被害事件,深知白狼弄虚作假的勾当,刚才目睹了它倒地的动作,十分怀疑,一直是警惕地注视着。军犬比速好像也不相信,跳跃着怒吼着要挣脱牵绳冲上去。抢着开枪的愣头青警卫员年龄小经验少,陶醉于自己刚才的枪法,完全解除了戒备,看着直直挺尸的白狼,兴奋得满脸通红,急忙往前跑,也不管副团长、敖海、四班长等人的吆喝制止,很快到了跟前,白狼这回是装死,阴谋诡计得逞了,它使出全部力气纵身跳跃腾空扑过来,眼看就要咬住警卫员的喉咙。人狼之间几乎没有距离,纠缠交错在一起,不能射击,情况特别危险。

哈尔巴拉副团长猎人出身,外号"狼主",打死过一百多只三种狼,经验丰富,他预料到白狼咬住警卫员以后会使劲一甩,要把他驮在背上往外冲出包围圈,这就算人质啦,谁也不敢开枪。想到这里,他下令提前放开了军犬比速。说时迟,那时快,只见它像离弦的箭一样往前一冲,就要咬住白狼的喉咙。白狼也很厉害,放开了警卫员一个急翻身稳稳地骑在军犬比速身上,居高临下占据了绝对优势。这可急坏了哈尔巴拉副团长、"野人"敖海和四班战士们,浑身都出了冷汗,又帮不上忙。这时候碎石飞扬黄沙迷漫,狗叫狼嗥,它们之间的搏斗已经白热化,紧紧扭结在一起,使人眼花缭乱。时间长了看得较为清楚,由于藏獒比速毛长,脖颈上又套着带钉的防护圈,白狼咬不住喉咙,没有生命危险。这条藏獒毕竟久经搏斗,丰富经验很快发挥出来了,采取了一连串的反击动作,先是直立,接着打滚,实在甩不掉的情况下,它也使用了这条白狼上回对付老鹰的办法,俯身钻进了粗矮结实的灌木丛中。奇而怪哉,无师自通,不知道它是怎么学会的。这果然是克敌绝招,局势很快也发生了根本性变化,比速反败为胜,再不是被骑挨咬了,利用外部力量进行连续性打击,白狼皮开肉绽,浑身是伤,再也坚持不住,急忙跳下来。藏獒出身的军犬比速岂能失掉这大好良机,张口要叼住白狼睾丸,但是这"狼神"并不是好惹的,喷泻出恶臭的稀屎,挡住了,却也在大腿上被咬下一块肉,成了瘸子,干嗥两声,利用地形地物逃避射击,一瘸一拐地逃走了。

"妙,妙,真正妙,不管是人还是动物,智谋要比力气更有用,军犬比速会用智谋,了不起。"哈尔巴拉赞不绝口,为了进一步证实上述观点,他经常对它进行试验,它的教养程度之高,使这个副团长和四班战士们感到吃惊,为了考验它扔了一块带肉的骨头,任何狗见着都会立刻咬碎吞掉的,但是藏獒出身的军犬比速却纹丝不动,两眼询问地注视着这些军人们。以后又出现了奇迹,原来军犬比速不仅仅会用计策,而且善于模仿,从白狼那里学到了装死赚敌之法,这次用上了。某日,在鬼谷、魔峡交界处,远远看见一小群野猪,它便追上去了。方法很奇怪,只是不即不离地尾随其后,不断吠叫、威胁、恫吓,并没有立即扑上去。

哈尔巴拉对此又作出了正确的分析判断,评论道:"军犬比速是有办法呀,怕野猪多,皮毛坚韧,獠牙锐利,强攻硬拼一定要吃亏,所以就采取了这种疲劳战术等待野猪中有掉队的,来个各个击破。"

果然不出所料,惊恐的野猪群先是不遗余力地左冲右突,以后经过长时间的逃窜,眼看要跑不动了,这时候领头的公野猪奋勇离群充当后卫单独拼搏。机警的军犬比速等待的就是这个,正中下怀,便停止追赶野猪群,发挥自己动作灵活的优势,开始忽左忽右进攻公野猪。但是公野猪并不是孬种,面对这藏獒出身的善于搏斗的军犬比速,没有一点胆怯示弱的样子,蹲着把睾丸捺进浮土保护起来，嘴里冒着白沫子，呲出獠牙像陀螺一样团团转，靠近不得。

军犬比速经过反复搏斗一直是不能取胜，似乎精疲力尽累垮了，突然直立起来短腔长调地嗥叫，这拽着哭调的瘆人的声音，在悬崖陡壁之间引起一片回声，接着就瘫痪在地，抽搐着打起滚来，好像是奄奄一息垂死挣扎的样子。这可急坏了副团长哈尔巴拉、“野人”敖海和四班战士们。被攻击的公野猪四肢发达，头脑简单，勇则有余，谋却不足，这回糊涂了，痴愣愣地发着呆不知道如何是好，最后竟走过来闻一闻，没提防军犬比速是从白狼那里学到装死赚敌法，用到这里了，突然跳跃起来往前一扑，瞬间咬断了这傻大黑粗家伙的喉咙，真是稳准狠，使人赞赏不已。

“边学边用，妙，妙，真正妙，比速堪称狗头军师，哈哈！”哈尔巴拉副团长见状大喜，随即又下令调来两条军犬加强力量。这样按顺序又叫一号军犬比速，二号军犬图如根，三号军犬胡尔顿，虽然叫法不同却都是蒙古话快的意思。四班战士领着它们马不停蹄地去打猎，给团直属队和八个连队供应肉食。从外表上看，它们是颇不相同的：一号军犬比速身经百战，可能是劳累过度，经常是疲倦地打瞌睡。二号军犬图如根虽然不是藏獒，却也魁伟慓悍威风凛凛，这些军人们都很喜欢它，也受到一号军犬比速的尊重，看样子能接班。三号军犬胡尔顿个子矮，平常生活中蔫得很，无精打采的晒太阳，不紧不慢地咬蚤子，走路就走在后面，连吃食也畏缩忍让。四班战士们都瞧不起它，认为它胆子小、力气弱、没能耐、白吃饭。二号军犬图如根更是欺负它，动不动把它压爬下了，咬得浑身是伤。一号军犬比速虽然不咬它，却也很不友好，呲着牙威胁着，可能是有一种恨铁不成钢之意。

以后的事态发展出人意料之外，本末倒置，翻转过来了。说起来玄，被一号军犬咬瘸腿的白狼嗅觉很灵，能找到已经改变宿营地址的侦察连四排四班，偷偷过来报复，咬死咬伤好几匹军马来发泄心中仇恨。一号军犬比速听动静立刻冲出去了。二号军犬图如根平常总是龇牙咧嘴显示威风，原来是怕死鬼，这回被紧张气氛吓住了，夹着尾巴浑身哆嗦，大汗淋漓，小便失禁，低声呻吟着钻进宿营用的带棚木轮车底下不敢出来。实践证明，狗也是不可貌相的，别看三号军犬胡尔顿一直是被歧视，关键时刻却表现出大无畏的精神，正当一号军犬比速和红眼白狼纠缠扭结在一起，就地十八滚的时候，它从侧面扑过去，交住白狼的睾丸不放，帮了大忙，把这条作恶多端血债累累的红眼白狼弄死了。在这场大搏斗中三号军犬胡尔顿负伤不轻，还差点被抓瞎了眼睛，头上全是狼屎。但是它很顽强，一声不吭，并且没有半点邀功摆好请赏的样子，真是比它尖声嗥叫还要使人难受。刚才吓得魂不附体的二号军犬图如根，看见危险期已过，这回要大出风头表现自己了，突然从机动宿营用的带棚木轮车底下钻出来，扑到白狼尸体上，从背部咬下一大块肉，津津有味地咀嚼起来。一号军犬藏獒比速对此很不满意，低声怒吼着呲出了獠牙。

闻讯赶来的哈尔巴拉副团长见状也生气了，浓黑的眉毛打成疙瘩，怒视着贪生怕死的二号军犬图如根，喝道：“有危险钻裤裆，有油水往前闯，臭狗，坏狗，馋狗！”

谁也没有想到当天晚间有了报应，二号军犬图如根突然被咬断了喉咙，不明不白地死了。有的战士说是白狼家族来报复，这有几分道理，但是又不太像，因为冤有头债有主，捕杀白狼的本是一号和三号军犬，它们却平安无事，皮毛未损。这是怎么回事呢？虽然成为不解之谜，但是没人来追究，不了了之。正在这时候，在侦察连内主要负责训练军犬的“野人”敖海，突然改变沉默寡言的状态，变成了多嘴多舌的样子，笑着向哈尔巴拉说道：“副团长，我有个合理化建议供领导参考，不知道该提不该提？”

哈尔巴拉是乐观、豪迈、粗犷的一名军人，见着敖海就联想到前一时期的“野人传奇”，老是发笑，这回拍着对方的肩膀问道：“狗倌，你怎么拐弯抹角绕圈子了？有话就说，有屁就放，憋着干什么？”

敖海也笑道：“副团长说得准，我是狗倌，就是想说军犬的事，现在二号死了，需要补充上去，但是临阵磨枪又来不及。我想起来了，刘青山连长家里那条俗称‘四眼’的白眉毛黑狗和我们家‘灰灰’百分之百合格，身经百战，所向无敌，就把它们调过来顶替死掉的二号军犬，一定比原来的强，嘿嘿！”

哈尔巴拉鼓掌大笑，连连夸奖道：“狗倌好样的，干啥像啥，卖啥招呼啥，老是想着军犬的事，对，就征用白眉毛黑狗，和你们家‘灰灰’。说办就办，你这就去把两条狗都调过来，告诉他们是我说的，顾全大局，支援前线。”

第五十二回　东北华北战场捷报频传　天山海河要道凯歌嘹亮

八月中旬,独立骑兵团团部在巴嘎浩特召开连以上干部会议。那里牧民不多,只有四十多座蒙古包,跟前还有一个砖石结构的古塔,大约有十来丈高,周围雕刻着花纹,已经风化了。不少干部骑着马好奇地观望着,忽然一块碎砖掉下来,一些乘骑喷了一下鼻子跳跃起来。一个白头发的老牧民喜欢地看着,啧啧称赞道:“好汉啊,骑的都是好马啊!”

“老人家,这座塔是什么时候修的呀?”有的干部进一步问道。

“这个塔叫哈坦塔,相传是忽必烈汗时候修的,有七八百年了,蒙古话哈坦就是娘娘。忽必烈汗修塔镇压以后,再没有出娘娘。我们巴嘎浩特的姑娘长得丑,就是这个原因,千真万确,错不了。”

另一个干部哈哈大笑,否定道:“大爷,这才叫道听途说,以讹传讹。忽必烈汗只能怕出皇帝,岂能怕出娘娘,传错了,哈哈!”

人们陆续进入会场以后,五连连长小声和旁边的人议论道:“听说会议内容主要是研究如何封锁牵制国民党嫡系和杂牌部队。你看那个穿藏青色哔叽衣服的,就是琪琪格旗长,听说和我们副团长有点意思,眉来眼去的,哈哈!”

这时会议开始了,老团长亲自主持掌握,先请旗长琪琪格、浩特达额尔旦、民兵队长特木尔等地方领导干部介绍了根据地中心伊和浩特的初步建设情况,然后用大部分时间总结交流了团直属队和八个连队在封锁线上的经验教训,收获很大。最后,哈尔巴拉副团长作了归纳性发言,他指出:“由于我们独立骑兵团和根据地人民共同奋斗,努力完成了上级党委交给的掐断铁路公路大干线的战略任务,使敌军各自孤立在A城、B市、C镇、王府市等几十座坚固设防地带。下一步对付它战术上要灵活,要分化瓦解各个击破。大体上分两个步骤进行,第一个阶段任务比较简单,经过前几个月的穿插敌后,反复破坏小土公路,各种迹象表明,所谓‘鹰扬部队’装甲机械化十团就要逃跑了,我们做好战斗准备,半路上截住消灭。第二阶段任务比较复杂,我们的老对手蒙古军部和第二师不会束手待毙,肯定拉拢他们第一师过来兴风作浪。这是一个长期、复杂、尖锐、激烈的斗争,必须发动党政军民全体力量,展开以军事为主经济为辅的群众性围困封锁运动。今年春天,我们计划修建的大型军民团结牧场,就是它的重要组成部分。”

会议结束时阴云密布,又下起大雨来了,哈尔巴拉副团长披上雨衣,骑着那匹鬃毛垂地的大黑公马,到侦察连负责的封锁线检查岗哨。达赖河对岸就是王府市外城土墙的东北角,所谓“鹰扬部队”装甲机械化十团在那里设防,敌我两军隔河对峙,经常互相射击。他看见完达尔夫的芦花青马备着鞍子、套着缰绳,全副披挂,但是没有绊腿,也没有拴在树上,单独躺在一块洼地里啃着青草,一动都不动。

随行的刘青山连长笑道："我们的一排长完达尔夫是头等爱马模范，全团没人比得上，按时添草喂料，连干粮都分着吃。现在又训练好了一种新动作项目。这匹芦花青马呀，没有一排长的招呼，跟前落一个炮弹也不会跑，下着这么大雨，一动不动，和大黑公马是一对，都是好马！"

"都是好马！"哈尔巴拉也称赞了一声，把自己训练有素的大黑公马放在芦花青马跟前，匍匐前进到带岗的完达尔夫旁边。一排长正隐蔽在掩体中监视着河对岸王府市外城土墙东北角一带动静，突然传来一阵喧嚷，叫骂和哭喊声响成一片，从这交通壕沟里可以清楚地看见，墙脚下一座钢筋水泥的大碉堡里，钻出了几个戴钢盔的步兵十团士兵，前边推着一个脱光了衣服的人，绑在铁丝桩子上了。紧接着出来一个戴大檐帽的军官，指挥那些士兵野蛮地毒打绑着的人，一边吆喝道："娘卖屄的，往死里打，打马骡子惊，杀鸡给猴看！"

被打的人惨叫着求饶。

哈尔巴拉拿起望远镜观察了一番，骂道："吃人不吐骨头的豺狼，真够凶狠呀，这样毒打人民群众，法西斯强盗。"

"不是人民群众。"一排长完达尔夫说。

侦察连连长刘青山问道："是什么人？"

"是所谓'鹰扬部队'装甲机械化十团的一个逃兵，今天早晨开小差想要泅水跑到这边来，没来得及过河就被抓住了，拉出来不断殴打，杀一儆百，嘿嘿！"

河的彼岸被拷打的逃兵的惨叫声更厉害了，好像是垂死的狗嗥叫哀鸣。哈尔巴拉气得满脸连鬓大胡子根根挺立，撂下望远镜抽出二十响驳壳枪甩手向凶神恶煞般的步兵十团军官射击了。打得稳、准、狠，不偏不倚贯穿了对方的脑袋，那顶大檐帽像陀螺一样转着飞起来，落到碉堡上面，步兵十团士兵们顿时惊慌失措，胡乱地往这边射击起来。

第三天，从那边又跑出来蒙古军第二师的一个士兵，证实说被哈尔巴拉一枪撂倒的敌步兵十团的连长，天灵盖被揭开了。那个开小差未遂的逃兵，被活活打死在铁丝网桩子上，扔到荒郊喂三种狼了。

八月十一日早晨寒风冷雨，侦察连接到了团部命令，到王府市外城东南面接替六连防务，便立即出发了。他们到了达赖河岸沼泽地带，陷泥很深不好走，军马费力地拔着腿，有的跌倒了，上边骑的人也变成了泥人。还有不少干部和战士看见情况不好，索性不骑了，跳下来牵着走。连长刘青山按着老习惯走在前面和一排先渡过了这条河，他浑身水淋淋地，一边抹着脸上的雨水，一边大声说笑道："现在好多了，这点困难算不了什么，老同志们都记得两年前我们老八连单独打仗，蒙古军第二师、警察队、军统稽查处前堵后追，那可困难透啦，吃了好大苦头，哈哈！"等全连渡过达赖河以后，他在哗哗大雨中用短暂的时间作了军事布置。最后说道："同志们，这一带不像根据地中心，贫苦牧民还有顾虑，从各地跑进王府市避难的反动牧主、散兵游勇、土匪恶霸，依附了莫尔根、哲别、扎萨嘎，经常出来窜扰，活动猖獗，牧民们叫他们是'红眼队'，走私情况也很严重，我们的任务是消灭出来抢劫牲畜的大小股匪徒，困得王府市内外城更加缺吃少喝，逼迫着'恶鹰'出巢，半路上截住消灭它，叫它到阴间和'凶虎'会师，哈哈！"

一排副排长察干巴拉抹着满脸连鬓大胡子上的雨水，不满意地叨咕："原先在这里封锁的六连干什么来着，难道他们的枪是吃素的，他妈的！"

刘青山听了这话批评道："老二呀，你现在是干部，又是战斗功臣、共产党员，要处处起模范带头作用，说话要注意政治影响，很多战士都在看着你的一举一动哩，不要犯自由主义！”

察干巴拉用红绸子擦拭着弯曲的军刀，很不服气地说：“我说的是实话，怎么又成了自由主义？乱甩手榴弹！”

“没有调查研究就没有发言权，你不了解情况乱放炮，这就是典型的自由主义，哪个连负责的封锁线没有问题，铁路公路的废墟这样长，监视地段这样宽，完全消灭武装匪特，当然有困难。”

察干巴拉不吱声了。

八月中旬，琪琪格旗长亲自来了，对刘青山说：“老八连长，偷偷摸摸进根据地的特务杀手发信号啦，看样子要和河那面的敌军里应外合！”

“旗长，您详细说说，什么暗号？”刘青山对这位领导干部很尊重，十分客气地说。

“是这样，根据地这边歪脖子孤树上挂了红布条，地势高，河那边看得清清楚楚，赵子龙连的钢筋水泥大碉堡门口也挂红布条，这不是暗号是什么，看样子是里应外合，这件事很蹊跷。”

一排副排长察干巴拉听了，大咧咧地说道：“河对岸不是步兵十团一营三连吗？怎么又成了赵子龙连？什么时候换的防？”

“就是步兵十团一营三连，他们自称是赵子龙连，经常唱的军歌是：‘三国战将勇，首推赵子龙。’称号是这样来。”

“嗯，这群祸害牧民牲畜的豺狼，要想占我们便宜，那可真是痴心妄想啦，好，谢谢您，旗长同志经常来指导我们！”刘青山和琪琪格分手，又和连、排、班干部、哨兵以及派去调查情况的通讯员等人研究了一下，证明情况属实。他立即派一排长完达尔夫骑着芦花青马向老团长、副团长报告，另一方面全连又进一步占据有利地形地物，增派岗哨加强封锁，注意警戒严阵以待，并且亲自督促检查。

八月十七日深夜，四排四班哨兵抓到了一个偷渡达赖河的人，押到连部来，这个牧民打扮的家伙一路上抵赖着，死不承认自己是从王府市内派来的奸细。

刘青山冷笑了一声问道：“那么，请问你这位先生到底是干什么的，如实说来！”

牧民打扮的家伙看着浅白麻子连长威风凛凛的样子，发抖了，连连点头哈腰，说：“不敢，不敢，长官，兄弟是商人，小本经营，蝇头微利，时常到这边来做点买卖。”

“什么买卖？”这个蒙古名字叫孟根巴干的浅白麻子连长严厉地注视着对方。

牧民打扮的家伙的眼睛滴溜溜地乱转了，不敢正视，低下头战战兢兢地说：“长官，兄弟见财起意，舍命不舍钱，想搞点黑市贩卖牲畜生意，实际上是接济了王府市内外城的国军，有罪，有罪，罪该万死，但是希望共军长官宽大处理我这无知的小商人。”

刘青山突然一跃而起，一把扯开了对方系着铜扣的蒙古袍子，指着肩膀上的一道印，大喝道：“胡说八道，你根本不是买卖人，是背大枪出身的。我们伊和塔拉草原上有一句话说得好：狼披上羊皮还是狼。你要老实交代，我们党的政策是坦白从宽，抗拒从严，立功赎罪，立大功受奖，顽固不化，死路一条！明白吗？说！”

“说！”在座的几名连、排、班干部们也都齐声吆喝，呐喊助威。

这个形迹可疑的家伙还是抵赖着，神色慌张地说：“长官，我，我不敢说谎，是，是个地地道道的小商人，本钱不大，蝇头微利！”

刘青山的巴掌按在弯曲的军刀把上，严厉地说："在孤拐树上挂红布条和你联络的军统稽查处潜伏特务杀手，已经被我们扣起来了，供认不讳，哼，你还在这里说谎！能有好下场吗？"

这个家伙顿时脸色惨白，马上跪下来像捣蒜一样叩响头，连连哀求："共军长官，我混蛋，我贱种，不识抬举，没说实话，这就老实讲，是赵子龙连派我过来查看动静，探听虚实！"

"查看动静，探听虚实，想要干什么？"

"共军长官，实不相瞒，铁路公路大干线被你们掐断了，小土公路又被砍成八瓣，空投无济于事，缺吃的，赵子龙连要出来抢牛……"

刘青山审讯完敌人，立即又派一排长完达尔夫到团部报告。他骑术好，芦花青马跑得快，拂晓以前又回来了，和他一起来的有哈尔巴拉副团长及其随行警卫人员。

哈尔巴拉单独找刘青山谈了行动计划，嘱咐道："我们要将计就计，注意保密。"

果然，号称"赵子龙连"的步兵十团一营三连上当受骗了，八月三十日深夜倾巢出动，分头偷渡达赖河水。哈尔巴拉站在一棵松树底下，听着远方几处趟水的声音，对着站在前面的一、二、侦察等三个连连长说："可以看出来，步兵十团的目标是老八连防地，抢劫牛群，补充一番，准备往西逃往B市。我们的行动计划是：先打开口袋放进来，就是我们常说的诱敌深入，一枪也不要放，等上了圈套以后再打，同志们要沉住气，别犯急躁病，冒冒失失的。"

"是！"三个连队的连长们分头出发，很快在黑暗中消失了。

一、二、侦察连到达指定地点，很快形成了包围圈，就等着开始攻击的信号。哈尔巴拉从设在河边的临时指挥部严密地注意掌握着各方面的情况。夜半偷渡达赖河的所谓"鹰扬部队"装甲机械化步兵十团一营三连对这些一无所知，急急忙忙从旁边过去了。走了一阵，可能是被周围异常的寂静吓住了，不安地站下来，显出进退两难有点慌乱的样子。过了好大一会儿，又鬼鬼祟祟往前走，速度比刚才慢多了。

又过了好长时间，步兵十团一营三连刚刚钻进一片毫无掩蔽物的洼地，三颗红色信号腾空而起，步枪、机枪、手榴弹声响成一片，还传来很多蒙古族战士"阿拉阿拉"地喊杀声。

"十个彪形大汉煮一只小羊羔吃手把肉，只够填牙缝的。"哈尔巴拉看了看东边天空，呈现出一片鱼肚皮白色，兴奋地说："再有一刻钟就能解决战斗。"

在哈尔巴拉副团长亲自指挥下，这个号称"赵子龙连"的国民党嫡系步兵因为没有工事依托，未能顽抗多久，简直是不堪一击，很快土崩瓦解被粉碎缴械投降了。负责通讯联络的战士来报告说：敌军没有一个漏网的。

战斗基本结束，沙化退化的荒漠草原上发出零星枪声，有几处冒着青烟。河南王府市外城中步兵十团本部好像大梦方醒，这才开始打六〇炮、迫击炮，用轻重机枪扫射。有几颗小炮弹落在附近水面上，溅起了水柱和浪花。

这时候，从北面传过来万马奔腾的声音，仿佛发生了地震一样，伊和塔拉草原都抖动了，由远而近，到了跟前这才看清楚是老三呼和巴拉，紧急集合附近几百里地的各个牧人浩特的大批民兵前来支援，真是人海战术，足有一万名，差不多可以称为第二个独立骑兵团了。没有一个空手的，是在哈尔巴拉极力主张下，用历次战斗特别是"鬼谷伏虎"战斗中缴获的武器装备起来的，全民皆兵。

哈尔巴拉高兴地迎上前去，大声说笑："欢迎全体民兵前来支援，你们这一行动大长了自己的威风，大灭了敌人的志气，哈哈！”

民兵们帮着打扫战场，清点战利品。哈尔巴拉更忙了，审讯俘虏，调查敌情，布置岗哨，一直到深夜。

这一次失败以后，步兵十团的处境越来越困难了，每天驱逐着大批从王府市外城抓的民夫往西出发，修复通往B市的小土公路。吃喝就靠画着“青天白日”徽章的运输机来空投物资。但这绝不是长久之计，他们正准备突围逃回B市老家去，谁都可以看得清清楚楚。

九月十七日，旧历中秋节。团部为了庆祝胜利欢度佳节，派管理排长出去买了几头牛，从后勤处领来大米、白面改善生活。哈尔巴拉顺着河沿封锁线检查岗哨回来很晚，一轮皎洁的月亮升上来了，照得团部大帐篷明净如水。他把弯曲的军刀和二十响驳壳枪挂在架子上，刚刚洗完脸，琪琪格旗长放好了桌子，端上热气腾腾的饺子来，还有一瓶烧酒，妩媚地笑着说道：“副团长同志，你走了一天，一定是很饿了，我们留了一百个饺子，一斤烧酒，有人担心不够呢，再包点？”

哈尔巴拉看着她聪明伶俐的样子，满心欢喜，摆了一下手说：“不用包，不用包；要是在早晨，这点饺子是不够，现在是晚上，差不多，不用包。”

琪琪格发现哈尔巴拉光是狼吞虎咽地吃着饺子，滴酒不沾嘴，劝道：“副团长同志，我们打了好多次胜仗，今天又是八月节，应该庆祝，就凭你的身体，喝点酒没事，有情况我出去，你好好睡一觉。”

哈尔巴拉深情地看了琪琪格一眼，摇了摇头，还是滴酒未沾，就像大风卷残云一样收拾了一百个饺子。放下筷子他就擦拭那只二十响驳壳枪，这才说道：“牧民会分辨牲畜颜色，猎人会跟踪野兽脚印，当兵的也得会看各种征候呀，最近战局有很大的变化，我说的不是‘恶鹰出巢’的事，比这大多了。要提高警惕，准备打仗，现在不是喝酒的时候，喝酒睡大觉误事！”

琪琪格听了脸上有些红，但是心里更加佩服自己的未婚夫。

当时东北战场上的第四野战军主力经过整训以后，九月二十七日由长春、四平、开原等地出动，在北宁线锦州一带打响了辽沈战役，内蒙古骑兵一、二、三师奉总部命令在彰武、大虎山、黑山地区担任阻击和剿匪任务。华北战场上，内蒙古骑兵四、五师向南挺进，切断了张北与张家口之间的公路，解放了兴和、丰镇等八个县，形成广大的绥东南解放区，国民党傅作义的部队正往绥西的归绥、包头等地点龟缩。王府市的步兵十团就是在这样的形势下准备突围逃跑的。

两天后，哈尔巴拉正在视察根据地中心伊和浩特后勤处修械厂的手榴弹生产，突然接到老团长打来的电话，说现在情况紧急，形势多变，既有胜利捷报，又有不好消息，需要立即召开连以上干部会议及时传达，要他顺便通知各连一起赶回团部。

会议很快开始了，阿拉玛斯让警卫员拿出来国民党嫡系西线部队飞机空投的各种食品和酒类，招待团直属队负责人和八个连的连长、指导员们，边吃边谈，说道：“同志们，现在的形势可以用十二个字来概括：总的大局很好，具体战斗艰苦。在东北辽沈战役已经正式打响；在关里山东省首府济南前几天解放，吴化文起义，其余守敌全部被歼，无一漏网，为此我请客。”

大家高兴地鼓起掌来，有说有笑开始吃喝。

老团长阿拉玛斯接着又说：“所谓具体战斗艰苦指的是：我们团阻击敌军一个步兵团、一个骑兵师，任务本来就不轻，现在又发生了新的严重情况，东边莽斯的蒙古军第一师一、二、三团，从C镇战场上哗变出来了，拼命西窜，企图跑到这里与莫尔根、哲别同流合污。这样我们将腹背受敌，所以要分秒必争抢先干掉突围的步兵十团，要不然就不是吃肥肉，而是啃骨头了，事情就这样复杂而麻烦！”

九月三十日早晨，三连和步兵十团二营一连打了一仗，他们的机炮连就在侧翼没来协助，战斗进行了大约两个小时，俘虏敌排长以下十名。这次微不足道的胜利，却使独立骑兵团又进一步明确掌握了敌情：王府市内国民党嫡系和杂牌两个部队，摩擦纠纷矛盾与日俱增，根本不能配合作战。蒙古军部和第二师不想突围，按兵不动，见死不救，保存实力，等待着西窜的第一师。步兵十团则蠢蠢欲动，准备往西逃跑。

这些天敌军飞机异常活跃，其中有战斗机、轰炸机、运输机，日夜不停地来回飞。从这里可以判断：国民党嫡系西线部队是很着急的，极力想把这个著名的主力团接应回B市去。

连日以来，独立骑兵团和民兵队正在加固去年冬天修筑的腾格里山魔峡嘴阻击工事，传来了义县解放的捷报，干部战士们欢呼着：“东北的锦州被我们包围起来了，要关起门来打狗！”

十月三日天阴又下起雨来。由于连续备战疲劳、没有雨具等原因，部队进自然岩洞休息一天。傍晚雨还是不停地下着，没有一点要晴的样子。哈尔巴拉、琪琪格等人冒雨到了侦察连，看见干部和战士们穿着淋湿的棉军衣都很冷，有的还冻感冒了。

第二天雨还是不停地下，侦察连又冒着大雨加固阻击工事。琪琪格旗长亲自带领伊和塔拉、巴嘎塔拉等根据地的几千名民兵前来支援，进度加快了。就这样，独立骑兵团克服了阴雨、天冷、没有雨具、缺少草料等多种困难，一边修筑阻击工事，一边严密注意着蒙古军部和第二师最新动向，同时又打退了步兵十团先锋部队连续几次的试探性进攻。十月十五日，大规模阻击战还没开始，团部电台接到新的振奋人心的消息，东北野战军主力全部解放锦州，据初步统计歼灭敌军八万余人，范汉杰潜逃未获，内蒙古骑兵第一师全部出动到台安一带截捕。

“东北、华北战场上捷报频传，王府市外城步兵十团肯定要跑，我们要做好准备，在魔峡嘴阻击阵地上打死这只恶鹰！”各级指挥员们在战壕内宣传鼓动着。

几乎在这同时，团部电台又接到了几个新的战报：长春解放；锦州范汉杰化装逃跑未遂被擒；伊盟蒙汉支队将游击区由乌审旗、鄂托克旗扩展到准格旗、郡王旗以及东胜、桃力民一带。

《铁骑》以前是每周出一期，现在可是增加了份数，差不多每天都出很多期，编辑小组的几个人，油印完这个又油印那个，忙得团团转，从汗庙喇嘛借用的那间斗室里堆满了小报，散发出来的油墨味呛人鼻子和喉咙。发行也是大事，把这些捷报、喜讯、好消息都送出去，实在不容易，封锁线长，根据地大，需要点人力。为此民兵队里主要领导人特木尔、呼和巴拉他们自告奋勇担任了小报投递工作。这几个青年人不占用白天时间，不影响主要工作，晚间骑马送。战争环境中为了安全他们不单人独马行动，两个人编为一组，特木尔、刘秀英是第一组，呼和巴拉、斯琴是第二组。每天黄昏以后，他们各自骑一匹马，又牵着驮很多捆油印小报的另一匹马，马不停蹄地送来送去。

第五十三回　妄图突围十团单独苦战　保存实力二师按兵不动

十月十八日，步兵十团二营营部和所属一个连三百余人，窜到王府市西面响窑村抢粮食赶牲畜。这一带是汉族聚居的农业区，几乎没有蒙古族人，看不到一座毡房，住的都是俗称“马架子”的大小不等的土坯屋，大约有几百户人家。村子正当中有一圈大土围子，四角有炮台，形状很像烧砖的窑，村名由此得来。土围子里面可阔气了，三间青砖灰瓦正房，东西各两间偏厢房，都有镶着玻璃的大窗，明亮对称，这是赵家地主的大院。应该当家做主的赵金发年方二十八岁，是个天生的白痴，一天到晚就知道流口水傻笑，别的什么也管不了。真正里里外外一把手是他的二十六岁的妻子张凤淑，手段高本事强，不仅恶毒剥削长工，还进行勾结黑社会、窝藏土匪、贩卖妇女儿童、偷运鸦片等罪恶活动，来钱的路子多如牛毛，真正发了。这个地主婆子的又一个特点是，由于双手使枪左右开弓，打得特别准，起了“张炮”外号，本村也以响窑出了名。这天上午她正在正房里擦拭两把驳壳枪，忽然家人来报告说远远过来了大队伍。张凤淑忙着拿起陈旧老式的单筒望远镜上了炮台，她要分清是哪个部分的。这个绰号叫“张炮”的娘们儿好像就怕共军独立骑兵团，别的什么国军、蒙古军、土匪绺子全不在乎，都有熟人朋友，都能对付得满意周到，皆大欢喜。越来越清楚了，全是步兵，戴着大檐帽和钢盔，青天白日徽章，是国军。张凤淑更是神采飞扬，有时高声吆喝着吩咐，有时低声窃语着叮咛，不知道搞些什么勾当。步兵十团二营营部和所属一个连三百余人来者不善，气势汹汹地到各家各户抢粮食赶牲畜，搜刮得干干净净，一穷二白，还在不停地寻找。只有二营副营长孙得胜、三连连长李大巴掌等少数几个人进土围子里面休息。孙得胜端坐在正房热炕上一边喝着茶水连连叫唤：“张炮，张大妹子，我们被共军独立骑兵团掐断了铁路公路大干线，小土公路也跟着完了，被包围得严严实实，柴米皆无，有上顿没下顿，饿急了，馋极了，快准备三百多人的饭，时间紧来不及，大锅熬肉粥，各种粮食各种肉一齐下，大杂烩，填饱肚皮是为上策，现在仗打得越来越凶，顾不上许多了。”

李大巴掌丑态毕露，动手抚摸着张凤淑的肥大的屁股，嬉皮笑脸道：“喂，张炮，张大妹子，招待好了，我就不征收你们家的粮食和牲畜了，嘿嘿！”

地主婆并不躲开，放任李大巴掌上下抚摸，笑脸相迎，说：“农村不像城市，分散各地，共军独立骑兵团包围封锁不住，吃喝还不缺，大锅熬肉粥，外加一百斤酒。光是大吃二喝也不行，另有女人慰问。嘻嘻！”

孙得胜大感意外，又惊又喜，美滋滋地问道：“还有这等好事，女人从何得来？”

张凤淑得意洋洋地宣称：“嘻嘻，张炮我不仅经营千顷良田，放牧万头牲畜，城里还开着一家妓院，最近从灾区买来的几十名妇女，还没有来得及送进去，就算你们碰上好事了，艳福齐天，嘻嘻！”

孙得胜、李大巴掌二人是色中饿鬼，互相挤眉弄眼示意，淫荡地大笑着说道："那些妓女招待弟兄们，我们俩等不了，就和你……"

"好呀，正合我意，趁此机会借个良种，虎门无犬子，生下贵人好继承我万贯家产，嘻嘻！"张凤淑欣然同意，高兴得满脸通红。

步兵十团二营营部和所属一个连队三百余人吃喝嫖抢完毕，心满意足地拉着粮食、赶着牲畜往回走。途中隐蔽在附近的独立骑兵团四连和七连紧密合作，组织轻重机枪猛烈射击的同时，疏散成扇形队伍骑马挥刀冲锋，劈死副营长孙得胜以下二十多名官兵，俘虏连长李大巴掌等八十多名官兵，其余丢掉粮食和牲畜四散奔跑，逃进八百里腾格里山中。这次战斗大获全胜，共缴获六〇炮、迫击炮三门，轻重机枪五挺，步枪、冲锋枪、手枪一百多支，满载而归，欢呼跳跃。

第二天，五连也在根据地西南边打了一个胜仗。六连、七连、侦察连没有参加战斗，继续在王府市西面二十多里远的魔峡嘴加强加固阻击工事。哈尔巴拉副团长和这三个连的干部战士们一起，抡大镐刨着硬土，一边鼓动着大家，喊道："同志们，加紧干哪，平时多流汗，战时少流血，修掩体，筑碉堡，挖交通壕和坦克陷阱。什么是坦克陷阱？这是我们独立骑兵团的发明，不大不小的四方石头坑，一丈多深，挖在坦克必经之路上，狭窄得坦克转不开身，上面放细檩子和炕席再撒黄沙和泥土伪装，进攻的坦克是睁眼瞎看不见，掉进去以后活着的驾驶员可以爬出来，坦克就动弹不得寸步难行了，等战斗结束以后我们慢慢挖掘出来加以利用，这比打坏了好，别砸成废铁一堆，怪可惜的，这是鬼谷战斗经验！"

这时候，老团长阿拉玛斯带着两个警卫员过来了，大声说道："同志们，报告两个好消息，第一，我们在一天内消灭了'鹰扬部队'官兵二百多人，其中打死五十多人，俘虏一百五十多人，步兵十团吃了大亏啦——"

话犹未了，这三个连队的干部和战士们欢呼起来了，七嘴八舌地说道："东北快要全解放啦，绥东地区也大部分解放，伊盟解放区正在扩大，国民党军队快完了，破烂步兵十团扎不了刺！"

机炮连长听了，对哈尔巴拉悄悄说道："副团长，一、二、三、四、五连都打了胜仗啦，就是我们六、七、八连老是挖山头。"

"有你打的时候，别着急，听着！"哈尔巴拉拍着他的肩膀说。

只听见阿拉玛斯继续说道："第二，战斗任务下来了，团部命令你们三个连队坚守魔峡嘴。这个地方既是通往B市的铁路公路大干线交叉点，又是小土公路必经之处。只要坚守到底，就算掐住了步兵十团的脖子，寸步难行。这是硬任务，同志们老是说别的五个连都打了胜仗，捞了洋捞，就是你们没有，这次就看你们的啦。老八连下午出发，抓住俘虏提供新情报，六、七连继续加紧修掩体、筑碉堡、挖交通壕沟和坦克陷阱，准备打阻击战，一、二、三、四、五连当总预备队，躲避在魔峡嘴深处。"

侦察连立即出发了，刘青山连长和一排完达尔夫、察干巴拉两个排长走在前面，他们很快来到王府市外城土墙西门外，趁着黄昏的朦胧隐蔽起来了。半夜以前，他们借微弱的星光看见一个连步兵十团所属部队出来抢牛羊，等出来十多里远，迅速包围住，打死十余名，俘虏二十余名，缴获六〇炮二门，步枪、冲锋枪二十三只，轻机枪两挺。侦察连押着俘虏返回，其中有一名步兵十团三营的通讯排长，衣袋里塞满了送往各连的战斗命令。这个俘虏抓得太令人满意了。阿拉玛斯、哈尔巴拉、刘青山从文件中了解到：十团的动向正像他们所掌握的那样，是想夺取魔峡嘴向西边B市方向逃跑,决定在明天拂晓发起总进攻。

独立骑兵团分成两个部分,既要防备从大东面过来的蒙古军第一师和王府市城内的第二师,又要阻击往西突围的"鹰扬部队"步兵十团,任务艰巨复杂,负担很重,压力最大。他们经过研究又进一步分了一下工,哈尔巴拉到总预备队去,带领五个连队待命;阿拉玛斯留在魔峡嘴,指挥三个连队阻击。

哈尔巴拉当时就回魔峡深处总预备队去了。

阿拉玛斯和警卫人员们立即上了魔峡嘴山头高地。夜幕笼罩着大地,四面八方漆黑一团。随着一阵令人心悸的寂静之后,从远处不时传来短暂的吆喝和急促的脚步声,这说明步兵十团进行紧张的夜间调动。他好像看见了那根无形的导火线,正在哧哧地燃烧着。

六连、机炮连、侦察连的干部战士们加紧修筑魔峡嘴阻击工事。这是一座石头山,泥土少,镐尖刨在坚硬的青灰岩上迸发着火星,手掌的虎口都要震裂了,但是人多力量大,半天多的时间内又挖出了纵横交错的交通壕沟和很多一丈多深的坦克陷阱了。还有隔着十多米远就是一所掩体或小型简易碉堡。侦察连马倌出身的一排长完达尔夫,会演奏马头琴还会说书,也算是连队里的艺人了。这回一边抡着大镐,一边唱"好力宝"宣传鼓动:

人民铁骑兵胆气豪,
切断铁路公路大干线传捷报,
战马腾空起飞跃,
军刀闪光急风号。
"虎威部队"魂魄消,
抱头鼠窜直哎哟。
哆里哆嗦心惊肉又跳,
举手投降忙喊把小命饶。
我们独立骑兵团能攻也能守,
今天修筑阻击工事干劲高。
群情振奋有说有笑,
不怕天冷石头坚又牢。
挥动铁锨和钢镐,
一定把坦克陷阱修得好。
打得"鹰扬部队"鬼哭狼嚎,
加速灭亡蒋家王朝。

"好,唱得好!"三个连队的干部战士齐声喝彩。有的接着就拉开歌子了,喊道:"唱得好不好?"

"好呀!"

"再来一个要不要呀?"

"要呀!"

寒风凛冽的山头上响起了一片鼓掌声。这个牧马人出身的一排长正准备接着要唱,老团长站到高处大声喊话道:"同志们,又报告一个好消息,琪琪格旗长领着全伊和塔拉根据地一万多个民兵，支援我们来了，人心齐泰山移，一定要把阻击工事修得牢又牢，坦克陷阱挖得深又深，准备打一场大仗、硬仗、恶仗、死仗，干哪！"

琪琪格、特木尔、呼和巴拉、斯琴、刘秀英、楚鲁等人为首的整个伊和塔拉根据地的一万多民兵，赶着吱扭发响的套牛木轮车，送来了大批铁锹钢镐。

多辆车上的民兵们参差不齐地呐喊着："三个连队的战友们，向你们学习致敬！我们一起干，挖战壕要紧，修坦克陷阱要紧，打仗要紧，不能窝工！这些工具有些是修械厂打的，有些是汗庙仓库拿出来的。'小白脸'大喇嘛达尔罕把铁锹、镐头藏起来了，实在没有办法才拿出来，快来领，一起干，挖坦克陷阱，修战壕！"

三个连队再加上前来支援的整个伊和塔拉根据地的一万多民兵，修战壕和挖坦克陷阱的速度加快了。正在一边观察敌情的阿拉玛斯忽然想到了重大措施，对察干巴拉说："刘青山、完达尔夫都不在，你领队把老八连和一半多民兵带下去，在魔峡深处自然岩洞中休息待命！"

"休息？"这个老二大咧咧地说，"有这么多的人和工具还能休息？刚才还用军刀挖，用手抠，平时多流汗，战时少流血嘛！"

"执行命令，带下去！"

侦察连干部战士和广大民兵提着枪支、军刀跑步下去了。这时，刘青山和完达尔夫扛着东西大步走过来，喊道："你们呀，达赖河边赶牛汉，腾格里山下放羊娃，伊和塔拉草原的骆驼把式，到底是不行呀。一镐刨下去就出个酒盅大的坑，还老出事故，不是把断了，就是尖折了，实干还得巧干呀！"

机炮连长笑道："老八连长，你胡吹乱哨灰抛，条件就是这样，只能实干，没有办法巧干！"

话犹未了，扛着一捆东西的完达尔夫大声喝道："呔，有办法巧干，大家闪开，我来爆破！"

"爆破筒？从哪儿搞来的？"

老团长在黑暗中拄着军刀站着，自豪地说："对呀，是爆破筒和炸药，是从'鹰扬部队'步兵十团那里缴获的，没有枪没有炮，敌人给我们造嘛！"

刘青山、完达尔大和带领的很多战上们放下炸药、爆破筒，这才看见侦察连、大批民兵正撤出阵地，感到意外地愣住了。

旗长琪琪格看见他俩不明白，解释道："你们二位也回去吧，老八连也当预备队了，休息好才能战斗好，有钢用在刀刃上。"

"老团长，不是有总预备队吗？现在是什么时候呀，我们就要和嫡系一个步兵团、杂牌两个骑兵师同时打仗了，还能顾上休息？"刘青山说。

完达尔夫也说道："人民铁骑兵能攻又能守，一定要把魔峡嘴修成攻不破打不烂的钢铁长城，我们不应该下去！"

"命令你们留下炸药、爆破筒，马上回岩洞隐蔽待命！"阿拉玛斯又解释道，"一、二、三、四、五连是二线预备队，老八连和一万多广大民兵是一线预备队。人多了更不好，窝工，影响休息，特别是两军对峙的情况下，容易遭到炮火袭击受损失，还是回去吧！"

侦察连和大批民兵撤回魔峡深处岩洞以后，六连、机炮连和留下来的一小部分民兵一起挖壕沟、掘坦克陷阱，一直到天亮。

十月十九日拂晓，步兵十团以十多辆美式谢尔曼中型坦克、霞飞轻型坦克为先锋，向魔峡嘴方向运动了，先是几十门大小炮、四架飞机轰击投弹。坦克轮带辗压、炮弹落地和飞机俯冲发出的尖锐呼啸声此起彼伏，阻击阵地硝烟弥漫，烈火腾空。

身经百战的老团长阿拉玛斯站在半坍陷的掩体中，指挥着这两个连和民兵队进行战斗准备，大声喊道："同志们，国民党军队的作战程序我们早就掌握了，先是大炮轰飞机炸，然后才冲锋；现在疏散隐蔽好，到时候听命令再出来打！"

步兵十团的大炮轰击和飞机投弹大约持续了三十分钟，接着开始进攻了。他们错误地估计了形势，不知道这里全民皆兵的情况，盲目以为独立骑兵团既要提防蒙古军第二师，又要警戒大东面过来的第一师，这里不可能有很多兵力阻击，骑兵部队火力又不强，便放了心，以十多辆美式谢尔曼中型坦克、霞飞轻型坦克为先锋，整连整营地排成分列式队伍向山头行进。

阿拉玛斯用大倍望远镜仔细观察着，默不作声，在他身边的七连机炮连长，被步兵十团的这种旁若无人的狂妄态度激怒了，要求道："老团长，你下令打吧，不用等待他们坦克掉沟里，这是美式谢尔曼中型坦克、霞飞轻型坦克，装甲薄火力弱，不禁打！"

很多六〇炮、迫击炮、速射炮、平射炮和轻重机枪射手，也从不同地方看着老团长，分别做好了射击准备，有的喊道："简直是欺人太甚，看我把你们打趴下啃石头！"

阿拉玛斯摆了摆手，阵地上一片寂静。他看着逐渐逼近的步兵十团，冷笑了一声说道："重武器都不要开火，六连狙击手瞄准步兵十团指挥官，先打几下冷枪，要弹无虚发，干掉他们！"

六连特等狙击手们早就跃跃欲试，他们射击技术高，拿的是有瞄准镜的狙击步枪，几下就把步兵十团指挥官们打死了好些，整齐的队伍开始混乱。

"打得好！"不少干部战士齐声喝彩，民兵们也呐喊助威。

机炮连长看着还是很不满意，建议道："老团长啊，这简直是隔靴搔痒痒，解决不了问题，还是重武器打痛快，一下一大片，更主要是把坦克砸成一堆废铁！"

"不！"阿拉玛斯不同意。

琪琪格旗长从那边过来了，沉着坚定，面对着气势汹汹的国民党军队，从容不迫地说："七连长，你还没有领会老团长的意图，这叫故意制造假相迷惑步兵十团，打了几下冷枪，没有暴露真正火力，他们就更加狂妄了，兵不厌诈嘛！"

步兵十团到了五百多米近距离以后，这里几百只步枪、冲锋枪，几十挺轻重机枪，几十门六〇炮和迫击炮，还有从蒙古军和六十三团那里缴获的速射炮、平射炮、山炮，同时开了火。子弹、手榴弹、炮弹像炽热的铁水一样泼向所谓"鹰扬"部队，几辆美式谢尔曼和霞飞坦克同时起火爆炸，用战士和民兵的话来讲是打出了一条又一条肉胡同，前头的敌军血肉横飞，后面的胆怯了，连滚带爬地退下去。更多的谢尔曼和霞飞等美式坦克东躲西闪，掉进了一丈多深的陷阱，动弹不得，活活被俘虏成了缴获品。

所谓"鹰扬"部队装甲机械化步兵十团，又开始大炮轰击和飞机投弹。第二次冲锋不敢太猖狂了，改变花样扔了很多烟幕弹。魔峡嘴高地烟雾腾腾，经久不散。老团长怒视着越来越浓的烟幕，对机炮连连长和琪琪格旗长说："老花样，一点不新鲜。我们独立骑兵团在达兰哈尔山就领教过这玩意儿，有办法对付。我们看不见敌军，敌军也看不见我们呀，趁着这个机会从阵地前尸体堆里拣枪支弹药！"

机炮连、六连干部战士们去拣枪支弹药，琪琪格旗长亲自领着人数众多的大批民兵也下去了。

过了三十多分钟，枪支弹药刚刚捡回来，步兵十团又开始了进攻，他们很有把握地认为骑兵部队辎重不多，供不应求，经过一场激战，弹药剩的不会太多。没有想到在第二次集团冲锋过来时，遇到的却是更猛烈的火力，进攻又未得逞，狼狈溃退。

太阳已过正午，天空黑云散尽，地上烟幕消失，目标看得清清楚楚。阿拉玛斯、琪琪格继续用望远镜观察敌情，步兵十团的全部谢尔曼和霞飞坦克损失殆尽，只剩下十轮大卡车、吉普车、胶轮车等机动车辆，在远处匆忙地爬行着，很多的步兵更是不断集结运动，从人数和队形上可以看得出来，被打得头破血流的所谓"鹰扬部队"，并不甘心它的失败，就要全军突围了。

阿拉玛斯撂下了望远镜，回头向电话员命令道："接二线总预备队哈尔巴拉副团长！"

"是！"电话员开始用蒙古话喊道："喂！喂！二线总预备队，我是魔峡嘴一线指挥部！"

话筒嗞嗞地响了一阵接通了，阿拉玛斯接过来话筒，大声说："副团长，我是阿拉玛斯！"

"老团长，我从这里听见你们那里很激烈的枪炮声，看见很浓厚的云雾，情况怎么样？我想派两个连队去支援！"

"不，不，你要沉住气，我们打退了步兵十团的两次集团冲锋，敌军遗弃尸体四百多具，十多辆美式谢尔曼中型坦克、霞飞轻型坦克全被击毁或缴获。现在敌军正在大规模集结运动，就要开始总攻。哈尔巴拉同志，让两个连队、一个民兵队阻击，留着五个连队主要是防备蒙古军一、二师六个团人，他们就要重新同流合污了。你不要为魔峡嘴阻击战担心，我们六连、七连、民兵队现在在山头坚守，伤亡不大，正在修复加强加固工事，老八连和近万名民兵撤到后面自然岩洞中隐蔽待命，还没有用上呢。"

"好，兵力部署好，打得更好。老团长，但是我有个建议，您年老体衰，又连续疲劳多时日，恐怕顶不住，我要求您撤回二线预备队，不用坚守到晚上，我马上去替换，这就要动身……"

刚说到这里，一颗重型炸弹尖锐呼啸落到近处，气浪翻滚，碎铁烂石四飞，掩蔽部笼罩在一大团烟雾之中。老团长差点受伤，电话员当场牺牲，机器也零碎了，和二线预备队的联系完全断绝。

步兵十团根据上两次吃苦头的教训，变得更疯狂了，十来架飞机反复投弹扫射，数十门大小炮进行织地毯式轰击，接着全军开始突围，他们的官兵像泛滥的洪水一样汹涌过来，只是一辆坦克也没有了。

坚守魔峡嘴山头阵地的六连、七连和民兵队，在老团长、琪琪格旗长指挥下奋起阻击，打退了第三次集团冲锋。趁着步兵十团慌乱溃逃之际，组织短促突击，又一次捡回了大批枪支弹药，足够用三天。

连续遭到三次惨败以后，步兵十团的官兵们看着他们自己部队遗弃得满山遍野的尸体，触目惊心，不寒而栗，这才感到了事态的严重性，初次发现魔峡嘴山势陡峭，易守不易攻；山头壕沟密如蛛网；谷壑内岩洞多如蜂窝，纵深莫测，经得起重磅炸弹。军官们愁眉苦脸地议论，士兵们鬼头鬼脑地张望，迟迟不敢再次突围。已经傍晚了，步兵十团团长熊岳大怒，下令组织敢死队。督战官们不敢怠慢，遵命拿着大叠钞票嚷嚷着："弟兄们，团座有令，今晚二十点整，一定要拿下前面魔峡嘴，谁敢参加效忠党国先锋队，嘉奖五十万金圆券；谁敢第一个攻占山头，嘉奖一百万金圆券。重赏之下，必有勇夫，来呀！"

步兵十团的官兵们看了看大把的崭新钞票,又看了看横躺竖卧着伙伴们尸体的山坡,面面相觑,默不作声。后来在长官的威胁利诱下,参加敢死队的人逐渐多起来了。他们又经过长时间的狂轰滥炸以后,就驱使这将近三百人的敢死队,趁着夜幕的掩护开始第四次集团冲锋。以前三次惨败的教训太深了,他们不敢往山头主阵地突围,拐了一个弯扑向六连四排固守的右翼阵地。

老团长阿拉玛斯正在那里视察,急调六连一、二、三排过去支援。他们还没有赶到那里,敌军先到了。隐蔽在掩体、简易碉堡和交通壕中的四排在老团长的指挥下出来阻击。因为步兵十团敢死队人数众多,武器装备占着优势,晚上又看不清,大约有一百多敌军爬上来跳进了交通壕,和四排展开了激烈的白刃战。这时照明弹突然一个接一个亮起来,魔峡嘴山头高地犹如白昼。步兵十团团长熊岳等人看着这里的搏斗情况,采取了灭绝人性的办法,一边动用全部炮火疯狂轰击,一边派敢死队第二梯队上来扔手榴弹,用冲锋枪、机枪扫射,敌军敢死队第一梯队死光了,老团长阿拉玛斯也负了重伤,右胳膊被炸断,四排幸存的两名战士背着他很艰难地冲出来,右翼阵地火光冲天,完全失守了。

六连、机炮连战士和一直留在这里的根据地中心伊和浩特的民兵们纷纷要求夺回右翼阵地,为身负重伤的老团长阿拉玛斯报仇雪恨。兼任着独立骑兵团后勤主任的琪琪格旗长给老团长马上包扎伤口止血,组织担架把老团长送回后勤处医院。接着命令民兵队长特木尔到一线预备队去调侦察连和民兵队来参加战斗,副队长呼和巴拉到二线预备队去,报告老团长身负重伤的不幸消息……

过了一会儿,侦察连和大批民兵赶到了,齐声呐喊着:“为老团长报仇雪恨!”“为六连四排战友们报仇雪恨!”一排长完达尔夫、副排长察干巴拉等人愤怒地要求参加突击队,把失去的右翼阵地夺回来。琪琪格旗长也说:“六连、七连、根据地中心民兵队,齐心协力守住主阵地,我和老八连、别的地方民兵一起去,血债要用血来还,一定要全部、彻底、干净地消灭右翼阵地敌军。”

积累了极其丰富的实战经验的刘青山连长,当即制止了他们的轻率举动,劝大家冷静,沉住气,不要冲动,等哈尔巴拉副团长来了以后再说。

不少班排长们同仇敌忾地大喊大叫,给浅白麻子连长献计献策,说道:“眼前这个国民党嫡系‘鹰扬部队’步兵十团,没有装甲保护了,全部坦克不是中弹起火爆炸,就是掉进陷阱活活被俘虏。趁着他们后队空虚之际,我们用‘鬼谷伏虎’战斗中缴获的三辆坦克袭击,打得步兵十团残兵败将加速灭亡!”

从所谓“虎威部队”六十三团解放过来的坦克兵们,编制在机炮连,也在这里参加战斗,他们闻言嗷嗷直嚷要驾驶战车去打“鹰扬部队”十团。

侦察连长刘青山是城府很深的人,和六连、七连长小声交谈了几句,浅白麻子脸上喜怒不形于色,淡淡笑道:“这个事不由我,等着哈尔巴拉副团长过来才能决定,我没有那么大的权利。”

第五十四回　进退两难十团呜呼哀哉　支援同伙一师狼奔猪突

哈尔巴拉副团长在众多警卫人员的前拥后护中迅速赶来了，指挥这里的部队继续阻击，从二十日到二十四日五昼夜中，六、七、八连和全部根据地的民兵队在这座遍体鳞伤的魔峡嘴，和步兵十团展开殊死的搏斗，创造了辉煌的战绩，不仅夺回失去的右翼阵地，并且打退步兵十团整连整营集团冲锋二十四次，组织反冲锋十五次。步兵十团受到阻击整整六天不能前进一步，气急败坏，又把飞机投弹和大炮轰击交替使用，整吨整吨钢铁倾泻在魔峡嘴山头上，不少交通壕填平了，掩体坍陷了，碉堡破碎了，石头发黑了，但是步兵却不争气，怎么也攻不上来。

侦察连浅白麻子连长刘青山，忽然想起来了很多班排长们的建议：动用上次“鬼谷伏虎”战斗中缴获的三辆美式谢尔曼、霞飞坦克，去攻击步兵十团。

哈尔巴拉拧起浓黑的眉毛，试探性地反问道：“你以为如何？”

这个蒙古名字叫孟根巴干的连长摇摇头诡谲地说：“不行，‘虎威’和‘鹰扬’是一家人，兄弟部队，彼此都认识，开着坦克跑回去咋办？以毒攻毒，用它们打蒙古军还差不多，不能大意失荆州！”

哈尔巴拉大加赞赏，夸奖道：“正合吾意，害人之心不可有，防人之心不可无。”他对着攻击力量减弱的步兵十团，用德国制大倍望远镜观察了很长时间，对刘青山、特木尔笑道：“这只恶鹰起初食欲不小，可惜翅膀断了，弯喙钩爪残缺不全，叼不动抓不住，胃肠又虚弱，消化不了，现在损兵折将、势孤力单，想退回去也困难了。何况王府市的蒙古军部和第二师正在准备迎接他们第一师，对这个步兵十团深恶痛绝，见死不救。好机会呀，难得，必须充分利用它，否则一纵即逝，后悔也晚了。现在我们第一线四个部队，六连伤亡较大，机炮连重武器多，行动不便，继续守住山头阵地，原地不动。由老八连、民兵队打响最后这一炮，迂回侧击，把东面山头拿下来，切断步兵十团逃回王府市的退路，严密包围，来个魔峡擒鹰，和上次鬼谷伏虎配对成双！哈哈！”

刘青山、特木尔二人正要回去指挥部队冲锋，哈尔巴拉沉思了一会儿说：“慢着，你们想怎么打？”

特木尔保持着立正姿态，报告道：“分两路骑马冲锋，老八连一、二排迂回侧击；三、四排和根据地全部民兵队正面攻击，发挥人民骑兵威力，三十分钟拿下来！”

刘青山不同意，纠正说：“不，欠考虑，还得用点别的办法。王府市西面山头，步兵十团虽然没有站稳脚跟，但是也有简单工事，居高临下，火力很强，不能硬拼呀，要骗他们上大当，一、二排下马，换上国民党军服装，利用大雾掩护从背后偷袭，等步兵十团队伍发生混乱以后，三、四排和民兵队冲上去，占领山头严密包围，歼灭步兵十团残余部队，为老团长和六连四排牺牲的战友们报仇雪恨！”

哈尔巴拉大喜，连连夸奖这个浅白麻子连长，说道："孟根巴干同志，你真是个名副其实的优秀指挥员，好，就这样打！"

刘青山、特木尔火速回到侦察连和民兵队传达作战命令。在这以前他们为了防寒，更主要是为了侦察兵化装需要，从阵地前尸体堆里捡了很多国民党军装，这回很快穿上了。就是那个满脸连鬓胡子的彪形大汉察干巴拉很费劲儿，找不到一套合适的制服，都是太小太短太瘦。袖长仅到胳膊肘，裤腿接近膝盖。别人都收拾停当准备出发，他在服装堆里挑来捡去。

琪琪格旗长也要参加这次袭击，早就换上了国民党军官服，等得着急了，批评道："老二呀，你是个身经百战的人了，就该动作快，怎么这样笨手笨脚？"

"国民党军官兵都是羊大个儿，我这骆驼大身子没有合适的。"察干巴拉急忙穿上了一套大号服装，但是也很不合适，稍微使了点劲，裤裆绷开了线，引起了一片哄笑。

九时半，侦察连一、二排在琪琪格的率领下，利用化装和大雾掩护，偷袭成功了，王府市西郊山头阵地上，响起了激烈的枪声，火光闪烁。

刘青山、特木尔带领的侦察连三、四排和根据地民兵队，绕过大队敌军迂回到这座坡度不大的山头附近，分成了一道又一道散兵线，向前推进了一小段路程，开始冲锋了。

"无事不拔刀，拔刀必成功，军刀见血，马蹄踩肉，为老团长和六连四排战友报仇雪恨！"根据地中心民兵队副队长呼和巴拉一马当先，握着弯弯的军刀，伏在鲨鱼皮座鞍子上驰骋。发现迎面扫过来的自动武器火力并不强烈密集。这是从步兵十团背后插了一刀的一、二排发挥威力了。十分钟以后，三、四排和根据地民兵队中不少人冲上了山头。老三呼和巴拉熟练地驾驭着马，跳跃过一条交通壕沟，冲向一座简易碉堡，刚刚砍倒一个端着汤姆生冲锋枪的军官，听见从左侧传过来琪琪格旗长和老二察干巴拉的喊杀声。就在这时候，乘骑突然中弹倒下去，他刚刚来得及拔腿跳起来，就看见步兵十团一个班左右的士兵向他扑过来。这些家伙太愚蠢、太笨拙了，在狭窄的交通壕沟里鱼贯地行进着。老三呼和巴拉杀得性起，眼睛充血，长着连鬓大胡子的脸铁青着，把带血的军刀插到鞘里，端起转盘冲锋枪扫了长长一梭子，把敌军全部串了个糖葫芦。混战继续进行，敌我双方犬牙交错，看不清目标，他怕误伤了自己人，也为了节省子弹，单发射击着又打倒了好几个敌军。又过了十多分钟，在侦察连和根据地全部民兵们的反攻下，占据山头的步兵十团渐渐不支，开始狼狈溃退。一个面目狰狞的大个儿敌军官，跑到山头东面，刚刚要跳上一匹洋马，呼和巴拉也赶到了。他怕开枪伤着这匹洋马，自己搞不到乘骑，端起冲锋枪喝令敌军官投降。这个家伙是练过武术的，手疾眼快，一个箭步扑上来，一只手托住了呼和巴拉拿枪的手，另一只手攥成拳头对准他的下巴猛击。呼和巴拉是摔跤世家出身的，根本没有把对方放在眼里，带着一种玩弄嘲笑的神气，利用对方那股野蛮劲儿往外一扯，立刻扭过来了，接着把敌人压爬在地，用膝盖顶住脊梁骨往后拽着头部，只见这个家伙脖颈骨咯吱咯吱几声响，翻了白眼，嘴和鼻子流出血泡，很厉害地抽起风来。

这工夫，根据地中心民兵队长特木尔赶到了，帮助抓住了大洋马，满脸是悲伤的表情，想说什么没有说出来，他不敢告诉察干巴拉、琪琪格二人负伤情况，只说："要坚守住这个山头阵地，不叫步兵十团逃回王府市，他们就完了。"

侦察连、根据地全部民兵们打退了步兵十团的几次反扑以后，他们在黄昏时候全部溃退。在连续不断的照明弹如同白昼的光亮下，站在山头往下看，这个所谓"鹰扬部队"在前些天的突围中拼掉了有生力量，烂喙断爪折了翅膀，现在只有招架之功，没有还手之力，东奔西逃，散了架啦。

独立骑兵团直属队和一、二、三、四、五、六、七等连队，还有从伊和塔拉、巴嘎塔拉别的根据地来的大批民兵，人海战术，笑语喧哗，浩浩荡荡前进，看到侦察连和根据地中心民兵队，有的招手致意，有的喊着："老八连的同志们，你们掐断步兵十团逃往王府市的后路，立了一大功，辛苦了！"

"全部根据地民兵队的同志们，好好休息，看我们收拾这只烂喙断爪折了翅膀的恶鹰！"

"大会餐就要开始了！"

十月二十五日早晨，独立骑兵团和数量众多的民兵队完成了对步兵十团残余部队的分割包围，歼灭战就要大规模地展开。刘青山到了哈尔巴拉跟前，发现这个满脸连鬓胡子的彪形大汉，正在出神地惦记着身负重伤的老团长。看样子，还没觉察出侦察连长严重不安的神色，哈尔巴拉问道："怎么看不见琪琪格旗长呢？"

刘青山低着头沉默了一会儿，轻轻叹了口气，说："副团长，我告诉你，请不要难过！琪琪格、察干巴拉两位同志，在昨天争夺东山战斗中，都光荣负了伤，被转到根据地中心伊和浩特的后勤处医院了，伤势并不严重，没事。"

哈尔巴拉愣了一下，悲愤交集，想到了老团长阿拉玛斯对自己的培养帮助，想到了琪琪格旗长的深情厚意，又想到了刚刚和三弟团聚，二弟要是出了差错，这如何是好。他咬紧牙关，纵身跳上了那匹著名的鬃毛垂地的大黑公马说："此时此刻，说别的是没用的，只有把仇恨化成力量，消灭全部敌人！"

国民党嫡系西线主力所谓"鹰扬部队"装甲机械化十团所剩无几，混乱不堪，营连不分，官兵不清，往西突不出去，往东退不回来，争先恐后乱窜。后来参战的侦察连发现：十来辆小吉普车从包围圈空隙里钻出去了，上面坐着熊岳、戴励志为首的军官，没命地往王府市外城西门方向逃跑。刘青山连长把军刀插进鞘里，抽出驳壳枪怒吼了一声："追！"侦察连干部战士们铺天盖地漫卷过去，边追边打。吉普车上的步兵十团的军官们吓得魂不附体，加大油门开足马力往前直窜，有六辆翻了车，滚进小土公路旁边的沟里去，上面的敌军官不是摔死就是摔伤被活捉。剩下的三辆吉普车速度更快了，四个轮子好像不着地跳跃着前进。侦察连四个排人追出十多里地以后，军马体力终于不支，逐渐拉下到后面，就是一排长完达尔夫骑的那匹著名的芦花青马，还是保持着不近不远的距离，怎么也甩不掉。这个牧马人出身的战斗英雄很有办法，是从庆格尔泰、哈尔巴拉二人那里学的，不知道什么时候准备好了掷弹筒，在鞍桥上支着边驰骋边发射，几乎是每发必中，追到距离王府市外城土墙西门不远的地方，把就要漏网的三辆吉普车全部报销了，所谓"鹰扬"部队装甲机械化步兵十团团长熊岳、保密局驻王府市稽查处长戴励志都受了伤，失去抵抗能力，就要被生擒活捉。在这决定生死存亡的关键时刻，外城土墙西门突然打开，蒙古军的一辆从日本关东军美津骑兵师团那里得来的92式轻型坦克快速冲出来，把这两人抢救进去了。炮塔旋转着13毫米重机枪不停地扫射，火力很强。这就是莫尔根军长对临危的国民党军队一贯采取的措施，即"不可不救，不可全救"。这次抢救熊岳、戴励志二人成功，效果非凡，他俩为了报答救命之恩，在东西线部队司令长官那里说了很多好话，替这位王爷搽脂抹粉，免去了他对"虎威"、"鹰扬"部队按兵不动、见死不救的大罪，反而有功了。

莫尔根软硬兼施,有恃无恐,更加放肆起来,对熊岳、戴励志二人称之为"常败将军",哈哈大笑着讽刺挖苦道:"蠢,蠢,连最后逃命的坦克也没留下,全折腾光了,其实美式谢尔曼、霞飞中型坦克比日式92、94轻型坦克结实多了,你们呀,笨得不会利用,差点当了共军独立骑兵团的俘虏,成了陈秃子、蒋忠第二,天大的笑话!"

熊岳、戴励志二人都是骄横傲慢的家伙,平常听不得半句带刺的话,轻则动手殴打,重则抽枪威胁,现在情况不同了,正在危难之中,又是被对方抢救出来的,什么也说不出来了,只是尴尬地苦笑着点头哈腰,一副可怜相。

蒙古军参谋长兼第二师师长哲别却幸灾乐祸地大笑:"兵精不在多,将勇贵于谋,二位差点!"

这次追击的侦察连一排长完达尔夫又立了一次战功,他高兴地说着祝词赞美芦花青马:

要是提起缰绳,
快似闪电的芦花青。
如果想要抽杆烟,
稳如毡包的芦花青。
侦察结束报敌情,
突破重围的芦花青。
敌军看见它背影,
望尘莫及的芦花青。
战时冲进敌阵营,
大显威风的芦花青。

根据地中心的民兵特木尔,也说着祝词夸奖芦花青马:

刚掖下蒙古袍后摆,
它就驰过了十重山岭。
刚收起蒙古袍前摆,
它就跨过了七座山峰。
比离弦的羽箭还快,
比飞翔的雄鹰还猛。
除了它自己的尾巴,
一切都被它拉下。
除了它自己的影子,
什么都追不上它。
如能驾云早已腾空,
如长翅膀立刻飞行。

独立骑兵团留下打扫战场的人员后,返回伊和塔拉根据地。十月二十九日,他们接到内蒙古军区来电:老团长阿拉玛斯同志经过抢救已经转危而安,但是完全康复需要很长时间,为此任命哈尔巴拉为团长,兼任政治委员和旗委书记;刘青山为副团长兼参谋长,表扬在这次歼灭战中的战术动作,指出很多战斗打得好,希望继续努力,总结经验,虚心学习,戒骄戒躁,发挥人民骑兵的更大威力。电报中还说："东北辽沈战役胜利结束，歼敌五十多万人，沈阳、抚顺、辽阳、鞍山、营口等城市均已解放……"

下次战斗任务是什么？不少干部战士议论纷纷，认为这不成问题，就是在蒙古军第一师到来之前，抢先打王府市内外城的第二师。

十一月七日，团部及时召开连以上干部会议。这天下着小雪，刘青山一进会议室就兴致勃勃地对哈尔巴拉说："特大喜讯，好消息啊，琪琪格旗长出院了。"

琪琪格在斯琴、刘秀英两个大姑娘的扶持下进来了，她伤势不重，身体素质好，是A城农学院运动员，抵抗力强，恢复得很快，高兴地和这些军人们握了握手，对哈尔巴拉说："我是好了，察干巴拉副排长仍需治疗一个时期，伤势没有恶化，这一点我敢保证，请放心！"

"这个，我知道，主要是想老团长啊！"哈尔巴拉沉默了一会儿，轻轻叹了口气，念了一首即兴诗：

转战天山友谊深，
纵横海河志更坚；
斗志未酬身已残，
热泪盈眶湿战襟。

琪琪格说："我们离开这样一位好领导，好同志，真是难以弥补的损失啊，大树底下好乘凉的日子过去了，重担子落在我们肩上，好了，凑和你这首诗韵，我也做一首：

今晨初降雪，
胜利飞传单。
天山遍炮火，
海河起烽烟。
切断大干线，
全歼虎鹰团。
军民志将酬，
建设新草原。

刘青山苦笑道："唉，我也来参加你们的赛诗会，当然赶不上二位，凑凑热闹：

草原军民浴血战，
天山疆场凯歌还；
铁骑纵横海河岸，
全部歼灭虎鹰团。

到了十时整，会议正式开始了。哈尔巴拉团长首先讲话，他指出中国的军事形势已经进入了一个新的转折点，即战争双方力量对此已经发生根本变化，人民解放军在质量和数量上均占优势，这是革命成功即将来临的主要标志。原来预计从一九四六年七月初，大约需要五年左右的时间，便可能从根本上打倒国民党反动政府，现在看来只需要一年左右时间就能解决问题。至于在全国一切地方消灭反动势力，则要花费更多时间。这个新上任的团长接着谈了国民党军队损兵折将的情况以后，引用毛泽东主席的话作为结束语："人们不要很久就可以看到，国民党的全部反动统治，将被中国人民彻底埋葬，中国人民是勇敢的，中国共产党是勇敢的，他们一定要解放全中国!”

刘青山副团长最后谈了当前独立骑兵团部队的任务，他的话很简单，只讲了几句，笑道:“魔峡嘴阻击战斗胜利结束啦，国民党嫡系‘鹰扬部队’装甲机械化十团，也像他们嫡系‘虎威部队’装甲机械化六十三团一样，被我们全部歼灭。这样和我们多年老对手蒙古军军部以及第二师四、五、六团决战，解放王府市内外城的时机基本成熟，但是且慢，上级电令我们暂时不要打，这里有两个原因:第一，考虑到我们团这次伤亡较大，需要休息、补充、整顿一段时间;第二，另一个多年老对手蒙古军第一师一、二、三团从东边C镇一带战场上哗变西窜，正往这边全速挺进，亡命之徒，铤而走险，走得很快呀，内蒙古东西部这两股反动骑兵就要同流合污。情况就是这样，军事形势瞬息万变。我们当前的任务是:一边监视王府市内外城的蒙古军军部和第二师，一边又要阻击从大东边过来的第一师，保卫根据地。”

散会以后，团直属各单位和八个连队紧张地准备连续作战，同时安置伤病员，火葬烈士遗体，召开追悼大会，在墓地竖立了一座大石碑，正面凿刻着一句诗:

丹心一片棲霞月，
照耀万里大草原。

第五十五回　利用酒色胖姑套上老二　声称怀孕村女唬住壮汉

独立骑兵团后勤处医院设在根据地中心伊和浩特。这里没有永久性的土木结构的房舍，几座大型蒙古包是从蒙古军那里缴获的，几顶宽敞帐篷是从“虎威部队”装甲机械化六十三团那里缴获的。为数不多的男医生和男护士，昼夜不停地为伤病员操劳着。一位头发有点斑白戴着深度近视眼镜的军医，把察干巴拉安顿在一顶帐篷入口处，笑着解释道：“察干巴拉同志啊，我知道你，是我们团长的二弟，又是‘鬼谷伏虎’、‘魔峡擒鹰’两次大战斗的英雄好汉。现在我们团的医疗卫生条件不好，连个土屋都没有，对付着住蒙古包和帐篷，你体壮如牛，伤势又不重，就住在这风口吧，行不行？”

“好说！”察干巴拉不在乎地说。他的伤势虽然比较轻，住院的消息传到根据地中心伊和浩特，却惊动了很多人，浩特达额尔旦老人全家都来看他，大儿子特木尔、姑娘斯琴、养女刘秀英、二儿子楚鲁都来了，挤满了帐篷，带来大坛奶油、大花篓奶豆腐、大口袋炒米。这老人连连说道：“老二啊，你们是人民子弟兵啊，安心休养吧，想吃什么尽管说，是喝鲜牛奶，还是吃肥羊肉？没有独立骑兵团就没有伊和塔拉根据地，也没有我们的幸福生活。这次仗打得多好啊，杂牌蒙古军军部第二师三个团，像刺猬一样收缩在王府市内外城不敢出来了；嫡系步兵十团没吃没喝的，想突围跑回老家去被打光了，你们立下了汗马功劳呀！”

伤愈出院不久的琪琪格也来了，这个女旗长想得很周到，组织民兵给伤病员送来了百八十条山羊皮褥子、几十桶鲜牛奶。接着特意过来看察干巴拉，告诉他：“我昨天到部队送慰问品，见着哈尔巴拉团长啦，他正紧张地准备战斗，任务很重，对手是就要同流合污的蒙古军一、二师六个团人。别看他们是杂牌，比嫡系还顽固，一个个都是花岗岩脑袋，难打得很，所以哈尔巴拉团长来不了，让我代问你好，祝你早日恢复健康，返回部队，参加战斗，再立新功！”

察干巴拉连喝了几大碗鲜牛奶，大咧咧地说：“我没事，很快就能回部队参加战斗，哼，蒙古军一、二师再顽固也好，再比嫡系强也好，我们也能消灭。就是这个地方缺草缺料，养不起这么多军马，在这站稳脚跟，长期掐住铁路公路大干线，有不少困难呢。”

琪琪格叹了口气，说道：“就拿伊和浩特来说，它是根据地中心，这里以特木尔、呼和巴拉、斯琴、刘秀英、楚鲁为骨干的民兵队伍发挥作用啦，劳武结合，分工合作，有打草的，有修理棚圈的，有放牧的，有防匪盗的，扛住了天灾人祸。但是这还解决不了根本问题，出路只有一个，建设军民团结牧场。”

察干巴拉擦掉连鬓大胡子上的奶豆腐渣，一声不吭了，其实他是听不懂，不知道军民团结牧场是什么东西。

特木尔却发恨地哼了一声道：“独立骑兵团和根据地中心民兵队一条心，计划建设大型军民团结牧场，它有一千个好处，一万个优点，可是也有人说坏话呢，当‘孛’出身的吉达，经常吹冷风泼凉水，胡诌什么牲畜毛色不一样，牧场长草不一样，这些都是天生的，谁也改变不了它，建什么军民团结牧场，一点用处都没有，瞎子点灯白费油。真想将他揪过来批斗一场，哼！”

察干巴拉心里一动，不由得想到了那个美丽多情的胖姑娘娜布琪，脸上微微发红，连喘气也粗了。

琪琪格准备要走，站起来习惯地整了整金丝眼镜，笑道：“那可不行啊，牧改结束划定阶级成分那阵就很清楚了，他是富裕中牧，连牧主的边儿都没沾，再说历史上也没多大问题，只不过是个迷信职业者而已。莫尔根、哲别招兵买马，想把他拉走，他吓得差点瘫痪了，拉了一裤兜稀屎，传为笑话，伊和塔拉草原上人人皆知，不能斗，只能教育，他是落后分子，不是坏分子，更不是反革命分子。”

浩特达额尔旦、民兵队长特木尔等人唠了一阵，也走了。

察干巴拉躺在这座黄色军用大帐篷入口处铺着很厚毡子和皮褥子的地上，辗转反侧，长吁短叹，不能入睡，心里老是想着娜布琪姑娘，并且责备着自己：独立骑兵团到达这里后，为啥继续当兵呢？就凭自己苦大仇深的出身历史，在地方上当浩特达是一点问题都没有的，如果那么办，娜布琪早就娶上了。现在自己负了伤，排级干部又不让结婚，她要是变了心怎么办，这不是全完了吗？

自从察干巴拉住在后勤处医院，娜布琪姑娘经常骑着一匹枣红马，赶着一小群绵、山羊在附近放牧，用一种缠绵悱恻的情调唱道：

黄羊膘的小白马儿哟，
千百匹马中能分辨出你的嘶鸣；
梦寐难忘的心上人儿哟，
千百个人中能分辨出你的笑声。

察干巴拉吃了一惊，越发神魂颠倒了。时间又过了一个星期。一天黄昏，他在帐篷附近的草地上蹓跶时，终于和娜布琪见了面。这个姑娘看见了腿上扎着绷带一瘸一拐走路的老二，突然尖锐地叫了一声，差点昏迷过去，跪在地上抱着他的腿长久地哭泣着，泪珠子一串又一串往下滴答，把军用翻毛皮靴弄湿了一大片，好像害怕对方很快要消失掉一样。

惊慌失措的察干巴拉不知道如何对付，喃喃地说道：“娜布琪，不要这样，不要这样，别人会看见的，我要挨批评受处分。”

这个胖姑娘想察干巴拉想得简直要发疯了，没有半点顾忌，边抽泣边数落：“亲爱的，你们就在跟前打仗，同是烧的伊和塔拉草原上的牛粪，喝的达赖河中的流水，低头不见抬头见，也不过来说句心里话，你知道我这几个月是怎么样难受吗？”

察干巴拉也忍不住了，终于失口说道：“亲爱的，快别说啦，你在家放牧牛马骆驼羊，哪知道当兵的困难。”

娜布琪突然站起来，紧紧抓住了这个老二的大手，很怕他要马上跑掉一样，用颤抖的声音说：“察干巴拉，你快别当兵啦。我是外地蒙古人，知道古时候有一句汉话说得好：瓦罐不离井上破，将军不离阵上亡。快别当兵啦，你们独立骑兵团正准备打王府市内蒙古军部和第二师，又要打从大东面过来的蒙古军第一师，两头忙。你若有个三长两短，我怎么活下去呀！”

“别胡说八道啦,这怎么行呢!”察干巴拉低沉地说。

娜布琪狠狠地甩了一下辫子,挺起了身子,丰满的胸脯一起一落,用坚决的口吻说:“察干巴拉,亲爱的,应该替自己着想了,应该成家立业了,你们兄弟三人骨肉分离,受苦受难,煎熬到了解放。现在情况不一样了,你哥当了大官,又有了当大官的未婚妻,人家都是县团级干部,别人管不着,什么时候结婚都行。你弟弟没当兵和‘铁姑娘’斯琴有交情啦,别人也管不着。你可不行呢,才是副排长,不让结婚,得想想法子。你打过警察和特务队,打过蒙古军部和第二师,今年又打光了‘虎威’、‘鹰扬’两个步兵团,负了伤要求回家当牧民放牲畜,别人能说什么。”

“恐怕不行。”察干巴拉软不来了,犹豫不定地说。

过了十来天他应该出院归队了,但是他的思想却有了一百八十度的大转弯,找别人代笔向医院领导和侦察连连部分别写了两份申请书,正式提出了要求复员。理由是这次受伤对身体影响太大,腿部疼痛难忍不能骑马,所以再也没有条件继续当兵了。要是别人提出这样的要求,可以说是没有多大问题。但是察干巴拉就不一样了,副团长刘青山、新任侦察连长完达尔夫和旗长琪琪格等人,在紧张备战的情况下都过来看他,说服动员他继续留在部队搞适合自己体力的工作,不要退伍。察干巴拉执意不肯,再三要求复员。

哈尔巴拉团长听到这个消息比较晚,当时他正领着第一连继续破坏铁路公路大干线比较完整的地段,闻讯又急又气,急的是部队正在紧张地备战,不能因小失大,为一个人的事影响整个大局。气的是二弟革命意志不坚定,负了点伤也没有伤筋动骨,竟然提出复员,真没有出息。这一天下午他抽空叫警卫员备上了那匹著名的鬃毛垂地的大黑公马,准备到根据地中心伊和浩特团后勤处医院。如果二弟察干巴拉实在不听说服教育,就采取强制措施捆绑起来押回侦察连。他在临出发前往团部打了电话和浅白麻子副团长商量此事。

刘青山哈哈大笑道:“哈尔巴拉同志,你是个眉头一皱计上心来的人,但是智者千虑必有一失,这回要捅娄子了,能这样胡来吗?团长兼政治委员一时动怒,竟五花大绑着押回来老八连一排副排长,他将来怎么工作?典型的军阀作风,太粗暴太鲁莽太野蛮了,不好,要冷静不要冲动。”

哈尔巴拉苦笑了,脸上一副无可奈何的样子,对着话筒说道:“说是那么说,我到那里还是说服教育,要文斗不要武斗,怎么也得动员他回部队!”

“那也不行了,关于察干巴拉同志的复员问题,我和琪琪格旗长批准了,已经正式通知了本人。”

“怎么回事?”

“哈尔巴拉同志,你二弟是共产党员,是身经百战的战斗英雄,别看他现在职务不高,是我们部队的骨干,当然舍不得放。但是我们全面考虑了察干巴拉同志的退伍问题:第一,他本人身体健康状况;第二,伊和浩特是根据地中心,需要大批干部,在那里建设大型新式的军民团结牧场不是轻而易举的事情;第三,你们兄弟三人骨肉分离,受的苦最多,刚刚大团圆,也需要一个个成家立业养儿育女,这些话一言难尽,以后再说吧……”

哈尔巴拉叹了口气撂下了话筒,心里老大不高兴。

察干巴拉复员回到伊和浩特当了支部书记。弟弟呼和巴拉是民兵队副队长,又在外面放马不经常回来。他单身一个人在伊和浩特开展工作,回家后自己生牛粪火、熬奶茶、煮手把肉,搞得手忙脚乱。这时候，娜布琪姑娘来得更勤了，经常送炒米、奶豆腐、黄油，或是拆洗缝补，两个青年人很快形影不离，关系公开了。

这一天黄昏，这个胖姑娘又来了，提了几斤肥羊肉，一口袋荞面，颇为神秘诡诈地倾听了一下蒙古包外面的动静，从袍子怀里掏出装在军用水壶里的二斤烧酒，放低了声音，笑嘻嘻地说："心上人啊，又来慰劳你啦，我知道你的口味，就给你做羊肉丝荞面猫耳朵面，另外炒葱爆羊肉，再喝几盅提提神解解乏吧！"

孤儿出身从小煎熬着凉水拌炒米生活长大的察干巴拉，从来没有受到女性的温存体贴，他心底涌起一股暖流，大咧咧地说："亲爱的，你真是个聪明伶俐的姑娘呀，这么快就摸透了我的脾气秉性，我这个人口味很特别，很古怪，有荞面不吃大米白面，有白酒不喝奶酒色酒，和别人不大一样，哈哈！"

"嘻嘻！"娜布琪姑娘异样地轻声笑着就开始做饭啦。她心灵手巧，很快就炒出了四盘小菜，煮好了荞面汤，殷勤备至地敬酒端菜。

察干巴拉饭量特别大，心情也舒畅，端端正正盘腿坐着大吃二喝起来，也不知过了多久，这满脸连鬓胡子的彪形大汉颓然醉倒在山羊皮褥子上，人事不省了。半夜以后他猛地醒过来，发现什么东西有点不对头，黑暗中伸手摸了摸，大吃了一惊，原来娜布琪没有走，在身边躺着轻声扭动，发出一阵阵脂粉香味，看样子没有睡。他慌了神，结巴着说："你，你，怎么没有回去？"

"嘘——"娜布琪又是异样地轻声笑着，急忙捂住了他的嘴，一边紧紧偎依过来……

半个月以后，这个胖姑娘神色慌张地来到察干巴拉跟前，抽泣起来。察干巴拉又大吃了一惊，急忙问道："怎么啦？"

娜布琪哭哭啼啼地说："我已经有了，拖不得了，男子汉大丈夫敢作敢当，快准备结婚吧！"

情况虽然如此，但是他们的婚事并不是顺利的，受到了各个方面的干涉和阻挠。旗长琪琪格平心静气地说："察干巴拉同志，你哥身负军政重任，当前正在准备阻击从大东面入侵的蒙古军第一师一、二、三团，又要牵制王府市内外城的第二师四、五、六团，日理万机，忙不过来，没有工夫过问生活上的事。老战友刘青山、完达尔夫等同志也是这样。这里就有我，该说的还得说，你是立过不少战功的复员军人，又是这里的党支部书记，不能找娜布琪姑娘，应该和她划清界限，彻底断绝关系。她的社会关系不好，是蒙古军小个子参谋长的堂妹。哲别这个吃肉不吐骨头的豺狼，杀害过多少革命战士和人民群众，现在还占据战略交通枢纽要地王府市内外城与我为敌。她的哥哥吉达是个'孛'，封建迷信职业者，顽固地反对建设军民团结牧场，胡说什么牲畜长毛不一样，牧场长草不一样，这是天生的，谁也改变不了它。算了吧，等明天我给介绍一个，这好办。"

"不，除了娜布琪姑娘，我发誓不娶别人。要说出身成分不好，社会关系复杂，你比她严重多了，哼！"察干巴拉板着长满连鬓大胡子的脸，几句话顶了回去。

那边，当过"孛"的吉达可是大发脾气了，脸红脖子粗地对妹妹叫嚷道："娜布琪，父母不在世，就得我当家，你要是嫁给这个老二，我就打断你的两条腿！他是啥东西！是为非作歹的家伙，祖祖辈辈是暴徒，听说是凶手布顿扎那的儿子。老大哈尔巴拉诡计多端，长期潜伏，杀戮成性，草菅人命，爬上去了，当了大官。这个老二也是满脸连鬓大胡子，一副杀气腾腾的样子，你看中他什么啦，啊？又没有家业，不行，一百个不行！"

娜布琪姑娘大声顶撞哥哥说："没人听你的，你为啥在牧改时候划了富裕中牧成分，占了便宜？就是因为我在家里白天黑夜顶着干活儿，给你们两口子搞家务、放牲畜、熬奶茶、煮大肉、捡牛粪，没从外面雇牧工。你还想老是这样使唤下去，白日做梦！我呀，不光是嫁给这个老二，还得分走你的一半牲畜，少一张皮子缺一根毫毛也不中，不答应就打官司，走！"

这个胖姑娘确实很厉害，说话算数，张罗这个，准备那个，眼看就要和察干巴拉登记结婚了。

哈尔巴拉团长知道这个事情以后，怀疑是蒙古军联合谍报队的阴谋诡计，如施美人计从外边腐蚀部队等等，立即派保卫人员到了根据地中心伊和浩特，经过再三调查，没有发现这个胖姑娘有什么政治背景。虽然如此，哈尔巴拉、呼和巴拉还是不同意这婚事，开始是耐心说服教育，接着提出了尖锐批评，察干巴拉拒不接受，各说各的理，搞得很僵，不欢而散。

从此以后，胖姑娘娜布琪软硬兼施用尽各种手段，几乎是冲破了一切阻力，牢牢控制住了察干巴拉，同时加紧筹备着婚事，真的和哥哥吉达平分了家业，铁面无情。因为这时老二察干巴拉当了支部书记，当"孛"出身社会关系又不好的吉达吓得连屁都不敢放，吃了很大的亏。婚礼很隆重，酒席很丰盛。在保守思想很严重的浩特达额尔旦老汉，讲排场摆阔气的支部书记察干巴拉二人的极力主张下，按着古老的传统习惯举行了堵门礼、结发迎亲丢羊头、抢帽夺箭抽马鞭等不计其数的繁琐麻烦的项目。在当前的战争环境中这些毫无用处，没有一点必要，但是不少有旧思想意识的人看着舒坦，觉着满意，啧啧赞赏，传为佳话。

结婚初期，娜布琪是看着察干巴拉的脸色办事的，小心谨慎，不敢多说两句，真是百依百顺。后来怀孕的迹象很明显了，肚皮越大，脾气越坏，这个小媳妇就开始教训丈夫了，什么"当了支部书记，不顾家也不行呀"，"胳膊朝里弯，不能朝外弯呀"，"要有长远的过日子打算呀"，全来了。察干巴拉当兵时候的那点锐气差不多都消失了，觉得老婆的话很有道理，对她出的主意总是照办不误。后来，哈尔巴拉和琪琪格批评教育察干巴拉，娜布琪又在背后嘀咕说："呸，他们凭啥说你呀，你在八百里腾格里山，在伊和塔拉大草原，真刀实枪打过仗，负过伤流过血，立下了汗马功劳，现在不当兵了，自由一点就不行？还教育起你来了，天天训斥，岂有此理，哼！"

天长日久，察干巴拉开始对哥哥和没过门的嫂子不满意了，产生了严重的抵触情绪，背后经常发牢骚讲怪话说："我是个支部书记啦，有很高的领导威信，他们在众人面前这样批评我，是什么意思？"他不光是说哥哥和嫂子，在其他方面也表现出来了，在会上讨论发言，提自己的过去时，总说是贫牧，从来不愿意说是汗庙的属民和王府的奴隶出身，因为他觉得自己是个体面人物了，说那些很不好听，这样他对巩固根据地中心、筹备建设军民团结牧场等大事，关心越来越少了，一心想着个人家庭生活，贪图安逸舒适，喝酒聊天，这些占去了大部分时间和精力，革命意志严重衰退。

第五十六回　莫尔根王打通小土公路　蒙古军放假中胡作非为

蒙古军第一师一、二、三团，从大东面 C 镇战场上哗变西窜，直接向着王府市过来了，日夜兼程，马不停蹄，全速前进，一天比一天逼近。

这样，独立骑兵团直属队和八个连队，还有伊和塔拉根据地数量众多的一万多民兵分成两个部分，一部分警戒监视盘踞王府市内外城的蒙古军部和第二师，另一部立即出发阻击从大东边过来的他们的第一师。执行阻击任务的军民，这些天来在封锁线上一直是挖战壕，加固工事，不习惯这种单调沉闷的生活，实在是厌倦了。现在出来骑马驰骋，心情舒畅，快活极了，有的还小声哼哼着什么长调民歌：

沙漠像黄色的海洋，
骆驼在那里荡漾；
蒙古包内篝火正旺，
马头琴声低沉悲壮……

侦察连从俘虏口供中得知，向蒙古军军部和第二师拼命靠拢的第一师，经过这两年的扩军备战，人员庞大，成分复杂，其中还有伪满洲国兴安军官兵、各地王公贵族武装、各种惯盗绺子、布里雅特匪帮。十一月中旬，侦察连在根据地东南边缘，全歼蒙古军第一师前锋三团二连的第三排，把排长押到了连部。新任连长完达尔夫亲自审讯，命令这个家伙供出蒙古军一、二师最近有什么秘密勾结？被俘虏的排长是个怕死鬼，吓得浑身哆嗦，详细交代了别的方面的情况，就是说不清莽斯和莫尔根这段时间的联系。

完达尔夫大为恼火，喝道："枪崩的货，亏你是个排长，什么也不懂，就知道吃喝嫖赌抽大烟。"

被俘虏的蒙古军排长语无伦次地说："听，听说，我们莫尔根军长、莽斯副军长、哲别参谋长，多年以前就想闹自治、搞自决、要独立，这回要成立蒙古军政府。"

"这个，我比你更清楚，我问的是这段时间内他们用什么方法联系的，如实说！"

"不知道呀，长官！"

"蒙古军军部有什么联络人员，在你们第一师吗？"

"是，是，有，有，早就派去一个青年军官常驻我们那里，长得很漂亮，很帅，帅！"

"别说费话，交代你们第一师在西进途中停顿延迟了一段时间，是不是中途变卦，不想来王府市，另奔别处呀？说！"

"长官，敝，敝职实在不清楚，不敢信口开河，胡说八道。"

完达尔夫生气地挥了一下手，喝道："窝囊废物，什么家伙，押下去！"

根据地中心伊和浩特的民兵队长特木尔恍然大悟，说道："据团部电台同志反映，在这段时间内，蒙古军军部和第一师之间蒙文密电突然中断了，好像什么联系也没有，电台的同志们觉着很奇怪，解释不了，都说山羊长了大尾巴，骆驼生出硬蹄子，非常反常，违反规律，现在才明白，原来是有联络官在那里暗中秘密活动，具体指导。"

独立骑兵团和整个伊和塔拉根据地的全体民兵联合起来阻击，取得了完全成功，来势汹汹的蒙古军第一师的主力未敢进犯根据地中心伊和浩特，拐一个弯回避着从西门窜进了王府市外城，但是它的打前站的先锋三团却原地徘徊，迟迟不退，突然又转过来袭击只有妇女民兵队坚守的汗庙。蒙古军一师三团官兵不仅四面围攻，还焚烧寺院，抢劫财物，丧心病狂。琪琪格、斯琴、刘秀英带领的这个妇女民兵队寡不敌众，只好保护着汗庙中的大小喇嘛撤退了。她们根据独立骑兵团党委关于对达尔罕加强监督管制，严防潜逃王府市的指示，也带着这个"小白脸"大喇嘛，寸步不离，就像众星捧月一样，有个调皮捣乱好讲怪话的青年女民兵看此情景，从服装差别上形容，说这是拥护大喇嘛，成了"万绿丛中一点红"，引起不少人嘻嘻大笑起来。琪琪格旗长是很有修养的领导干部，听见这不三不四的话，既没有大发脾气，也没有疾言厉色批评训斥，而是把这个"扎刺"的青年女民兵叫到一边个别谈话，没超过十分钟。说起来奇怪，青年女民兵变好了，积极参加了监视行动，前后判若两人。这就开了头，从此以后"小白脸"大喇嘛再也没有去王府市内外城的机会了，永远地失掉了和蒙古军部莫尔根、莽斯、哲别、扎萨嘎等人的联系，成为终生遗憾，最后被判死刑处决时他还痛苦万分地说到了此事，诗叹曰：

一时成败在于力，
千秋功罪归为理；
青空万里晴天日，
九泉之下庆胜利。

哈尔巴拉团长听到蒙古军一师三团焚烧汗庙的消息后大怒，立即派出侦察连打击这孤立的反动骑兵。途中俘虏他们担任流动哨的一个班，这里班长是个面目可憎的布里亚特蒙古人，四十来岁，名字很怪，叫额尔敦扎布斯基，蒙、藏、俄三种语言混合体，戴红缨帽，穿带褶叠的蒙古袍，翘尖香牛皮靴，满脸横肉，一副凶相。完达尔夫看见这个家伙就想起前不久侥幸逃命的军统特务头子戴励志，气不打从一处来，恨不得将他一刀劈成两段，但是他是指挥员，是侦察连连长，不能带头违犯俘虏政策，造成恶劣影响，便开始审讯。布里亚特蒙古人班长很顽固，摆出公牛挺脖子的犟劲，说道："我的故乡在贝加湖附近，家里有很多大小牲畜，是个大牧主，俄罗斯红党革命成功以后，跟着乌尔金将军投奔了日本人，现在又成了莫尔根军长的部下，此乃人心归顺天意也。"

"唔，原来是这样，你是跟着那个大叛徒跑过来的。"完达尔夫注视着对方狰狞的嘴脸，又问道："喂，布里亚特蒙古人，你说说，你们蒙古军一、二师之间，是用什么方法联络的？"

"这个，我知道，我们蒙古军联合谍报队长扎萨嘎，是哲别参谋长的公子，莫尔根、莽斯二位军长也很喜欢他。他长得漂亮，很帅，本事也大，拉线搭桥、通风报信、策反颠覆，也由他管，他常驻我们第一师出谋划策。这次从大东面过来，半路上听说共军独立骑兵团和国军步兵十团打得正凶，难解难分。扎萨嘎队长定下坐山观虎斗之计，莽斯副军长采纳了他的意见，见死不救，按兵不动，在路上停止行军就地休息七天，步兵十团玩完了。这真是绝妙好法。现在他带领三团占据汗庙还没进城,嘿嘿!”

“你属于蒙古军第一师三团哪个部分?”

“三团三连三排三班。”

侦察连往前移动了一段路,远远听见这个寺院内人喊马嘶,动乱异常,怕被发现就没有声张,以战斗队形悄悄前进。这里面果然是蒙古军第一师三团新补充的部队,从两个哨兵富有异乡情调的对唱歌声中可以听得出来。他们一直是回不了家乡,现在又流窜到遥远的伊和塔拉草原,大概是犯了思乡病,只好唱老家的短调民歌来发泄心中的苦闷了。一个男低音悲观失望地唱道:

东北方起了一片黑云,
阴冷的连雨可能要来临。
心里七上八下总不安,
大概和美丽的姑娘半道分散。

用差不多词句重复了一段以后,另一个男中音用更伤感的腔调唱道:

修建一座简陋仓房的人,
用不着拿上三尺杆。
既然姑娘和别家定了亲,
犯不上唉声叹气泪涟涟。

接着用短调民歌的方法,又用差不多的词句重复了一段以后,第一个男低音又替换着这人,哭哭唧唧地唱起来:

骑上枣红马哟勤走勤练,
希望它变成走马遂我心。
拿定主意找个三百六十天,
和更美丽的姑娘结成亲。

这样的哨兵是没有用的,就是过去一个团人也听不见,侦察连很快把他们俘虏了。完达尔夫连长用驳壳枪逼着审问,被俘虏的哨兵同样供认:蒙古军第一师的主力部队都进驻王府市内外城和周围防御工事了,这里只有扎萨嘎大少爷带领的第三团,他们离开大队人马在这一带寻找高娃小姐和另外的女大学生,打算抢过来,却怎么也找不见,损失很大,差不多伤亡了一连人,他们不准备常驻汗庙,明天也要进王府市外城。

“什么女大学生?”完达尔夫生气地问道。

被俘虏的哨兵嬉皮笑脸地回答道:“叫琪琪格的美人儿,是A城农学院高才生。没有想到她还是共产党大干部,在这儿当着旗长,戒备森严,保护严密,不易下手!”

完达尔夫和政治指导员、副连长小声商量了几句,走过来喝问:“你们在这个汗庙还有多少兵力?老实交代,立功赦罪!”

“是,长官,不敢隐瞒,我们团是三三制编制,损失了将近一个连人,这里还有团部和两个连的人,千真万确,请长官宽大处理。”

“团长是由扎萨嘎兼任吗?”

“不,扎萨嘎大少爷是不带兵的,他是我们蒙古军联合谍报队长,搞秘密情报,是特务头子,神通广大,行踪不定。”

“你知道他现在的住处吗?”

“知道。”

“很好,你要立功赦罪,前面带路。射人先射马,擒贼先擒王,我们只要抓住这个军统特务女人陈蔓莉生的小子就好办了,他是哲别参谋长的独生子,实际可能是莫尔根军长的私生子!”侦察连连长完达尔夫终于下了决心,一边向团部报告,准备来个奇袭。

快到汗庙大院了,个子小一点的俘虏动作很灵活,突然跳进一堵砖墙内,一边跑着鬼哭狼嚎般叫唤起来:“弟兄们,不好了,共军独立骑兵团来啦!”寺院中蒙古军第一师三团是有准备的,自动武器响成一片,火力很猛。这个逃跑的小个子俘虏是老兵油子,狡猾地利用地形地物,避开从两面打过来的密集的火力,到了寺院,来不及等待打开大门,从流水沟里钻进去,径自到了扎萨嘎等人的寓所,还是继续叫唤道:“三团长,联合谍报队长,大事不好,共军独立骑兵团来啦,就要打进汗庙大院!”

扎萨嘎少爷面容憔悴,出神地想着那个对他毫无情义的女大学生琪琪格,好像什么也没有听见。

三团团长却感觉敏锐,目不转睛地注视着这个老兵油子,傲慢地说:“你呀,丢尽了我们蒙古军人的脸啦,遇到小小的民兵队就如此惊慌失措,搧你嘴巴子咋样?”

站在扎萨嘎身旁的一个穿戴整齐的副官就是邓志刚,现在化名改姓叫白玉堂,蒙古名字叫哈斯格尔,早在去年他就打进蒙古军联合谍报队,已经取得了扎萨嘎的信任,并站稳脚跟,被任命为副队长。这时用纯熟的蒙古话,很有派头地说:“还是到寺院墙上看看吧,耳听为虚,眼见为实,观察一下就知道了,走!”

“团长啊!”小个子上士班长被俘虏逃跑出来以后,在上司面前假充英雄了,挺胸凸肚地说:“要是民兵队的话,我一个人就能对付过来了,不是,穿着草绿色军装,是正规主力部队,是这里的共军独立骑兵团。”

三团团长脸上的刀疤抽动了一下,再也沉不住气了,领着这个害单思病的联合谍报队长和副官白玉堂,到汗庙砖墙边儿观察了一会儿,扎萨嘎默默地吟诵起一首古诗来:

去年今日此门中,
人面桃花相映红。
人面不知何处去,
桃花依旧笑春风。

三团团长在黑暗中猛地转过身,很生气地说:“贵公子,大少爷,这是什么时候呀,你还哼哼唧唧地想着那个共产党旗长。听说你祖父、母亲遇害和她有直接关系,她还打伤过你本人。她父亲被刺杀和我们有很大牵连,血海深仇,能搞到一起么,糊涂,愚蠢!”

衣冠楚楚的副官白玉堂却不把这当回事,扬声笑了,解围道:“英雄气短,儿女情长嘛,年轻人免不了的。我看,三十六计,走为上策,退吧!”

联合谍报队长扎萨嘎从牙缝里迸出仇恨的字眼:“无毒非丈夫,报复是上策。花君,我固然搞不到手,也不叫哈尔巴拉夺过去,有他们叫苦连天的时间,哼!”

三团团长立即下了命令,放弃这个孤立的汗庙连夜撤退。这时候,蒙古军一、二师这两股反动骑兵已经同流合污了，日本投降后他们分在两个地区参加反人民内战，长达五年之久，至此由分而合，会在一起自以为得计，在王府市内外城加紧修理城墙、坑道、炮楼和碉堡等各种工事，一边出外抢劫屠宰大小牲畜。

副军长兼第一师师长莽斯是个凶神恶煞一样丑陋的家伙，对着晚到的三团团长大发脾气道："肏妈人家的小子，行动迟缓，贻误战机，带着一个大团连两个女人都抢不过来，还丢了差不多一个连人马，搅乱了我们蒙古军的布防。总而言之，第一师算倒了血霉了，二团发生了五个士官集体自杀事件，影响恶劣，对部队情绪极为有害！"

"怎么回事？是不是二团团长、连长虐待了他们？如实报告，不许掺半点假，要是情节严重，我罚你们二团当官的，撤职查办，送军事法庭判刑蹲黑屋子，绝不心慈手软，再有战功也不行。"莫尔根正为妹妹的事发愁，现在更生气了。

二团团长并不慌张，平心静气地说："报告军座，这五个下级士官之死和本团没有任何关系，都是自发原因造成的，他们都是科尔沁蒙古人，年龄二十出头三十不到，都立过战功，冲锋陷阵负了伤有了残疾，对蒙古军的前途悲观失望，又回不了故乡，家里不是牧主恶霸，就是地主土豪，亲属中有人被当地群众斗争死了，他们本人也有血债，真是上天无路入地没门，在绝境中集体自杀了，有人听见他们反复唱一首科尔沁民歌，唱了哭，哭了唱，一直到死，歌词大意是：

玉石嘴的杆子把烟叶装，
点给亲爱的哥哥情意长。
昨夜晚梦中的故事说不完，
听我从头到尾细细对你讲……"

"这，就这点，其中有何讲究？"莫尔根军长是大人物，不屑关心注意这些细微小事，有点迷惑。

二团团长黯然神伤，哽咽着声音说："报告军座，这五个下级士官在故乡科尔沁都是有老婆的，那些女人的说话方式和这首歌词差不多，无疑是勾起了伤心的回忆，再也见不着她们了，以死解脱！"

会场一片寂静，谁也不说话，有的唉声叹气，有的竟流下了眼泪。

打破这种难堪的沉默的是最后进城的三团团长，麻木不仁，无动于衷，拄着沉重弯曲的军刀疲倦地站着叹了一口气，对上司们诉苦道："唉，好了，从大东边跑到这里，走了多少里地呀，不停地走呀，走呀，马蹄充了血，屁股在鞍子上磨出了茧子，喇嘛！"

一团团长点头表示同意，但是又说道："不走是好，不过，这么多人吃马喂的，唉……"

"旧曲听来犹有恨，故园旧去却无家，这是悲剧呀，现实社会中悲剧多得不计其数，乱世浩劫，唉！"莫尔根从沉重的伤感情绪中恢复过来，点了一支烟在地上走来走去，漆皮长筒靴上的刺马针铿锵响着，傲慢地说："嘿嘿，弟兄们，你们呀，只知其一，不知其二，现在全国各大战场上共军主力节节胜利，逐渐逼进；共军内蒙古骑兵五个师也在各个盟旗反复扫荡，情况危急，形势恶化。不过，这是单方面的，需要从两方面看。国民党嫡系部队不是那么好消灭的，他们正采取对策收缩兵力，这些硬骨头够啃个两三年的。各盟旗地方武装势力也不是那么好消灭的，打起麻雀战来逮不住抓不着，也够零打碎敲两三年的，共军鞭长莫及，一时顾不上我们。在这期间第三次世界大战很有可能突然爆发，那真是好时光，何况我们对此早有准备，有国外支援，这不是一般的稀松平常的辅助力量,而是扭转乾坤的决定性的力量。和我们志同道合肯于帮助的第一是美国,他们主张三蒙统一;第二是蒙古国,他们同样也希望三蒙统一。在这两个国家我们都有人活动,经常通风报信。特别是蒙古国,同祖同宗同语同文,应该是一家人,义不容辞,地理环境条件也最好,近在咫尺,一步可跨进门槛,太好了。敌人只有一个独立骑兵团,他们在军事上比我们弱,哈尔巴拉等人乃我手下败将,不足为虑,他们在经济上也比我们弱,人吃的可以运输,那么多军马的饲草饲料可拉不过来,一句话,他们的日子更不好过了,怕什么。在这种不利又有利的形势下,我们还得对B市的醋罐子、A城的莜面口袋飞眼吊膀,勾勾搭搭,哈哈,露水夫妻的关系还要对付着维持下去。当然,我们之间的关系说透了就是互相利用。过去所以达成协议,我们是经费困难,想利用国民党嫡系东西线部队救济。他们是防务紧张,想利用我们蒙古军增强兵力,这种一时的利害结合还得想法维持下去。另一方面更主要的是抓紧搞复兴大业。王府市地处伊和塔拉草原腹地,背靠腾格里山屏障,南临达赖河天堑,是铁路公路大干线的枢纽,战略后勤供应线联结点,且层层设防,固若金汤,成了逐鹿草原的军事重地。今日万幸,我们蒙古军单独占有了它,虎踞龙盘,叱咤风云,此其时也!"

"蒙古复兴大业吵吵多年了,没有多少进展,现在咋搞呀?"新到的第一师二团团长感到索然无味,不太情愿地说。

副军长兼任第一师长的莽斯,这些日子鞍马劳顿太疲倦了,正半躺在沙发上闭目养神,听了这话睁开了眼睛。所谓职业军人靠简短的命令,他的话一向是不多的,吼道:"过去我们蒙旗有志之士,梦寐以求的就是高度自治,却被国民党嫡系部队和军统稽查处捆住了手脚。现在他们鸟兽散矣,而我们蒙古军两个师六个团人马并没有伤筋动骨,胜利靠拢在一起,如鱼得水,千载难逢,机不可失,时不再来,要抓紧行动。这些事,哲别参谋长的公子最清楚,就请他谈谈。"

扎萨嘎的情绪现在有所好转,在莫尔根、莽斯、哲别三人的怂恿下,向这些所谓高级军官们交了一部分底,说道:"我们蒙古军部和第二师忍辱负重,固守王府市内外城多年,这次第一师脱离C镇战场千里迢迢西行,事非偶然,莫尔根王爷他老人家准备邀请各盟旗军政要人,就在我们这里搞蒙古复兴大业。经过多次密谈,全体一致同意成立政府,但是实不相瞒,名称上没有最后定下来,争议颇大,蒙古政府、蒙古自治政府、内蒙古自治政府、西蒙自治政府、蒙古军政府,众说纷纭,总之要实现高度自治。莫王在南京、广州的旧部也来了很多人,文武相济,势力很大,现在已经成立了筹备委员会,正在着手进行以下五项工作:第一,草拟呈请国民政府行政院和蒙藏委员会批准成立蒙古政府电文;第二,草拟各旗出席蒙古人民大会的代表名额;第三,草拟蒙古政府组织法;第四,草拟成立蒙古政府宣言;第五,打通王府市和B市之间的小土公路。"

哲别接着板着脸下命令道:"我们现在是两个骑兵师六个团人马了,嗯,名副其实的蒙古军,当前最主要的任务是重新打开小土公路,确保王府市的后勤供应!"

莽斯也站起来大声补充道:"立即准备行动,第一,加强加固王府市内外城和周围的防御工事;第二,打开西面交通路线,恢复后勤供应,铁路公路大干线修不了,小土公路总可以吧!"

蒙古军的所谓高级军官们,心里还是很不托底,有的放肆地咕噜道:"牲畜遍草原,奶酒满银碗的好日子,可能是再也回不来啦。国民党政府是不是能批准,不好说,就是批准了又有什么用,他们就像陷在达赖河泥滩中的瘦马,散落在腾格里山岩石上的破车,自身都很难保呀,唉!"

最近被提拔的"神枪手",为了讨好莫尔根、莽斯、哲别等头目,唱高调大吹特吹起来:"太悲观了，太悲观了，情绪消沉，一落千丈，大可不必，同时也不符合事实呀，谁都看得清清楚楚，王府市西面广大农村牧区，千里迢迢，全都可以成为我们蒙古军的势力范围。共军所谓的特别加强的主力部队独立骑兵团，使出浑身招数也永远控制不了西半天。运输粮食物资，放牧军马牲畜，征收牛羊柴草，随我所便，谁都奈何不了，嘿嘿，可以说是风景这边独好。将来更好，等到第三次世界大战爆发，由点到面，一呼百应，乾坤扭转，整个内外蒙古、布里亚特蒙古，全是我们的，叱咤风云，此其时也，嘿嘿！"

莫尔根军长面显不悦之色，不以为然地摇了摇头。他认为新提拔的"神枪手"官小地位低，在这里高谈阔论教训别人是很不合适的，实在是讨厌，但是考虑到这个忠诚保镖者的面子，没有责备给予难堪。只是和联合谍报队长扎萨嘎小声商量了几句，教训道："避免走极端，不要忽左忽右，过于悲观和过于乐观都是很有害的。要牢记圣祖成吉思汗的伟大教导：蒙古，蒙古，就是不偏不倚，永远走中庸之道，切莫倒行逆施。我们这是蒙古军团以上高级军官会议，不必故弄玄虚过于保密，可以交底而且应该交底。实话实说，这些年来西半天并不太平，并不安全呀，'好汉'阿拉、'没耳朵'李小的土匪绺子一直是干扰、破坏、捣乱，招降又不干，简直是喂不熟的野狼。当时我们蒙古军第一师受了蒋介石分而治之的害，被排挤到遥远的地方，困守王府市的军部和第二师不仅势孤力单，又和国民党嫡系军统稽查处、'虎威'六十三团、'鹰扬'十团起矛盾、闹纠纷，搞摩擦，无心也无力肃清这些土匪。现在形势完全不同了，我们蒙古军一、二师六个团大会师大团圆，单独占领了重重设防的王府市，固若金汤，坚如磐石，真正成了复兴基地。为了生存和发展的需要，必须保证西面的小土公路畅通无阻。那是生命线，有了它就能争取到西面半边天物资供应。因此军部要求采取迅雷不及掩耳的神速行动，以泰山压顶的绝对优势，一周之内全部、彻底、干净地消灭'好汉'阿拉，'没耳朵'李小的土匪绺子！"

副军长兼第一师师长莽斯，新来乍到，不了解这边的具体情况，大咧咧地笑道："我们蒙古军一、二师六个团打一股土匪、马贼、红胡子，简直不费吹灰之力，这不是吹牛，千真万确，但是他们不会等着挨揍的，善于溜之乎也，逃之夭夭，这如何是好？"

联合谍报队长扎萨嘎闻言，面显喜色，凑过去附耳窃窃私语。

莽斯大喜，连连夸奖，赞不绝口："好小子，有办法，有远见，提前布置好了，不赖，真正不赖，名副其实的大特务。"

蒙古军又开始行动了，一九四八年底，终于斩尽杀绝了"好汉"阿拉、"没耳朵"李小的土匪队伍，接着又打开了通往国民党统治区 B 市的小土公路。这样，莫尔根和他的左膀右臂莽斯、哲别等人更起劲地准备成立蒙古军政府。他们一、二师六个团的上述行动虽然微不足道，但是自认为是个了不起的胜利，吹嘘说什么有重大的战略和战术意义，人吃马喂的都能解决，王府市西面广大农村牧区可以征收牲畜、粮食和草料，不能弃城逃跑了，更不能变成饿殍。为了庆祝这一系列的"丰功伟绩"，莫尔根军长下令慰劳七天，大块肉大碗酒招待这些丘八们，如此还不罢休，给士兵们都发了足够的钱，在王府市外城"军中乐园"去嫖娼。

大灾大难临头了，争着发泄性欲的蒙古军士兵们，歪戴着钢盔，斜背着大枪排队等待轮到自己。他们手脚不老实，拉拉扯扯，嘴里也不干净，嘻嘻哈哈笑着哼哼："嘎扎玲"一类淫秽小调，讲低级下流故事。排队等待时间长了，很多士兵不耐烦，开始发牢骚，骂骂咧咧："莫尔根、莽斯、哲别三个头头，就知道当官做老爷，别的什么都不会，把好事办坏了，办糟了。王府市外城缺这少那，妓院却多了，大街中巷小胡同到处都有，还有数不清的暗娼，大撒手随便逛窑子不就得了，非要到这个指定的妓院排长队等待，烦死了！"

"肏妈人家的小子，要戏逗弄我们小兵！"

"肏他妈的，规矩太多了，连这个嫖妓都定下了条条框框，真是饱汉不知饥汉苦！"

在这乱七八糟时刻，随着一片喧哗和几声吆喝，十多个兵痞前拥后护着一个五大三粗的壮汉进来了。这是蒙古军中官兵皆知、名声在外的"特仑巴特尔"阿尔斯朗，少年时期就善于骑射，打伤了东北军副帅吴俊升，名声大噪，传遍内外蒙古。青年时期参加诺门坎战争，曾经单骑突围救出身负重伤、濒临死亡的莫尔根军长。从此好风凭借力，送我上青天，这位军阀竟不顾身份地位和阿尔斯朗破指饮血成了叩头拜把的结义兄弟。这是一个传奇式的转折点，阿尔斯朗应该走上飞黄腾达的道路，但是他这个人千奇百怪，任命他当蒙古军部警卫连长他不干，给他说好了千娇百媚的女子他不娶，大把花着额外发放的超指标特殊津贴费，过起了大吃二喝狂嫖滥赌的糜烂生活，自称是伊和塔拉大草原上的"甩袖自在王"。别看他平常吊儿郎当，打起仗来却来了精神，在最近一次战斗中又是这个家伙远距离骑马驰骋射击，一枪把土匪队伍的二当家"没耳朵"李小打下马来，大出风头。现在进了这个妓院对谁也瞧不起，旁若无人大呼小叫："窑子的老鸨在哪儿？快出来伺候老子，别磨蹭，快点！"

那个排长模样的家伙是维持这里秩序的，刚刚出来教训两句，就挨了一个很响亮的耳光，鼻子和嘴里冒出了鲜血，呐喊助威的兵痞们上去又一顿拳脚，把他打趴下了。在排队等候的丘八们呐喊和哄笑声中，阿尔斯朗越发洋洋得意，一把拽住了迈着莲花碎步慢慢走出来的鸨母，哈哈大笑道："老子每回都这样，不喜欢未开苞的黄花大闺女，一点味道都没有，我就喜欢你，哼哼声音好听，越听越喜欢，浑身又麻又酥，嘿嘿！"

常言说得好：乐极生悲。正在蒙古军一、二师六个团打通了西面的小土公路，自以为得计，高兴得胡作非为的时候，忧患意识颇为严重的莫尔根军长并没有跟着手下官兵瞎高兴，老是放心不下，从反面调查研究着不利事项，就是一件微不足道的小事也不放过，仔细考虑解决。

这一天，根据他的指示出外搞情报活动的联合谍报队长扎萨嘎，急急忙忙前来报告道："军座，出事了！"

这位王爷在短暂的片刻联想到了很多方面的军机大事，脸色变严肃了，但是对这个心爱的私生子却发不出脾气来，喜欢地看着他问道："何事如此惊慌不安？"

扎萨嘎立正站着继续报告："就在这次消灭'好汉'阿拉、'没耳朵'李小、打通西面小土公路等战斗中，新来的第一师二团中的一个连的科尔沁蒙古兵，在他们连长的带领下，没有政治头脑，横冲直闯地入侵蒙古国境内一百多里地，把他们近千匹马赶出来了，实际上就是抢劫和掠夺。在广阔无垠的伊和塔拉大草原上，没有明确地界标志，你我不分是常有的事，不足为怪，但是在蒙古国的边防军大批出动并且开枪射击的时候，没有把马群放弃反而强行赶出来，同时猛烈反击，这是明知故犯，不可原谅，简直是违犯和破坏了军座三方外交的战略战术，误了大事啦，这如何补救才好？"

莫尔根闻言大惊："双方打起来了，伤亡情况怎么样？"

"打起来了，蒙古国边防军还出动了俄式 T34 中型坦克、装甲机械化骑兵，规模不小哩，但是没有伤亡，我方利用马群掩护只顾逃跑，蒙古国边防军方面也怕伤着马群，没敢着实打，想活捉俘虏没有得逞，双方蒙古兵基本平安无事，不幸中的万幸，实乃天助神佑！”

莫尔根生气了，喝问：“那么多的蒙古马现在在哪儿？”

“在城西郊区放牧，一、二师六个团官兵都很高兴，叫嚷着准备要杀马吃肉，一师二团的科尔沁蒙古兵连长，就是那个要提拔成副团长的人，高兴过了头，说这就向军座提出要求，动用94、92式坦克，抢回来更多的马匹，杀着吃！”

莫尔根暴跳如雷，大叫大嚷：“你去传达我的命令，一匹也不许杀，二团负责送回马群，赔礼道歉，补偿损失，请求原谅，将来我们走投无路，要到蒙古国去避难，这一生机不能掐断。把那个科尔沁人的连长职务撤下来，提拔当副团长更是不可能，这种既不懂战略又不懂战术的人，怎么能当军官？一味蛮干，想用94、92型日式坦克打T34型俄式坦克，简直是以卵击石，自取灭亡，撤他的职，罢他的官！”

第五十七回　一百零八喽啰斩尽杀绝　光棍单骑匪首酗酒闹事

一九四八年春节前，单独占有王府市内外城的蒙古军一、二师六个团人马，大吹特吹，狂妄地宣称这一带已经成为他们的天下，就要变成王道乐土，这样积极出动，不仅驱赶民夫抢修通往B市的小土公路，还大小扫荡作战频繁交加，肃清了扰乱西面社会治安的各种土匪绺子，气势汹汹，特别卖力气。几个月以来，被蒙古军彻底消灭的“红胡子”队伍中，就有“好汉”阿拉、“没耳朵”李小的大帮，这一百零八人全被斩尽杀绝，只有贼首阿拉一人单独突围逃脱成功。他这回尝够了苦头，蒙古军人多势众，武器精良，还出动了坦克掩护骑兵冲锋，雷霆万钧之力。逃出来以后怕被多层包围遇害，过小年那天拂晓，这才狼狈不堪地偷偷窜回伊和塔拉大草原西部的家里。他本来的蒙古名字也许叫阿拉坦杭盖，或者是阿拉达尔图、阿拉坦巴干，因为这是蒙汉族混杂的土匪队伍，有些汉人叫不上来也记不全，就简称阿拉了。这大大走了意思，好像他生来就嗜杀成性，见谁杀谁。这是很不准确的，其实他是被日本关东军美津骑兵师团，蒙古军一、二师和国民党嫡系东西线部队逼上梁山的。造反了以后，出自好意，对其所属烧香叩过头、破指饮血起过誓的蒙汉族喽啰们，严令七不抢八不夺五不准，并且宣称对“开锥”奸淫妇女者杀勿赦。但是带匪如带狼，狼行千里总是吃肉的，不可能吃素。这个蒙古族马贼和汉族红胡子同流合污的土匪队伍，阳奉阴违，背着他为非做歹，行凶作恶，奸淫抢劫，破坏得一塌糊涂，引起很大的民愤，这是他彻底失败的最主要的原因。阿拉以前活动在王府市西部地区，他充分利用共军独立骑兵团，蒙古军一、二师，日本关东军美津骑兵师团，国民党嫡系东西线部队四方面连续不断的矛盾，摩擦和纠纷，钻空子找漏洞，什么都不怕，他知道他们顾不上打。今非昔比，现在情况大变了样，从根本上扭转过来了，日本关东军美津骑兵师团完了，国民党嫡系东西线部队主力“虎威”六十三团和“鹰扬”十团也完了，但是对阿拉的威胁不仅没有减轻，反而与日俱增。跑到王府市东部，共军特别加强的主力部队独立骑兵团穷追猛打，简直不能生存，只好回到老地方王府市西部活动，却没有想到蒙古军也大大加强了，一、二师六个团人都集中在一起，攥成了拳头，战斗力强，明察暗访的本事也厉害，刺探情报无孔不入，吓人哪，这次就是被蒙古军彻底打垮了，自己成了光棍一条。现在倒霉透了，就是偷偷摸摸回来也不成，他的乘骑并不知道保密，所谓老马识途，到了村边便动了怀旧的感情，掀蹄喷鼻突唇仰天发出长嘶，这就是蒙古草原上有名的马啸，此时此刻显得悲凉极了。这一带是蒙汉族杂居的半农半牧区，住的都是土坯房。刚进院门，他的年轻漂亮的妻子彩娜扭动着大屁股，迈着好看的莲花碎步出来迎接，把马牵过去拴到桩子上。彩娜的父亲在这里当私塾先生多年，也算书香人家，她本人颇通文墨，很有大家闺秀风度。现在，她的迷人的杏眼敏锐得很哩，在黎明前的黑暗中还能看清并且判断出：丈夫打了败仗啦，枣红色高头大马的尾巴被炮弹削掉了半截，古铜色蒙古袍前摆也被烧毁，还被打透了几个弹孔。

阿拉虽然如此狼狈,但是他是亡命之徒,从来就是把脑袋掖在裤腰带上,走南闯北,一直是不知道什么是发愁,假设把他绑赴刑场枪毙,路上也能够说三道四讲笑话,何况现在。所谓新婚不如久别,又道是憋得够呛,每逢他回家来,他顾不上抽烟、喝茶、饮酒、吃肉,也顾不上唠唠家常,首先第一个就是动手动脚,把年轻漂亮的妻子彩娜按倒在炕上,脱衣解带扒裤子,迫不及待地干那事,不管是大白天也是如此,连门窗也懒得关严实,因为院内拴着那匹枣红色高头大马,知道“好汉”阿拉回家来了,谁也不敢冒冒失失闯进来。

现在,阿拉对彩娜扭动的大屁股盯了一会儿,冲动起来,都没有来得及说话,从后面猛地抱住了她。这个土匪头子的胳膊强劲有力,一下把她扳过来,就像上了铁箍一样使她喘不过气来。阿拉紧接着抽出一只手来,差不多同时完成好几个动作,彩娜却大反常态,悄悄媚笑道:“阿拉,别着急,这回我们换换姿态,调调口味,别老是你上我下的!”

她说的是假话,真实意图并不在此,是为了保胎,但是阿拉完全信了。他在情急之中又没有发现,彩娜并没有表现出性饥饿的女人久旱逢雨的贪婪样子,平常自然,应付差事般哄着这个土匪“大当家”。

日出时候,阿拉坐在滚热的炕上喝烧酒吃饺子。多年以来他曾经习惯和满足于这种家庭团圆方式,只要和如花似玉的彩娜睡上一觉,喝烧酒吃饺子,过去可怕的出生入死的经历全部都能忘掉。这回可不能了,精神十分紧张,全身肌肉显得硬绷绷的,始终松弛不下来。半个月以前,在八百里腾格里山魔峡嘴的战斗中,他的一百零八人的土匪绺子,全被蒙古军派出来的所谓剿匪部队突然包围,一举歼灭了,除他本人以外无一幸存。使他念念不忘的是二当家“没耳朵”李小,身负重伤掉下马来快要咽气的时候,仍然甩着驳壳枪掩护他突围。最后只剩下阿拉一个人了,他使出了绝招“回马枪”,把枣红色高头大马的马头一拨就往外冲,单跨镫,整个身子向马肚皮底下隐去,好像中弹掉下去一样。其实这叫镫里藏身,也叫诈死法。在这同时,两把最新式的德国制二十响驳壳枪往后伸出来,简直像机关枪一样哗哗响,响成一片,而且持久连续不断。原来他能贴在马肚皮底下用两手往两把枪膛同时上四十颗子弹,然后往两条大腿上一抹两把枪都顶上火,他就这样左右开弓终于杀出了一条血路。但是话又说回来,他的枪法、骑术再好,没有李小的阻击掩护他是脱离不了险境的,全靠二当家舍身相救呀。这个李小虽然是汉人,对蒙古族喽啰们却真够意思,是能为朋友两肋插刀的铁哥们。现在回想着和他的交情,揪心撕肝一样难受。阿拉本来是傲气十足,对谁都瞧不起,佩服的只有一个李小,他经常啧啧夸奖:“二当家是真正的男子汉大丈夫,完全像关云长一样能刮骨疗毒。”原来,李小还没有和阿拉合股以前,有一次单帮在八百里腾格里山鬼谷口,和日本关东军美津骑兵师团打遭遇战,败惨了,万般无奈躺在尸体堆里装死。日军官兵割下耳朵统计战果,记功评奖。李小不喘气不吭声不动弹,硬挺着过来了。以后虽然缺了双耳,丑陋不堪,模样吓人,伊和塔拉大草原的绿林豪杰们却人人称赞,个个惊奇,名声大噪。现在这样的英雄好汉都没有了,说明气数已尽命该如此,在劫难逃呀,从此一蹶不振,连一个保险的藏身之地都找不见,草木皆兵,躲在家里也心惊肉跳的。唉,王府市东、南、北三面是共军特别加强的主力部队独立骑兵团根据地,西面是蒙古军一、二师六个团的势力范围。共军和蒙古军虽然势不两立,追剿阿拉这一点上却是一致的,死追硬打,刻不容缓。现在他们眼皮底下恐怕再也闹腾不起来了。

阿拉越想越沮丧,情绪更低落,精神差不多要完全崩溃了。炕头热,坐在厚实的黑山羊皮褥子上还有些烙屁股，但是这个从冰天雪地中连滚带爬过来的人并不挪地方，喝得更来劲，半斤装的大锡壶灌满四回又要底朝天尥蹶子，一醉解千愁嘛，但是他再喝也消除不了苦闷，心里憋气又窝火，烦躁透了。实在没招儿，最后豁出去了，暗暗骂自己道：你是有名的土匪头子“好汉”，阿拉脑袋早就掖在裤腰带上了，大不了就是个死，有什么可怕的，屌样，说出去叫人笑话！

咣！院门开了，走进来一个穿绛红色没有领的袍子的青年喇嘛。他是本村人，原来的名字就叫小喇嘛。过去黄派喇嘛教在蒙古草原上传布盛行，差不多家家都有当喇嘛的，如果有两个儿子，二子必然送到庙上，因此有的生下来就起了这个名字。他就是这样的，从小到汗庙给达尔罕大喇嘛当徒弟，蒙古话叫“沙比”。他生得眉清目秀，唇红齿白，可以称为美男子。因为年轻，又活泼伶俐，僧俗群众都很喜欢他。

阿拉是很有名的土匪头子，懂得“兔子不吃窝边草”这个规矩，对本村和附近的蒙汉族老乡是客气的，何况这是一个屯子的人，又是近邻，平常虽然没有来往，礼让是个正理。要是在以前，一定把小喇嘛请过来喝酒吃饺子，唠唠家常。但是现在却完全不一样，他心里突然起了疙瘩，脑子里一团疑问，排除不开。就在他们被蒙古军出来剿匪的部队包围歼灭前一天，这个小喇嘛在附近出现过，鬼鬼祟祟，慌慌张张，当时他以为是小喇嘛怕土匪。想错了，小喇嘛是汗庙的达尔罕大喇嘛的徒弟，他们和蒙古军有千丝万缕的联系，是不是这里有什么不可告人的勾当？这个还没有得到答案，节外生枝，又发现了奇怪的使他怀疑的事：小喇嘛走进院里快要绕过右边柳条柴堆，却突然站住了，睁大眼睛看着拴在槽边正在吃草料的枣红色高头大马，吃了一惊，接着又很紧张地打量起三间房的门窗。现在快到小晌了，太阳直直地照进来，阿拉粗中有细，这方面颇有智谋，心中也是一惊，及时地从西屋炕上向中屋地下仔细观察，分明清清楚楚地看见刷得粉白的墙壁上反映出来的妻子彩娜连连摆手的影子。这就完全暴露无遗了，妻子彩娜警告小喇嘛不要进来，丈夫“好汉”阿拉正在家里。果然是那么回事，小喇嘛随后就急忙回身走出院门，简直像小偷一样。

“好汉”阿拉受到了最强烈的冲击，他那壮实得像公牛一样的身体似乎挨了一颗子弹，浑身剧烈地震动了一下，接着发抖。气不打从一处来，粗重地喘着气撂下筷子和酒盅，停止了吃喝，看来有了很大的心事。好像加重这极不愉快的气氛，拴在槽上正在猛吃草料的那匹枣红色的大马，又掀蹄喷鼻突唇仰天发出长嘶，悲凉极了。危险，小喇嘛肯定是蒙古军联合谍报队的特务，又和妻子彩娜勾搭上了，出谋划策，通风报信，一百零八人的绺子毁在他们手里，罪大恶极，可杀不可留。现在又跟踪追击，打他本人的主意。事不宜迟，三十六计走为上策，迅速干掉他们。这样他没有停留片刻，很快骑着马出去了，还是穿那件前摆烧掉又被打透了几个弹孔的古铜色蒙古袍。他虽然年龄不大，当土匪大当家的却已多年，积累了很丰富的经验，平时沉默寡言，老是打盹，有时甚至在马背上打瞌睡，其实这叫假寐，正在盘算阴谋诡计。这次临出门他对妻子彩娜也胡诌了几句，当然是撒了弥天大谎，就连半点真话都没有，说什么自己并不是金盆洗手不干了，而是窥测方向，等待时机，以求一逞。一百零八人的绺子连根毫毛也没掉，只不过是化整为零分散隐蔽罢了，他只要轻轻咳嗽一声就能聚到一起，不费吹灰之力。现在出去就是和密探偷偷碰碰头商量对策，何时才能再回来就很难定了。

伊和塔拉大草原在八百里腾格里山南麓，北风吹不过来，十二月里也是暖融融的。如血的残阳的余晖还没有褪尽，有几只寒鸦不祥地哇哇叫着向村后歪脖子榆树飞去。阿拉心中不断发紧，勒紧缰绳很不安地想心事：喽啰完了，妻子变了，家庭毁了，什么都没有了，唉，人生一世，草木一秋，这些年白白拼命流血牺牲伤筋动骨了，全落了空，为的是啥？他突然回忆起已经死掉的二当家“没耳朵”李小生前念过的一首汉文诗，并且作过讲解，印象颇深，到现在还记着呢：“青史几行姓名，北郊无数荒丘，前人田地后人收，说甚龙争虎斗。”

多么聪明，早就看破了红尘。就是这个二当家的说什么也不娶老婆，追问原因？他引用两句古训答复说：“唯女子与小人难养也”，“蝮蛇嘴里牙，蝎子尾上针，毒不过婊子心。”阿拉当时很纳闷很不理解，现在才完全明白过来了，这些话是对的，实乃至理名言也。

枣红色高头大马颇通人性，一直是放慢了脚步，好像也跟着想心事。黄昏以后阿拉赶到三十里外偏僻的沙窝中的孤零零的车马大店。经营者只有一人，店主兼伙计李大。他就是二当家李小的父亲，头发、胡子、眉毛全白了，颇有老寿星的风度。但是人不可貌相，这老汉表面忠厚慈善，其实是典型的地痞流氓，窝藏土匪的赃物和伤病员，当密探通风报信，老于世故，是个溜奸油滑的家伙。他以前听到过不好的消息，不知真假，以为是谣传。这回那双机警的眼睛看见阿拉的气色很坏，又没有跟着听差，枣红色高头大马的尾巴被炮弹削掉了半截，那蒙古袍的前摆烧毁，又出了几个弹孔。知道大势已去，心里一酸，老泪纵横，顺着脸上蜘蛛网一样的皱纹流着。阿拉长跪痛哭，一句话也没有说。此处无声胜有声，李大全明白了，哽咽着反而安慰道：“我们杀过日本关东军美津骑兵师团，杀过国民党中央军东西线部队，杀过蒙古军一、二师六个团，杀过共军独立骑兵团老八连，够本了。本次失败并非我们无能，盛衰转换，此乃天意也，莫泄气，莫松劲，君子报仇十年不晚，到时候新账老账一起算，算总账！”

李大说话、拴马、添草、加料几乎同时进行，又请阿拉进了为数不多的单间客房，送洗脸水，烧奶子茶，煮荞面条，招待得十分周到。阿拉心事很重，胃口堵得慌，吃小半碗就撂下了，从很结实的褡裢内拿出二十摞银元，共计两千块，上面还放着一只金手镯，一对金戒指。金首饰本来是要送给妻子彩娜的，现在不能了，全部交给这个老汉。

李大哭起来，抖动着很消瘦的肩膀显出伤心的样子，断断续续地说：“六十曰老，七十曰耆，八十曰耋，九十曰耄。我这辈子少年丧父，中年丧妻，耋耄之年没了独生儿子，人生三大不幸全摊上了。现在一个绝后老汉，有金山银山也是没有用的，送给别的死难弟兄们的亲友吧。”

阿拉把宝藏都挖出来了，全数分发，毫无保留，这是最后一笔，差不多强迫李大老汉接受当买棺材费用了。把这些办完，他四仰八叉躺到热炕头上，双手抱着后脑勺瞅着房梁发愣。快到半夜时候他告诉李大不退房，出去要和绿林中朋友接头，看有没有东山再起的希望。

天阴了，风高月黑，他纵马驰骋走回路，不到一个小时又来到了村后歪脖子榆树旁。他虽然多年在外，对老家的地形地物还是熟悉的，摸着黑拴上马，脱下那件毁了前摆的古铜色蒙古袍，扔进附近废弃的枯井里，用石块和沙土埋起来。这样他一身短装打扮更便于徒步行动。人巧不如家伙妙，他伸出大巴掌重新摸了摸插在宽腰带上的两把二十响的驳壳枪和特大号纯钢蒙古刀，有恃无恐舒了一口气。

第五十八回　贪色敛财喇嘛充当特务　山穷水尽贼首杀人灭己

天色更加黑暗,村子里静悄悄地,偶尔有过小年的鞭炮响过后,整个村子好像变成了死人的世界,连一点生气都没有。阿拉是土匪头子,习惯于摸黑夜行,蹑手蹑脚地走着,动静比老鼠出洞还小。这一带是蒙汉杂居的半农半牧区,根据传统的老习惯居住很分散,每户之间相隔差不多半里地,这样环境掩护了他,神不知鬼不觉地偷偷摸摸进了自己家的院子。他从后面墙角豁口子悄悄顺着房屋阴影小心翼翼地走到了窗口蹲下,用舌尖舔湿了糊纸轻轻捅开了窟窿凑过去偷觑。

这两个狗男女正亲嘴、拥抱、抚摸。可以看得出来,在这里彩娜是积极主动的,先是眉目传情,接着动手动脚,老是挑逗撩拨小喇嘛。不知道是咋回事,这个出家人始终是处于被动状态,好像是很劳累很疲倦对此不感兴趣的样子。阿拉看见如此情景怒火中烧,有好几次想冲进去把淫妇奸夫都收拾掉,但是又忍耐住了,杀他们两个人是最容易的,不用动刀动枪,左右两手同时就能掐死,不费吹灰之力。不过等一等也好,从他们谈话中发现蒙古军追踪他的动向。这时候,彩娜变成不要脸的淫荡妇人了。

"好汉"阿拉发呆了,真没有想到自己认为贤惠善良妻子彩娜如此下贱,就像发情的母狗一样。他握紧了特大号钝钢蒙古刀刚想冲进去,理智占了上风又控制住了自己:就是这么回事了,还是晚杀一会儿好,且听听蒙古军的动向,这与自己有最直接的利害关系。使他十分恼怒的是小喇嘛始终不发一言,间或唉声叹气。只有彩娜亢奋异常。

小喇嘛摇摇头表示不太愿意,他可能有什么不祥的预感,只是心事很重地叹了口气。他整理好衣服,上炕坐在当中主人位置上准备吃饭。乌黑发亮的小方桌中间那盏牛油灯的光线暗淡如豆,时明时暗,周围开始陆续摆放很丰富的佳肴。小喇嘛可能是不喝酒,没放那把锡酒壶。饭菜热、炕热、火盆热、屋子热,小喇嘛忍不住终于脱下了那件喇嘛袍,露出了里面崭新洁白的衬衣。可了不得,原来是阿拉抢的脏品,放在家里没有穿过,淫妇竟送给奸夫了,这正是二当家"没耳朵"李小生前引用过的"唯女子与小人难养也"古训的真实写照。阿拉想着怒火中烧,恨不得立刻冲进去。中屋也亮着灯,彩娜的影子走来走去,一阵铁勺碰锅底的声音过后,传出她用忧郁的声调唱的蒙古族民歌:

黄羊膘的小白马儿哟,
千百匹马中能分辨出它的嘶鸣。
梦寐难忘的心上人儿哟,
千百个人中能分辨出你的笑声。

这对狗男女!阿拉又一次怒从心上起,恶向胆边生,虎地站起来准备冲进去。正在这时,彩娜在中屋说话了，声音很甜蜜。阿拉常年在外，并不知道详情，原来彩娜比这出家人大两岁，亲亲热热地说道："小喇嘛你年龄小不懂事，听我的，反正坏了佛门清规戒律，一不做二不休，等半年以后娃娃生下来，交给我娘家，我们远走高飞，到别人找不见的地方去。我给阿拉的信早就准备好了。"

"唉，按着常理来说，等半年以后娃娃生下来再走，夫妻一场也得够意思，对得起人家，有始有终。唉，但是现在不行了，三十六计走为上策，事不宜迟越快越好，拖不得了！"小喇嘛长吁短叹，惊慌不安，撂下碗筷不吃了，其实是吃不下去了。

"为什么？"

"最近发生了一件可怕的事，实在是可怕。"

"什么事这样大惊小怪？"

"说不得，说不得，说出来吓死你，我想着都心惊肉跳，造孽啊，滔天大罪啊，恶有恶报啊，唵吗呢叭咪吽，佛爷保佑。"

彩娜发呆了一会儿，扭动腰肢和臀部，迈着很好看的莲花碎步走进西屋，喜欢地看着这个青年喇嘛。她鬓角上插着一朵红绸花，明眸皓齿，两颊上一对酒窝，伶俐俊俏，真是媚态百生。她也长长地叹了一口气，温柔地说："唉，怎么吃这点？别着急伤了身子，很快就能在一起过日子呀！"

"吃不进去，堵得慌，火烧火燎的，我想喝点奶茶，唉！"小喇嘛愁眉苦脸地躺在黑山羊皮褥子上，继续唉声叹气。

"发愁上火了，我去挤点新鲜牛奶补补你的身体，可怜的。"彩娜在一片唏嘘声中眼圈都红了，噙着泪花说着走出来。中屋响起奶桶的咣当声，阿拉急忙躲进房屋的阴影中隐藏起来了。

彩娜提着奶桶出了院子向东走了。不大一会儿，东面几百米远的地方传来牛圈栅栏门的开关声。

阿拉怒不可遏地冲进去，速度很快，像一团黑旋风。这个青年喇嘛本来心虚，突然看见彩娜的丈夫——名声在外的土匪头子"好汉"阿拉，立刻吓得张嘴结舌说不出话来了，真是冤家路窄呀。仇人相见分外眼红，阿拉抓住那件崭新的衬衣领口，嗤地扯破了一大块，接着把小喇嘛粗暴地提起来。他的手太有劲了，简直像老鹰逮小鸡。大黑脸气得都歪扭了，用血淋淋的脏话破口大骂："秃驴，你当上了蒙古军联合谍报队的密探，把我们卖了，一百零八条人命呀！这还不撒手，色胆包天，这不是太岁头上动土，自己找死吗？看来你是活够了！"

小喇嘛心虚力亏，十分惶恐，身子使劲往后缩，同时伸出手来掰阿拉抓住自己领口的手，岂知那手就像铁箍一样结实。挣扎之间，小喇嘛的佩在腰带上的牛皮褡裢沉甸甸地往下坠。阿拉发现后伸手搜出一根金条来。这好比火上加油，阿拉心中又是一阵翻腾，哼，这是出卖他们绺子得到的奖金呀，铁证如山，罪该万死。阿拉要动手杀人了，但是没有抽出二十响驳壳枪，怕动静太大，而是握紧那把特大号纯钢蒙古刀，恶狠狠地向小喇嘛心脏部位捅去。这个年轻的出家人怪腔怪调惨叫了一声，翻了白眼，嘴里吐出了鲜血，双手一撒就耷拉了脑袋。阿拉还不解恨，用蒙古刀剜了两下，随后就像甩羊羔一样扔在炕席上。他倾听着外面的动静，村子当中好像人群喧哗，还有马蹄声，他先是一惊，接着呸地吐了口唾沫，把蒙古刀上的血迹在铺盖上擦了擦，重新插到马靴筒里，最后收起这根金条，又扯过一条被子把小喇嘛从头盖个严实，悄悄离开了。

阿拉在外躲了整整六天。第七天傍晚以后，也就是一九四八年除夕黄昏时候，他骑着那匹枣红色高头大马又回来了，这个死人堆里爬出来的土匪大当家胆大包天，杀了人也装着没事的样子，在村子东头特意下马，悠闲自在地慢步走。在一间俗称“马架子”的低矮简陋的土房子前，看见很多蒙汉族老乡聚拢在一起，神秘诡诈地交头接耳，他走过去又假装糊涂高声大嚷：“你们唠啥呢？”

人们吃了一惊，其中一个驼背老汉稍微伸直了腰，眯着昏花的眼睛仔细端详了一阵，这才迟疑着说：“唔，是顶天立地的英雄好汉阿拉，回来探家？外面风声不好呀，听说你们……唉，不说了，不说了，唠本村的事，世风日下，怪异多端，汗庙的长得很漂亮的小喇嘛突然失踪了，七天没有回汗庙，也没有到家，两下都在寻找，唉！”

阿拉发了一怔，他怕的不是小喇嘛之死成为话题，而是想到自己土匪绺子被斩尽杀绝的事，家喻户晓人人皆知，真是好事不出门恶事传千里。墙倒众人推，在这个乱世中势利眼的小人多如牛毛，他已经成了猎场上被重重包围的豺狼，凶多吉少呀。但是他声色不露，又假装出十分同情失踪者的样子，岔开话题，唉声叹气道：“小喇嘛身体单薄，手无寸铁，是不是在路上被豺狼咬死叼走了？八百里腾格里山中窟窿多，有三种狭猔呀，成群结队，出来祸害人和牲畜，危险！”

彩娜在家里忙着什么，换上了一件旧蒙古袍，看见阿拉回来，表现出很感意外的样子，愣了好几秒钟，这才恢复过来，扭动腰肢和屁股迈着很好看的莲花碎步，很快出来迎接，把枣红色高头大马牵过去拴在石桩上。根据不可更改的老规矩也不卸鞍，只是松了松肚带透透风，槽里添草加料，最后进来招待丈夫。

阿拉这回横下一条心，拿定主意要收拾掉忘恩负义的妻子彩娜，然后远走高飞，所以毫无牵挂，狼吞虎咽地吃饺子喝烧酒，接着干了几大碗凉奶茶，四仰八叉躺在热炕头上，说自己东奔西跑累得很，要好好睡几天解解乏。就这样呼噜呼噜鼾声如雷。醒了以后擦那两把二十响驳壳枪，之后炒黄豆喂马。三十六计走为上策，准备随时逃跑。有时他用异样的眼光看彩娜，好像是想起了她对自己的种种好处，但是看了一会儿，心中一阵翻腾，眉毛竖立起来直插鬓角。

彩娜很平静，脸色一点变化都没有，好像什么事也没有发生过。对阿拉连正眼都不看，只是忙里忙外，添柴煮肉。

睡够了觉，阿拉在院里房前房后蹓跶了一会儿进来了。彩娜又把乌黑发亮的方形小桌放在炕中央，铜盘里盛着大块肥羊肉，锡酒壶中装满烈性老白干。阿拉开始很冷静，不动声色，第二次大吃二喝了一阵，有了几分酒意，开始发作了，嘴角挂着冷笑挑衅地问道：“听说我们这里的小喇嘛丢了。”

“嗯！”彩娜转过脸去，嗓子有点发抖，眼圈好像也红了，接着扭动腰肢和屁股迈着莲花碎步很快走到中屋去。

“唉！”阿拉假装出很同情的样子，悲悲切切地长叹着，声音很大，实际上是向中屋的彩娜找碴挑毛病呢。他说道：“小喇嘛是我们的近邻，出家到汗庙，没有老婆孩子，没有钱，人财两空。更惨的是死无葬身之地，亲友们连添土烧纸的荒坟都找不见，可怜，我想着都心酸，要掉眼泪，唉！”

彩娜在中屋沉默不语，传来哗哗的刷锅洗碗声。

阿拉杀了小喇嘛还是不解恨，还要像小猫逗老鼠一样玩弄彩娜，实际上是一种报复和发泄的心理，冷笑道：“前几天，小喇嘛好像来过我们家。”

“没见。”

这个土匪头子旁敲侧击以后，开始直接揭疮疤，很气愤地叫嚷：“路遥知马力，日久见人心，这话不假。起初不明白，慢慢就看清楚了，原来一家人也有背着你干些见不得人的勾当，他妈的，良心都喂狗了，哼！”

在中屋的彩娜还是不吱声，继续传来“哗哗”的涮洗的声音。

阿拉粗中有细，心里有一本账，什么都清楚，进一步挑衅：“彩娜，风声越来越紧了，共军特别加强主力部队独立骑兵团，蒙古军一、二师六个团，别看他们之间势不两立，打我这一点上是一致的，都把我当成肉中刺，简直是焊上了。话要说透：一家人都在背后干些见不得人的勾当，何况外面的丘八，防人之心不可无啊，他们在除夕之夜，也就是三十晚上也有很大可能来偷袭。我要在夹壁墙内睡，那里地势高，视界开阔，有枪眼，还坚固，能攻能守的好地方，我现在就进去，不能拖！”

这是要害所在，刷锅洗碗声突然停下，难堪的寂静笼罩着一切，持续了很长时间，这才从中屋传过来彩娜发抖的声音：“夹壁墙的顶盖泥没有抹好，有很多窟窿，雨雪漏得底下成了臭水坑，我嫌那股烂味难闻，把它填满堵死啦。”

阿拉听出这是假话，酒性更加发作，骂骂咧咧：“我并不是孬种呀，和叩头拜把的铁杆哥们‘没耳朵’李小在一起，戎马十年，身经百战，成了一百零八人绺子的大当家的。但是话又说回来，再有本事也有衰老不堪的时候，再往后就得闭眼蹬腿下十八层地狱。当时我想留个种，也就是传宗接代，这样娶了教书先生的姑娘。现在看来完全错了，知人知面不知心，这个会耍笔杆子写文章的老婆偷人养汉，千金也买不回来她那颗黑心。我们二当家的李小说的完全对：蝮蛇嘴里牙，蝎子尾上针，毒不过婊子心。他妈的！”

中屋“哗哗”声更大了，彩娜仍然在涮洗，好像没听见这难听的话。

阿拉盘腿端坐在西屋炕上乌黑发亮的小方桌旁，继续吃香的喝辣的，但是那股怒火攻心，忍耐不住，虎地跳下来走到门口对彩娜讽刺挖苦道：“就没有人关心我安慰我，对那秃驴就大不相同了，特别关照，含着眼泪说：唉，怎么才吃这点，别着急伤了身体，愁出病来。我给你挤点新鲜牛奶补补，可怜！”

彩娜的锅铲当啷掉在地上，她的手微微发抖，脸色发青，那针尖一样锋利的目光向阿拉一扫，小嘴唇轻轻哆嗦着，什么也没说。

阿拉阴沉着脸冷笑，回到西屋伸手拿起锡酒壶，嘴对嘴地灌了一大口，接着往小方桌上一蹾，拉开蒙古袍领子叭哒叭哒嘴，憋红大黑脸清理了一下嗓子，咬牙切齿地唱起那首蒙古族民歌来：

黄羊膘的小白马儿哟，
千百匹马中能分辨出你的嘶鸣；
梦寐难忘的心上人儿哟，
千百个人中能分辨出你的笑声。

他五音不全，唱得刺耳难听，像鬼哭狼嚎，在这点着昏暗牛油灯的土屋显得阴森恐怖。这还不罢休，最后憋出女人嗓子装腔作势地说道：“小喇嘛，你年龄小不懂事，听我的，反正破坏了佛门规矩，一不做二不休，拿定主意还俗是对的，等半年以后娃娃生下来交给我娘家，远走高飞，跑到别人找不见的地方去，我给阿拉的信早就准备好了，去什么地方到时候再说。”

阿拉又学着死去的小喇嘛的口音说：“唉，按着常理来说，等半年以后娃娃生下来再走，夫妻一场也得够意思，对得起人家，有始有终。啊呀，但是现在不行了，三十六计走为上策，事不宜迟，越快越好，拖不得了。”

“为什么？”

“最近发生了一件可怕的事，可怕，可怕，真可怕！”

“什么事？”

“唉，说不得，说不得，说出来吓死你，我想着都心惊肉跳，造孽啊，滔天大罪啊，有报应啊，善有善报，恶有恶报啊，不是不报，时候未到，时候一到，一定要报，佛爷保佑！”

彩娜在中屋突然发出一阵歇斯底里的长笑，紧接着灶台上那盏牛油灯灭了。这回她没有扭动腰肢和屁股走很好看的莲花碎步，而是像一团小旋风似地冲进西屋，脸白得像窗户纸，平时很迷人的杏核眼，这会儿闪射着冷光，简直成了复仇的女神，尖着嗓子叫嚷：“不打自招，这么说，是你这个土匪头子，大当家杀的？”

“不错，男子汉大丈夫敢作敢当，不打黑枪冷枪，什么事都明着来，是我杀了小喇嘛，白刀子进红刀子出，一刀一个透明窟窿，最后还剜了两三下，咕嘟咕嘟冒了那么多血，直冒泡，痛快，解恨，哼哼，这个小秃驴不光是肏了我老婆，还出卖了我的全部弟兄，一百零八条人命呀，全被蒙古军斩尽杀绝了，如此深仇大恨，岂能不报！”阿拉咬牙切齿地说，宽大而突出的下巴上的硬胡楂根根挺立。

“我跟你拼了！”彩娜突然挥起藏在身后的磨得雪亮飞快的菜刀，使出全部力气狠狠地对阿拉劈过来。

阿拉何许人也，他不是平庸等闲之辈，能在千军万马的重重包围中杀出一条血路，现在岂能怕这娇嫩的女人，闪电般躲开了这致命的打击。彩娜的菜刀深深地砍进小方桌上，她力量单薄一时拔不出来了。阿拉却不一样，浑身充满了超人的男性膂力，一巴掌把这俊俏的小媳妇打倒了，顺手拔出菜刀高高举起来，用难听的脏话破口大骂。

彩娜倒在地上，菜刀又被夺去，变成赤手空拳，知道自己是替小喇嘛报不了仇啦，伤心得泣不成声，泪如雨下。接着看见阿拉举起菜刀，一下止住哭腾地坐直身子，擦干眼泪，面不改色地对着他，可以说是视死如归。

阿拉的高高举起来的菜刀并没有砍下去，而是扔到后墙根。接着又一巴掌第二次打倒了这俊俏的女人，拳打脚踢一阵狠揍，重复刚才难听的脏话破口谩骂起来，最后叫嚷道：“偷喇嘛勾搭密探，下一回到十八层地狱找牛头马面去吧！”

彩娜挨毒打咬紧牙关一声不吭，等阿拉不打了，她挣扎着勉强站起来走到西墙根，挪动落地大佛龛，暴露出黑洞洞的夹壁墙口，里面散发出尸体的腐烂味、霉气味，臭不可闻，使人恶心要呕吐。她不嫌弃不厌恶，跪下来叩了很多响头，哽咽着说：“小喇嘛，好弟弟，是姐姐害了你，让你躺在这样又黑又脏不透风不见阳光的臭地方。姐姐是连羊羔都抓不住的弱女子，实在是报不了你的仇，你在阴曹地府里闭眼安息吧……”她悲悲切切地说完站起来，扯扯揉皱的衣服，理了理撕乱的头发，马上大变了样，神态自然，好像什么事也没有发生过，用唠家常那样很平静的声调说：

"阿拉,你行,你真行,名副其实,杀人不眨眼睛。但是你想过没有,杀人能生儿育女吗?能传宗接代吗?能留个种吗?不能,万万不能,恶有恶报,只能断子绝孙。已经到了这个地步,实话实说,老实告诉你,我从懂事开始就和小喇嘛好,但是他穷,以后又出家到汗庙,不能娶我。你就不一样,是个有名的土匪头子,大把花钱,挥金如土。都怨我糊涂的二老见钱眼开,把我卖了。嫁到你家以后我本来想死,但是我还想会会小喇嘛,又惦记着你平时对我的很多好处,活下来了。现在一场秋风扫过,全凉快了。你狼心狗肺,杀死了小喇嘛,我心里一点牵挂都没有了,你就大发慈悲行个方便,捅我一刀或打我一枪,我在地下领你的情分,想你的好处,永远感激你,来呀,杀呀!"

阿拉看见彩娜坦露胸脯等死,气得大下巴上硬胡楂根根挺立,又狠狠打了她一个响亮的耳光,把她打得鼻青脸肿,第三次很重地跌倒了。阿拉叉腰站着骂道:"死?看你美的,快要上天了,做梦吧,无毒非丈夫,我岂肯这样便宜地高抬贵手白白饶过你?未免心眼太好了,我偏不让你死,慢慢收拾你。在这个正月里,贪图安逸享受的蒙古军不会再来找我,我就利用这一个月时间折磨你,等你吃够苦头,受够洋罪,以后再说。"

彩娜又是一阵歇斯底里的狂笑,趁阿拉不防飞也似地跑出去,很快消失在黑暗中,还能听得见她声嘶力竭的喊声:"没儿没女的阿拉、断子绝孙的阿拉,恶有恶报,害人反而害了自己,这回全完了,什么都完了。"

阿拉心烦意乱,一时反应不过来,听不明白彩娜三番五次说的"断子绝孙"这句话的含义,只当做一般骂人的话,耳旁风一样扫过去了。他对这女人没有一点感情了,犹豫了好长一阵这才不太情愿地走出去,想把她揪回来再打一顿。他不是舍不得放她走,而是怕她怀恨在心出于报复目的去告密。这样晚出去了一会儿,又出了人命啦。这个地方是八百里腾格里山南麓,丘陵起伏,高高低低,白天找什么都不容易,何况是黑夜,差不多找了一个通宵,直到第二天也就是大年初一拂晓,借着微弱的星光和村里放炮仗的火花,在黎明的朦胧中看见村后那棵歪脖子老榆树上,有个东西悠悠荡荡地挂着。他的心里一阵发紧,急忙走过去睁大眼睛仔细观察,不由得惊叫起来:"啊呀,上吊了!"

多年来,这个土匪头子几乎每天都打仗,为了应付各种意外的紧急情况,他熟练地掌握了止血、消毒、包扎、绑骨、人工呼吸等救护技术,对彩娜尽力抢救了一番。他很快就明白了,一点用处都没有,因为她早已气绝身亡。阿拉虽然是个胆大包天的亡命之徒,也开始紧张起来了,主要是怕被别人发现。村里老乡不用说,彩娜娘家人多,要是他们纠缠着大闹起来,就出事啦。人命关天,从他腊月二十三日过小年那天回来以后,就杀了两个,如果他的一百零八人的土匪绺子被斩尽杀绝、自己逃亡在外的情况再暴露,飞灾横祸转瞬即至,可了不得。他急于消灭罪证,但是手中没有铁锹镐头,正月天气地冻三尺,在野外是埋葬不成,他把彩娜的尸体扛回来了。

西屋墙根落地式大佛龛前面,横放着彩娜的尸体,正对着不久前暴露出来的存放小喇嘛尸体的夹壁墙口,这并不是阿拉有意的安排,而是属于偶然的巧合。接近彩娜头部的地方点着一盏光线如豆的牛油灯。灯影里她好像正在睡觉,白净俊俏的脸上还是那么温柔,只是有一种淡淡的忧郁,透露着心中无限的悲哀。阿拉在这片刻想起了几乎要忘却的旧事:那是在多年以前,他和蒙古军第二师六团的一次激烈战斗中负伤,偷偷回家中休养。彩娜对他的伺候多么周到、细致、热情、耐心啊!她有时哭泣着给他端这送那喂这喝那。在她无微不至的照顾下,他很快恢复健康归队了。要是当时她下毒手暗害，那是很容易的，他早就没命了。那样彩娜不仅能成为忠臣良民，立功受奖得到重赏，最主要的是能和心上人小喇嘛过上幸福美满的日子，但是她没有那样做。阿拉想着这些忽然感动起来，急忙用白布把她的脸蒙上了。他继续想着彩娜平时对自己的诸多好处，更是动了恻隐之心，开始给她换穿崭新的衣服。在脱掉的旧蒙古袍兜子和贴身衬衣口袋里，分别发现了上面有字的白色头巾和手绢，这实在是出乎意料，他很奇怪，先拿起头巾看，原来是咬破手指写的血书："把我和小喇嘛合埋在一起。"

阿拉不看则已，看了这临终遗嘱，那点怜悯的感情立刻冰化雪消，平静下来的内心里重新燃烧起熊熊的嫉妒之火，衣服也不给换穿了，对着彩娜的尸体叉腰站着，又是重复那些肮脏得不堪入耳的话，破口谩骂了一阵，叫嚷道："你要合葬，老子偏要分葬，哼！"他不仅仅是骂骂而已，真的动手把彩娜的尸体拖到东屋，咕咚扔在炕下，恶狠狠地瞪着眼睛喘粗气，准备就在这里分开埋葬，然后骑上枣红马逃跑。过了一会儿，气得发昏的头脑渐渐清醒了，冷静了，忽然想起来还有手绢，上面写的是什么呢？是不是向蒙古军告密？阿拉想到这里又生气了，急忙打开来看，又是出乎意料的事，这竟是给他的信，还不是写的而是绣的，白布黑线，格外分明，这个教私塾先生的姑娘，文笔哀婉，揪人心肝，伤人肺腑，可悲可叹，阿拉睁大眼睛从头到尾仔细看了几遍，绣的是：

阿拉：我早就想走了，但是想起你平时对我的很多好处，觉得很对不起，不能不有所报答，否则于心有愧，会难受一辈子的，故拖延至今。现在恩怨已了，缘分结束，一切成了明日黄花，此生再不能相见，永别了。毕竟夫妻一场，分开之后悲喜交集，百感顿生，别是一番滋味在心头啊。你的儿子已交给我娘家抚养。怀孕三个月以后，妈妈就告诉是男孩。她老人家接生一辈子，错不了的。儿子是你的，并没有欺骗。等稍稍长大以后，从儿子的长相和脾气上，能够看见你自己的影子来。古人云：不孝有三，无后为大，传宗接代是头等大事，这是我唯一报答你的地方，也是聊以自慰之处。彩娜泣书。

阿拉看罢，壮实得像公牛的身体似乎挨了一颗子弹，强烈震动了一下，接着发起抖来。这次比那次厉害多了，竟站立不稳倒在地上昏迷半晌。醒过来以后有气无力地匍匐爬行到彩娜尸体跟前，对着她的腹部观察良久，这才发现是鼓起的，也许这是幻觉，他似乎看见里面微微颤动。父子之情是如此深刻而强烈，阿拉的内脏好像被什么东西炸毁了，痛苦不堪，突然袭来的哭泣使他的身体再一次哆嗦起来，他流着眼泪用痉挛的喉咙反复叨咕着："小儿子，好儿子，亲爱的儿子，可怜的儿子，你慢走，慢走呀，爸爸对不起你，误伤了你，这就一死相报跟你去，在阴间照顾你、伺候你、保护你，当牛作马，永远不离开你！"他宣誓般地说着从紧贴裤子的宽宽的武装带上，抽出那两把最新式的德国造二十响驳壳枪，把快慢机拧到连发上了，毫不犹豫地对准自己的脑袋勾住了扳机，惊天动地一片响，四十颗子弹差不多全打出去了，几乎削平了整个头部。墙壁、顶棚、炕上、地下、彩娜的尸体，溅满了粉色的脑浆、红色的血液、白色的碎骨，惨不忍睹。拴在槽边吃草料的枣红色高头大马似乎被这一连串的枪声惊动了，但是很快恢复常态发出长嘶——也就是蒙古草原上著名的马啸，比前几次更悲凉了。

第五十九回　居功骄傲支书违法乱纪　挑拨离间特务阴险破坏

独立骑兵团以腾格里山和伊和塔拉草原交界接壤处为根据地，继续掐住铁路公路大干线，还不断破坏往西通达B市的小土路，夺取了很多胜利。但是饲养军马的草料供不应求，困难越来越大了。

一九四八年十二月初，根据很早以前制定的军民团结牧场建设规划，第一步首先封闭根据地中心伊和浩特沙化退化的老牧场，开辟饲草饲料基地。这项工作正式开始以后，琪琪格旗长亲自带领侦察连和这里的民兵队，刨冻土挖坑、埋水泥桩、拉铁丝网，到处笑语喧哗，红旗招展。收工以后，侦察连连部和民兵队队部很多人，又紧忙翻译、刻写、印刷关于淮海战役胜利捷报。这一带军民们进进出出，灯火辉煌，显得很热闹。

距离伊和浩特不远的汗庙附近却一团漆黑，像坟墓一样寂静。上次，蒙古军第一师三团进攻根据地中心民兵队，行凶作恶，纵火焚烧寺院，抢劫财物，造成了很大的破坏。庙里的大小喇嘛几乎全部逃避战乱，跑回家至今未归。现在这里只有少数上层人物守摊。不知什么地方散发烂木头的气味，老鼠在吱吱叫唤，蝙蝠扑哧扑哧飞。古塔上挂的印着经文的灰旗，有气无力地摇摆着，一片荒凉破败景象。

一条黑影从阴暗角落里探头探脑张望了一阵，绕过这座庞大的寺院，消失在腾格里山鬼谷南口王陵附近柳条丛中了。大约过了十多分钟，这条黑影又钻出来，换了另一条路线，像狐狸一样鬼鬼祟祟地溜回原来的住处。这就是得了“黑麻子”绰号的老特务“影子”。他一头躺倒在狼皮褥子上，粗重地喘着气。尽管大火炉中牛粪火烧得正旺，他出了一身冷汗，心惊肉跳地想道：“好险，好险，幸亏没叫人看见。”最近他觉得日子越来越不好过了，共军独立骑兵团现在就够厉害的，掐住铁路公路大干线，还不断短促突击破坏通往西面B市的小土公路，包围得王府市内外城的蒙古军两个师六个团人困马乏，缺衣少食，饥饿难忍，都不敢出来打仗。要是建成军民团结牧场，站稳脚步，恢复交通就更没指望了。共军独立骑兵团利用腾格里山鬼谷、魔峡、窟窿峰一带天险，他们的根据地要变成铜墙铁壁，进可以攻退可以守，那就什么都完了，所以他在这几天豁出性命，连着放了几次定时信号弹，但是还不见有人过来，难以通风报信偷递情报。

“黑麻子”正等着心烦意乱火烧火燎般难受，王陵上空升起一颗绿色信号弹，绕了半圆形大圈子，很缓慢地移动着这才不太情愿地熄灭了。也就在这同时，从两个方向一起传来了侦察连长完达尔夫和民兵队长特木尔的洪亮的声音：“老八连，全副武装紧急集合！”“根据地中心民兵队，全副武装紧急集合！”

“黑麻子”浑身剧烈地一震，开始冒冷汗，像狼一样竖起耳朵偷听着外面的动静。在一片马蹄铁、枪支和军刀等铁器磕碰声中，有人问道：“怎么啦，出了什么事？”

"腾格里山鬼谷南口王陵附近上空发现了信号弹,出去搜索!"这是浩特达额尔旦老汉的次子楚鲁的大咧咧的声音。

"黑麻子"的倒悬的一颗心落下来,哑然失笑了,咬紧牙关暗暗骂道:"原来如此,这些土包子们根本不懂什么是科学,等你集合起人马走到地方,屌毛灰也发现不了,那是定时信号弹。"这个多年的职业老特务是很会装出各种各样假相的,紧接着一跃而起,从蒙古包角落的木架上拿起鞍子和嚼子跑到饲养院备上了马,牵着钻进了民兵队伍中,装腔作势地吆喝着:"快点,快点,封锁住腾格里山鬼谷南口,别叫放信号弹的特务跑掉了!"

侦察连和根据地中心民兵队集合好了,形成了长长的两列纵队,雄赳赳气昂昂,都带着从敌军手里缴获的崭新的美式、日式枪。

"老八连集合完毕!"完达尔夫向兼任独立骑兵团后勤主任的琪琪格旗长报告,粗犷洪亮的声音冲破了冬夜的寂静。

老三呼和巴拉是民兵队副队长,骑着一匹铁青马像一团旋风一样也来到跟前,精神抖擞地喊道:"全体民兵全副武装集合完毕。"

"是全体吗?谁也不缺吗?"琪琪格严肃地问道。

呼和巴拉停顿了一下,小声说:"就缺我二哥察干巴拉,他,身为党支部书记,敌情观念很薄弱,麻痹大意,可能又喝得酩酊大醉,人事不省了。"

女旗长的细弯眉毛在黑暗中跳动了一下,不满意地问道:"没派人叫他吗?"

"特木尔队长亲自去了。"

"出发!"琪琪格果断地下了命令。

完达尔夫抽出寒光凛冽的军刀,大声说:"同志们,全力以赴,务歼入侵之敌,出发!"

几百匹马的奔跑,像狂风怒吼,像巨雷轰鸣,像大河涨潮,像发生了地震,蹄铁在山间石路上迸发出无数火花。

民兵队伍没走出去多远,特木尔骑着小白马飞快地赶上来了,到了这个旗长跟前报告道:"察干巴拉支书正和我爸喝酒呢,他说那不是信号弹呀,腾格里大山的鬼谷和魔峡自古以来就是白骨成堆的地方,磷火一闪一闪,你们能抓到?"

琪琪格难过地沉默了。

参加这一紧急行动的军民很多,搜索也很彻底,汗庙、王陵、敖包山、鬼谷南口附近地区,都反复进行了很仔细的检查,但是没有抓到敌探,只是在王陵附近的柳条丛中,发现了可疑的脚印,在不远的地方又发现了一块信号弹的残片。从很多迹象上看,信号弹不像是偷越封锁线过来的特务放的,而是像潜伏在这里的特务打什么暗号。对此,琪琪格和完达尔夫、特木尔、呼和巴拉一起进行了研究,她开头说:"堡垒是最容易从内部攻破的。我们现在商量一下,应该马上做好三件事:第一,监视高娃太太、达尔罕大喇嘛,看有什么现行活动。第二,对外来户'黑麻子'这样可疑的人物,搞必要的内查外调。这是一场尖锐复杂的阶级斗争,一定严肃认真对待,不能粗心大意。第三,我们现在刚开始的军民团结牧场建设,是对敌斗争的重要组成部分,是巩固和发展伊和塔拉根据地的有力措施。我们要在封闭老牧场、炸岩开渠、平地治碱的同时,紧接着到腾格里山鬼谷和窟窿峰,打冬春夏秋四季营地井。大家看怎么样?"

特木尔表示同意,说:"对,腾格里山纵深八百里,是我们伊和塔拉根据地的靠山,'虎威'六十三团消灭在这里，‘鹰扬’十团消灭在这里，蒙古军一、二师不敢出来，就是怕它的险要，更应该充分发挥它的作用！”

完达尔夫抚摸着心爱的芦花青马的脖颈，说：“研究具体事吧，从达赖河往封闭的老牧场开渠引水，必须炸开一段陡壁，把这个打通了，别的都不在话下。哈尔巴拉团长、刘青山副团长对这很重视，批示封锁线上的团直属队和七个连队解决炸药和雷管。我们老八连在这里是双重任务，参加军民团结牧场建设巩固根据地，另一方面又要胜利完成各个时期的侦察任务。现在打算突击一下，很快拿下来。”

三人研究完，琪琪格惦记着察干巴拉，就直接到伊和浩特去了。原来这个兼任根据地中心民兵队政治指导员的党支部书记，正和浩特达额尔旦老人喝酒取乐，酒菜是摆在东边的小型蒙古包里，架子上挂着各种武器，有步枪、军刀、蒙古刀、弓箭等等。他大口喝下去一碗略带酸甜味的马奶酒，满意地吧嗒嘴，听着外面杂乱的马蹄声，冷笑了一声说道：“切，瞎起哄，吃饱撑得没事找事，蒙古军联合谍报队的特务杀手，都在封锁线上团直属队和七个连队附近活动的，来这里干什么？岂有此理。”

额尔旦老人用光秃秃的牙床嚼着一块野猪肉，含糊不清地说：“鬼谷和魔峡自古以来就是白骨成堆的地方，把磷火当成信号弹了，草木皆兵，不好呢。”

察干巴拉酒醉饭饱，打了一个响亮的饱嗝，往香牛皮靴上擦擦手上油脂，大咧咧地说：“浩特达，让他们折腾去吧，我们俩还得接着喝，一醉方休，来！”

随着门风一响，琪琪格走进来了，拧着两道柳叶眉，但是口气还是温和的，平心静气地说：“察干巴拉同志，现在形势是严重的，也是危急的，蒙古军部和一、二师六个团反动骑兵，都盘踞在王府市内外城和周围据点，最近还拼命打通了往西去的小土公路，占领了西半天，有消息说要大举进攻我们根据地中心，哈尔巴拉、刘青山同志人不离枪马不卸鞍，带领主力部队坚守封锁线严阵以待。在这样时候你还泡在酒里迷迷糊糊，这怎么行呢，嗯？”

这个老二大不以为然，摆手道：“旗长，你不用吓唬我，我对军事多少懂一点，独立骑兵团固然打不开王府市内外城，蒙古军一、二师六个团也休想攻占我根据地。恢复铁路公路大干线交通更是没门，弄不好连通往西面的小土公路也保不住，这是明摆的事，我心中有数，很明白，嘿嘿！”

琪琪格努力压抑着自己的愤怒，但是提高了声音批评道：“老解放区、老根据地主要一条经验是：不断加强党支部的革命化建设，反对资产阶级思想腐蚀，坚持干部参加集体生产劳动，接受群众监督。你党内职务是支部书记，行政职务是民兵队政治指导员，担子不轻啊，今天晚上却喝醉了酒，不参加搜索行动，这像一个党支部书记做的事吗？不像话！”

察干巴拉听了女旗长的批评，心中老大不服气，长着连鬓大胡楂子的脸涨红了，拿下叼着的白玉嘴五花铜锅烟杆，恶声道：“切，赖马无故虚惊三次，笨人没事白跑三趟，那么反过来问问你，今天晚上你带着老八连，还有整个根据地中心的民兵队出去搜索，抓到什么啦？蒙古军联合谍报队派来的特务在哪儿？”

察干巴拉接着缓和了一下口气说：“这么晚了，你还没有吃饭吧？就在这里吃吧，娜布琪烹调技术不错，炒了四样菜：山鸡、野兔、黄羊、野猪肉，全是我和‘黑麻子’打的，他的枪法确实有准头，老浩特达说得对，真正是个人才。”

"'黑麻子'射击很准吗?"琪琪格不由得握住腰间小巧玲珑的手枪把。

这个老二忙着喝酒吃肉,根本没有觉察到女旗长的动作,大咧咧地说:"切,'黑麻子'在我们根据地中心是个人才哩,算盘子拨拉得细,枪打得准,工作也蛮积极,切,从我复员回来以后,他申请入党多次了,一个苦大仇深的贫牧,支部也应该研究讨论了。"

琪琪格的严厉的眼光在察干巴拉长满连鬓大胡子的脸上停留了一会儿,很多的事都涌上心头,很多的话都到了嘴边,但是她努力克制住自己,什么也没说。她知道这个老二在重大问题上很糊涂,嘴头子又不牢靠,不到适当的时候不能交底,都给泄露出去就麻烦了。她要出去的时候说:"支书同志,你吃喝完了,快到老八连连部去,学习三五九旅建设边区南泥湾的事迹。"

娜布琪听见动静从西面那座大型蒙古包里过来了。她经常在背后说琪琪格的坏话,但是见了面又是一套,满脸堆笑说得很甜:"啊呀,旗长,怎么还在门口站着,快喝两盅,打过仗刚回来,该休息两天了,还张罗什么呀?"

"我还有事呢,这就走!"琪琪格很有礼貌地微笑着说。

娜布琪把烤野猪肉放到描着金花的红漆小方桌上,满满斟了一杯酒双手端过来,又递给琪琪格一双筷子,笑嘻嘻地说:"旗长,你和团长都是当大官的,你们的婚事我说不好。但是老三的婚事该操办了。父母不在世,得由我们张罗。据我察言观色,呼和巴拉和'铁姑娘'斯琴对上象了,叫他们结婚吧,还等什么呀,兵荒马乱的年头,抓紧办就是,嘿嘿!"

"大敌当前,不应该先考虑个人婚姻问题。"琪琪格没有喝白酒的习惯,像吃药一样皱着眉头慢慢呷了好几口,这才走出门去。

额尔旦老人看见天色不早,也回去休息了。

娜布琪从蒙古包门上的玻璃看着他们走远了,脸色一变,撇撇嘴,对丈夫嘀咕道:"你呀,上有这样哥嫂,下有那样弟弟,好不了,早晚得气死,见面不是训就是骂,刚才那么大声说你啥?"

察干巴拉也板起了脸,低着头喝闷酒,一声不吭。这时当了浩特会计的"黑麻子"进来了,一对三角眼滴溜溜转着打量察干巴拉,看见对方生气的样子,心中一动,忙问道:"支部书记,你脸色不好呀,不是有什么事吧?"

"哼!"

娜布琪又端着一大盘黄羊肉走来,听了这话苦笑了一声道:"'黑麻子',快和你们支部书记喝两盅,让他散散心吧。刚才,那个狐狸精说了些破烂话,差点气炸了他的肚皮。常言说得好:树枝再长高不能压根,亲戚再当官不能欺本。我们可不中,没那个福气!"

"黑麻子"摸透了这对新婚夫妇的脾气,低声下气地嗯嗯着坐在边上,从蒙古袍的肥大的怀里掏出两瓶烧酒和一小口袋荞面放好,两只三角眼往外打量了一下,又听了听动静,这才压低声音干笑起来,活像腾格里山鬼谷和魔峡深处的猫头鹰叫唤,说道:"支部书记,这是特意给您从别处捎来的,上好的二锅头,纯高粱烧的;还有荞面。您南征北战多年光荣负伤,复员回来又领导我们备战备荒,人畜两旺,功高劳苦,嘿嘿,该享点清福啦!"

察干巴拉好吃好喝,看见这个浩特会计送来的东西正对口味,又听了那些恭维和奉承的话,心里乐开了花,笑道:"我们的团长和旗长两位大人可不是这样呢,鸡蛋里挑骨头,专找我的毛病,这个也不是,那个也不对!"

"来,喝!""黑麻子"打开带来的酒瓶塞子,满满倒了一壶酒,丑陋的脸抖动起来,偷偷往外张望了一下,几乎像耳语般低声问道:“琪琪格旗长带着老八连和根据地中心民兵队进山搜索,您喝醉酒没去,是不是为这事挨批评啦?”

“切,屌毛灰,这还算个事,压根儿没提。她看不顺眼的东西多啦,连这蒙古包哈那上挂的各种武器都成了缺点错误。来,‘黑麻子’,喝。只有团长、旗长二位大人身上带的手枪、军刀才是打仗用的,我这都是炫耀自己的摆设,搞特殊化表现,哼!”

“黑麻子”放心了,变成了死灰色的坑坑洼洼的脸又有点血色,轻轻吐了一口气,夹了一块肥肥的野猪肉塞进嘴里贪婪地吞进去,都没有咀嚼,低声说:“嘿嘿,哈尔巴拉团长心眼太直太实在,一条道路走到黑,不会拐弯抹角,典型的老蒙古。和琪琪格旗长相好实在不合算,这是走错了第一步。她出身成分不好,社会关系又复杂,是革命的对象,混进党内的阶级异己分子,哈尔巴拉团长不但不撒手,反而支持她搞什么军民团结牧场,不能走错第二步呀。常言说得好:老鞑子看戏白搭工,可不能生搬硬套那个汉族解放区的经验,自讨苦吃,什么南泥湾,北泥湾,都不合适。倒行逆施出了差错,岂不误了自己如花似锦的前程!”

“你说,畜牧业生产搞什么最合适?”察干巴拉粗声粗气地问。

“我们研究出来的三增四多办法,很有道理呢。”

娜布琪端上一碗兔子肉放到桌上,倒竖起细眉毛,憋着尖嗓子吵架一样说:“我早就看透了,人家团长、旗长二位大人,是愁自己穷、恨别人富呀,看见我们日子过得好,比他们当大官的都强,眼红啦。听见狗叫唤,骆驼就不走道啦?我才不听那个邪!”

察干巴拉喝了很多酒,又架不住这两个人的内外夹攻,更不满意,牢骚满腹,不打算去学习。他正骂骂咧咧的时候,老三呼和巴拉从西面大型蒙古包走到这边来。他看不惯二哥这种样子,对“黑麻子”更是十分讨厌,尖锐地批评道:“我看琪琪格旗长说得很对,快去学习吧,你现在变得又懒又馋!”

“昨天的蛋,今天的雏,你懂个什么,敢来教训我,滚!”察干巴拉拿出当哥哥的威风来吆喝了一声。

第六十回　无限上纲军民开展斗争
几句闲话太太连遭批判

军民团结牧场饲草饲料基地开工第二天早晨，修械厂技工“巴拉根仓”老汉也赶到了侦察连和根据地中心伊和浩特民兵队联合办公的地方，看见几个干部在分配劳动项目：一、二排继续刨冻土挖深坑、埋水泥桩、拉铁丝网；三、四排到达赖河拐弯处炸陡壁挖大渠。他抚摸着光秃的下巴，露出残缺不全的牙齿，笑道：“老八连的同志们，给我们修械厂也分配工作吧！”

侦察连的几个干部愣了一下，都笑了。连长完达尔夫也笑道：“老同志，你们厂子的任务够重了，制手榴弹，造地雷，修理枪炮，最近又打了那么多钢镐、铁锨、大锤、钎子支援我们，这就够意思了，你那么大年纪，不能和冻土打交道，快靠边歇着！”

“这是什么话！”“巴拉根仓”老汉假装生气地说。

轰隆轰隆的马达声打断了他们的谈话，一辆美式大卡车由远而近，很快来到跟前。军民这才看清，驾驶的正是旗长琪琪格，附近的人一片欢呼：“把炸药雷管拉回来了！这一下解决问题了！”

“团直属队和七个连队全力支援我们哪，快干！”侦察连的干部战士们也七手八脚地往下搬炸药雷管，情绪很高。

吉达“孛”也被分配去炸岩开渠，这个封建迷信职业者闷闷不乐地站在一边想心事，突然看见十轮大卡车上有几只打死的野猪，又高兴起来，笑道：“军政领导大发慈悲了，要给我们建设牧场的军民改善伙食，这几只野猪个大肉多，白花花的厚膘，小心放屁串油！”

炸药和雷管都放到安全的地方以后，琪琪格也拿起一把大锤准备参加劳动，她耳朵尖早就听见了吉达的怪话，脸色一沉喝道：“你过来！掌握钎子！”

这个“孛”很不情愿地走过去抓住了钢钎子。琪琪格就抡起大锤往陡壁上凿眼了。女旗长在大学时期是运动员，身强力壮，两条胳膊特别有劲，大铁锤带着一股风声落在钢钎头上，可是钢钎歪歪扭扭来回摆动。琪琪格看了一眼吉达，示意他要抓牢钎子。吉达更加躲躲闪闪，大铁锤还没有落下来，就往旁边一跳，好像就要扔下钢钎逃走一样。

“巴拉根仓”老汉正给完达尔夫连长掌钎，看到这情况极为不满，批评道：“吉达‘孛’这个人很成问题，拈轻怕重，出勤不出力，很怕自己吃了亏。苍蝇在脓血上聚餐，豺狼在尸体上集会，他只有装神弄鬼跳孛请翁古特时候来劲！”

琪琪格在这边也对吉达不满意了，把大锤咣铛一扔，自己掌握了钢钎子笑道：“那么怕挨砸，你来使锤子怎么样？”

吉达掖起蒙古袍前后摆，拉开架势拿起大锤。其实这是假相，他还是不使力气，装出抡不动这十八斤重的家伙的样子，张开大嘴就像破风匣一样呼哧呼哧直喘，身子还往两边晃，就差点瘫瘫在地上。

琪琪格看着对方偷懒耍奸样，叹了口气说："你是怎么学习边区南泥湾事迹的？越学越懒，都像你这样出勤不出力，我们怎么建设军民团结牧场，巩固根据地，站稳脚跟，长期掐断铁路公路大干线？"

"旗长，我没有力气呀，唉！"吉达满不在乎，嬉皮笑脸地说。

"干最轻快的活儿，你也是这样。我早就看透了，你留着力气，想装神弄鬼骗人，快砸，使劲！"

吉达吃了一惊，踏到陡壁底下河床上边了，达赖河北岸地势高，又有这一大块峭岩挡风，冰层是很薄的，立刻出了大洞，哗哗喷出一股水柱，把他浇得精湿，逗得战士和民兵们哈哈大笑。

正在拉铁丝网的老三呼和巴拉也笑道："吉达'孛'，看你那个熊样儿，扛水泥桩怕压断了腰，掌钎怕砸坏了手，使大锤怕抡折了胳膊，这回成了落水的鹌鹑，正好有了理由，你就躺在热蒙古包里等待萨满教之神翁古特附体吧！"

"哼！"

"不用哼哈的，""巴拉根仓"老汉说，"你就是爱宣扬封建迷信这一套东西，这回我们来个正面的，讲一段《巴拉根仓智斗瞎子孛》的故事，怎么样？"

吉达正蹲在一边烤牛粪火，从鼻子眼里又哼了一声，不服气地说："巴拉根仓撒谎撩屁，那才是真正骗人。"

"巴拉根仓"老汉露出残缺不全的牙齿笑道："巴拉根仓确实骗人，但是他骗的是王公、贵族、官僚、牧主和活佛，从来就没有骗过一个穷苦牧民，好吧，你这么一说，就讲一小段吧！"

侦察连的干部战士和这里的民兵们听说要讲故事都欢呼起来，完达尔夫连长也笑着鼓掌表示欢迎。

"巴拉根仓"老汉清理了嗓子，从容不迫地讲道：

巴拉根仓是蒙古族民间故事中的人物，他从小热爱劳动，聪明能干，不信鬼神，反对喇嘛和孛。他住的那个浩特有个索胡尔孛——就是瞎子萨满，经常吹牛说自己神通广大，请来的翁古特能降妖除怪消灾难。有一次，巴拉根仓家里杀了一只肥大的羊，请左邻右舍来吃手把肉。索胡尔孛是饕餮鬼，是贼辣馋的家伙，不请自到，又胡诌八咧地唱道：

你们家的灾难不算轻，
我的翁古特能够消灭幽灵。
先要一盆肥肉做供俸，
再取二斤奶酒祭神明。
翁古特不贪人间荤腥，
驱逐鬼怪只为传美名。

巴拉根仓当时十二岁，但是很有办法，向家里人摆了摆手，就把索胡尔孛领到靠边一座柳条编的蹦蹦房里，单独放了一张桌子，摆上了酒肉。索胡尔孛知道这里没有别人，就更没有顾忌了，独斟独酌地大吃二喝起来。他万万没有想到，巴拉根仓在酒肉里放了点泻药。过了一阵情况就不妙了，发出一股一股臭气，原来这个骗人的老瞎子拉了满裤兜稀屎。他这回顾不上吃喝了，急急忙忙要回家去收拾。就在这个时候，巴拉根仓领着一群儿童进来了，你一言我一语地唱道：

老瞎子经常吹牛脸不红，
说自己天上地下事样样通。
原来是地地道道的害人虫，
到处坑蒙拐骗瞎糊弄。
要是你的翁古特最神灵，
怎么连这点小事都看不清？

侦察连干部战士和根据地中心的民兵们，听了“巴拉根仓”老汉讲的这段故事，又看了看蹲在一边烤火的吉达孛，不由得哈哈大笑。

察干巴拉也来到了这里，他根本不相信三个部分组成的军民团结牧场规划能实现，顾虑重重，满脑子疑问。他老是躲在蒙古包里喝闷酒，又觉得憋得慌，放心不下，就出来蹓跶看情况。听见大家嘲笑内兄，发火了，倒背起手板着连鬓大胡子脸恶狠狠地瞪了一会儿，大喝道：“吉达掉进冰窟窿里冻成青一块紫一块，你们还这样拿他开心，这不是欺负人吗？”

愣小伙子楚鲁闻言不服，大声顶撞道：“支书，吉达这小子出勤不出力，溜奸油滑蹭，调皮捣乱横，就不许批评吗？”

“这种劳民伤财的活儿，再积极也搞不出名堂来！”

“这是什么话？”

“就要爆破岩石了，先不要争论这些！”“铁姑娘”斯琴急忙制止弟弟楚鲁。

炸药雷管都装填好了，抡锤掌钎凿眼的，刨坑埋桩拉铁丝网的，平地治碱抬土的，四散躲开。琪琪格也把汽车开到了远处，等着侦察连的爆破手上去。突然，楚鲁这个天不怕地不怕的愣头青捋胳膊挽袖子，从一边跑上去了。完达尔夫连长着急地大声喊：“不行，不行，快下来！”

“楚鲁，快回来！”楚鲁的哥哥特木尔、姐姐斯琴、还有刘秀英等人都叫唤起来。

楚鲁一时性起，根本不听，上去就点着了，导火线哧哧地冒着火花往上蹿，他就往回跑了。因为头一次爆破没有经验，可能又紧张了一些，被脚下石头绊倒摔得很重，翻了一下身子怎么也起不来。导火线哧哧地燃烧着眼看就要窜到岩石跟前了。说时迟，那时快，正在搬运炸药雷管的老三呼和巴拉挡住了准备要上去的“铁姑娘”斯琴，几个箭步就跑到楚鲁跟前，一使劲就把楚鲁背起来往回跑。刚刚出去几十米远炸药响了，天崩地裂般轰鸣，整个伊和浩特抖动起来。

根据地中心伊和浩特的民兵使用炸药方面经验不多，陡壁是炸掉了，为开渠引水灌溉饲料饲草基地创造了条件，铺平了道路，但是付出的代价也不小，楚鲁跌伤了腿，呼和巴拉也被石块砸肿了胳膊。另外还有一个人受了伤。原来，就在楚鲁跌倒以后，浩特会计“黑麻子”也上去了。他比呼和巴拉落后了一大截，没来得及背伤员，炸药爆炸时四散迸飞的碎石屑溅了他一身，还有一块酒盅大的石头正砸在他的左脸上，当时就肿起了大包。

琪琪格、完达尔夫、“巴拉根仓”老汉等军政人员都来了，在附近封闭老牧场、平地治碱的特木尔、刘秀英等民兵也来了，里三层外三层，围得水泄不通，一边看着伤势表示慰问，侦察连卫生员打开药箱给他们擦着碘酒、紫药水，又给口服了消炎药，安慰道：“没事，没事，你们仨都没有伤筋动骨，休息两天就好，不要紧，我敢保证！”

“黑麻子”提高了声音说：“为了抢救阶级兄弟，别说破了点肉皮，就是缺腿断胳膊，牺牲了也是光荣的。”

听了这豪言壮语，不少人点头称赞。察干巴拉听了更是感动，接着又埋怨道："我早就说过不要干这种劳民伤财的事，怎么样？刚刚开始就伤了三个人，算上掉冰窟窿的吉达，四个人了。这怎么行，趁早别搞了。哈尔巴拉团长、刘青山副团长主要考虑打仗的事，在封锁线上忙得很，对根据地中心不了解，要知道这边的情况，早就不让干了，这是明摆的事。"

琪琪格旗长不理他，利用休息时间向周围的军民宣传建设牧场巩固根据地中心的重大意义。

这工夫，浩特达额尔旦老人蹒跚地来了，对察干巴拉叨咕着："刚刚动工我二小子就负伤，幸亏没出大事，佛爷保佑，快停工吧，我们那个计划呀，比这强十倍二十倍，应该向旗长详细说说啦。"

"啥？"察干巴拉早忘记了这事，稀里糊涂地问道。

额尔旦老人提醒道："老二呀，就是那个三增四多的办法呀！"

"对，对。"察干巴拉这才想起来，说："等琪琪格宣传完了，我就开始提意见，哼！"

琪琪格在这边继续讲道："军民团结牧场开工了，今年冬天我们炸石破冻土开渠道，平地治碱治沙。明年春天就开辟饲草饲料基地。这一带老牧场我们用了几百年啦，沙化退化得很厉害，石头疙瘩加沙碱，地无三分平，种草种料不爱长，植树造林不易活，高处上不去水，低处积水成泡子，出现花牛屁股，不下力量建设是不行的。地平土质好，水利又赶上去，才能草料双丰收。同志们要认清这是百年大计，要集中力量打歼灭战，建设一块成功一块，要从根本上治，不能干一时算一时修修补补，头痛医头，脚痛医脚。自古道：腾格里山没有水的山，千古牲畜不沾边，骏马蹄过难停站，渴死牛羊干了天。在一家一户分散的个体畜牧业经济的时候，这话是很对的，现在我们组织起来了，又有特别加强主力部队独立骑兵团老八连全力支援，只要拿出打仗那股劲，一定能建成军民团结牧场。时间紧任务重，就得拿出三五九旅大战南泥湾的精神来，巩固和发展伊和塔拉根据地，继续持久地完成切断铁路公路大干线的战略任务。"

这个女旗长的讲话，受到侦察连和根据地中心民兵队的热烈欢迎，人们使劲鼓起掌来。

察干巴拉和额尔旦老人不识时务，到了跟前说道："旗长，这么干是不行的。我们几个在下面研究出了好办法，最好的办法！"

琪琪格笑着问道："什么最好的办法，说说你们的高见吧！"

"办法只有一个，就是采纳我们的三增四多办法！"察干巴拉兴奋得长着连鬓大胡子的脸通红。

"三增四多办法的具体内容是什么？"琪琪格假装不知道，其实她早就听说了。

额尔旦老人着急地说："就是增加远征游牧，逐水草而居；增加打猎逮鱼；增加捡粪割柴；就能达到牧民们牲畜多，骑走马穿绸缎的多，肉食奶食多，住新蒙古包的多。这就叫三增四多办法。孩子，这才行得通呀，合乎天理人情，牧民们对此高兴得有说有笑，蹦高拍巴掌，都编出好力宝啦，念给你听：

三增四多办法呀，
奶食成堆肉垛高。
新白毡子裹蒙古包，
骑上走马穿缎袍。"

琪琪格哈哈大笑，擦拭着金丝眼镜，说："三增这个办法，我们采用了几百年，起码从元朝时期开始就这样放牧，其实并没有达到四多，不好再强调推广它呀！"

察干巴拉终于发火了，大声抗议道："旗长啊，你是有钱的贵族家庭出身的姑娘，又是大学生，文化程度高，嘴头子好使，现在掌握着权力，我说不过。反正你的花样越来越多，馊主意两三天出一个。就算你搞的什么军民团结牧场对，封闭了老牧场，能种成草，能收下料，能栽活树，开发腾格里山鬼谷和窟窿峰附近盆地能打成井，变成四季营地。说透了，归根到底一句话：还不是为了独立骑兵团，为了养好那些军马？"

琪琪格摆摆手，表示对方不要激动，接着说："你冷静想想，建设军民团结牧场固然是为了站稳脚跟，掐住铁路公路大干线。但是战争胜利以后，我们部队不可能老在这里，临走的时候能把牧场驮着走吗？这个很简单的道理你是应该明白的，我们根据地中心的牧民，现在当家做了主人，就是在这种战争形势下，生活提高到了历史上最高水平。没有人民军队的保护，牲畜早就被抢光了，奶食和肉食早就被吃光了，新白毡子裹蒙古包，早就被烧光了。身为党支部书记竟说出这样话来，你不觉得失掉原则和立场吗？"

这个老二本来就没有冷静下来，长着连鬓大胡子的脸涨得通红，刚才最后一句话刺激得他暴跳如雷，扑过来要打，张大嘴骂着："就凭你的出身成分，就凭你的社会关系，是个阶级异己分子，是个革命对象，还想教育我，哼！黑脸挣钱白脸花，白脸还说黑脸没干啥，揍死你这个迷人的狐狸精。"

呼和巴拉、特木尔两个急忙架住察干巴拉的左右胳膊，一边批评着一边拉他往回走。

琪琪格被气哭了。

侦察连长完达尔夫生气地说："察干巴拉，是你不对啊，真理越辩越清，真金越擦越明，你有理就讲嘛，一个共产党员不应该打人骂人，要犯大错误的。"

这样吵吵嚷嚷，附近埋水泥桩、拉铁丝网、挖渠平地的军人和民兵们，差不多都知道了。在家里养尊处优的娜布琪也听到了消息，急急忙忙赶过来。这回更是骄横异常，穿了一身绿缎面羔皮蒙古袍，腰扎红绸子宽带，短筒漆皮黑马靴噔噔响，搀扶着丈夫察干巴拉往回走，路上又撇了撇嘴，尖声尖气地叫唤："老八连和民兵队的同志们，你们瞅，我们这位没过门的嫂子——旗长大人多厉害呀。自古道：大树底下好乘凉。他们可好，把察干巴拉欺负得抬不起头来，两天训一顿，三天批一回！"

察干巴拉和老婆连吵带嚷地回去了。吉达的长条个子女人在那边懒洋洋地抬着土，也讲起怪话来："说是明年开春在这里种草种料栽树木，想得怪美，这么大的沙子，还有祖祖辈辈传下来的老硝碱，就这样整天挖沟抬土，骆驼年也得不了利。男女老少齐动员，简直是劳民伤财！"

"啊呀，把老牧场围得风雨不透，往哪边放牧牲畜呀？"

吉达的那个长条个子有点佝偻的老婆哼了一声，又说怪话了，扭了扭腰肢，说道："牛皮吹得震天响，要开发腾格里山，那是骗人骗自己呀，那样高的地方肯定打不成井，有草无水算什么牧场，把大小牲畜都折腾净了，我们靠什么生活？到头来害自己。"

被俘虏后一直受管制的高娃也在这里参加劳动进行平地治碱。她放不下王爷小姐的高贵架子，很矜持庄重，平常什么话也不说，沉默寡言。她穿戴整洁干净，身材高大，长得也漂亮，很是引人注目。琪琪格旗长虽然很疏远但是有亲戚关系，又是同学，对她是比较客气的，从来没有疾言厉色批评过她,更不用说斗争了。她接触过察干巴拉,由于娶了哲别的堂妹子娜布琪,很好说话哩,这样人当官,她就舒服多了。难办就在独立骑兵团方面,这是特别加强主力部队,就像一座大山压在她身上。摆脱和改变这种命运的希望只有一个:就是哥哥莫尔根、丈夫哲别带着队伍打过来,把他们赶跑。现在王府市内外城和周围据点有蒙古军一、二师六个团人马,比这边多,武器也精良,占有着很大优势,这种希望是有的,哼!往大的方面说形势更好,美苏之战是早晚的事,那时候三蒙统一,独立建国一定能够实现。每次想到这里,她腰硬气粗有恃无恐,更加镇定和平静起来,从来不悲观,更不绝望,现在表现出大不以为然的样子,对周围的几个妇女说:"我和琪琪格是同窗学友,在A城农学院学的畜牧专业,对这方面虽然不算精通,多少懂一点。哈尔巴拉、琪琪格二人急于求成,有点盲目冒进了,首先应该开设试点探索出经验来,然后全面展开,不能一下投入这样多的人力物力,要是这里不长草料,山中打不成井怎么办?失策,失策,很失策!"

刘秀英正在离河边不远的芦苇丛中挖渠道,听到了高娃的话,就像男青年一样跳出来,大喝了一声质问道:"你放什么毒?"

高娃愣了一下,脸色刷地变了,但是很快镇静下来,不满意地问道:"你说些什么呀?"

刘秀英的外号叫"假小子",她不光是留着男孩头发,性格上有股泼辣劲儿,寸步不让地继续质问道:"不要狡辩,刚才说了些什么破坏话?"

高娃冷笑了一声撇了撇嘴,根本不把刘秀英放在眼里,说道:"我说的那些话是真理,拿到哪儿也能说得出去,嘿嘿!"

"嗬,你不承认,是不是?"刘秀英叉着腰一站,尖着嗓子喊起来,说道:"你们来呀,这个被管制分子搞破坏活动呢。"

斯琴等很多女青年都围拢过来了,你一言我一语地批斗这个反动军官的小老婆。在众人面前,高娃一句话也不说,既不表示接受,也不提出反驳,始终保持沉默。

女旗长琪琪格的态度很令人费解,也是一句话都不说,既不支持群众批斗,也不帮助高娃说话,似乎处于中立状态。

第六十一回 翻查资料专家寻找数据 深入鬼谷女兵确定井点

军民团结牧场的第二和第三部分，也提到议事日程上来了。琪琪格旗长组织根据地中心民兵深入勘察，进一步了解到准备改造成冬春营地和夏秋营地的腾格里山深处鬼谷、窟窿峰一带，并不缺草，主要是没有水，所谓开发首先要解决水源问题。大学时期就专门研究畜牧业的琪琪格旗长，又下了很大工夫参阅了各种文字的有关寻找水源方面的书籍，访问了很多对打井方面有丰富经验的老年牧民，仔细分析去伪存真，也不知道翻来覆去搞了多少回。这天她亲自带领着斯琴、刘秀英两个大姑娘，骑着马出发了，准备把冬春营地的打井点定下来，立即组织军民打井。

琪琪格虽然是畜牧业方面的专家，骑术却不行，骑着一匹最老实的白马。她右手按着小巧玲珑的手枪皮套，好像要随时准备投入战斗的样子。过了汗庙、王陵和东敖包山，刚走进腾格里山鬼谷南口，她布置道："这里是我们根据地的靠山，消灭过国民党嫡系'虎威部队'装甲机械化六十三团，所以蒙古军一、二师也不敢来，但是零星的偷越封锁线的特务杀手还是有的，也要提高警惕严加防备。"

三个大姑娘迅速拉开距离疏散开，准备出随时冲刺突破包围圈的架势，速度比刚才慢多了，每个人之间保持着差不多十米远。"铁姑娘"斯琴和"假小子"刘秀英两个，都把挂红穗的驳壳枪从木盒中抽出来拿在手中。

过了一会儿，走在头前的女旗长回头笑着问道："我以前没有工夫，没有来得及谈这事，听说你们俩都有了男朋友，恋爱进行得怎么样啦，快坦白交代，要忠诚老实，不要遮遮盖盖，捂着瞒着！"

"啥呀？""假小子"刘秀英假装不懂。

"铁姑娘"斯琴则不然，满脸通红，扭过脸去不回答。

琪琪格继续开玩笑说："你们不坦白交代，我可要检举揭发了。刘秀英和特木尔是从小父母给订的婚，经过共同战斗生产，爱情有了进一步发展，成啦！斯琴和老三呼和巴拉呢，进展迅速，难解难分，也成啦，你们什么时候办喜事呀？"

斯琴第一次被说漏了秘密，羞得爬到马鞍子上面了。

刘秀英到底有股"假小子"气概，笑着反击道："我们早就商量好了，就等着团长和旗长起带头作用哪，哈哈！"

说笑之间到了鬼谷深处，山口两面陡壁上密集的自然岩洞群远远落后，这一带就是那个著名的盆地了，周围是铁桶一样箍着悬崖，在这上面又能看到很多自然岩洞，密密麻麻，有点像蜂窝一样。当中的大盆地上长着齐腰深的草，随风摆动着发出飒飒响声。在这一带做冬春营地是足够了,唯一的缺陷是没有水,真是滴水不漏。

刘秀英拽紧了缰绳,放慢了枣红马的脚步,笑道:“这真是一片好大的牧场啊,要是到处都能打出水来多好,最好的冬春营地。”

斯琴紧跟着琪琪格东看看西瞅瞅,问道:“怎么选打井的地方呢?”

琪琪格说:“冬春在避风的洼地放牧,夏秋在荫凉的高坡赶畜,我们就得在北边定打井点啦!”

走到鬼谷北部边缘,她们仨牵着马徒步走着,来回兜了好多圈子以后,琪琪格发现了目标,接着又很细致地观察了一番,这才说:“你们看这个地方,有多少喜水植物啊,芨芨、白茨、马莲、沙柳、金针、黄花草、狼尾草,这里肯定有地下水。从地形上看,两边像桌子一样平,当中是碟子形洼地,这也是有地下水的标志,就在这儿定打井点。这正是:踏破铁鞋无处寻,得来全不费工夫,太好了!”

这个女旗长接着把小白马交给了刘秀英,她自己一会儿蹲下来,看那些喜水植物,一会儿站起来,观察附近地形。又过了很长时间这才说:“你们俩看,这里靠近鬼谷最北端,后面有悬崖陡壁遮挡风雪,前面是平坦草原阳光充足,当冬春营地是最好不过了。长着很多喜水植物,有大量地下水的可能。地形地貌也好,这就有相当的把握。等着瞅,就在不久的将来,我们根据地中心的军民,在没有各种机械设备的条件下偏要挖出水打成井,气死王府市内外城的蒙古军!”

“就在这儿打冬春营地井,先用大石头垒标记。”斯琴摩拳擦掌地说。

刘秀英也捋胳膊挽袖子,开始动起手来。

琪琪格制止了这两个大姑娘,很认真地说:“我们在八百里腾格里山鬼谷、窟窿峰一带盆地打深井,工程浩大,非同儿戏,不慎重是不行的,不要怕麻烦,不要嫌费事,要多做准备,多搞试验,要有绝对的把握,来,再试验一下,先用火试法,快点!”

刘秀英绊住了马腿,捡来很多干柴堆在碟形洼地里,斯琴也在旁边协助。她们手脚敏捷,动作迅速,立刻把干柴架起来了。琪琪格点着了火,在碟形洼地里冒起了一缕青烟,盘旋着上升了,显出很沉重的样子。

这个女旗长高兴地说:“你们俩看,就是这样冒烟法,转圈上,上得慢,地下水受热蒸汽发起来就是这样冒烟法,说明这地下是有水的。我们马上再来个气试法和盘试法,你们俩拴上马跟我来。”

刘秀英把三匹乘骑分别拴在附近几棵小树上,走过来搓着手笑道:“老试验干什么?往下打就得了,其实有决心就行,把地球打透了,它还能不出水?”

“不能那样讲,革命热情和科学态度要结合起来。”琪琪格表现出很严肃认真的样子,把她们领到不远的地方,从浮土里拿出来一块磁盘,指点着继续说道:“这是刚才你们捡干柴时候扣的磁盘,数九天也有一股潮气,要是在春天肯定有很多水珠。你们再看看刚才碟形洼地,雾气腾腾地往上升,说明地下有很多水哪,我们要有信心。”

她们三个兴高采烈地用大石头垒起了很多打井点标记,准备往回走。也就在这个时候,她们几乎同时看到了奇异的现象:鬼谷盆地北面,窟窿峰南侧,由北往南窜过来很长的一群似马非马的动物,数量极多,排成纵队不见末尾,显黄棕色,肚大体长,在背部从头到尾长着一道漂亮的黑色鬃毛。距离缩短到很近的地方以后,琪琪格放下望远镜,指挥着这两个大姑娘埋伏在齐腰高的深草和灌木丛中,也没有解开拴在附近几棵歪脖子树上的三匹乘骑,严令她俩不许开枪,也不许站起来暴露目标。

刘秀英少见多怪,大为诧异,惊叫起来:“啊呀,这不是马群呀,也不是黄羊群,是什么东西?八百里腾格里山中本来就有白狼、灰狼、黑狼三种狼,现在又出现了这种黄狼,这么多,这么大的个儿,真正吓人,我们仨打不过,快隐蔽起来别动,也别打。”

琪琪格旗长又拿起小巧玲珑的望远镜仔细观察着,一言不发,等这一大群动物到附近停下来吃草以后,这才把望远镜第二次放下来,对这两个大姑娘笑道:“百闻不如一见,这回你们可大开眼界增加知识啦,这是蒙古野驴,野生动物,机会难得,千载难逢,看见它们不容易呀!”

“蒙古野驴?我怎么第一次听说?”斯琴大惑不解。

琪琪格小声笑着解释道:“你没见过没听过的事多啦,大千世界无奇不有,谁也说不全。我是农学院本科畜牧专业毕业的,对此略知一二。蒙古野驴是国际濒危动物,目前全世界有记载的数量不超过三千头,而这次在八百里腾格里山中突然出现如此众多的蒙古野驴,可以说是动物界的一大奇观。你们听我的,不要打,千万不要打,这是稀少的濒危野生动物,平常很少见,偶尔才出现,这是因为越过中蒙国境过来的。蒙古野驴是典型的高原寒漠型动物,生活在海拔三千米以上高原亚寒半荒漠地区,有很强的忍耐力,既耐冷耐热,又耐饥耐渴,并且有敏锐的视觉、听觉和嗅觉。它们在迁徙的时候是排队结群的,由强壮有力的公驴带头,平常就分散吃草了。现在从这个大群里可以看到成体、亚成体和幼体,这就说明蒙古野驴不是消灭而是在发展,不断地繁衍。过一会儿我们可以查看出来,它们的粪便很干燥、很硬、很凝固,这又进一步证实蒙古野驴是一个干旱荒漠型动物,可以十天半个月甚至一个月不喝水,能够从干旱植物中吸取水分。你们不要认为蒙古野驴是外来户,它们实际上是回老家来了,二三十年以前这里是它们的聚居地,经常出没,只是近十年来才绝迹。主要原因是这里草原植被被破坏,战事频繁,枪炮声四起,惊吓逃跑了。这次又是什么促使这些珍贵动物不请自到?八百里腾格里山中今年下了几场大雨,草场情况明显比蒙古人民共和国好,能够提供充足的优质牧草,根据它们的趋食性,肯定要越境过这边来。蒙古野驴大部分时间是觅食或休息,只是三五成群。遇到远方迁徙,这才集合成庞大的集团。它们善于奔跑,时速可达八十公里。奔跑的姿态像马,呈一字排开,队形整齐,场面壮观。它们就这样越境跑过来了,如果能够人工开辟饮水点,再补充供给草料,它们是可以长期留下来不往北走了,可惜我们现在没有这种力量,就连部队的军马和牧民的牲畜都喂不起,哪能顾得上照管这些远来的客人,唉,只好留待将来了,真正可惜。”

说话之间,蒙古野驴的队尾也都过来了,越聚越多,密密麻麻,一头挨一头,拥挤得很。接着起了一阵骚动,那头带队的高大慓悍的公野驴横冲直闯,连踢带咬,兴奋地哇哇大叫,大有唯我独尊称王称霸的模样。这个家伙淫性十足,有那么多的母野驴不屑一顾,径直走到刘秀英骑的那匹母马后边,亲昵地又嗅又舐。母马对这陌生的异类很害怕,连连尥蹶子激烈反抗,但是因为被拴在歪脖榆树上无法躲避,公野驴纵身跳上去了。琪琪格、斯琴、刘秀英这三个大姑娘,在最近距离内看着这野蛮的动作,都慌乱了,脸红心跳,喘气也不均匀了。她们既怕这匹母马受伤,又不好意思继续参观,连忙抽枪向空中打了几发,把这近百头野驴惊跑了。

她们之间难堪地沉默了很长时间,斯琴在路上换了谈话内容,笑道:“旗长啊,我有个大胆的想法,不一定对。按着常理说,在这里打井是第一步,放牧是第二步,先挖出水来再赶牲畜。现在埋桩、拉网、封闭、挖渠、整地、治沙、除碱赶得急，照老规矩走路太慢了，一齐来行不行？一边放牧军马和大牲畜，一边打井。在鬼谷南边放牧军马和大畜，距离根据地中心饮水井和达赖河不算太远，我看能办到。过去想利用也不行啊，怕坏人，怕野兽。现在有老八连和民兵队保护，情况就大不一样了。”

“嗯，一边放牧军马和大牲畜，一边打井。”琪琪格算计着，“伊和浩特饮水井最近处十华里，达赖河最近处十五华里，牛马骆驼只要赶得慢，早起晚归，边放边赶，是可以来回走的。军民的住处好办，利用自然岩洞群，不透风不漏雨，战争时期嘛，就需要过艰苦生活。饮水可以多出牛车拉、骆驼驮。‘假小子’，你也应该说说自己的看法，有什么意见？”

刘秀英说道：“我的意见也是，军马和大牲畜群抓膘要紧，也要转移到鬼谷盆地南端，边放牧边打井。到窟窿峰盆地定夏秋营地打井点的事好办，往后推两天。”

“好，我们回根据地中心伊和浩特再进一步研究。”琪琪格旗长用短筒马靴后跟使劲磕了一下香牛皮鞍鞴。这匹小白马喷了鼻子，往前冲刺了。两边的陡壁飞快地往后退去。

斯琴、刘秀英二人也伏在马鞍上，撒开了铁青马和枣红马的缰绳，用较快的速度从后面赶。腾格里山鬼谷盆地间小路上，响起了一片蹄铁的声音。这三个大姑娘急如流星地赶到了伊和浩特。完达尔夫、“巴拉根仓”老汉、特木尔、呼和巴拉都出来迎接了，大家一起进了侦察连部。

琪琪格端起了镶着银边的红木碗喝着奶茶，把这次到鬼谷盆地定冬春营地打井点的全过程详细介绍了一番，斯琴、刘秀英也喝着奶茶，从旁边插话补充。这工夫来了很多人，把军用大帐篷都挤满了。浩特会计“黑麻子”从后面挤进来，显出皮笑肉不笑的样子很注意地听着。那个封建迷信职业者吉达“孛”站在门外涎着脸鬼头鬼脑张望。

侦察连连长完达尔夫听完了介绍，哈哈笑着说：“你们这次到鬼谷勘察，收获不小呀，选定了冬春营地打井点，又想出了一边放军马和大牲畜，一边打井的好办法，我赞成。”

这工夫，团部电话打通了，哈尔巴拉团长告诉琪琪格旗长说：“封锁线上团直属队和七个连队严阵以待。据我个人分析判断：蒙古军一、二师六个团，在相当长的时间内不敢采取什么大的行动。他们有一个致命的弱点，就是兵源难筹，非蒙古人不招，这样很难扩充队伍打硬仗大仗了，所以你们放心大胆地建设军民团结牧场。现在可以试放一下，这对防守腾格里山鬼谷南口和盆地四面八方自然岩洞群有很大的帮助，能结合起来，好措施呀，免去了后顾之忧。全部军马和大牲畜不要一下转移，先去几群试验一下再说。”

琪琪格、完达尔夫、特木尔、呼和巴拉等领导人，就在当天晚间召开了军民大会，开始商量去鬼谷试验放牧的事情。

察干巴拉也来了，这回他没有酗酒，很清醒，叼着白玉嘴五花铜锅烟袋，架子十足的沉默着，长着连鬓大胡子的脸上满是恼怒的样了，吭哧吭哧直喘，最后终于憋不住了，说道：“我负伤复员转业才几个月，下边风言风语很多，看样子有人整我，那也不怕，该说的还得说，我们这里馊主意坏点子越来越多，井还没有打，怎么往鬼谷赶牲畜，不行！”

“你的意见怎么办？执行三增四多办法？”老三呼和巴拉控制着自己的气愤情绪反问道。

“对，就是，就是，远征游牧。”察干巴拉理直气壮地说，“上次给我哥提过意见，他偏听偏信枕头风，没采纳。我的意见是到远处找熟人朋友借一大片好牧场。当然啦，不能空手去，得送厚礼，人人都爱财，越多越好，那也值得！”

呼和巴拉这回可发火了，满脸连鬓大胡子根根立起来，大喝道："二哥，你这才是馊主意坏点子，比方说，就像扔下自己的家业，到别处去讨饭。"

"大家讨论吧。"琪琪格旗长还是平静地微笑着说。

侦察连干部战士和根据地中心民兵都不同意这种办法，愿意到鬼谷盆地南端去试放。特木尔说："我们离开腾格里山屏障就要吃亏，不能那样干。"

呼和巴拉说道："独立骑兵团和民兵队都走开，蒙古军部和一、二师六个团就钻空子，要重新打通铁路公路大干线，西面的小土公路更不在话下，那就前功尽弃，白白流血流汗了，我们不能走这条路！"

完达尔夫连长也补充道："在八百里腾格里山地建成军民团结牧场四季营地，有很大的战略战术意义，充分利用山势、谷口和岩洞群，进可以攻，退可以守，有很大回旋余地，可以说万无一失，比蒙古军一、二师六个团人盘踞的王府市内外城防御工事强一百倍。"

察干巴拉越听越不是滋味，在军民的议论声中变了脸，恶狠狠地甩门走了。

第二天早晨发现，完达尔夫领着侦察连内有木匠手艺的战士，突击了一个晚上，做出一口大水箱。琪琪格心里乐开了花，叫呼和巴拉把需要的生产和生活用品都装在长长的一列木轮车上，以拉水车为先导，先到鬼谷盆地南端自然岩洞里烧茶做饭。她自己和斯琴、刘秀英协助战士放军马群，从后面慢慢走，有时也照应一下放牛群的民兵。

放军马群的这几个是侦察连的新战士，以前只是到腾格里山边上转转，没有深入到鬼谷。他们从近处看着那些高耸入云的山峰，刀砍斧劈般的峭壁，神秘幽暗的峡谷，龇牙咧嘴的岩洞，觉得很新鲜，都睁大了眼睛观察着。特别使他们感兴趣的是盆地上长的牧草，异口同声地说："这草长得多好啊！"

琪琪格看着他们天真的样子，忍不住笑了，勒住缰绳说道："同志们，伊和塔拉根据地掐住铁路公路大干线，军事地位很重要，但是它沙化退化养不起千军万马，经济基础很薄弱，只有建成这座大型新式军民团结牧场，才能站住脚打好持久仗。"

他们住在悬崖脚下自然岩洞里，来回放牧饮水六天，军马和大牲畜群都抓了膘。虽然这里野兽很多，由于防备严密也没出事故。第七天晚上，他们扛住了沙尘连天的特大风灾，还打死了两条西伯利亚种灰狼，军民皆大欢喜。

第六十二回　虚虚实实小白斗胜大黑　真真假假制造流言蜚语

就在这大风沙的夜晚，“黑麻子”趁着侦察连干部战士、根据地中心伊和浩特民兵队忙于收拢军马和大牲畜群的机会，悄悄溜到汗庙北面王陵附近，和王府市那边潜入的特务杀手接了头。这是他混进根据地中心伊和浩特以后第一次见到同伙，乐得他咧着嘴直想笑，觉得事情总算顺利，打开了局面。但是他万万没有想到，接头的却是打进了蒙古军心脏的邓志刚。这个侦察兵出身的独立骑兵团前政治处主任，化名改姓为白玉堂，蒙古名字叫哈斯格尔。在这段时间内，不仅骗取了扎萨嘎的信任，也得到了莫尔根、莽斯、哲别三个大人物的重视，因此被单独派出来和“影子”联络。他现在穿着黑色蒙古袍子，全身散发着牛羊肉的膻腥气味，假装出鬼头鬼脑的样子张望了一阵，压低了嗓门，粗野地破口谩骂着：“嘿嘿，‘影子’，肏妈人家的小子，咋搞的，潜伏了一年多，无声无息，却没有法子过来人，进度太慢了，军事情报只字不提，莫尔根、莽斯、哲别、扎萨嘎四位长官所知甚少，对共军独立骑兵团和他们所谓根据地怎么进攻？采取什么样战略战术对付？事情全毁在你的手里了！亏你还是个零号情报员、蒙古军联合谍报队副队长，什么也不是，屌毛灰！”

“黑麻子”默不作声，在黑暗中又靠拢了一步，仔细端详着小心翼翼地问道：“长官，你面生得很，是不是军统稽查处的？”

“肏他军统稽查处的邪姥姥，老子不归他们管，最后剩下的‘迈德尔喇嘛’戴励志，差点跟着‘鹰扬部队’步兵十团下十八层地狱了，差点落了个死无葬身之地的下场，能够活着藏在王府市内城深宅大院内吃香的喝辣的享福，全靠我们蒙古军仗义，不念旧恶，舍生忘死抢救出来，苟延残喘，他谁也管不了，什么也管不了，哼！”

“那么，你是？”

“好吧，我可以给你亮亮牌子，我是蒙古青年同盟常驻蒙古军的特工人员，也是蒙古军联合谍报队第一副队长，你才是第二副队长。我又是特号情报员，比你零号情报员高一级，官大压死人，你得听我的，听明白了没有？啊？”

“你叫谁？怎么称呼？他妈的！”“黑麻子”蹲在一座石块垒的坟墓旁，往侦察连驻地方向窥视着，骂骂咧咧地说：“别不明不白地上当受骗，报上字号来！”

“我？汉名白玉堂，蒙古名哈斯格尔，叫我老哈好了，名副其实的蒙古军联合谍报队特务杀手，嘿嘿，胆小鬼！”邓志刚紧靠着另一座青砖砌成的坟墓蹲着，冷笑了两声。

“黑麻子”胆战心惊地继续往侦察连驻地方向窥视着，嗫嚅道：“团难呀，这，这边形势越来越紧张了，简直是寸步难行。”

这个有多种化名的邓志刚，低声吆喝着训斥起来：“嘿嘿，就凭你‘影子’，一个多年的老特务杀手，人称看得见、抓不住、摸不着，连这点事都交不了差，谁也不信，早就听说你本事高强，神通广大。化了名，毁了脸，假装成逃避战乱的难民样子，就在哈尔巴拉、刘青山、特木尔、呼和巴拉等人眼皮底下活动，一点儿也没露馅，混得不错嘛，还当上了共军独立骑兵团根据地中心伊和浩特的会计先生。连这点事都办不成？你想咋着？”

“黑麻子”摆了摆手，愤怒地制止道：“肏妈人家的小子们，这样难伺候，费劲出力卖命也不得好，岂有此理！”

从王府市来的神秘人物又冷笑了两声，活像猫头鹰在嗥叫，用威胁的口吻说：“嘿嘿，‘影子’呀，我们蒙古军联合谍报队，什么都心中有数，什么都干得出来。用不着更多，单是把企图暗杀哈尔巴拉团长展开枪战的一事说出来，就够用了。哈尔巴拉团长、刘青山副团长能放过你吗？还有，这个地方被你杀害的人多啦，共方旗长琪琪格的父亲那斯图老人是怎么死的？跑不掉，赖不成，你是血债累累的反革命分子，特务杀手，放老实点，别扎刺！”

“黑麻子”软下来，变得伏伏贴贴，叹了一口气说：“不要讲这些了，我和你一样也是蒙古军联合谍报队的人，当然要为它效劳。但是你并不知道，最近这边搞得多紧张呀，真是吃肉的想不到啃骨头的苦。伊和浩特老牧场上遍地埋上水泥桩，拉起铁丝网，到处都有人，什么都是集体行动，还开进腾格里山鬼谷盆地堵岩洞封山口，可不得了，共军独立骑兵团胃口大呀！”

邓志刚对此不感到意外，表现出什么都明白的样子，不慌不忙地说：“这一切不就是建设什么军民团结牧场吗？有什么大惊小怪的，他妈的！”

“啊呀，长官，你什么都知道，他们就是要建设什么军民团结牧场，说是要达到自给自足，站稳脚跟，长期掐断铁路公路大干线。事情是研究畜牧业的共方女旗长琪琪格发起的，计划大了。用铁丝网封闭老牧场，开渠道、平地治碱、植树造林、建立饲草料基地；开发腾格里山鬼谷和窟窿峰一带，在那里打十口深井，建成冬春夏秋四季营地，对这一切他们又称之为草原三部曲。军事上意义更大，山口子被他们封锁了，自然岩洞被他们控制了，到处都有共军和民兵，几百双眼睛盯着你，就等于天罗地网，寸步难行。还有，那次我放定时信号弹以后，这里的老八连和民兵队全部出动，骑马挎枪进山搜索，厉害呀。听，北面有枪声！”

“从鬼谷方向传来的，可怕，得快走！”有白玉堂、哈斯格尔等多种姓名的邓志刚掏出手枪趴在地上。埋葬着这个旗历代王爷的坟墓群中，大风呜呜吼叫，附近枯黄的茅草和干柳条子哗啦哗啦响，那些青松翠柏来回摇摆着，阴森恐怖。过了一会儿，他颇有自信地介绍道：“对现在建设的这个军民团结牧场，我们蒙古军内部有两种截然不同的意见，一部分人认为这些两条腿的牲畜，连屁股都摸不着的手还想摸着天，痴心妄想，他们在腾格里山中什么也干不成，这是没有水的山，由他们折腾去吧，劳民伤财，最后以失败告终。有这种观点的人是少数，绝大多数人认为军民团结牧场有成功的可能，因为组织者和领导人是琪琪格，她是农学院高材生，畜牧业专家，没有绝对把握她是不会轻举妄动的，建设成功的可能性还很大，为此不能坐失良机，应该及早动手把它掐死在摇篮之中，作为切断铁路公路大干线的最大报复。正在议论纷纷的时候，蒙古军的天字第一号大人物莫尔根王爷说话了，把这些意见归纳起来做出了惊人的决策。他老人家采取的措施是非凡的，也是英明和伟大的，他指示在这个军民团结牧场建设过程中，蒙古军不出动大的兵力进攻破坏，等它成功了，瓜熟蒂落，一下子夺过来据为己有，和王府市内外城连成一片，那时候才真正变成复兴基地了，用不着打通铁路公路大干线，闭关自守，高枕无忧，等待第三次世界大战爆发,到那时候不止是高度自治而已,而是要建立大蒙古国了,嘿嘿!”

“黑麻子”并没有高兴,像蚊子一样哼哼唉声叹气:“是呀,长官,这好是好,但是这需要多大耐心,需要等待多长时间呀,我可是受罪了,可能是永无回王府市之日。长官,我们蒙古军部和一、二师六个团人马,兵力占优势,为什么打不进来?”

邓志刚低声道:“元旦过后,春节前夕,有一次特别军事行动,目标是共军根据地中心伊和浩特,想把高娃太太抢回去,你要想法子里应外合,这里还有什么有利于我们蒙古军的新鲜事吗?”

得了“黑麻子”外号的“影子”,凑到新上司耳边低声细语起来:“哈斯格尔长官,您在重兵防守的王府市内外城,不知道这边情况。哈尔巴拉已经和二弟察干巴拉闹僵了。老二察干巴拉要远征游牧,老大哈尔巴拉、老三呼和巴拉不同意,他们把这二兄弟训斥得鼻青脸肿,左右不是。但是这个察干巴拉是从部队上下来的,立过汗马功劳,不好惹,吵得很厉害。”

“还有这样好事,哪边力量大?是不是老大说了算,他是团长兼政治委员,又是这里的旗委书记,是这里共产党最大的官儿!”

“嘿嘿,当然啦,庙顶上的瓦比台阶上的石头亮,营房里的兵比毡包里的牧民强。哈尔巴拉最厉害,有那么多的官衔,他的未婚妻又是这里的旗长,权力大了。不过他们内部不和对我们大有好处呀,把水搅混了,我们活动方便,他们一部分人远征游牧,我们正好趁这机会下手,乱中取胜。”

“远征游牧,那太好了!”邓志刚假装兴奋地说,“你要用全部力气帮助那个老二,他提出的办法对我们蒙古军也有利,两个师六个团官兵的吃喝穿都能解决。军民团结牧场对将来有利,远征游牧对目前有利,都有利,都要好好利用!‘影子’你很有办法,潜伏了几年形迹不露,还掌握了根据地中心的经济实权,不错,不错,不久的将来定能建立丰功伟绩,这是可以拭目以待的,嘿嘿!”

“黑麻子”的口气突然变了,充满了杀气,咬牙切齿地说:“肏妈人家的小子,别捡着好听的捧着唠。老子受够了莫尔根、莽斯、哲别、扎萨嘎等人的瞎指挥,在西面B市野战医院整容换颜毁了我的脸,强迫硬逼着赶进共军独立骑兵团根据地中心伊和浩特来,弄得这里人人捂嘴,个个嘲笑,他们管我叫‘黑麻子’,搞得人不像人,鬼不像鬼,哪有像你腰杆硬呀,深沟高垒,枕头塞得高高地,舒舒服服睡大觉。那么,我问问你,我冒着丢脑袋的危险接受了蒙古军交给的差事,你也不能光说初一、十五的吉利话,给我灌迷魂汤,到底有没有赏?肏妈人家的小子们,真是不够朋友,不讲义气。”

邓志刚嘲笑道:“亏你还是个有双重外号的老特务杀手,‘影子’、‘黑麻子’,扯鸡巴蛋,什么也不懂,那是什么时候,东线主力‘虎威部队’装甲机械化六十三团全军覆没,我们按兵不动,见死不救;西线主力‘鹰扬部队’装甲机械化十团反过来打击报复,我们倒了一连串血霉,摊上了数不清的灾难,撵你出来是为了你好我好大家都好。现在情况完全不同了,从根本上转变过来了,复兴基地王府市内外城中大换样,清一色都是蒙古军,大家都为高度自治、独立建国艰苦奋斗,准备条件。你也不赖,别竟捡着灰话说,莫尔根军长又授给你少校衔、腾格里山区潜伏组长、共军根据地交通联络站长,比你在蒙古军联合谍报队当副队长时候级别还高,军部非常器重你,嗯,这是证件,拿着,一会儿还有好东西。这回该满意了,嗯,我们即将成立的蒙古军政府有很大希望,军长莫尔根、副军长兼第一师师长莽斯、参谋长兼第二师师长哲别,在前边抛头露面,队长扎萨嘎操纵蒙古青年同盟在当中拉皮条，美国朋友在后边撑腰。再加上我们蒙古军部和一、二师六个团官兵，比当地共军独立骑兵团强百倍，占绝对优势，怕什么，到飞黄腾达的时候了，你就挺起腰来大干一场吧，建立地下情报网，迅速及时投递大大小小军事动态，万无一失，嗯，当然要在安全可靠保险的情况下，怎么样，有合适的人选吗？"

"好，好，太好了！""黑麻子"拿着证件欣喜若狂，答非所问地说。

邓志刚把手伸进黑色蒙古袍怀里掏着，又继续说："还有东西给你，卖点力气，你把刚才交给的任务重复一遍！"

"是，第一，建立地下交通联络站和情报网；第二，投递大大小小军事动态，万无一失；第三，不破坏正在建设的军民团结牧场，为将来备用；第四，帮助远征游牧；第五，配合春节攻势，里应外合，嘿嘿！""黑麻子"狞笑着说了一大套，洋洋得意。

"嘿嘿，老关系，老同事，老地方，'影子'，你在这里真可以说是如鱼得水。马上动手，把一切准备好，不得有误，给，这是两把手枪和一千发子弹，还有活动经费，银元一百块！"

"枪，子弹，钱，好，我一定不负使命！"

邓志刚在黑暗中恶狠狠地盯着这个手舞足蹈的老特务杀手，低沉地喝道："'影子'，你先别高兴过早了，少校军官衔，手枪和子弹，还有一百块银元，就办这几件事，岂不太便宜吗？还有呢！"

"是，长官！"

"最后一个任务更厉害，就是挑拨离间哈尔巴拉团长、琪琪格旗长两人的婚姻。这是神经中枢，最敏感的部分，懂吗？用扎萨嘎队长的话来说就是自己抢不到手，也不叫哈尔巴拉抢到手。你就放出风声说琪琪格旗长和扎萨嘎队长有秘密信件来往，恋恋不舍，想要炸出去叛变投敌，嘿嘿，这是琪琪格写给扎萨嘎的一首诗，简直是缠绵悱恻，恩爱得要死要活的，我抄来了，你拿回去品这个滋味，嘿嘿：

蒙古勇士刀枪明，
军号嘹亮起征程；
并马王市袂别路，
仍将后约订内城。
千言万语情意浓，
重重嘱咐苦叮咛；
梦魂日夜随君行，
缠绕青旗化春风。"

"啧啧，一夜夫妻，情深似海，恩重如山，这是谁想出来的啊，多么毒辣的麻痹拳，连大名鼎鼎的武术家、摔跤手哈尔巴拉也招架不住的，厉害，厉害，无毒非丈夫，早就应该这样办，客气什么，还有什么办的，请吩咐！"

"这是我们顶头上司扎萨嘎亲自定的多条锦囊妙计，可以定乾坤啦，见机行事吧，'影子'，'黑麻子'，嘿嘿，多加保重，后会有期，再见！"

邓志刚消失在腾格里山鬼谷南口的窄沟狭路之中。其实，他没有直接回王府市，而是绕了个弯秘密地到了封锁线上的独立骑兵团团部，面见哈尔巴拉、刘青山两位团长，揭露了蒙古军的全部阴谋诡计。这次行动关系重大，不仅避免了哈尔巴拉、琪琪格二人爱情破裂，更重要的是使独立骑兵团掌握了蒙古军的行动计划，有了更充分准备。

“黑麻子”像黄鼠狼一样蹑手蹑脚地从阴暗角落里溜了回来。出乎意料的是：侦察连部驻地附近星罗棋布的帐篷和带棚木轮车之间，人声喧哗，好像发生了什么事情，他吓得发了一抖，坑坑洼洼的脸变成死灰色，三角眼歪斜起来，硬着头皮站在外边偷听动静，很快搞清楚了，和他一点关系都没有，原来是党支部书记察干巴拉和老婆娜布琪，正为自己的牛群到鬼谷盆地南边试放的事大吵大闹。“黑麻子”放下心来，狞笑了一声，回到自己住的蒙古包隐藏好了证件、手枪、子弹、银元，又返回来。侦察连部大帐篷内，娜布琪还在尖声尖气地叫嚷：“人家的亲戚当了官护亲帮友，我们家的亲戚当了官往兄弟头上拉屎撒尿。我看呀，旗长大人就是愁自己穷恨别人富，瞅我们家日子过得好，就眼红了。把我们家的牛群赶到鬼谷去放，是安的啥心？天山鬼谷窟窿峰，野兽成群豺狼凶，都喂了狭保，察干巴拉成了巴达尔沁，旗长大人就舒坦啦？”

“消消气，压压火，别那样说话！”侦察连连长完达尔夫劝说着这个撒野耍蛮的妇女，“到鬼谷盆地南边试放的不光有牧民的牛群，还有我们独立骑兵团的好些军马群，琪琪格旗长、‘铁姑娘’斯琴、‘假小子’刘秀英和根据地中心的很多民兵都在那里，他们连蒙古军部和一、二师六个团，国民党嫡系六十三团、十团都能对付，豺狼野兽更不在话下，放心吧！”

娜布琪不听，还是直着脖子喊：“旗长动动嘴，牧民跑断腿，她管那些，那时候坐在岩洞喝奶茶，吹牛皮！”

这些话好比火上加油，站在一旁的察干巴拉便发作了，板着连鬓大胡子脸，怒气冲冲地说：“这位旗长，越来越欺负人，什么都自作主张，独断专行，就连我家牛群去腾格里山鬼谷放牧，都不通知我，太不像话！”

偷偷溜进来在阴暗角落里察言观色的“黑麻子”，趁机搧风点火了，假装出惊慌不安的样子，喃喃自言道：“那阵，鬼谷南口方向响了两枪，深更半夜，那种地方，凶多吉少，唉！”

察干巴拉大为吃惊，很怕自己的牛群遭受损失。娜布琪更是着急得直跺脚，大叫了一声哭起来。那眼泪顺着白胖的粉脸往下流，绿缎子蒙古袍前胸湿了一大片，数落着：“啊呀呀，这可怎么好？我那牛群呀，都是好牛呀，要是有了三长两短，我们怎么过呀。我的结结实实的牛群呀，拉起车来力大无穷，挤起奶来源源不断，一头头都是宝贝，是我从娘家带来的，是我和哥哥吵着分来的，现在都完了，呜呜。”

在无理取闹的妻子面前，察干巴拉倒是很耐心，轻轻抚摸着娜布琪的头发安慰着，连连唉声叹气，手足失措，不敢说一句硬话，就差点跟着掉眼泪，显出很滑稽的样子，十分可笑。

完达尔夫摇摇头小声说：“难怪老八连的干部战士在背后议论：

摔跤场上是铁汉，
打起仗来是钢汉；
遇到烧酒是泥汉，
看见老婆是纸汉。”

特木尔叹了口气，说道：“还有更厉害的呢，根据地中心伊和浩特的民兵给他也编了好力宝，说是：

大吃二喝喷酒气，

三增四多吹邪气，
建设牧场大泄气，
不去劳动摆官气，
放任老婆耍娇气，
提起过去有骄气，
讨论将来生暮气，
听到批评发脾气，
胡搅蛮缠撒怨气，
老一套的臭霉气，
占了脑子不透气。”

军民正劝说间，琪琪格、斯琴、刘秀英、呼和巴拉等人都回来了，还驮着两条死狼，是西伯利亚种灰狼。他们看见察干巴拉夫妻狼狈不堪的样子，都吃了一惊。琪琪格旗长从人们的片言只语中知道了事情的起因，沉默了好长一阵子，这才兴致勃勃地对大家说：“这次出去有收获，在鬼谷盆地南边试放成功，军马和牛群都抓了膘，扛住了特大风灾，还打死两条西伯利亚种灰狼。我现在决定，明后天全部军马和大牲畜群转移到鬼谷盆地南端，边放牧边打井。这样，军民团结牧场建设能大大向前迈进一步，大家准备吧！”

大家都高兴地议论起这件事。老三呼和巴拉笑着补充了几句：“军民团结牧场正式开始建设才几个月，就初具规模了，应该拿出打仗的精神来干，我们的口号是：天寒地冻无阻挡，铁锨镐头当刀枪；军民团结一条心，建成新型大牧场。这点困难算不了什么，明天就转移到鬼谷盆地南边继续试放！”

完达尔夫也笑道：“这回转移到鬼谷盆地南边的军马和大牲畜群太多了，人员也随着增加，水箱需要很多，还是那句老话，我们老八连全包下来！”

“自然岩洞潮湿，我们赶毡子。”这是“铁姑娘”斯琴的声音。

一不做，二不休，“假小子”刘秀英和腼腆沉静的特木尔、愣头愣脑的楚鲁都来劲了，一致要求到窟窿峰附近盆地打夏秋营地深井，群情激动。

“巴拉根仓”老汉看着军民干劲十足的样子高兴起来，摸着光秃秃的下巴，露出残缺不全的牙齿，对养子呼和巴拉笑道：“年轻人，火热的心，把我这个老头子也鼓舞起来了。刚才我们修械厂军工工人商量啦，包打全部铁家具，包利道啊，钢要用在刀刃上，干哪！”

吉达“孛”在人群后面冷言冷语，说道：“新年和春节快要到了还想要进山，从古到今没有这样干活的，哼！”

琪琪格、完达尔夫等军政领导人经过研究决定：新年和春节期间，军民的生活是应该改善和照顾的，但是工程不能停下来，分秒必争。对此，吉达“孛”等人产生了不满情绪，进一步制造流言蜚语，诽谤攻击牧场建设。在这方面，察干巴拉和额尔旦老人是支持他们的。“黑麻子”又在背后煽阴风点鬼火。这样，吉达“孛”的腰杆子更硬了，纠集了十来个气味相投的人，写了联名上告信，递到兼任旗委书记的哈尔巴拉团长那里。吉达“孛”认为这场官司一定能打赢，变成美滋滋喜洋洋的样子等着好结果的出现。

第六十三回　送去肉食支书上告刁状
互相利用特务同流合污

军民团结牧场建设搞得热火朝天，进展很快。从达赖河引水的灌溉渠系也开始动工了；在鬼谷盆地定了冬春营地打井点的同时，试放成功，全部军马和大牲畜群转移，膘情大有好转，没有发生什么死亡、狼害等事故。实践出真知，斗争增才干，琪琪格信心更足了，经过和哈尔巴拉、刘青山两个团长商量以后决定：接着去窟窿峰附近盆地定夏秋营地打井点。

那里是腾格里群山最高点，海拔两千多米，峰底下的大盆地低洼很深，风大气候冷，是个艰苦的地方，报名去的战士和民兵很多，这个女旗长心中有数，笑道："你们不用争夺，现在人人都有工作，劳动力紧张，我和'铁姑娘'、'假小子'足够了，连通讯员都不用带，嘿嘿！"

这三个大姑娘又像上次那样很快出发了。刘秀英说道："我听特木尔说：'黑麻子'在刮大风晚上出去一趟，鬼鬼祟祟、慌慌张张的，不知道去什么地方了，可疑！"

斯琴也说："哈尔巴拉团长、刘青山副团长，为什么不批准逮捕呢？真奇怪，右倾麻痹思想！"

琪琪格想到最近和两位团长争论情况，心里很怀疑，搞不清是怎么回事。当时她说"黑麻子"有很多破坏活动，应该立刻采取措施把他逮捕起来。哈尔巴拉不同意，笑着答复道："这个不必费心，也不用着急，到时候就可以迎刃而解。"琪琪格是领导干部，不能犯自由主义，现在对这两个大姑娘只好说："下一步在鬼谷和窟窿峰盆地各打五口深井，老八连和根据地中心民兵队都分散了，这里没人，很容易出事，就叫'黑麻子'到腾格里山中打井，放在群众监督之下。"

谈话突然中断了，她们仨上了一块坡地以后，发现远处山脚下有一群黄羊缓缓移动。三个人商量了一下，琪琪格、斯琴埋伏在半人高的深草丛中，跟前有棵枯死的树桩，这是显著目标，往这边赶黄羊时不至于搞错方向。刘秀英骑着马往这群黄羊左前方走过去，从这里走出去半里多地以后，黄羊发现了她，开始警觉起来。因为她走的不急，又离着很远，黄羊没有受到特别的惊扰，但还是躲躲闪闪地往前走了。刘秀英机动灵活地兜着大圈子，终于在没有把黄羊吓跑的情况下，赶到了离枯死树桩不到五百米的地方，这正好便于射击。

"来啦！"琪琪格轻声笑了笑，说："'铁姑娘'，这回看你的啦，距离四百多米，打中一只太次了，要三枪三中，三只黄羊肉才能够这里吃一顿呢，开枪吧！"

斯琴有点紧张，脸红了，谦虚地要让琪琪格先打，说："不行，怕完不成任务，旗长，还是你打，你的枪法好！"

琪琪格笑着瞪了她一眼，说："看你，打黄羊还紧张了，参加过消灭'虎威'、'鹰扬'部队战斗，连这都打不了？快打！"

斯琴想黄羊不是站着等的死靶子，一定得采用巧妙的打法。于是她用跟着独立骑兵团练兵学成的匍匐前进的硬功夫，迅速而毫无动静地往前爬了几步，看了看角度还是不行，又换了两个位置，直到满意了以后，沉住气端起枪勾了机子。硝烟起处，三只挺肥壮的黄羊被串了糖葫芦，头一只马上倒下去了；第二只高高地跳跃了一下，哀叫了一声也倒下去；第三只斜着身子往前跑了一段，一头撞在枯树桩上，四腿朝上倒下了，嘴里吐着白沫。

"打得好，打得巧，打得妙！"这个女旗长的白俊的脸上红光焕发，连声喝彩，索性就一跃而起，抽出小巧玲珑的手枪。她大喊大叫一声："打掉你的脑袋！"跑在最前边的一只黄羊倒在地上。她接着又吆喝了一声："翘尾巴往哪里跑！"跑在最后的一只黄羊尾巴根上起了一团硝烟，哆嗦了几下就跪下去了。

这时候刘秀英骑马跑过来，翻身下鞍，巡视了一下附近横躺竖卧的五只黄羊，笑道："你们俩还真行，没叫我白蹓一趟马，超额完成了任务。我估计最多也不过打两三只，主要还是旗长打，嘿嘿！"

"不，不，斯琴枪法好，也能动脑筋想办法，一枪打中三只，串了糖葫芦，厉害，真正厉害！"

这三个大姑娘把猎获物分别驮在三匹马上，牵着到了刚转移到鬼谷盆地南边来的军马和大牲畜群附近，自告奋勇当了炊事员，开始做起饭来。她们煎、炒、烹、炸、溜、焖、炖、烩，样样都会，虽然不太精通，味道还是可以的，忙了大半天，做了四碗四盘八样菜，煮的大米干饭，还烙了白面大饼。在这自古以来没有人烟的高山深谷中，这样的饭菜是比较丰富的，特别是旗长亲自来慰问，放牧军马的战士和放牧大牲畜群的民兵都很高兴，愉快地度过了一九四九年元旦。

元月二日早晨，她们三人骑着马，另外牵着一匹驮水箱的马，到窟窿峰附近盆地定了夏秋营地打井点，垒了大石块做标记。至此，军民团结牧场建设中最困难的部分，也已实地勘查完毕。

她们回来路过金碧辉煌的汗庙的时候，遇到了茂都背着很大粪篓拿着粪叉捡牛粪。这个下层喇嘛体弱多病，衣裳褴褛，简直像个讨吃要饭的"巴达尔沁"，从里到外不能和达尔罕相比。琪琪格专门去汗庙的次数不多，初次看到这情况，心里燃起了一股怒火，两道柳叶眉跳动了一下，说道："茂都喇嘛，大冷天出来捡烧的，还穿破衣服，这怎么行！很大的汗庙，家底不薄，有名的蒙医大夫达尔罕，收入不少，就光使用你不供衣服穿？"

茂都是在汗庙那次战火焚烧以后，仅剩不多的喇嘛之一，因为他无家可归，只好在这里干苦役，身上有多种疾病，眼睛也不好，角膜都红肿发炎了，眼珠子上蒙着白内障，看见这个长得像嫦娥一样俊俏的女军人，一时还分辨不出谁来，畏缩地倒退了几步。等认出来以后，轻轻叹了口气，也不答话，只顾低头捡粪。

琪琪格注意地看了看对方，这才往回走了，气愤地想道：达尔罕穿缎子披绸子，阔到天上了；茂都穿着破烂衣服，冻得发哆嗦。牧改搞了一年多，伊和浩特又是根据地中心，有这样严重的剥削行为，这还了得，一定要好好限制。

当天下午召开侦察连和根据地中心民兵队大会，讨论成立打井队的事，会场立刻沸腾起来，好多只手举着报名不肯放下来。过了一个小时，十个打井队分别组织起来了，负责人和打井地点也定了。

"就这样啦，大家回去准备吧，过两天就进山，先在鬼谷盆地打冬春营地井，接着在窟窿峰附近盆地打夏秋营地井，散会啦！"完达尔夫和特木尔都嚷嚷着。

琪琪格把察干巴拉、"黑麻子"两个人留下了，很严肃地对他们说："别看你们俩不举手报名，也要去打井。我们就要学习老解放区干部，做到雪天一身白，风天一身土，雨天一身泥，真正同群众打成一片。光叫群众干，自己怕流汗，那一定是站着指挥话不灵，谈不到带领群众建设根据地中心，听明白了？准备进山吧！”

“我不去！”察干巴拉蛮横无理地说，“就是编进打井队伍也不去，自欺欺人，劳民伤财，哼！”

“黑麻子”的脸上显出皮笑肉不笑的样子，尴尬地笑了一声说道：“旗长，我也去不了。”

“不行！”

就在这时候门风一响，老三呼和巴拉走进来，皱着眉头很不高兴地说：“旗长，有几个人变卦啦，不想去窟窿峰，怎么说服动员也不行，就是不去。”

琪琪格很纳闷地说：“他们几个怎么回事，刚才报名时候挺起劲，这么快就变了？”

“真奇怪，他们几个不是阿爸头痛，就是阿妈脑热，有一个还说自己发烧，躺在蒙古包内大声哼哼，要求找别人代替他打井！”

“现在也没有流行感冒呀！”

“真奇怪。”

琪琪格只好撂下察干巴拉、“黑麻子”出来了，领着侦察连卫生员走了不少蒙古包，登门给看病。在诊断治疗的时候，发现了两种情况。有一个年轻牧民在蒙古包外面小声对她说：“嘿，我阿爸硬实着哪，一点毛病都没有，主要是思想有问题，怕我到窟窿峰附近盆地动土挖坑，中邪招魔。这是封建迷信，给他吃药，说句不好听的话，就像甸子上扔肥肉，沙子里倒奶油，白白浪费，唉！”

另一个躺在蒙古包内大声哼哼的中年牧民更有意思，侦察连卫生员给他诊断的时候，不好意思了，脸上红一阵白一阵，只是摇头晃脑唉声叹气，很难为情的样子。

通过这几个线索进一步了解以后发现，这原来是吉达“孛”搞的鬼。他纠集十来个不愿意参加军民团结牧场建设的人，向兼任旗委书记的哈尔巴拉团长告状以后，觉得自己有可能打赢这场官司，嚣张得不行。这时候听到了琪琪格旗长到窟窿峰附近盆地定夏秋营地打井点的消息，这就更按捺不住了。因为那里有萨满庙，是祭祀他们“孛”的祖师爷的神圣地方。他就对一些老头老婆连吹带哨地诈唬起来，说道：“哼，三百多年以前，我们旗王爷修官邸，不是那么随随便便的，左选右找才看中了王府市这一带地方，背靠腾格里山，南接达赖河，处在伊和塔拉大草原腹地，山水清，风景好，是个藏龙卧虎之处。清朝皇帝说过我旗王爷是草龙。不管什么龙，是个龙就不简单了，反正是个天上的星宿下凡。最早的亲王在创业当初就想到子孙后代世袭和继承，祭祀供奉圣祖成吉思汗，祈祷保佑，请了两位护法神。右卫神是从西藏请来的一世活佛，住在汗庙。左卫神就是我们祖师爷，窟窿峰顶上萨满庙中的巫神大头‘孛’。左右两个护法神情况大不一样，喇嘛是一点本事都没有，一个个都是色鬼淫棍，酒罐肉袋。‘孛’的本事大了，鬼谷中从古到今为什么死了那么多的人，有过路干渴死的，有被三种狼咬死的，有被历代王爷杀死的，再加上近年来逃跑时死掉的日本关东军美津骑兵师团官兵，领导两次暴动以后死的共产党独立骑兵团老八连干部战士，还有蒙古军部和第二师四、五、六团，国民党嫡系六十三团的官兵，都没法算了。这都是大头‘孛’招的‘翁古特’。现在你们看吧，一堆一堆白骨，一闪一闪鬼火，谁也不能去，哼！凶多吉少，有去无回！”

有些老年牧民本来就有比较严重的封建迷信思想，听吉达胡说了一通就信以为真了，很怕他们家的年轻人到那一带以后中邪招魔，或遭到蒙古军偷袭，因此突然装病不干了。

琪琪格旗长了解到这些情况以后，没有草率从事，又领着斯琴、刘秀英两个大姑娘调查了一番，最后搞清楚确实是这么回事。她和完达尔夫连长商量以后，把吉达叫到军政干部会上狠狠地批评了一顿。

这个"孛"怨气冲天，蒙古袍怀里揣了一大瓶马奶酒，走到妹夫察干巴拉家告状。这时候天很晚了，驻军和牧民熄了灯火，只有察干巴拉两座蒙古包的天窗上透露出一点亮光。察干巴拉正和"黑麻子"大吃二喝，烧酒和猪肉是这个会计从外地托人买来的。察干巴拉已有八分醉了，看见走进来的内兄，睁起布满红丝的眼睛，沉着络腮大胡子脸，带着极为不满的声调问道："听说，这次又开会批评你了，竟扯了些什么？"

吉达从小当"孛"装神弄鬼惯了，也是很会拿假相的，默默地把揣着的马奶酒拿出来放到桌上，满脸是沮丧的表情，连连摇着头，唉声叹气说道："不用提了，不用提了，他们把我批评苦啦，整得屁滚尿流，鼻青脸肿的，三分像人七分像鬼，嘿嘿！"

察干巴拉看见大舅子萎靡不振的样子，喝下去的烧酒涌上来，大大发火了，厉声问道："到底是咋股子事啊？"

"黑麻子"还没等吉达回答，就长叹了一口气，假装出很同情的样子，低声说："支书啊，琪琪格旗长是不够意思。我们伊和塔拉草原上有一句话说得好，打狗要看主人面，骑马要留主人情。吉达是你的内兄，她领着一伙人这样狠狠整他，这明明是朝着你来的，六亲不认啊！"

察干巴拉更生气了，骂道："对，'黑麻子'，你有眼力，这狐狸精欺人太甚，整到我头上来了，白天指名叫我上窟窿峰附近盆地打井，岂有此理，我是干那种活儿的人吗？哼哼！"

"就是，就是，南征北战多年，劳苦功高，嘿嘿！"

娜布琪也插话了，这个嘴尖舌毒心刁的女人，叉着腰站着恶狠狠地说："察干巴拉，你太老实，心眼太好，琪琪格手下有多少人哪，你呢，就有吉达、'黑麻子'两个人，现在一个一个被人家整臭了，整倒了，众叛亲离，成了光棍！"

"我去揍这个迷人的狐狸精！"察干巴拉拿出摔跤手的架势忽地跳起来。

吉达嘴里嚼着大块猪肉，急忙过来抱住了妹夫，放低了声音说："察干巴拉，那就输了理啦，不能揍她，到你哥哥哈尔巴拉团长那里告状，递呈子，他是旗委书记，只有他才能管住他们了。"

"唔，我怎么没有想到这个。"察干巴拉听了这话又坐下来重新喝酒，一直喝到过了半夜才散场。

"黑麻子"临走时把这个支部书记领到蒙古包外僻静地方，又假装出十分关心和同情的样子，恶毒地挑拨离间说："支书啊，你最近遇到了好多不顺心的事！封闭老牧场，开发鬼谷和窟窿峰，那是老鞑子看戏白搭工呀！在这一点上，我是特别赞成您和老浩特额尔旦的意见的：封锁线上天天交火打仗，我们没有那么大力量呀，搞这个又搞那个，胃口太大了，干不成呀，据我说呀，还是您看得准、看得稳、看得全。现在落了个不是，成了什么右倾保守、靠天养畜、居功骄傲、变质忘本，全来了。真是应了一句俗话：坏狗和拿长棍子的人有仇，坏人和说实话的人有仇。支书，你想过没有？琪琪格旗长看你碍手碍脚，想把您撤下来，换上一个听话的人。水草丰美的牧场牲畜多，权势大的人家朋友多，这话有理。势利眼这东西可了不得，这样搞下去连亲戚都疏远了。你就告他，她不是好东西，吃里爬外，听说和哲别参谋长的公子扎萨嘎少爷有密信来往，这

位公子是蒙古军联合谍报队长呀,是个大特务杀手呀！还传说写出这样一首诗,听听琪琪格这劲头:

蒙古勇士刀枪明,
军号嘹亮起征程;
驰马王市袂别路,
仍将后约订内城。
千言万语情意浓,
重重嘱咐苦叮咛;
梦魂日夜随君行,
缠绕青旗化春风。

你看多毒呀,哪边胜了随哪边,双保险,两边倒,左右逢源,你哥斗心眼斗不过她,唉,真是迷人的狐狸精,嘿嘿!"

这真像炸雷轰顶,察干巴拉大吃了一惊,问道:"真的?"

"风言风语多了,不可不防,听说封锁线那边蒙古军一、二师六个团,拿着喇叭筒广播……"

一月十日上午,十个打井队分别进山的同时,察干巴拉换穿了一身蓝缎子蒙古袍,腰扎红绸宽带,掖着白玉嘴五花铜锅烟杆,头戴狐狸皮防寒帽,脚穿长筒黑漆皮马靴,着实打扮一阵,到团部告状去了。他不是空手去的,马鞍的一边挂着五只野兔,另一边挂着五只山鸡,都是挑选的肥大溜圆的。他骑的这匹大白走马果然不赖,速度快,又稳当得很,骑多远的路也累不着,怪不得察干巴拉经常炫耀说:"大白马走得稳,端碗奶茶不会洒。"马鞍的样式和构造也很特别,单说龙头铜镫,不仅华丽新颖,马走得快它就发出一阵轻松悦耳的声音,是那对龙嘴里有类似哨子的东西。这镫子是本旗王爷历代相传使用的物品,在某次战斗中失落了。去年,察干巴拉打听到了它的下落以后,竟用十只绵羊换了回来,还多少带点强制性。呼和巴拉听到这件事,批评二哥讲排场、摆阔气、搞特殊化。察干巴拉根本不理会,当成耳旁风,一直用下来。

天快要正午的时候,察干巴拉直接到了封锁线附近独立骑兵团团部。这座大型的草绿色军用帐篷里面,陈列简单朴素,除了一个火炉、两张床、两张放着电话机的办公桌以外,别无他物。刘青山到前沿阵地巡回视察去了,只有哈尔巴拉在家,跟前有不少警卫人员进进出出。这位团长见了察干巴拉,笑眯眯地说道:"二弟,我很想去根据地中心看看军民团结牧场建设的情况,但是大敌当前,军务匆忙,就是抽不出时间来。这是从大东面流窜过来的蒙古军第一师那里缴获的关东烟叶,尝尝!"

察干巴拉在这几个月来第一次见到哥哥,稍微感到拘束地掏出白玉嘴五花铜锅烟杆来,一边观察着这里的小摆设和用具,发现有不少神奇微妙的变化:哥哥正看着一本很厚的硬皮汉文《三国演义》,从插图上可以看得出来;床上放着很小的收音机;用炮弹壳做的笔筒里插着各式各样的笔;烟灰缸也是用炮弹壳做的,都很特别;挂着好些大地图,有军用的,有行政区域的,还有军民团结牧场规划图。更使他不习惯的是,哥哥不用大茶壶熬奶茶了,而是用带盖的搪瓷茶杯沏茶,沏的不是红茶也不是花茶,而是从蒙古军第一师那里缴获的叫一种绿茶的玩艺儿。这种烟叶说是配了外国佐料,味道也古怪,有点香气,还有点苦,精潮一个劲要火,里面是不是拌了药材?

哈尔巴拉微笑着说："二弟，你带来了这么多野兔山鸡，其实用不着。"

察干巴拉刚才的那股拘束劲儿消失了一些，摸了一下刚刚刮掉连鬓大胡子的青悠悠的下巴，恭恭敬敬地说："哥哥，搞肉食是方便的，你工作劳累，不适当补充是不行的，以后经常给你送来，牛羊骆驼肉都行，黄羊野猪肉也没问题，上次又打着一只大黑熊呢。什么时候也不让你缺肉吃！"

"不要，不要，战争的年代，艰苦的生活，我们要经得起考验，和广大军民同甘共苦，不能搞特殊。"

察干巴拉愣了一下，沉默了好大一会儿，不吱声了。

哈尔巴拉为了缓和这种氛围，换了口吻笑道："熊掌是好东西啦，留下没有？"

察干巴拉糊涂了，他完全不明白哥哥的意思，有点结巴地问道："熊，熊掌有什么用？"

"嗨，二弟，你真是个老蒙古啊，就知道吃全羊，哈哈，熊掌是名贵的菜啦，我倒是不吃，王府市内外城的蒙古军军部和一、二师六个团人，正到处张罗山珍海味，准备粉墨登场成立什么政权，可以拿这个来馋馋他们，嘿嘿！"哈尔巴拉谈笑风生。

"就是，我就是为这事找哥哥来的。琪琪格旗长吃里爬外，妖言惑众，和扎萨嘎少爷眉来眼去，密信来往不断。听说还写了一首什么诗，我记不住。她不练兵不备战，偏要建什么牧场，我要告她，撤她的职，罢她的官，搞掉她的一旗之长的帽子，哼哼！"察干巴拉好不容易找到了机会，气愤地叫嚷起来。声音如此之大，气头如此之足，简直像吵嘴打架一样。这个二百多斤重的彪形大汉嗓门洪亮，震得军用大帐篷都动弹了。在外面站岗放哨的众多的警卫人员们，不知道发生了什么事，带着惊讶的样子进来观察了一阵。

哈尔巴拉摆手制止了他，笑道："二弟，不用说了，我都知道。琪琪格是好同志，不存在通敌问题，和蒙古军联合谍报队长扎萨嘎没有任何不可告人的秘密关系。琪琪格打伤过扎萨嘎本人，还打死了他手下的女特务珊丹，这就是铁证。关于军民团结牧场，你怕我们这里人力、物力和技术，开发不了腾格里山，认为这是冒进，自讨苦吃，自欺欺人，拿肥肉往甸子上扔，拿奶油往沙子里倒，劳民伤财。但是二弟你想错了，你代表了旧思想意识严重的落后人物的愿望。我现在蒙汉兼通，汉族有句话说得好：兼听则明，偏听则暗，你多听战士和民兵的意见吧，建设军民团结牧场就是最好的练兵和备战。就这样了，再说也是重复，你给完达尔夫连长、琪琪格旗长捎个口信，请他们来团部吃野味吧！"

察干巴拉发现哥哥有一种不可抗拒的尊严和威风，再也不敢多说了，只好告辞出来。

哈尔巴拉在临别的时候严肃地说："二弟，自从老团长负伤回大后方以后，大树底下好乘凉的日子过去了，我们的任务很重，你不要帮倒忙，不要中了蒙古军的挑拨离间之计，防止上当受骗。"

察干巴拉出了一身冷汗，垂头丧气地回来了，高头大白走马一阵快颠，不消一个小时就到了伊和浩特。

老婆娜布琪正准备着合胃口的饭菜等着他，兔肉汤烧得滚开，荞面条切得精细，大马杓中炒牛肉丝冒出一层油花，小酒瓶中满满一下烧酒。这个女人是伶俐的，不用打听细节从丈夫挂霜一样的脸上，便估计出了大概，轻轻叹了口气，问道："你饿了吧？先喝酒吃肉，这就煮荞面条。"

察干巴拉死要面子，不想叫别人知道自己在哥哥那里碰了钉子，虽然饿得心里直发慌，嘴上却说道:“不饿,不饿,在我哥那里喝了酒,吃了饭。这边有啥事?”

娜布琪虽然半信半疑,白胖的脸上泛红光了,说道:“我哥来了两回呢,打听你回来没有?”

“会计呢?”

“‘黑麻子’没来,听我哥说,琪琪格、呼和巴拉二位大人催着他去打井呢!”

“哼!老鞑子看戏白搭工,劳民伤财!”察干巴拉举起酒盅一饮而尽,狼吞虎咽地吃起炒肉丝来,他实在是饿急了眼啦。这个浩特干部身强力壮,食欲旺盛,饭量惊人,正在大吃二喝,吉达和“黑麻子”脚前脚后进来了,很恭顺地坐在一边。察干巴拉吹牛道:“我哥呀,是团长,政治委员,又兼任着旗委书记,不愧是大干部,见过大世面,真会享受,给我摆了八个菜,都是缴获的罐头:烤鸭、熏鸡、红烧猪肉、清蒸羊肉、糖豆、花生米、鲢鱼、对虾,嘿嘿,我当兵立功受奖参加很多宴会,第一次吃这样好的,你们俩说说,我喝了啥?”

“嘿,当然,人家当了最大的官,最会保养身体,喝葡萄酒,那是最有营养的。”吉达“孛”假情假意地迎合着说,实际上他关心的是联名告状效果,终于忍不住了,问道:“哈尔巴拉团长对建设军民团结牧场的事,说啥啦?”

“黑麻子”这个家伙是阴险的,施出多年职业特务杀手的伎俩,声色不露地偷偷观察,从察干巴拉的气色上估计出了大致情况,暗暗心惊,嘴上却说道:“啤酒,听说很多大干部都爱喝那个,健胃强身,提神解乏!”

“都错了,喝的是茅台酒,一斤酒能值一条牛,延年益寿,也是从蒙古军那里缴获的,人家高级干部大首长真会享受哟。嘀,就这样和我哥对面坐着边喝边谈建设牧场的事,我哥说这是小事,研究研究,嘿嘿,他是听我话的。”

“好哇,哈尔巴拉真是青天大老爷,好诺颜!”吉达兴奋极了,尖声尖气叫唤起来。

“黑麻子”的态度是隐晦的,不说好坏,只是睁大了三角眼仔细地看着察干巴拉的脸色。出来以后狞笑了一下,丑陋的脸上露出了凛冽的凶杀相。他没有回自己的蒙古包,而是顺着阴暗低洼的地方走走停停,直接到了汗庙。

从腾格里山鬼谷南口吹过来的大风,呜呜响着横扫这里庞大而冷落的庭院,大树来回摆动,像张牙舞爪的野兽。正殿檐角下的铜铃叮叮响着,涂写着经文的小灰旗噗噗摇摆不停,石阶前砖砌地缝内半尺多高荒草,生满绿色斑斓厚锈的大铜香炉,都发出了难听的声音。风势越来越大了,在沙化退化的老牧场上卷起了一片又一片尘土,本来是比较晴朗的夜晚,现在完全昏暗了。像破旧的棉絮似的灰云,上下翻滚着,把朦胧的月光挡得很严实。“黑麻子”熟习这里的道路,穿过东面月洞门,顺着墙根鬼鬼祟祟往西走去。琉璃瓦屋顶构成的巨大阴影底下有什么东西扑哧响,使这个家伙发了一抖,等看清那是从梁上掉下来的一只蝙蝠,这才放心了。从鹅卵石砌成的甬道上,走到汗庙西侧“小白脸”大喇嘛的住宅,这是很讲究的小院落,处在僻静的角落,黄泥垛的矮墙,青砖砌白灰浆盖成的三间小瓦房,东西两间都有双层玻璃窗,当中油漆描花的小门,台阶前还有花圃的痕迹。“黑麻子”熟练地拨开小角门,蹑手蹑脚走进去,从里面上了闩。

“谁?”从西间屋里传出来这个“小白脸”大喇嘛厉声喝问声。

“黑麻子”不吱声,歪着头仔细听了一阵外面的动静,这才走进去。小卧室内布置得相当雅致,顶棚和墙上糊着白底蓝花纸,乌黑发亮的紫檀木长方桌上摆满了藏文、蒙文经卷。高大的佛龛镶着光亮的厚玻璃,三头六臂的黄铜佛像龇牙咧嘴地往外张望。红铜蜡台上点着一根白蜡,发出一片绿幽幽的光线。

“小白脸”大喇嘛很厉害，从脚步声里就能猜出来是谁，而且也明白了来这里要干什么，但是他不害怕，知道“黑麻子”不敢害他，况且他袈裟衣服兜里放着一把左轮手枪，随时可以抽出来射击。虽然如此，还是目不转睛地盯着，十分客气地说：“唔，原来是我们会计，麻子算盘，嘿嘿，请坐！”

“不用这么看，再看也是又大又深的黑麻子，赖马走在上面都要打前失，嘛嘛，听说这两年你这个‘小白脸’大喇嘛老是受气。”

果然如此，不出所料，达尔罕想着声色不露。这个年轻时就爬上大喇嘛高位的宗教上层人物，不仅头脑灵活，身体十分强壮结实，手脚敏捷，动作迅速，很快沏上茶来，又摆上奶食品和点心，彬彬有礼地说道：“谢谢你惦记着，会计，你喝着茶吃着点心，战争年代兵荒马乱的，什么都缺，慢待！”

“黑麻子”不吃又不喝，恶声恶气地说：“不好办哪，哈尔巴拉等人一定要和你找碴挑毛病的，嘿，你干不过他们，受气是小事，要吃大亏栽大跟头的，说句难听的话，要戴手铐脚镣挨枪崩，嘿嘿！”

达尔罕大喇嘛和这个“黑麻子”接触快两年了，第一次听到他这样说话，心里动了一下，知道对方正在威胁他，说明有什么恶毒打算了。但是这个“小白脸”大喇嘛自信有把握对付这个“黑麻子”，很能沉住气，装模作样地说：“没什么，没什么。”

“一万个事情的关键是一个，一千个问题的要害是一个，主要是你历史上有事：和日本关东军美津骑兵师团的特务机关拉拉扯扯，和国民党军统稽查处勾勾搭搭，和蒙古军联合谍报队搂搂抱抱，再加上你欺负过哈尔巴拉兄弟三人，他们当然和你过不去，顺藤摸瓜，跟踪追查，来报私仇，嘛嘛，是不是？你别觉着就这点事，羊群后面有牛群、马群、骆驼群，大的事在后面哪，过不了关。”

这个见过世面的宗教上层人物何等聪明，看清了对方葫芦里装的什么药，就拉开了架子，慢条斯理地说：“我是个出家人，从小在庙里，不在三界内，跳出五行中，出污泥而不染，没什么可争的，也没什么可怕的，和那些军警宪特住的这么近，当然见过面说过话，这有什么了不起，成不了罪状，不要小题大做、敲山诈虎，嘿嘿！”

“不，不，嘛嘛，他们不会放过你的，不会叫你过养尊处优的好日子，大灾大难迟早就要临头，不如先下手为强，打垮他们！”

达尔罕大喇嘛终于完全明白了“黑麻子”的来意，心里打起了鼓，来者不善，善者不来，这个家伙这回要来真格的了，不能小看。自从蒙古军一、二师六个团合流以后，再也没有从王府市内外城里出来。在这期间自己是受了更多的气更多的限制，大不如从前。但是和共军特别加强的主力部队独立骑兵团干，明争暗斗下去，总是个冒险勾当。想到这里他摇了摇头，说：“百年随时过，万事转头空，出家人何必去干那担惊受怕的事。”

“黑麻子”遭到拒绝以后，恼羞成怒，阴阳怪气地狞笑着凑到大喇嘛跟前，附着耳朵低声细语：“嘛嘛，共军独立骑兵团厉害呀，抓住了你的很多罪状，仅举一例：两年前，哈尔巴拉团长就在这汗庙亲自打死了军统局本部特派员兼驻王府市稽查处副处长武林教官，然后假造了和蒙古军前摔跤手布尔固德自相残杀的假现场。但是你向‘迈德尔喇嘛’戴励志揭了老底。告密这件事，你是没向这里的共军独立骑兵团和政府坦白的，要是他们知道了，你还有个好吗？”

“小白脸”大喇嘛却并没有被吓唬住，沉着镇定，脸色不变，不但不害怕，反而笑了，说道：“‘黑麻子’会计先生，对我的历史罪恶掌握不少啊，还有什么？别挂一漏万，竹筒装豆子稀里哗啦全倒出来，嘿嘿！”

“黑麻子”一惊，加强口气恶声说：“当然还有，大头在后边呢，蒙古军一、二师六个团人马没有在这里合股前，联合谍报队长扎萨嘎在内城佛堂面授机宜，派你回汗庙来，披着大喇嘛的伪装继续搞情报，给他们当耳目通风报信。够了，这两条罪状足够了，住持方丈当不成，蒙医大夫干不了，舒适温暖的小院被没收，蹲黑屋子，明白吗，手铐脚镣，再往后脑袋开窍嘴啃泥，挨枪崩，懂吗，嘿嘿！”

“树欲静而风不止，越刮越大了，逼着我铤而走险上绝路呀！”“小白脸”大喇嘛听着，又一次嘿嘿笑了。

“黑麻子”更加恼怒，声音十分难听，说道：“不好的西瓜籽多，不好的喇嘛谎多，你认为我是空口无凭吓唬你吗？”“黑麻子”从肥大的黑色蒙古袍怀里掏出一个小包，又从中拿出一张发黄的旧照片，是达尔罕秘密加入联合谍报队时和哲别参谋长的贵公子扎萨嘎大少爷的合影，像蚊子一样哼哼道：“这是啥？我早就知道，没跟第二个人说，我这人就是看不惯不平事，看见你受气帮助出主意想办法，这样下去没个好呀，呜呼哀哉，死无葬身之地，你要先下手为强，把他们整乱，乱中求生！”

达尔罕大喇嘛又笑了，讽刺地说：“嘿嘿，你真是佛爷心肠的善人哪，大慈大悲。感恩报德，愿意效劳，请问，怎么先下手？”

“黑麻子”嘲笑道：“亏你留学青藏，周游全国，通晓蒙、藏、汉三种文字，得过什么鸡巴学位，就连这点办法都想不出来。还有不少老年人听信你的话，你在烧香供佛、行医看病时候，多对他们说：蒙古军一、二师六个团人是王道之师，精锐之师，人强马壮不可抗拒，很快能打过来。琪琪格旗长就等着这个呢，立刻投入扎萨嘎的怀抱，重温旧梦，在这期间只有‘三增四多’办法才是顺天理合人情，就连党支部书记察干巴拉都这样说，你怕个屌？把他们的事情搅黄，人没有吃的，马没有喂的，独立骑兵团站不住脚，就顾不上整你了。现在，琪琪格一手遮天搞独立王国，上面欺骗军政领导，下面压迫军民群众，简直是无法无天了。吉达联络十来个人去团部告状；察干巴拉也亲自出马找哈尔巴拉；你也要放出风声，说琪琪格是迷人的狐狸精，隐藏很深的大奸细，暗中勾搭扎萨嘎少爷，密信来往，情意缠绵，真是一日夫妻百日恩，百日夫妻似海深啊。听说还写了这样一首断肠诗，你听着品品其中滋味：

蒙古勇士刀枪明，
军号嘹亮起征程；
并马王市袂别路，
仍将后约订内城。
千言万语情意浓，
重重嘱咐苦叮咛；
梦魂日夜随君行，
缠绕青旗化春风。”

“黑麻子”说了这些还没完，接着要给从封锁线那边偷越过来的特务杀手准备窝藏地点了。他没有全盘托出，又狡猾地披上了伪装，诡异地说：“还有一件事，嘿嘿，当会计的免不了干这勾当，我有几个朋友在外面做点小买卖，蝇头微利，嘿嘿，有时候也找我来，住宿的地方找不上。汗庙有的是空房，你给准备几间。千万别对人讲呀，根据地中心伊和浩特民兵队的五虎大将又该说我投机倒把了。不叫你白干，就算你合伙入股啦，搞生意就得有利润，先给你十块银元，我这‘黑麻子’够意思吧？”

达尔罕大喇嘛逆来顺受地听到这里，突然变卦了，漂亮俊俏的“小白脸”也出现了凛冽的凶杀相，咬牙切齿地破口大骂道：“‘影子’，够了，你说了一套又一套，足有一百零八句，我只说一句就够了，不用啰哩啰嗦说废话，就可以要你狗命了。你是‘影子’，‘黑麻子’是以后到这里得的外号，别说抠出黑麻子，就是烧成骨灰我也能认出来。你是‘影子’，就在这里杀了两个人，血债累累，万恶不赦。我的那些罪状比起你的来，小巫见大巫，微不足道，不值一提。”

“黑麻子”这回吓呆了，好像被炸雷轰顶一样，眼睛不能转动了，张嘴结舌说不出话来，可怜巴巴地望着“小白脸”大喇嘛。

这个“小白脸”大喇嘛狠狠地瞪着“黑麻子”，直喘粗气。过了好大一会儿，觉得出了这口恶气，阴险地坏笑道：“‘影子’，事到如今，身处绝境，围困敌营，谁也不用强迫谁，谁也不用吓唬谁，齐心协力商量着来。你给我十块银元，简直是笑话！你就是给我一百块也不行，嘿嘿，我不缺钱。现在我们算是一个窝里的豺狼，一条洞里的狐狸啦，不要说谎话，我就缺一样东西——枪，乖乖给我吧，否则别怪我翻脸不认人，嘿嘿，借用共军之手把你干掉，不费吹灰之力。”

“黑麻子”又被镇住了，真是一物降一物，不敢大声顶撞，叨咕道：“那次在王府市内城佛堂，扎萨嘎队长对你布置任务，给你一把左轮手枪，这回又要什么枪？”

这“小白脸”大喇嘛狰狞地笑着，活像腾格里山中猫头鹰叫唤：“出家人不爱财，越多越好，双保险，不要推辞，快给我！”

“黑麻子”出了一身冷汗，不敢抗拒，迟缓了一阵，这才从蒙古袍怀里掏出手枪，不太情愿地交给大喇嘛，嘿嘿地笑了。

第六十四回　除夕之夜八连奋勇打井　三十晚上民兵争先刨土

自古以来没有人烟的腾格里山鬼谷开冻土打深井了。在这同时，窟窿峰附近盆地也突然热闹起来，很多带棚木轮车、胶轮大车、汽车都集中在这里，马匹嚼着槽里的草料喷鼻掀蹄，骆驼反刍着经常发出怪声。东北边不远处，就是刚刚动土的夏秋营地五个打井点之一，挂着大马灯。这里地势虽然低洼，却正对着峰侧山口子，没有一点遮挡处，大风就显得更厉害了，疯狂地旋转着，刺耳地呼啸着，卷起砂砾往脸上打，往嘴里灌。大风刮得三脚架吱吱响，大马灯摇晃不定。

这里的五个打井队，四个是侦察连军人组成的，一个是根据地中心伊和浩特的牧民组成的。他们在这风沙迷漫的除夕之夜，抡着大镐刨坚硬的冻土，决心掀掉冻层，以分秒必争的精神，过战争年代的革命化春节。冻土层很厚实，每个打井点开的面积又足有半亩地那样大，劳动强度是很大的。但是军民干劲足，进度相当快，仅仅刨了两个多小时，下去了一尺多深。过了一阵风势更大了，天色更黑了，飘起鹅毛大雪，气候也格外冷起来。民兵队长特木尔大声说："干哪，学习封锁线上迎风斗雪站岗放哨的团直属队和七个连队的战斗精神，我们要扁担大筐不离肩，铁锨镐头不离手，开春以前打好井，按期完成军民团结牧场建设任务！"

民兵副队长呼和巴拉也声音洪亮地喊道："同志们，加油干哪，今天不把整个冻层拿下来，决不收工。我们的口号是：大干三十晚上，起掉全部冻层，过革命化春节。老八连的四个打井队，也在这里打井，我们向他们提出挑战啦，要赶上和超过他们，为解放战争贡献力量，干哪！"

吉达"孛"嬉皮笑脸地插话了，叫唤道："嘿，大家听着，旗长和连长二位大人发了慈悲啦，野猪肉早在大锅里炖上了，一会儿美美地吃一顿。初一还有好吃的哪，奶油煮的黄米粘粥，有白糖、红糖、葡萄干，可甜啦。中午吃手把肉喝奶酒，有牛肉、羊肉、骆驼肉，有牛奶、羊奶、马奶酒，还有六十度的大白干，二锅头，是打劫蒙古军后勤供应运输队的，真是肉山酒海，晚上……"

楚鲁气极了，大声喝道："别胡说，我们没有你那么馋。"

吉达被顶得直翻白眼，一句话也回不过来，拄着镐头把站着尴尬地嘿嘿笑，大雪落了一身，那条蒙古袍变成白色的了。

"笑什么，快干，笨马走路慢，懒人干活站，你在暴风雪中这样站着，一会儿就得冻死，野猪肉吃不上，还得把你抬到窟窿峰顶上萨满庙供桌上当牺牲品。哈哈！"

在牧民们的哄笑声中，吉达"孛"不满意地低声咕噜道："我就站了这么一会儿，你们就有意见了，我是普通牧民嘛，非官非吏，无职无权，好欺负。水藻多的地方鱼虾聚，权力大的人家亲友众，就是这么回事，到啥时候也改不了，哼！人家琪琪格旗长嘴上说的好听，就不来干活儿，没人吱声，连屁都不敢放，哼！"

接近这个"孛"干活儿的是一个思想比较后进的青年牧民，酗酒、懒惰、讲怪话、发牢骚、乱搞女人、打架动殴，现在发起脾气来，骂骂咧咧地说："吉达大哥，可别提啦，六只母羊后边跟着六十只公羊，我们这里顶头上司可不少，民兵正副队长、老八连正副连长，还不够用，旗长琪琪格也来管。她本来是个王公贵族家庭出身的臭小姐，不知羞耻，给我们贫苦牧民上政治课，什么原则、精神、风格，什么边区、南泥湾、三五九旅，耳朵都要聋啦，不来更好，清闲消停，乌鸦一样哇哇叫，讨厌！"

"琪琪格上什么地方去了，半天没看见。"

好讲怪话的青年牧民直腰站着，往蒙古袍袖子里暖着手，说道："旗长大人的事，牧民怎么知道，她可能是想汉子，到封锁线上找哈尔巴拉团长睡觉去了，嘻嘻！"

呼啸的风雪中传来了一阵马蹄声，逐渐走近了，在密密麻麻的白色罗网中，出现了很多白人白马的轮廓，吉达又小声嘀咕道："琪琪格这美人，这条狐狸精，找团长睡了一会儿又回来了。受罪的命，当那么大的官儿，也不会坐享清福，他妈的。"

马队到了蒙古包和帐篷跟前停下了，为首的一个人把落了厚厚一层雪的马拴在桩子上，放松了马肚带，抖了抖鞍子，深一脚浅一脚地往这边走过来，大声喊着："同志们，春节期间不停工，窟窿峰下打深井，辛苦啦。"

呼和巴拉从来人的声音中听出来是刘青山，抹着脸上的冰雪，高兴地大叫："我们的副团长来啦，副团长来啦！"

特木尔和刘秀英定了亲，比较拘束，很有礼貌地说："大哥，你快到蒙古包里暖和暖和吧，在封锁线上比我们更辛苦，还危险，我们已经揭开冻层啦，这就收工回去！"

"不冷，不冷，"刘青山说，"听说你们前两天到这里，架蒙古包、搭帐篷、安排吃喝，事不少呢，干得很快，真是骏马道路近，好人劳动勤呀！"

"揭开冻层啦，收工回去吃饭！"侦察连长完达尔夫从大东边过来了，一边喊着一边抖落草绿色棉军装上的雪花，笑道："窟窿峰下风大，牛皮吹不响；腾格里山中草深，高帽看不见。我们自己可不敢那么说，冬春营地五个打井队，在鬼谷盆地打了三丈多深啦。落后很远，我们才提出了大干三十晚上，揭掉冻土层，过革命化春节的口号，赶上去，哈哈，副团长，你先进蒙古包取暖吧，我们很快回去！"

外面黑云蔽天，风雪飞舞，这座裹着双层新白毡子的大型蒙古包内却是另一番景象，炉火烧得通红，奶茶开得吱吱响。大家很快穿不住大衣、袍子了，都脱下来堆在一边，只穿着绒毛衣或衬衣。有躺着休息的，有坐着喝茶的，有蹲着往炉子里添木柴的，有站着抽烟的，显得很热闹。他们七嘴八舌地问着："副团长，天天听到封锁线上的枪炮声，最近打了不少仗吧？"

"打得咋样？"

"天天和蒙古军打，不过都是小仗，不太热闹，哈哈！"这个蒙古名字叫孟根巴干的浅白麻子副团长，用自制的特大号烟斗抽着烟，连那件草绿色棉大衣都没有脱，准备随时行动的样子。

蒙古包门外驼铃叮叮响了几声，木轮吱扭叫着的小车停下来。随着一阵门风，琪琪格像雪人一样冲进来，后面跟着挎驳壳枪的斯琴、刘秀英两个大姑娘。这个女旗长看见刘青山高兴地叫唤着他的一连串名字："猴倌，孟根巴干，古董贩子，天天惦记着你们呀，封锁线上日夜监视蒙古军一、二师六个团，枪林弹雨，风险很大，你们辛苦！"

刘青山笑道："春节期间不停工，窟窿崮下打深井，你们才辛苦呢。井坑盖上了没有？得盖严实啦，要不明天早晨还得重新刨冻土。旗长，这可是个要紧的事啊！”

“盖了厚厚两层，快赶上这座蒙古包啦，猴倌，孟根巴干，古董贩子，你知道吗，我和斯琴、刘秀英上崮顶拆了萨满庙，应该叫窟窿崮，不能叫峰，因为顶上是平的，连砖带瓦还有木料全拉回来了，路上又割了很多茅草，就用它垫底，柳条笆压顶盖的井坑。鬼谷盆地那边锯尚神树，窟窿崮这边拆萨满庙，旧思想旧意识严重的人，肯定要反对的。”琪琪格环顾了一下，在一个旮旯里看到了吉达“孛”，笑着问：“你有什么意见吗？”

吉达撇了撇嘴，不服气地咕噜着：“锯尚神树是应该的，坏喇嘛，秃尾巴驴……”

“萨满庙呢？”

“哼！”

军民们都哄哄地笑了。琪琪格喝了两口奶茶，心平气和地说：“我听后勤处修械厂技工‘巴拉根仓’老汉讲故事，知道了一些有关这方面的逸闻趣事。‘孛’就是萨满，很早就有了，在七百多年前就欺骗、麻醉蒙古族牧民，干了很多坏事，帮了元朝皇帝们大忙。到了三百多年以前，清朝皇帝为了巩固他们的后院，实行怀柔政策，又从西藏往我们蒙古草原上传播黄派藏传佛教。这样，喇嘛教有靠山，来头硬，基本上就把萨满教压下去了。但是‘孛’的大头目豪布勒台吉不甘心失败，就和A城大庙的活佛喇嘛大动干戈武斗起来。结果是喇嘛人多势众，又有清朝皇帝和蒙古王爷的全力支持，打胜了，招降纳叛。从此萨满教也分成了两派，白派投降了，黑派对抗到现在。我们这里的吉达‘孛’就是黑派人物，对汗庙的达尔罕等大小喇嘛恨之入骨，咬牙切齿，是不是？哈哈！”

大家又一次哈哈大笑了。

除夕之夜的野餐开始了，能喝酒的战士和牧民们就着炖野猪肉痛饮起来。有些人放开喉咙对唱着蒙古族划拳行令调子喝酒，越来越豪放，越来越粗犷。这里就数愣小伙子楚鲁最来劲儿，只见他披着黑条绒棉蒙古袍，大挽着衬衣袖子挥着手划拳唱道：

南泥湾精神闪着光芒，
鼓舞着我们建设牧场；
草原军民意志坚强，
消灭蒙古军一、二师豺狼。

老三呼和巴拉警惕性高，不敢喝那烈性白酒，小口呷着奶酒，陪着伙伴轻声唱道：

愉快的歌声响彻牧场，
顶风冒雪斗志昂扬；
建设根据地固若金汤，
彻底消灭蒙古军匪帮。

琪琪格旗长没有喝酒，只是在一边细嚼慢咽小块野猪肉，看着这些欢乐的大吃二喝的战士和牧民。

刘青山副团长是很能喝酒的，白酒能喝一斤，奶酒能喝二斤，但是在今天晚上光是吃肉啃骨头，滴酒不沾嘴。坐在那边的一个民兵端着大碗奶酒走过来，醉醺醺地说：“我们刨冻土石头辛苦，你在封锁线上指挥部队站岗放哨监视蒙古军更辛苦，来，我们俩共同干一杯，来，不能推辞。”

“不，我不喝，今天晚上有事。”这个浅白麻子副团长滴酒不沾，只顾吃肉。

“三十晚上有啥事呀，副团长，不喝就是瞅不起我！”这个民兵睁起布满红丝的眼睛纠缠不休。

刘青山轻轻推开了奶酒碗，笑道：“不喝就是不喝，今天晚上怎么没事呀，大家都喝醉了，谁去站岗放哨？王府市内外城的蒙古军部和一、二师六个团人蠢蠢欲动，根据地中心内也有人破坏我们，麻痹大意不得呀！”

这工夫，愣小伙子楚鲁也过来了，端着大碗白酒脸红脖子粗地吆喝道：“不行，不行，副团长量大，喝白酒，干了它！”

琪琪格旗长笑着劝阻道：“你们不要逼副团长，刚才有人唱啦：草原军民团结一心众志成城，建设和保卫牧场争当先锋，今天晚上我们俩查哨，他明天喝也赶趟，牛肉羊肉骆驼肉，白酒马奶酒羊奶酒，有的是，什么时候喝也行。”

这个民兵睁起布满红丝的眼睛，叫嚷道：“旗长你管天管地管不着吃饭的事，你自己不喝，又不让别人喝，这就是瞧不起人，不行，我要拼命！”

琪琪格哈哈大笑了，说道：“外边人常说，伊和塔拉草原上的汉子性格急，达赖河边马匹脚步快，有道理。哪有这样敬酒的，要拼命，猴馆，快喝两口，巡夜防寒。”

刘青山勉强喝了两口，就跟着琪琪格出来了。外面黑云低垂，白毛旋风怒吼着卷动一层层雪浪，牛马骆驼受不了这种奇寒，在临时棚圈内缩成一团。庞大高耸的窟窿峰隐没不见了，天上地下交织着冰雪的罗网。刘青山在膝深的积雪中迈着坚定有力的步子，摞下防寒军帽遮，扣紧了草绿色棉军大衣皮领，低声说：“琪琪格同志，由于各种原因一直没有给你透露，现在是交底的时候啦。邓志刚主任化名改姓为白玉堂，蒙古名字叫哈斯格尔，通过地下工作关系打进了蒙古军心脏，正在贵公子扎萨嘎大少爷身边。他基本上站稳了脚，一般情况下不会暴露，这一点可以放心。他现在不仅骗取了莫尔根军长的完全信任，也得到了另外两个核心人物莽斯、哲别的重视，掌握了联合谍报队的实际大权。老邓说：他还偷越封锁线到伊和浩特和‘影子’接过头，神出鬼没，嘿嘿！”

“什么？‘影子’？”琪琪格出乎意料，大吃了一惊。

“是呀，得了‘黑麻子’外号的伊和浩特会计，就是那个策反‘二蛮子’、‘神枪手’队伍的大特务杀手‘影子’，用假枪毙的方法掩护着隐蔽下来了。他在我们这里欠下了很多血债，怕别人认出来，抠出了满脸大黑麻子，三分像人七分像鬼，这真是敌中有我、我中有敌呀，有深刻的教育启发意义。”

琪琪格的柳叶眉在黑暗中竖立起来，杏核眼内射出了尖锐的光芒，冲口说：“马上逮捕，不能叫这个家伙在我们根据地中心潜伏，危险！”

刘青山笑道：“哈尔巴拉团长就预料到了，怕你沉不住气，再三指示说：先不要动，要是把这个大特务杀手抓起来，老邓就出不来，受到怀疑容易出危险。布置给我们的任务是：不惊动他，严密监视起来，走到哪里都有尾巴。”

琪琪格旗长心里暗暗佩服哈尔巴拉，有勇有谋，粗中有细，考虑周密，自愧不如，这样便介绍说：“还有一个情况是，最近‘黑麻子’活动猖獗，到汗庙大喇嘛那里去过一次，到我的同学那里去过三次，都是监视哨报告的。”

“嗯，到王爷小姐那里去是新情况，白天还是黑夜？”

“第一次是白天,以后是黑夜了,看样子已经勾搭成奸,我这老同学越来越没出息,堕落成这样。当然,政治问题主要。封锁线上军事方面的情况怎么样?”

“邓志刚同志透露:春节期间不可能有大的军事行动,小打小闹肯定是有的,这有三方面原因:第一,最近蒙古军顾不上干别的,撒传单、发宣言、寄请帖、办伙食,吹吹打打,说是要成立成什么政权。第二,内部分歧意见不合,蒙古军一、二师六个团的这些骄兵悍将,对高娃太太兴趣不大,打算来抢又下不了决心。第三,莫尔根、莽斯、哲别、扎萨嘎等家伙,经过慎重考虑、反复研究以后,对军民团结牧场采取不破坏甚至保护的方针政策,等桃子成熟了再来摘,以逸待劳,坐享其成,毒呀!总而言之,邓志刚同志活动情况是属于核心秘密,向你交底说明对你的信任,不要想别的。”

“我明白。”琪琪格想到党组织对自己的信任,感动得流下了热泪。但是她万万没有预料到还有第四条对自己保密,内容是她和扎萨嘎的桃色新闻,是挑拨离间她和哈尔巴拉的关系的。

事情复杂化了,除此以外又发现了“黑麻子”、大喇嘛、高娃太太三人暗中联络之事,一时摸不着底。

第六十五回　揭露隐私两教互相攻击　加紧勾搭二丑企图策反

欢乐的春节期间，哈尔巴拉团长亲自来到这里慰问，同时前来的还有封锁线上严阵以待的团直属队和七个连队临时组成的业余文艺宣传队，足有一百多人。

这个年轻、英俊、威风凛凛的团长，跳下了鬃毛垂地的大黑公马，微笑着向周围的军民招了招手，大声说："老八连的战友们，根据地中心伊和浩特的牧民们，辛苦了，我代表独立骑兵团和旗人民政府来慰问你们，给你们拜个晚年！"

在一片鼓掌和欢呼声中，哈尔巴拉转向琪琪格、完达尔夫，笑道："我们在根据地中心建设新式大型军民团结牧场，准备站稳脚跟，长期掐断铁路公路大干线。盘踞王府市内外城的蒙古军一、二师六个团人，也没有睡大觉啊，正要粉墨登场，拼凑什么伪政权。莫尔根王爷是主角，独揽军政大权，呼风唤雨，倒行逆施，他散发的所谓《告蒙古同胞书》，看到了没有？"

"没有，这些天我们光顾建设军民团结牧场的事，没有上封锁线去，什么也没有看到，他们胡说些什么？造谣生事！"完达尔夫愤怒地说。

哈尔巴拉很喜欢这个牧马人出身的连长，笑道："各单位都来了代表，参加声讨批判蒙古军头目。形势需要我们根据地军民文武双全啦，会打仗，会建设，还要会革命大批判，针锋相对，口诛笔伐，揭穿蒙古军一、二师六个团人的阴谋诡计。莫尔根这个反动王爷，一个劲儿往他们家族脸上搽脂抹粉，说热爱蒙古民族，哈哈，真是滑稽，滑稽透顶！"

完达尔夫笑道："团长，这个批判材料不用准备，现成的。你们兄弟三人先是汗庙的属民，以后成了王府的奴隶，都很熟悉他们的老底。所谓热爱蒙古民族，放他妈的圈屁！莫尔根从小豺狼成性，得了'哈热黑斯'外号，以后投靠日本关东军美津骑兵师团，卖身求荣，当了蒙古军军长。一九四五年八月，亲自赴重庆面见蒋介石，摇身一变当了国民党新编骑兵第一师师长，军变成师，师变成旅，降级使用，部队调驻两地，分而治之，他们气炸了肺，先秘密后公开和难兄弟难弟莽斯、哲别紧密勾结在一起，阴谋成立什么伪政权，妄图从祖国大家庭中分裂出去，搞封建割据。为了达到这罪恶的目的，他拼命扩军备战，横征暴敛，赶牛马骆驼羊，抓劳工赶修里三层外三层的内外城防御工事，害得蒙汉族人民群众家破人亡。分散埋伏在这里的我们老八连先后领导两次暴动，使团主力顺利突围挺进到这里，彻底掐断了铁路公路大干线。他更是狗急跳墙，派特务暗杀了那斯图老人，又调回莽斯的第一师祸害人民，这就是他们王爷家族的德政，他们的所谓热爱蒙古民族，去他妈的！"哈尔巴拉接着说："开声讨批判大会，需要有各个方面代表发言啦，最好是有一个喇嘛，'小白脸'大喇嘛有罪恶，但是他只要和莫尔根、莽斯、哲别、扎萨嘎等人物彻底划清界限，并且积极参加对他们的斗争，做出一定的贡献，既往不咎，还是给出宽大处理的，我很想拉他一把，他最近表现怎么样？是否有什么破坏活动？"琪琪格笑道："这个大喇嘛呀，深居汗庙大围墙中小院落，在那古色古香的情调里、宁静肃穆的气氛中养尊处优，拈花惹草，勾引异性，一点也不老实，还胡说什么根据地中心伊和浩特的军民团结牧场建设是：腾格里山下瞎胡搞，早晚必定看热闹，徒劳无功！”

“嗯？这是恶毒攻击，在这一点上他还远远不如莫尔根，那位军长高瞻远瞩，哈哈，完全相信军民团结牧场能成功，等建成以后一把夺过去攫为己有，和王府市连成一片，经济上达到自给自足。达尔罕还远远不如莫尔根哟，这回叫他出来，看看根据地中心的建设，听听军队和民兵的声讨批判！”

他们一边说话一边牵着马观看伊和浩特老牧场封闭、平整、开渠等情况。这工夫，达尔罕过来了，他接到通知感到很突然，心中发虚，有点手足失措。这个大喇嘛割不断和蒙古军千丝万缕的联系，又和“黑麻子”互相威胁利诱紧密勾结起来，刚开始散布流言蜚语，就碰了一鼻子灰。他怕露出破绽，一反常态，足足有半个多月不敢再出来了，因此消息很闭塞。现在到了跟前，按着旧礼节连忙向哈尔巴拉团长屈膝打千请安，引起战士和民兵们一片哄笑，军政领导人员也都笑了，这个“小白脸”大喇嘛很难堪。

人多手快好干活，独立骑兵团直属队和七个连队送来的慰问品在汗庙大厅摆好了，侦察连干部战士和参加军民团结牧场建设的民兵们都被邀请过来。好丰盛的宴席啊，按着蒙古草原上最隆重的礼节，吃的是手把肉，但这不是牛马骆驼羊肉，而是黄羊、野猪、山兔、雉鸡和鱼肉，别有风味。雕刻着古典花纹的很大铜盘里盛着煮熟的整只黄羊肉，足有五六十个盘，腰背四腿，头蹄下水，心肝肺子，应有尽有，上边插着各种样式的蒙古刀。形状各异的坛坛罐罐里，装满了白酒和奶酒，散发出芬芳的香味。

琪琪格旗长用行家里手的眼光欣赏着草原上特有的食品，满意地评论着。

“小白脸”大喇嘛这回显得随便了，表现出一种无拘无束的样子，为了显示和抬高自己，咬文嚼字道：“对，对，旗长，这正是军民团结建没牧场，奶酒全羊热衷肠。铁路公路大干线拦腰砍断，根据地初具规模，值得庆祝呀，嘿嘿，我们痛饮一番。说实在话，吃过天山脚下全羊，喝过海河岸边奶酒，什么东来顺的涮羊肉、北京烤鸭，什么贵州茅台、山西汾酒，都不在话下。敝寺不像以前了，贫困清寒，还做不起这些酒肉哩，这是军政首长的盛情厚意，让我们这里热闹！”

琪琪格略显愠色，忍不住顶了一句：“达尔罕喇嘛，现在你说的和平常不大一样啊！”

“那当然，平常不能板起脸来讲大道理教训人，说句笑话，开开玩笑，是常有的事，何必认真！”

完达尔夫连长看着这个上层喇嘛阴阳两面的样子，也发火地说：“要紧的是言行一致，表里一致。”

“没说的，我从来就是如此，不去富贵荣华的王府市内城佛堂享福，甘愿在汗庙过清苦日子受罪，这就说明一切。平常说话，言者无心，闻者有意，发生误会情况是可能有的，不足为奇，嘿嘿！”这个“小白脸”大喇嘛能说，把一切推得干净，什么事也没有了。

哈尔巴拉团长却不放过，这时候插话问道：“达尔罕喇嘛，最近怎么样啊！”

“托军政首长的福，还能过得下去，一者是独立骑兵团和旗人民政府照顾，多方面无微不至的照顾；二者是汗庙还有点遗产；三者我本人是蒙医大夫，中西结合，救死扶伤……”

“我说的不是这些！”哈尔巴拉打断了对方的话，单刀直入地说：“我是汗庙属民出身，很清楚这里的一切。你当住持大喇嘛多年,出入军界官场,和莫尔根、莽斯、哲别、扎萨嘎等家伙有千丝万缕的联系。你手下的二喇嘛、小喇嘛,都背叛佛教充当了军统稽查处、联合谍报队特务杀手,走上了一条死路。能说是出污泥而不染吗?这是不可能的,应该检举揭发蒙古军头头们一切罪恶活动,彻底划清界限,现在是时候啦。"

达尔罕一惊,开脱罪责道:"团长在上,我是一个出家人,跳出三界外,不在五行中,削发为僧,身入空门,知道啥呀,一片清白。内城王爷府、蒙古军部、伊和塔拉旗公署,我是进去过几回,但那是为了研究历史文献,整理汗庙主祭的圣祖成吉思汗传略和大事记。我作为本寺主持喇嘛,是有这个责任的,义不容辞。我现在虽然年轻力壮,但是从小当喇嘛,别无他能,攻读经史而已,所谓平生无大志,愿当书虫子,唉!"

琪琪格正色道:"你真是守口如瓶、滴水不漏呀,莫尔根、莽斯、哲别、扎萨嘎他们听到这些,更是信任你了,表现不错。"

"小白脸"大喇嘛躲不过,捡着人人皆知的事情应付说:"是,是,莫尔根、莽斯、哲别、扎萨嘎等反动派,梦寐以求的就是高度自治、独立。他们都是大蒙古主义者,日本人时期就没有放弃过这种活动,现在更变本加厉了。唉,要不是蒙古军第一师三个团人从大东边过来,局面不会变成这样!"

完达尔夫听出了话外之音,气愤地把大巴掌往驳壳枪木盒上一拍,质问道:"据你看,蒙古军现在有两个师六个团人马,有成功的希望?是不是?嗯?"

达尔罕嘿嘿笑了两声,又变了花样,说:"军政首长都在这里,你们天资高,学问深,阅历丰富,比我知道的多得多,我不敢妄加评述。"

哈尔巴拉团长的长着连鬓大胡子的脸一沉,提高声音喝道:"你是一个活佛之下、几百个喇嘛之上的大执事,早年留学青藏,精通蒙、汉、藏三种文字,得过学位,以后出入军界、混迹官场、接待警察宪兵、结交特务杀手,不简单呀,怎么现在一时糊涂了?装傻!"

"团长言之过重,本大喇嘛负担不起,招架不住呀!"达尔罕自有主意,并不慌张,很沉着地说,接着呷了一口马奶酒,开始吃黄羊肝。

哈尔巴拉通过邓志刚提供的秘密情报,早就掌握了达尔罕的现实活动情况,摇了摇头说:"大喇嘛,根据党的方针政策,我不记私仇不念旧恶,想拉你一把。你要彻底划清界限,检举揭发呀。个别谈也可以,不要错过机会。"

"唉,莫尔根这个人呀,有野心勃勃的一面,也有优柔寡断的一面,很多时候是受国民党蒋介石等人欺负,为泄一时之愤,不免有过火行动。两个师六个团中,骄兵悍将、铤而走险的亡命之徒比比皆是,受他们蒙蔽偏听偏信,左右摇摆,这也是有的,唉,宦海浮沉,随波逐流。这正是一失足成千古恨,再回首已百年身,错综复杂,说也说不清楚呀!"

"能说清,太能说清了,"哈尔巴拉一点不放松,"但是你不说,不想说不敢说,说得不客气一点,你现在看见蒙古军一、二师六个团同流合污,发传单、撒宣言、寄请帖、拼凑伪政权,是不是产生了变天思想呀?"

"不,不,我是中国共产党的好朋友,很多人说我是开明进步的宗教上层人士,人所共知,有口皆碑,军政领导岂有不知之理,这是明摆的事,嘿嘿!"

"放下屠刀,立地成佛,看来你是成不了佛爷啦,算了,不必再费口舌!"哈尔巴拉转向侦察连长说："刚才我们蹓了一趟马，看见军民团结牧场建设进度不算慢，铁丝网封闭、开挖渠道、平地治碱、搞得不错，我们畜牧业专家琪琪格旗长的多年理想'草原三部曲'，正在逐步实现。"

"这才是草料基地，加上鬼谷盆地的冬春营地和窟窿峰附近盆地的夏秋营地，可以说是初具规模，一点也不虚夸。"完达尔夫说。

这工夫，琪琪格把侦察连、伊和浩特民兵队演出的节目组织安排好了，有完达尔夫的好力宝《切断铁路公路大干线》；斯琴、刘秀英二人的表演唱《建设根据地，消灭蒙古军》；"巴拉根仓"老汉的故事《巴拉根仓和王爷》；琪琪格本人的小提琴独奏曲《草原的挽歌》。

参加声讨批判大会的牧民们陆续都来了，其中也有被管制分子高娃太太。斯琴、刘秀英注意观察着，发现她比以前瘦多了，面色蜡黄，喘气也有点不均匀，显得拘束紧张十分不安的样子。这两个大姑娘小声研究起来，认为高娃的消瘦可能是两方面原因造成的：一个是听说莫尔根要在王府市内外城成立什么政权，思想波动，日夜盼着变天，搞得寝食不安；另一个是和"黑麻子"勾搭成奸，怕被人发现，整天提心吊胆。她俩的猜测贴了点边儿，这个号称"大洋马"的高个儿女人，近两年来虽然反复多次受到阶级斗争风暴冲击，变得老于世故。但是一连串剧烈变动，使她招架不住了，想不出妥善的应付办法。哥哥莫尔根、丈夫哲别和副军长兼第一师长莽斯共同建立政权之事，这是浩特会计"黑麻子"告诉她的，还说"这是取下给佛爷上供的手把肉当下酒菜，十拿九稳的事"。她可要扬眉吐气了，军长妹妹、参谋长太太不可能老在这里受罪，不是打仗抢回去，就是谈判要回去，很快要大富大贵了。高娃太太为这事着实高兴了一阵，一来二去就和"黑麻子"偷情狂欢起来。好日子并不长久，紧接着又突然发现自己怀了孕，这一下吓坏了，心惊肉跳，神魂颠倒，逐渐消瘦下来。

因为要开大会，聚集了很多人。侦察连和这里的民兵队排列成结实的四方形队伍席地而坐。从各地来的牧民们较为随便，有骑马乘骆驼的，有站在木轮车上的，有坐在大树上的，喊喊喳喳议论着。

哈尔巴拉笑容满面，大声说道："同志们，我代表伊和塔拉旗人民政府和独立骑兵团，向建设军民团结牧场的根据地中心伊和浩特民兵队、老八连战友们，再一次表示敬意和问候。一会儿，团直属队和七个连队的代表组成的业余文艺宣传队，进行慰问演出。现在利用这段空隙时间讲一个笑话，嘿嘿，莫尔根、莽斯、哲别、扎萨嘎匪帮，在王府市内外城吹得怪响的，还邀请中外记者报导，快把牛皮吹破了。事实胜于雄辩，就连这里的高娃女人都抢不回去，还说什么大话，他们不行，外强中干，纸老虎！"

在军民笑声中，民兵队长特木尔对着阴暗角落里的王爷小姐，讽刺地说："你被蒙古军《青旗》报吹捧为'白马红装巾帼英雄'，应该在内城运筹谋划呀？怎么被俘虏灰溜溜地蹲在这里，难道你没听见好消息么？"

这个反动军官太太架子十足，不亢不卑，很沉着地说："我不知道。"

特木尔轻蔑地笑了，说："花岗岩脑袋，死硬顽固！我严正警告你，对你哥哥和丈夫不要抱什么幻想，变不了天！什么蒙古军一、二师，什么六个团人马，它比国民党嫡系'虎威'、'鹰扬'两个装甲机械化部队强不了多少，能消灭！"

"说得对，说得好！"哈尔巴拉表示赞同，充分肯定，兴致勃勃地说："我们在这里掐断铁路公路大干线，建立根据地修军民团结牧场，基本上站稳了脚跟，今晚的大会就是缩影，证明了这点，蒙古军一、二师六个团成不了气候，这正是：

天山脚下军民会，
刀枪套杆相映辉；
铁拳林立吼声急，
疑是春雷动地回。”

独立骑兵团和伊和塔拉旗人民政府联合召开的声讨批判大会，吸引了很多牧民，不仅有这个大草原东部的，也有西部的。这里虽然是根据地中心，也显得拥挤不堪了，修械厂周围，医院前后，带棚木轮车、帐篷和蒙古包附近，到处是人喊马嘶狗叫。“黑麻子”鬼鬼祟祟溜出会场，主要是要到姘妇高娃那里，完全控制住她，策划一场惊天动地的大行动。“活寡妇”是个很好的利用对象哩，用处很大，当一颗重型炮弹打出去！这个职业老特务杀手想着哑然失笑了，他对自己的处境很满意，对自己的手段很乐观，抓住大喇嘛的历史罪恶威胁利诱，互相利用，使他乖乖就范，轻而易举地建立了秘密交通联络站。不必担心，蒙古军部和一、二师六个团人搞在一起，势力很大，闹得很红火，这里的共军独立骑兵团虽然是特别加强主力部队，根本不是对手，很快站不住脚了，就要垮台散架。等到军民团结牧场建成，一下夺过来，以逸待劳，攫为己有，到那时候伊和塔拉大草原便成为蒙古军的天下。大前年，他和“二蛮子”、“神枪手”串通起来，坑害过这个单独活动的老八连，现在还得下狠心坑害他们主力独立骑兵团，叫他们彻底毁灭或者是逃亡外地。

高娃也没心听那些声讨批判，早就回来了，正在雅静整洁的小型蒙古包里仰面躺着，发青的嘴唇上叼着卷烟，吞云吐雾。

“黑麻子”走进来，听了听外面动静，嬉皮笑脸地凑过去，放低声音说道：“高娃小姐，受惊了，不过，咋样？我并没有撒谎撩屁，快盼出头啦，就要重见天日，我这人长得丑，心眼可是好的。”

高娃太太心事很重，生气地往那张很丑恶的嘴脸啐了一口，骂道：“连好马都要打前失的坑坑洼洼脸，别说那些甜言蜜语送虚假人情，姑奶奶早就知道。”

“黑麻子”卷了颗烟叼在嘴上，淫荡地笑着问道：“你知道个毬？嘿嘿！”

“哼！从他们调兵遣将上就能分析判断出来，天天说在根据地中心建设军民团结牧场如何重要，怎样需要，多么伟大，干打雷不下雨，就是调不回更多连队来，可见军事上很吃紧，压力很大，日子不好过，姑奶奶快要抖起来了！”

“黑麻子”的声音陡地一变，又凑近了一些，用威胁的口吻说：“不立一箭之功，就想腾飞登天，哼，怕没那么容易！”

高娃听了这话，像被毒虫蜇了一样跳了起来，叭！叭！往“黑麻子”脸上扇了几下响亮的耳光，破口谩骂道：“肏妈人家的小子，不早也不晚，为啥偏偏在这个时候找上你姑奶奶，什么事都叫你糟蹋啦！”

“黑麻子”一时还没有听出这个女人的话外之音，还是带着威胁的口吻说：“王爷小姐，你别把事情看得太简单了，这里的军政官员固然没抓住你真凭实据，瞎诈唬，但是你不等于没事，你瞒过别人瞒不过我，要不是我‘黑麻子’处处保护着你，恐怕……”

叭！叭！又是扇了几下响亮的耳光，高娃怒气冲冲地低声骂道：“肏妈人家的小子，你就像草爬虫一样光吃不拉，一点不替我着想。我已经有了，有孩子了，月经不来了，你还这样不像喇嘛不像'孛'，不黄不黑，到底怎么办？"

"啊！""黑麻子"哆嗦了一下，三角眼在黑暗中滴溜溜乱转起来。刹那间又露出了狰狞的凶杀相，他是个有充分男性膂力的强壮汉子，这几巴掌对他来讲是不痛不痒的，不但没来气，反而感到很快意，但是高娃太太的新情况，却使他震动了。大事要坏在这个女人手里，已经到了山穷水尽的地步。前面只有两条路，一条是得很快弄死她，来个杀人灭口。另一条是像以前想过的那样完全控制住她，当成一颗重型炮弹打出去。"黑麻子"犹豫了一会儿，觉得采用第一种办法对自己是很不利的，小不忍则乱大谋，会全盘暴露，两头不够人，同时得罪蒙古军，使自己变成丧家的疯狗狂犬。还是采用第二种办法稳妥，她现在怀了孕，事情更好办。想到这里，他还是板着那张丑陋的脸说："别看你是贵族，又是大学生，到底是个女人，头发长见识短，又道是母马上不了阵，慌神啦。此乃区区小事也，何足挂齿，完全来得及嘛，临产还有八九个月时间里。要紧的是想方设法收拾掉共军独立骑兵团！"

"哼，我不听你的，不冒那个险，我是一个学生出身的人，怕什么，琪琪格旗长家里以前也很有钱呢，也是贵族，闲散王公，现在人家当了大干部，共产党的旗长！"

"黑麻子"打断了姘妇的话，恶狠狠地说："你不用往自己脸上搽脂抹粉，要不是我处处保护着你，早就完了。高娃小姐，你的心思我不知道吗！你被俘虏以后野心不死，一心想着变天，打算突围跑回王府市内城去，从达尔罕大喇嘛那里取来美式手枪，你想干什么？嗯？再说，春节前后，蒙古军有一次不大不小的偷袭行动，主要目标是你，想把你抢救回去，不容易啊，机会难得，千万不能错过，你也要准备一下里应外合，不要死等，是不是？古人云：兵必置于死地而后生，不冒险是不行的，嗯？"

"你，你，怎么知道的？"高娃虽然也是个敢于铤而走险的家伙，在这四面八方都是敌对势力，孤立无援的环境中，吓得出了一身冷汗，哆嗦着问道："你，你是什么人？"

"黑麻子"倾听着蒙古包外面的动静，狞笑了一声，活像豺狼的磨牙声，恫吓道："你不用问我是什么人，我知道你全部底细。"

高娃快要瘫痪了，浑身发抖，上下牙齿打战，恐怖地闪躲着，好像这个既神秘而又可怕的姘夫是一头吃人的野兽。

"黑麻子"并不紧张，猥亵淫荡地摸索着，改变腔调小声笑道："现在我们商量一下，想方设法把共军独立骑兵团搞垮，只要收拾掉这个特别加强的主力部队，什么都好办。这件事情上你是最有办法的，嘿嘿！"

"我有什么办法？"

"嘿嘿，只有你最有办法。瘦马陷达赖河泥坑，破车撞腾格里山岩石，共军独立骑兵团也缺草少料，一筹莫展，打算在这个所谓根据地中心建成什么军民团结牧场，站稳脚跟长期掐断铁路公路大干线，所以把老八连放在这里开冻土挖深井，受够了苦难。我们要是把老八连拉出去投降蒙古军，共军独立骑兵团就散了，这里面一切也跟着完了，这是神经中枢，敏感，要害，你年轻、美貌、高大、健壮、性感、风流，嘿嘿！"

"别胡说了，老八连是共军独立骑兵团的老班底，拱不动！"

"黑麻子"还是下流地嘿嘿笑道："不管它是老班底还是小班底，你先把老八连连长完达尔夫拉下水，他会上当受骗的，嘿嘿，谁也熬不住，食色性也。就拿哲别参谋长来说，军统特务杀手老婆陈蔓莉死后，娶了你这个丰满性感的王爷小姐，但是在外头呢，公开的，半公开的，秘密的，有多少野老婆哟，嘿嘿，就是那么回事。完达尔夫连长年近四十，熬不住的，怎么也想吃点荤腥！”

“你打什么鬼主意？”

“你现在怀孕了，正是天赐其便，无毒非丈夫，量小非君子，一不做二不休，我们给完达尔夫栽赃，逼着他把这个老八连拉过去，拉不动多人拉少数亲信也行。事在人为，我们办得巧妙一点！”“黑麻子”对着高娃的耳朵窃窃私语，阴谋策划，定下了诡计。他看见姘妇半晌不语疑惑不定的样子，又加重语气强调说：“完达尔夫憋不住熬不了，一定会跪倒在你的两条大腿之间，俯首叩头，这是一定的，军人难过美女关嘛，你不用担心害怕发愁，他先尝上甜头，接着知道了怀孕，这又吃上苦头，只能铤而走险拉上全部或一部分队伍投奔王府市了，你也随着他们轻而易举地回到蒙古军部，荣华富贵，一步登天。发生了这样惊天动地的大事，共军独立骑兵团人心惶惶，兵无斗志，很可能顷刻粉碎瓦解。这里面你的功劳大了，是真正的名副其实的‘白马红装的巾帼英雄，嘿嘿！’”

高娃听着姘夫的一番教训，多少解除了一点怀疑，又觉得别无出路，只有这样铤而走险了，但还是顾虑重重，摇头道：“完达尔夫当了连长，新官上任三把火，他又对共产党感恩戴德，士为知己者而死，他不一定叛变。再说他也不缺女人，不可能达到那种憋不住熬不了的程度，他不会上当受骗。”

“黑麻子”听了这话吃惊了，很感意外地问道：“奇怪，他怎么不缺女人？共军纪律制度严格，不许乱搞女人逛妓院打野鸡，哪儿来的女人？在这种情况下，当兵三年老母猪赛貂蝉，何况你是美人。”

高娃发火了，责骂道：“黑麻子，两眼也漆黑，身在根据地中心伊和浩特就看不见？这里哈尔巴拉有琪琪格，刘青山有阿拉坦花，察干巴拉有娜布琪，特木尔有刘秀英，呼和巴拉有斯琴，哪个不成双配对。完达尔夫虽然参军晚，但是立下了汗马功劳，当了官又有老婆啦，双丰收。”

“是谁？”“黑麻子”发现美人计要破产，有点慌了，急忙问。

高娃在黑暗中不屑地撇了撇嘴，又训斥起来：“你他妈的不仅是双眼漆黑，连耳朵也塞了棉花，什么也听不见。完达尔夫连长的老婆是赶毛驴车拉货的韩寡妇，这事上下承认，人人皆知。”

“黑麻子”听着这新闻还不停地说着：“太太、夫人、小姐，赶毛驴车的韩寡妇怎么能和你比，一百个也抵不住你一个，谁都想你，嘿嘿！”

第六十六回　鬼谷深处夫人出丑丢脸　修械厂内喇嘛受挫碰壁

声讨批判大会受到了良好的效果，牧民们对军民团结牧场建设认识更足了，干劲更大了，信心更强了。但是当“孛”出身的吉达和一些思想落后的牧民，情绪动摇，说什么也不干了，从消极怠工到公开大闹，退出夏秋冬春四季营地打井队，准备赶着自家的牲畜游牧。

民兵们很坚定，组织学习了新华社今年元旦献词《将革命进行到底》，纷纷表示决心：解放战争就要夺取最后胜利了，在这样时候，莫尔根、莽斯、哲别、扎萨嘎为首的蒙古军拼凑的伪政权，那是垂死挣扎，蹦跶不了几天啦。

在鬼谷打冬春营地井的妇女打井队，在斯琴、刘秀英等人领导下，开展了比工效、比出勤、比工程质量、比爱护工具、比团结互助的五比竞赛，在很短的时间内把提土工具改进了五回。她们最初是用手往上提，接着用滑车、手摇辘轳、手推辘轳，现在变成了畜力辘轳。斯琴很谦虚，对前来视察的琪琪格旗长、完达尔夫连长介绍道：“这是独立骑兵团支援的结果，辘轳的钢铁部分是‘巴拉根仓’阿爸等军工工人打造的，木架是老八连一排干部战士做的，还是解放军力量大，人多势众技术强！”

完达尔夫表扬道：“不能那么说，妇女打井队很厉害，先走了一步，在短短的时间内把提土工具改进了五次，不简单，减轻了劳动强度，加快了打井进度，我向你们很好学习，把宝贵的经验带回老八连八个打井队去。”

这时候，正在人群中的高娃太太有好几次表现出很喜欢这个侦察连长的样子，笑眯眯地打量着他。完达尔夫根本不理睬，只顾和斯琴她们谈话；站在他旁边的“假小子”刘秀英眼睛尖，也早就看见了，不由得拧了一下浓黑的眉毛。

完达尔夫掏出小本本画着畜力辘轳的图样，笑道：“窟窿峰附近盆地打井，遇到粘泥层啦，这就要回去拿修械厂‘巴拉根仓’老汉最近试制成的开泥钻子，路过这里学到了你们的好经验。厉害，伊和浩特不愧是根据地中心，妇女从古到今第一次打井，还是单独组织起来打，打的又是深井，又有不少技术革新，值得我们老八连学习。”

“铁姑娘”斯琴笑道：“我们一点不比别的九个打井队先进，主要原因是这里地势低，土质松，自然条件好，所以挖的深，没法比。要说提高快，主要是琪琪格旗长带得好，她手把手教给我们！”

说得大家都笑了。

接着人们收了工，三个两个地往带棚木轮车、蒙古包、帐篷走去。琪琪格、完达尔夫、斯琴、刘秀英四个一起慢慢往前走。“假小子”刘秀英开头说道：“有一件事很反常，需要研究。”

“铁姑娘”斯琴也早就看出来了，问道：“你说的是不是高娃小姐的事？挤眉弄眼的？”

"对,对,就是这事,需要研究出对策,严厉打击一下这位王爷小姐、反动军官太太的歪风邪气!"

"牧民们说得好,心不正眼睛斜,脚不正靴子歪,那种鬼样子,谁还看不出来。"

完达尔夫气愤地说:"对,是有问题,这个女人很浪,挺着奶子扭动屁股,白天悄悄对我说,黑夜要来给我补衣服。我当时训斥了她一顿。她不要脸地和'黑麻子'勾搭上了,看样子要搞什么破坏活动。这类事不同旁的,贼咬一口入骨三分,没有证明人就抖搂不清,所以才和你们商量。"

琪琪格旗长在这过程中一句话也不说,始终是沉默着,看样子很难过,不知道她在想什么,别人也不好对她说什么。

斯琴想了想哈哈大笑起来,说:"真没有想到王爷小姐、参谋长夫人竟堕落到如此地步,卑鄙无耻,不如自杀算了。"

刘秀英也笑了,捋着袖子说道:"花样蛮多呢,想拉你下水,来吧,奉陪到底,正好我们妇女打井队的民兵们今天晚上开会,就在你住的小型蒙古包里,有办法!"

妇女打井队员们都是集体住在大型蒙古包和帐篷里,但是为了招待客人和前来视察的领导住宿,又搭了一座小型蒙古包,平常是空的,堆积一些物品当仓库用。这次,完达尔夫就住在里面。侦察连长吃完饭,刚把那匹著名的芦花青马从草场牵回拴到桩子上,办事从来就迅速的斯琴、刘秀英领着女民兵们走过来,琪琪格旗长最后也来了。等大家坐好以后,刘秀英说道:"今天我们开会,检查总结这一阶段劳动,争取短时间内打出水来。另外还要结合阶级斗争新动向,严厉打击反革命分子的破坏活动。上回,蒙古军参谋长兼第二师师长哲别的小老婆高娃,恶毒攻击军民团结牧场建设,我们批斗过一回。负伤的豺狼咬人最凶,失败的敌人报复更狠,她越来越猖狂了。今天下午,她卖弄风骚地对我们老八连连长说,晚上要来给补衣服。这是什么问题?我们把她打发出去到很远的地方拉柴去了,一会儿她要过来,我们就这样坐着,不用点灯,谁也别吱声,看她咋样?我们抓住证据就好办了,她抵赖不掉,然后狠狠审问她,叫她低头认罪!"

女民兵们七嘴八舌说起来,议论纷纷,有的嘻嘻哈哈笑着,乐不可支,只有琪琪格旗长一言不发。

"假小子"刘秀英大声批评道:"'活寡妇'腐蚀拉拢我们老八连连长,和王府市内外城的蒙古军部和一、二师六个团人里应外合,这是一场很严肃的阶级斗争,你们笑啥?"

女民兵们沉默下来了,小型蒙古包内一片寂静。这时候天色黑暗,接近黄昏,朦胧中瞭望外面的一个女民兵突然说:"来啦,来啦,大高个儿,真像'大洋马'的样子,还扭动着大屁股,大奶子鼓鼓的,准是她!"

果然,高娃太太走到这座孤立的小型蒙古包跟前,有点胆虚地停了步东张西望,嗲声嗲气地说起话来,声音有点发抖:"老八连长!"

完达尔夫发火了,气得咬牙切齿,沉默了一会儿,说:"嗯,在这儿呢,什么事?"

那女人尴尬地干笑了一声,走过来,一边像蚊子哼哼一样小声说着:"还在这里,真可怜,冰天雪地里守着冻蒙古包抱大腿,过来呀,快点!"

"你说些什么,不要过来,我要点灯!"完达尔夫厉声喝道。

"哟,好大气呢,嘻嘻,这么大岁数了,这样不懂事,点灯干啥,过来嘛!"高娃太太阴阳怪气地小声笑着过来了。

就在这时候，好几道闪亮耀眼的手电光交叉着射向那女人的脸上。还有人嗤地划火柴点了灯，小型蒙古包内顿时大放光明。斯琴怒不可遏地大声吆喝：“不要脸的臭娘们，你想干什么？”

高娃太太这才看清了正在开会的好多女民兵，一时慌了手脚，那张漂亮的脸像霜打的枯草一样，青一块黄一块。她全身哆嗦着，还强自狡辩道：“我，我是来补，补……”

刘秀英也气愤地叫唤：“这么多的人都听见了，你刚才说了一些什么牲口话，好好交代。”

“说！”有人喊着。

女民兵们你一言我一语追问得紧，一点儿都不放松，但是高娃太太顽固抵赖，死不认账。

第二天，琪琪格旗长、完达尔夫连长两人准备到封锁线上的团部报告这事，路过根据地中心伊和浩特，碰巧又遇到了“小白脸”大喇嘛搞破坏活动的事。

原来是这么回事，那天傍黑以前，“小白脸”大喇嘛到修械厂，坐在墙角木墩子上闻鼻烟，架子十足，旁若无人，准备等“巴拉根仓”老汉收工以后再和他谈话。

“巴拉根仓”老汉对达尔罕的情况很熟悉，不理不睬，根本不想搭话，很气愤地对军工工人们说：“眼下，鬼谷冬春营地井的畜力大辘辘是拿走了，听说效果不错。就是夏秋营地井遇到麻烦了，挖不透粘泥层，进度很慢。我们加油干，争分夺秒把开泥钻子突击出来，快拉风匣，按把，加钢！”

于是，风匣呼呼喘，炉火又重新旺了。大锤和小榔头又抡起来，这个简易小车间里一片山响，压过了外面大风呼啸声。

“小白脸”大喇嘛等了很长时间这才赔着笑脸说道：“嘿嘿，旧岁刚过，新春乍到，想和老军人喝两盅谈心叙旧，嘿嘿，您是口头文学家，熟悉很多蒙古族民间故事，我对此颇感兴趣，如果能够光临陋室，山门有幸！”

一个青年军工工人对“巴拉根仓”老汉挤眉弄眼，笑道：“原来如此，‘小白脸’喝酒是假的，想听你讲故事是真的，你就在这里讲一段吧，何必让他老人家破费。”

“巴拉根仓”老汉心领神会，笑了笑停止了抡锤，兴致勃勃地说：“好啊，上次对吉达讲了《巴拉根仓和索胡尔‘孛’》；对高娃太太讲了《巴拉根仓和王爷》；这回另讲一段吧，哈哈！”

“《巴拉根仓故事》有那么多？”另一个青年军工工人大咧咧地说。

又一个青年军工工人笑着瞪了他一眼，说：“《巴拉根仓故事》多啦，要不然我们师傅怎么能得这样的外号。”

“巴拉根仓”老汉放下锤子，对达尔罕大喇嘛讲起来了：“巴拉根仓捉弄那个瞎子‘孛’和王爷以后不久，又出了一个事。上次说过，他那时候才十二岁，干不动别的活儿，只能在野外放牛犊。那个草场跟前有条小路，邻庙的浩吉格尔大喇嘛骑着走马经常从那里过。他勾结王公贵族、大小官吏欺骗压迫牧民群众，吃香的喝辣的，搞破鞋烂袜，是个远近闻名的骚货色。巴拉根仓慢慢知道他原来是个秃子，脑袋贼亮发光，连苍蝇都滑断双腿。人们常说：翁子喇嘛俏，格培喇嘛美，扎萨嘎大喇嘛臭打扮，他喜欢装腔作势拿架子，一天换三次衣服穷讲究。很怕露出那电灯泡一样的癞痢头，总是戴着红缎子瓜皮帽，就是睡觉也不摘下来，外出又加另一顶帽子。巴拉根仓看不惯这淫荡家伙，想办法治他。从前几个月开始就加紧练习打弹弓了。他给牧主放牛犊，草原上小石块有的是，提高这方面技术是有条件的，越打越远，越打越准，二百步远的地方，能打中牛犊的耳朵尖，能抠出黄鼠眼睛，真是弹无虚发，百发百中。七月十五日庙会那天，巴拉根仓也去了，人是很多的，男女老少，有叩头烧香的，有看热闹的，还有买卖东西的，怎么也有几千人，再加上套来的牛、骑来的马、坐来的骆驼、赶来的羊和领来的狗，这一带就像烧开了的汗庙大镬一样沸腾。寺院中的清规戒律颇多，在摔跤、赛马、射箭、跳萨满正式开始以前，还有个祈祷仪式。在大鼓、铜钹、小喇叭、羊角号、海螺伴奏下，浩吉格尔大喇嘛神气活现地出来了。他为了在这众多的青年妇女——大姑娘、小媳妇面前显示炫耀自己，下工夫打扮了一番，头戴瓜皮帽，顶上缀着琥珀圆球，身穿红缎袈裟，有一股又酸又臭的样子。就在他念念有词领头唱经的时候，嗖地飞来一块小石头，不偏不倚射中了琥珀顶，把这红缎瓜皮帽掀出去几丈远，露出了那颗癞痢头。捂盖了多年的秃脑袋突然亮相，几千名观众愣了一下，接着就前仰后合地大笑起来，这笑声压倒了念经声和乐器声。浩吉格尔大喇嘛是有名望的大人物，面子比什么都要紧，当然受不了如此严重的刺激，马上昏过去了。醒过来以后又羞又恼，瘫痪得起不来，过了半个月又患上别的毛病，恨声不绝，一命归阴。这小段故事叫《巴拉根仓和浩吉格尔大喇嘛》，哈哈！”

修械厂的军工工人们大为开心，齐声哄笑着。达尔罕知道这是借题发挥讽刺自己，气得浑身发抖。他灰溜溜地站了一会儿，把“巴拉根仓”老汉招呼到门外去了。只见他往前哈着腰尽量放低声音幽幽地说：“老军人，我们同是喝的一个牛群的奶子，穿的一个羊群的皮毛，你，你要听我的话，可要劝劝养子呼和巴拉呀，对，他叫包利道，是你给起的名字，嘿嘿！”

“什么事？”“巴拉根仓”老汉警惕起来了。

“小白脸”大喇嘛的声音几乎变成了耳语，像蚊子哼哼那样传过来。他接受了上回收效甚微的教训，改用了隐蔽的封建迷信办法，长叹了一口气，说道：“昨晚，我做了一个噩梦，凶多吉少，梦见雪山雄狮降临腾格里山，啃噬三只老虎。这象征着哈尔巴拉兄弟三人呀，当时吓得我出了一身冷汗，瘟头瘟脑的，要出大事啊，不可不防。你那么大年纪了，就一个宝贝养子，要是有点差错，三长两短，怎么办？还是……”

“住口！”“巴拉根仓”老汉打断对方的话，气愤地说：“不好的西瓜籽多，不好的喇嘛谎多，你煽什么阴风，点什么鬼火？刚才给你讲《巴拉根仓和浩吉格尔大喇嘛》是文斗，还想尝尝用拳头武斗的滋味吗？”

达尔罕倒退了两步，差点绊了大跟斗，出神地站了一会儿，像一条狐狸一样消失在黑暗中。

“巴拉根仓”老汉回到车间里，还是余怒未消，说：“刚才太客气了，等着瞅吧，还有更厉害的时候，哼哼！”

琪琪格旗长又发现这情况以后，更是不能怠慢，留下完达尔夫看守，自己连夜到了在封锁线上严阵以待的独立骑兵团团部，准备和哈尔巴拉团长、刘青山副团长商量对策。这里是另一种情况，在支离破碎的铁路公路大干线附近，在低矮结实的碉堡跟前，在蜿蜒曲折的战壕内外，一片战前紧张气氛。这个年轻的团长眼睛熬红了，长着连鬓大胡子的脸挂土了，看样子很疲劳，但还是精神抖擞地向团直属各单位和七个连队，直接或通过电话布置任务。见了琪琪格很高兴，悄悄说：“我们的副团长刘青山同志出去了，比我还忙，在这期间内他和邓志刚主任秘密碰了一次头，情报说：蒙古军一、二师最近有一次联合行动，他们打算各抽一个团，突然袭击根据地中心伊和浩特，目标是A城农学院的两个女大学生，哈哈，想抢过去！”

“蒙古军出动两个团，准备抢高娃和我，痴心妄想！”琪琪格哈哈大笑，分析道：“我军团直属队各单位和七个连队，有纵深工事依托，并且提前得到情报严阵以待，可以预料，他们这次所谓联合军事行动，是不会得逞的，需要把老八连调动过来吗？”

“不需要，完全不需要。”哈尔巴拉毕竟是个青年人，有了强烈的冲动，紧紧握着这个旗长的手笑道：“据邓志刚同志所给的情报，蒙古军这次所谓联合军事行动，有一个致命的弱点：第一师官兵骂大街，第二师官兵讲怪话，都不愿意为两个女人卖命，连哲别参谋长都有点懒洋洋的，他有的是野老婆，讨厌高娃太太碍手碍脚。这完全是他的公子扎萨嘎大少爷怂恿的，与其说是抢继母，不如说是抢你这位旗长，他处心积虑恶毒造谣诽谤，这些情况你是知道的，不必细说。”

“嗯，刘青山副团长谈过。”琪琪格很平静地说，面不改色。

“这个联合谍报队长软硬兼施，挑拨离间不成，又想用武力从我手中把你抢走，威胁利诱成婚，谈何容易，痴心妄想。所以，他们这次轻举妄动是成不了气候的，你们要放心大胆地继续建设军民团结牧场，从根本上改变伊和塔拉根据地军事地位重要，经济基础薄弱状况，站稳脚跟，长期掐住铁路公路大干线。在这方面有一个重要情报，据邓志刚同志说：莫尔根军长不打算破坏军民团结牧场建设，他是摘桃派，以逸待劳，等桃子成熟了一下夺过去享受，轻而易举。至于高娃、达尔罕的破坏活动，表明‘影子’的情报组和地下交通联络站建立起来了，疥癣小疾，不足为虑。为了老邓的安全，先叫他们在外面蹦跶两天吧，最后跳不出我们的掌心，嘿嘿！”

第六十七回　深受触动支书心情矛盾　悲观失望队长误走歪路

蒙古军一、二师出动两个团人，向根据地中心伊和浩特突然袭击，企图把高娃太太、琪琪格旗长抢回去。独立骑兵团直属队和七个连队获得情报早有准备，严阵以待给予迎头痛击。蒙古军第二师四团首先缩回去了，第一师三团地形不熟，又失掉侧翼支援和掩护，损失惨重，被打死、打伤、俘虏五十多人。开头的几天内，由伊和浩特党支部书记察干巴拉、浩特达额尔旦二人，领着一部分民兵押送这些俘虏，强迫参加各项劳动。这一天路过修械厂，正好侦察连的几个战士在土木结构的建筑物上张贴着传单：

长期掐断大干线，
建设根据地意志坚；
生擒活捉莫尔根，
彻底消灭蒙古军。

被俘虏的一个蒙古军军官骑着铁青色瘦马，路过时看了看传单，用喀喇沁口音骂道："吹牛皮！"

另一个骑灰溜马的俘虏是当地人，操着伊和塔拉口音说："嘿，他们自己才不干呢，反正当兵的人都是一样，上面把军官拍，下面把牧民踩，什么鸡巴的军民团结！"

"不许你们乱说乱动！"老二察干巴拉远远看见这里交头接耳，端起脖颈上挂的美式汤姆生冲锋枪，像打雷一样吆喝了一声，马上把俘虏镇住了。

老浩特达额尔旦面慈心软，连训斥都不会，啰嗦地说："你们都当了蒙古军，是有罪的人啊，现在要好好参加劳动，改造脑筋，脱胎换骨，重新做人，回去和父母妻子团聚啊！"

俘虏被押到腾格里山鬼谷冬春营地打井点时，已经是中午了。这一带井坑挖了七丈多深，早晨整个工程进展很顺利，快到小晌时就遇到了大障碍。

起初，琪琪格穿着絮了毡袜子的长筒胶靴，站在没脚脖子深的泥水里，使劲往下挖着。铁锹底下硬得当当响，只能用锹尖掏出来那么一点土。最后什么也挖不出来了。她气愤地说："蒙古军一、二师六个团人破坏捣乱，连这地皮底下也和我们对立起来了，唉，刚见了一点水，就遇到大石头。"

一个油头垢面的俘虏，也操着喀喇沁一带口音，对同伙悄悄说："共产党的军队，共产党的干部，是厉害，这里现在都见水了，厉害！"

"听说前年在王府市外城四门外修防御工事，我们蒙古军部和第二师使出吃奶的力气，都没有打成井。共军独立骑兵团更有办法，就连在腾格里山中也打成了，这里地势多高啊！"

"鸡巴办法，这回看咋办？"

老二察干巴拉本来是不相信在这里能打成井的，这回看见出了水，半信半疑。不过，他现在职务不允许他说别的，又端起美式汤姆生冲锋枪，威严地吆喝道："早就警告过你们不许乱说乱动，有人还在那里交头接耳乱嘀咕，搞什么黑串联？跟前有我们老八连的四个打井队，别想占便宜。"

斯琴、刘秀英在那边井坑里接连挖了几锹，也直起腰来说："旗长，挖不动啦！"

那一个喀喇沁口音的俘虏吃惊地说："还是个大官，旗长呢！"

当地口音的俘虏悄悄说道："啊，原来是她，A 城农学院的高才生琪琪格，这次行动的主要目标就是她，打算抢回去，可惜扑了空，损兵折将，得不偿失，唉！我们蒙古军联合谍报队长扎萨嘎大少爷想她快要发疯了。你看长得多么漂亮，白净的脸，柳叶眉，杏核眼，曲线多美，丰满的胸脯，性感的臀部，啊，能拉小提琴，会做诗，多才多艺，全才呀，到现在没嫁人，听说对这里的共军独立骑兵团长有点意思，眉来眼去的，黏乎上了！"

"就是那个杀人不眨眼的刽子手哈尔巴拉？满脸连鬓大胡子？"

"是呀！"

"不可能，哪个娘们不爱小白脸，谁稀罕那个哈尔巴拉，就像八百里腾格里山中的黑熊一样！"

"他们的老二察干巴拉，被'鹰扬部队'装甲机械化十团打伤退伍以后，很快结婚了，娶的是我们蒙古军哲别参谋长的堂妹，赶在老大和老三的前面，憋不住熬不了，嘻嘻！"

"是个明白人，这年头先尝上滋味就好，要不然一颗流弹削倒了，白搭！"

察干巴拉远远看见俘虏又在交头接耳，端起美式汤姆生冲锋枪，"叭叭叭"打一梭子以示警告，他们不敢再嘀咕了。这个老二又发现在井坑底劳动的女民兵都挖净了土，露出下面岩石层，从缝隙里不断渗透出来水，随淘随冒，那大片青石板上全是浑浊的泥浆了。她们都穿着胶靴在里面站着吵吵嚷嚷。

老浩特达额尔旦站在上面井坑边上，整理了一下天蓝色布面羔皮蒙古袍衣摆，叨咕道："不听老人劝教的儿女要摔跟斗，不服牧民吆喝的牲畜要挨鞭子，这话不假，怎么样？尝着苦头了吧。你们那个什么天寒地冻无阻挡，铁锹镐头当刀枪，是大话、空话、假话，现在快要开春啦，怎么没打成井呢，还是没头没脑往下挖，这不是劳民伤财是什么？"

察干巴拉牵着马站在井坑边上，哼了一声说："别看我对着俘虏那么嚷嚷，现在还得说实话，这算什么事呢，早就说不行，偏要拧劲对着干，春水扎骨，秋水扎肉，在冰渣子里站着受这份洋罪，能得到什么呢？这回碰上石头了，看你们怎么办？事情还没有头绪老是说大话、空话、假话，什么开春以前凯歌扬，建成牧场打老蒋，咋样？"

这时候出现了严重的窝工现象，挖不出来土，装、提、抬、倒等一连串流水工序都受到了影响，只好停工了。

琪琪格旗长大为恼火，走到上面来。她腰挂小巧玲珑的手枪，叉着腰站着对察干巴拉、额尔旦发号施令，喊道："你们领着俘虏队到窟窿峰附近盆地男民兵那里打井，在这里表现不好，不像话，领队讲怪话，俘虏磨洋工，会吃不会干，我们出去解手也很不方便，这里不要了，快叫他们滚蛋，快走！"

察干巴拉考虑了一会儿，和浩特达额尔旦老人交谈了几句，又端起美式汤姆生冲锋枪，对着俘虏群吆喝道:“走,出发,到夏秋营地打井点去,走,快!”

“长官,怎么又不在这儿干啦?”一个俘虏惊慌失措地说。

老二察干巴拉心烦,气得满脸连鬓大胡子根根挺立,大喝道:“你们干得不好,磨洋工,消极对抗,押到窟窿峰附近盆地排成一列横队,集体枪毙!机枪点名!”

女民兵们看着逐渐走远的俘虏群,嘻嘻哈哈笑起来。这时只有被管制劳动的高娃太太笑不出来,她和“黑麻子”勾搭成奸怀孕好几个月了,怕被别人看出来,用好几道军用绑腿紧紧地裹住肚皮。她是多么希望蒙古军一、二师六个团人快点打过来呀,这样可以和哥哥莫尔根、丈夫哲别大团圆,为此她还拉拢完达尔夫里应外合,没有想到全部失败了,变成了灾难。她咬牙切齿地暗暗咒骂着:斯琴、刘秀英这些狐狸精,和暴徒呼和巴拉、特木尔睡够了觉,打足了油,淫荡地哼哼完了,到这里逞能耐显威风,一会儿是巩固根据地中心建设军民团结牧场,一会儿又是持久地掐断铁路公路大干线,张飞他妈生孩子——无事生非,连个放屁的工夫都没有了。等着瞅吧,看谁斗过谁。

一个女民兵向琪琪格提合理化建议道:“旗长啊,反正井坑底下出水啦,不往下挖行不行?”

“不行,我们这是军民团结牧场的冬春营地井,打成以后要饮几万匹军马和牲畜,饮水供不上就误了大事啦。这里地势高,刚刚接触含水层,要利用全部含水层,还得往下挖很深呢!”琪琪格接着又布置道:“斯琴,到小帐篷去拿炸药雷管,还有导火线,我下去凿深眼,再下去几个掌钎打锤的,别人烤火,轮着换班劳动!”

女民兵们又活跃起来,自动报名下去的马上有了十多个人。有几个比较娇气的女民兵听到要炸石头,就发慌了,很怕碎石砸坏了自己,畏畏缩缩地躲进了远处一座蒙古包,捂着自己的脑袋。

“假小子”刘秀英从她们身后面看着,大声说:“你们看这几个同志,喘气比黄牛还粗,胆子比灰兔还小,躲开啦!我不怕,下井坑去!”

“刘秀英,还有先举手报名的两个同志下去,别人不用了!”琪琪格说着带头下去了。她由于经常锻炼参加体育活动,很能干,身强力壮,挥起八磅大锤连续砸二三十下,当中也不停歇,气不粗脸不红,越打越来劲,钢钎头上直冒火星。她一边砸着一边还说:“我看这石头也像蒙古军部和一、二师六个团人一样顽而不固,一点不结实,嘿嘿!”

快要凿完第二个深眼时,掌钎的那个女民兵突然尖叫起来:“不好,进水啦!”

“糟糕!”琪琪格急忙和那几个女民兵掏深眼里的水,斯琴也领着另外几个女民兵下来帮助排水。过了一会儿,她们发现这是徒劳无功的,浑水不仅是从上边灌,还从下边渗,三尺多深的凿眼里,一会儿就满了。琪琪格排着水着急了,说:“水火不相容,这就没办法装填炸药了,怎么办呢?群策群力,动脑筋想办法。”

人多智谋也多,女民兵们提出了一大堆办法。最后选定用三个小坛子装填炸药,拿来侦察连前两天打的黄羊肚子封口,导火线的下水部分用黄羊肠套上,出水部分支起来,防止受潮。这样,很快把炸药装填好封口放进去了。要求点火的女民兵真不少,琪琪格根据上次炸岩开渠出事故的教训,没有同意她们的要求,还是请附近打井的侦察连爆破手点了火。炸药在底下闷声闷气地连响了三下。地皮都抖动了,周围的蒙古包、帐篷和带棚木轮车群摇晃起来,一股又一股泥浆碎石迸飞着,空气中充满了硫黄气味。等硝烟过后,女民兵们拥挤到坑边看着炸掉的岩石层,都高兴极了,有说有笑的。

爆炸声把察干巴拉、额尔旦等人押送的那帮俘虏也惊动了,紧赶着到窟窿峰附近盆地夏秋营地打井点。拿美式汤姆冲锋枪站岗放哨的侦察连一个战士,看见这两个浩特干部脸上淌油嘴里冒烟的样子,知道干渴得受不了,笑道:“你们辛苦了,把俘虏交给我们,去喝茶吧,嘿嘿!”

另一个拿美式三零步枪的战士也笑道:“我们这里人和牲畜饮水,都是从伊和浩特驮来的,现在骆驼队还没到,不一定有茶,先到工地看看吧!”

一个俘虏惊慌地说:“我们喝啥呀?饥饿能挺,干渴受不了。”

“喝马尿去!”察干巴拉喝道。拿三零步枪的那个战士嘻嘻笑了,说:“喝水少,马也尿不出来。嘿嘿!”

察干巴拉到了打井工地,迫不及待地喝了几大碗凉奶茶,这才缓过气来,往井坑附近观察着。深度已经超过了九十米,井台周围用畜力大铁辘轳绞上来的土堆得很高,在高耸的悬崖陡壁间好像又出现了一座小土山。他对此无动于衷,不平不满地发着牢骚:“多深呀,这是在春节前打的吧,快两个月了,还是没见水,这样没完没了打下去,何时是头?唉!”

完达尔夫听说把俘虏押送到这里,领着侦察连干部和民兵队负责人特木尔、呼和巴拉,从井坑里面顺辘辘绳攀上来,听了这话反驳道:“这里是经过我们畜牧业专家琪琪格旗长多次研究、调查、试验才打的,地下肯定有充足的水源,老八连准备要坚持到底!”

老二察干巴拉的长着连鬓大胡子的脸涨得通红,准备吵架。

完达尔夫又说道:“你听信一些不三不四的话,糊涂啦,知道这边是怎么干的吗?我们老八连和民兵队开始打井的时候,正是数九寒天,真像俗话说的那样,能冻裂三岁公牛的头。从窟窿峰顶上吹过来的风打得我们睁不开眼睛。地皮冻了几尺厚,我们烤一层刨一层,手磨起血茧,手背都冻裂了口。这里因为地势高水位低,打的井坑深,土层变化很大,起初是泻下来大量流沙,我们费了很大力气,用柳条笆和细原木做了临时井壁撑子,挡住了。紧接着又遇到岩石层和红胶泥层。坚硬的石头还好办,就是这韧性的软中带硬的红胶泥很难对付。在三十米以下的地方,差不多每打下一米,就遇上这样的红胶泥。用炸药炸,有时只能炸掉一小块。有那么一段时间,我们整整干了一天,才下去一米多深。修械厂‘巴拉根仓’老汉研制的带八个翅膀的开泥大钻,起了决定的作用,挖出了红胶泥。这样井坑一天比一天深,周围土堆一天比一天高,成了这样红胶泥堆的山。老排长,你不是都看见了吗?现在井坑越深,困难越大,在下面劳动喘不过气来,我们就用绳子带上什么东西,从上到下来回拉流动空气。困难这样大,军人和民兵们仍保持着高度的革命乐观主义精神。察干巴拉同志,你应该从这里接受教育啊!”

这个老二蔫了,一声不吭。老浩特达额尔旦更没词儿,连连唉声叹气。

老三呼和巴拉也插话说道:“二哥,你刚到这里就渴得受不了啦,知道我们是怎么过的吗?打井没水喝,用骆驼往这里驮水。每个同志到这里以后差不多没有洗脸洗衣服,干这样重活每天只喝一顿奶茶。为了改变伊和塔拉根据地军事地位重要、经济基础薄弱状态,我们铁了心啦,一定要把军民团结牧场建成。蒙古军部和一、二师六个团人妄图把我们逼走,重新打通铁路公路大干线,在这里称王称霸,是永远不能得逞的!”

察干巴拉仍旧一声不吭。

呼和巴拉捋了捋破旧的蒙古袍袖子,倒掉短筒马靴中的红胶泥,绑上安全带就要下井坑了,板着连鬓大胡子脸回头又说："鬼谷盆地和这里是用同样方法试验，用同样方法打的井，那里已经见水了，这里同样能见水，这是铁的事实。随王爷的人骂骂咧咧，跟活佛的人哼哼唧唧，二哥呀，你是落后啦，简直是屡教不改！"

呼和巴拉到了下面干了半个多小时，和他一起在井坑底下推开泥钻子的侦察连四排四班长，突然停下来大喘着气说："呸，这是什么味儿，好像烧了硫黄一样熏人！"

老三接替四班长推着开泥钻子转起来，接连打了两个喷嚏，说道："空气更稀薄了，你亮手电发信号上去吧，当一回空气流通器！"

四班长却叫呼和巴拉上去，互相推让着，很快觉着不对劲了，使人窒息的臭味越来越大，不光是打喷嚏，还要反胃恶心，流口水鼻涕，以后都站不稳了，脚跟发软，四周的井壁晃动起来。呼和巴拉虽然没有经验，但是也估计出来了，说："地下毒气，你先上，快！"

四班长怎么也不上去，说："快，你先上去！"

呼和巴拉一句话也没有说，把安全带拿过来就给四班长绑好了。对方硬是不肯，两个人拉拉扯扯，时间过去了好几分钟，他们都感觉到剧烈的头痛。呼和巴拉怒气冲冲地喊道："你快上去，快！"

四班长还是不同意，说："我不上！"

这时候，呼和巴拉长着连鬓大胡子的脸变得吓人，大声喝道："这里我身体最好，没事，快上，别拖延！"

四班长的眼睛里顿时充满了泪水，他咬紧牙关迅速地把安全带又系了系。没有等他动手，呼和巴拉已经用手电把紧急信号打上了井坑口。这个班长上来，往底下指着说不出话来了。从他的表情，干部战士和民兵们都知道下面发生了什么事情，每个人的脑子里都闪着下去抢救呼和巴拉的想法。

民兵队长特木尔动作快，在别人七手八脚忙着准备时，他戴上了缴获的蒙古军的日式黄色钢盔，大喝了一声说道："呔，这里就我会急救手术，快放辘辘，我下去！"

老二察干巴拉动作更快，看见弟弟中了地下毒气，着急得满脸连鬓大胡子根根挺立，什么也不顾了，抢先绑上安全带。辘辘又飞快地转动起来，当他到了井坑底下时发现弟弟已经昏倒在一堆红胶泥上。这个老三毕竟是太劳累了，没有抵抗住。察干巴拉费力地抱起弟弟绑上安全带。

呼和巴拉被提上来，不一会儿，察干巴拉也呼吸困难地上来了。大家把老三抬进近处蒙古包里，做人工呼吸。他体质好，抵抗力强，很快就恢复知觉睁开了眼睛。他还想着打井的事，咬了咬牙说："骆驼皮兜子里放石块来回拉动，把毒气冲干净，接着下去打。"

察干巴拉也缓过劲来了，他这时心情很复杂矛盾：一方面觉着弟弟这种不屈不挠的样子，实在叫人感动；另一方面又认为如此蛮干下去不合算，受苦受累打不出水来，又中了地下毒气，真是找死。他一时不知道说什么好，很难过地沉默着，一言不发。

浩特达额尔旦老人连连唉声叹气，很啰嗦地叨咕："不听老人教育的孩子要摔跟斗，不管牧民吆喝的牲畜要挨鞭子，怎么样？吃了亏吧？唉，再别接着干啦，拉倒！"

呼和巴拉中了地下毒气，对打井工地震动很大，好多的人都来看他，在这座蒙古包周围，挤满了穿草绿色军装的侦察连干部战士，穿各种颜色蒙古袍的根据地中心伊和浩特民兵。在混乱之际，不少穿黄色军装的蒙古军俘虏也鬼头鬼脑过来了。他们知道这个出毛病的就是哈尔巴拉团长的三弟，幸灾乐祸地嘁嘁喳喳议论着。察干巴拉正没有好气，听到这动静又大喝了一声："把他们押进井坑里强迫劳动！"

四排四班长本来也生着很大的气，立即端起美式汤姆生冲锋枪，押着几个俘虏下去了。

呼和巴拉在这里一跃而起，兴冲冲地说："不能依靠俘虏，需要自己动手去干！"

察干巴拉不同意，劝道："你别再下井坑啦，回后勤处医院休养一个时期吧。"

"你们看看，我这个人干活像牛一样，吃肉像狼一样，还能进医院，哈哈！"呼和巴拉笑着拿出摔跤手的架势，伸胳膊甩腿给大家看，坚持要下去劳动。

特木尔不由得轻轻叹了口气，说："副队长啊，你的任务很重，回根据地中心不光是休养治疗，还要看看平地治碱、开挖渠道的情况，眼看就要到种草种料、植树造林的时候了。"

完达尔夫连长也劝道："这里用不着挂念，有老八连和民兵队，什么也不怕，你放心地走吧。"

这样，呼和巴拉休息了两三天，就暂时离开了窟窿峰附近盆地打井点。

第六十八回 架设风帐基地齐种草料 消灭野鼠铁匠显露技能

呼和巴拉刚刚回到根据地中心伊和浩特，一群顽皮的儿童叫喊着扔石头，把他当成“假想敌”来攻击。“巴拉根仓”老汉人老眼睛可不花，从修械厂窗口早就看见了。在草绿色军装上擦着沾满铁锈的大手，连忙出来制止。他心事很重，明显地消瘦了。盘踞在王府市内外城的蒙古军依仗着他们优势兵力，不断出来骚扰抢劫，还想拼凑什么伪政权。就在这同一时期，“小白脸”大喇嘛拉拢他本人，高娃太太想腐蚀陷害完达尔夫。最近更是谣言四起，什么军民团结牧场建不成啦，独立骑兵团站不住脚啦，铁路公路大干线就要打通啦，琪琪格旗长和扎萨嘎大少爷有密信来往啦，呼和巴拉中了地下毒气、与斯琴解除婚约啦，等等。他现在看见了养子，很是焦虑地说：“包利道，有新的情况啊，到厂子里详细给你说。”

“听说了，很多同志动员我把婚事办了，用事实来粉碎蒙古军的造谣中伤，我这就去给斯琴送豆籽，顺便商量这事。阿爸，你要保重身体，有我们独立骑兵团和民兵队，什么也不怕。”

“对，对，我也正想说这事。”“巴拉根仓”老汉看见养子雄赳赳气昂昂的样子，心里舒服多了，脸色也好转些，送着走了一段路，说：“开辟草料基地的事，‘铁姑娘’负责呢，她从琪琪格旗长那里学到了很多东西，敢想敢干，经常说：‘肥料是植物的营养，计划每亩地施肥六千斤，我们牧区有的是牛马骆驼羊粪，准能实现。’我告诉给你，斯琴没有变心。主要毛病是架子不正毡包歪，支柱倾斜帐篷倒，哈尔巴拉团长、刘青山副团长等主要领导干部，右倾麻痹，面慈心软，不下逮捕令，‘活寡妇’、大喇嘛、‘黑麻子’他们越来越猖狂了，不像话！”

“是呀，我对大哥也有意见。”

呼和巴拉牵着马去找斯琴。她没有在家住，听说在封闭的老牧场上搭了两座蒙古包，贮存各种草籽、料籽、树籽，她就在那里值宿。呼和巴拉很快来到老牧场，远远就看见了那两座裹着崭新洁白毡子的蒙古包了，门上玻璃擦得锃亮，贴着红色窗花格外鲜艳。当他拴上马扛着口袋往里走时，就知道斯琴不在，要不她早就出来了。果然，西边那座蒙古包锁着门，东边蒙古包里只有刘秀英一个人，正聚精会神地看着未婚夫特木尔的来信。这个“假小子”抬头看见呼和巴拉就跳起来，热情地搬凳子、倒奶茶、端奶豆腐，说道：“老三呀，坐一会儿，斯琴很快就回来，她跟着旗长到草料基地规划去了。旗长不愧是畜牧业专家，教给我们很多东西，准备要多种苜蓿草，说它有很多蛋白质，各种矿物质、维生素，既顶草又顶料。二斤籽能种一亩地，对水土保持有很大好处，能培养牧场。还说：苜蓿长过腰，牛马不掉膘；种几年苜蓿，收几年好草料。”

这工夫，斯琴回来了。她穿着春天的服装，浅黄色大格条绒夹蒙古袍，绿绸子宽腰带，翻毛棕色短筒马靴，还是挎着挂红穗的驳壳枪，给人一种轻快活泼的印象。可能是这些天发生的情况对她有影响，脸也瘦了，眉毛微微拧在一起，但是很快恢复了常态，笑道：“口袋里装的什么？”

"送来当种子的黄豆,一粒一粒选的,都是大粒,同志们都舍不得熬肉汤喝。"

斯琴收敛了笑容,很认真地说:"这不行,旗长对我们讲过,伊和塔拉草原牧民过去只种漫撒籽,缺乏经验,军民团结牧场要大丰收,不管饲草还是饲料都要用科学方法种植。黄豆籽的选法是:收割前在长得好的地块里,选择生态健壮、形状典型、颗粒丰满的植株,要挑成熟期好、结夹优良、分枝合理的。挑选出来的植株放在一起,单晒单打,分开保存,再进行粒选。不从植株上选,光靠粒选是不行的,粒再大再整齐也没用,分不清是什么品种,籽粒都一样,但是它们生育期相差很大,你看看这写的书面材料。"

呼和巴拉翻了翻琪琪格整理的厚厚一沓材料,笑道:"大家评价她是畜牧业专家很有道理呢,军民团结牧场是她规划的,打井点是她选定的,连这选种都想到了,考虑得真全面周到,嘿嘿!"

"旗长考虑的事多啦,不止这些,你接着听斯琴的介绍就明白了。"刘秀英扮了个鬼脸,嘻嘻笑着走了。

呼和巴拉羞红了脸,看跟前没有别人,这才谈到了婚事,他在这方面话不多,简单说了外面流传的各种各样谣言和"巴拉根仓"老汉、完达尔夫连长等人的意见。

这时候,通红的落日沉进八百里腾格里群山西边,一轮明月从达赖河对岸升上来,照得这座蒙古包内外一片明亮金黄。

斯琴也羞得满脸通红,话都不连贯了,断断续续地说:"琪琪格有个想法,打算办集体婚礼,声势浩大,用事实来粉碎蒙古军的谣言,真有意思,嘻嘻!"

"热闹非凡,有趣,嘿嘿!"

"这事就这样了,先吃饭。煮荞面疙瘩汤,马上就好,吃完你回去休息,我突击送粪肥,明天就春耕,晚上得全部送完。别看我们每亩施肥六千斤,速度可快了,就差几亩地,晚上我突击送。"

"还有别人吗?"

"没有。套车、赶车、装卸粪堆,我一个人包下了。现在劳动力紧张,妇女打井队在鬼谷,男子打井队在窟窿峰,还有继续平地治碱的、修渠的、放大小牲畜的,一个人顶三个人干。老八连同志更辛苦,一边打井一边完成侦察任务,还站岗放哨,不能影响他们休息,这点活儿我包下来。"

吃完饭,呼和巴拉看着明亮的月光,笑道:"多好的照明设备,我帮助送吧!"他套上牛车挥起了鞭子,熟练地赶着从大路上过去了。寂静的夜里响起了胶轮滚动的声音。他觉得很奇怪,连续多天打夏秋营地深井,接着又中了地下毒气,今天又骑马奔波了大半天,现在连一点疲倦的感觉都没有,浑身充满了活力,显得特别轻松愉快。他很惬意地听着"铁姑娘"轻声唱《蒙古马》:

在那硝烟迷漫的战场上,
骑兵驰骋铁蹄飞扬;
啊,嗬咿,我心爱的蒙古马,
跳沟越壕跃过铁丝网……

两挂胶轮大车都顺利地通过了架在渠道上的简易小桥,前面就是要去送粪肥的地方。新开辟的草料基地当中的标语牌看得清清楚楚的:“建设巩固根据地,长期掐断铁路公路大干线!”这时候,头辆车往旁边倾斜了一下,转动不灵了,上面的粪肥洒出一些来。斯琴从车上跳下来,看了看左边瘪进去的车轮,说:“糟糕,跑气啦!”

呼和巴拉停车跑过来检查了一遍,从外胎中拔出一块马蹄铁,看着那泄气的车轮,说道:“有点麻烦,还差半里地,这怎么办?”

斯琴有一股倔强性格,用命令的口吻说:“你经常摆弄铁器,又会开汽车,连大车轱辘都不会修理吗,快去修械厂拿一套家具来,不要惊动别人,我们一定要把这两车粪肥送到新开辟的草料基地上!”

呼和巴拉很喜欢她这泼辣样子,抬头看见斯琴也正看着他。他们情不自禁地往前靠了靠,紧紧地拥抱在一起。不知受惊还是偶然的巧合,辕牛突然响了鼻子惊闪了一下。这声音使斯琴吓了一大跳,挣脱开这个超重量级摔跤手强劲有力的拥抱,怪害羞地捂起了脸。

呼和巴拉也很不好意思了,捂着火辣辣疼痛的脸立即到了修械厂,拿来气管、胶水、内胎、砂纸等一些东西,开始拧螺丝卸车轮。等他俩补好带收拾好车,重新上路到草料基地、卸完粪肥回来时候,天快要大亮了,启明星调皮地眨着眼睛,好像在嘲笑他们。

“走,这回到我们家去,做点好吃的。”斯琴说,极力不看对方。呼和巴拉也不好意思回头瞅,脸上还发烧,只是嗯嗯答应。

当天上午,琪琪格旗长和完达尔夫连长共同研究决定:首先要抓好封闭的老牧场上种草、种料、植树等生产,鬼谷和窟窿峰盆地的打井工程暂时停下来,只留下部分军民看守,其余的人都回来突击。

侦察连干部战士和根据地中心民兵,在琪琪格旗长的指导下种草、种料、植树搞得很顺利。但是隔了一夜,滤的粪、下的籽、栽的树,都被大风刮得无影无踪了。

支部书记察干巴拉、浩特达额尔旦两个正为吉达等人出去远征游牧高兴,现在听到这个消息,都到饲草饲料基地来了,讽刺挖苦说风凉话。

一个因为经常讲怪话发牢骚而不断受批评的青年人,这回觉得自己正确了,无所顾忌,放肆地嘲笑道:“瘦马陷进达赖河泥滩,破车撞上腾格里山岩石,根据地中心的军民团结牧场完了,一点指望都没有了,嘿嘿!”

察干巴拉把大白走马交给“黑麻子”牵着,倒背着手来回踱步,架子十足地训斥道:“根据地中心的牧民群众,本来就意见很大,呼声挺高,说这是奶油倒进沙子里,肥肉扔在甸子上,典型的败家子作风,劳民伤财,你们就是不听,主观武断,一意孤行,这回咋样?摔了跟斗,头破血流,鼻青脸肿!”

察干巴拉是有充分准备的,不仅是说说而已,还领来了那位有文化懂得蒙、藏、汉、日四种文字的“小白脸”大喇嘛。出家人很同情和赞成党支部书记的话,连连点头称是,并且为了证实这种观点的无比正确,从绛红色袍子兜里掏出一沓子日文材料,翻译着念道:“这是当年在汗庙的日本和尚海滩乌龟写的调查论文,他说八百里腾格里山第一大风口是鬼谷,常年狂风怒吼,五级以上大风年平均一百六十四天,最高速每秒三十米,年平均风速每秒五米。第二大风口是魔峡,四级以上大风一刮就是几天,八级大风也不少见,有时也出现每秒三十米的特大风速。拔大树、摧毡包、埋沟渠、断电线是这两大风口的共同特点。从鬼谷口和魔峡嘴刮出来的大风,飞沙走石，遮天蔽日，此地不能长草，更不能长庄稼，不可更改，嘿嘿！”

这工夫，琪琪格旗长从那边兴高采烈地走过来，大声说：“别听日本特务的胡说八道，他们还预言蒙古民族的人口发展是金字塔形，五十年后必定灭亡，放屁！现在我们想出办法啦，昨天下午收工时候，草料基地上扔了几个大抬筐，它挡住了风，附近的草籽、料籽、小树就没刮走，这些能留别的就不能留吗？腾格里山鬼谷口风大，沙子不稳定，我们就在平整好的饲草饲料基地上，用柳条架一道道防风固沙障，每道相隔三米，就在这当中种苜蓿、草木樨、全鸡儿；种玉米、高粱、大豆；植杨树、柳树、榆树。看大风怎么刮法？”

“这个主意想得好！”不少民兵大声喝彩。

很多军人也都称赞：“对，这就是防御工事，纵深配备。”

“铁姑娘”斯琴看着察干巴拉、“黑麻子”、大喇嘛用嘲笑的口吻说：“我们一定叫这低处涝苇塘、高处碱巴梁、黄沙吞没处、不见寸草长的伊和塔拉草原，换上绿装，彻底大改变，嘿嘿！”

“假小子”刘秀英也补充道，我们的口号是：

腾格里山下逞英豪，
巩固根据地牢又牢；
掐断铁路公路大干线，
困得蒙古军往外逃。

第三天，防风固沙障收到了预期的效果，这当中种的草料，大风一点都刮不动了。这样在取得经验的基础上，紧接着就开始了大规模的播种。工作量是相当大的，为了种早种好，除了跟群放牧的人以外，差不多全部出动了，起早贪黑地干着。

高娃太太从腾格里山鬼谷打井工地回来以后，躲在蒙古包里一直不出来。她这样做有两个原因：一是和“黑麻子”通奸怀了孕，前一些日子她的姘夫虽然从“小白脸”大喇嘛那里拿来了打胎药，她害怕服下丧命，没敢吃。肚皮越来越大了，她用两条绑腿紧紧缠着，很怕出去劳动掉胎或被别人发现。二是她知道了上次蒙古军一、二师的联合军事行动是为了抢救她，失败了，最近可能又要打过来，这样她有恃无恐敢于硬着头皮不动，被叫出来以后，又挑肥拣瘦想找点轻活儿干。

琪琪格旗长正赶着老黄牛，在一道又一道用柳条架的防风固沙障内开地。她下工夫练过扶犁杖，走得稳当，趟子开得直，没有一条弯弯曲曲的垄沟。

高娃太太到了跟前，蜡黄的脸上堆起了假笑，说道：“嘻嘻，花君，我的老同学，你就让我在第一大组点籽吧！”

“不要这样称呼！”琪琪格旗长那因风吹日晒发黑的俊俏的脸上显出不高兴的样子，说：“这样难听死了，你呀，起初不想出来，出来又挑又拣，怎么要点籽，干别的还不行？”

“我，我身体不好。”

完达尔夫连长正在后面点草籽，冷笑道：“你瞒不过我这王府马倌呀，你从小就是喝鲜奶吃鲜肉长大的，底子好，新中国成立前在A城上大学，还是个运动员呢，得了‘大洋马’外号，身体最棒。”

“去抬粪吧。”琪琪格旗长不愿意多说话，接着就扶起犁杖继续开地。

完达尔夫连长从她后面点着草籽，笑道：“琪琪格同志在一道又一道防风固沙障里，开这样直的垄沟不容易。我种过多年漫撒籽，也赶不上你呀。”

高娃到了那边和别人抬粪，她怀孕在身，笨重得很，抵不住这有劳动锻炼的妇女，两眼发黑，七窍冒烟，就差点没昏过去。中间休息时候，她坐在一道防风固沙障边，张嘴直喘。不久前封闭的草料基地上，野老鼠是很多的，春天都活动起来了，什么黄鼠、鼢鼠、鼹鼠，各显其能，有的打着洞，有的晒太阳，有的吱吱叫唤着来回跑。高娃对这说了两句话，被人抓住了把柄。那个牧民妇女原来是个冒充的积极分子，为了满足自己虚荣心，也为了骗取琪琪格、斯琴、刘秀英等领导人的信任和好感，竟开始编假材料了，她知道高娃反正垮了，顶风臭四十里，蒙古军也抢不回去，是个咬不了人的死老虎，怎么打也行，于是到斯琴那里无中生有地打小报告说，高娃散布反动言论，指着秃子骂喇嘛，恶毒攻击不断挑衅。

“她说啥啦？”斯琴问。

“她说，你看耗子要把我们种的草籽料籽吃净啃光了，怎么办呀？在这新开辟的草料基地上，遍地都是鼠，什么大眼贼、小白鼠、地羊子，太多了，没法对付，这不是瘦了老八连和民兵队，肥了野老鼠吗？我当时怒火攻心，就批判高娃太太说，你说的比鲜奶香，想的比腐肉臭，王爷小姐，你要放老实点，开始规划春夏秋冬四季营地的时候，也有人这样幸灾乐祸，说什么天山鬼谷窟窿峰，野兽成群豺狼凶；牛马骆驼常遭殃，牧民群众心发慌。怎么着啦？我们打了野猪、豺狼、黑熊，一次事故也没出，现在还收拾不了这些小老鼠？嘿，我又指着在渠边走动的‘巴拉根仓’老汉，信心十足地说：我们对这早就有安排，不管是家耗子，还是野老鼠，都帮不了你们的忙，专门有人打！这位蒙古军参谋长太太抬大筐吃亏，生了满肚子气，本来想借着满地乱窜的野鼠发泄心中的仇恨，没想到被我顶撞得张不开嘴，就假装解手躲开了，哼！”

无独有偶，又有一个牧主婆来打小报告，说是要划清界限立功赎罪，也捏造事实说：“‘活寡妇’煽阴风点鬼火，指点着远处走动的‘巴拉根仓’老汉手里提的十多个铁夹子，撇了撇嘴骂道：‘哼，天山下的冰雹比酒盅大，海河边的野鼠比牛毛多，哼，看你这位畜牧业专家怎么对付吧？铁丝网外面的甸子高，灌洞水上不去，没法引；放药怕军马和牲畜中毒。就靠这个老军人手中几个简单的家伙，没治。旗长大人把这破烂摊子美其名曰草原三部曲，吹得天花乱坠。人就是这么回事，嘴里说的和心里想的是两回事。哈尔巴拉是杀人不眨眼的刽子手，饶不了她，早晚一刀劈成两段，不如跑到扎萨嘎那里去避难。我当时吓坏了，急忙制止说别讲这些，叫人听见了，琪琪格旗长和哈尔巴拉团长是恩爱夫妻，你说人家坏话。高娃太太不听，反而说更坏的话，哼，琪琪格眼光短浅，脑袋不开窍，人往高处走，水往低处流，嫁给哈尔巴拉一辈子就玩完啦，进不了城，出不了国，逛不了洋，心比天高，命比纸薄。再往下说，有可能以共匪头子老婆的罪名，吃黑枣呢，人生一世，草木一秋，够悲惨的，哼……”

牧主婆正捏造事实无中生有地打小报告，琪琪格旗长开始指挥着军民植树，大声喊道：“这一带栽杨树，不要乱拿树苗。植树造林是有规矩的，不能乱来。我们常说榆上梁、杨下洼，又说沙柳、坡榆、梁杏，这是什么意思呢？就是说杨树和柳树喜欢有水的潮湿地方，要在渠边上栽。距离大小渠远一点的地方造林，用榆树苗，它抗旱耐寒，成活率高，这就是水养树、树养水的道理。不管栽什么，都要挖大坑，深二尺以上，边挖边栽，用倒坑栽植法，要埋好踩好。饲草饲料双丰收，又有一大片树林，就算返老还童啦，对，焕发革命青春啦，总之，我们这里前途光明远大。”

就在这短短的时间内，又有一些牧民妇女为了表现自己觉悟高，阶级斗争抓得紧开展得好，也小题大做无限上纲打报告，瞎扣帽子诬告，反正高娃是辩论不了，反驳不成，有口难言。这些情况使这里的军政人员分不清青红皂白，信以为真了。晚上收工时候，特木尔队长把伊和浩特民兵和牧民集合到放种子的两座蒙古包门前，让大家坐好了，自己上了高处。这小伙子身穿天蓝色蒙古袍，腰扎大红宽带，脚蹬短筒黑漆皮靴，胸挂美式卡宾枪，很是威风，大声说："同志们，最近一个时期，王爷小姐、参谋长太太高娃，变得越来越猖狂，说破坏话，造谣惑众，引起了军民气愤。她敢于这样胡言乱语是有背景的，哥哥莫尔根、丈夫哲别为了抢救她，来进攻过我们根据地，最近成立什么伪政权自以为得势了，可能又要打过来。这真是痴人说梦，也不睁开狗眼瞅瞅现在国内解放战争形势。斯琴、刘秀英去把高娃押过来，叫她低头认罪。"

"铁姑娘"在路上吆喝道："念佛的牧主最能剥削雇工，隐蔽的豺狼最能祸害牲畜。你这'活寡妇'，当面说人话，背后办鬼事，老老实实交代！"

高娃挺起腰走着，不理不睬。

"假小子"也大声喝道："低头认罪，老实交代，竹筒装豆子稀里哗啦全倒出来！"

"我什么也没说，什么也没做，交代什么？我家庭成分是不好，王公贵族，哥哥又当蒙古军军长，带着两个师六个团驻防在王府市内外城。但是我本人像琪琪格旗长一样，是学生出身嘛。这是谁都知道的事，抓住一点不及其余，老是揪住不放，什么意思？"

"蒙古军部办的那一张《青旗》报，还在我们手里，上面吹捧你是'白马红装巾帼英雄'。你这条母狼老往身上披羊皮，这又是什么意思？"斯琴大声质问。

高娃太太放不下架子，高傲地抬起下巴转了脸，再不说话，到了会场也沉默不语。

刘秀英把高娃押到会场中心，很气愤地说："这个家伙坏透了，就在两个月以前，妄想腐蚀拉拢陷害老八连连长完达尔夫，当场被批斗。这回更加怀恨在心，到处造谣生事妖言惑众，什么哈尔巴拉团长要杀琪琪格旗长了，她快要跑了；什么呼和巴拉中了地下毒气，成了残废，'铁姑娘'变了心。今天就说了两三次，老是拿他们的婚姻事挑拨离间，她的破坏活动比牛毛多，比羊绒稠。连这里的野鼠也成了她煽阴风点鬼火的材料。就在今天，她胡咧咧什么种草料是瘦了老八连和民兵队，肥了野老鼠。"

打虚假的小报告受到表扬的牧主婆，岂能放过如此立功的大好时机，添油加醋诬告说："高娃说了，她说这里的耗子这么多，到处都是，简直是夹道欢迎，没法打！"

"有法打！""巴拉根仓"老汉从人群中走出来，左手提了一串夹子，右手拿着一个装黏土球的小筐来到跟前，露出残缺不全的牙齿，笑嘻嘻地说："别说夹道欢迎，连三跪九叩也不成。我凭这套家伙今天小干了一下，夹得野鼠死亡惨重，接着大干一下，定叫它们断子绝孙，哈哈！"

楚鲁提着一串又一串死老鼠也走过来了，十只一串，不多不少，整整一百只。

"巴拉根仓"老汉笑了笑，转向会场大声说："我们连张牙舞爪的国民党嫡系'虎威'、'鹰扬'两个装甲机械化步兵团都打得稀里哗啦，就打不了野老鼠？笑话，要紧的是动脑筋想办法，骏马是赛场上跑出来的，力士是跤场上摔出来的，我们军民团结一条心，边学边干，没有克服不了的困难，一个胜利接着另一个胜利，嘿嘿！"

军民们欢呼着热烈地鼓掌。

从此以后，愣小伙子楚鲁为了保护好军民团结牧场的饲草饲料基地，特别注意消灭野老鼠，时刻把这事放在心上，差不多达到了念念不忘的程度。

这一天,太阳快落山的时候,他背了一篓当燃料用的干牛粪走回家去。突然,他看见一条杯口粗的大灰蛇急忙从一棵树上溜下来,立刻又跃过一块岩石,张着嘴好像捕食什么东西。楚鲁正在疑惑,只听见一阵吱吱尖叫,他仔细观察,原来是大灰蛇嘴里已经咬住了一只肥壮的野老鼠。野老鼠拼命挣扎,怎么也逃脱不了,十几秒钟工夫,大灰蛇就把野老鼠吞进了嘴,紧接着连连咽了几口,脖子已经鼓起一个大包,野老鼠已经进了大灰蛇的肚皮。楚鲁自始至终看见了这场搏斗,心中大喜,豪情满怀地想道:对军民团结牧场饲草饲料基地,野老鼠是大祸害,要是利用蛇把它们都消灭了,一定能夺取大丰收。于是他下了最大决心要养蛇灭鼠。他首先征得了家里人的同意和支持,又串联了根据地中心伊和浩特的几个青年人,从外地找来几十条食鼠量大繁殖快的无毒蛇放到附近,让它们自然增加。没过多久,饲草饲料基地附近无毒蛇活动起来了,猖獗破坏的野老鼠大为减少。看来,蛇捕鼠的本事大大超过猫。尤其是躲在仓库里的野老鼠,它们往往在麻袋缝隙里藏身,猫对此一点办法都没有,而蛇却可以大显神通,因为老鼠一闻到蛇的气味就惊慌失措,四散逃跑。动作慢一点的立刻成了无孔不入的蛇的美味佳肴。

楚鲁别看是个愣头青,养蛇灭鼠立了功,侦察连连部和根据地中心民兵队,联合起来表彰了他,奖给了不少东西。无毒蛇的大量繁殖,也引起了有毒蛇的出现,它也想吃鼠,却遭遇到了意外事件。某日,楚鲁检查饲草饲料基地周围铁丝网附近鼠洞,坐在一棵大树下休息,忽然听见身后一阵响动,他以为有蛇急忙跳起来躲到一边仔细看,发现树根底下有一个洞口,从里面钻出三只野老鼠来,用很快的速度窜进草丛,要和潜伏在那里的一条三尺多长的大蝮蛇搏斗。楚鲁知道蝮蛇有毒,一般动物见了都会逃避,这三只野老鼠不但不跑,为什么还迎上去呢?这时,大蝮蛇还没有发现这三只偷偷摸摸行动的野老鼠,昂起扁脖子和三角头,环顾四周寻找食物。愣头青小伙子楚鲁发生了最大的兴趣,目不转睛地注视着。只见那三只野老鼠悄悄地从大蝮蛇背后包抄过去,一步一步地接近它,大蝮蛇还是没有发现。突然,三只老鼠同时扑过去,大蝮蛇一惊又昂起扁脖子三角头,张开嘴露出弯曲的毒牙。三只野老鼠很有办法,在三个不同角度站下来窥视着,过了一会,它们开始围绕着蝮蛇移动,企图寻找机会再次扑过去。转圈子速度越来越快,好像走马灯一样,弄得灰溜溜的大蝮蛇首尾难顾,不知所措。说时迟那时快,头前两只野老鼠都扑过去,准确地咬住蝮蛇的头部,没等它反应过来,第三只野老鼠也已经窜上去死死地咬住了大蝮蛇的咽喉。大蝮蛇咬不着,只能拼命甩尾巴,但是根本打不着野老鼠。

愣小伙子楚鲁看得更来劲,他想搞清楚最后的结局。出乎意料,树根底下洞口中,又钻出三只野老鼠,同时扑到蝮蛇身上一阵阵乱咬,蝮蛇转眼之间就死了。六只野老鼠齐心协力把死蝮蛇拖进洞里去。楚鲁惊得目瞪口呆,他以前认为蛇吃鼠,真没有想到鼠还能吃蛇,还有这种事,真是千奇百怪。

养蛇灭鼠办法没有完全成功,野老鼠还是很猖獗,白天黑夜祸害军民团结牧场的饲草饲料基地。

楚鲁气得双眼喷火,咬牙切齿。A城农学院畜牧专业毕业的女旗长琪琪格,看见这后生着急样子感到很好笑,悄悄告诉了一种奇特的灭鼠方法。这小伙子闻言喜出望外,开始行动了。正好捕鼠笼抓到一只公野鼠,可大啦,浑身绒毛油光发亮,肥得成了一大块肉疙瘩。楚鲁又给它动了"手术",然后放回洞里。这是一个地道,四通八达,是老鼠的自由世界。公野鼠回到洞里,就在软绵绵的一套破棉絮里躺着休息。小老鼠们围着它吱吱叫唤,好像在慰问自己的长辈。作为老爹,公老鼠对待小老鼠可好啦,平常这个时候,它总是眯着眼睛温和地望着它们,还会伸嘴整理绒毛,但是现在大反常态,眼露凶光,突然一下扑过去对准一只小老鼠的脖颈就咬,尖利的牙齿立刻咬透了喉管,小老鼠倒在血泊中抽搐。其他的野老鼠不知道发生了什么事。有的蹲在一边傻乎乎地看,感到莫名其妙,有的吓得缩成一团,吱吱乱叫。公野鼠真的疯了,是疼痛逼它发疯的,失掉了那一点理智。这时公老鼠又要咬另一只小老鼠,追得满洞尘土,最后尾巴被咬断了,直在洞内打滚,但是发疯的公老鼠仍不罢休,又把第二只小老鼠的脑袋咬烂了。其他的小老鼠惊慌失措,洞内大乱。这下它们吓昏了,蒙头转向,拥挤成一堆堆,竟找不到外逃的洞口,全被咬死了。发疯的公老鼠穷凶极恶,浑身是血,还是不解恨,最后向母老鼠扑去。公母两只强壮的老鼠本来是恩爱夫妻,这回变成仇敌,撕咬成一团,没过多长时间,母老鼠的喉管断了,公老鼠的五脏六腑挂在地上,这一窝野老鼠自相残杀,全完了,无一幸存。

愣小伙子楚鲁这回算找到了灭鼠的好方法,逢人便介绍经验,推而广之,大咧咧地吹嘘道:“这很简单,我用大粒干黄豆塞进公老鼠的肛门里,再把它缝上。干黄豆遇到水分变湿就开始膨胀,公老鼠疼痛难忍变得无比凶狠,见着同类就咬,直到咽气。还有,我为了预防小老鼠逃跑,把动了手术的公老鼠放进去以前,别的洞口全堵上了,走投无路,哈哈!”

第六十九回　敖海粗心大意负伤致残　团长用计挖阱捕捉白狼

前一阶段王府市周围封锁和反封锁斗争形势紧张，交战次数频繁，独立骑兵团和根据地民兵顾不上别的。现在情况缓和了一点，哈尔巴拉团长又听到销声匿迹的红眼白狼经常出来骚扰、祸害的消息。放牧军马的战士们的报告可能夸张，把红眼白狼形容得神出鬼没，不可思议，说它袭击马群时嘴里叼着蓬蓬草匍匐爬行，很隐蔽，极不容易发现。有时在月光下直立、摇摆、翻跟斗，假装出各种各样怪相，引诱不懂事并且好奇的小马驹离开大群，然后扑上去咬死。它们把吃剩下的马匹尸体撕成几段，分别叼在嘴里跑，但是并不直接回洞穴，掩埋在隐蔽地方，躲进阴暗的旮旯里窥视，一直等到没有跟踪追击的人，再叼回去与狼崽们饱餐。更厉害的是：有时还能利用同类灰狼或黑狼作掩护行凶作恶，远远跟在后面钻空子。灰狼或黑狼勇则有余，谋却不足，当了替死鬼，鲁莽地跳进棚圈咬死几匹军马，刚要大嚼大咽，却被发现了，一阵穷追猛打，击毙好几只。诡计多端的红眼白狼等待的就是这个，趁着混乱和空虚之机，跳进棚圈去饱餐一顿，安全返回，连皮毛都没损失。

独立骑兵团是特别加强主力部队，人多眼睛亮，什么事都瞒不过他们，三千多名干部和战士啥都能看得见，有人发现了红眼白狼乘虚而入的全过程。此事引起很大震动，一些有封建迷信思想的军民惊讶之余，宣扬它的足智多谋，是名副其实的“狼神”，捧到天上，崇拜得快要五体投地了。这大大激怒了既是猎人又是超重量级摔跤手出身的好勇斗狠的哈尔巴拉团长。他很纳闷，自己打了那么多的红眼白狼，还拉到汽车上展览过，但是部分军民仍然有顾虑，由此可见封建迷信思想的顽固程度。他考虑了一阵，决定派“野人”敖海去专打红眼白狼。敖海看见团长都如此信任和重视他，受宠若惊，把拳头攥起来擂得胸脯山响，发誓般地说：“我一定胜利完成团首长交给的光荣任务，不打死这一群红眼白狼绝不罢休。好汉一言，快马一鞭，就这样定了。这又不是第一次打，想当年我还用特大号钢夹伤过一只红眼白狼呢，哼哼，大家拭目以待吧！”

哈尔巴拉团长听见敖海的这些豪言壮语大喜，立即下令给“野人”敖海发了一只美式汤姆生冲锋枪，三百颗子弹，还给他换骑了团里很有名的大白马，鼓励他言必信行必果，多打红眼白狼，胜利而归。

“野人”敖海被迫害在八百里腾格里山原始森林中过了多年逃亡生活，积累了很丰富的狩猎经验，还夹伤过红眼白狼，是能够取得成绩的，但是他麻痹大意，骄傲自满，从开始就走错了第一步，吃了大亏，彻底失败了，从此一蹶不振，脱离了他所热烈爱好的这一行业。

敖海从团部出来以后，并没有直接寻找红眼白狼的脚印和洞穴，而是着急要和老婆相会。到了后勤处医院，打了一个尖锐的口哨，把当护士的老婆金桃叫出来，以探望阿拉坦花为理由请了半天假，便相跟着到了拴马桩子前解开缰绳。

金桃这才注意到了那匹威风凛凛的大白马，发了一怔，有点吃惊地说："啊呀，这是全团最有名的大白马呀，仅次于哈尔巴拉团长的鬃毛垂地的大黑公马，老八连连长完达尔夫的芦花青马，是第三匹好马，怎么让你骑了，枪也换了，啧啧，是不是要当官？"

"野人"敖海颇有虚荣心，为了在妻子面前表现自己，得意洋洋地自吹自擂起来，放声大笑道："哈尔巴拉团长爱才，他说必须配备好枪好马，这才能打住红眼白狼，就是这么回事。不久的将来会提拔的，起码是正排长，有可能当副连长，嘿嘿！"

粗壮的娘们金桃听了这话并没有高兴，相反立即矮了半截，脸色变得惨白，结结巴巴地说："敖海，你千万别犯傻，冒犯狼神，那是太岁头上动土，自取其祸呀。那年我们在八百里腾格里山避难时候，放夹子伤了一只红眼白狼的右腿，它怀恨在心，扰乱了我们好几年，要不是我们出来参军，可能到现在还甩不掉它呢，唉！"

敖海摇头道："在哈尔巴拉团长面前，我已经下决心做了保证，再不能变啦，死活也得完成任务。我也知道和红眼白狼打交道是危险的事，所以在出发前想和你亲热亲热，也许……"

"嘻嘻，别说那些不吉利的话，差不多有半年没和你到一块，我也特别想你，干完了回兵营去吧，别去打那红眼白狼，天怒人怨，可了不得！"

敖海嬉皮笑脸地催促道："快走，快走，受不了啦。"

金桃笑道："到阿拉坦花放牧军马的蒙古包去，她一定能给让地方。阿拉坦花是蒙古语金花的意思，金花配金桃，我们俩是最好的姐妹，互相帮助，民族团结，赛过一家人，这回看见你过来，久别重逢，她一定能给让地方。"

果然，他俩共同骑着那匹有名的大白马去时，阿拉坦花迎接出来笑嘻嘻地说："我这就出去看马群，你们俩进蒙古包说话，唠唠家常，亲热亲热，久别胜新婚嘛！"

敖海这个粗夯汉子给大白马上了腿脚绊子，卸下鞍子和缰绳放开了，让它减轻负担自由自在地吃草。

等这一对青年男女穿上衣服抖落身上尘土，慢慢踱步不慌不忙地走向大白马时，远远发现出了横祸啦，大灾大难临头。绊住腿脚的这匹骏马完全失去了攻防能力，既不能踢又不能跑，活活被红眼白狼咬死了，四蹄朝天，胃肠流地，鲜血染红了雪白的鬃毛。事态严重，敖海吓坏了，大叫一声，失魂落魄地跑过去。却没有想到和他有仇的红眼白狼寻机报复，正利用大白马的尸体埋伏在那里，看见敖海分外眼红，嗥叫一声跳跃很高扑过来。这太出乎意料了，敖海来不及躲避，右手被咬断了。

事后有人分析说：当年敖海用钢夹伤了红眼白狼的右腿，现在被咬断了右手，真是一报还一报。这回敖海使不动那只美式汤姆生冲锋枪了，要不是金桃抡起套马杆子连打带刺，可能被咬断喉咙而死亡，是金桃救了他。

哈尔巴拉团长听到这个消息以后，到后勤处医院去探望慰问，还对别人说："我对'野人'敖海印象是不错的，历尽艰险，受够苦难，宁折不弯，是条硬汉子，还准备提拔他当班、排长，谁知道大江大海都过来了，小河沟里却翻了船，失掉右手成了残废，再不能当兵了，只好复员回到根据地中心，真是可惜了，唉！"

这位青年军事指挥员是猎人出身的，不仅说说而已，这回突发奇想，要亲自动手活捉这只红眼白狼，用铁链拴起来再次活动展览——游街示众，消除流言蜚语，肃清恶劣影响。但是在掏狼窝捉狼崽过程中，发生了更严重的情况，后勤处正主任李志坚被红眼白狼咬伤了右腿。多亏哈尔巴拉团长的枪法好，两枪打死了一对公白狼救了他。虽然保住了一条命，却流了很多血，扎的绷带几乎全红了，脸色苍白，不停地呻吟，衰弱不堪，要昏迷过去的样子。哈尔巴拉着急了，立即派四个警卫员抬担架将他送到后勤处医院。

平静下来以后，军民们注意力这才转移过来，议论纷纷。这次打狼虽然接连出了两次事故，但是成绩也不小啊，胶轮车上拉着两只公白狼，因为这不是常见的那种灰狼和黑狼，而是谁都害怕的极其狡猾的红眼白狼，始终吸引着军民的眼光，浑身雪白，一对三角眼犹如两滴血，獠牙往外暴露着，狰狞之极，真正吓人。好大的个子呀，从鼻尖到尾梢足有二米多长，体重三百来斤，慓悍高大，几乎像小牛一样粗壮。哈尔巴拉团长还抱着一只狼崽，白绒绒一团，就像滚圆的雪球上点了两滴血，别看小也很瘆人。它似乎是既怕光亮又怕声音，哼哼唧唧地往他身上靠拢，恨不得钻进怀里去。这动静不小，独立骑兵团团部的很多干部战士都过来了解情况，哈尔巴拉着急要到医院抢救伤员，匆忙地介绍道："坏透了，我们李志坚主任是陕北老红军，也是农民起义领袖李自成的后代，就地闹革命，坚持到二万五千里长征的大部队过来，都没咋着，却被可恶的母白狼咬成重伤，这才是过了大江大海，小河沟里翻了船，我一定要为他报仇雪恨，等着瞧！"

刘青山副团长对此很赞赏，笑着评论道："同志们看清了没有？我们团长是民族团结的模范呀，蒙汉如一家，赛过亲兄弟，这回救老李主任就是一个很典型生动的例子，这将成为伊和塔拉大草原上佳话，八百里腾格里山下美谈。"

这时候，哈尔巴拉团长到后勤处医院探望李志坚主任，怀里还是抱着白绒绒一团的狼崽，不知道要干什么。

主治大夫告诉说："白狼獠牙有毒，但是我敢保证，老红军李主任没有生命危险，就是右腿要落下毛病，走路很是困难，唉！"

"我就要成瘸拐李啦？他妈的，毙了这红眼白狼崽，斩草除根，消灭后患！"后勤主任闻言大怒，从枕头底下抽出驳壳枪顶上火。

哈尔巴拉团长急忙制止了他，好像很怕泄密一样附着耳朵低声说了些什么。李志坚虽然疼痛难忍，却微露笑容点了点头没有动手。正在这位军事领导干部进一步考虑怎样打白狼的时候，团部的军马群又受到了袭击，大黑公马险胜，马群差点遇害。哈尔巴拉的乘骑，那匹鬃毛垂地的大黑公马，成了这一带三种狼的劲敌，因为公马不仅有保护自己马群的天性，而且非常尽职尽责，不惜以死相拼。每当饿狼偷袭，这匹著名的大黑公马总是发现得最早，首先发出一声惊心动魄的长嘶，马群便飞速集中摆个圆圈阵，把马驹和老弱病残围在核心，母马和骗马全部头朝里站在外圈准备用后腿踢。大黑公马则鬃毛耸立、长尾倒竖，威风凛凛地在外围奔跑警戒。有人曾经在夜里看见过和白狼群搏斗的大黑公马，身上闪闪发光，好像着了火一样，眼睛却发绿，和红眼白狼正相反，可怕得很。这次白狼群斗不赢大黑公马，更没有能突破马阵。第二天早晨发现大黑公马优哉游哉地吃草，鬃毛和尾巴被咬掉几绺，别无大碍。而在附近横躺竖卧着四条死白狼，遍地血迹斑斑，坑坑洼洼，这匹人人称赞喜欢的大黑公马，是经过怎么样艰苦危险的搏斗，才保护住军马群的安全呢？如果谁能有幸摄下这样的场景，那该是动物世界中多么惊险和感人的镜头啊！难怪蒙古族牧民们说："一匹赖公马强过一个好马倌。"

哈尔巴拉团长听到自己的乘骑大黑公马险胜的报告，惊喜俱半，决心采取进一步措施消灭狼害。他是一个眉头一皱计上心来的年轻的军事领导干部，很有办法，他把独立骑兵团直属各单位和八个连队的放牧军马群的干部战士中，抽调出来有狩猎经验的一些人，办了打狼训练班，大讲特讲了三天课程，虚实皆备，生动有趣，深入浅出。学员们人人赞叹，个个佩服，纷纷表示按团长的指示去办。

哈尔巴拉参军以前专门打过狼，消灭三种狼不计其数，得了"狼主"外号，经验丰富，讲得有根有影，头头是道。他说狼本性凶残而狡猾，报复心极强，能认人认马认脚印，猎人们都有几分怕它。它还会和猎人耍迂回战术，当你跟踪的时候，它用趟水过河、走硬石头地等办法把追击者甩掉。没有经验的猎人常常被它拖得精疲力尽而一无所获。有时候跟踪一个月都不一定打死一只狼，因此打狼最讲究方式方法。母狼阴历十月发情，第二年清明前后下崽。下崽一周不出洞，第七、八天上才开始活动。这时掏窝可以活捉崽子或母子皆获。五月天热，狼崽已生长二、三月，能跟着母狼吃肉了，它们贪婪成性，吃得过多，夜里撑得慌，几乎要喘不过气来。第二天早晨太阳一晒便耷拉个舌头走不动了，徒步就能追上。这时候母狼最护崽子，往往回来支援，弄好了就可以一举两得。中秋节前后是围猎的最有利的时期，所谓"八月嫩蹄"，蒺藜长出硬刺，狼在上面奔跑，蹄掌被刺破疼痛难忍，跑不快也跑不远。过了九月寒露，蹄掌就变硬了，不容易追赶。所以撵狼不能超过八月。事先要像打仗一样精心策划，在三种狼经常出没之地完成一个包围圈，逐步往小收缩。收缩到一定程度，派人进去使劲吆喝，狼就跑出来。人们闪开一条缺口，故意放它突围。在这同时，就近岗哨上骑快马的人紧追不舍，等追到第二个岗哨跟前，先头的快马便退下，第二个人再追上去。如此接力换上三匹快马，追上二三十里，狼屁股里泻出几股黑糊糊，便跑不动爬下来，回头恶狠狠地瞪着追它的人，另一个骑马的人绕到它背后下马，对准后脑勺一马棒把它打昏，把鞭杆插进嘴里，用鞭梢把嘴巴捆住，就可以活扒皮了。十月是三种狼的发情季节，一只母狼后面跟着十几只公狼。这时开枪射击、放夹子都比较容易打住。夹子是铁制的，狼的嗅觉很灵，能闻出气味。为了使狼麻痹大意起来，先把死羊躯干和铁器扔在那里，狼先是不敢吃，后来发现没有什么危险，就开始大嚼大咽了，这时候埋夹子，狼就会上当受骗。

这样，哈尔巴拉改变了花样，使用的方法绝啦，在距离红眼白狼经常走的小径很近的地方，在齐人高的青草和柳条丛中，挖了一口七八尺深的土坑。他身穿很厚实的草绿色棉军大衣，宽皮带上插着二十响驳壳枪，还有把柄上装饰着红珊瑚绿松石的特大号纯钢蒙古刀，斜靠土坑冰凉潮湿的直壁坐在那里，脚下放着捆成一团的白狼崽。它也许是饥饿难忍，或者是想自由活动，不断嗥叫着。这个喜欢冒险生活的独立骑兵团长却完全相反，没有声音，没有表情，没有动作，好像是一座和土坑直壁融成一体的粗犷的雕像，静悄悄地等待着母白狼的到来。一大块中间掏了胳膊粗细圆孔的厚板，把坑口遮盖得严严实实，上面放着足有一尺厚的长着青草的地皮，所以母白狼就是顺着声音走到跟前，也看不见这里有个土坑，更看不见里面的人。如此巧妙的隐蔽和伪装，就是为了要活捉这次咬伤"野人"敖海和老红军李志坚的母白狼，把它巡回展览——也就是游街示众，规定谁也不能开枪。这样几乎是赤手空拳对付嗜血成性的所谓"狼神"，危险是很大的。副团长兼参谋长刘青山都为这事大发脾气了，批评指责道："一个特别加强主力团团长兼政治委员，又是伊和塔拉旗委书记，不同于一般战士和班、排、连长，安全第一，何必如此这般行动，一点没有必要，像个儿戏，实在不值得，不像话，可笑，快别干啦。"

哈尔巴拉团长有股谁都劝不回来的固执劲儿，犟得很哩，根本听不进去。从那个刮着西北风的漆黑的晚上开始,他在这散发着潮湿气息的土坑里,毫无收获地度过了六个黑夜。在这些难以煎熬的晚间,母白狼一直是远远地围绕着这个传出白狼崽嗥叫声的低矮的土坡绕大圈子。每一个黑夜,它都有可能把爪子伸进厚板上的小洞,但是它很狡猾,始终是徘徊不前,每次都在拂晓时消失了。这可苦了哈尔巴拉团长,但是他的身体比公牛还结实,抵抗能力特别强,顺利地坚持下来了,并没有出毛病。连续埋伏到第七个黑夜,他这才有了疲倦的感觉,斜靠土坑的冰凉潮湿的直壁,上下眼皮老是往一处合。夜已经很深了,厚板上的小洞内射进了白光,哦,圆圆的月亮升上来了,照进了鬼谷南口。多么静谧的夜晚,周围鸦雀无声,一点风都没有,草梢和树叶轻轻摆动的飒飒声都听不见。这种寂寞的气氛使哈尔巴拉打了个哈欠,昏昏欲睡。现在他的精神只要略微松弛,哪怕只有几秒钟,他会立刻毫无知觉地进入沉睡之中。他为了消除睡意,更主要是为了引诱母白狼,用蒙古刀锋利的尖刃轻轻刺白狼崽,使它继续嗥叫。哈尔巴拉综合各种迹象分析判断:母白狼的处境很坏,现在是战争时期,伊和塔拉大草原和八百里腾格里山交界处,敌我双方军队活动频繁,枪炮声四起,不绝于耳,野生动物受到惊吓而到处乱窜。母白狼虽然四面八方觅食,但是由于和灰狼、黑狼互相敌对、仇恨和争夺,永远不能配合围攻夹击,捕获很有限,填饱自己容量很大的胃肠就不容易,何况还要吐出来喂崽。肚里没有油水了,把积蓄起来的脂肪消耗净了。最近几天晚间,它迈的步子越来越小,爬下休息的时间越来越长,说明体力很虚弱。但是母白狼虽然饿瘪了肚皮,力不从心,却急于救崽,它会铤而走险的。果然,过了半夜,犹豫观望了六个黑夜的母白狼终于控制不住自己,从窥视了很长时间的阴暗角落里偷偷窜过来,贼头贼脑地围绕着土坑转了几圈,显出随时落荒而逃的样子,疑心很重地前后左右观望,然后抬起一只前爪慢慢伸进厚板上的小洞,很谨慎地试探了一下,停了一会儿,更谨慎地又试探了一下。在月夜的朦胧中,哈尔巴拉的连鬓大胡子脸上浮起了胜利在望的微笑,他眯起双眼屏住呼吸,双手托起用嘶哑的腔调嗥叫的白狼崽,使母狼的爪子触及它,再触及它。他就这样小心翼翼地动作着,终于把着急要救崽子的母白狼的爪子一点一点地诱进小洞来。突然,哈尔巴拉的浓黑的眉毛往上一挑,双眼圆睁,动作像闪电一样快,在扔下白狼崽的同时,用他那超重量级摔跤手强劲有力的双手,准确地抓住母白狼的爪腕,狠狠地往下拽着,把它扑倒在厚板上,接着把它的整个一只前腿拉进来。他在过去难以煎熬的六个黑夜里,苦苦等待的不过如此而已,现在什么累呀、困呀、烦呀,顿时冰化雪消,无影无踪,抖擞起精神来对付母白狼。这场搏斗真正厉害呀,"狼主"拽住母白狼的那只前腿的双手像两道铁箍,丝毫不放松。被这里的蒙汉族老乡们敬畏的"狼神"也不示弱,在身临绝境的情况下,既不惊叫,更不哀嚎,可能是很自信,觉得靠自己本身的力量就能转败为胜。于是它粗重地喘息着,恶狠狠地挣扎着,连咬带抓,厚板发出吱嘎吱嘎的响声。

哈尔巴拉这回又施展出新招,借用母白狼往外拉扯的力量,一个箭步跳出土坑,急翻身用背部驮厚板。这回是扛在肩膀上了,他膂力过人,单只手就能继续拽住母白狼的前腿。为了提防别的白狼扑过来,另一只手紧握着德国造全自动二十响驳壳枪。他的坚定有力的步子,引起周围埋伏的军民们热烈欢呼:"我们的团长真正厉害呀,空手捉白狼,英雄好汉!"

第七十回　十面埋伏白狼难逃重围 一次谈话旗长语重心长

哈尔巴拉挖陷阱是为了活捉母白狼，只可惜事与愿违，捉住的原来是公白狼。但是也用铁链拴到汽车上巡回展览——也就是游街示众，得到了很好效果，部分军民崇拜“狼神”的封建迷信思想被打消了不少。这个独立骑兵团团长高兴极了，笑道：“怎么样？事实粉碎了谣言，白狼并不是什么神，假如它得道成仙，岂不早就做好预防。看样子稀松平常，没有任何了不起的本事。自古以来有人打过红眼白狼，元代有诗为证：

紫塞风高弓力强，
王孙走马猎沙场；
呼鹰腰箭归来晚，
马上倒悬双白狼。”

话虽然这样说，但是又出事啦，被生擒活捉的两代白狼的遗族变得更疯狂了，开始穷凶极恶地报复，祸害程度成倍增长，独立骑兵团的军马和牧民的牲畜都相继遭了殃。军民联防寻找了好些天，都没有什么太大的进展。他们经过再次深入细致地研究，确认咬伤“野人”敖海和老红军李志坚的是右腿有点小毛病的母白狼。现在可以肯定这是母系群，头狼正是母白狼，正在后面操纵驱使，两次倒霉的公白狼只不过是二、三等或末等狼而已。所以祸首不除，狼害不断。最后一次发生事故时，哈尔巴拉团长又在后勤处医院探望李志坚，他闻讯打了很长时间电话，又一次专门安排布置打白狼的事，接着提起好几副笨重结实的狼夹子出去了，踌躇满志地笑道：“嘿嘿，这次差不多，可能要干掉咬伤老红军和‘野人’敖海的母白狼。这样，和我们作对的整个白狼群就乱了。现在发现鬼谷、魔峡交界处，达赖河大旋涡地带北岸，有一匹离群的军马被灰狼或黑狼咬死，没吃完掩埋起来了。白狼不会放过这个不冒风险吃现成肉的大好机会的，一定乘虚而入。我用十面埋伏之计设下了一道又一道关卡，一定能大获全胜。‘狼神’这回逃不出我‘狼主’的手心，必败无疑，嘿嘿！”

哈尔巴拉团长亲自出动，警卫员、通讯员和后勤处干部战士随行一大片，前拥后护，八面威风。只见这个“狼主”不慌不忙，东张西望，左挑右选，然后把夹子掩埋在那匹军马尸体近处，接着从警卫员的背包里拿出很多砍断晒干的灰狼、黑狼爪子，在浮土上捺出足迹，很巧妙地伪装好了，对着正在周围观察的军人们笑道：“白狼号称‘狼神’，很狡猾呀，时时处处小心谨慎，不容易上当受骗，这里用了砍下来的灰狼和黑狼爪子伪造新鲜脚印来迷惑白狼，这就叫以毒攻毒，兵不厌诈嘛，嘿嘿！”

“团长的意思是：白狼相信灰狼和黑狼最近活动过的地方很安全，不会有危险，是不是？”随行的那个后勤处干部是明白人，估计出了大概。

“对啦，白狼就像白脸曹操一样多心，疑心大着呢，差不多是走一步看一步，很怕有夹子、套子、陷阱，看见别的狼的新鲜脚印，这才放心大胆往前走。”哈尔巴拉是把《三国演义》当成形象化兵书反复阅读的，特别熟悉，这回又拿那个奸臣当例子解释着。他接着指挥这些军人们倒退着清除了自己的脚印，这才钻进附近自然岩洞隐蔽。两个警卫员爬在洞口拿望远镜目不转睛地监视，有情况就吹口哨。

他们在窟窿洞内休息了两个多小时。哈尔巴拉团长布置了十面埋伏，自信很有把握，兴致很高，滔滔不绝地讲起关于狼的神话，笑道：“三种狼，特别是本地种白狼，可以说自带三分灵气，其捕猎技术之高，别的肉食动物是望尘莫及的。骆驼那样庞然大物，扬起后蹄能把狗踢出三丈远，但是见了白狼却一点招数都没有。白狼只要纵身一跳，咬住骆驼的鼻子就把它拉倒爬下，紧接着另外几只白狼跳到骆驼身上，想咋吃就咋吃，这也许是向骆驼倌学的牵鼻子把戏。但是袭击毛驴的那一套，全是白狼自己的发明。毛驴好奇，喜欢嗅异类的气味。白狼就利用这一弱点，故意装出漫不经心的样子走到毛驴前边，让它闻自己的屁股。那些不懂世事的小毛驴便稀里糊涂地跟着向前走去，另一只白狼就从后面扑到小毛驴身上去咬死。白狼捕猪的办法更是使人想象不到，隔几年的大猪比白狼还重，驮不动，随便咬倒就吃容易被人发现，于是白狼就上来咬住猪的耳朵并肩往外走，用尾巴从后面抽打，比人赶猪跑得还快，这样赶回狼窝咬死与崽聚餐。黄羊奔跑如飞，白狼怎么也追不上，但是黄羊天生有一个致命的弱点：每天拂晓一泡大尿，一尿就是十多分钟。白狼就是钻了这个空子，早早出发专攻撒尿的黄羊。再就是白狼性情残忍，破坏性很大，夜晚跳进棚圈里能咬死百八十只羊，其实它们根本吃不了这么多，只是为了发泄仇恨，或者是恶意报复。但是它们对自己的子女却倍加爱护，所谓狼不毒子这句话十分正确，时时处处加以保护。还有一个举动行为都不可思议，说起来很难使人相信。白狼吃羊时从不破肚，留着备用。如果有危险，就把小崽装入羊肚里叼着突围，途中遇到江河湖泊泅水逃走时，把羊肚口迎风展开灌满空气，飘飘荡荡淌河过去。人们曾遇到过这样的情况，白狼在一览无遗的伊和塔拉大草原上陷入重围，自觉不可硬闯，便把羊肚扔掉，轻松地逃命去了。追赶的人们产生了错觉，以为扔掉的只不过是破羊肚，谁也不去查看，却不知道里面装着狼崽。白狼等围猎结束以后又偷偷回来把小崽救走了。还有一次追捕一只领着两个崽子的母白狼，过了一座大沙丘，两个崽子突然消失了，无影无踪，地上只有那只母白狼的足迹。收拾掉母白狼回过头来又找两个崽子，还是不知去向。他们感到很奇怪，正纳闷之间，看见一堆当燃料准备的牛粪上悠悠地冒着白气，过去搬动干牛粪一看，下面果然藏着那两个狼崽子。原来母白狼知道自己凶多吉少，逃不脱厄运，就把两个狼崽窝藏在这里，既能隐蔽又能透气，接着用尾巴把脚印扫掉，自己避难逃命。没有想到气候并不帮助它，温度低了点，两个狼崽呼气变成肉眼可以看见的团团白雾，暴露了目标，这真是魔高一尺道高一丈。”

白狼的怪事刚说到这里，突然传过来两个警卫员吹的长短粗细不均匀的口哨声，间隙里又听得见隐隐约约的狼嗥，形成了刺耳难听的噪音，拖长而摇曳，不是一只而是多只，哭腔嚎调丧韵，很瘆人。

大多数军人对这方面没有更多的经验，兴奋地跳起来大叫大嚷：“夹住了，夹住了！”

“没有夹住，告诉你们，白狼是黑心肠，特别毒辣，要是真的被夹住了，它怕被生擒活捉，一声不吭，悄悄咬断那条被夹住的腿，连瘸带拐地逃走。现在情况大不一样，它们没有中夹，又吃饱了，觉得还能平安逃走，更主要是替被我们逮住的大小白狼报了仇，撒气解恨地狂呼乱叫。听，不是一只而是多只，疯狂的大合唱呀，交响乐呀！”哈尔巴拉作出了正确的分析判断，紧接着指挥道：“散开，用扇形队伍从两翼包抄过去。母白狼高兴得太早了，其实它陷入重围，插翅难逃。我层层设防，选择的地形地物最有利，前面是达赖河大旋涡地带，白狼善于游泳也不成，过不去这难关。”

这些干部战士们服从命令听指挥，行动都很快，迅速形成散兵线围住了掩埋军马尸体的地方。三只白狼早就没影了，青草地上留着脚印。它们果然厉害，吃了很多肉，但是一只也没有中夹，却把沉重强力的夹子弄开了闸，并且挖掘出来了，上面没有一点血迹和皮毛，不知道用的什么方法，简直是个谜，可怕极了。跟踪追过去，远远看见鬼谷、魔峡接壤处，有三只白狼往前急窜。后勤处管军械的那个干部，端起射程很远的有瞄准镜的日本造九七式狙击步枪，平稳地瞄准着。但是在一眨眼工夫，它们却下了坡地进入低洼处看不见了。对此这些干部战士们并不着急，前面就是达赖河宽、弯、转、湍的大旋涡地带，这三只白狼除非是变成鱼才能泅出去，它们的末日到了。出乎意料之外，暴露在面前的是一种神秘、怪诞、奇异现象。经历过无数次惊险事件的军人们，都是临危不惧的，这回却吓出了一身冷汗，目瞪口呆，面面相觑。三只白狼穿过黄绿两种颜色的柳条丛窜到河岸，相继跳上一棵巨大的倒木，随波逐流翻滚而去，就像驾驶一叶扁舟。

现在正是桃花水流下来的时候，八百里腾格里山树海深处冰化雪消，洪水暴发。特别是这一带达赖河两岸悬崖陡壁林立，水底下暗礁危岩怪石丛生。在这种特殊的地形环境中的急流，飞速旋转，互相冲击，据说有一百零八个不同的旋涡，大圈套中圈，中圈套小圈，好像是海螺状，最中心还出现了直径几十米的黑窟窿，有人看见不仅能把泅渡的野兽吞没，就连俯冲捕鱼的老鹰也能吸进去。大旋涡是间歇性的，时间长短不齐，平静一阵重新又发作，似乎没有什么规律。刚开始哗啦哗啦响，水面犹如一只只撒欢奔跑的羊羔，小巧玲珑，活泼可爱。不过一刻，大群老羊拥挤过来了，浑身卷毛哆嗦不止，惊恐万状，越跑越快。紧接着狼群窜至，千百只白狼、灰狼、黑狼跳跃着，嗥叫着，气势汹汹地追赶小羊和老羊，一会儿工夫全吃掉了，水面全是三种狼形状的波涛。只见浊浪滚滚，洪水滔滔，极为险恶，使人看着头昏眼花，胆战心惊。水流过了这大段便没有旋涡了，又由于地形关系往下直泻成瀑布，变化为达赖河从天而降的壮观景象。

这次就在如此危险的惊涛骇浪中，三只白狼就像施展什么妖术一样，接连闯过了旋涡和瀑布这两道鬼门关，在那棵不断翻滚的巨大倒木上，老是掉下去爬上来歪歪斜斜地挣扎着，竟没有落水淹死，这真是奇迹。后勤处管军械的那个干部火冒三丈，又一次端起那只射程很远的有瞄准镜的日本造九七式狙击步枪，平稳地瞄准着。但是不行，旋涡眩目，瀑布晕头，从原始森林中卷来的倒木、断枝、败叶、烂草，一会儿拢起，一会儿散落，杂乱的东西太多，目标时沉时浮，都成了障碍，很难分辨。他估计效果不大，就没有打。三只邪恶的白狼在汹涌澎湃的急流中又漂浮了一段，利用这棵巨大的倒木靠近河彼岸的一刹那间，跳上了平地。它们还不肯就此罢休，回过头来挑衅地张牙舞爪，作出威胁性的动作，长长短短、高高低低地混声嗥叫着要越过芨芨滩。它们高兴得过早了，说时迟那时快，就在这转瞬之间，河彼岸自动武器响成了一片，听得出来其中有机关枪、冲锋枪、卡宾枪、驳壳枪，母白狼为首的三只狼应声倒地。所谓瘸子打围坐着喊，原来，躺在担架上指挥阻击的正是老红军李志坚，他心里痛快极了，笑着喊话：“这不仅仅是层层设防，多道关卡，还可以说是十面埋伏，哈尔巴拉团长为我报仇啦，为根据地除害啦。”

在这次奇特的狩猎中，哈尔巴拉团长名声在外，大出风头，受到了广大军民的高度赞扬，夸奖他深通兵法，不仅能智赚敌军，而且也能计骗白狼，真是个名副其实的军事家。这个独立骑兵团长刚刚二十出头，毕竟太年轻，受到表扬以后高兴起来，多少有点飘飘然。这一天，他正在封锁线军用大帐篷内看地图，琪琪格旗长突然悄悄地进来了，草绿色军装衬托着俊俏的白脸，腰间宽皮带上挂着小巧玲珑的手枪，飒爽英姿，真是漂亮极了。但是如果仔细观察，可以看出她多少有点憔悴的样子，很多军民都说这是由于她劳累所致。这个马背上的旗长又兼任着独立骑兵团后勤处主任，和老红军李志坚是一个单位，后者改任政治教导员，干部配备上是下了大力量啦。这可能是独立骑兵团党委会考虑到：在铁路公路大干线被掐断的荒漠草原搞供给很困难，所以特别加强了。他们两人在分工上各有侧重，琪琪格负责粮食草料，李志坚主要抓枪炮弹药，都很重要，两者不可缺一。因此他们二人在军内军外忙得差不多焦头烂额。

现在，军政方面主要领导人团长和旗长又一次单独相会了，根据以往形成的惯例，一大群在周围星罗棋布站岗放哨的警卫员、通讯员们，都自觉主动地退避到很远的地方，这里就剩下了他们两个人，能够忘乎所以放心大胆地说说笑笑、动手动脚。

哈尔巴拉插上了门闩，给琪琪格倒了一杯奶茶，注视了一会儿，颇感意外地说：“旗长大人，这两天怎么有点瘦了，身上什么地方不舒服？”

琪琪格嗔怪地看了他一眼，多少有点慌乱地说：“不是身上不舒服，是心里不舒服。”

“怎么啦？”哈尔巴拉觉得很奇怪，关心地问道。

琪琪格笑而不答，脸色发红，走到哈尔巴拉跟前，在长着连鬓大胡子的脸上吻了又吻，还轻轻咬了一口，把他的大巴掌放在自己小腹上，悄声窃窃私语：“我已经怀上了，月经不来，要呕吐，想吃酸东西，妊娠反应很严重，我找一个伊和塔拉大草原上最有名的接生婆——就是大土匪‘好汉’阿拉的丈母娘，反复检查了多次，她在摆正胎位的同时用各种方法试验，已经确定是男孩，你快有儿子了。既成事实，需要紧急补救，避免产生恶劣影响。唯一的办法就是结婚，遮人耳目。”

第七十一回　根据地内三对不同婚礼
蒙古包中一个顽皮新郎

种草种料、植树造林刚刚结束，紧接着在根据地中心伊和浩特举行了热闹非凡的集体婚礼。这一天有三对结婚的：哈尔巴拉和琪琪格、呼和巴拉和斯琴、特木尔和刘秀英，真是盛况空前。前两对没事，都要办新式婚礼，他们主张在当前战争环境中越简单越好。

第三对遇到了麻烦，保守固执的浩特达额尔旦老人谁的话也不听，一意孤行，非要按传统的礼节办，换句话说也就是举行旧式婚礼。他对主持人“巴拉根仓”老汉吼道：“嫁出去的姑娘泼出去的水，斯琴的事我不管。儿子特木尔和媳妇刘秀英是自家的，我要管到底，一定要按老规矩办婚礼。”

对此，这一带最大的官儿团长、政治委员兼旗委书记哈尔巴拉劝说也不中，他老人家吹胡子瞪眼睛发脾气道：“你二弟察干巴拉的婚礼也不是新的，你当时怎么没说服他？我不听你的！”

额尔旦老人一时想不通转不过弯来，是有他的思想根源，是可以理解和原谅的。回忆当年，特木尔的脚能够着马镫、手能搭上鞍桥的时候，额尔旦老人就张罗给他娶媳妇。物色选择好的目标是王府过去的猴倌刘惠的女儿刘秀英。额尔旦老人有时以找牲畜为借口，有时以串门为理由，去老猴倌刘惠的蒙古包里，有意带着烧酒，以朋友的礼节向他敬酒，尽力把话说到一块，趁对方高兴的时候，张口给儿子提亲。原来这汉族老猴倌对额尔旦家的印象并不坏，也很喜欢活泼伶俐的男孩特木尔，并没有表示拒绝。这就算有门儿了，额尔旦老人心中暗喜。提亲初步成功之后，再找上有老下有小而且没有离过婚的“全人”为媒，带上哈达一条，瓷瓶白酒一斤，瓶口用红枣塞住，瓶颈上挂着红布条，另有油炸饼子四个，上面放一点冰糖、花生米，名曰顶子。正大光明地到刘惠的蒙古包里献礼，正式得到对方的同意，决定订婚的日子。订婚不同于结婚，规格低，备茶席不备全羊席，但是为了好听就叫全羊席。其实摆放一块砖茶，下面垫上四个饼子，好像羊的四条腿一样，同时附带一坛酒，这是全羊的象征性的代用品，礼品轻人意重，成了习惯，谁也不见怪挑剔。一条哈达就不够用了，凡是重要的亲戚人人都有一份，没来的也得给留着。订婚很重要，决定彩礼的数目，多少牲畜，多少钱币，女方陪送什么东西，何时举行婚礼，什么时候上马，从哪个方向出发吉利，什么时候下马，骑什么样毛色的马，蒙什么样颜色的盖头，大小事情都要规定下来。设订婚宴去者以媒人为首，四或六人同去，不可单数前往，这是通例。订婚宴也叫“喝姑娘酒”，比较起来，男方送的彩礼是一种礼仪性的，很简单，相反女方陪嫁的倒是很多很贵重，所以有娶三个媳妇发家致富，嫁三个姑娘倾家荡产的说法。男方的负担也不轻，根据蒙古人千百年来的求亲、定亲、娶亲的礼节，还未成年的特木尔须送三次见面礼，举行三次宴席。在这期间他还到刘秀英家里象征性的短期劳动一些天，其渊源来自古代，蒙古话叫女婿是“呼日更”，是“送上门的男人”的意思，他要在老丈人家参加生产劳动，好好表现自己，住个三年五载。

老丈人家也要对他进行种种试探和考察，相当于汉族的"入赘"，不同的是蒙古族的"送上门的男人"大部分都回到自己家中，时间也越来越短，住上三五个月、三五天或三五个小时也就可以了。

刘秀英的婚姻过程就是如此费事，现在很不容易到了出嫁的日子，终身大事就要圆满完成，她是很高兴的，但是她想笑不敢笑，或者是不好意思笑。因为她要嫁给伊和塔拉大草原上的蒙古人，根据当地的风俗习惯，新嫁娘要三哭辞亲友。第一次是披斗篷；第二次是到舅舅家辞亲友；第三次探望亲友回来远远看着自家蒙古包哭。在这三次痛哭流涕的时候，前拥后护紧跟着她的一群姑娘也随之啼哭。娘家的长辈们急忙跑过来扶住刘秀英，劝慰她们不要哭，再把她扶下马来走进蒙古包。俗话说"亲娘馍馍送亲茶"，刘秀英虽然是祖籍汉族，但是在这里住了几代，是喝奶茶长大的，对奶茶有特殊的感情，现在想到再也喝不上娘家的茶了，悲从中来，这种感情又越来越强烈地注入了向往、依恋、惜别的成分。她的父母双双去世，哥哥刘青山当副团长，虽然很近，但是肩负着重要的指挥责任，在战争环境中抽不出身子回来，没过门的嫂子阿拉坦花吃着独立骑兵团的口粮，放牧着大群军马也离不开岗位。她在这准备出嫁的日子里，冷冷清清，越发像个孤女，想起来就哭，这回再也不想笑了。舅舅家的大人们理解到刘秀英的心情，来了一大群人为她饯行，祝诵人便出来说道：

到了一十八岁，
辫子长够了尺寸；
出嫁到别人的家里，
并不是不好的事情……

接着又讲了一大套孝顺公婆善待丈夫的大道理，都是劝慰和训导之词。这宴会是女方一家举办的，男方不介入，充满了儿女情长的脉脉温柔。送亲茶宴会比较小型，一般不大上酒。来的亲戚不拘多少，都要给姑娘带点手头礼物。

到了娶亲的这天，额尔旦老人家又举行一次宴会，欢送长子特木尔上路，他披弓挎箭腰挂沉重弯曲的蒙古军刀，骑着骏马威风凛凛地站在一块雪白的大毡子上接受贺词。只见祝颂人左手端着盛鲜奶的银碗，右手拿箭镞尖蘸几滴鲜奶洒在箭壶上，吟唱《弓箭赞》三遍，接着又朗诵长篇大段《骏马赞》，把特木尔骑的公马长相、速度、鞍具都描绘夸奖一遍。到了最后大家就接着祝颂人的尾音高呼一声"贵体健康"。这样由大宾带队，伴郎、祝颂人和特木尔一行四人，在海螺的吹奏声中策马挥鞭奔向"假小子"刘秀英的蒙古包。伊和塔拉大草原空旷而宁静，本来就稀少的蒙古包显得更为分散和遥远。为了驱散沿途的寂寞，他们便纵马驰骋引吭高歌，别人听见都说新郎过来了。他们四个接近刘秀英家蒙古包时，都跳下马来选择一块坡地点燃起篝火，放上六个饼子，又把桦皮红筒里装的各种食品，象征性地取出一些，向天地四方泼散，在篝火里焚烧。人马稍休整一番，临走的时候就地挖一土坑，埋进装着二十多斤酒的扁桶，这叫"埋物宴"，娶上媳妇返回途中经过这里，伴郎带着一个小伙子抢先一步从队伍中出来赶到埋酒之地挖起，立正后在路边等候，大队人马过来以后把扁桶酒倒入银碗，一一奉献并且高声朗诵祭词，对方马上接住一饮而尽。女方远远望见"埋物宴"的篝火，也把神台东面洒上酥油的干柴点燃，形成互相呼应之势，接着在蒙古包正前方铺上一方雪白大毡，再放两条长桌，黄铜大盘盛着煮熟的全羊，两边各放一盘圣饼，还有一个盛着鲜奶的雕花银碗，这是给新郎特木尔接风的第一席位

"看席"。在这南面又铺一条长方白毡,这是新郎特木尔下马的地方。刚刚准备就绪,传来了娶亲队伍的马蹄声,立即引起女方家里奏乐和歌唱。特木尔和伴郎催马扬鞭,从刘秀英蒙古包后边绕一个大圈,来到东边正在煮全羊的临时搭的大灶前,对烧火的人致祝词并敬献哈达,再由南向西绕过旺火和神台在蒙古包西南停住,早有女方婚礼主持者和祝颂人迎上来,把大宾和伴郎接到看席上,作一番礼节性的招待。把特木尔引到白毡子上骑马站好,接受双方祝颂人的赞词。这实际上也是一种竞争和比赛,看这两个人谁说得好。女方宾客们纷纷出来围观倾听,持续了很长时间。在这以后,女方祝颂人准备好的一支白箭插入新郎的箭壶里。特木尔下马,把弓箭挂在玛尼杆上,跟着双方祝颂人来到看席上,尝鲜奶吃圣饼,这才和早到的大宾、伴郎向刘秀英的蒙古包走去。但是特木尔被挡在门外,男女双方祝颂人一问一答,展开针锋相对的舌战,直到答案圆满,解释清楚,说法完善,滴水不露的一方获胜,这才皆大欢喜,让特木尔进去。总之,从新郎家出发到新娘家娶亲,前后共摆了三次酒宴:临行上马一次酒宴,中途祭一次酒宴,虽然规模大小不等,时间长短不同,都是够繁琐麻烦的,这还未结束呢,没完没了的形式主义的礼节接踵而至,什么头份全羊表示心意、娶亲的预备席、求名问庚、大姨送礼、新郎穿新娘家陪送的衣服、掰羊脖子、抢胫骨、摘羊拐等等,不计其数,一直折腾到东方现出鱼肚白色之时,新娘刘秀英这才绾头完毕。婚礼接近尾声,蒙古包门口铺下两条雪白的大毡,准备为新娘饯行。练绳上对头拴着两排膘满体壮的骏马,那是男女双方送亲者的乘骑。在人欢马叫声中,几峰气宇轩昂的骆驼驮着新娘的一对食品箱子,一对衣服箱子,一对装其他物品的竖柜启了程。刘秀英家亲友们的情绪急转直下,哭声四起,悲悲切切地唱起哀怨凄凉的《送亲歌》来:

前额上嵌着玉点的骏马,
还在沙丘上奔跑,
身穿绸缎长袍的姑娘哟,
就要离开娘家的毡包。
脊梁上撒满银花的骏马,
还在荒甸上奔跑;
头戴珠宝玉器的姑娘哟,
就要走进陌生的毡包。

到达特木尔家前后,还要经过迎亲飞马揭盖头、半路迎新丢羊头、肉雨打来鞭雨还、新娘上门过火堆、拜了火神成一家等礼节。到了最后,特木尔、刘秀英二人精疲力尽,差点累垮了。

哈尔巴拉团长和琪琪格旗长的婚礼,比较起来就简单多了,几乎没有什么仪式,他们转借后勤处修械厂从汗庙租用的一间砖瓦房子,门口贴着蒙古文手写体大红对联:

钢刀劈开旧世界,
铁笔绘出新天地。

摆在比较中心位置上的两座崭新洁白的蒙古包门口,也贴着大红对联,可以看得出来,靠前一座是呼和巴拉和斯琴的,用蒙古文印刷体写着:

钢青年切断铁路战斗立新功,
铁姑娘建设基地劳动炼红心。

最后的一座是特木尔和刘秀英的,也用蒙古文手写体写着:

修海河万象更新绿草成茵，

进天山一片生意牛羊结群。

参加婚礼的人来了很多，几乎全部是侦察连军人和根据地中心伊和浩特民兵，其中有饲草饲料基地的，也有冬春营地和夏秋营地的，由于防务紧张，封锁线上团直属队和七个连队都没有来人，连副团长刘青山也没到，但是这里也够热闹，附近挤满了骑来的马匹、坐来的车辆、驮东西的骆驼，快赶上那达慕大会啦。当中特意搭上一座很大的柳条笆篱棚，真是名副其实的大哟，能坐下六七百人，正面挂着毛主席、朱总司令像。两边还张贴着很多蒙古文标语："巩固和发展伊和塔拉根据地，长期切断铁路公路大干线！""抢时间、赶速度、加快建成军民团结牧场！""坚决消灭莫尔根、莽斯、哲别的蒙古军！"里面放着很多条桌子，摆满了奶豆腐、奶皮子、奶油、炒米和奶茶。侦察连连长完达尔夫等人殷勤招待着客人。浩特达额尔旦老人对姑娘斯琴这样简陋的婚礼是很不满意的，但是图个吉利，什么也不敢说。老二察干巴拉和妻子娜布琪认为：哥哥哈尔巴拉、嫂子琪琪格这样大干部，当地最高领导，有权有势，更不应该这样寒酸，丢了面子。看不见牛羊肥肉，闻不到各种酒味，听不着笑话故事，唉，又不便说，只是低着头抽闷烟。

"巴拉根仓"老汉是这次婚礼的主持人，等大家入席坐好以后，笑道："老八连的战友们，根据地中心伊和浩特的民兵同志们，我们这次在特殊情况下，举办了这样特殊的婚礼。为什么说它是特殊呢？因为通过他们的婚礼用事实来粉碎蒙古军制造和散布的各种谣言，这次婚礼是一种斗争形式，是对蒙古军的坚决有力的反击。再就是打破了一切老框框，这里没有封建阶级的旧礼节，也没有资产阶级的臭排场，为我们根据地婚姻嫁娶这样大事，开了一个新风尚。现在进行第一项目，幸福不忘毛主席，翻身想念共产党，请三对新娘和新郎起立，向领袖像敬礼！"

他们六个恭恭敬敬地致举手礼。"巴拉根仓"老汉在人们热烈的掌声中愉快地说道："第二个项目，我代表独立骑兵团向特木尔、刘秀英和儿子、媳妇赠送礼物。"随着他的手势，接过侦察连长完达尔夫端来的四只崭新锃亮的美式卡宾枪，郑重地递给了这四个民兵，又大声说："孩子们，祝福你们学习掌握好战斗和生产本领，一手拿套马杆子，一手拿枪，劳武结合，建设好根据地中心的军民团结牧场，继续掐断铁路公路大干线，消灭莫尔根、莽斯、哲别、扎萨嘎为首的蒙古军。第三，大家要注意，先由哈尔巴拉团长、琪琪格旗长介绍恋爱经过。"

婚礼在热烈的气氛中进行，到半夜时候才结束。白天参加劳动，晚上又接着到这里，军民们都累得精疲力尽，再没有兴趣去闹洞房，很快散去。

老三呼和巴拉是个很滑稽很幽默的人，用当地话来讲是顽皮又淘气。那座崭新洁白的蒙古包里就留下他和斯琴以后，他想出了各种各样馊主意怪办法逗弄她。先是捂着嘴巴搭讪着对"铁姑娘"说："天不早了，你劳累了一天，应该安静地休息，关上门早早睡觉。我到独立骑兵团后勤处医院看看牙，抓点药，天黑路远，我就住到那里不回来了！"

斯琴冷不防大吃了一惊，疑惑不定地看着新婚丈夫，问道："你的牙怎么啦？"

这个老三很会装模作样，继续捂着嘴巴痛苦不堪而又含糊不清地说："明知故问，我向你求欢四次，挨打四次，那耳光打得稳准狠，牙齿活动，牙床都浮肿了，疼痛难忍，现在看着你就害怕，心惊肉跳，所以敬而远之，躲到别的地方去，唉！"

斯琴是个天真的女孩子，未经世故，社会经验不多，信以为真，红着脸很难为情地解释道："老三，你别怪我，也别怨我，当时是你不对，没有结婚不应该要求那事，要是我答应了，岂不成了坏女人了？现在就不同，明媒正娶，理所当然，我把一切都交给你，千万别赌气出去，今天晚间要是离开这里，别人会怎么说？谣言四起，议论纷纷。就是有十张嘴也解释不清呀，你千万别走，我这里有止痛消炎片，服下两粒试试。”

呼和巴拉心中暗笑，想了想说道：“这倒不必了，药品过期失效或变质了，更不好办。我的一个朋友给了祖传秘方，就是女人把舌头伸进去反复舔受伤的牙床，疼痛痊愈，很快就好。刚才我没敢说，怕你又打我耳光，使伤势加重。”

斯琴也是机灵聪明的姑娘，到这时候明白过来了，原来是新婚丈夫逗弄她，调戏她。事到如今她也没什么难为情的了，嘻嘻笑着把舌头伸进呼和巴拉嘴里乱搅乱舐，咂咂有声。也不知过了多长时间，斯琴忽然听见这个老三打呼噜，她怕熟睡了窒息把舌头抽出来，推了两三下。呼和巴拉鼾声如雷，纹丝不动。“铁姑娘”起初又信了，接着发生怀疑说：“怎么变老实了？”

呼和巴拉装出刚刚睡醒的样子，打了个哈欠，懒洋洋地说：“我不敢，怕挨嘴巴子！”

“铁姑娘”的矜持早就消失了，紧张拘束手足失措，哆嗦着先抱住了呼和巴拉……

第七十二回　垂死挣扎群丑粉墨登场　穷途末路莫王三方求援

蒙古军正在紧锣密鼓加快活动。四月中旬，莽斯和随行人员由王府市出发，取道B市飞赴广州，和国民党一些军政大员商谈了一个时期，领取了一万元银洋、二百支三零步枪、五十把加拿大手枪、五万发子弹。因为飞机超重，武器弹药未能运成，只带回来了一万元银洋。五月上旬，哲别又匆匆去B市国民党东西线部队司令部协商达成四项协议：第一，蒙古军要绝对保证B市左翼安全，要做到万无一失。第二，经费、粮食、草料、服装、武器、弹药，一如既往概由东西线部队供应。第三，蒙古军一、二师六个团在无力自给前，暂归国民党东西线部队指挥调遣。第四，仍旧驻防王府市内外城及其周围据点。

蒙古军在进行上述活动的同时，又经过了多次策划，一致同意成立蒙古自治政府，并且草拟了什么"申请中央政府行政院和蒙藏委员会批准蒙古自治"的电文、"各盟旗出席蒙古人民代表会议的代表名额"、"蒙古自治政府组织法"、"蒙古自治政府成立宣言"等等很多文件。

五月中旬，伊和塔拉草原西部国民党统治区和各地封建上层人物，据"蒙古人民代表会议筹备委员会"的通知，绕道B市来到王府市，但是加在一起不到五十人，实在是少得可怜。这样就由蒙古军一、二师六个团中产生代表了。骄横傲慢的莫尔根、粗犷野蛮的莽斯、嗜血成性的哲别、风流自赏的扎萨嘎，以及各团团长、连长，都未经选举佩带上青色会标，好不容易拼凑了一百二十多人，喧嚣一时的"蒙古人民代表大会"在五月二十一日正式开张了。除了这些人以外，参加大会的还有国民党B市军政长官公署代表、东西线特派员、国防部驻王府市军事专员、保密局调查专员等等。在正式会议以前召开了预备会议，莫尔根、莽斯、哲别分别被选为主席团主席、副主席，随后由秘书长扎萨嘎报告大会筹备工作情况，并提出大会主要议程：讨论通过自治政府名称、进行大会代表发言、最后选举政府主席、副主席、参议会长、秘书长。关于这个政权的名称引起了反复的争论，在日伪时期干过事的一些人说，应该叫"蒙疆联合自治政府"，有的说可以称"蒙古联盟自治政府"，总是捡起破旧的老招牌不肯罢休。莫尔根军长对此全部推翻予以否定，说道："老虎不吃回头食，要向前看，不要往后看，要适应新时代潮流！"

这位伊和塔拉大草原上的军阀，唯我独尊，孤家寡人，他怎么说怎么有理，都得听他的，最后还是定名为并不新鲜而且更陈旧的"蒙古军政府"。会场一片哗然，掀起反对浪潮，很多代表嗤鼻撇嘴嘲笑道："这还不是老一套，当年日本人时期，最早起的名就是蒙古军政府，枪杆子出政权，军长的意志高于一切，什么他妈的民主选举，哄三岁小孩玩呢！"

莫尔根闻言勃然大怒，在会上劈头盖脸训斥道："不识时务，不懂行情，两眼漆黑，瞎子摸象，这次蒙古军政府和上次大不相同，完全不一样，这次是秉承美国朋友的主张，大有来历。去年十月十五日，锦州被共军占领，十九日长春国军投降，接着廖耀湘兵团全部被歼灭，蒋委员长在东北已经输定，军政人员一片恐慌。美国政府见其节节失败，就责备他老人家对政治、经济、文化、教育样样都管，反而对关系生死存亡的军事考虑不周，安排不当，布置不妥，所以跌跤摔跟斗，以至头破血流，元气大伤。因此，美国政府极力主张，再三表态，支持国防部长何应钦去广州成立军政府，负责指挥军事行动，有支配若干美械兵团的全权。何应钦跃跃欲试，但是我们捷足先登，走在这位仁兄贤弟前面了，哈哈！”

大会正式开幕时，由莫尔根军长致词。他以当然领袖自居，神气活现地叙述蒙古民族在历史上是如何强大，如何创造了元朝百年光荣业绩，在文治武功方面有过如何辉煌成就，等等。接着他又述说了现在的蒙古民族如何贫困弱小，如何受压迫剥削，并且应该如何急起直追，发奋图强，恢复过去三蒙统一，创造将来新的版图。最后他声嘶力竭地叫嚷：当前成立蒙古军政府是应天顺人的事业，可歌可泣的壮举，应该拥护、支持、发展、壮大，取得圆满成功。任重而道远，摆在我们面前的工作是极其艰巨复杂的，要把内蒙古六盟四十九旗，外蒙古四部五十七旗、青海蒙古五部二十九旗、宁夏蒙古三旗、科布多蒙古二旗、塔尔巴哈尔蒙古六旗、伊犁蒙古十旗、布里亚特蒙古、达斡尔蒙古都统一起来，建立蒙古国，独立于世界民族之林，是最终目标。为此要牢记祖先“一箭易折、众箭难摧”的古训，紧密团结起来共同奋斗。

接着又有数十人在大会上发了言，异口同声地说明蒙古高度自治的必要性，将来争取自决独立的可能性。代表发言结束后讨论通过了各种组织法和自治宣言等诸多文件，最后选举莫尔根、莽斯、哲别等人担任了主席、副主席、秘书长。莫尔根当然是保安委员会主任兼蒙古军军长，不能选举也不能任命，铁板一块，永远不变。

至此，大会草草收场结束。

但是正像俗话说的那样：福无双至，祸不单行，外面战局的急剧变化对他们威胁越来越大，解放军大兵团步步逼近，A 城和 B 市岌岌可危，王府市也变成了惊涛骇浪中的小船。在风雨飘摇中，莫尔根着急了，急忙派出心腹亲信扎萨嘎，带着几张盖有“蒙古军政府”大印的空白公文纸，飞赴南京直接找美国大使馆，抛开国民党政府不管了，向美国人说明成立蒙古军政府经过，并且强调指出：全体代表一致要求高度自治，不是一般地方自治，就是除了国防、外交中央统一掌握外，其他如政治、经济、教育、文化、治安，都由自己管理。

美国驻华大使馆出面接见的是舒勒太斯，他很熟悉此事的来龙去脉，表示欣赏，夸奖道：“太好了，太好了，你们蒙古军走在前面，正合我们的意思，去年十月十五日锦州被共军占领，十九日长春守军投降，国民党部队在东北已经输定，军政人员一片恐慌。我国政府对此严重不满，就责备蒋介石对政治、经济、教育、文化样样都管，反而对关系生死存亡的军事考虑不周，所以惨败。因此我国政府主张由国防部长何应钦负责指挥军事行动，有支配若干美械装备的集团军的全权，并且支持他在广州成立军政府，专管军事，别的一概不闻不问。何应钦跃跃欲试，可惜他优柔寡断，举棋不定，错过了机会。现在好了，你们蒙古军后来者居上，赶到前面去了。司徒雷登大使听到这个消息以后，已转报给我国政府，答复说莫尔根军长能代表全体蒙古，今后进行蒙古工作要以他为对象，你们现在已经打开了政治局面，我们正研究要派一个代表，常驻在你们那里。”

“蒙古青年同盟”的另一个头目，秘密到广州郊外与美国新闻处特务头子马滋会面，当他报告了蒙古军政府成立情况，并且要求美国给予帮助时，马滋表示完全赞同，慷慨允诺物资援助，很快送来美制电台数部，其中一部是使用汽油发电的大型电台。随同这批电台还派遣来经过训练的七八名东蒙和新疆地区蒙古族特务人员。这些人带着电台经由王府市转住伊和塔拉大草原北部和外蒙古交界地方潜伏下来，主要搜集那边情报，随时向美国新闻处报告。这样经过一而再再而三的联络之后，美国驻华大使馆更加重视起来，立即又派来特务白智仁和另外一名美国人，干脆定居在王府市，以外交人员的身份和莫尔根保持密切的联系，有进出内城王府的特别通行证。莫尔根得到这些支持后腰杆子硬了点，但是转瞬之间又出事了，由于战局的迅速恶化，携带电台潜伏在王府市外城和中蒙边境的美国特务都动摇了，丧失了信心，叫嚷着要撤退。莽斯、哲别二位权威人士对此暴跳如雷，破口大骂："大汉族主义者，美帝国主义者，都不可靠，都是两条腿的牲畜！"

莫尔根摇头摆手制止住了一、二师师长，狞笑道："谩骂不等于战斗，什么也解决不了，需要的是另想别的法子，嘿嘿！"

蒙古军的头目们于一九四九年七月十五日就职视事，宣告政府正式成立。但是他们总觉得空虚无力，心里没底，松松垮垮很不踏实。什么把架子搭起来了，打开了政治局面；什么这里驻扎着精锐的一、二师六个团部队；什么王府市内外城及其周围据点层层设防，坚固无比，易守难攻；什么美国和国民党政府都在大力援助，等等，好像都不存在，全是梦幻。

某日深夜，莫尔根正在内城王府军部办公厅内出神地看着军用大地图，没有发现联合谍报队正副队长扎萨嘎、白玉堂二人悄悄进来了。看见这两个特务杀手头子，莫尔根很感意外地问道："唔，是你们俩，有什么事情吗？"

这个花花太岁毕恭毕敬地立正站着，报告道："军座，现在国内战争形势急转直下，越来越不利了。看样子东面的A城C镇很快失守，西面的B市也要保不住。我们那个团体频繁打来加急电报，秘密通知我快点离开王府市。他们都走啦，有的是从东面乘飞机逃的，有的是西面坐火车跑的，我也想走，不知您以为如何？"

"你想到台湾联络？"

"不，我想到美国。我们团体领袖们一致意见：让美国人直接出面帮助我们，就这一条出路了，别无选择。在这方面还是有希望的，我们以前向您书面或口头报告过多次，蒙古青年同盟的主要头头原来是辅仁大学学生，凭借着蒙古民族和教会关系，认识了美国驻华大使等多人，政治上得到扶持，经济上得到资助，这才开始活动的。所以我们常说：这出戏前面上台表演的是蒙古军部和一、二师六个团，后面撑腰打气的是美国佬，当中引线拉皮条的是蒙古青年同盟，三位一体开张营业。因而有时候我们才敢不理睬蒋介石，才敢对国民党嫡系部队软抗硬顶。上个月安排就绪美国人赠送的多部电台和特务人员以后，他们的罗氏基金会特派一名秘书到中国，通过美国驻华大使馆和我们取得了进一步联系。多次协商之后决定：派我们几个人赴美国到霍布金斯国际关系学院，名义上是从事研究工作，实际上是进行蒙古独立活动。美国人对我们是很重视的，驻华大使司徒雷登还准备接见我，嘿嘿！"

"哈哈！好小子，应该如此。我们圣祖成吉思汗有一条训诫说得好，不怕路远而不走，只要走就能走到；不怕物重而不搬，只要搬就能搬动。你可以走了，涉洋过海，为复兴蒙古民族而奋斗，祝你成功！"莫尔根说着转向化名白玉堂的邓志刚，点了点头问道："联合谍报队新任队长先生，恭喜升官发财。我问你，潜入共军独立骑兵团根据地的另一位副队长'影子'，最近有什么消息吗？”

“联系暂时中断。几个月以前，我潜入腾格里大山和伊和塔拉草原交界处的共军独立骑兵团根据地中心，和‘影子’秘密接触过一次。他混得不赖，当上了伊和浩特会计，得了‘黑麻子’绰号，伪装成苦大仇深的贫下中牧，成了依靠对象，没人怀疑他。不过据他当时说，处境越来越困难了。这是千真万确，封锁线过不来，根据地出不去。达赖河边，腾格里山口，鬼谷和窟窿峰盆地，到处都有共军和武装民兵，岗哨密布，戒备森严，很难活动。”

莫尔根关心和注意的完全是另一方面，岔开话题单刀直入地问道：“这就是了，早就听说共军独立骑兵团和马背上的所谓旗政府，共同筹建了一个新式大型牧场，到底怎么样？进度如何？”

“根据多方面的情报证实，新牧场已经获得很大的成功，伊和浩特封闭的老牧场上种的饲草饲料和树木长势良好。鬼谷、窟窿峰盆地先后打出了十口井，水源充足，四季放牧。共军独立骑兵团把这一切总称为军民团结牧场，是他们根据地的中心，准备在那里站住脚，永久性地切断铁路公路大干线，长期围困我们！”

“唔，新建牧场成功了，进展神速，很快呀，琪琪格不愧是畜牧业专家！”莫尔根先是一惊，俯下身子看了一会儿军用大地图，又想到了那个早就考虑成熟的鬼主意，立刻转忧为喜了，油腔滑调地问道：“蒙古军联合谍报队新任队长先生，你是不是打算跟着扎萨嘎大少爷离开王府市这个虎穴狼窝，要远走高飞呀？”

改称白玉堂、哈斯格尔等多种名字的邓志刚，听出莫尔根这是假话，也用假话回答道：“军座，是的，我想侍候贵公子，为大少爷提鞭扶镫，助一臂之力。”

莫尔根脸色阴沉，厉声喝道：“你不用想那个渡洋过海的美差了，从今天起想方设法和你们的副队长‘影子’接头，把共军独立骑兵团和旗政府合建的牧场规模、水井、储存草料、守军数目等精确情报送来，不得迟误。同时告诉你手下联合谍报队所属的全体特务杀手，从现在起不是破坏那个牧场，而是保护那个牧场！”

“保护？”白玉堂假装不懂。

“少废话，下去执行命令！”

“是！”这个蒙古军联合谍报队新任队长心中暗喜，立即敬礼下去了，黑漆皮长筒马靴咔咔响。

留下的扎萨嘎沉默很久，看着莫尔根日渐消瘦的面孔，也难过起来，摇了摇头，眼睛湿润了，哽咽着说：“军座，国民党腐败无能，军事连连失利，一败涂地，也给我们蒙古军带来了很大的灾难。您带兵多年，身经百战，军功辉煌，驰名中外，武士出身的草原莽汉哈尔巴拉绝非您的对手，两个师六个团人马是能够保存下来的，有枪杆子就有实力，有实力就有一切，我们只要坚持到第三次世界大战爆发，就有希望了。叱咤风云，此其时也，蒙古军政府就能摇身变成蒙古联邦共和国。我们团体深为忧虑的是：铁路公路大干线长期被掐断，复兴基地王府市内外城和周围防御工事缺粮食缺草料缺煤炭缺武器，供不应求，很难坚持下去，这如何是好？”

“我想攻占共军独立骑兵团惨淡经营的新式大型牧场，苦撑待变。变是一定的，撑的过程很可能持久而痛苦，那里有腾格里山天险，达赖河屏障，和王府市内外城连成一片以后，为我们提供了广阔的回旋余地，进可以攻，退可以守，是能够坚持到第三次世界大战爆发，这一点我是有充分信心的。”

“军座，请慎重，多加小心，哈尔巴拉其人虚虚实实，真真假假，可能早有提防，他手下部队是抗日时就很有名的共军特别加强主力团，万万不可粗心大意。更主要是我们就这点人马，而且兵源枯竭。共军独立骑兵团就不同，后面有几百万大军。不能孤立，要联系起来看！”

莫尔根这个骄横不可一世的反动骑兵军官，内心又感到一阵空虚无力，敏锐地预感到了灾难性的打击就要来到。但是他还迷信自己的所谓军事天才，迷信他的蒙古军的机动灵活，韧性的作战能力，狞笑了一声继续说：“哼，我手下的这两个师六个团部队是抓不着摸不住的，神出鬼没难以捕捉。十年以前，在诺门坎打过全部高度机械化的苏蒙联军，那是立体战争。近四年来，在伊和塔拉草原上打过以庆格尔泰、哈尔巴拉、刘青山为首的凶狠顽强的老八连；在达兰哈尔山打过特别加强主力部队独立骑兵团，积累了多种多样的作战经验。在这过程中，国民党嫡系号称‘虎威部队’的装甲机械化六十三团，在腾格里山鬼谷南口中了埋伏，无一幸存，全军覆没，我们可没有伤筋动骨呀。紧接着，国民党嫡系号称‘鹰扬部队’的装甲机械化十团突围未遂，烟消云散，彻底灭亡，我们却毫毛未损，安然无恙地驻防在这里。有人可能煽阴风点鬼火，胡说什么骑兵四条腿跑得快，眼看不好溜之乎也，放屁！国民党嫡系部队都是机械化步兵，十辆大卡车跑得更快，怎么全被打光了，哼，不在于步兵还是骑兵，而是在于长官指挥，运筹谋划，用兵如神；在于士兵的敢死精神和战术动作熟练。现在可以说天时地利人和具备，风景这边独好，我们蒙古军部和一、二师六个团大会师大团圆集中在一起，人强马壮，编制充足，装备精良，更主要的是我们复兴基地准备要用三个环节组成，纵深多层次，易守不易攻，因而它有光辉灿烂的远景和前途。第一环节是现在占领的战略交通枢纽要地王府市内外城和周围防御工事，是核心区；第二环节是再扩大占领的共军独立骑兵团新式大型牧场，是里层区；第三环节是和北面不远的蒙古国飞眼吊膀拥抱接吻勾搭成奸，让他们开放一片不大不小的牧场，允许我们自由自在地进去出来庇护避难，是外层区。这就万事大吉了，足可以等到第三次世界大战突然爆发，美国佬慷慨帮助实现其三蒙统一独立建国的诺言，这不是痴人说梦，而是有坚实的物资基础的，嘿嘿！”

扎萨嘎这个即将要离任出国的外交特派专使，听说要勾结蒙古国的事，人吃了一惊，呆了半晌，这才提心吊胆地说：“听了军座的指示，心里得到了一些宽慰，但是仍然愁肠百结，我认为第三环节不妥，对北面近在咫尺的蒙古国不能存在希望，抱有幻想，他们看见我们势孤力单，不会伸出援助之手的。何况他们在重大事件上作不了主，听命于莫斯科斯大林，他们都是共产党国家，能背叛主义帮助我们吗？不能，不能，蒙古国本身素质不佳，外部压力又大，一点靠不住，军座你不能偏听偏信，乱了方寸，误入歧途啊，总之要以保存实力为主，尽力避免作战。我们蒙古军减员严重，兵源枯竭难筹，环境险恶，道路坎坷，千万不能轻举妄动。”

这位末代王爷脸上横肉一动，吆喝道：“这才是长共军志气，灭蒙古军的威风，再不要往下说了，我不愿意听，需要的倒是攻占独立骑兵团根据地中心新式大型牧场一事，你说说自己的打算吧！”

扎萨嘎到了莫尔根跟前，附着耳朵低声说了些什么话。

莫尔根的脸上显出悲哀的表情，沉默良久，勉强点了点头，叹了一口气说：“月有阴晴残缺，人有悲欢离合，此事古难全。又道是父子本是同林鸟，大难来时各自飞。我们终于分开了，好啦，就这样决定了，你走吧。我也下了决心，和莽斯、哲别二位长官进一步商量后，根据你的意见先放出和谈烟幕,然后寻找机会奇袭那个新式大型牧场。从今天起,军事作战方面靠蒙古军,政治外交方面靠蒙古青年同盟。不过,你们得快点,要不然,恐怕……"

扎萨嘎回到住所号啕大哭起来,诉说着:"我父亲他们恐怕注定要失败了,这是个悲剧,是个很大的悲剧,是个弱小民族的伟大军事家力不从心的悲剧,当年事业无人识,而今只有逐黄沙,此恨难消啊,呜,呜……"

白玉堂劝道:"大少爷,贵公子,不要思虑过重损伤了千金之躯,戎装佩剑豪情壮,旷览全球一世雄,你放心大胆地去闯吧!"

过了几天,扎萨嘎取道B市坐飞机逃跑了,他的亲信联合谍报队新任队长白玉堂独揽大权在那里搞秘密活动。这时候战局更加紧张起来,在王府市内外城的文职人员恐惶不安,有的说马上要去台湾,有的说不要紧可以再看两天,但是风声一天比一天紧,他们沉不住气了,有坐汽车的,也有骑马的,都往西面B市跑了。

莫尔根更是内外交困,焦头烂额。莽斯去广州面见国民党政府行政院和蒙藏委员会头头,经过多方面活动才领了一万元银洋、二百支美式三零步枪、五十把加拿大手枪、五万发子弹。由于飞机超重,只运回一部分。其实这点东西对蒙古军来说,连牙缝也填不满。回来以后虽然敲锣打鼓、张灯结彩地把政权架子搭起来,但是他内心总感到软弱无力,没有大批粮食草料、武器弹药,是养不起如此众多的军队的,他找不出来解决的办法,正在愁眉不展的时候,听到国民党军事委员会军令部长抵B市的消息,他偕同莽斯到那里会晤,向他陈述成立蒙古军政府的经过,请他向国民政府建议,早日予以正式批准,拨给经费物资和武器弹药。

军令部长很不耐烦地听完之后,训斥道:"全国各省市将来都要实行地方自治。但是目前是战争时期,全国上下必须统一意志,集中力量进行剿匪戡乱,不能自树旁支,增加中央军事、政治、经济方面困难。"

莫尔根立即解释道:"我们的宗旨也就是为了统一蒙古盟旗意志,安定地方秩序,增加中央军事戡乱力量。为了达到这个目的,我们要求的是蒙古高度自治,不是一般的地方自治。"

军令部长马上变了脸色,声色俱厉地质问:"什么叫高度自治?高度自治的解释是什么?"

莫尔根又答复道:"我们所说的高度自治就是除了国防、外交事务由中央统一掌握管理外,其他的如地方治安、政治、经济、文化、教育等一切杂项,都由蒙古军政府掌握管理!"

军令部长听了莫尔根的这番解释后,便更加怒不可遏地大声斥责道:"阳奉阴违,口是心非,你们粉墨登场的所谓政府,冠以蒙古军,野心勃勃,昭然若揭。这是趁目前军事正在困难,乘人之危要挟中央。对此绝对不准许,你们必须立即悔悟,悬崖勒马,否则由此发生的一切严重后果,由你们负全部责任。"

莽斯是面如锅底长得像凶神恶煞一样的丑陋家伙,按捺不住终于发火了。他是个军人,粗鲁野蛮,不懂方法,不讲礼貌,大声骂道:"你们他妈的,这样好歹不分,敌我不清,敷衍搪塞,典型的大汉族主义者,怪不得众叛亲离!"

莫尔根尽量把话说得和气,缓解这种僵持对立状态,说道:"我们来这里的主要目的是:蒙古军财经极端困难,两个师六个团人马的武器弹药奇缺,粮食草料皆无,希望国民政府早日拨发,不要推辞!"

军令部长还是摇头摆手,板着脸冷冰冰地说:"莫王仁兄,目前军事失利,全国各个战场上到处都伸手张嘴要经费要枪炮要粮食要服装，粥少僧多，很难满足你们的要求，万万不能了！”

国民党嫡系东西线部队司令长官，历来和莫尔根有矛盾，积怨很深，仇恨难消，虽然前不久哲别来此办了互助合作的联防协定，现在全部推翻不认账了，立即发作起来插话道：“近四年来，你们蒙古军两个师六个团骑兵，驻防在王府市内外城和周围防御工事内，养精蓄锐，保存实力，见死不救，按兵不动，是没打什么大仗硬仗的，几乎没有任何消耗的，武器弹药怎么会奇缺？上次你们到广州领回的枪械弹药，都到哪里去了？”

莫尔根制止了正要继续张嘴骂人的莽斯，尽量压抑着怒火答复道：“我们蒙古军两个师六个团，隔着封锁线和共军特别加强的主力部队独立骑兵团，还有大批不计其数的民兵对持，中小接触经常发生，枪炮声昼夜不停，弹药日益枯竭，损坏的武器得不到补充，更主要的是人吃马喂的十分缺乏，很苦！”

东西线部队司令长官可能是想到了“虎威”、“鹰扬”两个机械化装甲步兵团被消灭的事，气不打从一处来，恼怒异常，大声斥责道：“这叫自食其果，活该，谁叫你们没有守住铁路公路大干线，被共军独立骑兵团活活掐住了脖子，贻害党国，后患无穷，那是战略后勤供应线，大动脉，生命攸关，我们兵败于此，四处告急，你们还要增加新的困难，不顾大局，乘人之危，要挟中央，这是罪上加罪，要受到军法的严厉处置。说缺吃少喝的，不符合事实，伊和塔拉大草原上有的是牛马骆驼羊，难道你们蒙古军是吃素的吗？”

莫尔根、莽斯正副军长二人，碰够了软硬钉子，大失所望，回到住宿的大宾馆内结账，准备立即坐上军用越野吉普车连夜返回王府市。在这里一时半刻也不想停留了，火冒三丈，差点气炸了肺子。也就在这个时候，这套高级房间的两台电话机几乎同时响了，急促而持久，叫唤不停。莫尔根、莽斯两个都有点心慌意乱，很怕王府市那边出了什么事。出乎意料的是：这两部电话机都是从本市国民党嫡系东西线部队司令部打来的，一个是军令部长，另一个是这里的司令长官。不知道是怎么回事，这两位将军都不约而同，异口同声，带着赔礼道歉的口吻，连连说刚才很对不起，没有耐心商量妥善解决，失礼之极，万望恕罪，今奉上谕，特请莫王赴粤，共同商讨反共救国大计。他们前倨后恭的截然不同态度，这回可把莫尔根、莽斯俩弄糊涂了，如堕五里雾中，搞不清是怎么回事。还没有研究出头绪来，小轿车已经到了，只好又返回东西线部队司令部。军令部长和这里的司令长官大反常态，笑容可掬，还多少带着点头哈腰的样子。

莫尔根、莽斯刚刚坐稳，军令部长如奉送圣旨般双手捧着一张纸，是电报稿，上面有短短的两行字：“奉总统令，有要事奉商，望莫王即命驾穗，蒙藏委员会。”

当时交通濒临绝境。各地铁路公路完全断绝，空中几乎没有飞机，民航业务早已破产停顿，各大战区之间只有少得可怜的军用运输机来回穿行。但是这一切都不在话下，因为东西线部队司令长官全力服务，大有奉旨进京逢山开路遇水叠桥的气概。虽然如此，莫尔根心怀戒备，很怕同归于尽、一网打尽，先打发副军长兼第一师长莽斯回王府市去了，他自己带着随从人员坐军用运输机当天就飞到了号称羊城的广州。从飞机场乘坐小轿车，在摩托宪兵前拥后护中，送到了南国大酒店贵宾房间。他洗漱完毕刚刚用餐，突然接到侍从室的电话说：“总统召见，请莫王立刻前去！”这种加急特快的召见方式，使莫尔根大为惊讶了，他清楚地记得日本投降以后在重庆第一次被召见的情形，是在两三天前由交际处来通知告诉时日，届时前往应召。同时被召见的人很多，大家必须在侧室内等候，等到轮次再被点名入内。这回第二次召见就完全不一样了，刚刚下了飞机还没有喘过气来，电话就来了，奇而怪哉。莫尔根思前想后心身不安，是不是这位以排除异己、消灭杂牌出名的大汉族主义者要趁机干掉他。他再没有后退的余地了，只好硬着头皮赶到了从南京搬到这里来的国民政府总统府，立即被引进了客厅。使莫尔根想象不到的是：召见他的蒋介石已经坐在里面等着呢，站起来握了手寒暄几句，礼让莫尔根坐在靠近的地方开始说话了："你们最近成立的蒙古军政府，唵，大致情况，唵，我都知道了，旨在统一蒙旗意志，反对共匪势力蔓延扩张，我看是很全面周到的，唵，很全面周到，你们地处边境，交通断绝，运输困难，后勤供应实在不容易，有什么要求，尽管提出来，唵，我帮助你们解决，唵，唵！"

莫尔根的悬着的一颗心放下来，好像是遇到大赦的死刑犯人。他再次把对军令部长等人说的话重复了一遍。

蒋介石表现出了异乎寻常的关心和热情，问道："行政院、财政部、国防部共计给了多少经费、枪械弹药、粮秣服装？唵？唵？"

莫尔根又如实地报告："给了一万元银洋、二百支美式三零步枪、五十把加拿大手枪、五万发子弹，全部援助就是这些。"

"唵，那太少了，那太少了，杯水车薪，无济于事，唵，你看要多少才够用？唵？"

"总统明鉴，蒙古路途遥远，和内地交通已经断绝，补充运输困难太多，一次性拨发，最好多一点，我们那里太贫穷了。"

蒋介石拿起茶几上的一支粗大的红蓝铅笔，准备要在签条上写，一边说道："不妨多一点啦，那么这样吧，十四万元银洋，一万支美式步枪，一百万发子弹，可够吧？唵？唵？"

莫尔根惊喜俱半，感激之情油然而生，眼泪夺眶而出，但是他是个最聪明最机灵的人，脑子一转，立即明白了其中秘密：这时中国大陆除了中南、西南和西北少数地区外，大部已经沦陷，共军正以排山倒海之势进军，北平、绥远相继宣布和平解放。蒋介石看到自己在军事上彻底失败的命运已无可挽救，于是就在逃离大陆之前，收买他们做个反共工具，在边境地区破坏活动，又可以拉拢外蒙古人心向内，为何不乐而为之？总之是很值得很合算的。想到这些，莫尔根的情绪来了一百八十度的大转弯，心里变成冷冰冰的，拿上签条举手敬礼立即走了，他想的是很快结束这个别有用心的第二次召见，越快越好，远走高飞，黄鼠狼给小鸡拜年——没安好心。

蒋介石签字批条又发话下令，这个破烂散架的老机器居然开动起来，国民党行政院、国防部以C38，穗秘一字第(92)号通知，批复蒙藏委员会，内称"奉总统签发手令，支付内蒙古各盟旗保安委员会及所属保安部队给养接济两项合计十四万元银洋；另有步枪一万支，子弹一百万发，拟于一次性拨发起运空投接济。"

当时，国民党行政院和国防部虽然批准拨发大批枪支弹药和数达十四万元银洋的巨额库款，但因战局恶化，B市一带形势突变，已经断绝很久的空运进一步瘫痪，飞机运输空投似乎是不可能了。

莫尔根偕同蒙藏委员会委员长，奔走四面八方，做了很多努力，就是联系不上空运投伞的飞机。忙乱得焦头烂额的蒙古军长莫尔根，十分惦记遥远的王府市的防务，心急如焚，只好托付给蒙藏委员会，自己先飞回去了。刚刚到达B市，却被连续多天的暴雨截住了。莫尔根内外交困，着急得吃不进饭，睡不好觉。一时性起什么也不顾了，也不听别人劝阻，领着随行的警卫人员们，骑马冒雨回去了。

蒙藏委员会委员长身负重任，继续在广州活动，日子很不好过，仍然联系不上空运投伞的飞机。在束手无策的情况下只得批示："请照案核实，由会保管，设法送往。"以后紧接着国民党政府逃亡台湾，这大批枪械弹药和经费究竟归谁所有，不得而知。

潜伏的携带美国电台的特务人员要撤退；广州国民党政府第一次拨发的武器弹药运不过来；蒋介石亲自批准拨发的十四万元银洋库款和第二次武器弹药也运不过来，使蒙古军头目们焦躁不安。

莫尔根经过多日苦闷，终于冷静下来了，既没有发脾气，更没有骂大街，长叹了一声对莽斯、哲别说道："唉，战局如此恶劣，他们也没有办法，胜败进退乃兵家常事，自古皆然，不要责怪。山复水复疑无路，柳暗花明又一村，我们应该试试第三条支援路线，所谓三方外交即是，不知你们二位以为如何？自古说得好：鼎力相助，又道是鼎足三立。鼎是三条腿的，工程力学上说三条腿最稳，一计不成，又生一计，我们万万不能放弃这近在眼皮底下的第三条路线，只能加强，不能削弱，在原来基础上马上加紧联络蒙古国，利用我们边界相连、城市在望的邻居好条件，立即进行友好活动！"

"狡兔有三窟，丢此得彼，那当然是好，但是蒙古是个贫穷、落后、弱小的国家，刚刚独立，百废待兴，自顾不暇，受共产党领导，又受苏俄管制，泥菩萨过江自身难保，在这生死存亡的关键时刻，他们能帮助什么？一不能出兵，二不能供应！"哲别很不以为然。

莫尔根对蒙古国态度不错，既有好感又有信心，颇有趣味地哈哈大笑道："此一时彼一时也，不要抓住一点不及其余，嘿嘿，日本投降以后，蒙古国的领袖乔巴山曾经向斯大林元帅提出过三蒙统一建国之事，被否决了。我的弟弟被带走安排在乌兰巴托大学当博士研究生就是铁的证据。蒙古国是心有余而力不足啊。从开始到现在，他们三番五次邀请我前去共商大事，一贯如此，够意思。再说，如今蒙古国内胸怀三蒙统一雄心壮志的人，不在少数，此乃天助我也。何况我们当前不是急于求成，而是等待时机。暂时让给一大片牧场当个缓冲地带就好了。此事不用你们费心，全由我包办，没有金刚钻就不揽瓷器活了，保证能办成办妥办好。"

莽斯、哲别二人走后，这位军长很兴奋，在宽大的办公厅内来回踱步，红漆皮长筒马靴后跟上的刺马针铿锵作响。他走了一会儿，拿起写字台上的电话机，嘿嘿地淫荡笑着咕噜了一些什么话。

没过多大一会儿，随着轻微的敲门声，走进来一个风韵犹存的中年妇女，穿着绿缎子蒙古袍，珠光宝气，浓抹艳妆，有一种高贵典雅神圣不可侵犯的气质。如果你是这一带人，再三仔细观察，可以认出来她是当年名噪一时的随军女记者蔓苔萝花。原来她没有死，神出鬼没搞秘密情报活动，尽管整容有术，化妆技高，仍然掩饰不住真面目。她点点头微露笑容坐在沙发的客座上，轻启朱唇很有礼貌地问道："军座，召我前来，有何吩咐？"

这个蒙古军军长却粗鲁极了，放肆地淫笑着搂住蔓苔萝花，猥亵不堪，笑道："大记者、大作家、大编辑，这些年来你装死销声匿迹以后，基本上没干什么大事，蜗居深宫，仅仅陪我吃手把肉而已，嘿嘿，埋没了你，委屈了你，实在对不起，养兵千日，用兵一时，这回机会来了，请你大显身手，和北面加紧联系一下，帮我开辟第三条外交路线，功莫大焉，嘿嘿！"

蔓苔萝花挣脱了拥抱，整理着散乱的头发，佯嗔假怒道："色情狂！对苏联和蒙古国联系什么？要求解决什么？需要您交底，我虽然是那边的人，不得不说句公道话，苏联和蒙古是共产党，他们能帮助什么？莫王，您这是走投无路了？”

莫尔根被说中要害，长叹了一口气，贼笑道：“高贵的小姐，一言难尽哪，战局日趋恶化，我们蒙古军在坚守王府市内外城和周围据点的同时，抢占军民团结牧场，控制八百里山区，这些连成一片，开展机动灵活的游击战争。但是我们认为地方略小一点，回旋面积不大，纵深不够，周转不开，因此要求蒙古国在同祖同宗的情面上，在中蒙边境那面让开一大片牧场，允许我们自由进出，休养生息。你明白告诉他们，不是独此一家，蒙古军又得到了世界上最强大的美国的帮助，十多部电台已经安排完毕，支援物资不断运来。国民党政府也越来越好，前后批准了十五万元银洋巨额库款，天文数字呀，还有一万多支步枪和弹药。我们对苏蒙两国无他求，一不用出兵，二不用援物，三不用拨粮，只要在最近国境内让出一大片牧场就行，中国共产党的军队不可能越境深入打我们，你看苏蒙两国是否能答应？”

“军座高瞻远瞩，深思熟虑，如意算盘打得不错，没有强人所难，稳妥可行，量这点小事，有什么不敢答应的，将来如果中共方面提出抗议，蒙古国可以说边境没有明显的界碑标记，不予承认，来回扯皮搪塞，谁也没法，嘻嘻！”

莫尔根看着蔓苔萝花这个克格勃女特务，气喘吁吁地叫唤：“骚特务娘们儿，好样的，眼看就要替我办成解除内忧外患的大事，太感谢你了，现在就慰劳慰劳你，嘿嘿！”

第七十三回　朗诵诗词书生讽刺日寇　散发传单军民声讨莫王

哈尔巴拉对上述情况大体上是清楚的，这一天在封锁线上的团部召集刘青山、琪琪格、李志坚、完达尔夫等军政领导干部开会，很严肃地说："现在，王府市内外城的一小撮蒙奸，大搞民族分裂活动，趁火打劫。我们除了军事打击、经济封锁以外，政治上必须搞臭他们，开展声讨批判，口诛笔伐，多写传单撒出去！"

刘青山副团长的浅白麻子脸苦涩起来，认为难度很大，说道："讲的怪简单轻松愉快的，对我们来讲，动枪杆子容易要笔杆子难呀，那玩意儿咋写？只有《铁骑报》的那几个编辑记者差不多。"

琪琪格旗长也有点发愁，说："我们军民当中会写文章的太稀少了，甚至可以说没有，连信都不会写，会写的只有《铁骑报》的那几位编辑记者，唉！"

哈尔巴拉团长这回不严肃了，大笑起来，很感兴趣地说："好办，好办，我给你们找一位老师，军民提供材料他来动笔写。此人厉害，读书破万卷，下笔犹如神，他写出来味道就不一样了。说起来他还是琪琪格旗长的同学呢，名字叫额尔德慕泰夫，现在团部《铁骑报》当编辑，出外是记者。"

哈尔巴拉讲起此人的很长的故事，他是老学究包云卿的得意门生，少年读私塾时在这位蒙古族老先生家里看过上万卷线装古书，熬红了眼睛坐痛了腰，汉文汉语有了一定基础，更主要是还能灵活运用到蒙文蒙语方面，就是说善于汉学蒙用。这样的人才不可多得，是能找到职业的，但是当时这里被日本关东军美津骑兵师团占领，推行殖民地政策，谁会日文日语便飞黄腾达，别的都压迫垮了。额尔德慕泰夫父母双亡，牛无一头，羊无一只，生活一天不如一天。他在饥寒交迫的情况下，给一个牧主家放牛。有一年春天，他和相好的十多个青年人到王府市买生活用品，住在外城一条偏僻胡同中的车马大店。夜里天冷月黑，风大雨密，额尔德慕泰夫刚刚朦胧要睡，听见小偷摸进来了。他起初打算叫醒大家动手捉拿，但是他心地善良，想到现在牧区农村都受苦，蒙汉人民很难过，这贼有可能是生活所逼迫的，再别叫他遭罪，吓唬跑就算了，于是高声朗诵即兴诗词道：

六指小人夜进店，
八名大汉早发现；
个个攥起钢臂铁拳，
要把盗贼打得筋骨断。

钻进来的小偷听说里面人多势众，急忙往外跑。后生们一个接一个醒了，觉得很有趣，都哈哈大笑。额尔德慕泰夫却很严肃，念道：

扒手两只臭脚板，

难逃我们领来的大猎犬；

吠叫一声往前窜，

咔嚓咬掉两颗卵。

这贼更是吓得屁滚尿流，黑暗中看不清路，摔了个嘴啃泥，爬起来接着往外跑。在震动房盖的哄笑声中，额尔德慕泰夫还是不笑，放开嗓门大声说：

牧区青年心肠软，

可怜穷人生活难；

不捉不拿放路宽，

奉劝今后走阳关。

从此以后，额尔德慕泰夫名声大噪，远今皆知，牧民群众称赞他是蒙汉兼通的才子，每逢喜庆宴会，必定邀请他去说末尾诗词。何谓末尾诗词？伊和塔拉大草原上牧民对某种事物的叫法有点怪，这里说的大概是最后压轴的意思。额尔德慕泰夫博览群书，翻译准确，诙谐幽默，满足了牧民们的要求，皆大欢喜，拍手称快。又有一年春天，当地外号叫“活扒皮”的日伪警察所长为他母亲庆祝六十大寿，讲排场摆阔气，从一百多里远的地方把额尔德慕泰夫请去说末尾诗词。他在宴会上吃了几块羊背肉，喝了半碗马奶酒，便站起来不慌不忙地念了一句：

祝寿的老太婆本来不是人

满座宾客闻言尽皆失色。这后生狂妄放肆，口出不逊，就要吃亏了。真的，“活扒皮”勃然大怒，拿下墙角挂的马鞭，就要野蛮殴打额尔德慕泰夫。但是这个年轻人面不改色，微笑着念了第二句：

南海观世音菩萨降生草原

警察所长上下对照，仔细思量，恍然大悟，这才发现原来这不是讽刺而是吹捧，所谓小骂大帮忙者是也。拳头不打笑脸人，没法动手，硬是把那股火气压下去了。却没有想到额尔德慕泰夫说出来的第三句更难听：

当警察的儿子后来成了贼

哼哼！这小子竟敢破口谩骂蒙疆政府的警察官，准是抗日分子，“活扒皮”捋胳膊挽袖子掏出警绳要捆人，又是这个青年人从容不迫地念完了结句：

偷来天上仙桃奉献给母亲

这本来可以说是从汉文诗词直接翻译过来的，不足为奇，但是蒙古族牧民头一次听见，觉得特别新鲜，欢声雷动，警察所长哭笑不得，只好改颜点头赞许了。

额尔德慕泰夫更出名啦，但是他是不幸的，道路坎坷，充满了挫折。他爱上了老师包云卿的独生女儿琪琪格——就是现在的旗长。这个美丽的姑娘善拉小提琴，富姿态，有魅力，遐迩闻名，最大的特点是银装素裹，喜欢穿淡色衣服，十分雅致，楚楚动人。但是不知道为什么？她从最初开始对额尔德慕泰夫不感兴趣。以后考上了新式的农学院，在畜牧专业研究盐碱沙化草原的改造更新。从此天上人间，更是高不可攀了。额尔德慕泰夫痴情，并没有认识到自己这纯属单相思，苦闷地认为自己机遇不好，情不自禁地作诗词叹曰：

穿的袍子色淡扎的腰带色也淡，

淡描着眉毛淡点着嘴唇；

可爱的姑娘呀一身都是淡又淡，

上了大学研究盐碱草原改造咸又咸。

听到的人都大笑起来。还有一年夏天，伊和塔拉大草原严重干旱，寸草不长，莫尔根王爷很是惊慌，重金聘请汗庙大小喇嘛念经祈祷没有成功。额尔德慕泰夫立即作诗词嘲笑道：

众多藏传佛教门徒求降雨，

牧民农民家家摊派钱；

白白破财白白叩了头，

两个月不见云片露青天。

警务科长“其努瓦”闻言大怒，立刻下了逮捕令把他抓来，训斥道：“你这穷小子，卖弄歪才，生搬硬套汉人的文章，哗众取宠，蛊惑人心，本来应该严刑拷打，但是可怜你年轻，给予立功赎罪的机会，命令七步作诗，颂扬莫尔根王爷继承祖业复兴蒙古的伟大功绩。要是作得好，马上放你回去，还有重赏。”

额尔德慕泰夫有一股初生牛犊不怕虎的精神，略微思索后朗诵道：

古代蒙古王爷征服欧亚传凯歌，

当代蒙古王爷投降日本像猪猡；

比较前后王爷话实说，

相差天地无能又缺德。

这下闯了大祸啦，警察们把额尔德慕泰夫打得皮开肉绽，体无完肤。他不屈服，忍着疼痛站起来念道：

作了不到百字的两首打油诗，

粗黑皮鞭毒打又挨藤棒击；

要是撰写洋洋洒洒万言书，

一定绑赴刑场挨枪毙。

事关重大，连日本关东军美津骑兵师团的特务机关都知道了，要将他抓到集中营。这是有去无回的事，等于判处死刑啦。正当额尔德慕泰夫的远亲近邻焦头烂额地进行营救活动时，正好遇到蒙古军招兵，当时流行着“好男不当兵，好铁不打钉”这句话，费了很大力气也找不到壮丁，什么地痞、流氓、赌棍、醉鬼、罪犯、土匪都搜罗进去。王府招兵官吏很怕扩不成军，把额尔德慕泰夫凑个数，强迫送去充当下等兵了。他到那里时，蒙古军学着日本关东军的模样，不分军官士兵一律剃光头成喇嘛状，大有“留头不留发，留发不留头”的架势，他心怀不满动作怠慢一点，便挨了土匪出身的上士班长的大巴掌，专打耳光，脸颊青紫发肿，牙齿都松动了。额尔德慕泰夫挨揍以后，作诗词讽刺道：

蒙古军规定官兵一律都剃头，

大营里排成长队挨个剃头。

拳打脚踢骂爹娘强迫剃头，

小小的蚂蚁一样下等兵怎么敢不剃头？

“红胡子”班长逼着我剃头，

“巴嘎牙鲁”排长瞪着“红胡子”班长剃头。

土匪出身的班长打家劫舍时蓄了浓厚的五绺长须，叩头拜把子，大讲哥们义气，炫耀自己颇有关云长风度，吹牛称美髯公第二。现在吃不开了，他又隐瞒岁数，假装年轻，使劲往上爬，想混个少尉排长过过官瘾，这就开始拔胡子，薅得一干二净，活像皇宫里的太监。可笑他是个"盲哑人"——斗大的字不识一个，又不会说半句日本话。白白吃苦受罪，出尽了洋相，少尉排长的屁味都没闻着。额尔德慕泰夫又作一首诗词挖苦道：

原来是砸响窑绑肉票的胡子，
改编成蒙古军上士班长还是留着胡子。
为了当少尉排长假装年轻开始拔胡子，
少尉排长没当上已经薅光了胡子。
要是知道捞不着官儿不该使劲拔胡子。
回家老婆看见没有了胡子，
怕他成了太监掉落了胡子。

一九三九年五月，诺门坎战争爆发，日伪军不断惨败，后勤供应线被炸烂，战场上生活条件很差，伙食更糟，蒙古军官兵怨声截道，额尔德慕泰夫又作诗词揭露道：

霉烂的玉米黄豆捏成窝头，
夸口说是兴亚快餐。
生蛆的高粱小米一锅生煮，
美其名曰协和饭团。
九死一生的弟兄们饥肠咕噜，
龇牙咧嘴勉强下咽。
兴亚呀协和呀真正害人，
每人每天平均掉肉半斤。

日伪军又打了几次大败仗，额尔德慕泰夫接着作词配上民间曲调。这首反战歌曲流传广泛，起了很大抗日作用，其中唱道：

桦树摇又摇，
是秋天的凉风飘。
谁逼散我们老和少？
是日本鬼子东洋佬。
柳树摇又摇，
是冬天的冷风吹。
谁逼散我们老和少？
是日本鬼子东洋佬。

从此以后，伪满洲国兴安骑兵和蒙古军士兵成批地唱着这首歌，流着眼泪四散溃逃。日本关东军美津骑兵师团特务机关为此逮捕了额尔德慕泰夫，关进集中营严刑拷打，反复审讯，企图破坏什么地下组织，一无所获。一九四五年八月日本投降前夕，秘密押进鬼谷集体屠杀，额尔德慕泰夫自知万无生还的可能，作好遇难的充分思想准备，留下了绝命诗词：

腾格里山南面共军独立骑兵团枪声激烈，

达赖河北边日寇美津骑兵师团喇叭声咽，
休看倭贼张牙舞爪猖獗，
秋风落叶夕阳已经西斜。

响起了密集的枪声，但是倒下去的不是额尔德慕泰夫和难友们，而是日本关东军美津骑兵师团的宪兵。原来，蒙古军军长莫尔根为了充实加强自己的力量，派遣特务杀手把这些要被机枪点名的人抢救出来，这真是应了"强龙压不过地头蛇"那句话。这个封建统治者深知救命之恩重如山，他们会死心塌地替自己卖命的，这样量才录用，都作了妥善安排。额尔德慕泰夫也被赏识，分配到蒙古军《青旗报》当差，在家是编辑出外是记者。干了好多年后，联合谍报队特务杀手告密说："此人从来就是反对王爷，可以说是有刻骨的仇恨，不共戴天。这不是嫉贤妒能进谗言，有他作的诗词为证：

古代蒙古王爷征服欧亚传凯歌，
当代蒙古王爷投降日寇像猪猡；
比较前后王爷话实说，
相差天地无能又缺德。"

莫尔根军长勃然变色，怒从心上起，恶向胆边生，又派联合谍报队特务杀手要暗害额尔德慕泰夫。且喜有人通风报信，他在酷热的夏天翻穿皮袄藏在羊群中吃奶躲了几天，投奔独立骑兵团参了军，因为笔杆子过硬，写文章厉害，哈尔巴拉根据其特长分配到团部油印小报《铁骑报》当编辑。这回抽调出来在女旗长琪琪格直接领导下专门写传单，别的什么也不干。

从这天开始，琪琪格留在根据地中心伊和浩特，组织军民学《铁骑报》的评论，上面说："南京、武汉、太原、西安、上海等很多城市都已解放，全部消灭国民党残余军队为期不远了。在这样时候，莫尔根为首的一小撮蒙古军，利令智昏不识时务，竟拼凑所谓代表大会成立伪政权，负隅顽抗，真是自寻死路。"

侦察连四排长兴奋得满脸通红，解开了草绿色军装上衣纽扣，大声说："《铁骑报》的评论说出了我们心里话，看样子要出去打仗啦，军民团结牧场建设可能停下！"

"对，递请战书，要求打，军民团结牧场建设先停下来！"三排长也摩拳擦掌地说道。

琪琪格引导说："不能停，搞好军民团结牧场建设，正是为了更持久地掐断铁路公路大干线。蒙古军缺吃少穿，我军丰衣足食，这就好办。当前应该开展大批判，彻底揭露他们！"

愣小伙子楚鲁还不十分理解，着急地说："蒙古军往北往东往南是跑不出去了，走投无路，要是往西向B市跑呢？"

"不，我军大兵团正在迂回包围B市，他们也跑不出去啦！"

二排长挥起了拳头，大声说道："对，我们后勤主任说得对，声讨批判蒙古军政府！"

琪琪格旗长带头写第一篇声讨书，标题是《蒙古军一、二师六个团拼凑的伪政权，像阳光下的雪堆，长不了》。

楚鲁一边看着稿大声喝彩一边又出主意想办法，说道："声讨书写得再好再有劲，蒙古军也看不到听不见呀，就当传单撒出去！"

琪琪格说："想得好想得妙，愣石头你粗中有细，还真有办法，和领导想到一块了，就这么办，我们大家都写，写出一大批，拿到封锁线上用喇叭筒喊话，开展持久不断地连续政治攻势。"

“好啊，写完了拿到封锁线上广播，还可以用弓箭射过去。我们伊和塔拉根据地，这种古老的武器有的是，哈哈！”完达尔夫连长补充了新办法。

原来，蒙古民族不仅善骑，还以善射而著称于世。从儿童时代就开始练习，玩具多以弓箭为主。亲友远行，常常以弓箭相赠。少年铁木真离开家里时，家人就赠给他一张弓百只箭，作为途中练习和防身之用。在蒙古民族发展史上，历代都传诵着许许多多关于射箭的美丽神话和传说，一代天骄成吉思汗就是弯弓射大雕的能手。伊和塔拉大草原上自古以来就十分重视这一军事技术，分骑射和静射两种，这里最喜欢的是骑射。参加射击比赛的多数是少年男女，射距根据性别和年龄来定，十岁男孩四十米，十岁女孩三十米，其规则与成人规则相同，参赛人数多则百余人，一般为二三十人，弓箭自备。弓箭的样式、弓的拉力、箭的质料、重量、长度均无统一规定，但是有一条是不可变更的，即“一弓三箭”，每人射九箭，分三次射完。比赛开始时射手们穿上号衣，个个精神抖擞地进入场地，背弓壶挎箭袋乘马到起跑线等候。裁判员一声号令，就开始起跑，同时抽箭拉弓、搭箭瞄准发射，射中了靶环自动脱落，观众从很远就能看到成绩，不断对优胜者欢呼喝彩，呐喊助威。静射是站在规定的地点发射，也是以中靶箭数的多少来评定名次，优胜者获物资和精神荣誉奖。

这里弓箭太多了，用它来发射传单是好办法，对大家鼓舞很大。这样，识几个字的军人和民兵都动手了，在额尔德慕泰夫帮助修改下，一天时间就写出许多。

一排长眉飞色舞地说：“嗬，一堆又一堆。趁热打铁，马上拿过去，用很多响箭一起发射，惊天动地，哈哈！”

愣小伙子楚鲁是基干民兵，办事讲究彻底痛快，笑道：“吃肉要吃手把肉，喝酒要喝大碗酒，撒传单也要高效率，干脆放过去几个俘虏，叫他们背回去，扛回去！”

“哈哈！”战士和民兵们粗犷地大笑着。

“额尔德慕泰夫写，我们也要写，一起拿到封锁线！”琪琪格把声讨书、传单都收起来，又到各处去动员。下午回到伊和浩特时，刘青山一行人也来了，这个副团长跳下了浑身是汗的黄膘马，立刻在侦察连连部的绿色帆布裹着的大型蒙古包内，召集正在搞根据地中心军民团结牧场建设的军政方面的党员干部和战士，传达我军骑兵师往伊和塔拉草原日夜兼程并进的消息。紧接着又补充说：“新来的骑兵师的几个主要领导人都是我们所熟悉的，师长是阿拉玛斯，参谋长是巴雅尔。”

女旗长活跃起来了，俊俏妩媚的脸上容光焕发，给大家倒奶茶，端奶豆腐，热情地招待着，笑道：“这回可盼到头啦，我们伊和塔拉根据地的军民，天天盼解放王府市，月月盼消灭蒙古军，这回大有希望，真正快了！”

“巴拉根仓”老汉沉思着说：“我呀，这才领会了哈尔巴拉团长的意图，他不仅膂力过人，并且智谋超群，真是站得高看得远啊，怪不得这半年多来使出大力气修建军民团结牧场，原来是我们这里要屯集千军万马，藏龙卧虎呀！”

“就是，就是，这才明白过来，在根据地中心建设军民团结牧场，原来是为骑兵师来支援创造条件，我们团长眼观四路耳听八方，真正厉害！”

琪琪格旗长笑道：“他有啥呀，这也是阿拉玛斯师长打下的基础，靠大家努力又发展了一步。”

刘青山副团长又提醒大家:“注意保密,千万不要泄露军机大事!根据预报,近期天气骤变,有一场百年不遇的特大暴雨,下冰雹,发山洪,我们骑兵师要趁着它的掩护进驻八百里腾格里山,神不知鬼不觉,兵不厌诈嘛。军民团结牧场要抓紧建设,要全面考虑啊,就像牧民群众说的那样,牛马骆驼羊五畜都要看到,不能顾了大牲畜忘了小牲畜,是吧?”

完达尔夫建议道:“‘黑麻子’、‘活寡妇’、‘小白脸’是祸害,把这三个家伙抓起来怎样?”

“独立骑兵团领导在这方面有毛病,不客气地说,严重右倾麻痹,面慈心软!”“巴拉根仓”老汉补充了一句,很气愤的样子。

刘青山摇了摇头,说:“你们二位,有些事还不清楚,我和哈尔巴拉团长研究过,暂时不动,留他们在外面蹦跶几天有一定用处,将计就计,制造假相,迷惑蒙古军,嘿嘿!”

琪琪格也笑道:“老八连和伊和浩特民兵队轮班监视他们呢,像影子一样寸步不离,快赶上当警卫员了,成不了祸害。”

参加这次秘密会议的党员干部和战士民兵,又进一步商量研究,一致认为按着原定计划还是应该做好察干巴拉的工作。这次没通知老二来开会,但是能看得出来,他现在通过根据地中心军民团结牧场建设的进展,对自己过去的错误有些认识,情绪低落,应该争取他到封锁线上积极投入对蒙古军广播、撒传单斗争。会后琪琪格、刘青山、完达尔夫、呼和巴拉四人,一起到了察干巴拉家里。娜布琪兴高采烈,正在西边大型蒙古包里蹬着日本“富士”牌缝纫机,给还未分娩的婴儿做粉红色绸子小衣裳。她既不去开会又不听宣传,对解放战争形势毫无认识,可以说什么也不知道,见他们四个进来,沉下脸冷笑道:“我说嫂子呀,你和大哥都是很大的官儿,但是不会办事,结婚的时候我们好心好意去参加,肉块没看见,酒味没闻着,听了一番大道理,还挨了冷讽热嘲,这太不够意思了,亏你们还有脸登我们家蒙古包的门!”

刘青山副团长苦笑道:“啊呀,娜布琪,这是什么时候呀,你还说这些不相干的话,快去把察干巴拉同志叫来,有要紧事商量。”

娜布琪气呼呼地扭动着肥胖的身子说:“找我们干什么,人家老三呼和巴拉、斯琴小两口子,智勇双全,能文能武,都是伊和塔拉根据地中心的英雄好汉,天不怕地不怕,刀山火海也敢上,又听你们的话,去商量吧!”

“唉,对你真是没有办法,我自己去找吧!”侦察连长完达尔夫看着这个女人胡搅蛮缠的样子,叹了一口气,提起军刀走出去了。

察干巴拉在小型蒙古包内,正和浩特达额尔旦老人喝闷酒解愁。

这个年老体衰的牧民也提不起精神来,有气无力地叨咕着:“怨我人老糊涂,看错了,想错了,说错了,也带坏了你这有功之臣。对此,大儿子特木尔、媳妇刘秀英、姑娘斯琴、二子楚鲁,都说我越老越没心眼。”

完达尔夫听了暗笑,招呼道:“察干巴拉,你出来一趟!”

“啥事?”

“到西面蒙古包去商量吧!”

“就我自己去吗?”

“这个工作只有年轻力壮像你这样的人才干得了,老浩特达岁数大,身体又不好,算啦!”

老二拖着沉重的脚步到了那里,看见有这么多的全副武装的军政人员等着他,不知道发生了什么重大事件,愣住了。等到明白了他们的来意,特别是看了油印好的厚厚几堆传单,犹豫了一下答应了。

娜布琪听说丈夫要去封锁线上,参加对蒙古军的喊话撒传单,着急得直跺脚,嘶哑着嗓子号啕大哭,数落道:“琪琪格,你们好狠心啊,察干巴拉刚刚成了家,孩子还没有生下来,就推他上刀山下火海,好事没有他,赖事不缺他,这回是死路一条,呜呜……”

这四个人又进行了很多说服教育工作,察干巴拉同意去,就是扭不过老婆,后来低头不语了,怎么也不吱声。

刘青山副团长看见这老战友变成如此窝窝囊囊的样子,又着急又生气,说道:“闹眼睛的人分辨不清方向,伤蹄子的马走不动道路,你老是拖拖拉拉的,算啦!”

察干巴拉憋了半天,赌气咕噜道:“老是说掐住铁路公路大干线,顶什么用;拿喇叭筒广播、撒传单,更是像拿黄油往沙子里倒,拿白肉往甸子上扔,扯淡！只有真刀实枪打才管事。”

呼和巴拉不满意地说:“你又搬出那句糊涂话,算啦,把弓箭借给我们。”

根据原来商量好的办法,琪琪格、刘青山带着侦察连和民兵队的部分人,向封锁线出发了。

仲夏的绚丽的阳光照耀着封锁线前沿工事,在支离破碎的铁路公路大干线附近,弯弯曲曲的壕沟和隐约可见的碉堡延伸到遥远的地方,团直属队和一、二、三连在右翼,四、五、六、七连在左翼,山坡上用白色大石块垒着醒目的巨型标语:“持久切断铁路公路大干线!”“全部消灭蒙古军!”

琪琪格、刘青山一行多人,把乘马拴在洼地桩子上,走向三连连部大碉堡,这里爆发出热烈的鼓掌声。琪琪格等三连战友们平静下来以后,说:“我们老八连和根据地中心民兵队,是带着传单来的,准备撒到蒙古军阵地上去。这半年多来,我们建设军民团结牧场,对封锁线上情况不太了解,想得到三连战友们协助和支援,共同行动,共同战斗!”

“欢迎!”三连干部战士们喊着,有的打开他们带来的成捆传单大声念着。

当天下午,刘青山、琪琪格一行人和三连干部,沿着弯弯曲曲的壕沟到了距离蒙古军阵地最近的地方。王府市外城土墙北边碉堡群中,是从大东边流窜过来的一师士兵,哼唧着淫秽下流的短调民歌《嘎扎玲》,流里流气地唱道:

拔地生疼,
捅火发烫;
怎么办呀,
嘎扎玲哟……

刘青山从射击孔内观察着,气愤地骂道:“喇嘛忘不了装神,孛扔不掉弄鬼,反动骑兵就用升官发财酗酒玩女人来维持士气,枪崩的货!”

完达尔夫手快,这工夫早就领着军人和民兵把一捆又一捆传单绑在箭头上了,就等着发射。接着挥了挥手让附近队伍疏散开,一声令下,十多把弓连续向敌阵射出带传单的箭,对面蒙古军第一师三团官兵不知道这是什么新式武器,大为惊慌,胡乱打起枪来。

正对峙间,蒙古军中所谓军令最长、战功最大“特仑巴特尔”阿尔斯朗,正在这一带城防工事内“视察”。这是个与众不同的离奇古怪家伙,战斗时候不怕死,敢于把脑袋掖在腰带上拼命向前,冲锋陷阵。平常却吊儿郎当,疲疲沓沓,酗酒骂人,什么也不干,甚至任命他为蒙古军部警卫连长，他都不屑一顾，撇撇嘴说：“当官不自在，管事又多，麻烦死了，老子不干！”现在他闲住军部吃小灶喝大酒，可能是腻味了，出来在王府市外城周围的炮楼、碉堡、坑道、交通壕沟中蹓跶，恰巧遇见射箭撒传单。他对此事并不重视，哈哈大笑着对附近官兵们说道：“弟兄们，不要看共军传单，捡起来堆在一起烧掉，半张也不留，心理战。提起心理战，我们蒙古军也会用，可能更高明。这回看老子的，也用心理战来分化瓦解他们，哈哈！”

周围的蒙古军官兵们莫测高深，一个个瞪大眼睛注视着这个浑身油垢、满脸污黑、散发兵痞酸臭气味的“战斗英雄”，不知道他老人家有何绝招。他是莫尔根军长的救命恩人，谁也不敢说三道四，只能倾耳恭听。

阿尔斯朗自得其乐，继续开心地哈哈大笑着扫视环顾一下周围官兵，架子十足地问道：“刚才谁唱东蒙古短调民歌《嘎扎玲》来着？是谁？啊？”

这些官兵们怕他向莫尔根军长那里打小报告，说坏话，进谗言，面面相觑谁也不敢吱声。这个什么都不是的普通丘八，就这样镇住了这里的连、排、班长们。别看他是个喝得醉醺醺的酒鬼，观察力很敏锐呢，眼光最后落在一个大个士兵身上，笑道：“刚才听见唱的就是你，不错，不错，很有味道。这提醒了我，我就用这打一场心理战，哈哈，歌曲是不是这样？”

拔地生疼，
捅火发烫；
怎么办呀，
嘎扎玲哟……

阿尔斯朗的这破锣嗓子实在不能使人恭维，五音不全，艰涩刺耳，就像鬼哭狼嚎，逗得周围的官兵们都笑了。但是他不管，继续发表高论道：“不管是蒙古军还是共军，是人都会想女人的，特别是青年人，就像这大个士兵一样，唱的是实情，千真万确。对面共军撒传单动摇我们军心，我们用美女动摇他们军心，当兵三年老母猪赛貂蝉，他们架不住憋不了，可能出乱子，也可能跑到我们这里来缴械投降。连长，你亲自去外城‘军中乐园’叫十个随军妓女来这里服务，好好打扮，穿得花枝招展，尽显美容月貌。我要大大炫耀一番，馋馋对面阵地内共军独立骑兵团官兵，叫他们更加憋不住，浑身发热。我叫妓女们对共军宣传，问他们那里有女人陪睡吗？没有，就投降过来享受，也不枉为人一世，去！”

说得周围的蒙古军士兵们皆大欢喜，一个个互相挤眉弄眼乱捅瞎捏表示高兴。

连长想去又不敢动，迟疑着说：“特仑巴特尔明鉴，关于此事上峰没有明令，敝职不敢轻举妄动，追查过来担当不起。”

阿尔斯朗勃然大怒，一个箭步冲上去扇了两个耳光，破口大骂道：“胆小鬼，怕甚哩，这又不是投敌叛变缴枪，只不过是干那些随军臭婊子，并非良家妇女，有什么大不了的，况且动摇共军军心，只有功没有过更没有罪，出什么事？出了事我兜着，我找莫尔根军长、莽斯副军长、哲别参谋长、诸位长官们说话，我敢当面骂他们，就许你们当大官的干女人，不许我们当小兵的干女人，很不公平，天理难容，去，快去！”

连长知道这个阿尔斯朗是莫尔根军长的救命恩人，挨了嘴巴子也不敢反抗，吃了老大哑巴亏，自我解嘲地哈哈大笑着去了。因为外城距离不远，很快领来了十多个随军妓女，为首的是粗笨得像条装满东西的麻袋一样的鸨母。她们顺着交通壕低头哈腰走过来，一个个吓得胆战心惊。

老兵痞阿尔斯朗性急，不管三七二十一，见着老鸨就搂住连咬带啃亲嘴，咂咂有声，心满意足地说："大婊子，我们向对面阵地上共军打一场心理战，分两步走，第一步先由那个大个士兵拿着广播喇叭筒唱淫秽小调《嘎扎玲》。第二步，接着你也拿广播喇叭筒唱我以前教给你的那首歌，别忘了，歌词是这样：

你不该奔马到浩特外，
用套马杆子套住我的脑袋。
为此我就把相思病来害，
总盼你偷偷钻进蒙古包投我怀。
果然有一天晚上月色朦胧三星歪，
你就放轻脚步走进来……

哈哈，第三步来真的，这里的官兵们和你带来的小婊子们，公开搂搂抱抱，拉拉扯扯，摸摸索索，有种的就在碉堡顶上、壕沟边上干，估计对面阵地上共军不会开枪，他们要看看这不花钱的光腚戏，过过淫瘾，哈哈！"

老兵痞纯粹胡说八道，他们唱淫秽下流小调时，对面沉默着寂静无声，猖狂到公开嫖妓时就开始惩罚了，狙击手的不多不少一个冷枪，就打穿了大个士兵的屁股，痛得他惨叫一声跌落在碉堡门口，别的官兵和妓女们纷纷逃窜，乱成一团，狼狈不堪……

此事传到蒙古军部，莽斯、哲别二人气得火冒三丈、七窍生烟，下狠心要严办阿尔斯朗，但是又不敢擅自行动，只得请示莫尔根军长。这个独揽大权的人物先是一惊，接着苦笑起来，唉声叹气说："算了，别处分他了，我劝劝他！"

第七十四回　两次报复伪军得不偿失
未婚同居村女怨天尤人

莫尔根不是善茬子，也就是说并非软弱可欺之辈，封锁线上共军独立骑兵团铺天盖地的传单揭他的老底；“战斗英雄”阿尔斯朗胡闹丢脸出丑，都使他恼羞成怒了，决心采取两种措施狠狠报复打击。一是派蒙古军中最有名的特等狙击手射杀；二是出兵到根据地抢劫牲畜。这个狙击手果然名不虚传，很有根基，行迹不定，很难追踪，保存住了自己，更主要是攻击力量强，他能打中七连——机炮连战壕内稍微露头或从碉堡枪眼中小心谨慎观察的干部战士。伤亡人数不断增加，这个连的仇恨情绪高涨起来了，掷弹筒六〇炮迫击炮猛轰狠打，轻重机枪直射横扫，一切可疑的阴暗角落都没有放过。看情况，蒙古军的特等狙击手差不多是完了，但没过两天，这个家伙又打死了七连俱乐部的文娱委员——长调民歌唱得极好的四排长。干部战士们火冒三丈，他们在当天晚间派遣尖兵摸进蒙古军战壕抓回两个“舌头”，隔离开来分别进行审讯。大个俘虏兵供认：这是土匪出身的狙击手打的，他外号叫“快马双枪”，枪法顶“靠”，黑夜能打断香火，白天把两枚铜钱挂在百步远的树上，他乒乓两枪就能打下来。把两枚铜钱抛向空中，他又是乒乓两枪能在空中打碎。交起火来每颗“崽子”都能“吃肉”，不是撂倒人就是干掉马，横躺竖卧一大片。小个俘虏兵口供和上述是基本一致的，说这个土匪出身的狙击手也成了蒙古军军官，射击是他的唯一的爱好和运动，每天不间断地练，他住的兵房内四壁全被子弹打穿了，布满了小窟窿，好像蜂窝一样。他收藏的枪类很多，从袖珍手枪、掌中雷手枪、左轮手枪、无声手枪、二十响驳壳枪到有瞄准镜的日式、美式狙击步枪，全啦，这是他简陋的军营里唯一的装饰和奢侈品。他的枪法高明到了使人无法相信的程度，第二发子弹能打进第一发子弹的小洞里去，还能把苍蝇打进墙内，如果他说要在一个人头上放酒盅或鸡蛋然后对准开枪打下来，谁都毫不犹豫地表示同意。蒙古军的军官们一个比一个能吹牛，常常炫耀说自己在战斗中打死了多少人。这个狙击手却从来不在这种话题上插话，只是显出不屑的神色。有人问他打死了多少人？他只是带理不理地哼一声，从来不说什么，更不说具体数字和细节，可见真人不露相，本事大着呢。

七连——机炮连的干部们群众观点和组织观点都很强，在发动战士献计献策的同时，立即向团部作了报告。团长兼政治委员又是这个旗的旗委书记哈尔巴拉闻言大怒，决心要和蒙古军狙击手决斗。对此，副团长刘青山和七连干部战士都大吃一惊，有的当面劝阻，有的背后议论，说什么的都有，中心意思是一个：杀鸡焉用牛刀，这样大首长和铤而走险的亡命之徒较量啥呀，要是有个一差二错，不值呀！

哈尔巴拉团长听不进去，拿定主意要打，最后烦了，大喝了一声道：“你们说了算，还是我说了算？啊？”

很多干部就不吱声了。节外生枝，正在发愁的时候突然发生事故，更加重了他们的思想负担。抓来的大个俘虏兵钻空跑了，逃回去以后肯定向蒙古军狙击手通风报信，哈尔巴拉团长要和他决斗，这就更危险啦。七连连长在又一次劝说无效以后，连连叹气无可奈何地安慰干部战士们说：哈尔巴拉团长在参军以前当过多年的猎人，枪法神啦，登峰造极，简直没法形容。有一次打死了两只号称“狼神”的狡猾的红眼白狼，驮回来叫老八连干部战士们找找弹着点在哪儿——就是那两颗子弹打穿的窟窿。听了这话，他们颠头倒尾翻着看，就是寻不见那小洞。这就奇怪了，怎么打死的？老八连的干部战士们莫名其妙，诧异得面面相觑。其实说起来很简单，这两枪既不是迎头枪，也不是后背枪和侧面枪，如果是这三种打法，那就不足为奇了。恰恰相反，第一枪打的是公白狼，就在它张开血盆大嘴的瞬间，一勾扳机，炸子从喉咙眼打进去，五脏六腑穿了透明窟窿，从肛门戳出去。第二枪打的母白狼更是准确，就像大姑娘绣花一样没有一丝差错，炸子从右眼睛打进去，从左眼睛穿出来。公母两只红眼白狼一二声嗥叫，三五个跟斗，便没命了。这种射击技术，伊和塔拉大草原上的蒙古族牧民称为哲别枪，意思就是说达到了成吉思汗的射箭名将哲别的水平。这是最高的荣誉，是功夫和技术的尖端，用部队的行话来说是神枪手。我们团长枪法达到了这种程度，还怕蒙古军的狙击手吗？干掉他简直不费吹灰之力。七连的干部战士们闻言，虽然不再说什么，仍然是面带愁容，提心吊胆，两虎相斗，必有一伤呀。这又不敢说，怕哈尔巴拉批评他们灭自己威风长敌人锐气。由于注意力都集中在这方面，什么事都能及时发现，敏锐地观察到蒙古军狙击手活动猖獗，几乎每时每刻都在窥视准备狙击，这就证实逃跑的大个俘虏兵递送了哈尔巴拉在这里要决斗的情报。他们更加紧张，恐怕团长有什么闪失。正在这紧要关节上发生了一件不可思议的奇闻怪事，连部通讯员神秘兮兮地通风报信，说：“汗庙的专职用粘黄米面捏鬼神的‘比朗’喇嘛来往下了，草绿色军装群中夹杂着一个大红袍，刺眼夺目，不知道搞啥名堂？如果说讲究迷信诅咒蒙古军狙击手，或是祈祷佛爷保佑一发子弹毙敌，也不能请他呀，因为这个喇嘛就会捏塑手艺，不会念经，哈哈！”

有的战士不懂这事，表示怀疑：“还有这种喇嘛？不会念经，就会用粘黄米面捏塑鬼怪神仙，那有什么用？庙里佛像多啦，铜铸的、石凿的、木刻的、油画的、泥塑的，用不着费这事。”

明白的战士不少呢，有的说：“通讯员叫错了，他不叫比朗喇嘛，而是叫乔尧格喇嘛，或者叫乔木保喇嘛，是藏语供奉的意思，专指有制做供器供品手艺的喇嘛。小型的比郎，大型的索日，他都会做。他捏塑不光是用粘黄米面，白面、荞面、高粱面、玉米面都行，只要掺上黄奶油揉和好就行了，嘿嘿。就这样，错不了。”

有的补充道：“对，对，就是那么回事，这种喇嘛有特殊专长，用各种面粉掺黄奶油揉和好，能捏塑出鬼怪神仙像，绝啦。配对成双，王府市外城大南街也有个出名的汉族工匠，外号叫面人，也是用各种面粉捏塑，手艺高明，捏啥像啥。他们二人的技术不相上下，所不同的是：乔尧格喇嘛捏塑的是鬼怪神仙，面人捏塑的是小孩子玩具，同行不同路，各走各的，哈哈！”

第二天，通讯员又来了，笑嘻嘻地竖起大拇指夸奖道：“比郎喇嘛精通捏塑技术，心灵手巧，真正有两下，摆弄手中的面团，捏、搓、揉、掀，小竹刀挥来挥去，点、切、刻、划，对照着哈尔巴拉团长用粘黄米面捏塑出来的人头像，惟妙惟肖，以假乱真，说句不好听的话，就像把脑袋割下来的一样，方面大耳，连鬓胡子，一点不差。”

第三天，又是这个通讯员欢天喜地跑过来，一蹦三尺高，大叫大嚷：“打死了，打死了，把蒙古军狙击手打死了！”

这事一时成为特大新闻，传遍独立骑兵团直属队和八个连队，后来困守王府市内外城及其周围防御工事的蒙古军一、二师六个团人，也都知道了，议论纷纷，成了热门话题，经久不衰。原来，兵不厌诈，把那用粘黄米面捏塑的人头像支在战壕射击孔后面，蒙古军狙击手上当受骗了，端起有瞄准镜的美式狙击步枪就要射击，却不知巧妙地隐蔽在别处的哈尔巴拉团长也拿着有瞄准镜的日式狙击步枪，早就准备好了，瞪大眼睛等待的就是这个，岂能错过大好良机，一勾扳机就把蒙古军狙击手的天灵盖揭开了。

这真是又除了大害。为此，刘青山、琪琪格、李志坚、完达尔夫等人来团部向哈尔巴拉表示祝贺。这位团长正在封锁线上来回视察，深入细致，什么也逃不过他的耳目。这回闻讯赶来了，跳下了那匹著名的鬃毛垂地的大黑公马，松动鞍子，进到大碉堡里面，连二十响驳壳枪、沉重弯曲的军刀都没有解下来，喝了两大碗凉奶茶，兴致勃勃地对完达尔夫说："老八连长，这半年多来你们没捞着打仗，可能手脚都痒痒了，这回出去打一次小仗，过过战斗瘾，嘿嘿！"

"是！"完达尔夫双脚一并，带钉的翻毛短筒马靴咔咔响，他立正站着静候下边的话。

"形势是这样：我们独立骑兵团在战略方面切断了铁路公路大干线，战术方面对王府市内外城进行严密的封锁、牵制和监视，逼得蒙古军部和一、二师六个团人马内无粮草，外无援军，濒临绝境。但是他们不会等死的，狗急了要跳墙嘛。最近从有关方面获得了可靠情报，和你们那边有点关系——"

"蒙古军要破坏我们根据地中心的军民团结牧场建设？"琪琪格旗长紧张地问道。

完达尔夫笑道："我个人分析判断，蒙古军还没有达到拼命程度，他们一直是保存实力，按兵不动，舍不得把那点老本钱丢尽打光。再说，王府市外城这面有我们一个特别加强主力团的好几道防线呢，何况还有大批民兵，以及腾格里山天险和达赖河障碍。"

哈尔巴拉这个满脸连鬓胡子的彪形大汉，比起前两年来，很有风度了，轻轻地弹掉笔挺的绿色呢军装上的尘土，微笑着继续说："又据有关方面可靠情报，蒙古军头头们对我们军民团结牧场建设采取的是放长线钓大鱼、坐享其成的方针政策，不会来破坏的，等竣工以后全力进攻，一下夺过去加以利用，变成养兵之地为蒙古军服务，这就是他们的如意算盘，是否能成功，走着瞧吧。需要马上行动的是：你们那里的吉达'孛'等十多户牧民不愿意参加根据地中心军民团结牧场建设，逃避艰苦劳动，搞什么远征游牧，给蒙古军造成了可乘之机，要来抢劫他们的牲畜。完达尔夫同志带领老八连，给这帮赶牛大王以歼灭性的打击，叫他们有来无回！"

"我也带着根据地中心民兵队去，和老八连并肩战斗！"琪琪格旗长说，她身穿草绿色蒙古袍，腰扎红绸宽腰带，佩挂小巧玲珑的手枪，显得英姿飒爽。

愣小伙子楚鲁心直口快，不知深浅，站在大碉堡门口不平不满地嘟囔："消灭蒙古军，保护牧民，我是一千个同意，一万个赞成。就是这个吉达'孛'呀，自作自受，活该。他不参加根据地中心的军民团结牧场建设，随便出去远征游牧。在这当中大搞投机倒把，偷盗别人饲草，参加黑市活动，还装神弄鬼，敲诈勒索，坑蒙拐骗，成了暴发户啦，置了一座里外三新的大型蒙古包，一台缝纫机，一对红油漆大箱子，一百多元钱的白玉嘴五花铜锅烟袋，还有很多衣服被褥。我看他是等着变天，准备当蒙古军的忠臣良民，哼哼！"

呼和巴拉的长着连鬓大胡子的脸上，也显出气愤的样子，小声对哈尔巴拉说："大哥，救他干啥，让他吃点亏，对别人也是教训！"

这个年轻的团长喜欢地看着三弟，解释道："你说对了一半，说错了另一半，吉达'孛'有严重错误，但是他毕竟不是敌人。同时那里还有别的牧民，对他们生命财产，一定要加以保护，不能置之不理，这样才是正确的。"

呼和巴拉没词了，涨红了脸说："好，就这么办，马上出发执行任务！"

愣小伙子楚鲁不服，撇了撇嘴说："救他用不着忙，叫他吃亏，再也不敢单独行动。"

侦察连和伊和浩特民兵队的联合行动开始了，黄昏时分到达了目的地。走在左侧的根据地中心民兵队选择了一片长着灌木、柳条的洼地隐蔽起来。快过半夜了，从遥远的西南面地平线上，先是传来一阵几乎觉察不到的轻微的马蹄声，动静越来越大，一个连左右的蒙古军骑兵排成长长的一列单行纵队过来了，马蹄铁在石块上磕出鬼火一样的亮光。

琪琪格抽出小巧玲珑的手枪顶上子弹，继续观察，显然是考虑着怎么打，小声说道："蒙古军的丘八们，没有想到这里有埋伏，走得好大意。我们想办法一下收拾掉！"

老三呼和巴拉等得不耐烦了，用婚礼赠送的美式卡宾枪瞄准着说："旗长，下令吧，我保证一梭子能扫掉十个。"

"不，射人先射马，擒贼先擒王，好好听听，蒙古军指挥官在哪儿？逮住他，或者是打死他！"

也是碰巧，蒙古军骑兵从右边很近的地方陆续过去了，走在后边的军官靠得更近，马蹄掀起的沙子迷住了楚鲁的眼睛，听得见这伊和塔拉口音的家伙嘶哑着嗓门对前边吆喝道："兄弟们，动作要快，下手要狠，大小牲畜一概不留，回去给你们改善生活，吃手把肉，敞开肚皮吃，撑死了为止，哈哈！"

就在这个蒙古军军官馋得直吧嗒嘴的工夫，民兵队长特木尔伸出长长的套马杆子，把他拽下来了。这个家伙在黑暗中搞不清是怎么回事，吐出满嘴沙子，挣扎着要爬起来，骂骂咧咧地说："他妈的，这里的柳条子绊的，啊哟，摔得好重。"

呼和巴拉就在这同时，用他们武术世家特有的那种迅速敏捷动作，一手扭住对方胳膊，另一手捂住他张开要喊的嘴巴。

"不要说话！"琪琪格用小巧玲珑的手枪顶住了对方的脑门，命令道："对你的部下喊话，就说你们被独立骑兵团三个连队包围了，立即放下武器，举手投降，拍着巴掌过来，快喊！"

"独立骑兵团？三个连队？"蒙古军二师四团三连长，袖子上绷着成吉思汗时期古老的三色军旗的标帜，怀疑地打量着周围穿各色蒙古袍的民兵，连连摇了摇头，表示不相信。

"狐狸甩尾巴转移视线，逃不出牧民跟踪追击；豺狼叼茅草隐蔽洞口，脱不掉猎人烟薰火燎。我们三个连队早就化装准备好了，你们两眼漆黑，什么也看不见。"愣小伙子楚鲁粗中有细，识破了对方鬼胎，指着姐夫呼和巴拉诈唬道："你睁开狗眼瞅瞅，这就是我们的英雄团长哈尔巴拉，满脸连鬓大胡子，有万夫不当之勇，无事不拔刀，拔刀必成功，把你劈成两半！"

蒙古军二师三团三连长端详了一阵，似曾相识，嗓子眼不由得发哆嗦了，哀求道："哈尔巴拉团长，从您摔倒军统稽查处武术教官、闹两次暴动那时候起就知道了，久仰大名，如雷贯耳。我们同是喝的达赖河的水，吃的伊和塔拉草原上牛羊肉，乡亲哪，高抬贵手饶了我一条小命，我是知过必改。"

呼和巴拉暗笑，极力学着大哥的模样，严厉地命令道："你听，打响了，快喊话！"

"这……"

“少放你妈的圈屁，快喊话！”楚鲁粗野地吆喝。

蒙古军连长尖起耳朵听了听四面八方骤然大作的枪声，鬼哭狼嚎般向领队排长下着命令：“古里格呀，我们被共军独立骑兵团三个连队包围了，啃炒米不如吃肥肉，动拳头不如讲交情，双方都是蒙古人，快缴械投降吧，快！”

“再使劲，使出力气喊！”

蒙古军这一个连队陷入重围，本来就惊慌失措，现在更架不住连长喊话，越发混乱了。侦察连和根据地中心民兵队左右夹攻，很快缴械投降。

远征游牧到这里的十多户牧民，连吉达“孛”也在内，吃了苦头想起甜头，说什么也不在这里住了，坚决要求回到根据地中心伊和浩特，很快把全部东西装在木轮车上，驮在骆驼背上，赶着大小牲畜，在侦察连和民兵队保护下往回走。天亮时候，押送俘虏的一个战士急急忙忙过来，向完达尔夫报告道：“连长，吉达‘孛’正在殴打被俘虏的蒙古军连长，特木尔、呼和巴拉两个民兵队长制止不住，琪琪格旗长批评他，他反咬一口说她包庇蒙古军！”

“岂有此理！”完达尔夫发火了，骑着那匹著名的芦花青马驰骋到那边大喝了一声：“吉达‘孛’住手，你违反政策，为什么殴打俘虏？”

吉达“孛”不甘心，又狠狠抽了一下，这才不打了，提着沾血的皮鞭嘻嘻笑道：“老八连连长啊，大小牲畜就是我的命，许他要我的命，不许我要他的命？右倾麻痹，对敌人面慈心软，不像话！”

“胡说八道！”完达尔夫更是发火，“你干脆说我吃里爬外私通蒙古军，岂不更好？”

在这次不大不小的胜利后，侦察连和民兵队又进一步开展声讨批判活动，揭露蒙古军抢劫牧民牲畜的罪恶行为。

琪琪格等军政领导人能打仗又能劳动，在他们的影响和带动下，刚刚搬迁回来的吉达“孛”等十多户牧民也只好参加军民团结牧场建设，人多力量大，工效突飞猛进，腾格里山窟窿峰附近盆地打井工地热气腾腾，每个井坑的深度差不多都超过了一百多米。劳动情况很紧张很艰苦，不管在上面提土的还是在下面挖土的，一个个满脸是土浑身是泥，没有一点干净地方。特别是老三呼和巴拉，毛茸茸的满脸连鬓大胡子沾着厚厚一层泥土，不知道有几天没洗脸，快要变成野人样子啦。按理说打井队是不应该缺水的，但是在这自古以来干旱的腾格里山深处就不大一样了，特别缺水，水比奶子还珍贵。军民有时嚼炒米啃奶豆腐，有时喝肉粥，接着顶多喝两碗奶茶，就算解决了一天的饮食。只有一个吉达“孛”不管这些，蒙古军来抢劫牲畜，打破了他发家致富的美梦，他气得肚皮快要炸成两半了，把俘虏连长毒打了一顿，受到严厉批评，灰溜溜地回到根据地中心。过了两天他第一次听到“黑麻子”和堂嫂高娃通奸的风言风语，他恨得咬牙切齿。怕丢了脸，又不敢发作，只好用多喝茶来发泄私愤了。他早晨爬起来喝，中午休息时候喝，晚上收工回来以后喝，每次守着专门烧茶的锅炉，喝了一壶又一壶，一边喝着一边还不平不满地叨咕：“管这管那，可管不了喝茶尿尿，穷得穿不上蒙古袍子也得喝，喝！”

军人和民兵起初没在意，都当成笑话讲：“这个吉达‘孛’呀，真是喝出水平，喝出风格来了。”

时间长了，不少人就有意见。有一次愣小伙子楚鲁值班烧奶茶，气得火冒三丈，指着他鼻子骂道：“你这顽固脑袋，你这自私自利变硬了的心肝肺，比八百里腾格里山中花岗岩还不好对付。

独立骑兵团派老八连帮助我们在根据地中心建设军民团结牧场，你偏大闹了一场往外跑。这回发现蒙古军要来抢牛羊，不念前嫌又救了你，你怎么还不开窍？不行，一顿只能喝一碗，不够喝尿去！”

吉达“孛”从此收敛了一些，但是供水问题仍然很紧张，因为井坑加深以后，不论挖土、提土、倒土的，劳动强度都增大了，就需要更多的水。这样，完达尔夫和有关人员研究以后，决定再抽调一个班人专门运水。

在这里视察的刘青山副团长对此提出了不同意见，哈哈大笑道：“老八连连长，你的安排不够妥当，现在前线和后方的兵力都是很紧张的，不能因为运水占用一个班。这样吧，把你的老伴调过来，分配她赶着毛驴车专门送水，这样公私兼顾，对多方面都有好处。”

完达尔夫想了想，点点头说：“这倒也是节约兵力的一种办法，但是她的安全也是个问题，白天不要紧，鬼谷盆地间人来人往的，就是晚上不好办，一个妇女单独走路，不安全！”

刘青山又哈哈大笑道：“聪明人说糊涂话，这有什么困难，你骑的芦花青马最快，不安全容易出事地段，你就护送她一程。老八连长亲自保镖，谁敢动她，这就万事大吉，什么都解决了，哈哈！”

完达尔夫听出了副团长的言外之意，脸红了，再也没说什么。这次谈话以后，他很快安排韩寡妇赶着毛驴车专门送水，因为路程较远，白天一趟，黑夜一趟。当日黄昏毛驴车出发以后，完达尔夫从远处看着车上刚搭的小棚，暗暗高兴，心中夸奖她是颇有心计的人，什么都考虑好了。他装出不慌不忙的样子，故意拖延了一段时间，然后骑上那匹著名的芦花青马从后面追上去，几乎是转眼之间就到了跟前。因为这一带没有人烟，这个牧马人出身的侦察连长一点顾忌也没有，用调戏的口吻说：“老韩，我来了，快停车，我把芦花青马拴上，钻进小棚子和你说说话！”

韩寡妇扑哧笑了，吆喝毛驴停了车，尖声嚷嚷道：“哟，连长大人与众不同，你骑马我赶车边走路边说话，岂不更好，也不耽误拉水。停车钻小棚子干啥？”

完达尔夫笑着什么也不说，拴马、上车、钻棚、脱衣、解裤等一连串动作顷刻完成，泼辣成性的韩寡妇大反常态，恶声恶气地说：“连长大人，你我约会多次，我每次都答应了。从现在起就不行了！”

完达尔夫看见她认真的样子吃了一惊，狼狈地问道：“怎么啦？”

“什么怎么啦？你心里最清楚，明明白白，走，找大官告状去！”韩寡妇不容分说赶毛驴车往鬼谷南口走，直接到了阿拉坦花的放马点上，远远看见蒙古包外面石桩上拴着刘青山的大白马，在黑夜中格外分明。到了附近，韩寡妇气鼓鼓地哼了一声，叫嚷起来：“阿拉坦花，你上当受骗了，快出来，大姐教给你。”

看样子，阿拉坦花和刘青山正纠缠在一起，如胶似漆，难解难分，听见喊话也拖了很长的时间，这才不太情愿地走出来整理头发揉搓眼睛，还难为情地笑着问道：“大姐，什么事生这样大的气，说得如此严重。”

韩寡妇气坏了，捋胳膊挽袖子高声大嚷，并且指着车棚内完达尔夫连长、蒙古包内刘青山副团长，边哭边说：“阿拉坦花，我们姐妹太老实，心眼太好，上当受骗了，被团长大人、连长大人玩了，现在才明白，为时太晚，呜呜！”

阿拉坦花还是大惑不解，问道：“啥事？”

韩寡妇开始号啕大哭，继续边哭边数落："我们傻哟，缺心眼哟！刘青山副团长大人，完达尔夫连长大人，你们都出来说句公道话，评评理，是谁的不对？你们要是诚心实意和我们过，就得明媒正娶，到人民政府登记，举办婚礼，成为正式夫妻。不这样办，我就天天闹，一直闹到底，敲锣打鼓到团部去闹，天翻地覆。好事不出门，坏事传千里，你们不怕恶劣影响吗？"

这个赶毛驴车的中年妇女果然厉害，说中要害，批评得这两位战斗英雄心惊肉跳，都害怕了，没有想到会有这种严重后果。在既成事实面前无法推辞，只得哑口无言地忍受着，谁也不说话。

阿拉坦花年龄小，社会经验少，不懂事，觉得很滑稽，扑哧扑哧笑个不停。

韩寡妇看出这两个军队领导干部怯懦样子，更是肆无忌惮，口出不逊，继续叫嚷着："琪琪格、娜布琪、斯琴、刘秀英，怎么都结婚了？她们是良家妇女，我们是破鞋烂袜，是不是？呜呜！"

事情闹大了，一直反映到哈尔巴拉团长、琪琪格旗长那里，他们面面相觑，沉默了一阵，苦笑着摇头叹息。这事很快解决了，第三天就操办了婚礼。

第七十五回　运送石头队长夺得冠军
承认错误支书痛哭流涕

鬼谷和窟窿峰附近盆地四季营地十口井，打到一百五十多米深以后，终于陆续都见水了。这个喜讯传到根据地和封锁线上，军民群情振奋。老二察干巴拉再也坐不住了，最近发生的很多事都震动了他，封闭不久的老牧场内种的草料长势良好；他认为切实可行的所谓“三增四多办法”彻底破产；他从来比较信任的浩特会计“黑麻子”的丑闻秽行，使他的原来的想法完全动摇了，他开始了激烈的思想斗争，感觉无地自容。正在他苦闷的时候，弟弟呼和巴拉从窟窿峰附近盆地捎来了一封信，严厉批评他忘本变质，屡教不改。察干巴拉检查自己所作所为，感到自己没脸见人，连日来喝得烂醉蒙着头睡大觉。

这几天，琪琪格旗长正在根据地中心伊和浩特休息。结婚以后，她妊娠现象越来越严重，有时反胃吐酸水头昏眼花。当她知道这个老二的情况，就劝他散散心透透气，带到了窟窿峰附近盆地。这时候，夏秋营地五口井都已经打到一百六十多米深，一股又一股清凉的泉水往上喷射着，很快达到了两人深。她和完达尔夫连长、特木尔队长经过充分研究，一致认为从水源情况看，已经完全利用了整个含水层，当前应该突击抢水，清理好基础，立即开始砌井壁，在骑兵师秘密进驻八百里腾格里山以前争取完工。

这样，搬运石头的车辆骤然增多，在崎岖不平的山间小公路上，美式大汽车、套马的胶轮车、套牛的铁轮车、套骆驼的木轮车，络绎不绝。但是卸石头却发生了问题，这五口井附近道路情况太坏，遍地坑洼不平，根本到不了跟前。军民用缴获的一百多辆手拉小胶车运，还有用抬筐和小土篮运的。很多同志都有一辆专车，察干巴拉本来是没有打算拉小胶车的，后来想到对自己的批评，又不服气了，想道：“哼，什么养尊处优，搞特殊化；什么当官做老爷，不参加根据地中心军民团结牧场建设劳动；要是真干起来，谁也不是我的对手。”于是他仗着自己个大力气足，也领了一辆手拉小胶车。

吉达“孛”偷懒挨了批评不能不干，也领了一辆手拉小胶车，故意装出愁眉苦脸的样子说：“牧民们都是马背上长大的，徒步走路都两条腿发软呢，拉车够戗呀！”

察干巴拉没好气地顶撞这位内兄说：“别人都能干，你怎么不行？”

吉达“孛”只好去拉石头，可是他拉得很少，又拉不到地方，不是瞧个空倒在近处，就是卸在路边，妨碍手脚，堵塞交通。明明不很吃力，他也装出拉不动的样子停下来擦汗，龇牙咧嘴喘气，或者是没到休息时间就干脆坐下来一锅又一锅抽烟。别人一说，他不是嬉皮笑脸软磨，就是横眉竖眼硬顶。他显然是想好了对策：第一次搞翻了车；第二次拉进沙子里叫别人帮助推；第三次竟使出了绝招，故意往大石头上一推，把小胶车撞坏了。

察干巴拉第一次参加军民团结牧场劳动，这才看见了内兄吉达“孛”的偷懒耍奸情况，又受到了不小的教训，好多天以来积压在心头的怒火，一下子爆发了，板起了长满连鬓大胡子的脸，厉声吆喝道："嘿，吉达'孛'，我才认识了你，你原来是这样干活的，算人吗？两条腿的牲畜，消极怠工，想破坏根据地中心的军民团结牧场建设？你是什么东西？"

很多在场劳动的军人和民兵，以前都没有想到察干巴拉来拉车，更没有想到他当着这么多人的面狠狠批评他的内兄弟。

这一年多来，吉达"孛"只是受到察干巴拉的保护，从来没有挨过什么训斥，现在这种反常情况，使他目瞪口呆了，张着嘴站到那里，怎么也不明白妹夫为啥变了。

完达尔夫看见察干巴拉余怒未消的样子，劝道："行啦，叫他修车去吧。"

吉达"孛"灰溜溜地走了。

完达尔夫高兴地继续说："老二啊，你来参加军民团结牧场建设劳动，是个进步，对所谓'三增四多'办法开始有了认识，是个更大的进步，说明受教育啦，我们热烈欢迎。干吧，轻轻松松建设不了根据地中心军民团结牧场，舒舒服服消灭不了蒙古军部和一、二师六个团人！"

察干巴拉点了点头，把宽腰带扎紧，蒙古袍前后下摆掖到里边，带头干起来。他确实很厉害，年龄才二十四岁，虽然在战斗中负过伤，也没落下什么太大的毛病，虎背熊腰，膂力过人，拉起车子来真像一股黑旋风，装得满跑得快，真要赶上呼和巴拉了。他一边拉着车子一边还嚷道："弟弟，别看我在战斗中负过伤，敢和你开展对手赛，来！"话虽然这么说，他怎么使劲也赶不上这个老三。在众多的军人和民兵当中，呼和巴拉一直保持着拉车子冠军，他装得多跑得更快，倒卸的地方也正合适，不给旁人增加一点麻烦，有时候还帮助别人拉车推车。分配车子的时候，他要的是最差的一辆，但是没出一次毛病，拉的石头比谁都多，这使不少军人和民兵很羡慕，大家都要求他介绍一下使用车子的经验。

晚间收工时候，琪琪格旗长愉快地笑道："同志们，在王府市内外城工事区缴获的一百多辆小胶车起作用啦，这里面呼和巴拉最突出，能顶吉达'孛'那样十个人。为了提高工效，总结经验，我们请呼和巴拉介绍一下。"

"好啊！"不少军人和民兵鼓起掌来。

呼和巴拉很谦虚，笑道："没什么经验，就算几个注意事项吧，为了便于记住，我编了'好力宝'，仅供大家参考，这就念啦：

种草种料把井打，
牧场快要成功啦。
运石备料大步跨，
大小车辆万箭发。
小车好比一匹马，
人人都要爱护它。
三勤两会多检查，
做到车子五不拉。
钢珠掉了不准拉，
路不平坦不走它。
幅条断了不准拉，

里挡外挡要紧扎。
车轴弯了不准拉,
上坡下坡掌握把。
超过重量不准拉,
保证内胎不爆炸。
外带裂开不准拉,
随破随补修好它。
军人民兵使用它,
团结牧场开红花。
铁路公路一刀割,
困得伪军叫爸妈。”

侦察连长完达尔夫听了这小段“好力宝”,哈哈大笑,夸奖道:“只要骑着骏马走到底,就能穿过草原;只要拿着套杆看到底,就能保护牲畜。我们老三干什么都肯用心,拉车时间不长,就总结出整套经验,不简单。”

夕阳落到腾格里山西面去了,晚霞的余晖还残留在倾斜陡峭的窟窿峰顶上,天色渐渐黑下来。吃完饭,琪琪格和完达尔夫、特木尔、呼和巴拉、察干巴拉等人,到了僻静地方坐下来开会。琪琪格对察干巴拉注视了一会儿,和气地说:“二弟啊,就在蒙古军头目们粉墨登场的时候,我们一边掐住铁路公路大干线,一边搞根据地中心的军民团结牧场建设,劳武结合,坚持下来了。当时和你说不到一块,你是那样一种态度,我早就知道你到大哥那里告过状。在解放战争胜利发展形势教育下,你也看清了一些问题,这是好的,但是对根本性大事还是很糊涂,现在大家来帮助你认识。”

察干巴拉在夜间看不清嫂子的脸色,但是从这开头话里,知道这次会是针对自己开的,他觉得理亏,嘴头子笨,没话可说,有点紧张,拿出挨批判的架势,低着头叨咕:“唉,我真没想到呀!”

“哼,你想不到看不见的事多啦,连在眼皮底下的‘黑麻子’、‘活寡妇’和‘小白脸’大喇嘛的事都没有摸透,还用得着说别的,哼!”呼和巴拉生气地说。

“嗯,怎么想不到看不见?”察干巴拉很不服气,说道:“‘黑麻子’这个家伙坏透了,和蒙古军头子哲别的小老婆高娃乱搞两性关系,这还了得,我在这两天想好了,他当浩特会计的事值得考虑!”

“就这一点点?”呼和巴拉是心直口快的,继续质问。

察干巴拉的自尊心受到了伤害,粗声粗气地说:“还能看见多少,大惊小怪,草木皆兵。”

琪琪格叹了一口气,说:“你呀,听到草料棚附近野鼠动静,看不见牲畜圈跟前豺狼爬行,捡轻的丢重的。唉,现在我们来研究一下‘黑麻子’是什么人?他是个外来户,受到你这个党支部书记和浩特达额尔旦老人的信任,才当了会计,你还想把他拉入党内。他说自己在旧社会没有半头只大小牲畜,没有一座大小毡包,种不起牛痘,得了满脸大黑麻子,是个苦大仇深的贫下中牧,这是伪造历史——”

“啊!”察干巴拉惊叫了一声,满是埋怨腔调:“你,你们怎么才告诉我,太不信任一个同志!”

“你这个人敌我不分,亲友不认,当时给你说能保住秘密?现在你有了觉悟才说这话,你千万要注意，别走漏风声。”

“嗯，记住了。”

琪琪格继续说：“内查的材料很厚一沓子，外调材料嘛，适当时候公布。他不像吉达公开攻击军民团结牧场建设：什么老鞑子看戏白搭工；什么拿黄油往沙子里倒，拿白肉往甸子上扔；什么腾格里山下瞎胡搞，早晚必定看热闹。这些他一句话也不说，只是暗暗窥视，偷偷打量，悄悄破坏。”

完达尔夫补充道：“有一次，我听到他无意中哼哼一种调子，很刺耳，不是蒙古族民歌，也不是汉族民歌，更不是革命歌曲。是什么呢？后来想起来了，是国民党党歌，我在王府当马倌时候，听军统稽查处特务杀手们唱过，这是有重大政治背景的，你听：

三民主义，
吾党所宗。
以建民国，
以兴民国。
咨尔多士，
为民前锋。
夙夜匪解，
主义是从。
矢勤矢勇，
必信必忠。
一心一德，
贯彻始终。”

特木尔也补充道：“还有，一些武术方面的东西，不光是蒙古族摔跤，另外像什么汉族擒拿、日本柔道、欧美拳击，‘黑麻子’也能来两下，他从什么地方学会的，这同样有政治背景。”

察干巴拉听了部分检举揭发材料，思想受到更大震动，在黑暗中他手里的冒着火星的白玉嘴五花铜锅烟杆也发着抖，声音都变了，害怕地说：“你们的意思是说，‘黑麻子’是暗藏的反革命分子？”

“到现在还说糊涂话，你看他像个好人？”呼和巴拉更是发火。

察干巴拉难过地沉默了一会儿，愤恨起来，牙齿咬得吱吱响，骂道：“挂着念珠的狼，叼着鲜花的蛇，他可能和王府市内外城的蒙古军部和一、二师六个团里应外合呢。我上当受骗了，这就检举揭发。”

琪琪格叮咛道：“二弟呀，你检举揭发是好的，但是这样的事不可粗心大意，只能严密监视，不能大轰大嗡！要守口如瓶！”

察干巴拉点了点头，说：“这下我算清醒了。”

别人也都鼓励他今后好好干。

察干巴拉承认了错误，作了比较深刻的检讨。在这里劳动了很多天，里外衣服都长满了虱子，浑身发痒得不行，回家换洗去了。到家摸着黑钻进去，这时候已经到了小半夜，应该点灯了，但是在这里当家作主的察干巴拉、娜布琪小两口很会过日子，为了节省牛油和火柴，一般情况下都不点亮。察干巴拉就这样从对箱上拿下三斤装大瓶烈性白酒，开始嘴对嘴灌起来，很快灌进去小半瓶，酩酊大醉了，迷迷糊糊地抚摸着老婆娜布琪，开始胡说八道起来："革命，革命，再革命也离不开烧酒和女人。喝烧酒，睡女人，都缺不得，嘿嘿，娜布琪是不是？"

第七十六回　牧场建成军民兴高采烈
活动失败特务垂头丧气

这次会议进一步确定了对“黑麻子”的斗争策略，对已经掌握了确凿证据的特务活动暂时不提，只是点一下这个家伙和反动军官哲别小老婆高娃搞两性关系的事，把他的浩特会计撤下来，勒令他到窟窿峰附近盆地夏秋营地深井工地劳动。这样，一方面便于监视，另一方面容易麻痹敌人，使蒙古军联合谍报队特务产生错觉，以为独立骑兵团只是发现了无关紧要的事情。果然，“黑麻子”上当受骗了，紧张了很多天的肌肉松弛下来，惊慌不安转动的三角眼里露出了笑意，想道：原来不是别的，是为了高娃的事呀，现在提出来了，他们能咋着？捉贼要捉赃，捉奸要捉双，“活寡妇”早就吃下“小白脸”大喇嘛的药流产了，连什么都没有啦，嘿嘿，他想着这些就装出受了很大冤枉的人气得发昏的样子，大捋起蒙古袍袖子，上气不接下气地往饲草饲料基地走去，准备要找斯琴、刘秀英大闹一场，给自己进一步伪装。

斯琴、刘秀英她俩准备要上工的时候，“黑麻子”来到这座蒙古包里，三角眼中挤出了一串子泪水，很伤心地哭起来，数落道：“‘铁姑娘’呀，‘假小子’呀，你们冤枉了好人，伤害了同志！我是一个苦大仇深的老贫牧，在旧社会时候没有一头牲畜，没有一座毡包，请不起喇嘛大夫，种不起牛痘，长了一身天花，落了满脸大黑麻子，出身正根子红，我能干那种丧失立场的坏事么，不能，万万不能，呜呜！”

“谎话说得再多是假的，丑事遮得再严是真的。”刘秀英一边讲着一边注意观察，看见“黑麻子”发了一抖，她暗暗好笑起来，接着又大声说：“你要是再胡搅蛮缠，不承认错误，我们找老八连和民兵队当时站岗放哨的同志来证明！”

斯琴也大声加了一句，说：“怎么样？”

“唉，我好赖是个浩特干部，你们有责任批评教育，也有责任爱护我呀，不要一棍子打死！”“黑麻子”的态度软下来。

“看人要瞅办的事，找马要找烙的印，这就够了，你快点收拾一下，到窟窿峰附近盆地打深井去！”斯琴识破了“黑麻子”伪装受冤枉企图摸底的鬼把戏，严肃地结束了这次谈话。

“黑麻子”还想赖着不走，叹了一口气说：“唉，把我的会计职务撤下来了，我要交代工作，忙啊，忙得焦头烂额！”

“你再忙也没有我们琪琪格旗长忙，连她都在打井工地劳动，你有啥了不起，快去！再不走，我们根据地中心的老八连和民兵队，就要采取最强硬的措施，把你押下去！”刘秀英吆喝了一声，把这个家伙赶出来了。

“黑麻子”就在当天晚间又要放定时信号弹，约定从王府市那边过来特务，打算偷递最新情报：大型新式的军民团结牧场即将成功，地势险要，水草肥美，军马和大小牲畜云集，是个最有油水的地方。蒙古军军部和一、二师六个团人要是能够采取迅雷不及掩耳的突然行动，前来袭击摧毁根据地中心的新建的这个经济支柱，共军独立骑兵团就站不住脚要撤退，铁路公路大干线很快就会打通。在这一点上主子和狗腿子互不通气，始终未能采取统一行动。莫尔根要保护，将来夺为己有加以利用；"黑麻子"要破坏，以此立功来升官发财。

这天晚间，"黑麻子"出去多次，都发现有人跟踪监视，吓得出了一身冷汗，动弹不得。又磨蹭了两三天，这才骑上了那匹会计专用的灰溜马，往腾格里山鬼谷南口走去。刚刚绕过汗庙北边佛像碑，"巴拉根仓"老汉领着修械厂的几个军工工人从后面跟了上来。距离很近以后，老技工声音洪亮地笑着问道："喂，会计，单人独马去哪儿？"

"黑麻子"看到这个仇人不早也不晚，偏偏在紧要关头又跟上来，心脏跳得要从嘴里蹦出，极力控制自己的声调说："到窟窿峰附近盆地打井去！"

"巴拉根仓"老汉声色不露，笑道："哈哈，好啊，我也去那里，一起走，路上讲段《巴拉根仓和小白麻子》的故事，好不好？嘿，会计，毛主席和朱总司令在四月二十一日下达了向全国进军的命令，蒋介石就要完了。我们对解放战争贡献很大，掐住这条铁路公路大干线，也就是战略后勤供应线，使国民党嫡系东西线部队孤立起来，缺衣少食，被各个击破。这回，军民团结牧场要建成啦，根据地更巩固啦，进可以攻，退可以守，牢不可破，你不觉得高兴吗？"

这张大黑麻子脸上的肌肉抽动了，歪曲起来，狼狈地说："高兴，高兴，很高兴！"

"巴拉根仓"老汉笑得更来劲了，继续说："莫尔根、莽斯、哲别、扎萨嘎等人的造谣中伤都破产啦，放牧我们有牧场，对付蒙古军两个师我们有枪，这叫军民一条心，消灭野心狼，哈哈！"

"黑麻子"这回浑身发抖了，连忙点头笑脸迎合，其实他笑比哭还难看，说道："是，是，那张《对蒙古军头目一记响亮的耳光》的传单，写得何等好啊，我赞成，就是那么回事。"

"腾格里山鬼谷和窟窿峰盆地，不光出了水，水多得抢不净，清基和砌井壁都发生了困难，我们这就去改进提水的大斗子，你瞅！"

"黑麻子"看了看老技工鞍边挂的大斧和小锯等家具，悬着的一颗心这才落下来了，粗重地喘气。

"巴拉根仓"老汉等人监视着"黑麻子"一起到达窟窿峰附近盆地打井点时，军民正在突击抢水和清理基础。畜力大辘轳日夜不停地转动着，在提水的同时往井坑吊下大石块，准备清好基础抢完水，马上开始砌井壁。到了晚上井坑上下挂起了很多盏大马灯，在那座高高隆起的土堆上面，闪烁着亮晶晶的红光，骄傲地向人们宣布：这个自古以来干旱的腾格里山深处，已经打成了井，引出了水。接着侦察连、民兵队下很大力量突击抢水，井底的水平面随提随涨，翻腾着白色泡沫，没完没了。这样丰富的含水量是少有的，使打过很多年井的老年牧民们都惊讶不已。这回军民们看见"巴拉根仓"老汉，就大叫大嚷："老人家，正等着你哪，井坑底下的水呀，用畜力大辘轳提，抢了两天两夜也掏不净，清基和砌井壁都发生了困难，快快改进一下水斗。"

"巴拉根仓"老汉下了马，不慌不忙地回答道："在八百里腾格里山深处窟窿峰附近盆地打出了水，水又多得掏不干净，这是好事，天大的好事啊，水抢不净掏不尽的事好办，不在话下。"

察干巴拉正在井坑底下劳动，听到上面的喧哗声就顺着大铁辘轳粗绳子攀上来。只见他满脸连鬓大胡子上，旧军装和马靴上，全是稀泥浆。他出来看见了"黑麻子"，不由得怒火燃烧起来，但是考虑到上次军政会议研究定的对策，他尽力克制着自己，吆喝道："'黑麻子'，你说的话很香，干的事很臭，工作太磨蹭了，怎么今天才来，真是懒公牛一步一个屎，馋儿马一步一个屁，下井劳动去！”

“黑麻子”这回着实大大吃惊了，三角眼往一边歪斜下去，那张丑陋的脸上肌肉仿佛凝固成僵死的东西。他在草料基地那边碰了硬钉子，迫不得已往夏秋营地过来时，本来想继续得到察干巴拉的支持和保护，没想到对方变得这样厉害，吧嗒着嘴装出一副可怜相，低声下气地说：“支部书记，我，我下井劳动去？”

“你咋着？建设伊和塔拉根据地中心的军民团结牧场，就得像三五九旅在南泥湾开荒那样，风天一身土，雨天一身泥，实干苦干！下井劳动去！”察干巴拉这回讲究说话方式了，注意保密，滴水不漏。

“黑麻子”上当受骗了，悬着的一颗心又一次落下来，张了张嘴没说什么，绑上安全带下去了。

察干巴拉看见“黑麻子”那副可怜相，又动起感情来。“黑麻子”是个听话的人哪，对自己俯首帖耳，从来没有顶过一句。说他有严重的历史问题，有大量的反革命活动，那些证据站得住脚吗？是不是把羊说成狼，太过火了。和高娃太太的事呀，凭良心说话，打光棍的壮汉和守活寡的年轻女人相遇，干牛粪点篝火一下就着啊，唉，他想到这里闷闷不乐地往那边走去。看见琪琪格旗长蹲在泥堆旁，手里拿着两块光溜石头和完达尔夫连长说着什么。他便走过去问道：“嫂子，现在我们抢了两天两夜，水还不见下去，要用什么办法？”

“抢不净水是因为我们还没有抓住主要矛盾，方式方法不对头，我再到下面找找原因。”琪琪格说着绑好安全带准备下去。

这些军人和民兵不同意她下去，有的劝道：“旗长，你负过伤，现在又怀了孕，刚从井底出来，别再下去啦，有事就在上面研究吧。”

“这个，只能在下面研究！”琪琪格执意不肯，给军民扔过去从清基泥堆里找到的两块鹅卵石，第一个下去了，接着下去的是侦察连长完达尔夫。

“研究这圆石头干啥？”察干巴拉犹豫了一下，嘴里叨咕着也只好下去了。

井坑深一百六十多米。在这深深的地下阴暗、潮湿、寒冷，见不到一点阳光，水花四溅，泥土坍落，搞得下面劳动的军民浑身水淋淋地，短雨衣和长胶靴起不了多大作用，只能在换班以后烤火暖和身体，接着又下去。他们不怕累不怕脏不怕苦，一个个干劲十足，生气勃勃地劳动着。

老三呼和巴拉打开手电照亮，看见琪琪格又在水里，显出吃惊的样子说：“嫂子，怎么老不上去，你受过伤，现在身子又重，应该多加注意，这里可不行，快上去！”

“哈哈，这里是艰苦，但是比起前几年你大哥他们领导两次暴动那时候，简直是天堂了，怕什么。”

“别那样比，应该多加休息。”

琪琪格回答道：“先别说这些，水位怎么抢也不见降低，这充分证明了一个问题，快抓清基出来的石块再给我看看！”

呼和巴拉递过来两块鹅卵石，浑身泥浆站在那里说：“这水就像万头奶牛的乳汁，挤不尽装不完。我们的进度也算不慢了，但是这里边的水只见涨不见降，怪事呢，上年纪的人在伊和塔拉老牧场上打过很多井，从来没见过这样多的水。”

察干巴拉在这边看着直翻白色泡沫的水愁眉苦脸地说:“这样深的水,又看不清楚,没法子砌井壁,咋整?”

“黑麻子”觉得这是骗取信任的好机会,就噗噔一声跳进水里去,大声叫嚷道:“我在水里砌,辛苦喂马一百天,为的是赛场一小时,我平常说话哇啦哇啦的,现在能怕困难吗,那不成言行不一致了?不管水多深,我在里面站着砌井壁,只要砌出水面上就好办了,几块大石头就能解决问题,来,拣大的下,快!”

察干巴拉很受感动,看着“黑麻子”问道:“行吗?”

“行!”“黑麻子”大声说。

“不行!”琪琪格听见了,回过头来严肃地说:“四季营地井是永久性的基本建设项目,不能影响质量,清基和打好底是最重要的,弄不好就会出现砌的石头井壁坍陷事故,‘黑麻子’,你别乱来!”

完达尔夫连长也发火了,喝道:“我们这几个指挥人员都没说话,‘黑麻子’你倒胡搞起来了!这里谁当家?是你还是军政领导?”

“黑麻子”狼狈不堪地爬出来,拧着蒙古袍子上面的泥水。

“老是淘不尽水怎么办呢?”察干巴拉连连唉声叹气,束手无策,心里还同情“黑麻子”。

琪琪格没有说话,借着不太亮的灯光,看见呼和巴拉把半桶鹅卵石倒进水斗子。她皱着眉毛说:“递过来!”

“嗯,又是那种小圆石头。”

这个旗长抓了一把,又仔细看了看,对完达尔夫说:“真光溜,快赶上玻璃球了,这样的石头有很多,你从这里看出问题没有?”

“没有。”

“这充分说明腾格里山地下有古代河床。鹅卵石是水流磨出来的,和达赖河岸沙滩上的一模一样。别看这里地上千百年以来没有水,地下水可比别处多,怪不得抢不净。这秘密总算被我们揭开了。对新的情况就得采取新的措施,全部换特大号水斗,清基和放石块暂时停止,用部队上常用的话来说就是集中优势兵力,各个击破敌军,先把水抢净了再说别的。”

又经过十多天的突击抢水、清理基础、砌石头井壁,五口一百八十多米深的夏秋营地井终于竣工了。几乎在这同时,五口一百六十多米深的冬春营地井也相继打成。这十口井差不多打了半年多。

军民团结牧场初步建成的喜讯,像长了翅膀一样向各处飞去,轰动了整个伊和塔拉根据地。各地陆续派来代表参观访问。在这些兴高采烈的军人和牧民当中,察干巴拉、额尔旦板着脸很少说话,其实这两个浩特干部也是高兴的,只是想到过去提倡“三增四多”办法,干扰阻拦军民团结牧场建设等事情,心里不是滋味。

察干巴拉最后还是叹口气说道:“到底我们不行啊,光是听到草料棚内老鼠动静,没有看牲畜圈外豺狼爬行,糊涂,真是糊涂!”

“是啊,我是个睁眼瞎,过去总是说老人会放牧、老马能看路,现在全不对了,佛爷保佑!”浩特达额尔旦老人深有感触地说。

从封锁线上过来的军民继续参观。他们看到这里是下了大工夫,彻底改变了靠天养畜、老方法放牧、小灾小走场、大灾大搬家的旧面貌，从根本上扭转了军事地位重要、经济基础薄弱的不相称状态。光是草料基地用了多少力量啊！铁丝网封闭、开崖劈岩、修大小渠道、引水灌溉、平地治碱、架防风固沙障，工程一直没有间断，真是扁担抬筐不离肩，铁锹镐头不离手。艰苦的劳动取得了丰硕的成果，这一大片沙化退化很严重的牧场，土质改良了，平整十万亩，地平如镜泾渭分明，全部达到了畦田化，里面种的苜蓿、草木樨、金鸡、沙蒿、玉米、高粱等草料，禾苗肥壮，都有半人多高啦。一连的代表竖起了大拇指夸奖道："根据地中心的民兵和老八连的战友们，解决了军马饲草饲料不足的困难啦，察干巴拉支书、额尔旦浩特达，你们领导得好，有很大的功劳，向你们学习致敬！"

额尔旦老人羞红了脸，难为情地念起了祝词：

饲草和饲料垛儿，
堆得高耸入云端。
严冬艰辛的日子，
平安无恙只等闲。
慓悍的蒙古马，
盖满了山坡和草原。
肥壮的牛羊，
欢腾在山谷和河滩。
我们的牲畜，
像夜空中繁星在闪。
我们的牲畜，
和盛开的百花争艳。

在腾格里山鬼谷和窟窿峰附近盆地开辟的四季营地，呈现出欣欣向荣的景象，齐腰深的草丛中红旗招展，歌声嘹亮。粗实的牛群哞哞叫唤；毛色像锦缎一样发亮的军马，高声嘶鸣着驰骋而过；吃得滚圆溜胖的骆驼反刍着嘴里的青草高视阔步；绵羊和山羊因为膘情好变活泼了，翘着尾巴撒欢。在这里打成的十口井，更是吸引住了军民，好深哟，蹲在井边上往下观察，用大石块砌成的井壁是圆形的，好像一个粗大的黑色管子插向地心。要想看到井底的水那是很困难的，费好长时间才能发现牛眼睛大的一汪水，在视线尽头微微波动。十口深井平均水深三丈，超过了伊和塔拉草原含水量最大水井四倍多。

察干巴拉看着心里很难过，他想起了去年"鬼谷伏虎"、"魔峡擒鹰"两大战斗胜利结束后的情景。当时他是立功受奖的侦察连一排副排长，也是受到这样多方面的注意和尊重啊！现在，这几位老战友的关心和鼓励，胜利完成艰巨复杂任务后的喜悦和自豪感，汇合成了一股大力量触及着他，使他的脑子更清醒了一些，认识到自己旧的思想意识本来很严重，参军以后没有很好改造，复员就开始走下坡路。阻挠干扰军民团结牧场建设，提倡什么三增四多办法，重用反革命分子"黑麻子"，他后怕得要瘫了。

这天夜里，"黑麻子"趁参观人多军政领导们都比较忙，悄悄溜到汗庙和"小白脸"大喇嘛接了头。他紧张地说："要出事了，你看见根据地中心民兵队部门口贴的两张告示了？"

"看见了，一张说要撤掉你浩特会计职务；另一张说从藏污纳垢的地方，要揪出什么在背后煽阴风点鬼火的坏人，没有点名，不知道说的是谁。又出了什么事吗？”“小白脸”大喇嘛假装糊涂，明知故问。

“你这个秃驴，越来越昏了，亏你给三种不同的特务机关卖力气干过事，肏妈人家的小子，眼睛被乌鸦啄了，什么也看不出来。我那点事好办，怀疑我和高娃太太勾搭上了。捉贼要捉赃，捉奸要捉双，他们有啥证据？就算说得对，顶多不过严重丧失立场，生活作风不好，撤掉会计职务了事。哼，我才不稀罕这羊粪大的破烂官儿。和你拉扯上就麻烦了，后一张告示说的是你，藏污纳垢的地方是指汗庙，从文章口气上看，好像知道你历史上那些不可告人的反动事情！”

“小白脸”大喇嘛不怕，他年轻力壮，头脑灵敏反应快，能对付突发事件的冲击，冷笑了一声说道：“‘影子’先生，不要张牙舞爪吓唬我，以前说过多次，就算我有罪，也不过是通风报信偷递情报而已，是一般历史问题，你就不同了，多起命案，血债累累，随便说出一条足矣，杀头之罪，嘿嘿！”

“黑麻子”是个亡命之徒，多次被揭老底同样也不害怕，狰狞地瞪起眼睛，抓住了佩在宽腰带上的特大号纯钢蒙古刀角把，凶神恶煞一样低声吆喝：“过去的事不说了，说现在的，我们俩拉拉扯扯暗中勾搭事，还有你在这里勾搭富婆塔尔根，我在这里勾搭王爷小姐高娃的事，他们怎么知道的？说是要从藏污纳垢地方的阴暗旮旯里揪出煽阴风点鬼火的人，这有两种可能，一种是老八连和民兵队侦察到了底细，另一种是你们喇嘛当中有人告密，出卖我们。”

“小白脸”大喇嘛说道：“军人和民兵队不可能发现，因为我们俩都是在羊群睡觉、豺狼活动的黑夜搞那两个女人的，策划反共行动也是如此，谁也不知道。我是这样想，战乱以后全部喇嘛都跑了，这里只剩给我烧火的茂都喇嘛，他可能说出去了，言者无心，听者有意，恐怕要酿成大祸。”

“黑麻子”握着蒙古刀把的手松开了，牛老拉稀屎，马老撒稠尿，茂都喇嘛成不了心腹之患。弄死这个手无缚鸡之力的下人是很容易的，但是要讲究方式方法，不能性急变成流血事件，全盘暴露。茂都就是被这里的老八连和民兵队拉拢过去了，也暴露不了核心秘密，牵扯不出罪大恶极的“影子”。自己是和莫尔根、莽斯、哲别、扎萨嘎等人单线联系的，就连高娃太太都不认识他，怕个屌，于是大咧咧地问道：“真的？”

“八九不离十，大概是这么回事，肏妈人家的小子，胆敢泄露出我的秘密，饶不了他，杀人灭口！”达尔罕摸了摸喇嘛衣兜里暗藏的手枪，在昏暗的灯光下，那张漂亮的小白脸显出了凛冽的凶杀相。

“黑麻子”却大不一样，换了一种甜蜜的声音用温柔可亲的口吻说：“嘛嘛，这就得想法子啦。现在独揽军政大权的哈尔巴拉团长，当年在汗庙以属民身份掩护着，搞见不得人的秘密勾当的时候，受过你多次欺负，吃过不少哑巴亏。他亲自领导的第一次暴动中，杀死了军统局本部拳术教官武林，然后假造了与蒙古军摔跤手布尔固德火拼的现场，可谓处心积虑、绞尽脑汁，是你给稽查处戴励志处长告的密。在这以后，你在王府市内城佛堂，接受莫尔根军长交给的特别任务，又跑回共军独立骑兵团根据地中心来，里应外合，通风报信，偷递情报，这种活动一直没有停止，等待变天，盼望着蒙古军打过来，老是说什么‘眼泪流尽胡尘里，南望王师又一年’，私藏军火，有两把手枪；还有破坏军民团结牧场建设，随便拿出哪一条罪状，都能把你置于死地，现在不能叫茂都喇嘛坏了大事，必须用杀人不见血的手段干掉他，这关系着喇嘛教黄派的兴衰，汗庙的荣枯，你个人生命财产的安全，你死我活，势不两立！”

“小白脸”大喇嘛听着轻声笑了，又说：“危言耸听，‘影子’先生，不要老说这些，对你提醒过不止一百次，我的千条万条罪状，远远不及你一条命案，何况你不止一条命案，赤血遍地，白骨撑天。不过我不和你计较，念念不忘的是莫尔根军长的提携、知遇之恩，愿意为他老人家效犬马之劳，所以和你合作搞复兴大业。至于处死茂都喇嘛，不能鲁莽行动，刚才我又想出安全之计，打死他我有枪，毒死他我有药，但是我想这两个法子欠妥，不行。哼，听我的，从现在就不要给他吃的了，过不了几天他就要上西天了。从此以后，王府市那边来人窝藏在汗庙也没人告发，最安全，共军独立骑兵团的老八连再精明仔细也侦察不出来，杀人不见血。另外他们不是搞什么声讨批判撒传单吗？我也动手用达赖活佛的名义起草一篇秘密反共传单，不久将来蒙古军一、二师六个团人打过来，有我一份功劳。”

由于党的宗教政策的保护，侦察连和民兵队是不大去这汗庙的，真正的“闲人免进”，大部分人都不知道详细情况。其实，茂都受尽了“小白脸”大喇嘛的虐待，实质是个变相的奴隶。他捡牛粪、背木柴、挤奶子、推碾盘、烧砖茶、煮肉粥、喂乘骑、扫院落，干的是最累的活儿，吃的是最坏的食品，穿的是最破的衣服。住在汗庙阴暗狭窄的小厢房里，白天不见阳光，黑夜没有灯亮，一个人孤独地咳嗽、叹息、哭泣。这个无依无靠的下层喇嘛有多种多样疾病：风湿性腰腿痛、心脏病、气管炎、胸膜炎。因为他再也干不动啥了，被“小白脸”大喇嘛看成是眼中钉肉中刺，等着他早早死掉，三天两头才给点吃的，更谈不上会给他治病。“小白脸”大喇嘛经过这次密谈以后，更是一粒米一滴水也没有了。这样茂都饿着肚皮躺了两三天，在濒死的边缘上忽然想起了曾经帮助过他的独立骑兵团，他摸着黑爬呀爬呀，天亮时候爬到了后勤处修械厂，被救活了，就算捡了一条命。

“小白脸”大喇嘛对此也是有思想准备的，担心茂都往外逃跑，不断地探头探脑监视，正在这当中出了差错，距离汗庙不远的大富婆塔尔根寡妇来了，他注意力分散，视线转移，顾不上监视茂都了，只能和这个淫妇动手动脚拉拉扯扯。

正当他们偷偷淫乱的时候，天空黑云密布，电闪雷鸣，下起倾盆大雨，这是有关方面天气预报早就通知过的，很准确没有差错。这暴风骤雨下了七天七夜，八百里腾格里山中发了特大洪水，伊和塔拉大草原上泥水横流，行人绝迹，鸟兽无影。坏事变好事，这最大最好地掩护了从大后方挺进过来的骑兵师四个团人，秘密进入窟窿峰、鬼谷一带盆地的自然岩洞群中，隐蔽起来了。

第七十七回　军民团结牧场战胜洪水
抗导结合旗长保住草料

这次特大暴雨下了七天七夜，也给独立骑兵团战斗和生产带来了很大的困难。根据地中心伊和浩特驻军的带棚木轮车、帐篷和牧民群众的蒙古包、牲畜圈棚间隙，全是积水和泥浆，快要变成泡子了。天气没有一点要晴的样子，雷声隆隆，黑云翻滚，大雨还是哗哗地加紧下着。空中水气濛濛，像布满了烟雾，又像挂上了无数层半透明的珠帘子。

修械厂的技工"巴拉根仓"老汉既高兴又着急。高兴的是援军一个骑兵师四个团趁暴风雨掩护，神不知鬼不觉地秘密进入腾格里山中新建成的军民团结牧场四季营地；着急的是已经到了秋收季节，这样下雨是受不了的。还有封锁线上团直属队和七个连队战友，住的是透风漏雨的碉堡，吃的是受潮发韧的炒米，喝的是淡薄无味的奶茶，生活苦啊！

也就在这个时候，侦察连部通讯员突然送来了紧急通知，上面写道："修械厂和伊和浩特民兵队马上行动起来，投入防汛抗洪斗争！现在形势越来越恶化了，特大暴雨下了七天七夜，腾格里山上又发了洪水。我们一定要战胜这个百年不遇的自然灾害，用实际行动保卫军民团结牧场胜利成果，巩固和发展伊和塔拉根据地，继续切断铁路公路大干线，彻底、干净、全部地消灭蒙古军！"

"巴拉根仓"老汉不识字，听别人念完了通知，立即招呼军民拿上铁锨、扁担、筐头去抗洪。他带头冲出去，青年们一个接一个跟在后面。连在这里暂时避难的茂都喇嘛，也从后面连瘸带拐地追上来。他们没走去多远，遇见了也去抢险的侦察连干部和战士，便合在一起跑步前进。刚到拴骆驼桩子那边，完达尔夫连长正在这一带巡逻，看见队尾的"巴拉根仓"老汉，挡住了他责备道："老同志，你来干啥？这么大岁数的人，浇坏了，可不是闹着玩的。"

"不碍事，我又不是纸糊的人，禁不住风吹雨打。老团长阿拉玛斯同志领导的部队来到了？"

侦察连连长擦拭着脸上流下来的雨水，小声说："来了，来了，我们老团长已经来了，成了师长，领导着整编一个师四个团人，加上我们独立骑兵团五个团人，独臂将军，打败蒙古军是没有问题的，放心吧！走，我把你搀回去！"

"巴拉根仓"老汉看见侦察连连长板着脸口气很硬，好像没有商量的余地，他就笑了，说道："哈哈，腾格里山下的人刚强的，达赖河边的马是快速的，你干自己的工作吧，我用不着你扶持，自己走回去，看出来了，你是在这里监视'黑麻子'呢，不能耽误大事！"

"对，现在阿拉玛斯、巴雅尔等首长率领的骑兵师秘密进入腾格里大山，正是决战决胜的关键时刻，又遇上了这样特大自然灾害，暴风雨、山洪全啦，更得提高警惕，我这个第四任老八连长亲自出马，为'黑麻子'保镖护驾，哈哈！"

“没叫他去抢险?”

“这个老特务就像岩洞中的黄鼬,深山里的狐狸,有很多的掩护,层层设防。撤掉会计职务以后就装病了,躲进蒙古包内不出来。我实在是不明白,哈尔巴拉团长、刘青山副团长、琪琪格旗长,为什么不批准逮捕他呢?”

“巴拉根仓”老汉离开完达尔夫以后,并没有回去,转了一个大弯子,又参加抢险去了。汗庙北面的腾格里山鬼谷南口是泄洪地点,这里情况万分危急,从高峰陡坡深山峡沟中溢出来的特大洪水,把整个洼地都要灌平了,白茫茫一大片,浪花卷起了几尺高,猛烈地冲击着以前用块石、草袋、柳条混合修成的临时大坝。这力量是很大的,有几个地方土块崩落摇晃起来。防汛抗洪的人很多,侦察连和修械厂的全体干部战士,伊和浩特民兵队,差不多全来了。一个个浑身上下沾满了稀泥、水浆、草屑,分不清穿的是军服还是蒙古袍子。

“巴拉根仓”老汉也跑进来,紧握着铁锨参加了抢险劳动。也不知道过了多长时间,山上下来的洪水突然增多了,冒着泡沫、翻着旋涡、带着树木乱草更猛烈地冲击着临时仓促修成的大坝,那声音很吓人,就像千百个撒野的公牛吼声一样,呜呜地怪响。这时,大坝西头有个人尖声尖气嚷起来,听出来是吉达“孛”,他惊慌失措地叫唤:“啊呀,不好啦,大坝决口啦,快跑呀,翁古特保佑!”

“两条腿的牲畜,不干好事,嚷嚷什么?再扰乱人心,我就枪毙了你!”老二察干巴拉怒骂着。

随着那边传过来的哗啦哗啦声,好多人趟水跑过去了。

“巴拉根仓”老汉心里紧缩成一团,大坝决口可不是小事情,饲草饲料基地要保不住,那些长势喜人的苜蓿、草木樨、金鸡、沙蒿、玉米、高粱、大豆,全要被冲走。这是几百个军民将近一年的劳动果实呀,几十万头只军马和大小牲畜吃什么,要是毁掉了,怎么能长期站稳脚跟,掐住铁路公路大干线,最后消灭蒙古军两个师六个团反动骑兵!拼掉这条老命也得想办法堵住。他想到这里,在泥水中蹒跚地跑着,很快到了决口跟前。这时候,一个手脚敏捷的女青年奋不顾身跳到前面,用背部堵住了哗哗淌水的大窟窿。她粗壮结实,两道浓眉,一双大眼,身穿草绿色蒙古袍,正是儿媳妇斯琴。紧跟着又冲过来的是“假小子”刘秀英。老技工为了保护几十亿斤饲草饲料,同时被这两个青年女民兵的勇敢行为所感动,也一下扑上去用身子堵住了口子。在他们的影响和带动下,很多军民都来用身子堵口,军装拖着泥,蒙古袍带着水,洪水暂时被挡住了,又有很多军民趁着这个机会加固加厚加高大坝。

老二察干巴拉在大坝顶上捋起袖子,拿起铁锨站着,高声大嚷喊话道:“老八连、修械厂、后勤处医院、根据地中心民兵队的同志们,前面是特大洪水,后面是草料基地,生死存亡的大搏斗已经开始,考验我们的时候到了,一箭易折,众箭难摧,团结起来一起干。就是冲脱一层皮,累掉十斤肉也要堵住,坚决堵住!”

“军民团结一条心,发扬英勇顽强的革命精神,和洪水斗争到底,使劲添土加石!”特木尔喊话。

老三呼和巴拉的蓝色蒙古袍被柳条刺儿从领口撕到腰带,他一边用背部挡住大坝上的窟窿一边大声喊话:“塞柳条捆,填装土的草袋,再压石头,快,快!”

在这紧要关头,琪琪格旗长也赶来了。她显得很虚弱,在闪电光的衬托下脸色苍白,倾盆大雨中艰难地往前走,脚步摇晃着到了决口跟前。

“嗯,旗长身体平常不错呀,动锹抡镐的,这回咋啦?是不是去年负的伤犯了?”“巴拉根仓”老汉关心地问道。

老三呼和巴拉在咆哮的暴风雨中,初次看见了养父,大吃了一惊,急忙说道:“怎么,你老人家也来了?”

“我怎么不能来?”这个老技工在齐腰深的泥水里站着,全不在意,放开了嗓门大声问道:“儿子啊,你知道不?琪琪格旗长咋啦?”

呼和巴拉轻轻叹了口气,说:“这些天,琪琪格同志和负责气象的人昼夜值班,观察天气变化,这回又抢险,累坏了。”

天傍黑了,琪琪格拿铁锹往决口上填着土,一面征求军民的意见,说:“决口基本上是挡住了,洪水还在继续涨,大家看这形势怎么对付才好?”

青年民兵楚鲁在水里站着吆喝道:“这不是说假话空话大话,洪水涨一尺,大坝垒二尺。不怕它,接着干!”

“对,干!”

“干,加土添石!”

这个旗长沉默地观察着整个形势,过了好大一会儿,说:“这水是挡不住的,堵上缺口以后,现在只是缓和了一下,不行。”

指挥员的话影响很大,不少民兵都发了慌,连从来以大胆沉着著称的老三呼和巴拉也震动了一下,两道剑眉竖起来,考虑着这严重的情况。

琪琪格接着很冷静地向军民们喊话道:“老八连、修械厂、后勤处医院、民兵队的战友们,为了保住几十万军马和牲畜赖以生存发展的饲草饲料,我们一定要继续加固大坝。但是,战术上要灵活一些,硬拦是不行的,我们要导流,在东头打开一个口子,把大水通过主干渠排泄到达赖河里面。套烈马要套住半个耳朵,抓公驼要抓住整个鼻环,我们用拦洪泄洪相结合的办法——”

“啊呀,那要冲坏草料基地的一个角落,损失不小呀!”老二察干巴拉连声叫苦。

“不行啊!”愣小伙子楚鲁也不同意。

“可能要冲坏一些,那也是有限的,用微小的牺牲换取更大的胜利是值得的。整个大坝加高加厚,一边开个活扣儿,能拦也能泄。再不能犹豫了,一定要果断。老八连、后勤处医院、根据地中心民兵队留在这里,请‘巴拉根仓’老技工带着修械厂的同志们,去大东边完成开活扣儿任务。”

在旗长琪琪格的正确指挥下,拦洪和泄洪相结合,有计划地排泄出去了大部分山洪,终于保住了饲草饲料基地。黄昏以后,洪水大势已去,服服帖帖地通过导流口和主干渠流进了达赖河。它再不能像八百里腾格里山中三种狼一样怪声嗥叫了,只是有气无力地衰鸣叹息,好像对自己的彻底失败很不甘心,代替它的是军民的欢笑声,在防洪大坝顶上荡漾。

察干巴拉在耀眼夺目的闪电光下,看到水势逐渐减弱了,便大咧咧地说:“嫂子啊,套烈马要套住半个耳朵,抓公驼要抓住整个鼻环,这句话很有道理,一边拦洪一边泄洪的办法太对了,保住了饲草饲料基地。我哥在封锁线上听到这个消息,一定很高兴,一定会夸奖你,表扬你,感谢你,嘿嘿!”

天空又变黑了，比黑山羊毛还黑，振耳欲聋的大雷响过以后，琪琪格也高兴地说："对我们军民团结牧场草料基地严重威胁消除了，好啦，留下值班人员看守，别人都回去换衣服、烤炉子、喝奶茶，明天派一个巡逻队进腾格里山，检查冬春营地和夏秋营地。"

在疯狂呼啸的暴风雨中，从带棚木轮车、帐篷和蒙古包群方向传来了一阵几乎觉察不到的轻微的哗啦哗啦声，是有人涉水过来了。几道交叉的手电光射向那里，认出是侦察连连长完达尔夫，草绿色军装和翻毛马靴全是烂泥，看样子是滑倒过几次。到了跟前低声交谈了几句，领着琪琪格、特木尔、呼和巴拉、察干巴拉四人，一起消失在黑暗中。

"啥事？"察干巴拉莫名其妙地问道。

完达尔夫不吱声，把他们领着到了王陵附近的柳条丛中隐蔽起来。过了十多分钟，他指着从洼地里钻出来鬼鬼祟祟往回走的黑影，向这个老二问道："你看这是谁？"

"'黑麻子'！"察干巴拉大为吃惊，几乎是不相信自己的眼睛了，仔细地观察着，"他一直说自己闹病，在这样暴风雨的晚上来王陵干个屌？要挖坟盗墓？"

"别吱声，一会儿你就会明白！"

大约又过了十多分钟，一颗淡绿色的信号弹从刚才那个地方射出来，闪烁着邪恶的光彩，穿过旋涡一样翻滚的暴风雨，钻进墨黑的云层，转了很大弧形掉下去了。

民兵队长特木尔在黑暗中冷笑了一声，分析判断道："选择这样的天气放定时信号弹，真是没有办法的事，王府市内外城及其周围据点上的蒙古军也看不见呀，看来'黑麻子'这个特务就像饥饿的狼白天钻进畜群一样，受不了拼命啦，这有三种可能：第一种是报告某种情报；第二种是从蒙古军那边过来人；第三种是'黑麻子'打算要逃跑过去。不管怎么样，他算彻底暴露啦！"

察干巴拉这个天不怕地不怕的彪形大汉，这回亲自看见了"黑麻子"的罪恶活动，心里十分悔恨，咬牙切齿地说："让我去抓住这个坏家伙！"

"放长线钓大鱼嘛。"琪琪格虽然知道核心秘密，板着脸只说了这一句。

到了下半夜，狂风暴雨才刹住了威风，变成牛毛细雨，黑云从北面揭盖啦。

"黑麻子"的当前行动用狗急跳墙来形容是比较准确的。这个特务杀手有一种自己都说不清楚的预感，总觉得他很快就要完了。各种迹象表明：他回不去蒙古军两个师六个大团设防的王府市内外城，军部没有批准。这次打信号弹就是要求派人来商量。能不能来人？来了人会不会答应他回去？都是未知数。气数已尽，大难就要临头。在共军独立骑兵团根据地中心伊和浩特又活动不开，稍微不慎就可能全盘暴露。伪装积极骗取信任，那是痴心妄想，没有一点用处。唯一的最现实最可靠最安全的办法是和"活寡妇"高娃太太一起，抢马起枪往外跑，趁这里军民没有防备一下冲出去。等他们反应过来已经跑远了，快要接近王府市外城。要是得到蒙古军轻重火力的支援和掩护，更是万事大吉了。只要平安到达那里就好，虽然是没有命令擅自撤退，军部和联合谍报队不可能处罚他，因为他救出了高娃，那是金枝玉叶呀，是莫尔根军长的妹妹，哲别参谋长的太太，只有功没有过更没有罪。这样，"黑麻子"利用对面不见人的暴风雨天气，偷偷钻进了高娃的那座孤独的蒙古包，脱掉水淋淋的衣服，光着身子一丝不挂掀开被子躺在这个王爷小姐的身旁。高娃不用问话，从熟悉的动作和气味上就知道来人是谁，呸地一声往他大黑麻子脸上吐了口水。

"黑麻子"不管这些，继续动作。

高娃左右开弓叭叭扇了两个耳光，怒气冲冲地坐直了身子，还用棉被盖上下身，双手捂住。

“黑麻子”哑然失笑，他知道高娃对自己窝着一把火，气得咬牙切齿，恨他不早不晚偏在这倒血霉的时候下了种子，不敢打胎又不敢生下来。但是又离不开他，需要和他商量，特别是在怀孕情况下，除了他以外再没有第三个人研究此事了。想到这里他颇为得意。”

高娃伸出手左右开弓叭叭又扇了两个耳光，接着又使大劲连抓带搔。“黑麻子”的毛茸茸的胸脯、胳膊、大腿上，伤痕累累，鲜血淋淋。这还不解恨，泼妇吵架式地破口大骂着：“黑麻子、烂麻子、脏麻子、臭麻子、破麻子、贱麻子，你为了自己痛快，不管人家遭罪，吃药掉胎流产大人小孩都死了怎么办？何况那是你的种，以后你还要靠他传宗接代，这样不敢打胎又不敢生下来，进退两难，日子一天比一天近了，这怎么办？”

“黑麻子”又淫笑了两声，把声音放得更低，变成了窃窃私语：“夫人，我这次来并不仅仅是为了亲近你，主要是为了你我两个人的避难，坐以待毙不如死里逃生。自古道：兵置于死地而后生，嘿嘿，这未必不是保命救生之路。当然，在千军万马的严密包围之中杀出一条血路，这有风险，而且是很大的风险，但是怕风险不行，顶着上！”

高娃闻言半信半疑，又惊又喜，但还是眼睛发亮浑身也来了劲，舔舔干燥的嘴唇笑道：“这回诚心实意过来和我商量保命救生办法，像个男子汉大丈夫，敢作敢为，有始有终，负责到底。就凭这个，姑奶奶可以伺候你，反正和你睡了不止一次，还怀上了孽种。”

“黑麻子”虽然是个嗜血成性的职业特务杀手，现在开始对自己的儿女产生感情了，更低声地说：“十字诀言：投奔蒙古军，逃进王府市。”

高娃听了这话大吃一惊，停止了动作，有点张嘴结舌的样子，结巴着问道：“你，你，要投奔蒙古军，逃进王府市，你，你，是不是套弄我？”

“黑麻子”厉声骂道：“亏你是个王爷小姐、参谋长太太、大学生，没有一点冒险精神，逆来顺受，挨斗受批，一辈子也成不了气候，外界传诵的所谓白马红装巾帼英雄，徒有虚名罢了。此事说难也难，说容易就容易，在一个风高月黑之夜，我带枪偷马，出其不意，攻其不备，和你突然跑出去。王府市外城东门或北门，也就不过三十里，快马加鞭，一个冲刺转眼之间就到了，那时候你敢不敢跑？”

高娃还是疑惑不定，惊问：“你为什么要投奔蒙古军，逃进王府市？”

“黑麻子”知道高娃并没有看出他特务杀手身份，更加得意洋洋起来，继续编造谎话：“我为什么投奔蒙古军，逃进王府市？就是因为你，弄大了肚子，在共军独立骑兵团根据地混不下去了。再就是为了我的种，不叫他在这里受欺负，成了高娃夫人生下来的反动崽子，千人打万人骂，嘿嘿！”

“活寡妇”还是半信半疑，沉默不语……

第七十八回　天山深处援军藏龙卧虎　海河岸边寡妇生儿育女

几天以后开始秋收了。琪琪格旗长来到根据地中心伊和浩特民兵队部，愉快地说："我们军民团结牧场战胜了百年不遇的特大洪水，基本上没受什么损失，敌占区就不同了，据哈尔巴拉团长来电话说：王府市外城房倒屋塌，郊区防御工事、坑道、碉堡、交通壕存水。铁路公路大干线长期被切断，蒙古军两个师六个团人马本来就缺吃少喝，这回更困难了，在他们控制的伊和塔拉草原西部疯狂地抢劫牲畜、粮食、饲草，无恶不作。这真像鲁迅先生说的那样：一边是庄严的工作，一边是荒淫无耻呀！"

老三呼和巴拉问道："嫂子，我们民兵队下一阶段搞秋收，还有没有别的任务？"

琪琪格正了正金丝眼镜，微笑着说："现在我把任务明确告诉你们，一部分民兵搞秋收，一部分民兵去修坝。我们前两天修的其实不算坝，只能叫临时简易防洪堤，这回要加固修成永久性蓄水坝，要修得结结实实的，万年牢。我们军民团结牧场经过一年的建设，基本上达到了引进河里水、挖出地下水的要求，可以说是双保险。现在呢，遭遇到洪水的突然袭击，这本来是坏事，但是也变成了好事，使我们摸清了水路。应该借这个机会蓄起天上水，来个三保险。"

特木尔表示支持，说道："好呀，引进河里水，挖出地下水，蓄起天上水，办法越想越多，路子越走越宽，我们伊和塔拉根据地简直变成了铜墙铁壁！"

有的民兵说："这回真正改变了伊和塔拉草原军事地位重要、经济基础薄弱的情况啦。"

有的民兵还说："旗长说得对，要很好地去修坝，百年大计，质量第一。现在蓄的水不少呢，远远看像个大水泡子。根据往年情况，八百里腾格里大山总是下来很多水，越蓄越多，就不愁灌溉军民团结牧场的草料基地了。"

琪琪格领着民兵队拿起镰刀、铁锨、镐头往昨天防洪地点走去。到了近处看见很多陌生的军人在那里劳动，笑语喧哗，歌声起伏。一个连长模样的干部，口音很侉，说不上他是什么地方的蒙古人，大声告诉注意事项："这是我们兄弟部队独立骑兵团的老八连前几天修的，要加固成永久性的蓄水大坝。现在是不够宽厚，这边再加一道和它连起来，把泥浆全掏出去，沙子、烂草、树枝更不留，防止修成以后下沉裂缝。"

伊和浩特的民兵们诧异地纷纷议论着："这不是老八连呀，封锁线上团直属队和七个连队派代表来啦？"

特木尔到跟前就明白了，这些陌生的干部和战士没有一个是独立骑兵团的，全是别的盟旗的蒙古人，说着科尔沁、喀喇沁、蒙古镇一带侉调，比如说人不叫"坤"而叫"昏"，饭不叫"浩勒"而叫"巴达"，真是有趣。

"明白了没有？"琪琪格旗长悄悄对特木尔说道，"我为什么没叫'黑麻子'来，就是为了保密，这可是头等大事，绝对保密。他们是趁着七天七夜的特大暴风雨的掩护，神不知鬼不觉地进了自然岩洞，兵不厌诈嘛，冬春营地和夏秋营地放满了军马，整编一个师人呢，四个团！”

“好呀，我们四四编制的五个团，对着蒙古军三三编制的六个团，占压倒优势，快了！”

“注意保密，绝对保密，严密监视‘黑麻子’、‘活寡妇’、‘小白脸’大喇嘛的一举一动，防备他们偷偷把情报送出去！”

不仅仅是修坝工地，整个方圆几十里地的饲草饲料基地内，到处是穿草绿色军装的陌生的军人，还传过来异乡风味的短调民歌声音。

高娃太太也在这里被管制劳动，心里一惊，脸色大变，差点吓瘫了。她和“黑麻子”勾搭成奸怀了孕，又没敢吃他送来的打胎药，想好了突围逃跑办法，也没敢轻举妄动，产期眼看要到了。经常检查身形，缠得很紧的好几道绑腿起了大作用，肚皮一点都没有鼓出来。原来她想如果遇到白天，悄悄在生长茂密的草料基地内分娩，埋葬到王陵附近柳条丛中，完事大吉。现在可不中了，这一带来了这么多南腔北调的军人，找不到合适的地方呀，这如何是好，她想到这些，失魂落魄地往察干巴拉家的两座蒙古包走去，打算装病请假回去待十天半月把孩子生下来。到了那里又一惊，听见这个支部书记正和侦察连长在院内说话。

完达尔夫正用手指甲试了试刀刃，把穿绳的小块磨石挂在皮带上，然后用毛巾擦了擦手，对察干巴拉说：“这回怎么样？军民团结牧场是起了大作用啦，不用说军马膘情，就说你们伊和浩特吧，从去年冬天很多畜群转移到冬春营地，接着全部畜群转移到夏秋营地，因为抓了底膘和油膘打下了基础，出现了十四个无损失群，三个百母超百仔群，七个保育率超过百分之九十五群，牲畜总增百分之十九点一，纯增百分之三点九。民兵队同志们说得好：墨汁好了字迹美，草场好了牛羊肥，还有什么可说的，二兄弟，走吧，你是打饲草，还是割饲料？”

娜布琪也快要生孩子了，正挺着大肚皮在那座颇为雅致的小型蒙古包内偷听外面谈话，她既不参加军民团结牧场建设，也不去开会，满脑子旧思想，还是老样子，现在一下推开门走出来，冷笑道：“我说老八连连长啊，你官再大也是当兵的，察干巴拉官再小也是地方上的，你管你的战士，他管他的牧民，不就是了，老是那样训斥他，无情无义，这是什么事？”

“别放屁，滚一边去！”察干巴拉无处撒气，对老婆大喝了一声，满脸连鬓大胡子根根挺立。

“什么？”娜布琪受到了丈夫抢白，也气坏了，白胖的圆脸涨得通红，上面擦的厚粉一个劲儿往下掉渣，她觉得很委屈。

完达尔夫摆了摆手，制止了正要继续发作的老二，说：“吵架有什么用，重要的是经常说服教育，这些事以后再说，走吧！”

察干巴拉也拿起了磨得飞快的钐刀，准备到饲草饲料基地，叹了口气说：“唉，人跌跟斗变小心，马打前失成谨慎，这回我算服啦，根据地中心真正有了模样，这才是军民一条心，牛粪变成金啊！”

娜布琪倚靠着小型蒙古包的门站着发愣了，痴呆呆地看着丈夫，不知道他是怎么变了，变得这样快，这样突然，竟和见面就顶牛的侦察连长完达尔夫能说到一块儿了。

在院外偷听了很久的高娃太太从柳条笆空隙用嘶哑干涩且多少有点发抖的嗓子叫道：“察干巴拉支部书记在家吗？”

这个老二听着声音就知道来人是谁，没好气地哼了一声，什么也没有说。

高娃太太来到他们跟前，本来就很漂亮白俊的脸变黑瘦了，迟疑了几分钟，才吞吞吐吐地说："支、支部书记，我，我来请假，参加不了收割。"

"为什么？"察干巴拉板起了脸质问。

王爷小姐看见从来就好说话的察干巴拉都变成这样，知道情况不妙，不知所措，结巴着回答道："这，这些天，闹病！"

"啥病？"察干巴拉尖锐地盯着这个忸怩作态的蒙古军参谋长兼第二师长哲别的小老婆。

"这，这……"高娃吭哧了一阵子，把早就准备好的鬼话说出来，皱着眉毛哼哼唧唧道："支部书记，老八连连长，我这病不好说出口，腰酸腿痛，头脑发晕，月经不调，是妇女病。"

娜布琪插话了，气愤地说："偷着咬人的狗不啮牙，暗中使坏的人装笑脸，你别在这里撒谎撩屁，要是真有病，你先找大夫开诊断书和病假条子来，我们不难为你。"

察干巴拉说道："对呀，就是这话，你回去到老八连卫生员那里，拿诊断书和病假条子来，马上批准你回去休息，要不然，慌编得再圆全也不行。"

高娃灰溜溜地站了一会儿，看到没有希望，悻悻而去。

娜布琪从她背后呸了一声，厌恶地骂道："说的话比鲜花味还香，办的事比鼬鼠屁还臭，不要脸的骚货，和'黑麻子'勾搭成奸，还算人吗？破烂东西！"

察干巴拉笑道："你呀，把披着羊皮的野狼看成家狗，还是很糊涂呀，哈哈！"

"这话怎么讲？"

"你呀，没有从政治上考虑，光是看到她生活作风了，这才是捡了柳条刮的绒毛，丢了牧场上的羊群，因小失大，这不是糊涂是什么？"察干巴拉批评着拿起镰刀和完达尔夫一起走了。

规模庞大的军民团结牧场的饲草饲料基地，正式开始收割了。侦察连、修械厂、医院、伊和浩特的民兵队差不多全部出动，分成两大部分劳动，拿钐刀的打饲草，带镰刀的割饲料。以前这里的自然覆盖被破坏，沙化退化严重，几乎没有草可打，不得不到几百里以外的兄弟旗去协商买草，加上运费特别昂贵。这样，大小牲畜只好远征游牧度过灾荒。很多的牧民形容说："伊和塔拉牧场不长草，遇灾就得往外跑，牲畜腿长能走千里路，牲畜嘴大能吃百家草。"由于饲草饲料少，畜牧业抗灾能力很差，遇到风雪和干旱，就发生很大损失。现在，军民瞭望着铁丝网里面一眼看不到边的饲草和饲料，高兴得欢歌笑语。有的喊道："瞅啊，我们根据地中心变样了，饲草饲料长得高，就像波浪起伏，真的成了绿色的海洋啊，越瞅越招人喜欢，哈哈！"

打草的部分人进到铁丝网里占了趟子，开始干了。侦察连连长完达尔夫在头里，敞开草绿色军装上衣领口，抡起了钐刀，长有三尺多高的青草刷刷倒下去。他大声喊话："伊和塔拉大草原军事地位重要、经济基础薄弱的旧面貌彻底改变啦，干哪！"

"山变水变基地变，千变万变靠军民，军民团结一条心，消灭莫尔根王爷的蒙古军！"民兵队长特木尔也在呐喊助威。

吉达"孛"一边干活一边嬉皮笑脸地出洋相，他是挨批评习惯了的，用他自己的话来说，被训斥一顿就像煮得不十分熟的手把肉一样，虽然嚼着硬，使点劲就咽下去了，顶多胀肚放屁拉稀屎，没什么了不起。他本来是不会打草的，但是又不说，还是拿定出勤不出力的老主意，往手掌心里吐了口水，握紧钐刀杆子装出要大干的样子，实际上是很不负责任地胡乱打起来。

琪琪格旗长怀孕不能劳动，正在来回走着检查。走到吉达跟前指着刚才打的几刀草，吆喝了一声："你这是干什么，刀尖有时往上飞，有时往地下插，高高低低，长长短短，打得散了满地，有的还站着打更，怎么打的？啊？"

"我？嘻嘻！"吉达油腔滑调地笑道："开头手生点，越打越好，越打越熟，受到表扬，选成先进生产者，劳动模范！"

"别耍嘴片子磨舌头了，跟车装草去！"琪琪格打发这个"孛"走了。她紧接着又发现，光是调换一个吉达并没有完全解决问题，还有很多军人和民兵因为第一次打草，都很不顺手，不是偏高就是留下夹心草，有的把钐刀尖打到地里，磕到石头上折成两半。她把这些人召集到一起，做示范动作，传要领知识，很快使他们初步掌握了打草法。

琪琪格对这些事是很耐心的，又走到楚鲁跟前继续教起来，一边说道："石头，你才学会了一半，打草是一整套的，左右开弓两面打还要学会捆草，饲草还能散装吗？"

"唉，唉。"楚鲁难为情地笑着。

琪琪格还是不太放心，拿着喇叭筒广播道："当前秋收生产有五项具体措施：割好、打好、拉好、贮好、保护好。工时也要抓紧，早晨五点半出工，中午十二点回去，吃饭不歇晌，下午七点收工。不掉一棵饲草，不丢一粒饲料，寸草归垛，颗粒入仓。收割技术上要互相帮助，互相学习，严格要求，质量第一，不管打饲草还是割饲料，都要紧贴地皮，茬子最高不要超过一指。收工回去不空手，每人要背一捆往垛上堆，赶牛马骆驼车的人更得抓紧，要多装多拉，快装快拉！"

这时候从腾格里山鬼谷南口出来五六个骑兵，绕过汗庙和王陵往这边驰骋着，头前的人骑着一匹很雄壮的枣红马，到跟前首先跳下来，琪琪格认出这是新来的兄弟骑兵师政治部保卫科长，走过去笑道："欢迎你们！"

这个保卫科长和琪琪格来到一块空地，说道："旗长同志，我们骑兵师主力正在鬼谷、窟窿峰四季营地隐蔽待命，这两天出来的不到一个团。下一步的战斗任务需要我们派出来更多部队熟悉地形地物。另一方面这里饲草饲料基地规模庞大，长的庄稼不计其数，单靠老八连、修械厂、医院和民兵队，短期内很难完成，我们也出来参加秋收生产，同时准备在腾格里山四季营地很快再打出十口深井。"

琪琪格高兴地笑道："太好了，谢谢，谢谢！"

正说笑间，"铁姑娘"斯琴过来了，撇了撇小嘴，大声说："报告旗长，那边出事啦！"

"出了什么事？"

"'活寡妇'生孩子啦，这回证据确凿，她抵赖不掉，交代了不少事情。"

从兄弟骑兵师过来的同志们不知道底细，觉得寡妇生孩子是件稀奇古怪的事，都哈哈大笑起来。

琪琪格却不笑，严肃地问道："交代了些什么？"

斯琴说："多啦，什么'黑麻子'抓住她历史上问题，逼着她发生两性关系；什么以后发现怀了孕，又逼着她陷害完达尔夫，妄图策反老八连，阴谋又破了产；什么从蒙医大夫达尔罕那里拿来了打胎药，她怕死没敢吃……"

过了一会儿，刘秀英也来了，手里拿着记录材料，说道："看，这是口供，上面还有指纹。"

琪琪格接过材料仔细看着。

"假小子"继续介绍道："我们反复交代党的肃反政策：坦白从宽，抗拒从严，首恶必办，胁从不问。她这时才讲,很不要脸,把自己说成是受害者,一点责任都没有。"

琪琪格看完了审讯记录,马上回民兵队部和封锁线上的哈尔巴拉团长、刘青山副团长通了电话,根据团部指示,她对完达尔夫、特木尔、呼和巴拉等人说:"党委决定:进一步加强对'黑麻子'的监视;把高娃太太和初生婴儿秘密转移到后勤处医院。天黑以后,你们亲自到汗庙逮捕'小白脸'大喇嘛!"

常言道:好事不出门,恶事传千里,这话是千真万确的。自从"活寡妇"高娃太太生下孩子以后,主线牵扯副线,别的事全暴露出来了,她和"黑麻子"、"小白脸"大喇嘛的丑闻不胫而走,成了伊和塔拉根据地军民茶余饭后的笑谈资料。这些黄色小段、离奇古怪的淫秽故事,秘密传说着,引得他们哈哈大笑。特别是根据地中心伊和浩特的民兵,一直是参加跟踪、盯梢、监视等活动,后来随着形势和任务发展的需要,神不知鬼不觉地悄悄挖通了三条坑道,分别直达这三个家伙的蒙古包和住宅底下,他们的一举一动都看得清楚听得明白。对于性乱部分谁也感到难为情,不好意思说出来,保持沉默,不言不语。现在事情到了末尾,快要结束了,民兵们就无所顾忌,赤裸裸地报告兼任着旗委书记的当地最高领导哈尔巴拉团长,使他掌握这方面全部的情况。

哈尔巴拉对此很生气,用大拳头砸着桌面对琪琪格旗长说道:"'小白脸'大喇嘛是安插在宗教界的军统特务,也是联合谍报队的耳目,所以莫尔根对他重视,一直是受到保护。所以这个'小白脸'大喇嘛什么坏事都干,最坏的是搞女人。"

琪琪格旗长不想听这些不堪入耳的脏话,摇手制止道:"别说了,别往下说了,我以前就知道'黑麻子'和高娃勾搭通奸,没有想到还有塔尔根寡妇的事,牧改后还想表扬她是开明牧主呢!"

"嘿嘿,挖坑道钻到他们蒙古包和住宅底下监听监视的民兵们,在晚上都臊得脸红耳赤心跳,谁敢对你这位女旗长说这些下流低贱的丑恶故事,在这方面你的消息不灵通,闭塞的很,不明白的事多啦。"

第七十九回　书写反动传单喇嘛落网　收藏丑恶照片僧人出丑

完达尔夫连长走头里。他本来是个很幽默的人，一路上讲着关于“小白脸”大喇嘛的丑事，引起一片哄笑。到了汗庙庞大而冷落的庭院，这个王府牧马人出身的干部，假装出散步的样子，慢慢地走到达尔罕的颇为讲究的里宅，其余四五个军人和民兵，都分散在各个阴暗的旮旯里，隐藏起来了。

黑油漆小角门吱呀一响，整天躲在这栋青砖瓦顶三间小房里养尊处优深居简出的达尔罕发现了，扯开玻璃窗上黄绸帘子往外观察着，嘶哑着嗓门很威风地喝问：“谁？谁呀？”

“哈哈，是我，老八连的完达尔夫，路过这里顺便来看看你！”这个侦察连连长说着迅速敏捷地走进来，驳壳枪、军刀、手榴弹、带钉的长筒马靴，发出一片铁器磕碰的铿锵声。

达尔罕是见过世面的人，经历过很多惊险事件，现在他虽然知道完达尔夫来者不善，却临危不惧，若无其事地说说笑笑，摘下缀着玛瑙圆顶红缎瓜皮小帽，架子十足地擦了擦发亮的光脑袋。他在最近几个月是更不好过的，解放战争的胜利形势把他冲击得蒙头转向；近在眼前的莫尔根、莽斯、哲别为首的蒙古军军部和一、二师六个团人龟缩王府市不敢出来；“黑麻子”和高娃、富婆等人的丑闻将要暴露；下层喇嘛茂都出走修械厂，并且恢复了健康；军民团结牧场完全成功；等等，这一切都使他很惊慌，有点风吹草动就害怕起来，总觉得这种预感不太妙，早晚要出事。这回为了掩饰自己心中的不安，又端起了架子，给完达尔夫递过来玛瑙鼻烟壶，不亢不卑地说道：“稀客，稀客，老八连连长虎驾光临。听说你们一边掐住铁路公路大干线，一边搞根据地中心牧场建设，忙得很，怎么有工夫到寒寺敝宅来了？山门有幸，山门有幸！”

完达尔夫仇视这种笑里藏刀的阴险样子，心中很恼火，要不是为了逮捕这个一直是披宗教外衣搞破坏活动的上层喇嘛，他才不进这坟墓一样阴森的鬼住宅呢。于是他也虚晃了一枪，笑道：“最近在草料基地搞秋收，劳累了一点，今天又到腾格里山鬼谷南口割了柳条子，准备修理军马棚圈，干了半天更累了。趁着晚上有月亮，连队上派胶轮大车拉回去。我何必来回白跑腿，就在这里等着。吃的东西自己带着呢，炒米、奶豆腐、黄油、白糖，不麻烦你老人家，哈哈！”

“那里，那里，寒寺敝宅虽然清贫，还能管得起几顿饭的。不过，炒米、奶豆腐加白糖、黄油，在我们伊和塔拉根据地来讲，还算上等方便快餐哩，嘿嘿，当官的享用！”达尔罕大喇嘛说着仔细地观察完达尔夫。他和“黑麻子”很早以前商量过：这个侦察连长并不得志，可以拉拢，能策反出去。军政大权全被哈尔巴拉家族及其亲朋好友夺走了，完达尔夫说话不占地方，老是看上面脸色办事。将近四十的人，找不到年轻美貌的妻子，没有办法找了个赶毛驴车的韩寡妇，粗夯拙劣。他去不了前方封锁线，一直是在后方根据地中心干重活儿，不可能没怨气，可以想方设法拉拢过来。现在自己送上门，跟前又没有别人，正好是个机会呀，不能白白放过。于是，他试探着说："唉，老八连连长啊，你的脸色可不太好啊，又黑又瘦，眼睛又熬红了，是身体不好？还是有什么难过的事？像你这样立过汗马功劳的人，不应该埋没呀，才当上了连长，连个大姑娘都没娶上，多么不公平合理，又派到这里当苦力干重活，真是有点说不出去。所谓飞鸟尽，良弓藏；狡兔死，走……"

完达尔夫从这留半截子的话里，全部明白了，心底燃起了一股怒火，很不容易压抑住了，叹了一口气，假装出发愁的样子说："不用说别的，现在叫我牵肠挂肚的是：老八连的不少军马不长膘，喂得再好也不顶，草料饮水都不错，就是不见肥胖，部队和地方上的好多兽医都看过，吃了很多药，打了很多针，总不见强壮。唉，这几个月来，封锁线和军民团结牧场战斗生产忙，又要照顾这些军马，一直是吃不香睡不安，唉，无言战友呀，用蒙药治疗试验一下，怎么样？"

"小白脸"大喇嘛紧张地眨三角眼睛，又进一步打量完达尔夫，两道眉毛拧在一起了，显然是打着什么鬼主意，说道："哦，是的，你们老八连的军马都是好马，特别是你那匹芦花青马，两年前在全旗那达慕大会上得过头等奖的，赛过了莫尔根军长的大白马，哲别参谋长的黄膘马，从此名声大噪。观者赞叹曰：四蹄雪白，额门上有月牙形白印，有福气的马，贵重的马，俗称'雪里站'者是也。夫，世先有伯乐然后才有千里马，固千里马难得，而伯乐则更为难能可贵矣！你说得对，应该用蒙药，用好蒙药！"他装腔作势地说到这里，放低了声音像蚊子一样哼哼起来："老八连连长啊，光是用好蒙药不成，还得祭祀，让佛爷保佑，更重要的是，将来军马战死了，敖包山这边正是旺穴，埋葬到青松底下恰到好处，只是现在就得……"

"现在要干什么？说话总是留半截，这可不好！"完达尔夫说。

"小白脸"大喇嘛是青年，装老成稳重学识渊博的样子也不中，总是露出毛躁轻浮劲儿，又仔细地观察着完达尔夫，摇头道："唉，老八连连长，你是共产党员吧，这话就有点不好讲呢。"

"没关系，说吧！"

"敖包山这边正是旺穴，埋葬在青松底下恰到好处，好风水，向阳宝地，你应该占有它。只是龙脉不通，必须供佛念经。这些年你为什么不发迹？老是当不了大官，娶不上好老婆？和这不无关系。对此施舍越多越好，将来升官发财，转到地方喜结良缘，养儿育女。当什么兵呢，好铁不打铁，好男不当兵，嘿嘿！"

"供佛念经，施舍钱财，那个龙脉就通了？"完达尔夫忍住气问道。

"对，对，说得对，就是那么回事，能，能，太能通了，佛法无边嘛。"

"龙脉通了还有哪些好处？"

这"小白脸"大喇嘛警惕了，觉得这个侦察连长是和他施计策，是套话骗他说出什么来，心里猛烈地跳动了一下，又继续打量着完达尔夫。发现对方晒黑的脸上，全是疲倦和虔诚的表情，可以说是劳累过度心力交瘁，连那把弯弯的军刀都倚在炕角，看不出别的样子来。这时候他责备自己有时太胆小，过于谨慎，老是怕这怕那，成不了气候，将来莫尔根、莽斯、哲别、扎萨嘎等人带着蒙古军一、二师六个团人马打过来，拿什么邀功请赏？他想到这里壮了壮胆说道："自古以来，武将始终没有善终者，飞鸟尽良弓藏，敌国破谋臣亡，也就是这个道理。你骑着这匹芦花青马冲锋陷阵，出生入死，干了多年，并没有升大官发大财呀，很难说以后怎么样，你就得多长几个心眼，自己想办法安排后事了，阳间的事要办，阴间的事更得要办。人之初，性本善，性相近，习相远，越往后越不中了，你骑着芦花青马横冲直闯，践踏尸骨，杀人不计其数，有罪呀。你骑它多年，为你流尽血汗，哑巴吃黄连，有苦说不出，也有罪呀。人的罪要赎，马的罪也要赎，赎了罪，马才能在阴间六轮转回的时候托生为人，人死了以后也不受马的牵连。占据这块向阳宝地，供佛念经，虔诚祭祀，龙脉通了，土地佬转奏阎王，从生死簿子上把你和芦花青马的罪一笔勾销。关圣帝君旁边对联写得好，就是这个意思，这里面大有讲究哩，正是：

赤面秉赤心，骑赤兔追风，驰骋时无忘赤帝；

青灯观青史，仗青龙偃月，隐微处不愧青天。”

完达尔夫听着这个反动上层喇嘛煽阴风点鬼火，恨不得抽出军刀来将他劈成两段，但是他又忍住了性子，装出大咧咧的样子说：“唉，从小放马，以后当兵，都在荒草野甸上蹓跶，不懂得庙里的规矩。既然有这样许许多多的好处，那么你就念经吧！”

“老八连连长啊！”这“小白脸”大喇嘛阴险狡猾，假装出极为庄重的样子，连忙摆手道：“阴间办事和阳间是一样的，也得讲究规章制度，大地方的医院要什么挂号费啦，门诊费啦，住院费啦，药费啦，阎王殿就不要么？要的。”

“这个，小菜一碟，你就不用提，部队上发的津贴费没处花，积攒多啦，呱呱叫的钞票。”完达尔夫说着从草绿色军装上衣口袋里，掏出一沓内蒙古解放区流通币往桌上一放。

达尔罕看着那厚厚一沓子钱装出毫不动心的样子，更进一步索取说：“呃，呃，还要十斤黄油、十斤奶豆腐、十斤炒米、十斤奶皮子，点佛灯，上大供，嘿嘿！”

完达尔夫想到了大喇嘛披蒙医大夫外衣，给牧民群众看病时，一方面吃香的喝辣的，一方面又敲诈钱财的事，气又不打从一处来，但是仍然装笑道：“这点奶食品好办，我们根据地中心的军民团结牧场成功啦，饲草饲料喜获丰收，墨汁好了字迹美，水草好了牛羊肥，鲜奶像达赖河一样流，肉垛像窟窿峰一样高，好说，改天就给你送来，怎么样？”

“小白脸”大喇嘛点点头赞成，端起架子干咳了两声清理嗓子，就把完达尔夫领到汗庙正殿佛堂里。供桌上的“长明灯”亮起来了，油钵映着火光起着一层层薄薄的云膜，呈现出灰色。黄罗幔帐里，莫尔根军长的最早的祖先成吉思汗，按着一把弯弯的军刀正襟危坐，旁边是大元王朝世祖忽必烈，还有那射箭名将哲别牵着两匹骏马。这些古老的青铜铸像上面，都挂着灰尘和蜘蛛网。于是，达尔罕盘腿坐在香案前的蒲团上，拿起铃铛和小拨浪鼓，摇头晃脑地念起《吉祥如意经》来。

就在这时候，随着又一阵铁器磕碰声，老三呼和巴拉领着几个民兵，像几股黑旋风一样冲进来了。后面还陆续进来几个很陌生的军人，一个个佩刀带枪，好不威风。

达尔罕冷不防吓了一大跳，连忙站起来。

这个老三的新仇旧恨一起并发，气得满脸连鬓大胡子根根挺立，睁圆了眼睛，大声喝道：“肏妈人家的小子，你这个老特务还在这里妖言惑众，到时候了，走吧！”

大喇嘛不知所措地站了一会儿，定了定神，又恢复了刚才那种道貌岸然的样子，很神气地说：“三兄弟，不要信口开河胡说八道了，这是在汗庙的正殿佛堂里，宗教自由嘛，有人请我念，我就给他念；你身为共产党员、民兵队副队长，破坏政策，大闹圣地，出口不逊，秽语伤人，岂有此理，我找你大哥二哥告状去，离这里都不远，骑马走几步就到，哼！”

完达尔夫憋不住笑，说道：“你这‘小白脸’大喇嘛在这里狡辩，宗教可以自由，反动宣传可是不允许的，你刚才说了些啥？”

达尔罕口吃起来了，结巴着说："你，你，你说，我刚才哪句话是反动宣传？"

"现在封锁线上根据地内战斗和生产任务很忙，不和你闲磨牙了。达尔罕，老实告诉你，我们没有真凭实据是不来动你的，看！这是什么？"呼和巴拉这个彪形大汉的眼睛里射出了威严的光芒，手里拿着一沓子纸张，是"活寡妇"高娃的口供记录。

大喇嘛身强力壮，视力敏锐，一眼就发现了上面写着他多年来向蒙古军联合谍报队告密等很多事情。他浑身剧烈地哆嗦了一下，但还是强自镇定地说："唉，那是旧社会，还没有解放，我觉悟低认识不足，没有看出来莫尔根、莽斯、哲别、扎萨嘎等人是反革命，唉！"

一个陌生的军人走进来，是刚刚趁着七天七夜暴风雨的掩护，秘密挺进到腾格里山的骑兵师政治部保卫科长，他也参加了这一行动，严肃地指着另一个军人手中的加拿大手枪，说："达尔罕，你被捕了，这就是你赠送给高娃女人的枪，怎么样，还有什么说的？"

大喇嘛的头上渗出了大粒汗珠，保养得很好的白胖的脸上青一块紫一块，快要支持不住瘫痪在地上。

"押过去，搜查他的住宅。"

这些军人和民兵押着"小白脸"大喇嘛到了那小院。保卫科长首先进屋打开手电，点燃黄铜蜡台上红烛，一片绿幽幽的光线向四边扩展开来。他根据高娃供词线索，从桌屉里拿出一大叠国民党钞票，还有达尔罕书写的反动诗词，冷笑道："哼，'眼泪流尽胡尘里，南望王师又一年'，你那个王师——蒙古军来不了啦，向隅哭泣吧！"

"不，不，这是随便抄录古人写的诗词。"

保卫科长不和这个反动上层喇嘛纠缠了，打开佛龛从三头六臂的铜佛屁眼里抽出几张纸来，上面密密麻麻写满了字，是反动传单的草稿，写道：

> 大清皇帝敕封护亲王陵寝汗庙葛根活佛安民告示：世道不幸，哀鸿遍地，生灵涂炭，山门萧条，香火冷落，佛像蒙尘，经卷生虫，善男信女，虽然多次劝诫，日趋疏远。尤为甚者，汗庙圣地，数载之内几遭兵灾战火。每念及此，五内俱焚矣。近日，达赖博克铎传下钧旨，命令僧侣众人从军投入莫王蒙古军麾下，复兴喇嘛教黄派。茫茫迷津，忽见慈灯，兹传尔等僧侣牧民诸人，悉听皆知：腾格里山地势险要，近似青藏雪山，自古为藏龙卧虎之地，大业成功，必在此祥屏。王师不日光复，望各界踊跃协助。苦海无边，回头是岸，共党军政人员，只要痛改前非，洗心革面，翻然悔过，立功赎罪，按钧旨行事，活佛普救众生六类，不咎既往之过，赏赐将来之功。抗命则身首异处，死无葬身之地，一失足成千古恨，再回首已百年身，悔之晚矣，擅自察之，善自为之，天机不可泄露，切记！

"这回还有什么可狡辩的吗？"完达尔夫笑着讽刺地问。

"小白脸"大喇嘛疯了，眼睛充血，声嘶力竭地叫嚷道："好呀，你们抓我这样一个形影孤单的喇嘛、手无缚鸡之力的高娃女人，当然是很容易的，可就是抓不住莫尔根军长、莽斯副军长、哲别参谋长、扎萨嘎队长，你们敢到王府市内外城去吗？那里有蒙古军一、二师六个团人马，有本事到那里去抓人，量你们空有那个贼心，却没有那个贼胆，哈哈！"

也是巧得很，就像反击这个反动上层喇嘛的挑衅一样，外面传来了军人和民兵一阵又一阵欢呼声，锣鼓喧天，鞭炮齐鸣，很多人同时齐声呐喊："捷报，捷报！"

“A 城解放啦!”

“C 镇解放啦!”

“蒙古军派来代表,谈判投降条件啦!”

“小白脸”大喇嘛发了很长时间呆,长叹了一口气,喃喃自语:“谋事在人,成事在天,这可能是气数到了,唉!”

正在这时候,抄家的民兵们从后面卧室的对箱和躺柜中,搜查出一大堆淫具和相片来,多得不计其数,是装大提包里拎着过来的。民兵们憋住笑厌恶地叠放在完达尔夫面前八仙桌上,一句话也不说。

老三呼和巴拉还没有看完,气得满脸连鬓大胡子根根挺立,怒吼了一声“不要脸”,扇了大喇嘛一个耳光,顺手要把这大堆淫具、淫秽相片塞进炉子里烧掉。保卫科长和侦察连长都急忙制止住了,劝道:“不要打人,也不要烧掉,留下确凿证据,揭露批判‘小白脸’大喇嘛政治反动、生活糜烂。”

第八十回　笑里藏刀王爷假装谈判　明察秋毫团长识破阴谋

国民党政权正在迅速走向四分五裂，盘踞在伊和塔拉大草原腹地王府市内外城的蒙古军头目们也跟着恐慌起来，于是焦头烂额地研究着对策和出路。莫尔根单独会见蒋介石的时候，A城C镇已经解放，B市局势也逐渐紧张。等莫尔根回王府市以后数日，人民解放军大兵团长驱直入，隔河与蒋介石嫡系东西线部队相持，远距离地对蒙古军迂回包围。莫尔根更着急了，便匆匆忙忙邀集所谓高级文武官员，在最秘密的情况下，商讨应付大局办法，连续研究了整整三天，会上形成的主要意见是原地坚持论。这是以蒙古军参谋长兼第二师师长哲别为首的一部分军官先提出来的。他们认为丢掉蒙古盟旗而谈高度自治，纯属空话，自欺欺人，逃跑是绝不会有什么好下场的，不应该考虑搬家，个人也不要打算走开，大家要同心协力，坚守王府市内外城防御工事和周围星罗棋布的据点。说这里没有粮食，缺草少料，铁路公路大干线早已断绝，很难维持如此众多的人马的生计，这是事实。没有嫡系部队，国民党不会空投，连蒋介石亲自批发的一万支步枪、一百万发子弹、十四万元银洋，至今联系不上空投飞机，这也是事实。但是我们不能悲观绝望，坐以待毙。事在人为，希望还是存在的，而且前程远大，光辉灿烂。仅举一例，老对手共军独立骑兵团投入了巨大的人力物力，受苦受累扒掉了一层皮，干了一年建成的军民团结牧场成功了，取得了史无前例的特大丰收，贮存几十亿斤粮草，人吃马喂三年也用不完，这不能不说是奇迹。军事本身就是冒险，兵置于死地而后生，我们必须这样决定：趁着哈尔巴拉、刘青山、琪琪格等人自我陶醉其乐融融的时候，蒙古军全部出动，以两个师六个团的优势兵力，攻击共军一个独立骑兵团。他们虽然是特别加强主力部队，也是招架不住的，就是不能全部歼灭，击溃逃窜远遁是不可避免。这样，军民团结牧场这块肥肉就掉在我们嘴里了，不早也不晚正好在秋收以后，以逸待劳，坐享其成，此乃天意也，圣主成吉思汗保佑，我们能够原地坚持下去。

蒙古军副军长兼第一师师长莽斯完全同意原地坚持论，举双手赞成，但是他补充、增加、完善了出国游说和向西扩展两条办法。他极力主张说，趁着共军大兵团来侵犯之前，莫尔根军长应该通过青海、西藏等地出国，周游世界各地游说宣传蒙古。当代世界美国势力最强大，科学技术最发达，他们坚定主张内外蒙古和布里亚特蒙古三部统一建国。据扎萨嘎说，美国很愿意帮助，还打算派遣直升飞机把军座接应出去，保证绝对安全。陆地走还是空中走？请军座三思，慎重考虑。留在这里的蒙古军一、二师六个团部队怎么办？东面的军事形势虽然已去，但是西北各省还是大有可为，国民党嫡系西线部队必能据以力守，长期抵抗。所以我们不能自己捆住手脚保守不前，在坚守王府市、占领共军新建牧场的同时，还要往西扩展地盘，直达人烟稠密的汉族聚居区，这样沙漠沼泽皆有、山岳草原衔接、城市郊区结合、农村牧区相联，便于开展阵地战、运动战、游击战。与此相反，王府市内外城乃弹丸之地，内无粮草，外无援军，就凭这点兵力万万不能打单纯的阵地防御战，况且骑兵是运动作战的兵种，软性防御节节抵抗，死打硬拼不合适。总而言之，要想方设法保存住蒙古军，与周游列国的莫尔根军长遥相呼应，有这两条一切都好办，别的不在话下，将来一定能复兴蒙古。

莫尔根这个蒙古军的最大的头目，在会上一直是长吁短叹唏嘘不止，不表态。到了最后终于黑着脸说话了，但是他老人家和平常完全不一个样，调子低沉，几乎叫人听不见，自言自语般喃喃讲道："刚才一、二师长发表的原地坚持高论，都是我们蒙古军人常说的战略战术方针，我当然也同意，并且甚感欣慰。但是这关系着六个团人马的生存和发展大计，不可等闲视之，兼听则明，偏听则暗，要从四面八方各个角度审察考核，不要错过一个微小的细节。就拿刚才讨论的出国游说来讲，我有不同看法，应该加以补充，这就是美利坚合众国固然强大，但是远远抵不住弱小的蒙古人民共和国，远水救不了近火嘛，所以我主张首先向蒙古求助。听我如此这般讲，诸位军官可能认为这是奇谈怪论，根本行不通。我接着说说向蒙古求助这条意见，此事早已有之，由来已久，客观存在，并非始于今日。远在四年前，日本投降，美津骑兵师团狼狈逃窜，苏蒙联军占领王府市。狡兔三窟，我就派出弟弟和蒙古国前线司令长官秘密谈判，提出内外蒙古合并之事。他们态度很暧昧，既不赞成也不反对，哼哼哈哈，拖延时日。最后又说事关重大，无可奉告，禀报乔巴山元帅再行定夺。不行就算了，我们也不能强求，但是他们办事很蹊跷，鬼鬼祟祟，把我的弟弟带走了，不让回来。留了一条尾巴，叫我们疑惑不定，百思不得其解。最近把我弟弟派回来，说此事不是没有希望，应该由掌握军政大权的莫尔根亲自前去，在极端保守秘密状态下商量长久大计，哈哈，蒙古依附苏俄，是共产党统治的国家，我能冒险前去吗？值得考虑。但是从另一方面想，我们同是蒙古民族，同是圣祖成吉思汗的子孙，骨肉相连，彼此之间岂能没有同胞兄弟之情，肯定能伸出手来扶一把，所以我打算在适当时机里去一趟。山穷水尽疑无路，柳暗花明又一村，也可能出现我们意想不到的有利局面。提起军民团结牧场如何夺取，乃是摆在我们面前的首要任务，拿到手中才能原地坚持，不能拖延，怎样占领它呢？应当充分利用当前的和谈来掩护。所谓和谈来自毛泽东提出的和平解放八项条件，实现了北平傅作义和绥远董其武的和平起义。附近的共军独立骑兵团也不闲着，不断向我们撒传单，战场喊话，叫我们起义和平解放，多么好听的话。兵不厌诈，我们不妨将计就计投其所好，前去谈判，探听虚实，摸清情况，然后审时度势，突然袭击，一下抢过来！"

莫尔根先走到电报房对机要员说："两件事：第一，告诉扎萨嘎，美国方面主张不妥，派直升飞机接我，我是被救出去了，在国外政治避难，周游世界宣传蒙古，但是这么多官兵怎么办？群狼无首，眼睁睁地看着被共军消灭，我不能这样干忘恩负义的缺德事。那么部队怎么办？我以前曾经这样想过，蒙古军两个师六个团人马在青藏一带喜马拉雅山中打游击，美国空投物资救济，现在看起来办不成，蒙古人蒙古马都适应不了那边空气，高山反应，都憋死了。第二，告诉在蒙古边境上活动的我们的使节，进一步深入了解蒙古的情况，摸清底细，到了万不得已的时候，我们部队退入蒙古避难、休息、整顿行不行？不看族面看祖面，我们都是圣祖成吉思汗的子孙呀！"

蒙古军的这三个最大头目，接着交头贴耳窃窃私语了很长时间，莫尔根的眼睛发亮了，仍然放低声音说道："好兆头，我们三个人不仅取得了又一次一致意见，还补充了很多细节，对，先放和谈烟幕，然后突然袭击，占领大块肥肉——军民团结牧场，和王府市连成一片，消灭或驱逐共军独立骑兵团,还要往西扩展,控制为数众多的汉族聚居区。我们有军队有政权有地盘有后勤保障,这就是实力。有实力便有一切,独霸八百里腾格里山和伊和塔拉大草原。蒙古青年同盟在美国朋友那里好说话,能够顺利争取外援。目前这一切的关键和中心环节是突然袭击,夺取军民团结牧场。你们看有绝对把握吗?就怕哈尔巴拉其人诡计多端,早有准备!"

"量哈尔巴拉小儿,摔跤手出身的莽汉,他懂得什么战略战术,扎不了刺!"哲别握着弯曲的军刀的象牙柄,表现出十足的傲慢样子。

从此以后,莫尔根、莽斯、哲别三人极力说服一部分正副团长们,秘密地策划了好些天,突然亮出了"和谈"牌子,准备派出莫尔根为首组成的代表团,并且向独立骑兵团提出条件,谈判地点必须在根据地中心伊和浩特,因为"全权代表"莫尔根要公私兼顾,祭扫祖坟,探望妹妹高娃。得到哈尔巴拉团长允许后,就在侦察连逮捕"小白脸"大喇嘛的第四天上午,这个蒙古军军长为首的一行十多人,灰溜溜地过来了。他们小心翼翼地行动着,边走边停,东张西望,好像小偷一样。莫尔根还是骑着那匹著名的大白马,歪坐在垫着很厚马褥的鞍子上。所不同的是这位身兼王爷、旗长、军长三大职务的首脑人物一言不发,说是伤风感冒嗓子疼,说话很不方便。随行人员虽然都是善于观察能说会道的联合谍报队特务杀手,但是没有看出来他是"替身",都被他有病坚持公务感动了,对他前拥后护,毕恭毕敬。这个冒充的假军长好像也知道粮草的重要,贪婪地看着在铁丝网围圈内堆积如山的饲草饲料垛,失口惊叫道:"嘿,这么多的饲草,这么多的饲料,好几十亿斤哪!"

"总是说共军独立骑兵团搬起石头砸自己的脚,自找苦头吃,军民团结牧场建不成,供不应求,粮草奇缺,站不住脚,就要溜之乎也。这都是国民党中央社的手法,自欺欺人,这回怎么样?"第二个骑灰马的是联合谍报队的小头目,垂头丧气地说。

"替身"这几年来受到反复多次训练,有了不少提高,假装莫尔根很像,也能讲出点歪理来,说道:"在这方面,我和莽斯、哲别诸位同仁是不负任何责任的,某些谍报人员造假情报,隐瞒事实真相,报喜不报忧,使我们分析差距大,判断有错误。不要说这些了,书归正传,我们多考虑目前的事。"

随行的联合谍报队的特务杀手们,平常不和莫尔根接触,看不出是"替身",但是他们熟悉莫尔根、莽斯、哲别那一套作风,功劳都是他们的,罪过都是别人的。想到这里,有的不满意地哼了一声,说道:"共军独立骑兵团根据地中心的民兵岗哨,摇旗发信号了!"

假莫尔根不吱声,端起架子拽紧了缰绳,高头大白马停住了脚步。他看到铁丝网那边规模庞大的草料基地内,只有一些穿各色蒙古袍的民兵来回走动,看不到一个穿草绿色军装的共军独立骑兵团官兵,不觉喜形于色,暗暗咬了咬牙,冷笑了一声。

"笑什么?打着白旗到共军这里谈判投降条件,还笑得起来?"

伪装的莫尔根又端起架子大喝了一声:"放肆,住口,你屌也不懂,军事知识等于零。"

随行的联合谍报队的特务杀手们,看着军长神秘诡诈深入虎穴狼窝的样子,始终是糊涂着,搞不清这个独揽军政权力的最大头目为什么冒这样大的风险,不顾个人安危,要搞啥勾当。

"替身"领着这帮大小特务,走到摇旗发信号的民兵跟前了。对方穿着天蓝色蒙古袍,扎大红腰带,身材魁梧,相貌堂堂,满脸连鬓大胡子,胸前横挎崭新油黑发亮的美式卡宾枪,约摸二十一二岁,很是威风。

假莫尔根这几年来并没有白吃闲饭，为了完成“替身”的任务，专心研究过伊和塔拉大草原的情况，也熟悉王府市的一切。现在他大吃了一惊，这个青年民兵似曾相识，好面熟呀，是谁呢？嘿嘿，这是罪魁祸首哈尔巴拉的弟弟呀，这大胡子就是他们武士家族的主要特征，是老二还是老三呢？他来不及往下想了，架子十足地用鼻音哼了一声道：“嗯，我们是蒙古军和谈代表，共军独立骑兵团驻地在哪？”

呼和巴拉现在看到有深仇大恨的老对手，按捺不住自己，很想将他一枪撂倒了，但是他又想到大哥大嫂的嘱咐，忍住了这口气。根据预定的对策，不亢不卑地说：“你从王府市到这里，路上没有看到吗？独立骑兵团直属队和八个连队，都在封锁线上。根据地中心除了后勤处修械厂、医院以外，没有驻军，听说你们要来谈判，就来了几个军代表。”

“唔。”“替身”颐指气使地点了点头，问道：“他们在哪儿？”

“你们先到修械厂办公室去，等着吧。”

“唔，唔。”

伪装的军长领着联合谍报队的大小特务杀手们，到达这座土木结构的永久性建筑以后，接待的是另一个满脸连鬓大胡子的年轻民兵，穿着古铜色蒙古袍，腰扎杏黄色宽绸带，斜挎美式冲锋枪，年龄比刚才见着的稍大一点，大约二十三四岁。

“替身”不由得暗暗称奇了，这两个人多么相似呀，肯定都是哈尔巴拉的两个弟弟了，经过这些年激烈的战斗，原来汗毛也没掉，这三个暴徒都健在，确实是心腹之患呀。这时候外面响起了马蹄铁、嚼环、镫子的磕碰声，进来了十多个全副武装的共军。都带着清一色的自动武器，头前又是一个满脸连鬓大胡子的青年军人，大约二十五六岁，穿着草绿色呢子军装，裤线笔直，佩刀带枪，威风凛凛，这不就是领导两次暴动掐断铁路公路大干线的罪魁祸首，现在的独立骑兵团长哈尔巴拉吗？假莫尔根定了定神，整理了一下黄呢子军服上三色军旗袖标，勉强笑着说起了练习多时的话：“哈尔巴拉团长阁下，久违了，我们算是老对手，多年以前就开始打上交道，以牙还牙，以齿还齿，拳打脚踢，动刀开枪，使蒙古民族元气大伤。这是历史性的悲剧，也是历史性的误会，应该结束了，永远不再发生。我这次虽然伤风感冒嗓子发哑，却抱病前来和谈，就为此目的，唉！”

哈尔巴拉是何等聪明人，分辨出真假，但是没有揭露“替身”骗局，气宇轩昂地说：“不，莫尔根，你说错了，在中国共产党的领导下，解放区蒙古族人民的政治、经济、文化都大发展了，可以给你举出两个例子来：第一，我们这里的军民不仅能够破坏旧社会，而且能够建设新世界，刚才你看到的军民团结牧场就是。伊和塔拉根据地大变了样，返老还童，焕发了革命的青春。第二，你刚才也看到了，我们兄弟三人过去都是汗庙的属民、王府的奴隶，现在都成了光荣的共产党员、战斗英雄和劳动模范，成家立业，养儿育女，过上了幸福生活，这能说是元气大伤吗？再说，你声称战争该结束了。结束战争有两种方式，第一种是接受中共中央毛泽东主席在今年一月十四日提出的关于时局声明中八项和平条件，放下武器，听候改编。第二种是负隅顽抗，拒绝投降，被全部歼灭。两条道理由你选择。在这一点上希望你三思，要学习北平、旧绥、包头的傅作义、董其武、孙兰峰，不要仿效天津的陈长捷！”

“很好嘛，事情是可以慢慢商量的。”“替身”怕暴露了自己，不敢多说话，三言两语简单完事。

双方代表入席就座了。察干巴拉等值勤民兵，在长条方桌上摆满了奶豆腐、奶油、奶皮、奶酥、奶酪、奶果、奶粉等多种多样奶食品，又端上炒米和香喷喷热腾腾的奶茶来。

伪装的假莫尔根虽然心中发虚，不得不说话应付，狭长的眼睛眯成了一条细缝，阴阳怪气地笑道："好极了，我们蒙古人常说，墨汁好了字迹美，草场好了牛羊肥，不无道理，你们这里新建牧场草多料多，奶食肉食也跟着丰富起来，吃，吃！"

随行的联合谍报队的特务杀手们，狼吞虎咽地吃喝起来，那种像饿死鬼一样的馋相，逗得外面值勤的民兵们哈哈大笑。

哈尔巴拉等了好大一会儿，看他们吃得差不多了，这才从容不迫地站起来，敲了敲桌子以示注意。这个体重二百多斤的彪形大汉，给人一种不可侵犯的印象，长着连鬓大胡子的脸上正气磅礴，厉声喝道："莫尔根，你是蒙古军军长，又是和谈代表团团长，有必要提出严正警告，你们两个师六个团反动骑兵，正在王府市内、伊和塔拉大草原西部待解放区，行凶作恶，抢劫财物，奸淫妇女。据不完全统计，已经屠杀大小牲畜三万多头只，绝对不允许类似事件再次发生，必须悬崖勒马立即停止，这是进行谈判的先决条件之一！"

联合谍报队的特务杀手们都惊呆了，倒了胃口停止大吃二喝。莫尔根的"替身"吭哧了一阵，这才尴尬地笑道："哈尔巴拉团长阁下明鉴，我本人和一、二师六个团的长官们一致认为：和平谈判必须保证我方三原则：第一，无害于本政府的高度自治。第二，蒙古军部队有确实保障，不改编遣散。第三，蒙古各界人士能够维持其传统的自由生活方式，永不改变。如果以此为基础，我们很快达成协议，握手言欢，请呈报上峰，下达明文。言简意赅，以上就是我们的全部主张，团长阁下您以为如何？"

"我们坚决不承认蒙古军和附属政权；坚决废除王公贵族压迫剥削广大牧民的一切封建特权；坚决反对你们提出的所谓三原则！"哈尔巴拉立即予以驳斥，一边从军用皮包里拿出一份铅印文件交给假莫尔根，说道："这是中共中央毛泽东主席在今年一月十四日关于时局声明中提出的八项条件，你们要有和平诚意，就在这个基础上谈判，别无出路。"

假莫尔根不愧是专业"替身"，训练得差不多了，很会装腔作势，他出来以前是早就知道这个声明的，却仔细阅读着，肥胖的脸上表现出惊讶不已的样子，说："哈尔巴拉团长阁下，本人孤陋寡闻，第一次见到这文件，嘿嘿，顿开茅塞，很难得，带回去和莽斯副军长、哲别参谋长以及六个团的正副团长们共同研究，很快再来和谈。我们之间的事有希望，很有希望，但见肥羊宁父老、不闻嘶马动将军的局面很快就能实现，圣祖成吉思汗保佑，但愿如此。今日天气尚早，我本人很想探望妹妹高娃，共同去王陵扫墓，然后再把她带回王府市内城去，和平、谈判、停战，需要创造良好的气氛，温、良、恭、谦、让哪一条也缺不得，嘿嘿！"

"嗯，这是我军以前允许过的两件事，当然可以。不过情况有点变化，接见高娃太太已经是不可能了。"哈尔巴拉团长说。

"什么？""替身"这回真的大吃一惊了。

哈尔巴拉又从军用皮包里拿出独立骑兵团后勤处医院的证明信和高娃本人抄的诗，交给了这个伪装的假蒙古军头目，轻蔑地笑道："实不相瞒，高娃太太刚刚生了孩子，正在卫生所休养，不能前来见面，这种事讲起来很难听，不必细说，你看诗好了。"

"替身"没有预料到会发生如此情况，不知道怎么应付，肥胖的脸涨得通红，再也说不出什么话来，低着头匆匆忙忙看高娃抄的诗：

相见时难别亦难，
东风无力百花残。
春蚕到死丝方尽，
蜡炬成灰泪始干。
晓镜但愁云鬓改，
夜吟应觉月光寒。
蓬山此去无多路，
青鸟殷勤来探看。

这个伪装的伊和塔拉旗假王爷文化程度很低，似懂非懂，半懂不懂，别无他法，只得挤出几滴眼泪，好像是羞愧于自己失态，他都顾不上和哈尔巴拉告辞，急急忙忙上马扫墓去了。他们在王陵活动期间，察干巴拉、特木尔、楚鲁、呼和巴拉、斯琴、刘秀英等基干民兵是在附近监视的，都发现这个莫尔根为首的家伙们很可疑，每人都有一个大小长短不等的望远镜，端起来仔细观察着，一会儿看看饲草饲料基地，一会儿看看腾格里山鬼谷南口，就像窥视的三种狼一样。

“哼，莫尔根这帮家伙不怀好意，东张西望，鬼头鬼脑，正搞阴谋诡计！”察干巴拉气愤地说。

特木尔骂道：“什么和谈、探亲、扫墓都是假的，观察地形、刺探我军部署是真的。”

这工夫，哈尔巴拉团长在大群警卫人员前拥后护中前来视察。

呼和巴拉报告道：“他们刚来就打听独立骑兵团驻地。我答复说：这里除了后勤处、修械厂、医院以外没有驻军，团直属队和八个连队都在王府市附近封锁线上。听了我这话，莫尔根和这帮家伙喜形于色，有的张了张嘴，有的龇了龇牙，样子很特别。”

“答复得好，三弟有水平！”哈尔巴拉夸奖了一句，接着又命令道：“你马上进鬼谷和窟窿峰附近盆地，紧急通知隐蔽待命的兄弟骑兵师要严守秘密，不要出来人，不要随便走动，不要唱短调民歌。看出来了，这帮家伙是蒙古军联合谍报队的特务杀手，一个个都是狡猾多端的红眼白狼，一听就明白。”

察干巴拉望着弟弟驰骋而去的背影，逐渐消失在腾格里山鬼谷南口，这才放心了，感叹道：“还是大哥站得高看得远，早就识破了蒙古军和谈骗局，新来的兄弟骑兵师四个团和我们这里老八连都隐蔽好了，造成了后方空虚假相，叫他们上当受骗，嘿嘿！”

民兵队长特木尔突发奇想，要求道：“团长，我们一不做二不休，采取最大胆的行动，把莫尔根王爷扣捕下来，叫他有来无回。这就万事大吉了，擒贼先擒王，蒙古军一、二师六个团再不敢扎刺了，乖乖缴械，举手投降，行不行？”

“不行！”哈尔巴拉坚定地说，“现在是国共和谈时期，很多地方都有，我们不能那么办，言而无信，政治影响不好。再说你们没有看出来，莫尔根是假的，是伪装的替身，扣捕了也没用！”

“啊，假的？”

假莫尔根一行十多人，又磨蹭了两个多小时以后，从王陵的密密麻麻的坟群中出来了。临走前还想捞一把，提出要带点奶食品回去。

哈尔巴拉团长慷慨地答应了，笑道：“可以，我们根据地中心建成的军民团结牧场促进畜牧业丰收啦。这一带很多大小牲畜都实现了百母百仔，奶食品有的是。”

"是真的?"假莫尔根问道。

正做招待工作的老二察干巴拉,注视着仇人肥胖的白脸,怒火燃烧起来,大声插话道:"喇嘛装神,'孛'能跳鬼,王爷就会剥削压迫牧民,哪里懂得畜牧方面的事情呢。莫尔根,你这次到我们根据地中心,吃奶皮满嘴冒油,喝奶油屁眼串稀,连这么大的变化都看不出来吗?"

假莫尔根被激怒了,狭长的眼睛里射出绿幽幽的凶光,从牙缝内挤出两句话来:"你,太放肆了,我是和谈首席代表,不要污辱!"

察干巴拉粗犷地大笑道:"骆驼脖子长,啃陡壁缝里树条;绵羊腿子短,吃洼地里草根,我们走不到一块,带上奶食品滚吧!"

"替身"为首的特务杀手们气鼓鼓走了。这里的军民早就和封锁线上严阵以待的团直属队和七个连队说好,不管是真是假,莫尔根军长及其部下毕竟是所谓的"和谈代表",自古以来皆有"两军交战,不斩来使"的规矩,放行就是。这样,这位伊和塔拉大草原上冒充的土皇帝在随从人员的前拥后护中,到达了王府市外城北门。这里站着一个班岗哨,钢筋水泥碉堡上架着机枪,戒备森严。不早也不晚,偏偏在这个时候,从防御工事犬牙交错地方的盆地中,突然冲出来一个年逾古稀的老年牧民妇女,骑着一匹相当快速敏捷的黄色高头大马,连连加鞭,飞跃驰骋,还未等双方军人反应过来,已经到了莫尔根的替身一行十多人当中,这才勒住了缰绳。其隐蔽之巧妙,出现之意外,马背上俯伏驾驭之能力,使蒙古军官兵们目瞪口呆,大为惊奇,不少人怀疑她是准备杀害莫尔根军长的刺客,都端起枪来吆喝着逼她举手后退。看见她白发苍苍的样子,又很难相信她是恐怖分子。

老年牧民妇女对此是完全不同的另一种态度,不理不睬,她觉得自己已经完全脱离了危险地带,到了最安全处,对假莫尔根注视着,操着侉声侉调的卓索图盟口音,冷笑着教训道:"小王爷,你是顶天立地的大人物,掌握着伊和塔拉草原的军政全权,是土皇帝,正因为如此更应该懂规矩讲礼貌,见着我应该滚鞍下马,跪下叩头请安,最起码也应该鞠躬敬礼,现在竟敢如此大模大样,傲慢不逊,是何道理?"

周围的随从人员和蒙古军哨兵们焦躁起来,此起彼伏地吆喝着:"哪儿来的老泼妇?是不是有疯病?胆敢在此胡言乱语瞎纠缠,躲开,再不走就用鞭子抽啦!"

"不得无礼,再不走就抓起来,蹲黑屋子,快滚!"

这个驼背弯腰佝偻的老年牧民妇女,有恃无恐,没有一点害怕的样子,接着又冷笑道:"小王爷,你是我儿子辈的,所以我来教训你,别的先不说,我是从共军独立骑兵团根据地那边跑出来投奔你的,九死一生,就凭这一点,也能算得上忠臣良民吧,应该以礼相待,不必这样大惊小怪,吹胡子瞪眼。"

"替身"早就认出来这个老年牧民妇女是谁了,但是由于身份关系不敢公开叫,挥手制止了举刀端枪的警卫人员们,装腔作势喝道:"有事到内城说,不要在这里吵!"

老态龙钟的牧民妇女不听劝阻,第三次冷笑起来,看样子她是分辨不清真假莫尔根,继续说道:"小王爷,一言难尽,长话短说,老得快要进土的我冒着生命危险前来投奔你,是想在临死前把话说透了,把事情交代清楚了,算是最后的遗嘱也行。需要讲明白的事情有两个,第一,二十五年前你的父亲老王爷在八百里腾格里山鬼谷盆地打猎,捕获多头野鹿,富贵的老王爷会享受,为了调换口味,就地烤鹿肉吃,酒后出错误吃鹿鞭,唉,就不必往下说了,命中注定的缘分,那一次——”

假莫尔根发了一怔，脸色微微发红，厉声制止了这个敢于直言不讳的老牧民妇女的话：“住嘴，不要往下说！”

老年牧民妇女无所畏惧，底气十足，第四次冷笑一声道：“第二个事情是，我要讲明白我儿子包继成的来历——”

“住嘴，不要往下说，包继成的事我知道。”精明的“替身”早就预料到她要说这话，急忙制止，因为他本身就是包继成，很怕她老人家说漏了。

老年牧民妇女还是看不出来真假莫尔根，第五次冷笑着表现出很满意的样子，说道：“对了，这就对了，包继成不仅是我的儿子，也是你的弟弟——”

“住嘴，不要往下说！”伪装的假莫尔根又打断了她的话，气急败坏，发了很大火。弄得周围蒙古军官兵们莫名其妙，大为诧异，面面相觑，不知道是怎么回事。

事情过去了二十五年，当时胡作非为的老王爷和教唆使坏的军务梅仁“其努瓦”早已死去。小王爷莫尔根当时年幼无知，并不知道那次颇为尴尬难堪的故事，现在只能猜测分析。原来是这么回事：某日，以善于骑射著名的老王爷，领着军务梅仁“其努瓦”进山打猎，捕获了很多野鹿。为了调换口味，就地烤鹿肉吃。喝得酩酊大醉的老王爷糊涂了，脾气古怪很难伺候，不听别人再三劝阻，津津有味地大吃特吃烤鹿鞭。这下麻烦了，后果是严重的，老王爷的那儿顶起帐篷，硬得疼痛，再也不软了。老王爷高高在上，不谙世事，大惊失色，叫苦不迭，急忙向军务梅仁“其努瓦”求救。这个封建官僚是行家里手，知道此事要不了老王爷的命，并不慌张，哈哈笑着喝退了左右侍从，就剩下他俩以后又笑着说：“老王爷在上，敬启者，此乃误食鹿鞭所致也，缓解的唯一办法就是找女人。老王爷洪福齐天，神助天佑，前面那座大型蒙古包内住着卓索图盟蒙古人，家里有很漂亮的大姑娘，眼光很高，誓死要嫁给有权有势有钱的亲王贵族。我去喝退其余的男女老少，你就干那个嫁不出去的大姑娘。她知道你是老王爷，求之不得，烧高香欢迎你，一定让干！”

老王爷别无良策，乖乖地跟着去了。他无处发泄，饥不择食，家人刚刚退走，就像饿狼一样扑上去。卓索图盟的选偶条件很高的大姑娘，知道此人是老王爷，并不抗拒，只是半推半就地忸怩了两下，顺从躺下了。从此以后，具有讽刺嘲弄意味的报应接踵而至，并没有善自罢休。先是大姑娘十月怀胎一朝分娩生下了儿子包继成，接着老王爷病故，再后来鬼使神差儿子成了小王爷的“替身”。她本人一辈子苦守不嫁，等待着王府的恩宠，等白了头发也没有实现。快要成棺材瓤子的时候，这回找上门来了，要讨个说法。但是现在一切都晚了，整个王府和内外城都处在风雨飘摇之中，实在是照顾不了她老人家。不过，小王爷莫尔根还好，念及兄弟手足之情，让她母子、媳妇甄珍小姐大团圆了，住在一起享受富贵生活，其乐无穷。

第八十一回　脱离险地老邓光荣归队　部署军队师长准备决战

老二察干巴拉当面骂了莫尔根军长，就算出口恶气，回到自家蒙古包里对老婆娜布琪得意洋洋地讲着这段经过，当然有很多夸张之处，变成了吹牛。她正在自我陶醉，突然听到老三呼和巴拉的声音："二哥，你快出来。"

察干巴拉慢腾腾地走到门口，发现弟弟进马棚了。他觉得很反常，问道："出了啥事？半夜里一个劲儿叫唤，大惊小怪！"

"嘘，小点声，有敌情！"

察干巴拉吃了一惊，走到马棚里面看见呼和巴拉正往黑骝马身上备着鞍子，便恼怒地嚷嚷道："有敌情，更得骑好马，我要骑白走马，卸下来！"

"别骑啦，白马在夜间目标大，容易被发现。"

察干巴拉还是不平不满地低声吆喝："你懂啥，我们独立骑兵团白马多啦，六连就是有名的白马连，不管白天黑夜，照样行军打仗，怎么不行！"

呼和巴拉对二哥那种倔脾气太熟悉了，简直是九条牛也拉不回来，对此他并不理会，还是给黑骝马备上鞍子紧着肚带，解释道："这是琪琪格旗长和完达尔夫连长亲自对我说的，叫你一定要参加这次抓特务行动，一定要抓活的，一定要骑黑马，三个一定，记住没有？"

"抓'黑麻子'？"

"不，外来的特务。"

"唔。"察干巴拉哼了一声，再没有说话，拽过缰绳来敏捷地上了马，胸前的美式汤姆生冲锋枪摇晃着。这兄弟俩骑术熟练，两匹滚圆溜胖的马走得快，不大一会儿就绕过汗庙、王陵、敖包，钻进了腾格里山鬼谷南口的黑黝黝的悬崖陡壁之间。远处冬春营地点和两边自然岩洞附近手电光闪烁，兄弟骑兵师四个团人正在这里隐蔽待命，准备参加对蒙古军的大会战。

察干巴拉、呼和巴拉两人走到齐人深的青草中，漆黑的夜晚，有陡峭的绝峰的阴影的掩护，使目标隐约难辨，他俩几乎在同时打开手电照明，两道交叉的光线射向远处搜索的地方，发现一个黑影在移动，察干巴拉一个箭步冲过去，就要开始施展他祖传的武术。在这关键时刻，发生了一个意料之外的情况：被严密包围的蒙古军联合谍报队的特务杀手，突然哈哈大笑了，不慌不忙地说："老二啊，察干巴拉同志，别费那个劲了，是我！"

"啊！"察干巴拉惊叫了一声，"邓主任，你怎么当了……"

"唉，立场不坚定，想升官发财，叛变投敌，混上蒙古军联合谍报队正队长，今又被派遣偷越封锁线过来，刺探军情，主要是看八百里腾格里山中有没有埋伏？这回被你俘虏，要求宽大处理，哈哈，我坦白交代！"邓志刚还是开心地大笑。

呼和巴拉是没有见过这个团政治处主任的，站在一边颇感兴趣地观察着。

这时候，琪琪格旗长过来了，紧紧握着邓志刚的手，大笑道："在和谈烟幕下，蒙古军军长亲自出马公开侦察，又偷偷派进你这个联合谍报队正队长秘密刺探，狼子野心，昭然若揭！"

完达尔夫连长完全明白了，高兴地大笑道："原来是这么回事，有些事我才明白。邓主任，你这舌头有很大的价值。"

邓志刚严肃起来，不笑了，拍了拍蒙古袍鼓起的前怀，附耳低语："当然有很大的价值，我是个现代化的舌头，这里还有微型电台哩，哈哈！"

趁着黑暗的掩护，他们往回走去。邓志刚又小声说道："看样子，鬼谷盆地有军队，窟窿峰附近盆地也有军队，整个八百里腾格里山好像都有军队，大批军队，好啊，这里真正变成了藏龙卧虎之地！"

"是啊！"完达尔夫连长笑着介绍，"从你离开以后，这里变得快要认不出来了，琪琪格同志的草原三部曲基本实现，我们建成军民团结牧场，不仅改造了靠天养军马的旧面貌，还把伊和塔拉根据地变成了钢铁长城，这里的狭谷、深沟、盆地、高峰、自然岩洞都有我们的军队，阿拉玛斯、巴雅尔等首长领着兄弟骑兵师来到了，这个新情况你不知道。蒙古军想钻空子占便宜，那是痴心妄想。"

"这，这一切到底是咋回事呀？"察干巴拉听了半天，还是有点糊涂。

"还没有完全明白过来，是不是？"邓志刚气愤起来了，介绍道："简单来说是这样，我打进蒙古军心脏里面去了，化名白玉堂、哈斯格尔等等，混得不赖，当上了联合谍报队正队长，这回被派出来和'黑麻子'接头，是要提供这一带兵力和军民团结牧场等情报，里应外合。你知道'黑麻子'是什么人吗？他就是大前年破坏我们老八连领导的第一次暴动的罪魁祸首之一'影子'。这个血债累累的老特务杀手，在根据地中心、王府市外城土墙东边坑道口，还分别杀害过那斯图老先生、修械厂技工贵伊拉。他混进我们根据地中心能够长期潜伏，有这两个方面原因：第一，他在三年前被假枪毙以来，从来没有公开出头露面，一直和莫尔根、莽斯、哲别、扎萨嘎等人保持着单线联系，王府市内外没有一个人认识他的。第二，他用伪装积极、阿谀奉承等手段，骗取了察干巴拉、额尔旦等地方基层领导干部的信任。二弟，你要从这严重的事件中，接受深刻的教训啊！"

察干巴拉好像挨了当头一棒，悔恨交集，开始彻底认识自己的错误，坐在岩石上思前想后。

蒙古军垂死挣扎，阴阳两面，在和谈掩护下加紧准备动手。哈尔巴拉团长立即把邓志刚归来以后讲的最新情报，亲自去报告担任总指挥的阿拉玛斯师长。接着他们坐吉普车来到腾格里山鬼谷南口附近一条自然岩洞里，主持召开了五个团正副团长参加的秘密军事会议。这位著名的独臂将军仍佩带着弯曲的军刀、左轮手枪，穿一身笔挺的草绿色呢子军装，满面春风，笑道："大局已定，战是真的，和是假的；侦察地形、刺探兵力是真的，探亲扫墓是假的。蒙古军还要垂死挣扎，我们只好奉陪到底。哈尔巴拉同志，刚才军区来专电，任命你担任副总指挥，现在请你谈谈老对手蒙古军的最近动向！"

"我完全同意师长的意见，蒙古军正准备动手，他们的伪装的假军长在祖宗坟地王陵没有弄砖搬瓦，也没有动锹添土，每人拿着一个望远镜东张西望，紧接着又派假特务邓志刚过来了，仅仅这两点就可充分说明问题。"

"主攻方向呢?"

兄弟骑兵师四个团的正副团长们,都开始注意起来,很感兴趣地看着这个很年轻但是长了满脸连鬓胡子的彪形大汉。

哈尔巴拉谦虚地微笑着说:"主攻方向很可能是我们根据地中心,蒙古军胃口不小呢,企图抢占军民团结牧场,往东打开统治区,往西也扩大地盘,以王府市为枢纽长期负隅顽抗,争取美国等地的外援,称王称霸。老邓出来以前,莫尔根、莽斯、哲别亲自布置任务,要他和'影子'接头,用电台报告这一带全部情况。"

阿拉玛斯师长用红蓝铅笔轻轻敲打着岩洞中临时垒起来的石桌,说道:"对,莫尔根、莽斯、哲别这三个家伙,不愧是日本东京陆军士官学校的高才生,很熟悉假和真打、突然袭击那一套。同志们,一九四一年十二月七日,日本军国主义者偷袭珍珠港,就是用的这种战术。我们的副总指挥哈尔巴拉同志判断正确,蒙古军主攻方向是根据地中心,更准确点就是军民团结牧场。他们有自己的如意算盘,想抢占我们的劳动果实,长期负隅顽抗,等待所谓第三次世界大战爆发。莫尔根、莽斯、哲别这一手很毒,但是他们侦察不细,情报不灵,分析不对,判断不准,更主要是依靠了老邓主任这样一个吃里爬外的联合谍报队长,能搞准确情报吗?他们万万没有想到神不知鬼不觉来了一个正规骑兵师,整编四个团人,正在这里隐蔽待命,捕捉战机。我们提出一个十六字方针:继续隐蔽、制造假相、诱敌深入、一举歼灭!"

巴雅尔参谋长插话了,他还是那样极其严肃,没有一点笑容,横眉冷眼地说:"所谓天时、地利、人和都在我们这边,必胜是无疑了。现在万事俱备只欠东风,还有一件事要办,没有它不行啊,我们还得请老邓给他们打假报告,就说共军独立骑兵团前线充实,后方空虚,没有纵深防御,莫尔根、莽斯、哲别三个家伙上当受骗,就下定决心啦!"

"还有一种可能发生的严重情况,对此我们独立骑兵团提前做好了充分准备,并没有掉以轻心,疏忽大意!"哈尔巴拉介绍说。

阿拉玛斯闻言注意起来,关切地问道:"什么情况?"

"蒙古军这次进攻带有决战性质,倾巢出动,拼命相扑,不遗余力,可能动用坦克。他们有七辆 92 式坦克,三辆 94 式坦克,都是日本关东军美津骑兵师团投降撤退时留下的,可能用它们当先锋!"

"不是可能,而是一定,事不宜迟,这就研究怎么打!"阿拉玛斯引导着在自然岩洞中开最高军事会议的十多位团长和政治委员们。

一个身材不高、短小精干的干部站起来,挥了一下握紧拳头的手,他是十二团——炮兵团长,从容不迫地笑道:"报告师首长,有办法对付,十辆超轻型坦克成不了祸患,92 式外号'小豆豆',94 式外号'大豆豆',装甲薄,火力弱,只有机枪没有大炮,都不禁打,一打就着火,我马上调来大炮准备阻击,饶不了它们,嘿嘿!"

哈尔巴拉摆手制止道:"用不着,用不着,我这是给诸位领导提供情况,让我们有思想准备。至于动手打,我们独立骑兵团早就布置安排好了,第一七连——机炮连的平射炮、速射炮专打蒙古军十辆日式超轻型坦克。还有机动作战力量,打算用从'虎威'六十三团、'鹰扬'十团那里缴获的美式谢尔曼中型坦克、霞飞轻型坦克来反击,共有八辆,吨位大、装甲厚、火力强,谢尔曼中型坦克二战时属于重型坦克,一九四二年开始服役,有多种型号,其中 M4A3 战斗全重三十一吨，装一门75毫米火炮，机枪三挺，另外还有一门50毫米发烟迫击炮，最大时速42公里，最大行程160公里。共计生产五万辆，在非洲用它击退过沙漠之狐隆美尔。霞飞就是M24轻型坦克，一九四三年十月生产第一批样车，二战结束前共计生产4070辆，火力、装甲保护力超过了同一时期所有的轻型坦克，装一门75毫米火炮，最大时速55公里，最大行程240公里，不论从哪个方面，日式超轻型外号‘豆豆’的94、92小坦克，远非它的对手，粉身碎骨是肯定无疑了，小王爷莫尔根的牛皮吹不响，再使吃奶的力气也吹不响！”

独臂将军阿拉玛斯大喜，对着那些团长、政治委员们不无夸奖地说：“我们的副总指挥哈尔巴拉同志是厉害，研究出来鬼谷投石、魔峡挖井等战斗方案，生擒活捉了‘虎威’、‘鹰扬’两个部队的坦克。对谢尔曼、霞飞坦克的特点、性能、装甲、火力掌握得清清楚楚，能倒背如流。这些钢铁怪物是好东西，不过要看掌握在什么样人的手里。那么我问问你，驾驶这八辆谢尔曼、霞飞坦克的都是谁呀？”

“报告师长，每辆都有一个俘虏兵，现在叫解放战士，驾驶着原来的坦克，没有调换。”

阿拉玛斯的脸色变了，怀疑地问道：“他们可靠吗？战场上叛变，又投奔原来的主子，你怎么办？打不住，又抓不回来？”

哈尔巴拉微笑着继续说：“报告师长，请放心，已经布置安排好两项防卫措施，一是每辆坦克有我们自己的两个人，提高警惕，监督作战；二是用这些坦克不打嫡系中央军，专打杂牌蒙古军，利用矛盾，以毒攻毒。他们之间落井下石，互相坑害，打起来手不软，嘿嘿！”

在座的团长、政治委员们都笑了，有的说道：“不错，不错，提前安排好了，有备无患。”

有的担心地问：“燃料怎么样？就是汽油和柴油，要是不够，先用我们骑兵师带来的！”

浅白麻子副团长刘青山开怀大笑：“上两次消灭嫡系六十三团、十团战斗中，杂牌蒙古军按兵不动，见死不救，大门不出，二门不迈，可帮了我们大忙啦，随便捡战利品，全部辎重落入我手，柴油汽油有的是，保存得完整无损！”

巴雅尔参谋长插话说：“我回来好些天了，因为事多没来得及问，八辆美式谢尔曼、霞飞坦克放在哪儿？怎么一辆都看不见？那是庞然大物，鬼谷自然岩洞中也放不下，怎么隐蔽的？”

“这是最高军事秘密之一，但是在诸位军政领导面前必须公开化了。我们缴获的三辆霞飞、五辆谢尔曼坦克，全部埋伏在封锁线上秘密修成的隐蔽壕沟里，覆盖着伪装网，上面插树枝、青草、绿叶，神不知鬼不觉，这是蒙古军攻击我们根据地中心的必经之路，又是一个掐脖子战术，嘿嘿！”哈尔巴拉说。

阿拉玛斯师长又详细地谈了兵力布置等情况，果断地挥了一下手，命令道：“独立骑兵团直属队和七个连队，在封锁线上严密监视蒙古军的一切动向。新来的骑兵师四个团继续隐蔽待命，准备随时出动作战。老八连的主要任务是保卫军民团结牧场，并且负责三个部分之间的通讯联络。哈尔巴拉副总指挥回去以后立即逮捕‘影子’——也就是‘黑麻子’，他也是蒙古军联合谍报队副队长。留着没用了，邓志刚同志已经安全脱险回来，这回叫他从地球上真正消失。”

暂短的军事会议结束了，五个团的正副团长们分别回到所属部队。哈尔巴拉带着大批警卫人员路过伊和浩特，正要通知琪琪格旗长逮捕“黑麻子”，碰巧见到了完达尔夫和“巴拉根仓”老汉。这个老技工笑着介绍道：“别看蒙古军特务‘黑麻子’——也就是‘影子’逍遥法外，日子越来越不好过了，大喇嘛和‘活寡妇’突然失踪，这等于被砍掉了左膀右臂，他知道大势已去，鬼鬼祟祟地张罗起来了,把两支手枪藏到腾格里山鬼谷南口最近的一条自然岩洞石缝里,又偷偷准备了逃跑时用的干粮和饮水。"

侦察连长笑道:"这个'影子'再蹦跶也跳不出我们掌心啦,他怕搜查,不是把两只手枪藏到腾格里山鬼谷南口最近的一条自然岩洞的石缝里吗?我们把那些子弹用开水煮过了,到时候发不了火。老技术工人'巴拉根仓'同志还在那里埋了一个特制的钢铁夹子,到时候,哼!"

哈尔巴拉说:"这回不用等了,邓志刚同志已经安全回来,'影子'就算完成了历史任务,马上逮捕,用阿拉玛斯师长的话讲:叫他从地球上永远消失。"

他们在修械厂土木结构的房子里谈话,没有想到外面出了事。察干巴拉正在值班负责监视"黑麻子",看见吉达"孛"赶着一小群牛要进腾格里山放牧。他怕暴露兄弟骑兵师隐蔽待命的秘密,训斥道:"你怎么突然想起要进山?反复无常,没有准主意,啊?"

吉达"孛"不服气,嘟嘟囔囔地辩护道:"这是'黑麻子'教的呀,乱世浩劫,我的大小牲畜都瘦成一把骨头了,他说腾格里山窟窿峰附近盆地新开辟的夏秋营地,水草丰美,过不了几天就能抓膘,所以我就想去了!"

"不行!"

"为啥不行?"

"不行就是不行!"

"我参加过军民团结牧场建设,没有功劳也有苦劳呀,为啥好事摊不上,坏事拉不下?不让去,你也得说出道理呀!"

这个老二是个粗人,说着突然漏了嘴,嚷道:"你呀,虽然很乖,没有看出这里的鬼名堂,叫那个特务杀手当枪头子使啦,他想利用你刺探情报!"

"啊!'黑麻子'是特……"吉达"孛"先是大吃一惊,张嘴结舌,说不出话来。接着又来了个突然地大转变,高兴起来,手舞足蹈,喋喋不休地自吹自擂。

第八十二回　浪子回头老二建立战功　恶贯满盈特务垂死挣扎

这个原来匪号叫“影子”的特务杀手“黑麻子”，也是很警觉的，首先发现左膀右臂“小白脸”大喇嘛和高娃突然神秘失踪，这就认为要出事了，吓得心惊肉跳。拖不得了，当天就偷偷到牧主婆塔尔根寡妇那里去了，这次并不是为了追求腥膻的一夜之情，而是别有用心，打算从她那里弄到一匹最快的好马骑上，趁着这里的军民还没有反应过来，出其不意，攻其不备，突然冲出去。王府市外城东门或北门周围防御工事并不远，连连加鞭，转眼之间就可以到达。他是来过这个牧主婆塔尔根寡妇家多次的，那些凶恶之极的蒙古犬和藏獒都不咬他，摇头晃尾巴表示亲热，他轻声叫着它们的诨号，抚摸了几下为首的狼狗的脑袋，钻进了这座富丽堂皇的大型蒙古包。老富婆从熟悉的动静上早就猜出来人是谁，高兴得笑逐颜开，急忙吩咐随身使唤的女佣人放上小方桌，摆满了奶食品和奶酒，还准备煮肥羊肉，盛情招待一番。

“黑麻子”对此不屑一顾，三十六计走为上策，他脑子里全是突破重围向王府市逃跑的事，心中火烧火燎般着急，开口第一句话就是：“老嫂子，凭着我俩的深情厚谊，快把你的马群中总跑第一的大黑马借给我，就是蒙古包门口石桩上拴的那匹。看来我和你这位富态性感、厚膘多肉的女财主有缘分，和这匹追风驰电的黑骏马也有缘分，我是专为借这匹马来的，不早不晚恰巧在这时候拴在石桩上等着我，这不是缘分是什么，此乃天赐也！”

老富婆不知道其中底细，老是单纯往男女关系上考虑，现在听见“黑麻子”提借马而不暗示和她做爱之事，心中老大不高兴，气得鼓鼓地，说：“看马不看人，嫌我老？是不是？我最看不上这种忘恩负义的家伙，不借！”

“黑麻子”被说中了要害猛地一惊，随即计上心来，指示正在煮肥羊肉的女佣说：“你快去挤点新鲜牛奶来烧开给我喝，补充补充营养，煮肉我自己来！”

这个老特务杀手等佣人刚走，他就扑上去紧紧抱住塔尔根寡妇，淫声浪调地说道：“老嫂子，小弟早就想你了，刚才不行呀，女佣在旁边，我不能说这些话，更不能动手动脚。”

接着，这个职业特务杀手到门口看大黑马，他大吃一惊，身上凉了半截，看见支部书记察干巴拉正在解开缰绳骑着马扬长而去，并且很不客气地叫喊道：“老牧主婆塔尔根，大黑马暂借三天，我骑着和完达尔夫连长的芦花青马、哈尔巴拉团长的大黑公马比赛一场，看谁胜谁负，过后就送来！”

“黑麻子”发现一贯起着保护作用的察干巴拉支部书记亲自参加监视行动，又看见跟着过来站在远处看热闹的吉达“孛”大惊小怪、幸灾乐祸的样子，知道自己彻底暴露了，决定孤注一掷抢马往王府市突围逃跑。为了声东击西隐蔽和掩护自己的行动，他又想出来一条很毒辣的办法，要放一把火烧掉草料基地内堆积如山的饲草和饲料，趁着侦察连和民兵队忙乱救火之际潜逃。快要到下午又起风了，“黑麻子”认为时机已到，偷偷到封闭老牧场的铁丝网附近，但是这一带人很多，没法子接近草垛。他三角眼一转，丑陋的脸上肌肉抽动了两下，看见一群猪在寻食，便又计上心来，把这群猪偷偷赶进去。趁大家往外撵猪的工夫，他爬到了草垛附近，在上风头点着了火。起初，这个家伙贼心不死，还想抢马夺路冲出去，以后看到情况非常紧急，什么都来不及，只好徒步向腾格里山鬼谷南口最近的那条自然岩洞跑去。

深秋时节，西南风紧，特别是在这里建成军民团结牧场的草料基地以后，经过抚育更新，覆盖还原，饲草茂盛，差不多都有膝盖深。当人们圈好猪回来，突然发现大火正顺着草原柳条密的地方燃烧起来，浓烟冲天，顿时把这一带染黑了。牧民在夏秋营地跟群放牧，草料基地参加劳动的大部分是妇女，她们七嘴八舌地喊叫着，一时不知如何是好。有的妇女跳着脚嚷道：“快拿水桶、洗脸盆！快挑水、端水，快浇灭大火！”有的妇女着急地边哭边数落道：“这军民团结牧场的草料基地呀，费了我们多少心血和汗水，铁丝网围圈、平地治碱、开渠引水、架防风固沙障、植树造林，老八连和民兵队劳动了一年呀，这么多的饲草饲料，堆积得像小山一样，这下完了，全完了。”还有的妇女尖声叫骂：“我们这个牧区呀，自古以来就是放牧牛、马、骆驼、绵羊、山羊，五畜兴旺。牧场建成以后，又要养什么猪，说是要六畜兴旺，要没有这黑爪子，‘黑麻子’是钻不了空子的！”

“圈了黑爪子，跑了‘黑麻子’，唉，真是因小失大。”有人说道。

琪琪格旗长正在民兵队部开会，看见牧场冒起黑烟，立即领着民兵队来了。在这同时，草料基地东面卷起了一股尘土，十多个骑马的军人也冲过来，前头的是完达尔夫连长，他眼明心亮，早就听见牧民妇女们议论了，火急跳下马来，气愤地喝道：“叫蒙古军联合谍报队的特务杀手钻了空子啦，一定要扑灭大火，抓住这个吃肉不吐骨头的豺狼！”

琪琪格一点都不慌张，拽紧了小白马的缰绳，从容不迫地挥了一下手，制止了吵吵嚷嚷的牧民妇女们，高声喊道：“大家静一静，听老八连长指挥！”

“快点分配任务，大家迅速行动！”老三呼和巴拉催促着。

完达尔夫纵身骑上了迎风长嘶的高头大芦花青马，显得特别威武，说道：“军民分三下行动，我和特木尔领着几名侦察兵追赶‘黑麻子’——就是那个‘影子’，一定要活活抓住他。呼和巴拉、斯琴、刘秀英、楚鲁四人带领一部分民兵，骑着马到腾格里山麓，控制住鬼谷南口，不让大火窜到四季营地，还要归拢好散畜。琪琪格旗长带领老八连、修械厂、医院的军人和大部分民兵，保护好草料基地，扑灭大火。我们的战斗口号是：不放跑‘黑麻子’，不烧坏一头大小牲畜，不损失一颗饲草，不丢掉一粒饲料。马上开始行动！”

在马蹄铁、军刀和枪只等铁器的一片叮当响声中，老二察干巴拉吆喝起来：“慢着，我有两句话要说！”

“什么？”完达尔夫猛地勒紧了缰绳，芦花青马眼射凶光，来了个急转身，像锦缎一样发亮的长长的鬃毛倒立起来，铁蹄在湿润的草地上刨出了坑。

察干巴拉显出惭愧的样子，喃喃地说着：“是我麻痹大意，丧失警惕，盲目信任、重用‘黑麻子’，叫他长期潜伏，这回我一定亲手把他抓住！”

“我也去！”另一个满脸连鬓胡子的彪形大汉呼和巴拉也叫喊起来。

完达尔夫用讯问的眼光看琪琪格，见她赞同地点头就挥了一下手命令道：“快上马！”

三个部分人马分头行动了，留在草料基地附近的军人和民兵最多，工具齐全，行动迅速，在女旗长的指挥下，他们采用打防火道的办法，很快把大火扑灭了，只有一小股火顺着风势往腾格里山方向蔓延下去。铁丝网附近烟消火灭，数百垛间隔很远的饲草饲料完全没有损失，军民都高兴得有说有笑的。但是琪琪格心里还是惦记着在鬼谷南口追击特务杀手的察干巴拉、呼和巴拉、完达尔夫、特木尔四个人；另一方面又惦记着在山脚归拢散畜的斯琴、刘秀英、楚鲁为首的民兵，扑灭大火还没有顾上休息，又骑马顺着跑火的地方去了。路上遇到“铁姑娘”她们赶着很多散畜过来，那一小股跑火已经被她们彻底扑灭了。这样，琪琪格带着很多的军民前去支援在鬼谷南口搜索特务杀手的四个同志。

原来，察干巴拉、呼和巴拉、完达尔夫、特木尔四个是两人一组，采用迂回包抄形式分头行动的。走的是近路，骑的都是头等好马，这兄弟俩在鬼谷南口附近发现了“黑麻子”的脚印。

这个本来名字叫“影子”的特务杀手没有抢着马匹，心惊肉跳，只想抢先钻进那条最近的自然岩洞，从石缝中把两只手枪拿出来，再设法夺取乘骑冲出封锁线投奔王府市蒙古军。他跑呀跑呀，跑得七窍生烟，躲进深草丛中喘粗气，吐白沫子。隐约听到后面有马蹄声和喊话声传过来，他浑身一震，握紧了把柄上嵌着红珊瑚装饰的蒙古刀，像这里的三种狼一样竖起耳朵倾听着。马蹄铁践踏着石块哒哒响，从这动静就能判断距离，越来越近了，很快就能冲到跟前。这个家伙丑陋脸上的肌肉歪扭抽动了两下，翻了翻三角眼，急中生智，连忙用了狐狸甩尾巴迷惑追击者的办法，把外衣放在深草丛上，躲在一边窥视着。

跟踪追击的兄弟二人之间拉开相当距离。走在右侧的呼和巴拉首先看见了那件衣服，追上仇人分外眼红，他火急地从枣红马上跳下来，满脸连鬓大胡子根根挺立，圆睁怒目，举起美式卡宾枪大喊道：“‘影子’，你的末日到了，快扔出武器拍着手出来投降！快！”

说时迟，那时快，躲在一边窥视的“黑麻子”突然凶恶地扑上来，一下把枪打落在深草丛里。这只美式卡宾枪毫无目标地响了一下，紧接着两个人就展开了一场生死搏斗。一个是元代武士世家，祖传下来蒙古族摔跤绝招厉害，比牛毛多羊绒稠，不管打、踢、绊、钩、拉、掀、拧、闪、压等方面，都有立即置人死地的独特技术。一个是职业特务杀手，受过多次最严格的格打擒拿训练，还下工夫学过汉族武术、日本柔道、欧美拳击，也是这方面的行家里手，一时谁也赢不了谁。但是“影子”心里发虚不敢恋战，他听到又一匹马蹄声越来越近，慌慌张张地想道：狐狸钻套，豺狼踩夹，就要陷入重围，三十六计，走为上策，得赶快脱身逃跑，钻进自然岩洞把两只手枪从石缝拿出来，然后就近夺取马匹逃奔蒙古军。他想到这里咬了咬牙，挥起把柄上装饰着红珊瑚的蒙古刀刺过来。呼和巴拉是著名武术家，白刃格斗标兵，动作迅速敏捷，侧过身子一闪，没击中要害。他忍着右胳膊上剧烈的疼痛，抽出把柄上装饰着绿松石的蒙古刀，刺中了这个特务杀手的左肩膀。“影子”就势滚进齐腰深的草中，疼痛难忍，把蒙古刀丢了，连炒米袋和军用水壶也顾不上拿了，流着血液，攀上鬼谷南口东侧立陡笔直的绝壁，穿过嶙峋的怪石丛，失魂落魄地钻进了最近那条自然岩洞。

老二察干巴拉赶到了，看见这个罪大恶极的特务杀手又欠下一笔血债，气得眼睛冒火，鼻窍生烟，咬牙切齿地骂道：“枪崩刀劈的‘影子’，坑坑洼洼的大黑麻子，钻进去了！”

“不要紧，就是叫他钻！”完达尔夫连长叫喊着和民兵队长特木尔过来了，跳下马给呼和巴拉消毒包扎伤口，捡起深草丛中的卡宾枪，劝他回去养伤。

呼和巴拉流了不少血，长着连鬓大胡子的脸变得苍白，但是态度很坚决，斩钉截铁地说："重伤不叫唤，轻伤不下火线，这算什么，也没伤筋动骨，我要是抓不住'黑麻子'，誓不为人！"

特木尔深受感动，连连说道："好啊，三弟，你就像哈尔巴拉团长一样，是英雄好汉，不过这回你流了不少血，还是要保重身体呀，'黑麻子'已经成了围场上的瘸腿孤狼，跑不掉啦，我们一定能抓住他，嘿嘿！"

这个老三牙齿咬得吱吱响，说道："不，我一定要亲手抓住'黑麻子'，方解心头之恨。"

"服从命令听指挥，三弟留在这里当马桩子，我们三个冲进去！'黑麻子'现在是走投无路了，手无寸铁，弹尽粮绝，滴水不进，看他还有什么能耐！"完达尔夫连长说，他领着察干巴拉、特木尔两个人准备冲进去。

就在他们仨要开始行动的时候，琪琪格旗长领着根据地中心的很多军民赶到了。在鬼谷和窟窿峰四季营地隐蔽待命的兄弟骑兵师巡逻兵也来了，他们在这条自然岩洞前面不远的山沟里，研究着下一步的对策，有的民兵说："追瘸狼用不着备好马，打病熊不一定使好枪，抓住蒙古军的一个特务杀手，费这么大兵力干啥，兴师动众的，干脆留下两个民兵，日夜监视，围困七天七夜，叫这血债累累的刽子手饿毙，这是杀人不见血的办法。"

愣小伙子楚鲁不管这些，站在一块突出的卧牛大石上指手画脚，笑道："什么小心狙击，什么围困七天七夜，都是灭自己威风，长敌人志气，我们早就想出好办法啦，准备得停停当当。"

"啥办法？"

"这是军事秘密，不能泄露。"

"什么军事秘密，瞎诈唬，快说吧！"

琪琪格对大家说："我来交底，这不是什么军事秘密，'影子'——也就是'黑麻子'身上是有两只手枪，怕被搜查出来隐藏在这条最近的自然岩洞里，现在都成了哑巴枪，近一千颗子弹都是瞎的臭的，我们动了点脑子用开水煮过了。另外，还在里边埋了一个特制的大钢夹子，双保险的。在当前这种情况下比地雷还有用，炸不死，跑不掉，专逮活的。这是修械厂老技工'巴拉根仓'同志连夜制造的，哈哈，我估计呀，现在'影子'——也就是'黑麻子'不是手断了，就是腿折了，想包也包不上，想卸也卸不下，变成了断了脊梁骨的癞皮乏走狗，哈哈！"

于是，完达尔夫、察干巴拉、特木尔等人动身向这条岩洞冲去。呼和巴拉虽然受了伤，但是坚决要进去，谁也挡不住，只好答应了。这个老三怒气冲冲地走在头里，最先冲进了岩洞深处。

"影子"在白刃格斗中吃了大亏，急忙丢了蒙古刀、干粮袋和军用水壶，就像舔着血液逃命的三种狼一样，仓皇钻进自然岩洞。伤口发炎红肿，走路东倒西歪，狼狈不堪。但是这个亡命之徒啮着牙狞笑，庆幸自己总算顺利，没有遇到第二次狙击就进了无比坚固的天然堡垒，还抓到了事先隐藏的两把手枪和近千发子弹。他在阴暗潮湿充满霉气的岩洞里紧紧握枪窥视洞外，过了不大一会儿，看见追击他的人们就端起手枪往外打，两把美式手枪都不响。他连连拉拴，频频勾火换着打，都哑巴了。他歇斯底里地破口大骂老少主子，着急得团团转，地下突然叭嚓一响，左腿被紧紧夹住了，这个浑身充满野蛮力气的强壮汉子也架不住如此强劲打击，一下跌倒在地。他在漆黑的洞子里看不清是什么东西，疼得直哼哼，一边摸索着打算卸下来，就在这时候又响了一下，把右手也夹住了。他完全失去了抵抗能力，这时呼和巴拉冲进来一拳把他打翻按住，察干巴拉、特木尔上前将他捆得结结实实。

束手被擒的“黑麻子”喃喃地悲叹道:“唉,世事茫茫难自料,真没有想到我这‘影子’还会落到共军手里,这也许是命该如此,完了,全完了!”

完达尔夫冷笑了一声,押着这个家伙往外走,厉声驳斥道:“住口,你罪恶多端,血债累累,长期没有得到惩罚,自以为手段很高明,其实不是那么回事,我们是利用你来掩护他,你睁开狗眼瞅瞅,这是谁? 嘿嘿!”

“影子”看着刚刚赶到的邓志刚,惊恐地睁大了眼睛。

第八十三回　偏信谍报莫王错误用兵　战前行凶兵痞最后作恶

一九四九年九月十五日深夜，王府市内外城及其周围防御工事各个大小据点里一片黑暗，充满了阴森恐怖气氛。在这种使人不安的死亡一样寂静中，只有蒙古军流动和固定哨兵凄厉的口令声此起彼伏，原来是盘问穿过大街中巷小胡同去逛各处妓院的官兵们。嫖窑子娘儿们的丘八多得不计其数，三五拉帮，十个八个结队，横竖成行，大有争先恐后之势，这是蒙古军每次临战前必然发生的丑恶现象，要在被打死之前享受一番。他们毫无顾忌高声大嚷，讲着不堪入耳的淫秽故事哈哈大笑。这还不罢休，又故意逗弄着流动和固定哨兵们，挑衅道："弟兄们，亏了，大大亏了，今晚站岗放哨没去逛窑子，完全亏了，明天要去打仗呀，打的是一场硬仗恶仗死仗，要是摊上一颗黑枣或花生米，两眼一闭双腿一蹬，再没有机会搞女人了，真是可惜呀，可惜，命中注定没有艳福，太可怜了，唉唉，死不瞑目！"

对面士兵们一个个也都是地痞流氓，寸步不让，反唇相讥道："哥们，别臭美，不要洋洋得意馋我们，办点好事积点德，逛窑子搞妓女应该是人人有份个个沾光，你替小弟站一会儿岗，我快去快回来，你再去，两不误，咋样？"

"老兄，小弟是想办点好事，但不敢，实在是不敢，查哨的长官发现了，挨打挨骂挨罚挨禁闭。"

"胆小鬼，我们兄弟俩没官没职又没钱，怕个屌，罚我们什么？"

一个五大三粗浑身野蛮气的哨兵听见他俩对话发火了，破口大骂起来，说道："蒙古军，阎王殿，十八层地狱难翻身，不公平不合理的事比牛毛多比羊绒稠，老子看着气炸了肺子，实在忍不住，他妈的，当大官的莫尔根、莽斯、哲别、扎萨嘎，一个个三妻四妾八个丫环，我们当士兵的十年八年也闻不到一点腥膻味，别惹急了眼，老子上八百里腾格里大山当红胡子土匪去，嘿嘿，我说得出来干得出来！"

这个口出不逊的士兵刚刚骂到这里，忽然发现周围的丘八们谁也不敢说话了，一片寂静，明白人都知道这是来了什么大人物了。果然，在另一群丘八们前拥后护中，一个怪模怪样的家伙指手画脚地比划着过来，高声大嚷道："明天要打仗，还不是一般的仗，是打一场大仗、硬仗、恶仗、死仗。站岗放哨的士兵亏了，没有去妓院干婊子，骂大街是意料中的事，嘿嘿！"

这个骂骂咧咧的家伙到了跟前，周围的士兵们这才看清是蒙古军中大名鼎鼎的"特仑巴特尔"阿尔斯朗。他虽然没有一官半职，却威震王府市内外城，谁也不敢得罪他，因为他是莫尔根军长的救命恩人，叩头拜把的结义兄弟，在多年的出生入死的战斗中成了铁杆哥们儿，美其名曰舍命忘生交，所有的人都怕他。这回他背着手踱四方步来到附近，叭！叭！对那个叫骂的五大三粗的士兵狠狠扇了两个耳光，厉声训斥道："你讲的道理完全对，但是应该由别人讲，你不配，话从你那张臭嘴里放出来就没劲了，因为我过个两三天就看见你逛窑子，你是把王府市外城妓院所有的婊子都搞遍了，还不知足，牢骚满腹，怪话连天，快闭上臭嘴靠边站。”

阿尔斯朗为首的这帮十多个兵痞，连拉带扯嚷呼着来到王府市外城最大的窑子“军中乐园”，老鸨也是特别肥胖的女人，上下左右整整齐齐呈四方形，外号叫“麻袋”，正当三十如虎四十如狼的年龄，很适合老兵痞阿尔斯朗的口味，每回都叫她陪着。

这时候，在古老失修的内城王府里是另一种景象，会议厅内闪烁着像坟堆磷火一样绿幽幽的微光，这是莫尔根亲自主持召开师团长会议，阴谋策划夺取军民团结牧场。这次特大的军事行动的主要角色显然是哲别，手里拿着几分密码电报翻译稿，像邀功似地疯狂大叫：“共军根据地中心伊和浩特发烽火信号，我们蒙古军联合谍报队的正副队长大显身手，从那里报告重要情报。现在的军事形势是这样：共军独立骑兵团直属队和八个连队，都被我们牵制在火线上，欲进不能，欲退不得，牢牢拴住了，军民团结牧场只有少数不堪一击的当地民兵，用兵贵在不失时机，奉莫尔根军座钧旨，怯薛之战于明天早晨拂晓开始！”

“且慢！”莫尔根插话了。这个蒙古军军长光滑的胖脸上消瘦了好多，掩饰不住他的内心的苦闷、忧虑和不安，但是他颇为慷慨激昂地说：“怯薛之战者，近卫军之战也。怯薛是圣祖成吉思汗近卫军的别名，古代近卫军由宿卫队、侍卫队、环卫队组成，总隶属怯薛长。当今蒙古军两个师六个团部队，将来，就是，哦，蒙古联邦共和国的近卫军了。本次夺取共军新式大型牧场的战争关系重大，所以才敢动用它。嗯，巴特尔们，《蒙古秘史》里这样描写过：‘枪刺在脸颊上，他们都不眨眼；鲜血涌流出来，他们决不后退，和这些蒙古人不能轻易打仗。’所以，我们决不能失掉蒙古军的荣誉。况且，这次和以前多次作战不一样的是，我们动用了坦克，变成了装甲机械化骑兵，嘿嘿，坦克掩护马队，马队保卫坦克，取长补短，互相配合，发挥机动轻重武器交叉火力优势，横冲直闯，锐不可当，共军独立骑兵团就招架不住啦，嘿嘿！”

第一师二团团长是日本东京士官学校毕业生，虽然是骑兵军官，却对世界各国坦克颇有研究，正色道：“军座对此事不要过分乐观，掉以轻心，人家共军独立骑兵团也有坦克哟，是从‘虎威’六十三团、‘鹰扬’十团那里缴获的，是美式 M3 和 M4 谢尔曼中型坦克、M24 霞飞轻型坦克，都比我们使用的日式坦克强。我们的十辆 92、94 式坦克是日本关东军美津骑兵师团投降撤退时赠送的，外号叫大豆豆、小豆豆，微不足道，主要武器是一门 13 毫米 7.7 毫米重机关枪。抗日战争时期在缅甸出过这样笑话：国民党的一个驾驶十辆大卡车的运输兵司机，把日军的 94 式坦克撞下悬崖，充分说明它不堪一击！”

莫尔根独断专行，对这个部下的意见根本不放在心上，冷笑道：“大战在即，不要前怕狼后怕虎误事，优柔寡断乃兵家所忌，该下决心了，何况我们的坦克在数量上占优势，两种坦克配合起来堪称火力强大。更主要的一条是我们有比较充足的汽油和柴油储备。可以准确判断无误，共军独立骑兵团是缺油，他们总不能用干牛粪当燃料驾驶坦克吧？嘿嘿！”

最后一句话逗得不少军官们哈哈大笑起来。

“我们这是总攻击，带着决战的性质，情报可靠吗？千万不要轻举妄动！”调到大东边又哗变回来的第一师三团团长，曾经在汗庙一带打过败仗，心有余悸，现在听着都有点毛骨悚然了，喃喃自言自语，脸上的刀疤抽动着。

莽斯这个像凶神恶煞的丑陋家伙，打了一个哈欠，懒洋洋地说：“本军长总有点怀疑，联合谍报队的正副队长的情报过甚其词，可能有虚假。共军独立骑兵团团长哈尔巴拉其人，虽然才二十四岁，却身经百战，智勇双全，神秘诡诈，深思熟虑，对养兵重地所谓军民团结牧场的饲草饲料基地，岂能不防，这样冒险攻击，孤注一掷，未免失策，还是慎重为好！”

满脸横肉的哲别，还是趾高气扬地走来走去，长筒漆皮靴上的刺马针铿锵响，狞笑道：“长期潜伏的是我们蒙古军联合谍报队副队长，多年的职业老特务杀手，国民党嫡系‘虎威’装甲机械化步兵六十三团失利以后，立即潜入共区，偷递军事情报，组织地下交通联络站，神通广大，殊堪嘉奖。这次，我们蒙古军联合谍报队新上任的队长又亲自去协助，可以看出下了多大力量。再说，伊和浩特方向冲天烽火可以作证，全体官兵有目共睹，没有什么可怀疑的！”

第一师的一个伪满洲国兴安骑兵出身的老军官，涎着脸下流地笑道：“那么，嘻嘻，尊夫人高娃，白马红装的巾帼英雄，必是在那个地下交通联络站里了，新婚不如久别，胜利会师之后，嘻嘻！”

另一个操着喀喇沁、蒙古镇一带口音的军官，从阴暗旮旯里怒喝道：“肏妈人家的小子，这是什么时候，还说那些破话开玩笑！”

臃肿肥胖的莫尔根王爷强颜欢笑道：“我们蒙古人有一句话说得好：要抬头看前面的朝霞，莫回首瞅背后的阴影。诸位军官不要前怕狼后怕虎，本军长前两天以和谈首席代表身份前往伊和浩特实地侦察，共军独立骑兵团后方果然空虚，只有少数不堪一击的民兵。”

这个独揽军政大权的土皇帝，接着开始部署兵力了，装腔作势地清理了嗓子，继续叫嚷道：“怯薛之战即将打响，知己知彼方能百战百胜，对当前军事形势应该是了如指掌。共军特别加强的主力部队独立骑兵团固然是欲进不能，欲退不得，我们蒙古军处境也很困难。奉天、北平、天津、张垣、旧绥、包头相继失陷，西安、兰州、银川、西宁、酒泉、王门也落敌手，失掉了周旋余地，本次怯薛之战带有决战性质，只有消灭或驱逐老对手共军独立骑兵团，占领和控制八百里腾格里天险，才能得到休养生息的机会。共军其他部队鞭长莫及，一时很难侵犯我们。况且那边有最近建成的大型新式牧场，贮存饲草饲料几十亿斤，足够蒙古军两个师六个团人马三年消费。机不可失，时不再来，再拖下去有百弊而无一利。我们现在出动两个师六个团大军，还有十辆钢铁怪物——坦克打先锋，集中绝对优势兵力攻击共军一个团，决战决胜。这种战术是从他们那里学的，所谓人海战术，即以其人之道，还治其人之身，绝啦，哈哈！”

散会以后，蒙古军的师团长们多少消除了一些疑虑，乱哄哄地叫嚷着返回所属部队。拂晓，担任佯攻的第一师倾巢出动了，封锁线右侧火光四起，硝烟迷漫，尘土遮天。八时整，担任主攻的所谓“蒙古军之花”第二师，在激烈的枪炮声中，于王府市外城小校场集结完毕。莫尔根进行隆重的阅兵典礼，哲别抽出象牙柄军刀，凄厉地喊着口令致甩刀礼。莫尔根还是骑着那匹著名的乌珠慕沁白色蒙古马，走到以十辆快速轻型坦克为前列的庞大的骑兵队伍正前方，挥了挥手，作了简短的演说以后，亲自给哲别和四、五、六团正副团长们敬酒，极其热烈地说：“诸位军官，临行满饮此杯，以壮行色，祝旗开得胜，马到成功，嘿嘿！”

“首席诺颜，军座放心，共军新式大型牧场的草料基地，如探囊取物，唾手可得！”哲别还是趾高气扬傲气十足，不可一世。

“多加保重，我们的原则和指导思想是：保存自己，消灭共军，求得两全！”

“我们蒙古军对日本人和国民党没有真正卖过力气。养兵千日，用兵一时，这次决战不成功便成仁,男子汉大丈夫,战死疆场,马革裹尸,决不污辱蒙古军的荣誉!”

“你是一个真正的军人!”

哲别和四、五、六团正副团长们都一饮而尽,分别到所属部队下达命令,吆喝着:“上马!”

这个担任主攻的蒙古军第二师三个团人,用十辆92、94式日本超轻型坦克为先锋,突然向东北方向攻击,在封锁线左侧打开了长长的缺口,楔进去了,接着拉开了散兵线,气势汹汹地扑向军民团结牧场的草料基地。

正在战壕中严阵以待的侦察连和民兵队个个都紧张起来了,察干巴拉对完达尔夫说:“还有这么多坦克,快开始打吧!”

愣小伙子楚鲁不安地大叫:“坦克快要冲到跟前了,怎么还不下令打,接触上草料基地就麻烦了,各级指挥员们都怎么啦?睁着眼睛看不见?”

负责通讯联络的战士们,也从各个交通壕过来了,静候着副总指挥哈尔巴拉电话传达的命令。附近隐蔽的军马都受到了这战斗气氛的刺激,磕蹄掀鬃,高声嘶鸣着打转转。临阵不惧,充分表现出了蒙古马的优良品质。

琪琪格旗长身子很重了,但还是在前沿阵地上,用小巧玲珑的望远镜往前看了看耀武扬威的蒙古军坦克队,又往后看了看正在腾格里山鬼谷南口秘密运动的兄弟骑兵师,冷笑道:“莫尔根、莽斯、哲别这些家伙用了一辈子兵,打了很多败仗,我看要数这一次最惨了,他们再也爬不起来了。哼哼,坦克没有什么了不起,我们也有,威力更大!”

“这么多坦克,钢筋铁骨,不好打呀,怎么还不动手?”“假小子”刘秀英看着轰隆隆冲过来的十辆坦克着急了,几乎是喊话说。

话音刚落,隐蔽在北面腾格里山鬼谷南口的各种重型武器突然开了火,有九〇野炮、三八山炮、战防炮、平射炮、轻重迫击炮、六〇炮,密集的炮弹在蒙古军第二师三个团骑兵队伍中爆炸,人仰马翻,扫荡了一大片,却没有打中冲在最前面的日式坦克。这是有意延伸射击,怕误伤了独立骑兵团的美式坦克,留有余地,给敌我双方战车开辟战场。果然如此,深深躲藏在掩蔽部里的五辆谢尔曼中型坦克、三辆霞飞轻型坦克,突然奇迹般出现了,炮口正指向对面的十辆92、94式超轻型坦克。蒙古军的坦克手们大吃一惊,他们万万没有想到这附近竟潜伏着共军装甲部队,而且是令人恐惧的谢尔曼坦克,实际上是重型坦克,加上霞飞中型坦克,共计有八辆之多,真是冤家路窄,狭路相逢呀!正当他们发愣的时候,这边独立骑兵团七连——机炮连新建的专门负责坦克的第五排排长乌儒喜乐团首先反应过来,开始行动了。他认为三辆外号大豆豆的94式坦克没有炮,只有7.7毫米重机枪,不足为惧,首先要干掉左边对其构成威胁的七辆外号小豆豆的92式坦克,虽然也没有炮,但是有13毫米重机枪,穿甲力较强。于是,谢尔曼坦克迅速左转,炮塔则转得更快,炮手几乎没有瞄准,凭感觉就打出了第一发75毫米炮弹。转眼之间,蒙古军打头的一辆92式坦克被打得粉碎爆炸起火,而其余的九辆只顾行驶,还没有开火,重机枪口慌慌张张地跟踪着将要形成包围圈的八辆谢尔曼和霞飞坦克,不知道打哪辆好,真是迟钝的笨家伙。

在蜿蜒崎岖的封锁线上,遍布着蛇形钢丝网,是日本关东军美津骑兵师团投降逃跑时遗留下来的。这些细细的具有弹性的钢丝,卷成螺形,坦克驾驶员不容易发现,辗压过去就缠住了链轨,影响坦克的前进,快速变成慢速,甚至原地转圈拉磨。钢丝很细,弹起来像蜘蛛网一样乱绕,甩不掉解不脱，一辆94式坦克被套住走不动，活活成了新来的骑兵师和独立骑兵团炮群的靶子。着急红了眼睛的驾驶员，拼命钻出炮塔来排除故障，被埋伏在附近的机枪、步枪手打死了。接着又直接命中一颗大型炮弹，94式坦克轰然爆炸，瘫痪了。

敌我双方的十六辆坦克，在王府市东北伊和塔拉大草原上正面遭遇，在五公里宽的冒烟喷火的战场上，独立骑兵团的八辆美式谢尔曼、霞飞坦克和蒙古军的八辆92、94型日式坦克交火，两面的骑兵也在周围展开了白刃战。独立骑兵团的坦克吨位大，装甲厚，行动半径大，火力射程远，射速快。而蒙古军的坦克在相比之下吨位小，装甲薄，行动半径小，武器也落后。从高地望去，两支坦克部队的形状好像是大个牛和小个羊对阵相持。顿时炮声隆隆，火光四起，烟柱冲天，伊和塔拉草原抖动着。这时候，双方的大炮却都沉寂下来，都怕伤着自己坦克，这是事先没有预料到的突然出现的新情况，加上拼搏的两面的骑兵，战场复杂化了。独立骑兵团的庞大的美式坦克，在大波纹沙丘之间，左冲右突毫无顾忌；蒙古军像火柴盒一样小的日式坦克则没有那么大的胆子，只能利用每个沙丘时隐时现，巧妙射击。就是这样也不行，又一辆92式坦克履带被打断了。这是蒙古军被击毁的第三辆坦克，驾驶员气疯了，每只手都拿着一颗黑糊糊的大炸弹，冲向独立骑兵团的一辆霞飞坦克。这个亡命之徒显然是负了伤，踉跄着倒下复又挣扎着起来，爬上去的同时拉响了信管，火光一闪燃烧起来四下扩展。原来这是俗称火焰瓶的凝固汽油弹，这辆美式坦克很快被熊熊烈火包围了，温度高达一千摄氏度以上，隆隆地响着翻倒过去，内部也响起了爆炸声，从炮口、瞭望口往外喷火。履带和炮塔都被烧得歪扭弯曲了。车内驾驶员和炮手们没有能够爬出来，被自己的弹药炸成粉碎。

蒙古军的几辆坦克驾驶员从射击孔、瞭望口偷偷观察，见状大喜，认为有机可乘，便像一群疯狗一样猖狂扑过来。

根据地中心伊和浩特民兵队队长特木尔，站在战壕里大喊大叫："打，打，打坦克，往死里打！"

片刻，步枪和机枪子弹飞蝗般扑向坦克，叮当脆响，火花飞溅，但是坦克一点都不在乎，继续吼叫着冲过来。

"手榴弹！"民兵队副队长呼和巴拉又一声喊叫，手榴弹像一群啄食的乌鸦一样扑过去，炸出一团团烟雾，坦克甩甩脑袋，摆摆鼻子，接着冲过来。

"肏他妈的，我和坦克拼啦！"愣小伙子楚鲁气红了眼睛，左右手各拿一颗反坦克手雷，一跃而上。他知道上面有个盖子可以掀开，便像壁虎一样贴在炮塔上，使出很大的力量去揭盖子，但是怎么也弄不动。他着急得挥起反坦克手雷乱砸，什么天线，什么瞭望镜，全弄碎了。最后那辆坦克也觉得胆战心惊，掉头便往回跑。

"快下来，快下来！"呼和巴拉、斯琴两口子一起大喊。民兵队长特木尔也跟着叫唤起来。楚鲁却不听，他以为连掀带敲，能把炮塔盖弄开，抓一辆完整无损的活坦克回去，立功受奖，所以还是不想下来。没有想到这辆坦克辗过坑洼地时，猛地一闪歪斜了一下，把他甩下来。他在后面紧追了几步，很遗憾地站住了，知道活抓是没有希望，接连扔出去两颗反坦克手雷，把这辆94式轻型坦克的链轨打断了，稀里哗啦掉下来，一步也不能走了。"铁姑娘"斯琴看见弟弟爆炸成功，并且身上丝毫没有受伤，大喜过望，尖声嚷嚷着握个爆破筒冲上去："同志们，看清了，坦克是钢脑壳铁身板麻秆腿，我们专门打它的腿，叫它有来无回！"她说着把爆破筒插进履带将其炸毁了。

这边“咚——咚——咚”连续几炮，剩下的又一辆外号大豆豆的94式坦克燃烧起来，瘫痪了。后面的几辆92式坦克，吓得失掉了理智，互相之间没有无线电联络，弹雨横飞，又不敢探头探脑出来打旗语喊话，缺乏统一指挥，这就乱了阵容，被各个击破，车毁人亡，它们的重机枪子弹打到谢尔曼坦克厚装甲上，火星四飞，都弹掉了，只出了点麻子。而谢尔曼坦克的75毫米炮弹能穿透蒙古军坦克的薄装甲，打得纷纷起火。

蒙古军的最后一辆92式轻型坦克也着了火，烈焰腾空，熊熊燃烧，它的驾驶员本来是可以钻出炮塔来跳下车逃生的，但是这个家伙看见弟兄们与坦克都同归于尽，也像疯狗一样红了眼睛，下狠心要报仇雪恨。原来他同样是个铤而走险的亡命之徒，是不想活了，也不管机枪手是否同意，横冲直闯辗过基地铁丝网，点着了几垛饲草饲料，轰然爆炸了，也是一种自杀性肉弹攻击。

兄弟骑兵师在这时开始了包围合击行动。完达尔夫连长忙着过来对琪琪格说道：“旗长，哈尔巴拉副总指挥来电话，你的任务是协助老邓给蒙古军部发报，就说鬼谷南口突然发现共军两个骑兵师，哲别第二师被层层包围，陷入危机，给他们制造更大的混乱！”

完达尔夫又转向侦察连和伊和浩特民兵队，挥动着手臂高声大嚷：“围歼蒙古军部和一、二师六个团的大会战开始了，同志们，敌人是不会轻易放下武器的，要把纸老虎当成活老虎打，准备冲锋！”

这时候骑兵师包围圈合口，声势浩大的总攻开始了。军民团结牧场草料基地附近，完达尔夫连长一马当先，高声宣传鼓动：“老八连，向前冲啊，发扬我们团光荣传统，无事不拔刀，拔刀必成功，全部、干净、彻底消灭蒙古军部和一、二师六个团！”

“民兵同志们！”特木尔也呐喊助威，“为人民立功的时候到了，冲啊！”

军刀闪耀着夺目的白光，骑兵队伍加快了冲锋速度。驰骋起来的完达尔夫的芦花青马很快跑到了最前面。他远远看见正西方布满了蒙古军第二师的大队人马，驮着几挺重机枪，往一块高地冲来。更远的地方隐约看得见一个骑着高大的黄骠马的军官，生气地指手画脚、发号施令。

“是小个子参谋长兼第二师师长哲别！”完达尔夫高喊了一声，带头冲过去。

察干巴拉也喊着：“蒙古军第二师部，老对手呀，冤家路窄，这回可跑不出去了！”

“射人先射马，擒贼先擒王，逮住哲别！”从远处传来呼和巴拉的呐喊声音。

完达尔夫骑着芦花青马冲锋，速度最快，耳边只听见呜呜响，周围的草原像旋风一样转动着。几分钟以后插进了敌人的阵地，只见蒙古军第二师出动大约一个团的兵力开始反冲锋突围了，领头的是骑高大青马的军官，留着八字胡，恶狠狠地迎上来。侦察连的老干部战士们认出来他是被“影子”策反出去当了蒙古军第二师四团副团长的“神枪手”。这个老土匪名不虚传，枪法很准确，很有根基，手拿德国造崭新发着青光的二十响全自动驳壳枪，也不瞄准，斜过身子来甩手射击，完达尔夫只觉得在左肩上一阵剧烈疼痛，他一次连中三弹失去了平衡，头重脚轻地跌下来。这匹全团最有名的芦花青马果然不简单，深通人性，长长地悲鸣了一声来回徘徊了几步，竟叼着他到了正在不远处挥动小红旗指挥民兵队伍的党支部书记察干巴拉那里。这个老二立即组织民兵把侦察连长抬出战场送往后勤处医院。就在这短暂功夫，“神枪手”打死打伤了侦察连和民兵队的十来名干部战士。察干巴拉怒火腾腾直冒三丈，迅速敏捷地就近跳上这匹芦花青马，抽出军刀冲过去。由于他穿着复员时带来的草绿色军装，“神枪手”误认为是哈尔巴拉团长，浑身战栗了一下，脸上显出受到严重威胁的恐怖表情，害怕地转向了他，就要甩手射击。死亡就在眼前，察干巴拉厉声喊道："芦花青，快，快！"

这马听了喊声，威风不减当年，陡地腾空而起，从这个骑高头大青马的蒙古军第二师四团副团长头上一跃而过。这个速度快得使察干巴拉这样的劈刺能手都没有来得及用军刀砍，他的对手也没有来得及用驳壳枪射击。

察干巴拉为了砍起来方便，迅速地拽了一下缰绳从右边转过来。他高兴地发现这个土匪出身的老家伙的手是空的，那只崭新油亮的二十响全自动驳壳枪被芦花青马踢飞了。距离相当近，"神枪手"慌乱地抽出军刀来，原来他又是个很高明的击剑家，熟练地躲开了察干巴拉这样劈刺能手三次致命的打击。

这个老二两眼喷火，连鬓大胡子根根挺立，咬紧牙关第四次追上了蒙古军第二师四团副团长，芦花青马和高头大青马几乎是并排跑着。他看见了"神枪手"的剃得很光的下巴显出铁青色，袖子上绷着古老的元朝时期的三色军旗的臂章。察干巴拉站在镫子上虚晃了一刀，接着又改变了方向，锋利的刀尖深深地刺进了"神枪手"的肩胛骨。这个土匪出身的老家伙拿着的军刀掉下来，缰绳也撒开了，先是龇牙咧嘴挺了一下胸脯，然后躺在鞍桥上边，慢慢滑下去，察干巴拉又举起军刀砍了一下。

这时候传来了一阵独特古老的乐曲声，压倒了萧瑟的秋风，十来把军号一齐吹奏着，像咬牙切齿，又像诅咒发誓。独立骑兵团的老战士们都知道，这是《成吉思汗出征之歌》，是蒙古军的所谓军歌，不轻易吹奏，来者不善，善者不来，看样子这个第二师要拼死突围了。

一排子很长的重机关枪射击声响起，干部战士和民兵们低低地附伏在马背上。民兵队长特木尔愤怒地大声喊道："坚决阻击，不叫蒙古军突围出去！"

又有两三挺重机枪射击声从右边沙丘中连续不断地响起来。察干巴拉骑在芦花青马上，迅速观察分析判断着周围形势。透过滚滚的黄沙，看到了沙丘左边大约有一个团蒙古军展开了漫长的散兵线，骑马冲锋了，灰暗的太阳光下军刀闪闪发亮。在沙丘左边几十挺轻重机枪掩护下，出现了更多的敌人，展开了更大的散兵线，人数大约有两个团左右，高举着军刀"阿拉阿拉"地喊着杀声冲上来。可以看得出来，蒙古军第二师三个团全线突围了，队形大体上分成十三个部分。后来才知道，哲别是模仿蒙古历史上著名的"十三翼之战"进行部署的，企图从层层重围中杀出一条血路。双方大规模的散兵线开始接触，更激烈的白刃战斗开始了。

老二察干巴拉跟着侦察连和民兵队从侧面楔进敌阵核心。他选择着目标，一个穿短小的黄呢子军服的蒙古军官迎面冲过来，骑的是一匹很快的枣红马。察干巴拉在这个家伙冲上来的一刹那，迅速地向右边闪过去，只听见头上的军刀砍空后吱地一声响。他在马鞍上挺直了身子，用刀尖反刺了一下从旁边冲过去的蒙古军官的脑袋，手上几乎没有感觉到砍劈的力量，却见这个家伙耷拉着头慢慢从鞍子上栽下去，黄呢子军服上流着一股浓血。受惊的枣红马野蛮地翘起脖子，斜着身子狂奔着。就在这个时候，从后边过来的很重的打击，使这个比公牛还结实的老二一下失去了知觉，他觉得天旋地转，嘴和鼻子里、满脸连鬓大胡子上，全是很热很咸的血，迷迷糊糊意识到自己跌落在地上，他睁开眼睛看看，眼睛里边是灌满了鲜血，隐约听得见凄厉地呐喊声，万马奔腾，军刀撞击，自动武器响成一片。他又陷入更深度昏迷之中，掉进了没有底的黑窟窿里……

原来，从后边开枪射击的不是别人，正是蒙古军参谋长兼第二师师长哲别，他看见穿着崭新的草绿色军装领队冲锋的老二察干巴拉，错误认为是老大哈尔巴拉了，便不顾副官和众多的卫兵们的阻拦，冲进了激战的中心。他打倒了对手以后仍不甘心，还想再补上一枪，这时候侦察连和民兵队却从两边包抄过来，把他隔开了，夹击圈只不过几百米，形势极为险恶，他来不及下手，又怕因小失大陷入重围，只好掉头撤退。一瞬之间忽然看见那匹著名的芦花青马，叼着他日夜切齿怀恨的仇人冲出了白刃格斗的漩涡，很快跑远了。他唯恐自己眼花仔细观察了一番，确实没有看错，便惊叫了一声对前拥后护的卫兵们说："唔，唔，你们看那匹芦花青马，不仅跑得快，还会抢救主人，在今天战场上就发生两次，真是典型的蒙古马，一切优良品质它都具备了，应该建立档案记功发奖，把它供起来养尊处优，可惜共军不是王道之师，不会这个，嘿嘿！"

卫队长一直是不离左右当保镖，这时候捧场道："参座，别说叼回去，就是驮回去又咋着，是一具尸体呀，哼，共军施展阴谋诡计，设下多道伏击圈是不假，但是这回徒劳无功了，罪魁祸首哈尔巴拉毙命，我们蒙古军一、二师士气大振，一定能突围出去胜利会师！"

哲别的眼睛发亮了，用刺马针磕了磕香牛皮鞴，加快了黄骠马速度，大声发号施令："卫兵，向四、五、六团正副团长们传达我的命令，就说哈尔巴拉被我打死了，共军独立骑兵团丧失斗志，顷刻瓦解。我们的目标是西南方王府市，看准空隙，集中突围！"

这就像打了一针麻醉剂，蒙古军队伍中掀起了一股疯狂的浪潮，到处有他们的官兵鬼哭狼嚎般叫唤着："共军独立骑兵团长被打死了，被我们参谋长打死了！"

"嗬咿，哈尔巴拉完了！"

"打胜仗是有绝对把握啦！"

"弟兄们，冲呀，杀出一条血路，和第一师胜利会师！"

腾格里山鬼谷南口炮兵阵地附近一块高地上，是新来的骑兵师长，担任总指挥的独臂将军阿拉玛斯师长，两个副总指挥哈尔巴拉副师长和巴雅尔参谋长都在这里，他们刚刚听到远处传来的隐隐约约喊声的同时，战地通讯联络人员也急忙来报告："不知道是怎么回事，蒙古军部和一、二师六个团人差不多都在叫唤，都在嚷嚷，都说哈尔巴拉副总指挥在战斗中身亡！"

哈尔巴拉愣了一下，随即又哈哈大笑了，说道："蒙古军参谋长兼第二师长哲别是个糊涂家伙，不考虑突围这个关系生死存亡的大事，偏偏在这枝节上费工夫，诅咒我死亡，这什么作用也没有，哈哈！"

"哼，岂有此理，这是国民党中央社的手法。"巴雅尔脸色一沉，很严肃地说。

阿拉玛斯举起望远镜观察着，对哈尔巴拉说："根据现在具体情况，我们应该拿定主意对症下药了。蒙古军第二师三个团人自知势孤力单，锐气顿失，再也不想攻占军民团结牧场了，正在拼命突围；西边的第一师三个团人，也知道战局不好，慌了手脚拼命接应，他们合股就不好办了，必须在这穿插分割的基础上各个击破，完全、彻底、干净地消灭他们，为此应该采取什么战术？"

哈尔巴拉谦虚地说："请二位首长决定！"

阿拉玛斯笑道："不能那么说，你在伊和塔拉大草原时间最长，你和蒙古军打仗的次数最多，熟悉这里的一切，应该由你定嘛，不能反客为主，是不是，哈哈！"

巴雅尔态度很严肃，说道："军民都说你是'鬼谷伏虎'、'魔峡擒鹰'两次大的战斗方案的主要设计者，这回也应该露一手嘛！"

哈尔巴拉考虑过这事，不假思索地说："那我就说说不成熟的想法，是不是分两步走。第一步：我军骑兵师和独立骑兵团数量质量上虽然占优势，但是一下全部吃掉蒙古军是有困难的，还得采取各个击破分别消灭的战术。"

"对，集中绝对优势兵力，首先消灭蒙古军第二师，不能平分火力，嚼不烂吃不消。"阿拉玛斯表示赞同。

"第二步，对蒙古军第二师也不能强攻硬打，还得采取疲劳战术，等他们累垮了时候再打！"

巴雅尔不解地问："什么疲劳战术？"

哈尔巴拉继续介绍说："是这样，自从铁路公路大干线被掐断以后，蒙古军长期困守孤城，官兵伙食恶劣，既吃不饱更吃不好。西面牧场有限，缺草少料，很多军马饿死了，剩下的军马瘦弱不堪。总之军马体力都不行了，很快就会累垮的。为了叫他们早点爬蛋，在包围圈某侧，故意露出一个大缺口，附近埋伏大部队，等他们拼命冲过来，马上合口阻击，蒙古军第二师经不起这样来回折腾，疲劳到极点，不用说还手之力，连招架之功也不会有的，哈哈！"

阿拉玛斯说："对，就这样打，马上传达命令部署兵力。"

几名战地通讯员这时已经来到首长面前，等待命令的下达。哈尔巴拉略微停顿了一下，大声说："东南角故意露出大缺口，十五团在附近隐蔽待命。蒙古军第二师在西线碰了硬钉子以后，认为东南方向和军民团结牧场、王府市一点不相干，不可能设防，最容易突破，就会打过来，就在那里干掉他们。同时告诉邓志刚主任，请他用微型电台向蒙古军提供这方面虚假情报，迷惑他们！"

"是！"战地通讯联络人员们齐声答应着，立即上马往不同方向驰骋而去。

哈尔巴拉精神抖擞地站起来，拉扯平了草绿色军装的衣襟，整理了二十响全自动驳壳枪和弯曲的军刀，立正报告道："二位师首长，我带领十五团到东南角去埋伏，等着蒙古军第二师来自投罗网。"

"等等！"

"你不要轻率上阵！"

"不，从总的情况来分析判断，这可以说是对蒙古军的最后一战了，他们将要永远地消失，我不能错过这大好机会。再说，他们不是诅咒我死了么，我偏要叫蒙古军官兵们看看，一根毫毛也没掉，还带着十五团把他们包围了，怎么样？咋也得出这口恶气。"

阿拉玛斯看着哈尔巴拉的那股坚强劲儿，充满深情地对他说："好，你去吧，多加保重，为将之道，以消灭敌军有生力量为主，不要感情用事。只要蒙古军第二师往东南角转移。我和参谋长带着西线十二、十三、十四三个团从后面追过去，前堵后击！"

参谋长巴雅尔补充道："十五团阻击蒙古军第二师力量单薄些，可以把你们这里的老八连和民兵队调过去，指挥上也更顺手。"

"是！"哈尔巴拉答应着威风凛凛地骑上了那匹鬃毛垂地的大黑公马，带着十多个警卫人员，冲到了刚刚换防的十五团跟前，就听见十五团团长操着科尔沁口音，大声下达命令："各个连队隐蔽好，秘密运动，按战斗队形疏散开，占据更有利地形地势，更不要探头探脑暴露目标。"

哈尔巴拉敏捷地跳下来，把马交给警卫员，大声喊话："同志们准备好，就要打阻击战了，蒙古军第二师打不过我们十二、十三、十四三个团的防线，看见这边有空隙，很快就会窜过来的！"

十五团团长是个幽默诙谐好逗乐子的人，笑嘻嘻地对他说："副师长，你来了，任务不轻呀，节骨眼上拉老大哥一把，哈哈！"

"好说！"哈尔巴拉和对方握了握手，回头对一个警卫员说："快去根据地中心，向琪琪格旗长、完达尔夫连长、特木尔队长传达我的命令，就说蒙古军第二师被打得焦头烂额，军民团结牧场的危险完全解除，快领着老八连和所有全体民兵来这里阻击，快！"

"是！"警卫员又翻身上马直奔军民团结牧场。

十五团团长大喜，笑逐颜开，手舞足蹈地说："副师长名不虚传，指挥有方，抓住要害，老八连，还有那么多民兵队前来助战，阻击成功更有把握了，哈哈，人海战术，决战决胜！"

"这算什么，大头在后哪，蒙古军第二师往这边突围时，阿拉玛斯、巴雅尔二位师首长带着十二、十三、十四三个团从后面追，那才热闹呢，嘿嘿！"

两位指挥员顾不上往下说别的，各自拿起望远镜观察。战局发展很快，蒙古军第二师先是减弱攻势，接着犹豫徘徊，最后费力地转移方向，往这边黑压压地扑过来，但是毕竟人瘦马弱力不从心，大半掉队了，七零八落，参差不齐，前头没走多远，后尾又被咬住了，十五团的很多干部战士们高声呐喊："我们十二、十三、十四三个团追上了，咬住了！"

"再也甩不掉了！"

"歼灭战就要开始了！"

哈尔巴拉抬起望远镜往更远的火线瞭望，独立骑兵团已经顶住了蒙古军第一师，打得难解难分，呈胶着状态。他咬了咬牙，对十五团团长说："你和这里的机炮连，还有就要赶到的老八连、民兵队火力掩护，我带着你们这里其余连队迎面冲过去，速战速决，再不能拖！"

"好！"

哈尔巴拉一马当先，领着这里十五团的其余连队刚刚冲出去，侦察连和很多民兵队也从军民团结牧场赶到了，琪琪格、特木尔、呼和巴拉、斯琴、刘秀英、楚鲁等人七嘴八舌地打听着哈尔巴拉的情况，听说他平安无事，军民们都松了一口气，放下心来，一时欢声笑语充满了这一带战场。随军采访的《铁骑》报记者额尔德慕泰夫大受感动，当场吟诗一首曰：

大草原上鬼神号，
蒙古军无处逃。
信号飞天星跳跃，
照明坠地火燃烧。
短枪射击争沟壕，
长炮轰炸夺碉堡。
尸横遍野热血耗，
莫王兵马全输掉。

第八十四回　冒险进攻伪军彻底灭亡　决战胜利基地普天同庆

蒙古军第二师四、五、六团就要遭到灭顶之灾了，已成定局，谁也无力回天。真是福无双至、祸不单行，在这垂死挣扎的苦难时刻，莫尔根军长又获悉惊人情报，有人报告说：特等功臣、战斗英雄阿尔斯朗就要打着白旗投降共军了，并非捏造，有目共睹，千真万确。这不啻揪心撕肝裂肺，莫尔根军长浑身哆嗦了一下，嘴吐鲜血，脸色刷地变白了。一直追随自己多年忠心耿耿的老兵的叛变，表明蒙古军气数已尽，就要完结了，最后灭亡的命运正等着他。谋事在人，成事在天，此乃上苍旨意也。二十年代中，就是这个老兵冲锋陷阵，打伤了东北军副师长吴俊升，扬名天下。三十年代末，也就是这个老兵把莫尔根从苏俄红军坦克装甲车钢铁包围圈中驮出来，单骑救主，誉满草原，现在竟贪生怕死卖主求荣。茫茫世事，何其多变，简直是不可思议。莫尔根军长黯然神伤，悲悲切切地长叹了一声，挥手制止了就要开枪射击的警卫连长，用大倍望远镜仔细观察阿尔斯朗的行动。因为距离不远，看得清清楚楚的，连叫唤声音也传过来。只见阿尔斯朗完全改变平常邋遢肮脏样子，穿着干净新鲜的黄呢子军大衣，长筒黑漆皮靴，刺马针闪闪发亮，手拿一面白旗，有节奏地轻轻摇晃着，脚步一点都不慌乱，就像在草原上散步，喊道："共军弟兄们，我们都是蒙古人，和为贵忍为高，动拳头不如吃手把肉，抡刀枪赶不上喝马奶酒，好说好商量，哈尔巴拉已经死了，我要见你们这里别的最高长官，传达莫尔根军长和平诚意！"

"忘恩负义的坏家伙，假传圣旨，撒谎撩屁，一枪撂倒他！"站在战壕里的蒙古军军部警卫连连长怒不可遏，第二次端起日本造有瞄准镜的九七式狙击步枪。但是就在勾动扳机的瞬间，莫尔根念及故旧之情，触动恻隐之心，厉声制止："不要打！"军令如山，警卫连连长哆嗦了一下没有来得及停止，但是枪口歪斜子弹偏差，只是打中了阿尔斯朗的肩膀。他趄趔着刚要跌倒，就被这里骑兵师十四团战士扶着进了火线临时指挥部。阿尔斯朗负伤完全掩盖了这个家伙的罪恶阴谋，准备要搜查的行动取消了，就解除了戒备和怀疑，直接把他领到留着牙刷胡子的十四团团长跟前，紧接着团政治委员、副团长、参谋长都来了，一边包扎伤口一边审讯情况，旁边参观的人越来越多。说时迟那时快，捆在阿尔斯朗腰间胯下胸前的大量黄色烈性炸药和集束手榴弹突然同时响了。这自杀性爆炸好像晴天霹雳，随着龙卷风一样的冲击波，简易地堡坍了，胸深战壕平了，炸死十四团正副团长、政治委员、参谋长、政治处主任等二十来名干部战士。

蒙古军军长莫尔根严密监视到这里，如大梦方醒，这才明白了阿尔斯朗的真正意图，原来是假投降真行刺，刚才错怪了他，开枪打伤，真是天大的冤枉。莫尔根想到这里啊呀了一声，手中的大倍望远镜叭哒掉在石头上摔成粉碎，他颓然坐下，泪流满面，号啕大哭。紧接着趁此大混乱，在很多的亲信卫兵严密警戒保护下，神秘诡诈地悄悄退出指挥所，脱离战场漩涡中心，投奔蒙古国寻求援助去了。在双方激战这段时间内，这里的全体官兵对此一无所知，成了最大的谜。

事情失败暴露后，文武官吏们个个失声叫苦，连连叹息道："所谓智者千虑必有一失，莫王聪明一世糊涂一时，投奔蒙古国被俘虏是自取其咎，这是他一生中最大的错误，断送了已经形成相当规模的事业，再也恢复不过来了，此乃天丧我也，命运何其多舛，唉，一失足成千古恨，再回首已百年身，悲剧呀，悔恨交集。但是从另一方面来观察分析，这也表现了莫王高贵的品质，放弃出国周游世界宣传蒙古的享福安乐机会，不丢下一兵一卒，同甘苦共患难，自陷囹圄，这是多么了不起，是惊天地而泣鬼神的伟大壮举，言之声泪俱下，痛不欲生啊，唉唉！"

蒙古军的第二师被消灭以后，第一师是没有打算投降的，准备战斗到底全部殉难。这时候在蒙古国被捕的莫尔根从乌兰巴托来了电报，命令他们缴械讲和，尽量避免兵马的伤亡，留得青山在，不怕没柴烧，并附诗文说：一时胜负在于力，千秋成败在于理，花落自有花开日，留住芬芳待来年……

莽斯对此抱怀疑态度，一怕这是假电报，是共军的阴谋诡计，欺骗他们投降；二怕莫尔根在蒙古国被捕，在严刑拷打之下说的谎话，不能信任，这样继续鏖战。

老兵痞阿尔斯朗的自杀性爆炸事件也是如此，影响恶劣，传到很远的地方去，不胫而走，简直是不可挽回。更坏的是：不少民间说书艺人不去揭露批判，反而从传统的封建道德忠义烈士的角度加以肯定和同情，编成了《阿尔斯朗一死谢君王》的战斗故事，大加宣扬，很多牧民感动得流下了眼泪。

哈尔巴拉闻讯大怒，下令取缔禁止，并且吓唬说谁要是再说唱此书，就没收或砸烂四弦琴。

琪琪格没有这样简单粗暴，办了说书艺人训练班纠正过来了。

无独有偶，在这期间王府内又发生了一件丑事。那个最近去过伊和浩特的替身包继成，软禁在内城，不仅人身不自由，消息也是很闭塞的，几乎什么也听不见。这回却完全相反，不知怎么听到蒙古军大败的情报，接着又听到了莫尔根在很多的亲信卫兵严密警戒保护下化装外逃的新闻。谁都明白，这对当替身的包继成来讲，无疑是敲起了丧钟，他肯定会惊慌失措，但是却不是这样，面显喜色，得意洋洋，穿上一身黄呢子将官服，红漆皮长筒靴，刺马针叮当响，腰间扎很宽的武装带，佩挂最新式左轮手枪，在落地大镜子前踱方步反复照来照去，有一种自我欣赏和陶醉的神气，嘴里还不闲着，淫秽地哼哼。

替身包继成唱着，在这当中又不时看着金壳手表，看着天色，急不可耐。很不容易捱到黄昏以后，他也不点灯，掀开厚重的黑色窗帘的一角偷偷观察了一会儿，这才放轻脚步瞒着甄珍小姐和那个媒婆，还有千里迢迢来认亲的老妈，慢慢走出门，鬼鬼祟祟地东张西望着向王府内阁走去。要是在平时他都不敢接近这一带的，蒙古军军部警卫连戒备森严，没有特别准许，谁也不敢擅自犯禁入内。现在完全颠倒过来了，不仅打了几天几夜的大仗硬仗恶仗死仗，而且是败仗，坏消息接踵而至，内外城兵力抽调一空，到处是空荡荡地，人心惶惶，谁也顾不上谁了。就这样，当替身的包继成没有遇到任何盘问和阻拦，直接走进了正副福晋娜仁、萨仁住宿的幽深的内阁。她们是姐妹俩，是满洲贵族，根据大清国"北不断亲"的既定方针政策，由皇宫下嫁到这里王府的。莫尔根是民族主义者，给她俩改了蒙古名字，还戏称这是"入乡随俗"。她们在这几天来，听着东北方向传来的激烈的枪炮声和军事失利的消息，甚为不安，时时刻刻替莫尔根的安全担心。出乎意料的是，现在忽然看见他平安归来，大喜过望，急忙站起来屈膝打千请安，连声说着："王爷贵体安康，枪林弹雨之中胜利归来，实乃佛爷保佑，洪福齐天，不幸中之万幸。"

替身包继成对娜仁、萨仁两位福晋丰满性感的身体贪婪地剜了一眼，恨不得马上双双拥抱着上炕。但是他知道这是王府内阁，和皇宫下嫁的两位格格打交道，礼节繁多，千万不可造次，露出破绽来，小不忍而乱大谋，要千刀万剐，是凌迟大罪呀，于是他更进一步端起了架子，清理了一下嗓子，威严地说："什么佛爷保佑，老生常谈，不在话下，另当别论。实际上乃是圣主成吉思汗武运军威光辉照耀，战无不胜，攻无不克，早就扭转战局，全歼共军独立骑兵团，占领其根据地中心的军民团结牧场了，大获全胜。好了，本王连日来跃马挥刀浴血奋战，疲劳之极，需要休息，酒饭早就在军部用过了，丰盛之极，这里不必费事。"

这两句话说得不仅内容十分妥当，其口音姿势也惟妙惟肖，以假乱真，就连共同生活了半辈子的二位福晋娜仁、萨仁姐妹俩也没有看出毛病，上当受骗，连连鼓掌，高声欢笑，表示对军事胜利的祝贺。倒是接着从外面跑进来的两位小王储提出了异议。他们是图们巴雅尔、明干巴雅尔兄弟俩，人小心眼多，聪明伶俐，齐声指责道："你们光顾为打仗胜利高兴了，父王还没有吃晚饭呢，人是铁饭是钢，又道是食为天，谁受得了，哼，岂有此理！"

这时候，替身包继成正紧盯着大小福晋，馋得差点要流下口水，闻言才发觉自己走神失态，不觉一怔，连忙收回眼光，不好意思地笑道："不用，不用，我刚才在战场上吃过铁板烧了，烤的是马肉，开胃吃得多，一点都不饿。现在我最需要的是休息、休息、再休息，哈哈！"这句话差不多等于一道圣旨，小福晋萨仁、二位王储和几个丫环都悄悄退出去了。

内城王府荒淫无耻，苟延残喘度日，外面却打得天昏地暗日月无光。这一场消灭蒙古军的战斗异常艰苦，伤亡之大，牺牲之多，出乎意料之外，草原争夺战和城市攻坚战交错在一起，难解难分，走几步就看见死人死马，遍地皆是，垒垒成堆，触目惊心。蒙古军副军长兼第一师师长莽斯痛哭流涕赋诗道：

山川草木尽荒凉，
十里腥风旧战场，
征马不前人不语，
王府市外立斜阳。

天山脚下沙漠连，
散华将士枯草眠，
孤雁一声寒月黑，
悲风萧瑟海河边。

第十天，战斗全部结束，哈尔巴拉副师长、琪琪格旗长等很多人，急急忙忙到新来的兄弟骑兵师野战医院去探看二弟。这时候，察干巴拉终于脱离了长长的危险期，完全彻底地清醒过来了，众皆欢欣鼓舞，莫不拍手称快。原来是他们这个元代武士家族的强壮体质和超人的抵抗力，再就是这里野战医院大夫和护士的精心治疗，都起了决定性的作用，这真是大喜事。察干巴拉睁开了眼睛，首先听到外面的锣鼓声、口号声、歌唱声，组成了气势非凡的欢乐的交响曲，接着他衰弱地睁开了眼睛，看见好多人都在这间病房环围着他。妻子娜布琪首先放声大哭，吓得怀抱中的新生小男孩也哇哇地叫。弟弟呼和巴拉也高兴得直流眼泪，叫唤着："二哥，二哥！"旁边还有刘青山、邓志刚、额尔旦、"巴拉根仓"老汉、特木尔、斯琴、刘秀英、楚鲁、吉达"孛"等人，一起看着刚刚恢复生命的这个老二。

“战斗怎么样?”察干巴拉用有气无力的声音问着想要坐起来。

哈尔巴拉急忙按住了他,说道:“不要动,医生嘱咐我们要绝对安静。你这是严重的脑震荡,哲别误认为是我,从后边过来的,冲锋枪子弹打穿了头骨,没伤着脑髓,你负伤掉下来以后,是完达尔夫连长的那匹芦花青马叼着你离开了白刃战的漩涡地带,要不然是很危险的,光是那么多的马蹄……”

“哦。”察干巴拉感动得眼睛湿润了,问道:“老八连长现在怎么样?他也是被芦花青马救的。”

“不要紧,完达尔夫连长只是左肩负伤,并没有打着心脏,成不了残废,更没有生命危险。”

“战斗最后到底怎么样?”

哈尔巴拉继续介绍道:“蒙古军第二师遭到了灭顶之灾。战斗十分激烈,他们垂死挣扎,顽强抵抗,死不投降,冲击力很凶,比国民党嫡系西线‘虎威’、‘鹰扬’等部队强十倍乃至百倍。他们第一师也拼命接应,把吃奶的力气都使出来了。如果他们官兵体力强,军马膘情好,大部分队伍本来是能够跑出去的,但是长时间饥饿疲劳人马都累垮了。战斗进行了九天九夜,到了最后阶段,哲别还是暴戾地拒绝放下武器。我冲上去,仇人相见分外眼红,面对面地站着差不多同时开了枪,他打碎了我的帽子,我打碎了他的脑袋,解决了。他的警卫人员们还悲叹着说:‘蒙古军,光荣的幻影,悲惨的现实’,哈哈,这就是结局!”

琪琪格补充道:“还有,娜仁、萨仁二位福晋得知蒙古军投降,双双自杀身亡,留下两个未成年的孤儿,抄花蕊夫人旧作为绝命诗:

君王城上竖降旗,
妾在深宫哪得知?
蒙古军人齐缴械,
更无一个是男儿。”

“蒙古军第一师一、二、三团,是怎么投降的?”老二察干巴拉是个文盲,特别是对汉文诗词歌赋半句也听不懂,一点也不感兴趣,连问都不问,只是关心军队方面的事。

“第二师四、五、六团被全部歼灭,对他们是最大威胁!”

“残兵败将,能跑到哪儿去,经过我们多次派人传达党和人民政府宽大政策,展示莫尔根的来电,第一师三个团人完全接受了缴械投诚、和平解放的号召,昨天全部放下武器。对这些和平起义人员,按以下四种办法处理:一、愿回老家的,准予资遣回籍;二、愿就地为民者,准予安家落户;三、愿就地工作者,准予分配工作;四、愿学习者,保送内蒙古学习。”

“怎么不提莫尔根为首呢?我听说他也参加起义了,有人还在这里看见过他老人家尊容。是不是他罪大恶极,不能宽大处理,以战犯对待呀?”老三呼和巴拉说,看样子他是希望如此。

琪琪格旗长插了一句话:“这里节外生枝,戏里有戏呀,一言难尽,说起来话长。”

哈尔巴拉副师长是这里最高领导,知道核心机密,点了点头,表示同意,从装文件的皮包里拿出一份电报晃了晃,气愤地说:“莫尔根王爷如果根据中共中央毛泽东主席提出的八项和平条件率部起义,我们是优待的,将功抵罪,不咎以往,保护他个人生命财产的安全,还要给予相当的地位待遇,这是毫无疑问的。但是这个蒙古军的罪魁祸首,罪大恶极的家伙,死硬到底拼命打,兵败以后竟跑到蒙古人民共和国去了,要求保护和援助甚至合作,继续搞民族分裂勾当。所谓智者千虑必有一失，却没有考虑蒙古也是马列主义、布尔什维克、共产党，岂能容忍他破坏两个社会主义国家间的关系，设计摆筵将莫尔根抓起来投进监狱里，我们准备引渡回来。这样，他不是起义人士了，而是地地道道的大战犯，严厉惩办！”

“有人看见过他在这里呀！”

哈尔巴拉大笑起来，解释道：“对呀，说得完全对，我也是第一次遇到这样的怪事，这真是不经一事不长一智。事情复杂得很，原来莫尔根这个家伙就像《三国演义》里的白脸曹操一样生性多疑，前怕狼后怕虎，什么都怕，谁都怕，就怕别人暗杀他，他的口头语就是明枪易躲、暗箭难防。这样他早就准备好了替身，长相一模一样，说话声音、口气不差分毫，长篇大论演讲也不露馅出毛病，绝了，说句笑话，就连他的两位太太——福晋也认不出真假来，因为替身不仅像而且有这方面的表演天才，再就是整天对照着大穿衣镜勤学苦练，功夫不负有心人，装得连莫尔根本人也服了，嘿嘿！”

周围的军民们都深感意外，发出一片惊讶的唏嘘声，只有老二察干巴拉最粗野下流，不堪入耳的脏话破口大骂了好长一阵，这才说道：“好啊，长达四年的伊和塔拉之战结束了，我们胜利了。外面敲锣打鼓，是开庆祝大会？”

老三呼和巴拉兴奋得手舞足蹈，说道：“二哥，你昏迷了十来天，不知道外面发生的翻天覆地的变化，今天是十月一日，中华人民共和国成立了，准备开庆祝大会。外面分不清受伤的是谁，很多人传说是大哥牺牲了，你听！”

军民团结牧场草料基地附近人山人海，解放军五个团骑兵、根据地牧民和刚刚得到解放的王府市市民，都欢聚在一起了，正在庆祝这个伟大的节日。放下武器听候处理的蒙古军军部和第一师三个团人，刚刚举行了所谓“楚旗仪式”排队进入会场，垂头丧气地坐在一个角落里。解放军和牧民、市民当中谣传着哈尔巴拉副总指挥伤势恶化、抢救无效、不幸牺牲的噩耗。不知道是谁领头唱起了那首著名的《草原的挽歌》，接着有很多人跟着唱，后来是千百个人放开喉咙高声歌唱。那悲壮的声音响彻伊和塔拉草原，震荡达赖河两岸，在腾格里山中引起一片回声。

在广阔无边的荒漠草原上，
秋风萧瑟，景色凄凉；
一堆堆牛粪火哟时明时暗，
一曲曲马头琴声伴着悲唱。

剪断九十九根马尾往琴上安装，
弹奏对布顿扎那的朝思暮想；
熬尽三百六十个白天和黑夜，
歌唱摔跤手的无限荣光。

草原大力士威武刚强，
满脸胡须身强力壮；
走遍内蒙古没有对手，
躲、闪、拧、钩举世无双。

我们的摔跤手赛过大象，
甩、绊、掀、驮无人敢挡；
数不清的选手前翻后仰，
查不完的观众称赞夸奖。

战胜日本相扑手威名远扬，
惊动关东军美津骑兵师团长；
下毒手暗杀了布顿扎那一家，
茫茫的草原黯然神伤。

缓慢的木轮车哟吱扭发响，
野火燃烧过的宽甸灰烬飘扬；
你究竟在哪条路上流浪，
走到那孤独的蒙古包旁。

起伏的沙漠像黄色的海洋，
波涛伸向无边的远方；
何处是当年风葬的坟场？
满眼风吹草动、冷月寒星。

海河的水哟翻起黑浪，
天山的树呀披起白霜；
悼念不幸遇害的摔跤手，
诅咒凶狠残暴的东洋魔王。

寒冬摧残过的地方虽然枯黄，
伴随着春风青草生长；
含冤而死的布顿扎那，
成了我们复仇的力量……

会场建设在伊和浩特东面军民团结牧场草料基地附近，岗哨密布，戒备森严。哈尔巴拉副师长和琪琪格旗长等多人骑马来到这里，只见红旗招展，到处是人、马、蒙古包、帐篷、带棚木轮车，还有远处吃草的牛群、马群、羊群、骆驼群，一片和平、兴旺、繁荣的景象。

哈尔巴拉雄赳赳气昂昂地大步走上主席台。顿时，哀悼他的歌声停下来。首先看到他的是莫尔根的"替身"包继成，假装成起义代表正坐在主席台的西侧，一时愣住，不知道说什么才好。在他的心目中哈尔巴拉早已被打死了，现在简直是从天而降，出乎意料。

哈尔巴拉意味深长地看了包继成一眼，面向下边会场上的军民群众，公布了蒙古军军长莫尔根利用“替身”伪装起义，而本人却潜逃到蒙古人民共和国继续大搞民族分裂活动的骗局。

这个战地前线副总指挥的简短的讲话就像晴天霹雳，震惊了台下几万名军民群众，立刻寂静无声。在这同时有多名军人跑步上来把包继成押下台准备投进监狱，途中这个家伙要夺枪逃跑，被打死了。

会场上的沉默只是短暂的，紧接着爆发出一阵阵欢呼和口号声：“庆祝中国人民伟大的胜利！”“中华人民共和国万岁！”“中国共产党万岁！”“毛主席万岁！”“打倒大蒙奸莫尔根！”“把民族分裂主义分子、蒙古军军长莫尔根引渡回来！”“莫尔根王爷就是逃到天涯海角，也脱不掉人民天罗地网！”“严惩大战犯莫尔根！”

主席台上，阿拉玛斯、哈尔巴拉、巴雅尔、琪琪格等人招手向军民致意，哈尔巴拉又激动地大声说：“我们最后胜利了！”这话引起全场几万名军民经久不息地热烈的掌声。偏偏在这个时候，西南端一个角落里突然发出了一片哭声，开始声音不大，越往后越厉害，简直是节节升高，这使主席台上领导人员开始严重关切，也使下面解放军骑兵师和独立骑兵团广大干部战士高度注意，更使参加庆祝大会的市民和郊区农牧民惊慌不安，汗庙的大小喇嘛自不必说，迷信报应，庸人自扰，认为是不祥之兆，吓得屁滚尿流，要骑马落荒逃跑。维持会场秩序的独立骑兵团侦察连和根据地中心伊和浩特民兵队，费了很大力气制止住了。哭声还在继续，而且不断蔓延扩大，把整个会场都搅乱了，变得不可收拾。

哈尔巴拉眼光敏锐，看出这起着破坏捣乱作用的哭声发生在已经缴械投诚的蒙古军部和第一师一、二、三团那里。出了什么事？是不是有人聚众闹事唱对台戏？太恶劣了，胆大妄为，一定要严厉惩办。他“虎”地跳下来骑上那匹鬃毛垂地的大黑公马，在众多的警卫人员的拥护下，像一股旋风一样冲过去，气势很吓人。他到了那里仔细巡视着，发现蒙古军部和第一师一、二、三团的几千多投诚的官兵都是很老实的，规规矩矩地席地而坐，低头盘膝，没有一个轻举妄动的，可谓遵纪守法，看不出任何反常表现。唯一使这位聪明的副师长大惑不解的是：他们不停地失声痛哭，悲伤欲绝。幸亏他们缴了械，手无寸铁，要不然可能发生自杀和集体自杀事件。

哈尔巴拉差不多问了十多个官兵，问他们为什么这样放声大哭？这些官兵都不回答，只是呜呜地大哭，什么也问不出来。他最后还是明白了其中原因：在这次大战中，蒙古军第二师四、五、六团全部被歼灭，人马尸横遍野。其中有近百匹受伤的军马，远远看见缴械投诚的蒙古军第一师一、二、三团官兵排队进入会场，从服装上认出来了，挣扎着爬起来走几步跌倒，又爬起来艰难地蹒跚行进很多里地，走到盘腿席地而坐的蒙古军官兵跟前，有的仰天悲嘶，有的俯首舔吻，有的精疲力尽倒下，有的伤重气绝身亡，惨不忍睹。触物伤情，这里的蒙古军第一师三个团的官兵，再也控制不住自己，全都失声痛哭。

哈尔巴拉心里哆嗦了一下，立刻热泪盈眶，差点要流下眼泪来。为了掩饰自己严重的失态，他往下什么也没有再问，勒转那匹鬃毛垂地的大黑公马，又是像旋风一样驰骋归来，向阿拉玛斯师长、巴雅尔参谋长报告了事情的全部经过。这两位师首长闻言一惊，沉默起来，难过地摇头叹息，唏嘘不止。

蒙古军副军长兼第一师师长莽斯，作为投诚起义将领代表也在主席台上，他听了此事也大哭起来，呜呜咽咽地念了一首即兴诗：

铁骑征服欧亚洲，
蒙古马名垂宇宙；
往事至今八百年，
新驹战功仍不朽。

接着他又慷慨激昂地说："师长、副师长、参谋长、诸位长官，敝人从所见所闻可以得出结论：这样大规模的骑兵战争所引起的大悲剧，可能再也不会发生了，这可能是最后一次。而骑兵这个古老的军种，不久的将来可能会从地球上永远地消失，全世界都是如此，蒙古当然也不例外。三位长官可曾记得，日本投降以后美国驻扎在东京的骑兵第一师，连一匹马都没有了，完全变成装甲机械化，官兵的袖子上只有画着马头盾牌符号。还有，二战初期波兰骑兵手执长矛向德军坦克发起冲锋，这种堂吉诃德式的进攻肯定要失败，果然在德军的装甲和大炮反击下，遭到了全军覆灭的悲惨结局。唉，骑兵这个军种就要画上句号了，大势所趋，不可挽回。"

哈尔巴拉大笑起来，插话说："我作为一个骑兵军人，全方位地研究过这个兵种，将来就要被装甲机械化所代替，这是不可更改逆转的铁的事实。但是在长达多年的伊和塔拉之战中，我们成功地发挥了这个即将消失的兵种的全部优点和特长，完全、彻底、干净地消灭了国民党嫡系东西线部队主力'虎威'、'鹰扬'两个装甲机械化步兵团，包括蒙古军一、二师六个团在内，这也是不可更改和逆转的铁的事实，哈哈！"

主持人中断了他们的谈话，大声宣布道："庆祝中华人民共和国成立暨全部解放伊和塔拉草原大会现在开始，首先由战地前线副总指挥、副师长兼独立骑兵团长、伊和塔拉旗委书记哈尔巴拉同志讲话！"